John Irving

Gottes Werk und Teufels Beitrag

Roman
Aus dem
Amerikanischen von
Thomas Lindquist

Diogenes

Titel der Originalausgabe:
›The Cider House Rules‹
William Morrow, New York
Copyright © 1985 by
Garp Enterprises, Ltd.

Für David Calicchio

Deutsche Erstausgabe

*Festhalten am Herkömmlichen ist nicht
sittliches Verhalten. Selbstgerechtigkeit ist nicht
Frömmigkeit. Erstere schmähen ist nicht
letztere anfechten.*
                                    Charlotte Brontë, 1847

*Die Abtreibung kann füglich als die
Unterbrechung einer Schwangerschaft vor der
Lebensfähigkeit des Kindes definiert werden.*

                                    Dr. H. J. Boldt, 1906

Inhalt

I

Der Junge, der nach St. Cloud's gehörte

Im Spital des Waisenhauses – in der Knabenabteilung von St. Cloud's, im Staate Maine – waren zwei Krankenschwestern damit betraut, den neugeborenen Babys einen Namen zu geben und nachzusehen, ob ihr kleiner Penis auch heilte. Zu jener Zeit (im Jahr 192–) wurden alle in St. Cloud's geborenen Knaben beschnitten, weil der Arzt des Waisenhauses verschiedene Komplikationen gesehen hatte, die sich bei nichtbeschnittenen Soldaten ergaben, welche er im Ersten Weltkrieg medizinisch zu versorgen hatte. Der Arzt, der gleichzeitig Direktor der Knabenabteilung war, war kein religiöser Mensch; für ihn war die Beschneidung kein Ritus – sie war ein rein medizinischer Akt, vorgenommen aus hygienischen Gründen. Sein Name war Wilbur Larch, was eine der Schwestern, abgesehen von dem Ätherduft, der ihn stets umwehte, an das zähe, widerstandsfähige Holz jenes gleichnamigen Nadelbaumes erinnerte – der Lärche. Sie haßte den albernen Namen Wilbur und nahm Anstoß an der Albernheit, ein Wort wie Wilbur mit etwas so Wesentlichem wie einem Baum zu kombinieren.

Die andere Schwester wähnte sich in Dr. Larch verliebt, und wenn es an ihr war, einen Namen für ein Baby zu finden, nannte sie es oft John Larch oder John Wilbur (ihr Vater hieß John) oder Wilbur Walsh (ihre Mutter war eine geborene Walsh). Trotz ihrer Liebe zu Dr. Larch konnte sie sich unter Larch – Lärche – nichts anderes vorstellen als einen Nachnamen – und wenn sie an ihn dachte, dachte sie bestimmt nicht an Bäume. Den Namen Wilbur liebte sie wegen seiner vielseitigen Verwendbarkeit, als Vor- und als Nachname, und wenn sie es leid war, den Namen John zu vergeben, oder wenn sie von ihrer Kollegin getadelt wurde, weil sie ihn überstrapazierte, verfiel sie selten auf etwas Originelleres als einen Robert Larch oder einen Jack Wilbur (sie schien nicht zu wissen, daß Jack ein häufiger Spitzname war für John).

Hätte er seinen Namen von dieser einfältigen, liebesblinden Schwester bekommen, wäre aus ihm wahrscheinlich ein Larch oder ein Wilbur der einen oder anderen Sorte geworden; und ein John oder Jack oder Robert, um alles noch einfältiger zu machen. Weil die andere Schwester an der Reihe war, bekam er den Namen Homer Wells.

Der Vater der anderen Schwester war Brunnenbauer von Beruf, eine harte, mühselige, ehrliche und präzise Arbeit – in ihren Augen bestand ihr Vater aus diesen Eigenschaften, was dem Wort »Wells« – Brunnen – eine gewisse Aura von Tiefe und Erdverbundenheit gab. »Homer« hatte eine der zahllosen Katzen ihrer Familie geheißen.

Diese andere Schwester – von fast allen Schwester Angela genannt – wiederholte selten die Namen ihrer Babys, wogegen die arme Schwester Edna gleich drei John Wilbur junior und zwei John Larchs III. ausgeteilt hatte. Schwester Angela kannte eine unerschöpfliche Zahl sachlicher Dingwörter, die sie eifrig als Nachnamen verwandte – wie Maple, Fields, Stone, Hill, Knot, Day, Waters (um nur einige aufzuzählen) – und eine kaum weniger eindrucksvolle Liste von Vornamen, entlehnt aus einer Familientradition vieler toter, aber in Ehren gehaltener Hauskatzen (Felix, Fuzzy, Smoky, Sam, Snowy, Joe, Curly, Ed und so fort).

Für die meisten Waisen natürlich galten diese von den Schwestern verliehenen Namen nur zeitweilig. Die Knabenabteilung erzielte bessere Quoten als die Mädchenabteilung bei der Unterbringung der Waisen in Familien, solange sie Babys waren und zu klein, um je die Namen zu erfahren, die die guten Schwestern ihnen gegeben hatten; die meisten Waisen erinnerten sich auch nicht an Schwester Angela oder Schwester Edna, die ersten Frauen auf dieser Welt, die sie bemuttert hatten. Dr. Larch hielt an dem Grundsatz fest, den Adoptiveltern der Waisen *nicht* die Namen mitzuteilen, die die Schwestern mit solchem Eifer verliehen. Man war in St. Clouds's der Meinung, daß ein Kind, wenn es das Waisenhaus verließ, auch das Erregende eines neuen Anfangs erleben sollte – aber Schwester Angela und Schwester Edna, und sogar Dr. Larch, konnten sich (vor allem bei solchen Jungen, die schwierig unterzubringen waren und länger in St. Cloud's blieben) nur schwerlich vorstellen, daß ihre John Wilburs und ihre John Larchs (ihre Felix Hills und Curly Maples und Joe Knots und Smoky Waters) die von den Schwestern verliehenen Namen nicht immer behalten sollten.

Der Grund, weshalb Homer Wells seinen Namen behielt, war, daß er so viele Male, nach so vielen gescheiterten Pflegefamilien, nach St. Cloud's zurückkehrte, daß das Waisenhaus sich mit Homers Absicht abfinden mußte, nach St. Cloud's zu gehören. Es war für niemanden leicht, dies hinzunehmen, doch Schwester Angela und Schwester Edna – und schließlich auch Dr. Wilbur Larch – waren gezwungen zuzugeben, daß Homer Wells zu St. Cloud's *gehörte*. Der entschlossene Junge wurde nicht mehr zur Adoption freigegeben.

Schwester Angela, mit ihrer Liebe zu Katzen und Waisen, bemerkte einmal über Homer Wells, der Junge müsse den Namen, den sie ihm gegeben hatte, geradezu *lieben*, wenn er so hart darum kämpfte, ihn nicht zu verlieren.

Die Stadt St. Cloud's in Maine war im neunzehnten Jahrhundert die längste Zeit ein Holzfällerlager gewesen. Das Lager und – allmählich auch – die Stadt nahmen ihren Betrieb im Flußtal auf, wo das Land flach war, wodurch die ersten Straßen leichter zu bauen und die schweren Maschinen leichter zu transportieren waren. Das erste Bauwerk war eine Sägemühle. Die ersten Siedler waren Frankokanadier – Holzhacker, Waldarbeiter, Sägewerker. Dann kamen die Fuhrleute und die Flußschiffer, dann die Prostituierten, dann die Landstreicher und Gauner, und (zuletzt) gab es eine Kirche. Das erste Holzfällerlager hatte schlicht Clouds geheißen – weil das Tal so flach war und die Wolken sich nur widerwillig verzogen. Nebel hing bis zum späten Morgen über dem reißenden Fluß, und die Wasserfälle, die drei Meilen oberhalb des ersten Lagerplatzes tosten, erzeugten einen immerwährenden Dunst. Als die ersten Holzfäller dort an die Arbeit gingen, waren Moskitos und Kriebelmücken die einzigen Hindernisse für ihre Verwüstung des Waldes; diese teuflischen Insekten bevorzugten die beinah immerwährende Wolkendecke in den stickigen Tälern des Hinterlandes von Maine vor der scharfen Luft der Berge oder dem frischen Sonnenlicht über dem blanken Meer vor Maine.

Dr. Wilbur Larch – der nicht nur Arzt des Waisenhauses und Direktor der Knabenabteilung war (er hatte das Haus auch gegründet) – war der selbsternannte Historiker der Stadt. Laut Dr. Larch wurde das Holzfällerlager namens Clouds zu St. Clouds, einfach aufgrund des inbrünstigen Drangs hinterwäldlerischer Katholiken, allen möglichen Dingen ein Sankt voranzustellen – wie um diesen Dingen einen Liebreiz zu verleihen, den sie von Natur nie gewinnen könnten. Das Holzfällerlager blieb fast ein halbes Jahrhundert lang St. Clouds, bis der Apostroph eingeführt wurde – wahrscheinlich von jemandem, der vom Ursprung des Lagers nichts wußte. Doch um die Zeit, als es sich zu St. Cloud's wandelte, mit Apostroph, war es eher Fabrikstadt denn Holzfällerlager. Der Wald war Meilen im Umkreis gerodet; statt Baumstämmen, die sich im Fluß verkeilten, statt des wüsten Lagers voll Männer, die verkrüppelt und gelähmt waren, weil sie von Bäumen oder Bäume auf sie herabgestürzt waren, sah man hohe, ordentliche Stapel frisch geschnittener Bretter in der diesigen Sonne trocknen. Über allem lag ein schmieriger Sägestaub, manchmal zu fein, als daß man ihn überhaupt sah, aber allgegenwärtig im Schniefen und Keuchen der Stadt, in den ewig juckenden Nasen der Stadt und ihren rasselnden Lungen. Die Invaliden der Stadt protzten jetzt mit chirurgischen Nähten statt Blutergüssen und Knochenbrüchen; sie schmückten sich mit klaffenden Schnittwunden von den vielen Sägeblättern der Stadt (und fanden Mittel und Wege, mit ihren fehlenden Körperteilen zu prunken). Das schrille Wimmern dieser Sägeblätter war so immerwährend in St. Cloud's wie der Nebel, der Dunst, die Feuchtigkeit, die über dem Hinterland Maines hängen, in der klammen Kälte seiner langen, nassen, verschneiten Winter wie in der stinkenden, stickigen Schwüle seiner verregneten Sommer – beglückt nur manchmal durch gewaltige Gewitter.

Es gab nie einen Frühling in diesem Teil von Maine, abgesehen von jener Zeitspanne im März und April, die sich durch tauenden Matsch auszeichnete. Die schweren Maschinen des Holzgeschäfts standen still; die Arbeit der Stadt ruhte. Die unpassierbaren Straßen hielten jeden im Hause fest – und der Frühlingsfluß war so angeschwollen und so reißend, daß niemand ihn zu befahren wagte. Frühling in St. Cloud's, das hieß Krawall: Saufkrawall, Raufkrawall, Hurerei und Vergewaltigung. Im Frühling war Selbstmordsaison. Im Frühling wurde die Saat für ein Waisenhaus gesät – überreichlich gesät.

Und der Herbst? In seinem Tagebuch – seinem Miszellenjournal, seinem täglichen Protokoll der Angelegenheiten des Waisenhauses – schrieb Dr. Wilbur Larch über den Herbst. Jede von Dr. Larchs Eintragungen begann mit: »Hier in St. Cloud's...« – abgesehen von jenen Eintragungen, die begannen: »In anderen Teilen der Welt...« Über den Herbst schrieb Dr. Larch: »In anderen Teilen der Welt ist der Herbst die Zeit der Ernte. Man sammelt die Früchte der Mühen von Frühling und Sommer. Diese Früchte nähren uns während des langen Schlummers, der Zeit stockenden Wachstums, die wir Winter nennen. Doch hier in St. Cloud's ist der Herbst nur fünf Minuten lang.«

Welch eine Art Klima sollte man für ein Waisenhaus erwarten? Konnte sich jemand ein *Kurort*-Wetter vorstellen? Würde ein Waisenhaus in einer *harmlosen* Stadt gedeihen?

In seinem Tagebuch ging Dr. Larch vorbildlich umweltbewußt mit dem Papier um. Er schrieb mit kleiner, gedrängter Schrift auf beide Seiten der Blätter, die gänzlich voll wurden. Dr. Larch war nicht der Mann, der Ränder ließ. »Hier in St. Cloud's«, schrieb er, »darf man raten: wer ist der Feind der Wälder von Maine, der schurkische Vater der unerwünschten Babys, der Grund, weshalb der Fluß an totem Holz erstickt, weshalb das Tal ausgeplündert ist, öde und unterspült von den Fluten des Flusses – man rate: *wer* ist der unersättliche Zerstörer (des Waldarbeiters zuerst, mit seinen verpichten Händen und seinen zerquetschten Fingern; und dann des Holzfällers und Sägemühlensklaven, dessen Hände spröde und rissig sind, und manche Finger nur Erinnerung), und man rate: *warum* gibt sich dieser Vielfraß nie zufrieden mit Balken oder mit Brettern... *wer?«*

Für Dr. Larch war der Feind das Papier – genauer, die Ramses-Papierfabrik. Es gab genug Bäume für Balken und Bretter, stellte Dr. Larch sich vor, aber nie würde es genug Bäume geben für all das Papier, das die Ramses-Papierfabrik zu brauchen schien oder benötigte – vor allem, wenn man versäumte, neue Bäume zu pflanzen. Als das Tal um St. Cloud's gerodet war, als der Wildwuchs (Krüppelkiefern und einzelne, ungehegte Nadelhölzer) überall aufschoß wie Sumpfblüten und es keine Baumstämme mehr auf dem Fluß von Three Mile Falls nach St. Cloud's hinabzuschicken gab – weil es keine Bäume mehr gab – da eröffnete die Ramses-Papierfabrik für St. Cloud's das zwanzigste Jahrhundert, indem sie die Sägemühle und den Holzhof am Fluß in St. Cloud's schloß und mit Sack und Pack flußabwärts zog.

Und was blieb zurück? Das Wetter, der Sägestaub, die zerklüfteten und geschändeten Ufer des Flusses (wo die großen Balken triftend, sich verkeilend, eine neue wunde Böschung ausgekerbt hatten) und die Gebäude selbst: die Sägemühle mit ihren kaputten Fenstern ohne Scheiben; die Hurenherberge mit ihrem Tanzsaal im Parterre und der Bingo-um-Geld-Halle, die den reißenden Fluß überblickte; die wenigen Privathäuser im Blockhausstil und die Kirche, eine katholische, für die Frankokanadier, die allzu sauber und unbenutzt wirkte, um zu St. Cloud's zu gehören, wo sie sich niemals solcher Beliebtheit erfreut hatte wie die Huren oder der Tanzsaal oder gar Bingo-um-Geld. (In seinem Tagebuch schrieb Dr. Larch: »In anderen Teilen der Welt spielt man Tennis oder Poker; hier in St. Cloud's spielt man Bingo-um-Geld.«)

Und die Leute, die zurückblieben? Es gab keine Leute der Ramses-Papierfabrik mehr, aber es gab Leute: die Alten, und die weniger attraktiven Prostituierten, und die Kinder dieser Prostituierten. Nicht einer der ungeliebten Offizianten der katholischen Kirche zu St. Cloud's wollte bleiben; es gab mehr Seelen zu retten, wenn man der Ramses-Papierfabrik flußabwärts folgte.

In seiner *Kurzen Geschichte von St. Cloud's* belegt Dr. Larch, daß zumindest eine dieser Prostituierten lesen und schreiben konnte. Mit der letzten Barke, die der Ramses-Papierfabrik flußab in eine neue Zivilisation folgte, hatte eine relativ schreibkundige Prostituierte einen Brief abgeschickt, adressiert an: IRGENDEINEN BEAMTEN DES STAATES MAINE, DER FÜR WAISEN ZUSTÄNDIG IST!

Irgendwie erreichte dieser Brief sogar irgend jemanden. Vielmals umgeleitet (»wegen seiner Merkwürdigkeit«, schrieb Dr. Larch, »wie auch wegen seiner Dringlichkeit«), wurde der Brief bei der Kammer der Amtsärzte von Maine abgeliefert. Dem jüngsten Mitglied dieser Kammer – »einem jungen Springinsfeld, frisch von der Medizinischen Fakultät«, wie Dr. Larch sich selbst bezeichnet – wurde der Brief wie ein Köder vorgehalten. Der Rest der Kammer meinte, der junge Larch sei »der einzige hoffnungslos naive Demokrat und Liberale« unter ihnen. Der Brief lautete: ES MÜSSTE EINEN VERDAMMTEN ARZT UND EINE VERDAMMTE SCHULE UND AUCH EINEN VERDAMMTEN POLIZISTEN UND EINEN VERDAMMTEN RECHTSANWALT GEBEN IN ST. CLOUD'S, DAS VON SEINEN VERDAMMTEN MÄNNERN (DIE SOWIESO NICHTS TAUGTEN) IM STICH GELASSEN UND HILFLOSEN FRAUEN UND WAISEN ÜBERLASSEN IST!

Der Vorsitzende der staatlichen Amtsärztekammer war ein pensionierter Mediziner, der überzeugt war, daß Präsident Teddy Roosevelt der einzige andere Mensch auf der Welt sei, außer ihm, der keinen Brei im Kopf hätte.

»Kümmern Sie sich um diesen Gefühlsbrei, Larch?« sagte der Vorsitzende, ohne zu ahnen, daß aus dieser Einladung bald eine staatlich geförderte Einrichtung – für Waisen! – hervorgehen sollte. Eines Tages sollte sie, wenigstens teilweise, Unterstützung aus Bundesmitteln erhalten – und gar jene höchst vagen, wenig verläßlichen Zuwendungen »privater Gönner«.

Im Jahr 190- jedenfalls, als das zwanzigste Jahrhundert – so jung und verheißungsvoll – aufblühte (sogar im Hinterland von Maine), übernahm Dr. Wilbur Larch die Aufgabe, alle Übel in St. Cloud's zu heilen. Es war eine Arbeit, wie geschaffen für ihn. Beinah zwanzig Jahre lang sollte Dr. Larch nur einmal St. Cloud's verlassen – um in den Ersten Weltkrieg zu ziehen, wobei zu bezweifeln ist, daß er dort dringender gebraucht wurde. Welch besseren Mann hätte man sich denken können für die Aufgabe, zu richten, was die Ramses-Papierfabrik angerichtet hatte, als einen Mann mit dem Namen eines der Nadelbäume dieser Welt? In seinem eben begonnenen Tagebuch schrieb Dr. Larch: »Hier in St. Cloud's ist es höchste Zeit, daß etwas *Gutes* für die Menschen getan wird. Welch besseren Ort könnte es geben zur Läuterung – zur Selbstläuterung *und* zum Wohl aller – als einen Ort, wo das Böse so sichtbar gedieh, wenn nicht gar triumphierte?«

192–, als Homer Wells auf die Welt kam und seinen kleinen Penis beschnippeln ließ und einen Namen bekam, hatten Schwester Edna (die verliebt war) und Schwester Angela (die es nicht war) beide einen besonderen Kosenamen für den Gründer von St. Cloud's, den Arzt, Stadthistoriker, Kriegshelden (er war sogar dekoriert worden) und Direktor der Knabenabteilung.

»*Sankt* Larch« nannten sie ihn – und warum nicht?

Als Wilbur Larch Homer Wells die Erlaubnis gab, in St. Cloud's zu bleiben, solange der Junge dorthin zu gehören meinte, übte der Arzt nur seine beträchtliche, wohlverdiente Autorität aus. In der Frage der Zugehörigkeit zu St. Cloud's war Dr. Larch eine Autorität. St. Larch hatte dieses Haus – im zwanzigsten Jahrhundert – gegründet, um sich, wie er sagte, »nützlich« zu machen. Und genau mit diesen Worten ermahnte Dr. Larch Homer Wells, als der Arzt den Wunsch des Jungen, in St. Cloud's zu bleiben, feierlich gewährte.

»Nun gut, Homer«, sagte St. Larch, »ich erwarte von dir, daß du dich nützlich machst.«

Er (Homer Wells) machte nichts anderes, als sich nützlich. Sein Sinn für Nützlichkeit schien noch älteren Datums zu sein als Dr.

Larchs Ermahnungen. Seine ersten Pflegeeltern hatten ihn nach St. Cloud's zurückgebracht; sie dachten, es sei etwas nicht in Ordnung mit ihm – er weinte nie. Die Pflegeeltern klagten, daß sie in der gleichen Stille erwachten, die sie überhaupt bewogen hatte, ein Kind zu adoptieren. Sie erwachten vor Schreck darüber, daß das Baby sie nicht geweckt hatte, sie eilten ins Kinderzimmer und erwarteten, es tot vorzufinden, aber Homer Wells biß sich zahnlos auf die Lippen, grimassierte auch vielleicht, aber ohne dagegen zu protestieren, daß er ungefüttert und unbeachtet geblieben war. Homers Pflegeeltern argwöhnten immer, er habe stundenlang leidend wachgelegen. Sie fanden, dies sei nicht normal.

Dr. Larch erklärte ihnen, daß die Babys von St. Cloud's daran gewöhnt seien, unbeachtet in ihren Betten zu liegen. Schwester Angela und Schwester Edna, so lieb und hingebungsvoll sie waren, konnten doch nicht zu jedem einzelnen Baby eilen, kaum daß es anfing zu weinen; Weinen nützte nicht viel in St. Cloud's (obwohl Dr. Larch in seinem tiefsten Herzen wußte, daß Homer Wells' Fähigkeit, die Tränen zurückzuhalten, ungewöhnlich war – selbst für eine Waise).

Dr. Larch hatte die Erfahrung gemacht, daß Pflegeeltern, die sich so leicht von ihrem Wunsch nach einem Baby abbringen ließen, nicht die besten Pflegeeltern für eine Waise waren. Homers erste Pflegeeltern waren so schnell überzeugt gewesen, daß sie das Falsche bekommen hätten – ein Zurückgebliebenes, ein Hirngeschädigtes, ein Trottelchen –, daß Dr. Larch sich keine große Mühe gab, ihnen zu beteuern, Homer sei ein sehr tüchtiges Baby, durchaus begabt zu Mut und Beharrlichkeit in dem Leben, das vor ihm lag.

Die zweite Pflegefamilie reagierte anders auf Homers Lautlosigkeit – seine hochnäsige, mit zusammengebissenen Zähnen alles runterschluckende Gemütsruhe. Seine zweite Pflegefamilie prügelte das Kind so regelmäßig, daß sie es schafften, ihm die angemessen kindertümlichen Laute zu entlocken. Homers Geschrei war seine Rettung.

Hatte er sich als tapferer Kerl erwiesen, der gegen die Tränen anzukämpfen verstand, so versuchte er jetzt, da er sah, daß Tränen und Heulen und Kreischen genau das waren, was seine Pflegeeltern von ihm wünschten, sich nützlich zu machen, und stimmte aus vollem Herzen das kräftigste Gezeter an, das er von sich geben konnte. Solch ein Kind stiller Zufriedenheit war er gewesen, daß Dr. Larch überrascht war zu erfahren, daß das neue Baby aus St. Cloud's den Frieden der glücklicherweise kleinen und nahegelegenen Stadt Three Mile Falls störte. Glücklicherweise war Three Mile Falls klein, denn die Berichte über Homers Geschrei standen wochenlang im Mittelpunkt aller Gerüchte in der Region; und glücklicherweise war Three Mile Falls nah, denn diese Berichte fanden ihren Weg nach St. Cloud's und zu Schwester Angela und Schwester Edna, die ein Monopol auf dem Gerüchtemarkt all dieser Holz- und Papierstädtchen am Fluß besaßen. Als sie die Legenden vernahmen, wie *ihr* Homer Wells Three Mile Falls bis nach Mitternacht wach hielt und wie er die Stadt vor Sonnenaufgang weckte, konnten die Schwestern sich auf ihr Gedächtnis verlassen; sie gingen stracks zu Dr. Larch.

»Das ist nicht *mein* Homer!« rief Schwester Angela.

»Weinen ist nicht seine *Natur*, Wilbur!« sagte Schwester Edna – jede Gelegenheit nutzend, die sich ihr bot, den so innig geliebten Namen auszusprechen: Wilbur! Es machte Schwester Angela immer sauer auf sie (immer wenn Schwester Edna ihrem Verlangen frönte, Dr. Larch ihr *Wilbur* ins Gesicht zu sagen).

»*Doktor* Larch«, sagte Schwester Angela mit spitzer, übertriebener Höflichkeit, »wenn Homer Wells ganz Three Mile Falls weckt, dann muß die Familie, der Sie ihn überlassen haben, den Jungen mit Zigaretten versengen.«

Nein, *solch* eine Familie waren sie nicht. Dies war eine Lieblingsphantasie Schwester Angelas – sie haßte das Rauchen; schon der Anblick einer Zigarette, in jemandes Mundwinkel hängend, erinnerte sie an einen frankophonen Indianer, der gekommen war, um ihren Vater wegen eines zu bohrenden Brunnens zu sprechen, und der einer ihrer Katzen die Zigarette ins Gesicht gedrückt und ihr so das Näschen versengt hatte! – die Katze, ein besonders zutrauliches sterilisiertes Weibchen, war dem Indianer auf den Schoß gesprungen. Bandit hatte diese Katze geheißen – sie hatte das klassische Maskengesicht eines Waschbären. Schwester Angela hatte es sich versagt, eine der Waisen nach Bandit zu nennen – sie fand, Bandit sei ein Mädchenname.

Doch die Familie aus Three Mile Falls, das waren keine Sadisten von der bekannten Art. Ein älterer Mann und seine junge Frau lebten da bei seinen erwachsenen Kindern aus früherer Ehe; die junge Frau wünschte sich nun selbst ein Kind, aber sie konnte nicht schwanger werden. Alle in der Familie fanden, es wäre nett, wenn die Frau ihr eigenes Baby hätte. Was niemand erwähnte, war, daß eine der erwachsenen Töchter aus früherer Ehe ein Baby gehabt hatte, unehelich, und sie hatte sich nicht sehr gut um es gekümmert, und das Baby hatte geschrien und geschrien und geschrien. Alle klagten über das Baby, das Tag und Nacht schrie, und eines Morgens hatte die erwachsene Tochter einfach ihr Baby genommen und war verschwunden. Sie hinterließ nur diese Nachricht:

ICH HAB'S SATT, VON EUCH ALLEN ZU HÖREN, DASS MEIN BABY IMMER SCHREIT. WENN ICH VERSCHWINDE, SCHÄTZE ICH, WERDET IHR DAS GESCHREI NICHT VERMISSEN, UND MICH AUCH NICHT.

Aber das taten sie gerade, alle vermißten sie dieses herrliche krähende Baby und die liebe, schwachsinnige Tochter, die es mitgenommen hatte.

»Wäre doch nett, wieder ein schreiendes Baby hierzuhaben«, hatte jemand aus der Familie bemerkt, und so gingen sie hin und holten sich ein Baby aus St. Cloud's.

Sie waren die falsche Familie für ein Baby, das nicht schreien wollte. Homers Schweigen war solch eine Enttäuschung für sie, daß sie es als Affront auffaßten und einander überboten, um herauszufinden, wer das Baby als erster zum Schreien bringen konnte; nach »wer als erster« ging es darum, »wer am lautesten«, nach »wer am lautesten« kam »wer am längsten«.

Zuerst brachten sie ihn zum Schreien, indem sie ihn nicht fütterten, aber am lautesten brachten sie ihn zum Schreien, indem sie ihm weh taten; dies bedeutete in der Regel, daß sie ihn kniffen und knufften, aber es gab auch hinreichende Beweise, daß das Kind gebissen worden war. Am längsten brachten sie ihn zum Schreien, indem sie ihm angst machten; sie entdeckten, daß Erschrecken die beste Art war, einem Baby angst zu machen. Sie müssen sehr versiert darin gewesen sein, das längste und lauteste Geschrei zu erzielen, wenn es ihnen gelang, Homer Wells' Geschrei zur Legende in Three Mile Falls zu machen. Es war besonders schwer, in Three Mile Falls überhaupt etwas zu hören – gar nicht zu sagen, wie schwer es war, etwas dort zur Legende zu machen.

Die Wasserfälle allein machten ein so immerwährendes Getöse, daß Three Mile Falls die perfekte Stadt war für einen Mord; niemand hörte dort einen Schrei oder einen Schuß. Hätte man jemanden ermordet in Three Mile Falls und die Leiche bei den Wasserfällen in den Fluß geworfen, die Leiche wäre nicht aufzuhalten gewesen (oder zu hindern, oder auch nur zu entdekken), bis sie drei Meilen flußab nach St. Cloud's gelangte. Es war daher um so bemerkenswerter, daß die ganze Stadt dies Geschrei hörte, das Homer Wells veranstaltete.

Es kostete Schwester Angela und Schwester Edna fast ein Jahr, bis Homer Wells aufhörte, mit einem Schrei aufzuwachen und in ein Gezeter auszubrechen, wann immer jemand sein Gesichtsfeld kreuzte oder wann immer er einen menschlichen Laut vernahm – das Rücken eines Stuhls auf dem Boden, ein knarrendes Bett, ein Fenster, das geschlossen, eine Tür, die geöffnet wurde. Jeder Anblick und jedes Geräusch im Zusammenhang mit einem menschlichen Wesen, das sich womöglich in Homers Richtung bewegte, rief einen schrillen, stockenden Schrei hervor, und ein so tränenreiches Greinen, daß jeder, der die Knabenabteilung besuchte, glauben mußte, daß dieses Waisenhaus, nach Art der Schauermärchen, eine Folterkammer sei, ein Kerker der Kindesmißhandlung und unausdenkbarer Qualen.

»Aber Homer«, pflegte Dr. Larch besänftigend zu sagen – während der Junge purpurrot anlief und seine Lungen neu füllte.

»Homer, du bringst es noch so weit, daß wir wegen Mordes angeklagt werden! Du bringst es so weit, daß man uns das Haus schließen wird!«

Die arme Schwester Angela und die arme Schwester Edna wurden durch diese Familie in Three Mile Falls wahrscheinlich nachhaltiger geschädigt als Homer Wells, und der gute große St. Larch sollte sich nie ganz von dem Zwischenfall erholen. Er hatte die Familie kennengelernt; er hatte sich mit jedem einzeln unterhalten – und sich schrecklich in ihnen getäuscht; und er hatte sie alle wiedergesehen an dem Tag, als er nach Three Mile Falls ging, um Homer Wells heimzuholen nach St. Cloud's.

Woran sich Dr. Larch immer erinnern sollte, das war die Furcht in ihren Mienen, als er in ihr Haus marschiert war und Homer in die Arme geschlossen hatte. Die Furcht in ihren Gesichtern sollte Dr. Larch immer verfolgen, es war der Inbegriff all dessen, was er nie begriffen hatte an jenem tiefen Zwiespalt der Gefühle, die die Menschen Kindern gegenüber hegten. Hier war der menschliche Leib, so deutlich dazu bestimmt, Babys haben zu *wollen*, und da war der menschliche Geist, der in diesen Dingen so verwirrt war. Manchmal wollte der Geist keine Babys, aber manchmal war der Geist auch so pervers, daß er andere Menschen zwang, Babys zu haben, die sie, wie sie wußten, nicht haben wollten. In wessen Namen geschah dieses Beharren? fragte sich Dr. Larch. In wessen Namen beharrten manche Geister darauf, daß Babys, auch die eindeutig ungewollten, schreiend auf die Welt gebracht werden *mußten*?

Und wenn andere Geister glaubten, Babys haben zu wollen, dann aber nicht richtig für sie sorgen konnten (oder wollten)... nun, was dachten sich diese Geister? Wenn Dr. Larch seinem Geist in dieser Sache einmal die Zügel schießen ließ, war es immer die Furcht in diesen Gesichtern der Familie aus Three Mile Falls, die er vor sich sah, und es war Homer Wells' legendäres Geschrei, das er hörte. Die Furcht dieser Familie war fest eingeprägt in St. Larchs Vision; niemand, so glaubte er, der solche Furcht gesehen, sollte je eine Frau zwingen, ein Baby zu haben, das sie nicht haben wollte. »NIEMAND!« schrieb Dr. Larch in sein Tagebuch. »Nicht mal jemand von der Ramses-Papierfabrik!«

Wenn man noch ein Iota Verstand besaß, äußerte man sich bei Dr. Larch nicht gegen die Abtreibung – sonst mußte man in allen Einzelheiten über sich ergehen lassen, was in Erfahrung zu bringen gewesen war über die sechs Wochen, die Homer Wells bei der Familie in Three Mile Falls verbrachte. Dies war für Larch die einzige Möglichkeit, die Frage zu diskutieren (über die er sich auf keine Debatte einließ). Er war Geburtshelfer, ja, aber wenn er gebeten wurde – und wenn es ungefährlich war – trieb er auch ab.

Als Homer vier war, hatte er nicht mehr diese Träume – die Träume, die jede Menschenseele in St. Cloud's aufwecken konnten, die Träume, die einen Nachtwächter zu kündigen zwangen (»Mein Herz«, sagte er, »übersteht nicht noch eine Nacht mit diesem Jungen«) und die so tief in Dr. Wilbur Larchs Erinnerung steckten, daß er angeblich noch jahrelang im Schlaf Babys schreien hörte und sich herumwälzte und sagte: »Aber Homer, ist ja schon gut, Homer.«

In St. Cloud's hörte natürlich jeder im Schlaf Babys schreien, aber kein Baby erwachte je mit diesem Geschrei, wie Homer Wells es loslassen konnte.

»Gott, er schreit wie *am Spieß*«, pflegte Schwester Edna zu sagen.

»Als würde er mit einer Zigarette versengt«, pflegte Schwester Angela zu sagen.

Aber nur Wilbur Larch wußte, wie es wirklich war – diese Art, wie Homer Wells erwachte und (mit seinem lauten Erwachen) alle anderen weckte. »Als ob er beschnitten würde«, schrieb Dr. Larch in sein Tagebuch. »Als ob jemand seinen kleinen Penis beschnippelte und immer wieder schnippelte und schnippelte.«

Die dritte Pflegefamilie, die an Homer Wells scheiterte, war eine Familie von so seltenen und vorbildlichen Qualitäten, daß es töricht wäre, die Menschheit am Beispiel dieser Familie zu messen. Solch eine gute Familie waren sie. So vollkommen waren sie, sonst hätte Dr. Larch Homer nicht zu ihnen gelassen. Nach der

Familie aus Three Mile Falls war Dr. Larch besonders vorsichtig bei Homer Wells.

Professor Draper und seine Frau, noch nicht vierzig Jahre, lebten in Waterville, Maine. Waterville war als College-Stadt nichts Berühmtes, damals, 193–, als Homer dort ankam; aber wenn man Waterville mit St. Cloud's oder Three Mile Falls verglich, mußte man sagen, daß Waterville eine Gemeinde von moralischen und sozialen Giganten war. Obwohl noch im Hinterland, war es doch beträchtlich höher gelegen – da waren die Berge nicht weit, und von dort gab es wirkliche Ausblicke; das Leben in den Bergen (wie auch das Leben am Meer, in der Ebene oder auf offenem Farmland) bietet dem Bewohner die Annehmlichkeit eines Ausblicks. Das Leben in einer Gegend, wo man gelegentlich weit in die Ferne blicken kann, bietet der Seele eine Perspektive von wohltuend weitläufiger Art – so jedenfalls dachte Professor Draper; er war der geborene Lehrer.

»Unbestellte Talgründe«, pflegte er zu dozieren, »und damit meine ich Wälder, zu flach und zu dicht, um einen Ausblick zu bieten, bedrücken die emporstrebenden Eigenschaften der menschlichen Natur und fördern Instinkte, die kleinlich und niedrig sind.«

»Na, Homer«, pflegte Mrs. Draper zu sagen. »Der Professor ist der geborene Lehrer. Bei ihm darfst du nicht alles für bare Münze nehmen.«

Jeder nannte sie Mom. Niemand (auch seine erwachsenen Kinder und seine Enkel nicht) nannte ihn anders als den Professor. Selbst Dr. Larch kannte seinen Vornamen nicht. War auch sein Ton professoral, manchmal sogar offiziös, so war er doch ein Mann von recht durchschnittlichen Gewohnheiten und Leidenschaften, und sein Gehabe war witzig.

»Nasse Schuhe«, sagte der Professor einmal zu Homer, »sind eine Tatsache in Maine. Sie sind ein Faktum. Deine Methode, Homer, nasse Schuhe auf ein Fensterbrett zu stellen, wo sie womöglich beim schwachen, wiewohl seltenen Erscheinen der Sonne von Maine trocknen könnten, zeugt von auffallend positivem Denken und einem unbeugsamen Optimismus. Wohlgemerkt«, fuhr der Professor fort, »zieht eine Methode, die *ich* bei nassen Schuhen empfehlen möchte – eine Methode, muß ich anfügen, die unabhängig vom Wetter ist – eine zuverlässigere Wärmequelle in Maine heran: nämlich die Heizung. Wenn du bedenkst, daß die Tage, an denen die Schuhe naß werden, in der Regel auch Tage sind, an denen wir die Sonne nicht zu Gesicht bekommen, wirst du erkennen, daß die Heizungsmethode gewisse Vorzüge hat.«

»Nicht alles für bare Münze nehmen, Homer«, sagte Mrs. Draper zu dem Jungen. Sogar der Professor nannte sie Mom; sogar Mom nannte ihn Professor.

Wenn Homer Wells auch fand, daß die Gespräche des Professors von platten Sinnsprüchen wimmelten, beschwerte er sich doch nicht. Wenn Professor Drapers Studenten und seine Kollegen von der Historischen Fakultät den Professor für einen geschwätzigen Langweiler hielten – und ihm aus dem Weg gingen wie der Hase auf der Flucht vor dem langsamen, aber gründlich schnüffelnden Hund –, konnten sie Homers Meinung über diese erste Vaterfigur seines Lebens, die es mit Dr. Larch aufnahm, nicht beeinflussen.

Homers Ankunft in Waterville wurde mit einer Aufmerksamkeit begrüßt, wie der Junge sie niemals kennengelernt hatte. Schwester Angela und Schwester Edna waren Helferinnen in der Not, und Dr. Larch war ein liebevoller, wenn auch zerstreuter Armenvogt. Mrs. Draper aber war eine Mom; sie war die Mammi aller Mammis; sie war eine Glucke. Sie war auf, bevor Homer wach wurde; die Plätzchen, die sie buk, während er sein Frühstück aß, waren mittags, wie durch ein Wunder, in seinem Jausenbeutel noch warm. Mom Draper *wanderte* mit Homer zur Schule – sie gingen über Land und verschmähten die Straße; es sei dies ihre »Natur«, sagte sie.

Nachmittags holte Professor Draper Homer auf dem Spielplatz der Schule ab – wie durch Zauberei schien der Schulschluß zeitlich mit des Professors letzter Vorlesung am College zusammenzufallen – und dann trotteten die beiden nach Hause. Im Winter, der in Waterville früh hereinbrach, war es ein buchstäbliches Trotten – auf Schneeschuhen, deren Beherrschung der Professor auf eine Stufe stellte mit der Kunst des Lesens und Schreibens.

»Übe den Körper, übe den Geist, Homer«, sagte der Professor.

Man sieht ohne weiteres, wieso der Mann Wilbur Larch beeindruckte. Er vertrat energisch das Nützlichkeitsprinzip.

In Wahrheit liebte Homer diese Routine, dieses *Trott-Trott-Trott*, diese äußerste Vorhersagbarkeit. Eine Waise ist einfach mehr Kind als andere Kinder, in ihrer grundsätzlichen Dankbarkeit für all die Dinge, die tagtäglich wiederkehren, wie nach Fahrplan. Auf alles, was zu bleiben, sich gleichzubleiben verspricht, fällt die Waise herein.

Dr. Larch führte die Knabenabteilung mit so vielen simulierten Beweisen alltäglicher Normalität, wie man sie in einem Waisenhaus eben aufrechterhalten kann. Die Mahlzeiten wurden pünktlich serviert, jeden Tag zur gleichen Zeit. Dr. Larch las jeden Abend vor, immer zur gleichen Zeit ein gleich langes Stück, auch wenn dies bedeutete, ein Kapitel mitten im Abenteuer abzubrechen, während die Jungen »Mehr! Mehr!« riefen: »Lesen Sie doch nur noch, was als *nächstes* passiert!«

Und Dr. Larch sagte immer: »Morgen, zur gleichen Stunde, am gleichen Ort.« Es gab Seufzer der Enttäuschung, aber Larch wußte, er hatte ein Versprechen gegeben; er hatte eine Routine eingeführt. »Hier in St. Cloud's«, schrieb er in sein Tagebuch, »messen wir Sicherheit an der Zahl der gehaltenen Versprechen. Jedes Kind versteht ein Versprechen – falls es gehalten wird – und freut sich schon auf das nächste Versprechen. Bei Waisen baut man Sicherheit langsam, aber regelmäßig auf.«

»*Langsam, aber regelmäßig*«, so läßt sich das Leben beschreiben, das Homer Wells bei den Drapers in Waterville führte. Jede Tätigkeit war eine Lektion; jeder Winkel des gemütlichen alten Hauses barg etwas, das man kennenlernen – auf das man fortan zählen konnte.

»Dies ist Rufus. Er ist sehr alt«, sagte der Professor und machte Homer mit dem Hund bekannt. »Dies ist Rufus' Teppich, er ist sein Königreich. Wenn Rufus auf seinem Teppich schläft, darfst du ihn nicht wecken – wenn du nicht darauf gefaßt sein willst, daß er schnappt.« Worauf der Professor den betagten Hund wachrüttelte, der *schnappend* erwachte – und dann in die Luft staunte, die er gebissen hatte, darin vielleicht die erwachsenen Kinder der Drapers witternd, die nun verheiratet waren und selbst wieder Kinder hatten.

Homer lernte sie alle am Erntedankfest kennen. Erntedank bei den Drapers, das war ein Familienereignis, garantiert geeignet, anderen Familien Minderwertigkeitskomplexe zu bereiten. Mom übertraf sich selbst an Mammihaftigkeit. Der Professor hielt über jedes nur denkbare Thema eine Vorlesung: über die Qualitäten von weißem Fleisch gegenüber rotem, über die letzten Wahlen, über den Snobismus von Salatgabeln, die Überlegenheit des Romans im neunzehnten Jahrhundert (ganz zu schweigen von anderen Aspekten der Überlegenheit jenes Jahrhunderts), die richtige Konsistenz von Preiselbeermarmelade, die Bedeutung von »Buße«, die Bekömmlichkeit körperlicher Ertüchtigung (einschließlich des Vergleichs zwischen Holzhacken und Schlittschuhlaufen), das Lasterhafte eines Mittagsschläfchens. Auf jede dieser weitschweifig vorgetragenen Ansichten des Professors antworteten seine erwachsenen Kinder (zwei verheiratete Frauen, ein verheirateter Mann) mit einer völlig ausgewogenen Mischung von:

»Ganz genau!«

»War es nicht immer so?«

»Sehr richtig, Professor!«

Diese roboterhaften Antworten wurden, mit gleicher Präzision, unterstrichen durch Moms oft wiederholtes »Bare Münze, bare Münze«.

Homer Wells lauschte diesen gleichmäßigen Rhythmen wie ein Besucher aus einer anderen Welt, der die Trommeln eines fremden Stammes zu entschlüsseln sucht. Er kam nicht dahinter. Diese scheinbare Übereinstimmung aller war überwältigend. Er sollte erst später erkennen, als er viel älter war, was ihm damals nicht hatte einleuchten wollen – diese unausgesprochene (und ausgesprochene) selbstbeweihräuchernde Humanitätsduselei, die Herzhaftigkeit, mit der das Leben wortreich versimpelt wurde.

Was immer es sein mochte, es gefiel ihm nicht mehr; es wurde zum Hindernis auf dem Weg, den er suchte, der ihn zu sich selbst führen sollte – zu dem, was er war oder sein wollte. Er konnte sich an verschiedene Dankfeste in St. Cloud's erinnern. Sie waren nicht so vergnügt gewesen wie das Dankfest bei Drapers in Waterville, aber sie erschienen ihm so viel wirklicher. Er erinnerte sich, wie er sich nützlich gefühlt hatte. Es gab immer Babys, die noch nicht allein essen konnten. Es gab immer die Möglichkeit eines Schneesturms, der das Stromnetz zusammenbrechen ließ; Homer war verantwortlich für die Kerzen und Petroleumlampen. Er war auch verantwortlich dafür, dem Küchenpersonal beim Putzen zu helfen, oder Schwester Angela beim Trösten der Weinenden zu helfen – und als Dr. Larchs Botenjunge: dies war die höchstbegehrte Verantwortung, die einem in der Knabenabteilung übertragen wurde. Bevor er zehn war, und lange bevor er von Dr. Larch ausdrücklich dazu ermahnt worden war, fühlte sich Homer Wells in St. Cloud's von seiner *Nützlichkeit* durchdrungen.

Was war los mit dem Dankfest bei Drapers, daß es so kraß abstach vom gleichen Ereignis in St. Cloud's? Mom hatte nicht ihresgleichen als Köchin; es konnte nicht am Essen liegen – das in St. Cloud's an einer sichtbaren, anscheinend unheilbaren Bleichsucht litt. Lag es am Sprechen des Dankgebets? In St. Cloud's war das Dankgebet ein stumpfes Instrument – Dr. Larch war ja kein religiöser Mensch.

»Laßt uns dankbar sein«, pflegte er zu sagen – und innezuhalten, als frage er sich eigentlich: Wofür? »Laßt uns dankbar sein für die Freundlichkeit, die wir empfangen haben«, sagte Larch, die Unerwünschten und Verlassenen um ihn her vorsichtig musternd. »Laßt uns dankbar sein für Schwester Angela und für Schwester Edna«, fügte er hinzu, mit mehr Sicherheit in der Stimme. »Laßt uns dankbar sein dafür, daß wir die freie Entscheidung haben, daß wir eine zweite Chance bekommen«, fügte er einmal hinzu, Homer Wells ins Auge fassend.

Der Vorgang des Dankgebets – beim Dankfest in St. Cloud's – war umgeben von Unwägbarkeit, begreiflicher Vorsicht, typisch Larch'scher Zurückhaltung.

Das Dankgebet bei den Drapers war überschwenglich und wunderlich. Anscheinend hing es damit zusammen, wie der Professor die Bedeutung von »Buße« definierte. Professor Draper sagte, der Anfang echter Buße sei, daß man sich als lasterhaft erkenne. Beim Dankgebet rief der Professor aus: »Sprecht mir nach – ich bin lasterhaft, ich verabscheue mich, ich bin dankbar für jeden in meiner Familie!« So sprachen sie alle – sogar Homer, sogar Mom (die diesmal mit ihrer baren Münze zurückhielt).

St. Cloud's war ein nüchterner Ort, aber seine Art, das bißchen Dank zu sagen, das es zu sagen hatte, wirkte frei, aufrichtig. Ein gewisser Widerspruch bei der Familie Draper fiel Homer zum ersten Mal am Dankfest auf. Anders als in St. Cloud's, schien das Leben in Waterville eine gute Sache – Babys zum Beispiel waren erwünscht. Woher also diese Buße? War es mit Schuld verbunden, glücklich zu sein? Und wenn Larch seinen Namen (wie Homer gehört hatte) von einem Baum hatte, so hatte Gott (von dem Homer allzu viel hörte in Waterville) seinen Namen von einem sehr viel härteren Stoff: vielleicht von Berggipfeln, vielleicht von Eis. War Gott auch ernüchternd in Waterville, so war das Dankfest der Drapers – zu Homers Erstaunen – ein trunkenes Besäufnis.

Der Professor hatte, mit Moms Worten, »einen sitzen«. Dies besagte, so folgerte Homer, daß der Professor mehr als sein normales, tägliches Quantum Alkohol konsumiert hatte – das ihn, wiederum mit Moms Worten, nur »beschwipst« machte. Erschüttert sah Homer, daß die beiden verheirateten Töchter und der verheiratete Sohn sich benahmen, als hätten auch sie einen sitzen. Und weil das Dankfest ein besonderer Anlaß war und er – mit allen Enkelkindern – länger aufbleiben durfte, beobachtete Homer jenes allabendliche Ereignis, das er bislang nur im Einschlafen gehört hatte: dieses Poltern und Zerren und Schlur-

28

fen, und dann die gedämpfte Stimme der Vernunft, nämlich die des Professors, der nuschelnd gegen die Tatsache protestierte, daß Mom ihm mit Gewalt die Treppe hinaufhalf und ihn, mit erstaunlicher Körperkraft, aufs Bett lüpfte und dort niederlegte.

»Der Wert körperlicher Ertüchtigung!« schrie der erwachsene und verheiratete Sohn, bevor er von der grünen Chaiselongue kippte und auf dem Teppich – neben dem alten Rufus – zusammenbrach, als sei er vergiftet worden.

»Wie der Vater, so der Sohn«, sagte eine der verheirateten Töchter. Die andere verheiratete Tochter, stellte Homer fest, hatte nichts zu sagen. Sie schlummerte friedlich im Schaukelstuhl; ihre ganze Hand – bis übers zweite Fingerglied – badete in ihrem beinah vollen Glas, das unsicher auf ihrem Schoß lehnte.

Die ungebärdigen Enkel verstießen gegen sämtliche Hausfriedensparagraphen. Die leidenschaftlichen Appelle des Professors, Ruhe und Ordnung zu wahren, verhallten am Dankfest offenbar ungehört.

Homer Wells, noch nicht zehn, kroch still in sein Bett. Das Heraufbeschwören einer besonders traurigen Erinnerung an St. Cloud's war ein Mittel, das ihm oft half, den Schlaf herbeizuzwingen. Er erinnerte sich an das eine Mal, als er die Mütter aus dem Spital des Waisenhauses hatte kommen sehen, das im Gesichtsfeld der Mädchenabteilung lag und an die Knabenabteilung angrenzte – beide waren durch einen langen Schuppen verbunden, einst Lagerraum für die Reserveblätter der Kreissäge. Es war früher Morgen, aber es war noch dunkel draußen, und Homer war auf die Lichter der Kutsche angewiesen, um zu erkennen, daß es schneite. Er schlief schlecht und war oft wach bei der Ankunft der Kutsche, die vom Bahnhof kam und das Küchenpersonal und die Putzfrauen und die erste Schicht fürs Spital in St. Cloud's ablieferte. Die Kutsche war bloß ein ausgemusterter Eisenbahnwaggon; im Winter auf Gleitkufen gestellt, war sie ein umgebauter Schlitten, von Pferden gezogen. Wenn nicht genug Schnee auf der Schotterstraße lag, schlugen die Schlittenkufen Funken aus den Steinen am Boden und machten ein schreckliches knirschendes Geräusch (man zögerte, die Kufen gegen Räder auszutauschen, bevor man nicht wußte, daß der Winter vorbei war). Eine Laterne, hell wie ein Leuchtfeuer, zischte neben dem dick vermummten Fahrer auf dem Behelfs-Kutschbock. Schwächere Lampen blinkten im Innern der Kutsche.

An diesem Morgen fiel Homer auf, daß Frauen im Schnee darauf warteten, von der Kutsche abgeholt zu werden. Homer kannte die Frauen nicht, die unruhig umhertrippelten, solange es dauerte, das Personal für St. Cloud's abzuladen. Offenbar bestand eine gewisse Spannung zwischen diesen Gruppen – die Frauen, die warteten, einsteigen zu können, wirkten scheu, sogar verschämt; die Männer und Frauen, die zur Arbeit kamen, wirkten vergleichsweise arrogant, sogar überheblich, und eine von ihnen (es war eine Frau) machte eine grobe Bemerkung zu einer der Frauen, die auf die Abfahrt warteten. Homer hörte die Bemerkung nicht, jedenfalls trieb sie die wartenden Frauen von der Kutsche zurück, wie ein Hauch Winterwind. Die Frauen, die in die Kutsche einstiegen, blickten sich nicht um, blickten auch einander nicht an. Sie sprachen nicht einmal miteinander, und der Fahrer, den Homer stets als freundlichen Mann gekannt hatte, der zu jedem etwas zu sagen wußte, bei jedem Wetter, hatte kein freundliches Wort für sie. Die Kutsche wendete einfach und glitt durch den Schnee zum Bahnhof; in den erleuchteten Fenstern sah Homer Wells, daß etliche der Frauen ihr Gesicht in den Händen bargen oder versteinert dasaßen, wie manche Trauernde bei einem Begräbnis – die eine Haltung völliger Teilnahmslosigkeit vortäuschen müssen, um nicht den völligen Verlust der Selbstbeherrschung zu riskieren.

Noch nie hatte er die Mütter gesehen, die ihre ungewollten Babys in St. Cloud's bekamen und dort zurückließen, und diesmal sah er sie auch nicht sehr deutlich. Zweifellos war es bedeutungsvoll, daß er sie zum erstenmal beim Abschiednehmen sah und nicht bei der Ankunft, mit vollem Bauch und ihrer Sorgen unentbunden. Bedeutsamer noch, Homer wußte, daß sie nicht *all* ihrer Sorgen entbunden waren, wenn sie fortgingen. Keine, die er je gesehen, wirkte trostloser als diese Frauen; es war kein Zufall, vermutete er, daß sie in der Dunkelheit fortgingen.

Als er sich in den Schlaf zu wiegen versuchte, in jener Erntedanknacht bei Drapers in Waterville, sah Homer Wells die Mütter im Schnee fortgehen, doch er sah sogar mehr, als er tatsächlich gesehen hatte. In den Nächten, wenn er nicht schlafen konnte, fuhr Homer mit den Frauen in der Kutsche zum Bahnhof. Er stieg in den Zug mit ihnen, er fuhr nach Hause mit ihnen; er fand *seine* Mutter heraus und folgte *ihr*. Es war schwer zu erkennen, wie sie aussah und wo sie wohnte, woher sie gekommen war, ob sie dorthin zurückkehrte – und schwerer noch, sich vorzustellen, wer sein Vater sei, und ob sie zu *ihm* zurückkehrte. Wie die meisten Waisen stellte Homer sich oft vor, seine fehlenden Eltern zu sehen, aber immer blieb er von ihnen unerkannt. Als Kind war es ihm peinlich, wenn er dabei ertappt wurde, wie er Erwachsene anstarrte – manchmal liebevoll, manchmal mit einer instinktiven Feindseligkeit, die er selbst in seinem Gesicht nicht wiedererkannt hätte.

»Laß das, Homer«, pflegte Dr. Larch bei solchen Gelegenheiten zu sagen. »Hör endlich auf damit.«

Als Erwachsener ließ Homer sich immer noch beim Anstarren ertappen.

In der Erntedanknacht aber, in Waterville, starrte er so angestrengt in das Leben seiner *wirklichen* Eltern, daß er sie beinah gefunden hätte, bevor er erschöpft einschlief. Plötzlich wurde er jäh geweckt von einem der Enkel, einem älteren Jungen; Homer hatte vergessen, daß er sein Bett mit ihm teilen sollte, weil das Haus überfüllt war.

»Mach Platz«, sagte der Junge. Homer machte Platz. »Laß deinen Pimmel in deinem Pyjama«, sagte der Junge zu Homer, der keine Absicht hatte, ihn herauszuholen. »Weißt du, was *Fummeln* ist?« fragte der Junge dann.

»Nein«, sagte Homer.

»Doch, du weißt es, Pimmelsack«, sagte der Junge. »Ihr tut ja nichts anderes, ihr in St. Cloud's. Ihr befummelt euch. Die ganze Zeit. Versuche es nur, mich zu befummeln, und ich sage dir, du wirst zurückgeschickt, ohne deinen Pimmel«, sagte der Junge. »Ich werd dir den Pimmel abschneiden und ihn dem Hund verfüttern.«

»Du meinst Rufus?« fragte Homer Wells.

»Ganz richtig, Pimmelsack«, sagte der Junge. »Willst du mir immer noch erzählen, daß du nicht weißt, was Fummeln ist?«

»Ich weiß nicht«, sagte Homer.

»Du willst, daß ich's dir zeige, nicht wahr?« sagte der Junge.

»Ich glaube nicht«, sagte Homer.

»Doch, tust du, Pimmelsack«, sagte der Junge, und dann versuchte er, Homer Wells zu befummeln. Homer hatte nie gesehen oder gehört, daß jemand in St. Cloud's auf diese Weise mißbraucht worden wäre. Auch wenn der ältere Junge seinen Fummel-Stil auf einem Internat gelernt hatte – einem sehr guten –, hatte man ihm dort nichts beigebracht über die Art von Geschrei, die Homer Wells bei der Familie in Three Mile Falls gelernt hatte. Jetzt aber schien es Homer an der Zeit, zu schreien – und zwar laut, wenn man der Fummelei entkommen wollte – und sein Geschrei weckte den einzigen Erwachsenen im Hause Draper, der nur schlafen gegangen war (statt bewußtlos umzufallen). Mit anderen Worten, Homer weckte Mom. Er weckte auch alle Enkelkinder, und weil einige von ihnen jünger waren als Homer, und weil sie alle keine Ahnung hatten von Homers Leistungen beim Zetern, stürzte sein Geschrei sie in nackte Panik – und rüttelte sogar Rufus wach, der schnappte.

»Was, um Himmelswillen?« fragte Mom vor Homers Tür.

»Er versuchte mich zu befummeln, da hab ich ihm eins verpaßt«, sagte der Internatsschüler. Homer, dem darum zu tun war, sein legendäres Geschrei unter Kontrolle zu bringen – es in die Vergangenheit zurückzuschicken –, wußte nicht, daß man Enkeln mehr Glauben schenkt als Waisen.

»Hier in St. Cloud's«, schrieb Dr. Larch, »ist es selbstzerstörerisch und grausam, sich allzu viele Gedanken zu machen über die Vorfahren. In anderen Teilen der Welt, muß ich leider sagen, stehen die Vorfahren einer Waise stets unter Verdacht.«

Mom prügelte den Jungen so hart, wie nur je ein Vertreter der gescheiterten Familie aus Three Mile Falls ihn geprügelt hatte. Dann verbannte sie ihn für den Rest der Nacht in den Heizungskeller; wenigstens war es warm und trocken dort unten, und es gab ein Feldbett, das im Sommer bei Camping-Ausflügen benützt wurde.

Es gab auch eine Menge nasser Schuhe – darunter sogar ein Paar, das Homer gehörte. Einige der nassen Socken waren schon beinah trocken und paßten ihm. Das Angebot an feuchten Skianzügen und rustikalen Wanderklamotten bot Homer eine hinlängliche Auswahl. Er kleidete sich in warme Freizeitsachen, die – meistenteils – beinah trocken waren. Er wußte, Mom und der Professor hielten viel zu große Stücke auf ›die Familie‹, um ihn wegen bloßer Fummelei nach St. Cloud's zurückzuschicken; wenn er zurück wollte, und das wollte er, mußte er aus eigenem Antrieb gehen.

Tatsächlich hatte Mom Homer eine Vorschau vermittelt, wie seine angebliche Fummelei behandelt und zweifellos geheilt werden würde. Sie ließ ihn vor dem Feldbett im Heizungskeller niederknien.

»Sprich mir nach«, sagte sie und wiederholte des Professors sonderbare Version des Dankgebets. »Ich bin lasterhaft, ich verabscheue mich«, sprach Mom, und Homer sprach es ihr nach – wohl wissend, daß jedes Wort gelogen war. Noch nie hatte er sich selbst so gut leiden können. Er fühlte, er war auf der Spur, herauszufinden, wer er war und wie er sich nützlich machen konnte, aber er wußte, der Weg führte zurück nach St. Cloud's.

Als Mom ihm einen Gutenachtkuß gab, sagte sie: »Na, Homer, mach dir keine Sorgen, was der Professor dazu sagen wird. Was immer er sagt, du darfst es nicht für bare Münze nehmen.«

Homer Wells wartete den Vortrag des Professors über die Fummelei nicht ab. Homer trat ins Freie; auch der Schnee konnte ihn nicht aufhalten. 193–, in Waterville, überraschte es niemanden, zum Dankfest so viel Schnee auf der Erde zu sehen; und Professor Draper hatte Homer sorgfältig über die Meriten und Methoden des Schneeschuhlaufs aufgeklärt.

Homer war ein tüchtiger Wanderer. Ganz leicht fand er die Straße zur Stadt, und dann die breitere Landstraße. Es war schon heller Tag, als der erste Lastwagen hielt; es war ein Holzfuhrwerk. Dies schien Homer ganz angemessen für das Ziel seiner Reise. »Ich gehöre nach St. Cloud's«, erzählte er dem Fahrer. »Ich habe mich verlaufen.« 193– wußte jeder Holzfuhrwerker, wo St. Cloud's lag. Dieser Fahrer wußte, es lag in entgegengesetzter Richtung.

»Du bist auf dem falschen Weg, Kleiner«, riet er dem Jungen. »Dreh dich um und warte auf ein Fuhrwerk, das in die andere Richtung fährt. Wie sagst du, du bist *aus* St. Cloud's?« fragte der Fahrer. Wie die meisten Menschen dachte er, daß Waisen nur immer aus dem Waisenhaus *weg*laufen, und nicht zu ihm hin.

»Ich gehöre einfach dorthin«, sagte Homer Wells, und der Fahrer winkte zum Abschied. Nach Dr. Larchs Auffassung konnte dieser Fahrer – da er so fühllos war, einen Jungen allein im Schnee losziehen zu lassen – nur ein Angestellter der Ramses-Papierfabrik sein.

Der nächste Fahrer steuerte ebenfalls ein Holzfuhrwerk. Es war leer, es war unterwegs in den Wald, um noch mehr Baumstämme zu holen, und St. Cloud's lag mehr oder minder am Weg.

»Ein Waisenjunge?« fragte der Fahrer, als Homer sagte, daß er nach St. Cloud's wolle.

»Nein«, sagte Homer. »Ich gehöre einfach dorthin – einstweilen.«

193– dauerte es lange in Maine, um irgendwohin zu fahren, besonders bei Schnee auf der Straße. Es wurde schon dunkel, als Homer in sein Zuhause zurückkehrte. Die Tönung des Lichts war dieselbe wie an dem frühen Morgen, als er die Mütter gesehen hatte, die ihre Kinder verließen. Homer stand eine Zeitlang vor dem Eingang zum Spital und sah den Schnee fallen. Dann ging er und stellte sich vor den Eingang der Knabenabteilung. Dann ging er zurück und stand draußen vor dem Eingang zum Spital, weil dort besseres Licht war.

Er dachte noch immer nach, was er Dr. Larch eigentlich sagen solle, als die Kutsche vom Bahnhof – jener unselige Schlitten –

vor der Einfahrt zum Spital hielt und eine einzige Reisende absetzte. Sie war so schwanger, daß der Fahrer zuerst besorgt schien, sie könnte ausrutschen und stürzen; dann schien der Fahrer sich zu besinnen, warum die Frau gekommen war, und vielleicht schien es ihm unmoralisch, einer solchen Frau tatsächlich über den Schnee zu helfen. Er fuhr los und überließ es *ihr*, sich vorsichtig einen Weg zum Eingang zu bahnen – und zu Homer Wells. Homer läutete die Türglocke für die Frau, die nicht zu wissen schien, was sie tun sollte. Es kam ihm vor, als hoffte sie auf ein wenig Zeit, um nachzudenken, was auch sie zu Dr. Larch sagen solle.

Für jeden, der die beiden dort stehen sah, war dies eine Mutter mit ihrem Sohn. Eben diese Vertrautheit lag in der Art, wie sie einander anschauten, und in dem klaren Einander-erkennen – sie wußten ganz genau, was mit dem anderen los war. Homer hatte Angst vor dem, was Dr. Larch zu ihm sagen würde, doch er erkannte, daß die Frau noch größere Angst hatte – die Frau kannte Dr. Larch nicht; sie hatte keine Ahnung, was für ein Ort St. Cloud's war.

Innen gingen mehr Lichter an, und Homer erkannte die engelhafte Gestalt Schwester Angelas, die kam, um die Tür zu öffnen. Aus irgendeinem Grund streckte er die Hand aus und griff nach der Hand der schwangeren Frau. Vielleicht war es die angefrorene Träne in ihrem Gesicht, die das neue Licht ihn hatte sehen lassen, doch er brauchte auch selbst eine Hand, um sich zu halten. Er – Homer Wells – war gefaßt, als Schwester Angela ungläubig in die Schneenacht hinauslugte, während sie sich mühte, die angefrorene Tür zu öffnen. Zu der schwangeren Frau und ihrem ungewollten Kind sagte Homer: »Keine Angst, alle sind freundlich hier.«

Er spürte, wie die schwangere Frau seine Hand drückte, so fest, daß es schmerzte. Das Wort »Mutter!« lag ihm sonderbar auf den Lippen, als Schwester Angela endlich die Tür aufstieß und Homer Wells in die Arme zog.

»Oh, *oh*!« rief sie. »Oh, *Homer – mein* Homer, *unser* Homer! Ich wußte, du würdest wiederkommen!«

Und weil die Hand der schwangeren Frau noch immer Homers Hand hielt – keiner von beiden hatte geglaubt loslassen zu können – drehte sich Schwester Angela zur Seite und schloß auch die Frau in ihre Umarmung ein.

Es schien Schwester Angela, als sei auch diese schwangere Frau eine Waise, die (wie Homer Wells) genau dorthin gehörte, wo sie jetzt stand.

Was er Dr. Larch erzählte, war, daß er sich in Waterville nicht nützlich gefühlt habe. Wegen der Dinge, die die Drapers erzählt hatten, als sie Larch anriefen, um zu sagen, daß Homer weggelaufen sei, mußte Homer das mit der Fummelei erklären – anschließend erklärte St. Larch Homer alles über die Fummelei. Der Suff des Professors verwunderte Larch (in der Regel hatte er solche Sachen schnell los) und die Gebete erstaunten Larch. Dr. Larchs Brief an die Drapers war von einer Bündigkeit, wie sie selbst beim Professor nur selten vorkam.

»Tut Buße«, lautete der Brief. Larch hätte es dabei belassen können, aber er konnte nicht widerstehen, hinzuzufügen: »*Ihr* seid lasterhaft, Ihr solltet *Euch* verabscheuen.«

Wilbur Larch wußte, daß eine vierte Pflegefamilie für Homer Wells nicht so einfach zu finden sein würde. Die Suche kostete Dr. Larch drei Jahre, und Homer war inzwischen zwölf – beinah dreizehn. Larch wußte, welche Gefahr bestand: Homer würde sehr viele Jahre brauchen, um sich woanders so wohl zu fühlen wie in St. Cloud's.

»Hier in St. Cloud's«, schrieb Larch in sein Tagebuch, »haben wir nur ein Problem. Daß es immer Waisen geben wird, gehört nicht in die Kategorie Problem; es läßt sich einfach nicht lösen – wir tun das beste dabei, was wir können; wir sorgen für sie. Daß unser Budget immer zu klein sein wird, ist ebenfalls kein Problem – ein Waisenhaus ist immer von der Pleite bedroht; so muß es sein, per Definition. Und es ist *kein* Problem, daß nicht jede Frau, die schwanger wird, unbedingt auch ihr Baby haben will; vielleicht dürfen wir einer aufgeklärteren Zeit entgegensehen, da die Frau das Recht haben wird, die Geburt eines ungewollten

Kindes abzuwenden – doch einige Frauen werden immer unwissend sein, werden immer verwirrt sein, werden immer verängstigt sein. Auch in aufgeklärten Zeiten wird es unerwünschten Babys gelingen, auf die Welt zu kommen.

Und es wird immer Babys geben, die sehr erwünscht *waren*, dann aber als Waisen *enden* – sei es durch Unfall, durch vorsätzliche oder zufällige Akte der Gewalt, die ebenfalls keine Probleme sind. Hier in St. Cloud's würden wir unsere beschränkte Kraft und unsere beschränkte Phantasie vergeuden, wollten wir die Schattenseiten des Lebens auffassen, als ob sie Probleme *wären*. Hier in St. Cloud's haben wir nur ein Problem. Sein Name ist Homer Wells. Wir sind sehr erfolgreich gewesen bei Homer. Es ist uns gelungen, das Waisenhaus zu seinem Zuhause zu machen, und eben dies ist das Problem. Wenn man versucht, einer staatlichen oder anderen öffentlichen Institution etwas von jener Liebe zu schenken, die in eine Familie investiert werden sollte – und wenn diese Institution ein Waisenhaus ist und es *gelingt* einem, ihm Liebe zu schenken – wird man ein Monstrum schaffen: ein Waisenhaus, das nicht Zwischenstation ist zu einem besseren Leben, sondern ein Waisenhaus, das die erste und letzte Station ist, der einzige Ort, den die Waise je akzeptieren wird.

Es gibt keine Entschuldigung für Grausamkeit, doch – in einem Waisenhaus – sind wir womöglich verpflichtet, Liebe vorzuenthalten. Wenn man es in einem Waisenhaus versäumt, Liebe vorzuenthalten, wird man ein Waisenhaus schaffen, das keine Waise bereitwillig verlassen wird. Man wird einen Homer Wells schaffen – eine wahre Waise, weil sein einziges Zuhause immer St. Cloud's sein wird. Gott (oder wer immer) verzeihe mir. Ich habe eine Waise geschaffen; ihr Name ist Homer Wells, und er wird immer nach St. Cloud's gehören.«

Als Homer zwölf war, hatte er das Sagen im Haus. Er kannte seine Öfen und seine Holzkästen, seine Sicherungsboxen und seine Wäschetruhen, die Wäscherei, die Küche, die Winkel, wo die Katzen schliefen – er wußte, wann Post kam und wer welche bekam, wußte die Namen aller, und wer in welcher Schicht arbeitete; wußte auch, wohin die Mütter zum Rasieren gingen, wenn sie eintrafen, wie lange die Mütter blieben, wann sie gingen – ob, und mit welcher Hilfe. Er kannte die Glocken; ja, er läutete sie. Er wußte, wer die Hauslehrer waren; er erkannte sie an ihrem Gang, wenn sie vom Bahnhof kamen, schon aus zweihundert Metern Entfernung. Er war sogar in der Mädchenabteilung bekannt, obwohl die wenigen Mädchen, die älter waren als er, ihm angst machten und er möglichst wenig Zeit dort verbrachte – nur, um Aufträge für Dr. Larch zu erledigen, um Nachrichten und Arzneien zu überbringen. Die Direktorin der Mädchenabteilung war keine Ärztin, und wenn die Mädchen krank waren, besuchten sie daher Dr. Larch im Spital, oder Dr. Larch kam in die Mädchenabteilung, um nach ihnen zu sehen. Die Direktorin der Mädchenabteilung war eine Bostoner Irin und hatte einige Zeit im Neu-England-Heim für kleine Landstreicher gearbeitet. Sie hieß Mrs. Grogan, obwohl sie nie einen Mr. Grogan erwähnte, und niemand, der sie sah, konnte sich so leicht vorstellen, daß es je einen Mann in ihrem Leben gegeben hatte. Vielleicht gefiel ihr der Klang von Missus besser als der Klang von Miss. Im Neu-England-Heim für kleine Landstreicher hatte sie einer Gemeinschaft angehört, den Kleinen Dienerinnen Gottes, was Dr. Larch stutzig machte. Aber Mrs. Grogan machte keine Anstalten, in St. Cloud's Mitglieder für eine solche Gemeinschaft zu werben; vielleicht war sie zu beschäftigt – neben ihren Pflichten als Direktorin der Mädchenabteilung war sie verantwortlich dafür, das wenige an Bildung zu verwalten, das für die Waisen verfügbar war.

Wenn es eine Waise gab, die über die sechste Schulklasse hinaus in St. Cloud's blieb, gab es keine Schule mehr, die sie hätte besuchen können – und die einzige Schule für die Klassen eins bis sechs war in Three Mile Falls; es war mit dem Zug nur eine Station von St. Cloud's entfernt, aber 193– hatten die Züge oft Verspätung, und der Donnerstags-Lokomotivführer war bekannt dafür, daß er im Bahnhof von St. Cloud's zu halten vergaß (als habe der Anblick so vieler verlassener Bauten ihn überzeugt, daß St. Cloud's immer noch eine Geisterstadt sei, oder vielleicht mißbilligte er auch die Frauen, die hier aus dem Zug stiegen).

Die Mehrzahl der Schüler in der Ein-Klassen-Schule von Three Mile Falls dünkte sich den sporadisch anwesenden Waisen überlegen; dies Gefühl war am stärksten verbreitet bei Schülern, die aus Familien stammten, wo sie vernachlässigt oder mißhandelt wurden, oder beides, und darum bestanden die Schulklassen eins bis sechs für Homer aus Erlebnissen eher kämpferischer denn erzieherischer Art. Jahrelang fehlte er an drei von vier Donnerstagen, und mindestens einen weiteren Tag (jede Woche), weil der Zug Verspätung hatte; im Winter versäumte er einen Tag die Woche, weil er krank war. Und wenn zuviel Schnee lag, fuhren die Züge nicht.

Die drei Hauslehrer litten unter denselben Risiken, denen der Eisenbahnverkehr in jenen Jahren ausgesetzt war, denn sie kamen alle aus Three Mile Falls nach St. Cloud's. Da war eine Frau, die Mathematik lehrte; sie war Buchhalterin bei einer Textilfabrik – »eine echte Steuerberaterin«, hatte Schwester Edna ausgerufen –, doch sie lehnte es ab, irgend etwas mit Algebra oder Geometrie zu schaffen zu haben, und sie bevorzugte Addition und Subtraktion entschieden vor der Multiplikation und Division (Homer sollte ein erwachsener Mann werden, bevor Dr. Larch entdeckte, daß der Junge niemals das Einmaleins gelernt hatte).

Eine andere Frau, Witwe eines wohlhabenden Klempners, lehrte Grammatik und Rechtschreibung. Ihre Methode war streng und verzwickt. Sie präsentierte große Haufen falsch geschriebener Wörter, ohne Groß- oder Kleinschreibung, ohne Punkt und Komma, und dann verlangte sie, diese Haufen in richtige Sätze zu bringen, peinlich genau interpunktiert und korrekt geschrieben. Anschließend korrigierte sie die Korrekturen; das endgültige Dokument – sie verwendete ein System verschiedenfarbiger Tinten – glich einem oft revidierten Staatsvertrag zwischen zwei halbanalphabetischen Ländern im Kriegszustand. Der Text selbst blieb Homer beinah immer fremd, auch wenn er endlich richtig geschrieben war. Und zwar, weil die Frau eifrig aus einem Familiengesangbuch zitierte – und Homer hatte noch nie eine Kirche von innen gesehen oder ein Kirchenlied gehört (wenn man die Weihnachtslieder nicht mitzählte oder die Hymnen, die Mrs. Grogan sang; aber die Klempnerswitwe war nicht so dumm, Weihnachtslieder zu benutzen). Homer Wells hatte Alpträume vom Entziffern der Texte, die die Witwe des Klempners zusammenbraute.

> o här main god wan ych ihm härpst mir wunter
> bedrachte disse wält fon dainer hant geschawen ...

Oder:

> o fälz ter efichkaiten gip zuhfluchd mihr bay tir ...

Der dritte Hauslehrer, ein pensionierter Schulmeister aus Camden, war ein unglücklicher alter Mann, der im Haus seiner Tochter lebte, weil er nicht selbst für sich sorgen konnte. Er unterrichtete Geschichte, aber er besaß keine Bücher. Er unterrichtete Weltgeschichte aus der Erinnerung; die Jahreszahlen, sagte er, wären nicht so wichtig. Er war imstande, einen Wortschwall von einer vollen halben Stunde über Mesopotamien loszulassen, aber wenn er innehielt, um Luft zu holen oder einen Schluck Wasser zu trinken, fand er sich in Rom oder in Troja wieder; er rezitierte lange, ununterbrochene Abschnitte aus dem Thukydides, aber ein bloßer Schluckauf trug ihn nach Elba, zu Napoleon.

»Ich finde«, bemerkte Schwester Edna eines Tages zu Dr. Larch, »es gelingt ihm, ein Gefühl für die Bandbreite der Geschichte zu vermitteln.«

Schwester Angela verdrehte die Augen. »Wenn ich versuche, ihm zuzuhören«, sagte sie, »fallen mir hundert gute Gründe ein für den Krieg.«

Sie meinte, wie Homer es verstand, daß niemand so lange leben sollte.

Man begreift leicht, warum Homer an seinen häuslichen Pflichten mehr Freude fand als an Bildung.

Homers liebste Pflicht war, für Dr. Larch die abendliche Lektüre auszuwählen. Er sollte eine Passage abschätzen, für die Dr.

Larch beim Vorlesen exakt zwanzig Minuten brauchen würde; dies war schwierig, denn wenn Homer sich selbst vorlas, las er viel langsamer als Dr. Larch, aber wenn er einfach leise für sich las, las er viel schneller als Dr. Larch vorlesen konnte. Zu je zwanzig Minuten pro Abend, brauchte Dr. Larch mehrere Monate um *Große Erwartungen* zu lesen, und mehr als ein Jahr, um *David Copperfield* zu lesen – wonach St. Larch Homer eröffnete, daß er wieder am Anfang von *Große Erwartungen* beginnen werde. Außer Homer waren die Waisen, die das erstemal *Große Erwartungen* gehört hatten, fortgezogen.

Ohnehin verstand fast keiner von ihnen *Große Erwartungen* oder *David Copperfield*. Nicht nur waren sie zu klein für die Dickens'sche Sprache, sie waren auch zu klein, um die alltägliche Sprache von St. Cloud's zu begreifen. Worauf es Dr. Larch ankam, war die Idee des Vorlesens selbst – es war ein erfolgreiches Schlafmittel für die Kinder, die nicht wußten, was sie da hörten, und für die wenigen, die sowohl die Wörter wie auch die Handlung verstanden, war das abendliche Vorlesen eine Möglichkeit, in ihren Träumen, ihren Phantasien St. Cloud's zu verlassen.

Dickens war Dr. Larchs persönlicher Lieblingsautor. Kein Zufall natürlich, daß *Große Erwartungen* und *David Copperfield* beide von Waisen handelten. (»Was, zum Teufel, sollte man Waisen auch sonst vorlesen?« fragte Dr. Larch in seinem Tagebuch.)

Und also war Homer Wells wohlvertraut mit dem Bild jenes Galgens in den Themsemarschen – »mit Ketten daran hangend, die einst einen Seeräuber festhielten« – und Homers Vorstellung von Pip, dem Waisenjungen, und von Magwitch, dem Sträfling ... und von der schönen Estella, der rachsüchtigen Miss Havisham ... lieferte ihm die Details, wenn er im Einschlafen den geisterhaften Müttern folgte, die im Schutz der Dunkelheit St. Cloud's verließen, um in den pferdegezogenen Kutschwagen einzusteigen, oder später in den Bus, der die Kutsche ablöste und Homer ein erstes Gefühl vom Vergehen der Zeit gab, vom Fortschritt. Nachdem der Bus die Kutsche abgelöst hatte, wurde aller

Busverkehr nach St. Cloud's eingestellt. Danach gingen die Mütter zu Fuß. Dies gab Homer eine noch tiefere Einsicht in den Fortschritt.

Die Mütter, die er im Schlaf sah, veränderten sich nie. Aber die Männer, die sich nicht die Mühe gemacht hatten, sie nach St. Cloud's zu begleiten – wo waren sie? Homer liebte die Stelle in *Große Erwartungen*, wo Pip gerade aufgebrochen ist und sagt: »Feierlich stiegen die Nebel alle... und die Welt lag vor mir ausgebreitet.« Ein Junge aus St. Cloud's wußte ausreichend Bescheid über die »Nebel« – sie waren es, die den Fluß verhüllten, die Stadt und das Waisenhaus selbst; sie trieben von Three Mile Falls den Fluß herab; sie verbargen einem die eigenen Eltern. Sie waren die Wolken von St. Cloud's, die es den eigenen Eltern erlaubten, sich ungesehen davonzustehlen.

»Homer«, pflegte Dr. Larch zu sagen, »eines Tages wirst du den Ozean sehen. Bislang bist du nur bis in die Berge gekommen; sie sind lange nicht so eindrucksvoll wie das Meer. Da hängt ein Nebel über der Küste – er kann schlimmer sein als der Nebel hier – und wenn der Nebel sich hebt, Homer... nun«, sagte St. Larch, »das ist ein Augenblick, den du erlebt haben mußt.«

Aber Homer hatte es bereits gesehen, er hatte es sich bereits vorgestellt – »die Nebel alle... die feierlich stiegen«. Er lächelte Dr. Larch an und empfahl sich; es war Zeit, eine Glocke zu läuten. Und das tat er auch – Glockenläuten – als seine vierte Pflegefamilie in St. Cloud's eintraf; Homer hatte keine Mühe, das Paar zu erkennen.

Sie waren, wie man heute sagen würde, ein sportliches Ehepaar. In Maine, im Jahr 193–, als Homer zwölf war, galten die Leute, die Homer adoptieren wollten, schlicht als Fanatiker, die alles machten, was man in freier Natur machen konnte. Sie waren ein Wildwasserkanutenehepaar, ein Ozeanseglerpaar – ein Bergsteiger-, Tiefseetaucher-, Wildnis-Camper-Paar. Sie waren ein Hundert-Meilen-(im Eilmarsch)-Trekker-Ehepaar. Athleten – aber nicht aus dem Sportverein; ein organisiertes Memmensportlerpaar waren sie nicht.

An dem Tag, als sie in St. Cloud's eintrafen, läutete Homer

Wells die Zehn-Uhr-Glocke vierzehnmal. Er war wie verzaubert von ihnen – von ihrem kräftigen, muskulösen Äußern, ihrem federnden Schritt, von seinem Safarihut, von ihrer Buschmachete in langer Lederscheide (mit Indianerperlen), die sie am Patronengurt trug. Beide hatten sie Stiefel an, die gut ein-marschiert aussahen. Ihr Fahrzeug war ein handgebastelter Vorläufer dessen, was man in späteren Jahren als Campingbus bezeichnen sollte; es schien dazu ausgestattet, ein Nashorn zu fangen und zu beherbergen. Homer sah augenblicklich voraus, daß er gezwungen sein würde, Bären zu jagen, mit Krokodilen zu raufen – kurz, sich von dem zu ernähren, was der Boden hergab. Schwester Edna fiel ihm in den Arm, bevor er fünfzehn Uhr läuten konnte.

Wilbur Larch wollte vorsichtig sein. Er fürchtete nicht für die geistige Entwicklung Homers. Ein Junge, der selbst *David Copperfield* und *Große Erwartungen* gelesen hat, beide zweimal – und beide Bücher Wort für Wort vorlesen gehört hat, ebenfalls zweimal – ist geistig besser gerüstet als die meisten. Dr. Larch fand, daß die körperliche oder athletische Entwicklung des Jungen weniger verläßlich gewesen sei. Sport war für Larch etwas Oberflächliches, verglichen mit dem Erlernen wichtigerer, notwendigerer Fähigkeiten. Larch wußte, daß das sportliche Angebot von St. Cloud's – es bestand bei schlechtem Wetter aus Hallenfußball im Speisesaal – unzulänglich war. Bei gutem Wetter spielten die Knaben- und Mädchenabteilung Fangen oder Topfschlagen, und manchmal gaben sich Schwester Angela oder Schwester Edna als Werfer beim Schlagball her. Der Ball bestand aus ein paar Socken, mit Klebeband umwickelt; er flog schlecht. Larch hatte nichts gegen ein Leben in freier Natur; er kannte ja keines. Er vermutete, etwas von der dabei vergeudeten Energie (für Larch: vergeudet) werde Homer guttun – vielleicht konnte solch körperliche Betätigung bei dem Jungen den Sinn fürs Komische steigern.

Eine Quelle der Komik war für Schwester Edna und Schwester Angela der Name des Ehepaars. Mit Familiennamen hießen sie Winkle – er hieß Grant, sie hieß Billy. Sie gehörten zu der sehr kleinen Geldschicht von Maine. Ihr Geschäft, wie sie es albernerweise nannten, brachte ihnen keinen Cent, aber sie hatten es nicht nötig, Geld zu verdienen; sie waren reich geboren. Ihr unnützes Unternehmen bestand darin, Leute in die Wildnis mitzunehmen und ihnen das Gefühl zu vermitteln, als wären sie dort verloren; sie nahmen auch Leute mit, wenn sie in wackeligen Schlauchbooten und Kanus über Stromschnellen hinabschossen, und verschafften ihnen das Gefühl, als würden sie gewiß zerschmettert, bevor sie ertranken. Die Winkles betätigten sich in der Branche der Gefühlsproduktion für Leute, die so weit entfernt waren von eigenen, durch die eigenen Lebensumstände hervorgerufenen Gefühlen, daß nur noch das große (aber simulierte) Abenteuer ihnen eine Reaktion entlocken konnte. Das »Geschäft« der Winkles beeindruckte Larch wenig; er wußte, sie waren reiche Leute, die einfach taten, was ihnen gefiel, und die das Bedürfnis hatten, dem, was sie taten, einen ernsteren Namen zu geben als Spiel. Was Dr. Larch beeindruckte, war die Tatsache, daß die Winkles irrsinnig glücklich waren. Bei Erwachsenen – und bei Waisen –, so hatte Larch festgestellt, war irrsinniges Glück eine Seltenheit.

»In anderen Teilen der Welt«, schrieb Dr. Larch, »hält man irrsinniges Glücklichsein für einen Geisteszustand. Hier in St. Cloud's stellen wir fest, daß irrsinniges Glücklichsein nur den völlig Geistlosen möglich ist. Ich bezeichne es daher als jenes höchst selten Ding: einen Zustand der Seele.« Larch war oft witzig, wenn er von der Seele sprach. Er hänselte Schwester Edna und Schwester Angela gerne im Operationssaal, wo das Thema Seele die guten Schwestern unvorbereitet traf.

Einmal, vor einer aufgeschnittenen Leiche auf dem Tisch, deutete Larch theatralisch auf ein glattes, kastanienbraunes Gebilde unter dem Brustkorb, und über den Eingeweiden der Bauchhöhle; es sah aus wie ein dreipfündiger Brotlaib oder wie eine Schnecke mit zwei Kriechfüßen. »Seht!« flüsterte Larch. »Man bekommt sie nur selten zu Gesicht, aber wir haben sie beim Mittagsschlaf überrascht. Seht, schnell, bevor sie sich regt!« Die Schwestern sperrten Mund und Augen auf. »Die *Seele*«, flüsterte Larch ehrfürchtig. Tatsächlich war es die größte Drüse des menschlichen Körpers, ausgestattet mit Fähigkeiten, wie sie auch der Seele zugeschrieben werden – zum Beispiel, ihre mißhandelten Zellen selbst zu erneuern. Es war die *Leber*, an die Larch mehr Gedanken wendete als an die Seele.

Mochte aber das irrsinnige Glück der Winkles ein Geisteszustand sein oder ein Zustand der Seele, Wilbur Larch wünschte sich, daß etwas davon auf Homer Wells abfärben möge. Die Winkles hatten sich schon immer ein Kind gewünscht, »um zusammen mit uns die Welt der Natur zu erleben«, wie sie sagten, »und natürlich auch, um ein Kind glücklich zu machen.« Wenn Dr. Larch die beiden so anschaute, machte er sich seine eigenen Gedanken darüber, weshalb sie sich nicht erfolgreich fortpflanzen konnten. Mangel an nötiger Konzentration, dachte Larch. Und Larch vermutete, daß die Winkles nie lange genug Rast machten, um sich zu paaren. Vielleicht, so spekulierte er, Billy Winkle betrachtend, ist sie in Wirklichkeit keine Frau.

Grant hatte einen Plan. Er hat kein Gesicht, stellte Dr. Larch fest, als er die stumpfen Gesichtszüge des Mannes zu erkennen suchte, irgendwo zwischen seinem blonden Bart und seinem noch blonderen Haar. Sein Haar, zu Ponyfransen gestutzt, verdeckte gänzlich die niedrige Stirn. Die Wangen, oder was Larch von ihnen erkennen konnte, waren Wülste, die Augen dahinter versteckt. Der Rest war Bart – ein blondes Dickicht, bei dem Billy Winkle, so stellte Larch sich vor, eine Machete brauchte, um sich einen Weg freizuhacken. Grant hatte den Plan, sich Homer ein Weilchen auszuborgen, zum Elche-Pirschen. Die Winkles wollten einen Ausflug mit Kanu und zu Fuß durch den nördlichen Staatsforst machen, und der Hauptspaß dabei sollte sein, Elche zu beobachten. Ein zusätzliches Vergnügen sollte es werden, Homer Wells ein wenig mit dem Wildwasser bekannt zu machen.

Ein solcher Ausflug, meinte St. Larch, in den mächtigen Händen der Winkles, konnte Homer nicht gefährlich werden. Weniger überzeugt war er, ob Homer bei diesen Leuten würde bleiben wollen, um sich schließlich von ihnen adoptieren zu lassen. Er machte sich kaum Sorgen, daß die Verrücktheit der

Winkles den Jungen stören könnte, und das tat sie denn auch nicht. Welcher Junge fühlt sich schon gestört durch das ewige Abenteuer? Vielmehr argwöhnte Wilbur Larch, die Winkles könnten Homer zu Tränen langweilen, wenn nicht zu Tode. Ein Camping-Ausflug in den Staatsforst – etwas Wildwasser dann und wann, ein paar Elche – mochten dem Jungen eine Ahnung vermitteln, ob er es für immer bei Grant und Billy würde aushalten können oder nicht.

»Und wenn es dir Spaß macht in den Wäldern«, sagte Grant Winkle fröhlich zu Homer, »nehmen wir dich mit aufs Meer!« Vermutlich reiten sie auf Walfischen, überlegte sich Homer. Sie hänseln die Haie, dachte Dr. Larch.

Dr. Larch aber wollte, daß Homer es versuchte, und Homer Wells war bereit – für St. Larch hätte er alles versucht.

»Nichts Gefährliches«, sagte Larch streng zu den Winkles.

»O nein, Hand aufs Herz!« rief Billy; auch Grant legte die Hand auf sein Herz.

Dr. Larch wußte, es gab nur eine Straße, die durch den nördlichen Staatsforst führte. Sie war erbaut von ... und noch immer im Besitz der Ramses-Papierfabrik. Es war dieser aber nicht erlaubt, Bäume im Staatsforst zu schlagen, allerdings durften sie ihre Maschinen hindurchtransportieren, en route zu anderen Bäumen, die ihnen gehörten. Nur dies – daß Homer sich den Aktivitäten der Ramses-Papierfabrik auch nur nähern sollte – machte Dr. Larch Sorgen.

Homer war überrascht, wie wenig Platz es gab in der Kabine des handgebastelten Safarifahrzeugs, das die Winkles fuhren. Die Ausrüstung, die es beförderte, war eindrucksvoll: das Kanu, das Zelt, die Angelgeräte, die Koch-Utensilien, die Gewehre. Doch gab es für den Fahrer und die Mitreisenden wenig Platz. In der Kabine hockte Homer auf Billys Schoß; es war ein breiter Schoß, aber sonderbar unbequem, wegen der harten Schenkel. Homer hatte schon früher einmal den Schoß einer Frau gespürt, beim alljährlichen Dreibein-Rennen in St. Cloud's.

Einmal im Jahr belustigten die Jungen- und Mädchenabteilung die Stadt mit diesem Wettlauf. Es war eine Wohltätigkeitsveranstaltung für das Waisenhaus, darum ließ jeder es über sich ergehen. Die beiden letzten Jahre hatte Homer das Rennen gewonnen – nur, weil seine Partnerin, das älteste Mädchen der Mädchenabteilung, kräftig genug war, ihn hochzuheben und mit ihm auf den Armen durchs Ziel zu rennen. Der Witz dabei war, daß je ein Junge und ein Mädchen passenden Alters *sein* linkes Bein mit *ihrem* rechten Bein zusammenbinden mußten; dann hüpften sie auf den beiden freien Beinen dem Ziel entgegen, das elende, sogenannte dritte Bein zwischen sich mitschleppend. Das große Mädchen aus der Mädchenabteilung brauchte Homer nicht zu schleppen – sie schummelte, sie trug ihn einfach. Im letzten Jahr aber war sie auf der Ziellinie gestürzt und hatte Homer in ihren Schoß gerissen. Versehentlich, beim Versuch, sich aus ihrem Schoß zu befreien, hatte er mit der Hand ihren Busen berührt, und sie hatte ihn scharf in den – wie der Privatschuljunge aus Waterville sich ausdrückte – Pimmel gekniffen.

Ihr Name war Melony, und dies war, wie so manche Namen der Waisen in der Mädchenabteilung, ein Schreibfehler. Melonys Name lautete offiziell Melody – aber die Sekretärin der Mädchenabteilung war fürchterlich auf der Schreibmaschine. Tatsächlich war der Tippfehler sogar ein glückhafter Irrtum, denn es gab an dem Mädchen überhaupt nichts Melodiöses. Sie war vielleicht sechzehn (niemand kannte ihr genaues Alter), und in der Fülle ihrer Brüste wie in den Rundungen ihres Hintern lag sehr wohl eine Andeutung von Melonen.

Auf der langen Fahrt nach Norden ängstigte sich Homer, Billy Winkle könnte ihn ebenfalls in den Pimmel kneifen. Er sah die Häuser zurückbleiben, und die Tiere auf der Weide; andere Autos und Holzfuhrwerke waren von den Straßen verschwunden. Bald war es nur noch eine Straße, eine einzelne Fahrspur – und meist führte sie am Wasser entlang; das Wasser floß schnell. Vor ihnen ragte – stundenlang, wie es schien – ein Berg auf, der Schnee auf dem Gipfel hatte, obwohl Juli war. Der Berg hatte einen indianischen Namen.

»Dorthin fahren wir, Homer!« erzählte Grant Winkle dem Jungen. »Direkt unter all dem Schnee gibt es einen See.«

»Die Elche sind ganz verrückt auf den See«, erzählte Billy Homer. »Und auch du wirst ganz verrückt sein auf den See.«

Homer zweifelte nicht daran. Es war ein Abenteuer. Dr. Larch hatte gesagt, daß er nicht bleiben müsse.

Die Winkles rasteten über Nacht, bevor es dunkel wurde. Zwischen der einzelnen Fahrspur und dem dahinbrausenden Wasser bauten sie ein Zelt auf, mit drei Kammern darin. In einer der Kammern zündeten sie einen Kocher an, und in einer anderen Kammer machte Billy hundert Rumpfbeugen (Homer hielt ihr die Füße fest), während Grant Bachforellen fing. Es war ein so kühler Abend, daß es keine Mücken gab; sie ließen die Lampen brennen, bei offenen Zeltklappen, lange nachdem es dunkel geworden war. Grant und Billy erzählten Abenteuergeschichten. (In sein Tagebuch schrieb Dr. Larch später: »Was, zum Teufel, sollten sie auch sonst erzählen?«)

Grant erzählte von dem sechzigjährigen Rechtsanwalt, der sie angeheuert hatte, um sich eine Bärin bei der Geburt zeigen zu lassen. Billy zeigte Homer ihre Bärentatzennarben. Und dann war da jener Mann, der die Winkles gebeten hatte, ihn auf dem Meer auszusetzen, in einem kleinen Boot – nur mit einem Ruder. Dieser Mann interessierte sich für das Gefühl des Überlebens. Er wollte sehen, ob er allein zurückfinden könne an Land, doch wollte er, daß die Winkles ihn beobachteten und ihn retteten, falls er in echte Schwierigkeiten käme. Der Trick dabei war, den Mann nicht wissen zu lassen, daß er beobachtet wurde. In der Nacht – wenn der alte Esel einschlief und aufs Meer hinaus trieb – schleppten die Winkles ihn vorsichtig zur Küste zurück. Am nächsten Morgen aber – einmal sogar bei Land in Sicht – fand der Mann immer eine Möglichkeit, wieder verlorenzugehen. Am Ende mußten sie ihn retten, als sie ihn dabei ertappten, wie er Salzwasser trank; er war so enttäuscht gewesen, daß er ihnen mehrere faule Schecks gab, bevor er schließlich seine Abenteuergebühr entrichtete.

»Abenteuergebühr«, so nannte es Billy.

Homer dachte, es könnte seinen künftigen Adoptiveltern peinlich sein, wenn er ihnen Geschichten vom Leben in

St. Cloud's erzählte – oder schlimmer noch, vom Dankfest in Waterville. Er glaubte, er müsse auch etwas beitragen zum Lagerfeuergeist dieses Abenteuers, aber die einzigen guten Geschichten, die er kannte, waren *Große Erwartungen* und *David Copperfield*. Dr. Larch hatte ihm erlaubt, das Exemplar von *Große Erwartungen* mitzunehmen; es war Homer das liebere von beiden. Homer fragte die Winkles, ob er ihnen etwas aus seiner Lieblingsgeschichte vorlesen dürfe. Natürlich, sagten sie, sie wären begeistert; noch nie hätte ihnen jemand vorgelesen, nicht daß sie sich erinnern könnten. Homer war ein bißchen nervös; sooft er *Große Erwartungen* auch gelesen hatte, er hatte es noch nie vor einem Publikum gelesen.

Aber er war wunderbar! Er meisterte sogar Joe Gargerys Akzent, wie er ihn sich vorstellte, und bis er zu der Stelle kam, wo Mr. Wopsle »Nein!« ausruft – »mit der schwachen Bosheit eines erschöpften Mannes«, da spürte Homer, daß er die richtige Tonlage für die ganze Geschichte gefunden hatte – er spürte, daß er vielleicht auch sein erstes Talent entdeckt hatte. Leider aber hatte sein Vorlesen, talentiert wie er war, die Winkles rasch in den Schlaf gewiegt. Homer las weiter, leise für sich, bis zum Schluß des siebten Kapitels. Vielleicht liegt es gar nicht an meinem Vorlesen, dachte Homer; vielleicht liegt es an den Winkles – an all ihren Rumpfbeugen, all seinem Forellenfangen, all der unbändigen Wildheit dieser zweifellos imposanten Freiluftmenschen.

Homer versuchte den Schlafsack der Winkles – einen einzigen großen Sack – behaglich über sie zu breiten. Er blies die Lampen aus. Er ging in seine eigene Kammer und schlüpfte in seinen eigenen Schlafsack. Er lag mit dem Kopf zur offenen Zeltklappe; er sah die Sterne; er hörte das tosende Wasser nahebei. Es erinnerte ihn nicht an Three Mile Falls, denn der Bach hier war ganz anders als jener Fluß. Er war genauso reißend, aber er floß durch eine tiefe, enge Schlucht – blitzsauber, mit abgerundeten Steinen und blanken Tümpeln, wo Grant die Forellen gefangen hatte. Es war nicht unangenehm, sich weitere Abenteuer mit den Winkles vorzustellen, doch schwerer fiel es Homer, sich einen Elch vorzustellen. Wie groß, genau, mochte ein Elch sein? Größer als die Winkles?

Homer zeigte kein Mißtrauen gegen die Winkles, und gewiß keine Furcht. Er empfand nur eine unvoreingenommene Vorsicht vor ihnen – er war überzeugt, daß sie nicht gefährlich waren, doch gehörten sie einer etwas anderen Gattung von Lebewesen an. Im Einschlafen verwechselte er die Winkles in seinem kindlichen Gemüt mit Elchen. Am andern Morgen weckte ihn ein Geräusch, von dem er sicher war, daß es Elche *waren* – nur um zu entdecken, daß es die Winkles waren, in der Zeltkammer neben ihm. Die Winkles begrüßten den Tag anscheinend auf ihre eigene, kraftvolle Weise. Homer hatte noch nie gehört, wie Menschen Liebe machen oder wie Elche sich paaren, aber er wußte, daß die Winkles sich paarten. Wäre Dr. Larch zugegen gewesen, er hätte ganz neue Schlüsse gezogen hinsichtlich des Unvermögens der Winkles, Nachwuchs zu produzieren. Er wäre zu dem Schluß gelangt, daß die gewaltsame Sportlichkeit ihrer Paarung jedes verfügbare Ei, jedes Spermium einfach vernichtete oder zu Tode erschreckte.

Höflich stellte sich Homer schlafend. Die Winkles kamen und rüttelten ihn verspielt wach. Wie große Hunde platzten sie auf allen vieren in seine Kammer und zupften mit den Zähnen an seinem Schlafsack. Sie wollten schwimmen gehen! erzählten sie ihm. Welch riesige Menschen sie waren, Homer staunte über die schiere Fülle ihres aktiven Fleisches. Auch fragte er sich, wie sie in dem tosenden Bach zu schwimmen gedachten, ohne gegen die Felsen geschmettert oder fortgeschwemmt zu werden. Homer konnte nicht schwimmen – auch nicht in ruhigem Wasser.

Aber die Winkles waren alte Hasen in den Kunstfertigkeiten des Freiluftlebens, und sie kannten sich aus mit ihrem Gerät. Sie warfen ein Seil über die Schnellen; es sei eine Überlebensleine, erzählten sie Homer. Das Seil war mit einem harkenförmigen Zinkenbündel verknüpft, das Grant Winkle genau zwischen die Felsen am anderen Ufer des tosenden Flusses plazierte; dann hängte er ein zweites Seil an dieses, dann ein drittes. Diese anderen Seile waren kompliziert, mit eisernen Haken und Ösen und mit verstellbaren Sicherheitsgurten, die die Winkles selbst umfingen und sie fest um die Taille hielten. Mit Hilfe dieser wahrhaft abenteuerlichen Ausrüstung konnten sich die Winkles, halb schwebend, mitten in die Stromschnellen stürzen – wo sie umhergeschleudert wurden wie Kinderspielzeug in der Badewanne, während sie ungefährdet an Ort und Stelle blieben, miteinander verbunden und mit der sogenannten Überlebensleine. Homer fand es lustig, sie zu beobachten. Manchmal schien das Wasser sie ganz zu verschlingen – in strömenden Platten hüllte es sie ein und saugte sie in die Tiefe. Und doch tauchten sie im nächsten Moment wieder auf, tanzend und scheinbar auf dem kochenden, rollenden Schaum spazierend. Sie tummelten sich im Bach wie zwei riesige blonde Fischotter. Homer war beinah restlos überzeugt von ihrer Beherrschung der Elemente – zumindest des Wassers – und er war nahe daran, sie zu bitten, ihn auch einmal dieses Spiel der Morgendusche in den Stromschnellen probieren zu lassen, als er sich besann, daß sie ihn gar nicht hören konnten. Hätte er gerufen – ja, hätte er gebrüllt –, das *Wummern* der tosenden Wassermassen rund um die Winkles hätte alle Stimmgewalt, die er aufbringen konnte, einfach ersäuft.

Darum beschloß er, am Ufer sitzen zu bleiben und seine künftigen Adoptiveltern bei ihrem Spiel zu beobachten, als die Erde unter ihm zu beben anfing. Er kannte dies eher aus gewissen, schlecht erzählten Geschichten in schlecht geschriebenen Kinderbüchern denn aus eigener Erfahrung des zitternden Erdbodens; in solchen Kinderbüchern bebt *immer* die Erde, wenn gleich etwas Furchtbares passiert. Er war fast bereit, es nicht zu glauben, aber die Erde bebte unmißverständlich; ein dumpfes Hämmern drang an sein Ohr.

Homer beobachtete die Winkles genauer, es schien ihm, als hätten sie immer noch alles unter Kontrolle. Die Winkles tummelten sich weiter in den Stromschnellen; sie hörten nichts, sie spürten die Erde nicht beben, weil sie nicht auf der Erde standen.

O mein Gott, da kommt ein *Elch*! dachte Homer Wells. Er stand auf. Er sah, wie seine Füße – ganz von selbst – auf dem rüttelnden Boden tanzten. Das ist eine *Herde* von Elchen! dachte er.

Außer dem hämmernden Geräusch hörte er jetzt schärfere Laute: ein Krachen, manchmal jäh wie Pistolenschüsse. Er spähte zu den Winkles hinüber und erkannte, daß auch sie dieses grelle Knallen gehört hatten. Was immer es sein mochte, was da kam, die Winkles wußten Bescheid; ihre ganze Haltung änderte sich – sie tummelten sich nicht mehr. Sie schienen zu kämpfen, und der Ausdruck auf ihren Gesichtern (die jetzt wieder im jagenden weißen Schaum verschwanden) war wissend und ängstlich. Wenn sie einen Moment Zeit fanden, sich (zwischen dem Untertauchen in die Schnellen) umzusehen, spähten sie bachaufwärts.

Das tat auch Homer – rechtzeitig, um die Balkentrift zu sehen, als sie noch etwa fünfundzwanzig Meter entfernt war. Bäume am Ufer wurden – wie übers Knie gebrochene Kienspäne – geknickt, wenn ein einzelner Stamm, lang wie ein Telegraphenmast, aber dicker, aus dem Wasser schoß und gegen die Felsen prallte und zehn Meter durch die Luft wirbelte, ein ganzes Waldstück plattwalzend, wo immer er niederkrachte und weiterrollte. Das Gros der Stämme, allesamt so lang wie Telegraphenmasten, bewegte sich rasch flußab, einen Wall von Wasser vor sich herschiebend. Dieses Wasser glich nicht dem klaren Wasser des Baches, sondern war trübe von aufgewühltem Schlamm, eingedickt von Borkenfetzen, schmutzig von den am Ufer ausgemeißelten Erdklumpen. Die Ramses-Papierfabrik nannte es eine mittlere Trift; sie sagte, es wären nicht mehr als vierhundert, vielleicht siebenhundert Baumstämme gewesen bei dieser Trift auf dem Fluß.

Homer rannte immer noch, als er die Straße erreichte, wo er in Sicherheit war. Er wandte sich um, rechtzeitig, um die Baumstämme vorbeiwogen zu sehen. Eine Zeltschnur war mit der Überlebensleine der Winkles verbunden gewesen, und das ganze Zelt, mit allem darin (auch mit Homers Exemplar von *Große Erwartungen*), wurde bachab gerissen im stampfenden Fluten und Branden der Baumstämme. Die Ramses-Papierfabrik entdeckte die Leichen Billys und Grants erst drei Tage später; man fand sie beinah vier Meilen entfernt.

Homer war völlig ruhig. Er spähte bachauf und erwartete noch irgend etwas; bachauf, das war eindeutig die Richtung, aus der kommen mußte, was immer als nächstes kommen mochte. Nach einer Weile entspannte er sich; er untersuchte das Safarifahrzeug der Winkles, das nackt wirkte ohne Zelt und ohne Kücheneinrichtung. Er fand Angelzeug, wagte aber nicht zu angeln; es hätte bedeutet, sich zu nah am Bach aufzustellen. Er fand Gewehre, hatte aber keine Ahnung, wie sie funktionierten (er fühlte sich allerdings getröstet, daß die Gewehre da waren). Er wählte das größte aus, das am gefährlichsten aussah – eine doppelläufige Schrotflinte, Zwölferkaliber – und schleppte sie mit sich herum.

Er war ganz ausgehungert am Nachmittag, aber bevor es dunkel wurde, hörte er ein Holzfuhrwerk näher und näher kommen. Am gequälten Klang des Getriebes erkannte er, daß es voll beladen war. Es war sogar ein Glücksfall (wie es auch Glück gewesen war, daß er nicht schwimmen konnte und sich daher den Winkles bei ihrem Zeitvertreib nicht angeschlossen hatte), daß dieser Lastwagen in Homers Richtung fuhr.

»Saint Cloud's«, sagte er dem verblüfften Fahrer, dem die Schrotflinte Eindruck machte.

Es war ein Lastwagen der Ramses-Papierfabrik, und Dr. Larch war wütend im ersten Moment, als er ihn vor der Spitalpforte halten sah. »Wenn es kein absoluter Notfall ist«, sagte er zu Schwester Edna, der blind verliebten, »werde ich keine Hand rühren für Leute von dieser Firma!« Larch war tatsächlich enttäuscht, als er Homer sah, und beunruhigt, als er die Schrotflinte sah. Homers Gesicht zeigte den verwirrten Ausdruck so vieler Patienten, die Larch aus dem Ätherrausch hatte auftauchen sehen.

»Du hast den Winkles keine große Chance gegeben, Homer«, sprach Dr. Larch ernst. Dann erklärte Homer, warum er so bald zurückgekehrt war.

»Du meinst, die Winkles *sind* nicht mehr?« fragte Dr. Larch.

»Fortgeschwemmt«, sagte Homer Wells. »*Wuuummm!*«

Das war der Tag, als Wilbur Larch es aufgab, ein Zuhause für

Homer Wells zu suchen. Das war der Tag, als Dr. Larch sagte, Homer könne in St. Cloud's bleiben, solange Homer dorthin zu gehören glaubte. Das war der Tag, als St. Larch sagte: »Nun gut, Homer, ich erwarte von dir, daß du dich nützlich machst.«

Nichts leichter als das, für Homer. Sich *nützlich* zu machen, das war das einzige, wozu eine Waise geboren war.

2

Gottes Werk

Als Kind des Staates Maine wurde Wilbur Larch 186– in Portland geboren – der Sohn einer mürrischen, ordentlichen Frau, die zum Stab der Köchinnen und Hausbediensteten eines Mannes namens Neal Dow gehörte, Bürgermeister von Portland und sogenannter Vater jenes Gesetzes von Maine, das die Prohibition in diesem Staat einführte. Neal Dow bewarb sich einmal, als Kandidat der Prohibitionspartei, um die Präsidentschaft, doch er gewann kaum zehntausend Wählerstimmen – was bewies, daß die Wählerschaft klüger war als Wilbur Larchs Mutter, die ihren Arbeitgeber anbetete und sich selbst eher als seine Mitarbeiterin für die Sache der Temperenzreform betrachtete denn als seine Dienstmagd (die sie war).

Interessanterweise war Wilbur Larchs Vater ein Säufer – keine geringe Leistung in Portland zu Bürgermeister Dows Tagen. Es war erlaubt, Reklame für Bier in den Schaufenstern zu machen – Scotch Ale und Bitter-Bier, das Wilbur Larchs Vater ausgiebig konsumierte; es sei nötig, so behauptete er, dieses schwache Gebräu eimerweise zu trinken, um davon einen Rausch zu bekommen. Für Klein-Wilbur wirkte sein Vater niemals betrunken – nie torkelte er oder lag im Stupor, nie brüllte er oder lallte beim Reden. Vielmehr bot er die Erscheinung eines dauernd Überraschten, eines Mannes, begabt zu häufigen und unverhofften Offenbarungen, die ihn auf der Stelle erstarren ließen, oder auch mitten im Satz, als sei ihm gerade etwas eingefallen (oder entfallen), das ihn seit Tagen beschäftigt hatte.

Er schüttelte viel den Kopf und verbreitete sein Leben lang diese Fehlinformation: daß das Neunzehntausend-Tonnen-Schiff *Great Eastern*, das in Portland gebaut worden war, dazu bestimmt gewesen sei, den Nordatlantik zwischen Europa und Maine zu befahren. Wilbur Larchs Vater war der Meinung, daß die zwei besten Kaianlagen im Hafen von Portland speziell für die *Great Eastern* gebaut worden wären, daß das neue, riesige Hotel der Stadt eigens zu dem Zweck errichtet worden war, die Passagiere der *Great Eastern* aufzunehmen, und daß jemand Böses oder zumindest Korruptes, oder jemand schlicht Törichtes dafür verantwortlich sei, die *Great Eastern* an der Rückkehr in ihren Heimathafen in Maine zu hindern.

Wilbur Larchs Vater hatte beim Bau der *Great Eastern* als Drechsler gearbeitet, und das jammernde Lärmen der Maschinen und das dauernde Rauschen, das er von all dem Bier vernahm, das er konsumierte, hatten ihn vielleicht getäuscht. Die *Great Eastern* war nicht für Reisen nach und von Portland gebaut worden; sie war ursprünglich für die Route nach Australien bestimmt gewesen, doch die vielen Verzögerungen, bis sie vom Stapel lief, trieben ihre Besitzer in den Bankrott, und sie wurde verkauft, um auf der Nordatlantikroute eingesetzt zu werden, für die sie sich als ungeeignet erwies. Sie war in Wahrheit ein Fehlschlag.

Wilbur Larchs Vater hatte also eine wirre Erinnerung an seine Tage als Drechsler, und er empfand beträchtlichen Abscheu vor der Temperenzreform, für die Überzeugungen seiner Frau und für den Arbeitgeber seiner Frau, Bürgermeister Neal Dow höchstpersönlich. In den Augen von Wilbur Larchs Vater kehrte die *Great Eastern* wegen der Prohibition nicht nach Portland zurück – wegen jenem Fluch, der ihn auf eine gallige Abhängigkeit von Scotch Ale und Bitter-Bier beschränkte. Da Wilbur seinen Vater erst in späteren Jahren kannte, als die *Great Eastern* verschwunden und sein Vater Gepäckträger auf dem Bahnhof Portland der Grand Trunk Railway war, konnte er sich nur ausmalen, wieso die Arbeit an einer Holzdrehbank der Höhepunkt im Leben seines Vaters gewesen sein sollte.

Als Junge war es Wilbur Larch nie in den Sinn gekommen, daß die fehlenden Finger seines Vaters die Folge von zu vielen Scotch Ales und Bitter-Bieren beim Bedienen der Drechselmaschine waren – »eben Unfälle«, sagte sein Vater – oder daß der temperenzlerische Reformeifer seiner Mutter die Folge der Degradierung eines Drechslers zum Gepäckträger sein könnte. Natürlich, so erkannte Wilbur später, waren seine Eltern Dienstboten; ihre Enttäuschung ließ Wilbur das werden, was seine Lehrer einen Walfisch von einem Studenten nannten.

Obwohl er in der Bürgermeistervilla aufwuchs, benützte Wilbur Larch stets den Kücheneingang und aß seine Mahlzeiten mit den dienstbaren Geistern des großen Prohibitionisten; sein Vater trank seine Mahlzeiten unten bei den Docks. Wilbur Larch war ein guter Schüler, weil ihm die Gesellschaft von Büchern lieber war, als sich die Temperenzler-Gespräche seiner Mutter mit den Bediensteten Bürgermeister Dows anzuhören.

Er ging auf das Bowdoin College und die Harvard Medical School – wo seine Begeisterung für Bakterien ihn beinah vom Arztberuf abgehalten hätte, beinah ein Labortierchen oder zumindest einen Bakteriologen aus ihm gemacht hätte. Er hatte eine Begabung für das Fach, hatte sein Professor ihm gesagt, und er genoß die behutsame Atmosphäre des Laboratoriums; auch hatte er ein brennendes Verlangen, etwas über Bakterien zu lernen. Beinah ein Jahr seines Medizinstudiums trug der junge Wilbur ein Bakterium mit sich herum, das ihn so krankmachte und quälte, daß er von mehr als wissenschaftlicher Neugier getrieben war, dessen Therapie zu entdecken. Er hatte Gonorrhoe: indirekt ein Geschenk seines Vaters. Der Alte, in seinem Bierrausch, war so stolz auf Wilbur gewesen, daß er ihn im Jahre 188– mit einem Präsent an die Medizinische Hochschule schickte. Er kaufte dem Jungen eine Portlander Hure, arrangierte für seinen Sohn eine Nacht angeblicher Freuden in einer der Fremdenpensionen am Kai. Es war ein Geschenk, das abzulehnen der Junge zu verlegen gewesen war. Seines Vaters selbstsüchtige Traurigkeit erlaubte diesem so wenige freundliche Gesten gegen seinen Sohn; die Rechtschaffenheit seiner Mutter war selbstsüchtig auf ihre Weise; Jung-Wilbur war gerührt, daß sein Vater bereit gewesen war, ihm etwas zu schenken.

In der Pension – das Holz salzgetrocknet und die Gardinen und die Bettdecke klebrig von Meeresfeuchte – erinnerte die Hure Wilbur an eine der attraktiveren Dienstbotenkolleginnen seiner Mutter; er schloß die Augen und versuchte sich vorzustellen, er stürze sich in eine verbotene Romanze in einem Hinterzimmer der Bürgermeistervilla. Als er die Augen aufschlug, sah er, im Kerzenlicht vertieft, die Dehnungsstreifen quer über dem Unterleib der Hure; damals wußte er nicht, daß es Dehnungsstreifen waren. Die Hure schien unbekümmert, ob Wilbur die Dehnungsstreifen bemerkte oder nicht; als er mit dem Kopf auf ihrem Bauch einschlief, fragte er sich sogar verschwommen, ob die Runzeln der Frau sich auf sein Gesicht übertragen würden – und ihn brandmarken. Ein scharfer, unangenehmer Geruch weckte ihn, und er zog sich rasch von der Frau zurück, ohne sie zu stören. In einem Sessel im Zimmer, dem einen, auf den sie ihre Kleider gelegt hatte, rauchte jemand eine Zigarre – Wilbur sah das Ende bei jedem Zug heller leuchten. Er nahm an, daß ein Kunde – der nächste Kunde der Hure – höflich wartete, bis er ging, doch als er fragte, ob man eine frische Kerze anzünden könne (er mußte seine Kleider ausfindig machen), war es die Stimme eines jungen Mädchens, die ihm antwortete.

»Du hättest mich für weniger haben können«, war alles, was sie sagte. Er konnte sie nicht genau sehen, aber weil es keine frische Kerze gab, leuchtete sie ihm den Weg zu seinen Kleidern, indem sie eifrig ihre Zigarre paffte, was sowohl einen roten Glutschimmer als auch einen Rauchnebel über seine Suche warf. Er dankte ihr für ihre Hilfe und ging.

Im Morgenzug nach Boston war es ihm peinlich, die Hure wiederzusehen. Eine geschwätzige Frau bei Tageslicht, trug sie ihren Handkoffer mit der Autorität einer chronischen Einkaufsbummlerin; er fühlte sich verpflichtet, ihr seinen Sitzplatz in dem überfüllten Zug zu überlassen. Ein junges Mädchen reiste in Begleitung der Hure – »meine Tochter«, sagte die Hure und deutete mit vorschnellendem Daumen auf das Mädchen. Die Tochter erinnerte Wilbur daran, daß sie sich bereits kennengelernt hatten, indem sie ihm ihren erstaunlich fauligen Zigarrenatem ins Gesicht hauchte. Sie war noch nicht ganz so alt wie Wilbur.

Der Name der Hure war Mrs. Eames – »Sie reimt sich auf *screams*!« hatte Wilburs Vater zu ihm gesagt. Mrs. Eames erzählte

Wilbur, daß sie Witwe sei und in Boston ein anständiges Leben führe, daß sie aber, um sich ein solches Leben leisten zu können, vor der Notwendigkeit stünde, sich in irgendeiner abgelegenen Stadt zu verkaufen. Sie flehte Wilbur an, ihr Ansehen und ihren Ruf unbeschädigt zu wahren – in Boston. Wilbur versicherte sie nicht nur, daß ihr Ruf bei ihm sicher sei; er zahlte ihr auch auf der Stelle, ungefragt, mehr von seinem eigenen Geld, als sein Vater ursprünglich der Frau bezahlt hatte. Den Betrag der ursprünglichen Zahlung erfuhr er später – als Wilburs Vater ihm sagte, daß Mrs. Eames eine anständige *Portlanderin* von gutem Ruf sei, die sich gelegentlich gezwungen sehe, sich in *Boston* zu verkaufen, um in Portland ihr Ansehen zu wahren. Aus alter Liebe zu Wilburs Vater hatte sie – »Nur dies eine Mal!« – die Ausnahme gemacht, sich in ihrer Heimatstadt zu erniedrigen.

Wilburs Vater wußte nicht, daß Mrs. Eames eine Tochter hatte, die – laut eigener Aussage – weniger kostete als ihre Mutter und nicht den Anspruch erhob, ihr Ansehen, sei's in Boston oder in Portland, zu wahren. Das verdrießliche Mädchen sprach kein Wort auf der Zugfahrt bis Boston Nordbahnhof; ihr Zigarrenatem und ihr verächtlicher Blick sprachen für sie. Wilbur erzählte seinem Vater nie, daß es einen gewissen Widerspruch gab hinsichtlich dessen, in *welcher* Stadt Mrs. Eames einen guten Ruf genoß, und er erzählte seinem Vater auch nie, daß er sich den Tripper von Mrs. Eames eingefangen hatte, die vielleicht gar nicht wußte, daß sie ihn hatte.

An der Medical School lernte Wilbur, daß die Gonorrhoe jahrelang in den Eileitern der Frau leben könne. Nur das Auftreten eines Abszesses im Beckenraum konnte der Frau zur Kenntnis bringen, daß sie die Krankheit in sich trug. Die Symptome, Ausfluß und so weiter, konnten lange Zeit unbemerkt bleiben. Bei Wilbur blieben sie nicht unbemerkt; die bakterielle Infektion, in jenen prä-penizillinären Jahren, lebte monatelang in Jung-Wilbur und bescherte ihm sein leidenschaftliches Interesse für die Baktereologie, bevor sie von selbst ausbrannte. Sie hinterließ seine Urethra vernarbt und seine Prostata steinhart. Sie hinterließ ihm auch eine Vorliebe für Äther – denn der Ätherschlaf, den er sich gelegentlich verabreichte, befreite ihn von dem brennenden Gefühl, das er sowohl beim Urinieren wie auch in seinen Träumen verspürte. Diese einmalige und schmerzhafte Begegnung mit sexueller Lust – zusammen mit Wilburs Erinnerung an die lieblose Ehe seiner Eltern – überzeugte den künftigen Arzt, daß ein Leben der sexuellen Enthaltsamkeit sowohl medizinisch als auch philosophisch vernünftig sei.

Im gleichen Jahr, nämlich 188–, als Wilbur Larch Arzt wurde, starb Neal Dow. Aus Kummer folgte Wilbur Larchs Mutter ihrem Temperenz-Helden bald darauf ins Grab. Ein paar Tage später versteigerte Wilburs Vater alle Sachen aus ihrer Dienstbotenkammer in der einstigen Bürgermeistervilla und fuhr auf der Grand Trunk Railway nach Montreal, einer weniger temperenzlerisch eingestellten Stadt als Portland, wo Wilbur Larchs Vater seine Leber schrankenlos strapazierte. Sein Leichnam kehrte auf der selben Grand Trunk Railway nach Portland zurück, die den ehemaligen Drechsler fortgebracht hatte. Wilbur Larch kam an den Zug; er spielte Gepäckträger für seines Vaters sterbliche Reste. Nach den Beinah-Kadavern der Zirrhotiker, die er in seinem ersten Assistentenjahr gesehen hatte, wußte Dr. Larch genau, welches der Zustand seines Vaters am Ende gewesen sein mußte. Die Zirrhose verwandelt die Leber in eine Masse von Narben und Klumpen, die Haut spiegelt die Galle der Gelbsucht wider, der Stuhl wird hell, der Urin wird dunkel, das Blut gerinnt nicht mehr. Dr. Larch bezweifelte, ob sein Vater die damit einhergehende Impotenz überhaupt bemerkt hatte.

Wie rührend, wenn man daraus folgern könnte, daß der junge Larch sich entschloß, Gynäkologe zu werden, weil der Verlust seiner Eltern ihn anspornte, mehr Kinder auf die Welt zu bringen, aber der Weg, der Larch zur Gynäkologie führte, war mit Bakterien bestreut. Der Dozent für Bakteriologie an der Harvard Medical School, ein gewisser Dr. Harold Ernst, ist unvergessen vor allem als einer der ersten *Pitcher* im College-Baseball, die den Ball mit einem steilen Drall warfen; er war auch der erste Spieler im College-Baseball, der Bakteriologe wurde. Frühmor gens im Laboratorium, bevor Dr. Ernst – der einstige Drall-Ball-Werfer – eintraf, um seine Demonstrationen vorzubereiten, war der junge Wilbur Larch allein. Er fühlte sich nicht allein in Gegenwart so vieler Bakterien, die in den kleinen Petrischalen gediehen, in Gegenwart der Bakterien, die seine Urethra und seine Prostatadrüse bewohnten.

Er molk einen Tropfen Eiter aus seinem Penis auf einen gewöhnlichen, gefärbten Objektträger. Auf mehr als das Tausendfache vergrößert, waren die Schurken, die er jeden Morgen unter dem Mikroskop entdeckte, immer noch kleiner als gewöhnliche rote Ameisen.

Jahre später sollte Larch schreiben, daß diese Gonokokken gebückt aussahen, wie zu große Besucher in einem Iglu. (»Sie beugen sich«, schrieb er, »als hätten sie eine Taille und verneigten sich voreinander.«)

Der junge Larch starrte auf seinen Eiter, bis Dr. Ernst eintraf und seine lebenden kleinen Experimente überall im Labor begrüßte (als wären sie seine alten Baseball-Teamkameraden).

»Ehrlich, Larch«, sagte der berühmte Bakteriologe eines Morgens, »wie Sie in dieses Mikroskop starren, sehen Sie aus, als planten Sie Rache!«

Es war aber nicht das Lächeln der Rache, das Dr. Ernst auf Wilbur Larchs Gesicht wiedererkannte. Es war lediglich die Intensität, mit der Larch aus seiner Ätherbetäubung auftauchte. Der junge Medizinstudent hatte entdeckt, daß der leichte, schmackhafte Dampf ein sicherer, wirksamer Schmerztöter für ihn war. In jenen Tagen, als Larch die tanzenden Gonokokken bekämpfte, war er ein recht kenntnisreicher Ätherschnüffler geworden. Zu der Zeit, als die barbarischen Gonokokken sich von selbst ausgebrannt hatten, war Larch äthersüchtig. Er war ein Mann der offenen Tropf-Methode. Mit einer Hand hielt er sich einen Trichter über Mund und Nase; er machte die Maske selbst (indem er mehrere Schichten Mull um eine Tüte aus steifem Papier wickelte); mit der anderen Hand benetzte er den Trichter. Er benützte eine Viertelpfund-Ätherflasche, mit einer Sicherheitsnadel punktiert; die Tropfen, die vom Schenkel der

Sicherheitsnadel fielen, fielen genau in der richtigen Größe und genau im richtigen Takt.

Dies war auch die Art, wie er seinen Patientinnen Äther gab, nur daß er sich selbst viel weniger gab; wenn die Hand, die die Ätherdose hielt, wackelig wurde, stellte er die Ätherdose ab; wenn die Hand, die den Trichter über Mund und Nase hielt, zur Seite sank, fiel der Trichter von seinem Gesicht – er blieb nicht an Ort und Stelle, wenn niemand ihn hielt. Er empfand nichts von der Panik, die ein mit Äther anästhesierter Patient erlebt – er näherte sich nie dem Augenblick, da es nicht mehr genug Luft zu atmen gibt. Bevor dies geschah, ließ er stets die Maske fallen.

Als der junge Dr. Larch erstmals von der Südlichen Zweigstelle der Bostoner Entbindungsanstalt auszog, in den armen Bezirken der Stadt Babys auf die Welt zu holen, gab es in seiner Seele einen Ort, wo der Friede des Äthers wohnte. Obwohl er die Ätherflasche und den Mulltrichter bei sich führte, hatte er nicht immer Zeit, die Patienten zu narkotisieren. Die Wehen der Frau waren oft viel zu weit fortgeschritten, als daß Äther ihr hätte helfen können. Natürlich setzte er ihn ein, wenn er Zeit dazu hatte; nie teilte er die Meinung mancher seiner älteren Kollegen, daß Äther ein Abweichen vom einmal Gegebenen sei – daß Kinder unter Schmerzen geboren werden sollten.

Sein erstes Kind brachte Larch bei einer litauischen Familie zur Welt, in einer Kaltwasser-Wohnung unter dem Dach – die umliegenden Straßen bestreut mit zermatschten Früchten und zerfleddertem Gemüse und Pferdemist. Es gab kein Eis, das er im Falle einer Blutung nach der Geburt auf den Unterleib, über den Uterus, hätte legen können. Ein Kessel mit heißem Wasser brodelte bereits auf dem Herd, aber Larch wünschte sich, er könnte die ganze Wohnung sterilisieren. Er schickte den Ehemann nach Eis. Er massierte das Becken der Frau. Er vermaß den Fötus. Er lauschte seinen Herzschlägen, während er eine Katze beobachtete, die mit einer toten Maus auf dem Küchenboden spielte.

Anwesend war eine künftige Großmutter; sie sprach litauisch mit der Gebärenden. Mit Dr. Larch sprach sie eine merkwürdige Gebärdensprache, die ihn vermuten ließ, daß die künftige Großmutter schwachsinnig sei. Sie gab zu verstehen, daß ein großes Muttermal in ihrem Gesicht entweder eine Quelle hysterischer Lust oder hysterischer Qual sei – welches von beiden, vermochte Larch nicht zu sagen; vielleicht wollte sie einfach, daß er es entfernte, entweder bevor, oder nachdem er das Kind zur Welt gebracht hatte. Sie fand mehrere Möglichkeiten, das Muttermal vorzuzeigen – einmal, indem sie einen Löffel darunter hielt, als könne es gleich abfallen; einmal, indem sie es mit einer Teetasse bedeckte und plötzlich entblößte, als sei es eine Überraschung oder eine Art Zaubertrick. Doch der Eifer, den sie auf jede Entblößung des Muttermals wandte, ließ Wilbur Larch vermuten, die alte Frau habe einfach vergessen, daß sie ihm ihr Muttermal bereits gezeigt hatte.

Als der Ehemann mit dem Eis wiederkehrte, trat er auf die Katze, die ihre Mißbilligung in Tönen bekundete, die Wilbur Larch glauben machten, das Kind sei schon geboren. Larch war dankbar, nicht die Zange benützen zu müssen; es war eine schnelle, sichere, laute Entbindung, gefolgt von der Weigerung des Ehemannes, das Baby zu waschen. Die Großmutter erbot sich, aber Larch fürchtete, daß ihre Kombination von Erregung und Schwachsinn zu einem Unfall führen könnte. Indem er (so gut er konnte, ohne den Vorteil von Litauisch-Kenntnissen) zu verstehen gab, daß das Kind mit warmem Wasser und Seife gewaschen – aber *nicht* in dem Kessel auf dem Herd gekocht, und *nicht* Kopf nach unten unter den Kaltwasserhahn gehalten – werden solle, wandte Larch seine Aufmerksamkeit der Nachgeburt zu, die sich nicht lösen wollte. Nach der Art, wie die Patientin blutete, wußte Larch, daß er es bald mit einer gefährlichen Blutung zu tun haben würde.

Er flehte den Ehemann an, ihm etwas Eis zu hacken – der starke Bursche hatte einen ganzen Block mitgebracht, sich zu diesem Zweck die Zange von der Firma ausgeliehen und stand jetzt, die Zange über der Schulter, in bedrohlicher Haltung in der Küche. Der Eisblock konnte die Uteri mehrerer blutender Patientinnen kühlen; ihn als ganzen einer einzigen Patientin aufzulegen, das hätte wahrscheinlich den Uterus, wenn nicht die

Patientin zermalmt. In diesem Moment glitt das eingeseifte Kind der Großmutter aus der Hand und fiel zwischen das im Kaltwasserbecken eingeweichte Geschirr; dies passierte in dem Moment, als der Ehemann abermals auf die Katze trat.

Den Augenblick nutzend, als er sah, daß die Großmutter und der Ehemann abgelenkt waren, ergriff Larch den Fundus des Uterus der Patientin durch die Bauchdecke und drückte fest. Die Frau kreischte und packte seine Hände; die Großmutter, das Baby zwischen dem Geschirr sich selbst überlassend, fiel Larch an der Taille an und biß ihn zwischen die Schulterblätter. Der Ehemann fischte mit einer Hand das Kind aus dem Spülstein, doch mit der anderen schwang er die Zange gegen Larch. Worauf ein glücklicher Wilbur Larch spürte, wie die Plazenta sich löste. Als er gelassen auf ihr Hervortreten hinwies, schienen die Großmutter und der Ehemann mehr von Ehrfurcht ergriffen als vor dem Kind. Nachdem er das Baby selber gewaschen und der Mutter Ergotin gegeben hatte, verbeugte er sich wortlos zum Abschied. Als er aus der Wohnung trat, hörte er überrascht, wie ein Tumult losbrach, kaum daß er die Tür geschlossen hatte: die Großmutter, die eisgekühlte Patientin, der Ehemann – alle schrien auf litauisch – und das Baby trug stimmkräftig bei zu seinem ersten Familienkrach. Es war, als sei die Entbindung, und Dr. Larchs ganzer Auftritt, nur eine kurze Unterbrechung eines Lebens voll unbegreiflichem Tumult gewesen.

Larch steuerte über die dunkle Treppe und tastete sich den Weg hinaus; er trat auf einen fauligen Salatkopf, der mit der beunruhigenden Weichheit eines Neugeborenenschädels unter seinem Fuß nachgab. Diesmal verwechselte er das schreckliche Jaulen der Katze nicht mit den Geräuschen, zu denen ein Kind fähig ist. Er blickte rechtzeitig auf, um das Objekt durchs Fenster der Litauerwohnung fliegen zu sehen. Rechtzeitig, um ihm auszuweichen. Eindeutig war es nach ihm geschleudert worden, und Larch fragte sich, welche spezifisch – möglicherweise litauische – Kränkung er diesen armen Leuten angetan habe. Schockiert sah Larch, daß das Objekt, das aus dem Fenster geworfen worden war – und jetzt tot vor seinen Füßen am Boden lag – die Katze war. Aber so *sehr* schockiert war er doch wieder nicht; eine flüchtige Sekunde lang hatte er gefürchtet, es könne das Kind sein. Von seinem Gynäkologieprofessor in Harvard hatte er erfahren, daß die »Zähigkeit des Neugeborenen« ein »Wunder« sei, aber Larch wußte, daß die Zähigkeit einer Katze ebenfalls beträchtlich war, doch er stellte fest, daß das Tier seinen Sturz nicht überlebt hatte.

»Hier in St. Cloud's«, sollte Dr. Larch später schreiben, »bin ich unentwegt dankbar für das South End von Boston.« Er meinte, er sei dankbar für dessen Kinder und für das Gefühl, das sie ihm vermittelten: daß der Akt, sie auf diese Welt zu bringen, vielleicht die sicherste Etappe ihrer Reise war. Larch wußte auch den derben Denkzettel zu schätzen, den die Prostituierten im South End ihm erteilt hatten. Sie brachten ihm das schmerzhafte Geschenk der Mrs. Eames in Erinnerung. Er konnte keine Prostituierte sehen, ohne sich ihre Bakterien unter dem Mikroskop vorzustellen. Und er konnte sich diese Bakterien nicht vorstellen, ohne ein Verlangen nach der schwindeligen Wärme des Äthers zu verspüren – nur eine Nase voll; nur eine leichte Dosis (und ein leichtes Dösen). Er war kein Trinker, der Dr. Larch, und er machte sich nichts aus Tabak. Aber dann und wann half er seinen sinkenden Lebensgeistern mit einem Ätherräuschlein auf.

Eines Abends, als Wilbur in der South-End-Zweigstelle der Bostoner Entbindungsanstalt vor sich hin döste, wurde er von einem der Ärzte informiert, daß ein Notfall eingeliefert worden und daß er an der Reihe sei. Obwohl sie viel Gewicht und all ihre Jugendlichkeit verloren hatte, seit Larch sie zum letztenmal sah, hatte er keine Mühe, Mrs. Eames wiederzuerkennen. Sie war so verängstigt und litt so heftige Schmerzen, daß es ihr schwerfiel, Atem zu holen, und noch schwerer, der Empfangsschwester ihren Namen zu nennen.

»Reimt sich auf *screams*«, sagte Dr. Larch hilfsbereit.

Sofern Mrs. Eames ihn sofort erkannte, so ließ sie es sich jedenfalls nicht anmerken. Sie fühlte sich kalt an, ihr Puls ging sehr schnell, und ihr Unterleib war hart und weiß wie die Knöchel einer geballten Faust; Larch konnte keine Anzeichen von Wehen feststellen, und er hörte auch nicht die Herzschläge des Fötus, den Larch sich unwillkürlich mit ähnlichen Gesichtszügen vorstellen mußte, wie Mrs. Eames verdrießliche Tochter sie hatte. Wie alt mochte sie jetzt sein? fragte er sich. Immer noch ungefähr in seinem Alter – so viel Zeit hatte er noch, sich daran zu erinnern, bevor er sich der Diagnose der Mrs. Eames zuwandte: Blutung im Bauchraum. Er operierte, sobald der Assistent die nötigen Spender für eine Transfusion ermitteln konnte.

»Missus Eames?« fragte er leise, immer noch auf ein Zeichen des Wiedererkennens von ihr wartend.

»Wie geht's Ihrem Vater, Wilbur?« fragte sie, kurz bevor er operierte.

Ihr Unterleib war voll Blut; er tupfte es fort, suchte nach der Ursache und sah, daß die Blutung von einem sechs Zoll langen Riß in der Rückwand ihres Uterus ausging. Larch nahm einen Kaiserschnitt vor und entband ein totgeborenes Kind – dessen verkniffenes, verächtliches Gesicht ihn nachdrücklich an die zigarrenschmauchende Tochter erinnerte. Er fragte sich, warum Mrs. Eames alleine gekommen war.

Bis zu diesem Punkt der Operation hatte der junge Larch das Gefühl, alles im Griff zu haben. Trotz seiner Erinnerungen an die aufgeschnittene Frau vor ihm – und seiner Erinnerungen an die von ihr angesteckte Krankheit, die er erst kürzlich losgeworden war – hatte er das Gefühl, daß er einen leidlich problemlosen Notfall vor sich hatte. Doch als er Mrs. Eames' Uterus zu nähen versuchte, fuhr sein Faden einfach durch das Gewebe, das, wie er feststellte, die Struktur von Weichkäse hatte – man stelle sich vor, einen Münsterkäse zusammenzunähen! Er hatte nun keine andere Wahl; er mußte den Uterus entfernen. Nach all den Transfusionen war Larch überrascht, daß Mrs. Eames Zustand einigermaßen gut zu sein schien.

Am anderen Morgen konsultierte er einen Chefchirurgen. In der Bostoner Entbindungsanstalt war es die Regel, daß der Geburtshelfer eine chirurgische Ausbildung hatte – Larch hatte seine Assistentenzeit in der Chirurgischen Abteilung des Mass General Hospital verbracht – und der Chefchirurg teilte Larchs Verblüffung über die brüchige Beschaffenheit von Mrs. Eames' Uterus. Selbst der Riß war ein Rätsel. Es gab keine Narbe von einem früheren Kaiserschnitt, die hätte nachgeben können; die Placenta konnte die Uteruswand nicht geschwächt haben, weil die Nachgeburt auf der dem Riß gegenüberliegenden Seite des Uterus gelegen hatte. Es hatte kein Tumor vorgelegen.

Achtundvierzig Stunden lang ging es Mrs. Eames sehr gut. Sie kondolierte dem jungen Wilbur zum Tode seiner Eltern. »Ihre Mutter hab ich natürlich nie kennengelernt«, gestand sie. Wieder brachte sie ihre Sorge zum Ausdruck, daß Wilbur auf ihren Ruf achten möge, was Wilbur tun wollte, wie er ihr versicherte (und *getan* hatte – indem er davon absah, dem Chefchirurgen gegenüber seine Befürchtungen zu äußern, daß Mrs. Eames' Zustand vielleicht bis zu einem gewissen Grade die Folge einer Gonorrhoe sein könnte). Er fragte sich einen Moment, welche Geschichte Mrs. Eames im Moment hinsichtlich ihres guten Rufes benutzte: ob sie in Portland oder in Boston ein anständiges Leben zu führen behauptete; ob eine dritte Stadt jetzt im Spiel war, und zwangsläufig ein drittes fiktives Leben.

Am dritten Tag nach der Entfernung ihres merkwürdigen Uterus füllte sich Mrs. Eames wieder mit Blut, und Wilbur Larch öffnete ihre Wunde; diesmal hatte er wirklich Angst, was er finden würde. Zuerst war er erleichtert; in ihrem Unterleib war nicht so viel Blut wie vorher. Aber als er das Blut wegtupfte, perforierte er den Darm, den er kaum berührt hatte, und als er die verletzte Schlinge hob, um die Öffnung zu schließen, fuhren seine Finger so leicht durch den Darm wie durch Gelatine. Falls alle ihre Organe aus demselben brüchigen Gelee bestanden, würde Mrs. Eames, das wußte Larch, nicht mehr lange leben.

Sie lebte noch drei Tage. In der Nacht, als sie starb, hatte Larch einen Alptraum – sein Penis fiel ihm aus den Händen; er versuchte ihn wieder anzunähen, aber er löste sich immer wieder auf; dann lösten sich seine Finger auf ähnliche Weise auf. Wie typisch für einen Chirurgen! dachte er. Finger werden höher geschätzt als Penisse. Wie typisch für Wilbur Larch!

Dies half, Larch in seiner Überzeugung hinsichtlich sexueller Enthaltsamkeit zu stärken. Was immer Mrs. Eames zerstört haben mochte, er wartete darauf, daß es auch ihn ereilen würde, aber die Autopsie, die von einem ausgezeichneten Pathologen durchgeführt wurde, wies auf eine andere Fährte.

»Skorbut«, sagte der Pathologe.

Nun, diese Pathologen, dachte Wilbur Larch. Tatsächlich, Skorbut!

»Missus Eames war eine Prostituierte«, unterrichtete Larch den Pathologen, bei allem Respekt. »Sie war kein Matrose.«

Der Pathologe aber war seiner Sache sicher. Es hatte nichts mit der Gonorrhoe zu tun, nichts mit der Schwangerschaft. Mrs. Eames war am Fluch der Seeleute gestorben; sie hatte keine Spur Vitamin C in sich, und, wie der Pathologe sagte: »Sie litt an Zersetzung des Bindegewebes und der damit verbundenen Neigung zu Blutungen.« Skorbut.

Auch wenn dies ein Rätsel war, überzeugte es Larch, daß es kein venerisches Rätsel war, und er konnte eine Nacht ruhig schlafen, bevor Mrs. Eames' Tochter ihn aufsuchen kam.

»Ich bin doch nicht an der Reihe, oder?« fragte er schläfrig den Kollegen, der ihn wachrüttelte.

»Sie sagt, Sie wären ihr Arzt«, erklärte ihm der Kollege.

Er erkannte Mrs. Eames' Tochter nicht wieder, die einst weniger gekostet hatte als Mrs. Eames; jetzt würde sie mehr verlangt haben, als ihre Mutter je verdienen konnte. Wenn sie damals im Zug nur ein paar Jahre jünger als Larch gewirkt hatte, schien sie jetzt um etliche Jahre älter. Ihre Teenager-Verdrießlichkeit war herangereift zu einer kessen, ätzenden Art. Ihr Make-up, ihr Schmuck und ihr Parfüm waren extravagant; ihr Kleid war schlampig. Ihr Haar – in einem einzigen dicken Zopf, mit einer Möwenfeder eingesteckt – war so streng aus dem Gesicht gezogen, daß die Adern in ihren Schläfen angespannt schienen und ihre Nackenmuskeln gestrafft waren – als habe ein gewalttätiger Liebhaber sie auf den Rücken geworfen und hielte sie dort an ihrem starken schwarzen Chinesenzopf fest.

Sie begrüßte Wilbur Larch, indem sie ihm ruppig eine Flasche mit brauner Flüssigkeit in die Hand drückte – ein stechender Geruch entwich durch den lecken Korkstöpsel. Das Etikett der Flasche war bis zur Unleserlichkeit befleckt.

»Das ist's, was sie geschafft hat«, sagte das Mädchen knurrend. »Ich nehm's nicht. Es gibt andere Mittel.«

»Ist das nicht Miss Eames?« fragte Wilbur Larch, nach ihrem denkwürdigen Zigarrenatem forschend.

»Ich sagte, es gibt *andere* Mittel!« sagte Miss Eames. »Ich bin nicht so weit wie sie damals. Ich bin nicht *quick*.«

Wilbur Larch schnupperte an der Flasche in seiner Hand; er wußte, was »quick« bedeutete. Wenn ein Fötus quick war, so bedeutete es, daß die Mutter ihn sich regen gefühlt hatte, es bedeutete, daß die Mutter etwa über die Hälfte ihrer Schwangerschaft hinaus war, gewöhnlich im vierten oder fünften Monat; wenn ein Fötus quick war, so bedeutete dies für manche Ärzte mit religiöser Einstellung, daß er eine Seele hatte. Wilbur Larch dachte nicht, daß irgend jemand eine Seele hätte, doch bis zur Mitte des neunzehnten Jahrhunderts war die Einstellung des angelsächsischen Common Law zur Abtreibung eine einfache und (für Wilbur Larch) vernünftige: vor dem »Quickwerden« – vor der ersten gespürten Bewegung des Föten – war die Abtreibung legal. Und was dem Arzt in Wilbur Larch noch wichtiger erschien, es war nicht gefährlich für die Mutter, eine Abtreibung vorzunehmen, bevor der Fötus quick war. Nach dem dritten Monat, das wußte Wilbur Larch, hatte ein Fötus den Uterus so fest im Griff, daß es schon etwas mehr Gewaltanwendung brauchte, diesen zu lösen.

Die Flüssigkeit in der Flasche zum Beispiel, die Wilbur Larch in der Hand hielt, hatte nicht gewaltsam genug gewirkt, um den Griff zu lösen, mit dem Mrs. Eames' Fötus sich an ihr festklammerte – auch wenn sie anscheinend gewaltsam genug gewirkt hatte, um den Fötus zu töten und Mrs. Eames' Inneres in Brei zu verwandeln.

»Muß ja reines Gift sein«, bemerkte Mrs. Eames' robuste Tochter zu Wilbur Larch, der ein wenig von seinem geliebten Äther auf das fleckige Etikett der Flasche träufelte und es hinlänglich säuberte, um lesen zu können.

FRANZÖSISCHE LUNARTINKTUR
Normalisiert den monatlichen Zyklus der Frau!
Beseitigt Suppression!
(Suppression, das wußte der junge Larch, war ein klinischer Euphemismus für Schwangerschaft.)
Vorsicht: Gefährlich für verheiratete Frauen!
Führt mit hoher Wahrscheinlichkeit zu Fehlgeburten!

so verkündete das Etikett am Schluß; was natürlich der Grund war, warum Mrs. Eames sie genommen und immer wieder genommen hatte.

Den Mißbrauch von Abortiva hatte Larch an der Medical School studiert. Manche – wie Ergotin, das Larch gab, um die Kontraktion der Gebärmutter nach der Entbindung zu fördern, und Hypophysenextrakt – wirkten direkt auf den Uterus ein. Andere zerstörten den Darm – sie waren einfach drastische Abführmittel. Zwei Leichen, an denen Larch an der Medical School gearbeitet hatte, waren Opfer eines damals ziemlich gebräuchlichen Abtreibungs-Hausmittels: Terpentin. Leute, die in den 1880er und 1890er Jahren keine Babys wollten, brachten sich auch mit Strychnin und mit dem Öl der Gartenraute ums Leben. Die französische Lunartinktur, mit der Mrs. Eames es probiert hatte, war Farn-Öl; sie hatte es so lange und in solchen Mengen genommen, daß ihr Darm die Fähigkeit verloren hatte, Vitamin C zu absorbieren. Auf diese Weise verwandelte sie sich in Münsterkäse. Sie starb, wie der Pathologe richtig beobachtet hatte, an Skorbut.

Mrs. Eames hätte für den Versuch, ein weiteres Kind abzutreiben, verschiedene andere Mittel wählen können. Gerüchten zufolge war ein ziemlich berüchtigter Abtreiber im South End auch der erfolgreichste Zuhälter des Bezirks. Er berechnete nahezu fünfhundert Dollar für eine Abtreibung, was sehr wenige der armen Frauen sich leisten konnten; wegen ihrer Schulden wurden sie seine Huren. Sein Geschäftslokal – wie andere ähnliche – trug die schlichte Bezeichnung ›Off Harrison‹ – zweckmäßig unbestimmt, aber nicht ohne Sinn. Eine der Einrichtungen der Bostoner Entbindungsanstalt im South End lag *an* der Harrison Street, so daß »Off Harrison« – abseits der Harrison Street – im Straßenjargon ganz richtig etwas Inoffizielles – oder sogar Illegales – andeutete.

Es war nicht empfehlenswert, eine Abtreibung »abseits von Harrison« vornehmen zu lassen, wie Mrs. Eames vielleicht aus gutem Grund wußte. Auch ihre Tochter wußte von den Methoden dieses Hauses, weshalb sie Wilbur Larch eine Chance gab, den Job auszuführen – und sich selbst eine Chance gab, den Job gut ausgeführt zu bekommen.

»Ich sagte, ich bin nicht quick«, sagte Mrs. Eames' Tochter zu dem jungen Larch. »Es wäre leicht. Ich könnte in ein paar Minuten wieder draußen sein.« Es war nach Mitternacht in der Süd-Zweigstelle. Der Assistent schlief; der Oberpfleger, ein Anästhesist, schlief ebenfalls. Der Kollege, der Larch geweckt hatte – auch er war zu Bett gegangen.

Die Dehnung der Cervix führt gewöhnlich in jedem Stadium der Schwangerschaft zu Gebärmutterkontraktionen, die den Inhalt des Uterus austreiben. Larch wußte auch, daß jede Reizung des Uterus für gewöhnlich den erwünschten Effekt zeitigt: Kontraktion, Austreibung. Der junge Wilbur Larch starrte Mrs. Eames' Tochter an; seine Beine fühlten sich wackelig an. Vielleicht stand er immer noch, die Hand auf der Rücklehne von Mrs. Eames' Sitz, in jenem schaukelnden Eisenbahnzug von Portland nach Boston, bevor er erfuhr, daß er den Tripper hatte.

»Sie wünschen eine Abtreibung«, sagte Wilbur Larch leise. Es war das erste Mal, daß er das Wort ausgesprochen hatte.

Mrs. Eames' Tochter zog die Möwenfeder aus ihrem Zopf und stach Larch mit der Spitze des Kiels in die Brust: »Scheißen Sie, oder runter vom Pott«, sagte sie. Und bei den Worten »Scheißen« und »Pott« hatte ihn der saure Zigarrengestank angeweht.

Wilbur Larch hörte die Narkoseschwester schlafen – sie hatte einen Nebenhöhleninfekt. Für eine Abtreibung würde er nicht so viel Äther brauchen, wie er bei einer Entbindung gern einsetzte; nur ein bißchen mehr würde er brauchen, als er sich selbst routinemäßig verabreichte. Auch bezweifelte er, ob es notwendig sei, die Patientin zu rasieren; zur Entbindung wurden die Patientinnen routinemäßig rasiert, und Larch hätte es auch bei einer Abtreibung vorgezogen, aber um Zeit zu sparen, konnte er das überspringen; den Äther würde er *nicht* überspringen. Er würde die Vaginalregion mit rotem Merthiolat betupfen. Hätte er eine Kindheit gehabt wie Mrs. Eames' Tochter, dann hätte auch er kein Kind auf die Welt bringen wollen. Er würde die Dilatatoren mit den Douglass-Stiften nehmen – abgerundete, stumpfnäsige Stifte, hatten sie den Vorzug einer leichten Einführung in den Uterus und beseitigten die Gefahr, beim Herausziehen das Gewebe zu klemmen. Die Cervix auf den erforderlichen Umfang geweitet, bezweifelte er, daß er – falls Mrs. Eames' Tochter nicht weit im dritten oder vierten Monat war – die Zange würde einsetzen müssen, und falls ja, dann nur zur Entfernung der Plazenta und der größeren Teile. Ein Lehrbuch der Medical School hatte euphemistisch von den »Produkten der Empfängnis« gesprochen: diese könnten von der Uteruswand mit einer Curette abgeschabt werden – vielleicht mit zwei Curetten unterschiedlicher Größe, die kleinere, um bis in die Winkel zu reichen.

Aber er war zu jung, unser Wilbur Larch; er zögerte. Er dachte an die Frist, die er Mrs. Eames' Tochter zur Erholung vom Äther würde zugestehen müssen, und daran, was er seinen Kollegen sagen würde, oder der Schwester, falls sie erwachte – oder gar dem Assistenten, falls es sich als nötig erweisen sollte, das Mädchen bis zum Morgen dortzubehalten (falls eine exzessive Blutung eintrat, zum Beispiel). Überrascht spürte er den plötzlichen Schmerz in seiner Brust; Mrs. Eames' ruppige Tochter stach ihn wieder mit ihrer Möwenfeder.

»Ich bin nicht quick! Ich bin nicht *quick*! habe ich gesagt!« kreischte die kleine Eames ihn an, immer wieder drauflosstechend, bis die Feder in ihrer Hand knickte; sie ließ sie in seinem

Hemd stecken. Als sie sich abwandte von ihm, streifte ihr schwerer Zopf sein Gesicht – der Duft dieses Zopfes ein überwältigend mitteilsamer Zigarrendunst. Als sie gegangen war und Larch sich die Möwenfeder aus der Brust pflückte, merkte er, daß das Rautenöl – die französische Lunartinktur – über seine Hände ausgelaufen war. Der Geruch war nicht unangenehm, aber für eine Weile überwältigte er den Geruch, den Larch liebte und den er gewöhnt war – er überwältigte den Äther; und er beendete seinen Seelenfrieden.

Man verwendete keinen Äther »abseits von Harrison«. Man kümmerte sich dort nicht um den Schmerz. Für den Schmerz hatte man »abseits von Harrison« die Musik. Ein Singkreis, genannt Deutscher Chor, probte Lieder in den Vorräumen »abseits von Harrison«. Man sang mit Inbrunst. Vielleicht wußte Mrs. Eames' Tochter es zu schätzen, aber sie äußerte sich nicht zur Musik, als sie eine Woche später zur South-End-Zweigstelle zurückgebracht wurde. Niemand wußte so recht, wie sie dorthin gelangt war; anscheinend hatte man sie vor die Tür geworfen; anscheinend hatte man sie geschlagen, ins Gesicht und gegen den Hals, möglicherweise für Nichtbezahlung des üblichen Abtreibungshonorars. Sie hatte sehr hohes Fieber – ihr geschwollenes Gesicht fühlte sich heiß und trocken an, wie frisches Brot aus dem Ofen. Aufgrund des Fiebers und der Spannung in ihrem Unterleib, starr wie Glas, vermuteten der Anstaltsleiter und die Nachtschwester eine Bauchfellentzündung. Der Grund, warum sie Wilbur weckten, war, daß Mrs. Eames' Tochter einen Zettel an der Schulter ihres Kleides festgesteckt trug.

DOKTOR LARCH!
SCHEISSEN SIE
ODER RUNTER VOM POTT!

An ihrer anderen Schulter festgesteckt – wie eine unpassende Epaulette, die ihr Kleid schiefzerrte – war ein Damenschlüpfer. Es war ihr einziger. Man entdeckte, daß sie sonst keinen trug.

Anscheinend war ihr Höschen in aller Eile dort festgesteckt worden; auf diese Weise konnte es nicht verlorengehen. Wilbur Larch brauchte Mrs. Eames' Tochter nicht besonders gründlich zu untersuchen, um zu entdecken, daß die versuchte Abtreibung fehlgeschlagen war. Ein Fötus ohne Herzschlag war eingeschlossen in ihren Uterus. Die Blutung und Infektion konnte durch jede der verschiedenen Methoden bedingt sein, die »abseits von Harrison« eingesetzt wurden.

Es gab die Anhänger der Wasser-Kur, die den Gebrauch eines intrauterinen Schlauches mit Spritze befürworteten, aber weder der Schlauch noch das Wasser waren steril – und die Spritze diente noch manch anderem Zweck. Es gab ein primitives Absaugsystem, einfach ein luftdichter Napf, aus dem mittels fußbetriebener Pumpe die Luft abgesaugt werden konnte; es hatte die Kraft, eine Abtreibung einzuleiten, aber es hatte auch die Kraft, Blut durch die Poren der Haut zu ziehen. Es konnte dem zarten Gewebe viel Schaden zufügen. Und – wie das kleine Schild an der Tür von »Off Harrison« besagte: WIR BEHANDELN MENSTRUELLE SUPPRESSION ELEKTRISCH! – es gab die galvanische Batterie nach McIntosh. Lange Kabel waren an die Batterie angeschlossen; an den Kabeln waren intrauterine Sonden befestigt, mit isolierten, gummigeschützten Handgriffen; auf diese Weise spürte der Abtreiber den Schock nicht in seinen Händen.

Als Mrs. Eames' Tochter starb – noch bevor Dr. Larch sie operieren konnte, und ohne ein weiteres Wort mit ihm zu wechseln (außer jenem »Scheißen Sie, oder runter vom Pott!«, das an ihrer Schulter festgesteckt war), hatte sie fast 42° Fieber. Der Anstaltsleiter fühlte sich veranlaßt, Larch zu fragen, ob er die Frau gekannt habe. Der Zettel enthielte doch zweifellos eine vertrauliche Nachricht.

»Sie war wütend auf mich, weil ich ihr eine Abtreibung verweigert habe«, antwortete Wilbur Larch.

»Sehr gut für Sie«, sagte der Assistent.

Aber Larch sah nicht ein, wieso dies für irgend jemanden gut sein sollte. Hier lag eine weit fortgeschrittene Entzündung der Bindegewebe und inneren Organe der Bauchhöhle vor, der Uterus war zweimal perforiert, und der Fötus, der tot war, entsprach der Voraussage von Mrs. Eames' Tochter: er war nicht *quick* gewesen.

Am anderen Morgen machte Dr. Larch »abseits von Harrison« einen Besuch. Er mußte mit eigenen Augen sehen, was dort passierte; er wollte wissen, wohin Frauen gingen, wenn Ärzte sie zurückwiesen. Auf seiner Seele lastete der letzte Zigarrenhauch von Mrs. Eames' Tochter, den sie ihm ins Gesicht gehaucht hatte, als er sich über sie beugte, ehe sie starb – und erinnerte ihn natürlich an die Nacht, als er ihre qualmende Zigarre gebraucht hatte, um seine Kleider zu finden. Wenn Hochmut eine Sünde war, dachte Dr. Larch, dann war moralischer Hochmut die größte Sünde. Er hatte mit jemandes Mutter geschlafen und sich im Lichtschein der Zigarre ihrer Tochter angekleidet. Er konnte ganz bequem für den Rest des Lebens der Sexualität entsagen, aber wie konnte er je einen anderen Menschen dafür verdammen, daß er Sex machte?

An der Tür mit dem kleinen Schild, das die elektrische Wiederherstellung der Menstruation verhieß, schmetterte ihm der Deutsche Chor entgegen. Da gab es ein schrilles, verstimmtes Klavier – keine Oboen, kein Englischhorn, keinen Mezzosopran – und doch meinte Larch, die Musik erinnere an Mahlers *Kindertotenlieder*. Jahre später, als er zum erstenmal das Schreie-betäubende Geräusch des durch Three Mile Falls brausenden Wassers hörte, sollte er sich an die Abtreibergesänge erinnern, die »abseits von Harrison« wie ein rhythmisches Ostinato stampften. Er klopfte an die Tür – er hätte schreien können – aber niemand hörte ihn. Als er die Tür aufstieß und eintrat, machte sich niemand die Mühe, ihn anzusehen; der Deutsche Chor sang weiter. Das einzige Instrument war ein Klavier, und es gab nicht annähernd genug Stühle für die Frauen, und es gab nur einige wenige Notenständer; die Männer standen in zwei Gruppen zusammengedrängt, weit entfernt von den Frauen; es gab nicht genügend Notenblätter für alle. Der Chordirigent stand neben dem Klavier. Ein magerer, kahlköpfiger Mann ohne Hemd, trug er einen schmutzig-weißen Hemdkragen (vielleicht um den Schweiß aufzufangen) und hielt die Augen halb geschlossen wie im Gebet, während seine Arme wild in die Luft stießen – als sei die Luft, die von Zigarrenqualm und dem urinähnlichen Gestank billigen Faßbiers erfüllt war, schwer von der Stelle zu bewegen. Der Chor folgte den wilden Armen des Mannes.

Ein pingeliger oder kritischer Gott, dachte Wilbur Larch, würde uns alle totschlagen. Larch ging hinter dem Klavier vorbei und durch die einzige offene Tür. Er betrat einen Raum mit nichts darinnen – kein einziges Möbelstück, kein Fenster. Da gab es nur eine geschlossene Tür. Larch öffnete sie und fand sich, wie es schien, im Wartezimmer – zumindest warteten hier offenbar Leute. Es gab sogar Zeitungen und frische Blumen und ein offenes Fenster; vier Leute saßen paarweise da. Niemand las die Zeitungen oder schnupperte an den Blumen oder sah aus dem Fenster; alle schauten zu Boden und schauten weiterhin zu Boden, als Wilbur Larch eintrat. An einem Schreibtisch, darauf nur ein Block Papier und eine Kassenbox, saß ein munterer Mann und aß etwas aus einer Schüssel, das nach Weißen Bohnen aussah. Der Mann wirkte jung und kräftig und unbekümmert; er trug einen Arbeits-Overall und ein ärmelloses Unterhemd; um den Hals hing ihm, wie die Trillerpfeife eines Turnlehrers, ein Schlüssel – offenbar zu der Kassenbox. Er war genauso kahlköpfig wie der Chordirigent; Larch überlegte, ob ihre Köpfe rasiert wären.

Ohne Wilbur Larch anzusehen, sagte der Mann, der einer vom Chor sein mochte und für ein paar Lieder aussetzte: »He, Sie kommen hier nicht rein. Lassen Sie nur die Dame alleine kommen, oder mit einer Freundin.«

Im Vorderraum hörte Wilbur Larch sie wieder singen, etwas über irgend jemandes *Mütterlein*.

»Ich bin Arzt«, sagte Dr. Larch.

Der Mann mit der Kassenbox aß weiter, aber er blickte nun zu Larch auf. Die Sänger taten einen tiefen Atemzug, und in diesem Sekundenbruchteil des Schweigens hörte Larch den flinken, gewandten Löffel in der Schüssel kratzen – und, aus einem anderem Raum, das würgende Geräusch von jemandem, rasch gefolgt vom Plätschern des Erbrochenen in eine Metallschüssel. Eine der Frauen im Wartezimmer fing an zu weinen, aber bevor Larch feststellen konnte, welche Frau es war, holten die Sänger Luft und legten wieder los. Irgend etwas über das Blut Christi, dachte Larch.

»Was wollen Sie«, fragte der Mann Larch.

»Ich bin Arzt, ich möchte den Arzt hier sprechen«, sagte Larch.

»Kein Arzt hier«, sagte der Mann. »Nur Sie.«

»Dann möchte ich Rat geben«, sagte Larch. »Ärztlichen Rat. Kostenlos ärztlichen Rat.«

Der Mann studierte Larchs Gesicht; er schien zu glauben, daß die Antwort auf Larchs Angebot dort zu finden sei. »Sie sind nicht der erste hier«, sagte der Mann nach einer Weile. »Warten Sie, bis Sie an der Reihe sind.«

Dies befriedigte anscheinend beide Männer für den Augenblick, und Larch suchte sich einen Platz – und nahm einen Stuhl genau zwischen den zwei Frauenpärchen, die sich bereits im Raum befanden. Er war von alledem zu schockiert, um noch überrascht zu sein, als er das eine der Paare erkannte: die Litauerin, deren Kind er entbunden hatte (seine erste Entbindung), saß stumm neben ihrer muttermalgesichtigen Mutter. Sie blickten nicht auf; Larch lächelte ihnen zu und nickte. Die Frau war hochschwanger – zu schwanger für eine leichte Abtreibung unter einigermaßen sicheren Bedingungen. Larch erkannte mit panischem Schrecken, daß er ihr dies nicht mitteilen konnte; sie sprach nur Litauisch. Sie würde ihn nur mit der Entbindung lebender Babys in Verbindung bringen! Auch wußte er nicht, was aus ihrem ersten Baby geworden sein mochte – nicht, wie ihr Leben mit diesem Baby verlaufen war, oder jetzt verlief. Er klopfte nervös mit dem Fuß auf den Boden und betrachtete das andere Paar – auch sie eindeutig Mutter und Tochter, doch beide waren sie jünger als die Litauerinnen, und es war schwer zu sagen, welche von beiden schwanger war. Diese Abtreibung, zumindest, schien leichter durchzuführen. Die Tochter wirkte

77

zu jung, um schwanger zu sein, aber wieso, fragte sich Larch, hatte die Mutter das Mädchen dann hierhergebracht? Bedurfte sie ihrer Gesellschaft so sehr, oder war dies als eine Lehre gemeint? Paß auf – dies könnte dir passieren! Im Vorderraum ereiferten sich die Sänger hysterisch über das Thema der Liebe Gottes und irgend etwas, das sich anhörte wie »blindes Schicksal« – vom verblendenden Geschicke.

Wilbur Larch starrte auf die verschlossene Tür, hinter der er unmißverständlich Kotzen hörte. Eine Biene, irrsinnig fehl am Platz, summte zum offenen Fenster herein und schien die Blumen als Fälschung zu erkennen; sie summte geradewegs wieder hinaus. Als Larch das Litauerinnenpärchen anschaute, sah er, daß die Großmutter ihn erkannt hatte – und sie hatte eine neue Möglichkeit entdeckt, ihr Muttermal vorzuzeigen, dem zusätzliche und noch längere Haare entsprossen waren und das seine Farbe leicht verändert hatte. Das Muttermal von beiden Seiten mit den Fingern kneifend, reizte die Großmutter die angrenzende Haut, was das Muttermal aussehen ließ, als wolle es ihr aus dem Gesicht bersten – wie ein überreifer Furunkel, bereit zu platzen. Die Schwangere schien die uncharmante Vorführung ihrer Mutter nicht zu bemerken, und als sie Larch anstarrte, schien sie ihn nicht zu erkennen; für Larch stand nur Litauisch in ihrem Gesicht geschrieben. Vielleicht, dachte Larch, hatte der Ehemann ihr Baby aus dem Fenster geworfen und sie in den Wahnsinn getrieben. Einen Moment lang dachte Larch, daß der Chor ein litauischer sein könnte, aber dann verstand er irgend etwas von einer Schlacht zwischen *Gott* und *Schicksal* – eindeutig Deutsch, eindeutig Gott und Schicksal.

Der Schrei, der durch die Tür drang, übertönte mühelos die Stimmen, die verkündeten, daß Gott gesiegt habe. Das junge Mädchen sprang von ihrem Platz auf, setzte sich wieder, kauerte dort, schrie plötzlich auf; sie drückte ihr Gesicht in den Schoß ihrer Mutter, um ihre Schreie zu ersticken. Larch erkannte, daß sie es gewesen war, die vorhin geweint hatte. Auch erkannte er, daß sie es sein mußte, die eine Abtreibung brauchte – nicht ihre Mutter. Das Mädchen wirkte nicht älter als zehn oder zwölf.

»Entschuldigen Sie«, sagte Larch zu der Mutter. »Ich bin Arzt.«

Er fühlte sich wie ein Schauspieler mit guten Anlagen, verkrüppelt auf eine einzige blöde Textzeile – sie war das einzige, was er zu sagen hatte. »Ich bin Arzt.« Was folgte daraus?

»Sie sind also Arzt«, sagte die Mutter, verbittert, aber Larch war schon froh zu hören, daß sie nicht litauisch sprach. »Wie können Sie also helfen?« fragte sie ihn.

»Im wievielten Monat ist sie?« fragte Larch die Mutter.

»Vielleicht im dritten«, sagte die Mutter mißtrauisch. »Aber ich habe hier schon bezahlt.«

»Wie alt ist sie?« fragte Larch.

Das Mädchen blickte vom Schoß seiner Mutter auf; eine Strähne seines schmutzigblonden Haars hatte sich in seinem Mund verfangen. »Ich bin vierzehn«, sagte es abwehrend.

»Sie *wird* vierzehn, nächstes Jahr«, sagte die Mutter.

Larch stand auf und sagte zu dem Mann mit dem Kassenbox-Schlüssel: »Zahlen Sie es ihr zurück. Ich werde dem Mädchen helfen.«

»Ich dachte, Sie wären gekommen, um Rat zu holen«, sagte der Mann.

»Zu geben«, sagte Dr. Larch.

»Warum nicht holen, wenn Sie schon mal hier sind?« sagte der Mann. »Wenn man bezahlt, ist es eine Anzahlung. Eine Anzahlung kriegt man nicht zurück.«

»Wieviel ist die Anzahlung?« fragte Larch. Der Mann zuckte mit den Schultern; er trommelte mit den Fingern auf die Kassenbox.

»Etwa die Hälfte«, sagte er.

»Eure ganze Macht!« sang der Chor. »*Your whole power*«, übersetzte Wilbur Larch für sich. Viele Medizinstudenten konnten gut deutsch.

Als die üble Tür aufging, lugte ein altes Paar, wie irgend jemandes verwirrte Großeltern, ängstlich in den Warteraum – Bestürzung wie Neugier in ihren Gesichtern, die, wie die Gesichter so mancher alter Paare, einander ähnlich geworden waren. Sie waren klein und gebückt, und hinter ihnen lag eine Frau – reglos wie ein Gemälde – ausgestreckt unter einem Laken, ihre Augen offen, aber blickleer. Die Brechschüssel stand auf einem Handtuch am Boden, in Reichweite für sie.

»Er sagt, er ist Arzt«, sagte der Mann mit der Kassenbox, ohne das alte Paar anzusehen. »Er sagt, er ist gekommen, um Ihnen kostenlos ärztlichen Rat zu geben. Er sagt, ich soll diese Damen auszahlen. Er sagt, er wird sich selbst um die junge Dame kümmern.«

Aus der Art, wie die alte weißhaarige Frau als Präsenz – oder stärker noch, als eine *Kraft* – in den Türrahmen zwischen Wartezimmer und »Operationssaal« getreten war, erkannte Larch, daß *sie* hier das Sagen hatte; der weißhaarige alte Mann war ihr Assistent. Die alte Frau hätte gut in eine gemütliche Küche gepaßt, Plätzchen backend und die Nachbarskinder einladend, nach Lust und Laune ein und aus zu gehen.

»Doktor Larch«, sagte Dr. Larch und verbeugte sich, ein bißchen zu förmlich.

»Ah, ja, Doktor Larch«, sagte die alte Frau ungerührt. »Gekommen, um entweder zu scheißen oder runterzugehen vom Pott?«

Die Abtreiberin war in der Nachbarschaft »abseits von Harrison« bekannt als Mrs. Santa Claus. Sie war nicht die eigentliche Urheberin dieser Bemerkung – oder dieses Zettels. Den hatte Mrs. Eames' Tochter selbst geschrieben, bevor sie Mrs. Santa Claus aufsuchte; sie wußte genug über die Gefahren »abseits von Harrison«, um zu wissen, daß sie vielleicht nicht mehr in der Verfassung sein würde, irgend etwas zu schreiben, nachdem Mrs. Santa Claus mit ihr fertig war.

Larch war auf Mrs. Santa Claus nicht vorbereitet – vor allem nicht, wie sie sich in der Hand hatte. Er hatte sich vorgestellt, daß, Auge in Auge mit einer Abtreiberin, *er* (Dr. Larch) das Heft in die Hand nehmen würde. Er versuchte es auch. Er marschierte in den Operationssaal und hob irgend etwas auf, nur um seine Autorität zu demonstrieren. Was er aufhob, war der Saugnapf mit einem kurzen Schlauch, der zur Fußpumpe führte. Der Napf paßte sauber in seine hohle Hand; er konnte sich unschwer vorstellen, wohin er sonst noch paßte. Zu seiner Überraschung begann Mrs. Santa Claus, als er den Napf an seine Hand anlegte, die Fußpumpe zu treten. Als er das Blut gegen seine Poren brausen fühlte, riß er sich schnell den Napf von der Handfläche, bevor das Ding mehr anrichten konnte als eine Blutblase an seinem Handballen.

»Na?« fragte Mrs. Claus aggressiv. »Wie lautet Ihr Rat, Doktor?« Wie zur Antwort zog die Patientin unter dem Laken Larch zu sich; auf der Stirn der Frau stand kalter Schweiß.

»Sie wissen nicht, was Sie tun«, sagte Dr. Larch zu Mrs. Santa Claus.

»Wenigstens tue ich etwas«, sagte die alte Frau mit feindseliger Ruhe. »Wenn Sie schon wissen, wie man es macht, warum tun Sie es nicht?« fragte Mrs. Santa Claus. »Wenn Sie es wissen, warum bringen Sie es mir nicht bei?«

Die Frau unter dem Laken wirkte benommen, aber sie versuchte sich zusammenzureißen. Sie setzte sich auf, um sich in Augenschein zu nehmen; sie entdeckte, daß sie unter dem Laken immer noch ihr eigenes Kleid trug. Diese Erkenntnis schien sie zu beruhigen.

»Bitte, hören Sie mir zu«, sagte Dr. Larch zu ihr. »Falls Sie Fieber haben – falls Sie mehr als nur eine kleine Blutung haben – müssen Sie in die Klinik kommen. Warten Sie nicht.«

»Ich dachte, der Ratschlag wäre für *mich*«, sagte Mrs. Santa Claus. »Wo bleibt *mein* Ratschlag?«

Larch versuchte, sie zu ignorieren. Er ging ins Wartezimmer hinaus und sagte der Mutter mit ihrer jungen Tochter, sie sollten gehen, aber die Mutter machte sich Sorgen wegen dem Geld.

»Zahlen Sie es ihr zurück«, befahl Mrs. Santa Claus dem Mann mit der Kassenbox.

»Die Anzahlung kriegen sie nicht wieder«, sagte der Mann abermals.

»Geben Sie ihnen die Anzahlung zurück!« sagte die alte Frau ärgerlich. Sie kam ins Wartezimmer, um die widerwillige Transaktion zu überwachen. Sie legte Dr. Larch die Hand auf den Arm. »Fragen Sie sie, wer der Vater ist«, sagte Mrs. Santa Claus.

»Das ist nicht meine Angelegenheit«, sagte Larch.

»Sie haben recht«, sagte die alte Frau. »Insoweit haben Sie recht. Aber fragen Sie sie trotzdem – es ist eine interessante Geschichte.«

Larch versuchte, sie zu ignorieren; Mrs. Santa Claus grabschte hastig nach Mutter und Tochter. Sie sprach zur Mutter: »Erzählen Sie ihm, wer der Vater ist«, sagte sie. Die Tochter begann zu schniefen und zu wimmern; Mrs. Santa Claus ignorierte sie; sie sah nur die Mutter. »Erzählen Sie's ihm«, wiederholte sie.

»Mein Mann«, murmelte die Frau und fügte dann – als sei es nicht klar – hinzu, »ihr Vater.«

»Ihr Vater ist der Vater«, sagte Mrs. Santa Claus zu Dr. Larch. »Kapiert?«

»Ja, ich habe es kapiert, vielen Dank«, sagte Dr. Larch. Er mußte seinen Arm um die Dreizehnjährige legen, die zusammensackte; sie hatte die Augen geschlossen.

»Vielleicht einem Drittel der Jugendlichen geht es wie ihr«, erklärte Mrs. Santa Claus Larch gehässig; sie behandelte ihn, als sei *er* der Vater. »Etwa ein Drittel von ihnen haben es von ihren Vätern, oder ihren Brüdern. Vergewaltigung«, sagte Mrs. Santa Claus. »Inzest. Sie verstehen?«

»Ja, vielen Dank«, sagte Larch und zog das Mädchen mit sich hinaus – die Mutter am Mantelärmel zupfend, damit sie folge.

»Scheißen Sie, oder runter vom Pott!« gellte Mrs. Santa Claus ihnen nach.

»Ihr verhungerten Ärzte, alle!« brüllte der Mann mit der Kassenbox. »Ihr seid am Ende.«

Der Chor sang. Larch meinte etwas zu hören wie »Von keinem Sturme erschrecket«.

In dem leeren Raum, der die Lieder von den Abtreibungen trennte, stießen Larch und die Mutter mit ihrer Tochter mit der Frau zusammen, die unter dem Laken gelegen hatte. Sie war immer noch benommen, ihre Augen flatterten, und das durchgeschwitzte Kleid klebte ihr am Rücken.

»Bitte, erinnern Sie sich!« sagte Larch zu ihr. Dann sah er den Damenschlüpfer, über der Schulter am Kleid festgesteckt. Diese mahnende Epaulette war das Abzeichen von »Off Harrison«, eine Art Ordensschleife für Tapferkeit. Offenbar wußte die Frau nicht, daß ihr Höschen dort war. Larch stellte sich das South End vor, buchstäblich übersät von diesen wankenden Frauen, ihre Höschen an der Schulter festgesteckt, die sie so untilgbar brandmarkten wie das alt-unselige neuenglandpuritanische »A« an ihrem Busen.

»Warten Sie!« schrie Larch und grabschte nach dem Schlüpfer. Die Frau wollte nicht warten; als sie sich aus seinem Griff losriß, ging die Sicherheitsnadel auf und stach Larch in die Hand. Nachdem sie gegangen war, steckte er das Höschen in seine Jackentasche.

Er führte die Mutter und ihre Tochter durch den Raum, der sonst stets nur so brauste vor Gesang, aber der Chor machte gerade eine Bierpause. Der magere, kahlköpfige Dirigent war gerade in seinen schäumenden Krug eingetaucht, als er aufblickte und Larch mit den Frauen gehen sah; ein Schnurrbart aus Schaum weißte seine Oberlippe, und ein Klecks weißen Schaums leuchtete auf seiner Nasenspitze. Der Dirigent hob seinen Krug gegen Dr. Larch und brachte einen Toast aus. »Preiset den Herrn!« rief der Dirigent. »Machen Sie nur weiter mit der Rettung dieser armen Seelen, Doc!«

»*Dankeschön!*« rief der Chor ihm nach. Natürlich konnten sie nicht Mahlers *Kindertotenlieder* gesungen haben, doch dies waren die Lieder, die Larch gehört hatte.

»In anderen Teilen der Welt«, schrieb Dr. Wilbur Larch bei seiner Ankunft in St. Cloud's, »ist die Fähigkeit, zu handeln bevor man denkt – aber gleichwohl richtig zu handeln – entscheidend. Vielleicht wird es mehr Zeit zum Denken geben hier in St. Cloud's.«

In Boston hatte er geglaubt, er sei ein Held; doch er sollte es nicht lange durchhalten – als Held. Er nahm das junge Mädchen und dessen Mutter mit in die Süd-Zweigstelle. Den Assistenten wies er an, folgendes niederzuschreiben: »Dies ist ein dreizehn-jähriges Mädchen. Ihr Becken mißt nur dreieinhalb Zoll im Durchmesser. Zwei frühere schwere Geburten haben ihre Weichteile verletzt und bei ihr eine Geschwulst unnachgiebigen Narbengewebes hinterlassen. Dies ist ihre dritte Schwanger-schaft infolge von Inzest – infolge von Vergewaltigung. Sollte sie das Kind austragen, so kann sie nur durch Kaiserschnitt entbun-den werden, der – angesichts der zarten gesundheitlichen Verfas-sung des Kindes (denn das *ist* sie), ganz zu schweigen von ihrer seelischen Verfassung – gefährlich wäre. Daher habe ich mich entschieden, eine Abtreibung bei ihr vorzunehmen.«

»Haben Sie das wirklich?« fragte der Diensthabende.

»Ganz recht«, sagte Wilbur Larch – und der Anästhesist sagte: »Wir machen es sofort.«

Die Abtreibung dauerte zwanzig Minuten; Larchs leichte Hand mit dem Äther war der Neid seiner Kollegen. Er nahm die Dilatatoren mit den Douglas-Stiften und sowohl eine mittlere wie eine kleine Curette. Es gab natürlich keine Geschwulst unnach-giebigen Narbengewebes; es gab keine verletzten Weichteile. Dies war eine Erst-, keine Drittschwangerschaft, und auch wenn sie ein kleines Mädchen war, hatte ihr Becken gewiß mehr als drei-einhalb Zoll Durchmesser. Diese fiktiven Details, die Wilbur Larch dem Assistenten geliefert hatte, sollten bezwecken, den Bericht des Assistenten überzeugender zu machen. Keiner an der Bostoner Entbindungsanstalt stellte jemals Larchs Entscheidung, diese Abtreibung vorzunehmen, in Frage – niemand erwähnte sie je, aber Larch merkte wohl, daß sich etwas verändert hatte.

Er entdeckte das Ersterben von Gesprächen bei seinem Ein-tritt in ein Zimmer. Er entdeckte eine allgemeine Zurückhaltung; auch wenn er nicht direkt geschnitten wurde, wurde er doch nie eingeladen. Er speiste allein in einem nahegelegenen deutschen Restaurant; er aß Schweinshaxe mit Sauerkraut, und eines Abends trank er ein Bier. Es erinnerte ihn an seinen Vater; es war Wilbur Larchs erstes und letztes Bier.

Zu diesem Zeitpunkt in seinem Leben schien Wilbur Larch bestimmt für ein Leben der ersten und letzten Male: seine sexuelle Erfahrung, ein Bier, eine Abtreibung. Mehr als eine Erfahrung aber hatte er mit dem Äther, und die Neuigkeit – daß es eine Alternative zu Mrs. Santa Claus und den »abseits von Harrison« praktizierten Methoden gab – machte im South End rasch die Runde. Erstmals angesprochen wurde er, als er an einem Obsthändlerkarren stand und einen frischgepreßten Orangensaft trank; eine große hagere Frau mit einer Einkaufstasche und einem Wäschekorb tauchte neben ihm auf.

»Ich bin nicht quick«, flüsterte die Frau Wilbur Larch zu. »Was ist der Preis? Ich bin nicht quick, ich schwör's.« Nach ihr folgten sie ihm überall. Schläfrig sagte er in der Süd-Zweigstelle immer wieder zu dem einen oder anderen Kollegen: »Ich bin doch nicht an der Reihe, oder?« Und immer wieder war die Antwort dieselbe: »Sie sagt, Sie wären ihr Arzt.«

Als Kind des Staates Maine war Wilbur Larch es gewöhnt, den Leuten ins Gesicht zu schauen und ihren Augen zu begegnen; jetzt schaute er auf den Boden oder beiseite; wie ein Großstadtmensch ließ er die Augen der anderen nun auf die seinen Jagd machen. Mit gleicher Post wie seinen Katalog chirurgischer Instrumente von Fred Halsam & Co. erhielt er ein Exemplar von Mrs. W. H. Maxwells *Eine Ärztin an die Damen der Vereinigten Staaten*. Bis Ende 187– hatte Mrs. Maxwell eine Frauenklinik in New York geführt. »Die Verfasserin hat ihr Hospiz nicht einfach zum Vorteil der Gebärenden begründet«, schrieb sie. »Sie hält dafür, daß es im Angesicht der Unbarmherzigkeit der gesamten Gesellschaft gegen die Irrenden wohl angebracht ist, daß die Unglücklichen eine Zuflucht haben sollten, in deren Schatten sie ungestört Gelegenheit haben mögen, sich zu besinnen, und indem sie ihr gegenwärtiges Elend für immer verbergen, sich zu ermannen, in Zukunft klüger zu sein. Das Herz des wahren Arztes kann nicht weit und gütig genug sein.«

Natürlich sah Wilbur Larch, daß das South End gnadenlos voll war von Beweisen der Unbarmherzigkeit gegen die Irrenden, und daß er, in der Sicht der Irrenden, die Zuflucht geworden war.

Statt dessen floh *er*. Er kehrte nach Hause zurück, nach Maine. Er bewarb sich bei der Amtsärztekammer des Staates Maine um eine nützliche Stellung in der Gynäkologie. Während man eine Stellung in einer unterentwickelten Gemeinde für ihn suchte, fand man Gefallen an seinem Harvard-Diplom und machte ihn zum Mitglied der Kammer. Wilbur Larch erwartete seine neue Berufung in seiner alten Heimatstadt Portland, jenem sicheren Hafen – die alte Bürgermeistersvilla, wo er die Hälfte seiner Kindheit verbracht hatte, die salzige Fremdenpension, wo er sich von Mrs. Eames seine Dosis fürs Leben eingefangen hatte.

Er fragte sich, ob er das South End vermissen würde: die Handleserin, die ihm versichert hatte, er würde lange leben und viele Kinder haben (»Zu viele, um sie zu zählen!«), was Larch als Bestätigung auffaßte, daß er, indem er Gynäkologe zu werden anstrebte, die richtige Wahl getroffen hatte; den Kartenleger, der dem jungen Larch gesagt hatte, daß er niemals in die Fußstapfen seines Vaters treten würde, was ganz in Ordnung war für Wilbur Larch, der keine Kenntnis von Drechselbänken, keinen Spaß am Trinken hatte und der überzeugt war, daß seine Leber nicht die Schuld an seinem letztendlichen Untergang tragen würde; und den chinesischen Kräuterdoktor, der Larch erzählt hatte, er könne den Tripper kurieren, indem er zerstoßene grüne Blätter und Brotschimmel auf seinen Penis applizierte. Der Quacksalber hatte beinah recht. Das Chlorophyll in den Pflanzen konnte die Bakterien vernichten, die das Gangrän bewirkten, aber es konnte nicht die Tanzpärchen in den Eiterzellen umbringen, jene munteren Gonokokken; das Penizillin, aus gewissen Brotschimmelsorten gewonnen, konnte. Jahre später sollte Larch träumen, daß, hätten nur Dr. Harold Ernst, der Bakteriologe und Drallball-Pitcher von der Harvard Medical School, und der chinesische Kräuterdoktor aus dem South End ihre Köpfe zusammengesteckt... nun, was hätten sie dann kuriert?

»Sie hätten Waisen kuriert«, schrieb Dr. Larch, als er aus diesem Traum erwachte.

Und die Waisen des South End: Wilbur Larch erinnerte sich ihrer aus den Zweighospitälern der Bostoner Entbindungsanstalt. Damals 189– waren weniger als die Hälfte der Mütter verheiratet. In der Gründungsurkunde des Instituts stand geschrieben, daß keine Patientin aufgenommen werde, »sofern nicht eine verheiratete Frau, oder jüngst verwitwet, und von anerkannt gutem moralischen Charakter.« Die mildtätigen Bürgergruppen, die anfangs Tausende von Dollars aufgebracht hatten, um ein Entbindungsspital für die Armen bereitzustellen... *sie* hatten darauf beharrt; in Wahrheit aber wurde eine jede aufgenommen. Es gab eine erstaunliche Anzahl von Frauen, die Witwen zu sein behaupteten, oder behaupteten, mit Seeleuten auf fernen Meeren verheiratet zu sein – mit der *Great Eastern* davongefahren, pflegte Wilbur Larch sich vorzustellen.

In Portland, so fragte er sich, wieso gab es dort keine Waisen, keine Kinder und Frauen in Not? Wilbur Larch fühlte sich nicht sehr nützlich in der ordentlichen Stadt Portland; es ist eine Ironie, bedenkt man, daß, während er darauf wartete, irgendwohin geschickt zu werden, wo er gebraucht wurde, der Brief einer Prostituierten – von verlassenen Frauen und Waisen handelnd – unterwegs war zu ihm, aus St. Cloud's.

Doch ehe der Brief eintraf, erhielt Wilbur Larch eine andere Einladung. Das Vergnügen seiner Anwesenheit wurde erbeten von einer Mrs. Channing-Peabody, von den Bostoner Channing-Peabodys, die alle Sommer auf ihrem Küstenlandsitz knapp östlich von Portland verbrachten. Die Einladung deutete an, daß der junge Larch doch vielleicht die Bostoner Society vermissen werde, an die er sich zweifellos gewöhnt habe, und gewiß eine kleine Tennis- oder Krocketpartie genießen würde, oder gar Segeln – vor einem Dinner mit den Channing-Peabodys und Freunden. Larch war an *keine* Bostoner Society gewöhnt. Die Channing-Peabodys assoziierte er mit Cambridge, oder mit Beacon Hill – wohin er nie eingeladen worden war – und wenn er auch wußte, daß Channing und Peabody die Namen alter Bostoner Familien waren, so war ihm diese seltsame Verbindung der beiden doch fremd. Nach allem, was Wilbur Larch über diese Gesellschaftsschicht wußte, mochten die Channings und die Peabodys gemeinsam eine Party schmeißen und sich zum Zweck der Einladung darauf geeinigt haben, ihre Namen durch Bindestrich zu verbinden.

Was das Segeln betrifft, so war Wilbur Larch nie auf dem Wasser gewesen – noch in ihm. Als Kind von Maine wußte er sich etwas Besseres, als in diesem Wasser schwimmen zu lernen; das Wasser von Maine war, nach Larchs Meinung, etwas für Sommertouristen und Hummer. Und was Tennis oder Krocket betraf, so besaß er nicht die passende Kleidung. Aufgrund eines Aquarells von irgendwelchen sonderbaren Rasenspielen hatte er sich einst vorgestellt, mit einem hölzernen Schläger nach einer hölzernen Kugel zu dreschen, so fest man nur konnte, müsse ganz befriedigend sein, aber er hatte nicht die Zeit, diese Kunst allein und unbeobachtet zu üben. Er bedauerte die Unkosten für einen gemieteten Fahrer, der ihn zum Sommerhaus der Channing-Peabodys brachte, und er fühlte sich unkomfortabel gekleidet für die Saison – sein einziger Anzug war ein dunkler, schwerer, und er hatte ihn nicht mehr getragen seit dem Tag seines Besuchs »abseits von Harrison«. Als er den großen Messingtürklopfer des Hauses Channing-Peabody hob (entschlossen, sich lieber förmlich vorzustellen, als unter den Leuten in Weiß umherzuirren, die sich mit verschiedenen Sportarten allenthalben im Park verlustierten), fühlte er, daß der Anzug nicht nur zu heiß war, sondern auch des Bügeleisens bedurfte, und in der Rocktasche entdeckte er das Höschen der Frau, die ihr Kind »abseits von Harrison« abgetrieben hatte. Wilbur Larch hielt das Höschen in der Hand und starrte es an – und er erinnerte sich an dessen kecken, epaulettenhaften Sitz, seine kühne Unerschrockenheit auf der Schulter der Frau – als Mrs. Channing-Peabody die Tür öffnete, um ihn willkommen zu heißen.

Er konnte das Höschen nicht schnell genug in die Tasche seines Jacketts zurückstecken, darum stopfte er es in die Hosentasche – mit einer Gebärde, als sei es ein Taschentuch und er gerade dabei überrascht worden, wie er sich damit die Nase putzte. An der Art, wie Mrs. Channing-Peabody rasch den Blick abwandte, erkannte Larch, daß sie das Höschen als das gesehen hatte, was es war: ein Damenschlüpfer, sonnenklar.

»Doktor Larch?« sagte Mrs. Channing-Peabody vorsichtig,

als habe das Höschen ihr einen Wink hinsichtlich Larchs Identität gegeben.

Ich sollte jetzt einfach gehen, dachte Wilbur Larch, doch er sagte: »Ja, Doktor Larch«, und verbeugte sich vor der Frau – einer großen Fregatte von einer Frau, mit gebräuntem Gesicht und einem von silbergrauem Haar behelmten Kopf, so glatt und gefährlich aussehend wie eine Granate.

»Kommen Sie, Sie müssen meine Tochter kennenlernen«, sagte die Frau. »Und alle andern!« fuhr sie fort, mit einem dröhnenden Lachen, das den Schweiß auf Wilbur Larchs Rücken gefrieren ließ.

Alle andern schienen den Namen Channing oder Peabody zu tragen, oder Channing-Peabody, und manche von ihnen hatten Vornamen, die ihren Nachnamen glichen. Da gab es einen Cabot und einen Chadwick und einen Loring und einen Emerald (der nicht smaragdgrüne, sondern die stumpfest-braunen Augen hatte), aber die Tochter, die Dr. Larch kennenzulernen Mrs. Channing-Peabody ausersehen hatte, war die schlichteste und jüngste und am wenigsten gesund-aussehende von der ganzen Bande. Ihr Name war Missy.

»Missy?« wiederholte Wilbur Larch. Das Mädchen nickte und zuckte die Schultern.

Sie saßen an einem langen Tisch, nebeneinander. Ihnen gegenüber, und etwa in ihrem Alter, war einer der jungen Männer in Tennis-Weiß, entweder der Chadwick oder der Cabot. Er wirkte verdrossen, oder vielleicht hatte er eben einen Streit mit Miss Channing-Peabody gehabt, oder vielleicht hätte er lieber selbst neben ihr gesessen. Oder vielleicht ist's nur ihr Bruder, und er wünscht sich, er säße weiter weg von ihr, dachte Wilbur Larch.

Das Mädchen sah unwohl aus. Umgeben von einer Familie von Sonnengebräunten, war sie bleich; sie stocherte in ihrem Essen. Es war eines jener Dinners, wo das Eintreffen eines jeden Ganges ein völliges Auswechseln des Geschirrs verursacht, und während die Konversation abglitt und aussetzte, oder zumindest abflaute, wurde das Geräusch von Porzellan und Silberbestecken lauter, und eine Spannung wuchs an der Dinner-Tafel. Es war keine Spannung, verursacht durch irgendein Gesprächsthema – es war eine Spannung, verursacht durch gar kein Gesprächsthema.

Der ziemlich senile Chirurg im Ruhestand, der Wilbur zur anderen Seite saß – er war entweder ein Channing oder ein Peabody – schien enttäuscht zu erfahren, daß Larch Gynäkologe sei. Dennoch beharrte der alte Knabe darauf, Dr. Larchs bevorzugte Methode zur Austreibung der Plazenta in den unteren Genitaltrakt zu erfahren. Wilbur Larch versuchte – leise – dem Dr. Peabody oder Dr. Channing, oder wer immer er sein mochte, die Austreibung der Plazenta in den unteren Genitaltrakt zu schildern, doch der alte Herr war schwerhörig und verlangte, der junge Larch solle *lauter sprechen*! Ihre Unterhaltung, die an der Dinner-Tafel die einzige Unterhaltung war, wechselte also zu den Verletzungen des Perineums – einschließlich der Methode, den Kopf des Babys zurückzuhalten, um einem Dammriß vorzubeugen – und der korrekten mediolateralen Inzision zur Vornahme einer Episiotomie, wenn ein Dammriß unmittelbar zu drohen scheint.

Wilbur Larch wurde bewußt, daß Missy Channing-Peabodys Haut neben ihm die Farbe wechselte. Von Milchweiß über Senfgelb zu Frühlingsgrasgrün und beinah wieder zurück zu Milchweiß, bevor sie in Ohnmacht fiel. Ihre Haut war ganz kalt und feucht, und als Wilbur Larch sie anschaute, sah er, daß sie die Augen fast ganz in den Kopf hinauf verdreht hatte. Ihre Mutter und der verdrossene junge Mann in Tennis-Weiß, der Cabot oder der Chadwick, schleppten sie hastig vom Tisch – »Sie braucht *Luft*«, verkündete Mrs. Channing-Peabody, aber Luft war in Maine keine Mangelware.

Wilbur Larch wußte bereits, was Missy brauchte. Sie brauchte eine Abtreibung. Es wurde ihm klar durch die sichtliche Verärgerung des jungen Chadwick oder Cabot, es wurde ihm klar bei der sabbernden Senilität des alten Chirurgen, der sich nach »modernen« gynäkologischen Verfahren erkundigte, es wurde ihm klar durch das Fehlen jeder anderen Unterhaltung und durch den Lärm der Messer und Gabeln auf den Tellern. Das war der Grund, warum er eingeladen worden war: Missy Channing-Peabody, an morgendlicher Übelkeit leidend, brauchte eine Abtreibung. Auch reiche Leute brauchten sie. Selbst reiche Leute, die nach Wilbur Larchs Meinung die letzten waren, die irgend etwas erfuhren, *selbst reiche Leute* kannten ihn. Er wollte gehen, aber nun war es sein Schicksal, das ihn festhielt. Manchmal, wenn wir gezeichnet sind, wenn wir gebrandmarkt sind, wird unser Brandmal unsere Berufung; Wilbur Larch fühlte sich berufen. Der Brief der Prostituierten aus St. Cloud's war unterwegs zu ihm, und er würde dorthin gehen, aber zuerst war er aufgerufen, seine Pflicht zu tun – hier.

Er stand vom Tisch auf. Die Männer wurden in einen besonderen Raum geschickt – zu den Zigarren. Die Frauen hatten sich um irgend jemandes Baby versammelt – eine Pflegerin oder Gouvernante (eine *Dienstbotin*, dachte Wilbur Larch) hatte ein Baby ins Speisezimmer gebracht, und die Frauen wollten einen Blick darauf werfen. Auch Wilbur Larch warf einen Blick darauf. Die Frauen machten Platz für ihn. Das Baby sah rosig und fröhlich aus, etwa drei Monate alt, aber Dr. Larch bemerkte das Zangenmal an seiner Wange: eine eindeutige Vertiefung, sie würde eine Narbe hinterlassen. Ich kann bessere Arbeit leisten, dachte er.

»Ist das nicht ein herziges Baby, Doktor Larch?« fragte ihn eine der Frauen.

»Wie schade nur, dieses Zangenmal«, sagte Larch, und das schloß ihnen allen den Mund.

Mrs. Channing-Peabody führte ihn in die Halle hinaus. Er ließ sie vorausgehen in das Zimmer, das für ihn vorbereitet war. Auf dem Weg sagte sie: »Wir haben dieses kleine Problem.«

»Im wievielten Monat ist sie?« fragte er Mrs. Channing-Peabody. »Ist sie *quick*?«

Quick oder nicht, Missy Channing-Peabody war gewiß vorbereitet worden. Die Familie hatte ein kleines Lesezimmer in einen Operationssaal verwandelt. Hier gab es alte Bilder von Männern in Uniform, und Bücher (lange unberührt wirkend) standen Hab-Acht. Im düsteren Vordergrund des Zimmers war ein solider Tisch zweckdienlich mit Watteschicht und Gummilaken bedeckt, und Missy selbst lag in der richtigen Untersuchungsposition. Irgend jemand hatte die nötige Heimarbeit getan; vielleicht waren sie den senilen Haus-Chirurgen um die Details angegangen. Dr. Larch sah den Alkohol, die grüne Seife, die Nagelbürste (die er sofort in Gebrauch nahm). Da gab es einen Satz von sechs metallenen Dilatatoren und ein Satz von drei Curetten in einem lederbezogenen, satingefütterten Kasten. Es gab Chloroform und einen Chloroforminhalator, und dieser eine Fehler – daß sie nichts von Wilbur Larchs Vorliebe für Äther wußten – bewog Larch beinah, ihnen zu verzeihen.

Was Wilbur Larch nicht verzeihen konnte, war der offensichtliche Abscheu, den sie vor ihm empfanden. Da stand eine alte Frau in Bereitschaft, vielleicht eine ergebene Hausbedienstete, die für zahllose kleine Channing-Peabodys Hebamme gespielt hatte, vielleicht sogar Hebamme für Missy. Die alte Frau war besonders steinern und scharfäugig, als sie Larch ansah, als erwartete sie, daß er ihr gratuliere – in welchem Augenblick sie sich nicht würde anmerken lassen, daß sie angesprochen hatte – für ihre Akkuratesse bei der Vorbereitung der Patientin. Mrs. Channing-Peabody selbst schien außerstande, ihn zu berühren; wohl erbot sie sich, ihm das Jackett abzunehmen, das er sie nehmen ließ, bevor er sie bat zu gehen.

»Schicken Sie mir diesen jungen Mann«, befahl er ihr. »Er sollte hier sein, glaube ich.« Er meinte den besonders feindseligen jungen Mann in Tennis-Weiß, ob er nun der empörte Bruder oder der schuldige Liebhaber war, oder beides. Diese Leute brauchen mich, aber sie verabscheuen mich, dachte Larch, seine Nägel bürstend. Während er seine Arme in das Alkoholbad tauchte, fragte er sich, wie viele Ärzte die Channing-Peabodys kennen mochten (wie viele mochte es in der Familie geben!), aber nie hätten sie einen von ihresgleichen um Hilfe bei diesem »kleinen Problem« gebeten. Sie waren zu rein dafür.

»Sie brauchen meine Hilfe?« fragte der verdrossene junge Mann Larch.

»Nicht eigentlich«, erwiderte Larch. »Berühren Sie nichts,

und stehen Sie links von mir. Schauen Sie mir nur über die Schulter und achten darauf, daß Sie alles sehen können.«

Dieser klassenbewußte Blick der Verachtung hatte das Gesicht des jungen Chadwick (oder des jungen Cabot) kaum verlassen, als Wilbur Larch mit der Curette an die Arbeit ging; beim ersten Erscheinen der Produkte der Empfängnis weitete sich der Gesichtsausdruck des jungen Mannes – diese selbstsichere, abschätzige Miene war in seinem Gesicht nirgends mehr zu entdecken. Es erschlaffte und glich in der Farbe dem Tennis-Dress.

»Ich habe hinsichtlich der Uteruswand folgende Beobachtung gemacht«, berichtete Dr. Larch dem geisterhaften jungen Mann. »Es ist eine gute, feste Muskelwand, und wenn man sie ausschabt, antwortet sie mit einem knirschenden Geräusch. Daran merkt man, ob man alles erwischt hat – alle Produkte der Empfängnis. Horchen Sie nur auf dies knirschende Geräusch.« Er schabte abermals. »Hören Sie es?« fragte er.

»Nein«, flüsterte der junge Mann.

»Nun, vielleicht ist ›Geräusch‹ nicht das richtige Wort«, sagte Wilbur Larch. »Vielleicht ist es mehr wie ein knirschendes Gefühl, aber für mich ist's ein Geräusch. Knirschend«, sagte er, während der junge Cabot oder junge Chadwick sein eignes Erbrochenes in seinen hohlen Händen aufzufangen suchte.

»Messen Sie jede Stunde ihre Temperatur«, befahl Larch der starren Bediensteten, die die sterilen Handtücher hielt. »Falls mehr als eine kleine Blutung eintritt, oder falls sie Fieber hat, sollte man mich rufen. Und behandelt sie wie eine Prinzessin«, sprach Wilbur Larch zu der alten Frau und dem aschfahlen leeren jungen Mann. »Niemand soll sie beschämen dürfen.«

Er wäre abgegangen wie ein Gentleman, nachdem er unter Missys Augenlidern ihren chloroformierten Blick gesucht hatte; aber als er sein Jackett anzog, spürte er das Couvert, das seine Brusttasche ausbeulte. Er zählte das Geld nicht, aber er sah, daß es mehrere hundert Dollar waren. Es war wieder genau wie in der Bürgermeistersvilla, die Dienstbotenstubenbehandlung; es besagte, daß die Channing-Peabodys ihn nicht wieder zu Tennis oder Krocket oder zum Segeln bitten würden.

Prompt überreichte er fünfzig Dollars der alten Frau, die Missys Genitalien mit Bichloridlösung gebadet und sie mit einer sterilen Schambinde bedeckt hatte. Etwa zwanzig Dollar gab er dem jungen Tennisspieler, der die Tür zum Patio aufgestoßen hatte, um ein wenig Gartenluft zu atmen. Larch schickte sich an zu gehen. Dann aber, als er die Hände in seine Jackentaschen schob und wieder das Höschen fand, griff er, einer Eingebung folgend, nach der Plazentazange und nahm das Instrument mit. Er ging hinaus, den alten Chirurgen zu suchen, aber es waren nur Dienstmädchen im Speisesaal – immer noch den Tisch abräumend. Er gab jeder von ihnen etwa zwanzig bis dreißig Dollar.

Den senilen Doktor fand er schlafend in einem Polstersessel in einem anderen Zimmer. Er öffnete die Greifer der Zange, klammerte das Wäschestück aus »Off Harrison« darin fest und klemmte das ganze dem alten Schnarcher ans Revers.

Er fand die Küche und darin mehrere Dienstmädchen emsig am Werk und verschenkte dort etwa zweihundert Dollar.

Er ging in den Park hinaus und verschenkte den Rest des Geldes, weitere zweihundert Dollar, an einen Gärtner, der in einem Blumenbeet neben dem Hauptportal auf den Knien lag. Das leere Couvert hätte er Mrs. Channing-Peabody gerne zurückgereicht; die große Dame verbarg sich vor ihm. Er versuchte das Couvert zusammenzufalten und es am Hauptportal unter dem Messingtürklopfer festzustecken; das Couvert flatterte dauernd im Wind davon. Da wurde er wütend und knüllte es zu einer Kugel zusammen und warf es in ein manikürtes Rondell grünen Rasens, das als Rotunde für die Haupteinfahrt diente. Zwei Krocketspieler auf einem Rasen gegenüber unterbrachen ihr Spiel und starrten zuerst auf das verknüllte Couvert und dann in den blauen Sommerhimmel, als ob allermindestens zu erwarten sei, daß ein Blitzstrahl Larch auf der Stelle erschlüge.

Auf der Rückfahrt nach Portland dachte Wilbur Larch an das letzte Jahrhundert der Medizingeschichte – als die Abtreibung legal gewesen war, als viele weit kompliziertere Verfahren als eine simple Abtreibung den Medizinstudenten routinemäßig beigebracht wurden: Dinge wie die intrauterine Dekapitation

94

und die Zerstückelung des Fötus (beide anstelle des gefährlicheren Kaiserschnitts). Er murmelte die Worte vor sich hin: intrauterine Dekapitation, Zerstückelung des Fötus. Als er schließlich in Portland anlangte, hatte er die Sache geklärt. Er war Gynäkologe; er rettete Babys auf die Welt. Seine Kollegen nannten dies »Gottes Werk«. Und er war ein Abtreiber; er half auch Müttern zurück in die Welt. Seine Kollegen nannten dies »Teufels Beitrag«, aber für Wilbur Larch war es *alles* »Gottes Werk«. Wie Mrs. Maxwell beobachtet hatte: »Das Herz des wahren Arztes kann nicht weit und gütig genug sein.«

Später, wenn er Anlaß hatte, an sich selbst zu zweifeln, würde er sich zwingen, sich zu erinnern: er hatte mit jemandes Mutter geschlafen und sich im Lichtschein der Zigarre ihrer Tochter angekleidet. Er konnte ganz bequem für den Rest des Lebens der Sexualität entsagen, aber wie konnte er je einen anderen Menschen dafür verdammen, daß er Sex machte? Er würde sich auch daran erinnern, was er für Mrs. Eames' Tochter *nicht getan* hatte und was der Preis dafür gewesen war.

Er würde Babys retten. Er würde auch Mütter retten.

In Portland erwartete ihn ein Brief aus St. Cloud's. Als die Amtsärztekammer des Staates Maine ihn nach St. Cloud's schickte, konnte sie nichts wissen von Wilbur Larchs Gefühlen für Waisen – auch konnte sie nichts von seiner Bereitschaft wissen, Portland zu verlassen, jenen sicheren Hafen, aus dem die *Great Eastern* abgesegelt war, ohne die Absicht wiederzukehren. Und sie sollte nie erfahren, daß Wilbur Larch, in der ersten Woche, die er in St. Cloud's verbrachte, ein Waisenhaus gründete (weil es gebraucht wurde), drei Babys entband (ein erwünschtes, zwei unvermeidliche – eines davon eine weitere Waise) und eine Abtreibung vornahm (seine dritte). Larch sollte Jahre brauchen, um die Bevölkerung über Geburtenkontrolle aufzuklären – noch einige Zeit sollte das Verhältnis weiterbestehen: eine Abtreibung auf drei Geburten. Im Lauf der Jahre sollte es fallen auf eins zu vier, dann auf eins zu fünf.

Während des Ersten Weltkriegs, als Wilbur Larch nach Frankreich zog, führte der stellvertretende Arzt am Waisenhaus keine

Abtreibungen aus; die Geburtenrate kletterte, die Zahl der Waisen verdoppelte sich, aber der Vertretungsarzt sagte zu Schwester Edna und Schwester Angela, daß er auf diese Erde gestellt sei, das Werk Gottes zu verrichten, nicht das des Teufels. Diese wacklige Unterscheidung sollte sich später als nützlich für Schwester Angela und Schwester Edna erweisen, und für Dr. Wilbur Larch, der seinen lieben Schwestern aus Frankreich schrieb, daß er den wahren Beitrag des Teufels gesehen habe: Der Teufel arbeitete mit Kugeln und Granatsplittern, mit Schrapnell und mit kleinen verschmutzten Tuchfetzen, die mit einem Geschoß in die Wunde getragen wurden. Der Beitrag des Teufels war die Gasbazilleninfektion, jene Geißel des Ersten Weltkriegs – Wilbur Larch sollte nie vergessen, wie sie bei Berührung knisterte.

»Sagen Sie ihm«, schrieb Larch an Schwester Angela und Schwester Edna, »sagen Sie diesem Narren (er meinte seinen Stellvertreter), daß die Arbeit an einem Waisenhaus in allem Gottes Werk ist – alles, was ihr tut, tut ihr für die Waisen, ihr rettet *sie*!«

Und als der Krieg vorbei war und Wilbur Larch nach St. Cloud's heimkehrte, waren Schwester Edna und Schwester Angela bereits mit der richtigen Fachsprache für die Arbeit in St. Cloud's vertraut – Gottes Werk *und* Teufels Beitrag, so nannten sie sie, nur um für sich auseinanderzuhalten, welche Operation wann ausgeführt werden sollte. Wilbur Larch übernahm sie – es war eine nützliche Fachsprache – aber beide Schwestern stimmten mit Larch überein: daß *alles*, was sie ausführten, das Werk Gottes war.

Erst im Jahre 193– stießen sie auf ihr erstes Problem. Sein Name war Homer Wells. So oft zog er aus in die Welt und kehrte zurück nach St. Cloud's, daß es notwendig wurde, ihm Arbeit zu geben; um die Zeit, wenn ein Junge zum Teenager wird, sollte er sich nützlich machen. Doch würde er kapieren? fragten sich die Schwestern und Dr. Larch. Homer hatte gesehen, wie die Mütter kamen und gingen und ihre Babys zurückließen, aber wie lange noch, bis er anfing, Köpfe zu zählen – und erkannte, daß da mehr

Mütter kamen und gingen, als Babys zurückgelassen wurden? Wie lange noch, bis er beobachtete, daß nicht alle die Mütter, die nach St. Cloud's kamen, sichtbar schwanger waren – und manche von ihnen nicht einmal über Nacht blieben? Sollten sie es ihm sagen? fragten sich die Schwestern und Dr. Larch.

»Wilbur«, sagte Schwester Edna, während Schwester Angela die Augen verdrehte, »der Junge geht im Haus aus und ein – er wird es von selbst herausfinden.«

»Er wird mit jeder Minute älter«, sagte Schwester Angela. »Er lernt mit jedem Tag etwas Neues.«

Allerdings ließen sie niemals die Frauen, die sich von der Abtreibung erholten, im gleichen Zimmer ruhen wie die jungen Mütter, die ihre Kräfte sammelten, um ihre Babys zurückzulassen; dies war etwas, was sogar ein Kind beobachten konnte. Und Homer Wells hatte oft die Aufgabe, die Abfalleimer zu leeren – *alle* Abfalleimer, auch die Abfalleimer aus dem Operationssaal, die wasserdicht waren und geradewegs zum Verbrennungsofen gebracht wurden.

»Wie, wenn er in einen Abfalleimer schaut, Wilbur?« fragte Schwester Edna Dr. Larch.

»Wenn er alt genug ist, um zu schauen, ist er alt genug, um zu lernen«, erwiderte Dr. Larch.

Vielleicht meinte Larch: wenn er alt genug ist, um zu erkennen, was es zu sehen gab. Nach dem Werk Gottes, oder nach dem Beitrag des Teufels, war das, was in den Abfalleimern war, oftmals dasselbe. In den meisten Fällen: Blut und Schleim, Baumwolle und Mull, Plazenta und Schamhaar. Beide Schwestern sagten Dr. Larch, daß es nicht nötig sei, eine Patientin für eine Abtreibung zu rasieren, aber Larch war pingelig; und wenn es schon alles das Werk Gottes war, so dachte er, mag es auch gleich aussehen. Die Abfalleimer, die Homer Wells zum Verbrennungsofen zu tragen pflegte, enthielten die Geschichte von St. Cloud's: die abgeschnittenen Fadenenden der Seiden- und Catgutnähte, Fäkalstoffe und Seifenlauge von den Einläufen, und das, wovon Schwester Edna und Schwester Angela fürchteten, daß Homer Wells es sehen könnte – die sogenannten Produkte der Empfängnis, ein menschlicher Fötus, oder ein erkennbarer Teil davon.

Und so kam es, daß Homer Wells (mit dreizehn, der Unglückszahl) entdeckte, daß die Quicken wie die Nicht-Quikken in St. Cloud's zur Welt gebracht wurden. Eines Tages, auf dem Rückweg vom Verbrennungsofen, sah er einen Embryo am Boden: er war aus dem Abfalleimer gefallen, den er schleppte, aber als er es sah, nahm er an, es sei vom Himmel gefallen. Er beugte sich darüber, dann spähte er nach dem Nest, aus dem es gefallen sein mochte – nur gab es hier keine Bäume. Homer Wells wußte, daß Vögel ihre Eier nicht im Flug legten – oder daß ein Ei, während es fiel, nicht seine Schale verlieren konnte.

Dann stellte er sich vor, irgend ein Tier habe eine Fehlgeburt gehabt – in einem Waisenhaus, in der Umgebung eines Spitals, hörte man solch ein Wort – aber *welches* Tier? Es wog weniger als ein Pfund, es war vielleicht acht Zoll lang, und dieser Schatten auf seinem beinah durchsichtigen Kopf war die erste Stufe von Haaren, nicht von Federn; und dies hier waren beinah schon Augenbrauen in seinem eingedrückten Gesicht; es hatte sogar Wimpern. Und waren das *Brustwarzen* – diese kleinen blaßrosa Punkte, hervortretend auf dieser Brust von der Größe eines Daumens? Und diese Scheibchen an den Fingerspitzen und Zehen – das waren *Nägel*! Das ganze Ding in einer Hand haltend, rannte Homer damit geradewegs zu Dr. Larch. Larch saß in Schwester Angelas Büro an der Schreibmaschine; er schrieb einen Brief an das Neu-England-Heim für kleine Vagabunden.

»Ich habe etwas gefunden«, sagte Homer Wells. Er streckte die Hand aus, und Larch nahm ihm das Embryo ab und legte es auf einen sauberen weißen Bogen Schreibpapier auf Schwester Angelas Schreibtisch. Es war etwa im dritten Monat – höchstens im vierten. Noch nicht quick, wie Dr. Larch wußte, aber beinah. »Was ist das?« fragte Homer Wells.

»Gottes Werk«, sagte Wilbur Larch, dieser Heilige von St. Cloud's, denn eben hatte er erkannt, daß auch dies die Arbeit Gottes war: Homer Wells zu unterweisen, ihm alles zu sagen, dafür zu sorgen, daß er Richtig von Falsch zu unterscheiden lernte. Es war eine Menge Arbeit, die Arbeit des Herrn, aber wenn man vermessen genug war, sie auf sich zu nehmen, dann mußte man sie gründlich tun.

3

Prinzen von Maine, Könige Neuenglands

»Hier in St. Cloud's«, schrieb Dr. Larch, »behandeln wir die Waisen, als stammten sie aus königlichen Familien.«

In der Knabenabteilung beseelte dieses Gefühl seinen Gutenachtwunsch – seinen Abendsegen, laut hingerufen über die Betten, die in Reihen in der Dunkelheit standen. Dr. Larchs Segenswunsch folgte auf das Vorlesen der Gutenachtgeschichte, das – nach dem unglücklichen Unfall der Winkles – Homer Wells' Aufgabe geworden war. Dr. Larch wollte Homer mehr Selbstvertrauen geben. Als Homer Dr. Larch erzählte, wie sehr es ihm gefallen habe, den Winkles in ihrem Safarizelt vorzulesen – und wie gut er es gemacht zu haben glaubte, auch wenn die Winkles eingeschlafen waren – beschloß der Doktor, die Begabung des Jungen solle gefördert werden.

193–, beinah unmittelbar, nachdem er seinen ersten Fötus gesehen hatte, begann Homer Wells *David Copperfield* in der Knabenabteilung vorzulesen, genau zwanzig Minuten am Stück, nicht mehr, nicht weniger; er glaubte, er würde mehr Zeit brauchen, um es zu lesen, als Dickens gebraucht hatte, es zu schreiben. Stockend zuerst – und von den sehr wenigen Jungen gehänselt, die beinah in seinem Alter waren (keiner war älter) – wurde Homer immer besser. Jede Nacht murmelte er laut für sich jenen Anfangsabschnitt des Buches. Es hatte den Effekt einer Litanei – manchmal erlaubte es ihm, friedlich einzuschlafen.

> Ob ich mich in diesem Buche zum Helden meiner
> eignen Leidensgeschichte entwickeln werde
> oder ob jemand anders diese Stelle ausfüllen soll,
> wird sich zeigen.

»Ob ich mich in diesem Buche zum Helden meiner eignen Leidensgeschichte entwickeln werde«, flüsterte Homer vor sich hin. Er erinnerte sich, wie Augen und Nase trocken gewesen waren, damals im Heizungskeller bei den Drapers in Waterville; er erinnerte sich an die Gischt des Wassers, das die Winkles fortgerissen hatte; er erinnerte sich an diesen kühlen, feuchten, in sich zusammengekrümmten Neubeginn, der tot in seiner Hand gelegen hatte. (Dieses Ding, das er in der Hand gehalten hatte, konnte kein Held gewesen sein.)

Und nach dem »Licht aus«, und nachdem Schwester Edna oder Schwester Angela gefragt hatte, ob jemand ein letztes Glas Wasser wollte oder ob jemand einen letzten Gang aufs Töpfchen brauchte – wenn diese Lichtpunkte von den eben gelöschten Lampen noch in der Dunkelheit glimmten und die Gedanken einer jeden Waise entweder schliefen oder träumten oder bei David Copperfields Abenteuern verweilten – dann pflegte Dr. Larch die Tür aufzumachen, draußen vom Korridor mit seinen nackten Rohren und seinem Krankenhausanstrich.

»Gute Nacht!« pflegte er zu rufen. »Gute Nacht – ihr Prinzen von Maine, ihr Könige Neuenglands!« (Das Ding, das Homer in der Hand gehalten hatte, war kein Prinz – es hatte nicht lange genug gelebt, um König zu werden.)

Dann, Bum! – schloß sich die Tür, und die Waisen blieben zurück in neuer Dunkelheit. Welche Bilder von Königsgestalten auch immer sie heraufbeschwören mochten, blieb ihnen selbst überlassen. Welche Prinzen und Könige konnten sie schon gesehen haben? Welche Zukunft konnten sie sich womöglich erträumen? Welche königlichen Pflegefamilien würden sie im Traum willkommen heißen? Welche Prinzessinnen würden sie lieben? Welche Königinnen würden sie heiraten? Und wann würden sie dem Dunkel entfliehen können, das ihnen geblieben war, nachdem Larch die Tür geschlossen hatte, nachdem sie das sich entfernende Knarren von Schwester Ednas oder Schwester Angelas Schuhen nicht länger hören konnten? (Das Ding, das er in seiner Hand gehalten hatte, hätte die Schuhe nicht hören können – es hatte ganz kleine, ganz runzelige Ohren!)

Für Homer Wells war es anders. Er stellte sich nicht vor,

St. Cloud's zu verlassen. Die Prinzen von Maine, die Homer sah, die Könige Neuenglands, die er sich vorstellte – sie regierten am Hof von St. Cloud's, sie reisten nirgendwohin; sie fuhren nicht übers Meer; sie sahen nicht einmal je das Meer. Aber irgendwie war Dr. Larchs Segenswunsch sogar für Homer Wells stärkend und voller Hoffnung. Diese Prinzen von Maine, diese Könige Neuenglands, diese Waisen von St. Cloud's – wer immer sie sein mochten, sie *waren* die Helden ihres eigenen Lebens. So viel sah Homer in der Dunkelheit; so viel gab ihm Dr. Larch, wie ein Vater.

Prinzliches, sogar königliches Verhalten war möglich, sogar in St. Cloud's. Das war es, was Dr. Larch offenbar sagte.

Homer Wells träumte, er sei ein Prinz. Er hob die Augen empor zu *seinem* König: er beobachtete St. Larch auf Schritt und Tritt. Es war die verwunderliche Kälte des Dings, die Homer nicht vergessen konnte.

»Weil es tot war, richtig?« fragte er Dr. Larch. »Das ist der Grund, warum es kalt war, richtig?«

»Ja«, sagte Dr. Larch. »In gewisser Weise, Homer, war es niemals lebendig.«

»Niemals lebendig«, sagte Homer Wells.

»Manchmal«, sagte Dr. Larch, »kann eine Frau sich einfach nicht dazu zwingen, eine Schwangerschaft anzuhalten, sie spürt, daß das Baby bereits ein Baby ist – vom ersten Körnchen an –, und sie muß es bekommen – auch wenn sie es nicht haben will und sie nicht für es sorgen kann –, und so kommt sie zu uns und bekommt ihr Baby hier. Sie läßt es hier zurück, bei uns. Sie vertraut uns, daß wir ihm ein Zuhause finden.«

»Sie macht ein Waisenkind«, sagte Homer Wells. »Jemand muß es adoptieren.«

»Meistens adoptiert es jemand«, sagte Dr. Larch.

»Meistens«, sagte Homer Wells. »Vielleicht.«

»Am Ende«, sagte Dr. Larch.

»Und manchmal«, sagte Homer Wells, »hält die Frau es *nicht* durch, richtig? Sie hält es nicht durch, das Baby zu bekommen.«

»Manchmal«, sagte Dr. Larch, »weiß die Frau schon sehr früh in ihrer Schwangerschaft, daß dieses Kind unerwünscht ist.«

»Ein Waisenkind, von Anfang an«, sagte Homer Wells.

»So könnte man sagen«, sagte Wilbur Larch.

»Also tötet sie es«, sagte Homer Wells.

»Könnte man sagen«, sagte Wilbur Larch. »Man könnte auch sagen, daß sie es anhält, bevor es ein Kind wird – sie hält es einfach an. In den ersten drei oder vier Monaten hat der Fötus – oder das Embryo (ich sage also nicht: ›das Kind‹) – noch kein eigenes Leben. Es lebt von der Mutter. Es hat sich noch nicht entwickelt.«

»Es ist nur ein bißchen entwickelt«, sagte Homer Wells.

»Es hat sich noch nicht unabhängig bewegt«, sagte Dr. Larch.

»Es hat keine richtige Nase«, sagte Homer Wells, der sich daran erinnerte. An dem Ding, das er in der Hand gehalten hatte, hatten sich weder die Nasenlöcher noch die Nase selbst in ihrer Abwärtsneigung entwickelt; die Nasenlöcher zeigten direkt aus dem Gesicht, wie die Nasenlöcher von einem Schwein.

»Manchmal«, sagte Dr. Larch, »wenn eine Frau sehr stark ist und weiß, daß niemand für dieses Baby sorgen wird, falls sie es bekommt, und sie nicht ein Kind auf die Welt bringen und dann versuchen will, ihm ein Zuhause zu finden – kommt sie zu mir, und ich halte es an.«

»Sagen Sie mir noch einmal, wie nennt man das Anhalten?« fragte Homer Wells.

»Eine Abtreibung«, sagte Dr. Larch.

»Richtig«, sagte Homer Wells. »Eine Abtreibung.«

»Und was du in deiner Hand gehalten hast, Homer, war ein abgetriebener Fötus«, sagte Dr. Larch. »Ein Embryo, etwa im dritten oder vierten Monat.«

»Ein abgetriebener Fötus, ein Embryo, etwa im dritten oder vierten Monat«, sagte Homer Wells, der die irritierende Gewohnheit hatte, die Enden der Sätze ganz ernsthaft zu wiederholen, als habe er vor, *sie* laut vorzulesen, wie *David Copperfield*.

»Und das ist der Grund«, sagte Dr. Larch geduldig, »weshalb manche der Frauen, die hierherkommen, nicht schwanger *aussehen* ... das Embryo, der Fötus, da ist einfach nicht genug, als daß man es sehen könnte.«

»Aber sie alle *sind* schwanger«, sagte Homer Wells. »Alle die Frauen, die hierherkommen – sie wollen entweder ein Waisenkind bekommen, oder sie wollen es anhalten, richtig?«

»Das ist richtig«, sagte Dr. Larch. »Ich bin nur der Arzt. Ich helfe ihnen zu bekommen, was sie haben wollen. Ein Waisenkind oder eine Abtreibung.«

»Ein Waisenkind oder eine Abtreibung«, sagte Homer Wells.

Schwester Edna neckte Dr. Larch wegen Homer Wells. »Sie haben einen neuen Schatten, Wilbur«, sagte sie.

»*Doktor* Larch«, sagte Schwester Angela, »Sie haben ein Echo bekommen. Sie haben einen Papagei, der Ihnen überall folgt.«

»Gott, oder wer immer, vergebe mir«, schrieb Dr. Larch. »Ich habe einen Jünger gewonnen, ich habe einen dreizehnjährigen *Jünger.*«

Zu der Zeit, als Homer fünfzehn war, hatte sein Vorlesen aus *David Copperfield* solchen Erfolg, daß einige der älteren Mädchen der Mädchenabteilung Dr. Larch fragten, ob man Homer überreden könnte, ihnen vorzulesen.

»Nur den älteren Mädchen?« fragte Homer Dr. Larch.

»Gewiß nicht«, sagte Dr. Larch. »Du wirst ihnen allen vorlesen.«

»In der Mädchenabteilung?« fragte Homer.

»Nun, ja«, sagte Dr. Larch. »Es wäre peinlich, alle die Mädchen in die Knabenabteilung kommen zu lassen.«

»Richtig«, sagte Homer Wells. »Aber lese ich zuerst den Mädchen vor, oder den Jungen zuerst?«

»Den Mädchen«, sagte Larch. »Die Mädchen gehen früher zu Bett als die Jungen.«

»Tun sie das?« fragte Homer.

»Hier tun sie das«, sagte Dr. Larch.

»Und lese ich ihnen den gleichen Abschnitt vor?« fragte Homer. Er befand sich, zu dieser Zeit, auf seiner vierten Reise durch *David Copperfield*, beim Vorlesen erst auf seiner dritten – im sechzehnten Kapitel: »Ich bin ein anderer Junge in mehr als einer Beziehung.«

Dr. Larch aber entschied, daß Waisenmädchen etwas über ein Waisenmädchen hören sollten – im gleichen Sinne, wie er glaubte, daß Waisenjungen etwas über Waisenjungen hören sollten – und so übertrug er Homer die Aufgabe, der Mädchenabteilung aus *Jane Eyre* vorzulesen.

Es fiel Homer sofort auf, daß die Mädchen aufmerksamer waren als die Jungen; sie waren überhaupt ein besseres Publikum – abgesehen von dem Gekicher bei seinem Kommen und bei seinem Gehen. Daß sie ein besseres Publikum sein sollten, überraschte Homer, denn er fand Jane Eyre bei weitem nicht so interessant wie David Copperfield; er war überzeugt, daß Charlotte Brontë bei weitem keine so gute Schriftstellerin war wie Charles Dickens. Verglichen mit dem kleinen David, so dachte Homer, war Klein-Jane irgendwie eine Heulsuse – eine Plärrliese – aber die Mädchen in der Mädchenabteilung riefen immer wieder: mehr, nur noch einen Abschnitt, wenn Homer alle Abende aufhörte und forteilte, raus aus dem Haus und in die Nacht hinaus, im Galopp zur Knabenabteilung und zu Dickens.

Die Nacht zwischen der Knaben- und Mädchenabteilung roch häufig nach Sägemehl; nur die Nacht hatte die Erinnerung an das einstige St. Cloud's intakt bewahrt und verschenkte sie in geheimnisvoller Dunkelheit: die Gerüche der alten Sägemühlen und sogar den stinkenden Zigarrendunst der Sägewerker.

»Die Nacht riecht manchmal nach Holz und Zigarren«, sagte Homer Wells zu Dr. Larch, der seine eigene Erinnerung an Zigarren hatte; der Doktor schauderte.

Die Mädchenabteilung, so dachte Homer, hatte einen anderen Geruch als die der Knaben, auch wenn die gleichen nackten Rohre, die gleichen Krankenhausfarben, die gleiche Schlafsaaldisziplin vorherrschten. Einerseits roch sie süßlicher; andererseits roch sie kränklicher – Homer hatte Mühe, es auseinanderzuhalten.

Fürs Zubettgehen waren die Jungen und Mädchen gleich gekleidet – Unterhemden und Unterhosen – und immer wenn Homer in der Mädchenabteilung eintraf, waren die Mädchen bereits in ihren Betten, ihre Beine bedeckt, manche von ihnen aufrecht sitzend, andere flach liegend. Die ganz wenigen mit sichtbarem Busen saßen meistens mit über der Brust verschränkten Armen, um ihre Entwicklung zu verbergen. Alle, bis auf eine – die größte, die älteste; sie war sowohl größer wie auch älter als Homer Wells. Sie hatte Homer über die Ziellinie eines besonders berühmten Dreibein-Wettlaufs getragen – sie war die, die Melony hieß, die eigentlich Melody heißen sollte; die, deren Busen Homer versehentlich berührt hatte und die ihn in seinen Pimmel gezwickt hatte.

Melony saß beim Vorlesen im Indianersitz – auf ihrer Bettdecke, ihre Unterhose nicht recht groß genug für sie, ihre Hände auf den Hüften, ihre Ellbogen auswärts gekehrt wie Flügel, ihren beträchtlichen Busen vorgereckt; ein Stück von ihrem dicken nackten Bauch war entblößt. Jeden Abend pflegte Mrs. Grogan, die die Mädchenabteilung leitete, zu sagen: »Wirst du dich nicht erkälten ohne deine Bettdecke, Melony?«

»Nööö«, pflegte Melony zu sagen, und Mrs. Grogan pflegte zu seufzen – es war beinah ein Stöhnen. Das war ihr Spitzname: Mrs. Groan – Frau Stöhn. Ihre Autorität beruhte auf ihrer Fähigkeit, die Mädchen glauben zu machen, daß sie ihr Schmerz zufügten, indem sie sich selbst oder einander Schmerz zufügten.

»Oh, das tut mir weh, so etwas zu sehen«, pflegte sie ihnen zu sagen, wenn sie prügelten, Haare rauften, Augäpfel quetschten, einander ins Gesicht bissen. »Das tut mir wirklich weh.« Ihre Methode hatte Erfolg bei jenen Mädchen, die sie liebten. Keinen Erfolg hatte sie bei Melony. Mrs. Grogan hatte Melony besonders gern, aber sie spürte, daß sie ein Versager war, wenn sie Melony dazu bringen wollte, sie gern zu haben.

»Oh, es tut mir weh, Melony, zu sehen, wie du dich erkältest – ohne deine Bettdecke«, pflegte Mrs. Grogan zu sagen, »nur halb angezogen. Das tut mir wirklich weh.«

Aber Melony blieb, wo sie war, ihre Augen niemals von Homer Wells abwendend. Sie war größer als Mrs. Grogan, sie war zu groß für die Mädchenabteilung. Sie war zu groß, um adoptiert zu werden. Sie ist zu groß für ein *Mädchen*, dachte Homer Wells. Größer als Schwester Edna, größer als Schwester

Angela – beinah so groß wir Dr. Larch –, sie war fett, aber ihr Fett wirkte fest. Und obwohl er seit mehreren Jahren nicht bei dem Dreibein-Wettlauf mitgemacht hatte, wußte er auch, daß Melony stark war. Homer hatte beschlossen, nicht mitzumachen, solange er mit Melony zusammengestellt würde – und er würde mit ihr zusammengestellt werden, solange er der älteste Junge und sie das älteste Mädchen war.

Beim Vorlesen aus *Jane Eyre* mußte Homer seine Augen von Melony fernhalten; ein Blick auf sie würde ihn daran erinnern, wie sein Bein an ihres gefesselt war. Er spürte, daß sie sein Fernbleiben vom alljährlichen Wettrennen übelnahm. Er fürchtete auch, daß sie spüren könnte, wie sehr ihm ihre Massigkeit gefiel – wie sehr Fett einem Waisenkind als großes Glück erschien.

Die rührenden Passagen aus *Jane Eyre* (allzu rührend für Homer Wells) trieben den Mädchen der Mädchenabteilung Tränen in die Augen und entlockten Mrs. Grogan das allerkläglichste Seufzen und Stöhnen, aus Melony aber preßten sie das allergequälteste Keuchen hervor – als ob Rührendes in ihr eine Wut entfesselte, die kaum zu bezähmen war.

Der Schluß von Kapitel vier entfesselte in Melony eine Wut, die nicht mehr zu bezähmen war.

»Der Nachmittag glitt in Frieden und Harmonie dahin«, las Homer Wells ihnen vor; als er Melony die Worte »Frieden« und »Harmonie« zischen hörte, las er tapfer weiter. »Und am Abend erzählte mir Bessie ein paar von ihren fesselndsten Geschichten und sang mir einige ihrer süßesten Lieder«, fuhr Homer fort, froh, daß es nur noch einen weiteren Satz zu überstehen galt; er sah Melonys breite Brust wogen. »›Sogar für mich (zwitscherte die kleine Jane Eyre) hatte das Leben seine Sonnenstrahlen.‹«

»Sonnenstrahlen!« schrie Melony in heftigem Zweifel. »Soll sie mal hierherkommen. Soll sie mal *mir* die Sonnenstrahlen zeigen!«

»Oh, wie tut es mir weh, Melony – dich so etwas sagen zu hören«, sagte Mrs. Grogan.

»*Sonnenstrahlen?*« sagte Melony aufheulend. Die kleineren Mädchen krochen indessen unter ihre Bettdecken; manche begannen zu weinen.

»Der Schmerz, den mir dies bereitet, ich weiß nicht, wie ich ihn ertragen kann, Melony«, sagte Mrs. Grogan.

Homer Wells stahl sich fort. Es war ohnehin der Schluß des Kapitels. Er wurde in der Knabenabteilung erwartet. Diesmal war das Gekicher, das seinen Abgang begleitete, vermischt mit Schluchzen und Melonys Höhnen.

»*Sonnenstrahl*!« schrie Melony ihm nach.

»Wie das uns *allen* weh tut«, sagte Mrs. Grogan energischer.

Draußen schien die Nacht für Homer Wells von neuen Gerüchen erfüllt. Vermischt mit dem Sägemehlduft und den stinkenden Zigarren, war das etwa ein Schwall vulgären Parfüms, der von dem einstigen Hurenhotel herüberwehte? Und etwas wie Schweiß aus dem Bingo-für-Geld-Salon? Selbst der Fluß verströmte einen Geruch.

In der Knabenabteilung warteten sie auf ihn. Manche der Kleineren waren eingeschlafen. Die anderen saßen mit weit aufgesperrten Augen – scheinbar mit weit aufgesperrten Mündern, wie Vogelküken; Homer kam sich vor, als husche er von Nest zu Nest, als füttere seine Stimme sie, während sie nach immer mehr schrien. Wie Nahrung, machte sein Vorlesen sie schläfrig, aber oft machte es Homer wach. Er lag meistens wach nach dem abendlichen Segenswunsch – das *inzen* in »Prinzen« und das *igen* in »Königen« klangen noch im dunklen Raum nach. Manchmal wünschte er sich, er könnte im Babyzimmer schlafen; das dauernde Aufwachen und Weinen dort wäre vielleicht rhythmischer.

Die älteren Waisen hatten ihre irritierenden Gewohnheiten. Einer von Schwester Ednas John Wilburs schlief auf einem Gummilaken; Homer lag oft wach und wartete darauf, zu hören wie er ins Bett näßte. In manchen Nächten weckte Homer das Kind, marschierte mit ihm zur Toilette, hielt seinen winzigen Pimmel in die richtige Richtung und flüsterte: »*Pipi*, John Wilbur. Pipi *jetzt*. Pipi *hier*.« Das Kind, im Stehen schlafend, hielt es zurück und wartete auf das aufnahmefreundliche Gummilaken, die vertraute Mulde und die warme Pfütze im Bett.

Manche Nächte, wenn er sich gereizt fühlte, stellte sich

Homer Wells einfach neben John Wilburs Bett und flüsterte dem Jungen seinen Befehl ins Ohr: »Pipi!« Mit beinah augenblicklichem Erfolg!

Besorgniserregender war Schwester Angelas Namenskind, der kränkliche kleine Fuzzy Stone. Fuzzy hatte Husten, einen dauernden trockenen Reizhusten. Er hatte tränende, gerötete Augen. Er schlief in einem Dampfzelt; ein Wasserrad, von einer Batterie angetrieben, und ein Ventilator, um den Dampf zu verteilen, liefen die ganze Nacht. Fuzzy Stones Brust hörte sich an wie ein stotternder kleiner Motor; die feuchten kühlen Laken, die ihn umhüllten, flatterten durch die Nacht wie das Gewebe einer riesigen, halb durchsichtigen Lunge. Das Wasserrad, der Ventilator, Fuzzy Stones tragisches Keuchen – sie verschmolzen in Homers Gedanken. Falls eines der drei aussetzen sollte, bezweifelte Homer, dann sagen zu können, welche zwei noch am Leben wären.

Dr. Larch erzählte Homer, daß er vermute, Fuzzy Stone sei allergisch gegen Sägestaub; daß der Junge in einer einstigen Sägemühle geboren wurde und dort geschlafen hatte, war zweifellos nicht zu seinem Besten. Ein Kind mit chronischer Bronchitis war nicht leicht zu adoptieren. Wer wollte sich einen Husten nach Hause holen?

Wenn Fuzzy Stone für Homer Wells' Begriffe zu sehr hustete, wenn die verschiedenen Maschinen, die sich mühten, Fuzzy am Leben zu halten, Homer zu schwer auf der Seele lasteten – Lunge, Wasserrad und Ventilator – dann suchte Homer leise das Babyzimmer auf. Schwester Angela oder Schwester Edna waren immer dort, meistens wach und um eines der Babys bemüht. Manchmal, wenn die Babys still waren, schlief sogar die diensttuende Schwester, und Homer Wells schlich sich auf Zehenspitzen an ihnen allen vorbei.

Eines Nachts sah er eine der Mütter im Babyzimmer stehen. Sie schien nicht speziell ihr Baby zu suchen; sie stand einfach in ihrem Spitalnachthemd mitten im Babyzimmer, die Augen geschlossen, und die Gerüche und Geräusche des Babyzimmers mit ihren anderen Sinnen aufnehmend. Homer fürchtete, die

Frau würde Schwester Angela wecken, die auf dem Dienstbett döste; Schwester Angela würde böse sein auf sie. Langsam, wie Homer sich vorstellte, daß man einer Schlafwandlerin helfen würde, geleitete er die Frau zurück ins Mütterzimmer.

Die Mütter waren oft wach, wenn er ging, um bei ihnen vorbeizuschauen. Manchmal brachte er einer ein Glas Wasser.

Die Frauen, die zu Abtreibungen nach St. Cloud's kamen, blieben selten über Nacht. Sie brauchten weniger Zeit, um sich zu erholen, als jene Frauen, die entbunden hatten, und Dr. Larch entdeckte, daß es für sie am bequemsten war, wenn sie morgens ankamen, kurz vor Tagesanbruch, und am frühen Abend fortgingen, kurz nach Einbruch der Dunkelheit. Tagsüber waren die Geräusche der Babys nicht so beherrschend, wegen des Krachs, den die älteren Waisen machten, und die Gespräche zwischen den Müttern und den Schwestern verwischten alles. Es war das Geräusch der neugeborenen Babys, das, wie Dr. Larch beobachtete, die Frauen aufregte, die eine Abtreibung gehabt hatten. In der Nacht machten – abgesehen von John Wilburs Pipi und Fuzzy Stones Husten – die erwachenden Babys und die Eulen die einzigen Geräusche in St. Cloud's.

Es war eine ganz einfache Beobachtung: für die Frauen, die Abtreibungen gehabt hatten, war es nicht tröstlich, das Geschrei und Gebrabbel der Neugeborenen zu hören. Man konnte eine Entbindung nicht genau auf die Stunde planen, aber Larch versuchte, die Abtreibungen auf den frühen Morgen zu planen, was den Frauen den ganzen Tag zur Erholung ließ und ihnen erlaubte, am Abend bereits weg zu sein. Manche der Frauen kamen von weit angereist – in diesen Fällen empfahl Larch, sie sollten am Vorabend ihrer Abtreibung in St. Cloud's eintreffen, wenn er ihnen etwas Starkes geben konnte, das ihnen einschlafen half; sie hatten so den ganzen nächsten Tag, um sich zu erholen.

Wenn eine dieser Frauen über Nacht blieb, dann nie in dem Zimmer bei den werdenden oder bereits entbundenen Müttern. Homer Wells – auf seiner Schlaflosen-Runde durch St. Cloud's – sah, daß der Gesichtsausdruck dieser nächtlichen Besucherinnen – im Schlaf – nicht mehr und nicht weniger beunruhigt war als der Gesichtsausdruck der Frauen, die Babys bekommen sollten (oder bereits bekommen hatten). Homer Wells pflegte sich seine eigene Mutter zwischen den Gesichtern der schlafenden und der wachenden Frauen vorzustellen. Wohin hatte sie vorgehabt, zurückzukehren – wenn der Schmerz ihrer Wehen hinter ihr lag? Oder gab es keinen Ort, wohin sie gehen wollte? Und was mochte, während sie hier lag, sein Vater denken – falls er überhaupt wußte, daß er Vater war? Falls sie überhaupt wußte, wer er war.

Dies sind die Dinge, die die Frauen zu ihm zu sagen pflegten:

»Bist du in der Ausbildung?«

»Wirst du Arzt werden, wenn du erwachsen bist?«

»Bist du eines der Waisenkinder?«

»Wie alt bist du? Hat dich noch niemand adoptiert?«

»Hat man dich zurückgeschickt?«

»Gefällt es dir hier?«

Und er pflegte zu antworten:

»Vielleicht werde ich Arzt.«

»Natürlich ist Doktor Larch ein guter Lehrer.«

»Ganz richtig: eines der Waisenkinder.«

»Bald sechzehn. Ich hab *versucht*, mich adoptieren zu lassen, aber es war nichts für mich.«

»Ich wollte zurückkommen.«

»Natürlich gefällt es mir hier!«

Eine der Frauen – hochschwanger, ihr Bauch riesig unter einem straffgespannten Laken – fragte ihn: »Du meinst, falls jemand dich adoptieren wollte, würdest du nicht gehen?«

»Ich würde nicht gehen«, sagte Homer Wells. »Richtig.«

»Du würdest es nicht einmal in Betracht ziehen?« fragte die Frau. Er konnte sie fast nicht ansehen – sie schien bereit, jeden Moment zu explodieren.

»Nun, ich glaube, ich würde darüber nachdenken«, sagte Homer Wells. »Aber ich würde wahrscheinlich beschließen, zu bleiben, solange ich hier helfen kann – wissen Sie, mich nützlich machen.«

Die schwangere Frau fing an zu weinen. »Nützlich machen«,

sagte sie, als hätte *sie* gelernt, die Enden der Sätze zu wiederholen, indem sie Homer Wells zuhörte. Sie schob die Decke hinunter, sie zog ihr Spitalhemd herauf; Schwester Edna hatte sie bereits rasiert. Sie legte ihre Hände auf ihren großen Bauch. »Schau dir das an«, flüsterte sie. »Du möchtest dich nützlich machen?«

»Richtig«, sagte Homer Wells, der den Atem anhielt.

»Niemand hat mir je die Hand aufgelegt, um das Baby zu fühlen. Niemand wollte je sein Ohr darauflegen und lauschen«, sagte die Frau. »Man sollte kein Baby bekommen, wenn es niemanden gibt, der fühlen möchte, wie es stößt, oder lauschen, wie es sich regt.«

»Ich weiß nicht«, sagte Homer Wells.

»Möchtest du es nicht berühren oder dein Ohr daranlegen?« fragte die Frau ihn.

»Okay«, sagte Homer Wells und legte seine Hand auf den heißen, harten Bauch der Frau.

»Leg auch dein Ohr daran«, riet ihm die Frau.

»Richtig«, sagte Homer. Er streifte mit seinem Ohr ganz leicht ihren Bauch, aber sie drückte sein Gesicht fest an sich; sie war wie eine Trommel – lauter Pings! und Pongs! Sie war ein warmer Motor, abgeschaltet, aber immer noch pochend vor Hitze. Wäre Homer je am Meer gewesen, er hätte erkannt, daß sie wie die Gezeiten war, wie die Brandung – ein und aus flutend, vor und zurück.

»Niemand sollte ein Baby bekommen, wenn es niemanden gibt, der mit seinem Kopf dort unten einschlafen will«, flüsterte die Frau und klopfte auf die Stelle, wo sie Homers Gesicht grob festhielt. *Wo* genau? fragte sich Homer, weil es keine bequeme Stelle gab, wohin er seinen Kopf legen konnte, keine Stelle zwischen ihren Brüsten und ihrem Bauch, die nicht rund gewesen wäre. Ihre Brüste zumindest schienen bequem, aber er wußte, das war es nicht, wo sie seinen Kopf haben wollte. Er konnte sich schwer vorstellen, nach all den Geräuschen und Bewegungen in ihr, daß die Frau nur ein Baby in sich trug. Homer Wells dachte, die Frau würde eine ganze Horde gebären.

»Du möchtest dich nützlich machen?« fragte ihn die Frau, jetzt leise weinend.

»Ja. Nützlich machen«, sagte er.

»Schlaf hier ein«, befahl ihm die Frau. Er tat so, als schliefe er, mit seinem Gesicht an dem rumpelnden Felsen, wo sie ihn geborgen hielt. Er wußte, wann ihr Fruchtwasser geborsten war, bevor sie es wußte – so fest war sie eingeschlafen. Er lief und fand Schwester Edna, ohne die Frau zu wecken, die vor Tagesanbruch ein siebenpfündiges Mädchen gebar. Nachdem weder Schwester Edna noch Schwester Angela zuständig waren, den Waisenmädchen Namen zu geben, gab irgend jemand dort ihr nach ein paar Tagen einen Namen – wahrscheinlich Mrs. Grogan, die irische Namen bevorzugte, oder, falls Mrs. Grogan ihren Vorrat momentan erschöpft hatte, die Sekretärin, die so schlecht tippte und für »Melony« statt »Melody« verantwortlich war; auch sie fand Spaß daran, den kleinen Mädchen Namen zu geben.

Homer Wells sollte nie erfahren, wer sie war, aber er hörte nicht auf, nach ihr zu suchen, als habe seine Nachtwache mit seinem Gesicht auf dem pochenden Bauch der Mutter ihm die nötigen Sinnesorgane geschenkt, um das Kind wiederzuerkennen.

Er sollte sie natürlich nie wiedererkennen. Das einzige, woran er sich halten konnte, waren die flüssigen Geräusche von ihr, und die Art, wie sie sich unter seinem Ohr im Dunkel geregt hatte. Aber er suchte weiter; er beobachtete die Mädchen in der Mädchenabteilung, als erwarte er, daß sie etwas tun würde, was sie verriete.

Einmal gestand er sein heimliches Spiel sogar Melony ein, aber Melony höhnte, wie immer. »Was glaubst du wohl, soll die Kleine tun, damit du wissen wirst, welche es ist?« fragte Melony. »Soll sie glucksen, soll sie furzen – oder dich ans Ohr treten?«

Aber Homer Wells wußte, daß er nur ein Spiel für sich selbst spielte, mit sich selbst; Waisen sind bekannt für ihre Gedankenspiele. Eines der ältesten Spiele, zum Beispiel, das Waisen spielen, ist, sich vorzustellen, daß ihre Eltern sie wiederhaben wollen – daß ihre Eltern nach ihnen suchen. Aber Homer hatte einen Abend mit der Mutter des mysteriösen Babys verbracht; er hatte alles über den Vater des mysteriösen Babys erfahren – und über sein mangelndes Interesse in dieser Sache. Homer wußte, daß die Eltern der mysteriösen Kleinen *nicht* nach ihr suchten; vielleicht war dies der Grund, warum *er* nach ihr suchte. Wenn diese Kleine heranwuchs, und wenn sie das alte Spiel der Waisen spielte, wäre es dann nicht besser, wenn es nicht wenigstens *irgend jemand* gegeben hatte, der nach ihr suchte – und sei dieser auch nur eine Waise?

Dr. Larch versuchte mit Homer über Melonys Wut zu sprechen.

»Wut ist eine spaßige Sache«, fing Dr. Larch an, dabei überzeugt, daß Wut *keine* spaßige Sache war.

»Ich meine, ich gebe zu, die Passage mit den ›Sonnenstrahlen‹ – die ist albern«, sagte Homer. »Das ist eine von diesen Sachen, da zuckt man zusammen, wenn man es liest, aber es ist genau das, was Jane sagen würde, es ist ganz typisch für sie, also, was soll man machen?« fragte Homer. »Aber Melony wurde *gewalttätig* deswegen.«

Dr. Larch wußte, daß Melony eine der wenigen Waisen war, die, immer noch in St. Cloud's, nicht in St. Cloud's geboren waren. Sie war eines frühen Morgens an der Spitalpforte ausgesetzt worden, als sie vier oder fünf war; sie war immer so groß für ihr Alter gewesen, daß man schwer sagen konnte, wie alt sie war. Sie hatte nicht gesprochen, bis sie acht oder neun war. Zuerst dachte Larch, sie sei zurückgeblieben, aber dies war nicht das Problem.

»Melony war immer schon wütend«, versuchte Dr. Larch zu erklären. »Wir wissen nichts über ihre Herkunft oder ihre ersten Jahre, und vielleicht weiß sie selber nicht, was die Ursachen ihrer Wut sind.« Larch überlegte – ob er Homer sagen sollte oder nicht, daß Melony öfter als Homer adoptiert und zurückgeschickt worden war. »Melony hatte ein paar unglückliche Erlebnisse in Pflegefamilien«, sagte Dr. Larch behutsam. »Falls du Gelegenheit hast, sie nach ihren Erlebnissen zu fragen – und falls sie darüber sprechen will – könnte es ihr einen willkommenen Ausweg bieten, für einen Teil ihrer Wut.«

»Sie nach ihren Erlebnissen fragen«, sagte Homer Wells kopfschüttelnd. »Ich weiß nicht«, sagte er. »Ich habe nie versucht, mit ihr zu *sprechen*.«

Dr. Larch bedauerte seinen Vorschlag bereits. Vielleicht würde sich Melony an ihre erste Pflegefamilie erinnern und Homer von ihnen erzählen; sie hatten sie zurückgeschickt, weil sie angeblich den Hund der Familie gebissen hatte, im Zank um einen Ball. Es war nicht nur dieser eine Spektakel, der die Familie aufbrachte; sie behaupteten, daß Melony den Hund wiederholt gebissen habe. Wochenlang nach dem Zwischenfall pflegte sie sich an das Tier anzuschleichen und es beim Fressen zu überraschen, oder wenn es schlief. Die Familie beschuldigte Melony, den Hund in den Wahnsinn getrieben zu haben.

Melony war ihrer zweiten und dritten Familie davongelaufen, angeblich weil die Männer in den Familien, entweder Väter oder Brüder, ein sexuelles Interesse für sie entwickelt hätten. Die vierte Familie behauptete, daß Melony ein sexuelles Interesse für ein jüngeres Mädchen entwickelt habe. Im Fall Nummer fünf: der Ehemann und die Frau trennten sich schließlich wegen Melonys Verhältnis mit dem Ehemann – die Frau behauptete, daß ihr Ehemann Melony verführt habe, der Ehemann behauptete, daß Melony ihn verführt (er sagte »angegriffen«) habe. Melony blieb nicht zweideutig in dieser Sache. »Mich verführt keiner!« sagte sie stolz zu Mrs. Grogan. Im Fall Nummer sechs: der Ehemann war kurz nach Melonys Ankunft an einem Herzschlag gestorben, und die Frau hatte Melony nach St. Cloud's zurückgeschickt, weil sie sich der Aufgabe nicht gewachsen fühlte, Melony allein zu erziehen. (Melonys einzige Bemerkung gegenüber Mrs. Grogan war: »Kannste wetten, daß sie mir nicht gewachsen war!«)

All dies, so stellte Dr. Larch sich plötzlich vor, sollte Homer von Melony aus erster Hand erfahren; die Vorstellung beunruhigte ihn. Er fürchtete, daß er Homer Wells zu seinem Lehrling gemacht hatte – zum Helfer im knirschenden Betrieb von St. Cloud's – während er gleichzeitig der Versuchung nicht widerstehen konnte, den Jungen vor manchen der härteren Wahrheiten abzuschirmen.

Es war natürlich ganz typisch für Schwester Angela, Homer Wells »engelhaft« zu nennen, und ganz typisch für Schwester Edna, von der »Vollkommenheit« des Jungen zu reden, von seiner »Unschuld«, aber Dr. Larch machte sich Sorgen über Homers Kontakte mit den geschädigten Frauen, die in St. Cloud's Hilfe suchten – diesen scheidenden Müttern, in deren Charakter und Geschichte der Junge irgendeine Definition seiner eigenen Mutter suchen mochte. Und verstörte Frauen, die ausgeschabt wurden und fortgingen, ohne jemanden zurückzulassen (nur die Produkte der Empfängnis) – welchen Eindruck machten sie auf den Jungen?

Homer Wells hatte ein gutes, offenes Gesicht; es war kein Gesicht, das etwas verbergen konnte – jedes Gefühl und jeder Gedanke wurden sichtbar darin, etwa wie ein See im offenen Land jedes Wetter widerspiegelt. Er hatte eine gute Hand, die man halten konnte, und Augen, denen man beichten konnte; Dr. Larch war besorgt wegen bestimmter Details aus den Lebensgeschichten, denen Homer Wells ausgesetzt sein würde – nicht einfach die Scheußlichkeiten, sondern auch die Fülle der Rationalisierungen, die er hören würde.

Und jetzt hatte Melony, das unbestrittene Schwergewicht der Mädchenabteilung, den Jungen mit ihrer Wut verstört – mit etwas, das, wie Dr. Larch argwöhnte, nur die Spitze des Eisberges ihrer Macht war; ihre Möglichkeiten, Homer Wells zu erziehen, schienen so schrecklich wie unermeßlich.

Melony begann mit ihrem Beitrag zu Homers Erziehung gleich am nächsten Abend, als er in der Mädchenabteilung vorlas. Homer war früh eingetroffen (in der Hoffnung, sich früh zu entfernen), aber er fand das Schlafquartier der Mädchen in Aufruhr. Viele der Mädchen waren außerhalb ihrer Betten – manche von ihnen kreischend, als sie ihn sahen; ihre Beine nackt. Homer war verlegen; er stand unter der hängenden Glühbirne im Gemeinschaftsschlafraum, den Raum erfolglos absuchend nach Mrs. Grogan, die immer nett zu ihm war, und sein Exemplar von

Jane Eyre mit beiden Händen umklammernd – als könnten die ausgelassenen Mädchen es ihm entreißen.

Er bemerkte, daß Melony bereits in ihrer gewohnten Haltung saß, in ihrem, wie zu erwarten, knappen Gewand. Er begegnete ihren Augen, die durchdringend, aber undurchdringlich waren; dann schaute er zu Boden, oder beiseite, oder auf seine *Jane Eyre* umklammernden Hände.

»He, du«, hörte er Melony zu ihm sagen – und er hörte, wie gleich darauf Schweigen über die anderen Mädchen fiel. »He, du«, wiederholte Melony. Als er zu ihr aufblickte, kniete sie auf ihrem Bett und reckte ihm den größten nackten Arsch entgegen, den er je gesehen hatte. Ein blauer Schatten (vielleicht eine Prellung) verfärbte einen von Melonys angespannten Schenkeln; zwischen den quellenden, gespreizten Backen ihres einschüchternden Hintern starrte ein einzelnes schwarzes Auge auf Homer Wells. »He, Sonnenstrahl«, sagte Melony zu Homer, der rot wurde wie die Sonne bei Sonnenaufgang oder Sonnenuntergang. »He, Sonnenstrahl«, schmachtete Melony ihn süßlich an – und gab dem Waisenkind Homer Wells somit ihren speziellen Namen für ihn: *Sonnenstrahl.*

Als Homer Dr. Larch erzählte, was Melony ihm getan hatte, überdachte Dr. Larch noch einmal die Klugheit seiner Entscheidung, Homer in der Mädchenabteilung vorlesen zu lassen. Diese Aufgabe aber von den Pflichten des Jungen auszunehmen, fand Larch, stellte eine Art Degradierung dar; Homer könnte an einem Gefühl des Versagens leiden. Die Arbeit in einem Waisenhaus fordert sehr entschlossenes Handeln; wenn Wilbur Larch sich hinsichtlich Homer Wells' *un*entschlossen fühlte, so wußte er, daß er an den natürlichen Gefühlen eines Vaters litt. Der Gedanke, daß er es sich gestattet hatte, Vater zu werden, ein Leidender an väterlicher Unentschlossenheit, deprimierte Dr. Larch so sehr, daß er im guten Frieden des Äthers Zuflucht suchte – an den er sich stetig mehr gewöhnte.

Es gab keine Vorhänge in St. Cloud's. Die Spitalapotheke war ein Eckraum; sie hatte ein Südfenster und ein Ostfenster, und das

Ostfenster war es, das, nach Schwester Ednas Überzeugung, Dr. Larch zu solch einem Frühaufsteher machte. Das schmale, weißeiserne Spitalbett sah immer unbenützt aus; Dr. Larch war als letzter im Bett und als erster auf – was das Gerücht förderte, er schlafe überhaupt nie. Falls er schlief, so war man sich allgemein einig, daß er in der Apotheke schlief. Seine Schreibarbeit erledigte er nachts, auf der Schreibmaschine in Schwester Angelas Büro. Die Schwestern hatten längst vergessen, warum dieses Zimmer Schwester Angelas Büro genannt wurde; es war der einzige Büroraum von St. Cloud's, und Dr. Larch hatte es immer für seine Schreibarbeit benützt. Nachdem die Apotheke der Platz war, wo er schlief, hatte Dr. Larch vielleicht das Bedürfnis, zu sagen, daß das Büro jemand anderem gehörte.

Die Apotheke hatte zwei Türen (eine führte zu einer Toilette und Dusche), was in einem so kleinen Raum ein Problem der Einrichtung verursachte. Bei einem Fenster am südlichen Ende und an der östlichen Wand, und je einer Tür nach Norden und Westen, gab es keine Wand, *vor* die man etwas stellen konnte; das spartanische Bett paßte unter das östliche Fenster. Die abgeschlossenen und versperrten Schränke mit ihren zerbrechlichen Glastüren bildeten einen lästigen Irrgarten rund um den Apothekertisch in der Mitte des Zimmers herum; es drängte sich auf, daß in einer Apotheke die Arzneien und die Ätherflaschen und die Instrumente für Kleinchirurgie möglichst allgemein zugänglich sein sollten, aber Larch hatte andere Gründe, den Raum dergestalt einzurichten. Der Irrgarten von Schränken in der Mitte des Zimmers ließ nicht nur Platz vor den Türen zu Toiletten und Korridor, er schirmte das Bett auch gegen Blicke von der Korridortür her ab, die, wie alle Türen im Waisenhaus, kein Schloß hatte.

Die wild vollgestopfte Apotheke bot ihm ein wenig Privatsphäre für seine Ätherausschweifung. Wie liebte Larch doch das Gewicht dieser Viertelpfundflasche! Äther ist eine Sache der Erfahrung und Technik. Ätherschnüffeln ist stechend aber leicht, auch wenn Äther doppelt so schwer ist wie Luft;

Äthernarkosen zu geben – einem Patienten über die Panik von diesem erdrückenden Geruch hinwegzuhelfen – ist etwas anderes. Seinen empfindlicheren Patientinnen gab Larch vorab fünf oder sechs Tropfen Orangenöl. Für sich selbst brauchte er kein aromatisches Vorgeplänkel, keine fruchtige Verschleierung. Er war sich immer des Pochens bewußt, das die Ätherflasche machte, wenn er sie neben dem Bett auf den Boden stellte; er war sich nicht immer bewußt, in welchem Augenblick sich der Griff seiner Finger um die Maske lockerte; der Trichter rutschte ihm – allein durch sein Atmen – vom Gesicht. Er war sich meistens der schlaffen Hand bewußt, die den Trichter losgelassen hatte; seltsamerweise war diese Hand der erste Teil von ihm, der erwachte und nach der Maske griff, die nicht mehr da war. Meistens hörte er die Stimmen draußen vor der Apotheke – falls sie ihn riefen. Er vertraute darauf, daß er immer Zeit genug haben würde, sich zu erholen.

»Doktor Larch?« erkundigten sich Schwester Angela oder Schwester Edna oder Homer Wells, und das war schon alles, was Larch brauchte, um von seiner Ätherreise zurückzukehren.

»Ja, hier!« pflegte Larch zu antworten. »Ruhe mich nur aus.«

Es war immerhin die Apotheke; riechen nicht die Apotheken von Chirurgen immer nach Äther? Und bei einem Mann, der so hart arbeitete und so wenig schlief (falls er überhaupt schlief), war es da nicht natürlich, daß er gelegentlich ein Nickerchen machen mußte?

Es war Melony, die zum erstenmal Homer zu verstehen gab, daß Dr. Larch gewisse ausgefallene Gewohnheiten und eigenartige Kräfte besaß.

»Hör mal, Sonnenstrahl«, sagte Melony zu Homer, »wie kommt es, daß dein Lieblingsdoktor keine Frau anschaut? Er tut's nicht – glaub mir. Er schaut nicht einmal mich an, und jeder Mann, überall und jederzeit, schaut mich an – Männer und Jungen schauen mich an. Sogar du, Sonnenstrahl. Schau mich doch an.« Aber Homer schaute weg.

»Und was ist das für ein Geruch, den er mit sich herumschleppt?« fragte Melony.

»Äther«, sagte Homer Wells. »Er ist Arzt. Er riecht nach Äther.«

»Du behauptest, das ist normal?« fragte ihn Melony.

»Richtig«, sagte Homer Wells.

»Wie ein Milchfarmer?« fragte Melony verschlagen. »Der angeblich nach Milch und Kuhmist riecht, richtig?«

»Richtig«, sagte Homer Wells vorsichtig.

»Falsch, Sonnenschein«, sagte Melony. »Dein Lieblingsdoktor riecht, als ob er Äther in sich hätte – er hat Äther anstelle von Blut.«

Homer ließ das auf sich beruhen. Der Scheitel seines dunklen Schopfes reichte Melony bis an die Schulter. Sie spazierten auf dem seiner Bäume beraubten ausgewaschenen Flußufer in jenem Teil von St. Cloud's, wo die verlassenen Gebäude auch weiterhin verlassen blieben; der Fluß hatte hier nicht nur das Ufer ausgewaschen, sondern auch die Fundamente dieser Gebäude, die in manchen Fällen keine richtigen Fundamente oder auch nur Kellergruben hatten –; manche dieser Gebäude standen auf Pfosten, die sichtbar und morsch im nagenden Wasser am Rande des Flusses standen.

Das Gebäude, das Homer und Melony bevorzugten, hatte eine Veranda, die ursprünglich nicht dazu ausersehen war, auf den Fluß hinauszuragen, auch wenn sie das jetzt tat; durch die zerbrochenen Bodendielen der Veranda konnten Homer und Melony das blutergußfarbene Wasser vorbeibrausen sehen.

Das Gebäude war eine Art Unterkunft für die rauhen Männer gewesen, die in den Sägemühlen und auf den Holzhöfen des alten St. Cloud's arbeiteten; es war kein hinreichend stilvolles Gebäude für die Bosse oder auch nur für die Vorarbeiter –, die Leute von der Ramses Paper Company hatten Zimmer im Hurenhotel gemietet. Es war ein Gebäude für die Sägewerker, für die Stapler, die Lagerarbeiter – die Männer, die die Balkenstockungen auflösten, die die Balken flußabwärts trifteten, die die Baumstämme und das geschnittene Bauholz über Land fuhren; die Männer, die in den Fabriken arbeiteten.

Meistens blieben Homer und Melony draußen vor dem

Gebäude, auf der Veranda. Drinnen gab es nur eine leere Gemeinschaftsküche und die zahllosen schäbigen Schlafkojen – die zerschlissenen, von Mäusen verseuchten Matratzen. Wegen der Eisenbahn waren Tippelbrüder ein und aus gegangen, ihr Territorium markierend, wie Hunde, indem sie rundherum pißten, und so die am wenigsten von Mäusen wimmelnden Matratzen absondernd. Sogar ohne Fensterscheiben, und die Räume im Winter halb angefüllt mit Schnee, wurde das Innere dieses Gebäudes den Uringestank nicht los.

Eines Tages – die schwache Frühlingssonne hatte eine schwarze Schlange, träge vor Kälte, dazu verleitet, sich auf den Bodenbrettern der Veranda zu wärmen – sagte Melony zu Homer Wells: »Paß auf, Sonnenstrahl.« Mit für ein so dickes Mädchen überraschender Geschicklichkeit, packte sie die schlafende Schlange hinter dem Kopf. Es war eine Milchschlange – fast drei Fuß lang, und sie ringelte sich um Melonys Arm, aber Melony hielt sie auf die richtige Art, straff, hinter dem Kopf, ohne sie zu würgen. Nachdem sie sie gefangen hatte, schien sie ihr keine Beachtung mehr zu schenken; sie suchte den Himmel nach irgendeinem Zeichen ab und sprach weiter mit Homer Wells.

»Dein Lieblingsdoktor, Sonnenstrahl«, sagte Melony. »Er weiß mehr über dich, als du selbst weißt. Und möglicherweise mehr über mich, als *ich* weiß.«

Homer ließ das auf sich beruhen. Er war auf der Hut vor Melony, besonders jetzt, wo sie eine Schlange hatte. Sie könnte mich genauso schnell packen, dachte er. Sie könnte mir mit der Schlange etwas tun.

»Denkst du manchmal an deine Mutter?« fragte Melony, die immer noch den Himmel absuchte. »Wünschst du dir manchmal, du wüßtest, wer sie war, warum sie dich nicht behalten hat, wer dein Vater war – weißt du, solche Sachen?«

»Richtig«, sagte Homer Wells, der die Schlange im Blick behielt. Sie ringelte sich um Melonys Arm; dann wickelte sie sich ab und hing wie ein Strick; dann machte sie sich dicker und dünner, ganz von alleine. Zaghaft tastete sie sich um Melonys breite

Hüfte; anscheinend sicherer dort, bettete sie sich um ihre dicke Taille – sie reichte gerade herum.

»Man hat mir erzählt, ich wurde vor der Tür ausgesetzt«, sagte Melony. »Vielleicht, vielleicht auch nicht.«

»Ich bin hier geboren«, sagte Homer Wells.

»Das hat man dir erzählt«, sagte Melony.

»Schwester Angela gab mir einen Namen«, bot Homer als Beweis auf.

»Schwester Angela oder Schwester Edna hätten dir auch einen Namen gegeben, wenn du *ausgesetzt* worden wärst«, sagte Melony. Sie suchte noch immer den Himmel ab, sie blieb teilnahmslos gegen die Schlange. Sie ist größer als ich, sie ist älter als ich, sie weiß mehr als ich, dachte Homer Wells. Und sie hat eine Schlange, ermahnte er sich selbst, und ließ Melonys letzte Bemerkung auf sich beruhen.

»Sonnenstrahl«, sagte Melony geistesabwesend. »Denk mal darüber nach: wenn du hier in St. Cloud's geboren wärst, müßte es eine Urkunde darüber geben. Dein Lieblingsdoktor weiß, wer deine Mutter ist. Er muß ihren Namen in den Akten haben. Du wirst schriftlich festgehalten, auf Papier. Das ist ein Gesetz.«

»Ein Gesetz«, sagte Homer Wells matt.

»Es ist Gesetz, daß es eine Urkunde über dich geben muß«, sagte Melony. »Schriftlich – eine Urkunde, eine Akte. Du bist Geschichte, Sonnenstrahl.«

»Geschichte«, sagte Homer Wells. Er sah in seiner Vorstellung Dr. Larch an der Schreibmaschine in Schwester Angelas Büro sitzen; falls es Urkunden gab, war es dort, wo sie sein mußten.

»Falls du wissen willst, wer deine Mutter ist«, sagte Melony, »brauchst du nur wegen ihr nachsehen. Du brauchst nur in deiner Akte nachzusehen. Du könntest auch wegen mir nachsehen, wenn du schon dabei bist. Ein schlauer Leser wie du, Sonnenstrahl – es würde dich nicht viel Zeit kosten. Und das wäre ein interessanterer Lesestoff als *Jane Eyre*. Allein meine Akte ist viel interessanter, da möchte ich wetten. Und wer weiß, was in deiner steht?«

Homer ließ sich von der Schlange ablenken. Durch ein Loch in den Bodendielen der Veranda schaute er vorbeischwimmendem Unrat nach; ein abgebrochener Ast vielleicht, oder ein Männerstiefel – vielleicht ein Männerbein – wurde im Fluß vorbeigeschwemmt. Als er ein pfeifendes Geräusch vernahm, wie eine Peitsche, bedauerte er, seine Augen von der Schlange abgewendet zu haben; er zog den Kopf ein; Melony konzentrierte sich noch immer auf den Himmel. Sie ließ die Schlange um ihren Kopf kreisen und kreisen, doch ihre Aufmerksamkeit war ganz auf den Himmel gerichtet – nicht aber auf irgend ein Zeichen, das dort aufgetaucht wäre, sondern auf einen Rotschulterbussard. Er hing über dem Fluß, in jenem träge wirkenden, spiraligen Schwebeflug der Bussarde, wenn sie Jagd machen. Melony ließ die Schlange über den Fluß hinaus segeln, der Bussard folgte ihr; noch bevor die Schlange im Wasser aufschlug und um ihr Leben zu schwimmen begann, setzte der Bussard zum Sturzflug an. Die Schlange kämpfte nicht gegen die Strömung, sie schoß mit ihr dahin und suchte jenen Winkel zu finden, der sie sicher unter das abgewaschene Ufer oder ins überwucherte Brackwasser führen würde.

»Paß auf, Sonnenstrahl«, sagte Melony. Gute zehn Meter vom Ufer entfernt packte der Bussard die schwimmende Schlange und trug sie, die sich wand und zustieß, empor. »Ich will dir noch etwas anderes zeigen«, sagte Melony, ihre Aufmerksamkeit schon wieder vom Himmel abgewandt, jetzt, wo das Ergebnis klar war.

»Richtig«, sagte Homer Wells – ganz Auge, ganz Ohr. Anfangs schien es, als machten das Gewicht der Schlange und ihre Bewegungen den Aufstieg des Bussards zu einem Kampf, aber je höher der Bussard stieg, desto leichter flog er – als hätte die Luft in der Höhe andere Eigenschaften als die Luft da unten, wo die Schlange ihr Leben gefristet hatte.

»Sonnenstrahl!« rief Melony ungeduldig. Sie führte ihn in das alte Gebäude hinein, die Treppe hinauf, in eine der dunkleren Schlafkammern. Der Raum roch, als könne sich jemand dort aufhalten – womöglich jemand Lebender – aber es war zu dunkel, um die von Mäusen wimmelnden Matratzen oder gar einen menschlichen Körper zu sehen. Melony stemmte einen Fensterladen auf, der an einer Angel hing, und kniete sich auf eine Matratze vor einer Wand, die der offene Fensterladen ans Licht gebracht hatte. Eine alte Photographie war an die Wand geheftet, senkrecht über dem, was einmal das Kopfende von jemandes Bett gewesen war; die Heftzwecke war verrostet und hatte eine rostige Spur über die Sepiatöne der Photographie geblutet.

Homer hatte sich andere Photographien angesehen, in anderen Räumen, auch wenn er diese hier übersehen hatte. Jene, an die er sich erinnerte, waren Babybilder und Bilder von Müttern und Vätern, wie er vermutete – jene Sorte Familienphotographien, die für Waisen immer interessant sind.

»Komm, sieh dir das an, Sonnenstrahl«, sagte Melony. Sie versuchte, die Heftzwecke mit ihrem Fingernagel loszuzupfen, aber die Heftzwecke hatte seit Jahren dort gesteckt. Homer kniete sich neben Melony auf die faulige Matratze. Er brauchte eine Weile, bis er begriff, was auf der Photographie eigentlich dargestellt war; möglich, daß er abgelenkt wurde, weil ihm aufging, daß er Melony körperlich nicht mehr so nah gewesen war, seit er zum letztenmal beim Dreibein-Wettlauf an sie gefesselt gewesen war.

Nachdem Homer verstanden hatte, was auf der Photographie war (zumindest verstand er ihr Sujet, wenn auch nicht die Ursache ihrer Existenz), fand er es schwierig, die Photographie länger anzusehen, besonders wo Melony so nah bei ihm war. Andererseits argwöhnte er, der Feigheit beschuldigt zu werden, wenn er wegschaute. Die Photographie war ein Beleg für jene niedlichen Berichtigungen der Realität, wie sie in vielen photographischen Ateliers um die Jahrhundertwende ins Werk gesetzt wurden; das Bild war eingerahmt von falschen Wolken, von einem leichenbitterernsten oder ehrfurchtgebietenden Nebel; die Mitwirkenden auf der Photographie schienen ihren sonderbaren Akt in einem sehr eleganten Himmel oder einer ähnlich eleganten Hölle auszuführen.

Homer schätzte, es war die Hölle. Die Mitwirkenden auf der Photographie waren eine langbeinige junge Frau und ein stämmiges Pony. Die nackte Frau mit ihren langen Beinen hingeräkelt auf einen Teppich – einen wild verschlungenen Perser- oder Orientteppich (Homer kannte den Unterschied nicht) – und das Pony, verkehrtherum stehend, breitbeinig über ihr. Sein Kopf war geneigt, wie beim Saufen oder beim Grasen, direkt über dem sehr umfangreichen Schamhaarbüschel der Frau; der Gesichtsausdruck des Ponys war leicht kamerascheu oder verschämt, oder vielleicht einfach nur dumm. Der Penis des Ponys schien länger und dicker zu sein als Homers Arm, aber die athletisch wirkende junge Frau verdrehte den Hals und hatte genügend Kraft in ihren Armen und Händen, um den Penis des Ponys zu ihrem Mund zu biegen. Ihre Wangen waren aufgebläht, als habe sie zu lange den Atem angehalten; ihre Augen quollen hervor; und doch blieb der Ausdruck der Frau zweifelhaft – unmöglich zu sagen, ob sie platzen wollte vor Lachen, oder ob sie am Penis des Ponys zu ersticken drohte. Was das Pony betrifft, so war sein zottiges Gesicht voll gespielter Gleichgültigkeit – die gelassene Pose strapazierter Würde der Kreatur.

»Glückliches Pony, hm, Sonnenstrahl?« fragte Melony ihn, aber Homer Wells spürte einen Schauder durch seine Lenden rinnen, der genau mit einer Vision von dem Photographen zusammenfiel, diesem üblen Arrangeur der Frau, des Ponys, der Himmelswolken und des Höllenqualms. Die Nebel von Nirgendwo, hier auf Erden zumindest, stellte Homer sich vor. Einen Moment, flüchtig wie ein Beben, sah Homer das Dunkelkammer-Genie vor sich, das dieses Schauspiel inszeniert hatte. Was Homer länger blieb, war seine Vision von dem Mann, der auf dieser Matratze geschlafen hatte, wo er jetzt mit Melony kniete, in Anbetung des Kleinods des Mannes. Dies war das Bild, unter dem irgend ein Holzknecht aufzuwachen beschlossen hatte, das Porträt des Ponys und der Frau irgendwie ein Ersatz für die Familie des Mannes. Dies war es, was Homer die härteste Qual bereitete; sich den erschöpften Mann in der Schlafbaracke in St. Cloud's vorzustellen, hingezogen zu dieser Frau und diesem Pony, weil er sich kein freundlicheres Bild wußte – keine Babybilder, keine Mutter, kein Vater, keine Frau, keine Geliebte, keinen Bruder, keinen Freund.

Aber trotz der Qual, die sie ihm bereitete, sah sich Homer Wells unfähig, sich von der Photographie abzuwenden. Mit überraschend mädchenhafter Behutsamkeit zupfte Melony noch immer an der rostigen Heftzwecke – auf so rücksichtsvolle Art, daß sie Homer nie den Blick auf das Bild verstellte.

»Falls ich das verdammte Ding von der Wand kriege«, sagte sie, »werde ich's dir schenken.«

»Ich will es nicht«, sagte Homer Wells, aber er war sich nicht sicher.

»Sicher willst du«, sagte Melony. »Das ist nichts für *mich*. Ich interessiere mich nicht für Ponys.«

Als sie endlich die Heftzwecke aus der Wand gebohrt hatte, stellte sie fest, daß sie sich den Fingernagel gebrochen und das Deckhäutchen eingerissen hatte; ein dünner Klecks ihres Blutes verunstaltete neuerlich die Photographie – rasch eintrocknend zu einer Farbe, ähnlich der Rostspur, die sich herabzog über die Mähne des Ponys, über die Schenkel der Frau. Melony steckte den Finger mit dem gebrochenen Nagel in den Mund und reichte Homer Wells die Photographie.

Melony ließ ihren Finger ein wenig über die Unterlippe gleiten und drückte ihn gegen ihre unteren Zähne. »Du *kapierst* es, nicht wahr, Sonnenstrahl?« fragte sie Homer Wells. »Du siehst, was die Frau mit dem Pony macht, richtig?«

»Richtig«, sagte Homer Wells.

»Wie würde es dir gefallen, wenn ich mit dir machte, was diese Frau mit diesem Pony macht?« fragte ihn Melony. Sie schob ihren Finger ganz in den Mund und schloß die Lippen um ihn, über dem zweiten Fingerglied; auf diese Weise wartete sie auf eine Antwort, aber Homer Wells ließ die Frage auf sich beruhen. Melony zog ihren nassen Finger aus dem Mund und berührte mit seiner Spitze Homers stumme Lippen. Homer bewegte sich nicht; er wußte, wenn er ihren Finger ansähe, würden seine Augen schielen. »Wenn du möchtest, daß ich es mit dir mache, Sonnenstrahl«, sagte Melony, »brauchst du nichts anderes zu tun, als mir meine Akte zu besorgen – mir meine Urkunden zu besorgen.« Sie drückte ihren Finger gegen seine Lippen, ein bißchen zu fest.

»Natürlich kannst du, wenn du wegen meiner Akte nachschaust, auch wegen deiner nachschauen – falls es dich interessiert«, fügte Melony hinzu. Sie zog ihren Finger zurück. »Gib mir deinen Finger, Sonnenstrahl«, sagte sie, aber Homer Wells, der die Photographie mit beiden Händen hielt, beschloß diese Aufforderung auf sich beruhen zu lassen. »Komm«, schmeichelte Melony. »Ich tu dir nicht weh.« Er gab ihr seine linke Hand, die Photographie mit der rechten haltend; tatsächlich streckte er ihr die geschlossene Faust entgegen, so daß sie seine Hand aufbrechen mußte, bevor sie seinen linken Zeigefinger in ihren Mund schieben konnte. »Schau das Bild an, Sonnenstrahl«, befahl sie ihm; er tat, wie ihm befohlen. Sie klopfte mit seinem Finger gegen ihre Zähne, während es ihr gelang, zu sagen: »Besorge mir nur diese Akte, und du weißt, was du dafür bekommst. Behalte nur das Bild und denke darüber nach«, sagte Melony.

Worüber Homer nachdachte, war, daß die Angst beim Anschauen der Photographie, mit seinem Finger in Melonys Mund, neben ihr auf der Matratze kniend, der Wohnstatt zahlloser Mäuse, eine Ewigkeit dauern würde. Aber dann kam ein so erschreckendes *Bums!* vom Dach des Gebäudes – wie ein fallender Körper, gefolgt von einem leichteren Bums (als wäre der Körper hochgeprallt) – daß Melony fest in den Finger biß, bevor er ihn instinktiv aus ihrem Mund ziehen konnte. Immer noch auf den Knien, taumelten sie einander in die Arme; sie lagen sich in den Armen und hielten den Atem an. Homer Wells spürte sein Herz gegen Melonys Busen pochen. »Was zum Teufel war *das*?« fragte Melony.

Homer Wells ließ diese Frage auf sich beruhen. Er stellte sich den Geist jenes Holzknechts vor, dessen Photographie er in der Hand hielt, den wirklichen Körper des Sägemühlenarbeiters, dort auf dem Dach gelandet, ein Mann mit einer rostigen Kerbsäge in jeder Hand, ein Mann, dessen Ohren in alle Ewigkeit nur das Winseln jener Sägeblätter aus der Holzfabrik hören würden. In diesem *Bums!* eines toten Gewichts auf dem Dach des verlassenen Gebäudes hörte Homer sogar das zähnefletschende Wimmern dieser längst vergangenen Sägen –; aber was war dieses schrille, beinah menschliche Geräusch, das er über den Kreissägen singen hörte? Es war das Geräusch von Schreien, stellte Homer sich vor; die papierdünnen Klagerufe der Babys auf dem Hügel, jener ersten Waisen von St. Cloud's.

Seine heiße Wange spürte den flatternden Puls an Melonys Hals. Ganz leichte, fast zierliche Schritte schienen über das Dach zu schreiten – als habe sich der Körper des Geistes nach seinem Sturz wieder in ein Gespenst zurückverwandelt.

»Jesus!« sagte Melony und stieß Homer Wells so kräftig von sich, daß er gegen die Wand schlug. Das Gepolter, das Homer machte, ließ das Gespenst auf dem Dach eilig umhertrippeln und einen durchdringenden Zwei-Silben-Schrei ausstoßen – den leicht erkennbaren Pfiff eines Rotschulterbussards.

»Kiii-chiii!« machte der Bussard.

Nicht erkennbar war der Schrei offenbar für Melony, die kreischte, aber Homer wußte sofort, was dort auf dem Dach war; er sauste die Treppe hinunter, über die Veranda zu der wackeligen Brüstung. Er kam rechtzeitig, um den Bussard aufsteigen zu sehen; diesmal schien die Schlange leichter zu tragen – sie hing gerade herab, wie ein Leitungsrohr. Es war unmöglich festzustellen, ob der Bussard die Macht über die Schlange verloren hatte oder ob der Vogel die Schlange absichtlich hatte fallen lassen – in der Erkenntnis, daß dies eine sichere, wenn auch nicht ganz professionelle Art war, sie zu töten. Egal: der lange Sturz auf das Dach hatte die Schlange eindeutig erledigt, und ihr totes Gewicht war leichter fortzuschleppen als vorhin, da sie gelebt und sich in den Krallen des Bussards gewunden hatte und immer wieder gegen die Brust des Bussards gestoßen hatte. Homer stellte fest, daß die Schlange etwas länger und nicht ganz so dick war wie der Penis des Ponys.

Melony, außer Atem, stand neben Homer auf der Veranda.

Als der Bussard außer Sicht war, wiederholte sie ihm ihre Verheißung. »Behalte nur das Bild und denke darüber nach«, sagte sie.

Nicht, daß Homer einer Anweisung bedurft hätte, »darüber nachzudenken«. Er hatte eine Menge nachzudenken.

»Die Adoleszenz«, schrieb Wilbur Larch. »Ist sie die erste Zeit im Leben, da wir entdecken, daß wir etwas Schreckliches vor denen zu verbergen haben, die uns lieben?«

Zum erstenmal in seinem Leben verbarg Homer Wells etwas vor Dr. Larch – und vor Schwester Angela und Schwester Edna. Und mit der Photographie des Ponys mit seinem Penis im Mund der Frau verbarg Homer Wells auch seine ersten Zweifel hinsichtlich St. Cloud's. Mit der Photographie verbarg er auch seine erste Begierde – nicht nur auf die Frau, die an dem erstaunlichen Apparat des Ponys würgte, sondern auch auf die feurige Verheißung, die Melony ihm gegeben hatte. Versteckt mit der Photographie (unter seiner Spitalbett-Matratze an den Federrahmen geheftet) waren Homers Ängste hinsichtlich dessen, was er in den sogenannten Akten finden könnte – in der vermuteten Urkunde über seine Geburt in St. Cloud's. Die Geschichte seiner Mutter lag versteckt mit dieser Photographie, von der Homer sich immer mehr angezogen fühlte.

Er holte sie unter der Matratze hervor und betrachtete sie drei- bis viermal am Tag; und in der Nacht, wenn er nicht schlafen konnte, betrachtete er sie bei Kerzenlicht – ein schläfriges Licht, in dem die Augen der Frau weniger heftig hervorzuquellen schienen, ein Licht, in dessen Flackern Homer sich vorstellte, er könne tatsächlich sehen, wie sich die Wangen der Frau bewegten. Die Bewegung des Kerzenlichts schien die Mähne des Ponys zu raufen. Eines Nachts, als er das Bild betrachtete, hörte er John Wilbur ins Bett nässen. Öfter noch betrachtete Homer das Bild zur Begleitmusik von Fuzzy Stones dramatischem Keuchen – die Kakophonie von Lunge, Wasserrad und Ventilator schien passend für den Frau-und-Pony-Akt, den Homer Wells so gründlich auswendig lernte und sich vorstellte.

Irgend etwas war anders an Homers Schlaflosigkeit; Dr. Larch bemerkte den Unterschied, oder aber, es war die Arglist in ihm selbst, die Homer Wells bewußt machte, daß Dr. Larch ihn beobachtete. Wenn Homer spätnachts auf Zehenspitzen zu Schwester Angelas Büro hinunterschlich, schien es ihm, als sei Dr. Larch *immer* an der Schreibmaschine – und als bemerke er immer Homers vorsichtiges Schleichen im Korridor.

»Kann ich etwas für dich tun, Homer?« pflegte Dr. Larch zu fragen.

»Kann nur nicht schlafen«, pflegte Homer zu antworten.

»Ist doch nichts Neues?« pflegte Dr. Larch zu fragen.

Schrieb der Mann denn die ganze Nacht? Tagsüber ging es in Schwester Angelas Büro geschäftig zu – es war der einzige Raum für Besprechungen und Telephongespräche. Es war auch voll von Dr. Larchs Papieren – seiner Korrespondenz mit anderen Waisenhäusern, mit Adoptions-Agenturen, mit zukünftigen Eltern; seinem bemerkenswerten (wenn auch manchmal schalkhaften) Tagebuch, seinem Miszellenjournal, das er *Eine kurze Geschichte von St. Cloud's* nannte. Diese war nicht mehr »kurz«, und sie wurde täglich länger – jede Eintragung getreulich beginnend: »Hier in St. Cloud's . . .« oder: »In anderen Teilen der Welt . . .«

Zu Dr. Larchs Papieren gehörten auch umfangreiche Familiengeschichten – aber nur von solchen Familien, die Waisen adoptierten. Im Gegensatz zu Melonys Überzeugung wurden keine Urkunden über die wirklichen Mütter und Väter der Waisen aufbewahrt. Die Geschichte einer Waise begann mit dem Datum ihrer Geburt – ihr Geschlecht, ihre Länge in Inches, das Gewicht in Pfunden, der von den Schwestern verliehene Name (falls es ein Junge war) oder der Name, den Mrs. Grogan oder die Sekretärin der Mädchenabteilung verliehen (falls es ein Mädchen war). Dies alles, zusammen mit einem Verzeichnis der Krankheiten und Impfungen der Waise, mehr gab es nicht. Eine wesentlich dickere Akte wurde über die Adoptionsfamilien der Waisen geführt; über diese Familien in Erfahrung zu bringen, soviel er über sie in Erfahrung bringen konnte, war wichtig für Dr. Larch.

»Hier in St. Cloud's«, schrieb er, »versuche ich mit jeder

Regel, die ich aufstelle oder verletze, daran zu denken, daß meine erste Priorität die Zukunft einer Waise ist. So geschieht es zum Beispiel für ihre oder seine Zukunft, daß ich alle Urkunden über die Identität ihrer oder seiner natürlichen Mutter vernichte. Die unglücklichen Frauen, die hier entbinden, haben eine sehr schwere Entscheidung getroffen; sie sollten in ihrem späteren Leben nicht gezwungen sein, diese Entscheidung noch einmal zu treffen. Und in fast allen Fällen sollte den Waisen eine spätere Suche nach ihren leiblichen Eltern erspart bleiben; gewiß sollte den Waisen, in den allermeisten Fällen, die Entdeckung ihrer wirklichen Eltern erspart bleiben.

Ich denke an sie, immer nur an sie – nur an die Waisen! Natürlich werden sie es eines Tages wissen wollen; zumindest werden sie neugierig sein. Aber was hilft es, sich auf die Vergangenheit zu freuen? Wie wäre den Waisen gedient, müßten sie sich auf ihre Vergangenheit freuen? Insbesondere Waisen müssen sich auf ihre Zukunft freuen.

Und wäre einer Waise damit gedient, wenn ihre oder seine leibliche Mutter in späteren Jahren die Entscheidung bedauern müßte, hier entbunden zu haben? Gäbe es irgendwelche Urkunden, dann wäre es den wirklichen Eltern immer möglich, ihre Kinder aufzuspüren. Es ist nicht mein Geschäft, Waisen mit ihren biologischen Anfängen wiederzuvereinen! Dies ist das Geschäft der Märchenerzähler. Mein Geschäft ist es, *für* die Waisen dazusein.«

Dies ist die Passage aus *Eine kurze Geschichte von St. Cloud's*, die Wilbur Larch Homer Wells zeigte, als er Homer in Schwester Angelas Büro ertappte, wie er seine Papiere durchstöberte.

»Ich suchte nur etwas, und ich konnte es nicht finden«, sagte Homer stotternd zu Dr. Larch.

»Ich weiß, was du suchtest, Homer«, sagte Dr. Larch zu ihm, »und es ist nicht zu finden.«

Das war's, was der Zettel besagte, den Homer Melony zusteckte, als er in die Mädchenabteilung ging, um *Jane Eyre* vorzulesen. Jeden Abend hatten sie ein wortloses Ritual aufgeführt: Melony pflegte ihren Finger in den Mund zu schieben – sie schien ihn halb in die Kehle hinabzuschieben, ihre Augen hervorquellend in Nachäffung der Frau mit dem Pony – und Homer Wells pflegte nur den Kopf zu schütteln, dadurch andeutend, daß er nicht gefunden hatte, wonach er suchte. Der Zettel, der besagte: »Nicht zu finden«, rief einen Ausdruck tiefen Argwohns in Melonys rastlosem Mienenspiel hervor.

»Homer«, hatte Dr. Larch gesagt, »ich erinnere mich nicht an deine Mutter. Ich erinnere mich nicht einmal an *dich*, als du geboren warst; du *wurdest* erst später du.«

»Ich dachte, es gäbe ein Gesetz«, sagte Homer. Er meinte Melonys Gesetz – ein Gesetz über Urkunden oder aufgeschriebene Historie – aber Wilbur Larch war der einzige Historiker und das einzige Gesetz in St. Cloud's. Es war das Gesetz eines Waisenhauses: das Leben einer Waise begann, wenn Wilbur Larch sich an es erinnerte; und falls eine Waise adoptiert wurde, bevor sie erinnernswert wurde (was man hoffte), dann begann ihr Leben mit denjenigen, die sie adoptiert hatten. Das war Larchs Gesetz. Immerhin hatte er die notwendige Verantwortung übernommen, das Common Law dahingehend zu befolgen, wann ein Fötus quick sei oder noch nicht quick; auch die Regeln, die bestimmten, ob er ein Baby rettete oder ob er eine Mutter rettete, waren *seine* Regeln.

»Ich habe über dich nachgedacht, Homer«, sagte Dr. Larch zu dem Jungen. »Ich denke immer mehr über dich nach, aber ich verschwende meine Zeit – oder deine – nicht mit dem Nachdenken darüber, wer du warst, bevor ich dich kannte.«

Larch zeigte Homer einen Brief, den er gerade schrieb – er steckte noch in der Schreibmaschine. Es war ein Brief an irgend jemanden im Neuengland-Heim für kleine Vagabunden, das schon länger ein Waisenhaus war als St. Cloud's.

Der Brief klang freundlich und vertraut; Larchs Briefpartner schien ein alter Kollege zu sein, wenn nicht sogar ein alter Freund. Im Ton von Larchs Ausführungen lag auch das Feuer häufiger Debatten – als sei der Briefpartner jemand, der Larch oft als eine Art von philosophischem Widersacher gedient hatte.

»Der Grund, weshalb Waisen vor der Adoleszenz adoptiert werden sollten, ist, daß sie geliebt werden und jemanden haben sollten, den sie lieben, bevor sie in jene notwendige Phase des Heranwachsens eintreten: nämlich die Arglist«, führte Larch in dem Brief aus. »Ein Heranwachsender entdeckt, daß Täuschung beinah so verführerisch ist wie Sex, und viel leichter ins Werk zu setzen. Besonders leicht mag es sein, diejenigen zu hintergehen, die man liebt – die Menschen, die dich lieben, sind am wenigsten darauf vorbereitet, eine Täuschung zu erkennen. Liebst du aber niemanden und hast das Gefühl, daß niemand dich liebt, so gibt es niemanden, der die Macht hätte, dich anzuspornen, indem er dir nachweist, daß du lügst. Wenn eine Waise nicht adoptiert ist, bis sie diese schwierige Phase der Adoleszenz erreicht hat, wird sie vielleicht immer fortfahren, sich selbst und andere zu täuschen.

Eine schreckliche Phase seines Lebens täuscht sich der Heranwachsende selbst; er glaubt, er könne die Welt austricksen. Er glaubt, er sei unverletzlich. Für einen Heranwachsenden, der in dieser Lebensphase Waise ist, besteht die Gefahr, nie erwachsen zu werden.«

Natürlich war es, wie Dr. Larch wußte, bei Homer Wells anders; er *wurde* geliebt – von Schwester Angela und Schwester Edna, und von Dr. Larch, ob er es wollte oder nicht – und Homer wußte nicht nur, daß er geliebt wurde, er wußte wahrscheinlich auch, daß er diese Menschen liebte. *Sein* arglistiges Alter würde vielleicht segensreich kurz bleiben.

Melony war das perfekte Beispiel für die heranwachsende Waise, die Larch in seinem Brief an das Neuengland-Heim für kleine Vagabunden geschildert hatte. Dies ging auch Homer auf, der – *bevor* er ihr die Nachricht zusteckte, daß ihre Geschichte »Nicht zu finden« sei – Melony gefragt hatte, wozu sie ihre Mutter finden wolle.

»Um sie zu töten«, sagte Melony ohne Zögern. »Vielleicht werde ich sie vergiften, aber falls sie nicht so groß ist wie ich, falls ich viel stärker bin als sie, und wahrscheinlich bin ich's, werde ich sie erwürgen.«

»Sie erwürgen«, wiederholte Homer Wells fassungslos.

»Was?« fragte Melony ihn. »Was würdest *du* tun, wenn du *deine* Mutter fändest?«

»Ich weiß nicht«, sagte er. »Ihr ein paar Fragen stellen, wahrscheinlich.«

»Ihr ein paar Fragen stellen!« sagte Melony. Solchen Hohn hatte Homer nicht mehr in Melonys Stimme gehört, seit sie auf Jane Eyres »Sonnenstrahlen« so stark reagiert hatte.

Homer wußte, daß diese einfache Nachricht – »Nicht zu finden« – sie niemals befriedigen würde, auch wenn Homer Dr. Larch – wie meistens – überzeugend gefunden hatte. Homer hielt aber auch etwas geheim; noch immer täuschte er Dr. Larch – und sich selbst – ein wenig. Die Photographie der Frau mit dem Pony war immer noch zwischen seiner Matratze und dem Federrahmen festgeheftet; vom vielen Anfassen war sie ganz weich geworden. Ehrlich gesagt, war Homer voll Bedauern. Er wußte, daß er Melonys Geschichte nicht auftreiben konnte, und ohne sie würde ihm das offenbar einzigartige Erlebnis des Ponys verschlossen bleiben.

»Was meint er eigentlich: ›Nicht zu finden‹?« schrie Melony Homer an; sie waren auf der überhängenden Veranda des Gebäudes, wo die Frau und das Pony so viele Jahre miteinander verbracht hatten. »Was er meint, ist folgendes: er spielt Gott – er gibt dir deine Geschichte, oder er nimmt sie dir weg! Wenn das nicht Gott-Spielen ist, was ist es dann?«

Homer Wells ließ dies auf sich beruhen. Dr. Larch, das wußte Homer, spielte auf andere Weise Gott; Homer war immer noch der wohlbedachten Überzeugung, daß Dr. Larch ziemlich gut Gott spielte.

»Hier in St. Cloud's«, schrieb Dr. Larch, »bin ich vor die Wahl gestellt worden, entweder Gott zu spielen oder praktisch alles dem Zufall zu überlassen. Ich habe die Erfahrung gemacht, daß praktisch alles die meiste Zeit dem Zufall überlassen bleibt; Menschen, die an Gut und Böse glauben, und glauben, daß das Gute gewinnen soll, sollten auf solche Gelegenheiten achten, da es möglich ist, Gott zu spielen – wir sollten solche Gelegenheiten ergreifen. Es werden nicht viele sein.

Hier in St. Cloud's mag es mehr Gelegenheiten zu ergreifen geben, als man im Rest der Welt finden mag, aber nur, weil so vieles, was einem begegnet, bisher dem Zufall überlassen worden ist.«

»Zum Teufel mit ihm!« kreischte Melony; aber der Fluß war so laut wie immer, das leere Gebäude hatte zu seiner Zeit so viel Schlimmeres gehört, und Homer Wells ließ auch diese Bemerkung auf sich beruhen.

»Wie schade für dich, Sonnenstrahl«, keifte Melony ihn an. »Nicht wahr?« beharrte sie. Er ging auf Abstand.

»So!« gellte sie – worauf die Wälder von Maine, jenseits des Flusses, nur ein kurzes Echo des »o!« hervorbrachten. Sie hob ihr massiges Bein und trat ein ganzes Stück der zerrütteten Verandabrüstung in den Fluß. »So, und damit basta!« schrie Melony, aber der Forst war zu dicht, um auch nur ein gekapptes Echo von »basta!« hervorzubringen. Wie Homer Wells, ließen die Wälder von Maine Melonys Bemerkung auf sich beruhen. »Jesus!« schrie Melony, aber der Forst wiederholte nichts; das alte Gebäude hätte knarren können – vielleicht seufzte es. Es war schwer, dieses Gebäude zu zerstören; die Zeit und andere Wandalen hatten es bereits zerstört; Melony suchte nach möglichen Teilen dieses Gebäudes, die sie noch zerstören konnte. Homer folgte ihr in sicherem Abstand.

»Sonnenstrahl«, sagte Melony, die eine noch nicht zertrümmerte Fensterscheibe gefunden hatte – und sie zertrümmerte. »Sonnenstrahl, wir haben *niemanden*. Wenn du mir sagst, daß wir einander haben, schlag ich dich tot.«

Homer war es nicht eingefallen, diesen Einwand – oder sonst einen – gegen Melony vorzubringen; er schwieg.

»Wenn du mir sagst, daß wir deinen Lieblingsdoktor haben – oder dies alles«, sagte sie, mit dem Fuß auf eine Bodendiele stampfend und die Bodendiele mit beiden Händen losreißend, »wenn du mir dies sagst, werd ich dich foltern, bevor ich dich totschlage.«

»Richtig«, sagte Homer Wells.

Mit der Bodendiele in beiden Händen bearbeitete Melony das Geländer im Treppenhaus; das Geländer war leicht zu zertrümmern, doch der Geländerpfosten, an dem das ganze Geländer in der Eingangshalle verankert war, widerstand. Melony ließ die Bodendiele fallen und packte ungestüm den Geländerpfosten.

»Zum Teufel mit euch!« fluchte sie kreischend – auf Dr. Larch, auf ihre Mutter, auf St. Cloud's, auf die Welt. Sie rang den Pfosten zu Boden nieder; er war immer noch mit dem Hauptstützbalken unter den Bodendielen verbunden, aber Melony schwang ein Stück vom Treppengeländer wie eine Keule, bis es ihr gelang, den Pfosten zu lockern. Als sie den Pfosten hochzuheben versuchte und es nicht konnte, wandte sie sich an Homer.

»Siehst du nicht, daß ich Hilfe brauche?« sagte sie zu ihm.

Gemeinsam hoben sie den Pfosten hoch, und ihn als Rammbock benutzend, stießen sie die Küchenwand ein.

»Wieso bist du nicht wütend?« fragte sie Homer. »Was ist mit dir los? Du wirst nie herausfinden, wer dir das angetan hat? Macht es dir gar nichts aus?«

»Ich weiß nicht«, sagte Homer Wells. Gemeinsam rammten sie den Pfosten frontal gegen einen – wie es schien – ziemlich dikken Balken; vielleicht stützt er das obere Stockwerk, dachte Homer Wells. Sie versetzten dem Balken drei Stöße, jedesmal in eine andere Richtung zurückprallend; beim vierten Versuch knackte er. Irgend etwas in dem Gebäude über ihnen schien sich zu verschieben. Melony ließ ihr Ende des Geländerpfostens fallen und umarmte wie ein Bär den angeknackten Balken; sie versuchte mit dem Balken loszurennen, und ihr Schwung trug sie über die Türschwelle, hinaus auf die Veranda. Eine der oberen Schlafkammern stürzte herab, in die Küche; als dies geschah, brach ein Teil des Daches zusammen, und was von der Verandabrüstung übrig war, wurde in den Fluß geschleudert. Sogar Melony schien beeindruckt von so viel Zerstörung; sie nahm Homer an der Hand und führte ihn beinah zärtlich ins obere Stockwerk – mehr als die Hälfte des oberen Stockwerks war immer noch das obere Stockwerk, einschließlich der Schlafkammer, wo das Pony und die Frau einen ehemaligen Holzknecht von St. Cloud's amüsiert hatten.

»Hilf mir«, sagte Melony sanft zu Homer Wells. Sie gingen ans Fenster, und gemeinsam gelang es ihnen, den Fensterladen von der einen Angel loszureißen, die ihn noch hielt; sie sahen ihn geradewegs durch das Dach der Veranda fallen und noch leichter durch die Bodendielen rutschen, bis er in den Fluß platschte. »Sauber, eh?« fragte Melony tonlos.

Sie setzte sich auf die Matratze, wo sie gekniet hatten, als die Schlange aufs Dach schlug. »Hilf mir«, sagte Melony abermals; sie bedeutete Homer, sich neben sie zu setzen.

»Hilf mir, sonst werde ich weglaufen«, sagte sie zu ihm, »hilf mir, sonst werde ich jemand totschlagen.« Dies schien in ihrer Vorstellung vage parallel zu laufen, wenn nicht dasselbe zu sein. Homer erkannte, daß es im Fall Melonys nicht leicht für ihn sein würde, »sich nützlich zu machen«, aber er versuchte es.

»Schlag niemanden tot«, sagte er. »Lauf nicht weg.«

»Wozu bleiben?« entgegnete sie. »*Du* wirst nicht bleiben – ich meine nicht, daß du weglaufen wirst, ich meine, daß jemand dich adoptieren wird.«

»Nein, wird man nicht«, sagte Homer. »Außerdem würde ich nicht gehen.«

»Du wirst gehen«, sagte Melony.

»Ich werde nicht«, sagte Homer. »Bitte, lauf nicht weg – bitte, schlag niemanden tot.«

»Wenn ich bleibe, wirst auch du bleiben – ist es das, was du sagen willst?« fragte ihn Melony. Ist es das, was ich meine? dachte Homer Wells. Aber Melony ließ ihm – wie meistens – keine Zeit zum Nachdenken. »Versprich mir, daß du bleiben wirst, solange ich bleibe, Sonnenstrahl«, sagte Melony. Sie rückte näher an ihn heran; sie nahm seine Hand und öffnete seine Finger und schob seinen Zeigefinger in ihren Mund. »Glückliches Pony«, flüsterte Melony, aber Homer war sich nicht sicher, ob das Pony so glücklich gewesen war. Das alte Gebäude ließ ein Stöhnen vernehmen. Melony ließ seinen Zeigefinger in ihrem Mund ein und aus gleiten. »Versprich mir, daß du bleiben wirst, solange ich bleibe, Sonnenstrahl«, sagte sie

»Genau«, sagte Homer Wells. Sie biß ihn. »Ich *verspreche* es«, sagte Homer. Mehr vom oberen Stockwerk stürzte in die Küche; man hörte ein mitfühlendes Knarren von den krummen Balken, die immer noch stützten, was vom Dach der Veranda übrig war.

War es dies, was ihn ablenkte – als Melony endlich seinen winzigen Penis fand und ihn in ihren Mund steckte? Er fürchtete nicht, daß das alte Gebäude zusammenbrechen und sie beide totschlagen könnte; dies wäre eine begründete Furcht gewesen. Er dachte nicht an die Geschichte der Matratze, auf der sie lagen; ihre Geschichte war gewalttätig – selbst nach Melonys Maßstäben. Er dachte nicht an seine eigene verlorene Geschichte, er dachte nicht daran, ob dieses Zusammensein mit Melony ein Verrat an Dr. Larch sei oder nicht. Zum Teil lenkte das Geräusch Homer ab; da war das Geräusch, das Melony mit ihrem Mund – und mit ihrem Keuchen – machte, und dann war da sein eigenes Keuchen. Dieses Geräusch der Leidenschaft erinnerte ihn an den kleinen Fuzzy Stone und die Energie jener Apparate, die Fuzzy am Leben hielten. Daß solche feuchten Atem-Anstrengungen um Fuzzys willen unternommen wurden, schien herauszustellen, wie brüchig sein Leben war.

Homer wurde nur ein bißchen größer in Melonys Mund; als er anfing kleiner zu werden, steigerte Melony ihre Anstrengungen. Homers Hauptablenkung war die Photographie selbst, die er ganz deutlich vor sich sah. Er sah sogar das staubfreie Rechteck an der Wand, wo die Photographie gewesen war. Wenn die Photographie ihn anfangs inspiriert hatte, sich diesen Akt mit Melony vorzustellen, so hemmte die Photographie jetzt geradezu seine Fähigkeit, seine Pflicht zu tun. Wenn die Frau auf der Photographie ihn anfangs ermutigt hatte, an Melony zu denken, erschienen ihm die Frau – und Melony – jetzt mißbraucht. Die rohe Fühllosigkeit des Ponys blieb die gleiche: die unangemessene Passivität der stummen Kreatur. Homer fühlte sich winziger werden, als er jemals gewesen zu sein glaubte.

Melony war gedemütigt; sie stieß ihn zurück. »Zum Teufel

mit dir!« schrie sie ihn an. »Was ist überhaupt mit dir los? Und erzähl mir ja nicht, daß mit mir etwas nicht stimmt!«

»Richtig«, sagte Homer.

»Du kannst darauf *wetten*, daß es das nicht tut!« schrie Melony, aber ihre Lippen sahen wund aus – sogar aufgeschürft – und er sah Tränen der Wut in ihren Augen. Sie riß die Matratze unter ihm hervor; dann knickte sie sie zur Hälfte und warf sie zum Fenster hinaus. Die Matratze fiel auf das Dach und blieb halb in der Lücke stecken, die der Fensterladen geschlagen hatte. Das schien Melony zu empören: daß die Matratze nicht sauber bis in den Fluß durchgerutscht war. Sie begann die nächste Schlafkoje neben sich zu zertrümmern und weinte, während sie sie bearbeitete. Homer Wells wich – wie er damals vor ihrem Ausbruch über die »Sonnenstrahlen« zurückgewichen war – auch jetzt vor ihr zurück. Er schlich sich die ramponierte Treppe hinunter; als er auf die Veranda hinaustrat, ließ sie ein schrilles Knirschen hören und sackte in Richtung des Flusses, was ihn momentan aus dem Gleichgewicht brachte. Er hörte etwas, das sich anhörte, als landeten mehrere Kojenbetten oder das Stück einer Wand auf dem Dach über ihm; er flüchtete aufs freie Gelände. Melony mußte ihn durch das Fenster im oberen Stockwerk gesehen haben.

»Du hast es mir versprochen, Sonnenstrahl«, schrie sie ihm nach. »Du hast versprochen, daß du mich nicht verlassen wirst. Solange ich bleibe, bleibst auch du!«

»Ich verspreche es!« rief er ihr zu, aber er wandte sich ab und fing an, flußabwärts zu laufen, am Ufer entlang, auf schnellstem Wege zurück zu den bewohnten Gebäuden von St. Cloud's und zum Waisenhaus auf dem Hügel über dem Fluß. Er war noch auf dem Uferstreifen am Rande des Wassers, als es Melony gelang, die überhängende Veranda loszustemmen (das Verandadach ging gleich mit); er stand da und sah das – wie es schien – halbe Gebäude den Fluß hinabschwimmen. Homer stellte sich vor, daß Melony, wenn sie Zeit genug hätte, das Panorama der ganzen Stadt beiseiteschaffen könnte. Aber er blieb nicht, um ihr weiteres Zerstörungswerk zu beobachten. Er lief direkt zu seinem Bett im Schlafsaal der Knabenabteilung. Er hob seine Matratze auf; er wollte die Photographie wegwerfen, doch sie war verschwunden.

»Ich war's nicht«, sagte Fuzzy Stone. Obwohl es mitten am Tag war, lag Fuzzy immer noch im Schlafsaal, in seinem befeuchteten Zelt. Das bedeutete, wie Homer wußte, daß Fuzzy eine Art Rückfall hatte. Zur Nacht war das Zelt Fuzzys Zuhause, aber wenn Fuzzy den Tag im Zelt verbrachte, galt das Zelt als seine »Therapie«. Ständig brauchte er auch – wie Dr. Larch es nannte – »Untersuchungen« – und jeden Tag mußte er eine Injektion bekommen. Homer stand neben dem flatternden, atmenden, keuchenden Apparat und fragte Fuzzy Stone, wo die Photographie sei. Homer wurde in Kenntnis gesetzt, daß John Wilbur sein Bett so gründlich eingenäßt habe, daß Schwester Angela ihm befahl, sich auf Homers Bett zu legen, während sie die ruinierte Matratze durch eine neue ersetzte. John Wilbur habe die Photographie gefunden; er habe sie Fuzzy und einigen Jungen gezeigt, die in der Nähe waren – unter ihnen Wilbur Walsh und Snowy Meadows; Snowy hatte sich übergeben.

»Was ist denn passiert?« fragte Homer Fuzzy, der bereits außer Atem war. Fuzzy war neun; nach Homer Wells war er der älteste Waisenjunge in der Knabenabteilung. Fuzzy sagte, daß Schwester Angela mit der frischen Matratze für John Wilbur gekommen sei, und *sie* habe die Photographie gesehen; natürlich habe sie sie weggenommen. Natürlich habe John Wilbur ihr erzählt, wo er sie gefunden hatte. Inzwischen, das wußte Homer, würde Schwester Edna sie gesehen haben, und auch Dr. Larch würde sie gesehen haben. Homer erwog, John Wilbur zu suchen und ihn zu verdreschen, aber der Junge war zu klein – er würde nur Pipi machen; das wäre ein weiteres Indiz gegen Homer.

»Aber was *war* es?« röchelte Fuzzy Stone zu Homer.

»Ich dachte, du hast es gesehen«, sagte Homer.

»Ich hab's gesehen, aber was *war* es?« wiederholte Fuzzy. Er sah wirklich erschrocken aus.

Snowy Meadows habe geglaubt, daß die Frau die Eingeweide des Ponys aufaß, erklärte Fuzzy; Wilbur Walsh sei weggelaufen.

Wahrscheinlich hat John Wilbur noch mehr Pipi gemacht, dachte Homer Wells. »Was *machten* sie?« flehte Fuzzy. »Die Frau«, sagte Fuzzy keuchend, »wie *konnte* sie! Wie konnte sie *atmen*?« fragte Fuzzy atemlos. Er keuchte schlimm, als Homer ihn verließ. Bei Tageslicht wirkte Fuzzy beinah durchsichtig, als könne man – wenn man ihn gegen eine ausreichend helle Lichtquelle hielt – durch ihn hindurchsehen, alle seine zerbrechlichen Organe sehen, wie sie sich mühten, ihn durchzubringen.

Dr. Larch war nicht in Schwester Angelas Büro, wo Homer ihn zu finden erwartet hatte; Homer war dankbar dafür, daß Schwester Edna und Schwester Angela nicht in der Nähe waren; er schämte sich besonders, ihnen vor die Augen zu treten. Draußen vor der Spitalpforte sah er Schwester Angela mit dem Mann sprechen, der den nicht brennbaren Abfall fortschaffte. Der Gegenstand ihres Gesprächs war John Wilburs alte Matratze. Homer ging in die Apotheke, um zu sehen, ob Dr. Larch dort sei.

Es war ein schwerer Tag gewesen für Wilbur Larch, der sich auf seinem Spitalbett in der Apotheke ausgestreckt hatte, mit einem kräftiger getränkten Mulltrichter, als es sonst seine Gewohnheit war. Die gemeldete Verwüstung der sogenannten Sägewerkerhütte machte Larch weniger zu schaffen, als sie gewisse Leute aus der Stadt empörte, die den von Homer und Melony angerichteten Schaden beobachtet hatten – hauptsächlich von Melony, dessen war sich Larch sicher. Wozu sind verlassene Gebäude da? fragte sich Larch – wenn nicht, um von Kindern ein bißchen verwüstet zu werden? Die Meldung, daß das halbe Gebäude flußabwärts geschwommen sei, war sicherlich übertrieben.

Er atmete ein und dachte daran, was ihn wirklich beunruhigt hatte: diese Photographie. Diese Frau mit dem Pony.

Es hatte Larch nicht gestört, daß Homer Wells das Bild hatte: Halbwüchsige interessierten sich für solche Dinge. Larch wußte, daß Homer es niemals den kleineren Jungen gezeigt haben würde; daß Homer eine solche Photographie aufbewahrt hatte, bedeutete für Wilbur Larch, daß es an der Zeit war, Homer die ernsteren Pflichten eines Erwachsenen aufzutragen. Es war Zeit, die Lehrzeit zu verschärfen.

Und die Photographie selbst war – für Larch – nicht gar so besorgniserregend. Immerhin hatte er einst im South End gearbeitet. Solche Photographien waren überall; zu Wilbur Larchs Zeiten an der Bostoner Entbindungsanstalt kosteten solche Bilder einen Nickel.

Was Larch beunruhigte, war diese Frau auf der Photographie; er hatte keine Mühe gehabt, Mrs. Eames' tapfere Tochter wiederzuerkennen. Larch hatte ihre Wangen schon früher aufgebläht gesehen – sie war eine altgediente Zigarrenraucherin, nicht unbewandert im Einführen seltsamer Sachen in ihren Mund. Und als sie mit akuter Bauchfellentzündung vor seine Tür gebracht worden war, eine Folge wer weiß welch unsäglicher Verletzungen, die sie »abseits von Harrison« erlitten hatte, da waren ihre Augen herausgequollen. Beim Betrachten der Photographie mußte Larch an das Leben denken, das sie gehabt haben mußte; es erinnerte ihn auch daran, daß er – nur ein bißchen – die Qual ihres Lebens hätte erleichtern können, indem er ihr eine Abtreibung gewährte. Die Photographie erinnerte Larch an ein Leben, das er – wenn auch nur auf Zeit – hätte retten können. Mrs. Eames' tragische Tochter hätte seine erste Abtreibungspatientin sein sollen.

Wilbur Larch betrachtete die Photographie und fragte sich, ob Mrs. Eames' Tochter für das Posieren mit dem Pony genug bezahlt bekommen hatte, um sich das Abtreibungshonorar »abseits von Harrison« leisten zu können. Wahrscheinlich nicht, schloß er – es war nicht mal eine besonders gute Photographie. Wer immer die Beteiligten in Pose gebracht haben mochte, er war mit dem phänomenalen schwarzen Zopf der jungen Frau achtlos umgegangen; man hätte ihn über ihre Schulter drapieren können, oder ihn neben der Brust liegen lassen, wo seine Schwärze das Weiß ihrer Haut betont hätte. Man hätte ihn ausgestreckt nach hinten werfen können, hinter ihren Kopf, was zumindest die ungewöhnliche Dicke und Länge des Zopfes hervorgehoben hätte. Offensichtlich hatte sich niemand über den

Zopf Gedanken gemacht. Er lag seitlich neben dem Gesicht von Mrs. Eames' Tochter, zusammengerollt in einem Schatten, der von einem der stämmigen kurzen Zottelbeine des Ponys geworfen wurde. Für die Photographie war der Zopf verloren; man hätte Mrs. Eames' Tochter kennen müssen, um zu wissen, was dieses dunkle Gebilde seitlich neben dem angespannten Gesicht der Frau war.

»Tut mir leid«, sagte Larch, einatmend. Mrs. Eames' Tochter antwortete nicht, darum sagte er abermals: »Tut mir leid.« Er atmete aus. Er meinte zu hören, wie sie ihn rief.

»Doktor Larch!«

»Reimt sich auf *screams*«, murmelte Wilbur Larch. Er atmete ein, den tiefstmöglichen Atemzug. Seine Hand ließ den Trichter fahren, der von seinem Gesicht und unters Bett rollte.

»Doktor Larch?« sagte Homer Wells abermals. Der Äthergeruch in der Apotheke wirkte ungewöhnlich stark auf Homer Wells, der sich durch das Labyrinth der Medizinschränke schob, um zu sehen, ob Dr. Larch auf seinem Bett lag.

»Scheißen Sie, oder runter vom Pott!« hörte er Dr. Larch sagen. (Einatmen, ausatmen.) »Tut mir leid«, sagte Dr. Larch, als er Homer neben seinem Bett sah. Er richtete sich zu schnell auf; ihm war schwindlig im Kopf; der Raum schwamm. »Tut mir leid«, wiederholte er.

»Ist schon gut«, sagte Homer Wells. »Tut mir leid, daß ich Sie geweckt habe.«

»Reimt sich auf screams«, sagte Wilbur Larch.

»Wie bitte?« sagte Homer Wells.

In der geschlossenen Apotheke verschickte eine duftende Mottenkugel ihre dunstige Botschaft überallhin.

»Setz dich, Homer«, sagte Dr. Larch, worauf ihm klarwurde, daß Homer bereits neben ihm auf dem Bett saß. Larch wünschte sich, sein Kopf wäre klarer; er wußte, dies war eine wichtige Auseinandersetzung für den Jungen. Homer erwartete, gemaßregelt zu werden, und in nicht unbestimmten Worten, aber Larch fürchtete, er sei nicht in der besten Verfassung, um mit Bestimmtheit aufzutreten.

»Vandalismus!« legte Larch los. »Pornographie!« Nun, immerhin ein Anfang, dachte er, aber der neben ihm sitzende Junge wartete nur geduldig. Einatmend holte Larch – wie er hoffte – frischere Luft; der Ätherduft in der Apotheke war immer noch sehr penetrant; die Luft in seiner unmittelbaren Umgebung war abwechselnd einschläfernd oder funkelte von kleinen Sternen.

»Vandalismus ist eines, Homer«, sagte Larch. »Pornographie allerdings – was ganz anderes.«

»Richtig«, sagte Homer Wells. Erwachsenwerden bedeutet auch, daß er täglich etwas Neues hinzulernte.

»Wichtiger für unsere Beziehung, Homer, ist die Frage, ob du mich hintergehst. Richtig?«

»Richtig«, sagte Homer.

»Gut!« sagte Larch.

Die Sterne funkelten so strahlend an der Zimmerdecke der Apotheke, daß Larch einen Moment lang meinte, ihr Dialog finde unter dem nächtlichen Firmament statt. Er legte den Kopf zurück, um den Dämpfen zu entfliehen, doch verlor er das Gleichgewicht und fiel rücklings auf das Bett.

»Geht es Ihnen nicht gut?« fragte Homer ihn.

»Doch, blendend!« brüllte Larch herzhaft. Dann fing er an zu lachen.

Es war das erstemal, daß Homer Wells Dr. Larch lachen hörte.

»Hör zu, Homer«, sagte Dr. Larch, aber er kicherte. »Wenn du alt genug bist, um ganze Bauwerke zu verwüsten und vor Bildern von Frauen zu masturbieren, die 'nem Pony einen blasen, dann bist du auch alt genug, um mein Assistent zu werden!« Dies kam Larch so spaßig vor, daß er sich auf dem Bett krümmte. Homer fand auch, daß es spaßig ausgedrückt sei, und er fing an zu lächeln. »Du kapierst nicht, wie?« fragte Larch, immer noch kichernd. »Du kapierst nicht, was ich meine.« Er warf sich auf den Rücken und strampelte mit den Füßen in der Luft, während das Sternenfirmament über ihnen kreiste.

»Ich werde dich Chirurgie lehren!« brüllte Larch Homer an,

was sie beide in Lachtränen auflöste. »Geburtshilfetechniken, Homer«, sagte Larch; auch Homer fiel jetzt rücklings auf das Bett. »Gottes Werk *und* Teufels Beitrag, Homer!« sagte Larch johlend. »Den ganzen Krempel! Die *Werke*!« kreischte er. Homer fing an zu husten, so sehr lachte er. Er war überrascht, als Larch – wie ein Magier – die Photographie von der Frau und dem Pony hervorzuberte und sie vor ihm schwenkte. »Wenn du alt genug bist, auch nur an so etwas zu denken«, sagte Larch, »bist du alt genug, um einen Erwachsenen-Job zu haben!« Dies warf Larch dermaßen um, daß er die Photographie Homer Wells in die Hand drücken mußte – sonst hätte er sie fallen lassen.

»Hör zu, Homer«, sagte Larch. »Du wirst die Medical School absolviert haben, bevor du auf die High School gehst!« Homer fand dies besonders spaßig, aber Larch wurde plötzlich ernst. Er nahm Homer die Photographie aus der Hand. »Sieh dir das an«, befahl er. Sie saßen auf der Bettkante, und Larch stützte die Photographie auf sein Knie. »Ich werde dir etwas zeigen, was du nicht weißt. Sieh dir das an!« sagte er und deutete auf den Zopf, verborgen im Schatten des Ponybeins. »Was ist das?« fragte er Homer Wells. »Teenager: ich dachte, ihr wißt alles«, sagte Larch drohend. Homer erfaßte den neuen Ton in der Stimme; er vertiefte sich in diesen Teil des Bildes, den er vorher nie beachtet hatte – ein Fleck auf dem Teppich vielleicht, oder war es eine Lache Blut aus dem Ohr der Frau?

»Na?« fragte Larch. »Es steht nicht im *David Copperfield*. Es steht auch nicht in *Jane Eyre* – was du wissen mußt«, fügte er beinah gehässig hinzu.

Die medizinische Wendung, die das Gespräch genommen hatte, ließ Homer zur Überzeugung gelangen, daß das dort auf der Photographie eine Blutlache *war* – daß nur ein Arzt es so eindeutig erkennen konnte. »Blut«, sagte Homer. »Die Frau blutet.« Larch lief mit der Photographie zu der Lampe auf dem Apothekertisch.

»Blut?« sagte Larch. »Blut!« Er betrachtete aufmerksam die Photographie. »Das ist kein Blut, du Idiot! Das ist ein Zopf!« Er zeigte Homer Wells noch einmal die Photographie; es sollte

Homers letzter Blick auf die Photographie sein, auch wenn Larch sie noch oft betrachten sollte. Er würde sie an die Blätter der *Kleinen Geschichte von St. Cloud's* geheftet verwahren; er bewahrte sie nicht aus pornographischem Interesse auf, sondern weil sie ihn an eine Frau erinnerte, die er zweimal mißbraucht hatte. Er hatte vor ihren Augen mit ihrer Mutter geschlafen, und er hatte ihr nicht den Dienst geleistet, den zu verlangen sie jedes Recht gehabt hatte. Er war kein richtiger Arzt gewesen für sie, und er wollte sich an sie erinnern. Daß er gezwungen war, sich an sie mit einem Ponypenis im Mund zu erinnern, machte Dr. Larchs Irrtümer für ihn umso eindringlicher zu Irrtümern; Larch wollte es so.

Er war ein harter Mann – auch gegen sich selbst.

Er nahm eine härtere Haltung ein gegen Homer Wells, als die Heiterkeit seiner Verheißungen gegenüber dem Jungen anfangs vermuten ließ – ihn »die Werke« zu lehren, wie Larch es nannte, war nicht so spaßig. Chirurgie, Geburtshilfetechniken – selbst eine normale Geburt, selbst eine einfache Ausschabung – verlangten erhebliche Schulung und Vorbereitung.

»Findest du es forsch, eine Frau mit einem Ponypenis im Mund anzusehen, Homer?« fragte Larch ihn am nächsten Tag – als er nicht mehr unter dem Einfluß des Äthers stand. »Du solltest dir etwas ansehen, das schwerer zu verstehen ist als so etwas. Hier«, sagte Larch und gab Homer das zerlesene Exemplar von *Grays Anatomie*, »sieh dir das an. Sieh es dir drei- oder viermal am Tag an, und jeden Abend. Vergiß die Ponys, und lerne dies.«

»Hier in St. Cloud's«, schrieb Dr. Wilbur Larch, »habe ich wenig Verwendung für meine *Gray's Anatomie* gehabt; aber in Frankreich, im Ersten Weltkrieg, brauchte ich sie jeden Tag. Sie war die einzige Landkarte, die ich dort drüben hatte.«

Larch gab Homer auch sein persönliches Handbuch der Geburtshilfetechniken, seine Kolleghefte von der Medical School und aus seiner Assistentenzeit; er begann mit den Chemievorlesungen und dem Standard-Lehrbuch. Er reservierte eine Ecke der Apotheke für ein paar leichte Experimente in Bakteriologie, auch wenn der Anblick von Petrischalen in Larch einen altbekannten Schmerz auferstehen ließ; er fand keinen Gefallen an der Welt, die unter dem Mikroskop zu sehen war. Und Larch fand – im besonderen – auch keinen Gefallen an Melony, er fand keinen Gefallen an ihrer offensichtlichen Macht über Homer Wells. Larch ging davon aus, daß sie miteinander schliefen; er ging davon aus, daß Melony ihn eingeweiht hatte, was stimmte, und ihn jetzt weiterzumachen zwang, was nicht der Fall war. Irgendwann würden sie miteinander schlafen, wenn auch nur routinemäßig, und jene Macht, die Melony, wie Dr. Larch glaubte, über Homer hatte, wurde aufgewogen durch eine Macht, die Homer über Melony hatte (Homers Versprechen an sie, was Larch nicht wissen konnte). Er wußte Melony in Mrs. Grogans Gewahrsam, und er sah nicht, wieso seine Verantwortung für Homer seine übrigen Verantwortungen überschatten sollte.

Er schickte Homer zum Fluß, einen Frosch zu fangen; dann ließ er Homer ihn sezieren, auch wenn nicht alles an dem Frosch richtig nach *Grays Anatomie* zu erklären war. Es war Homers erster Besuch am Fluß, seit er vor Melonys Verwüstung in der sogenannten Sägewerkerhütte geflohen war, und Homer war beeindruckt, als er sah, daß wahrhaftig das halbe Gebäude verschwunden war.

Homer war auch beeindruckt von der ersten Geburt, die er miterlebte und die zu beobachten er aufgefordert wurde – nicht so sehr von irgendwelchen speziellen Fertigkeiten, die Dr. Larch offenbar abverlangt wurden, auch nicht von den wirksamen konventionellen Geburtshilfetechniken, die Schwester Angela und Schwester Edna einleiteten. Was Homer vielmehr beeindruckte, war dieser Vorgang selbst, der bereits so weit fortgeschritten war, bevor Dr. Larchs Geburtshilfe begann; was Homer beeindruckte, war, wie sehr das, was mit der Frau und ihrem Kind geschah, im Innersten ihr eigener natürlicher Vorgang war – der tatsächlich vorhandene Rhythmus der Wehen (man konnte die Uhr danach stellen), die Macht der pressenden Muskeln der Frau, der Drang des Kindes, geboren zu werden. Das Unnatürlichste daran war – für Homer Wells – wie eindeutig feindselig das Kind diese Umwelt empfand, in der es zum erstenmal seine

Lunge übte – wie eindeutig unfreundlich, wenngleich nicht uninteressant die neue Welt des Kindes für das Kind war, dessen erste Entscheidung (hätte man ihm die Entscheidung überlassen) vielleicht gewesen wäre, zu bleiben, wo es war. Keine dumme Reaktion, hätte Melony vielleicht bemerkt, wenn sie dabeigewesen wäre. Wie sehr Homer es auch genoß, mit Melony Sex zu machen, war er doch beunruhigt darüber, daß der Akt soviel willkürlicher war als die Geburt.

Wenn Homer in die Mädchenabteilung ging, um *Jane Eyre* vorzulesen, so erschien Melony ihm niedergeschlagen, nicht etwa besiegt oder resigniert; etwas in ihr war müde geworden, etwas in ihrem Aussehen wirkte erschöpft. Immerhin hatte sie sich geirrt, was die Existenz ihrer Geschichte in Dr. Larchs Händen betraf – und sich in wichtigen Dingen zu irren, ist ermüdend. Sie war auch gedemütigt worden – zuerst durch das unwahrscheinliche Schrumpfen von Klein-Homer Wells' Penis, und später dadurch, wie schnell Homer Sex mit ihr als Selbstverständlichkeit hinzunehmen schien. Und Homer dachte, sie müsse wohl *körperlich* müde sein – hatte sie doch eigenhändig ein ansehnliches Stück von Menschenhand gemachter Geschichte des Städtchens St. Cloud's ausgetilgt. Sie hatte ein halbes Gebäude in den Strom der Zeit gestoßen. Sie hatte ein Recht, erschöpft auszusehen, dachte Homer Wells.

Irgend etwas an der Art, wie er aus *Jane Eyre* vorlas, mutete Homer ebenfalls anders an – als stünde diese – und jede andere – Geschichte nunmehr im Zeichen der jüngsten Erfahrungen seines Lebens: zuerst eine Frau mit dem Penis eines Ponys im Mund, dann sein erstes sexuelles Versagen, sein erster Routine-Sex, *Grays Anatomie*, und eine selbst miterlebte Geburt.

Es traf sich schlecht, daß er – nach allem, was er und Melony gemeinsam durchgemacht hatten – ausgerechnet da an jene Stelle in der Mitte des zehnten Kapitels kam, wo Jane sich vorstellt, wie sie bald ihr Waisenhaus verlassen wird, wo sie erkennt, daß die wirkliche Welt »weit« ist und daß ihre eigene Existenz »nicht genüge«. Bildete Homer sich nur ein, daß da eine neue Ehrfurcht die Mädchenabteilung erfaßte, als er diesen Abschnitt vorlas –

daß besonders Melony bei diesen Sätzen den Kopf neigte, als hörte sie sie zum ersten Mal? Und dann stieß er auf diese Zeile: »An diesem Nachmittag entdeckte ich, daß mir die Gewohnheiten der letzten acht Jahre nun nichts mehr bedeuten können.«

Sein Mund wurde trocken, als er dies las; er mußte schlucken, was der Zeile noch mehr Betonung gab, als er ihr geben wollte. Als er wieder anzufangen versuchte, unterbrach ihn Melony.

»Was war das? Lies das noch einmal, Sonnenstrahl.«

»An diesem Nachmittag entdeckte ich, daß mir die Gewohnheiten der letzten acht Jahre nun nichts mehr bedeuten können«, las Homer Wells vor.

»Ich weiß genau, wie ihr zumute ist«, sagte Melony bitter, aber leise.

»Es tut mir weh, dich so etwas sagen zu hören, Melony«, hob Mrs. Grogan sanft an.

»Ich weiß genau, wie ihr zumute ist!« wiederholte Melony. »Und du auch, Sonnenstrahl!« fügte sie hinzu. »Klein-Jane sollte es mal fünfzehn oder sechzehn oder siebzehn Jahre lang probieren«, erklärte Melony laut. »Sie sollte es probieren und sehen, ob ihr nicht *diese* Gewohnheiten ›nichts mehr bedeuten‹ werden!«

»Du tust dir nur selber weh, Liebes, wenn du so weitermachst«, sagte Mrs. Grogan. Und es schien in der Tat so; Melony weinte. Sie war ein zu großes Mädchen – um ihren Kopf auf Mrs. Grogans Schoß zu legen und sich das Haar streicheln zu lassen – aber sie weinte nur leise weiter. Mrs. Grogan konnte sich nicht erinnern, wann sie zuletzt Melony auf dem Schoß gehalten hatte. Homer fing einen Blick von Mrs. Grogan auf: daß er verschwinden solle. Es war nicht das Ende des Kapitels, nicht einmal das Ende der Szene oder auch nur eines Absatzes. Es gab noch mehr zu lesen; die nächste Zeile begann:

»Ich sehnte mich nach Freiheit . . .«

Doch es wäre grausam gewesen, jetzt fortzufahren. Jane Eyre hatte bereits gesagt, was sie zu sagen hatte. Homer und Melony hatten bereits mehrere solcher Nachmittage gehabt – solcher Tage, die einem Überdruß machen für ein ganzes Leben!

Diese Nacht schien die Luft zwischen der Mädchen- und der Knabenabteilung geruchlos und bar aller Geschichte. Es war schlicht dunkel draußen.

Als er in die Knabenabteilung zurückkehrte, erzählte ihm Schwester Angela, daß John Wilbur fort sei – *adoptiert!*

»Eine nette Familie«, erzählte Schwester Angela Homer glücklich.

»Der Vater der Familie war auch Bettnässer. Sie werden sehr verständnisvoll sein.«

Wie es Dr. Larchs Gewohnheit war, wenn jemand adoptiert wurde, wich er etwas von seinem gewohnten Segenswunsch für die Knaben in der Dunkelheit ab. Bevor er sie als »Prinzen von Maine« ansprach, als »Könige Neuenglands«, machte er eine sonderbar feierliche Ankündigung.

»Freuen wir uns für John Wilbur«, sagte Wilbur Larch. »Er hat eine Familie gefunden. Gute Nacht, John«, sagte Dr. Larch, und die Jungen murmelten ihm nach:

»Gute Nacht, John!«

»Gute Nacht, John Wilbur.«

Und Dr. Larch pflegte eine respektvolle Pause zu machen, bevor er wie üblich sagte: »Gute Nacht, ihr Prinzen von Maine – ihr Könige Neuenglands!«

Homer Wells schaute noch ein wenig in *Grays Anatomie* – bei Kerzenlicht, das ihm gestattet war, bevor er einzuschlafen versuchte. Es war nicht nur John Wilburs Pipi, das diese Nacht fehlte; noch etwas anderes war verschwunden. Homer brauchte eine Weile, um zu merken, was fehlte; die Stille war es, die es ihm schließlich verriet. Fuzzy Stone und sein geräuschvoller Apparat waren ins Spital gebracht worden. Anscheinend bedurften der Atem-Apparat – und Fuzzy – sorgfältiger Überwachung, und Dr. Larch hatte das Ganze in das Privatzimmer verlegt, neben der Chirurgie, wo Schwester Edna, beziehungsweise Schwester Angela, Fuzzy genauer im Auge behalten konnten.

Erst als Homer Wells einige Erfahrung mit Dilatation und

Curette hatte, sollte er wissen, wie Fuzzy Stone aussah: er ähnelte einem Embryo – Fuzzy Stone sah aus wie ein laufender, sprechender Fötus. Dies war es, was so besonders war an der Art, wie man durch Fuzzys Haut beinah hindurchsehen konnte; seine leicht eingedrückte Gestalt; dies war es, was ihn so besonders verletzlich machte. Er sah aus, als sei er noch nicht am Leben, sondern immer noch in einem Entwicklungsstadium, das sich eigentlich im Innern des Uterus abspielen sollte. Dr. Larch erzählte Homer, daß Fuzzy zu früh geboren sei – daß Fuzzys Lunge sich nie ordentlich entwickelt habe. Homer hatte keine Vorstellung davon, was dies bedeutete, bis er die wenigen noch erkennbaren Teile sah – bei seiner ersten Begegnung mit dem Standard-Eingriff zur Entfernung der Produkte der Empfängnis.

»Willst du mir zuhören, Homer?« fragte Wilbur Larch, als der Eingriff vorbei war.

»Ja«, sagte Homer Wells.

»Ich sage nicht, daß es *richtig* ist, verstehst du? Ich sage, daß es ihre Entscheidung ist – es ist die Entscheidung der Frau. Sie hat ein Recht darauf, sich so zu entscheiden, verstehst du?« fragte Larch.

»Richtig«, sagte Homer Wells.

Als er nicht einschlafen konnte, dachte er an Fuzzy Stone. Als Homer zum Privatzimmer hinunterging, neben der Chirurgie, hörte er den Atem-Apparat nicht. Er stand ganz still und lauschte; sonst konnte er Fuzzy immer an seinem Geräusch – Lunge, Wasserrad und Ventilator – erkennen, aber die Stille, in die Homer Wells hineinhorchte, machte ein für ihn schrecklicheres Geräusch als das Geräusch jener Schlange, die auf das Dach aufschlug, während sein Finger in Melonys Mund war.

Arme Melony, dachte er. Sie lauschte jetzt *Jane Eyre*, als sei es ihre Lebensgeschichte, die ihr erzählt würde, und als sie Homer ein einziges Mal ansprach, war es, um ihn an sein Versprechen zu erinnern. (»Du wirst nicht vor mir von hier fortgehen, du erinnerst dich? Du hast es versprochen.«)

»Wo ist er?« fragte Homer Dr. Larch. »Wo ist Fuzzy?«

Dr. Larch saß an der Schreibmaschine in Schwester Angelas Büro, wo er – sehr spät – fast jeden Abend saß.

»Ich habe darüber nachgedacht, wie ich es dir sagen soll«, sagte Larch.

»Sie sagten, daß ich Ihr Lehrling bin, richtig?« fragte Homer ihn. »Wenn ich das bin, sollte man es mir sagen. Wenn Sie mich lehren, dürften Sie nichts auslassen. Richtig?«

»Das ist richtig, Homer«, pflichtete ihm Dr. Larch bei. Wie hatte der Junge sich verändert! Woran merkt man das Verstreichen der Zeit in einem Waisenhaus? Wieso war es Larch nicht aufgefallen, daß Homer sich rasieren mußte? Wieso hatte Larch ihn nicht gelehrt, dies zu tun? Ich bin für alles verantwortlich – wenn ich überhaupt verantwortlich sein will, ermahnte Larch sich selbst.

»Fuzzys Lunge war nicht stark genug, Homer«, sagte Dr. Larch. »Sie hatte sich nie richtig entwickelt. Er war anfällig für jede Infektion der Atemwege, die ich nur je gesehen habe.«

Homer Wells ließ dies auf sich beruhen. Er bedauerte, daß Fuzzy die Photographie gesehen hatte. Homer wurde erwachsen; er kam allmählich dahin, sich für die Dinge verantwortlich zu fühlen. Diese Photographie hatte Fuzzy Stone beunruhigt; es gab nichts, was Homer oder sogar Dr. Larch für Fuzzys Lunge hätten tun können, aber die Photographie wäre nicht nötig gewesen.

»Was werden Sie den Kleinen sagen?« fragte Homer Dr. Larch.

Wilbur Larch sah Homer an; Gott, wie liebte er, was er da sah! Stolz wie ein Vater, hatte er Mühe zu sprechen. Seine Zuneigung zu Homer Wells hatte ihn geradezu ätherisiert. »Was, glaubst du, sollte ich sagen, Homer?« fragte Dr. Larch.

Es war Homers erste Entscheidung als Erwachsener. Er erwog sie sehr sorgfältig. Damals, 193–, war er bald sechzehn. Er war schon dabei, den Arztberuf zu lernen– zu einer Zeit, da die meisten Jungen seines Alters Auto fahren lernten. Homer hatte noch nicht Auto fahren gelernt; Wilbur Larch hatte niemals Auto fahren gelernt.

»Ich glaube«, sagte Homer Wells, »daß Sie den Kleinen sagen sollten, was Sie ihnen für gewöhnlich sagen. Sie sollten ihnen sagen, daß Fuzzy adoptiert worden ist.«

Wilbur Larch beobachtete Homer aufmerksam. In *Eine kurze Geschichte von St. Cloud's* sollte er schreiben: »Wie verabscheue ich die Vaterschaft! Die Gefühle, die sie einem gibt; sie zerstören gänzlich die eigene Objektivität, sie vernichten den eigenen Sinn für Fairness. Ich fürchte, ich habe Homer Wells veranlaßt, seine Kindheit zu überspringen – ich fürchte, er hat das Kindsein gänzlich übersprungen. Aber manchen Waisen fällt es leichter, die Kindheit zu überspringen, als im Kindsein zu schwelgen, wo sie doch Waisen sind. Falls ich Homer geholfen habe, die Kindheit zu überspringen, habe ich ihm dann geholfen, etwas Schlimmes zu überspringen? Verdammt sei diese Verwirrung, sich wie ein Vater zu fühlen! Jemanden mit väterlicher Liebe zu lieben, das kann eine Wolke erzeugen, die einem den Blick verstellt auf das richtige Verhalten.« Als er diese Zeile schrieb, sah Wilbur Larch den im Photographen-Atelier erzeugten Nebel, den Nebel, der die Photographie von Mrs. Eames' Tochter mit dem Pony so falsch einrahmte; er begann einen Abschnitt über »Nebel«. (Das schreckliche Wetter in Maine; die *Nebel* von St. Cloud's, und so weiter.)

Als Homer Wells Dr. Larch vorschlug, er solle den Kleinen sagen, Fuzzy Stone sei adoptiert worden, wußte Larch, daß Homer recht hatte; um diese Entscheidung gab es keinen Nebel. Am nächsten Abend befolgte Wilbur Larch den Rat seines jungen Lehrlings. Vielleicht weil er log, vergaß er die richtige Reihenfolge. Statt mit der Ankündigung wegen Fuzzy Stones anzufangen, sprach er den üblichen Segenswunsch; er brachte das ganze Geschäft durcheinander.

»Gute Nacht, ihr Prinzen von Maine – ihr Könige Neuenglands!« sprach Dr. Larch sie in der Dunkelheit an. Dann erinnerte er sich daran, was er sagen wollte. »Oh!« sagte er laut, mit einer erschrockenen Stimme, die manche der kleinen Waisen vor Angst im Bett auffahren ließ.

»Was ist los?« schrie Snowy Meadows, der sich immer überge-

ben mußte; er übergab sich nicht nur vor dem Bild einer Frau mit
– wie er meinte – den Eingeweiden eines Ponys im Mund.

»Nichts ist los!« sagte Dr. Larch herzhaft, aber der ganze Saal
voller Jungen war mit ängstlicher Erwartung aufgeladen. In diese
nervöse Atmosphäre hinein versuchte Larch das Übliche über
das Unübliche zu sagen. »Freuen wir uns für Fuzzy Stone«, sagte
Dr. Larch. Homer Wells wußte, was es bedeutete, wenn man
sagte, man könne eine Stecknadel fallen hören. »Fuzzy Stone hat
eine Familie gefunden«, sagte Dr. Larch. »Gute Nacht, Fuzzy.«

»Gute Nacht, Fuzzy«, sagte jemand. Aber Homer Wells hörte
eine Pause in der Luft; es war alles so durcheinandergeraten, und
nicht alle waren überzeugt.

»Gute Nacht, Fuzzy!« sagte Homer Wells voll Autorität, und
einige der Stimmchen taten es ihm nach.

»Gute Nacht, Fuzzy!«

»Gute Nacht, Fuzzy Stone!«

Homer Wells wußte auch, was es bedeutete, wenn man sagte,
daß ein Schweigen ohrenbetäubend sein könne. Nachdem Dr.
Larch sie verlassen hatte, sprach der kleine Snowy Meadows als
erster.

»Homer?« sagte Snowy.

»Hier«, sagte Homer Wells in die Dunkelheit.

»Wieso konnte jemand Fuzzy Stone adoptieren?« fragte
Snowy Meadows.

»Wer konnte das tun?« sagte der kleine Wilbur Walsh.

»Jemand mit einer besseren Maschine«, sagte Homer Wells.
»Jemand, der eine bessere Atem-Maschine hatte als die, die Doktor Larch für Fuzzy gebaut hat. Es ist eine Familie, die alles über
Atem-Maschinen weiß. Es ist das Geschäft der Familie«, fügte er
hinzu. »Atem-Maschinen.«

»Glücklicher Fuzzy?!« sagte jemand in fragendem Ton.

Homer wußte, daß er sie überzeugt hatte, als Snowy Meadows
sagte: »Gute Nacht, Fuzzy.«

Homer Wells, noch keine sechzehn – Chirurgenlehrling und
altgedient im Leid der Schlaflosigkeit – wanderte zum Fluß hinunter, der so viele Prinzen der Geschichte von St. Cloud's hin-

weggeführt hatte. Das Rauschen des Flusses war ein Trost für Homer, tröstlicher als die Stille im Schlafsaal in dieser Nacht. Er stand am Flußufer, wo die Veranda der Sägewerkerhütte gewesen war, wo er den Bussard hatte vom Himmel fallen sehen, schneller als die Schlange zum Ufer schwimmen konnte – und die Schlange war sehr schnell gewesen.

Hätte Wilbur Larch Homer dort gesehen, er wäre beunruhigt gewesen darüber, daß der Junge – zu früh – seiner Kindheit Lebewohl sagte. Aber Dr. Larch hatte den Äther, der ihm beim Einschlafen half, und Homer Wells hatte kein Mittel gegen seine Schlaflosigkeit.

»Gute Nacht, Fuzzy«, rief Homer über den Fluß. Die Wälder von Maine ließen bezeichnenderweise diese Bemerkung auf sich beruhen, aber Homer beharrte darauf, gehört zu werden. »Gute Nacht, Fuzzy!« schrie er, so laut er konnte. Und noch lauter: »Gute Nacht, Fuzzy!« Er schrie es und schrie es – der erwachsene Junge, dessen Geschrei einstmals Legende gewesen war, oben am Fluß in Three Mile Falls.

»Gute Nacht, Fuzzy Stone!«

4

Der junge Dr. Wells

»In anderen Teilen der Welt«, schrieb Wilbur Larch, »gibt es das, was die Welt ›Gesellschaft‹ nennt. Hier in St. Cloud's haben wir keine Gesellschaft – hier gibt es nicht jene Entscheidungen, jene Vergleiche zwischen Besser-als und Schlechter-als, die sich fast unabänderlich in jeder Gesellschaft stellen. Hier ist es weniger kompliziert, weil die Entscheidungen und Vergleiche entweder offenkundig sind oder nicht vorhanden. So wenige Alternativen zu haben, ist aber etwas, was eine Waise so verzweifelt begierig macht, die Gesellschaft kennenzulernen – *jede* Gesellschaft, je geplagter von Intrigen, je versessener auf Klatsch, desto besser. Wo immer die Gelegenheit sich bietet, stürzt sich die Waise in die Gesellschaft – wie ein Fischotter ins Wasser.«

Was Wilbur Larch in bezug auf diese »Alternativen« dachte, war, daß Homer Wells keine freie Entscheidung hatte, was seine Lehrzeit oder was Melony betraf. Er und Melony waren dazu verurteilt, so etwas wie ein Paar zu werden, weil sonst niemand da war, mit dem sie sich zu einem Paar verbinden konnten. In der Gesellschaft hätte es eine Rolle gespielt, ob sie zueinander paßten; daß sie *nicht* zueinander paßten, spielte in St. Cloud's keine Rolle. Und nachdem Homer die Möglichkeiten der armseligen Hauslehrer ausgeschöpft hatte, die in St. Cloud's beschäftigt wurden – was gab es da noch für ihn zu lernen, wenn er nicht Chirurgie erlernte? Insbesondere geburtshilfliche Techniken. Und, was ihm beizubringen für Dr. Larch viel einfacher war: Dilatation und Curettage.

Homer Wells führte seine Aufzeichnungen in einem von Dr. Larchs alten Kollegheften von der Medical School; Larch war ein knapper, sparsamer Notizenmacher gewesen – es gab noch viel Platz. Nach Larchs Meinung war es nicht nötig, daß Homer Wells ein eigenes Kollegheft hatte. Larch brauchte nur um sich zu schauen, um zu sehen, was Papier kostete. Die Bäume waren verschwunden; sie waren durch Waisen ersetzt worden – all dies für Papier.

Unter der Überschrift DILATATION & CURETTAGE schrieb Homer: »Am sichersten ist die Frau auf Beinstützen.« Bei Dr. Larchs Eingriffen wurde sie auch rasiert.

»Die VAGINALregion wird mit einer ANTISEPTISCHEN LÖSUNG vorbereitet«, schrieb Homer Wells; er schrieb viel in GROSS-BUCHSTABEN – es hing mit seiner Gewohnheit zusammen, die Satzenden oder die Schlüsselwörter zu wiederholen.

»Der UTERUS wird untersucht, um seine Größe zu schätzen. Eine Hand wird auf die BAUCHDECKE gelegt; zwei oder drei Finger der anderen Hand sind in der VAGINA. EIN SPEKULUM, das wie ein Entenschnabel aussieht, wird in die Vagina eingeführt – durch welche die CERVIX sichtbar wird. (Die CERVIX, schrieb er in Klammern, wie um sich zu erinnern, »ist der halsähnliche Teil des unteren, verjüngten Endes des UTERUS.) Das Loch in der Mitte der Cervix ist der Eingang zum UTERUS. Er ist wie ein kirschroter Rettungsring. Bei der SCHWANGERSCHAFT ist die CERVIX geschwollen und glänzend.

Mit einem Satz STÄHLERNER DILATATOREN wird die CERVIX erweitert, um der OVUM-ZANGE Einlaß zu bieten. Dies ist eine Zange, mit der der Arzt ergreift, was im Innern des UTERUS ist. Er zieht heraus, soviel er kann.«

Dies waren (dies wollte Homer sagen): Blut und Schleim. »Die Produkte der Empfängnis«, so nannte er es.

»Mit einer CURETTE«, notierte Homer, »wird die WAND DES UTERUS leergeschabt. Wann sie leer ist, weiß man, wenn man ein knirschendes Geräusch hört.«

Und dies ist alles, was über die Dilatation und den Vorgang der Curettierung in das Kollegheft eingetragen war. Als Fußnote zu diesem Eingriff hatte Homer nur angefügt: »Die GEBÄRMUTTER, von der man in der Literatur liest, ist jener Teil des GENITAL-TRAKTS, in dem sich das befruchtete Ovum einnistet.« Eine Seitenzahl war am Rand dieses Kollegheftseintrags notiert – die Seite in *Grays Anatomie*, welche den Abschnitt »Die weiblichen Fortpflanzungsorgane« einleitet, wo sich die hilfreichsten Illustrationen und Beschreibungen finden.

Damals, 194–, war Homer Wells (noch keine zwanzig) Hebamme bei unzähligen Geburten gewesen und chirurgischer Assistent beim vierten Teil dessen an Abtreibungen; er hatte selbst viele Kinder entbunden, immer im Beisein von Dr. Larch, aber Larch hatte Homer nicht gestattet, eine Abtreibung auszuführen. Es war zwischen Larch und Homer ausgemacht, daß Homer durchaus in der Lage wäre, eine solche auszuführen, doch meinte Larch, Homer sollte zuerst die Medical School – eine regel*rechte* Medical School – absolvieren und seine Assistentenzeit in einem anderen Krankenhaus ableisten, bevor er die Operation ausführte. Nicht, daß die Operation kompliziert gewesen wäre; Larch war der Meinung, daß Homer die freie Entscheidung haben solle. Was Larch meinte, war, daß Homer etwas über die Gesellschaft wissen sollte, bevor er – allein – die Entscheidung träfe, Abtreibungen auszuführen oder nicht.

Was Dr. Larch suchte, war ein Sponsor, der Homer Wells fördern würde. Larch wünschte sich jemanden, der den Jungen aufs College schickte, nicht nur, damit Homer den Übertritt in die Medical School schaffte, sondern auch, um Homer mit der Welt außerhalb von St. Cloud's in Berührung zu bringen.

Wie man für einen solchen Sponsor inserierte, war Wilbur Larch ein Rätsel. Sollte er seinen Kollegen und Briefpartner im Neuengland-Heim für kleine Vagabunden bitten, ob er die dortige umfangreiche Adressenkartei benutzen durfte?

ERFAHRENE HEBAMME & QUALIFIZIERTER ABTREIBER
SUCHT SPONSOR FÜR DIE COLLEGE-ZEIT
INKL. KOSTEN FÜR DIE MEDICAL SCHOOL

Wo war die Gesellschaft, in die Homer Wells hineinpassen würde? fragte sich Wilbur Larch.

Vor allem, das wußte Larch, mußte er Homer von Melony trennen. Die beiden zusammen: wie deprimierte es Larch! Sie erschienen dem Doktor wie ein müdes, liebloses Ehepaar. Was immer Melony in den ersten Jahren ihrer stürmischen jungen Liebe an sexueller Spannung aufzubauen vermocht hatte, schien jetzt ganz zu fehlen. Falls sie noch sexuellen Umgang pflegten, pflegten sie ihn sporadisch und ohne Begeisterung. Beim Lunch saßen sie beieinander, ohne zu sprechen – vor aller Augen der Knaben- oder der Mädchenabteilung; zusammen studierten sie das zerlesene Exemplar von *Grays Anatomie*, als wäre es die verworrene Landkarte, der sie folgen mußten, wollten sie je einen Weg hinaus finden aus St. Cloud's.

Melony lief nicht einmal mehr fort. Larch schien es, als binde ein wortloser, freudloser Pakt Homer und Melony aneinander. Ihre Verdrießlichkeit miteinander erinnerte Dr. Larch an Mrs. Eames' Tochter, die eine Ewigkeit mit dem Penis eines Ponys im Mund zugebracht hatte. Nie zankten sich Homer und Melony; nie debattierten sie; Melony schien es aufgegeben zu haben, die Stimme zu erheben. Falls sie noch Verkehr hatten, so – das wußte Larch – zufällig und aus bedrückendster Langeweile.

Larch besorgte Melony sogar eine Arbeit als Haustochter mit Logis bei einer wohlhabenden alten Frau in Three Mile Falls. Nun mochte es sein, daß die Frau eine verschrobene Kranke war, die sich über eine jede beklagt hätte; über Melony beklagte sie sich allerdings – Melony sei »unsensibel«, sagte sie, sie sei niemals »zuvorkommend« im Gespräch und in bezug auf kleine Handreichungen, etwa ihr in die Badewanne hinein oder hinaus zu helfen, sei das Mädchen »unglaublich grob«. Dr. Larch glaubte es gern; Melony beklagte sich ihrerseits; sie sagte, sie wolle lieber in St. Cloud's wohnen; wenn sie schon eine Arbeit haben müsse, wolle sie eine, bei der sie kommen und wieder gehen konnte.

»Ich will am Abend zu Hause sein«, sagte sie zu Mrs. Grogan und zu Dr. Larch. Zu Hause? dachte Larch.

Es gab eine andere Arbeit in der Stadt, aber sie setzte voraus, daß Melony Auto fahren konnte. Auch wenn Dr. Larch einen Jungen am Ort fand, der es Melony lehrte, erschreckte ihre Fahrweise den jungen Mann, und sie mußte die Fahrprüfung für ihren Führerschein dreimal machen, bis sie sie einmal bestand. Dann verlor sie die Arbeit – Ausfahren von Ersatzteilen und Werkzeugen für einen Bauunternehmer. Sie war nicht imstande, die mehr als zweihundert Meilen zu erklären, die sich im Lauf einer Woche auf dem Fahrtenschreiber des Lieferwagens angesammelt hatten.

»Ich bin nur herumgefahren, weil mir langweilig war«, sagte sie schulterzuckend zu Dr. Larch. »Und ich hab mich ein paarmal mit einem Burschen getroffen.«

Larch sorgte sich, daß man Melony, die beinah zwanzig war, nun nicht mehr adoptieren oder beschäftigen konnte; sie mußte unbedingt Homer Wells um sich haben, auch wenn ganze Tage verstrichen, an denen zwischen ihnen offenbar kein Wort gewechselt wurde – tatsächlich war wochenlang hintereinander kein Umgang zu beobachten, der über bloße Anwesenheit hinausgegangen wäre (wenn man in Melonys Fall von »bloßer« Anwesenheit sprechen konnte). Weil Melony Dr. Larch so sehr deprimierte, nahm er an, daß ihre Anwesenheit für Homer Wells ebenfalls deprimierend sein müsse.

Wilbur Larch liebte Homer Wells – nie hatte er jemanden so geliebt wie diesen Jungen, und er konnte sich nicht vorstellen, ein Leben in St. Cloud's ohne ihn aushalten zu können – aber der Doktor wußte, daß Homer Wells eine wirkliche Begegnung mit der Gesellschaft haben mußte, wenn der Junge überhaupt ein selbstgewähltes Leben haben sollte. Was Larch sich erträumte, war, daß Homer in die Welt hinausziehen und dann wählen würde, nach St. Cloud's zurückzukehren. Aber wer wollte schon so etwas wählen? fragte sich Dr. Larch.

Maine hatte viele Städte; es gab keine, die so reizlos war wie St. Cloud's.

Larch legte sich in der Apotheke nieder und schnüffelte ein wenig Äther. Er erinnerte sich an Portlands sicheren Hafen; in Gedanken hakte er die Städte östlich von Portland oder im Hinterland ab, und seine Lippen erprobten die Städte mit den guten Namen von Maine.

(Einatmen, ausatmen.) Wilbur Larch schmeckte geradezu diese Städte, ihre dunstigen Namen. Da gab es Kennebunk und

Kennebunkport, da gab es Vassalborough und Noblehero und Waldoboro, da gab es Wiscasset und West Bath, Damariscotta und Friendship, Penobscot Bay und Sagadahoc Bay, Yarmouth und Camden, Rockport und Arundel, Rumford und Biddeford und Livermore Falls.

Östlich von Cape Kenneth, dieser Touristenfalle, liegt Heart's Haven; im Hinterland der hübschen kleinen Hafenstadt, die sich Haven nennt, liegt die Stadt Heart's Rock. Der Felsen im Namen Heart's Rock rührt von der unbewohnten Felseninsel, die wie ein toter Wal im sonst perfekten Hafen von Heart's Haven zu schwimmen scheint. Es ist ein das Auge beleidigendes Eiland, ungeliebt von den Leuten aus Heart's Haven; vielleicht sahen sie sich bemüßigt, die das Auge beleidigende Stadt Heart's Rock nach ihrem vogelverschissenen, fischbauchweißen Felsen zu benennen. Bei Hochwasser beinah bedeckt, ziemlich flach im Wasser liegend, hängt er etwas schief, daher sein Name: Dead Whale Rock. Es gibt eigentlich keinen »Felsen« in Heart's Rock, einer Stadt, die es nicht verdient, von oben herab betrachtet zu werden; sie liegt nur fünf Meilen landeinwärts, und von manchen ihrer Hügel ist der Ozean sichtbar; fast überall in der Stadt macht sich die Seebrise erfrischend bemerkbar.

Verglichen aber mit Heart's Haven, ist jede andere Stadt eine Promenadenmischung. Wenn die Leute auf Heart's Rock schimpfen, sprechen die Leute von Heart's Haven nicht von der schlichten Antiquiertheit der zwei einzigen Kaufläden der Stadt – Sanborn's General Store und Titus Hardware and Plumbing. Die Leute von Heart's Haven sprechen dann eher vom Drinkwater Lake und den Sommerhütten an seinen düsteren Ufern. Ein nicht besonders frischer Frischwassersee, eher ein Tümpel – denn Mitte Juli ist der Grund von Algen getrübt und stinkend – ist der Drinkwater-See für Sommertouristen die einzige Attraktion in Heart's Rock. Leute, die am Drinkwater-See übersommern, sind nicht von weit hergereist; sie wohnen vielleicht anderswo in Heart's Rock – oder, rustikaler, in Kenneth Cor-

ners. Die Sommer-Camps und Hütten, die das Seeufer spren-
keln, werden auch an den Wochenenden der Jagdsaison im
Herbst benützt. Die Hütten und Camps tragen Namen von
unbeugsamem Wunschdenken; Echo's End und Buck's Last
Stand (letztere ist mit Geweihen geschmückt); es gibt eine, die
Endless Weekend heißt, mit einem schwimmenden Bootssteg;
eine heißt Wee Three, was auf Bewohner von unausstehlicher
Nettigkeit schließen läßt; und eine offene Installation heißt Sherman's Hole in the Ground, was eine zutreffende Beschreibung ist.

Damals, 194–, war der Drinkwater-See bereits überlaufen,
und 195– herrschte dort ein unerträglicher Betrieb von Motor-
booten und Wasserskiläufern – die Schiffsschrauben faulend,
und die Ruder geschmückt mit schleimgrünen Algengirlanden,
die vom Grund aufgewirbelt wurden. Der See liegt zu tief im
Wald, um den Wind durchzulassen; Segelboote bleiben stehen
auf dem totenstillen Wasserspiegel, der sich hervorragend eignet
für brütende Mücken, und im Lauf der Jahre gaben angesammel-
ter Kinderurin und Benzin dem See einen ungesunden, schimmernden Glanz. Es gibt wundervoll einsame Seen in Maine, aber
der Drinkwater-See gehörte nie zu ihnen. Der mitunter hierher
verirrte Kanute, die Wildnis suchend, wird sie nicht finden. Die
wildnisbegeisterten Winkles hätten den Ort nicht geschätzt.
Man wäre auch nicht bereit gewesen, das Wasser des Drinkwater-Sees zu trinken, und es gab viele ermüdende Witze zu diesem Thema, alle erfunden in Heart's Haven, wo die Gepflogenheit, Heart's Rock nach seinem einzigen elenden Gewässer zu
beurteilen, eine alt-ehrwürdige ist.

Als Homer Wells den Drinkwater-See zum erstenmal sah,
sollte er sich vorstellen, daß, falls jemals ein Sommer-Camp für
die glücklosen Waisen von St. Cloud's veranstaltet würde, dieses
in dem Morast stehen würde, der Echo's End von Sherman's
Hole in the Ground trennt.

Nicht alles in Heart's Rock war so häßlich. Es war eine Stadt von
seßhaften Leuten auf ziemlich offenem, sauber bebautem Farmland; es war ein Milchkuhland, ein Obstbaumland. Damals,

194–, waren die Ocean-View-Obstgärten an der Drinkwater-Road, die Heart's Rock mit Heart's Haven verband, reich und ansehnlich, selbst nach den Maßstäben der verwöhnten und schwer zufriedenzustellenden Leute von Heart's Haven. Obwohl die Ocean-View-Obstgärten in Heart's Rock lagen, sah hier alles nach Heart's Haven aus; das Farmhaus hatte stein-gefließte Terrassen, der Park war mit Rosensträuchern gestaltet – wie auch die Häuser Heart's Havens an der eleganteren Küste – und die Rasenflächen, die sich vom Wohnhaus zum Swimming-pool und bis in den nächsten Apfelhain erstreckten, wurden gehegt und gepflegt von denselben Gartenarbeitern, die dafür sorgten, daß die Rasen von Heart's Haven so ganz nach Golf-platz-Grün aussahen.

Der Besitzer der Ocean-View-Apfelgärten, Wallace Worthing-ton, hatte sogar einen nach Heart's Haven klingenden Namen – was besagt, daß es kein einheimisch klingender Name war. Was er wahrhaftig nicht war, denn Wallace Worthington kam aus New York; er hatte sich aus dem Investmentgeschäft in den Obstbau geflüchtet, kurz bevor jedermanns Investitionen zusammenkrachten, und wenn er auch von Äpfeln nicht alles verstand, was es zu verstehen gab – ein Gentleman-Farmer bis ins Mark seiner Knochen (und auch in seiner Kleidung) – so ver-stand er doch alles vom Geld und hatte für den Betrieb der Ocean-View-Obstgärten die richtigen Vorarbeiter angeheuert (Männer, die etwas von Äpfeln verstanden).

Worthington war ständiges Mitglied im Vorstand des Haven-Club; er war das einzige Mitglied, dessen Sitz im Vorstand nie-mals zur Wahl gestellt wurde – und der einzige Einwohner von Heart's Rock, der Mitglied im Haven-Club war. Nachdem seine Obstgärten die Hälfte der Einwohnerschaft von Heart's Rock beschäftigten, genoß Wallace Worthington den seltenen Vorzug, in beiden Städten geachtet zu sein.

Wallace Worthington hätte Wilbur Larch an jemanden erin-nert, den er bei den Channing-Peabodys getroffen haben könnte, wo Dr. Larch seine zweite Abtreibung ausführte – die Reiche-Leute-Abtreibung, wie Larch sie bei sich nannte. Homer Wells wäre Wallace Worthington so erschienen, wie ein *wirklicher* König Neuenglands aussehen sollte.

Man hätte in Heart's Rock oder in Heart's Haven leben und mit der Sozialgeschichte der Städte vertraut sein müssen, um zu wissen, daß Worthingtons Frau nicht jeder Zoll eine Königin war; gewiß sah sie aus wie eine Königin und trug sich, jeder Zoll, als eine solche. Doch die Einwohner wußten, daß Olive Worthington – wiewohl in Heart's Haven geboren – aus dem falschen Teil der Stadt kam. So komplex ist die Gesellschaft, daß sogar Heart's Haven einen falschen Teil hat.

Olive Worthington war eine geborene Alice Bean; für die Eingeweihten war sie Bruce Beans (des Muschelsammlers) Tochter; sie war Bucky Beans (des Brunnenbauers) kluge Schwester – was den falschen Schluß erlaubt, als wäre Bucky nicht klug gewesen; er war zumindest klüger als sein Vater Bruce. Brunnenbauen (das Handwerk von Schwester Angelas Vater; das Handwerk, das Homer Wells seinen Namen gab) war gutbezahlte Arbeit; Brunnenbauen schlägt Muschelsammeln nach Dollars und Meilen, wie man in Maine sagt.

Olive Worthington war damit aufgewachsen, Muscheln von der Ladefläche eines Lieferwagens zu verkaufen, von der das Eis tröpfelte. Ihre Mutter Maud sprach kein Wort; sie hatte einen gesplitterten Schminkspiegel auf einem Hackblock an der überladenen Ecke einer Küchentheke – ihre Kosmetika, die sie hypnotisierten, vermischt mit verirrten Muscheln. Manchmal klebte die schwarze und knirschende Haut, abgeschabt vom Rücken einer geputzten Muschel, an ihrer Flasche voll Rouge. Sie starb an Lungenkrebs, als Olive noch die High-School besuchte.

Alice Bean wurde eine Worthington, indem sie Wallace Worthington heiratete; eine Olive wurde sie, indem sie ihren Namen in der Stadtkanzlei von Heart's Haven änderte. Es war ein legaler Antrag auf absichtliche Namensänderung, den sie ausfüllte – was leicht war, denn es verlangte nur den Austausch zweier Buchstaben, um aus Alice Olive zu machen. Die Einwohner liebten es ohne Ende, mit dem Namen *Olive* zu spielen, als bewegten sie die lästigen Steine dieser sonderbaren Frucht im Munde;

und es gab viele, die sie hinter ihrem Rücken immer noch Alice Bean nannten, auch wenn nur ihr Bruder Bucky ihr Alice ins Gesicht sagen durfte. Alle anderen respektierten sie genügend, um Olive zu sagen, wenn es denn dies war, was sie hören wollte, und man war sich einig, daß sie, obwohl sie einen Worthington geheiratet und folglich Äpfel und Geld erheiratet hatte, mit Wallace keinen Fang gemacht hatte.

Fröhlich, zu jedem Spaß aufgelegt, ein Lebensgenießer, war Wallace Worthington freundlich und großzügig. Er bewunderte Olive und alles an ihr – ihre grauen Augen und ihr aschblondes Haar, das allmählich ins Perlmuttgraue zu wechseln begann, und ihren am College gelernten neubritischen Akzent (der im Haven-Club oft nachgeahmt wurde). Bruder Buckys Erfolg als Brunnenbauer hatte Olives College-Akzent bezahlt, ohne den sie Wallace Worthington vielleicht nicht verleitet hätte, von ihr Notiz zu nehmen. Vielleicht war es Dankbarkeit, die Olive zu Toleranz veranlaßte, wenn Bucky sie ins Gesicht Alice nannte. Sie tolerierte sogar seine absehbaren Auftritte auf Ocean View Orchards – seine Stiefel immer verschlammt von jenem lehmfarbenen Dreck aus den Tiefen der Erde, jenem Stoff, den nur Brunnenbauer finden. Olive bemühte sich, nicht zusammenzuzucken, wenn er in diesen Stiefeln durchs Haus stapfte und sie »Alice Baby« nannte, und an heißen Sommertagen pflegte er mit all seinen Kleidern in den Swimmingpool zu tauchen, nur jene Erdentiefen-Stiefel vor dem klaren Wasser stehenlassend (das er, in atlantischem Aufruhr schwappend und lehmfarben an den Rändern, wieder verließ). Bucky konnte einen Rand im Swimmingpool hinterlassen, wie ein schmutziges Kind in der Badewanne.

Bei allem, was Olive Worthington erspart geblieben war, indem sie der Alice Bean in sich selbst entfloh, war etwas nicht in Ordnung mit Wallace Worthington. Obwohl er ein wahrer Gentleman war, und hervorragend im Hänseln der Republikaner im Haven-Club, obwohl er gerecht war zu seinen Obstgartenarbeitern (er verschaffte ihnen auf eigene Kosten eine Krankenversicherung, und dies zu einer Zeit, da die meisten Farm-Arbeiter in *allem* unter dem Mindeststandard existierten) – trotz Wallace Worthingtons liebenswerter Selbstdarstellung (alle privaten und Farmfahrzeuge in Ocean View-Orchards trugen sein Monogramm, auf einem großen roten Apfel!), trotz all dessen, was großartig war an Wallace Worthington, schien er allezeit betrunken zu sein, und er bewies solch eine kindische Hyperaktivität und Rastlosigkeit, daß alle in Heart's Haven und Heart's Rock sich einig waren, es müsse gewiß keine Wonne sein, mit ihm zusammenzuleben.

Er war betrunken im Haven-Club, als er das Netz auf dem Tennis-Court (das er offenbar nicht richtig justieren konnte) niedriger setzte, indem er es mit der Sägeklinge seines Klappmessers durchtrennte. Er war erneut betrunken im Haven-Club, als Dr. Darryrimple seinen Schlaganfall hatte; Wallace stieß den alten Herrn ins seichte Ende des Schwimmbeckens – um ihn »wiederzubeleben«, wie er später sagte. Der alte Knabe wäre fast ertrunken, zusätzlich zu seinem Schlaganfall, und die beleidigten Darryrimples waren so empört, daß sie ihre Mitgliedschaft aufkündigten. Und Wallace war betrunken in seinen eigenen Obstgärten, als er seinen Cadillac frontal gegen den Fünfhundert-Gallonen-Hardie-Sprinkler steuerte, sich selbst und sein austernweißes Cabriolet in Chemikalien badend, die ihm einen Ausschlag auf den Schenkeln bescherten und die scharlachroten Polster des Cadillac für immer bleichten. Und wieder war er betrunken, als er darauf bestand, den Traktor zu steuern, der den Tieflader mit der Hälfte von Ira Titcombs Bienenstöcken zog, wobei er prompt die Ladung – den Honig, die Stöcke und Millionen wütender Bienen – an der Kreuzung von Drinkwater Road und Day Lane umwarf (und übel zerstochen wurde). Gestochen wurden auch Everett Taft und seine Frau Dot sowie Dots kleine Schwester, Debra Pettigrew, die zur Zeit des Unfalls im Day Lane-Obstgarten arbeiteten.

Und doch bezweifelte niemand, daß Wallace Worthington Olive treu sei – die Zyniker sagten, er sei zu betrunken, um ihn bei einer anderen hochzubringen, und möglicherweise zu betrunken, um ihn bei Olive hochzubringen. Es war klar, daß er ihn wenigstens einmal bei ihr hochgebracht hatte; er hatte einen Sohn gezeugt, damals, 194–, gerade zwanzig geworden, ebenso groß und ansehnlich und bezaubernd wie sein Vater, mit den rauchfarbenen Augen seiner Mutter und nicht ganz ihrer einstigen Blondheit (die seine war hellbraun, nicht aschblond); er hatte sogar etwas von ihrem neubritischen Akzent. Wallace Worthington junior sah zu stattlich aus, um Junior genannt zu werden (er wurde Wally genannt). Seit dem Tage von Wallys Geburt wurde Wallace Worthington Senior genannt, sogar von Olive und schließlich von Wally.

Und dies ist nur der Anfang eines Verständnisses für die Gesellschaften von Heart's Haven und Heart's Rock. Hätte Dr. Larch nur so viel gewußt, er hätte womöglich versucht, Homer Wells von diesem Ort fernzuhalten; er hätte geahnt, daß Homers Leben dort kompliziert werden würde. Was wußte eine Waise schon über Klatsch und Tratsch, was kümmerte sie sich um soziale Klassen? Aber für Wilbur Larch waren Heart's Haven und Heart's Rock sehr hübsche Namen, verschönert noch durch den Äther.

Hätte Dr. Larch einige Zeit in Senior Worthingtons Nähe verbracht, dann hätte Larch vielleicht durchschaut, daß der Mann ungerecht beurteilt wurde; natürlich trank er zuviel – die meisten, die überhaupt trinken, trinken zuviel. Doch Senior war kein Trinker. Er zeigte die klassischen klinischen Zeichen der Alzheimerschen Krankheit, und Wilbur Larch hätte sie als das erkannt, was sie war – ein progressiv verlaufendes organisches Hirnsyndrom. Die Alzheimersche Krankheit, eine präsenile Demenz, ist gekennzeichnet durch den Zerfall der intellektuellen Fähigkeiten, das Aussetzen der Erinnerung und das auffällige Bild raschen Alterns um die Lebensmitte des Patienten, Symptome, die sich im Zeitraum von einigen Jahren progressiv verstärken und endlich zum Tode führen. Rastlosigkeit, Hyperaktivität, fehlendes Urteilsvermögen sind weitere Merkmale der Krankheit. Doch so scharf der Menschenverstand von Heart's Haven auch sein mochte, die Einwohner kannten nicht den Unterschied zwischen Trunksucht und Morbus Alzheimer; sie glaubten todsicher, sie hätten Wallace Worthington durchschaut.

Auch Olive Worthington beurteilten sie falsch. Sie hatte sich ihren Namen verdient. Mag sein, sie war verzweifelt bestrebt gewesen, die Muschel-Ebene des Lebens zu verlassen, aber sie wußte, was Arbeit ist; sie hatte gesehen, wie schnell das Eis im Lieferwagen schmolz, wie kurze Zeit nur die Muscheln frischgehalten werden konnten. Sie kannte Handel und Wandel, sie hatte Know-how. Sie sah gleich, daß Wallace Worthington gut war im Umgang mit Geld, aber schwach mit Äpfeln, und darum machte sie die Äpfel zu ihrer Sache. Sie fand heraus, wer die kenntnisreichsten Vorarbeiter waren, und sie erhöhte deren Lohn; sie feuerte die anderen und heuerte eine jüngere, zuverlässigere Mannschaft an. Sie buk Apfelpasteten für die Familien jener Obstgartenarbeiter, die ihr gefielen, und gab das Rezept auch an deren Frauen weiter. Sie installierte einen Pizza-Ofen im Apfelmarkt und konnte bald achtundvierzig Apfelpasteten in einem Backgang auswerfen, in der Erntezeit ein wesentlicher Beitrag zum Geschäft über die Ladentheke, das sich vordem auf Apfelzider und Apfelgelee beschränkte. Sie bezahlte reichlich für den Schaden an Ira Titcombs Bienenstöcken und konnte bald auch Apfelblütenhonig über die Theke verkaufen. Sie ging an die Universität und lernte alles über Kreuz-Bestäubung und Anpflanzung eines Baumschulenhains; sie lernte mehr über die Mäusebekämpfung und das Ausgeizen und das Ausdünnen und die neuen Chemikalien, als die Vorarbeiter wußten, und dann brachte sie es ihnen bei.

Olive hatte die Vision ihrer stummen Mutter Maud, hypnotisiert durch ihr eigenes, verblassendes Bild in dem Schminkspiegel – Muscheln allenthalben um sie her. Die Wattebällchen, verschmiert mit Kosmetika (von der Farbe des Lehms an Bruder Buckys fürchterlichen Schuhen), waren gesprenkelt mit Asche von den Zigaretten, die im Muschelschalenaschenbecher überquollen. Solche Bilder stärkten Olive. Sie kannte das Leben, dem sie entronnen war, und in den Ocean View-Orchards verdiente sie sich mehr als ihr Kostgeld; sie nahm die Farm aus Seniors sorglosen Händen, und sie führte sie sehr intelligent für ihn.

Abends, aus dem Haven-Club heimgekehrt (sie immer am Steuer), pflegte Olive Senior bewußtlos auf dem Beifahrersitz zurückzulassen, und sie legte einen Zettel aufs Kopfkissen ihres Sohnes Wally und bat ihn, wenn er heimkäme, nicht zu vergessen, seinen Vater ins Bett hinaufzutragen. Dies tat Wally immer; er war ein Goldjunge, nicht nur das Bild eines solchen. Die eine Nacht, als Jung-Wally zu viel getrunken hatte, um seinen Vater ins Bett zu tragen, klärte Olive Worthington ihren Sohn rasch über den Fehler in seinem Betragen auf.

»Du magst, mit meiner Erlaubnis, deinem Vater in jeder Hinsicht gleichen, bis auf seine Trunksucht«, sagte sie Wally. »*Falls* du ihm in dieser Hinsicht gleichst, wirst du diese Farm verlieren – und jeden durch jeden Apfel verdienten Penny. Glaubst du, dein Vater könnte mich daran hindern, dir so etwas anzutun?«

Wally sah seinen Vater an, den er die ganze Nacht auf dem – nunmehr von sprühenden Chemikalien gesprenkelten – Beifahrersitz des Cadillac hatte schlafen lassen.

»Nein, Mom«, sagte Wally respektvoll zu seiner Mutter – nicht nur, weil er wohlerzogen und höflich war (er hätte Tennis *und* gutes Benehmen im Haven Club unterrichten, und gut unterrichten können), sondern auch, weil er wußte, daß seine Mutter, Olive Worthington, nicht mehr als ein bißchen Arbeitskapital »erheiratet« hatte. Die *Arbeit* war von ihr beigesteuert worden; Wilbur Larch hätte dies respektiert.

Das Traurige war, daß auch Olive den armen Senior falsch beurteilte, der nur am Rande ein Opfer des Alkohols war, und beinah gänzlich ein Opfer der Alzheimerschen Krankheit.

Es gibt Dinge, die die Gesellschaften in Kleinstädten über einen wissen, und Dinge, die ihnen entgehen. Senior Worthington war selber verblüfft über seinen Verfall, den auch er für die Folge des üblen Trunks gehalten hatte. Als er weniger trank – und sich immer noch morgens nicht erinnern konnte, was er am Vorabend gesagt hatte; immer noch kein Nachlassen seines bemerkenswert beschleunigten Alterungsprozesses erkannte;

immer noch von einer Aktivität zur nächsten hüpfte, sein Jackett hier, seinen Hut dort zurücklassend, seinen Autoschlüssel in der vergessenen Jacke – als er weniger trank und sich *immer* noch wie ein Narr benahm, verwirrte ihn dies in solchem Maß, daß er anfing, mehr zu trinken. Am Ende sollte er ein Opfer sowohl der Alzheimerschen Krankheit als auch des Alkoholismus' werden; ein glücklicher Trunkenbold, mit unerklärlichen Stimmungsschwankungen. In einer besseren, einer besser informierten Welt, wäre er als der fast unschuldige Kranke behandelt worden, der er war.

In dieser einen Hinsicht glichen Heart's Haven und Heart's Rock St. Cloud's: es gab keine Rettung für Senior Worthington vor dem, was bei ihm nicht in Ordnung war, so gewiß, wie es keine Rettung für Fuzzy Stone gegeben hatte.

193– hatte Homer Wells mit *Grays Anatomie* angefangen – am Anfang. Er fing an mit Osteologie, mit dem Skelett. Er fing an mit den Knochen. 194– befand er sich auf seiner dritten Reise durch *Grays Anatomie*, ein stückweit in Begleitung Melonys. Melony bewies eine sprunghafte Konzentration, auch wenn sie Interesse für die Komplexitäten des Nervensystems bekundete, insbesondere für die Beschreibung des zwölften, oder hypoglossalen Nervs, den motorischen Nerv der Zunge.

»Was ist ein motorischer Nerv?« fragte Melony und streckte die Zunge heraus. Homer versuchte es zu erklären, doch er fühlte sich erschöpft. Er befand sich auf seiner sechsten Reise durch *David Copperfield*, auf seiner siebten durch *Große Erwartungen*, auf seiner vierten durch *Jane Eyre*. Erst letzten Abend war er zu einer Stelle gelangt, die Melony immer zusammenzucken ließ – was Homer angst machte.

Sie steht fast am Anfang des zwölften Kapitels, wo Jane scharfsinnig bemerkt: »Umsonst sagt man, die Menschen sollten mit einem ruhigen Leben zufrieden sein. Sie müssen handeln können, und sie werden sich die Möglichkeit dazu schaffen, wenn sie sie nicht vorfinden.«

»Erinnere dich nur daran, Sonnenstrahl«, unterbrach Melony

ihn. »Solange ich bleibe, bleibst du. Ein Versprechen ist ein Versprechen.«

Aber Homer Wells war es leid, daß Melony ihm angst machte. Er wiederholte den Satz, und diesmal las er ihn vor, als stoße er persönlich eine Drohung aus.

»Umsonst sagt man, die Menschen sollten mit einem ruhigen Leben zufrieden sein. Sie müssen handeln können, und sie werden sich die Möglichkeit dazu schaffen, wenn sie sie nicht vorfinden.« Mrs. Grogan ließ der unheilverkündende Ton in seiner Stimme auffahren.

Er schrieb den Satz ab, in einer Handschrift, die beinahe so ordentlich und gedrängt war wie die Dr. Larchs; Homer tippte ihn ab auf Schwester Angelas Schreibmaschine, wobei er nur ein paar Fehler machte. Und als Wilbur Larch sich in der Apotheke »nur ausruhte«, schlich sich Homer an den müden Heiligen heran und legte den Bogen Papier mit dem Zitat aus *Jane Eyre* auf Dr. Larchs schwellende und sinkende Brust. Dr. Larch fühlte sich weniger bedroht durch den eigentlichen Text des Zitats, als daß er ein allgemeines Unbehagen empfand: daß Homer über Dr. Larchs Äthersucht so genau Bescheid wußte, daß der Junge sich unbemerkt seinem Bett nähern konnte. Oder benutze ich etwas mehr von dem Stoff, als ich es früher tat? fragte sich Larch.

War es als Botschaft gemeint, daß Homer die Ätherflasche dazu benützt hatte, das Zitat aus *Jane Eyre* auf Dr. Larchs Brust zu beschweren?

»Die Geschichte«, schrieb Dr. Larch, »besteht aus den kleinsten, oft unbemerkten Irrtümern.«

Er hätte auf etwas so Kleines verweisen können wie den Apostroph, den jemand dem ursprünglichen St. Clouds hinzufügte. Seine Beobachtung wird auch erhellt durch das Beispiel des Herzens sowohl in Heart's Haven wie in Heart's Rock, ein ähnliches Beispiel von einem Irrtum wie der, mittels dessen aus Melody für immer eine Melony wurde. Der Forschungsreisende, dem die Entdeckung der schönen, anmutigen Hafenbucht von Heart's Haven zugeschrieben wird – ein Seefahrer namens Reginald Hart – war auch der erste Siedler von Heart's Rock, der Land rodete

171

und Farmer wurde. Der allgemeine Analphabetismus jener Tage, und der Zeit nach Reginald Harts Tod, gab den Ausschlag; niemand kannte einen schriftlichen Unterschied zwischen Hart und Heart. Die ersten Siedler von Heart's Haven und Heart's Rock, die wahrscheinlich gar nicht wußten, daß Reginald *Hart* (Hirsch) den Namen eines Wildbrets trug, benannten ihre Städte nach einem Organ.

»Ein hohles, muskulöses Organ von konischer Form«, wie Homer Wells auswendig aus *Grays Anatomie* rezitieren konnte, »... eingeschlossen in die Höhle des PERIKARDIUM.« Damals, 194–, hatte Homer jedes der Herzen in den drei Leichen gesehen, die Dr. Larch für ihn erworben hatte (wobei jede der Leichen ihre Nützlichkeit für Forschungszwecke etwa binnen zwei Jahren erschöpfte).

Es waren weibliche Leichen; es hätte schwerlich Dr. Larchs Zwecken gedient – nämlich Homer Wells in geburtshilflichen Techniken und Techniken verwandter Art zu unterrichten – seinen Schüler männliche Leichen untersuchen zu lassen. Es war immer ein Problem, sich eine Leiche zu beschaffen (einmal wurde eine in Wasser geliefert, das eigentlich Eis sein sollte; eine andere mußte beseitigt werden, weil die Balsamierungsflüssigkeit eindeutig zu alt oder zu schwach gewesen war). Homer erinnerte sich ganz deutlich an die drei Leichen. Erst bei der dritten hatte er genügend Sinn für Humor entwickelt, um der Leiche einen Namen zu geben; er nannte sie Clara, nach David Copperfields weinerlicher Mutter – dieser armen schwachen Frau, die sich und den kleinen David so sehr von dem schrecklichen Mr. Murdstone schikanieren ließ.

»Du solltest sie Jane nennen«, empfahl Melony Homer; Melony war abwechselnd angewidert von Jane Eyre oder identifizierte sich völlig mit ihr.

»Ich hätte sie Melony nennen können« erwiderte Homer, aber Humor war bei Melony nicht zuverlässig vorauszusetzen, die lieber ihre eigenen Späße machte.

Leiche Nummer Zwei bot Homer die entscheidende Praxis, die ihn auf seinen ersten Kaiserschnitt vorbereitete; bei diesem hatte er Dr. Larchs Augen so fest auf seine Hände geheftet gefühlt, daß seine Hände nicht mehr seine eigenen schienen – sie bewegten sich mit so glatter Zielstrebigkeit, daß Homer sicher war, Larch habe ein Mittel entdeckt, diesen perfekten, nicht-grö-ßer-als-nötigen Einschnitt in den Uterus mittels seiner Gedanken zu führen (ohne überhaupt Hände zu benötigen).

Der leidenschaftliche Disput, der sich an der Bahnstation um die Ankunft jener Leiche entspann, die Homer Clara nennen sollte, vermittelte Homer seine erste Erfahrung mit eklamptischen Konvulsionen – oder Puerperalkrämpfen, wie man sie zu Wilbur Larchs Zeiten an der Bostoner Entbindungsanstalt nannte. Exakt im gleichen Moment, als Dr. Larch an der Bahnstation mit dem Bahnhofsvorsteher um die Freigabe der unglücklichen Clara stritt, versuchte Homer Wells in St. Cloud's die untere Schilddrüsenvene an Leiche Nummer Zwei exakt zu lokalisieren. Auch wenn er es nicht wußte, hatte er eine gute Entschuldigung dafür, sich zeitweilig verirrt zu haben; Leiche Nummer Zwei war so völlig verbraucht, daß vieles an ihr nur schwer zu lokalisieren war. Ein paar Minuten später hätte er seinen *Gray* konsultiert, aber gerade jetzt platzte Schwester Edna herein zu ihm – kreischend (wie sie es immer tat, wenn sie Homer mit Leiche Nummer Zwei erblickte; es war, als hätte sie ihn bei irgend etwas mit Melony ertappt).

»Oh, *Homer*!« schrie sie, aber sie konnte nicht sprechen; sie fuchtelte in erregter Hühnermanier mit den Armen, bis es ihr gelang, Homer in Richtung der Apotheke zu weisen. Er rannte hin, so schnell er konnte, und fand eine Frau auf dem Boden der Apotheke liegen – ihre Augen so wild starrend und so ruhig blickleer, daß er sie zuerst mit der Leiche verwechselte, die Dr. Larch, wie er wußte, aus der Hand des Bahnhofsvorstehers zu befreien suchte. Dann fing die Frau an, sich zu bewegen, und Homer wußte, daß sie sehr nahe daran gewesen war, eine Leiche zu werden; die Krämpfe begannen mit einem Zucken in ihrem Gesicht, aber sie breiteten sich schnell aus über alle Muskeln ihrer Gestalt. Ihr Gesicht, das rot angelaufen war, wurde glänzend blau-schwarz; ihre Hacken schlugen mit einer solchen

Kraft auf den Boden, daß ihre Schuhe wegflogen – Homer sah gleich, daß ihre Knöchel riesig aufgeschwollen waren. Ihre Kiefer waren zusammengebissen; ihr Mund und ihr Kinn waren feucht von schaumigem Speichel, durchzogen von Blut, weil sie sich in die Zunge gebissen hatte – was wenigstens vorteilhafter war für sie, als sie zu verschlucken. Ihr Atem ging schwer; sie stieß die Luft mit einem Zischen aus, und der Schaum spritzte ihm mit solcher Macht ins Gesicht, wie er es nicht mehr gespürt hatte, seit er vom Ufer zurückgetreten und beobachtet hatte, wie die Winkles fortgeschwemmt wurden.

»Eklampsie«, sagte Homer Wells zu Schwester Edna. Es ist vom Griechischen abgeleitet; Dr. Larch hatte ihm erzählt, daß das Wort sich auf die Lichtblitze bezieht, die eine Patientin beim Einsetzen der Puerperalkrämpfe sieht. Bei einer vernünftigen pränatalen Versorgung, das wußte Homer, war Eklampsie in der Regel vermeidbar. Da waren ein leicht erkennbarer Anstieg des Blutdrucks, das Vorhandensein von Eiweiß im Urin, das Anschwellen von Händen und Füßen, Kopfschmerzen, Erbrechen und natürlich diese Punkte und Blitze vor den Augen. Bettruhe, Diät, reduzierte Flüssigkeitsaufnahme und ungehinderte Katharsis taten in der Regel ihre Wirkung; doch wenn sie es nicht taten, beugte eine vorzeitige Einleitung der Wehen fast immer den Krämpfen vor und förderte oft einen lebenden Säugling zutage.

Doch die Patientinnen, die Dr. Larch aufsuchten, waren keine Frauen, die eine pränatale Versorgung gewünscht oder auch nur begriffen hätten. Diese Patientin kam in allerletzter Minute, selbst nach Dr. Larchs Maßstäben.

»Doktor Larch ist an der Bahnstation«, sagte Homer ruhig zu Schwester Edna. »Jemand muß ihn holen. Sie und Schwester Angela sollten bleiben, um mir zu helfen.«

Beim Anheben der Frau, und als er sie in den Entbindungssaal trug, spürte Homer die kalte, feuchte Haut der Frau, und er fühlte sich an Leiche Nummer Eins und Leiche Nummer Zwei erinnert (die letztere, fiel ihm ein, war auf dem Untersuchungstisch in dem Zimmer neben der Küche der Knabenabteilung liegengeblieben, das ihm jetzt für seine anatomischen Studien diente). Im vorigen Jahrhundert, das wußte Homer Wells, hätte ein Arzt dieser Patientin eine Äthernarkose gegeben und hätte den Muttermund der Frau geweitet, um die Entbindung einzuleiten – eine Methode, die in der Regel den Tod der Patientin nach sich zog.

In der Bostoner Entbindungsanstalt hatte Wilbur Larch gelernt, den Herzmuskel mit Digitalis-Gaben zu stärken, was mithalf, die Flüssigkeitsentwicklung in der Lunge zu verhüten. Homer lauschte dem wäßrigen Atem der Frau und erkannte, daß er zu spät kommen könnte, selbst wenn er sich richtig an die Technik erinnerte. Er wußte, daß man bei Eklampsie vorsichtig sein mußte; falls er gezwungen wäre, die Frau vorzeitig zu entbinden, so mußte er die Wehen möglichst natürlich ablaufen lassen. Jetzt eben stöhnte die Frau; ihr Kopf und ihre Hacken knallten gleichzeitig auf den Operationstisch, ihr schwangerer Bauch schien zu levitieren – und ein Arm von ihr flog willenlos, ohne absichtliche Richtung, empor und schlug Homer ins Gesicht.

Er wußte, daß eine Frau mitunter nur eine puerperale Kontraktion durchmachte; es gab Berichte, wonach einige Patientinnen bis zu hundert überlebt hatten. Was Homer natürlich nicht wußte, war, ob er die zweite Konvulsion dieser Frau beobachtete, oder ihre neunzigste.

Als Schwester Edna mit Schwester Angela in den Entbindungssaal zurückkehrte, instruierte Homer die Schwestern, der Patientin Morphium zu geben; Homer selbst injizierte Magnesiumsulphat in die Vene, um ihren Blutdruck wenigstens zeitweilig zu senken. In der Pause zwischen ihrer letzten und ihrer – wie Homer wußte – nächsten Konvulsion bat er Schwester Edna, der Frau eine Urinprobe abzunehmen, und er bat Schwester Angela, die Probe auf Eiweißspuren zu untersuchen. Er bat die Frau, ihm zu sagen, wie viele Konvulsionen sie bereits gehabt hatte; aber obwohl die Frau bei klaren Sinnen war und sogar Fragen vernünftig beantworten konnte, konnte sie die Zahl der Konvulsionen nicht genau angeben. Bezeichnenderweise erinnerte sie sich nicht an die Konvulsionen selbst – nur an das Einsetzen und an die zehrenden Nachwirkungen. Sie schätzte, sie wäre noch mindestens einen Monat entfernt von der erwarteten Geburt ihres Babys.

Beim Einsetzen ihrer nächsten Konvulsion gab Homer der Frau eine leichte Äthersedation in der Hoffnung, er könne die Macht des Anfalls lindern. Dieser Anfall unterschied sich in seiner Art von dem letzten, auch wenn Homer bezweifelte, daß er weniger heftig sei; die Bewegungen der Frau waren langsamer, aber – falls überhaupt möglich – noch kräftiger. Homer lag quer über ihrem Brustkorb, aber ihr Körper klappte plötzlich hoch – und hob ihn über den Operationstisch. In der nächsten Pause, während die Frau noch von der Äthersedation entspannt lag, zeigten Homers Untersuchungen ihm, daß der Gebärmutterhals der Patientin nicht verkürzt, dessen Mund nicht erweitert war; die Wehen hatten nicht eingesetzt. Er überlegte, ob er sie einleiten solle, und betete, daß er diese Entscheidung nicht würde treffen müssen, und fragte sich, wieso es so lange dauerte, Dr. Larch zu finden.

Ein Waisenjunge mit schlimmer Erkältung war beauftragt worden, Larch an der Bahnstation ausfindig zu machen; er kehrte zurück, mit einem dicken Rotzbächlein in jedem Nasenloch und über die eine Backe gezogen, wie eine Strieme von einer Peitschenschnur. Sein Name (natürlich von Schwester Angela) war Curly Day, und er verkündete näßlich, daß Dr. Larch den Zug nach Three Mile Falls bestiegen habe – um der Leiche nachzureisen und sich ihrer zu bemächtigen, die der Bahnhofsvorsteher (in perverser Schikane, bedingt durch religiöse Empörung) zum nächsten Zughalt weitergeleitet hatte. Der Bahnhofsvorsteher hatte sich einfach geweigert, die Leiche entgegenzunehmen. Larch, in einer Wut mittlerweile, die jene des Bahnhofsvorstehers übertraf, war mit dem nächsten Zug hinterhergefahren.

»Oh-oh«, sagte Schwester Edna.

Homer gab der Patientin ihre erste Dosis Digitalis; dies würde er in Abständen wiederholen, bis er die Auswirkung auf den Herzschlag der Frau feststellen konnte. Während er mit der Frau ihren nächsten Anfall abwartete, fragte er sie, ob sie entschlossen sei, ihr Baby zur Adoption freizugeben, oder ob sie nach St. Cloud's nur deshalb gekommen sei, weil es das nächste Spital war – kurz, ob dies ein Baby sei, das sie sich sehr wünschte oder eines, das sie sich nicht wünschte?

»Sie meinen, es wird sterben?« fragte die Frau.

Er schenkte ihr Dr. Larchs bestes »Natürlich-nicht!«-Lächeln; doch was er dachte, war, daß das Baby wahrscheinlich sterben würde, wenn er es nicht bald entbände, und daß die Frau wahrscheinlich sterben würde, wenn er die Entbindung beschleunigte.

Die Frau sagte, sie sei per Anhalter nach St. Cloud's gefahren, weil es in ihrem Leben niemanden gebe, der sie herbringen konnte, und daß sie das Baby nicht behalten wolle – daß sie sich aber sehr, sehr wünsche, es möge am Leben bleiben.

»Richtig«, sagte Homer, als wäre diese Entscheidung seine eigene gewesen.

»Sie erscheinen mir ziemlich jung«, sagte die Frau. »Ich werde doch nicht sterben, oder?« fragte sie.

»Das ist richtig, Sie werden nicht sterben«, sagte Homer Wells, abermals Dr. Larchs Lächeln einsetzend; wenigstens ließ es ihn älter erscheinen.

Nach zwölf Stunden aber, als Dr. Larch nicht zurückgekehrt war und als der Körper der Frau sich – in ihrem vielleicht siebenten Anfall – über dem Operationstisch wölbte, konnte sich Homer nicht mehr an den exakten Gesichtsausdruck erinnern, der dieses beruhigende Lächeln bewirkte.

Er sah Schwester Angela an, die ihm zu helfen versuchte, die Frau festzuhalten, und er sagte: »Ich werde ihre Wehen einleiten. Ich werde die Fruchtblase sprengen.«

»Ich bin sicher, du weißt, was das beste ist, Homer«, sagte Schwester Angela, doch ihre eigene Nachahmung von Dr. Larchs Zuversicht einflößendem Lächeln geriet armselig.

Nach weiteren zwölf Stunden setzten die Wehen der Patientin ein; Homer sollte sich nicht mehr an die genaue Zahl der Krämpfe erinnern, die die Frau während dieser Zeit durchlitt. Allmählich machte er sich mehr Sorgen um Dr. Larch als um die

Frau, und um sich auf seine Aufgabe zu konzentrieren, mußte er seine Furcht niederkämpfen, es könne Dr. Larch etwas passiert sein.

Weitere zehn Stunden nach Beginn der Wehen bei der Frau kam sie mit einem Knaben nieder – vier Pfund, elf Unzen, in guter Verfassung. Die Besserung der Mutter verlief rasch – wie Homer erwartet hatte. Es traten keine Krämpfe auf, ihr Blutdruck normalisierte sich wieder, die Eiweißspuren in ihrem Urin waren minimal.

Am Abend des Tages nach jenem Morgen, als er zur Bahnstation gegangen war, um die Leiche zu holen, die der Bahnhofsvorsteher weder behalten noch herausgeben wollte, kehrte Wilbur Larch – zusammen mit der geretteten Leiche, die alsbald Clara heißen sollte – erschöpft und triumphierend nach St. Cloud's zurück. Er war der Leiche nach Three Mile Falls gefolgt, aber der dortige Bahnhofsvorsteher hatte solchen Horror empfunden, daß die Leiche niemals vom Zug abgeladen wurde; sie war weitergereist, und Larch war ihr nachgereist, am nächsten Bahnhof einlaufend und dann am nächsten, immer einen Zug im Rückstand. Niemand wollte Clara haben, außer um sie unter die Erde zu bringen, und man war der Meinung, daß dies mitnichten die Pflicht eines Bahnhofsvorstehers sei – der mit Sicherheit nicht bereit war, auf seinem Bahnhof eine Leiche in Empfang zu nehmen, die niemand abholen gekommen war. Clara war eine eindeutig nicht für die Erde bestimmte Leiche. Das unheimlich schwappende Geräusch der Balsamierungsflüssigkeit, die lederartige Haut, die kosmischen Farben der mitunter bloßliegenden Arterien und Venen – »Was immer das sein mag, ich will's hier nicht haben«, sagte der Bahnhofsvorsteher in Three Mile Falls.

Und so fuhr Clara von Three Mile Falls nach Misery Gore, nach Moxie Gore, nach East Moxie – weiter und immer weiter. Larch bekam fürchterlich Krach mit dem Bahnhofsvorsteher in Harmony, Maine, wo Clara ein paar Minuten Aufenthalt genommen – und den Eisenbahnbediensteten einen Schreck fürs Leben eingejagt – hatte, bevor sie weitergeschickt worden war.

»Das war *meine* Leiche!« schrie Larch. »Sie trug *meinen*

Namen, sie war für den Unterricht eines Medizinstudenten bestimmt, der bei *mir* in *meinem* Spital in St. Cloud's in Ausbildung steht. Sie gehört *mir*!« kreischte Larch. »Warum schicken Sie sie in die falsche Richtung? Warum schicken Sie sie dauernd fort von mir?«

»Sie ist hierher gekommen, nicht wahr?« sagte der Bahnhofsvorsteher. »In St. Cloud's ist sie nicht angenommen worden, wie mir scheint.«

»Der Bahnhofsvorsteher in St. Cloud's ist verrückt!« brüllte Larch; er tat einen kleinen Luftsprung – einen kleinen Hopser, was auch ihn ein bißchen verrückt erscheinen ließ.

»Vielleicht ist er, vielleicht ist er nicht«, sagte der Bahnhofsvorsteher in Harmony. »Ich weiß nur das eine, die Leiche ist hierher gekommen, und ich habe sie weitergeschickt.«

»Um Christi willen, sie ist doch nicht von Gespenstern verfolgt!« sagte Larch heulend.

»Hab ich nicht gesagt«, sagte der Bahnhofsvorsteher. »Vielleicht ist sie, vielleicht ist sie nicht – war nicht lange genug hier, um das festzustellen.«

»Idioten!« rief Larch und bestieg den Zug. In Cornville (wo der Zug nicht hielt) brüllte Wilbur Larch durchs Fenster ein Kartoffelbauernpaar an, die dem Zug winkten. »Maine ist voll von Schwachköpfen!« keifte er im Weiterfahren.

In Skowhegan fragte er den Bahnhofsvorsteher, wohin, in Teufelsnamen, die verdammte Leiche denn fahre. »Bath, schätze ich«, sagte der Bahnhofsvorsteher von Skowhegan. »Das ist dort, woher sie kam, und wenn niemand sie haben will am andern Ende, fährt sie wieder dorthin zurück.«

»Jemand *will* sie haben am anderen Ende!« kreischte Wilbur Larch. »*Ich* will sie haben.«

Die Leiche war dem Spital in St. Cloud's vom Spital in Bath geschickt worden; eine Frau, die ihren Leichnam zu spenden bereit war, war gestorben, und der Pathologe am Bath Memorial Hospital wußte, daß Wilbur Larch einen frischen weiblichen suchte.

Dr. Larch holte Clara in Augusta ein; Augusta war sehr zivilisiert für die Verhältnisse von Maine, und der Bahnhofsvorsteher sah lediglich, daß die Leiche in die falsche Richtung fuhr.

»Gewiß fährt sie in die falsche Richtung!« zeterte Wilbur Larch.

»Dumme Geschichte«, sagte der Bahnhofsvorsteher. »Spricht man denn kein Englisch in Ihrer Gegend?«

»Man *versteht* kein Englisch!« gellte Larch. »Am liebsten schickte ich jedem dieser Städtchen einen Leichnam – einen pro Tag!«

»Das würde wohl manche Leute rasend machen«, meinte trocken der Bahnhofsvorsteher, der sich fragte, wie »rasend« Dr. Larch noch werden wollte.

Auf der langen Rückfahrt nach St. Cloud's, mit Clara, konnte Larch sich nicht beruhigen. In jedem dieser Städtchen, die ihn beleidigt hatten – in Harmony vor allem, doch auch in East Moxie und Moxie Gore und allen anderen – sagte er dem jeweiligen Bahnhofsvorstand seine Meinung, während der Zug im Bahnhof hielt. »Blödmannstadt«, sagte er zu dem Bahnhofsvorsteher in Harmony. »Sagen Sie mir *eine* Sache, die hier *harmonisch* wäre – nur *eine* Sache!«

»Es war ziemlich harmonisch hier, bevor Sie mit Ihrer verfluchten Leiche kamen«, sagte der Bahnhofsvorsteher.

»Blödmannstadt!« rief Larch aus dem Fenster, während der Zug weiterfuhr. »Idiotenburg!«

Zu seiner großen Enttäuschung war der Bahnhofsvorsteher, als der Zug in St. Cloud's anlangte, nicht da. »Mittag«, sagte irgend jemand zu Dr. Larch, aber es war früher Abend.

»Sie meinen wohl Abendbrot?« fragte Dr. Larch. »Vielleicht kennt der Bahnhofsvorsteher den Unterschied nicht«, sagte er gehässig; er heuerte zwei Stoffel als Helfer an, die Clara den Hügel hinauf zur Knabenabteilung schleppten.

Er war überrascht, in welcher Unordnung Homer Wells die Leiche Nummer zwei hinterlassen hatte. In der Aufregung um die Notaufnahme hatte Homer vergessen, Leiche Nummer Zwei aufzuräumen, und Larch befahl den beiden Dummköpfen, Clara dort hineinzutragen – ohne die Einfaltspinsel auf den zerfledderten Leichnam vorzubereiten, der offen auf dem Tisch lag. Einer der Tölpel rumpelte gegen eine Wand. Fürchterlich losheulend und umhertanzend! Auf der Suche nach Homer rannte Larch brüllend durch das Waisenhaus.

»Ich jage einer neuen Leiche für dich nach – quer durch den halben Staat Maine – und du läßt eine solche Schweinerei einfach offen herumliegen, wo jeder Trottel darüberstolpern kann! Homer!« kreischte Dr. Larch. »Gottverdammt«, murmelte er vor sich hin, »es ist ausgeschlossen, daß ein Halbwüchsiger vor seiner gegebenen Zeit erwachsen wird – ausgeschlossen, daß man von einem Halbwüchsigen erwarten könnte, die Verantwortung eines Erwachsenen zu übernehmen, einen gottverdammten Erwachsenen-*Job* auszuführen!« So lief er brummend durch die ganze Knabenabteilung, auf der Suche nach Homer Wells, aber Homer war auf Larchs weißeisernem Bett in der Apotheke zusammengebrochen und in den tiefsten Schlaf gefallen. Die Aura von Äther, die dieses karge Bett unter dem östlichen Fenster umgab, hätte zu Homers Schläfrigkeit beitragen können, aber er brauchte gewiß keinen Äther, um einzuschlafen; er war beinah vierzig Stunden mit der Eklampsie-Patientin wach gewesen – und hatte sie und ihr Kind gerettet.

Schwester Angela trat Larch in den Weg, bevor er Homer finden und wecken konnte.

»Was ist hier eigentlich los?« verlangte er zu wissen. »Interessiert sich denn keiner dafür, wo zum Teufel ich gewesen bin? Und warum läßt dieser Junge seinen Leichnam wie einen Kriegsgefallenen herumliegen? Ich bin eine Nacht fort – und sehen Sie, wie das Haus aussieht.«

Doch Schwester Angela klärte ihn auf. Sie erzählte ihm, es habe den schlimmsten Fall von Puerperalkonvulsionen gegeben, den sie gesehen habe – und sie habe einige gesehen, zu ihrer Zeit. Auch Wilbur Larch hatte einige gesehen. Zu seiner Zeit, an der Bostoner Entbindungsanstalt, hatte er viele Frauen durch Eklampsie verloren, und noch 194– war etwa ein Viertel der Todesfälle unter der Geburt auf diese Krämpfe zurückzuführen.

»Das hat Homer getan?« fragte Larch Schwester Angela und

Schwester Edna; er las den Bericht; er hatte die Mutter untersucht, der es gutging, und den frühgeborenen Jungen, der normal und gesund war.

»Er war fast so ruhig wie Sie, Wilbur«, sagte Schwester Edna bewundernd. »Sie können richtig stolz auf ihn sein.«

»Er ist ein Engel, meiner Meinung nach«, sagte Schwester Angela.

»Er sah ein wenig verbissen aus, als er die Fruchtblase sprengen mußte«, erinnerte sich Schwester Edna, »aber er machte alles ganz richtig.«

»Er war seiner Sache so sicher wie Schnee im Winter«, sagte Schwester Angela.

Er hat fast alles richtig gemacht, dachte Wilbur Larch; es war wirklich erstaunlich. Ein kleiner Fehler war es, so dachte Larch, daß Homer nicht die genaue Zahl der Wehen während der zweiten Zwölf-Stunden-Phase festgehalten hatte (vor allem, da er sie in den ersten zwölf Stunden korrekt gezählt hatte), und Homer hatte nicht die Zahl und Schwere der Konvulsionen während der Zehn-Stunden-Phase festgehalten (oder ob es *überhaupt* welche gab), nachdem die Wehenkrämpfe der Patientin eingesetzt hatten und bevor sie niederkam. Kleinliche Kritik. Wilbur Larch war ein guter Lehrer; er wußte, daß er seine Kritik lieber zurückhalten sollte. Homer Wells hatte all die schwierigen Etappen richtig ausgeführt; seine Technik war vollkommen gewesen.

»Er ist noch nicht zwanzig – nicht wahr?« fragte Larch. Doch Schwester Edna war zu Bett gegangen; sie war erschöpft; in ihren Träumen sollte sie Homers Heldentum mit ihrer ohnehin schon beträchtlichen Liebe zu Larch vermischen; sie sollte sehr gut schlafen. Schwester Angela war noch auf, in ihrem Büro, und als Dr. Larch sie fragte, warum das frühgeborene Kind keinen Namen bekommen habe, erzählte sie Larch, daß Schwester Edna an der Reihe sei, und Schwester Edna sei zu müde gewesen.

»Nun, es ist nur eine Formsache«, sagte Wilbur Larch. »Geben *Sie* ihm also einen Namen – ich will, daß es einen Namen hat. Es wird Sie nicht umbringen, wenn Sie aus der Reihe tanzen, nicht wahr?«

Aber Schwester Angela hatte eine bessere Idee. Es war Homers Baby – er hatte es gerettet, und die Mutter dazu. Homer Wells sollte diesem da einen Namen geben, sagte Schwester Angela.

»Ja, Sie haben recht, das sollte er«, erwiderte Dr. Larch, voll Stolz auf sein wunderbares Geschöpf.

Homer Wells erwachte an einem wahren Namens-Tag. An diesem Tag stand ihm bevor, Leiche Nummer Drei *und* seinem ersten Waisenkind einen Namen zu geben. Die neue Leiche nannte er Clara, und wie hätte er den neuen kleinen Jungen anders nennen können als David Copperfield? Zu jener Zeit las er *Große Erwartungen*, und *Große Erwartungen* gefiel ihm als Buch besser als *David Copperfield*. Aber den Namen Pip wollte er niemandem geben, und die Figur des Pip gefiel ihm nicht so gut wie der kleine David. Es war eine leichte Entscheidung, und an diesem Morgen erwachte er sehr erfrischt und fähig zu anspruchsvolleren Entscheidungen als dieser.

Er hatte fast die ganze Nacht durchgeschlafen. Er erwachte nur einmal auf dem Apothekenbett, als er merkte, daß Larch zurückgekehrt war; Larch war im Zimmer, wahrscheinlich um nach ihm zu sehen, aber Homer hielt die Augen geschlossen. Irgendwie wußte er, daß Larch da war, wegen des süßen Äther-dufts, der Larch umgab wie Eau de Cologne, und wegen Larchs gleichmäßigen Atemzügen. Dann spürte er Larchs Hand – eines Arztes Hand, nach Fieber tastend – ganz leicht über seine Stirn streichen. Homer Wells, noch nicht zwanzig – ziemlich erfahren in geburtshilflichen Techniken und kenntnisreich wie nur ein Arzt in der Fürsorge für »die weiblichen Fortpflanzungsorgane« – lag ganz ruhig und tat, als schliefe er.

Dr. Larch beugte sich über ihn und küßte ihn, ganz leicht, auf die Lippen. Homer hörte Larch flüstern: »Gute Arbeit, Homer.« Er spürte einen zweiten, noch leichteren Kuß. »Gute Arbeit, mein Junge«, sagte der Doktor, und dann verließ er ihn.

Homer Wells fühlte stumme Tränen in sich aufsteigen; es waren mehr Tränen, als er sich erinnerte, beim letzten Mal geweint zu haben, da er weinte – als Fuzzy Stone gestorben war und Homer Snowy Meadows und die anderen über Fuzzy belogen hatte. Er weinte und weinte, aber er gab keinen Laut von sich; am nächsten Morgen würde er Dr. Larchs Kopfkissenbezug wechseln müssen, so sehr weinte er. Er weinte, weil er seine ersten Vaterküsse empfangen hatte.

Natürlich hatte Melony ihn geküßt; sie tat es nicht mehr, aber sie hatte es getan. Und Schwester Edna und Schwester Angela hatten ihn scherzhaft geküßt, aber sie küßten jeden. Dr. Larch hatte ihn noch nie geküßt, und jetzt hatte er ihn zweimal geküßt.

Homer Wells weinte, weil er nie gewußt hatte, wie schön Vaterküsse sein konnten, und er weinte, weil er bezweifelte, ob Wilbur Larch es je wieder tun würde – oder ob er es getan hätte, wenn er gewußt hätte, daß Homer wach war.

Dr. Larch ging, den guten Gesundheitszustand der Eklampsie-Patientin zu bestaunen – und ihres blühenden winzigen Kindes, aus dem am nächsten Morgen der Waisenjunge David Copperfield werden sollte (»David Copperfield, *junior*«, wie Dr. Larch zu sagen beliebte). Dann ging Larch zu der vertrauten Schreibmaschine in Schwester Angelas Büro, doch er konnte nichts schreiben. Er konnte nicht einmal denken, so aufgeregt war er davon, Homer Wells geküßt zu haben. Wenn Homer Wells seine ersten väterlichen Küsse empfangen hatte, so hatte Dr. Larch die ersten Küsse gegeben, die er jemals – gleich ob väterliche oder andere – gegeben hatte seit jenem Tag in der Fremdenpension in Portland, als er sich von Mrs. Eames den Tripper eingefangen hatte. Und die Küsse, die er Mrs. Eames gab, waren eher forschender Art gewesen als Gaben der Liebe. O Gott, dachte Wilbur Larch, was wird aus mir werden, wenn Homer gehen muß?

Wohin er gehen sollte, war kaum ein Ort vergleichbarer Erregung, vergleichbarer Herausforderung, vergleichbarer Traurigkeit, vergleichbaren Trübsinns; wohin er gehen sollte, dort war es vielmehr freundlich, und was würde Homer, bei seiner Herkunft, mit etwas *Freundlichem* anfangen? Würde es ihn einfach verführen? Würde es denn nicht jeder gern *freundlich* haben?

Was wußten Heart's Haven oder Heart's Rock von Kummer und Sorgen – und was tat man dort, um sich nützlich zu machen?

Ja, Olive Worthington litt unter den Überfällen Bruder Bukkys – unter seinem Brunnenbauer-Schlamm in ihrem Swimmingpool und seinen Streifzügen über ihre Teppiche. Na, und?! Ja, Olive sorgte sich, ob Jung-Wally auch Mumm genug hätte – ob er wirklich lernen und etwas zum Apfelzuchtgeschäft beitragen würde – oder würde der hübsche Junge, wie Senior, ein allmählich bedauernswerter Lebensgenießer werden? Was aber waren diese Sorgen, verglichen mit den Geschäften in St. Cloud's? Waren diese Sorgen nicht banal – verglichen mit dem Werk des Herrn und dem Beitrag des Teufels? War das Leben an *freundlichen* Orten nicht seicht?

Aber Kummer sucht auch freundliche Orte heim; Kummer geht auf Reisen, Kummer kommt zu Besuch. Kummer kann sogar Urlaub nehmen von Orten, wo er gedeiht, von Orten wie St. Cloud's. Der Kummer, der Heart's Haven und Heart's Rock heimsuchte, war eine ziemlich banale und übliche Form von Kummer; er begann, wie Kummer es häufig tut, mit dem Sichverlieben.

»Hier in St. Cloud's«, schrieb Wilbur Larch, »kann ich mir nicht vorstellen, daß jemand sich verliebt; sich hier zu verlieben, das wäre allzu offenkundig ein Luxus.« Larch wußte nicht, daß Schwester Edna seit dem ersten Tage in ihn verliebt gewesen war, aber er hatte recht in seiner Annahme, daß es nicht eben Liebe war, was zwischen Melony und Homer geschah. Und was an jedem von ihnen haftenblieb, nachdem die erste Leidenschaft vorbei war, das war gewiß keine Liebe. Und jenes Bild von Mrs. Eames' Tochter mit dem Penis des Pony im Mund: diese Photographie war der älteste Einwohner von St. Cloud's – und trug gewiß keine Liebe in sich. Dieses Bild war von Liebe so weit entfernt, wie Heart's Haven und Heart's Rock von St. Cloud's entfernt waren.

»In anderen Teilen der Welt«, schrieb Wilbur Larch, »kann ich mir vorstellen, daß Leute sich immerzu verlieben.«

Wenn schon nicht immerzu, so doch oft. Der junge Wally

Worthington, zum Beispiel, glaubte zweimal verliebt gewesen zu sein, bevor er zwanzig wurde, und einmal, als er einundzwanzig war; jetzt, 194– (er war nur drei Jahre älter als Homer Wells), verliebte sich Wally mit aller Macht zum vierten Mal. Er wußte nicht, daß es diesmal fürs Leben sein würde.

Das junge Mädchen, das Jung-Wallys Herz sich fürs Leben aussuchen sollte, war eines Hummerfischers Tochter; er war kein gewöhnlicher Hummerfischer, und so war es kaum überraschend, daß er eine außergewöhnliche Tochter hatte. Raymond Kendall war so gut im Hummerfischen, daß andere Hummerfischer ihn durch Ferngläser beobachteten, wenn er eine Reuse aufzog und mit Ködern bestückte. Wenn er seine Muringleinen wechselte, wechselten sie auch die ihren. Wenn er nicht aufs Meer hinausfuhr, sondern zu Hause blieb, oder auf seinem Dock Reusen reparierte, blieben auch sie zu Hause und reparierten die ihren. Aber sie konnten es ihm nicht gleichtun; er hatte so viele Reusen im Wasser, daß seine persönlichen, schwarz-orangenen Bojen dem Hafen von Heart's Haven das Kunterbunt einer College-Regatta verliehen. Eine Abordnung von Yale-Absolventen aus dem Haven-Club hatte Raymond Kendall einmal angefleht, seine Farben in Blau und Weiß abzuändern, aber Kendall murmelte nur, er habe keine Zeit für Spielereien. Auch andere Abordnungen des Haven-Club flehten ihn an; das Thema aber war kaum je die Farbe seiner Hummerbojen.

Der Haven-Club lag über dem äußersten Ende der Hafenmole von Heart's Haven, wo Raymond Kendalls Hummerbassin und sein Dock seit jeher bestanden hatten. Kendall wohnte über dem Bassin, was einen oberflächlichen Mann verlockt haben könnte, den Bitten des Haven-Clubs zu willfahren und seine unmittelbare Umgebung zu verschönern. Sein Anwesen galt, nach den Maßstäben von Sommertouristen, als Beleidigung fürs Auge an einer sonst natürlichen und/oder kostspielig gepflegten Hafenfassade. Sogar sein Schlafzimmerfenster war mit Bojen in unterschiedlichem Reparaturstadium verhängt. Die Hummerreusen im Reparaturstadium stapelten sich so hoch auf seinem Dock, daß man vom Ufer unmöglich sehen konnte, ob an der anderen

Seite des Docks Boote festgemacht waren. Der Parkplatz vor dem Hummerbassin war fast immer vollgestellt – und nicht von Kundenfahrzeugen (denn es gab nie Platz genug für die Kunden); er war voll von verschiedenen Lastwagen und Personenwagen, an denen Raymond Kendall »gerade arbeitete«, und voll von den riesigen, öligen Bordmotoren für seine Hummerboote.

Die ganze Umgebung von Raymond Kendalls Hafengrundstück wimmelte nur so vom Durcheinander einer technischen Generalüberholung; alles war in Entwicklung, unvollständig, auseinandergenommen, noch feucht, auf Ersatzteile wartend – und was den Lärm betraf, so gab es die ständigen mahlenden Geräusche des Generators, der die Wassertanks für die Hummer im Bassin betrieb, und das fettige Rülpsen eines Bordmotors auf dem Dock. Und dann der Geruch: nach gepichten Tauen, nach jener anders-als-fischigen Fischigkeit, die einen Hummer auszeichnet, nach dem Benzin und Motoröl, das die Meereswellen vor seinem Dock glättete (das von Seetang verfilzt, mit Uferschnecken besetzt und mit gelbem, zum Trocknen aufgehängtem Öltuch bewimpelt war). Raymond Kendall *lebte* seiner Arbeit; er liebte es, seine Arbeit sichtbar um sich zu haben; das Ende der Hafenmole von Heart's Haven war sein Künstleratelier.

Er war nicht nur ein Künstler im Fischen von Hummer, er war auch ein Experte im Reparieren von Dingen – im Aufbewahren von allem, was jeder andere schleunigst weggeworfen hätte. Auf Anfrage hätte Raymond Kendall nicht gesagt, daß er ein Hummerfischer sei; nicht, daß er sich dessen geschämt hätte, aber noch stolzer war er auf seine Fähigkeiten als Mechaniker. »Ich bin nur ein Bastler«, sagte er gerne.

Und wenn die Leute vom Haven-Club sich über die unentwegte Sichtbarkeit seiner Bastelei beklagten, die, wie sie schmerzlich empfanden, ihre herrliche Aussicht verunzierten, so klagten sie nicht zu sehr; Raymond Kendall reparierte auch, was ihnen gehörte. Zum Beispiel reparierte er das Filtersystem ihres Swimmingpools – in jenen Tagen, als niemand einen Pool besaß, als niemand sonst Hand anlegen wollte und Raymond Kendall selbst noch nie ein Filtersystem gesehen hatte. »Ich schätze, jetzt wird es tun, was es tun sollte, wie man annehmen darf«, sagte er, nachdem er zehn Minuten für die Arbeit gebraucht hatte.

Das einzige, so ging das Gerücht, was Ray Kendall wegwarf, sei unaufgegessenes Essen, das er über Bord oder von der Kante seines Docks warf. »Nur um die Hummer zu nähren, die mich ernähren«, pflegte er zu sagen, wenn jemand sich beklagte. »Nur um die Möwen zu füttern, die hungriger sind als Sie und ich.«

Man raunte sich zu, er besitze mehr Geld als Senior Worthington; es gab so gut wie keine Beweise dafür, daß er welches ausgegeben hätte – außer für seine Tochter. Wie die Kinder der Mitglieder im Haven-Club, besuchte sie eine Privatschule; und Raymond Kendall bezahlte einen erheblichen Jahresbeitrag für eine Mitgliedschaft im Haven-Club – nicht für sich selbst (er ging nur auf Bestellung in den Club: um Sachen zu reparieren), sondern für seine Tochter, die im geheizten Becken dort schwimmen gelernt hatte, die ihre Tennisstunden auf dem gleichen Rasen genommen hatte, den auch der junge Wally Worthington zierte. Kendalls Tochter hatte sogar ihr eigenes Auto – es wirkte etwas verfehlt auf dem Parkplatz des Haven-Club. Es war ein Wagen der Marke Hummerbassin-Parkplatz, ein Sammelsurium noch gebrauchsfähiger Teile aus anderen Autos; ein Kotflügel war unlackiert und mit Draht befestigt; es hatte ein Ford-Emblem auf der Motorhaube und ein Chrysler-Emblem am Kofferraum, und die Tür auf der Beifahrerseite war völlig versiegelt. *Seine* Batterie aber wurde niemals schlaff auf dem Parkplatz des Haven-Club; es war nicht *so antiquiert*, daß es nicht angesprungen wäre; wenn eines der Haven-Club-Mitglieder einen Wagen hatte, der nicht starten wollte, ging es Raymond Kendalls Tochter suchen, die Überbrückungskabel in ihrem tüchtigen Wrack und dazu von ihrem Vater gelernt hatte, sie zu gebrauchen.

Einiges von dem sagenhaften Geld, das Raymond Kendall, wie das Gerücht ging, besaß und hortete, wurde ihm als Gehalt von Olive Worthington bezahlt; zusätzlich zu seiner Hummerfischerei hielt Raymond Kendall die Fahrzeuge und Maschinen der Ocean View-Orchards in Gang. Olive Worthington zahlte ihm ein volles Vorarbeitergehalt, weil er fast genausoviel von Äpfeln verstand wie von Hummer (und als Mechaniker der Farm unersetzlich war), aber Ray war nicht bereit, mehr als zwei Stunden täglich zu arbeiten. Er suchte sich seine zwei Stunden sogar selber aus – manchmal als erster kommend, weil es, wie er sagte, ein schlechter Zeitpunkt sei, um aufs Meer zu fahren, und manchmal gegen Ende des Arbeitstages auftauchend, gerade rechtzeitig, um die Klagen der Obstgartenarbeiter anzuhören, was mit der Spritze des Hardie oder mit der Pumpe des Bean-Sprinklers nicht in Ordnung sei, was sich im Vergaser des Deere-Traktors verklemmt habe oder an der International-Erntemaschine defekt sei. Er sah sofort, was an den Klingen der Mähmaschine verbogen, im Gabelstapler verstaucht, im Förderband verzogen, im Lieferwagen verlottert oder in der Ziderpresse aus der Reihe geraten war. Raymond Kendall schaffte binnen zwei Stunden, wofür ein anderer Mechaniker einen vollen Tag halbherziger Arbeit gebraucht hätte, und fast niemals kam er zu Olive, um ihr zu sagen, daß sie ein neues Dies oder ein neues Das anschaffen müsse.

Es war stets Olive, die als erste den Vorschlag machte, daß etwas erneuert werden solle.

»Muß denn die Kupplung am Deere-Traktor nicht dauernd nachgestellt werden, Ray?« pflegte sie ihn höflich zu fragen. »Würden Sie empfehlen, sie auszuwechseln?«

Doch Raymond Kendall war ein Chirurg unter den Bastlern – wie ein Arzt nahm auch er das Sterben nicht einfach hin –, für ihn war die Erneuerung eines Teiles ein Eingeständnis der Schwäche, des Scheiterns. Fast immer pflegte er zu sagen: »Aber, Olive – ich habe es bisher geflickt, ich kann es wieder flicken. Ich kann es immer weiter flicken.«

Olive respektierte Raymond Kendalls Verachtung für Leute, die ihre eigene Arbeit nicht verstanden und »keine Fähigkeit hatten, egal zu welcher Arbeit«. Sie pflichtete ihm völlig bei, und sie war dankbar dafür, daß er niemals Senior oder Bruce Bean, ihren Vater, in seine Verachtung einbezog. Außerdem verstand Senior Worthington genug davon, wie man Geld mit der linken

Hand managte, daß er viel Erfolg gehabt hatte – auch ohne mehr als eine Stunde täglich zu arbeiten: meistens am Telephon.

»Die Ernte«, pflegte Olive über ihre geliebten Äpfel zu sagen, »kann sogar schlechtes Wetter zur Blütezeit überleben.« Womit sie Wind meinte; eine steife Küstenbrise würde Ira Titcombs Bienen in ihren Stöcken halten, und die wilden Bienen würden in die Wälder zurückgetrieben werden, wo sie alles andere als Apfelbäume befruchteten. »Die Ernte kann sogar einen schlechten Herbst überleben«, sagte Olive. Sie meinte vielleicht Regen, der das Obst schlüpfrig macht, so daß es fällt, faule Flecken bekommt und nur noch als Zider taugt; oder sogar einen Hurrikan, der eine echte Gefahr für einen Obstgarten an der Küste ist. »Die Ernte könnte es sogar überleben, wenn *mir* etwas zustieße«, behauptete Olive – eine Bescheidenheit, gegen die Senior Worthington und Wally Protest einlegten. »Was aber die Ernte niemals überleben könnte«, pflegte Olive zu sagen, »wäre der Verlust Ray Kendalls.« Sie meinte, daß ohne Raymond nichts funktionieren würde, oder daß sie *alles* neu kaufen müßte, was bald nicht besser funktionieren würde als der alte Krempel, den nur Ray in Gang halten konnte.

»Ich bezweifle sehr, Mutter«, sagte Jung-Wally, »ob Heart's Haven oder Heart's Rock ohne Raymond Kendall überleben könnten.«

»Darauf möchte ich trinken«, sagte Senior Worthington, was er auch prompt tat, was Olive zu einem tragischen Blick veranlaßte und Wally bewog, das Thema zu wechseln.

Trotz der Tatsache, daß Ray Kendall jeden Tag zwei Stunden täglich auf Ocean View arbeitete, sah man ihn nie einen Apfel essen; nur selten aß er Hummer (er bevorzugte Hühnchen oder Schweineschnitzel oder sogar Hamburger). Während einer Regatta des Haven-Club behaupteten einige Segler, sie hätten gerochen, wie Ray Kendall an Bord seines Hummerbootes Hamburger brutzelte, während er seine Reusen aufzog.

Welche Legenden sich aber um die Arbeitsmoral rankten, die Ray vertrat, welches Gemecker sich auch über die sichtbaren Beweise seiner Arbeit erhob, mit denen Raymond Kendall sich gerne umgab, so war doch kein Fehler an seiner schönen Tochter zu finden – außer dem Fehler ihres Namens, der nicht ihr Fehler war (wer hätte sich schon selbst Candice nennen wollen, und daher bei allen Candy sein?) und der, wie jedermann wußte, der Name ihrer verstorbenen Mutter gewesen, und daher auch nicht der Fehler der Mutter gewesen war. Candice »Candy« Kendall war nach ihrer Mutter benannt, die bei der Geburt gestorben war. Raymond hatte seine Tochter zum Andenken seiner verstorbenen Frau so genannt, die jeder gut hatte leiden können und die – zu ihrer Zeit – die Umgebung des Hummerbassins und das Dock ein wenig ordentlicher gehalten hatte. Wer konnte einen Fehler an einem Namen finden, der aus Liebe gegeben war?

Man mußte sie nur kennen, um zu wissen, daß sie keine Candy war; sie war lieblich, aber nicht auf falsche Art süß, sie war eine große, natürliche Schönheit, keine Schmeichlerin der Menge. Sie verkörperte eine ganz und gar praktische Verantwortlichkeit – sie war höflich, energisch und kam im Streit auf den Punkt, ohne je schrill zu werden. Sie beklagte sich nur über ihren Namen, und sie trug ihn mit Humor (nie hätte sie die Gefühle ihres Vaters – oder die Gefühle eines anderen – leichtfertig verletzt). Sie kombinierte offenbar ihres Vaters frohe Bejahung der Arbeitsmoral mit einer Bildung und Vervollkommnung, die er ihr ermöglicht hatte – sie nahm Arbeit wie Bildung mit der gleichen Leichtigkeit. Wenn andere Mädchen im Haven-Club (oder im Rest von Heart's Haven und Heart's Rock) eifersüchtig waren auf die Aufmerksamkeit, die der junge Wally Worthington ihr schenkte, so gab es doch keine, die sie abgelehnt hätte. Wäre sie als Waise zur Welt gekommen, und gar in St. Cloud's, so hätte sich die halbe Einwohnerschaft *dort* in sie verliebt.

Sogar Olive Worthington mochte sie gut leiden, und Olive war mißtrauisch gegen die Mädchen, die sich mit Wally trafen; sie fragte sich, was sie von ihm wollten. Sie konnte nie vergessen, wie sehr sie sich danach gesehnt hatte, aus ihrem Leben heraus, in die grüne, apfelrunde Existenz einer Worthington auf Ocean View hineinzugelangen, und diese Erinnerung an ihr jüngeres Ich schärfte Olives Auge für Mädchen, die sich vielleicht mehr für Ocean View interessierten, als daß sie sich für Wally interessierten. Olive wußte, daß dies bei Candy nicht der Fall war, die ihr eigenes Leben über Ray Kendalls von lebenden Hummern krabbelnden Bassin für vollkommen zu halten schien; sie liebte den Eigensinn ihres Vaters, sie war auch verdientermaßen stolz auf seinen Fleiß. Durch letzteren war sie gut versorgt. Sie hatte es nicht auf Geld abgesehen und lud Wally lieber zum Schwimmen im Meer ein – vor ihres Vater gefährlichem und überfülltem Dock – als im Becken des Haven-Club zu baden oder im privaten Swimmingpool der Worthingtons, wo sie willkommen war. In Wahrheit glaubte sie, daß Candy Kendall *zu* gut sein könnte für ihren Sohn, den sie als ziemlich unstet kannte, oder wenigstens als *nicht* fleißig –, daß er bezaubernd und wirklich gutmütig war, gab sie gern zu.

Und dann war da jener unbestimmte Schmerz, den Candy in Olives Andenken an ihre Mutter Maud (erstarrt zwischen ihren Kosmetika und Muscheln) auslöste: Olive beneidete Candy um ihre vollkommene Liebe zu *ihrer* Mutter (die sie nie gesehen hatte); die absolute Tugend des Mädchens bescherte Olive Schuldgefühle dafür, daß sie ihre eigene Herkunft (das Schweigen ihrer Mutter, das Versagen ihres Vaters, die Vulgarität ihres Bruders) so sehr verabscheute.

Candy lebte in Anbetung vor den kleinen Schreinen für ihre Mutter, die Raymond Kendall in allen Räumen aufbaute – es wurden sogar richtige Altarbilder komponiert – droben im ersten Stock über dem Hummerbassin, wo die beiden über dem Blubbern der Hummertanks hausten. Und überall sammelten sich die Photographien von Candys junger Mutter, manche zusammen mit Candys jungem Vater aufgenommen (der so unkenntlich jugendlich war, dessen Lächeln auf den Bildern so unkenntlich dauerhaft war, das Candy zuweilen Ray betrachtete, als sei er ihr ebenso sehr ein Fremder wie ihre Mutter).

Candys Mutter hatte, so sagte man, Rays rauhe Kanten geglättet. Sie war ein sonniges Gemüt gewesen, sie hatte immer über den Dingen gestanden, sie hatte die grenzenlose Energie, die Raymond Kendall bei seiner Arbeit an den Tag legte und die

Candy bei allem im Überfluß hatte. Am Kaffeetisch, in der Küche, neben einem auseinandergenommenen Zündspulenkasten und der Zündung (für den Evinrude) hing ein Triptychon von Bildern Rays und Candices bei ihrer Hochzeit, dem einzigen Ereignis im Haven-Club, an dem Ray Kendall je anders teilgenommen hatte als im Arbeitsanzug, um etwas zu reparieren.

In Rays Schlafzimmer, auf dem Nachttisch, neben dem defekten Kippschalter für den Johnson (den Johnson-Bordmotor; es gab auch einen Außenbordmotor), war ein Bild von Candice und Ray – beide in ihren Ölhaut-Regenmänteln, beide beim Aufziehen der Reusen auf einer rauhen See (und jedem, besonders Candy war klar, daß Candice schwanger war *und* hart an der Arbeit).

In ihrem eigenen Schlafzimmer bewahrte Candy das Bild ihrer Mutter, als ihre Mutter in Candys Alter gewesen war (was auch genau Homer Wells' Alter war): die junge Candice Talbot, von den Talbots aus Heart's Haven – den alt-eingesessenen Talbots aus dem Haven-Club. Sie war in einem langen weißen Kleid (zum Tennis, um alles in der Welt!), und sie sah genau so aus wie Candy. Das Bild war in dem Sommer aufgenommen, als sie Ray kennenlernte (ein Junge, älter als sie, stark und von dunklem Typ und entschlossen, alles zu reparieren, alles in Gang zu bringen); auch wenn er etwas linkisch wirkte, oder ein wenig zu ernst, war er doch zumindest nicht verbissen bei all seinem Ehrgeiz, und die Jungen vom Haven-Club erschienen neben ihm als Tennisplatz-Dandys, als verwöhnte Oberschicht-Laffen.

Candy hatte die Blondheit ihrer Mutter; diese war dunkler als Wallys Blondheit – und viel dunkler als die ihrer Mutter und als Olive Worthingtons ehemalige Blondheit. Sie hatte den dunklen Teint und die dunkelbraunen Augen ihres Vaters, und ihres Vaters Größe. Ray Kendall war ein großer Mann (ein Nachteil für einen Hummerfischer und für einen Mechaniker, pflegte er launig zu sagen, wegen der Rückenbelastung beim Aufziehen der Hummerreusen – man muß dauernd heben bei dieser Arbeit – und weil ein Mechaniker dauernd unter die Dinge kriechen oder sich über die Dinge beugen muß). Candy war extrem groß für eine Frau, was Olive Worthington – nur ein wenig – einschüchterte, von Olive jedoch als nur geringfügiger Makel in ihrer nahezu vollkommenen Zufriedenheit mit Candy Kendall als der richtigen Wahl für Wally empfunden wurde.

Olive Worthington selbst war ziemlich groß (größer als Senior, besonders wenn Senior wankte), und irgendwie blickte sie unfreundlich auf jeden, der größer war als sie. Auch ihr Sohn Wally war größer als sie, was Olive manchmal immer noch schwierig fand – besonders wenn sie ihn maßregeln wollte.

»Ist Candy eigentlich größer als du, Wally?« fragte sie ihn einmal, plötzliche Unruhe in ihrer Stimme.

»Nein, Mom, wir sind genau gleich groß«, sagte Wally zu seiner Mutter. Hier war noch etwas, das ihr Sorgen machte am Zusammensein der beiden: sie schienen sich körperlich so gleich. War ihre gegenseitige Faszination eine Art von Narzißmus? sorgte sich Olive. Und nachdem beide Einzelkinder waren, sahen sie ineinander etwa den Bruder oder die Schwester, die sie sich immer gewünscht hatten? Wilbur Larch hätte sich gut vertragen mit Olive Worthington: sie war die geborene Sorgenmacherin. Gemeinsam hätten sie für den Rest der Welt ausge-sorgt.

Gemeinsam war ihnen auch die Vorstellung, daß es einen »Rest der Welt« *gab*, womit sie den *ganzen* Rest der Welt meinten – die Welt außerhalb des von ihnen selbst Geschaffenen. Beide waren sie klug genug, um zu wissen, warum sie diese andere Welt so sehr fürchteten: sie begriffen ganz gut, daß sie, trotz ihrer erheblichen Anstrengungen, nur eine provisorische Kontrolle hatten über die gefährdeten, von ihnen selbst geschaffenen Welten.

Als Candy Kendall und Wally Worthington sich ineinander verliebten, damals im Sommer 194–, hatte jeder in Heart's Haven und in Heart's Rock es schon immer gewußt, daß sie dies tun würden – es war ein Wunder, daß sie so lange gebraucht hatten, es selbst herauszufinden. Seit Jahren hatten beide Städte sie als perfekt füreinander geschaffen angesehen. Sogar der bärbeißige Raymond Kendall war einverstanden. Ray fand, daß Wally ziellos sei, was nicht dasselbe war wie faul, und jeder sah doch, daß der Junge gutmütig war. Ray war auch mit Wallys Mutter einverstanden; er hatte eine tiefe Sympathie für die Art, wie Olive Worthington die Arbeit hochhielt.

Alle bedauerten, wie weit abseits von alledem der arme Senior zu stehen schien, wie sehr seine Trinkerei (so dachten sie) ihn über Nacht hatte altern lassen. »Nicht mehr lange, Alice, und der Kerl wird sich in aller Öffentlichkeit in die Hose pissen«, sagte der taktlose Bucky Bean zu Olive.

Und Candy fand, daß Olive Worthington eine perfekte Schwiegermutter sein würde. Wenn Candy von ihrer eigenen Mutter träumte – älter geworden, als sie in diesem Leben hatte werden dürfen; auf natürliche Weise gealtert in einer besseren Welt – dachte sie immer, daß ihre Mutter im Alter Olive Worthington hätte gleichen müssen. Candy hoffte zumindest, daß ihrer Mutter Olives Vervollkommnung gelungen wäre, wenn auch vielleicht nicht ihr am College erlerntes Neubritisch. Candy würde in einem Jahr aufs College gehen, so nahm sie an, und sie hatte nicht die Absicht, dort einen Akzent zu lernen. Aber abgesehen vom Akzent, fand Candy Olive Worthington wundervoll; sie war traurig über Senior, doch der Mann war gewiß ganz reizend.

Mithin war jeder glücklich über diese Liebesgeschichte, aus der eine im Himmel geschlossene Ehe werden würde – so gewiß, wie nur je aus einer Liebesgeschichte, die man in Heart's Haven und in Heart's Rock gesehen hatte. Es war ausgemacht, daß Wally zuerst das College abschließen würde und daß Candy das College absolvieren durfte – falls sie dies wollte – bevor sie heirateten. Aber bei Olive Worthingtons Sinn für Sorgen durfte man wohl annehmen, daß Olive die möglichen Ursachen für eine Änderung solcher Pläne vorausgesehen hätte. Immerhin schrieb man das Jahr 194–; es gab Krieg in Europa; viele glaubten, daß es nicht lange dauern werde, bis mehr als Europa einbezogen würde. Olive jedoch hegte den Wunsch einer Mutter, den Krieg aus ihrem Denken fernzuhalten.

Wilbur Larch hatte den Krieg in Europa sehr wohl im Sinn; er war im vorigen Krieg gewesen, und er sah voraus, daß, falls es wieder Krieg geben sollte, dieser zeitlich mit Homers richtigem Soldatenalter, zusammentreffen würde. Nachdem dies aber das falsche Alter gewesen wäre, hatte der gute Doktor bereits einige Mühe auf sich genommen, um dafür zu sorgen, daß Homer Wells nicht in einen Krieg ziehen müßte, falls es einen geben sollte.

Immerhin war Larch der Historiker von St. Cloud's; er schrieb die einzigen Urkunden, die dort geführt wurden; meist schrieb er die nicht-so-einfache Geschichte des Hauses, aber er hatte sich auch in der Fiktion versucht. Im Fall Fuzzy Stones zum Beispiel – und in anderen, sehr seltenen Fällen von Waisen, die unter seiner Obhut verstorben waren – hatte Wilbur Larch keinen Gefallen gefunden am wirklichen Schluß der Geschichte, es hatte ihm widerstrebt, den wirklichen Ausgang dieser kleinen, abgekürzten Lebensläufe aufzuzeichnen. War es nicht nur gerecht, wenn Larch sich gewisse Freiheiten herausnahm – wenn er sich manchmal ein Happy-End gönnte?

Im Fall der wenigen, die gestorben waren, erfand Wilbur Larch für sie ein längeres Leben. Die Geschichte F. Stones zum Beispiel las sich wie eine Fallgeschichte dessen, was Wilbur Larch sich für Homer Wells *wünschte*. Anschließend an Fuzzys höchst erfolgreiche Adoption (alle Mitglieder der Adoptivfamilie wurden gewissenhaft geschildert) und an die denkbar erfolgreiche Behandlung und Heilung von Fuzzys Atemschwierigkeiten, sollte der junge Mann seine Ausbildung an keinem anderen College als Bowdoin (Wilbur Larchs eigener Alma mater) fortsetzen und an der Harvard Medical School Medizin studieren – er sollte sogar in Larchs Fußstapfen treten, als Assistent am Mass General und an der Bostoner Entbindungsklinik. Larch beabsichtigte, aus Fuzzy Stone einen ergebenen und geschickten Geburtshelfer zu machen; die fiktive Geschichte des Waisenjungen war so sorgfältig ausgearbeitet wie alles, was Larch tat – mit Ausnahme vielleicht seiner Äthervorliebe, und Larch war besonders zufrieden festzustellen, daß manche seiner fiktiven Geschichten überzeugender waren als das, was in Wirklichkeit aus einigen anderen geworden war.

Snowy Meadows zum Beispiel sollte dereinst von einer Familie in Bangor adoptiert werden, die den Namen Marsh trug. Wer hätte geglaubt, daß Wiesen *(meadows)* einmal zu einem Moor *(marsh)* versumpfen würden? Wilbur Larch war zufrieden mit sich, weil er bessere Geschichten erfinden konnte. Die Marshs waren im Möbelgeschäft, und Snowy (der phantasielos in Robert umbenannt wurde) sollte nur kurz die University of Maine besuchen, bevor er irgendeine lokale Schönheit heiraten und als Handelsvertreter in das Möbelgeschäft der Familie Marsh eintreten sollte.

»Es ist fürs Leben«, sollte Snowy an Dr. Larch schreiben – über das Mädchen, das ihn bewog, die Hochschule zu verlassen. »Und ich liebe das Möbelgeschäft!«

Wann immer Snowy Meadows alias Robert Marsh an Dr. Larch schrieb, sollte er stets fragen: »Sagen Sie, was ist aus Homer Wells geworden?« Als nächstes, so dachte Larch, wird Snowy ein Ehemaligen-Treffen vorschlagen! Larch nörgelte tagelang vor sich hin und überlegte, was er Snowy Meadows über Homer sagen sollte; am liebsten hätte er mit Homers perfekter Technik an der Eklampsie-Patientin geprahlt, aber Larch war sich bewußt, daß sein Studienprogramm für Homer Wells – und die Sache mit dem Werk des Herrn und dem Beitrag des Teufels in St. Cloud's – nicht jedermanns Beifall finden würde.

»Homer ist immer noch bei uns«, sollte Larch zweideutig an Snowy schreiben. Snowy ist ein hinterhältiger Kerl, folgerte Larch – denn Snowy Meadows versäumte es nie, in seinen Briefen nach Fuzzy Stone zu fragen.

»Was ist inzwischen aus Fuzzy geworden?« fragte Snowy jedesmal, und Wilbur Larch pflegte sorgfältig die Geschichte zu überprüfen, die er für Fuzzy geschrieben hatte – nur um Snowy auf dem laufenden zu halten.

Larch ignorierte Snowys Frage nach Fuzzy Stones Adresse. Dr. Larch war überzeugt, daß der junge Möbelkaufmann Robert Marsh ein verbiesterter Narr sei, der – wenn er die Adressen anderer Waisen hätte – jedermann plagen würde, einen Waisen-Club oder eine Waisen-Gesellschaft zu gründen. Larch beklagte sich sogar bei Schwester Edna und bei Schwester Angela über

Snowy Meadows, und er sagte: »Ich wünschte, *diesen* da hätte jemand von außerhalb Maines adoptiert, jemand von weit weg. Dieser Snowy Meadows ist so dumm; er schreibt mir, als leitete ich eine Privatschule! Als nächstes wird er von mir verlangen, daß ich eine Ehemaligen-Zeitschrift herausgebe!«

Dies war eine etwas fühllose Bemerkung zu jemandem wie Schwester Edna oder Schwester Angela, wie Larch später erkannte. Diese beiden guten, doch sentimentalen Damen wären auf die Idee einer Ehemaligen-Zeitschrift geflogen; sie vermißten jede Waise, die sie jemals fortgegeben hatten. Wäre es nach ihnen gegangen, dann wäre jedes Jahr ein Ehemaligen-Treffen geplant worden. Jeden *Monat*! dachte Larch und stöhnte.

Er legte sich in der Apotheke lang. Er dachte an eine geringfügige Änderung, die er klugerweise an Homer Wells' Geschichte vorgenommen hatte; eines Tages würde er Homer davon erzählen, wenn es die Situation verlangte. Er war sehr mit sich zufrieden – wegen der geringfügigen Fiktion, die er so geschickt mit der tatsächlichen Geschichte von Homer Wells verwoben hatte. Natürlich hatte er nichts über die ärztliche Ausbildung aufgenommen; er hatte sich selbst oft genug belastet durch das, was er über die Abtreibungen geschrieben hatte, aber Larch wußte recht gut, daß Homer Wells aus *dieser* schriftlich fixierten Historie herausgehalten werden mußte. Was Wilbur Larch jedoch über Homer Wells geschrieben hatte, war, daß der Junge einen Herzfehler habe, ein seit der Geburt geschädigtes und geschwächtes Herz. Larch hatte sich sogar die Mühe gemacht, dies als ersten Eintrag über Homer einzufügen, was ihn nötigte, ein paar alt-aussehende Bögen Papier aufzutreiben und alle vergangene – und gegenwärtige – Geschichte gewissenhaft zu korrigieren und neu zu tippen. Es gelang ihm aber, den Herzfehler an den richtigen, belanglosen Stellen einzuarbeiten. Die Erwähnung geschah immer unbestimmt und entbehrte – ganz untypisch – der ärztlichen Präzision; die Wörter »Fehler« und »geschädigt« und »geschwächt« wären nicht überzeugend gewesen für einen guten Detektiv oder einen guten Arzt, den Larch, wie er sich vorstellte, eines Tages würde überzeugen müssen. In Wirklichkeit machte er sich sogar ein wenig Sorgen, ob er Homer davon würde überzeugen können – in Anbetracht dessen, was der Junge gelernt hatte. Dies aber wollte Larch in Angriff nehmen, wenn und falls die Situation sich ergab.

Die Situation, an die Larch dachte, war der Krieg, der sogenannte Krieg in Europa; Larch und viele andere fürchteten, daß der Krieg nicht dort bleiben würde. (»Es tut mir leid, Homer«, würde Larch, wie er sich vorstellte, dem Jungen sagen müssen. »Ich möchte dich nicht beunruhigen, aber du hast ein schlimmes Herz; einen Krieg würde es einfach nicht überstehen.«) Was Larch meinte, war, daß sein eigenes Herz es nicht überstehen würde, wenn Homer Wells in den Krieg zöge.

Wilbur Larchs Liebe zu Homer Wells ging so weit, daß er sogar die Historie frisierte, ein Fach, in dem er zugegebenermaßen Amateur war, aber gleichwohl ein Fach, das er achtete und sogar liebte. (In einer früheren Eintragung in Homer Wells' Krankengeschichte – eine Eintragung, die Dr. Larch beseitigt hatte, denn sie verriet einen falschen Tonfall, oder doch wenigstens einen für die Historie ungewöhnlichen Tonfall – hatte Dr. Larch geschrieben: »Nichts und niemanden liebe ich so sehr, wie ich Homer Wells liebe. Punktum.«)

Also war Wilbur Larch besser als Olive Worthington darauf vorbereitet, wie ein Krieg bedeutsame Pläne ändern konnte. Die andere, und wahrscheinlichere, Ursache für eine Änderung der Hochzeitspläne ihres Sohns und Candy Kendalls – eine andere Art und Weise, wie die Pläne der jungen Liebenden sich ändern konnten – *war* von Olive vorausgesehen worden. Es war eine unerwünschte Schwangerschaft. Ein Jammer, daß sie von Candy oder Wally nicht vorausgesehen worden war.

Als Candy schwanger wurde (sie war natürlich Jungfrau gewesen), waren sie und Wally daher sehr bekümmert, aber sie waren auch überrascht. Olive wäre bekümmert gewesen (wenn sie es gewußt hätte), aber sie wäre nicht überrascht gewesen. Schwanger zu werden, das wäre nicht überraschend gewesen für Wilbur Larch, der wußte, daß es passierte, und immer zufällig passierte. Doch Candy Kendall und Wally Worthington, so erfüllt von Schönheit und vom Augenblick und von ihrem Bestimmtsein füreinander, konnten es einfach nicht glauben. Sie waren nicht die Sorte von Leuten, die sich geschämt hätten oder unfähig gewesen wären, es ihren Eltern zu sagen; sie waren einfach niedergeschmettert bei der Aussicht, ihre perfekten Pläne entgleisen zu sehen – außerplanmäßig heiraten zu *müssen*.

Brauchte Wally Worthington einen College-Abschluß, um die Apfelgärten seiner Eltern zu erben? Natürlich nicht. *Mußte* Candy Kendall überhaupt aufs College gehen? Sie mußte nicht. Würde sie sich etwa nicht vervollkommnen, sich bilden, wenn sie auf sich selbst angewiesen wäre? Natürlich würde sie! Und war Wally nicht ohnehin kein besonders guter Student? Natürlich nicht. Er studierte Botanik im Hauptfach, aber nur wegen der Beharrlichkeit seiner Mutter – Olive glaubte, das Studium der Pflanzen könnte ihren Sohn anregen, mehr Begeisterung für und mehr Kenntnisse über die Apfelzucht zu entwickeln.

»Es ist nur so, daß wir nicht *bereit* sind«, sagte Candy zu Wally. »Ich meine, wir sind es nicht, oder? Fühlst *du* dich bereit?«

»Ich liebe dich«, sagte Wally. Er war ein tapferer Junge, und ein aufrichtiger, und Candy – die keine einzige Träne vergossen hatte bei der überraschenden Entdeckung, daß sie ein Kind erwartete – sie liebte ihn auch.

»Aber es ist nicht der richtige Zeitpunkt für uns, oder, Wally?« fragte Candy ihn.

»Ich möchte dich heiraten, jederzeit«, sagte er aufrichtig, aber er fügte noch etwas hinzu, woran sie nicht gedacht hatte. *Er* hatte an den Krieg in Europa gedacht, auch wenn seine Mutter dies versäumt hatte. Er sagte: »Wie, wenn es Krieg gibt – ich meine, wie, wenn wir hineingezogen werden?«

»Wie wenn *was*?« fragte Candy, aufrichtig schockiert.

»Ich meine, wenn wir Krieg hätten, würde ich gehen, ich müßte, ich würde *wollen*«, sagte Wally. »Nur, wenn ein Kind da wäre, dann wär's nicht richtig – in einen Krieg zu ziehen.«

»Wann wäre es richtig, in einen Krieg zu ziehen, Wally?« fragte Candy ihn.

»Na, ich meine, ich müßte einfach, das ist's – wenn wir einen hätten«, sagte er. »Ich meine, es ist unser Land, und außerdem, wegen dem Erlebnis – das könnte ich nicht verpassen.«

Sie schlug ihn ins Gesicht, dann fing sie an zu weinen – vor Wut. »Wegen dem *Erlebnis*! Du möchtest wegen dem Erlebnis in den Krieg ziehen!«

»Na, nicht, wenn wir ein Kind hätten – das, dann wäre es nicht richtig«, sagte Wally. »Oder?« Er war beinah so unschuldig wie der Regen und beinah so gedankenlos.

»Was wird aus *mir*?« fragte Candy, immer noch schockiert – und zusätzlich schockiert darüber, daß sie ihn geschlagen hatte. Sacht legte sie ihre Hand dorthin, wo seine Wange so rot war. »Mit oder ohne Kind, wie wäre es für mich, wenn du in den Krieg zögest?«

»Na, das sind lauter ›Wie wenn‹, oder?« fragte Wally. »Es ist einfach etwas, worüber man nachdenken muß«, fügte er hinzu. »Über die Sache mit dem Kind ganz besonders – glaube ich. Falls du verstehst, was ich meine«, sagte er.

»Ich glaube, wir sollten versuchen, das Baby *nicht* zu bekommen«, sagte Candy zu ihm.

»Ich möchte nicht, daß du in eines dieser Häuser gehst, wo es keinen richtigen Doktor gibt«, sagte Wally.

»Natürlich nicht«, pflichtete sie bei. »Aber es gibt doch keine Doktoren, die es tun?«

»Nicht, daß ich davon gehört hätte«, gestand Wally ein. Er war zu sehr Gentleman, um ihr zu sagen, was er gehört hatte: daß es in Cape Kenneth einen Pfuscher gab, der es einem für fünfhundert Dollar machte. Man fuhr auf einen Parkplatz und legte sich eine Augenbinde um und wartete; man ging allein. Jemand holte einen ab und brachte einen zu dem Pfuscher; man wurde zurückgebracht, wenn der Pfuscher fertig war – man hatte die ganze Zeit die Augen verbunden. Und was noch schlimmer war, man mußte sich vor irgendeinem ziemlich würdigen örtlichen Doktor völlig hysterisch aufspielen, bevor der Doktor einem auch nur verraten wollte, wo der Parkplatz war und wie man sich mit dem Pfuscher in Verbindung setzte. Wenn man nicht verstört genug agierte, wenn man nicht völlig verrückt wurde, wollte der Doktor einen nicht mit dem Pfuscher in Verbindung bringen.

Dies war die Geschichte, die Wally gehört hatte, und er wollte nicht, daß Candy irgend etwas damit zu tun hätte. Ohnehin bezweifelte er, ob Candy verstört genug agieren konnte. Da wollte Wally lieber das Baby bekommen; er würde Candy heiraten und sogar glücklich sein dabei; das war es, was er ohnehin eines Tages wollte.

Die Geschichte, die Wally gehört hatte, war teilweise richtig. Man mußte allerdings zu dem ziemlich würdigen örtlichen Doktor gehen, und allerdings mußte man sich in Raserei steigern, und wenn der Doktor meinte, daß man bereit sei, sich zu ertränken, erst dann pflegte er einem die Lage des Parkplatzes zu verraten, und wie man sich dem Pfuscher zu nähern habe. Was Wally nicht wußte, war der humanere Teil der Geschichte. Wenn man ruhig und gesammelt und wohlartikuliert und offensichtlich geistig gesund war, pflegte der Doktor die ganze Geschichte mit dem Parkplatz und dem Pfuscher zu überspringen; wenn man wie eine vernünftige Frau wirkte – wie eine, die ihn später nicht anzeigen würde – pflegte der Doktor einem einfach eine Abtreibung zu machen, gleich dort in seiner Praxis, für fünfhundert Dollar. Und wenn man sich aufführte wie eine Verrückte, machte er einem ebenfalls eine Abtreibung – gleich dort in seiner Praxis – für fünfhundert Dollar. Der einzige Unterschied war, daß man mit verbundenen Augen auf einem Parkplatz herumstehen und *glauben* mußte, man würde von einem Pfuscher operiert. Das war's, was das Verrücktspielen einem einbrachte. Was in beiden Fällen entschieden ungerecht war, war die Tatsache, daß der Doktor fünfhundert Dollar verlangte.

Doch Wally Worthington informierte sich gar nicht erst richtig über diesen Doktor oder den angeblichen Pfuscher. Er hoffte, daß jemand ihm einen anderen Abtreiber empfehle, irgendwo, und er hatte eine vage Idee bezüglich der Leute, die er fragen wollte. Es hatte wenig Sinn, Mitglieder des Haven-Club um Rat anzugehen: ein Mitglied, so hatte man ihm erzählt, hatte sogar wegen einer Abtreibung eine Kreuzfahrt nach Schweden unternommen, aber dies kam für Candy nicht in Frage.

Wally wußte, daß die Obstgartenarbeiter von Ocean View zu jener Art Leute gehörten, die Bedarf für ein weniger ausgefallenes Mittel haben könnten; er wußte auch, daß sie ihn gut leiden konnten und daß man ihnen, mit wenigen Ausnahmen, vertrauen konnte, daß sie die Angelegenheit streng vertraulich und – wie es Wally vorschwebte – als eine Sache unter Männern behandeln würden. Als erstes ging er zu dem einzigen Junggesellen in der Obstgartenmannschaft, in der Annahme, daß Junggesellen (der betreffende war ein berüchtigter Frauenheld) eher eine Verwendung für Abtreiber hätten als verheiratete Männer. Wally trat an ein Mitglied der Apfelmannschaft namens Herb Fowler heran, einen, der nur wenig älter war als er selbst, der – auf eine allzu hagere, allzu grausame Art allerdings, mit einem allzu schmalen Schnurrbart auf seiner dunklen Oberlippe – gut aussah.

Herb Fowlers gegenwärtige Freundin arbeitete während der Ernte im Packhaus; während der Jahreszeit, da der Apfelmarkt offen war, arbeitete sie bei den anderen Marktfrauen. Sie war jünger als Herb, einfach ein Mädchen vom Ort, etwa in Candys Alter – ihr Name war Louise Tobey, und die Männer nannten sie Squeeze-(Drück-mich)-Louise, was für Herb anscheinend in Ordnung war. Es ging das Gerücht, er habe andere Freundinnen, und er hatte die abstoßende Gewohnheit, Präservative in Mengen mit sich herumzuschleppen – zu jeder Tages- und Nachtzeit –, und wenn jemand etwas über Sex sagte, pflegte Herb Fowler einen Gummi aus seiner Hosentasche zu holen und ihn dem Sprecher (in seiner Hülle aufgerollt natürlich) zuzuschnippen. Er schnippte ihm einfach ein Präservativ zu und sagte: »Siehst du das da? Das rettet 'nem Burschen die Freiheit.«

Wally hatte sich schon etliche Gummis zuschnippen lassen, und er war den Witz leid, und er war nicht in bester Stimmung, um sich in seiner gegenwärtigen Situation zur Zielscheibe dieses Witzes zu machen – aber er stellte sich vor, daß Herb Fowler der richtige Mann sei, den man fragen konnte; daß Herb Fowler trotz der Gummis dauernd Mädchen in Schwierigkeiten brachte. So oder anders verhieß Herb Schwierigkeiten für jedes Mädchen unter der Sonne.

»He, Herb«, sprach Wally ihn an. Es war ein regnerischer Tag im Spätfrühling; das College war aus, und Wally arbeitete neben Herb im Lagerkeller, der während des Frühjahrs leer war. Sie firnißten Leitern, und wenn sie mit den Leitern fertig wären, würden sie anfangen, die Gleitschienen für die Förderbänder zu lackieren, die nonstop liefen, wenn das Packhaus in vollem Betrieb war. Jedes Jahr wurde alles neu lackiert.

»Hicks – heiß' ich«, sagte Herb. Eine Zigarette hing ihm derart beständig im Mundwinkel, daß seine Augen immer halb zusammengekniffen waren, und er hielt sein schmales Gesicht so hoch- und rückwärts geneigt, daß er das Rauchfähnchen durch die Nase einatmen konnte.

»Herb, ich habe mich gefragt«, sagte Wally. »Wenn du ein Mädchen schwanger machst, was würdest du dagegen tun? In Anbetracht deiner Ansichten«, fügte Wally schlau hinzu, »über die Freiheit eines Burschen?« Das brachte Herb um seine Pointe und machte Herb wahrscheinlich sauer; er hatte einen Gummi schon halb aus der Tasche gehabt, bereit, ihn Wally zuzuschnippen und dabei seine übliche Bemerkung zum Thema zu machen, aber daß Wally es statt seiner sagte, zwang ihn, mit der Bewegung seiner schnippenden Hand innezuhalten. Den Gummi brachte er nicht zum Vorschein.

»Wen hast du dick gemacht?« fragte Herb statt dessen.

Wally korrigierte ihn. »Ich habe nicht gesagt, ich hätte jemanden dick gemacht. Ich habe dich gefragt, was *du* tun würdest – *falls*.«

Herb Fowler enttäuschte Wally. Alles, was er wußte, war eben dieser mysteriöse Parkplatz in Cape Kenneth – etwas über eine Augenbinde, einen Pfuscher und fünfhundert Dollars.

»Vielleicht weiß Meany Hyde etwas darüber«, fügte Herb hinzu. »Warum fragst du nicht Meany, was *er* tun würde, falls *er* jemanden dick gemacht hätte?« Herb Fowler lächelte Wally an –

er war kein freundlicher Typ – aber Wally tat ihm nicht den Gefallen. Wally lächelte einfach zurück.

Meany Hyde *war* ein freundlicher Mann. Er war mit einer Horde älterer Brüder aufgewachsen, die ihn ständig verprügelten und auch sonst mißhandelten. Seine Brüder hatten ihm den Spitznamen Meany angehängt – wahrscheinlich nur, um ihn zu verwirren. Meany war immer freundlich; er hatte eine freundliche Frau, Florence, die eine der Packhaus- und Apfelmarktfrauen war; da waren so viele Kinder gekommen, daß Wally sich nicht an alle ihre Namen erinnern oder sie auseinanderhalten konnte, und darum konnte er sich nur schwer vorstellen, daß Meany Hyde auch nur wußte, was eine Abtreibung sei.

»Meany hört immer nur zu«, sagte Herb Fowler zu Wally. »Hast du Meany noch nie beobachtet? Er *tut* nichts anderes als zuhören.«

Also suchte Wally Meany Hyde auf. Meany war eben dabei, die Preßbretter für die Ziderpresse einzuwachsen; er war überhaupt verantwortlich für die Ziderpresse, und wegen seiner netten Art war er oft auch verantwortlich dafür, die Arbeiten im Ziderhaus zu beaufsichtigen – einschließlich des Verkehrs mit den Wanderarbeitern, die während der Ernte im Ziderhaus wohnten. Olive gab sich alle Mühe, Herb Fowler in angemessener Entfernung von diesen armen Wanderarbeitern zu halten; Herb hatte keinen so liebenswürdigen Charakter.

Wally beobachtete Meany Hyde eine Weile beim Einwachsen. Der scharfe, aber saubere Duft des fermentierten Ziders und der alten Zideräpfel war an einem feuchten Tag am stärksten, aber Meany schien er angenehm zu sein; Wally machte sich auch nichts draus.

»Sag mal, Meany«, sagte Wally nach einer Weile.

»Ich dachte schon, du hättest meinen Namen vergessen«, sagte Meany fröhlich.

»Meany, was weißt du über Abtreibungen?« fragte Wally.

»Ich weiß, daß es eine Sünde ist«, sagte Meany Hyde, »und ich weiß, daß Grace Lynch eine hatte – und in ihrem Fall habe ich Verständnis für sie – falls du weißt, was ich meine.«

Grace Lynch war Vernon Lynchs Frau; Wally – und jeder andere – wußte, daß Vernon sie schlug. Sie hatten keine Kinder; es ging das Gerücht, dies sei die Folge davon, daß Vernon Grace so sehr geschlagen hatte, daß Graces Fortpflanzungsorgane (wie Homer Wells sie kannte) beschädigt waren. Während der Ernte, und wenn der Apfelmarkt vor Geschäftigkeit summte, war Grace eine der Pastetenfrauen. Wally fragte sich, ob sie an diesem Tag arbeitete. An einem schönen Tag im Spätfrühling gab es viel zu tun in den Obstgärten; aber wenn es regnete, gab es nur Firnissen oder Putzen, oder man konnte das Ziderhaus aufräumen, um es für die Ernte bereit zu haben.

Es war typisch Meany Hyde, daß er die Bretter der Presse zu früh einwachste. Man würde ihm den Auftrag geben, sie noch einmal einzuwachsen, kurz bevor es Zeit für die erste Pressung war. Aber Meany liebte das Firnissen und Putzen nicht, und wenn es regnete, konnte er ganze Tage an seiner geliebten Ziderpresse hantieren.

»Wer, glaubst du denn, braucht eine Abtreibung, Wally?« fragte Meany Hyde.

»Der Bekannte eines Freundes von mir«, sagte Wally, was einen Gummi aus Herb Fowlers Hosentasche nach sich gezogen hätte, aber Meany war freundlich – er fand keinen Spaß am Pech eines anderen.

»Es ist eine Schande, Wally«, sagte Meany. »Ich glaube, du solltest mit Grace darüber sprechen – aber sprich nicht mit ihr, wenn Vernon in der Nähe ist.«

Dies brauchte man Wally nicht zu sagen. So oft hatte er die blauen Flecken an Grace Lynchs Oberarmen gesehen, wo Vernon sie gepackt und geschüttelt hatte. Einmal hatte er sie an den Armen gepackt und zu sich her gerissen, dabei den Kopf senkend, um sie ins Gesicht zu stoßen. Was, wie Wally wußte, in der Tat geschehen war, denn Senior hatte für Grace die Zahnarztarbeit bezahlt (sie hatte Senior und Olive erzählt, daß sie die Treppe hinuntergefallen sei). Vernon hatte vor einigen Jahren in dem Obstgarten, der Old Trees hieß, auch einen Schwarzen zusammengeschlagen, einen der Wanderarbeiter. Die Männer hatten sich Witze erzählt, und der Schwarze hatte auch einen Witz erzählt. Vernon hatte keinen Gefallen daran gefunden, daß ein schwarzer Mann Witze erzählte, die mit Sex zu tun hatten – er hatte Wally sogar erzählt, daß man die Schwarzen daran hindern sollte, Sex zu machen.

»Sonst wird es bald«, hatte Vernon gesagt, »zu viele von ihnen geben.«

Im Obstgarten namens Old Trees hatte Vernon den Mann von seiner Leiter geschubst, und als der Mann sich von der Erde aufrappelte, hielt Vernon ihn an beiden Armen fest und stieß ihn immer wieder ins Gesicht, immer und immer wieder, bis Everett Taft, der einer der Vorarbeiter war, und Ira Titcomb, der Bienenhalter, Vernon zurückreißen mußten. Der Schwarze hatte über zwanzig Nahtstiche in seinem Mund, in seinen Lippen und in seiner Zunge gebraucht; jeder wußte, daß Grace Lynch keine Treppe hinuntergefallen war.

Eigentlich hätte *Vernon* Meanys Namen tragen sollen, oder einen noch schlimmeren.

»Wally?« bat Meany ihn, als er das Ziderhaus verließ. »Erzähle Grace nicht, daß ich dir gesagt habe, du sollst sie fragen.«

Also ging Wally Grace Lynch aufsuchen. Er fuhr im Transporter durch den verschlammten Hohlweg, der den Obstgarten namens Frying Pan durchschnitt, denn er war in einem Tal gelegen, und es war die heißeste Arbeit dort, abgesehen von einem Obstgarten, der Doris hieß – nach jemandes Frau. Er fuhr zu dem Gebäude, das Nummer Zwei hieß (es war einfach das zweite Gebäude zur Aufbewahrung der größeren Fahrzeuge; die Sprinkler wurden in Nummer Zwei untergestellt, weil das Gebäude abgelegener war, und weil die Sprinkler – und die Chemikalien, die in sie hineinkamen – stanken). Vernon Lynch lackierte dort; er hatte eine Spritzpistole mit einer langen, nadelförmigen Düse, und er besprühte den Fünfhundert-Gallonen-Hardie-Sprinkler mit einer frischen Schicht Apfelrot. Vernon trug eine Atemmaske, um sich vor den Farbdämpfen zu schützen (es war die gleiche Maske, wie die Männer sie trugen, wenn sie die Bäume spritzten), und er trug sein Schlechtwetterzeug – den kompletten

Öltuch-Anzug. Irgendwie wußte Wally, daß es Vernon war, obwohl kein einziger Gesichtszug von Vernon zu sehen war. Vernon hatte so eine Art, seine Arbeit zu attackieren, die sein Tun unverkennbar zu dem seinen machte, und Wally bemerkte, daß Vernon den Hardie lackierte, als ob er mit einem Flammenwerfer hantiere. Wally fuhr weiter; er wollte Vernon nicht fragen, wo seine Frau heute sei. Wally schauderte, als er sich einige von Vernons gehässigen Antworten vorstellte.

In dem – außerhalb der Saison – leeren Apfelmarkt waren drei Frauen, die Zigaretten rauchten und schwatzten. Sie hatten nicht viel zu tun; und als sie den Sohn des Chefs kommen sahen, warfen sie ihre Kaffeebecher nicht weg, traten ihre Zigaretten nicht aus oder zerstreuten sich in verschiedene Richtungen. Sie rückten nur ein wenig voneinander ab und lächelten Wally dämlich an.

Florence Hyde, Meanys Frau, gab nicht einmal vor, mit irgend etwas beschäftigt zu sein: sie zog an ihrer Zigarette und rief Wally zu: »Hi, Schätzchen!«

»Hi, Florence«, sagte Wally lächelnd.

Die dicke Dot Taft, die wie durch ein Wunder eine Meile gerannt und dauernd gestochen worden war in jener Nacht, als Senior Ira Titcombs Bienenkörbe umgeschmissen hatte, legte ihre Zigarette ab und hob eine leere Kiste auf; dann stellte sie die Kiste ab und fragte sich, wo sie ihren Besen gelassen habe. »Hi, Hübscher«, begrüßte sie Wally fröhlich.

»Was gibt's Neues?« fragte Wally die Frauen.

»Nichts Neues hier«, sagte Irene Titcomb, Iras Frau. Sie lachte und wandte ihr Gesicht ab. Sie lachte immer – und wandte dabei ihre Gesichtshälfte mit der Brandnarbe ab, als träfe sie einen zum erstenmal und könnte die Narbe geheimhalten. Der Unfall war vor Jahren passiert, und es gab niemanden in Heart's Haven oder Heart's Rock, der Irene Titcombs Narbe nicht gesehen und nicht in allen genauen Einzelheiten gewußt hätte, wie sie sie bekommen hatte.

Eines Nachts hatte sich Ira Titcomb die ganze Nacht mit einer Ölfackel und einer Schrotflinte in seinen Garten gesetzt; irgend etwas hatte sich an seinen Bienenstöcken zu schaffen gemacht – wahrscheinlich ein Bär oder ein Waschbär. Irene hatte gewußt, daß Ira dies vorgehabt hatte, und doch war sie überrascht, als sie davon erwachte, daß sie ihn rufen hörte. Er stand auf dem Rasen und winkte mit der brennenden Fackel unter ihrem Fenster; das einzige, was sie sah, war die Fackel. Er bat sie, ihm Eier mit Speck zu machen, falls sie nichts dagegen hätte, denn er langweile sich so sehr beim Warten auf das, was immer er zu schießen vorhatte, daß er hungrig geworden war.

Irene summte vor sich hin und schaute dem Speck beim Braten zu, als Ira ans Küchenfenster kam und an die Fensterscheibe pochte, um zu sehen, ob das Essen fertig sei. Irene war auf Iras Anblick in seinem Imkeranzug nicht vorbereitet, wie er aus dem Dunkel in das schwache Licht vor dem Küchenfenster trat, die Fackel in Händen. Oft schon hatte sie ihren Mann in seinem Imkeranzug gesehen, aber sie war nicht darauf gefaßt, daß er ihn tragen würde, während er darauf wartete, einen Bären oder Waschbären zu schießen. Nie hatte sie gesehen, wie der Anzug im Feuerschein glänzte, oder bei Nacht.

Ira hatte den Anzug getragen, weil er voraussah, daß seine Schrotladung vielleicht einen der Stöcke aufschlitzen und er ein paar Bienen verlieren könnte. Er hatte nicht die Absicht gehabt, seine Frau zu erschrecken, aber die arme Irene blickte aus dem Fenster und sah etwas, was sie für eine flammend weiße Erscheinung hielt! Kein Zweifel, *dies* war's, was sich an den Bienenstöcken zu schaffen gemacht hatte! Der Geist eines Imkers aus längst versunkenen Tagen! Wahrscheinlich hatte er den armen Ira getötet und war jetzt hinter ihr her! Die Bratpfanne flog in ihren Händen empor und verspritzte das heiße Schinkenfett über ihr Gesicht. Irene hatte Glück, daß sie nicht blind wurde. Oh, diese Haushalts-Unfälle. Sie können einen wahrhaftig überrumpeln.

»Was willst du, Langer?« fragte Big Dot Taft Wally. Die Apfelmarktfrauen hänselten Wally und flirteten ständig mit ihm; sie fanden ihn großartig und sehr spaßig, und diese drei kannten ihn, seit er ein kleiner Junge gewesen war.

»Er will uns auf eine Spazierfahrt mitnehmen!« schrie Irene Titcomb, immer noch lachend – mit abgewandtem Gesicht.

»Ach, nimmst du uns mit ins Kino, Wally?« fragte ihn Florence Hyde.

»O Gott, was würde ich nicht für dich tun, Wally«, sagte Dot Taft, »wenn du mich ins Kino einladen wolltest!«

»Willst du uns nicht glücklich machen, Wally«, fragte ihn Florence, leicht quengelnd.

»Vielleicht wird Wally uns *feuern*!« kreischte Irene Titcomb, und das gab den dreien den Rest. Dot Taft röhrte so laut, daß Florence Hyde am falschen Ende ihrer Zigarette zog und zu husten anfing, was Dot noch lauter röhren ließ.

»Ist Grace heute hier?« fragte Wally beiläufig, als die Frauen sich beruhigt hatten.

»Oh, Gott, er will Grace!« sagte Dot Taft. »Was hat sie denn, was wir nicht hätten?«

Blaue Flecken, dachte Wally. Gebrochene Knochen, falsche Zähne – sicherlich echte Schmerzen und Qualen.

»Ich will sie nur etwas fragen«, sagte Wally, schüchtern lächelnd – seine Schüchternheit war wohlerwogen; er benahm sich sehr gewandt bei den Marktfrauen.

»Ich wette, sie wird nein sagen«, kicherte Irene Titcomb.

»Nein, jede sagt ja zu Wally«, hänselte Florence Hyde.

Wally ließ das Gelächter verebben.

Dann sagte Dot Taft: »Grace putzt den Pasteten-Ofen.«

»Danke, meine Damen«, sagte Wally mit einer Verbeugung, Kußhände werfend und rückwärts abgehend.

»Du bist schlimm, Wally«, sagte Florence Hyde zu ihm. »Du bist nur gekommen, um uns eifersüchtig zu machen.«

»Diese Grace muß einen heißen Ofen haben«, sagte Dot Taft, und dies entfesselte abermals Lachen und Husten.

»Brenn dir nichts an, Wally«, rief Irene Titcomb ihm nach, und er verließ die Marktfrauen, die nun in höherer Tonlage schwatzten und rauchten, als vorhin, als er sie angetroffen hatte.

Es überraschte ihn nicht, daß Grace Lynch die schlechteste Arbeit für einen Regentag erwischt hatte. Die anderen Frauen hatten Mitleid mit ihr, aber sie war nicht eine von ihnen. Sie stand abseits, als habe sie Angst, daß jedermann plötzlich auf sie losgehen und sie so arg verprügeln könnte, wie Vernon es tat, als hätten die Schläge, die sie bereits überlebt hatte, sie um den nötigen Sinn für Humor gebracht, um gleichberechtigt mit Florence und Irene Klatschgeschichten auszutauschen.

Grace Lynch war viel magerer und ein bißchen jünger als diese Frauen; ihre Magerkeit war ungewöhnlich unter den regulären Marktfrauen. Sogar Herb Fowlers Freundin (Squeeze Louise) war kräftiger als Grace, und Debra Pettigrew, Dot Tafts kleine Schwester – die ziemlich regulär in der Pastetensaison arbeitete, und wenn das Fließband zum Packhaus lief – selbst Debra hatte mehr Fleisch am Leibe als Grace.

Und seit man ihr neue Zähne verpaßt hatte, preßte Grace ihre Lippen noch verbissener zusammen als früher; es lag eine eiserne Konzentration in der schmalen Linie ihres Mundes. Wally konnte sich nicht erinnern, daß er Grace Lynch jemals hatte lachen sehen – und irgendeine Form von Lachenkönnen war nötig, um die Langeweile im Leben der Apfelmarktfrauen zu erleichtern. Grace war einfach der geprügelte Hund unter ihnen. Sie sah nicht so aus, als fände sie Gefallen am Pasteten-Essen – oder überhaupt an irgendwelchem Essen. Sie rauchte nicht, und damals, 194–, rauchte jeder – sogar Wally. Sie war lärmempfindlich und zuckte zusammen, wenn sie in die Nähe von Maschinen kam.

Wally hoffte, daß sie lange Ärmel tragen würde, damit er die blauen Flecken an ihren Armen nicht sehen müßte, aber als Wally sie fand, steckte sie halb in einem der tiefen Fächer des Pastetenofens; sie trug ein langärmeliges Hemd, aber beide Ärmel waren bis über ihre Ellbogen aufgekrempelt, um das Hemd einigermaßen vor der Ofenschwärze zu schützen. Wally überraschte sie, mit dem Kopf und sogar dem halben Körper im Ofen, und Grace stieß einen spitzen Schrei aus und knallte, als sie in zu großer Hast zurückfuhr, mit einem Ellbogen gegen die Türangel.

»Tut mir leid, daß ich dich erschreckt habe, Grace«, sagte Wally rasch – es war schwer, in Graces Nähe zu kommen, ohne daß sie irgendwo anstieß. Sie sagte nichts; sie rieb sich den Ellbogen; sie verschränkte und löste ihre mageren Arme, um ihre sehr winzigen Brüste zu verstecken, oder dann hielt sie die Arme in dauernder Bewegung, um ihre blauen Flecken zu verbergen. Sie wollte Wally nicht in die Augen sehen; so ausgeglichen Wally auch war, verspürte er stets eine furchtbare Spannung, wenn er mit ihr zu sprechen versuchte; er hatte das Gefühl, sie könnte plötzlich vor ihm davonrennen oder sich auf ihn stürzen – entweder mit vorgereckten Krallen, oder um ihn mit stoßender Zunge zu küssen.

Er fragte sich, ob sie seinen unvermeidlich tastenden Blick nach den neuen blauen Flecken an ihrem Körper als sexuelles Interesse mißdeutete; vielleicht war dies ein Teil der Schwierigkeiten zwischen ihnen.

»Die arme Frau ist einfach verrückt«, hatte Ray Kendall einmal zu Wally gesagt; vielleicht war das alles.

»Grace?« fragte Wally, und Grace zitterte. Sie drückte einen Ballen Stahlwolle so fest zusammen, daß die schmutzige Seifenlauge an einem Arm hinabrann und ihr Hemd an der Taille und ihre baumwollenen Arbeits-Jeans über der knochigen Hüfte näßte. Ein einzelner Zahn, wahrscheinlich ein falscher, trat aus ihrem Mund hervor und kniff ein winziges Stück ihrer Unterlippe. »Ah, Grace«, sagte Wally. »Ich habe ein Problem.«

Sie starrte ihn an, als erschreckte sie diese Nachricht mehr als alles, was man ihr je erzählt hatte. Sie schaute schnell weg und sagte: »Ich mache den Ofen sauber.« Wally dachte, er müsse nach ihr grabschen, um sie zu hindern, in den Ofen zurückzukriechen. Plötzlich wurde ihm klar, daß seine Geheimnisse – die Geheimnisse eines jeden – bei Grace Lynch ganz sicher waren. Es gab absolut nichts, was sie zu erzählen gewagt hätte, und niemanden in ihrem Leben, dem sie es hätte erzählen können – selbst wenn sie den Mut dazu aufgebracht hätte.

»Candy ist schwanger«, sagte Wally zu Grace, die wankte, als sei Wind aufgekommen – oder als hätten die starken Ammoniakdämpfe des Ofenreinigers sie überwältigt. Wieder schaute sie Wally an, mit Augen, so rund wie die eines Kaninchens.

»Ich brauche einen guten Rat«, sagte Wally zu ihr. Es kam ihm in den Sinn, daß, sollte Vernon Lynch ihn mit Grace sprechen sehen, Vernon dies vermutlich als gerechten Anlaß nehmen würde, um Grace abermals Prügel zu verabreichen. »Bitte, sage mir nur, was du weißt, Grace«, sagte Wally.

Grace Lynch spuckte aus zwischen ihren sehr schmalen Lippen. »Saint Cloud's«, zischte sie; es war ein lautes Flüstern. Wally dachte, daß es der Name von jemandem sei – der Name eines Heiligen? Oder so etwas wie der Spottname für einen ungewöhnlich schlimmen Abtreiber – St. Cloud's! Grace Lynch, das war klar, hatte kein Glück. Falls sie bei einem Abtreiber gewesen war – mußte es nicht der schlimmste Abtreiber gewesen sein, den man sich vorstellen konnte?

»Ich weiß nicht, wie der Doktor heißt«, gestand Grace, immer noch flüsternd, und sah Wally nicht mehr an – sie sollte ihn nie wieder ansehen. »Der Ort heißt St. Cloud's, und der Doktor ist gut – er ist so freundlich, er macht es richtig.« Für sie war dies nahezu eine Predigt – zumindest eine Ansprache. »Aber laß sie nicht alleine fahren – ja, Wally?« sagte Grace und streckte tatsächlich den Arm aus und berührte ihn – sie zuckte aber zurück, sowie sie den Kontakt hergestellt hatte, als ob Wallys Haut heißer sei als der Pastetenofen, wenn er aufgeheizt war.

»Nein, natürlich lasse ich sie nicht allein fahren«, versprach Wally ihr.

»Du fragst nach dem Waisenhaus, wenn du aus dem Zug steigst«, sagte Grace. Sie kletterte in den Ofen zurück, bevor er ihr danken konnte.

Grace Lynch war allein nach St. Cloud's gefahren. Vernon hatte nicht einmal gewußt, daß sie fuhr, sonst hätte er sie wahrscheinlich verprügelt dafür. Weil sie über Nacht ausgeblieben war, hatte er sie dafür verprügelt, aber vielleicht war dies – nach seinen Maßstäben – eine kleinere Tracht Prügel.

Grace war am frühen Abend eingetroffen, kurz nach dem Dunkelwerden; wie üblich, war sie nicht bei den Schwangeren untergebracht worden; sie war so zappelig gewesen, daß Dr.

Larchs Beruhigungsmittel bei ihr nicht viel ausrichtete, und sie hatte die Nacht hindurch wachgelegen, auf alles lauschend. Es war vor Homers Zeit als Lehrling gewesen, so daß Homer, sollte er sie gesehen haben, sich nicht an sie erinnern würde, und Grace Lynch, sollte sie – eines Tages – Homer Wells sehen, ihn nicht wiedererkennen würde.

Sie hatte eine normale Ausschabung zu einem sicheren Zeitpunkt ihrer Schwangerschaft bekommen, und es hatte keine Komplikationen gegeben – außer in ihren Träumen. Es hatte niemals irgendwelche ernsthaften Komplikationen im Anschluß an eine Abtreibung gegeben, die Dr. Larch je ausführte, und keinen bleibenden Schaden durch eine der Operationen – außer etwas Innerliches und so sehr die Seele betreffend, daß Dr. Larch nicht dafür verantwortlich sein konnte.

Dennoch – und obwohl Schwester Edna und Schwester Angela ihr das Gefühl gegeben hatten, willkommen zu sein, und Larch, wie Grace Wally erzählte, freundlich gewesen war – dachte Grace Lynch ungern an St. Cloud's zurück. Es war weniger wegen ihrer eigenen Erfahrung oder wegen ihres eigenen Kummers, als vielmehr wegen der Atmosphäre des Ortes in jener langen Nacht, als sie wachgelegen hatte. Die dichte Luft lastete wie ein schweres Gewicht auf ihr, der unruhige Fluß roch nach Tod, die Schreie der Babys waren unheimlicher als die Schreie von Eistauchern – und da waren die Eulen, und jemand pinkelte, und jemand wandelte umher. Da war eine ferne Maschine (die Schreibmaschine) und ein Schrei aus einem anderen Gebäude, nur ein langer Jammerlaut (möglicherweise war das Melony gewesen).

Nachdem Wally sie aufgesucht hatte, versäumte es Grace, die Arbeit am Ofen zu beenden. Sie fühlte sich hundeelend – es war wie die Krämpfe, die sie damals gehabt hatte –, und sie ging hinaus in den Apfelmarkt und bat die Frauen, ob sie den Ofen für sie erledigen wollten; sie fühle sich einfach nicht gut, sagte sie. Niemand neckte Grace. Die dicke Dot Taft fragte sie, ob sie nach Hause gefahren werden wolle, und Irene Titcomb und Florence Hyde (die ohnehin nichts zu tun hatten) sagten, sie würden den Ofen »im Handumdrehen« erledigen, wie man in Maine sagt. Grace Lynch ging Olive Worthington suchen; sie erzählte Olive, sie fühle sich nicht gut und wolle früher nach Hause gehen.

Olive war gütig wie immer in bezug auf die Angelegenheit; als sie Vernon Lynch später sah, schenkte sie Vernon einen harten Blick – hart genug, daß Vernon sich dabei unbehaglich fühlte. Er putzte eben die Düse der Spritzpistole drunten bei Nummer Zwei, als Olive in dem ausgebleichten Transporter vorbeirollte. Olives Blick war von einer Art, daß Vernon sich einen Moment fragte, ob er gefeuert worden sei, ob dieser Blick nun alles sei, was man ihm noch an Beachtung schenken würde. Aber der Gedanke verflog rasch, wie die Gedanken bei Vernon Lynch zumeist verflogen. Er betrachtete die Schlammspuren, die Olives Transporter hinterlassen hatte, und sagte etwas für ihn Typisches.

»Leck mich am Arsch, du reiche Schlampe«, sagte Vernon Lynch. Dann fuhr er fort, die Düse der Spritzpistole zu putzen.

An diesem Abend saß Wally mit Candy auf Ray Kendalls Dock und erzählte ihr das wenige, was er über St. Cloud's wußte. Er wußte zum Beispiel nicht, daß es da einen Apostroph gab. Er hatte sich nicht die Mühe gemacht, sich in Harvard zu bewerben; seine Noten waren nicht gut genug, um ihm Zutritt zu Bowdoin zu gewähren; die University of Maine, wo er halbherzig im Hauptfach Botanik hörte, hatte ihn nichts über Grammatik gelehrt.

»Ich wußte, daß es ein Waisenhaus ist«, sagte Candy. »Das ist alles, was ich wußte.«

Es war ihnen beiden klar, daß sie für ihr Ausbleiben über Nacht keine gute Ausrede erfinden konnten, darum machte Wally mit Senior aus, daß er seinen Cadillac ausborgen würde; sie würden sehr früh morgens aufbrechen müssen und kämen am gleichen Abend noch zurück. Wally erzählte Senior, daß es die beste Jahreszeit sei, um die Küste zu erforschen, und vielleicht ein Stückchen ins Hinterland zu fahren; die Küste würde immer mehr von Touristen heimgesucht, je weiter der Sommer fortschritt, und das Hinterland würde zu heiß werden für eine angenehme Fahrt.

»Ich weiß, es ist ein Arbeitstag«, sagte Wally zu Olive. »Was macht schon ein Tag, Mom? Es ist nur, um mit Candy eine kleine Fahrt ins Blaue zu machen – nur ein freier Tag.«

Olive fragte sich, ob aus Wally jemals etwas werden würde.

Ray Kendall hatte seine eigene Arbeit, um die er sich kümmern mußte. Er wußte, Candy würde glücklich sein, mit Wally eine Spazierfahrt zu machen. Wally war ein guter Fahrer – ein bißchen schnell – und der Cadillac, das wußte Ray besser als jeder andere, war ein sicheres Auto. Ray wartete ihn schließlich.

Am Abend vor ihrem Ausflug gingen Candy und Wally früh zu Bett, aber beide lagen sie die ganze Nacht wach. Wie die meisten wahrhaft liebenden jungen Paare, machten sie sich Sorgen, welche Auswirkung diese Erfahrung auf den anderen haben würde. Wally sorgte sich, ob eine Abtreibung Candy unglücklich machen würde, oder sogar befangen beim Sex. Candy sorgte sich, ob Wally noch genauso für sie empfinden würde, wenn all dies vorbei war.

In dieser selben Nacht schliefen auch Wilbur Larch und Homer Wells nicht. Larch saß in Schwester Angelas Büro an der Schreibmaschine; durch das Fenster sah er Homer Wells draußen mit einer Öllampe in der Dunkelheit umhergehen. Was ist jetzt wieder los? fragte sich Larch und ging nachsehen, was Homer machte.

»Ich konnte nicht schlafen«, sagte Homer zu Larch.

»Was ist's denn diesmal«, fragte Larch Homer.

»Vielleicht nur eine Eule«, sagte Homer Wells. Die Öllampe reichte nicht sehr weit in die Dunkelheit, und der Wind war stark, was für St. Cloud's ungewöhnlich war. Als der Wind die Lampe ausblies, sahen der Doktor und sein Assistent, daß sie von hinten durch das Licht angeleuchtet wurden, das aus dem Fenster von Schwester Angelas Büro herausleuchtete. Es war das einzige Licht meilenweit im Umkreis, und es machte ihre Schatten riesengroß. Larchs Schatten reichte über das öde, unbepflanzte Grundstück, die kahle Hügelflanke hinauf bis zu dem schwarzen Wald. Homer Wells' Schatten streifte den dunklen Himmel. Erst jetzt bemerkten die beiden Männer, daß Homer größer geworden war als Dr. Larch.

»Verdammt will ich sein«, murmelte Larch, die Arme ausbreitend, so daß sein Schatten wie ein Magier aussah, der etwas hervorzaubern will. Larch flatterte mit den Armen wie eine große Fledermaus. »Sieh!« sagte er zu Homer. »Ich bin ein Zauberer!«

Auch Homer Wells, der Zauberlehrling, flatterte mit den Armen.

Der Wind war sehr stark und frisch. Die sonstige Dichte der Luft über St. Cloud's war gewichen; die Sterne leuchteten hell und kalt; die Erinnerung an Zigarrenrauch und Sägemehl fehlte in dieser neuen Luft.

»Fühlen Sie diesen Wind«, sagte Homer Wells; vielleicht hielt der Wind ihn aufrecht.

»Es ist ein Wind, der von der Küste kommt«, sagte Wilbur Larch; er schnupperte – tief – nach Spuren von Salz. Es war eine seltene Seebrise, dessen war Larch sich sicher.

»Woher er auch kommt, er tut gut«, beschloß Homer.

Beide Männer standen da und schnupperten in den Wind. Jeder der Männer dachte: Was wird aus mir werden?

5

Homer bricht ein Versprechen

Der Bahnhofsvorsteher von St. Cloud's war ein einsamer, unsympathischer Mann – ein Opfer von Postversandkatalogen und einer besonders bescheuerten Postversandreligion. Letztere, deren Zeitschrift beinah das Format von Comic-Heften hatte, wurde monatlich ausgeliefert; die Ausgabe vom letzten Monat zum Beispiel hatte als Titelillustration ein Skelett in Soldatenkleidern, das auf einem geflügelten Zebra über ein Schlachtfeld flog, welches den Schützengräben des Ersten Weltkriegs glich. Die übrigen Postversandkataloge waren von üblicher Art, doch der Bahnhofsvorsteher war ein solches Opfer seiner abergläubischen Vorstellungen, daß sich in seinen Träumen häufig Bilder aus seinen postversandreligiösen Schriften mit den Haushaltsgeräten, Stillbüstenhaltern, Klappstühlen und Riesen-Zucchinis vermengten, die er in den Katalogen angepriesen sah.

Darum war es nichts Ungewöhnliches für ihn, in nächtlichem Horror wachgerüttelt zu werden durch eine Vision von Särgen, die aus einem reklamebildwürdigen Garten emporschwebten – preisgekröntes Gemüse, das zusammen mit den Leichen in die Lüfte stieg. Da gab es einen Katalog, der ausschließlich Angelgeräten gewidmet war; die Leichen des Bahnhofsvorstehers zeigten sich häufig in Gummistiefeln oder mit Angelruten und Käschern in der Hand; und dann gab es die Kataloge für Unterwäsche, die Reklame für Büstenhalter und Strapsgürtel machten. Vor allem die fliegenden Toten in Büstenhaltern und Strapsgürteln ängstigten den Bahnhofsvorsteher.

Der bescheuertste Gesichtspunkt der Postversandreligion war ihr Beharren auf dem Vorhandensein einer zunehmenden Zahl von ruhelosen, heimatlosen, unerlösten Toten; in dichter besiedelten Gegenden der Welt als St. Cloud's, so glaubte der Bahnhofsvorsteher, wimmelte es am Himmel von diesen unglücklichen Seelen. Die Ankunft von Dr. Larchs »Clara« fügte sich verhängnisvoll in des Bahnhofsvorstehers Bild von nächtlichem Horror und war mit schuld an seiner besonders niedergeschlagenen Erscheinung bei Ankunft jedes neuen Zuges – auch wenn Larch dem Schwachkopf beteuert hatte, daß mindestens auf ein bis zwei Jahre keine neuen Leichen mehr ankommen würden.

Für den Bahnhofsvorsteher war die Vorstellung des Jüngsten Gerichts so greifbar wie das Wetter. Den ersten Zug am frühen Morgen haßte er am meisten. Es war der Milchzug; und bei jedem Wetter waren die schweren Kannen mit kaltem Schweiß bedeckt. Die leeren Kannen, die auf den Zug gebracht wurden, erzeugten eine Art Totengeläut und einen hohlen, hallenden Klang, wenn sie gegen den hölzernen Bahnsteig knallten oder die eisernen Stufen hinaufgereicht wurden. Der erste Zug am Morgen war auch der Postzug; auch wenn der Bahnhofsvorsteher begierig war auf neue Kataloge, verlor er doch nie seine Furcht vor der Post – oder vor dem, was da zu ihm kommen mochte: wenn nicht wieder eine Leiche, in Balsamierungsflüssigkeit schwappend, dann die allmonatliche Mahnung seiner Postversandreligion, das Jüngste Gericht stehe nahe bevor (immer ein wenig näher, als es das letztemal erwartet worden war, und mit immer schrecklicherer Gewalt). Der Bahnhofsvorsteher lebte dafür, sich schockieren zu lassen.

Ein Loch in einer Tomate konnte bei ihm eine Eskalation seiner frühmorgendlichen Anfälle fieberhaften Gebets auslösen; tote Tiere (aus welcher Ursache auch immer) brachten ihn zum Erbeben – er meinte, daß die Seelen der Wesen die Luft verstopften, die er zum Atmen brauchte, oder daß sie imstande wären, in seinen Körper einzufahren. (Gewiß waren sie imstande, zu seiner Schlaflosigkeit beizutragen, denn der Bahnhofsvorsteher war ein ebenso altgedienter Schlafloser wie Wilbur Larch und Homer Wells, und dies ohne die Wohltat von Äther, Jugend oder Bildung).

Diesmal war es der Wind, der ihn weckte, dessen war er sicher; irgend etwas, vielleicht eine Fledermaus, war aus der Bahn geweht und gegen sein Haus geworfen worden. Er war überzeugt, daß ein fliegendes Tier an seiner Hauswand eines gewaltsamen Todes gestorben war und daß seine wütende Seele draußen umherkreiste und Einlaß begehrte. Dann ließ der Wind, durch die Speichen am Fahrrad des Bahnhofsvorstehers streichend, ein stöhnendes Geräusch hören. Ein plötzlicher Windstoß warf das Fahrrad von seinem Kickständer; es schepperte auf den Fliesenweg, sein Daumen-Glöckchen schwach klingelnd, als ob eine der rastlosen Seelen dieser Welt bei dem Versuch gescheitert sei, es zu stehlen. Der Bahnhofsvorsteher saß aufrecht im Bett und schrie.

In der postversandreligiösen Monatszeitschrift war ihm empfohlen worden, daß Schreien einen gewissen, wenn auch nicht sicheren Schutz vor heimatlosen Seelen bieten würde. Tatsächlich blieb der Schrei des Bahnhofsvorstehers nicht ohne Wirkung; sein Gellen vertrieb eine Taube von der Dachrinne des Hauses, und der Vogel (weil keine Taube nachts gerne fliegen mag) hüpfte und trippelte geräuschvoll über das Dach des Bahnhofsvorstehers, auf der Suche nach einem ruhigeren Plätzchen. Der Bahnhofsvorsteher lag auf dem Rücken und starrte unverwandt in sein Dach hinauf; er erwartete, die wandernde Seele werde jeden Augenblick auf ihn herabstoßen. Das Gurren der Taube war der Schrei noch eines gepeinigten Sünders, das wußte der Bahnhofsvorsteher gewiß. Er stand auf und spähte aus seinem Schlafzimmerfenster, wo sein Nachtlicht das schmale Feld beleuchtete, das er jüngst als Gemüsegarten bestellt hatte. Die frisch umgegrabene Erde schockierte ihn; er verwechselte sie mit einem vorbereiteten Grab. Sie jagte ihm einen solchen Schrecken ein, daß er sich schnell anzog und nach draußen stapfte.

Noch etwas, das er durch seine Postversandreligion erfahren hatte, war, daß die Seelen der Toten in einen tätigen Körper nicht einfahren können. Man durfte sich nicht im Schlaf überraschen lassen, oder auch nur stillstehen; dies war das Wichtigste. Und darum machte sich der Bahnhofsvorsteher unerschrocken auf den Weg, auf eine flotte Wanderung durch St. Cloud's. Drohend brummte er gegen die angeblichen Gespenster, die er überall erblickte. »Geht weg«, knurrte er – bei diesem Gebäude, bei jenem Geräusch, bei jedem ungewissen Schatten. Ein Hund kläffte in einem Haus. Der Bahnhofsvorsteher überraschte einen Waschbär, der sich an der Mülltonne von jemand zu schaffen machte, aber lebende Tiere störten ihn nicht; er zischte den Waschbär an und schien befriedigt, als der Waschbär zurückzischte. Er beschloß, sich von dem verlassenen Gebäude fernzuhalten, wo, wie er sich erinnerte, dieser fette Alptraum von einem Mädel aus dem Waisenhaus so viel Schaden angerichtet hatte. In *solchen* Gebäuden, das wußte er, waren die verlorenen Seelen so zahlreich wie grimmig.

In der Umgebung des Waisenhauses fühlte er sich sicherer. Obwohl er Angst hatte vor Dr. Larch, konnte der Bahnhofsvorsteher zu Kindern und deren mutmaßlichen Seelen recht aggressiv sein. Wie die meisten Leute, die sich leicht angst machen lassen, war der Bahnhofsvorsteher eher ein Tyrann, sobald er merkte, daß er Oberwasser hatte. »Verfluchte Gören«, brummte er, als er an der Mädchenabteilung vorbeikam. Er konnte kaum an die Mädchenabteilung denken, ohne sich vorzustellen, welch fürchterliche Sachen er machen würde mit diesem großen, dikken Grobian von einem Mädchen – der Zerstörerin, wie er sie nannte. Mehr als einen nächtlichen Horror hatte er im Zusammenhang mit ihr erlebt; häufig war sie das Mannequin für die Büstenhalter und Strapsgürtel seiner Träume. Er blieb nur kurz vor der Mädchenabteilung stehen und schnupperte tief – er hoffte, ein wenig Duft von Melony, der Bautenzerstörerin aufzufangen – doch der Wind war zu stark; der Wind war überall. Es war ein Wind des Jüngsten Gerichts! dachte er und ging schnell weiter. Er wollte nicht so lange stehenbleiben, bis eine der schrecklichen Seelen in ihn einfuhr.

Er war auf der falschen Seite der Knabenabteilung, um das erleuchtete Fenster von Schwester Angelas Büro zu sehen, aber er konnte über das Gebäude sehen, zum Hügel hinauf, und konnte das Licht aus dem Fenster sehen, das den zerklüfteten, unbepflanzten Hügel beleuchtete. Er konnte nicht sehen, woher das Licht kam, und dies beunruhigte ihn; es schien unheimlich, wieso ein Licht von nirgendwo einen kahlen Hügel aufglühen ließ – bis hinauf zum schwarzen Rand des Waldes.

Der Bahnhofsvorsteher hätte heulen mögen über seine Ängstlichkeit, doch statt dessen verfluchte er sich; so viel von seinem Schlaf ging an die Furcht verloren, und der erste Zug am Morgen war ein so früher Zug. Den größten Teil des Jahres kam der Zug an, wenn es noch dunkel war. Und diese Frauen, die mit ihm kamen, manchmal... den Bahnhofsvorsteher schauderte. Diese Frauen in ihren weiten Kleidern, und immer fragten sie, wo das Waisenhaus sei – manche von ihnen zurück noch am gleichen Abend, ihre Gesichter aschfahl, wie so manche Gesichter, die der Bahnhofsvorsteher in seinem nächtlichen Horror sah. Ganz genauso, dachte der Bahnhofsvorsteher, wie Claras Gesicht, auch wenn der Bahnhofsvorsteher ihren Namen nicht kannte. Sein einziger Blick, den er auf Clara geworfen hatte, war so kurz gewesen, daß es ungerecht schien, daß er sie *seither* so oft sah; und jedesmal sah er mehr von ihr – in seinen Träumen.

Als der Bahnhofsvorsteher etwas hörte, was – wie er dachte – Stimmen waren, spähte er über die Knabenabteilung hinweg, nach der beleuchteten Hügelflanke über St. Cloud's, und dies war der Augenblick, da er die hochragenden Schatten von Wilbur Larch und Homer Wells sah – hingereckt im Fall des einen bis an den dunklen Rand des Waldes, und im Fall des anderen bis in den Himmel gereckt. Die beiden Riesengestalten flatterten mit ihren riesigen, hügelumspannenden Armen; vom Wind herangetrieben, schnappte der Bahnhofsvorsteher das Wort »Zauberer« auf! Und jetzt wußte er, daß er die ganze Nacht wandern, sogar rennen konnte – aber doch *nicht* entfliehen würde, diesmal nicht. Der letzte Gedanke, den der Bahnhofsvorsteher hatte, war, daß die Zeit gekommen war, für ihn, und für alle Welt.

Am nächsten Morgen erregte die Seebrise St. Cloud's immer noch. Sogar Melony bemerkte sie; ihre normale Verdrießlichkeit war zeitweilig außer Kraft gesetzt – sie wachte mit Mühe auf, obwohl sie eine schlaflose Nacht hinter sich hatte. Sie hatte den

Eindruck gehabt, als ob ein Tier die ganze Nacht auf dem Gelände der Mädchenabteilung umhergeschlichen sei, wahrscheinlich den Müll durchstöbernd. Und sie hatte die zwei Frauen beobachten können, die im Vordämmerlicht vom Bahnhof den Hügel heraufgeschritten waren. Die Frauen sprachen nicht miteinander – sie kannten sich wahrscheinlich nicht; sicherlich hatte die eine die Umstände der anderen erraten. Die Frauen schritten gesenkten Kopfes dahin. Sie waren beide zu warm angezogen für den Frühling; Melony sah, wie der Wind die unförmigen Wintermäntel gegen die Körper der Frauen drückte. Sie *sahen* nicht schwanger *aus*, stellte Melony fest; sie wollte daran denken, auf dem Posten zu sein, an ihrem Lieblingsfenster, um die Frauen den Hügel hinuntergehen zu sehen, zum Abendzug. Bei allem, was sie fortgaben, so dachte Melony, sollte man doch erwarten, daß ihre heimkehrenden Schritte leichter wären; und immer gingen sie bergab. Aber jedesmal schritten die Frauen schwerer den Hügel hinab, als sie ihn heraufgeschritten waren – es schien, als sei ihnen etwas gegeben worden, das sie mit sich fortschleppten. Ihr Gang war das genaue Gegenteil dessen, was man im Gang von Frauen erwarten sollte, die wahrhaft leergekratzt worden waren.

Vielleicht *nicht* ganz so leer, dachte Melony. Auch wenn Homer ihr nichts erzählt hatte – wo konnte es einen Kummer geben, den Melony nicht gesehen hätte? Wo immer es etwas gab, das von Unrecht glimmte, das von Irrtum loderte – von Verlust, aufgegebener Hoffnung, jenen grausamen Entscheidungen, die immer möglich waren – sah Melonys geschultes Auge es, und mehr.

Sie setzte keinen Fuß nach draußen, doch sie erkannte, daß da etwas anderes in dem Wind lag. Sie konnte die Leiche des Bahnhofsvorstehers nicht sehen; er war ins Unkraut gefallen, neben dem Lieferanteneingang zur Knabenabteilung – der wenig benutzt wurde; für das Spital gab es einen separaten Lieferanteneingang.

Auch Dr. Larch hätte aus seinem Fenster-zur-Welt, aus Schwester Angelas Büro, das Unkraut nicht sehen können, wo der Bahnhofsvorsteher lag und erstarrte. Und es war nicht die abgeschiedene Seele des Bahnhofsvorstehers, die Larch an diesem Vormittag Sorgen machte. Er hatte schon früher schlaflose Nächte gehabt; Seebrisen waren selten, doch er hatte sie gefühlt. In der Mädchenabteilung hatte es eine Rauferei gegeben, die ein paar Stiche an der Lippe eines Mädchens und an der Augenbraue eines anderen Mädchens erfordert hatte, doch Wilbur Larch machte sich wegen dieser Mädchen keine Sorgen. Homer Wells hatte an der Lippe ausgezeichnete Arbeit geleistet; Larch hatte sich um die Augenbraue gekümmert, die eher die Schwierigkeit einer bleibenden Narbe bot.

Und die zwei Frauen, die auf ihre Abtreibungen warteten, waren beide in einem frühen Stadium ihrer Schwangerschaft, und beide wirkten sie – laut Schwester Ednas Urteil – robust und vernünftig. Und es gab eine fast fröhliche Frau aus Damariscotta – sie hatte eben erst ihre Wehen bekommen, die völlig normal erschienen; sie hatte schon früher eine Entbindung gehabt, eine völlig routinemäßige, und darum sah Larch bei ihr keine Schwierigkeiten voraus. Er dachte, er würde Homer die Frau aus Damariscotta entbinden lassen, weil es unkompliziert zu sein schien und weil die Frau, so hatte Schwester Angela gesagt, besondere Zuneigung zu Homer gefaßt hatte; jedesmal, wenn er in ihre Nähe kam, hatte sie wie ein Wolkenbruch auf ihn eingeschwatzt.

Was also ist verkehrt? dachte Wilbur Larch. Oder, wo nicht verkehrt, so doch anders?

Was machte es, wenn die Post sich verspätete und der Speisesaal meldete, daß keine Milch geliefert worden sei? Larch wußte nicht – und hätte sich deshalb keine Sorgen gemacht – daß auf dem Bahnhof, in Abwesenheit des Bahnhofsvorstehers, mehr Durcheinander herrschte als üblich; er wußte nicht, daß der Bahnhofsvorsteher vermißt wurde. Wilbur Larch hatte keine Unruhe bemerkt unter den Seelen, die am Himmel über St. Cloud's wimmelten. Bei seiner Arbeit, die er als seine Berufung empfand, konnte sich Dr. Larch eine allzu strenge Kontemplation über die Seele nicht leisten.

Vor diesem Morgen hatte sich Homer Wells keine Gelegenheit

geboten, über die Seele zu kontemplieren. Ein Studium der Seele war nicht Teil seiner Ausbildung gewesen. Und weil es keine Fenster gab in dem Raum, wo Homer seine Studien an Clara trieb, war es nicht der Bahnhofsvorsteher – oder seine Seele – was Homer Wells plötzlich entgegentrat.

Dr. Larch hatte Homer aufgefordert, einen Fötus zur Autopsie zu präparieren.

Eine Frau aus Three Mile Falls war erstochen worden, oder sie hatte sich selbst erstochen; dies war nicht ungewöhnlich in Three Mile Falls, aber die Schwangerschaft der Frau war weit fortgeschritten – und die Möglichkeit, ein lebendes Baby aus einer toten Frau zu entbinden, war ungewöhnlich, sogar für Dr. Larch. Er hatte versucht, das Kind zu retten, aber das Kind – oder vielmehr der Embryo, fast im neunten Monat – war einer der Stichwunden nicht entgangen. Wie die Mutter, so war auch das Kind (oder der Fötus, wie Dr. Larch es lieber hatte) verblutet. Es wäre ein Junge geworden – das war Homer Wells klar, oder sogar dem ungeschulten Auge; wie immer man es bezeichnete, es war ein beinah voll entwickeltes Baby. Dr. Larch hatte Homer gebeten, ihm zu helfen, die Ursache (genauer als »Verbluten«) für die Blutung des Fötus zu bestimmen.

Homer Wells hatte sich schon von Dr. Larch die Sternum-Schere ausgeborgt, als ihm klar wurde, daß er nur eine kräftige normale Schere brauchte, um das Brustbein des Föten zu öffnen. Er schnitt in der Mitte gerade hinauf und bemerkte sofort die aufgeschlitzte Pulmonalarterie; zu seiner Überraschung war die Wunde kaum einen halben Zoll entfernt von einem weit geöffneten Ductus - beim Fötus ist der Ductus arteriosus von halbem Umfang der Aorta, aber Homer hatte noch nie in das Innere eines Föten geblickt; beim *Geborenen* ist der Ductus nach zehn Tagen nichts als ein faseriger Faden. Diese Veränderung wird nicht durch ein Wunder bewirkt, sondern durch den ersten Atemzug, der den Ductus schließt und die Lunge öffnet. Beim Fötus ist der Ductus eine Umleitung – das Blut umgeht die Lunge auf seinem Weg zur Aorta.

Es hätte kein Schock sein müssen für Homer Wells, als er den

Beweis dafür fand, daß ein Fötus wenig Bedarf an Blut in seinen Lungenflügeln hat; ein Fötus atmet nicht. Dennoch war Homer schockiert; die Stichwunde, an der Basis des Ductus, sah aus wie ein zweites Auge neben der kleinen Öffnung des Ductus selbst. Die Tatsachen waren ganz klar: der Ductus war weit geöffnet, weil dieser Fötus nie seinen ersten Atemzug getan hatte.

Was wäre das Leben eines Embryo anderes, wenn nicht Entwicklungsgeschichte? Homer befestigte eine winzige, nadelfeine Klammer an der verletzten Pulmonalarterie. Er wollte in jenem Teil des *Gray* nachsehen, der dem Embryo gewidmet ist. Ein weiterer Schock war es für ihn, als ihm einfiel, daß der *Gray* nicht mit dem Embryo begann; er endete mit ihm. Das Embryo war das letzte, was behandelt wurde.

Homer Wells hatte die Produkte der Empfängnis in vielen Stadien ihrer Entwicklung gesehen: manchmal in einigermaßen vollständiger Form, aber auch in so fragmentierter Form, daß sie kaum noch erkennbar waren. Warum diese alten, schwarz-weißen Zeichnungen ihn so stark berührten, vermochte er nicht zu sagen. Im *Gray* gab es ein Profil vom Kopf des menschlichen Embryos, siebenundzwanzig Tage alt, schätzungsweise. Noch nicht quick, wie Dr. Larch erquickend sachlich festgestellt hätte, und auch noch nicht als menschlich erkennbar: was einmal die Wirbelsäule werden würde, war abgeknickt wie ein Handgelenk, und wo dereinst die Knöchel der Faust wären (über dem Handgelenk), war das unausgebildete Gesicht eines Fisches (jene Sorte, die tiefer haust als das Licht, niemals gefangen wird, einem Alpträume bereiten könnte). Die Unterseite vom Kopf des Embryo glotzte wie ein Aal – die Augen seitlich am Kopf, als könnten sie das Geschöpf vor Angriffen aus jeder Richtung bewahren. Nach acht Wochen, wiewohl noch nicht quick, hat der Fötus eine Nase und einen Mund; er hat einen Gesichtsausdruck, dachte Homer Wells. Und mit dieser Entdeckung – daß ein Fötus bereits mit acht Wochen einen *Gesichtsausdruck* hat – fühlte sich Homer Wells in Gegenwart dessen, was andere eine Seele nennen.

Er präparierte die Pulmonalarterie des Babys aus Three Mile

Falls auf einem flachen, weiß emaillierten Untersuchungstablett; er brauchte zwei Klammern, um den Schnitt in der Brust offenzuhalten, und eine weitere Klammer, um die zerfetzte Arterie hochzuheben und bloßzulegen. Die Wangen des Babys erschienen eingefallen; jemandes unsichtbare Hände schienen das kleine Gesicht seitlich zusammenzudrücken; das Baby lag auf dem Rücken, die Ellbogen aufgestützt - die Unterarme steif und senkrecht zur Brust haltend. Die winzigen Finger seiner Hände waren leicht geöffnet – als bereite das Baby sich vor, einen Ball zu fangen.

Homer kümmerte sich nicht um das ramponierte Aussehen des Nabelschnurstumpfes, der auch noch zu lang war; er schnitt ihn noch einmal kürzer und band ihn ordentlich ab. Ein wenig geronnenes Blut war auf dem winzigen Penis, und Homer wischte es weg. Ein alter Blutfleck an der strahlend weißen Kante des Emailletabletts ließ sich leicht entfernen, lediglich mit einem in Alkohol getupften Wattebausch. Die Farbe des toten Babys, vor allem gegen das Weiß des Tabletts, war bleich – bis ins Graue wechselnd. Homer drehte sich zum Ausguß und übergab sich kräftig. Als er den Hahn laufen ließ, um den Ausguß zu säubern, klopften und jaulten die alten Rohre; er dachte, daß es die Rohre wären - oder sein Schwindelgefühl – was den Raum, das ganze Gebäude beben machte. Er dachte nicht an den Wind von der Küste – wie stark er war!

Auch machte er Dr. Larch keinen Vorwurf. Homer fand, daß es hier nicht um so etwas Einfaches ging wie die Schuld von jemandem; es war nicht Larchs Schuld –; Larch tat das, woran er glaubte. Wenn Wilbur Larch für Schwester Angela und für Schwester Edna ein Heiliger war, so war er für Homer Wells sowohl ein Heiliger wie auch ein Vater. Diese Sache aber mit quick und nicht-quick, die gab es bei Homer Wells nicht. Man mag es als Fötus bezeichnen, als Baby oder als Produkt der Empfängnis, dachte Homer Wells, aber wie immer man es bezeichnet, es ist lebendig. Und was immer man damit machte, dachte Homer – und wie immer man das bezeichnet, was man damit macht – man tötet es. Er betrachtete die verletzte Pulmonalarterie, die in der Brust des Babys aus Three Mile Falls so perfekt herauspräpariert war. Mag Larch es bezeichnen, wie immer er will, dachte Homer Wells. Es ist seine Entscheidung –; wenn es ein Fötus ist für ihn, gut. Für mich ist es ein Baby, dachte Homer Wells. Wenn Larch eine freie Wahl hat, so habe ich sie auch.

Er nahm das fleckenlose Tablett und trug es auf den Flur – wie ein stolzer Kellner ein besonderes Gericht für einen bevorzugten Gast trägt. Curly Day, schnoddernäsig wie immer, lungerte im Korridor zwischen der Apotheke und Schwester Angelas Büro herum. Es war ihm nicht gestattet, hier zu spielen, aber Curly Day hatte diesen Alles-wird-so-schnell-langweilig-Blick; seine Aufmerksamkeit hatte die Spannweite eines Kaninchens. Momentan schleppte Curly einen Pappkarton durch den Korridor. Es war der Karton, in dem die neuen Klistierbeutel gekommen waren; Homer erkannte den Karton wieder, denn er hatte ihn ausgepackt.

»Was haste da?« fragte Curly Day Homer, der das Tablett und das tote Baby aus Three Mile Falls schulterhoch hielt; Curly Day reichte Homer bis zur Taille. Als Homer neben den Karton gekommen war, sah er, daß dieser nicht leer war; David Copperfield Junior, saß in der Tiefe des Kartons – Curly Day fuhr ihn spazieren.

»Mach, daß du rauskommst hier, Curly«, sagte Homer.

»Gomer!« schrie David Copperfield.

»*Homer* heißt es, du Trottel«, sagte Curly Day.

»Gomer!« schrie David Copperfield.

»Macht, daß ihr rauskommt hier, bitte«, sagte Homer zu ihnen.

»Was haste da?« fragte Curly Homer. Er langte hinauf, nach der Kante des Tabletts, aber Homer pflückte seine schmutzige kleine Hand ab; er packte Curly am Handgelenk und drehte ihm den Arm auf den Rücken. Geschickt balancierte Homer das Tablett und dessen Inhalt; Curly versuchte sich zu sträuben.

»Au!« schrie Curly. David Copperfield versuchte sich aus der Tiefe des Kartons aufzurichten, aber er verlor das Gleichgewicht und setzte sich wieder.

Homer zog Curly den Arm hinter dem Rücken hoch – nur ein wenig über die Ebene des rechten Winkels hinaus – was Curly zwang, sich zu bücken und seine Stirn auf den Rand des Klistierbeutelkartons zu stützen. »Hör auf«, sagte Curly.

»Du verschwindest, Curly – richtig?« fragte Homer.

»Jaaa, jaaa«, sagte Curly, und Homer ließ ihn los. »Harter Bursche«, sagte Curly.

»Richtig«, sagte Homer Wells.

»Gomer!« brachte David Copperfield hervor.

Curly Day wischte sich die Nase an seinem zerschlissenen Ärmel. Er riß so plötzlich an dem Karton, daß David Copperfield zur Seite rollte. »Aaach!« schrie Klein-Copperfield.

»Halt's Maul«, sagte Curly zu seiner Fracht. Schlurfend entfernte er sich von Homer Wells, dem er einen Blick verdrießlichen Kummers, zielloser Klage gönnte – mehr nicht. Sein Körper ruckte hin und her, während er sich davonstahl mit dem Karton, der David Copperfield enthielt. Homer fiel auf, daß Curlys Schuhe an den verkehrten Füßen waren, und einer davon war nicht zugebunden, aber er kam zu dem Schluß, daß es unpassende Kritik wäre, dies Curly mitzuteilen, der ebenso unbeschwert wie schmutzig war – und war seine Unbeschwertheit nicht wichtiger als seine Unsauberkeit – zumal er Waise war?

»Mach's gut, Curly«, sprach Homer zu dem gebeugten Rücken des Jungen; Curlys nicht eingestopftes Hemd reichte ihm bis an die Knie.

»Bis später, Homer«, sagte Curly mit abgewandtem Gesicht. Als er die Tür zur Apotheke passierte, tauchte Schwester Edna auf und schalt ihn.

»Du sollst hier nicht spielen, Curly«, sagte sie.

»Jaaa, jaaa«, sagte Curly. »Ich geh schon, ich geh schon.«

»Medna!« schrie David Copperfield mit seiner gedämpften Stimme aus der Tiefe des Klistierbeutelkartons.

»*Edna* heißt es, du kleiner Drecksack«, sagte Curly.

Dann war Homer an der Tür zu Schwester Angelas Büro, die offenstand. Er sah Dr. Larch an der Schreibmaschine; der Doktor schrieb nicht; es war gar kein Papier in der Maschine. Dr.

Larch schaute bloß aus dem Fenster. Im tranceartigen Gesichtsausdruck des Doktors erkannte Homer jene friedvolle Distanz, die der Äther in solchen Momenten bescherte, wenn Homer den Doktor, der »nur mal ausruhte«, in der Apotheke vorgefunden hatte. Vielleicht war der Geisteszustand, dessen Genuß der Äther Dr. Larch manchmal gewährte, in zunehmendem Maß ein Geisteszustand, den Larch heraufbeschwören konnte, indem er nur aus dem Fenster schaute. Homer vermutete, daß Dr. Larch ein bißchen Äther gebraucht hatte, weil er an irgendwelchen Schmerzen litt; er vermutete, daß beinah jeder in St. Cloud's an irgendwelchen Schmerzen litt und daß Larch, als Arzt, besonders qualifiziert sei, diese zu heilen. Der Geruch des Äthers war so widerlich und ekelerregend für Homer Wells, daß er kein Heilmittel war, für das er sich entschieden hätte. Er hatte noch niemals bedacht, was eine Sucht sei. Der Traumzustand war so gegenwärtig in Wilbur Larchs Gesicht, daß Homer Wells in der Tür stehenblieb, bevor er fortfuhr mit seiner grauenvollen Demonstration; beinah hätte er auf dem Absatz kehrtgemacht und das Baby aus Three Mile wieder mitgenommen.

Aber niemand erfährt die Gegenwart einer Seele als etwas so Beiläufiges, daß er das damit verbundene Sendungsbewußtsein unerwähnt verstreichen lassen könnte; und ein Sendungsbewußtsein verlangt meist nach einer demonstrativeren Geste, als eine bloß flüchtige Erwähnung es wäre. In der Tür zu Schwester Angelas Büro zögerte Homer; dann trat er vor und knallte das Metalltablett auf die Schreibmaschine. Das tote Baby aus Three Mile Falls lag in gleicher Höhe mit Dr. Larchs Kehle – fast nah genug zum Anbeißen, wie man in Maine sagt.

»Doktor Larch?« sagte Homer Wells. Larch wandte den Blick von seinem Traum ab; er schaute über das Baby hinweg auf Homer. »Die Ursache der Blutung war die Pulmonalarterie, die durchgetrennt war – wie Sie sehen«, sagte Homer, während Larch den Blick auf das Präparat auf der Schreibmaschine senkte. Er starrte das Baby an, als sei es etwas, das er geschrieben hätte – ins Leben (und dann zu Tode) gekommen auf sein Geheiß.

Draußen vor dem Spital kreischte jemand, aber der Wind verwehte die Wörter zu einem Wirrwarr; die Botschaft des Kreischenden klang undeutlich.

»Gottverdammt!« sagte Wilbur Larch, die durchgetrennte Arterie anstarrend.

»Ich muß Ihnen sagen, daß ich *keine* Abtreibungen ausführen werde, niemals,« sagte Homer Wells. Dies ergab sich logisch aus der aufgeschlitzten Arterie; in Homers Denken ergab es sich, aber Dr. Larch blickte verwirrt.

»Du wirst nicht?« sagte Larch. »Du wirst *was*?«

Draußen wurde das Kreischen lauter, aber nicht deutlicher. Homer Wells und Dr. Larch starrten einander nur an – das Baby aus Three Mile Falls lag zwischen ihnen.

»Ich komme, ich komme«, hörten sie Schwester Angela sagen.

»Das ist Curly Day«, erklärte Schwester Edna Schwester Angela. »Ich muß ihn und den kleinen Copperfield hier eben rauswerfen.«

»Nie-mals«, sagte Homer Wells.

»Du mißbilligst . . .?« fragte Dr. Larch Homer.

»Ich mißbillige nicht Sie«, sagte Homer Wells. »Ich mißbillige *es* – es ist nichts für mich.«

»Nun, ich habe dich nie gezwungen«, sagte Dr. Larch. »Und ich werde dich auch nie. Es ist ganz deine Entscheidung.«

»Richtig«, sagte Homer Wells.

Eine Tür ging auf, aber was Curly Day kreischte, wurde nicht klarer. Dr. Larch und Homer Wells hörten die Reagenzgläser im Regal neben der Apothekentür klirren; über diesem Geläut, und zum erstenmal gegen den Wind sich behauptend, drang das Wort »Tot!« durch zu ihnen.

»Tot! Tot! Tot!« kreischte Curly Day, seine Erklärung interpunktiert durch die unverständlichen, einsilbigen Äußerungen des kleinen Copperfield.

»Wer ist tot, mein Schatz?« fragte Schwester Angela Curly zärtlich.

Curly Day hatte entdeckt, daß der Bahnhofsvorsteher tot war; Curly wußte nicht, daß es der Bahnhofsvorsteher war – Curly hatte nicht lange genug hingesehen.

»Ein Kerl ist tot!« sagte Curly zu Schwester Angela und Schwester Edna.

Wilbur Larch, der dies deutlich vernahm, stand von seinem Schreibtisch auf und trat, an Homer Wells vorbei, auf den Flur hinaus.

»Und nachdem beides einerlei ist für Sie«, sagte Homer Wells zu ihm, »möchte ich um die Erlaubnis bitten, *nicht* dabeizusein, wenn Sie tun, was Sie tun müssen. Ich möchte mich auf jede andere Art nützlich machen, und ich mißbillige Sie nicht«, sagte Homer. »Wenn es Ihnen recht ist, möchte ich nicht zuschauen dabei.«

»Ich muß darüber nachdenken, Homer«, sagte Dr. Larch. »Laß uns sehen, wer tot ist, ja?« Während Homer Larch über den Flur folgte, bemerkte er, daß die Tür zum Entbindungssaal geschlossen war und daß die Türlampe brannte – was bedeutete, daß Schwester Edna oder Schwester Angela die beiden Frauen vorbereitet hatten, die auf ihre Abtreibungen warteten. Die Frau aus Damariscotta, deren Wehen immer noch langsam und regelmäßig kamen, würde den Entbindungssaal wahrscheinlich erst brauchen, wenn Larch mit den zwei Abtreibungen längst fertig war. Homer stimmte mit Dr. Larch überein, daß es grausam war, die Frauen länger als unbedingt nötig auf die Abtreibungen warten zu lassen, zumal sie schon vorbereitet worden waren, und darum öffnete Homer die Tür zum Entbindungssaal und steckte den Kopf hinein, ohne eine der Frauen wirklich anzusehen. Er verkündete: »Der Doktor wird gleich bei Ihnen sein – bitte machen Sie sich keine Sorgen.«

Homer bereute seine Wahl des Zeitpunkts; bevor er die Tür zum Entbindungssaal schließen konnte, fing Curly Day mit seinem »Tot!«-Gesang wieder von vorne an.

Curly Day besaß jene Art von Rastlosigkeit, die ihn immer zu ungewollten Entdeckungen führen würde. Er war es leid gewesen, David Copperfield in dem Klistierbeutelkarton hinter sich her zu schleppen, und darum hatte er sich ausgedacht, Klein-Copperfield (in dem Karton) von der Laderampe am Lieferanteneingang der Knabenabteilung zu katapultieren. Es war eine

Mühe gewesen, den Karton und Copperfield auf die Plattform hinaufzuschaffen; aber erst einmal erhöht über der wenig benutzten Zufahrt und dem hohen Unkraut, könnte man Copperfield, so stellte Curly sich vor, beinah das Fliegen lehren. Es war gewiß kein hoher Fall; in dem Karton zumal würde es kaum ein Sturz sein. Und auf dem unkrautbewachsenen Hügel, der sich von der Laderampe absenkte, würde der Klistierbeutelkarton wahrscheinlich gleiten. Allerdings sah Curly die mögliche Beschädigung des Kartons voraus – dessen Zerstörung würde ihn in David Copperfields Gesellschaft zurücklassen, allein, und die Aussicht auf Copperfield, ohne einen Karton oder ein anderes Spielzeug, war mächtig langweilig. Aber Curly war der Verwendungsmöglichkeiten eines Copperfield mit (oder im) Karton bereits überdrüssig; die ungefährlichen Dinge, die man anstellen konnte, hatte er bereits alle ausprobiert, und Copperfield hatte nicht geklagt. Copperfield wußte nicht, daß er sich am Rande einer Laderampe befand; er konnte nicht über die Seiten des Kartons hinausblicken. Als Curly den Karton und Copperfield über die Kante stieß, paßte er auf, daß der Karton in aufrechter Stellung blieb, um Copperfield vor einer Landung auf dem Kopf zu bewahren. Der Karton landete auf einer Ecke, die einknickte; und Klein-Copperfield flog die mit hohem Unkraut bewachsene Böschung hinunter. Wie ein wackeliges Küken, das aus seiner Schale torkelt, kam er kurz auf die Beine, bevor er purzelte und immer weiter kugelte. Von der Rampe sah Curly Day, wie das Unkraut ihm winkte; wenn das Unkraut auch Copperfields Verbleib anzeigte, war es doch zu hoch für Curly, um Copperfield wirklich sehen zu können.

Copperfield war nicht verletzt, aber er hatte die Orientierung verloren. Er sah Curly nicht, und er sah nicht den Karton – zu dem er eine Zuneigung gefaßt hatte. Als er aufhörte zu kugeln, versuchte er aufzustehen, aber sein Schwindelgefühl – zusammen mit dem unebenen Boden – brachte ihn aus der Balance, und er setzte sich hin. Worauf er sich setzte, war etwas Hartes und Rundes, etwas wie ein Stein, aber als er nachschaute, was es war, sah er, daß es der Kopf des Bahnhofsvorstehers war – das Gesicht

nach oben gekehrt, die Augen offen, ein sonderbar hingebungs-
volles Erschrecken in seinen erstarrten Gesichtszügen.

Ein größeres Kind, oder ein Erwachsener gar, wäre womöglich bestürzt gewesen, auf dem Gesicht des toten Bahnhofsvorstehers zu sitzen, doch der kleine David Copperfield betrachtete
es, wie er auch den Rest der Welt betrachtete: mehr mit Neugier
als mit Überraschung. Als er aber das Gesicht anfaßte und seine
Kälte fühlte, zeigte sich die Richtigkeit der kindlichen Empfin-
dungen: die Kälte war sicherlich falsch. Klein-Copperfield
sprang auf, kugelte, kam auf die Beine, rannte, stürzte, kugelte
wieder. Endlich auf den Beinen, fing er an zu kläffen wie ein
Hund. Curly Day fing an, ihn im hohen Unkraut zu suchen.

»Halt durch, halt durch, nur keine Aufregung!« rief Curly
dem Jungen zu, aber Copperfield rannte und purzelte im Kreise
herum, sonderbar dabei bellend. »Bleib an deinem Platz, damit
ich dich finde!« kreischte Curly. Er trat auf etwas, das unter seinem Schuh zur Seite rollte; es fühlte sich an wie ein frisch abge-
fallener Ast, der noch nicht in die Erde eingesunken ist; es war
der Arm des Bahnhofsvorstehers. Beim Versuch, die Balance zu
halten, stützte Curly seine Hand auf die Brust des Bahnhofsvorstehers. Das starrblickende, unerschütterliche Gesicht, vom
hohen Unkraut gegen den Wind abgeschirmt, schaute ungerührt
an Curly vorbei. Und nun gab es im Unkrautfeld zwei bellende
Hunde, die umherliefen, wie gefangen in einem Labyrinth. Es
war ein Zeichen für etwas von Grunde auf Tapferes und Verant-
wortliches in Curly Day, daß der Junge nicht davonrannte aus
dem Unkraut, bevor er David Copperfield gefunden hatte.

Melony, an ihrem Fenster, beobachtete das unerklärliche Hin-
und-her-Wogen im Unkraut; sie hätte jederzeit Curly Day etwas
zurufen und ihm David Copperfields Aufenthalt verraten können – an der Bewegung im Unkraut sah sie, welches bellende
Wesen sich wo befand. Aber sie überließ es den beiden, sich
allein zurechtzufinden. Erst als Curly Day den kleinen Copperfield über die Zufahrt hinaufschleppte, um die Knabenabteilung
herum und zur Spitalpforte, fühlte sich Melony zu einem Kommentar bemüßigt.

»He, Curly, deine Schuhe sind an den verkehrten Füßen!« rief Melony. »Du Blödmann!« Aber der Wind war zu stark. Curly konnte sie nicht hören; sie konnte nicht hören, was Curly kreischte. Nur noch ein weiteres Wort sprach sie aus dem Fenster, zu niemandem im besonderen; sie fand, daß der Wind ihr gestattete, genau das zu sagen, was sie fühlte – aus tiefstem Herzen, so laut, wie sie wollte, auch wenn sie sich gar nicht die Mühe machte, laut zu sprechen. »Langweilig«, sagte sie.

Doch interessanter wurden die Dinge für Melony, als Wilbur Larch und Homer Wells – und Schwester Angela und Schwester Edna – an der Zufahrt vor dem Lieferanteneingang der Knabenabteilung auftauchten. Sie durchsuchten eindeutig das Feld mit dem hohen Unkraut.

»Was sucht ihr?« schrie Melony aus dem Fenster, doch das Geräusch des Windes, oder aber die Zielstrebigkeit, mit der die Suchenden durch das Unkraut stürmten, ließ ihre Frage unbeantwortet bleiben. Sie beschloß, selbst nachsehen zu gehen.

Melony empfand Unbehagen darüber, wie dieser Tag sich entwickelte, aber gleichzeitig empfand sie Dankbarkeit dafür, daß anscheinend etwas passierte – daß überhaupt etwas passierte, war auf unbestimmte Weise in Ordnung für Melony.

Dies war kein Gefühl, das Candy Kendall oder Wally Worthington geteilt hätten, die in den letzten drei Stunden ein peinliches Schweigen gewahrt hatten – ihr Gefühl der Erwartung war zu brennend, um es mit Konversation zu verdecken. Es war noch dunkel gewesen, als sie die Küste bei Heart's Haven verlassen und ins Hinterland vorgedrungen waren – fort von dem Wind, auch wenn der Wind immer noch überraschend stark war. Am Abend vorher hatte Wally die Landkarte so übermäßig genau studiert, daß der weiße Cadillac so zielstrebig vom Meer fortrollte, wie eine Auster oder ihre Perle sich resolut an die Küste schwemmen läßt. Eigentlich war es auch im Hinterland zu windig, um das Verdeck aufzuklappen, aber Wally hatte den Cadillac lieber als echtes Cabriolet, und außerdem war so – bei aufgeklapptem Verdeck, beim lauten Brausen des Windes im Wagen – das Fehlen eines Gesprächs zwischen ihm und Candy weniger auffällig. Auch Candy war es lieber so; ihr honigblondes Haar hing ihr von allen Seiten ins Gesicht – so wilde Haarwirbel verhüllten manchmal ihr Gesicht, daß sie wußte, daß Wally ihren Gesichtsausdruck nicht sehen konnte. Wally wußte ohnehin, wie ihr Gesichtsausdruck war; er kannte sie sehr gut.

Wally spähte nach dem ungelesenen Buch auf Candys Schoß; sie hob es immer wieder hoch, aber wenn sie das Buch dann erneut auf ihren Schoß sinken ließ, hatte immer dieselbe Seite ein Eselsohr. Das Buch hieß *Klein Dorrit*, von Charles Dickens. Es war die Sommerpflichtlektüre für alle Mädchen in Candys zukünftiger Abschlußklasse; Candy hatte vier- oder fünfmal angefangen damit, aber sie hatte keine Ahnung, wovon das Buch handelte, oder gar, ob es ihr gefiel.

Wally, der nicht gern las, machte sich nicht die Mühe, den Namen des Buches festzustellen; er sah nur immer dieselbe eselsohrige Seite an und dachte an Candy. Auch dachte er an St. Cloud's. Er hatte (in Gedanken) die Abtreibung bereits hinter sich; Candy erholte sich gut; der Doktor erzählte Witze; alle Krankenschwestern lachten. In Wallys Vorstellung waren es genug Krankenschwestern, um einen Krieg zu gewinnen. Und die Waisen waren possierliche kleine Wichte, mit den passenden Lücken in ihren Grinsezähnen.

Im Kofferraum von Senior Worthingtons dahingleitendem Cadillac hatte Wally drei Apfelkisten, vollgestopft mit Süßigkeiten für die Waisen. Wäre es die rechte Jahreszeit gewesen, er hätte ihnen Äpfel und Zider mitgebracht; im Frühjahr gab es keine frischen Äpfel, und es gab keinen Zider, aber Wally hatte das Nächstbeste besorgt – wie er sich vorstellte. Er hatte den Cadillac beladen mit Krügen und nochmal Krügen voll von Worthingtons bestem Apfelzidergelee und Holzapfelgelee, und mit Halbgallonentöpfen voll von Ira Titcombs bestem Apfelblütenhonig. Zu dieser Abtreibung, so stellte er sich vor, würde er eintreffen wie Santa Claus (ein unglücklicher Vergleich, bedenkt man Wilbur Larchs Erinnerungen an jenes Abtreibungslokal »abseits von Harrison«).

Wally stellte sich vor, wie sich Candy nach ihrer Abtreibung aufrichten würde, im Gesicht die Erleichterung von jemand, dem gerade ein garstiger Splitter gezogen worden war; seltsamerweise bevölkerte Wally den Abtreibungsraum mit jener Aura von Festlichkeit, den man mit der Geburt eines *willkommenen* Kindes in Verbindung bringen würde. Die Luft in Wallys Wunschdenken war geschwängert von Glückwünschen – und durch die unbeschwerte Szene tollten die niedlichen Waisen von St. Cloud's, jeder mit seinem eigenen Topf voll Gelee. Kleine Honigschlekker, glücklich wie junge Bärchen!

Candy klappte ihr Buch zu und ließ es wieder auf ihren Schoß sinken, und Wally hatte das Gefühl, etwas sagen zu müssen.

»Wie ist das Buch?« fragte er.

»Ich weiß nicht«, sagte Candy und lachte.

Er kniff sie in den Schenkel; irgend etwas blieb ihm in der Kehle stecken, als er mit ihr zu lachen versuchte. Sie kniff ihn zurück in den Schenkel – ein Kneifen von genau ähnlicher Leidenschaft und ähnlichem Druck, wie er sie gekniffen hatte. Oh, wie erleichtert war er, daß sie sich so ähnlich waren.

Durch immer ärmere, gaffende Städtchen, indes die Sonne immer höher stieg, rollten sie, wie verlorene Königskinder – der austernweiße Cadillac mit seinen sinnbetörenden Insassen verdrehte allen den Kopf. Diese scharlachroten Polster, so seltsam gesprenkelt seit Seniors Unfall mit den Chemikalien, waren einmalig. Jeder, der sie vorbeifahren sah, würde sie nie vergessen.

»Nicht mehr sehr weit«, sagte Wally. Diesmal wußte er etwas Besseres, als sie in den Schenkel zu kneifen; er ließ einfach seine Hand auf ihren Schoß sinken, neben *Klein Dorrit*. Candy legte ihre Hand auf die seine, während Melony – mit mehr als üblicher Zielstrebigkeit durch die Vorhalle der Mädchenabteilung pirschend – Mrs. Grogans großzügiges und wachsames Auge auf sich zog.

»Was ist los, meine Liebe?« fragte Mrs. Grogan Melony.

»Ich weiß nicht«, sagte Melony schulterzuckend. »Sie dürfen wetten, daß es kein neuer Junge im Städtchen ist, oder so«, was eine sanfte Bemerkung war für Melony; Mrs. Grogan dachte:

wieviel sanfter ist das Mädchen geworden. Sie *war* sanfter geworden – ein wenig. Ein *sehr* Weniges.

Etwas in der Entschlossenheit dieser massigen jungen Frau veranlaßte Mrs. Grogan, ihr zu folgen. »O weh, welch ein Wind!« rief Mrs. Grogan. Wo kommst *du* denn her? dachte Melony, aber sie sprach kein Wort; sie war sanfter geworden in einem Maß, das man mit Erlahmen der Anteilnahme verwechseln konnte.

»Es ist der Bahnhofsvorsteher«, sagte Homer Wells, der als erster die Leiche fand.

»Dieser Schwachkopf!« murmelte Wilbur Larch.

»Nun, jedenfalls ist er tot«, informierte Homer Dr. Larch, der sich noch immer, unterwegs zu der Leiche, durchs Unkraut kämpfte. Dr. Larch unterließ die Bemerkung, daß der Bahnhofsvorsteher durch die Art seines Sterbens nur beabsichtigt hatte, dem Waisenhaus weitere Unannehmlichkeiten zu machen. Wenn Wilbur Larch sanfter geworden war, dann war auch er nur sehr wenig sanfter geworden.

St. Cloud's war nicht der Ort, der einen sanfter werden ließ.

Homer Wells spähte über das Unkraut, das den toten Bahnhofsvorsteher verbarg, und sah Melony daherkommen.

Oh, bitte! spürte er sein Herz zu sich selber sagen. Oh, bitte, laß mich *fortgehen*! Der mächtige Wind strich ihm das Haar aus dem Gesicht; er stemmte seine Brust in den Wind, als ob er an Deck eines Schiffes stünde, das gegen den Wind steuerte, die Wellen eines Ozeans zerteilend, den er noch nicht gesehen hatte.

Wilbur Larch dachte an das schwache Herz, das er für Homer Wells erfunden hatte. Larch fragte sich, wie er es Homer sagen sollte, daß er ein schwaches Herz habe, ohne den jungen Mann zu erschrecken oder ihn an den Blick zu erinnern, der im Gesicht des Bahnhofsvorstehers erstarrt war. Was, zum Teufel, hatte dieser Narr sich eingebildet? fragte sich Dr. Larch, während er den anderen half, den erstarrten Körper zur Spitalpforte zu schleppen. Curly Day, der es lustig fand, sich beschäftigen zu lassen, war schon zum Bahnhof geschickt worden; Klein-Copperfield war mitgegangen, was Curly erheblich hemmte – aber Curly war dankbar für Gesellschaft. Curly war sich ein wenig im unklaren über die Botschaft, die er übermitteln sollte, und Copperfield gab wenigstens einen Versuchs-Zuhörer für Curly ab. Curly studierte die Botschaft ein, die er übermitteln zu sollen glaubte, indem er sie David Copperfield laut vorsprach; die Botschaft machte keinen sichtbaren Eindruck auf Copperfield, aber Curly fand die Wiederholung der Botschaft tröstlich, und das Einstudieren half ihm, sie zu verstehen – so jedenfalls dachte er.

»Der Bahnhofsvorsteher ist tot!« verkündete Curly und zerrte Copperfield den Hügel hinab – Copperfields Kopf nickte entweder zustimmend oder baumelte nur locker zwischen den ruckenden Schultern des Jungen. Das Bergab-Tempo war schwierig für Copperfield, mit dessen Gleichgewicht es nicht zum besten stand, und seine linke Hand (von Curly Days Hand fest umklammert) wurde hochgerissen über sein linkes Ohr.

»Doktor Larch sagt, er hatte seit einigen Stunden einen Herzanfall!« setzte Curly Day hinzu, was sich für ihn nicht ganz richtig anhörte, doch nachdem er es einige Male wiederholt hatte, hörte es sich vernünftiger an. Was Larch gesagt hatte, war, daß der Bahnhofsvorsteher anscheinend vor einigen Stunden einen Herzanfall gehabt hatte, aber Curlys Wiedergabe erschien Curly mehr oder minder richtig – je öfter er sie aufsagte.

»Sagen Sie den Verwandten und Bekannten, daß bald ein Automobil vorgenommen wird!« sagte Curly Day, und David Copperfields Kopf baumelte zustimmend. Dies hörte sich auch nicht ganz richtig an für Curly, ganz egal, wie oft er es wiederholte, doch er war sich ganz sicher, daß ihm aufgetragen worden war, so etwas zu sagen. Das Wort lautete »Autopsie«, nicht »Automobil«; einen Teil des Wortes hatte Curly richtig verstanden. Vielleicht, so dachte er, würde ein besonderes Auto kommen, um den Toten abzuholen. Es machte ein bißchen Sinn, und ein bißchen Sinn war Sinn genug für Curly Day – es war mehr Sinn, als Curly in den meisten Dingen erkannte.

»Tot!« schrie David Copperfield fröhlich, als sie sich dem Bahnhof näherten. Die zwei üblichen Flegel lungerten auf der

Bank, die mit dem Rücken zu den Gleisen stand; sie waren die Sorte von Lümmeln, die den ganzen Tag lang am Bahnhof herumhingen, als sei der Bahnhof ein Haus voll schöner Frauen und als wären die Frauen bekannt dafür, daß sie allen Haltlosen und Arbeitslosen der Stadt ihre Gunst gewährten. Sie schenkten Curly Day und David Copperfield keine Beachtung. (»Tot!« rief David Copperfield ihnen zu, ohne Wirkung.)

Der Gehilfe des Bahnhofsvorstehers war ein junger Mann, der sich für seinen besonders unliebenswürdigen Diensteifer den Diensteifer des Bahnhofsvorstehers zum Vorbild genommen hatte, so daß er bei aller Jugendlichkeit eine völlig inadäquate alt-knackerige, weinerliche und schäbige Art hatte – all dies zusammenwirkend mit der Bosheit eines Hundefängers, der Freude findet an seiner Arbeit. Er war ein einfältiger junger Mann, der mit dem Bahnhofsvorsteher das Auftreten eines Tyrannen gemein hatte: er brüllte die Kinder an, sie sollten ihre Füße von den Sitzbänken nehmen, lächelte aber jeden blödsinnig an, der besser gekleidet war als er, und duldete jede Grobheit von jedem, der ihm nur irgend etwas voraushatte. Ausnahmslos kalt und überlegen gab er sich gegenüber den Frauen, die aus dem Zug stiegen und nach dem Weg zum Waisenhaus fragten, und nicht *ein* Mal hatte er einer dieser Frauen seinen Arm und seine Hilfe angeboten, wenn sie die Stufen des Zuges zur Heimfahrt hinaufstiegen; und die erste Stufe war hoch – viele der Frauen, die ausgeschabt worden waren, hatten offensichtliche Schwierigkeiten mit dieser ersten Stufe.

An diesem Morgen war der Bahnhofsvorstehergehilfe besonders tapfer und unliebenswürdig aufgelegt. Er hatte einem der Lümmel fünfzehn Cent gegeben, er solle zum Haus des Bahnhofsvorstehers laufen und ihn holen, aber der Trampel war nur mit der Nachricht zurückgekehrt, daß das Fahrrad des Bahnhofsvorstehers umgefallen und liegengeblieben sei, wo es hingestürzt war. Unheilvoll, dachte der Gehilfe, aber frustrierend. Halb war er verärgert, weil er die Aufgaben des Bahnhofsvorstehers erfüllen mußte, die er schlecht erfüllte, halb war er erregt bei der Aussicht, das Kommando zu übernehmen. Als er diese beiden verschmutzten Wichte aus dem Waisenhaus die Hauptstraße vor dem Bahnhof überqueren und herankommen sah, fühlte der Gehilfe des Bahnhofsvorstehers seine Autorität aufschwellen. Curly Day, mit dem einen Arm sich die Nase wischend, mit dem anderen David Copperfield nachschleifend, schien sprechen zu wollen, aber der Bahnhofsvorstehergehilfe sprach zuerst.

»Macht, daß ihr wegkommt«, sagte er. »Ihr gehört hier nicht hin.«

Curly blieb stehen; Klein-Copperfield prallte gegen ihn und wankte unter der Plötzlichkeit des Zusammenpralls. Curly wollte gern glauben, daß er nirgends »hingehörte«, aber er raffte sein Selbstvertrauen zusammen und übermittelte seine einstudierte Botschaft: »Der Bahnhofsvorsteher ist tot! Doktor Larch sagt, er hatte seit einigen Stunden einen Herzanfall! Sagen Sie den Verwandten und Bekannten, daß bald ein Automobil vorgenommen wird!«

Sogar die Lümmel merkten auf. Der Gehilfe wurde von einer Flut plötzlicher und widersprüchlicher Gefühle überwältigt: daß der Bahnhofsvorsteher tot war, konnte heißen, daß er, der Gehilfe, der nächste Bahnhofsvorsteher werden würde; die Möglichkeit, daß jemand einen einige Stunden andauernden Herzanfall erlitt, war unvorstellbar schmerzhaft; und was war das für eine Verheißung – oder Drohung – von einem Automobil?

Welche Verwandten, welche Freunde? fragten sich die beiden Lümmel.

»Was ist das für ein Automobil?« fragte der Gehilfe Curly Day. Curly fürchtete, daß er einen Fehler gemacht hatte, beschloß aber, sich durchzubluffen. Es war nicht ratsam, vor einem Tyrannen Schwäche oder Unentschlossenheit zu zeigen, und Curlys listige Überlebensinstinkte ließen ihn Selbstvertrauen über die Wahrheit stellen.

»Es bedeutet, daß ein Auto kommt wegen ihm«, sagte Curly Day. Die beiden Lümmel gafften milde beeindruckt; sie hatten nicht gedacht, daß der Bahnhofsvorsteher wichtig genug sei, um zu verdienen, daß ein Auto ihn abholte.

»Du meinst einen Leichenwagen?« fragte der Gehilfe. Es gab einen Leichenwagen in Three Mile Falls – er hatte ihn einmal gesehen: ein langes schwarzes Auto, das so langsam fuhr, als würde es von Maultieren gezogen.

»Ich meine ein Auto«, sagte Curly Day, dem das Wort »Leichenwagen« gar nichts sagte. »Ich meine ein *Automobil*.«

Keiner rührte sich, keiner sprach; vielleicht setzten bei allen die Symptome eines besonderen Herzanfalls ein, der angeblich einige Stunden andauerte. Alle warteten sie ganz einfach auf das nächste Ereignis dieses Tages, als Senior Worthingtons austernweißer Cadillac kriechend in Sicht kam.

In den vielen armen und einsamen Städtchen, durch die sie gerollt waren, hatten Wally und Candy mehr als genug Blicke auf sich gezogen, aber trotzdem waren sie nicht vorbereitet auf das betäubte Gaffen des Bahnhofsvorstehergehilfen und dieses Übermaß an Gaffen, das sie den beiden Lümmeln entlockten, die wie festgenagelt auf der Bank vor dem Bahnhofsgebäude hockten.

»Da sind wir: St. Cloud's«, sagte Wally zu Candy – mit eindeutig falscher Begeisterung. Candy konnte einfach nicht anders; sie langte nach seinem Bein und kniff ihn fest in den Oberschenkel – *Klein Dorrit*, von ihrem Schoß gleitend, streifte unterwegs zum Boden des Cadillacs ihre verschränkten Fersen. Es waren aber die Gesichter von Curly Day und David Copperfield, die Candy mit größter Wucht trafen. Trotz Schmutz und Ungepflegtheit leuchtete Curly Days Gesicht – sein Lächeln war wie ein Sonnenstrahl; er drang durch den Unrat und offenbarte den verborgenen Glanz. Die Riesengröße der Erwartung in Curlys schmutzigem Gesicht war es, die Candy den Atem nahm; ihre Augen flossen über, ihr Blick verschwamm – aber erst, nachdem das weit-offene Klaffen von David Copperfields Mund sie verblüfft hatte. Von der Tränentropfenform seiner dicken Unterlippe hing ein durchsichtiger, gesunder Sabberfaden, hinabschwebend beinah auf seine fest geschlossenen Fäustchen, die er auf seinen Bauch preßte, als habe der blendendweiße Cadillac ihm die Luft genommen, körperlich, wie ein Magenschwinger.

Wally war sich nicht sicher, aber er meinte, daß der Bahnhofsvorstehergehilfe das Kommando hätte über diese seltsame Menschenansammlung. »Entschuldigen Sie«, sagte Wally zu dem Gehilfen, dessen Mund sich nicht regte, dessen Augen nicht blinkten. »Könnten Sie mir den Weg zum Waisenhaus sagen?«

»Sie sind aber wirklich schnell gekommen«, sagte der Gehilfe leblos. Ein *weißer* Leichenwagen! dachte er. Ganz zu schweigen von der Schönheit der Leichenträger; der Gehilfe fand sich außerstande, das Mädchen anzusehen; nie würde sein geistiges Auge den kurzen Blick vergessen, den es tatsächlich auf sie geworfen hatte.

»Wie bitte?« sagte Wally. Der Mann ist geistesgestört, dachte Wally; ich sollte mit jemand anderem sprechen. Ein flüchtiger, suchender Blick auf die Lümmel auf der Bank genügte, um Wally zu sagen, daß er sie besser gar nichts fragte. Und das kleinere der Kinder, mit dem kristallklaren Geiferfaden, der jetzt wie ein Eiszapfen im Sonnenlicht funkelte und beinah bis zu den grasbefleckten Grübchen an den Knien des Kindes herabreichte, schien zu klein, um sprechen zu können. »Hallo«, versuchte Wally es freundlich.

»Tot!« sagte David Copperfield, sein Sabber schaukelnd wie Lametta an einem Weihnachtsbaum.

Er nicht, dachte Wally und suchte Curly Days Augen; Curlys Augen waren leicht zu finden – sie waren auf Candy fixiert. »Hallo«, sagte Candy zu ihm, und Curly Day schluckte sichtlich – und mit sichtlicher Pein. Das nasse Ende seiner Nase sah wund aus, trotzdem aber rieb er es energisch.

»Könntest *du* uns den Weg zum Waisenhaus sagen?« fragte Wally Curly Day, der, anders als die Lümmel und der Gehilfe, wußte, daß dieser Cadillac und diese engelhaften Exemplare menschlichen Lebens nicht gekommen waren, um den unerwünschten Leichnam des toten Bahnhofsvorstehers abzuholen. Sie wollen zum *Waisenhaus*, dachte Curly Day. Sie sind hergekommen, um jemand zu *adoptieren*! verriet ihm sein pochendes Herz. O Gott, dachte Curly – mach, daß ich es bin!

David Copperfield, in seiner typischen Trance, streckte die

Hand aus, um das perfekte Monogramm an der Tür des Cadillac zu berühren: Senior Worthingtons Goldmonogramm, auf der Backe eines leuchtenden Roten-Delicious-Apfels – mit einem Blatt von frühlingsgrünem Glanz, von der ungekünstelten Form einer Träne. Curly fegte Klein-Copperfields Hand beiseite.

Ich muß das Kommando hier übernehmen, dachte Curly, wenn ich will, daß sie mich nehmen.

»*Ich* werde Ihnen das Waisenhaus zeigen«, sagte Curly Day. »Nehmen Sie uns mit.«

Candy lächelte und öffnete ihnen die hintere Tür. Sie war etwas überrascht, als Curly Klein-Copperfield hochhob und in den Wagen stieß – nicht auf den Sitz, sondern auf den Fußboden. Copperfield schien ganz zufrieden auf dem Fußboden; ja, als er die sonderbar gesprenkelten Polster der Sitzbank berührte, zog er alarmiert seine Hand zurück – er hatte noch niemals Leder berührt – und er zuckte zusammen, als fürchtete er, die Sitzbank könne lebendig sein. Es war ein aufregender Tag gewesen für Klein-Copperfield: den größten Teil des Vormittags eingesperrt in einen Klistierkarton; sein erster Flugversuch; sein langer Sturz durch das Unkraut; und dann auf dem Gesicht dieses Toten gesessen. Was würde als nächstes kommen? fragte sich Klein-Copperfield. Als der Cadillac sich in Bewegung setzte, kreischte er. Er hatte noch nie in einem Auto gesessen.

»Er versteht nichts von Autos«, erklärte Curly Day Candy. Curly selbst hatte auch noch niemals Leder gefühlt, aber er bemühte sich, auf der luxuriösen Sitzbank zu sitzen, als sei er dazu geboren, immer auf diese Weise zu reisen. Er erkannte die ausgebleichten Flecken, die das Scharlachrot sprenkelten, nicht als Folge eines Unfalls mit Chemikalien – oft sollte es Curly Days Pech sein, einen Unfall mit etwas künstlich Beabsichtigtem zu verwechseln.

»Fahr langsam, Wally«, sagte Candy. »Der Kleine hat Angst.« Sie beugte sich über die Lehne des Vordersitzes und streckte die Arme nach Klein-Copperfield aus, dessen Heulen jäh abbrach. Er erkannte die Art wieder, wie ihr Haar zu beiden Seiten ihres Gesichts nach vorne fiel, dies – im Zusammenwirken mit ihren ausgestreckten Armen und einem gewissen Trost in ihrem Lächeln – war Copperfield vertraut von Schwester Angela und Schwester Edna. Männer, dachte Copperfield, hoben einen mit einem Arm hoch und trugen einen auf der Hüfte; mit »Männern« meinte er Homer Wells und Dr. Larch. Curly Day schleppte Copperfield manchmal auf diese Weise umher, aber Curly war nicht kräftig genug und ließ ihn oft fallen.

»Komm her, komm her, hab keine Angst«, sagte Candy zu Copperfield und schwang ihn über den Sitz, um ihn auf ihren Schoß zu setzen. Copperfield lächelte und berührte Candys Haar; noch nie hatte er blondes Haar gefühlt, er war sich nicht recht sicher, ob es echt war. Er hatte auch noch nie jemand gerochen, der so gut roch; er drückte sein Gesicht an ihren Hals und schnüffelte einen großen, tiefen Schnaufer voll von ihr. Sie umarmte ihn sogar, sie küßte ihn tatsächlich auf das blaue Grübchen an seiner Schläfe. Sie sah Wally an und weinte beinah.

Curly Day, krank vor Neid, hielt sich am Ledersitz fest und fragte sich, was er sagen könnte, damit sie *ihn* wollten. Warum sollte irgend jemand mich wollen? begann er sich zu fragen, aber er wehrte den Gedanken ab. Er suchte Wallys Augen im Rückspiegel des Cadillac; es war zu qualvoll für ihn zu sehen, wie Candy David Copperfield hielt.

»Bist du einer der Waisenjungen?« fragte Wally – taktvoll, wie er hoffte.

»Darauf darfst du wetten!« sagte Curly Day, zu laut; es hatte sich zu begeistert angehört, dachte er. »Ich bin nicht nur einer von den Waisenjungen«, sprudelte er plötzlich los, »ich bin der *beste*!« Dies brachte Candy zum Lachen; sie drehte sich auf dem Vordersitz um und lächelte ihn an, und Curly hatte das Gefühl, den Halt auf seinem Lederpolster zu verlieren. Er wußte, daß er noch etwas sagen sollte, doch seine Nase floß so mächtig, daß er überzeugt war, alles, was er sagte, würde sich komisch anhören; bevor er sich mit dem Ärmel übers Gesicht fahren konnte, war da ihre Hand, die ihm ihr Taschentuch hinhielt. Und sie reichte ihm nicht einfach das Taschentuch, wie er erkannte; sie drückte ihm das Taschentuch wirklich an die Nase, und hielt es genau an die richtige Stelle.

»Schnaub rein«, sagte Candy. Nur einmal hatte jemand so etwas für Curly getan – Schwester Edna, glaubte er. Er schloß die Augen und schnaubte seine Nase – vorsichtig zuerst.

»Mach schon«, sagte Candy. »Schnaube sie richtig!« Er schnaubte sie richtig – er schnaubte seine Nase so nachdrücklich, daß sein Kopf augenblicklich klar wurde. Der köstliche Duft ihres Parfüms machte ihn schwindelig; er schloß die Augen und machte sich in die Hose. Er sah, daß er seine Nase auf ihre Hand geschnaubt hatte – und sie hatte nicht einmal böse geschaut; sie schaute besorgt, und das zwang ihn, noch ausgiebiger zu pinkeln. Er konnte nicht aufhören. Sie schaute völlig überrascht.

»Links oder rechts?« fragte Wally fröhlich und blieb an der Einfahrt zum Lieferanteneingang der Knabenabteilung stehen.

»Links!« schrie Curly; dann stieß er die Hintertür an Candys Seite auf und sagte zu ihr: »Tut mir leid! Ich mache nicht mal ins Bett. Habe ich nie! Ich bin kein Bettnässer. Ich habe nur eine Erkältung! Und ich habe mich so aufgeregt! Ich hab einfach einen schlechten Tag. Ich bin wirklich *gut*!« rief er. »Ich bin der *Beste*!«

»Ist gut, ist gut, steig wieder ein«, sagte sie zu ihm, aber Curly spurtete bereits durch das Unkraut, um die andere Ecke des Hauses.

»Der arme Kleine hat sich einfach in die Hose gemacht«, sagte Candy zu Wally, der sah, wie Candy David Copperfield auf dem Schoß hielt, und ihm war, als würde er gleich zusammenbrechen.

»Bitte«, flüsterte er ihr zu, »du mußt dies nicht tun. Du kannst das Baby bekommen. Ich *will* das Baby – ich will *dein* Baby. Es wäre gut. Wir können einfach umkehren«, flehte er sie an.

Aber sie sagte: »Nein, Wally. Ich bin in Ordnung. Es ist jetzt nicht die Zeit für uns, ein Baby zu haben.« Sie senkte ihr Gesicht in David Copperfields feuchten Nacken; der Junge roch süß, und auch moderig.

Das Auto stand still. »Bist du sicher?« flüsterte Wally ihr zu. »Du mußt nicht.« Sie liebte ihn dafür, daß er genau das Richtige im richtigen Moment gesagt hatte, aber Candy Kendall war praktischer veranlagt als Wally Worthington, und sie hatte die Hartnäckigkeit ihres Vaters, wenn sie sich einmal zu etwas entschlossen hatte; sie war keine Schwätzerin.

»Der Junge hat gesagt, fahr links«, sagte Candy zu Wally. »Fahr links.«

Mrs. Grogan, auf der anderen Straßenseite im Eingang der Mädchenabteilung, beobachtete das Zögern des Cadillac. Sie hatte Curly Day nicht aus dem Wagen flüchten sehen, und sie erkannte nicht das kleine Kind auf dem Schoß des hübschen Mädchens. Mrs. Grogan vermutete, daß das Kind dem hübschen Mädchen gehörte – sie fragte sich, ob sie je ein so hübsches Mädchen gesehen hatte. Und ihr junger Mann war gewiß hübsch – allzu hübsch für einen Ehemann, wie man in Maine sagt.

Nach Mrs. Grogans Meinung schienen sie zu jung, um jemand zu adoptieren – schade, sinnierte sie, denn sie schienen gewiß wohlhabend. Ein Cadillac sagte Mrs. Grogan nichts; die Leute selbst waren es, die ihr teuer erschienen. Sie war verwirrt, wie bezaubert sie sich fühlte, wenn sie diese lieben Leute ansah. Ihre wenigen kurzen Blicke, die sie auf die sehr Reichen geworfen hatte, hatten Mrs. Grogan früher nicht bezaubert; diese kurzen Blicke hatten ihr ein bitteres Gefühl gegeben – im Namen der unadoptierten Mädchen. Sie war nur für ihre Mädchen da, diese Mrs. Grogan; es war nichts Persönliches in ihrer Verbitterung – und eigentlich sehr wenig Persönliches in ihrem ganzen Leben.

Das Auto stand still und ermöglichte Mrs. Grogan einen langen Blick. Oh, die armen Schätzchen, dachte sie. Sie sind *nicht* verheiratet, sie haben dieses Kind zusammen bekommen, entweder er oder sie ist enterbt – beide sind sie, klar, verstoßen worden – und jetzt sind sie gekommen, um ihr Kind herzugeben. Aber sie zögern! Sie wollte hinauslaufen und ihnen sagen: Behaltet das Kind! Fahrt weg! Sie fühlte sich gelähmt durch das Drama, das sie sich ausmalte. Tut es nicht! flüsterte sie, alle Kraft aufbietend für ein mächtiges telepathisches Signal.

Dieses Signal war es, das Wally spürte, als er Candy sagte, daß sie nicht müßte. Dann aber fuhr das Auto wieder an – es wendete

nicht, es fuhr geradewegs zur Spitalpforte der Knabenabteilung –
und Mrs. Grogan sank das Herz. Junge oder Mädchen, fragte sie
sich betäubt.

Was geht hier vor, verflucht nochmal, fragte sich Melony an
ihrem sauertöpfischen Fenster.

Wegen des grellen Oberlichts im Schlafsaal konnte Melony ihr
eigenes Gesicht im Fenster gespiegelt sehen; sie sah den weißen
Cadillac auf ihrer Oberlippe halten. Curly Day entfloh über ihre
Wange, und die Arme des hübschen blonden Mädchens um-
schlangen David Copperfield auf Melonys Kehle.

Es war fast, als schaute Melony in einen Spiegel. Nicht, daß sie
beunruhigt gewesen wäre über die Lustlosigkeit ihres Gesichts,
oder wie eng ihre Augen beisammenstanden, oder wie ihr Haar
sich sträubte; es war ihr eigener Gesichtsausdruck, der sie
bestürzte – die Leere, das Fehlen von Energie (einstmals, so
stellte sie sich vor, hatte sie wenigstens Energie gehabt). Sie
konnte sich nicht erinnern, wann sie sich selbst zum letztenmal
in einem Spiegel angeschaut hatte.

Was sie jetzt beunruhigte, war, daß sie diese vertraute Leere
eben in Homer Wells' Gesicht gesehen hatte, als er die Leiche des
Bahnhofsvorstehers hochhob – es war nicht das Fehlen von
Spannung, es war dieser Ausdruck von Null-Überraschung.
Melony fürchtete sich vor Homer. Wie sich die Dinge verändert
hatten! dachte sie. Sie hatte ihn an sein Versprechen erinnern
wollen. Du wirst mich mitnehmen, wenn du wegläufst, hatte sie
sagen wollen, aber ihre Vertrautheit mit seinem neuen Gesichtsausdruck (weil es ihr beinah ständiger Gesichtsausdruck war,
davon war sie überzeugt), hatte sie gelähmt.

Wer aber sind diese hübschen Leute? fragte sie sich. Was ein
Auto, dachte sie. Sie hatte ihre Gesichter nicht gesehen, aber
schon ihre Hinterköpfe hatten ihr Unbehagen bereitet. Das
blonde Haar des Mannes bildete solch einen perfekten Kontrast
zu seinem glatten, gebräunten Nacken, daß es sie kalt überlief.
Und wie konnte der Hinterkopf des Mädchens so perfekt sein –
das Fallen und Schwingen ihres Haars so akkurat? Gab es einen
Trick, um die Länge des Haars so genau auf die geraden, doch

schmalen Schultern des Mädchens abzustimmen? Und gewiß war es anmutig, wie sie Klein-Copperfield hochgehoben hatte und auf ihrem Schoß hielt – diese kleine Kröte, dachte Melony. Das Wort »Kröte« mußte sie laut gesprochen haben, denn ihr Atem beschlug in diesem Moment das Fenster; sie verlor ihren eigenen Mund und ihre Nase aus dem Blick. Als das Fenster wieder blank wurde, sah sie das Auto weiterfahren, zum Eingang des Spitals. Leute wie diese sind zu perfekt, um eine Abtreibung zu brauchen, stellte Melony sich vor. Sie sind zu perfekt, um zu ficken, dachte sie verbittert. Sie sind zu rein, um es zu tun. Das hübsche Mädchen wundert sich, warum sie nicht schwanger werden kann. Sie weiß nicht, daß man zuerst ficken muß. Sie überlegen sich, jemand zu adoptieren, aber hier werden sie niemand finden. Da ist keiner, der gut genug ist für sie, dachte Melony – und haßte sie. Sie spuckte direkt in ihr eigenes stumpfsinniges Spiegelbild und beobachtete, wie die Spucke über die Scheibe hinabfloß. Sie hatte nicht die Energie, sich zu bewegen. Es gab mal eine Zeit, dachte sie, da wäre ich wenigstens hinausgegangen und hätte am Cadillac herumgeschnüffelt. Vielleicht ließen sie etwas im Auto liegen, – etwas, das gut genug war, es zu stehlen. Jetzt aber konnte nicht einmal der Gedanke, etwas zu stehlen, Melony von ihrem Fenster fortbewegen.

Dr. Larch hatte mit Schwester Ednas Hilfe die erste Abtreibung durchgeführt; Larch hatte Homer gebeten, die Wehen der künftigen Mutter aus Damariscotta zu kontrollieren. Schwester Angela assistierte Larch bei der zweiten Abtreibung, doch Dr. Larch hatte auch auf Homers Anwesenheit bestanden. Er hatte Homers Äther-Applikation überwacht; Dr. Larch hatte eine so leichte Hand mit dem Äther, daß die erste Abtreibungspatientin während der ganzen Operation mit Schwester Edna gesprochen hatte, und doch hatte die Frau nichts gespürt. Sie redete und redete: eine Art luftiger Litanei von non sequiturs, auf die Schwester Edna mit Begeisterung reagierte.

Homer hatte die zweite Frau wegtauchen lassen, und er war sichtlich verärgert über sich selbst, die Frau stärker narkotisiert zu haben, als er gewollt hatte. »Besser zuviel als zuwenig«, sagte Schwester Angela aufmunternd – ihre Hände an den bleichen Schläfen der Frau, die sie unwillkürlich mit ihren sanften Händen glättete. Larch hatte Homer gebeten, das Vaginalspekulum einzuführen, und Homer starrte jetzt düster auf die glänzende Cervix der Frau, auf die vorgewölbte Öffnung des Uterus. In durchsichtigen Schleim gebadet, hatte sie eine Aura von Morgennebel, von Tautropfen, von den rosa Wolken eines Sonnenaufgangs um sich versammelt. Hätte Wally Worthington durch das Spekulum gespäht, er hätte gemeint, einen Apfel in irgendeiner blassen, ätherischen Phase seiner Entwicklung zu erblicken. Was aber ist diese kleine Öffnung? hätte er sich vielleicht gefragt.

»Wie sieht's aus?« fragte Larch.

»Sieht gut aus«, sagte Homer Wells. Zu seiner Überraschung reichte Larch ihm den Cervix-Stabilisator – ein einfaches Instrument. Es war zum Greifen der oberen Lippe der Cervix und zum Stabilisieren der Cervix, die sodann in ihrer Tiefe sondiert und erweitert wurde.

»Haben Sie nicht kapiert, was ich Ihnen sagte?« fragte Homer Dr. Larch.

»Mißbilligst du es, die Cervix anzufassen, Homer?« fragte Larch. Homer griff nach der Cervixlippe der Frau und faßte sie korrekt. Ich werde keinen einzigen Dilatator anfassen, dachte er. Er wird mich nicht dazu bringen.

Aber Larch bat gar nicht darum. Er sagte: »Danke, das ist eine gewisse Hilfe.« Er sondierte und dehnte die Cervix selbst. Als er um die Curette bat, reichte Homer sie ihm.

»Erinnern Sie sich, daß ich Sie fragte, ob es notwendig sei, daß ich auch nur dabei bin?« fragte Homer leise. »Ich sagte, wenn es Ihnen recht ist, würde ich lieber nicht zuschauen. Sie erinnern sich?«

»Es ist notwendig, daß du zuschaust«, sagte Wilbur Larch, auf das Kratzen seiner Curette horchend; seine Atmung war flach, aber regelmäßig.

»Ich finde«, sagte Dr. Larch, »du solltest beteiligt sein bis zu dem Grad, daß du zuschaust, daß du eine gewisse amateurhafte

Hilfe leistest, daß du den Vorgang verstehst, daß du ihn auszuführen lernst – ganz egal, ob du dich dereinst dafür entscheidest, ihn auszuführen oder nicht.

Greife *ich* denn ein, wenn absolut hilflose Frauen mir sagen, daß sie einfach *keine* Abtreibung ertragen können, daß sie einfach durchhalten *müssen*, um noch ein – und noch ein weiteres – Waisenkind zu bekommen: Greife ich ein? Tue ich das?

Ich tu's nicht«, sagte er, schabend. »Ich hole es auf die Welt, gottverdammt. Und glaubst du, es gibt eine überwiegend glückliche Geschichte für die Babys, die hier auf die Welt kommen? Glaubst du, die Zukunft dieser Waisen ist rosig? Glaubst du das?

Du glaubst es nicht«, sagte Larch. »Aber fordere ich? Ich tu es nicht. Ich empfehle nicht einmal. Ich gebe ihnen, was sie wollen: eine Waise oder eine Abtreibung«, sagte Larch.

»Nun, ich bin Waise«, sagte Homer Wells.

»Fordere ich, daß wir die gleichen Gedanken haben? Ich tu es nicht«, sagte Larch.

»Sie wünschen es«, sagte Homer Wells.

»Die Frauen, die zu mir kommen, ihnen ist nicht geholfen mit *Wünschen*«, sagte Wilbur Larch. Er legte die mittelgroße Curette beiseite und streckte die Hand nach einer kleineren aus, die Homer Wells für ihn bereithielt und ihm automatisch reichte.

»Ich *will* mich ja nützlich machen«, fing Homer an, aber Larch wollte nicht zuhören.

»Dann ist es dir nicht erlaubt, dich zu verstecken«, sagte Larch. »Es ist dir nicht erlaubt, den Blick abzuwenden. Du selbst hast mir ganz richtig gesagt, daß du, wenn du dich nützlich machen wolltest, wenn du überhaupt beteiligt sein wolltest, alles wissen müßtest. Nichts dürfe dir vorenthalten bleiben. *Ich* habe das von *dir* gelernt! Nun, du hast recht«, sagte Larch. »Du *hattest* recht«, fügte er hinzu.

»Es ist lebendig«, sagte Homer Wells. »Das ist der springende Punkt.«

»Du bist in einen Prozeß einbezogen«, sagte Dr. Larch. »Eine Geburt, bei richtiger Gelegenheit, und ein Abbruch – bei anderen Gelegenheiten. Deine Mißbilligung wird zur Kenntnis genommen. Sie ist legitim. Es steht dir frei, zu mißbilligen. Aber es steht dir nicht frei, unwissend zu sein, den Blick abzuwenden, *un*fähig zu sein, es auszuführen – solltest du je deine Meinung ändern.«

»Ich werde meine Meinung nicht ändern«, sagte Homer Wells.

»Also gut«, sagte Dr. Larch, »solltest du, gegen deinen Willen, doch um das Leben der Mutter, zum Beispiel ... solltest du es je ausführen müssen.«

»Ich bin kein Arzt«, sagte Homer Wells.

»Du bist kein fertiger Dr. med.«, sagte Dr. Larch, »und du könntest noch einmal zehn weitere Jahre bei mir lernen, und immer noch wärst du nicht fertig. Aber in bezug auf alle bekannten Komplikationen, die im Bereich der weiblichen Fortpflanzungsorgane auftreten, in bezug auf diese Organe – kannst du ein fertiger Chirurg sein. Punktum. Du bist bereits tüchtiger als die tüchtigste Hebamme, verdammt«, sagte Wilbur Larch.

Homer hatte das Herausziehen der kleinen Curette vorhergesehen; er reichte Larch die erste von mehreren sterilen Schambinden.

»Ich werde dich niemals zwingen, etwas zu tun, was du mißbilligst, Homer«, sagte Dr. Larch. »Aber du wirst zuschauen, du sollst wissen, wie man es macht, was ich mache. Wozu wäre ich sonst gut?« fragte er. »Sind wir nicht auf diese Erde gestellt, um zu arbeiten? Zumindest um zu lernen, zumindest um zuzuschauen? Was, glaubst du, heißt es, sich nützlich zu machen?« fragte er. »Glaubst du, du solltest in Ruhe gelassen werden? Glaubst du, ich sollte zulassen, daß du eine *Melony* wirst?«

»Warum lehren Sie nicht *sie*, wie man es macht?« fragte Homer Wells Dr. Larch.

Welch eine Frage, dachte Schwester Angela, aber der Kopf der Frau bewegte sich etwas in Schwester Angelas Händen; die Frau stöhnte, und Schwester Angela brachte ihre Lippen an das Ohr der Frau. »Es geht Ihnen sehr gut, meine Liebe«, flüsterte sie. »Jetzt ist alles vorbei. Ruhen Sie sich einfach aus.«

»Du verstehst, was ich meine, Homer?« fragte Dr. Larch.

»Richtig«, sagte Homer.

»Aber du stimmst nicht zu, oder?« fragte Larch.

»Wiederum richtig«, sagte Homer Wells.

Du verdammt mürrischer, ichbezogener selbstmitleidiger arroganter unerfahrener nichtswissender *Halb-wüchsiger*! dachte Wilbur Larch, aber statt all dessen sagte er zu Homer Wells: »Vielleicht wirst du es dir anders überlegen mit dem Arztwerden.«

»Eigentlich habe ich es mir noch gar nie überlegt«, sagte Homer. »Ich habe nie gesagt, daß ich Arzt werden möchte.«

Larch schaute nach dem Blut auf dem Mull – die richtige Menge Blut, dachte er – und als er die Hand nach einer frischen Binde ausstreckte, hatte Homer eine bereit. »Du möchtest nicht Arzt werden, Homer?« fragte Dr. Larch.

»Richtig«, sagte Homer Wells. »Ich glaube nicht.«

»Du hattest nicht viel Gelegenheit, dir andere Dinge anzusehen«, sagte Larch philosophisch. Das Herz tat ihm weh. »Es ist meine Schuld, ich weiß, ich habe die Medizin so unattraktiv gemacht.«

Schwester Angela, die viel härter war als Schwester Edna, meinte gleich weinen zu müssen.

»Nichts ist Ihre Schuld«, sagte Homer rasch.

Wilbur Larch kontrollierte abermals die Blutung. »Hier ist nicht viel zu tun«, sagte er unvermittelt. »Falls du nichts dagegen hättest, einfach bei ihr zu bleiben, bis sie aus dem Äther kommt – du hast ihr aber auch eine Ladung verpaßt«, fügte er, unter die Augenlider der Frau schauend, hinzu. »Ich kann die Frau aus Damariscotta entbinden, wenn sie bereit ist. Mir war nicht bewußt, daß dir die ganze Sache nicht gefällt«, sagte Larch.

»Das ist nicht wahr«, sagte Homer. »*Ich* kann die Frau aus Damariscotta entbinden. Ich wäre glücklich, wenn ich sie entbinden dürfte.« Aber Wilbur Larch hatte sich von der Patientin abgewandt und verließ den Operationssaal.

Schwester Angela warf Homer einen raschen Blick zu; es war ein ziemlich neutraler Blick, gewiß nicht vernichtend oder auch nur leise mißbilligend, aber er war auch nicht mitfühlend (oder gar wohlwollend, dachte Homer Wells). Sie ging hinter Dr. Larch her und ließ Homer bei der Patientin stehen, die sich langsam aus der Äthernarkose herauskämpfte.

Homer sah nach der Fleckenbildung auf der Binde; er spürte die Hand der Frau über sein Handgelenk streichen, während sie benommen sagte: »Ich warte hier, während du das Auto holst, Schatz.«

Im Duschraum der Knaben, wo es mehrere Toilettenkabinen gab, spritzte sich Wilbur Larch kaltes Wasser ins Gesicht und suchte nach Spuren seiner Tränen im Spiegel; er war, genau wie Melony, kein altgedienter Spiegelbeschauer, und Dr. Larch war überrascht von seinem Aussehen. Wie lange schon bin ich so *alt*? fragte er sich. Hinter ihm im Spiegel erkannte er das Häufchen durchnäßter Kleider auf dem Boden als Curly Day gehörend. »Curly?« fragte er; er hatte geglaubt, er wäre allein, aber auch Curly Day weinte – in einer der Toilettenkabinen.

»Ich habe einen sehr schlimmen Tag«, verkündete Curly.

»Laß uns darüber sprechen«, schlug Dr. Larch vor, was Curly aus der Kabine lockte. Er war in mehr oder minder frische Kleider gehüllt, aber Larch erkannte, daß es nicht Curlys Kleider waren. Es waren zum Teil Homers alte Kleider, zu klein jetzt für Homer, aber immer noch viel zu groß für Curly Day.

»Ich versuche, nett auszusehen für das nette Ehepaar«, erklärte Curly Day. »Ich will, daß sie mich nehmen.«

»Dich nehmen, Curly?« fragte Dr. Larch. »*Welches* nette Ehepaar?«

»Sie wissen doch«, sagte Curly, der glaubte, daß Dr. Larch alles wußte. »Die schöne Frau? Das weiße Auto?«

Das arme Kind hat Visionen, dachte Wilbur Larch, der Curly in die Arme schloß und ihn auf den Rand des Waschbeckens setzte, wo er den Jungen genauer beobachten konnte.

»Oder sind sie hier, um jemand anders zu adoptieren?« fragte Curly jämmerlich. »Ich glaube, die Frau mag Copperfield – aber er kann nicht mal sprechen!«

»Niemand wird heute jemand adoptieren, Curly«, sagte Dr. Larch. »Ich habe keine Verabredungen heute.«

»Vielleicht sind sie nur gekommen, um uns anzuschauen«, gab Curly zu bedenken. »Sie nehmen einfach den besten von uns.«

»So funktioniert es nicht, Curly«, sagte Dr. Larch beunruhigt. Glaubt das Kind etwa, ich führe ein Tierheim? fragte sich Larch. Glaubt er, ich lasse die Leute kommen und sich mal umsehen?

»Ich weiß nicht, wie irgendwas funktioniert«, sagte Curly, und er fing wieder an zu weinen.

Wilbur Larch, mit seiner frischen Erinnerung, wie alt er sich selbst im Spiegel gesehen hatte, dachte einen Moment, daß seine Arbeit zuviel für ihn sei; er spürte, daß er strauchelte, er spürte, daß er sich wünschte, jemand würde *ihn* adoptieren – ihn einfach mitnehmen. Er drückte Curly Days nasses Gesicht an seine Brust; er schloß die Augen und sah diese Flecken, die er in aller Regel sah, wenn er den Äther inhalierte, nur daß diese Flecken ihn ziemlich grausam an die Fleckenbildung erinnerten, die ihm vertraut war von seinen vielen kontrollierenden Blicken auf die sterilen Schambinden.

Er sah Curly Day an und fragte sich, ob Curly jemals adoptiert werden würde, oder ob Curly in Gefahr sei, ein neuer Homer Wells zu werden.

Schwester Angela zögerte vor der Tür zum Duschraum der Knaben; sie lauschte auf Dr. Larch, der Curly tröstete. Sie machte sich mehr Sorgen um Dr. Larch, als sie sich Sorgen um Curly machte; eine Art hartnäckiger Stichelei hatte sich zwischen Dr. Larch und Homer Wells entwickelt, wie Schwester Angela niemals erwartet hatte, daß sie je zwischen zwei Menschen bestehen könnte, die einander so eindeutig liebten und brauchten. Es schmerzte sie, daß sie nicht vermitteln konnte. Sie hörte, daß Schwester Edna sie rief, und war dankbar für die Unterbrechung; sie beschloß, daß es leichter wäre, mit Homer zu sprechen als mit Dr. Larch; sie beschloß nicht, was zu jedem von ihnen zu sagen wäre.

Homer beobachtete, wie die zweite Abtreibungspatientin aus der Äthernarkose auftauchte; er verlegte sie vom Operationstisch auf ein tragbares Bett; er klappte die Sicherheitsgeländer am Bett hoch, für den Fall, daß die Frau taumelig wäre. Er warf einen

Blick in ein anderes Zimmer und sah, daß die erste Abtreibungspatientin bereits aufrecht saß, doch er beschloß, daß beide Frauen wohl lieber einen Augenblick allein wären, und darum ließ er die zweite Patientin im Operationssaal. Ohnehin war es noch nicht Zeit, die Frau aus Damariscotta zu entbinden, da war er sicher. Das winzige Spital kam ihm besonders gedrängt und übervölkert vor, und er sehnte sich nach einem eigenen Zimmer. Zuerst aber, das wußte er, mußte er sich dafür entschuldigen, daß er Dr. Larch wehgetan hatte – das alles war ihm einfach entschlüpft, und er hätte weinen mögen, wenn er daran dachte, daß er Dr. Larch irgendwie verletzt hatte. Er ging geradewegs über den Flur zur Apotheke, wo er – wie er glaubte – Dr. Larchs Füße über das Fußende des Spitalbettes ragen sah; die Medizinschränke aus der Apotheke versperrten den Blick auf den Rest des Bettes. Er sprach zu Dr. Larchs Füßen, die zu Homers Überraschung größer waren, als er sie in Erinnerung hatte; er war auch überrascht, daß Dr. Larch – ein ordentlicher Mann – seine Schuhe angelassen hatte und daß seine Schuhe schlammig waren.

»Dr. Larch?« sagte Homer. »Es tut mir leid.« Als keine Antwort kam, dachte sich Homer ärgerlich, daß Dr. Larch unter einer zeitlich ungemein schlecht abgestimmten Äthernarkose stünde.

»Es tut mir leid, und ich liebe Sie«, fügte Homer hinzu – ein wenig lauter. Er hielt den Atem an und lauschte auf Larchs Atemzüge, die er nicht hören konnte; beunruhigt ging er um die Schränke herum und sah den leblosen Bahnhofsvorsteher ausgestreckt auf Larchs Bett liegen. Es kam Homer nicht in den Sinn, dies könnte das erste Mal gewesen sein, daß jemand zu dem Bahnhofsvorsteher gesagt hatte: »Ich liebe Sie.«

Es hatte keinen besseren Platz gegeben, ihn unterzubringen. Schwester Angela und Schwester Edna hatten ihn aus dem Operationssaal verlegt. Es wäre grausam gewesen, von einer der Abtreibungspatientinnen zu erwarten, daß sie seine Anwesenheit duldeten, oder ihn neben die erwartende Mutter zu legen, und sicherlich wäre es für die Waisen beunruhigend gewesen, wäre der Bahnhofsvorsteher auf eines der Betten im Schlafsaal gelegt worden.

»Gottverdammt«, sagte Homer.

»Wie das?« fragte Larch. Er trug Curly Day auf den Armen und rief Homer von der Apothekentür.

»Nichts«, sagte Homer Wells. »Vergessen Sie es.«

»Curly hat einen sehr schlimmen Tag gehabt«, erklärte Dr. Larch.

»Wie schade, Curly«, sagte Homer.

»Jemand ist gekommen, um jemand zu adoptieren«, sagte Curly. »Sie kommen *einkaufen*, irgendwie.«

»Das glaube ich nicht«, sagte Dr. Larch.

»Sag ihnen, ich bin der Beste, okay, Homer?« bat Curly.

»Richtig«, sagte Homer Wells. »Du bist der Beste.«

»Wilbur!« rief Schwester Edna eben. Sie und Schwester Angela schwatzten an der Spitalpforte.

Sie schlenderten hinaus, um zu sehen, was los sei: der Doktor, sein unwilliger Lehrling und die zweitälteste Waise in der Knabenabteilung.

Da war ein kleiner, aber geschäftiger Menschenauflauf um den Cadillac. Der Kofferraum war offen, und der hübsche junge Mann verteilte Geschenke an die Waisen.

»Tut mir leid, daß keine Saison ist für Äpfel, Kinder«, sagte Wally. »Oder für Zider. Ihr alle könntet etwas Zider vertragen!« sagte er fröhlich, dabei die Honigtöpfe verteilend, das Holzapfel- und Apfelzidergelee. Gierige schmutzige Hände griffen zu. Mary Agnes Cork, die zweitälteste Waise in der Mädchenabteilung, bekam mehr als ihr zustand. (Melony hatte sie gelehrt, wie man sich an die Spitze einer Schlange stellt.) Mary Agnes war ein bei Mrs. Grogan beliebter Name, und Cork war die Grafschaft in Irland, wo Mrs. Grogan geboren war. Es gab eine ganze Reihe kleiner Corks in der Mädchenabteilung.

»Es ist genug da für alle«, sagte Wally optimistisch, während Mary Agnes zweimal Honig und einmal Holzapfel in ihre Bluse schob – und mehr verlangte. Ein Junge namens Smoky Fields hatte seinen Krug Apfelzidergelee geöffnet und aß es mit der

Hand aus dem Krug. »Eigentlich ist es am besten am Morgen auf Toast«, sagte Wally mahnend, aber Smoky Fields starrte Wally an, als ob Toast kein regulärer Bestandteil seiner Diät, kein normaler Artikel auf seinem Speiseplan wäre, oder am Morgen nicht verläßlich zu haben. Smoky Fields hatte die Absicht, den Krug Gelee an Ort und Stelle aufzuessen. Mary Agnes erspähte eine horngeränderte Haarspange auf dem Rücksitz des Cabriolets – es war eine, die Candy beiseite gelegt hatte. Mary Agnes wandte sich zu Candy um und ließ einen zweiten Krug Holzapfelgelee vor Candys Füße fallen.

»Huch«, sagte Candy und bückte sich, um das Gelee für sie aufzuheben, während Mary Agnes die Haarspange klaute – und der kleine John Walsh ihre geschickten Handgriffe bewunderte. Eine Spur Blut, oder vielleicht Rost, auf Mary Agnes' nacktem Schienbein zog Candys Blick auf sich, und ihr wurde übel; sie mußte sich beherrschen, nicht ihren Finger anzufeuchten und den Streifen abzurubbeln. Als sie sich aufrichtete und dem Mädchen ihren Krug Gelee reichte, schwindelte es Candy ein wenig. Mehrere Erwachsene kamen aus dem Eingang des Spitals, und ihre Anwesenheit half Candy, ihre Fassung wiederzufinden: Ich bin nicht gekommen, um mit den Kindern zu spielen, dachte sie.

»Ich bin Dr. Larch«, sagte der alte Mann eben zu Wally, der wie gelähmt schien von der Entschlossenheit, mit der Smoky Fields den Krug voll Zidergelee verschlang.

»Wally Worthington«, sagte Wally und schüttelte Dr. Larchs Hand, ihm einen Krug von Ira Titcombs Honig überreichend. »Frisch aus den Ocean-View-Obstgärten. Das liegt in Heart's Rock, aber wir sind ganz nah an der Küste – wir sind beinah in Heart's Haven.«

»Heart's Haven?« sagte Wilbur Larch und musterte den Honig. Eine Seebrise schien von dem Jungen auszugehen – so unverkennbar, dachte Larch, wie frische, knisternde Hundertdollarscheine. Wessen Gesicht war doch eben auf einem Hundertdollarschein? versuchte Larch sich vorzustellen.

»Sag's ihr«, sagte Curly Day zu Homer Wells, auf Candy deutend, aber es war nicht nötig, zu deuten. Homer hatte sie gesehen, und nur sie, seit dem Augenblick, als er aus der Spitalpforte aufgetaucht war. Klein-Copperfield umklammerte ihr Bein, aber dies schien ihren Liebreiz nicht zu vermindern – und nichts konnte ihr Strahlen beeinträchtigen. »Sag ihr, ich bin der Beste«, sagte Curly zu Homer.

»Hallo«, sagte Candy zu Homer, weil er die größte Person war, die anwesend war. Er war so groß wie Wally. »Ich bin Candy Kendall«, sagte sie zu ihm. »Ich hoffe, wir stören nicht bei irgend etwas.« Ihr stört bei zwei Abtreibungen, einer Geburt, einem Todesfall, zwei Autopsien und einem Streit, dachte Homer Wells, aber das einzige, was er sagte, war: »Er ist der Beste.« Zu automatisch! dachte Curly Day. Er hat nicht genug Überzeugungskraft!

»Ich«, sagte Curly Day und trat zwischen sie. »Er meint mich. Ich bin der Beste.«

Candy beugte sich über Curly und zauste sein klebriges Haar. »Natürlich bist du das«, sagte sie fröhlich. Und sich wieder aufrichtend, sagte sie zu Homer: »Und Sie arbeiten hier, oder sind Sie einer von...« War es höflich, zu sagen, von *ihnen*? fragte sie sich.

»Nicht eigentlich«, murmelte Homer, und dachte: Ich arbeite hier *un*eigentlich, und ich bin *un*eigentlich einer von ihnen.

»Sein Name ist Homer Wells«, sagte Curly zu Candy, weil Homer versäumt hatte, sich vorzustellen. »Er ist zu alt, um adoptiert zu werden.«

»Das sehe ich!« sagte Candy und wurde verlegen. Ich sollte mit dem Arzt reden, dachte sie verwirrt; sie ärgerte sich über Wally, weil er solch einen Menschenauflauf verursacht hatte.

»Ich bin im Apfelgeschäft«, sagte Wally eben zu Dr. Larch. »Es ist das Geschäft meines Vaters. In Tat und Wahrheit«, fügte er hinzu, »ist es das Geschäft meiner Mutter.«

Was will dieser Narr? dachte Wilbur Larch.

»Oh, ich liebe Äpfel!« sagte Schwester Edna.

»Ich hätte jede Menge Äpfel mitgebracht«, sagte Wally, »aber es ist die falsche Saison. Sie sollten ihre eigenen Äpfel haben.« Er deutete auf die kahle Hügelflanke, die sich hinter ihnen erstreckte. »Sehen Sie sich diesen Hügel an«, sagte er. »Er wird abgeschwemmt. Sie sollten ihn bepflanzen. Ich könnte Ihnen sogar die Bäume besorgen. In sechs oder sieben Jahren würden Sie Ihre eigenen Äpfel haben; Sie könnten für mehr als hundert Jahre Äpfel haben.«

Was fange ich mit hundert Jahren Äpfeln an? dachte Wilbur Larch.

»Wäre das nicht fein, Wilbur?« fragte Schwester Edna.

»Und Sie könnten Ihre eigene Ziderpresse haben«, schlug Wally vor. »Den Kindern frische Äpfel geben und frischen Zider – sie hätten jede Menge zu tun.«

Sie brauchen nicht jede Menge zu tun, dachte Dr. Larch. Sie brauchen jede Menge zu Hause!

Sie sind von irgendeinem Wohltätigkeitsverein, dachte Schwester Angela vorsichtig. Sie brachte ihre Lippen nah an Dr. Larchs Ohr und flüsterte: »Eine ansehnliche Stiftung«, nur damit Dr. Larch nicht grob wäre zu ihnen.

Sie sind zu jung, um ihr Geld zu verschenken, dachte Wilbur Larch.

»Bienen!« sagte Wally eben. »Sie sollten auch Bienen halten. Faszinierend für die Kinder, und viel ungefährlicher, als die meisten glauben. Machen Sie Ihren eigenen Honig und geben den Kindern einen Anschauungsunterricht – Bienen sind eine Modellgesellschaft, eine Lektion in Team-Arbeit!«

Oh, halt den Mund, Wally, dachte Candy, wenn sie auch verstand, warum er nicht aufhören konnte zu plappern. Er war nicht gewöhnt an eine Umgebung, die er nicht augenblicklich aufheitern konnte; er war nicht gewöhnt an einen Ort, der so verzweiflungsvoll war, daß er Schweigen verlangte. Er war nicht gewöhnt, einen Schock aufzufangen, ihn einfach in sich aufzunehmen. Wallys Hundert-Stundenkilometer-Gerede war eine gutherzige Bemühung; er glaubte daran, die Welt zu verbessern – er mußte alles heil machen, alles besser machen.

Dr. Larch sah die Kinder in der Runde, die sich mit Honig und Gelee vollstopften. Sind sie hierher gekommen, um einen Tag mit den Waisen zu spielen und alle krank zu machen? fragte er sich. Er hätte Candy ansehen sollen; dann hätte er gewußt, warum sie hergekommen waren. Er konnte Frauen schlecht in die Augen sehen, unser Wilbur Larch; er hatte zu viele von ihnen unter der grellen Lampe gesehen. Schwester Angela fragte sich manchmal, ob Dr. Larch wußte, daß er dazu neigte, Frauen zu übersehen; sie fragte sich, ob dies ein Berufsrisiko bei Gynäkologen sei, oder ob Männer mit einer Neigung, Frauen zu übersehen, sich zur Gynäkologie hingezogen fühlten.

Homer Wells übersah Frauen nicht; er sah ihnen direkt in die Augen, was vielleicht der Grund war, wie Schwester Angela glaubte, warum er ihre Lage auf den Beinstützen so beunruhigend fand. Komisch, dachte sie, er hat alles gesehen, was Dr. Larch tut, und doch mag er nicht zuschauen, wenn ich oder Schwester Edna eine rasieren. Er war so unnachgiebig im Streit mit Dr. Larch über das Rasieren der Frauen vor den Abtreibungen. Es sei nicht notwendig, pflegte Homer zu sagen, und die Frauen fanden sicherlich keinen Gefallen daran, sich rasieren zu lassen.

»*Gefallen?*« pflegte Dr. Larch zu sagen. »Bin ich denn in der Unterhaltungsbranche?«

Candy fühlte sich hilflos; niemand schien zu begreifen, warum sie hier stand. Kinder rempelten sie in Hüfthöhe, und dieser verlegene, geheimnisvoll hübsche junge Mann, der sicherlich in ihrem eigenen Alter war, aber irgendwie älter wirkte... sollte sie *ihm* sagen, warum sie nach St. Cloud's gekommen war? Konnte nicht jeder es feststellen, indem er sie nur ansah? Dann sah Homer sie an auf diese Art; ihre Augen begegneten sich. Candy dachte, er habe sie schon viele Male gesehen, er habe sie aufwachsen sehen, habe sie nackt gesehen, habe sogar den Akt beobachtet, der verantwortlich war für die besondere Schwierigkeit, die sie nunmehr der heilenden Hand darbot.

Für Homer war es niederschmetternd, im Gesichtsausdruck der schönen Fremden, in die er sich verliebt hatte, etwas so Vertrautes und Bemitleidenswertes wiederzuerkennen wie eine weitere ungewollte Schwangerschaft.

»Ich glaube, drinnen werden Sie es angenehmer haben«, murmelte er ihr zu.

»Ja, danke«, sagte Candy, unfähig jetzt, ihm in die Augen zu sehen.

Larch, der das Mädchen zum Eingang des Spitals gehen sah – und jene bedächtige Gangart wiedererkannte, die unvermeidlich jemanden befällt, der auf seine eigenen Füße achtet – dachte plötzlich: Oh, es ist nur eine weitere Abtreibung, das ist alles. Er drehte sich um und folgte dem Mädchen und Homer, als Smoky Fields eben fertig war mit dem Krug Gelee und anfing, den Krug Honig aufzuessen. Smoky aß anscheinend ohne Befriedigung; aber er aß so systematisch, daß er, selbst als er von einer Waise neben ihm gerempelt wurde, niemals die Augen von seiner kleinen Pfote wandte, die sich in den Krug hineinschaufelte. Als er härter gerempelt wurde, ballte sich eine Art Knurren – oder Gurgeln – in seiner Kehle, und er krümmte die Schultern nach vorn, wie um den Krug vor anderen Raubtieren zu schützen.

Homer ging voraus zu Schwester Angelas Büro; auf der Schwelle sah er die Hände des toten Babys über den Rand des weiß emaillierten Untersuchungstabletts ragen, das immer noch auf Schwester Angelas Schreibmaschine stand. Die Hände des Babys warteten immer noch auf den Ball, doch Homers Reflexe waren schnell genug; er drehte sich unter der Tür herum und stieß Candy zurück auf den Flur. »Dies ist Doktor Larch«, sagte Homer zu Candy, sie miteinander bekannt machend, während er sie über den Flur zur Apotheke geleitete. Wilbur Larch erinnerte sich nicht, daß auf der Schreibmaschine in Schwester Angelas Büro ein totes Baby lag.

Er sagte ärgerlich zu Homer: »Sollten wir nicht Miss Kendall einen Platz anbieten?« Er erinnerte sich auch nicht, daß der tote Bahnhofsvorsteher in der Apotheke lag, und als er die schmutzigen Schuhe des Schwachkopfs sah, zog er Homer zur Seite und flüsterte ihm schroff zu: »Hast du kein Gefühl für dieses arme Mädchen?« Homer flüsterte zurück, daß er glaube, der teilweise Anblick eines toten Mannes sei doch besser als die Gesamtansicht eines toten Babys.

»Oh«, sagte Wilbur Larch.

»Ich werde jetzt die Frau aus Damariscotta entbinden«, fügte Homer, immer noch mit Dr. Larch flüsternd, hinzu.

»Na, beeile dich nur nicht zu sehr«, flüsterte Dr. Larch.

»Ich meine, ich möchte nichts mit *dieser* hier zu tun haben«, flüsterte Homer zurück, und sah Candy an. »Ich werde nicht einmal zuschauen bei ihr, verstehen Sie?«

Dr. Larch betrachtete die junge Frau. Er glaubte, verstanden zu haben – ein wenig. Sie war eine sehr schöne junge Frau, das sah sogar Dr. Larch, und noch nie hatte er Homer in der Gegenwart eines anderen so erregt gesehen. Homer bildet sich ein, daß er verliebt ist! dachte Dr. Larch. Oder er bildet sich ein, daß er's gern wäre. Bin ich denn so völlig unsensibel gewesen? fragte sich Larch. Ist der Junge noch immer Junge genug, um Frauen romantisieren zu müssen? Oder ist er schon Mann genug, auch die *Romanze* mit einer Frau zu begehren?

Wally machte sich mit Homer Wells bekannt. Wilbur Larch dachte: Schon wieder der mit den Äpfeln im Hirn; warum flüstert *er*? Es kam Larch nicht in den Sinn, daß Wally, nach seinem teilweisen Blick auf den Bahnhofsvorsteher glaubte, daß der Bahnhofsvorsteher schlief.

»Dürfte ich wohl einen Moment ungestört bleiben mit Miss Kendall«, sagte Wilbur Larch, »wir können uns doch alle ein andermal kennenlernen. Edna wird mir, bitte, bei Miss Kendall assistieren, und Angela – würden Sie Homer bei der Frau aus Damariscotta helfen? *Homer*«, erläuterte Dr. Larch Wally und Candy, »ist eine recht erfahrene *Hebamme*.«

»*Bist* du das?« sagte Wally begeistert zu Homer. »Uff.«

Homer Wells bewahrte Schweigen. Schwester Angela, aufgebracht über das Wort »Hebamme« – über die Herablassung, die sie ganz richtig in Dr. Larchs Ton gehört hatte – streifte ganz sanft Homers Arm und sagte zu ihm: »Ich werde dir die Zahl der Wehen angeben.« Schwester Edna, ihre unkritische Liebe zu Dr. Larch hellstrahlend wie immer, wies munter darauf hin, daß verschiedene Leute aus und in verschiedene Betten umgelegt werden müßten, um ein Zimmer für Candy freizumachen.

»Dann tun Sie das, bitte«, sagte Dr. Larch. »Dürfte ich wohl einen Moment ungestört bleiben mit Miss Kendall«, wiederholte er, doch er sah, daß Homer wie angewurzelt stehenblieb; Homer war sich nicht bewußt, daß er Candy anstarrte. Der Junge ist mir meschugge geworden, dachte Wilbur Larch, und er sah kein Anzeichen dafür, daß Apfelhirn beabsichtigte, die Apotheke zu verlassen. »Dürfte ich wohl Miss Kendall eben den Vorgang ein wenig erklären«, sagte Wilbur Larch zu Wally (Homer anzusprechen, schien hoffnungslos). »Ich möchte sie gerne aufklären über die Blutung, später – zum Beispiel«, fügte Larch hinzu, dabei die Absicht verfolgend, das Wort »Blutung« möge eine gewisse Wirkung auf Wallys apfelstrahlende Gesichtsfarbe zeitigen. Das tat es – vielleicht im Zusammenwirken mit der überwältigenden Äther-Atmosphäre in der Apotheke.

»Wird man sie *schneiden?*« fragte er Homer jämmerlich; Homer packte Wally am Arm und zog ihn abrupt mit sich fort. Er zerrte ihn so rasch über den Flur und brachte ihn so schnell hinaus ins Freie, daß es Wally beinah ganz erspart blieb, sich zu übergeben. So aber, und einzig dank Homers guten Reflexen, erbrach sich Wally erst, als die beiden hinter der Knabenabteilung waren – genau an jener Hügelflanke, die Wally mit Apfelbäumen zu bepflanzen vorgeschlagen hatte, genau jene Hügelflanke, wo Homer Wells' Schatten erst kürzlich den Doktor Larchs überflügelt hatte.

Die beiden jungen Männer schritten den Hügel auf und ab und kreuz und quer, in geraden Linien – die Baumreihen einhaltend, die Wally in seiner Einbildung pflanzte.

Homer, ganz höflich, erklärte den Eingriff, dem Candy sich unterziehen würde, aber Wally wollte über Apfelbäume sprechen.

»Dieser Hügel ist perfekt geeignet für das normale Vierzigmal-vierzig-Feld«, sagte Wally, vierzig Fuß in einer Richtung abschreitend und dann eine perfekte Neunzig-Grad-Kehre machend.

»Falls sie noch in den ersten drei Monaten ist«, bemerkte Homer, »sollte eigentlich die Zangen nicht nötig sein, nur die normale Dilatation – das heißt, die Erweiterung des Eingangs zum Uterus – und dann die Curettage – das heißt Ausschabung.«

»Ich würde vier Reihen Macintosh empfehlen, dann eine Reihe Roter Delicious«, sagte Wally. »Die Hälfte der Bäume sollten Macs sein. Den Rest würde ich mischen – vielleicht zehn Prozent Roter Delicious, weitere zehn bis fünfzehn Prozent Cortlands und Baldwins. Ein paar Northern Spies, wenn ihr wollt, und ich würde ein paar Gravensteiner dazwischensetzen – das ist ein großartiger Apfel für Pasteten, und man kann ihn früh pflücken.«

»Es wird nicht wirklich geschnitten«, sagte Homer zu Wally, »auch wenn es eine gewisse Blutung geben wird – wir nennen es ein Spotting, und zwar, weil es in der Regel keine starke Blutung ist. Doktor Larch hat eine sagenhaft leichte Hand mit dem Äther, also mach dir keine Sorgen – sie wird nichts spüren. Natürlich wird sie hinterher etwas spüren«, gestand Homer. »Es ist eine besondere Art von Krampf. Die übrigen Beschwerden, sagt Doktor Larch, sind psychologischer Art.«

»Du könntest mit uns nach Hause fahren, zur Küste«, sagte Wally zu Homer. »Wir könnten einen Lastwagen mit Baby-Bäumchen beladen, und in ein paar Tagen könnten wir wieder hiersein und zusammen den Obstgarten anpflanzen. Es würde nicht allzu lange dauern.«

»Abgemacht«, sagte Homer Wells. Die *Küste*, dachte er. Ich werde die Küste sehen. Und das Mädchen. Ich werde in diesem Auto fahren, mit diesem Mädchen.

»Eine *Hebamme*, liebe Güte«, sagte Wally. »Ich schätze, du wirst wahrscheinlich Arzt werden?«

»Ich glaube nicht«, sagte Homer Wells. »Ich weiß noch nicht.«

»Na, Äpfel liegen bei mir in der Familie«, sagte Wally. »Ich werde aufs College gehen, aber ich weiß eigentlich nicht, was ich da soll.«

College, dachte Homer Wells.

»Candys Vater ist ein Hummerfischer«, erklärte Wally, »aber sie wird auch aufs College gehen.«

Hummer! dachte Homer Wells. Der Grund des Meeres!

Vom Grunde des Hügels winkte ihnen Schwester Angela.

»Damariscotta ist bereit!« rief sie Homer Wells zu.

»Ich muß gehen und für jemand ein Baby auf die Welt holen«, sagte Homer zu Wally.

»Liebe Güte«, sagte Wally. Er schien nicht gewillt, den Hügel zu verlassen. »Ich glaube, ich werde hier oben bleiben. Ich glaube, ich möchte nichts hören«, fügte er hinzu; er schenkte Homer ein liebenswürdiges und offenherziges Lächeln.

»Oh, da gibt es nicht viel zu hören«, sagte Homer; er dachte nicht an die Frau aus Damariscotta; er dachte an Candy. Er dachte an das knirschende Geräusch, das die Curette machte, aber er ersparte seinem neuen Freund dieses Detail.

Er ließ Wally auf dem Hügel zurück und trabte zu Schwester Angela; einmal schaute er sich nach Wally um und winkte. Ein Junge in seinem Alter! Ein Junge von seiner Größe! Sie waren gleich groß, auch wenn Wally muskulöser war – vom Sport, hatte Dr. Larch vermutet. Er hat den Körper eines Helden, dachte Dr. Larch und erinnerte sich an die Helden, denen er in Frankreich zu helfen versucht hatte, im Ersten Weltkrieg. Schlank, aber mit guter Muskulatur; das war der Körper eines Helden – und von Schüssen durchsiebt, dachte Wilbur Larch. Er wußte nicht, warum Wallys Körper ihn daran erinnerte.

Und Wallys Gesicht? dachte Wilbur Larch. Es war hübsch, auf eine feinere Art als Homers Gesicht, das ebenfalls hübsch war. Auch wenn Wallys Körper kräftiger war, waren seine Knochen doch irgendwie markanter – und zarter. Da gab es keine Spur von Zorn in Wallys Augen; es waren Augen voll guter Absichten. Der Körper eines Helden, und das Gesicht... das Gesicht eines Wohltäters! folgerte Wilbur Larch, eine blonde Schamhaarlocke wegbürstend, die nicht geradewegs in den Abfallbeutel gewandert war, sondern an der Innenseite von Candys Schenkel haften geblieben war, in der Nähe ihres erhöhten, angebogenen Knies. Er vertauschte die mittelgroße Curette gegen eine kleinere und bemerkte, daß die Augenlider des Mädchens flatterten, und bemerkte Schwester Ednas sanfte Daumen – die die Schläfen des Mädchens massierten – und die halb geöffneten Lippen des Mädchens; sie war bemerkenswert ruhig gewesen für ein so junges Mädchen, und unter Äther war sie noch gesammelter. Die Schönheit in ihrem Gesicht, dachte Larch, lag daran, daß sie noch frei war von Schuld. Es überraschte Larch: daß Candy aussah, als würde sie immer frei davon bleiben.

Er war sich bewußt, daß Schwester Edna den musternden Blick bemerkte, den er dem Mädchen schenkte, und darum beugte er sich wieder über den Einblick, den ihm das Spekulum bot, und beendete seine Arbeit mit der kleinen Curette.

Ein Wohltäter, dachte Wilbur Larch. Homer ist seinem Wohltäter begegnet!

Homer Wells dachte in paralleler Richtung. Ich bin einem Prinzen von Maine begegnet, dachte er; ich habe einen König Neuenglands gesehen – und ich bin eingeladen auf sein Schloß. Nach all seinen Reisen durch *David Copperfield* verstand er schließlich des kleinen David ersten Eindruck von Steerforth: »›In meinen Augen war er eine Person von großer Macht‹, beobachtete der kleine junge Copperfield. ›Keine verschleierte Zukunft umschimmerte ihn trübe im Mondlicht. Ich sah kein schattiges Bild seiner Fußstapfen in dem Garten, in dem ich im Traume die ganze Nacht spazierenging.‹«

Keine verschleierte Zukunft, dachte Homer Wells. Ich werde zur *Küste* fahren!

»Pressen«, sagte er zu der Frau aus Damariscotta. »Ist Damariscotta an der Küste?« fragte er die Frau, deren Hals straff war vor Anspannung – und die Schwester Angelas Hand mit einem knöchelweißen Griff umklammert hielt.

»In der Nähe!« schrie die Frau und stieß ihr Kind hinaus nach St. Cloud's – sein glitschiger Kopf perfekt aufgefangen in der Fläche von Homers sicherer rechter Hand. Er ließ seinen Handballen unter den zerbrechlichen Nacken des Babys gleiten; seine linke Hand hob den Hintern des Babys, während er das Baby »nach draußen« geleitete – wie Dr. Larch sagen würde.

Es war ein Junge. Steerforth, so würde Homer Wells diesen hier nennen – seine zweite Solo-Entbindung. Homer durchtrennte die Nabelschnur und lächelte, als er Klein-Steerforths gesundes Plärren hörte.

Candy, die sich aus der Narkose herauskämpfte, hörte die Schreie des Babys und schauderte; hätte Dr. Larch in diesem Moment ihr Gesicht gesehen, er hätte vielleicht ein wenig Schuld darin entdeckt. »Junge oder Mädchen?« fragte sie, ihre Sprache lallend. Nur Schwester Edna verstand sie. »Warum weint es?« fragte Candy.

»Es war nichts, meine Liebe«, sagte Schwester Edna. »Jetzt ist alles vorbei.«

»Ich möchte gern ein Baby haben, eines Tages«, sagte Candy. »Wirklich, das möchte ich.«

»Aber, natürlich, meine Liebe«, sagte Schwester Edna zu ihr. »Sie können so viele haben, wie Sie wollen. Ich bin sicher, Sie würden sehr schöne Kinder haben.«

»Sie würden Prinzen von Maine haben!« sagte Dr. Larch plötzlich zu Candy. »Sie würden Könige Neuenglands haben!«

Oha, der alte Ziegenbock, dachte Schwester Edna – er flirtet! Ihre Liebe zu Dr. Larch geriet einen Moment ins Wanken.

Welch eine sonderbare Idee, dachte Candy – ich kann mir nicht vorstellen, wie sie aussehen würden. Ihre Gedanken schweiften ein Weilchen. Warum weint das Baby? fragte sie sich. Wilbur Larch, der alles aufräumte, entdeckte ein zweites lockiges Büschel von ihrem Schamhaar; es war von demselben hellbraunen Ton wie Candys Haut, was zweifellos der Grund war, warum Schwester Edna es übersehen hatte. Er lauschte den Schreien des Babys der Frau aus Damariscotta und dachte, daß er nicht selbstsüchtig sein durfte; er mußte Homer ermutigen, Freundschaft zu schließen mit diesem jungen Paar. Er warf einen verstohlenen Blick auf das schlummernde Mädchen; Chancen leuchteten um sie wie ein Licht.

Und die Menschen werden immer Äpfel essen, dachte er – es muß ein gutes Leben sein.

Der Apfel, der auf die Tür des Cadillac emailliert – und mit goldenem Monogramm verziert – war, war von besonderem Interesse für Melony, der es gelungen war, sich zu Taten aufzuraffen; sie versuchte den Apfel an der Tür zu stehlen, bevor sie erkannte, daß er nicht abging. Mary Agnes' Eintreffen in der Mädchenabteilung – mit ihren dürren Armen Krüge voll Gelee und Honig hamsternd – hatte Melony veranlaßt, selbst zu gehen und nachzusehen, was los war. Säuerlich dachte sie, wie typisch es sei, daß nichts für sie übriggelassen worden war – nicht mal ein Blick auf die schönen Menschen; sie hätte nichts dagegen gehabt, sie noch einmal anzusehen. Es gab nichts Stehlenswertes, das sah sie auf einen Blick – nur ein altes Buch; es war Schicksal, sollte sie später meinen, daß der Titel des Buches und der Name seines Autors sichtbar waren für sie. Das Buch schien achtlos auf den Boden des Wagens geworfen. *Klein Dorrit* sagte Melony nichts, aber Charles Dickens war ein Name, den sie wiedererkannte – er war eine Art Held für Homer Wells. Ohne zu bedenken, daß dies die erste selbstlose Tat ihres Lebens war, stahl sie das Buch – für Homer. Gleichzeitig dachte sie gar nicht einmal daran, wie es ihn beeindrucken könnte, ein wie günstiges Licht es auf sie werfen würde, in seinen Augen. Sie dachte nur hochherzig: Oh, sieh da, ein Geschenk für Sonnenstrahl!

Es bedeutete mehr für sie, als sie sich eingestehen konnte: daß Homer versprochen hatte, niemals St. Cloud's zu verlassen ohne sie.

Dann sah sie Wally; er ging zu dem Cadillac, in die Richtung des Eingangs zum Spital, aber er drehte sich immer wieder um und schaute nach dem Hügel. In Gedanken sah er den Obstgarten zur Erntezeit – die langen Leitern standen in den Bäumen, die Pflücker waren die Waisen selbst. Die Bushel-Kisten standen in Reihen gestapelt zwischen den Bäumen; zwischen zwei Baumreihen zog ein Traktor einen Anhänger, schwer bereits von Äpfeln. Es schien eine gute Ernte.

Woher werden sie einen Traktor kriegen? fragte sich Wally. Er stolperte, fing sich wieder, schaute, wohin er ging – zu dem verlassenen Cadillac. Melony war verschwunden. Sie hatte den Mut verloren. Der Gedanke, diesem hübschen jungen Mann gegenüberzustehen, allein – sie war sich nicht sicher, ob sie seine

Gleichgültigkeit ertragen hätte. Wäre er eindeutig angewidert gewesen von ihrem Äußeren, Melony hätte sich nicht darum gekümmert; es machte ihr vielmehr Spaß, Menschen zu schokkieren. Doch sie ertrug nicht den Gedanken, daß er sie gar nicht beachten könnte. Und hätte er ihr einen Topf Honig gereicht, sie hätte ihm den Schädel eingeschlagen damit. Niemand schmiert mir Honig ums Maul, dachte sie – *Klein Dorrit* glitt in ihr Hemd, an ihr pochendes Herz.

Sie überquerte die Straße zwischen der Knaben- und Mädchenabteilung, als eben der Bahnhofsvorstehergehilfe dieselbe Straße zum Spital hinaufgeschritten kam. Zuerst erkannte sie ihn nicht – so herausgeputzt war er. Für Melony war er immer nur der Einfaltspinsel im Overall, ein Wichtigtuer, der sich bemühte, seinen Eigendünkel zu nähren mit der – wie Melony sich vorstellte – dümmsten Arbeit der Welt: Züge kommen zu sehen, und dann zu sehen, wie sie wegfuhren. Die Einsamkeit des Bahnhofs deprimierte Melony; sie mied diesen Ort. Dorthin ging man nur zu einem Zweck: um wegzufahren. Aber den ganzen Tag lang dort herumzustehen, sich vorstellen, wie man wegfuhr – konnte es etwas Traurigeres, etwas Dümmeres geben als dies? Und hier war er nun, dieser Dummkopf, immer noch prahlend mit seinem langjährigen Bemühen, sich einen Schnurrbart stehen zu lassen, aber herausgeputzt wie für einen Mord – ach, nein, so erkannte Melony: er war herausgeputzt für ein Begräbnis.

So war es: der häßliche, aber ehrgeizige Junge war beeindruckt gewesen von dem weißen Cadillac; er hatte sich ausgedacht, der Posten des Bahnhofsvorstehers würde ihm gehören, wenn er eine schickliche und erwachsene Feierlichkeit in bezug auf das Ableben des Bahnhofsvorstehers bezeugte. Er ängstigte sich vor Dr. Larch, und schon beim Gedanken an eine schwangere Frau wollte er davonlaufen; doch er bildete sich ein, daß seine Respektbezeugung im Waisenhaus, wo der Leichnam des Bahnhofsvorstehers aufgebahrt lag, ein quälender, aber unumgänglicher Rite de passage sei. Beim Geruch von Erbrochenem, den er mit Babys in Verbindung brachte, ekelte ihn sogar; in das Waisenhaus führte ihn jetzt eine ungewohnte Tapferkeit, die seinem törichten jungen Gesicht eine beinah erwachsene Gefaßtheit gab – einmal abgesehen von jenem seidigen Klecks, der seine Oberlippe verunzierte und der all sein Bemühen um Männlichkeit der Lächerlichkeit preisgab. Auch stieg er schwer belastet den Hügel hinan, da er all jene Kataloge mitgebracht hatte; der Bahnhofsvorsteher würde sie jetzt nicht mehr brauchen, und sein Gehilfe stellte sich vor, wie beliebt er sich bei Dr. Larch machen könnte, wenn er die Kataloge mitbrachte als Geschenk – als eine Art Friedensgabe. Er hatte sich gar nicht erst überlegt, welchen Bedarf Dr. Larch haben könnte für Sämereien und Damenwäsche, oder wie der alte Doktor auf Offenbarungen in bezug auf die Bedrohung der Seelen reagieren würde – seiner eigenen und so vieler rastloser anderer.

Die zwei Waisen, die der Bahnhofsvorstehergehilfe am meisten verabscheute, waren Homer und Melony. Homer, weil seine Klarheit ihm ein sicheres und erwachsenes Auftreten gab, das zu erreichen der Gehilfe sich außerstande fühlte; und Melony, weil sie sich lustig machte über ihn. Und um einen schlimmen Tag noch schlimmer zu machen, war hier nun Melony – die ihm den Weg verstellte.

»Was ist das auf deiner Lippe? Ein Pilz?« fragte Melony ihn. »Vielleicht solltest du's abwaschen.« Sie war größer als der Bahnhofsvorstehergehilfe, besonders jetzt, da sie am Hang über ihm stand. Er versuchte, sie nicht zu beachten.

»Ich bin gekommen, um den Körper in Augenschein zu nehmen«, sagte er voll Würde – hätte er nur ein wenig Verstand gehabt, er hätte wissen müssen, daß diese Worte falsch gewählt waren im Umgang mit Melony.

»Willste *meinen* Körper in Augenschein nehmen?« fragte sie ihn. »Ich mache keinen Spaß«, fügte sie hinzu, als sie sah, wie verloren er war, wie verängstigt. Melony hatte einen Instinkt, jeden Vorteil für sich zu nutzen, aber sie ließ sich erweichen, wenn ihr Gegner gar zu schwach war. Sie sah, daß der Bahnhofsvorstehergehilfe auf der Straße stehenbleiben würde, bis er vor Erschöpfung umfiel, und darum trat sie für ihn beiseite und sagte: »Ich *habe* Spaß gemacht.«

Errötend stolperte er weiter und hatte fast die Ecke der Knabenabteilung erreicht, als sie ihm nachrief: »Du müßtest dich rasieren, bevor ich dich *ließe*!« Er wankte leicht, was Melony über
ihre Macht staunen ließ; dann bog er um die Ecke und fühlte sich
innerlich gehoben durch den schimmernden Cadillac – durch
den, wie er irrtümlich glaubte, weißen Leichenwagen. Wäre in
diesem Moment ein Chor in himmlischen Gesang ausgebrochen,
der Gehilfe wäre auf die Knie gefallen, die Kataloge um sich ver-
streut. Dasselbe Licht, das den Cadillac segnete, schien auszu-
strahlen von dem blonden Haar des kraftvoll wirkenden jungen
Mannes: der Fahrer des Leichenwagens. Nun, *das* war eine Verantwortung, die dem Bahnhofsvorstehergehilfen Ehrfurcht einflößte!

Er näherte sich Wally vorsichtig. Wally lehnte an dem Cadillac, eine Zigarette rauchend und lebhaft vertieft in den Anblick
eines Obstgartens in St. Cloud's. Der Bahnhofsvorstehergehilfe,
der wie ein leichenschänderischer Lakai eines Leichenbestatters
wirkte, überraschte Wally.

»Ich bin gekommen, um den Körper in Augenschein zu nehmen«, sagte der Gehilfe.

»Den Körper?« sagte Wally. »*Welchen* Körper?«

Die Furcht, sich zu blamieren, lähmte fast den Bahnhofsvorstehergehilfen. Die Welt, so stellte er sich vor, war randvoll von
Anstandsregeln, die ihm unbegreiflich waren; anscheinend war
es taktlos gewesen, den Körper des Verblichenen zu erwähnen
vor jenem Mann, der verantwortlich war, den Toten sicher weg-
zuchauffieren.

»Tausendmal Verzeihung!« haspelte der Gehilfe hervor; es
war etwas, das er gelesen hatte.

»Tausendmal *was*?« sagte Wally, zunehmend verunsichert.

»Wie gedankenlos von mir«, sagte der Bahnhofsvorstehergehilfe, salbungsvoll sich verneigend und nach dem Eingang des
Spitals davonkriechend.

»Ist jemand *gestorben*?« fragte Wally ängstlich, aber der
Gehilfe schaffte es, ins Innere des Spitals zu schlüpfen, wo er sich
rasch in einem Winkel in der Mauer verbarg und sich fragte, was

er als nächstes tun würde. Zweifellos hatte er die hochempfind-
lichen und feinabgestimmten Gefühle des Leichenwagenfahrers
verletzt. Dies ist ein delikates Geschäft, dachte der Gehilfe und
versuchte sich zu beruhigen. Welchen Fehler werde ich als nächstes machen? Er kauerte sich in den Winkel im Flur, wo er Äther-
schwaden aus der nahen Apotheke roch; er hatte keine Ahnung,
daß der Körper, den er in »Augenschein« nehmen wollte, keine
fünfzehn Fuß von ihm entfernt lag. Er glaubte sogar Babys zu
riechen – er hörte eines plärren. Er glaubte, die Babys würden
geboren, während die Frauen ihre Beine kerzengerade hochreck-
ten, die Fußsohlen gegen die Zimmerdecke gestreckt; diese
Vision nagelte ihn fest in seinen Winkel im Flur. Ich rieche Blut!
bildete er sich ein und versuchte, seine Panik unter Kontrolle zu
bringen. Er klebte an der Wand, fast wie Gips – fast so sehr, daß
Wally ihn nicht bemerkte, als er, in Sorge, wer da gestorben sei,
zum Eingang des Spitals hereinkam. Wally trat in die Apotheke,
wie angezogen vom Äther – auch wenn er gleich wieder seine
Übelkeit spürte. Er entschuldigte sich bei den Füßen des Bahnhofsvorstehers.

»Oh, entschuldigen Sie«, flüsterte Wally und taumelte auf den
Flur zurück.

Er hörte Schwester Angela mit Candy sprechen, die bereits
aufrecht sitzen konnte. Wally stürzte zu ihnen hinein, aber der
Blick der Erleichterung in seinem Gesicht – als er sah, daß Candy
nicht die Totgesagte war – war so rührend für Schwester Angela,
daß sie ihm nicht einmal böse war, weil er hereingeplatzt war.

»Bitte, kommen Sie rein«, sagte sie zu Wally, mit ihrer besten
Krankenhaus-Stimme, die in der ersten Person Plural sprach:
»Wir fühlen uns schon viel besser«, sagte Schwester Angela.
»Wir können zwar noch nicht herumtanzen, aber wir sitzen
schon ganz ordentlich aufrecht – nicht wahr?« fragte sie Candy,
die lächelte. Candy freute sich so unverkennbar, Wally zu sehen,
daß Schwester Angela das Gefühl hatte, sie sollte die beiden
allein lassen. St. Cloud's hatte keine große und zärtliche
Geschichte aufzuweisen, was die Anwesenheit von glücklichen
Paaren in diesem Operationssaal betraf, und Schwester Angela

war so überrascht wie froh, einen Mann und eine Frau zu sehen, die sich liebten. Ich kann später aufräumen, dachte sie – oder ich werde Homer bitten, es zu tun.

Homer und Dr. Larch sprachen miteinander. Schwester Edna hatte die Frau aus Damariscotta in ihr Bett auf die Mütterstation zurückgebracht, und Dr. Larch untersuchte das Baby, das Homer Wells entbunden hatte – den kleinen Steerforth (ein Name, den Larch bereits kritisiert hatte; es lag eine gewisse Niederträchtigkeit in Steerforths Charakter – oder hatte Homer jenen Teil vergessen? – und es gab auch einen Todesfall durch Ertrinken; Steerforth war, nach Dr. Larchs Meinung, eher ein Brandmal denn ein Name). Aber sie sprachen nicht mehr über Steerforth.

»Wally sagt, es würde nur ein paar Tage dauern«, sagte eben Homer Wells. »Wir werden einen Lastwagen aufladen müssen, schätze ich. Es werden vierzig Bäume sein. Und ich möchte gern die Küste sehen.«

»Natürlich solltest du fahren, Homer – es ist eine große Chance«, sagte Dr. Larch. Er piekte Steerforth mit einem Finger in den Bauch; dann verlockte er Steerforth, einen seiner anderen Finger zu greifen; dann leuchtete er mit einer kleinen Lampe in Steerforths Augen.

»Ich würde nur zwei Tage fort sein«, sagte Homer Wells.

Wilbur Larch schüttelte den Kopf; zuerst dachte Homer, daß etwas nicht in Ordnung sei mit Steerforth. »*Vielleicht* nur zwei Tage, *Homer*«, sagte Dr. Larch. »Du solltest dich bereit halten, die Situation zu nutzen, du solltest dir nicht eine Chance entgehen lassen – in nur zwei Tagen.«

Homer starrte Dr. Larch an, aber Larch spähte in Steerforths Ohren. »Wenn dieses junge Pärchen Gefallen gefunden hat an dir, Homer, und wenn du Gefallen an ihnen gefunden hast... nun«, sagte Larch, »so wirst du wohl auch ihre Eltern kennenlernen, und wenn ihre Eltern an dir Gefallen finden... nun«, sagte Dr. Larch, »ich glaube, du solltest versuchen, ihre Eltern dazu zu *bringen*, daß sie Gefallen finden an dir.«

Er sah Homer nicht an, der ihn anstarrte; Dr. Larch untersuchte das abgebundene Ende der Nabelschnur, während Steerforth schrie und schrie.

»Ich glaube, wir wissen beide, daß es gut wäre für dich, länger fort zu sein als nur zwei Tage, Homer«, sagte Dr. Larch. »Du verstehst, ich spreche nicht von einer Adoption, ich spreche von der Chance eines Sommer-Jobs – als Anfang. Jemand könnte dir die Chance bieten, mehr als zwei Tage fortzubleiben – das ist alles, was ich sagen will – falls dies eine attraktive Möglichkeit ist.« Dr. Larch sah Homer an; sie starrten einander an.

»Richtig«, sagte Homer endlich.

»Natürlich, vielleicht *möchtest* du in zwei Tagen zurück sein!« sagte Larch munter – aber sie wandten den Blick voneinander ab, als wollten sie den Blick abwenden von dieser Möglichkeit. »In welchem Falle«, sagte Larch, sich die Hände waschend, »du hier immer willkommen bist.« Er verließ den Raum und Homer mit dem Baby – wieder zu schnell, als daß Homer hätte sagen können, wie sehr er ihn liebte. Der kauernde Bahnhofsvorstehergehilfe beobachtete, wie Wilbur Larch Schwester Angela und Schwester Edna mitnahm in die Apotheke.

Trotz der Anwesenheit des Bahnhofsvorstehers, vielleicht, war die ätherisierte Atmosphäre tröstlich für Wilbur Larch, und sie half ihm, seinen treuen Krankenschwestern zu sagen, was er sagen mußte.

»Ich möchte, daß wir unsere Barschaft zusammenwerfen«, sagte Wilbur Larch. »Ich möchte, daß der Junge so viel Geld hat, wie wir zusammenkratzen können, und so viel immer vorhanden ist an halbwegs anständigen Kleidern.«

»Nur für zwei Tage, Wilbur?« fragte Schwester Edna.

»Wieviel Geld braucht der Junge für zwei Tage?« fragte Schwester Angela.

»Es ist eine Chance für ihn, seht ihr das denn nicht?« fragte Dr. Larch. »Ich glaube nicht, daß er in zwei Tagen wieder hier sein wird. Ich hoffe, daß er *nicht* wiederkommt – wenigstens nicht so bald«, sagte Wilbur Larch, dessen brechendes Herz ihn an etwas erinnerte, was er vergessen hatte: die Geschichte von Homers »schwachem« Herzen. Wie sollte er es ihm sagen? Wo und wann?

Er überquerte den Flur, um zu sehen, wie es Candy ging. Er wußte, daß sie und Wally möglichst bald aufbrechen wollten; sie hatten eine lange Fahrt vor sich. Und wenn Homer Wells mich verläßt, dachte Wilbur Larch, sollte er mich schleunigst verlassen – auch wenn zwanzig Jahre, wie Dr. Larch wußte, nicht eben das waren, was man als beschleunigten Aufbruch bezeichnen könnte. Homer mußte jetzt schleunigst aufbrechen, weil Dr. Larch sehen mußte, ob er je darüber hinwegkommen würde.

Ich glaube nicht, dachte er. Er kontrollierte die Fleckenbildung auf der sterilen Schambinde – während Wally zur Decke starrte, auf seine Hände, auf den Fußboden. »Ihnen geht's gut«, sagte Dr. Larch zu Candy. Eigentlich wollte er ihr noch sagen, daß Homer sie wegen der Krämpfe, die sich vielleicht bei ihr einstellen mochten, beraten könne, und daß Homer auch das Spotting bei ihr kontrollieren könne, aber er wollte Homer mit dieser Verantwortung verschonen. Auch hätte Dr. Larch in diesem Moment den Namen Homers nicht aussprechen können.

»Sie nehmen *dich*?« fragte Curly Day Homer, als Curly Homer packen sah.

»Ich werde *nicht* adoptiert, Curly«, sagte Homer Wells. »Ich bin in nur zwei Tagen wieder zurück.«

»Sie nehmen *dich*!« sagte Curly Day; sein Gesicht wirkte so verletzt, daß Homer sich abwenden mußte.

Dr. Larch war als Historiker ein Amateur, aber er wußte dennoch um die Macht indirekt empfangener Informationen. Aus diesem Grund erzählte er Candy und Wally von Homers schwachem Herzen. Es war nicht nur leichter für Dr. Larch, als Homer zu belügen; auf lange Sicht, vermutete Larch, würde das Märchen auch überzeugender sein.

»Ich habe ihn noch niemals fortgehen lassen – nicht einmal für zwei Tage – ohne ein wenig über seinen *Zustand* zu sagen«, erzählte Dr. Larch Candy und Wally. Ein herrliches Wort: *Zustand*. Die Wirkung des Wortes aus Arztes Mund ist wahrhaft erstaunlich. Candy schien zu vergessen, daß sie eben erst eine Abtreibung gehabt hatte; in Wallys Gesicht kehrte die Farbe zurück. »Es ist sein Herz«, sagte Wilbur Larch. »Ich habe ihm nichts gesagt, weil ich ihn nicht beunruhigen wollte. Es ist jene Art von Zustand, der sich verschlimmern könnte, wenn er sich Sorgen machte deshalb«, vertraute Dr. Larch den beiden gutherzigen Unschuldslämmern an, die ihm ergriffene Aufmerksamkeit zollten.

»Man darf ihn also nichts allzu Anstrengendem aussetzen, keiner allzu intensiven Art sportlichen Trainings – und nichts allzu Schockierendem«, sagte Wilbur Larch, der eine perfekte Geschichte erfunden hatte für jemand, der einfach vorsichtig sein sollte – der die Gefahr meiden sollte. Larch hatte seine Lieblingswaise mit einer Geschichte ausgestattet, die ihn, wie er hoffte, verschonen würde. Er war sich bewußt, daß es eine Geschichte war, wie ein Vater sie sich für seinen Sohn ausdenken würde – falls ein Vater seinen Sohn dazu bringen konnte, sie zu glauben.

Homer Wells konnte sich in diesem Augenblick keine Geschichte – oder sonst etwas – ausdenken, was trostreich gewesen wäre für Curly Day, der sich unter mehreren Kopfkissen vergrub und schluchzte.

»Wozu mußt *du* adoptiert werden?« schrie Curly. »Du bist praktisch ein *Doktor*!«

»Es ist nur für zwei Tage«, wiederholte Homer Wells; mit jeder Wiederholung klang sein Versprechen weniger glaubhaft.

»Sie nehmen *dich*! Ich kann's nicht glauben!« schrie Curly Day.

Schwester Angela kam und setzte sich neben Homer auf Curlys Bett. Gemeinsam betrachteten sie den schluchzenden Hügel unter der Bettdecke.

»Es ist nur für zwei Tage, Curly«, sagte Schwester Angela lahm.

»Doktor Larch hat gesagt, daß Homer da ist, um uns zu *beschützen*!« schrie Curly. »Schöner Schutz!«

Schwester Angela flüsterte Homer zu: falls er gehen wolle, den

Operationstisch zu säubern, würde sie bei Curly sitzen bleiben, bis er sich besser fühlte; sie habe den Tisch nicht aufräumen wollen, während das nette junge Pärchen gern allein bleiben wollte. »Deine Freunde hatten anscheinend einen schönen Augenblick miteinander«, flüsterte Schwester Angela Homer Wells zu. Meine *Freunde*! dachte er. Ist es möglich, daß ich *Freunde* haben werde?

»Du bist nicht der *Beste*, Homer!« schrie Curly unter der Bettdecke.

»Richtig«, sagte Homer; er versuchte Curly zu tätscheln, aber Curly machte sich steif und hielt die Luft an. »Mach's gut, Curly«, sagte Homer.

»Verräter!« schrie Curly Day. Curly erkannte anscheinend die Berührung von Schwester Angelas Hand; sein steifer Körper entspannte sich, und er überließ sich einem beharrlichen Schluchzen.

Schwester Edna hatte endlich Klein-Steerforth von seinem Weinen abgebracht, oder sie war einfach ausdauernder gewesen als das Baby, das jetzt gewaschen und angezogen und beinah schlafend in Schwester Ednas Armen lag. Er hatte genug Milchpulverlösung zu sich genommen, um Schwester Edna zufriedenzustellen, und darum legte sie ihn in sein Bettchen und fuhr fort, den Raum zu säubern, wo er zur Welt gebracht worden war. Kaum hatte sie ein frisches Laken über den Tisch gebreitet – sie wischte gerade die schimmernden Beinstützen – als Dr. Larch in den Raum wankte – den steifen Körper des Bahnhofsvorstehers wie ein etwas schwankendes Brett über der Schulter.

»Wilbur!« sagte Schwester Edna mißbilligend. »Dabei sollten Sie sich von Homer helfen lassen.«

»Es ist Zeit, sich daran zu gewöhnen, daß Homer nicht da ist«, sagte Dr. Larch, kurz angebunden, und ließ den Körper des Bahnhofsvorstehers auf den Tisch fallen. »Oh, du liebe Güte«, dachte Schwester Edna, »uns stehen harte Zeiten bevor.«

»Ich vermute, auch Sie haben die Sternum-Schere nicht gesehen?« fragte Dr. Larch sie.

»Den Kneifer?« fragte sie.

»Die *Schere* heißt es«, sagte er. »Falls Sie ihn entkleiden wollen
– ich werde Homer fragen.«

Homer klopfte, bevor er in den Operationssaal eintrat, wo
Candy sich mit Wallys ungeschickter Hilfe angekleidet hatte und
jetzt in einer – wie es Homer schien – sonderbar feierlichen Pose
dastand – als habe das Paar soeben einen Tanzwettbewerb absolviert und warte auf den Applaus der Kampfrichter.

»Ihr könnt jetzt beruhigt sein«, sagte Homer Wells, noch
immer nicht ganz imstande, Candy ins Gesicht zu sehen. »Vielleicht wollt ihr etwas an die frische Luft? Ich werde nicht lange
brauchen; ich muß den Tisch säubern.« Verlegen, als hätte er
sich's anders überlegt, setzte er an Candy gewandt hinzu: »Sie
fühlen sich doch gut, nicht wahr?«

»O ja«, sagte sie, und ihre Augen glitten rasch an Homer vorbei; sie lächelte Wally aufmunternd zu.

Das war der Moment, als Dr. Larch hereinkam und Homer
fragte, ob er wisse, wo die Sternum-Schere sei.

»Sie ist bei Clara«, gestand Homer. »Tut mir leid«, fügte er
schnell hinzu. »Ich hatte sie dort, weil ich dachte, ich würde sie
brauchen für die Autopsie. An dem Fötus«, fügte er hinzu.

»Man benützt keine Sternum-Schere bei einem Fötus«, sagte
Dr. Larch.

»Ich weiß – ich habe die kleine Schere benutzt«, sagte Homer
Wells, der merkte, daß die Wörter »Fötus« und »Autopsie« wie
Blutstropfen auf Wally und Candy fielen. »Ich gehe und hole
Ihnen die Schere«, sagte Homer zu Dr. Larch.

»Nein, mach hier fertig«, sagte Larch. »Ihr beide solltet etwas
an die frische Luft gehen«, sagte er zu Wally und Candy, die seinen Vorschlag als Befehl auffaßten – was er auch war. Sie verließen den Operationssaal; unterwegs durch den Flur zum Eingang
des Spitals hätten sie den Bahnhofsvorstehergehilfen entdecken
können, wäre der Gehilfe durch den Anblick von Dr. Larch, wie
er den Leichnam des Bahnhofsvorstehers aus der Apotheke
schleppte, nicht so entnervt gewesen, daß er vorsichtig versucht
hatte, dieser beängstigenden Vision zu folgen. In seiner Angst
bog er um die falsche Ecke und fand sich in der Apotheke wieder.

Er starrte den Schmutz auf dem Laken an, am Fußende des Bettes, eben als Wally Candy nach draußen führte.

»Wenn Sie so sicher sind, daß es sein Herz war«, fragte Homer Wells Dr. Larch, »warum haben Sie es so eilig, die Autopsie vorzunehmen?«

»Ich muß tätig bleiben«, sagte Dr. Larch, erstaunt über den kaum gezügelten Ärger in seiner eigenen Stimme. Jetzt hätte er Homer sagen können, daß er ihn sehr liebte und daß er eine sehr aktive Tätigkeit brauchte, um sich in diesem Moment vor Homers Abreise zu beschäftigen. Er hätte Homer beichten können, daß er sich sehr gerne auf seinem eigenen Bett in der Apotheke etwas ausgestreckt hätte, um sich ein wenig Äther zu verabreichen, daß er dies aber nicht sehr gut tun konnte, solange der Bahnhofsvorsteher sein Bett besetzt hielt. Er wollte Homer in die Arme schließen und ihn herzen und ihn küssen, aber er konnte nur hoffen, daß Homer verstand, wie sehr Dr. Larchs Selbstachtung abhängig war von seiner Selbstbeherrschung. Und darum sagte er nichts; er ließ Homer allein im Operationssaal, während er die kleine Schere suchen ging.

Homer scheuerte den Tisch mit Desinfektionslösung. Er hatte den Abfallbeutel schon versiegelt, als er die beinah durchsichtige Blondheit des Büschels Schamhaar bemerkte, das an seinem Hosenbein haftete – eine dichte, frische Locke von Candys besonders feinem Haar hatte sich an seinem Knie verfangen. Er hielt sie ans Licht, dann steckte er sie in seine Tasche.

Schwester Edna weinte, während sie den Bahnhofsvorsteher entkleidete. Dr. Larch hatte ihr und Schwester Angela gesagt, daß es keinen Rummel der innigen guten Wünsche geben werde bei Homer Wells' Abreise – nichts, was Candy und Wally argwöhnen lassen könnte, daß Homer auch nur daran dachte, er könnte länger fortbleiben als zwei Tage. »Nichts«, hatte Dr. Larch gesagt. Keine Umarmungen, keine Küsse, dachte Schwester Edna, und weinte. Ihre Tränen hatten keinen Effekt auf die Miene des Bahnhofsvorstehers, dessen

Gesicht von Furcht ergriffen blieb; Schwester Edna beachtete den Bahnhofsvorsteher gar nicht. Sie widmete sich ihrem Schmerz, nicht überströmen zu dürfen beim Lebewohlsagen mit Homer Wells.

»Wir werden ganz zwanglos erscheinen bei seinem Fortgehen«, hatte Dr. Larch gesagt. »Punktum.«

Zwanglos! dachte Schwester Edna. Der Bahnhofsvorsteher war nackt bis auf die Socken, als Dr. Larch mit der kleinen Schere hereinmarschierte.

»Es wird nicht geheult«, sagte er streng zu ihr. »Wollen Sie denn alles vermasseln?« Da riß sie dem Bahnhofsvorsteher die Socken herunter und warf sie nach Dr. Larch; darauf ließ sie ihn mit der Leiche allein.

Homer Wells unterzog den Operationstisch einer gründlichen Inspektion, einer letzten Prüfung – einem letzten Blick. Er verlegte das Büschel von Candys Schamhaar aus seiner Hosentasche in seine Brieftasche; er zählte noch einmal das Geld, das Dr. Larch ihm gegeben hatte. Es waren beinah fünfzig Dollar.

Er kehrte in den Schlafsaal der Knaben zurück; Schwester Angela saß immer noch auf der Kante des Bettes, wo Curly Day immer noch schluchzte. Sie küßte Homer, ohne in der Bewegung ihrer Hand innezuhalten, die durch die Bettdecke hindurch Curly Day den Rücken rieb; Homer küßte sie und verließ sie ohne ein Wort.

»Ich kann nicht glauben, daß sie *ihn* genommen haben«, murmelte Curly Day unter seinen Tränen hervor.

»Er wird wiederkommen«, flüsterte Schwester Angela besänftigend. *Unser* Homer! dachte sie – ich weiß, er wird wiederkommen! Weiß er denn nicht, wo er hingehört?

Schwester Edna, die sich zu fassen suchte, trat in die Apotheke ein, wo sie auf den zitternden Gehilfen des Bahnhofsvorstehers traf.

»Kann ich Ihnen helfen?« fragte Schwester Edna, sich zusammenreißend.

»Ich bin gekommen, um den Körper in Augenschein zu nehmen«, murmelte der Gehilfe.

Von jenseits des Flurs hörte Schwester Edna das vertraute Knacken der Sternum-Schere, die den Brustkorb des Bahnhofsvorstehers spaltete. Sie bezweifelte, ob der Gehilfe Wert darauf legte, den Körper in seinem gegenwärtigen Zustand in Augenschein zu nehmen. – Was sie zu dem Gehilfen sagte, war: »Doktor Larch ist mit der Autopsie noch nicht fertig.«

»Ich habe einige Kataloge für Dr. Larch mitgebracht«, sagte der Gehilfe, Schwester Edna die Bescherung überreichend.

»Ach, danke«, sagte sie, aber der junge Tolpatsch in seinem Begräbnisstaat machte keine Anstalten zu gehen. Vielleicht brachte der Äther in der Apothekenluft ihn durcheinander. »Möchten Sie lieber warten?« fragte Schwester Edna ihn. Er starrte sie an. »Um die Leiche in Augenschein zu nehmen«, erinnerte sie ihn. »Sie könnten in Schwester Angelas Büro warten.« Er nickte dankbar, während Schwester Edna ihm den Weg zeigte, über den Flur. »Die letzte Tür zu Ihrer Rechten«, sagte sie zu ihm. »Machen Sie es sich bequem.«

Befreit von den Katalogen des Bahnhofsvorstehers, hatte der Gehilfe einen leichteren, entspannteren Schritt, als er zielbewußt losschritt nach Schwester Angelas Büro. Er war erfreut zu sehen, daß es eine Auswahl an Stühlen gab, in die man sich setzen konnte. Natürlich wollte er nicht den Schreibtischstuhl wählen, hinter der Schreibmaschine, aber da gab es zwei niedrigere, bequemer wirkende Stühle, die vor dem Schreibtisch und der Schreibmaschine standen. Es waren die Stühle, auf denen die künftigen Pflegeeltern saßen, während sie interviewt wurden. Es waren zwei ungleiche Lehnstühle aus Velours, und der Bahnhofsvorstehergehilfe wählte den niedrigeren, den mit den tieferen Polstern. Er bedauerte seine Wahl, sobald er spürte, wie niedrig der Lehnstuhl war. Alles in dem vollgestopften Büro schien ihn zu überragen. Hätte Dr. Larch am Schreibtisch gesessen, an der Schreibmaschine, er hätte den Gehilfen in seinem tiefkuhligen Sessel hoch überragt.

Der Gehilfe sah eine Art Pfanne, oder ein Tablett, aus weißem Emaille auf der Schreibmaschine, aber er saß so niedrig, daß er den Inhalt der Pfanne nicht in Augenschein nehmen konnte.

Zwei winzige Händchen griffen über den Rand des Untersuchungstabletts, aber nur die Fingerspitzen des toten Babys aus Three Mile Falls waren sichtbar für den Bahnhofsvorstehergehilfen. Er hatte noch nie einen Fötus gesehen oder etwa ein neugeborenes Baby; er war nicht darauf gefaßt, wie klein die Finger sein können. Aus seiner tiefen Kuhle und zunehmend unbequemen Haltung sah er sich in dem Raum immer wieder um, doch seine Augen kehrten immer wieder zu den Fingerspitzen zurück, die sich über den Rand des Untersuchungstabletts streckten. Er konnte nicht glauben, daß das, was er sah, wirklich Finger waren.

Was immer es ist, es sieht aus wie *Finger*, dachte er. Allmählich hörte er auf, die anderen Dinge im Raum zu betrachten. Er starrte die Fingerspitzen an; ein Teil seines Gehirns sagte: Steh auf und sieh nach, was das ist! Ein anderer Teil seines Gehirns gab seinem Körper das Gefühl, eingesunken zu sein in dem Sessel und festgehalten dort durch ein schweres Gewicht.

Es können nicht *Finger* sein! dachte er; er starrte immer weiter, er blieb weiter sitzen.

Schwester Edna wollte Dr. Larch sagen, daß er doch einmal seine Gefühle sprechen lassen sollte – daß er Homer Wells sagen sollte, was er fühlte – doch sie stand reglos lauschend vor der Tür zum Operationssaal. Der Brustkorb des Bahnhofsvorstehers knackte noch einige Male. Dies brachte sie nicht aus der Fassung – Schwester Edna war eine Profifrau – und an der Präzision der Schnitte, die sie hörte, konnte sie feststellen, daß Dr. Larch sich entschlossen hatte, seine Gefühle mit einer Aufgabe zu beschäftigen. Es ist *seine* Entscheidung, sagte sie sich. Sie ging nach draußen, um zu sehen, was das nette junge Pärchen machte.

Der junge Mann machte das, was alle jungen Männer machen, wenn sie unter die Motorhauben von Autos spähen, und das Mädchen ruhte halb angelehnt, halb ausgestreckt auf dem geräumigen Rücksitz des Cadillac. Das faltbare Verdeck war immer noch unten. Schwester Edna beugte sich über Candy und flüsterte ihr zu: »Sie sind bildschön!« Candy lächelte herzlich. Schwester Edna sah, wie erschöpft das Mädchen war. »Hören

Sie, meine Liebe«, sagte Schwester Edna zu ihr. »Genieren Sie sich nicht – falls Sie beunruhigt sind wegen der Fleckenbildung«, sagte Schwester Edna vertraulich zu ihr, »oder falls Sie gewisse Krämpfe haben, – sprechen Sie mit Homer darüber. Versprechen Sie mir, daß Sie sich nicht genieren werden, meine Liebe. Und ganz bestimmt, falls Sie Fieber bekommen – versprechen Sie's mir«, sagte Schwester Edna.

»Ich verspreche es«, sagte Candy errötend.

Melony plagte sich mit dem Eintragen einer Widmung in das Exemplar von *Klein Dorrit*, das sie für Homer gestohlen hatte, als sie Mary Agnes in der Toilette sich übergeben hörte.

»Halt die Schnauze!« rief Melony, aber Mary Agnes fuhr fort zu würgen. Sie hatte zwei Krüge Apfelzidergelee aufgegessen, einen Krug Honig und noch einen voll Holzapfelgelee. Der Honig war's, dachte sie, der mich geschafft hat.

Smoky Fields hatte sich schon erbrochen. Er hatte alle seine Krüge aufgegessen, einen von jeder Sorte, und einen Krug, der einem der kleinen Walshs gehörte. Er lag elend auf seinem Bett und lauschte auf Curly Days Weinen und Schwester Angelas Reden und Reden.

FÜR HOMER »SONNENSTRAHL« WELLS
FÜR DAS VERSPRECHEN,
DAS DU MIR GEGEBEN HAST

schrieb Melony. Sie spähte aus dem Fenster, aber da war nichts los. Es war noch nicht dunkel; es war für die beiden Frauen, die sie am Morgen kommen gesehen hatte, noch nicht Zeit, den Hügel hinabzuschreiten zu ihrem Zug – zurück – wohin auch immer.

IN LIEBE – MELONY

fügte Melony hinzu, während Mary Agnes wieder stöhnte und keuchte.

»Du dumme kleine Schweinehündin!« rief Melony.

Homer Wells kam in den Operationssaal marschiert, als es Wilbur Larch eben gelungen war, das Herz des Bahnhofsvorstehers freizulegen. Larch war nicht überrascht, keine Anzeichen eines Herzleidens zu sehen, kein totes Muskelgewebe (»Kein Infarkt«, sagte er zu Homer, ohne zu ihm aufzublicken) – kurz, keinerlei Schädigung des Herzens.

»Der Bahnhofsvorsteher hatte ein gesundes Herz«, verkündete Dr. Larch Homer Wells. Kein »schwerer« Herzanfall hatte den Bahnhofsvorsteher gefällt, wie Dr. Larch vermutet hatte. Anscheinend war eine ganz plötzliche Änderung des Herzrhythmus eingetreten. »*Arrhythmie*, glaube ich«, sagte Dr. Larch zu Homer Wells.

»Sein Herz ist einfach stehengeblieben, stimmt's?« fragte Homer.

»Ich glaube, daß er einen Schock erlitten hat oder einen Schreck«, sagte Wilbur Larch.

Homer Wells glaubte es gern – er brauchte nur das Gesicht des Bahnhofsvorstehers anzusehen.

»Richtig«, sagte er.

»Natürlich könnte ein Gerinnsel im Gehirn sein«, sagte Wilbur Larch. »Wo soll ich nachsehen?« fragte er Homer ungezwungen.

»Im Gehirnstamm«, sagte Homer Wells.

»Richtig«, sagte Wilbur Larch. »Bravo, mein Junge.«

Als Homer Wells den Gehirnstamm des Bahnhofsvorstehers freigelegt sah, dachte er, daß Dr. Larch – mit beiden Händen – tätig genug sei, um ihm gefahrlos sagen zu können, was Homer sagen wollte.

»Ich liebe Sie«, sagte Homer Wells. Er wußte, er mußte den Raum jetzt verlassen – während er noch die Tür sehen konnte – und darum schickte er sich an zu gehen.

»Ich liebe dich auch, Homer«, sagte Wilbur Larch, der noch einige Minuten lang keinen Blutpfropfen im Gehirnstamm hätte sehen können, falls dort einer zu sehen gewesen wäre. Er hörte, wie Homer »richtig« sagte, bevor er hörte, wie die Tür geschlossen wurde.

Nach einer Weile konnte er den Gehirnstamm deutlich erkennen; da war kein Gerinnsel.

»Arrhythmie«, wiederholte Wilbur Larch für sich. »Richtig«, fügte er dann hinzu, als spräche er jetzt für Homer Wells. Dr. Larch legte seine Instrumente beiseite; lange hielt er den Operationstisch umklammert.

Draußen schob Homer Wells seine Tasche in den Kofferraum des Cadillac, lächelte Candy auf dem Rücksitz zu, half Wally, das Verdeck hochklappen. Bald würde es dunkel sein, und kalt, besonders für Candy auf dem Rücksitz, wenn sie das Dach unten ließen.

»Wir sehen uns in zwei Tagen!« sagte Schwester Edna zu Homer, zu laut.

»In zwei Tagen«, wiederholte Homer, zu leise. Sie hauchte ihm einen Kuß auf die Wange; er tätschelte ihr den Arm. Dann wandte Schwester Edna sich ab und rannte zum Eingang des Spitals; Candy und Wally schienen beide beeindruckt, daß die Frau sich so schnell bewegen konnte. Als sie im Innern des Spitals war, lief Schwester Edna geradewegs in die Apotheke und warf sich auf das Bett. Auch wenn sie ein weiches Herz hatte, so hatte sie einen starken Magen – sie kümmerte sich kaum darum, daß der Körper des Bahnhofsvorstehers einen Großteil des Tages auf diesem Bett zugebracht hatte oder daß der Schlamm von seinen Stiefeln das Oberlaken beschmutzt hatte.

Dr. Larch hielt noch immer den Operationstisch umklammert, als er den Gehilfen des Bahnhofsvorstehers schreien hörte. Es war nur ein einzelner Schrei, gefolgt von einer längeren Reihe von wimmernden Lauten. Homer und Candy und Wally hörten den Schrei nicht mehr; Wally hatte bereits den Wagen angelassen.

Der Gehilfe hatte längere Zeit gewartet, bevor er sich aus dem tiefen, niedrigen Sessel hochhievte. Er hatte nicht den Wunsch gehabt, den Inhalt des weiß-emaillierten Untersuchungstabletts näher zu betrachten, aber die kleinen Finger hatten ihm zugewinkt, und er hatte sich von dem Tablett angezogen gefühlt, wo eine volle, nähere Betrachtung des aufgeschnittenen Föten ihn (wie Curly Day) zwang, seine Hose naßzumachen. Er schrie, als er entdeckte, daß seine Beine sich nicht mehr bewegten; die einzige Möglichkeit, wie er Schwester Angelas Büro verlassen konnte, war auf allen vieren; wimmernd kroch er über den Flur wie ein geprügelter Hund. Vor der Tür zum Operationssaal trat ihm Dr. Larch in den Weg.

»Was ist los mit Ihnen?« fragte Larch den Gehilfen beißend.

»Ich habe Ihnen alle seine Kataloge mitgebracht!« brachte der Bahnhofsvorstehergehilfe, noch immer auf allen vieren, gerade noch heraus.

»Kataloge?« sagte Larch mit sichtlichem Abscheu. »Stehen Sie auf, Mann! Was fehlt Ihnen?« Er packte den zitternden Gehilfen unter den Achseln und zog ihn, selber zitternd, auf die Füße.

»Ich wollte nur die Leiche in Augenschein nehmen«, protestierte der Assistent schwach.

Wilbur Larch zuckte mit den Schultern. Was ist das für eine Faszination, die alle Welt vor dem Tode hat? fragte er sich. Aber er trat beiseite und führte den Gehilfen in den Operationssaal, wo der Bahnhofsvorsteher, sein Herz und sein Gehirnstamm sehr gut freigelegt, sofort ins Auge fiel.

»Eine plötzliche Änderung des Herzrhythmus«, erläuterte Wilbur Larch. »Irgend etwas hat ihn zu Tode erschreckt.« Es fiel dem Gehilfen nicht schwer, sich vorzustellen, wie man zu Tode erschreckt werden konnte, auch wenn er glaubte, daß der Bahnhofsvorsteher anscheinend von einem Zug überfahren worden war – oder aber demselben Verhängnis zum Opfer gefallen war, das für das schauerliche Baby auf der Schreibmaschine verantwortlich war.

»Danke«, sagte der Gehilfe flüsternd zu Dr. Larch, und dann rannte er so schnell über den Flur und nach draußen, daß das Geräusch seiner Schritte Schwester Edna aus ihren Tränen aufschreckte; ihr eigenes Weinen hatte sie gehindert, die Schreie des Gehilfen oder sein Wimmern zu hören.

Schwester Angela sah ein, daß nichts Curly Day trösten konnte, und darum versuchte sie, es sich auf seinem schmalen

Bett bequem zu machen – überzeugt, daß ihr eine lange Nacht bevorstand.

Dr. Larch saß an seinem üblichen Platz, an der Schreibmaschine; der von Homer Wells präparierte Fötus störte ihn nicht im mindesten. Vielleicht wußte er zu schätzen, daß Homer etwas zurückgelassen hatte, das Aufmerksamkeit verlangte – tätige Arbeit, tätige Arbeit, gib mir tätige Arbeit, dachte Wilbur Larch. Kurz bevor die Nacht anbrach, beugte er sich auf seinem Stuhl weit genug vor, um die Schreibtischlampe einzuschalten. Dann lehnte er sich zurück auf dem Stuhl, auf dem er so viele Abende verbracht hatte. Er schien auf jemanden zu warten. Es war noch nicht dunkel, aber er hörte eine Eule draußen – sehr deutlich. Er wußte, der Wind von der Küste hatte sich gelegt.

Während es immer noch hell war, schaute Melony aus ihrem Fenster und sah den Cadillac vorbeifahren. Die Beifahrerseite des Wagens war der Mädchenabteilung zugekehrt, und Melony fiel es nicht schwer, Homer Wells auf dem Beifahrersitz zu erkennen – sein Profil war ihr zugewandt. Er saß steif, als hielte er den Atem an; das tat er auch. Hätte er sie gesehen – oder schlimmer noch, hätte er mit ihr sprechen müssen, um seine Flucht endgültig zu machen – er hätte gewußt, daß es ihm nicht gelungen wäre, ihr zu sagen, daß er in nur zwei Tagen zurück sein würde. Melony wußte, was eine Lüge war und was ein Versprechen war, und sie wußte, in welchem Moment ein Versprechen gebrochen wurde. Sie sah einen Schimmer von dem schönen Mädchen mit den langen Beinen auf dem Rücksitz des Wagens, und sie nahm an, daß der hübsche junge Mann am Steuer saß; einen längeren, besseren Blick hatte sie auf Homer Wells' Profil. Als sie das gestohlene Exemplar von *Klein Dorrit* krachend zuklappte, war die Tinte noch feucht, und ihre Widmung wurde verschmiert. Sie warf das Buch gegen die Wand, was nur Mrs. Grogan hörte – Mary Agnes übergab sich noch immer kräftig und war zu sehr umgeben von ihren eigenen Geräuschen.

Melony legte sich gleich ins Bett, ohne ihr Abendbrot. Mrs. Grogan, voll Sorge um sie, trat an Melonys Bett und befühlte ihre Stirn, die fiebrig war, doch Mrs. Grogan konnte Melony nicht überreden, etwas zu trinken. Alles, was Melony sagte, war: »Er hat sein Versprechen gebrochen.« Später sagte sie: »Homer Wells hat St. Cloud's verlassen.«

»Du hast ein wenig Temperatur, meine Liebe«, sagte Mrs. Grogan, aber als Homer Wells an diesem Abend nicht kam, um aus *Jane Eyre* vorzulesen, fing Mrs. Grogan an, aufmerksam zu werden. An diesem Abend erlaubte sie Melony, den Mädchen vorzulesen. Melonys Stimme war sonderbar flach und leidenschaftslos. Melonys Vorlesen aus *Jane Eyre* deprimierte Mrs. Grogan, besonders als sie diese Stelle las:

... es ist Verrücktheit bei allen Frauen, eine heimliche Liebe in sich aufflammen zu lassen, die, wenn sie unerwidert oder unentdeckt bleibt, das Leben verzehren muß, das sie nährt ...

Ach, das Mädchen zuckte nicht einmal mit der Wimper! beobachtete Mrs. Grogan.

Schwester Angela hatte kaum mehr Erfolg beim Vorlesen aus Dickens in der Knabenabteilung. Die Dickens'schen Schilderungen waren zu anstrengend für sie – sie verirrte sich in den längeren Passagen – und während sie immer wieder zum Anfang zurückkehren mußte, sah sie, daß die Jungen ihr Interesse verloren.

Schwester Edna tat ihr Bestes beim abendlichen Segenswunsch; Dr. Larch weigerte sich, Schwester Angelas Büro zu verlassen; er sagte, er lausche einer Eule und wolle weiterlauschen. Schwester Edna fühlte sich äußerst verlegen bei dem Segenswunsch, den sie überhaupt nie ganz verstanden hatte – sie hielt ihn für eine Art vertraulichen Scherz zwischen Dr. Larch und dem Universum. Ihre Stimme war zu schrill und schreckte den kranken kleinen Smoky Fields aus dem Schlaf und entlockte Curly Day ein langes, lautes Jammern, bevor er wieder zu seinem beharrlichen Schluchzen zurückkehrte.

»Gute Nacht, ihr Prinzen von Maine! Ihr Könige Neuenglands!« piepste Schwester Edna. »Wo ist Homer?« flüsterten mehrere Stimmen, während Schwester Angela in der Dunkelheit fortfuhr, Curly Day zwischen den Schulterblättern zu reiben.

Schwester Edna, äußerst aufgebracht über Dr. Larchs Verhalten, brachte den Mut auf, direkt in Schwester Angelas Büro zu marschieren. Sie wollte geradewegs hineinmarschieren und Dr. Larch sagen, daß er sich eine gute Nase voll Äther genehmigen und eine Nacht guten Schlafes gönnen solle! Doch Schwester Edna wurde zaghafter, als sie sich dem einsamen Licht näherte, das aus dem Büro schimmerte. Schwester Edna hatte auch nichts von der Fötalautopsie gewußt, und als sie eher vorsichtig in Schwester Angelas Büro spähte, versetzte der grausige Fötus ihr einen ziemlichen Schreck. Dr. Larch saß nur reglos an der Schreibmaschine. Er verfaßte im Geiste den ersten von vielen Briefen, die er Homer Wells schreiben würde. Er versuchte, seine Ahnungen nicht laut werden und seine Gedanken zur Ruhe kommen zu lassen. Bitte, bleib gesund, bitte, sei glücklich, bitte, sei vorsichtig, dachte Wilbur Larch – und die Dunkelheit drängte um ihn herein, die Hände des ermordeten Babys aus Three Mile Falls streckten sich flehend nach ihm aus.

6

Ocean View

Die ersten zwei Wochen, die Homer Wells fort war von St. Cloud's, ließ Wilbur Larch die Post unbeantwortet sich stapeln, Schwester Angela plagte sich mit den längeren und dichteren Sätzen Charles Dickens' (die einen sonderbaren Effekt auf die Aufmerksamkeit der Jungen hatten; sie klebten an jedem ihrer Worte, hielten den Atem an wegen der Fehler, die sie vorausahnten), und Mrs. Grogan ertrug Melonys ausdruckslose Wiedergabe Charlotte Brontës. Gegen Ende des siebenundzwanzigsten Kapitels entdeckte Mrs. Grogan doch noch ein Mindestmaß von Jane Eyres »unbezähmbarem« Geist in Melonys Stimme.

»*Ich* kümmere mich um mich«, las Melony. »Je einsamer, je freudloser, je mehr auf mich selbst angewiesen ich bin, desto mehr will ich mich selbst achten.«

Gutes Mädchen, dachte Mrs. Grogan, bitte sei ein gutes Mädchen. Sie sagte zu Dr. Larch, daß Melony, obwohl Melonys vorlesende Stimme sie deprimierte, ermutigt werden solle; man solle ihr mehr Verantwortung geben.

Schwester Angela sagte, sie würde mit Freuden Dickens aufgeben. Dr. Larch überraschte sie alle. Als Homer drei Wochen fort war, verkündete Dr. Larch, daß er sich einen Dreck darum kümmere, wer wem was vorlese. Er hatte überhaupt aufgehört, sich um den Segenswunsch zu kümmern, und darum fuhr Schwester Edna unbeirrt – auch wenn es bei ihr nie ganz natürlich klang – fort mit dem Abendgruß an die vorgeblichen Prinzen von Maine, »die lieben kleinen Könige Neuenglands«.

Mrs. Grogan war so betroffen von Melonys Lesestimme, daß sie Melony jetzt in die Knabenabteilung begleitete und mit den zappeligen Jungen lauschte, wie Melony Dickens vorlas. Melonys Stimme war zu eintönig für Dickens; sie schleppte sich vorwärts – sie machte keine Fehler, aber nie stimmte sie ihren Tonfall ab; sie trug buntes Treiben und Sonnenschein mit der gleichen schwerfälligen Sprache vor, die sie für Trübsal und Nebel einsetzte. An ihrer ernsten Miene sah Mrs. Grogan, daß Melony analysierte, während sie las – doch der Gegenstand ihrer Analyse war nicht Charles Dickens; Melony durchforschte Dickens nach bestimmten Charakterzügen, die sie mit Homer Wells in Verbindung brachte. Durch die tiefe Konzentration in Melonys Gesicht schien Melony manchmal nahe daran, Homers Aufenthalt in England, in einem anderen Jahrhundert, zu entdecken. (Dr. Larch hatte Melony gesagt, daß Homers gegenwärtiger Aufenthalt sie nichts anging.)

Ganz gleich, ob Melony jedes Moment Dickens'schen Esprits mit ihrem Ingrimm hinmordete, oder ob die reichen und farbigen Details der Charaktere und Schauplätze eintönig und grau wurden durch ihre Stimme. »Das Mädchen hat keinen Schwung«, klagte Schwester Edna. Die Jungen ängstigten sich schlicht vor Melony, und ihre Furcht zwang sie, ihr mehr Aufmerksamkeit zu zollen, als sie Homer Wells je gezollt hatten. Manchmal gilt das Interesse an Literatur nicht der Literatur – die Knabenabteilung war ein Publikum wie jedes andere: Eigeninteresse, persönliche Erinnerungen, geheime Ängste mischten sich in ihre Wahrnehmung dessen, was sie hörten (ganz gleich, was Charles Dickens getan hatte und was Melony ihm antat).

Nicht gänzlich beruhigt bei dem Gefühl, die Mädchenabteilung unbeaufsichtigt zu lassen, während sie in die Knabenabteilung eilte, um Melony vorlesen zu hören, entwickelte Mrs. Grogan die Gewohnheit, dem Abschnitt aus Jane Eyre ein kurzes Gebet nachzuschicken, das so wohlig wie unheilverkündend an den bleichen und fleckigen Bettdecken, auf denen das Mondlicht glühte, haften blieb, lange nachdem Melony und Mrs. Grogan die Mädchen sich selbst überlassen hatten. Sogar Mary Agnes Cork wurde zum Schweigen – wenn auch nicht eben zu Wohlverhalten – gebracht durch Mrs. Grogans Gebet.

Hätte Mrs. Grogan gewußt, daß es das Gebet eines Engländers war, dann hätte sie es vielleicht nicht verwendet; sie hatte es im Radio gehört und im Gedächtnis behalten, und sie sprach es sich immer selbst vor, bevor sie sich dem Schlaf überließ. Das Gebet war von Kardinal Newman verfaßt. Als Melony anfing, den Jungen vorzulesen, machte Mrs. Grogan ihr privates Gebet publik.

»O Herr«, sagte sie unter der Flurbeleuchtung, in der offenen Tür, während Melony unruhig neben ihr stand. »O Herr, steh uns bei diesen Tag, bis die Schatten länger werden und der Abend kommt und die geschäftige Welt in Schweigen versinkt und das Fieber des Lebens vorübergeht und unsere Arbeit getan ist. Dann gewähre uns, in deiner Gnade, ein sicheres Obdach und eine heilige Ruhe, und Frieden zuletzt.«

»Amen«, pflegte Melony zu sagen – nicht eben schalkhaft, aber gewiß auch nicht ehrfürchtig. Sie sagte es in der Art, wie sie aus Charlotte Brontë und aus Charles Dickens vorlas – es machte Mrs. Grogan frösteln, obwohl die Sommerabende warm und feucht waren und sie zwei Schritte machen mußte bei jedem Schritt Melonys, nur um mit Melony auf ihrem entschlossenen Gang in die Knabenabteilung Schritt zu halten. Die Art, wie Melony »Amen« sagte, war dieselbe Art, in der sie alles sagte. Ihre Stimme war ohne Seele, dachte Mrs. Grogan – zähneklappernd, während sie auf einem Stuhl in der Knabenabteilung saß, etwas abseits vom Licht, hinter Melony, in den Anblick ihres breiten Rückens versunken. Etwas in Mrs. Grogans betroffener Haltung mochte schuld sein an dem Gerücht, das in der Knabenabteilung in Umlauf kam, möglicherweise durch Curly Day: daß Mrs. Grogan niemals zur Schule gegangen sei, sogar Analphabetin sei, unfähig sei, allein die Zeitung zu lesen – und daher Melony ausgeliefert war.

Die kleinen Jungen, verängstigt in ihren Betten, spürten, daß auch sie Melony ausgeliefert waren.

Schwester Edna war so beunruhigt durch Melonys Vorlesen, daß sie es kaum erwarten konnte, ihren Refrain von den Prinzen von Maine und Königen Neuenglands loszuwerden (auch wenn sie nicht wußte, was er bedeutete). Schwester Edna ließ durchblicken, daß Melony schuld sei an einer Zunahme von Alpträumen in der Knabenabteilung und daß sie ihrer Pflichten als Vorleserin entbunden werden sollte. Schwester Angela widersprach; wenn Melony beharrlich das böse Spukgespenst spielte, so deshalb, weil ihr nicht genug Pflichten aufgetragen waren. Auch gab es vielleicht, wie Schwester Angela sagte, gar nicht mehr Alpträume: seit Homer Wells fort war (es war nun schon ein Monat), war es vielleicht einfach so, daß nun Schwester Edna und Schwester Angela jene hörten, die an nächtlichem Horror litten – in der Vergangenheit hatte Homer sie als erster gehört und sich um sie gekümmert.

Mrs. Grogan war dafür, Melonys Pflichten zu vermehren; sie meinte, das Mädchen stünde an der Schwelle einer Veränderung – sie könnte sich entweder über ihre eigene Verbitterung erheben oder noch tiefer in sie versinken. Schwester Angela war es, die Dr. Larch vorschlug, daß Melony sich nützlich machen könnte.

»*Noch* nützlicher, meinen Sie?« fragte Dr. Larch.

»Richtig«, sagte Schwester Angela, aber Dr. Larch wußte es nicht zu schätzen, daß jemand die Sprechgewohnheiten Homer Wells' nachahmte; er warf Schwester Angela einen solchen Blick zu, daß sie nie wieder »Richtig« sagte. Gleichfalls nicht zu schätzen wußte er den Vorschlag, daß man Melony beibringen könnte, Homers Platz einzunehmen – auch nicht im Sich-Nützlich-machen.

Schwester Edna vertrat Melonys Sache. »Wenn sie ein *Junge* wäre, Wilbur«, sagte Schwester Edna, »hätten Sie ihr bereits mehr zu tun gegeben.«

»Das Spital hängt mit der Knabenabteilung zusammen«, sagte Larch. »Was hier passiert, ist unmöglich vor den Jungen geheimzuhalten. Aber die *Mädchen* sind eine andere Sache«, endete er wenig überzeugend.

»Melony weiß, was hier passiert«, sagte Schwester Angela.

Wilbur Larch wußte, daß er in die Ecke getrieben war. Auch war er wütend auf Homer Wells – er hatte dem Jungen die Erlaubnis gegeben, seine Abwesenheit von St. Cloud's möglichst lange auszudehnen, aber er hatte nicht erwartet, daß er beinah sechs Wochen nichts (kein Wort!) von Homer hören würde.

»Ich weiß nicht, ob ich noch die Geduld habe, mit einer Halb-wüchsigen zu arbeiten«, sagte Larch grämlich.

»Ich glaube, Melony ist vierundzwanzig oder fünfundzwan-zig«, sagte Mrs. Grogan.

Wie konnte jemand so Altes noch immer in einem Waisenhaus sein? fragte sich Larch. Auf dieselbe Weise, wie *ich* immer noch hier bin, gab er sich selbst die Antwort. Wer sonst würde die Arbeit besorgen? Wer sonst würde für Melony sorgen? »Nun gut. Fragen wir sie, ob sie Interesse hat«, sagte Larch.

Er fürchtete die Begegnung mit Melony; er konnte nicht anders, aber er gab ihr die Schuld für alle Aufsässigkeit, die sich in Homers Wesen eingeschlichen hatte – und die Empörung, die Homer ihm gegenüber plötzlich bekundet hatte. Larch wußte, daß er ungerecht war, und dies bereitete ihm Schuldgefühle; er fing an, die Post zu beantworten.

Da war ein langer (wenn auch geschäftsmäßiger) Brief von Olive Worthington, und ein Scheck – eine recht ansehnliche Stif-tung für das Waisenhaus. Mrs. Worthington sagte, sie sei erfreut, daß ihr Sohn so »hingerissen« gewesen sei von dem guten Werk in St. Cloud's, daß er es für richtig befunden habe, einen von Dr. Larchs »Jungs« mit nach Hause zu bringen. Es sei den Worthing-tons recht, daß Homer über den Sommer blieb. Oft heuerten sie »Schülerhilfen« an, und sie sei offen gestanden dankbar dafür, daß ihr Sohn Wally »die Chance hat, mit jemand in seinem eige-nen Alter – aber aus weniger privilegierten Verhältnissen – Umgang zu pflegen«. Olive Worthington wolle Larch wissen lassen, daß sie und ihr Gatte Homer für einen guten Jungen hiel-ten, höflich und ein guter Arbeiter, und daß er »insgesamt von mäßigendem Einfluß auf Wally« zu sein schien. Abschließend hoffte sie, »Wally möge durch seine Nähe zu Homer auch den Wert täglicher Arbeit kennenlernen«, und daß Homer »eindeu-tig profitiert habe von einer strengen Ausbildung« – dieses Urteil gründete sie auf Homers Fähigkeit, das Apfelgeschäft zu erler-nen, »als sei er anspruchsvollere Studien gewöhnt.«

Olive wollte Dr. Larch wissen lassen, daß Homer darum gebe-ten habe, in Form einer monatlichen Spende an St. Cloud's ent-

lohnt zu werden, abzüglich lediglich dessen, was sie berechtig-
terweise als seine Ausgaben veranschlagen würde; nachdem er
ein Zimmer mit Wally teile und er in Wallys Kleider passe, und
nachdem er seine Mahlzeiten mit der Familie Worthington äße,
seien die Ausgaben des Jungen, wie Olive Worthington sagte,
minimal. Sie sei entzückt, daß ihr Sohn »so männliche und ehren-
hafte Gesellschaft« über den Sommer habe, und sie sei erfreut
über die Chance, das wenige, was sie vermochte, zum Wohle der
Waisen von St. Cloud's beizutragen. »Die Kinder«, sagte Olive
(so bezeichnete sie Wally und Candy), »...sagen mir, daß Sie
dort große Dinge verrichten. Sie sind so froh, zufällig über Sie
gestolpert zu sein.«

Wilbur Larch sah wohl, daß Olive Worthington nicht wußte,
daß sie ihre Apfelbäume von einem erfahrenen Geburtshelfer
pflegen ließ, und er brummte etwas von »strenger Ausbildung«
vor sich hin, die an Homer Wells – angesichts seiner gegenwärtigen Beschäftigung – verschwendet worden sei, wie er meinte,
aber Dr. Larch beruhigte sich genügend, um einen herzlichen,
wenn auch förmlichen Brief als Antwort an Mrs. Worthington
zu verfassen.

Ihre Spende werde sehr dankbar entgegengenommen, und er
sei froh, daß Homer seine Erziehung in St. Cloud's in so positi-
ver Art darstelle – er erwarte auch nichts anderes von dem Jungen, was Mrs. Worthington so freundlich sein möge, ihm auszu-
richten. Auch daß es schön wäre, wenn Homer schreiben wollte.
Dr. Larch sei glücklich, daß es eine so gesunde Sommerbeschäfti-
gung gebe für Homer; der Junge werde vermißt in St. Cloud's,
wo er sich stets nützlich gemacht habe, doch unterstrich Larch
seine Freude über Homers Glück. Er gratulierte Olive Worthington zu den guten Manieren und der Großzügigkeit ihres
Sohnes; er sagte, jene »Kinder« wären ihm stets willkommen in
St. Cloud's – jederzeit. Welch ein Glück – für alle! – daß sie zufällig über das Waisenhaus »gestolpert« wären.

Wilbur Larch knirschte mit den Zähnen und versuchte sich
einen Ort vorzustellen, wo man härter stolpern konnte als in
St. Cloud's; unter Aufbietung höchster Konzentration gelang es

ihm, mit jenem Teil des Briefes fortzufahren, den zu schreiben er länger als einen Monat gewartet hatte.

»Es gibt da etwas, was ich Ihnen in bezug auf Homer Wells sagen muß«, schrieb Wilbur Larch. »Er hat einen kleinen Herzfehler«, schrieb der Arzt; er holte weit aus. Er ging behutsamer vor als damals, als er Homers Herzfehler mit Wally und Candy besprach; er versuchte, so deutlich, aber so ausweichend zu sein, wie er schließlich, das wußte er, würde sein müssen, wenn er Homer Wells sein Leiden schilderte. Sein Brief an Olive Worthington über Homers Herz war eine Art Aufwärm-Training. Er säte die Saat (eine aufreizende Floskel, aber so dachte er unwillkürlich – seit seiner Erbschaft vom Bahnhofsvorsteher in Form der Kataloge); er wollte, daß Homer mit Samthandschuhen angefaßt würde, wie man in Maine sagt.

Olive Worthington hatte erwähnt, daß Homer Fahrstunden bei Wally und Schwimmlektionen bei Candy nähme – letztere im geheizten Becken des Haven-Club. Letzteres – Schwimmlektionen bei diesem Mädchen! – entlockte Wilbur Larch ein Knurren, und er schloß seine mahnende Mitteilung wegen Homers Herzen mit der Empfehlung, daß Homer »es beim Schwimmen gemächlich angehen solle«.

Dr. Larch teilte Olive Worthingtons Meinung nicht, daß »jeder Junge Auto fahren und schwimmen können solle«; Dr. Larch konnte keines von beiden.

»Hier in St. Cloud's«, schrieb er an sich selbst, »ist es erforderlich, gute geburtshilfliche Techniken zu haben, und eine Dilatation und Curettage ausführen zu können. In anderen Teilen der Welt lernt man Auto fahren und schwimmen!«

Er zeigte Schwester Angela und Schwester Edna Olive Worthingtons Brief, die beide darüber weinten. Sie waren der Meinung, daß Mrs. Worthington sich »bezaubernd« und »warmherzig« und »intelligent« anhöre, doch Larch murrte, wie seltsam es doch sei, daß *Mister* Worthington so wenig ins Bild käme; was war los mit ihm? »Wozu führt seine Frau die Farm?« fragte Larch seine Krankenschwestern, die ihn beide tadelten für seine Bereitschaft anzunehmen, daß etwas nicht in Ordnung sei, wann immer eine Frau für etwas verantwortlich wäre. Sie erinnerten ihn daran, daß er eine Verabredung mit Melony hatte.

Melony hatte sich für ihre Begegnung mit Dr. Larch in den richtigen Zustand hineingesteigert. Sie bereitete sich vor, indem sie im Bett lag und immer wieder die Widmung las, die sie in das gestohlene Exemplar von *Klein Dorrit* geschrieben hatte:

FÜR HOMER »SONNENSTRAHL« WELLS
FÜR DAS VERSPRECHEN,
DAS DU MIR GEGEBEN HAST
IN LIEBE, MELONY

Dann versuchte sie immer wieder, unter Zornestränen das Buch anzufangen.

Die Vorstellung der starrenden, lodernden Sonne in Marseille – der bedrückende Glanz – war verwirrend wie auch rätselhaft für Melony. Was wußte sie schon, das ihr hätte helfen können, eine Sonne von solcher Helligkeit zu begreifen? Und das Zusammentreffen von so viel *Sonnenstrahl* (eingedenk ihres Spitznamens für Homer Wells) war zuviel für sie. Sie las, verirrte sich, fing wieder an, verirrte sich wieder; sie wurde zorniger und zorniger.

Dann kramte sie in ihrem Leinwandbeutel mit Toilettenartikeln und sah, daß die horngeränderte Haarspange, die Mary Agnes von Candy gestohlen hatte – und die Melony aus Mary Agnes Haar gerissen und an sich genommen hatte – wieder gestohlen war. Sie marschierte zu Mary Agnes Corks Bett und fischte die elegante Haarspange unter Mary Agnes' Kopfkissen hervor. Melonys Haar war zu kurz geschoren, als daß sie die Haarspange hätte verwenden können, über deren Verwendung sie sich ohnehin nicht recht sicher war. Sie stopfte sie in die Tasche ihrer Jeans; dies war unbequem, denn ihre Jeans waren so eng. Sie ging in den Duschraum der Mädchen, wo Mary Agnes Cork sich die Haare wusch, und sie drehte das heiße Wasser so heiß, daß Mary Agnes beinah verbrüht wurde. Mary Agnes stürzte sich aus der Dusche; rot und zappelnd lag sie auf dem

Boden, wo Melony ihr den Arm hinter den Rücken drehte und dann mit ihrem ganzen Gewicht auf Mary Agnes' Schulterblatt trat. Melony hatte ihr nichts brechen wollen; sie war angewidert von dem Geräusch, das Mary Agnes' nachgebendes Schlüsselbein machte, und sie trat rasch zurück von dem jüngeren Mädchen, dessen nackter Körper sich von sehr rot zu sehr weiß verfärbte. Sie lag auf dem Boden des Duschraums, zitternd und stöhnend, und wagte sich nicht zu bewegen.

»Zieh dich an, und ich bringe dich ins Spital«, sagte Melony. »Du hast etwas gebrochen.«

Mary Agnes zitterte. »Ich kann mich nicht bewegen«, flüsterte sie.

»Ich hab es nicht gewollt«, sagte Melony, »aber ich hab dir gesagt, bleib weg von meinem Kram.«

»Dein Haar ist zu kurz«, sagte Mary Agnes. »Du kannst sie sowieso nicht tragen.«

»Willst du, daß ich dir noch etwas breche?« fragte Melony das Mädchen.

Mary Agnes versuchte den Kopf zu schütteln, aber sie verharrte. »Ich kann mich nicht bewegen«, wiederholte sie. Als Melony sich bückte, um ihr aufzuhelfen, kreischte Mary Agnes: »Faß mich nicht an.«

»Mach, was du willst«, sagte Melony und ließ sie dort liegen. »Bleib nur weg von meinem Kram.«

In der Vorhalle der Mädchenabteilung, unterwegs zu ihrem Treffen mit Dr. Larch, erzählte Melony Mrs. Grogan, daß Mary Agnes »etwas gebrochen« habe. Mrs. Grogan nahm natürlich an, daß Melony meinte, Mary Agnes habe eine Lampe *zer*brochen, oder ein Fenster oder sogar ein Bett.

»Wie gefällt dir das Buch, meine Liebe?« fragte Mrs. Grogan Melony, die immer noch *Klein Dorrit* bei sich trug; sie war nicht über die erste Seite hinausgekommen.

»Fängt irgendwie langweilig an«, sagte Melony.

Als sie zu Schwester Angelas Büro gelangte, wo Dr. Larch auf sie wartete, war sie leicht außer Atem und schwitzte.

»Was ist das für ein Buch?« fragte Dr. Larch sie.

»*Klein Dorrit*, von Charles Dickens«, sagte Melony; sie spürte, wie die Haarspange sie ins Bein stach, als sie sich setzte.

»Woher hast du es?« fragte Dr. Larch sie.

»Es war ein Geschenk«, sagte Melony – was nicht eben eine Lüge war.

»Das ist hübsch«, sagte Wilbur Larch.

Melony zuckte die Schultern. »Fängt irgendwie langweilig an«, sagte sie.

Sie musterten einander eine Weile vorsichtig. Larch lächelte etwas. Melony versuchte zu lächeln, aber sie war sich unsicher, wie dies auf ihrem Gesicht aussah – darum hörte sie auf. Sie rückte auf dem Stuhl; die Haarspange in ihrer Tasche tat ihr ein bißchen weniger weh.

»Er kommt nicht wieder, nicht wahr?« fragte Melony Dr. Larch, der sie mit Respekt und Mißtrauen betrachtete, wie man es bei jemandem tut, der die eigenen Gedanken gelesen hat.

»Er hat einen Sommerjob«, sagte Dr. Larch. »Natürlich könnte er eine weitere Chance erhalten.«

Melony zuckte die Schultern. »Er könnte zur Schule gehen, nehme ich an«, sagte sie.

»Oh, ich *hoffe* es«, sagte Larch.

»Ich nehme an, Sie wollen, daß er Arzt wird«, sagte Melony.

Larch zuckte die Schultern. Jetzt war es an ihm, Gleichmut vorzutäuschen. »Falls er das will.«

»Ich habe einmal jemand den Arm gebrochen«, sagte Melony. »Oder vielleicht war es etwas im Brustkorb.«

»Im Brustkorb?« fragte Larch. »Wann hast du das getan?«

»Vor gar nicht langer Zeit«, sagte Melony. »Vor ziemlich kurzem. Ich hatte es nicht gewollt.«

»Wie ist es passiert?« fragte Larch sie.

»Ich drehte ihr den Arm auf den Rücken – sie lag auf dem Boden – und dann trat ich auf ihre Schulter, dieselbe Schulter des Armes, den ich verdrehte.«

»Autsch«, sagte Dr. Larch.

»Ich hab's gehört«, sagte Melony. »Ihr Arm oder ihr Brustkorb.«

»Vielleicht ihr Schlüsselbein«, mutmaßte Larch. In Anbetracht der Lage mutmaßte er, daß es das Schlüsselbein war.

»Na, was es auch war, ich hörte es«, sagte Melony.

»Wie fühltest du dich dabei?« fragte Wilbur Larch Melony, die mit den Schultern zuckte.

»Ich weiß nicht«, sagte Melony. »Widerlich, schätze ich, aber stark«, fügte sie hinzu. »Widerlich und stark«, sagte sie.

»Vielleicht möchtest du, daß du mehr zu tun hättest?« fragte Larch sie.

»Hier?« fragte Melony.

»Nun ja, hier«, sagte Larch. »Ich könnte mehr für dich zu tun finden – wichtigere Dinge. Natürlich könnte ich mich nach Arbeit umsehen für dich – draußen, meine ich. Außerhalb.«

»Sie wollen mich fortschicken oder mir mehr Pflichten auftragen, ist es das?«

»*Ich* will dir gar nichts auftragen, was du nicht willst. Du sagtest mir einmal, du wolltest nicht fort – und ich werde dich niemals zwingen. Nur, ich dachte mir, du suchst vielleicht nach einer Veränderung.«

»Es gefällt Ihnen nicht, wie ich vorlese, he?« fragte Melony. »Ist es das?«

»Nein!« sagte Dr. Larch. »Ich möchte, daß du weiter vorliest, aber das ist nur eines der Dinge, die du hier tun könntest.«

»Sie wollen, daß ich tu, was Homer Wells getan hat?«

»Homer hat sehr viel *studiert*«, sagte Dr. Larch. »Vielleicht könntest du Schwester Angela und Schwester Edna assistieren, und mir. Vielleicht hättest du Interesse, einfach zu beobachten – zu sehen, ob es dir gefällt.«

»Ich finde es widerlich«, sagte Melony.

»Du mißbilligst es?« fragte Larch, aber Melony schaute echt verwirrt drein.

»Was?« fragte sie.

»Du glaubst nicht, daß wir die Abtreibungen ausführen sollten?« fragte Larch. »Du glaubst nicht an die Verhinderung einer Geburt, an die Abtreibung des Fötus?«

Melony zuckte die Schultern. »Ich glaube nur, es wäre mir

widerlich«, wiederholte sie. »Babys auf die Welt holen – bäh« sagte sie. »Und Babys aus Leuten herausschneiden – noch einma bäh!«

Larch war verwirrt. »Aber es ist nicht, weil du es falsch findest?« fragte er.

»Was ist falsch daran?« fragte sie ihn. »Ich finde es widerlich Blut, so Zeug, das den Leuten aus dem Körper fließt – ihhh« sagte Melony. »Es riecht schlecht hier«, fügte sie hinzu unc meinte die Spitalluft – die Aura des Äthers, den Geruch geronne nen Blutes.

Wilbur Larch starrte Melony an und dachte: Ach, sie ist nu ein großes Kind! Sie ist ein Totschläger-Baby.

»Ich will nicht im Spital arbeiten«, sagte Melony entschieden »Ich werde Laub rechen oder so etwas – so'n Zeug ist okay, falls Sie wollen, daß ich mehr arbeite, für mein Essen, oder so.«

»Ich will, daß du glücklicher wirst, als du bist, Melony«, sagte Dr. Larch behutsam. Er fühlte sich elend beim Anblick des ver nachlässigten Geschöpfs vor ihm.

»Glücklicher!« sagte Melony. Sie machte einen kleinen Hop ser auf ihrem Stuhl, und die gestohlene Haarspange bohrte sich in sie. »Sie müssen blöde sein, oder verrückt.« Dr. Larch war nicht schockiert; er nickte und erwog beides.

Er hörte Mrs. Grogan auf dem Flur schreien, draußen vor der Apotheke.

»Doktor Larch! Doktor Larch!« rief sie. »Wilbur?« fügte sie hinzu, was Schwester Edna einen Stich versetzte, weil sie in bezug auf den Gebrauch dieses Namens ein gewisses Vorrecht zu haben glaubte. »Mary Agnes hat sich den Arm gebrochen!« Larch starrte Melony an, die zum ersten Mal ein Lächeln zustande brachte.

»Du sagtest, dies ist ›vor gar nicht langer Zeit‹ passiert?« fragte Dr. Larch sie.

»Ich sagte: ›vor ziemlich kurzem‹«, gab Melony zu.

Larch ging in die Apotheke, wo er Mary Agnes' Schlüsselbein untersuchte, das gebrochen war. Dann wies er Schwester Angela an, das Kind zum Röntgen vorzubereiten.

»Ich bin auf dem Boden des Duschraums ausgeglitten«, stöhnte Mary Agnes. »Es war echt naß.«

»Melony!« rief Dr. Larch. Melony lungerte auf dem Flur herum. »Melony, möchtest du zusehen, wie wir ein Schlüsselbein einrichten?« Melony schlenderte in die Apotheke, ein Raum, der klein und überfüllt war – besonders da Schwester Edna und Mrs. Grogan dort herumstanden und da Schwester Angela Mary Agnes zum Röntgen führte. Als Larch sie alle versammelt sah, erkannte er, wie alt und gebrechlich er und seine Mitarbeiterinnen neben Melony aussahen. »Möchtest du vielleicht mithelfen beim Einrichten eines gebrochenen Schlüsselbeins, Melony?« fragte Larch die stämmige und imposante junge Frau.

»Nööö«, sagte Melony. »Hab zu tun.« Sie schwenkte – ein wenig drohend – das Exemplar von *Klein Dorrit*. »Und ich muß nachsehen, was ich heut' abend vorlesen werde.«

Sie kehrte in die Mädchenabteilung zurück, zu ihrem Fenster dort, während Dr. Larch Mary Agnes' Schlüsselbein einrichtete. Melony versuchte noch einmal, die Macht der Sonne von Marseille zu begreifen.

»Selbst der Staub war braun gebrannt«, las sie sich selber vor, »und es lief ein Zittern durch die Atmosphäre, als ob die Luft vor Hitze ächzte.« Oh, Sonnenstrahl, dachte sie, warum hast du mich nicht mitgenommen, irgendwohin? Es hätte nicht Frankreich sein müssen, auch wenn es hübsch gewesen wäre.

Sie tagträumte, während sie las, und darum verpaßte sie den Übergang vom allumfassenden Sengen der Sonne in Marseille zur Atmosphäre des Gefängnisses in derselben Stadt. Plötzlich entdeckte sie, daß sie im Gefängnis war. »Alles trug den Stempel des Kerkers...«, las sie. »Wie ein Brunnen, ein Kellergewölbe, eine Gruft wußte der Kerker nichts von dem hellen Sonnenschein draußen...« Sie hörte auf zu lesen. Sie ließ *Klein Dorrit* auf ihrem Kopfkissen liegen. Sie streifte einen Kopfkissenbezug von einem Bett, das ordentlicher war als das ihre, und in den Kopfkissenbezug stopfte sie ihren Leinwandbeutel mit Toilettenartikeln und ein paar Kleidungsstücke. Sie stopfte auch *Jane*

Eyre in den Sack. In Mrs. Grogans ziemlich spartanischem Zimmer fand Melony mühelos Mrs. Grogans Geldbeutel – sie beraubte Mrs. Grogan ihres Geldes (was nicht viel war) und nahm auch Mrs. Grogans schweren Wintermantel (im Sommer würde der Mantel nützlich sein, wenn sie auf dem Erdboden schlafen mußte). Mrs. Grogan war immer noch im Spital und um Mary Agnes Corks Schlüsselbein bemüht; Melony hätte Mrs. Grogan gerne Lebewohl gesagt (sogar nachdem sie sie beraubt hatte), aber sie wußte den Zugfahrplan aus dem Kopf – tatsächlich wußte sie ihn aus dem Ohr; das Geräusch jeder Ankunft und Abfahrt drang an ihr Fenster.

Am Bahnhof kaufte sie bloß ein Billett bis Livermore Falls. Sie wußte, daß sogar der neue und dumme junge Bahnhofsvorsteher fähig sein würde, sich daran zu erinnern und Dr. Larch und Mrs. Grogan erzählen würde, daß Melony nach Livermore Falls gefahren sei. Sie wußte auch, daß sie, erst einmal auf dem Zug, ein Billett nach einem viel weiter entfernten Ort als Livermore Falls kaufen konnte. Kann ich mir Portland leisten? fragte sie sich. Die Küste war es, die sie letzten Endes würde erforschen müssen – denn unter dem goldenen Monogramm auf jenem Roten-Delicious-Apfel des Cadillac, aufgeprägt (ebenfalls in Gold) auf den leuchtend grünen Hintergrund des Apfelblattes, hatte sie gelesen OCEAN VIEW ORCHARDS. Das mußte in Sichtweite der Küste sein, und der Cadillac hatte ein Nummernschild aus Maine. Es machte Melony nichts aus, daß es im Staate Maine tausende Meilen von Küste gab. Während ihr Zug aus St. Cloud's davonrollte, sagte Melony zu sich selbst – so leidenschaftlich, daß ihr Atem das Fenster beschlug und die verlassenen Gebäude in dieser vergessenen Stadt vor ihrem Blick verhüllte – »Ich werde dich finden, Sonnenstrahl.«

Dr. Larch versuchte Mrs. Grogan zu trösten, die sagte, sie wünschte nur, sie hätte für Melony mehr Geld zum Stehlen gehabt. »Und mein Mantel ist nicht imprägniert«, jammerte Mrs. Grogan. »Sie sollte einen echten Regenmantel haben in diesem Staat.«

Dr. Larch versuchte Mrs. Grogan zu beruhigen. Er versicherte ie, daß Melony kein kleines Mädchen mehr sei. »Sie ist vierund- zwanzig oder fünfundzwanzig«, erinnerte Larch Mrs. Grogan.

»Ich glaube, ihr Herz ist gebrochen«, sagte Mrs. Grogan kläg- ich.

Dr. Larch wies darauf hin, daß Melony *Jane Eyre* mitgenom- nen hatte; er nahm dies als hoffnungsvolles Zeichen – wohin Melony auch immer ging, sie würde nicht ohne Führung sein, sie würde nicht ohne Liebe sein, ohne Vertrauen. Sie hatte ein gutes Buch bei sich. Wenn sie es nur immer wieder lesen und es noch einmal lesen wollte, dachte Larch.

Das Buch, das Melony zurückgelassen hatte, war ein Rätsel für Mrs. Grogan, und auch für Dr. Larch. Sie lasen die Widmung für Homer »Sonnenstrahl« Wells, was Mrs. Grogan tief berührte.

Sie beide hatten auch kein Glück mit der Lektüre von *Klein Dorrit*. Mrs. Grogan sollte nie über das schändliche Gefängnis hinauskommen; die sengende Sonne in Marseille starrte sie nie- der, sie blendete allzu mächtig. Dr. Larch, der in Homer Wells' und Melonys Abwesenheit seine Pflichten als abendlicher Vorle- ser in der Knaben- wie auch in der Mädchenabteilung wieder aufnahm, versuchte den Mädchen aus *Klein Dorrit* vorzulesen; war nicht die Hauptfigur ein Mädchen? Doch der Gegensatz zwischen der versengten Luft in der Sonne von Marseille und dem Moderhauch im Gefängnis von Marseille erweckte solch eine mächtige Schlaflosigkeit bei den Mädchen, daß Larch erleichtert war, das Buch beim dritten Kapitel aus der Hand legen zu können, das einen – für Waisen – unglücklichen Titel trug: »Daheim«. Es fing an mit der Schilderung Londons an einem Sonntagabend – gehetzt von Kirchenglocken.

»Schwermütige Straßen in einem Büßergewand von Kohlen- ruß«, las Dr. Larch, und dann hielt er inne; wir brauchen hier nicht noch mehr Traurigkeit, dachte er.

»Wollen wir hier nicht lieber eine Pause machen und noch ein- mal *Jane Eyre* lesen?« fragte Dr. Larch die Mädchen; die Mäd- chen nickten eifrig.

Eingedenk, daß der schöne Junge mit dem Gesicht eines

Wohltäters eine Mutter haben mußte mit einem Herzen, das jenen *wohl wollte*, die (wie sie selbst geschrieben hatte) in »weniger privilegierten Verhältnissen« lebten, schrieb Dr. Larch an Olive Worthington.

Meine liebe Mrs. Worthington,
Hier in St. Cloud's hängen wir an unserem geringen Luxus, und glauben (und beten), daß er ewig vorhalten möge. Wären Sie doch so freundlich, Homer zu sagen, daß seine Freundin Melony uns verlassen hat – ihr Aufenthalt ist unbekannt – und daß sie unser einziges Exemplar von *Jane Eyre* mitgenommen hat. Die Waisen in der Mädchenabteilung waren gewöhnt, aus diesem Buch vorlesen zu hören – tatsächlich pflegte Homer ihnen vorzulesen. Falls Homer ein Ersatz-Exemplar auftreiben könnte, würden die kleinen Mädchen und ich ihm ewig zu Dank verpflichtet sein. In anderen Teilen der Welt gibt es Buchhandlungen...

Hiermit hatte Larch, wie er wußte, zwei Fliegen auf einen Streich erledigt. Olive Worthington selbst würde ihm eine Ersatz-*Jane Eyre* schicken (er bezweifelte sehr, daß es ein Exemplar aus zweiter Hand sein würde), und Homer würde die wichtige Nachricht erhalten: Melony war los. Sie war losgelassen auf die Welt. Larch dachte, daß Homer dies wissen sollte, daß er vielleicht die Augen nach ihr offenhalten wollte.

Schwester Edna las Melonys Widmung in *Klein Dorrit* und weinte. Sie war keine große Leserin, diese Edna; sie drang nicht weiter vor als bis zu der Widmung. Schwester Angela hatte bereits vor Dickens ihre Waffen gestreckt; sie blinzelte einmal kurz in die Sonne von Marseille und versäumte es, die Seite umzublättern.

Jahrelang sollte Candys ungelesenes Exemplar in Schwester Angelas Büro liegen. Jene, die nervös auf Unterredungen mit Dr. Larch warteten, pflegten *Klein Dorrit* in die Hand zu nehmen, wie sie eine Zeitschrift in die Hand nehmen würden – unruhig, unaufmerksam. Selten ließ Larch jemanden über das erste Sengen der Sonne hinaus warten, und die meisten zogen es vor, das merkwürdige Sortiment von Katalogen durchzublättern. Die Sämereien, die Angelausrüstung, die wunderliche Unterwäsche – letztere vorgeführt als unheimliche Modenschau: an jenen kopflosen, beinlosen, armlosen Stümpfen, die zu damaliger Zeit die Standardversion einer Schneiderpuppe waren.

»In anderen Teilen der Welt«, begann Dr. Larch einmal, »hat man Stillbüstenhalter.« Doch dieser Gedanke führte ihn nirgendwohin; er fiel als Fragment zwischen die vielen, vielen Blätter der *Kurzen Geschichte von St. Cloud's*.

Klein Dorrit schien zu einem ungelesenen Leben verurteilt. Selbst Candy, die Ersatz fand für ihr gestohlenes Exemplar (und sich stets fragte, was wohl damit passiert sei), sollte das Buch nie zu Ende lesen, obwohl es in ihrer Klasse Pflichtlektüre war. Auch sie vermochte nicht über den ersten Ansturm der Sonne auf ihre Sinne hinauszusteuern; ihre Schwierigkeiten mit dem Buch, so argwöhnte sie, wären bedingt durch dessen Macht, sie an ihre Unannehmlichkeiten auf der langen Reise nach und von St. Cloud's zu erinnern – und daran, was ihr dort widerfahren war.

Ganz besonders erinnern sollte sie sich an die Fahrt zurück zur Küste, wie sie ausgestreckt auf dem Rücksitz lag, nur die Armaturenlichter des Cadillac und das glühende Aschenende von Wallys Zigarette hell, aber winzig aufleuchtend in der einhüllenden Dunkelheit. Die Reifen des großen Wagens summten beschwichtigend; sie war dankbar für Homers Gegenwart, weil sie nicht mit Wally reden – oder ihm zuhören – mußte. Sie hörte nicht einmal, was Wally und Homer einander erzählten. »Lebensgeschichten«, sollte Wally später zu ihr sagen. »Der Junge hat wohl ein Leben gehabt, aber das laß ich ihn dir lieber selbst erzählen.«

Der Singsang ihres Gesprächs war so rhythmisch wie der Gesang der Reifen, doch Candy, müde wie sie war, konnte nicht schlafen. Sie dachte daran, wie sehr sie blutete – vielleicht mehr, als sie sollte, überlegte sie beunruhigt. Zwischen St. Cloud's und der Küste bat sie Wally dreimal, den Wagen anzuhalten. Sie kontrollierte immer wieder ihre Blutung und wechselte die Binde; Dr. Larch hatte ihr ziemlich viele Binden mitgegeben – aber würden sie reichen, und wie viel Blutung war zuviel? Sie betrachtete Homers Hinterkopf. Falls es morgen schlimmer ist oder übermorgen genauso schlimm, dachte sie, werd' ich ihn fragen müssen. Als Wally auf die Toilette ging und sie in dem Wagen allein ließ, sprach Homer mit ihr, aber er drehte sich nicht um. »Du hast jetzt wahrscheinlich Krämpfe, ungefähr so schlimm, wie du sie bei deiner Periode hast«, sagte er. »Du blutest wahrscheinlich, aber nicht so stark, wie du während deiner Periode blutest – nicht annähernd so stark wie an den schwersten Tagen. Wenn die Flekken auf der Binde nur zwei bis drei Zoll im Durchmesser sind, dann ist's okay. Das ist zu erwarten.«

»Danke«, flüsterte Candy.

»Die Blutung sollte morgen nachlassen und übermorgen viel leichter werden. Falls du beunruhigt bist, solltest du mich fragen«, sagte er.

»Okay«, sagte Candy. Es kam ihr so seltsam vor: daß ein Junge ihres eigenen Alters so viel wußte von ihr.

»Ich habe noch nie einen Hummer gesehen«, sagte Homer Wells, um das Thema zu wechseln – um ihr zu ermöglichen, die Sachverständige zu sein.

»Dann hast du auch noch nie einen gegessen«, sagte Candy fröhlich.

»Ich weiß nicht, ob ich etwas essen möchte, was ich noch nie gesehen habe«, sagte Homer, und Candy lachte. Sie lachte noch, als Wally wieder in den Wagen stieg.

»Wir sprechen über Hummer«, erklärte Homer.

»Oh, sie sind spaßig«, sagte Wally, und alle drei lachten.

»Warte, bis du einen siehst«, sagte Candy zu Homer. »Er hat noch nie einen gesehen«, erzählte sie Wally.

»Sie sind sogar noch lustiger, wenn du sie siehst«, sagte Wally. Das Lachen schmerzte Candy; sie hielt ganz plötzlich inne, aber Homer lachte weiter. »Und warte, bis sie versuchen, mit dir zu sprechen«, fügte Wally hinzu. »Hummer schmeißen mich einfach um, immer wenn sie zu sprechen versuchen.«

Als er und Wally zu lachen aufhörten, sagte Homer: »Ich habe noch nie den Ozean gesehen, weißt du.«

»Candy, hast du das gehört?« fragte Wally, aber auf Candy hatte das kurze Lachen befreiend gewirkt; sie schlief tief. »Du hast *niemals* den Ozean gesehen?« fragte Wally Homer.

»Das ist richtig«, sagte Homer Wells.

»Das ist nicht lustig«, sagte Wally ernst.

»Richtig«, sagte Homer.

Ein wenig später sagte Wally: »Möchtest du eine Weile fahren?«

»Ich kann nicht Auto fahren«, sagte Homer.

»Wirklich?« fragte Wally. Und noch später – es war beinah Mitternacht – fragte Wally: »Äh, hast du schon mal mit einem Mädchen – Liebe gemacht mit einer, weißt du?« Aber auch Homer hatte sich befreit gefühlt: er hatte laut gelacht mit seinen neuen Freunden. Der junge, aber altgediente Schlaflose war eingeschlafen. Ob Wally überrascht gewesen wäre, zu hören, daß Homer auch noch niemals mit Freunden gelacht hatte? Und möglicherweise wäre es Homer schwergefallen, seine Beziehung mit Melony als eine Beziehung zu schildern, die auf Liebemachen beruhte.

Welch ein neues Gefühl der Sicherheit hatte Homer in diesem Augenblick des Lachens mit Freunden empfunden, in der einhüllenden Dunkelheit des rollenden Wagens. Und welch ein Gefühl der Freiheit schenkte ihm das Auto selbst – sein scheinbar müheloses Dahinreisen war ein Wunder für Homer Wells, dem der Gedanke an Fortbewegung (geschweige denn an Veränderung) nur selten gelang, und dann unter gewaltiger Anstrengung.

»Candy?« flüsterte Wally. Und ein wenig später flüsterte er: »Homer?« Ihm gefiel der Gedanke sehr, diese beiden durch die verdunkelte Welt zu steuern, ihr Führer zu sein durch die Nacht, und ihr Beschützer vor dem, was immer dort liegen mochte – jenseits der Scheinwerfer.

»Na, Kumpel«, sagte Wally zu dem schlafenden Homer Wells, »es wird höchste Zeit, daß du ein bißchen *Spaß* hast.«

Wilbur Larch – fast einen Monat später, immer noch darauf

wartend, von Homer Wells zu hören, und zu stolz, den ersten Brief zu schreiben – fragte sich, welchen »Spaß« Homer haben mochte. Schwimmlektionen! dachte er. Was zieht man an beim Schwimmen in einem beheizten Becken? Wie beheizen sie das Becken, und wie heiß beheizen sie es?

Damals, 194–, war das Becken im Haven Club der erste beheizte Swimmingpool von Maine. Auch wenn Raymond Kendall fand, daß es lächerlich sei, Wasser zu anderen Zwecken zu erhitzen als zum Kochen und zum Baden, hatte doch er das Heizsystem für das Becken im Haven-Club erfunden. Für Ray war es nur eine Fingerübung in Mechanik.

»Wenn du im Ozean schwimmen lernst«, sagte Ray zu Homer, »wirst du die richtige Reaktion des Körpers auf jede Form von Wasser lernen.«

»Aber *du* kannst nicht schwimmen, Daddy«, sagte Candy.

»Das ist's, was ich meine«, sagte Ray, Homer Wells anzwinkernd. »Du brauchst nur den Fuß ins Meer zu setzen oder hineinzufallen, dann wirst du vernünftig genug sein, nie wieder den Fuß hineinzusetzen – es ist zu kalt.«

Homer mochte Candys Vater, vielleicht weil die Chirurgie die Mechanik der Medizin ist, und Homer Wells erste Schulung eine chirurgische gewesen war. Er konnte sich augenblicklich identifizieren mit den Maschinen, mit denen Ray Kendall arbeitete, sowohl mit den Geräten der Apfelfarm wie mit den Apparaten, die dazu dienten, die Hummer heraufzuziehen und sie am Leben zu halten.

Im Gegensatz zu Wallys Verheißung hinsichtlich des Humors der Hummer war Homer wenig belustigt bei seinem ersten Anblick dieser Geschöpfe. Sie waren zusammengepfercht in Ray Kendalls Hummerbassin, übereinanderkrabbelnd, ihre Zangen fest verklammert, so daß sie unter Wasser mit ihnen fuchtelten wie mit wirkungslosen Keulen. Homer hatte, das wußte er, einen guten Grund gesehen für das Schwimmenlernen. Wenn man ins Meer fiel, wollte man nicht bis auf den Boden fallen, wo diese Geschöpfe lebten. Es dauerte eine Weile, bis Homer lernte, daß die Hummer den Meeresboden nicht in solcher Dichte bevölkerten, wie sie den Tank bewohnten. Die erste Frage, die ihm in den Sinn kam, bezog sich nicht darauf, wie ein Hummer fräße oder wie er sich fortpflanzte, sondern wozu er überhaupt lebte.

»Es muß jemand geben, der aufsammelt, was herumliegt«, klärte Ray Kendall Homer auf.

»Er ist das Müll-Monster des Meeresbodens«, sagte Wally lachend – er lachte immer, wenn er über Hummer sprach.

»Die Seemöwe säubert die Küste«, sagte Ray Kendall. »Der Hummer säubert den Boden.«

»Hummer und Seemöwen«, sagte Candy. »Sie nehmen, was übrigbleibt.«

Wilbur Larch hätte anmerken können, daß sie das bekamen, was sonst der Waisen Teil war. Dies kam Homer Wells in den Sinn, der entdeckte, daß er seine Zeit damit verbringen konnte, die Hummer zu beobachten, zwar mit Furcht, die Seemöwen hingegen mit Freude – während er beide mit Ehrfurcht und Respekt beobachtete.

Jahre später sollte Olive Worthington, als sie stolze Besitzerin des ersten Fernsehgeräts in Heart's Rock wurde, sagen, daß Homer Wells der einzige Mensch sei, der jemals einen Stuhl herangezogen und sich vor den Hummertank in Ray Kendalls Hummerbassin gesetzt hatte, »als schaute er Nachrichten im Fernsehen«.

An Sonntagen zog Homer Hummer herauf mit Candys Vater – nicht gegen Entgelt, sondern um draußen auf dem Wasser und um mit Ray zusammen zu sein. An den sechs Werktagen arbeitete Homer mit Wally in den Obstgärten. Der Ozean war nur von einem der vielen Obstgärten von Ocean View zu sehen, aber die Anwesenheit des Meeres war überall auf der Farm zu spüren, besonders im frühmorgendlichen Nebel, und wenn eine Seebrise die Sommerhitze erfrischte – und wegen der Seemöwen, die über dem Hinterland kreisten und manchmal in den Bäumen hockten. Sie hatten eine größere Vorliebe für Blaubeeren als für Äpfel, doch ihre Gegenwart war ein konstantes Ärgernis für Olive, die seit ihren ersten Jahren zwischen Muscheln nichts übrig hatte für die heiseren Vögel, die mit den Krähen um das kleine Blaubeerbeet zankten, das sie angepflanzt hatte – die Blaubeeren wurden mit niedrig hängenden Netzen geschützt, aber die Möwen und Krähen waren schlau genug, unter die Netze hineinzuspazieren.

Unter Waisen, dachte Homer Wells, sind die Möwen den Krähen überlegen – nicht an Intelligenz oder Charakter, so beobachtete er, sondern aufgrund ihrer Freiheit, die sie besitzen und schätzen. Beim Beobachten von Seemöwen war es, daß Homer Wells zum erstenmal in den Sinn kam, daß er frei war.

Wilbur Larch wußte, daß Freiheit die gefährlichste Illusion war für eine Waise, und als er endlich von Homer hörte, überflog er den sonderbar förmlichen Brief, der enttäuschend war durch seinen Mangel an Einzelheiten. In bezug auf Illusionen und alles übrige gab es einfach keinen Anhaltspunkt. »Ich lerne schwimmen«, schrieb Homer Wells. (Ich weiß! Ich weiß! *Erzähle* mir davon! dachte Wilbur Larch.) »Im Auto fahren bin ich besser«, fügte Homer Wells hinzu.

»Mrs. Worthington ist sehr nett.« (Das hätte ich erraten können! dachte Wilbur Larch.) »Sie weiß alles über Äpfel.

Auch Candys Vater ist sehr nett«, schrieb Homer an Dr. Larch. »Er nimmt mich mit hinaus in seinem Hummerboot, und er lehrt mich, wie ein Motor funktioniert.« (Trägst du eine Rettungsweste in dem Hummerboot? wollte Wilbur Larch wissen. Meinst du, ein Motor sei etwas so Besonderes? Ich könnte dich lehren, wie das *Herz* funktioniert, dachte Wilbur Larch – während sein eigenes ihn etwas über sich selber lehrte, und viel mehr, als nur seine Funktion als Muskel.)

»Candy und Wally sind wunderbar!« schrieb Homer. »Ich fahre überall hin mit ihnen. Ich schlafe in Wallys Zimmer. Ich trage seine Kleider. Es ist großartig, daß wir gleich groß sind, obwohl er kräftiger ist. Candy und Wally werden eines Tages heiraten, und sie wollen viele Kinder haben.« (Erzähle mir von den Schwimmlektionen, dachte Wilbur Larch. Sei vorsichtig bei den Schwimmlektionen.)

»Armer Mr. Worthington – alle nennen ihn Senior«, schrieb

Homer. (Ah-*ha*! dachte Wilbur Larch. Also doch etwas, das nicht perfekt ist, oder? Was ist so »arm« an Mr. Worthington?)

Er fragte Schwester Angela und Schwester Edna, wie sie den Namen »Senior« fänden. Sie fanden auch, daß er ungewöhnlich sei.

»Für mich klingt er blöde«, sagte Wilbur Larch.

Schwester Angela und Schwester Edna sagten ihm, er sei nicht gerecht. Der Junge sei mit seinem Segen geschieden – mehr noch, er habe ihn dazu ermuntert. Sie fanden auch, Homer hätte etwas schreiben können und es früher abschicken als nach sechs Wochen, aber sie wandten ein, daß dies nur beweise, wie glücklich er sei – wie tätig, und auch wie froh, tätig zu sein. Und welche Erfahrung hatte Homer Wells denn schon im Briefeschreiben, oder im Schreiben überhaupt? wollten sie wissen.

»Sie wollen, daß er Arzt wird, Wilbur«, sagte Schwester Edna, »aber es ist sein Leben.«

»Erwarten Sie, daß er auch Schriftsteller wird?« fiel Schwester Angela ein.

»Und niemals heiratet?« fragte Schwester Edna bedrohlich.

Ich erwarte von ihm, daß er sich *nützlich* macht, dachte Wilbur Larch erschöpft. Und ich möchte, daß er bei mir ist; dieser letzte Wunsch, das wußte er, war unfair. In der Apotheke ruhte er sich aus von der Sommerhitze. All das Glas und der Stahl wirkten irgendwie kühlend, und die Ätherdämpfe verdunsteten langsamer in der Feuchtigkeit. Er schien jetzt weiter fort und auch länger zu reisen in seinen Ätherträumen. Wenn er aus dem Äther auftauchte, schien er langsamer aufzutauchen. Ich werde alt, sagte er sich immer wieder.

Ein wunderschönes und unberührtes Exemplar *Jane Eyre* traf ein von Mrs. Worthington, und Wilbur Larch las den Mädchen neu beschwingt vor – die Neuheit der Erzählung erfrischte ihn. Sie beflügelte sogar seine griesgrämige Einstellung zu dem traurigen Schluß von *Große Erwartungen*. (Diesen Teil hatte er nie geglaubt, daß Pip und Estella glücklich würden für immer; das glaubte er von niemandem.)

Allmählich pendelten sich im Briefverkehr zwischen Wilbur

Larch und Homer Wells gewisse Regeln ein. Homer pflegte die nacktesten Fakten seines Lebens in Heart's Rock und Heart's Haven zu skizzieren; er pflegte Dr. Larch einen flüchtigen Einblick zu geben, fern wie die Sicht auf den Ozean von einem der Obstgärten von Ocean View, wo ein Ausblick aufs Meer möglich war. Er sandte Dr. Larch eine Seite, manchmal zwei Seiten, einmal pro Woche oder alle zwei Wochen. Auf diesen Punkt am Horizont antwortete Dr. Larch mit dem vollen Instrumentarium des geschriebenen Wortes: mit Fragen (die nie beantwortet wurden) hinsichtlich der Besonderheiten, die in Homers letztem Brief fehlten (»Was ist genau los mit Mr. Worthington?«) und mit einer Flut von Einzelheiten hinsichtlich der täglichen Unbill in St. Cloud's. So sehr Dr. Larch auch Snowy Meadows klatschsüchtigen Sinn für das »Kontakthalten« mit dem Waisenhaus verabscheute, lieferte Dr. Larch Homer Wells doch jeweils praktisch einen Ehemaligen-Rundbrief mitsamt Chronik aus dem Spital- und dem geselligen Leben. Seine Briefe an Homer Wells waren länger als seine längsten Eintragungen in *Eine kurze Geschichte von St. Cloud's,* und wurden geschrieben und zur Post getragen, einen Tag nachdem auch das kleinste Gekritzel von Homer bei Dr. Larch eingetroffen war.

»Sie dürfen von dem Jungen nicht erwarten, daß er mit Ihnen Schritt hält, Wilbur«, ermahnte Schwester Edna Dr. Larch.

»Sie dürfen nicht von ihm erwarten, daß er sich mit Ihnen mißt«, sagte Schwester Angela.

»Was zum Teufel fehlt diesem Typ Senior Worthington?« fragte Dr. Larch.

»Homer sagte, es sei ein Alkoholproblem, Wilbur«, erinnerte ihn Schwester Edna.

»Was wollen Sie wissen – die Marke des Fusels?« fragte Schwester Angela.

Aber was Wilbur Larch von seinem jungen Lehrling erwartete, war nur das, was er ihn, wie er meinte, gelehrt hatte: klinische Analyse, die exakte Definition der Kennzeichen für leichtes, mittleres und schweres Trinken. Sprechen wir über einen

Kerl, der sich auf Partys zum Narren macht? fragte sich Wilbur Larch. Oder ist es etwas Ernstes und Chronisches?

Weil Homer Wells noch niemals einen Trinker gesehen hatte, ließ er sich – anfangs – durch Senior Worthingtons Auftreten ähnlich täuschen wie Seniors engster Familien- und Freundeskreis; und ähnlich wie sie war Homer bereit, den Verfall von Seniors geistigen Kräften als natürliche Folge des Alkoholismus hinzunehmen. Einst ein Mann, der in Heart's Rock und Heart's Haven seit jeher bewundert worden war, insbesondere für sein herzliches Wesen, war Senior heftig geworden, reizbar und manchmal sogar aggressiv. Nach dem Zwischenfall mit der Grasshopper-Pastete wollte ihm Olive nicht mehr erlauben, den Haven-Club ohne sie zu besuchen: Senior hatte eine ganze Grasshopper-Pastete einem netten jungen Bademeister an die Brust geklatscht, und dann mußte man ihn daran hindern, die blaßgrünen Ingredienzen weiter über den Steiß einer netten jungen Kellnerin zu verschmieren. »Er hat sich aufgespielt«, sagte Senior über den Bademeister. »Er *stand einfach nur da*«, erläuterte er.

»Und die Kellnerin?« fragte Olive. Senior schien verwirrt und fing an zu weinen.

»Ich hielt sie für jemand anders«, sagte er matt. Olive hatte ihn nach Hause gebracht; Wally hatte es bei der Kellnerin wiedergutgemacht; Candy, schließlich, hatte den Bademeister bezirzt und beschwichtigt.

Senior verirrte sich, wenn er woandershin fuhr als nach altvertrauten Orten; Olive ließ ihn nie den Wagen nehmen, wenn nicht Wally oder Homer mit ihm fuhren. Schließlich verirrte er sich, wenn er versuchte, altvertraute Orte zu erreichen; Homer mußte ihn von Ray Kendalls Hummerbassin nach Ocean View zurückbringen – selbst Homer, der nicht vertraut war mit dem Netzwerk der kleinen Straßen von und nach der Küste, konnte erkennen, daß Senior eine falsche Abzweigung genommen hatte.

Bei jedem komplizierteren Handgriff am Motor machte Senior verheerende Fehler. Während er den Vergaser des Cadillac putzte – eine einfache Arbeit, die Ray Kendall ihm viele Male vorgemacht hatte – inhalierte Senior Gas und kleine Kohlepartikel in den Schläuchen (er saugte *ein*, statt *aus*zublasen).

Seniors Kurzzeitgedächtnis war so schwer beeinträchtigt, daß er eine Stunde lang in seinem eigenen Schlafzimmer umherwanderte, unfähig, sich anzukleiden; dauernd verwechselte er seine Sockenschublade mit der Schublade für Olives Unterwäsche. Eines Morgens wurde er so wütend über seinen Mißgriff, daß er am Frühstückstisch auftauchte, beide Füße fest umwickelt mit je einem Büstenhalter. Normalerweise freundlich zu Homer und zärtlich mit Wally und Olive, beschuldigte er Wally lauthals – er, sein eigener Sohn, trüge die Socken seines Vaters, die er sich ohne Erlaubnis des Vaters genommen hatte – und tobte gegen Olive, sie habe sein Domizil in ein Findelheim verwandelt, ohne ihn *deshalb* um seine Erlaubnis zu fragen.

»Du wärest besser aufgehoben in St. Cloud's als in diesem Diebesnest«, sagte er zu Homer.

Kaum war es ihm entfahren, brach Senior Worthington in Tränen aus und bat Homer um Verzeihung; er legte seinen Kopf auf Homers Schulter und weinte. »Mein Gehirn sendet Gift in mein Herz«, sagte er zu Homer, der es seltsam fand, daß Senior vor dem Spätnachmittag nicht zu trinken schien und doch beinah jederzeit betrunken wirkte.

Zuweilen kam es vor, daß Senior drei Tage nichts trank – wobei ein Teil von ihm dabei fähig blieb zu beobachten, daß seine Verdrehtheit nicht weniger heftig gedieh –. Dennoch vergaß Senior, seine Beobachtung Olive oder sonst jemandem mitzuteilen, bis er schwach wurde und einen Drink zu sich nahm. Bis er sich dann erinnerte, zu sagen, daß er *nicht* getrunken hatte, war er betrunken. Warum vergesse ich alles, fragte er sich, und vergaß es.

Sein Langzeitgedächtnis war jedoch ziemlich intakt. Er sang Olive College-Lieder vor (auf deren Verse sie sich nicht besinnen konnte) und rief ihr sentimental die romantischen Abende ihrer Verlobungszeit ins Gedächtnis; er erzählte seinem Sohn Geschichten über Wally als Baby; er unterhielt Homer, indem er

fröhlich vom Anpflanzen irgendwelcher älterer Obstbaumgär-
ten erzählte, einschließlich des einsamen Obstgartens, von dem
das Meer sichtbar war.

»Dort war es, wo ich das Haus bauen wollte, Homer«, sagte
Senior. Es war Mittagspause. Wally und Homer waren beim
Ausgeilen im Obstgarten: beim Ausschneiden der inneren
Zweige eines Baumes oder aller neu sprießenden Zweige (oder
»geilen« Triebe), die sich nach innen wandten – jener also, die
sich nicht aufwärts zur Sonne reckten. Wally hatte die Geschichte schon gehört; er war abgelenkt; er goß Coca-Cola auf
einen Ameisenhügel. Das Ausgeilen setzt so viele Zweige wie
möglich dem Licht aus; es läßt das Licht durch den Baum ein-
fallen.

»Man läßt einen Apfelbaum nicht wachsen, wie er will«, hatte
Wally Homer aufgeklärt.

»Wie einen Sohn!« hatte Senior lachend gebrüllt.

»Olive fand, daß es hier zu windig sei für ein Haus«, sagte
Senior zu Homer. »Frauen fühlen sich mehr durch den Wind
belästigt, als Männer sich durch ihn belästigt fühlen«, vertraute
Senior ihm an. »Das ist Tatsache. Jedenfalls ...« Er machte eine
Pause. Er gestikulierte gegen das Meer, als sei es ein weit entferntes Publikum und er wolle es durch seine ausholende Handbewegung einbeziehen. Er wandte sich an die Apfelbäume in der
Runde ... Sie waren ein etwas stilleres Publikum und zollten
mehr Aufmerksamkeit. »Der Wind ...«, fing er an und machte
abermals eine Pause, vielleicht darauf wartend, daß der Wind
etwas beisteuere. »Das Haus ...«, fing er an.

»Du kannst diesen Obstgarten vom Oberstock unseres Hauses sehen. Wußtest du das?« fragte er Homer.

»Richtig«, sagte Homer. Wallys Zimmer war im Oberstock.
Aus Wallys Fenster konnte er den Obstgarten sehen, von dem
aus das Meer sichtbar war, doch das Meer war unsichtbar von
Wallys Fenster – wie von jedem anderen Fenster des Hauses
auch.

»Ich nannte den ganzen Ort Ocean View«, erklärte Senior,
»weil ich mir dachte, daß hier das Haus sein würde. Genau hier«,

wiederholte er. Er blickte auf das schäumende Coca-Cola, das Wally langsam auf den Ameisenhügel goß.

»Man nimmt Gift-Hafer und Gift-Mais, um die Mäuse zu töten«, sagte Senior. »Es stinkt.« Wally sah zu ihm auf; Homer nickte. »Man streut das Zeug aus für die Feldmäuse, aber man muß die Löcher suchen und es in die Gänge schütten, wenn man die Fichtenmäuse töten will«, sagte er.

»Das wissen wir, Pop«, sagte Wally sanft.

»Feldmäuse sind dasselbe wie Wiesenmäuse«, erläuterte Senior Homer, dem dies schon gesagt worden war.

»Richtig«, sagte Homer.

»Wiesenmäuse ringeln einen Baum, und Fichtenmäuse fressen die Wurzeln«, rezitierte Senior aus seiner fernen Erinnerung.

Wally hörte auf, Coke auf den Ameisenhügel zu gießen. Er und Homer wußten nicht, warum Senior über die Mittagspause zu ihnen gestoßen war; sie hatten den ganzen Vormittag im Ocean-Obstgarten ausgeteilt, und Senior war eben gekommen. Er fuhr den alten Jeep, der keine Nummernschilder hatte. Er diente ausschließlich zum Herumfahren in den Obstgärten.

»Pop?« fragte Wally ihn. »Was machst du hier draußen?«

Senior starrte seinen Sohn ausdruckslos an. Er schaute Homer an; er hoffte, Homer könne ihm die Antwort sagen. Er betrachtete sein Publikum – die Apfelbäume, den weit entfernten Ozean.

»Hier wollte ich das Haus bauen, *genau hier*«, sagte er zu Wally. »Aber deine herrschsüchtige Hexe von einer Alles-nach-ihrem-Kopf-Mutter ließ mich nicht – sie ließ mich nicht, die *Fotze*!« schrie er. »Muschelfischerfotze, Brunnenbohrer*flitsche*!« brüllte er. Er stand auf, er wirkte desorientiert; Wally stand mit ihm auf.

»Komm, Pop«, sagte er. »Ich fahr dich nach Hause.«

Sie nahmen Wallys Pickup. Homer folgte ihnen mit dem alten Jeep; es war das Vehikel, auf dem er Auto fahren gelernt hatte, nachdem Wally ihm versichert hatte, daß er es nicht kaputtmachen könnte.

Alkohol, dachte Homer Wells; das kann einen sicher kaputt-machen.

Senior hatte auch alle die anderen Symptome. Er war fünf-undfünfzig; er sah aus wie siebzig. Er hatte Schübe von Paranoia und Größenwahn, von Quasselsucht. Seine wenigen unangeneh-men Eigenarten – die er immer gehabt hatte – waren übertrieben; in seinem Fall das Nasenbohren. Er konnte eine Stunde lang ein Nasenloch erforschen. Er wischte Rotz an seine Hosenbeine und an die Möbel. Olives ordinärer Bruder, Bucky Bean, behauptete, Senior hätte einen Brunnenbohrer abgeben können. »Die Art, wie er in seinem Rüssel 'rumgräbt«, sagte er, »könnte ich ihn wohl gebrauchen zum Brunnenbohren.«

Der Bademeister im Haven-Club, dessen Brust die volle Wucht der Grasshopper-Pastete abgekriegt hatte, erwies sich als nicht gänzlich besänftigt. Er hatte etwas dagegen, daß Candy Homer im seichten Ende des Beckens Schwimmlektionen er-teilte; ausgerechnet am späten Nachmittag. Dann sei das Becken überfüllt, klagte er. Schwimmlektionen wären normalerweise am frühen Morgen eingeplant – und er – der Bademeister – erteile sie normalerweise – für eine Gebühr. Er wollte sich nicht weis-machen lassen, daß er sich eben anpassen sollte. Homer arbeite den ganzen Tag in Ocean View, machte Candy geltend. Am Spätnachmittag, wenn Wally nach der Arbeit Tennis spiele, sei die ideale Zeit, um Homer Unterricht zu geben.

»Ideal für *dich*«, wandte der Bademeister gegen Candy ein; er war ganz offensichtlich in sie verknallt. Es war wohl eine Sache, auf Wally Worthington eifersüchtig zu sein – das war jeder – doch eine ganz andere war es, die Aufmerksamkeiten zu erdul-den, die Candy Kendall dem »unglücklichen Fall aus St. Cloud's« schenkte. Im Haven-Club – niemals in Candys Anwe-senheit oder in Anwesenheit eines der Worthingtons – wurde Homer nicht als das Findelkind oder der Waisenknabe bezeich-net, sondern als »der unglückliche Fall aus St. Cloud's« – »Wor-thingtons unglücklicher Fall«, so wurde es manchmal ausge-drückt.

Homer sagte zwar, daß er nichts dagegen hätte, im privaten

Schwimmbecken der Worthingtons in Ocean View zu trainieren, aber es wäre doch nett, wenn er und Candy im Haven-Club sein könnten, wenn Wally sein Tennisspiel beendete; dann könnten sie zusammen fortgehen, zum Strand, zu Ray Kendalls Dock, wohin auch immer. Auch bekam man es im Schwimmbecken der Worthingtons mit Senior zu tun; zunehmend versuchte Olive, Senior im Hause festzuhalten, fern vom Haven-Club. Sie fand, daß sie ihn am besten ruhigstellen konnte, wenn sie ihm Gin und Tonicwater einflößte und ihn *im* Schwimmbecken festhielt – schwimmend auf einer Luftmatratze. Aber der eigentliche Grund, weshalb es (wie alle meinten) eine schlechte Idee war, daß Homer im *un*beheizten Swimmingpool der Worthingtons schwimmen lernte, war, daß das kalte Wasser ein Schock sein könnte für sein Herz.

Olive beschloß, daß sie Homers Unterricht von Candy übernehmen würde; sie wußte, daß der Bademeister im Haven-Club es nicht wagen würde, sich bei ihr zu beschweren; sie und Candy und Wally stimmten darin überein, daß die unaufgewärmte Erfahrung zu gefährlich sein könnte für Homer.

»Ich möchte nicht, daß ihr Unannehmlichkeiten habt wegen mir«, sagte Homer verwirrt und – zweifellos – enttäuscht darüber, daß die Hände unter seinem Bauch, während er hin und her paddelte, Olives und nicht Candys Hände waren. »Es ist nicht zu kalt für mich in eurem Becken, Wally«, sagte Homer.

»Es ist schwerer zu lernen, wenn's kalt ist«, sagte Candy.

»Ja, das ist richtig«, sagte Olive.

»Na, ich möchte im Ozean schwimmen, sobald ich's gelernt habe«, erzählte Homer ihnen. »Es ist viel kälter im Ozean als in eurem Swimmingpool.«

O je, sorgte sich Olive. Sie schrieb an Dr. Larch wegen des »Herzfehlers«, worauf Larch sich schuldig fühlte und leicht in die Enge getrieben. Tatsächlich, so schrieb er ihr, bewirke kaltes Wasser nicht jene Art von Schock, deretwegen er sich Sorgen mache; jene Art von Schock, die mit einem Unfall einhergehe – »einem Beinah-Ertrinken, zum Beispiel« – das sei eher die

Art von Schock, die Homer, so meinte er, zu vermeiden trachten müsse.

Welche Lügen! dachte Larch, aber dennoch gab er den Brief an Mrs. Worthington zur Post, und Olive konnte feststellen, daß Homer sehr schnell Schwimmen lernte. »Er war wohl ganz knapp davor, es zu kapieren, als ich dich ablöste«, sagte sie zu Candy; in Wahrheit aber lernte Homer bei Olive schneller, weil die Lektionen selbst nicht so vergnüglich waren.

Bei Candy hätte er womöglich nie Schwimmen gelernt; wenigstens hätte er es hinausschieben und die Lektionen über den Rest des Sommers ausdehnen können.

Homer Wells hätte diesen Sommer über den Rest seines Lebens ausdehnen wollen, wenn er gekonnt hätte. So vieles gab es in seinem Leben in Ocean View, das ihn glücklich machte.

Er schämte sich nicht dafür, daß er den von Wand zu Wand gespannten Teppichboden der Worthingtons liebte; dort, woher er kam, gab es nackte Holzwände und viele Schichten Linoleum, zwischen denen man das Sägemehl unter den Füßen rieseln fühlte. Man konnte nicht behaupten, daß die Wände der Worthingtons wären behängt gewesen mit Kunst, doch Homer hatte noch niemals Bilder an Wänden gesehen (abgesehen von dem Porträt der Pony-Frau); sogar der vollendete Kitsch von Ölgemälde mit der Katze im Blumenbeet (in Wallys Schlafzimmer) gefiel ihm – und sogar die Blumenbeet-Tapete hinter dem Gemälde gefiel ihm. Was wußte er schon von Kunst oder Tapeten? Er fand jede Art von Tapete wunderbar.

Nie, glaubte er, würde er aufhören können, Wallys Zimmer zu lieben. Was wußte er schon von College-Diplomen und Fußbällen, in flüssiges Gold getaucht und beschriftet mit der Trefferzahl eines wichtigen Spiels? Und von Tennistrophäen und alten Jahrbüchern und von in den Rahmen des Spiegels gesteckten, abgerissenen Billetts (vom ersten Kino, zu dem Wally Candy eingeladen hatte)? Was wußte er schon vom Kino? Wally und Candy nahmen ihn mit ins erste Auto-Kino von Maine. Wie hätte er sich so etwas vorstellen können? Und was wußte er schon von Menschen, die jeden Tag zusammenkamen und zusammen arbeiteten, offenbar aus freier Entscheidung? Seine Mitarbeiter in Ocean View waren für Homer Wells ein Wunder anfangs liebte er sie alle. Meany Hyde liebte er am meisten, wei Meany so freundlich war und so viel Freude fand am Erklären wie alles gemacht wurde – sogar Dinge, bei denen Homer – ode jeder andere – sehen konnte, wie sie gemacht wurden, und ohne daß man es ihm erklärte. Doch Homer hörte Meany besonders gern zu, wenn er das Offenkundige erklärte.

Er liebte Florence, Meany Hydes Frau, und die anderen Frauen, die den Sommer damit verbrachten, den Apfelmarkt und das Ziderhaus für die Ernte vorzubereiten. Er liebte die dicke Dot Taft, auch wenn das wabbelige Fleisch an ihren Oberarmen ihn an Melony erinnerte (an die er nie dachte, auch nicht, als er erfuhr, daß sie St. Cloud's verlassen hatte). Er mochte Debra Pettigrew, Big Dot Tafts kleine Schwester, die gleichaltrig mit ihm war und hübsch, auch wenn ihre Molligkeit irgendwie kompak war, was vermuten ließ, daß sie die Veranlagung hatte, eines Tages so dick zu werden wie die dicke Dot.

Big Dots Ehemann, Everett Taft, zeigte Homer alles über das Mähen. Man mähte die Reihen zwischen den Bäumen zweimal im Sommer; dann harkte und wendete man die Reihen; dann band man das Heu zu Ballen und verkaufte es an die Milchfarm in Kenneth Corners. Das lose Heu benutzte man zum Mulchen rund um die jüngeren Bäume. In Ocean View wurde alles nutzbar gemacht.

Homer mochte Ira Titcomb, den Bienenhalter und Ehemann jener Irene vom wundersamen Brandmal: Ira seinerseits erklärte Homer alles über die Bienen. »Sie mögen es bei mindestens 13 Grad, kein Wind, kein Hagel, kein Frost«, sagte Ira. »Eine Biene lebt ungefähr dreißig Tage und leistet mehr Arbeit als manche Männer ihr ganzes Leben lang – wer, das will ich nicht sagen. Aller Honig«, sagte Ira Titcomb, »ist Treibstoff für die Bienen.«

Homer lernte, daß Bienen den Löwenzahn lieber mögen als Apfelblüten, weshalb man den Löwenzahn abmähte, kurz bevor man die Bienen in den Obstgarten brachte. Er lernte, warum es in einem Obstgarten mehr als eine Baumsorte geben mußte, wegen der Kreuzbestäubung – die Bienen sollten den Blütenstaub von einer Baumsorte zur anderen tragen. Er lernte, daß es Nacht sein sollte, wenn man die Bienenstöcke hinausbrachte in den Obstgarten; in der Nacht schliefen die Bienen, und man konnte die kleine Gittertür vor den Latten am Boden des Kastens schließen, der den Bienenstock barg; wenn man die Stöcke trug, wachten die Bienen auf, aber sie konnten nicht heraus. Die Bienenstöcke waren leicht, wenn sie vom Tieflade-Anhänger getragen und über die Obstgärten verteilt wurden, aber sie waren schwer vor Honig, wenn sie eine Woche später eingesammelt und wieder auf den Anhänger gepackt werden mußten. Manchmal war ein Stock zu schwer, um von einem allein getragen zu werden. Wenn man die Bienenstöcke anstieß, fingen die Bienen drinnen an zu summen; man spürte ihre Erregung durch das Holz. Wenn Honig durch die Latten gesickert war, konnte sich eine einzelne Biene in dem heraussickernden Honig verfangen, und das war die einzige Möglichkeit, wie man gestochen werden konnte.

Einmal, als Homer, einen Bienenstock an die Brust gedrückt, vorsichtig zur Kante des Anhängers marschierte, spürte er ein Vibrieren an den harten Brettern, die den Bienenstock bargen; sogar in der kühlen Nachtluft waren die Bretter warm; die Aktivität des Bienenstocks hatte Wärme erzeugt – wie eine Infektion, dachte Homer plötzlich. Er erinnerte sich an den harten Bauch der Frau, die er vor den Krämpfen gerettet hatte. Er dachte an die Aktivität im Uterus, die sowohl Wärme als auch Härte im Unterleib produzierte. Auf wie viele Unterleiber hatte Homer seine Hand gelegt, bevor er zwanzig war? Apfelanbau ist mir lieber, dachte er.

In St. Cloud's war Wachstum unerwünscht, auch wenn es zur Welt gebracht wurde, und der Vorgang der Geburt wurde häufig unterbrochen. Jetzt aber war es sein Geschäft, die Dinge wachsen zu lassen. Was er am Leben in Ocean View so liebte, war, daß alles so nützlich war und daß alles erwünscht war.

Er meinte sogar Vernon Lynch zu lieben, auch wenn man ihm erzählt hatte, daß Vernon seine Frau prügelte, und wenn Grace Lynch Homer auf so eine Art anschaute, die ihm Angst machte.

Aus ihrem Blick konnte er nicht erkennen, ob es Verlangen oder Argwohn war, oder ob es einfach Neugier war, was er sah - Grace warf jene Art von Blicken, die man noch spürt, nachdem man aufgehört hat, sie zu erwidern.

Vernon Lynch zeigte Homer, wie man spritzte. Es war passend, daß Vernon Lynch für die Pestizide verantwortlich war - für Vernichtung.

»Kaum sind Blätter da, schon gibt es Kummer«, sagte Vernon zu ihm. »Das ist im April. Man fängt im April an zu spritzen und man hört nicht auf bis Ende August, wo man bereit ist, mit dem Pflücken anzufangen. Man spritzt jede Woche oder alle zehn Tage. Man spritzt gegen Schorf und man spritzt gegen Insekten. Wir haben zwei Sprinkler hier, einen Hardie und einen Bien, und beide fassen fünfhundert Gallonen. Man trägt eine Atemmaske, weil man den Dreck nicht einatmen will, und die Atemmaske nützt einem nichts, wenn sie nicht eng anliegt.« Gesagt, getan; schon legte Vernon Lynch die Atemmaske um Homers Kopf; Homer spürte seine Schläfen pochen. »Wenn man das Tuch in der Maske nicht dauernd wäscht, kann man ersticken«, sagte Vernon. Er legte seine flache Hand über Homers Mund und Nase; Homer verspürte akuten Luftmangel. »Und halte dein Haar bedeckt, wenn du nicht kahl werden willst.« Vernons Hand blieb über Homers Mund und Nase liegen. »Und behalte die Schutzbrille auf, wenn du nicht blind werden willst«, fügte er hinzu. Homer dachte daran, sich zu wehren, beschloß aber, seine Kräfte zu sparen, und während er sich innerlich darauf vorbereitete, in Ohnmacht zu fallen, fragte er sich, ob es wahr sei oder nur eine Redensart, daß die Lungen barsten. »Wenn du, wie man so sagt, eine offene Wunde hast, einen Schnitt vielleicht, und der Dreck kommt da 'rein, kannst du steril werden«, sagte Vernon Lynch. »Das heißt, keinen lausigen Steifen mehr.« Homer klopfte Vernon auf die Schulter und winkte ihm zu, als wolle er durch Zeichen etwas signalisieren, das zu kompliziert war, um auf normale Weise mitgeteilt zu werden. Ich kann nicht atmen! Ich kann nicht atmen! Hallo, da draußen!

Als Homers Knie zu wanken begannen, riß Vernon die Maske von seinem Gesicht – das Kopfband harkte seine Ohren nach oben und zauste sein Haar.

»Hast du 'ne Vorstellung?« fragte Vernon.

»Richtig!« rief Homer, und seine Lungen japsten.

Er mochte sogar Herb Fowler. Er war mit Herb kaum zwei Minuten zusammen, als auch schon das erste Präservativ in seine Richtung segelte und ihn an der Stirn traf. Das einzige, was Meany Hyde gesagt hatte, war: »He, Herb, das hier ist Homer Wells – er ist Wallys Kumpel aus St. Cloud's.« Und schon hatte Herb den Gummi nach Homer geschnickt.

»Würde nicht so viele Waisen geben, wenn die Leute diese da über ihren Zapfen ziehen wollten«, sagte Herb.

Homer Wells hatte noch nie ein Präservativ in kommerzieller Verpackung gesehen. Jene, die Dr. Larch im Spital aufbewahrte und mit vollen Händen an viele der Frauen verteilte, waren in etwas Klares und Durchsichtiges eingehüllt, etwas wie Wachspapier; keine Firmennamen, Markenzeichen verzierten sie. Dr. Larch klagte dauernd, er wisse gar nicht, wo all die Gummis blieben, aber Homer wußte, daß Melony sich bei vielen Gelegenheiten bedient hatte. Melony war es natürlich gewesen, die Homer mit Präservativen bekanntgemacht hatte.

Herb Fowlers Freundin, Louise Tobey, war zweifellos professionell im Hantieren mit Herbs Präservativen. Wenn Homer sich selbst berührte, dachte er an Squeeze (»Drück mich«) Louise – er dachte an ihre Behendigkeit mit einem Präservativ, an ihre geschickten und hurtigen Finger, an die Art, wie sie einen Malerpinsel hielt und die Zähne zusammenbiß, dabei Farbe dick auf die Regale im Apfelmarkt klatschend, eine Haarlocke aus ihrer Stirn pustend mit einem Atemhauch, der säuerlich war von Zigaretten.

Homer gestattete sich nicht zu masturbieren, wenn er an Candy dachte. Er berührte sich nicht in Wallys Zimmer, wenn Wally tief atmend und friedlich schlafend neben ihm lag. Wann immer Homer sich dennoch vorstellte, daß Candy neben ihm schlief, berührten sie einander niemals intim – sie hielten sich nur fest umfangen in einem Griff keuscher Zuneigung. (»Nichts Geschlechtliches«, wie Melony zu sagen pflegte.)

Candy rauchte, aber so affektiert und übertrieben, daß sie oft ihre Zigarette auf ihren Schoß fallen ließ und dann aufsprang und hektisch die Funken wegbürstete, immer lachend.

»Oh, was bin ich doch für ein Tolpatsch!« schrie sie. Wenn, dachte Homer, dann nur beim Rauchen.

Louise Tobey verschlang ihre Zigaretten; sie saugte die Rauchwolken ein und blies so wenig davon heraus, daß Homer sich fragte, wo sie geblieben waren. Die älteren Apfelmarktfrauen waren hartnäckige Raucherinnen (alle, bis auf Grace Lynch, die – nicht von ungefähr – entschlossen war, niemals ihre Lippen zu öffnen), doch Florence und Irene und Big Dot Taft rauchten schon so lange, daß sie davon nicht viel Wesens machten. Nur Debra Pettigrew, Dots Schwester, rauchte mit der gleichen Mäßigkeit und Unbeholfenheit wie Candy. Squeeze Louise rauchte mit rascher, selbstbewußter Heftigkeit, angefeuert, wie Homer sich vorstellte, durch Herb Fowlers mehr schlechten als rechten Gebrauch der Gummis.

In ganz Heart's Rock und Heart's Haven – vom salzigen Gluckern des Hummerlebens bis hin zur chlorierten Sicherheit des Swimmingpools im Haven-Club, von der vorbereitenden Geschäftigkeit im Apfelmarkt bis hin zur Arbeit auf den Feldern – gab es nichts, was bei Homer auch nur eine einzige, jähe Erinnerung an St. Cloud's geweckt hätte, nichts, bis zu jenem ersten Regentag, als er, zusammen mit einer Gruppe von Scheuerfrauen und Anstreicherinnen zum Ziderhaus geschickt wurde.

Nichts an diesem Gebäude – von außen betrachtet – hatte ihn vorbereitet. Oft war er, auf oder in den verschiedenen Vehikeln der Farm, daran vorbeigeschaukelt – an einem langen, schmalen, einstöckigen Flachdachgebäude in Form eines rechtwinkelig abgebogenen Armes; am Ellbogen des Gebäudes, wo es einen Eingang mit Schwingtüren gab, waren die Ziderkelter und die Presse (das Quetschwerk, die Pumpe, der Pumpenmotor und der Mahlwerksmotor) sowie der Tausend-Gallonen-Tank.

Ein Flügel des Gebäudes war mit Kühlaggregaten vollgestopft; das war ein Kühllager für den Zider. In dem anderen Flügel war eine kleine Küche, hinter der sich zwei lange Reihen von eisernen Betten im Krankenhausstil erstreckten, jedes mit eigener Decke und Kopfkissen. Matratzen lagen ordentlich zusammengerollt auf jedem der mehr als zwanzig Betten. Manchmal gab eine Decke an Drahtrollen einem Bett oder einer Bettenparzelle eine scheinbare Ungestörtheit, wie Homer sie mit der Station eines Spitals in Verbindung brachte. Unlackierte Sperrholzregale zwischen den Betten bildeten primitive, aber stabile Kleiderkästen, die auch jene verbeulten, schwanenhalsförmigen Leselampen bargen, wo immer sich eine vereinzelte Steckdose fand. Das Mobiliar war abgenutzt aber ordentlich, wie altgekauft oder ausgemustert aus Krankenhäusern und Büros, wo es eine schonungslose, aber pflegliche Behandlung genossen hatte.

Dieser Flügel des Ziderhauses hatte die gleiche funktionale Anordnung wie eine Militärkaserne, doch wies er zu viele private Züge auf, um etwas Anstaltsmäßiges zu haben. Es gab zum Beispiel Gardinen, und Homer konnte sehen, daß sie, wenn sie auch verblichen waren, auch vor die Wohnzimmerfenster der Worthingtons gepaßt hätten – woher sie auch stammten. Bekannt kam Homer auch eine besonders übertriebene Friedlichkeit in gewissen blumenreichen Landschaftsgemälden und Tierporträts vor, die an den Fasergipsplattenwänden aufgehängt waren – an so unglaublichen Stellen (manchmal zu hoch, manchmal zu niedrig), daß Homer nicht bezweifelte, daß sie aufgehängt worden waren, um Löcher zu verdecken; Stiefellöcher vielleicht, Faustlöcher vielleicht, vielleicht ganze Kopflöcher; für Homer strahlte dieser Raum etwas von der Wut und Angst eines Gemeinschaftsschlafsaals aus, was ihm nach beinah zwanzig Jahren in der Knabenabteilung in St. Cloud's nur allzu bekannt war.

»Was ist das für ein Haus?« fragte er Meany Hyde, während über ihm Regen auf das Blechdach prasselte.

»Das Ziderhaus«, sagte Meany.

»Aber wer *schläft* hier – wer wohnt hier? *Leben* hier Menschen?« fragte Homer. Es war bemerkenswert sauber, aber die Atmosphäre von Verschleiß war so allbeherrschend, daß Homer sich an die alten Schlafkojenkammern in St. Cloud's erinnert fühlte, wo die Holzknechte und Sägewerker ihr erschöpftes Leben verträumt hatten.

»Es ist das Mannschaftsquartier für die Pflücker«, sagte Meany Hyde. »Während der Ernte wohnen hier die Pflücker – die Wanderarbeiter.«

»Es ist für die Farbigen«, sagte Big Dot Taft, die Mop und Eimer fallen ließ. »Jedes Jahr machen wir es behaglich für sie. Wir waschen alles, und wir streichen alles mit frischer Farbe.«

»Ich muß die Bretter der Presse einwachsen«, sagte Meany Hyde und stahl sich fort von etwas, das er für Frauenarbeit hielt – auch wenn Homer und Wally es an den meisten Regentagen im Sommer ganz normal zu tun pflegten.

»Neger?« fragte Homer Wells. »Die Pflücker sind Neger?«

»Schwarz wie die Nacht, manche von ihnen«, sagte Florence Hyde. »Sie sind in Ordnung.«

»Sie sind freundlich!« rief Meany Hyde.

»Manche von ihnen sind freundlicher als andere«, sagte die dicke Dot Taft.

»Genau wie manche Leute, die ich kenne«, sagte Irene Titcomb kichernd und hielt die Hand vor ihre Narbe.

»Sie sind freundlich, weil Mrs. Worthington freundlich zu ihnen ist!« rief Meany Hyde aus der verdreckten Umgebung der Ziderpresse.

Das Gebäude roch nach Essig – nach altem Zider, der sauer geworden war. Es war ein starker Geruch, aber es war nichts Atembeklemmendes oder Unsauberes daran.

Debra Pettigrew lächelte Homer an, über den Eimer hinweg, den sie zusammen benutzten; vorsichtig erwiderte er ihr Lächeln und fragte sich gleichzeitig, wo Wally heute im Regen arbeiten mochte, und dachte dabei an Ray Kendall bei seiner Arbeit. Ray war entweder draußen auf der kabbeligen See, in seinem glänzenden Südwester, oder er arbeitete am Gestänge der International-Erntemaschine, in dem Gebäude, das Nummer Zwei hieß.

Grace Lynch scheuerte die Linoleumtheken in der Küche des Ziderhauses. Homer fragte sich, wieso er sie dort nicht früher bemerkt hatte, wieso er gar nicht gewußt hatte, daß sie zu seiner Arbeitsgruppe gehörte. Louise Tobey, die eben eine Zigarette bis auf den Stummel geraucht und die Kippe durch die Tür des Pflückerquartiers geschnickt hatte, stellte fest, daß ihr Mop-Wringer aus den Fugen gegangen sei. »Er klemmt oder so, irgendwie«, sagte Squeeze (»Drück mich«)-Louise verärgert.

»Louises Mop-Wringer ist aus den Fugen«, sagte Big Dot Taft spöttisch.

»Arme Louise – dein Mop-Wringer klemmt, he?« sagte Florence Hyde und lachte, was die dicke Dot Taft zu brüllendem Gelächter veranlaßte.

»Oh, hört doch auf!« sagte Louise. Sie gab ihrem Mop-Wringer einen Tritt.

»Was, was ist los da draußen?« rief Meany Hyde.

»Louise hat ihren Wringer überstrapaziert«, sagte Big Dot Taft. Homer sah Louise an, die verärgert war; dann sah er Debra Pettigrew an, die errötete.

»Strapazierst du deinen armen Wringer so arg, Louise?« fragte Irene Titcomb.

»Louise, wahrscheinlich steckst du zu viele Mops in deinen Wringer, mein Schatz«, sagte Florence Hyde.

»Benehmt euch, ihr alle!« rief Meany Hyde.

»Zu oft *einen* Mop, das ist mal sicher«, sagte Big Dot Taft. Sogar Louise fand das spaßig. Als sie Homer Wells anschaute, schaute er weg; Debra Pettigrew beobachtete ihn, darum schaute er auch weg von ihr.

Als Herb Fowler in der Mittagspause kam, kam er ins Ziderhaus marschiert und sagte: »Uff! Man riecht die Nigger hier noch ein ganzes Jahr später.«

»Ich glaube, es ist nur der Essig«, sagte Meany Hyde.

»Willst du mir etwa erzählen, daß ich die Nigger nicht rieche?« fragte Herb Fowler. »Riechst du sie?« fragte Herb Louise. Sie zuckte die Schultern. »Und du?« fragte Herb Homer. »Riechst du sie?«

»Ich rieche Essig, alte Äpfel, alten Zider«, sagte Homer.

Er sah den Gummi rechtzeitig heransegeln, um ihn aufzufangen.

»Weißt du, was die Nigger mit denen machen?« fragte ihn Herb. Er schnippte einen zweiten Gummi nach Louise Tobey, die ihn mühelos auffing – sie mußte stündlich damit rechnen, daß Präservative in ihre Richtung geflogen kamen. »Zeige ihm, was ein Nigger damit macht, Louise«, sagte er. Die anderen Frauen waren gelangweilt; ihr Leben lang hatten sie diese Vorstellung gesehen; Debra Pettigrew schaute Homer nervös an und schaute absichtlich weg von Louise; Louise selbst schien nervös und gelangweilt zugleich. Sie wickelte den Gummi aus seiner Verpackung und steckte ihren Zeigefinger hinein – ihr Fingernagel aus dem Gummi hervorstechend, die scharfe Kante ihres Nagels am nippelförmigen Ende.

»Einmal sagte ich den Nigger, sie sollten ihren Zapfen in diese Gummis stecken, wenn sie sich keine Krankheit einfangen oder neue Babys haben wollten«, sagte Herb. Er packte Louises Finger in der Gummischeide und hielt ihn hoch, so daß alle ihn sehen konnten. »Und das nächste Jahr erzählten mir die Nigger, daß die Gummis nichts taugten. Sie sagten, sie hatten ihre Finger reingesteckt, wie ich es ihnen zeigte, und *trotzdem* hatten sie Krankheiten und neue Babys gekriegt, jedesmal, wenn sie sich umdrehten!«

Niemand lachte; niemand glaubte es; es war ein alter Witz für alle, außer für Homer Wells; und die Idee, daß Leute jedesmal Babys kriegen, wenn sie sich umdrehten, kam Homer nicht besonders komisch vor.

Als Herb Fowler anbot, sie alle auf ein warmes Mittagessen zum Kiosk an der Drinkwater Road zu fahren, sagte Homer, daß er nicht fahren wolle; Mrs. Worthington machte jeden Morgen sein Mittagessen, und auch Wallys Mittag, und Homer fühlte sich verpflichtet, das seine aufzuessen – es schmeckte immer. Er wußte auch, daß die Arbeitsgruppe sich nicht zur Mittagspause aus dem Obstgarten entfernen sollte, besonders nicht in einem der Vehikel von Ocean View, und Herb Fowler fuhr den grünen

Lieferwagen, den Olive oft benutzte. Es war keine *strenge* Vorschrift, aber Homer wußte, wenn Wally dort im Ziderhaus gearbeitet hätte, dann hätte Herb den Vorschlag nicht gemacht.

Homer aß daher sein Mittagessen in der Küche des Ziderhauses; wie er diesen länglichen Raum mit den zwei Reihen schmaler Betten betrachtete, fand er, daß die aufgerollten Matratzen und Decken ganz so aussahen wie Menschen, die dort schliefen – nur daß diese Gestalten auf den Eisenbetten zu reglos waren, um Schläfer zu sein. Sie sind wie Leichen, die darauf warten, identifiziert zu werden, fand Homer Wells.

Obschon es regnete, ging er hinaus, um sich die Sammlung toter Autos und ausgedienter Traktoren- und Anhängerteile anzusehen, die wie Girlanden die Schotterzufahrt vor dem Ziderhaus schmückten. Im Hintergrund war ein zerwühltes Feld voll ausgebleichten Unkrauts, wo man Trester oder ausgepreßten Apfelbrei wegwarf. Ein Schweinefarmer aus Waldoboro kam den ganzen Weg herübergefahren, um ihn zu holen, hatte Meany Hyde Homer erzählt; der Brei sei prima für die Schweine.

Manche der toten Autos hatten Nummernschilder aus South Carolina. Homer Wells hatte nie eine Landkarte der Vereinigten Staaten gesehen; er hatte einen Globus gesehen, doch es war ein primitiver gewesen – die einzelnen Staaten waren nicht darauf eingezeichnet. Er wußte, daß South Carolina weit unten im Süden lag; die Neger kamen von dort auf Lastwagen, hatte Meany Hyde gesagt, oder sie fuhren mit ihren eigenen Autos, aber manche ihrer Autos waren so alt und klapprig, daß sie hier ihren Geist aufgaben; Meany war sich nicht sicher, wie all die Neger nach South Carolina zurückkehrten.

»Sie pflücken Pampelmusen, unten in Florida, glaube ich«, sagte Meany, »und Pfirsiche, wenn anderswo Pfirsichzeit ist, und hier bei uns Äpfel. Sie reisen umher, pflücken nur immer.«

Homer beobachtete eine Seemöwe, die ihn vom Dach des Ziderhauses beobachtete; die Möwe war so in sich zusammengekauert, daß es Homer wieder an den Regen erinnerte und er sich unterstellte.

Er rollte eine der Matratzen auf und streckte sich aus darauf, das Kopfkissen und die Decke unter seinen Kopf geschoben. Irgend etwas verlockte ihn, die Decke und das Kissen zu beschnuppern, aber er konnte nichts anderes feststellen als das Aroma von Essig sowie einen Duft, den er einfach als alt einstufte. Decke und Kissen fühlten sich menschlicher an als sie rochen, doch je tiefer er sein Gesicht zwischen sie schob, desto menschlicher wurde ihr Geruch. Er dachte an die Spannung in Louise Tobeys Gesicht, und wie sich ihr Finger in diesem Gummi gereckt hatte, und wie ihr Fingernagel ausgesehen hatte, bereit, ihn aufzuschlitzen. Er erinnerte sich an die Matratze in der Sägewerkerhütte in St. Cloud's, wo Melony ihn eingeführt hatte in das Gefühl, das er jetzt fühlte. Er holte sich aus seinen Arbeits-Jeans hervor und masturbierte rasch, die Sprungfedern des alten Eisenbettes schrill quietschend. Etwas in seinem Blick schien klarer jetzt, nachdem er fertig war. Als er sich aufrichtete auf dem Bett, entdeckte er den anderen Körper, der sich die Freiheit herausgenommen hatte, im Ziderhaus auszuruhen. Auch wenn ihr Körper so eng zusammengekauert war – wie die Möwe im Regen oder wie ein Fötus, oder wie eine Frau mit Krämpfen – erkannte Homer Grace Lynch doch unschwer wieder.

Auch wenn sie ihn nicht beobachtet hätte, auch wenn sie sich nicht in seine Richtung umgedreht hätte, hätte sie den Rhythmus der alten Bettfedern gewiß nicht mißverstehen können – oder gar, so dachte Homer, die wahrnehmbare Schärfe des Dufts des in seiner hohlen Hand aufgefangenen Samens. Er ging leise nach draußen und hielt seine Hand in den Regen. Die Seemöwe, immer noch auf dem Dach des Ziderhauses kauernd, bekundete ein plötzliches Interesse für ihn – gab es doch eine lange Geschichte erfolgreicher Nahrungssuche in Zusammenhang mit diesem Ort. Als Homer in das Ziderhaus zurückkehrte, sah er, daß Grace Lynch ihre Matratze aufgeräumt hatte, wie sie gewesen war, und jetzt am Fenster stand, ihr Gesicht in die Gardine gepreßt. Er mußte zweimal hinsehen, um Grace Lynch zu sehen; auch wenn er gewußt hätte, daß sie sich im Raum befand, hätte er sie dort nicht stehen sehen.

»Ich war dort«, sagte Grace Lynch leise, ohne Homer anzusehen. »Woher du kommst«, erklärte sie. »Ich war dort – ich weiß nicht, wie du auch nur eine Nacht Schlaf gefunden hast.«

Ihre Magerkeit war scharf, ja sogar gestochen scharf in dem bißchen toten grauen Licht, das dieser Regentag durch das Fenster warf; sie zog den ausgeblichenen Vorhang wie einen Schal um ihre schmalen Schultern. Sie schaute Homer Wells nicht an, und nichts in ihrer zerbrechlichen, zitternden Haltung hätte man als Verlockung deuten können, und trotzdem fühlte sich Homer zu ihr hingezogen – in der Art, wie wir besonders bei trübem Wetter den Drang verspüren, die Nähe des Vertrauten zu suchen. In St. Cloud's war man an Opfer gewöhnt, und es war die Haltung eines Opfers, die Grace ausstrahlte, stärker als reflektierendes Sonnenlicht. Homer fühlte einen so widersprüchlichen Glanz von ihr ausstrahlen, daß er zu ihr hingehen und ihre schlaffen, feuchten Hände festhalten mußte.

»Komisch«, flüsterte sie, immer noch ohne ihn anzusehen. »Es war so fürchterlich dort, aber ich habe mich wirklich sicher gefühlt.« Sie legte ihre Hand auf seine Brust und schob ihr spitzes Knie zwischen seine Beine und drehte ihre knochige Hüfte zu ihm hin. »Nicht wie hier«, flüsterte sie. »Hier ist es gefährlich.« Ihre hagere, knochige Hand krabbelte in seine Hose – scheu wie eine Eidechse.

Die lärmende Ankunft des grünen Lieferwagens, der die Ausreißer – von einem warmen Mittagbrot – wiederbrachte, rettete ihn. Grace sprang von ihm fort, behend wie eine aufgeschreckte Katze. Während alle anderen durch die Tür hereinkamen, war sie schon dabei, emsig die Krümel aus einer Ritze im Linoleum auf der Küchentheke zu scharren – dabei eine Drahtbürste benutzend, die sie, von Homer unbemerkt, in ihrer Seitentasche gehabt hatte. Wie alles an Grace Lynch, war auch sie versteckt gewesen. Aber die Spannung in diesem Blick, den sie ihm nach Feierabend zuwarf – während er auf Big Dot Tafts fröhlichem Schoß zurück zum Apfelmarkt fuhr – genügte, um Homer Wells zu sagen, daß jenes Gefährliche noch nicht von Grace Lynch gewichen war und daß er noch so weit wegfahren konnte, doch niemals so weit, daß die Opfer von St. Cloud's je von ihm wichen.

An diesem Abend, nachdem Grace Lynch ihn attackiert hatte, hatte Homer sein erstes Stelldichein mit Debra Pettigrew; es war auch das erstemal, daß er mit Wally und Candy ins Autokino fuhr. Sie fuhren alle in Seniors Cadillac. Homer und Debra Pettigrew saßen auf dem bekleckerten Rücksitz, wo einige Monate zuvor Curly Day die Kontrolle über sich verloren hatte; Homer wußte nicht, daß der Zweck von Autokinos letztlich darin bestand, auf Rücksitzen von Autos die Kontrolle über sich zu verlieren.

»Homer war noch nie in einem Autokino«, verkündete Wally Debra Pettigrew, als sie sie abholten. Die Pettigrews waren eine große Familie, die Hunde hielt – viele Hunde, die meisten angekettet; manche waren angekettet an die Stoßstangen verschiedener stillgelegter und totgesagter Autos, die den Rasen vor dem Haus so dauerhaft besetzt hielten, daß das Gras durch die Kardanwellen und Achslager wuchs. Während Homer, en route zu Debras Haustür, tapfer die schnappenden Hunde umkreiste, stemmten sich die Hunde gegen die unverrückbaren Autos.

Die Pettigrews waren eine sehr umfangreiche Familie, sowohl nach ihrer Zahl wie auch nach ihrer Leibesfülle; Debras herzige Molligkeit vermittelte nur eine leichte Ahnung von dem potentiellen Leibesumfang dieser Familie. An der Tür begrüßte Debras Mutter Homer mit wuchtigem Gruß – als die Frau mit den Monster-Genen, die verantwortlich war für solche wie Debras Schwester, die dicke Dot Taft.

»De-BRA!« kreischte Debras Mutter. »Es ist dein BEAU!« »He, Honig-Schatz«, sagte sie zu Homer. »Hab schon gehört, wie anständig du bist und welch gute Manieren du hast – entschuldige bitte die Unordnung.« Debra tauchte errötend neben ihr auf und versuchte Homer so energisch hinauszuleiten, wie ihre Mutter ihn energisch hineinzuleiten suchte. Er sah ein paar gewaltige Menschen, manche mit erstaunlich angeschwollenen Gesichtern, als hätten sie ihr halbes Leben lang unter Wasser

334

gelebt oder unglaubliche Schläge ausgehalten; sie alle mit breitem, freundlichem Lächeln – ein Widerspruch zu der unsäglichen Bosheit der Hunde, die mit so wütender Raserei hinter Homers Rücken bellten.

»Wir müssen gehen, Mom«, quengelte Debra, Homer aus der Tür schiebend. »Wir dürfen uns nicht verspäten.«

»Verspäten – bei *was*?« gackerte einer aus dem Haus, das vor wuchtigem Gelächter bebte; es folgte ein Husten, gefolgt von mühseligem Seufzen, bevor die Hunde mit solcher Macht loslegten, daß Homer meinte, ihr Radau würde ausreichen, um ihn und Debra daran zu hindern, daß sie jemals den Cadillac erreichten.

»Schnauze HALTEN!« schrie Debra die Hunde an. Sie hörten alle auf, doch nur für eine Sekunde.

Als Wally sagte: »Homer ist noch nie in einem Autokino gewesen«, mußte er schreien, um die Hunde zu übertönen.

»Ich bin noch nie in einem Kino gewesen«, gestand Homer.

»Liebe Güte«, sagte Debra Pettigrew. Sie roch angenehm; sie war viel hübscher und sauberer, als sie in ihren Apfelmarktkleidern aussah; auch zur Arbeit kleidete sich Debra mit einer gewissen kecken Ordentlichkeit. Ihre Molligkeit war bezähmt, und während sie nach Cape Kenneth rollten, brach ihre natürliche gute Laune so herzlich hervor, daß sogar ihre Schüchternheit verschwand – sie war ein Mädchen, das *Spaß* verstand, wie man in Maine sagt. Sie sah niedlich aus und war ganz entspannt, sie arbeitete hart und war gut aufgelegt und nicht sehr intelligent. Ihre Zukunftsaussichten beliefen sich bestenfalls auf eine Heirat mit jemand Nettem, nicht viel älter als sie selbst und nicht viel intelligenter.

Im Sommer bewohnten die Pettigrews eines der neuen Häuser am übervölkerten, verschmutzten Gestade des Drinkwater-Sees; sie hatten es beinah augenblicklich geschafft, daß das neue Haus verwohnt aussah – rasch dem Verfall entgegeneilend. Aus dem Rasen sprießten über Nacht wieder die toten Autos, und die Hunde hatten den Umzug aus dem Winterquartier der Pettigrews in Kenneth Corner überlebt, ohne eine Unze ihres unbändigen Territorialinstinkts einzubüßen. Wie alle anderen Hütten rund um den Drinkwater-See hatte auch die der Pettigrews einen Namen bekommen – als wären die Häuser selbst Waisen, unvollständig zur Welt gekommen und weiterer Schöpfungsakte harrend. Das Haus der Pettigrews hieß »Wir alle!«

»Das Ausrufungszeichen ist's, was mich umwirft«, hatte Wally zu Homer gesagt, als sie auf den Auto- und Hundeparkplatz einbogen. »Als ob sie stolz wären auf ihre Bevölkerungsdichte.« Aber Wally hielt sich höflich zurück, nachdem Debra zu ihnen in den Wagen gestiegen war.

Diese Gekünsteltheit der Gesellschaft, soweit er letztere kennengelernt hatte, machte Homer schwer zu schaffen; die Leute, nette Leute sogar – denn gewiß doch war Wally nett – pflegten eine Menge kritischer Sachen zu sagen über jemand, zu dem sie dann absolut freundlich waren. In St. Cloud's war Kritik offensichtlicher – und schwerer, wenn nicht unmöglich zu verbergen.

Das Autokino von Cape Kenneth war in Maine fast ebenso neu wie der beheizte Swimmingpool des Haven-Club, und viel unpraktischer. Autokinos waren keine geniale Erfindung für Maine; der nächtliche Nebel an der Küste tauchte so manchen fröhlichen Film in die unpassend gespenstische Atmosphäre eines Horrorfilms. In späteren Jahren pflegten Leute, die sich ihren Weg zu Snackbars und Toiletten ertasteten, ihre Autos nicht wiederzufinden, wenn sie zu ihnen zurückzukehren versuchten.

Das andere Problem waren die Moskitos. Damals, 194–, als Homer Wells zum erstenmal ins Autokino ging, war das Summen der Moskitos in der Nachtluft von Cape Kenneth viel besser zu hören als der Ton des Films. Wally gelang es mit relativem Erfolg, die Besitzergreifung des Wagens durch die Moskitos zu verhindern, weil er stets eine Aerosol-Sprühpumpe dabei hatte, mittels derer er oft den Wagen – und die Luft in der Umgebung des Wagens – tränkte. Die Spritze war mit dem Insektizid geladen, mit dem sie die Äpfel spritzten. Daher war die Luft im Cadillac und rundherum giftig und muffig, aber einigermaßen frei von Moskitos. Das Zischen und der Gestank der Spritze erregten häufige Klagen von Wallys Kinofahrer-Nachbarn in den Autos neben dem Cadillac – bis sie so schlimm von Moskitos gestochen wurden, daß sie aufhörten zu protestieren; manche von ihnen fragten höflich an, ob sie das Gerät ausleihen könnten, zu dem Zweck, ihre eigenen Autos zu vergiften.

Damals, 194–, gab es keine Snackbar im Autokino von Cape Kenneth, und es gab keine Toiletten. Männer und Jungen urinierten der Reihe nach gegen eine feuchte Betonwand am hinteren Grubenrand des Autokinos; oben auf der Mauer hockten etliche kleine ungezogene Jungen (Einheimische aus Cape Kenneth, zu jung oder zu arm, um Auto zu fahren), die diese Mauer benutzten, um den Film zu sehen, auch wenn sie weit entfernt waren von jeder Möglichkeit, ihn zu hören. Manchmal, wenn der Film unbefriedigend war, pinkelten sie von der Mauer herab auf die glücklosen Männer, die gegen die pinkelten.

Von Mädchen und Frauen wurde nicht erwartet, daß sie im Autokino pinkeln gingen, und folglich benahmen sie sich besser als die Männer und Jungen – die Frauen tranken zum Beispiel weniger, auch wenn ihr Benehmen im Innern der Autos nicht überwacht werden konnte.

Es war erstaunlich – diese ganze Erfahrung – für Homer Wells. Besonders eindringlich fiel ihm auf, was Menschen nicht alles zu ihrem Vergnügen taten – wozu sie sich (daran konnte es keinen Zweifel geben) frei *entschieden* – denn dort, woher er gekommen war, war die freie Entscheidung nicht so selbstverständlich, und Beispiele dafür, daß Leute etwas zu ihrem Vergnügen taten, gab es nicht im Überfluß. Es wunderte ihn, daß Leute aus freier Entscheidung ein Autokino über sich ergehen ließen – und zu ihrem Vergnügen; doch wenn er den Spaß daran nicht entdecken konnte, so glaubte er, daß es ausschließlich seine eigene Schuld sei.

Worauf er am wenigsten vorbereitet war, war der Film selbst. Nachdem die Leute mit ihren Hupen gedröhnt und mit ihren Scheinwerfern geblinkt und andere, weniger liebenswerte Zeichen der Ungeduld von sich gegeben hatten – Homer hörte das unmißverständliche Geräusch von Kotzen gegen einen Kotflügel – füllte ein gigantisches Bild den Himmel. Das muß das Maul irgendeines Geschöpfes sein! dachte Homer Wells. Die Kamera fuhr zurück, oder vielmehr schaukelte sie rückwärts. Wohl der Kopf irgendeines Geschöpfes – vielleicht einer Art von Pferd! dachte Homer Wells. Tatsächlich war es ein Kamel, aber Homer Wells hatte noch nie ein Kamel, oder die Abbildung eines solchen gesehen; er dachte, es müsse ein fürchterlich deformiertes Pferd sein – ein Mutantenpferd! Vielleicht die unheimliche Embryonalphase eines Pferdes! Die Kamera taumelte noch weiter zurück. Rittlings auf dem grotesken Buckel des Kamels hockte ein schwarzhäutiger Mann, fast gänzlich verhüllt in weißen Hüllen – die Binden! dachte Homer Wells. Der wilde schwarze Araber-Nomade schwang ein beängstigend gekrümmtes Schwert; mit der flachen Klinge auf das Kamel eindreschend, trieb er das Tier in stockendem, zockelndem Galopp über eine solche Endlosigkeit von Sanddünen, daß das Tier und sein Reiter bald nur noch ein Punkt am unermeßlichen Horizont waren. Plötzlich – *Musik*! Homer schreckte auf. *Wörter*! Der Titel, die Namen der Schauspieler wurden von unsichtbarer Hand in den Sand geschrieben.

»Was war das?« fragte Homer Wally. Er meinte: das Tier, seinen Reiter, die Wüste, der Vorspann des Films – alles!

»Irgend'n blöder Beduine, glaube ich«, sagte Wally.

Ein Beduine? dachte Homer Wells.

»Ist das eine Art von Pferd?« fragte er.

»*Was* für ein Pferd?« fragte Debra Pettigrew.

»Das Tier«, sagte Homer, seinen Fehler ahnend.

Candy drehte sich auf dem Vordersitz herum und sah Homer mit herzerweichender Zuneigung an. »Das war ein Kamel, Homer«, sagte sie.

»Du hast noch nie ein Kamel gesehen!« brüllte Wally.

»Na, wo *hätte* er ein Kamel sehen sollen?« schnappte Candy.

»Ich war nur überrascht«, sagte Wally entschuldigend.

»Ich habe auch noch nie einen Neger gesehen«, sagte Homer. »Das war doch einer, nicht wahr? – da auf dem Kamel.«

»Ein Neger-Beduine, schätze ich«, sagte Wally.

»Liebe Güte«, sagte Debra Pettigrew, die Homer ein bißchen

ängstlich anschaute, als habe sie den Verdacht, er könnte gleichzeitig in einer anderen Lebensform auf einem anderen Planeten existieren.

Dann war der Vorspann vorbei. Der schwarze Mann auf dem Kamel war verschwunden und sollte sich nie wieder blicken lassen. Auch die Wüste war verschwunden; anscheinend hatte sie ihren unklaren Zweck erfüllt – auch sie sollte sich nicht wieder blicken lassen. Es war ein Piratenfilm. Große Schiffe feuerten mit Kanonen aufeinander; dunkelhäutige Männer mit unfrisiertem Haar und hängenden Hosen machten schreckliche Dinge mit freundlicher aussehenden Männern, die besser gekleidet waren. Keiner der Männer war schwarz. Vielleicht war der Kamelreiter eine Art Omen gewesen, dachte Homer Wells. Seine Bekanntschaft mit dem Geschichtenerzählen, vermittelt durch Charles Dickens und Charlotte Brontë, hatte ihn schlecht vorbereitet auf Figuren, die von Nirgendwo kamen und nach Nirgendwo reisten – oder auf Geschichten, die keinen Sinn machten.

Die Piraten raubten eine Truhe voll Münzen und eine blonde Frau von dem freundlicher aussehenden Schiff, bevor sie das Schiff versenkten und davonsegelten auf ihrem eigenen miesen Kahn, auf dem sie mit Suff und Gesang eine derbe Lustbarkeit zu veranstalten suchten. Anscheinend machte es ihnen Spaß, die Frau lüstern anzugaffen und sie zu verspotten, aber eine geheimnisvolle und völlig unsichtbare Kraft hinderte sie daran, ihr tatsächlich Schaden zuzufügen – und dies eine ganze Stunde lang, indes sie beinah jedem anderen und vielen von ihresgleichen Schaden zufügten. Die Frau aber wurde aufgespart für weiteren Spott; sie klagte bitterlich über ihr Schicksal, und Homer hatte das Gefühl, daß er sie bemitleiden sollte.

Ein Mann, der anscheinend die klagende Frau verehrte, folgte ihr quer über den Ozean, durch brennende Hafenstädte und schmucklose Kneipen voll angedeuteter, aber niemals sichtbar gemachter Verworfenheit. Als der Nebel hereinrollte, blieb auch viel von dem Film unsichtbar, wenn Homers Blick auch wie angenagelt an dem Bild am Himmel haften blieb. Nur teilweise wurde ihm bewußt, daß Wally und Candy sich nicht für den

Film interessierten; sie waren – unsichtbar – auf der vorderen Sitzbank zusammengesunken, und nur hin und wieder tauchte Candys Hand klammernd – oder schlaff hängend – auf der Rücklehne der vorderen Sitzbank auf. Zweimal hörte Homer sie »Nein, Wally!« sagen, einmal mit einer Festigkeit, die er noch nie in ihrer Stimme gehört hatte. Wallys häufiges Gelächter setzte sich in Abständen fort, und er flüsterte und murmelte und brummelte tief in der Kehle.

Zwischendurch wurde Homer bewußt, daß Debra Pettigrew sich weniger für den Piratenfilm interessierte als er; wenn er sie anschaute, sah er überrascht, daß sie ihn anschaute. Nicht vorwurfsvoll, aber auch nicht sehr liebevoll. Sie schien immer erstaunter, ihn hier zu sehen, je länger der Film sich dehnte. einmal berührte sie seine Hand; er dachte, sie wolle etwas von ihm, und schaute sie höflich an. Sie starrte ihn nur an; er schaute wieder auf den Film.

Die blonde Frau versperrte dauernd ihre Tür vor ihren Kerkermeistern, und diese brachen dauernd – trotz ihrer Bemühungen – in ihr Zimmer ein; anscheinend brachen sie zu dem einzigen Zweck in ihr Zimmer ein, um ihr zu beweisen, daß sie sie nicht aussperren konnte. Einmal im Zimmer, verhöhnten sie sie auf die gewohnte Weise und zogen sich dann zurück – woraufhin sie wieder versuchte, ihnen den Zutritt zu versperren.

»Ich glaube, ich habe etwas verpaßt«, erklärte Homer Wells, nachdem mehr als eine Stunde verstrichen war. Candy richtete sich auf der vorderen Sitzbank auf und sah ihn an, und ihre echte Besorgnis war deutlich sichtbar, obwohl ihr Haar so wild zerzaust war.

»Was hast du verpaßt?« fragte Wally – schläfrig – wie es Homer schien.

Debra Pettigrew rückte näher an Homer heran und flüsterte ihm ins Ohr: »Ich glaube, du hast *mich* verpaßt«, sagte sie. »Ich glaube, du hast vergessen, daß ich auch noch da bin.«

Homer hatte sagen wollen, er habe etwas von der Geschichte verpaßt; er starrte Debra besonders verständnislos an. Debra küßte ihn, sehr herzig – sehr trocken – auf den Mund. Sie lehnte sich auf der Sitzbank zurück und lächelte ihn an.

»Du bist an der Reihe«, sagte sie.

In diesem Moment öffnete Wally die Vordertür und sprühte tödliche Dämpfe rund um den Cadillac – einiges von dem Zeug schwebte zurück durch die offene Tür. Candy und Wally, auch Debra husteten ganz erbärmlich, aber Homer starrte nur Debra Pettigrew an – und die Idee eines Autokinos dämmerte ihm allmählich.

Vorsichtig küßte er Debra auf ihren trockenen, kleinen Mund. Sie küßte ihn wieder. Er rückte bequemer an sie heran, und sie legte ihren Kopf an seine Schulter, eine Hand auf seine Brust. *Er* legte eine Hand auf *ihre* Brust, aber sie stieß sie fort. Er wußte, daß er noch immer etwas verpaßte, doch er fuhr zögernd fort, die Spielregeln zu erkunden. Er küßte ihren Hals; das wurde akzeptiert – sie räkelte sich gegen seinen Hals, und etwas Neues und Forsches (und Feuchtes) leckte seine Kehle (ihre Zunge!); Homer wagte sich mit seiner Zunge in die vergiftete Luft hinaus. Er brauchte ein Weilchen, um die Verwendungsmöglichkeiten seiner Zunge zu überdenken; er beschloß, sie auf den Mund zu küssen und vorsichtig die dortige Anwendung seiner Zunge vorzuschlagen, aber dies war etwas, das streng zurückgewiesen wurde – *ihre* Zunge stieß seine fort; ihre Zähne versperrten jeden weiteren Zutritt.

Er begann einzusehen, daß es ein Spiel von Ja-Nein-Regeln war, auf das er sich eingelassen hatte; es war ihm gestattet, ihr Bäuchlein zu reiben, nicht aber, ihre Brust anzufassen. Die Hand auf ihrer Hüfte durfte dort bleiben; die Hand auf ihrem Schenkel, auf ihrem Schoß, wurde fortgestoßen. Sie schlang ihre Arme um ihn und herzte ihn; ihre Küsse waren freundlich und süß; er fühlte sich allmählich wie ein gut behandeltes Haustier - gewiß besser behandelt als die meisten Hunde der Pettigrews.

»Nein!« sagte Candy – so laut, daß Homer und Debra Pettigrew beide zusammenzuckten; dann kicherte Debra und kuschelte sich an ihn. Wenn er den Hals verrenkte und seine Augen bis in den Hinterkopf verdrehte, gelang es Homer Wells, den Film zu sehen.

Endlich hatte der unermüdliche Liebhaber die blonde Frau an wieder einem anderen Ort ihrer Gefangenschaft aufgespürt; die blöde Frau hatte sich wieder eingesperrt, aber diesmal versuchte sie, von ihrem Retter unberührt zu bleiben. Es war einigermaßen frustrierend zu sehen, wie er gegen ihre Tür hämmerte und fuchtelte.

Aus einem der Autos, in dem gefährlichen Dunst um sie her, kreischte jemand: »Laß sie!« Ein anderer schrie: »Töte sie!« Das einzige, was Homer mit Sicherheit wußte, war, daß niemand sie *ficken* würde – sie schien durch etwas so Unbestimmtes, wie es der Nebel von Cape Kenneth war, vor Sex und Tod beschützt, und ebenso wenig sollte einer von ihnen im Cadillac weitere Abenteuer erleben als jenes Vergnügen, das gehätschelten Haustieren zuteil wird.

Dieses Gefühl brachte Homer darauf, sich an die Liebe zu erinnern, die Dr. Larch für ihn empfunden hatte – und die auch Schwester Edna und Schwester Angela für ihn empfanden. Als der Film aus war, wurde ihm klar, daß er weinte; ihm wurde klar, daß er, obwohl er sie alle liebte, hier, wo er war, Dr. Larch doch noch mehr liebte als alle anderen – zu dieser Zeit seines Lebens liebte er Larch immer noch mehr als Candy – und ihm wurde klar, daß er Larch sogar vermißte – während er gleichzeitig hoffte, nie wieder einen Fuß nach St. Cloud's zu setzen.

Es war eine überwältigende Verwirrung, die sein Weinen beseelte, aber Debra Pettigrew mißverstand den Anlaß; sie dachte, der Film hätte ihn zu Tränen gerührt.

»Na, na«, sagte sie in bemutterndem Ton und umarmte ihn. Candy und Wally beugten sich über die Lehne der Sitzbank. Candy tätschelte seinen Kopf.

»Ist ja gut. Du darfst weinen. Ich weine bei vielen Filmen«, sagte sie.

Sogar Wally war zutiefst rücksichtsvoll. »He, Kumpel«, sagte er. »Wir wissen, daß all dies ein Schock für dich sein muß.« Sein armes *Herz*, dachte der gute Wally. Du lieber Junge, dachte Candy. Bitte, paß auf dein *Herz* auf. Sie legte ihre Wange an Homers Wange und küßte ihn neben sein Ohr. Es war eine unverhoffte Überraschung für sie, wie sehr sie diesen Freundschaftskuß genoß; es überraschte auch Homer Wells. Trotz der kleinen trockenen Küsse, die Debra Pettigrew ihm im Überfluß geschenkt hatte, fühlte er sich in dem Augenblick, als Candy ihn küßte, von einem merklichen Unterschied überwältigt. Es war ein Gefühl, das ihn von nirgendwo bestürmte –, und wenn er Wallys freundliches, hübsches Gesicht anschaute, wußte er, daß es ein Gefühl war, das nirgendwohin führen konnte. War es dies, was man Liebe nannte? Und wie sie einen überfiel – ohne einem die Wahl zu lassen, etwas daraus zu machen? Wie der schwarzhäutige Nomade auf dem Kamel: wohin gehörte er – in einem Film über Piraten?

Ich bin dieser schwarzhäutige Reiter auf diesem Kamel, dachte der Waisenjunge Homer Wells. Wie hieß er doch gleich?

Später, nachdem er Debra Pettigrew nach Hause begleitet hatte und beinah von ihren Hunden aufgefressen worden war, fragte er Wally. Homer saß vorne im Cadillac – Candy in der Mitte der Sitzbank zwischen ihnen.

»Ein Beduine«, sagte Wally.

Ich bin ein Beduine, dachte Homer Wells.

Als Candy einschlief, sank sie gegen Wallys Schulter, aber dies störte ihn beim Fahren; er schob sie sehr sanft in Homers Richtung. Den Rest des Weges nach Heart's Haven schlief sie mit dem Kopf auf Homers Schultern, und ihr Haar streifte leicht sein Gesicht. Als sie zu Ray Kendalls Hummerbassin kamen, stellte Wally den Motor ab und flüsterte: »He, Schlafmützchen.« Er küßte Candy auf die Lippen, was sie weckte. Sie saß kerzengerade und wußte einen Moment nicht, wo sie war, und sie sah beide, Wally und Homer, vorwurfsvoll an, als sei sie nicht sicher, wer von den beiden sie geküßt hatte. »Immer mit der Ruhe«, sagte Wally lachend zu ihr. »Du bist zu Hause.«

Zuhause, dachte Homer Wells. Er wußte, für den Beduinen –

von Nirgendwo kommend, nach Nirgendwo gehend – gab es kein Zuhause.

Im August dieses Sommers ging ein anderer Beduine fort von dort, wo einst ein Zuhause für ihn gewesen war; Curly Day ging fort von St. Cloud's nach Boothbay, wohin ein junger Apotheker und seine Frau kürzlich gezogen waren, um sich in ein Leben des Dienstes an der Gemeinschaft zu stürzen. Dr. Larch hatte seine Zweifel hinsichtlich des jungen Paars, aber noch mehr Zweifel hatte er in bezug auf Curly Days Ausdauer, noch einen Winter in St. Cloud's zu überstehen. Das Ende des Sommers war der letzte gute Zeitpunkt für Besuche von Adoptiveltern; das gute Wetter im Frühherbst hielt nur kurz an. Und Curlys allgemein positive Einstellung war seit Homer Wells' Weggang im Niedergang begriffen; Curly hatte sich niemals überzeugen lassen, daß Homer nicht doch irgendwie das schöne Paar geklaut hatte, das ein gütigeres Schicksal für ihn ausersehen hatte.

Der Apotheker und seine Frau waren kein schönes Paar. Sie waren wohlhabend und hatten ein gutes Herz; aber sie waren nicht geboren für ein Leben der Muße, und es schien unwahrscheinlich, daß sie sich je auf etwas einlassen würden, das auch nur im entferntesten einem angenehmen Leben glich. Sie hatten sich ihre Stellung im Leben *erkämpft*, und ihre Idee, wie sie ihrem Nächsten helfen konnten, wurzelte in der Vorstellung, daß sie ihren Nächsten lehren müßten, zu kämpfen. Sie hatten einen älteren Waisenjungen verlangt; sie wollten jemand, der imstande war, nach der Schule ein paar Stunden Arbeit in der Apotheke zu leisten.

Ihre Kinderlosigkeit verstanden sie gänzlich als Gottes Fügung, und sie waren sich einig, daß Gott ihnen bestimmt habe, ein Findelkind zu finden und es in den Methoden der Selbständigkeit und Selbsterziehung zu unterweisen, wofür das Findelkind reichlich belohnt werden würde, indem es die Apotheke des jungen Paares erbte – und damit die Mittel, dieses zu versorgen in einem anscheinend begierig ersehnten Alter.

Sie waren praktisch und christlich gesinnte Leute – wiewohl verbittert, als sie Dr. Larch von ihren früheren Anstrengungen berichteten, ein eigenes Kind zu bekommen. Bevor er das Paar kennenlernte – zu einer Zeit, als er mit ihnen nur brieflich verkehrte – hatte Larch gehofft, er könnte sie überreden, daß sie Curly seinen Vornamen behalten ließen. Wenn eine Waise einmal so alt ist wie Curly, wandte Larch ein, hat der Name mehr als eine nebensächliche Bedeutung. Larchs Hoffnungen aber sanken, als er das Ehepaar erblickte; der junge Mann war vorzeitig kahl geworden – so vollkommen kahl, daß Larch sich fragte, ob der Bursche nicht durch die Anwendung eines unerprobten pharmazeutischen Präparats zu Schaden gekommen sei – und das Haar der jungen Frau war fein und dünn. Das Ehepaar schien schockiert über die Fülle von Curly Days lockigem Haar, und Larch konnte sich vorstellen, daß ihr erster Familienausflug wahrscheinlich einen Besuch beim Frisör mit einschließen würde.

Curly selbst schien so wenig entzückt über das Paar, wie das Paar wenig entzückt war über seinen Namen, aber er wollte St. Cloud's verlassen – und zwar dringend. Larch sah, daß der Junge noch immer auf eine Adoption hoffte, so sinnbetörend wie jene, die er sich vorgestellt hatte, auf ein Paar, so leuchtend vor Verheißung eines anderen Lebens, wie Candy und Wally es gewesen waren. Über das sehr schlichte junge Paar aus Boothbay sagte Curly Day zu Dr. Larch: »Sie sind in Ordnung. Sie sind nett, schätze ich. Und Boothbay *liegt* an der Küste. Ich glaube, der Ozean würde mir gefallen.«

Larch sagte dem Jungen nicht, daß das Ehepaar, das ihn adoptieren würde, ihm nicht den Anschein machte, als sei es ein segelbootfahrendes Ehepaar oder ein Strandläufer-Paar, oder auch nur ein auf-der-Mole-angelndes Paar; sie war vermutlich der Ansicht, daß ein Leben der Spielerei mit, auf oder in der See etwas Frivoles sei, etwas für Touristen. (Larch selbst war dieser Ansicht.) Larch erwartete, daß die Apotheke im Sommer jede Stunde des Tages offenblieb und daß das hart arbeitende junge Paar jede Minute im Laden blieb und Sonnenöl an Sommertouristen verkaufte, während beide selbst bleich wie der Winter blieben und stolz darauf waren.

»Sie dürfen nicht so wählerisch sein, Wilbur«, sagte Schwester Edna. »Wenn der Junge krank wird, gibt es reichlich Pillen und Hustensäfte dort.«

»Für mich wird er immer Curly bleiben«, sagte Schwester Angela trotzig.

Schlimmer noch, stellte Larch sich vor: Curly würde für sich selbst immer Curly bleiben. Aber Larch ließ ihn gehen; es war höchste Zeit für ihn fortzugehen; dies war der Hauptgrund.

Der Name des Ehepaars war Rinfret; Curly nannten sie »Roy«. Und so nahm Roy »Curly« Rinfret Wohnung in Boothbay. Rinfrets Apotheke lag direkt an der Hafenpromenade; die Familie wohnte einige Meilen im Hinterland, wo das Meer außer Sichtweite war. »Aber nicht außer *Riech*weite«, hatte Mrs. Rinfret behauptet; wenn der Wind richtig stünde, so erklärte sie, könne man vom Hause den Ozean riechen.

Nicht mit Curlys Nase, stellte Dr. Larch sich vor; Curlys Nase war eine so ewig tropfende Angelegenheit, daß Larch vermutete, Curly habe überhaupt keinen Geruchssinn.

»Freuen wir uns für Curly Day«, verkündete Dr. Larch der Knabenabteilung eines Abends im August 194– – über David Copperfields unermüdliches Schluchzen hinweg. »Curly Day hat eine Familie gefunden«, sagte Dr. Larch. »Gute Nacht, Curly!«

»G'Nacht, *Burly*!« schrie Klein-Copperfield.

Als Homer Wells den Brief empfing, der ihm die Nachricht von Curlys Adoption brachte, las er ihn immer wieder – im Mondlicht, das durch Wallys Fenster floß, während Wally schlief.

Ein Apotheker! dachte Homer Wells. Er war so beunruhigt gewesen durch die Nachricht, daß er mit Wally und Candy darüber sprechen mußte. Sie hatten im Mondlicht gesessen, früher an diesem Abend, und Schnecken von Ray Kendalls Dock geworfen. *Ploink! Ploink!* machten die Uferschnecken; Homer redete und redete. Er erzählte ihnen von jener Litanei – »Freuen wir uns für Curly Day«, und so weiter; er versuchte zu erklären, wie er sich gefühlt hatte, als Prinz von Maine angesprochen zu werden, als König Neuenglands.

»Ich glaube, ich habe mir jemand vorgestellt, der aussah wie du«, sagte er zu Wally.

Candy erinnerte sich, daß Dr. Larch auch zu ihr so etwas gesagt hatte: daß er ihr gesagt hatte, ihre Babys würden solche Prinzen sein, solche Könige. »Aber ich wußte nicht, was er meinte«, sagte sie. »Ich meine, er war freundlich – aber es war unvorstellbar.«

»Es ist mir immer noch unvorstellbar«, sagte Wally. »Ich meine, was du erlebt hast«, sagte er zu Homer. »Was ihr alle euch vorgestellt habt – es muß sonderbar gewesen sein, für jeden von euch.« Wally war nicht bereit, sich mit der Idee abzufinden, daß der Ausdruck auf jemanden zutreffen sollte, der aussah wie er selbst.

»Es klingt ein wenig spöttisch«, sagte Candy. »Ich verstehe einfach nicht, was er meinte.«

»Jaa«, pflichtete Wally bei. »Es klingt ein wenig zynisch.«

»Vielleicht war es das«, sagte Homer Wells. »Vielleicht sagte er es sich und nicht uns zuliebe.«

Er erzählte ihnen von Melony. Aber nicht alles von ihr. Er holte tief Luft und erzählte ihnen von Fuzzy Stone; er ahmte die Atemvorrichtung bewundernswert nach – mit dem Getöse, das er machte, brachte er die beiden so schallend zum Lachen, daß es das unmerkliche *Ploink* der ins Meer fallenden Schnecken übertönte. Wally und Candy merkten nicht, daß der Schluß der Geschichte gekommen war, bis Homer unverhofft dort angelangt war. »Fuzzy Stone hat eine neue Familie gefunden«, wiederholte er ihnen. »Gute Nacht, Fuzzy«, endete er hohl.

Dann war kein Laut mehr zu hören, nicht mal eine Schnecke; die See leckte an den Molenpfosten; die um sie her vertäuten Boote schaukelten auf dem Wasser. Wenn eine Leine straff gespannt wurde und aus dem Wasser schnellte, hörte man das Wasser von der Leine tröpfeln; wenn die dickeren Seile gestrafft wurden, machten sie ein Geräusch wie Zähneknirschen.

»Curly Day war der erste Junge, den ich beschnitten habe«, erklärte Homer Wells – nur um vom Thema Fuzzy Stone abzulenken. »Doktor Larch war dabei, als ich es machte«, sagte er, »und eine Beschneidung ist keine große Sache – wirklich, es ist leicht.« Wally fühlte, daß sein eigener Penis sich zusammenzog wie eine Schnecke. Candy fühlte einen Krampf in ihrer Wade, und sie hörte auf, ihre Beine über die Kante des Docks zu schwingen; sie zog ihre Hacken an ihre Hinterbacken und schlang die Arme um ihre Knie. »Curly war der erste«, sagte Homer. »Ich hab's ein bißchen schief gemacht«, beichtete er.

»Wir könnten nach Boothbay hinüberfahren und sehen, wie es ihm geht«, schlug Wally vor.

Was würden wir sehen? fragte sich Candy. Sie stellte sich vor, wie Curly wieder den Cadillac vollpinkeln und ihnen erzählen würde, daß er der Beste sei.

»Ich glaube nicht, daß das eine gute Idee wäre«, sagte Homer.

Er fuhr mit Wally zurück nach Ocean View und schrieb einen langen Brief an Dr. Larch – seinen längsten bislang. Er versuchte Larch von dem Autokino zu erzählen, aber der Brief entartete zu einer Kritik an dem Film selbst, und darum versuchte er, ein anderes Thema zu finden.

Sollte er ihm von Herb Fowler erzählen, der immer diese Präservative mit sich herumschleppte? (Auch wenn Dr. Larch jeden lobte, der Präservative benutzte, würde er schwerlich Herb Fowler loben.) Sollte er Larch erzählen, daß er den wahren Zweck von Autokinos entdeckt hatte? Bestand er nicht darin, sich selbst und den andern in einen Zustand sexueller Raserei zu steigern – den keiner von beiden ausleben durfte? (Dr. Larch würde gewiß nicht sehr viel davon halten.) Sollte er Dr. Larch erzählen, was Grace Lynch gesagt und getan hatte, oder wie er von ihr träumte – oder wie er sich vorstellte, daß er sich in Candy verlieben würde oder sich schon verliebt hatte (was, wie er wußte, verboten war)? Und wie sage ich: »Ich vermisse Sie?« fragte er sich, wenn ich nicht sagen will: »Ich möchte zurückkehren?«

Und darum beendete er den Brief auf seine Weise; er beendete ihn unklar. »Ich erinnere mich daran, wie Sie mich küßten«, schrieb er an Dr. Larch. »Ich habe nicht wirklich geschlafen.«

Ja, dachte Dr. Larch, auch ich erinnere mich daran. Er ruhte sich gerade in der Apotheke aus. Warum habe ich ihn nicht öfter geküßt – warum nicht die ganze Zeit? In anderen Teilen der Welt, träumte er, hat man Autokinos!

Vor der Jahrestagung des Treuhänderausschusses von St. Cloud's nahm er stets mehr Äther, als er sollte. Er verstand nie so recht, wozu ein Treuhänderausschuß da war, und seine Empfindlichkeit gegen Routinefragen wuchs. Einst hatte es die Amtsärztekammer des Staates Maine gegeben; sie hatten ihm niemals Fragen gestellt; sie wollten gar nichts von ihm wissen. Jetzt schien es Wilbur Larch, als gäbe es Ausschüsse und Treuhänder für alles und jedes. Dieses Jahr gab es zwei neue Ausschußmitglieder, die das Waisenhaus noch nie gesehen hatten, und darum war die Tagung des Ausschusses in St. Cloud's geplant – für gewöhnlich tagte der Ausschuß in Portland. Die neuen Mitglieder wollten das Haus sehen; die alten Mitglieder waren sich einig, sie sollten sich wieder einmal die Atmosphäre in Erinnerung rufen.

Es war ein wundervoller Augustmorgen – es lag eher ein Vorgeschmack auf den September in der herben Luft als jener drückende Nachhall von Juli-Hitze und dunstiger Schwüle; trotzdem war Larch gereizt.

»Ich weiß nicht, was ›eigentlich‹ ein Autokino ist«, sagte er ärgerlich zu Schwester Angela. »Homer sagt es nicht ›eigentlich‹.«

Schwester Angela blickte frustriert. »Nein, tut er nicht«, pflichtete sie bei, den Brief immer wieder überfliegend.

»Was macht man mit den Autos, während man sich den Film ansieht?« fragte Schwester Edna.

»Ich weiß nicht«, sagte Dr. Larch. »Ich nehme an, wenn man in etwas *hinein* fährt, um den Film anzusehen, muß man in seinem Auto bleiben.«

»Aber *was* ist es, wo man hineinfährt, Wilbur?« fragte Schwester Edna.

»Das weiß ich doch eben nicht!« brüllte Larch.

»Na, sind wir nicht in herrlicher Stimmung?« sagte Schwester Angela.

»Warum will man überhaupt sein Auto ins Kino mitnehmen?« fragte Schwester Edna.

»Auch darauf weiß ich keine Antwort«, sagte Dr. Larch erschöpft.

Unglücklicherweise wirkte er auch während der Tagung der Treuhänder erschöpft. Schwester Angela versuchte statt seiner, gewisse dringliche Anliegen des Waisenhauses vorzutragen; sie wollte nicht, daß er einem der Ausschußmitglieder gegenüber ausfallend wurde. Die zwei neuen Mitglieder hatten es anscheinend furchtbar eilig zu beweisen, daß sie schon alles verstanden hatten – und Schwester Angela entdeckte, daß Dr. Larch diese mit einem ähnlichen Blick betrachtete, wie er ihn einst Clara vorbehalten hatte, in jenen Tagen, als er manchmal entdeckte, daß Homers Leiche nicht anständig weggeräumt worden war.

Die neue Frau im Ausschuß war aufgrund ihrer Tüchtigkeit beim Geldsammeln berufen worden; sie war besonders aggressiv. Sie war mit einem Kongregationalisten-Missionar verheiratet gewesen, der in Japan Selbstmord verübt hatte, und sie war mit dem Ehrgeiz in ihren Heimatstaat heimgekehrt, ihre beträchtlichen Energien für etwas »Machbares« einzusetzen. Japan sei ganz und gar nicht »machbar« gewesen sagte sie immer wieder. Im Vergleich dazu waren die Probleme Maines ganz leicht zu bewältigen. Sie glaubte, daß in Maine nichts anderes benötigt würde – oder fehlte – als Organisation, und sie glaubte, daß jede Lösung mit »neuem Blut« anfing – eine Redewendung, die, wie Schwester Angela beobachtete, Dr. Larch erbleichen ließ, als sickere sein eigenes Blut aus ihm heraus.

»Das ist eine unglückliche Ausdrucksweise für uns, die wir mit der Arbeit im Spital vertraut sind«, schnappte Dr. Larch irgendwann, aber die Frau – Mrs. Goodhall – wirkte nicht ausreichend gebissen.

Mrs. Goodhall sprach, wenn auch kühl, ihre Bewunderung für den Ernst und die Ausdauer von Dr. Larchs »Unternehmen« aus, und ihren Respekt, wie viel Erfahrung Larch und seine Assistentinnen doch hätten mit der Verwaltung von St. Cloud's; vielleicht würden sie alle sich ermuntert fühlen durch einen jüngeren Assistenten. »Ein junger Assistenzarzt – ein williger Arbeiter, und mit neuen Ideen auf dem Felde der Geburtshilfe«, schlug Mrs. Goodhall vor.

»Ich halte Schritt auf dem Felde«, sagte Dr. Larch. »Und ich halte Schritt mit der Zahl der Babys, die hier geboren werden.«

»Nun gut, aber wie wäre es mit einer neuen Verwaltungshilfe?« schlug Mrs. Goodhall vor. »Die ärztliche Praxis mag Ihnen überlassen bleiben – ich meine jemanden mit Verständnis für gewisse neuere Adoptionsverfahren, oder einfach jemand, der die Korrespondenz und die Interviews für Sie führen könnte.«

»Ich könnte eine neue Schreibmaschine gebrauchen«, sagte Dr. Larch. »Besorgen Sie mir nur eine neue Schreibmaschine und behalten Sie den Assistenten – oder geben Sie den Assistenten jemandem, der *wirklich* tatterig ist.«

Der neue Mann im Aufsichtsrat war ein Psychiater; er war ziemlich neu in der Psychiatrie, die damals, 194–, ziemlich neu war in Maine. Sein Name war Gingrich; selbst bei Leuten, die er eben erst kennengelernt hatte, hatte er so eine gewisse Art, davon auszugehen, daß er verstünde, unter welchem Druck sie standen – er war sich ganz sicher, daß jeder irgendwie unter Druck stand. Selbst wenn er recht hatte (in bezug auf den Druck, unter dem jemand stand), und selbst wenn man ihm beipflichtete (daß da tatsächlich ein gewisser Druck *war* und daß man tatsächlich unter ihm stand), hatte er so eine gewisse Art davon auszugehen, daß da auch noch andere Drücke waren, die einen bedrückten (die einem selbst immer unbekannt waren). Hätte er zum Beispiel den Film gesehen, der mit dem Beduinen auf einem Kamel anfing, dann wäre Dr. Gingrich davon ausgegangen, daß die gefangengehaltene Frau unter dem starken Druck stand, jemand zu heiraten – auch wenn es ihre eindeutige Überzeugung war, daß sie nichts anderes wollte als ihre Freiheit. Seine Augen und sein zuvorkommendes Lächeln verrieten ein widerwärtiges Mitgefühl, das man vielleicht gar nicht verdiente – als wollte er durch die aufgesetzte Sanftheit seiner Stimme und die Langsamkeit, mit der er sprach, die Gewißheit vermitteln, daß alles viel komplizierter ist, als wir ahnen.

Die älteren Mitglieder des Ausschusses – allesamt Männer, allesamt ältere Leute, wie Dr. Larch – fühlten sich eingeschüchtert durch diesen neuen Mann, der in Flüstertönen sprach, und durch diese neue Frau, die so laut war. Gemeinsam schienen sie ihrer Sache so sicher; sie betrachteten ihre neue Rolle im Ausschuß nicht als Lernerfahrung, auch nicht als Einführung in das Leben des Waisenhauses, sondern als Chance, die Zügel an sich zu reißen.

Oh, liebe Güte, dachte Schwester Edna.

Das gibt Ärger – das hat uns gerade noch gefehlt, dachte Schwester Angela. Es hätte nicht geschadet, einen jungen Assistenzarzt hier zu haben, oder auch eine Verwaltungshilfe; aber sie wußte, daß es Wilbur Larch darum ging, weiter Abtreibungen vornehmen zu können. Wie konnte er neue Anwärter akzeptieren, ohne die *Einstellung* des Betreffenden zu kennen?

»Nun, Doktor Larch«, sagte Dr. Gingrich sanft, »Sie wissen doch sicherlich, daß wir Sie nicht tatterig finden.«

»Manchmal finde ich mich selber tatterig«, sagte Larch abwehrend. »Ich nehme an, auch Sie könnten es finden.«

»Der *Druck*, unter dem Sie stehen müssen«, sagte Dr. Gingrich. »Jemand mit all Ihrer Verantwortung sollte alle Hilfe haben, die er bekommen kann.«

»Jemand mit meiner Verantwortung sollte verantwortlich bleiben«, sagte Larch.

»Bei all dem *Druck*, unter dem Sie stehen müssen«, sagte Dr. Gingrich, »ist es kein Wunder, daß es Ihnen schwerfällt, ein wenig von dieser Verantwortung zu delegieren.«

»Für eine Schreibmaschine habe ich mehr Verwendung als für einen Delegierten«, sagte Wilbur Larch, doch als er mit den

Augen zwinkerte, sah er diese funkelnden Sterne, die eine klare Nacht in Maine wie auch das Firmament des Äthers bevölkerten, und er war sich nicht sicher, welche Sterne es waren. Er rieb sich mit der Hand über das Gesicht und ertappte Mrs. Goodhall dabei, wie sie etwas auf einen imposant dicken Schreibblock kritzelte, der vor ihr lag.

»Sehen wir mal«, sagte sie – scharf, im Vergleich zu Dr. Gingrichs schmächtiger Stimme. »Sie sind in den Siebzigern, nun – ist das richtig? Sind Sie nicht soundso... siebzig?« fragte sie Dr. Larch.

»Richtig«, sagte Dr. Wilbur Larch. »Soundso... siebzig.«

»Und wie alt ist Missus Grogan?« fragte Mrs. Goodhall unvermittelt, als sei Mrs. Grogan gar nicht anwesend – oder als sei sie so alt, daß sie außerstande wäre, selbst zu antworten.

»Ich bin zweiundsechzig«, sagte Mrs. Grogan keck, »und ich bin springlebendig!«

»Oh, niemand zweifelt daran, daß Sie *lebendig* sind!« sagte Dr. Gingrich.

»Und Schwester Angela?« fragte Mrs. Goodhall, ohne jemanden anzusehen; die Überwachung ihrer eigenen Schreiberei auf dem Block vor ihr erforderte jede Unze ihrer umfassenden Aufmerksamkeit.

»Ich bin achtundfünfzig«, sagte Schwester Angela.

»Angela ist stark wie ein Stier«, sagte Mrs. Grogan.

»Wir zweifeln nicht daran«, sagte Dr. Gingrich fröhlich.

»Ich bin fünfundfünfzig oder sechsundfünfzig«, sagte Schwester Edna freiwillig, bevor die Frage gestellt wurde.

»Sie *wissen* nicht, wie alt Sie sind?« fragte Dr. Gingrich bedeutungsschwer.

»Tatsächlich«, sagte Wilbur Larch, »sind wir allesamt so senil, daß wir uns nicht erinnern können – wir können nur raten. Aber sehen Sie sich selber an!« sagte er unvermittelt zu Mrs. Goodhall, was Mrs. Goodhall veranlaßte, ihre Augen von ihrem Schreibblock zu heben. »Ich nehme an, Sie haben solche Schwierigkeiten, sich an etwas zu erinnern, daß Sie alles aufschreiben müssen.«

»Ich versuche mir nur ein Bild zu machen von dem, was hier vor sich geht«, sagte Mrs. Goodhall gleichmütig.

»Na«, sagte Dr. Larch, »ich empfehle Ihnen, auf mich zu hören. Ich bin lange genug hier, um das Bild ziemlich klar in meinem Kopf zu haben.«

»Es ist ganz klar, welch wunderbare Arbeit Sie leisten!« sagte Dr. Gingrich zu Dr. Larch. »Es ist auch klar, welch harte Arbeit es ist.« Dr. Gingrich troff buchstäblich von warmer Waschlappen-Sympathie, und Dr. Larch brachte sich in Deckung, dankbar, daß er nicht nah genug bei Dr. Gingrich saß, als daß dieser ihn hätte anfassen können; Gingrich war ganz offensichtlich ein Anfasser.

»Falls es nicht zuviel verlangt ist von Ihnen, an Unterstützung«, sagte Dr. Larch, »so hätte ich nicht nur gerne eine neue Schreibmaschine, ich hätte auch gern die Erlaubnis, die alte zu behalten.«

»Das, glaube ich, ließe sich machen«, sagte Mrs. Goodhall.

Schwester Edna, der unverhoffte Einsichten – oder, trotz ihrer Jahre, heiße Wallungen – völlig fremd waren, die in der Welt der Omina und Zeichen oder Vorahnungen völlig unerfahren war, spürte eine gänzlich neue und ihr den Atem raubende Galle in sich hochsteigen. Sie ertappte sich dabei, wie sie Mrs. Goodhall mit einem Haß anstarrte, von dem sie niemals auch nur geahnt hätte, daß sie ihn für ein anderes Menschenwesen empfinden könnte. Oh, liebe Güte, der böse *Feind*! dachte sie; sie mußte sich entschuldigen – sicher würde sie sich übergeben müssen. (Sie tat es, diskret und unsichtbar, im Duschraum der Knaben.) Nur David Copperfield, immer noch trauernd über Curly Days Weggang und immer noch mit der Sprache kämpfend, entdeckte sie.

»Medna?« fragte Klein-Copperfield.

»Es geht mir gut, David«, sagte sie, aber es ging ihr nicht gut. Ich habe das *Ende* geschaut, dachte sie mit ungekannter Bitterkeit.

Auch Larch hatte es geschaut. Irgend jemand wird mich ablösen, erkannte er. Und es wird nicht mehr lange dauern. Er blickte auf seinen Kalender; er hatte am nächsten Tag zwei Abtreibungen auszuführen, drei »wahrscheinliche« gegen Ende der Woche. Auch gab es immer jene, die einfach hereinschneiten.

Und wie, wenn sie jemand finden, der keine ausführen will? dachte er.

Als die neue Schreibmaschine eintraf, paßte sie – gerade rechtzeitig – in seine Pläne für Fuzzy Stone.

»Danke für die neue Schreibmaschine«, schrieb Larch an den Treuhänderausschuß. Sie sei »gerade rechtzeitig« eingetroffen, fügte er hinzu, weil die alte Schreibmaschine (die er, falls man sich erinnere, zu behalten wünschte) völlig zusammengebrochen sei. Dies war nicht richtig. Er hatte die Typen der alten Schreibmaschine auswechseln lassen, und jetzt tippte sie eine Geschichte mit einer anderen Schrift.

Was sie tippte, waren Briefe des jungen Fuzzy Stone. Fuzzy begann, indem er Dr. Larch wissen ließ, wie sehr er sich darauf freue, Arzt zu werden, wenn er erwachsen wäre, und wie sehr Dr. Larch ihn ermutigt habe, diese Entscheidung zu treffen.

»Ich bezweifle, daß ich, was Abtreibungen betrifft, *jemals* die gleiche Einstellung haben werde wie Sie«, schrieb der junge Fuzzy an Dr. Larch. »Gewiß ist es die Geburtshilfe, die mich interessiert, und gewiß ist Ihr Vorbild verantwortlich für mein Interesse, aber ich vermute, daß wir über die Abtreibung niemals einer Meinung sein werden. Auch wenn ich weiß, daß Sie Abtreibungen aus den lautersten Überzeugungen und mit den besten Absichten ausführen, muß ich mir erlauben, diesbezüglich meinen Überzeugungen zu gehorchen.

Und so weiter, und so fort. Larch umspannte die Jahre; er schrieb in die Zukunft hinaus, dabei auch ein paar passende Lükken lassend. Larch vervollständigte Dr. F. Stones Ausbildung (er brachte ihn durch die Medical School, er vermittelte ihm geburtshilfliche Techniken, die Dr. Larch Dr. Stone beschreiben ließ). Und immer blieb Fuzzy Stone seinen Überzeugungen treu.

»Es tut mir leid, aber ich glaube, es gibt eine Seele, und sie existiert vom Augenblick der Empfängnis an«, schrieb Fuzzy Stone. Er wurde ein wenig hochtrabend, als er älter wurde, beinah salbungsvoll in seiner Dankbarkeit gegen Dr. Larch, mitunter sogar fähig zu Herablassung – jener Art von Gönnerhaftigkeit, die ein junger Mann sich herausnimmt, wenn er meint, über seinen Lehrer »hinausgewachsen« zu sein. Larch verlieh Fuzzy Stone eine unverkennbare Selbstgerechtigkeit, die, wie er sich vorstellte, bei allen Anhängern des bestehenden Gesetzes gegen die Abtreibung Vertrauen erwecken mußte.

Er ließ den jungen Dr. Stone sogar vorschlagen, daß *er* Dr. Larch ablösen sollte – »aber selbstverständlich nicht, bevor Sie bereit sind, in den Ruhestand zu treten!« – und daß Dr. Larch in dieser Ablösung den Beweis dafür sehen möge, daß das Gesetz eingehalten werden müsse, daß Abtreibungen *nicht* vorgenommen werden dürften und daß eine sichere und aufgeklärte Methode der Familienplanung (Geburtenkontrolle und so weiter) mit der Zeit den erwünschten Effekt zeitigen würde (»... ohne die Gesetze Gottes und der Menschen zu verletzen«, schrieb ein überzeugend kriecherischer Fuzzy Stone).

»Der erwünschte Effekt« – darin stimmten Dr. Larch und Dr. Stone überein – wäre ein Mindestmaß an unerwünschten Kindern, die in diese Welt gesetzt wurden. »Ich zumindest bin glücklich, auf der Welt zu sein!« jubilierte der junge Dr. Stone. Er klingt wie ein Missionar! dachte Wilbur Larch. Die Idee, einen Missionar aus Fuzzy zu machen, gefiel Dr. Larch aus mehreren Gründen – unter anderem: Fuzzy würde keine Zulassung zur ärztlichen Praxis brauchen, wenn er seine Magie in irgendein fernes und primitives Land bringen wollte.

Es erschöpfte Larch, aber er brachte alles zu Papier – eine Schreibmaschine für Fuzzy, die zu nichts anderem benutzt wurde, und die neue für ihn selbst (Er machte Kohlekopien von seinen eigenen Briefen und erwähnte seinen »Dialog« mit dem jungen Dr. Stone in verschiedenen Fragmenten, die er der *Kurzen Geschichte von St. Cloud's* beifügte.)

Er stellte sich vor, daß ihr Briefwechsel ganz plötzlich enden würde, als nämlich Dr. Larch sich weigerte, den Gedanken zu akzeptieren, daß jemand ihn ablösen könnte, der nicht bereit wäre, Abtreibungen auszuführen. »Ich werde weitermachen, bis ich umfalle«, schrieb er an Fuzzy. »Hier in St. Cloud's werde ich mich niemals durch einen reaktionären Schwachkopf ablösen lassen, der sich mehr um die Zweifel kümmert, die seine eigene zartbesaitete Seele erleiden könnte, als um die tatsächlichen Leiden unzähliger unerwünschter und mißhandelter Kinder. Ich *bedauere* es, daß du Arzt bist«, schalt er den armen Fuzzy. »Ich bedaure, daß diese Ausbildung verschwendet wurde an jemand, der sich aufgrund einer dünkelhaften Auffassung vom Ungeborenen weigert, den Lebenden zu helfen. Du bist *nicht* der richtige Arzt für dieses Waisenhaus, und nur über meine Leiche wirst du diesen Posten je bekommen!«

Was er danach von Dr. Stone hörte, war eine relativ kurze, impertinente Nachricht, in der Fuzzy mitteilte, er müßte sein Herz erforschen hinsichtlich seiner persönlichen Verpflichtung gegenüber Dr. Larch und seiner »vielleicht noch größeren Verpflichtung gegenüber der Gesellschaft und all den hingemordeten Ungeborenen der Zukunft«; es sei schwer, so gab Fuzzy zu verstehen, auf sein Gewissen zu hören und Dr. Larch nicht »bei den Behörden... anzuzeigen«, fügte er unheildrohend hinzu.

Welch eine gute Geschichte! dachte Wilbur Larch. Es hatte ihn den Rest dieses Augusts 194– gekostet. Er wollte die Sache gut vorbereitet – gut arrangiert – haben, wenn Homer Wells von seinem Sommer-Job nach St. Cloud's zurückkehren würde.

Wilbur Larch hatte einen Nachfolger für sich geschaffen, und zwar einen, der akzeptabel sein würde für die Behörden – wer immer das sein mochte. Er hatte jemanden mit anerkannten geburtshilflichen Kenntnissen geschaffen, und – was könnte besser sein – eine Waise, von Geburt an vertraut mit dem Haus. Er hatte auch eine perfekte Lüge geschaffen, weil jener Dr. F. Stone, der Wilbur Larch vorschwebte, natürlich Abtreibungen ausführen *würde*, während gleichzeitig – was könnte besser sein? – von ihm bekannt wäre, daß er *dagegen* sei, sie auszuführen. Sollte Larch in den Ruhestand treten (oder, das wußte er, sollte er jemals ertappt werden), dann würde er seinen perfektesten Nachfolger bereits zur Verfügung haben. Natürlich war Larch noch nicht fertig mit Fuzzy; eine so wichtige Ablösung bedurfte wohl einiger Korrekturen.

Wilbur Larch lag in der Apotheke, und sowohl die Sterne von Maine wie auch die Sterne des Äthers kreisten über ihm. Er hatte Fuzzy Stone eine Rolle im Leben geschenkt, die anstrengender war, als Fuzzy selbst je hätte sein können. Wie hätte der arme Fuzzy auch nur daran denken sollen, da er dem Versagen seiner Atemmaschine erlag?

Bleibt bloß *ein* Problem, dachte Wilbur Larch, der unter den Sternen träumte. Wie bringe ich Homer dazu, die Rolle zu spielen?

Homer Wells, der nach den wirklichen Sternen von Maine Ausschau hielt und nach den Obstgärten, die im verblassenden Mondlicht aus Wallys Fenster sichtbar waren, sah etwas schimmern – jenseits des Obstgartens, von dem, wie er wußte, der Ozean sichtbar war. Homer bewegte in Wallys Fenster seinen Kopf auf und ab, und der Schimmer blitzte zu ihm herüber; das schwache Signal erinnerte ihn an den Abend, als die tiefen Wälder von Maine seine Stimme nicht zu ihm zurückgeworfen hatten – als er Fuzzy Stone sein echoloses Gutenacht nachgeschrien hatte.

Dann erkannte er, woher dieses Schimmern kam. Es mußte dort eine kleine, blankpolierte Stelle auf dem Blechdach des Ziderhauses geben; er sah den verblassenden Mond vom Dach des Ziderhauses zurückgeworfen – von einem Fleck, nicht größer als eine Messerklinge. Dieser kleine Schimmer in der Nacht war eines der Dinge, die man – auch nachdem man sie erkannt hat – nicht auf sich beruhen lassen kann.

Es half ihm nichts, auf Wallys friedlichen Atem zu lauschen. Das Problem ist, das wußte Homer, ich bin in Candy verliebt. Candy war es, die vorgeschlagen hatte, er solle nicht zurückkehren nach St. Cloud's.

»Mein Vater hat dich so gern«, sagte sie zu Homer. »Ich weiß bestimmt, daß er dir Arbeit auf dem Boot geben wird oder am Bassin.«

»Meine Mutter hat dich so gern«, hatte Wally hinzugefügt. »Ich weiß, sie wird dich in den Obstgärten behalten, besonders während der Ernte. Und sie wird immer traurig, wenn ich ans

College zurückfahre. Ich möchte wetten, sie wäre begeistert, dich da zu haben, wo du bist – in meinem Zimmer!«

Draußen in den Obstgärten blitzte das Dach des Ziderhauses zu ihm herüber; der Blitz war so klein und so rasch wie dieser eine flüchtige Blick auf den einen Eckzahn, den Grace Lynch entblößt hatte – nur so weit hatte sich ihr Mund geöffnet, als sie ihm das letztemal nachschaute.

Wie könnte ich *nicht* in Candy verliebt sein? fragte er sich. Und wenn ich bleibe? fragte er sich. Was tu ich dann?

Das Dach des Ziderhauses blitzte; dann blieb es dunkel und still. Er hatte das Aufblitzen der Curette gesehen, bevor sie ans Werk ging; er hatte sie auf dem Untersuchungstablett liegen sehen, stumpf von Blut, einer Reinigung bedürftig.

Und wenn ich nach St. Cloud's zurückkehre? fragte er sich. Was tu ich dann?

In Schwester Angelas Büro, auf der neuen Schreibmaschine, begann Dr. Larch einen Brief an Homer Wells. »An nichts erinnere ich mich so lebhaft wie daran, dich geküßt zu haben«, fing Dr. Larch an, doch er hielt inne; er wußte, das durfte er nicht sagen. Er zog das Blatt aus der Schreibmaschine, und dann versteckte er es tief in der *Kurzen Geschichte von St. Cloud's*, als sei es nur ein weiteres Stück Geschichte ohne Publikum.

David Copperfield hatte beim Zubettgehen Fieber gehabt, und Larch ging, nach dem Jungen zu sehen. Dr. Larch war erleichtert, als er fühlte, daß Klein-Copperfields Fieber nachgelassen hatte; die Stirn des Jungen war kühl, und leichter Schweiß kühlte den Nacken des Jungen, den Larch vorsichtig mit einem Handtuch trockenrieb. Es gab nicht viel Mondlicht; darum fühlte sich Larch unbeobachtet. Er beugte sich über Copperfield und küßte ihn, ganz in der Art, wie er sich erinnerte, Homer Wells geküßt zu haben. Larch trat an das nächste Bett und küßte Smoky Fields, der unbestimmt nach Bratwürstchen schmeckte; doch das Erlebnis war tröstlich für Larch. Wie wünschte er sich, er hätte Homer öfter geküßt, hätte er nur die Möglichkeit dazu gehabt! Er ging von Bett zu

Bett und küßte die Jungen. Es kam ihm in den Sinn, daß er sie nicht alle beim Namen kannte, aber er küßte sie trotzdem. Er küßte sie alle.

Als er den Saal verließ, fragte Smoky Fields in der Dunkelheit: »Was war denn das?« Aber sonst war niemand wach, oder vielleicht wollte sonst niemand ihm antworten.

Ich wollte, er würde *mich* küssen, dachte Schwester Edna, die ein sehr waches Ohr hatte für ungewöhnliche Vorgänge.

»Ich finde es nett«, sagte Mrs. Grogan zu Schwester Angela, als Schwester Angela ihr davon erzählte.

»Ich finde es senil«, sagte Schwester Angela.

Aber Homer Wells, an Wallys Fenster, wußte nicht, daß Dr. Larchs Küsse auf die Welt losgelassen waren, auf der Suche nach ihm.

Er wußte auch nicht – nie hätte er es sich vorstellen können! – daß Candy ebenfalls wach war und sich ebenfalls Sorgen machte. Falls er *bleibt*, falls er *nicht* nach St. Cloud's zurückkehrt, dachte sie, was tu ich dann? Auf allen Seiten leckte die See. Die Dunkelheit und auch der Mond schwanden.

Dann kam die Stunde, da Homer Wells die Umrisse des Ziderhauses erkennen konnte, aber das Dach blinzelte nicht mehr zu ihm herüber, wie sehr er auch seinen Kopf bewegte. Weil kein Signal zu ihm herüberblitzte, dachte Homer womöglich, daß er zu den Toten spräche, als er flüsterte: »Gute Nacht, Fuzzy.«

Er wußte nicht, daß Fuzzy Stone, wie Melony, auf der Suche war nach ihm.

7

Vor dem Krieg

Eines Tages in diesem August hing eine dunstige Sonne über der Küstenstraße zwischen York Harbor und Ogunquit; es war nicht die sengende Sonne von Marseille, auch nicht die kühle, frische Sonne, die um diese Jahreszeit über großen Teilen der Küste von Maine funkelt. Es war ein Sonnenlicht wie in St. Cloud's, dampfig und matt, und Melony war irritiert dadurch und schwitzte, als sie eine Mitfahrgelegenheit in einem Milchlastwagen akzeptierte, der unterwegs war ins Hinterland.

Sie wußte, daß sie südlich von Portland war und daß nur ein relativ kleiner Teil der Küste südlich von Portland lag, und doch hatte sie Monate gebraucht, um die Apfelgärten in dieser begrenzten Umgebung abzusuchen. Sie war nicht entmutigt, sie wußte, sie hatte mitunter Pech gehabt, und ihr Glück mußte sich bessern. Es war ihr gelungen, etlichen Bürgern Portlands in die Tasche zu greifen; dies hatte sie ein Weilchen über Wasser gehalten. Sie hatte Schwierigkeiten gehabt mit ein paar Matrosen, denen sie in Kittery in die Taschen zu greifen versuchte. Es war ihr gelungen, keinen Sex mit den Männern zu machen, doch sie hatten ihr die Nase gebrochen, die schief angeheilt war, und sie hatten ihr zwei Vorderzähne ausgeschlagen – die oberen großen. Nicht daß sie die Neigung gehabt hätte, groß zu lächeln, aber seither hatte sie sich einen eher mundfaulen und verkniffenen Gesichtsausdruck zugelegt.

Die zwei ersten Obstgärten, die sie aufgesucht hatte, lagen in Sichtweite des Ozeans, aber sie hießen nicht Ocean View, und in keinem dieser beiden Obstgärten hatte jemand von den Ocean View-Obstgärten gehört. Dann fand sie einen Obstgarten im Hinterland, wo jemand ihr erzählte, daß er von einem Ocean View gehört habe, daß er aber sicher sei, es sei nur ein Name: der Ort liege nirgendwo in der Nähe der Küste. Sie fand Arbeit als

Flaschenwäscherin in einer Molkerei in Biddeford, doch sie kündigte, kaum daß sie etwas Reisegeld beisammen hatte.

Der Obstgarten zwischen York Harbor und Ogunquit hieß, wie sich herausstellte, York-Farm, und er wirkte so unansehnlich wie sein Name, aber Melony befahl dem Fahrer des Milchlastwagens, sie trotzdem dort abzusetzen; es war wenigstens ein Apfel-Ostgarten; vielleicht hatte jemand von Ocean View gehört.

Der Vorarbeiter auf der York-Farm warf einen Blick auf Melony und nahm an, daß sie eine zukünftige Pflückerin sei, die vor den Wanderarbeitern Arbeit zu finden suchte.

»Du bist etwa drei Wochen zu früh«, sagte er zu ihr. »Wir pflücken in diesem Monat erst die Gravensteiner, und ich brauche keine Hilfe, um sie zu pflücken – so viele sind es nicht.«

»Haben Sie von einem Obstgarten namens Ocean View gehört?« fragte Melony den Vorarbeiter.

»Hast du dort mal gepflückt?« fragte der Vorarbeiter.

»Nein. Ich suche ihn nur«, sagte Melony.

»Hört sich an wie ein Altersheim«, sagte der Vorarbeiter, doch als Melony nicht einmal lächelte, war er nicht mehr freundlich. »Hast du 'ne Ahnung, wie viele Orte es in Maine geben mag, die Ocean View heißen?« fragte er.

Melony zuckte die Schultern. Wenn man hier auf die York Farm in drei Wochen Leute anheuerte, so meinte sie, daß sie nichts dagegen hätte zu bleiben; vielleicht hatten manche der anderen Pflücker von dem Ort gehört, wohin Homer Wells verschwunden war.

»Haben Sie etwas zu tun für mich?« fragte Melony den Vorarbeiter.

»In drei Wochen – falls du zu pflücken verstehst«, fügte er hinzu.

»Kann wohl nichts Großes sein, Äpfel pflücken«, sagte Melony.

»Denkst du, es ist leicht?« fragte der Vorarbeiter. »Komm«, sagte er und führte sie durch den schmuddeligen Apfelmarkt; zwei ältere Frauen beschrifteten mit der Hand eine hölzerne

Preistafel. Im ersten Obstgarten hinter dem Apfelmarkt fing der Vorarbeiter an, Melony über die Kunst des Äpfelpflückens zu belehren.

»Du nimmst den Apfel an seinem Stengel«, sagte der Vorarbeiter. »Aber knapp über dem Stempel ist die Knospe für den Apfel vom nächsten Jahr. Das ist der Dorn«, sagte er. »Reißt du den Dorn ab, dann reißt du zwei Jahre in einem ab.« Er demonstrierte Melony, wie man den Apfel abdrehte. »Drehen, nicht reißen«, sagte er zu ihr.

Melony griff in den Baum und drehte einen Apfel ab. Sie machte es richtig; sie sah den Vorarbeiter an und zuckte die Schultern. Sie biß in den Apfel, der noch nicht reif war. Sie spuckte den Bissen aus und warf den Apfel weg.

»Das ist ein Northern Spy«, erklärte der Vorarbeiter. »Wir pflücken sie zuletzt – sie sind erst im Oktober bereit.«

Melony war gelangweilt. Sie setzte sich in Bewegung, zurück zum Apfelmarkt.

»Ich gebe dir zehn Cent pro Bushel!« rief der Vorarbeiter ihr nach. »Nur einen Nickel pro Bushel für Fallobst, wenn du das Obst beschädigst! Du scheinst ziemlich kräftig zu sein«, ihr nachlaufend. »Hast du den Bogen erst 'raus, dann könntest du neunzig Bushels pro Tag pflücken. Das sind zehn Scheine pro Tag«, sagte er. »Komm in drei Wochen wieder«, fügte er hinzu, und blieb neben der Frau stehen, die an der Tafel im Apfelmarkt arbeitete; Melony war schon wieder auf der Straße.

»In drei Wochen bin ich anderswo«, sagte sie zu dem Vorarbeiter.

»Schade«, sagte der Vorarbeiter. Er sah ihr nach, wie sie die Straße entlang marschierte, zurück zur Küste. »Sie wirkt kräftig«, sagte er zu einer der Frauen im Markt. »Ich wette, sie wiegt an die hundertsechzig.«

»Sie ist nur eine kleine Landstreicherin«, sagte die Frau.

Ungefähr eine Meile vom Apfelmarkt entfernt, marschierte Melony an einem Obstgarten entlang, wo zwei Arbeiter Gravensteiner pflückten. Einer der Männer winkte ihr zu; Melony wollte schon zurückwinken, aber sie besann sich anders. Sie war noch keine hundert Schritt an den Männern vorbei, als sie hinter sich ihren Farmlastwagen rollen hörte. Der Lastwagen bog neben ihr aus, auf den Straßenrand, und der Fahrer sagte zu ihr: »Du machst ein Gesicht, als hättest du deinen Schatz verloren. Wie gut, daß du mich gefunden hast.« Der Mann auf der Beifahrerseite des Lastwagens stieß die Tür auf, bevor der Lastwagen ausrollte.

»Laß mich in Ruhe, Macker«, sagte Melony zu dem Fahrer, aber der andere Mann war bereits um den Lastwagen herum und kam näher. Melony sprang über den Straßengraben und rannte in den Obstgarten. Der Mann folgte ihr mit Gebrüll. Der Fahrer stellte den Lastwagenmotor ab und schloß sich der Verfolgung an – er ließ die Tür offen, so eilig hatte er es.

Nirgends war etwas, wo man sich verstecken konnte, aber die Obstgärten schienen endlos. Melony rannte eine Reihe zwischen den Bäumen hinunter, dann eine andere hinauf. Der erste Mann, der sie verfolgte, holte auf, doch sie merkte, daß der Fahrer immer weiter zurückblieb; er war ein dicker, schwerfälliger Mann, und er schnaufte und keuchte, nachdem er fünf oder sechs Bäume passiert hatte. Melony schnaufte und keuchte selber, aber sie rannte mit einer gewissen, gleichmäßigen Kraft, und obwohl der erste, kleinere Mann aufholte, hörte sie ihn immer mühsamer keuchen. Sie querte über eine Sandstraße in einen anderen Obstgarten. Weit hinter ihr, zwei bis dreihundert Meter vielleicht, sah sie, daß der dicke Fahrer in eine resolute Gangart abgefallen war.

»Fang sie, Charley!« rief er dem schnelleren Mann zu.

Zu Charleys Überraschung blieb Melony stehen und wandte sich nach ihm um. Sie schöpfte rasch genug Atem, dann rannte sie *auf* Charley los – sie bewegte sich flach über den Boden, eine Art von tierischem Jaulen in der Kehle, und der Mann namens Charley fand keine Zeit, stehenzubleiben und Atem zu schöpfen, bevor sie sich auf ihn stürzte. Sie fielen gemeinsam – als sie ihr Knie an seiner Kehle spürte, hüpfte sie auf ihm herum. Er machte ein würgendes Geräusch und rollte zur Seite. Melony sprang auf; sie stampfte zweimal auf sein Gesicht, und als es Charley gelang, sich auf allen vieren herumzuwälzen, sprang sie so hoch, wie sie konnte, und landete mit beiden Füßen in seinem Kreuz. Er war schon bewußtlos, als sie seine Arme hinter ihm festhielt und ihn ins Ohr biß; sie spürte, wie ihre Zähne zusammenstießen. Sie ließ ihn los und kniete sich neben ihn; sie schöpfte wieder Atem; dann spuckte sie ihn an. Als sie aufstand, sah sie, daß es dem massigen Mann erst gelungen war, über die Sandstraße in den zweiten Obstgarten zu queren.

»Charley! Steh auf!« sagte er hechelnd, aber Charley regte sich nicht. Melony wälzte Charley auf den Rücken und öffnete seinen Gürtel. Sie riß ihn grob durch die Schlaufen, bis sie ihm den Gürtel abgezogen hatte. Der dicke Mann, der Fahrer, war jetzt nur noch drei oder vier Apfelbäume entfernt von ihr. Sie schlang das eine Ende des Gürtels zweimal um ihr Handgelenk und ihre Faust; als sie ihren Arm seitlich herabhängen ließ, berührte das Schnallenende des Gürtels ihre Fußspitze. Nur zwei Bäume von ihr entfernt, blieb der dicke Mann stehen. »Was hast du mit Charley gemacht?« fragte er sie, aber Melony fing an, den Gürtel zu schwingen; sie schwang ihn immer um ihren Kopf und immer schneller. Die viereckige Messingschnalle fing an zu pfeifen. Melony näherte sich dem massigen Fahrer, einem Mann Ende Vierzig oder Anfang Fünfzig; sein Haar war grau und schütter, und er schob einen ziemlichen Wanst vor sich her. Er behauptete einen Moment seine Stellung und beobachtete Melony, wie sie näher kam. Der Gürtel war ein breiter Riemen von schweiß- und ölgeflecktem Leder; die Messingschnalle war von der Größe einer Männerhand; mit ihren eckigen Kanten summte sie durch die Luft wie der Nordwind – sie machte ein Geräusch wie eine Sense.

»He!« sagte der fette Mann.

»Was, he, Macker?« sagte Melony. Plötzlich senkte sie den Gürtel und ließ die Schnalle über die Schienbeine des Mannes krachen, wo sie einen Fetzen Blue-jeans und Haut abhob, der aussah wie eine zerfetzte Dollarnote. Als der Mann sich bückte, um seine Beine zu umklammern, drosch sie die Gürtelschnalle gegen die Seite seines Gesichts; er setzte sich unvermittelt und drückte die Hand auf seine Wange, wo er einen Riß ungefähr von der Länge und Dicke einer Zigarette entdeckte. Er hatte keine Zeit, über seine Wunde nachzudenken, bevor die Gürtelschnalle ihm frontal über den Nasenrücken klatschte – die Wucht des Hiebes und der Schmerz blendeten ihn für einen Moment. Er versuchte mit einem Arm seinen Kopf zu bedecken, während er mit dem anderen nach Melony grapschte, doch sie traf ihn mühelos überall, und er zog schnell seine Knie an die Brust und bedeckte Gesicht und Kopf mit beiden Armen. Die Schnalle harkte und kerbte ein Weilchen sein Rückgrat; dann hörte Melony auf, das Schnallenende auf ihn niedersausen zu lassen – sie drosch ihn nur noch mit dem flachen Ende des Gürtels über die Kehrseite seiner Schenkel und seinen Arsch. Es schien, als wolle sie nie mehr aufhören.

»Sind die Schlüssel im Lastwagen, Macker?« fragte sie ihn zwischen zwei Hieben.

»Ja«, schrie er, aber sie schlug ihn noch einige Male, bevor sie ihn verließ.

Den Gürtel nahm sie mit und marschierte durch den ersten Obstgarten zurück, ab und zu mit dem Ende des Gürtels, mit dem sie eine gewisse Geschicklichkeit entwickelt hatte, einen Apfel abschlagend.

Der Mann namens Charley kam wieder zu sich, aber er regte sich nicht und öffnete nicht die Augen. »Ist sie weg, Charley?« fragte der fette Mann nach einer Weile, weil auch er sich nicht geregt und nicht die Augen geöffnet hatte.

»Ich *hoffe* es«, sagte Charley, aber keiner der beiden Männer regte sich, bis sie hörten, wie Melony den Lastwagen anließ.

Es kam ihr in den Sinn, daß sie Dr. Larch zu Dank verpflichtet war, weil er ihr einmal eine Arbeit verschafft hatte, bei der sie Auto fahren gelernt hatte, aber der Gedanke verflog gleich wieder. Sie wendete den Lastwagen und fuhr zurück zum Apfelmarkt, wo der Vorarbeiter überrascht war, sie zu sehen.

Sie erzählte dem Vorarbeiter – vor den Frauen, die an dem Schild arbeiteten – daß zwei seiner Männer versucht hätten, sie zu vergewaltigen. Einer der Männer, der fette, war verheiratet mit der Frau, die von Hand die Tafel beschriftete. Melony sagte zu dem Vorarbeiter, daß er diese beiden Männer feuern und ihre Arbeit ihr geben könnte. »Was die beiden machen, kann ich auch, sogar besser«, sagte Melony.

Oder aber, so sagte sie zu dem Vorarbeiter, er könne die Polizei rufen, und sie würde der Polizei erzählen, wie sie angegriffen worden war. Die Frau, deren Ehemann Melony überfallen hatte, war blaß und schwieg, aber die andere Frau sagte zu dem Vorarbeiter, was sie schon früher gesagt hatte: »Sie ist nur eine Landstreicherin. Wozu hören Sie ihr zu?«

»Ich kann auch alles, was du machst«, sagte Melony zu der Frau. »Vor allem alles, was du auf dem Rücken machst. Du siehst aus, als wärst du 'n Dreck wert auf dem Rücken«, sagte Melony, und sie schnellte das flache Ende des Gürtels gegen die Frau, die zurücksprang, als sei der Gürtel eine Schlange.

»He, das ist Charleys Gürtel«, sagte der Vorarbeiter.

»Richtig«, sagte Melony; dieses Echo auf Homer Wells trieb ihr fast die Tränen in die Augen. »Charley hat ihn verloren«, fügte sie hinzu. Sie ging zu dem Lastwagen und holte ihr Bündel heraus – ihre paar Sachen, die alle in Mrs. Gorgans Mantel eingewickelt waren. Sie benutzte den Gürtel, um den Mantel und seinen Inhalt fester zusammenzuschnallen.

»Ich kann diese Burschen nicht feuern«, sagte der Vorarbeiter zu ihr. »Sie haben ihr Leben lang hier gearbeitet.«

»Also, dann rufen Sie die Polizei«, sagte Melony.

»Sie droht Ihnen«, sagte die Frau des fetten Mannes zu dem Vorarbeiter.

»Mach kein' Mist«, sagte Melony.

Der Vorarbeiter ließ Melony es sich im Ziderhaus bequem machen.

»Du kannst hier bleiben, wenigstens bis die Pflückermannschaft kommt«, sagte er. »Ich weiß nicht, ob du bleiben möchtest, wenn sie hier sind. Manchmal sind Frauen dabei, und manchmal sind Kinder dabei, aber wenn es nur Männer sind, glaube ich nicht, daß du hier bleiben willst. Es sind Neger.«

»Es wird schon gehen, einstweilen« sagte Melony und sah sich um.

Es gab weniger Betten, als es im Ziderhaus der Worthingtons gab, und es war viel weniger ordentlich und sauber. Die York-Farm war ein viel kleinerer, ärmerer Obstgarten als Ocean View und es gab niemanden dort, der sich viel um Art und Zustand der Quartiere für die Wanderarbeiter kümmerte. Die York-Farm mußte ohne eine Olive Worthington auskommen. Der Essiggeruch war stärker im Ziderhaus der York-Farm, und hinter der Presse waren angetrocknete Trester-Klumpen, die an der Wand klebten wie Apfelschorf. Es gab keinen Herd in der Kochnische – nur eine Kochplatte, die immer wieder die alten Sicherungen durchknallen ließ. Es gab einen Sicherungskasten für die Pumpe und das Quetschwerk und die watt-schwachen Deckenbirnen, das Licht im Kühlraum war aus, aber dies machte zumindest den Schimmel weniger sichtbar.

Das war Melony nur recht, die zur Geschichte vieler verwahrloster Räume sowohl in den verlassenen wie in den bewohnten Gebäuden von St. Cloud's ihren Beitrag geleistet hatte.

»Dieses Ocean View – das du da suchst?« fragte der Vorarbeiter. »Warum suchst du es überhaupt?«

»Ich suche meinen Freund«, sagte Melony zu ihm.

Sie hat einen *Freund*? staunte der Vorarbeiter.

Er ging nachsehen, was die Männer machten. Der fette Mann, dessen Frau ihn ins Krankenhaus gebracht hatte (wenn sie auch nicht mit ihm gesprochen hatte und es mehr als drei Monate lang nicht tun sollte) trug es mit Fassung, als man ihn nähte, regte sich aber entschieden auf, als der Vorarbeiter ihm sagte, daß er Melony im Ziderhaus untergebracht habe und ihr Arbeit gegeben habe – wenigstens während der Ernte.

»Du hast ihr Arbeit gegeben!« schrie der fette Mann. »Sie ist eine Mörderin!«

»Dann bleibe ihr, verdammt, lieber aus dem Weg«, sagte der Vorarbeiter. »Falls du ihr in die Quere kommst, muß ich dich feuern – sie hat mich, verdammt, beinah schon gezwungen dazu.«

Der fette Mann hatte eine gebrochene Nase und brauchte insgesamt einundvierzig Stiche, siebenunddreißig in seinem Gesicht und vier in seiner Zunge, in die er sich gebissen hatte.

Der Mann namens Charley kam besser weg bei den Stichen. Er brauchte nur vier – um die Wunde in seinem Ohr zu schließen. Aber Melony hatte ihm zwei Rippen gebrochen, als sie auf ihm herumgesprungen war; er hatte eine Gehirnerschütterung erlitten, als sie auf seinem Kopf herumgetrampelt hatte, und im Kreuz litt er so ununterbrochen an Muskelkrämpfen, daß man ihn während der ganzen Ernte auf keine Leiter steigen lassen konnte.

»Du liebe Neune«, sagte Charley zu dem Vorarbeiter. »Ich habe keine Lust, diesen Hundesohn kennenzulernen, der ihr *Freund* ist.«

»Bleibe ihr nur aus dem Weg«, empfahl ihm der Vorarbeiter.

»Hat sie immer noch meinen Gürtel?« fragte Charley ihn.

»Falls du deinen Gürtel von ihr zurückverlangst, muß ich dich feuern. Besorge dir einen neuen Gürtel«, sagte der Vorarbeiter.

»Du wirst nicht erleben, daß ich etwas von ihr verlange«, sagte Charley. »Sie hat nicht gesagt, daß ihr Freund hierher kommt, oder?« fragte er den Vorarbeiter, aber dieser sagte, da Melony ihren Freund suchte, hätte der Freund ihr anscheinend keine Adresse hinterlassen; er mußte sie verlassen haben. »Und Gott helfe ihm, falls er sie verlassen hat«, sagte der Vorarbeiter – immer und immer wieder.

»Na«, sagte die Frau im Apfelmarkt, die Melony eine Landstreicherin genannt hatte. »Wenn Sie eine solche Frau hätten, würden Sie nicht auch versuchen, sie zu verlassen?«

»Erstens«, sagte der Vorarbeiter, »würde ich niemals eine solche Frau haben. Und zweitens, wenn ich sie hätte, würde ich sie niemals verlassen – ich würde es nicht wagen.«

Im Ziderhaus auf der York-Farm – irgendwo im Hinterland von York Harbor, irgendwo westlich von Ogunquit, mehrere hundert Meilen Küste zwischen sich und Homer Wells – lag Melony und lauschte auf die Mäuse. Manchmal trippelten sie, manchmal nagten sie. Die erste Maus, die keck genug war, über das Fußende ihrer Matratze zu rennen, bekam so hart mit dem Schnallenende von Charleys Gürtel eins übergedroschen, daß sie über vier Betten in einer Reihe hinwegsegelte und mit weichem

Bums gegen die Wand klatschte. Melony holte sie sofort zurück – sie war entschieden tot, ihr Rückgrat gebrochen.

Mit Hilfe eines ungespitzten Bleistifts drapierte Melony die tote Maus in sitzender Haltung auf ihrem Nachttisch, einer umgestürzten Apfelkiste, die sie dann an das Fußende ihrer Bettstatt rückte. Sie war überzeugt, die tote Maus würde als eine Art Totem fungieren, um andere Mäuse abzuschrecken – und tatsächlich wurde Melony mehrere Stunden von keiner Maus mehr geplagt. Sie lag in dem schwachen Licht und las *Jane Eyre* – während um sie her der leere, dunkle Obstgarten reifte.

Sie las – zweimal hintereinander – den Abschnitt gegen Schluß des siebenundzwanzigsten Kapitels, der endet: »Vorgefaßte Meinungen, früher gefaßte Entschlüsse sind alles, an das ich mich in dieser Stunde halten kann, und ich will mich daran halten.«

Damit schloß sie das Buch und löschte das Licht aus. Melony lag tapfer auf ihrem Rücken, ihre breiten Nüstern erfüllt von der scharfen Zider-Essigluft – der gleichen Luft, die Homer riecht, dachte sie. Kurz bevor sie einschlief, flüsterte sie – auch wenn nur Mäuse da waren, um es zu hören – »Gute Nacht, Sonnenstrahl«.

Am nächsten Tag regnete es. Es regnete von Kennebunkport bis Christmas Cove. Es gab einen so starken Nordostwind, daß die Wimpel an den beim Haven-Club vertäuten Booten, auch wenn sie mit Regenwasser getränkt waren, zum Ufer zeigten und ein flottes, knatterndes Geräusch machten, so beharrlich wie das Scheuern von Ray Kendalls Hummerboot an den abgenutzten alten Gummireifen, die sein Dock polsterten.

Ray sollte diesen Tag unter dem John Deere im Gebäude Nummer Zwei verbringen; er sollte abwechselnd das Leitungsnetz des Traktors erneuern und schlafen. Da war der Ort, wo er am besten schlief: unter einer vertrauten großen Maschine. Er wurde nie entdeckt; manchmal ragten seine Beine so extrem gespreizt unter dem Vehikel hervor, daß er wie tot aussah – überfahren oder zerquetscht. Einer der Apfelarbeiter, erschrocken, als er ihn sah, rief aus: »Ray? Bist du es?« Worauf Ray Kendall – wie Dr.

Larch, wenn er aus dem Äther zurückgeholt wurde – erwachte und sagte: »Ja, hier. Hier bin ich.«

»Was 'ne Arbeit, he?« erkundigte sich der besorgte Partner.

»Jaaa«, sagte Ray. »Was 'ne Arbeit, ja, wirklich.«

Der Regen prasselte nieder und der Wind blies so stark küstenwärts, daß die Möwen ins Hinterland zogen. Auf der York-Farm drängelten sie sich um das Ziderhaus und weckten Melony in ihrem Gequengel; in Ocean View hockten sie auf dem Blechdach des Ziderhauses beisammen, wo abermals eine Gruppe von Scheuerfrauen und Anstreichern am Werk war.

Grace Lynch hatte, wie üblich, die schlechteste Arbeit: den Tausend-Gallonen-Zidertank zu schrubben; sie kniete im Innern des Bottichs, und das Geräusch ihrer Bewegungen dort drinnen machte auf die anderen den Eindruck einer irgendwie verstohlenen Energie, als stöberte ein Tierchen nach einem Nest oder nach einer Mahlzeit. Hyde hatte das Ziderhaus verlassen, um wieder einmal, wie seine Frau Florence sagte, »eine bekloppte Besorgung zu machen«. Meany hatte beschlossen, daß der Kettengurt am Förderband locker sei, und darum hatte er ihn abmontiert und gesagt, er würde ihn zu Ray Kendall bringen und sehen, was Ray damit anfangen könne.

»Und was soll Ray mit einem lockeren Kettengurt anfangen?« fragte Florence Meany. »Einen neuen bestellen, oder ein Stück aus diesem herausnehmen – richtig?«

»Vermutlich«, sagte Meany argwöhnisch.

»Und wozu brauchst du heute das Förderband?« fragte Florence.

»Ich bringe ihn nur zu Ray!« sagte Meany verdrießlich.

»Du willst nicht so viel arbeiten, nicht wahr?« sagte Florence, und Meany schlurfte in den Regen hinaus; er lächelte und blinzelte Homer Wells zu, während er in den Transporter kletterte.

»Ich habe einen faulen Mann«, sagte Florence fröhlich.

»Das ist besser als eine andere gewisse Sorte«, sagte Irene Titcomb – und alle blickten automatisch in Richtung des Zehntausend-Gallonenbottichs, wo Grace Lynch fieberhaft schrubbte.

Irene und Florence, die ruhige und geduldige Hände hatten,

strichen die Fensterrahmen und Simse im Schlafraumflügel des Ziderhauses. Homer Wells und die dicke Dot Taft und Debra Pettigrew, Big Dots kleine Schwester, malten mit weiteren, achtloseren Strichen die Küche aus.

»Ich hoffe, ihr fühlt euch nicht bedrängt von mir«, sagte Big Dot zu Debra und Homer. »Ich bin nicht eure Anstandsdame, oder so etwas. Wenn ihr euch verdrücken wollt, geht schon.«

Debra schaute verlegen und ärgerlich drein, und Homer lächelte schüchtern. Es war komisch, dachte er, da hat man ein paar Verabredungen mit jemand – nichts als Küssen und Anfassen an ein paar merkwürdigen Stellen – und schon fangen alle an zu reden, als *machte* man es jeden Moment in Gedanken. Homers Gedanken waren viel eher bei Grace Lynch in dem Bottich als bei Debra Pettigrew, die neben ihm stand und dieselbe Wand anmalte. Als Homer auf den Lichtschalter neben der Küchentür stieß, fragte er Big Dot Taft, ob er einfach drumherum streichen oder es von Florence und von Irene mit ihren kleineren Pinseln säuberlich ausmalen lassen sollte.

»Male einfach darüber weg«, sagte Big Dot Taft. »Wir machen das jedes Jahr. Wir machen es nur, damit es neu und frisch aussieht. Wir wollen keinen Sauberkeitswettbewerb gewinnen.«

Neben dem Lichtschalter war eine Reißzwecke, mit der ein Blatt Schreibmaschinenpapier an die Wand geheftet war – die Maschinenschrift selbst war ganz blaß von der langen Einwirkung des Sonnenlichts, das durch die vorhanglosen Fenster der Küche fiel. Es war eine Art Verzeichnis; das untere Viertel des Blattes war abgerissen; was es auch sein mochte, es war unvollständig. Homer zog die Zwecke aus der Wand und hätte das Papier zusammengeknüllt und in die Richtung der Mülltonne geworfen, hätte nicht die getippte Überschrift seine Aufmerksamkeit auf sich gezogen.

SPIELREGELN IM ZIDERHAUS

lautete die Überschrift.

Was für Spielregeln? fragte er sich, das Blatt überfliegend. Die Regeln waren numeriert.

1. Bitte bediene nicht das Quetschwerk oder die Presse, wenn du getrunken hast.
2. Bitte rauche nicht im Bett und benütze keine Kerzen.
3. Bitte steige nicht auf das Dach, wenn du getrunken hast – besonders nicht bei Nacht.
4. Bitte wasche die Tücher der Presse am selben Tag oder Abend aus, nachdem sie benutzt wurden.
5. Bitte nimm das Drehsieb sofort heraus, nachdem du das Pressen beendet hast, und spritze es sauber, SOLANGE DER TRESTER DARAUF NOCH FEUCHT IST!
6. Bitte nimm keine Flaschen mit, wenn du auf das Dach steigst.
7. Bitte geh nicht – auch wenn dir sehr heiß ist (oder wenn du getrunken hast) – in den Kühlraum zum Schlafen.
8. Bitte gib deine Einkaufsliste jeden Morgen spätestens um sieben dem Mannschaftsboss.
9. Es sollten nicht mehr als ein halbes Dutzend Menschen gleichzeitig auf dem Dach sein.

Falls es noch mehr Regeln gegeben hatte, konnte Homer sie nicht lesen, weil das Blatt abgerissen worden war. Homer reichte Big Dot Taft das zerfetzte Papier.

»Was soll das alles – mit dem Dach?« fragte er Debra Pettigrew.

»Von dem Dach kann man den Ozean sehen«, sagte Debra.

»Das ist's nicht«, sagte die dicke Dot Taft. »In der Nacht sieht man das Riesenrad und die Lichter des Lunaparks von Cape Kenneth.«

»Große Sache«, sagte Homer Wells.

»Für mich ist's keine große Sache«, sagte Big Dot Taft.

»Aber diesen Schwarzen gefällt es entschieden.«

»In manchen Nächten sitzen sie die ganze Nacht auf dem Dach«, sagte Debra Pettigrew.

»In manchen Nächten betrinken sie sich dort oben und fallen

dann herunter«, verkündete Florence Hyde aus dem Schlafsaalflügel.

»Sie zerbrechen Flaschen dort oben und schneiden sich überall«, sagte Irene Titcomb.

»Na, nicht jede Nacht, das auch wieder nicht«, sagte die dicke
Dot Taft.

»Und eines Nachts war einer von ihnen so betrunken und
schwitzte so stark beim Bedienen der Presse, daß er im Kühllager
ohnmächtig wurde und mit Lungenentzündung erwachte«, sagte
Debra Pettigrew.

»Man ›erwacht‹ eigentlich nicht mit Lungenentzündung«,
sagte Homer Wells. »Es ist ein wenig komplizierter.«

»Entschuldigung, *bitte*«, sagte Debra schmollend.

»Jedenfalls beachtet niemand diese Regeln«, sagte Big Dot
Taft.

»Jedes Jahr schreibt Olive sie auf, und jedes Jahr beachtet niemand sie nicht.«

»Alle Pflückermannschaften, die wir hatten, sie sind einfach
Kinder«, sagte Florence Hyde. »Würde Olive nicht jeden Tag für
sie einkaufen gehen, sie würden verhungern.«

»Sie können sich nicht organisieren«, sagte Irene Titcomb.

»Einer von ihnen hat seinen ganzen Arm in das Quetschwerk
gesteckt«, erinnerte sich Big Dot Taft. »Nicht nur seine blöde
Hand – seinen ganzen Arm.«

»Umpf«, sagte Debra Pettigrew.

»Umpf, das war auch sein Arm, ja wirklich«, sagte Florence
Hyde.

»Wie viele Stiche?« fragte Homer Wells.

»Du bist wirklich neugierig, weißt du?« fragte ihn Debra Pettigrew.

»Na, sie tun niemandem etwas zuleide, außer sich selbst«,
sagte Irene Titcomb philosophisch. »Was macht es schon, wenn
sie zuviel trinken und vom Dach purzeln? Hier ist noch niemand
nicht zu Tode gekommen.«

»Noch nicht«, sagte Grace Lynchs gepreßte dünne Stimme,
ihre Worte seltsam hallend, weil sie aus dem Innern des Tausend-

Gallonenbottichs sprach. Dieses seltsame Hallen zusammen mit der Seltenheit, mit der sie überhaupt etwas zu ihren Unterhaltungen beisteuerte, ließ sie alle verstummen. Jedermann arbeitete stumm drauflos, als Wally mit Louise Tobey in dem grünen Lieferwagen vorgefahren kam; er setzte Louise mit ihrem eigenen Eimer und ihrem Pinsel ab und fragte die anderen, ob sie etwas brauchten – mehr Pinsel, mehr Farbe?

»Gib mir nur einen Kuß, Schätzchen«, sagte Florence Hyde.

»Nimm uns mit ins Kino«, sagte Big Dot Taft.

»Mach mir nur einen Antrag, einen *Antrag*!« schrie Irene Titcomb. Alle lachten, als Wally wegfuhr. Es war beinah Mittag, und alle wußten, daß Squeeze (»Drück-mich«) Louise besonders spät zur Arbeit gekommen war. Normalerweise stellte sie sich mit Herb Fowler ein, mehr oder minder pünktlich. Louise wirkte an diesem Morgen besonders verdrießlich, und eine Weile sprach niemand mit ihr.

»Na, du kannst ja deine Periode haben, oder was immer, und trotzdem Guten Morgen sagen«, sagte Big Dot Taft nach einer Weile.

»Guten Morgen«, sagte Louise Tobey.

»Etepetete!« sagte Irene Titcomb. Debra Pettigrew stieß Homer in die Seite; als er sie anschaute, zwinkerte sie. Sonst geschah nichts, bis Herb Fowler vorfuhr und sich erbot, alle zum Mittagessen zum Kiosk an der Drinkwater Road zu fahren.

Homer spähte zum Bottich hinüber, aber Grace Lynch ließ sich nicht blicken am Rand; sie machte einfach weiter mit ihren kratzenden und schabenden Geräuschen im Innern des Bottichs. Sie hätte die Einladung ohnehin nicht angenommen. Homer dachte, er sollte sie wahrscheinlich annehmen, um von Grace Lynch loszukommen, aber er hatte sich vorgenommen, das Dach des Ziderhauses zu untersuchen – er wollte die Stelle finden, die so geheimnisvoll im Mondlicht zu ihm herübergeschimmert hatte; und jetzt, da er von den Spielregeln im Ziderhaus erfahren hatte, und daß man den Ozean – und das Riesenrad in Cape Kenneth! – vom Dach sehen konnte, wollte er da hinaufsteigen. Sogar im Regen.

Er ging mit allen anderen hinaus und dachte, daß Grace Lynch glauben sollte, er wäre mit ihnen gefahren, und dann sagte er Herb Fowler draußen auf der Einfahrt, er wolle doch bleiben. Er spürte, wie sich ein Finger in die Tasche seiner Blue-Jeans verhakte, und als Herb und die anderen gefahren waren, suchte er in seiner Tasche und fand den Gummi. Das Präservativ in seiner Tasche trieb ihn eilig hinauf auf das Dach des Ziderhauses.

Sein Auftauchen dort überraschte die Möwen, deren plötzliche und heisere Flucht *ihn* überraschte; er hatte sie nicht bemerkt, wie sie zusammengekauert auf der Schräge des Daches hockten, abgewandt von ihm – und vom Wind. Das Dach war schlüpfrig im Regen; er mußte die Wellblechrillen mit beiden Händen fassen und seine Füße ganz eng zusammenstellen beim Klettern. Die Neigung des Daches war nicht allzu steil, sonst hätte er es gar nicht erklettern können. Zu seiner Überraschung fand er eine Anzahl von Planken – alte Vierkantlatten – an der seewärtigen Seite des Dachfirstes festgenagelt. Bänke! dachte er. Sogar bei diesem Neigungswinkel saß man zumindest bequemer auf ihnen als auf dem Blech. Er saß dort im Regen und versuchte, sich das Vergnügen des Ausblicks vorzustellen, doch das Wetter war zu stürmisch, als daß er die fernsten Obstgärten hätte sehen können; der Ozean war völlig verhangen, und er mußte sich ausmalen, wo – in einer klaren Nacht – das Riesenrad und die Lichter des Lunaparks in Cape Kenneth sein mochten.

Er war allmählich durchnäßt und wollte eben wieder hinunterklettern, als er das Messer sah. Es war ein großes Springmesser, die Spitze der Klinge in die Vierkantlatte am Dachgiebel neben ihm gerammt; der Griff, der aus falschem Horn war, war an zwei Stellen gesprungen, und als Homer die Klinge aus dem Holz zu ziehen versuchte, brach der Griff in seinen Händen entzwei. Dies offenbar war der Grund, warum es hier zurückgelassen worden war. Mit zerbrochenem Griff war das Messer nicht richtig zu schließen; auf diese Weise war es nicht sicher zu tragen – und außerdem war die Klinge verrostet. Das ganze Dach war verrostet, bemerkte Homer; keine einzige Stelle war blank genug, um das Mondlicht hinüber zu Wallys Fenster zu spiegeln. Dann bemerkte er das zerbrochene Glas; ein paar größere Stücke hatten sich in den Wellblechrillen verfangen. Eines dieser Glasstücke mußte es gewesen sein, das den Mond eingefangen hatte, dachte Homer. Bierflaschenglas und Rumflaschenglas. Whiskeyflaschenglas und Ginflaschenglas, vermutete er. Er versuchte sich die schwarzen Männer vorzustellen, die nachts auf dem Dach tranken; aber der Regen hatte ihn durchnäßt, und der Wind unterkühlte ihn jetzt gründlich. Während er sich das Dach hinuntertastete, zur Kante, wo man am gefahrlosesten auf den Boden springen konnte, schnitt er sich in die Hand – nur ein kleiner Schnitt – an einem Stück Glas, das er nicht gesehen hatte. Bis er wieder hinein in das Ziderhaus ging, blutete der Schnitt ausgiebig – eine ziemliche Menge Blut für solch einen kleinen Schnitt, dachte er, und er fragte sich, ob vielleicht noch ein winziges Stückchen Glas in dem Schnitt sei. Grace Lynch mußte ihn gehört haben, wie er die Wunde am Küchenausguß spülte (wenn sie ihn nicht auf dem Dach gehört hatte). Zu Homers Überraschung war Grace immer noch in dem Tausend-Gallonen-bottich.

»Hilf mir«, rief sie ihm zu. »Ich kann nicht 'raus.«

Das war eine Lüge; sie versuchte nur, ihn zum Rande des Tanks zu locken. Aber Waisen sind von Natur leichtgläubig; das Waisenleben ist schlicht; verglichen damit ist jede Lüge hochkompliziert. Homer Wells ging, wenn auch mit Hangen und Bangen, stetig auf den Rand des Ziderbottichs zu. Die Flinkheit ihrer mageren Hände und die drahtige Kraft, mit der diese nach seinen Handgelenken griffen, überraschten ihn. Beinah verlor er die Balance – fast wurde er in den Tank gezerrt, und auf sie drauf. Grace Lynch hatte alle ihre Kleider ausgezogen, doch die extrem scharfe Kontur ihrer Knochen erstaunte Homer mächtiger als irgend etwas Verbotenes an ihrer Nacktheit. Sie sah aus wie ein ausgehungertes Tier, eingefangen in einer mehr oder minder menschlichen Falle; menschlich wohl, nur daß an ihren blauen Flecken deutlich wurde, daß ihr Zwingherr sie regelmäßig und hart schlug. Die blauen Flecken an ihren Hüften und Schenkeln waren die größten; die Fingerdruck-Flecken an ihren Oberarmen waren von tiefstem Lila-Ton, und auf einer ihrer kleinen Brüste gab es einen gelblich-grünen Fleck, der besonders schlimm entzündet aussah.

»Laß mich los«, sagte Homer Wells.

»Ich weiß, was dort gemacht wird, woher du kommst«, schrie Grace Lynch, an seinen Handgelenken zerrend.

»Richtig«, sagte Homer Wells. Er begann systematisch ihre Finger abzuschälen, doch sie kletterte hurtig an der Wand des Bottichs hinauf und biß ihn scharf in den Handrücken. Er hätte sie jetzt stoßen müssen und er hätte sie verletzen können, hätten sie beide nicht Wallys platschende Ankunft in dem grünen Lieferwagen gehört. Grace Lynch ließ Homer los und zog hastig ihre Kleider an. Wally saß bei strömendem Regen im Lieferwagen und drückte auf die Hupe; Homer rannte hinaus, um zu sehen, was er wollte.

»Steig ein!« rief Wally. »Wir müssen meinen blöden Vater retten – er ist irgendwie in Schwierigkeiten geraten, bei den Sanborns.«

Für Homer Wells, der in einer Welt ohne Väter aufgewachsen war, war es ein Schock zu hören, daß jemand, der einen Vater hatte, seinen Vater als blöde bezeichnete, selbst wenn es stimmte. Da lag ein Viertelbushel-Sack Gravensteiner auf dem Beifahrersitz des Lieferwagens; Homer hielt die Äpfel auf seinem Schoß, während Wally die Drinkwater Road entlang zu Sanborns Gemischtwarenladen rollte. Die Besitzer, Mildred und Bert Sanborn, gehörten zu Seniors ältesten Freunden; er war mit beiden zur Schule gegangen und hatte einst für Milly geschwärmt (bevor er Olive getroffen hatte und bevor Milly Bert heiratete.)

Titus' Eisenwarenhandlung und Klempnerei war gleich neben Sanborn; Warren Titus, der Klempner, stand auf der Treppe des Gemischtwarenladens und ließ niemanden ein, als Wally und Homer nach Heart's Rock hereingerollt kamen.

»Gut, daß du da bist, Wally«, sagte Warren, als die Jungen die Treppen hinaufgerannt kamen. »Deinem Daddy ist eine wilde Laus über die Leber gelaufen.«

Im Innern des Ladens sahen Homer und Wally, daß Mildred und Bert Sanborn – für einen Moment – Senior in eine Nische zwischen den Regalen gedrängt hatten, die für Backzutaten reserviert waren; Senior hatte offenbar den Fußboden und größtenteils auch sich selbst mit allem Mehl und allem Zucker in seiner Reichweite bestreut. Sein Eingefangensein erinnerte Homer an Grace Lynch.

»Hast du Schwierigkeiten, Pop?« fragte Wally seinen Vater. Mildred Sanborn stieß einen Seufzer der Erleichterung aus, als sie Wally sah, aber Bert ließ Senior nicht aus den Augen.

»Schwierigkeiten Pop«, sagte Senior.

»Er ist in Wut geraten, als er das Hundefutter nicht finden konnte«, sagte Bert zu Wally, ohne den Blick von Senior zu wenden; Bert rechnete durchaus damit, daß Senior jeden Moment in einen anderen Teil des Ladens stürmte und ihn verwüstete.

»Wozu brauchtest du Hundefutter, Pop?« fragte Wally seinen Vater.

»Hundefutter Pop«, wiederholte Senior.

»Es scheint, er erinnert sich nicht, Wally«, sagte Bert Sanborn.

»Wir sagten ihm, er hat keinen Hund«, sagte Mildred.

»Ich erinnere mich, wie ich's mit dir getrieben habe, Milly«, brüllte Senior.

»Da fängt er wieder an«, sagte Bert. »Senior, Senior«, sagte er sanft. »Wir alle hier sind deine Freunde.«

»Ich muß Blinky füttern«, sagte Senior.

»Blinky war sein Hund, als er ein kleiner Junge war«, sagte Milly Sanborn zu Wally.

»Wenn Blinky noch am Leben wäre, Senior«, sagte Bert Sanborn, »dann wäre er älter als wir.«

»Älter als wir«, sagte Senior.

»Komm, fahren wir nach Hause, Pop«, sagte Wally.

»Hause Pop«, sagte Senior, aber er ließ sich von Homer und Wally zu dem Lieferwagen führen.

»Ich sage dir, Wally, es ist nicht der Schnaps«, sagte Warren Titus, der ihnen die Seitentür des Lieferwagens öffnete. »Er hat keine Fahne, diesmal nicht.«

»Es ist etwas anderes, Wally«, sagte Bert Sanborn.

»Wer bist du?« fragte Senior Homer.

»Ich bin Homer Wells, Mr. Worthington«, sagte Homer.

»Mister Worthington«, sagte Senior.

Als sie, schweigend, beinah fünf Minuten gefahren waren, brüllte Senior: »Schnauze halten, ihr alle!«

Als sie nach Ocean View kamen, trat Olive dem Lieferwagen auf der Einfahrt entgegen; sie ignorierte Senior und sprach zu Wally: »Ich weiß nicht, was er heute morgen zu sich genommen hat, wenn nicht Wodka; er hatte keine Fahne, als er fuhr. Ich hätte ihn niemals den Lieferwagen nehmen lassen, wenn ich geglaubt hätte, daß er getrunken hat.«

»Ich glaube, es ist etwas anderes, Mom«, sagte Wally. Mit Homers Hilfe führte er Senior ins Schlafzimmer, zog ihm die Schuhe aus und redete ihm gut zu, damit er sich auf das Bett legte.

»Weißt du, ich habe Milly einmal dressiert«, sagte Senior zu seinem Sohn.

»Klar, hast du, Pop«, sagte Wally.

»Ich hab Milly dressiert! Ich hab Milly dressiert!« sagte Senior. Wally versuchte Senior mit einem Limerick aufzuheitern; Senior hatte Wally eine Menge Limericks beigebracht, aber Senior hatte jetzt Schwierigkeiten, sich an einen Limerick zu erinnern, auch wenn Wally ihn ihm vorsagte, Zeile für Zeile.

»Erinnerst du dich an die Gräfin von Kent, Pop?« fragte Wally seinen Vater.

»Klar«, sagte Senior, dann aber sagte er nichts mehr.

»Wie schlimm für die Gräfin von Kent!« fing Wally an, aber Senior lauschte nur. »Ihr Schlitz ist so furchtbar verklemmt«, sagte Wally.

»Verklemmt?« sagte Senior.

Wally versuchte es abermals, zwei Zeilen auf einmal.

Wie schlimm für die Gräfin von Kent
Ihr Schlitz ist so furchtbar verklemmt...

»Furchtbar verklemmt!« schmetterte Senior los.

> Wie schlimm für die Gräfin von Kent
> Ihr Schlitz ist so furchtbar verklemmt,
> Die Maid sagt: »O Jammer
> Ich brauch einen Hammer
> 'Nen Mann reinzuklopfen wenn's brennt.«

Mein Gott! dachte Homer Wells. Doch Senior schien verblüfft; er sagte nichts. Wally und Homer ließen ihn allein, als sie dachten, daß er eingeschlafen sei.

Unten sagte Homer Wells zu Olive und Wally, daß er glaube, es sei etwas Neurologisches.

»Neurologisches?« sagte Olive.

»Was bedeutet das?« sagte Wally.

Oben hörten sie Senior losbrüllen. »Brennt!« schrie er.

Homer Wells, der die Gewohnheit hatte, die Enden der Sätze zu wiederholen, wußte, daß Seniors Wiederholungen geisteskrank waren. Diese Gewohnheit war das erste Symptom, das er Dr. Larch schilderte, in seinem Brief über Senior Worthington. »Er wiederholt alles«, schrieb er an Larch. Homer erwähnte auch, daß Senior anscheinend die Namen der gewöhnlichsten Dinge vergaß; er rief sich ins Gedächtnis, wie der Mann in Verwirrung geraten war, als er Wally um eine Zigarette bat – er hatte nur dauernd auf Wallys Brusttasche gedeutet. »Ich glaube, das Wort für Zigarette war ihm entfallen«, schrieb Homer Wells. Homer hatte auch beobachtet, daß Senior, als Homer ihn wegen einiger simpler Einkäufe zu Sanborn gefahren hatte, das Schnappschloß des Handschuhfachs nicht bedienen konnte. Und der Mann hatte die höchst sonderbare Gewohnheit, die ganze Zeit an seinen Kleidern zu zupfen. »Es ist, als glaubte er, er habe Schmutz oder Haare oder Wollfusseln an seiner Kleidung«, schrieb Homer Wells. »Aber da ist nichts.«

Olive Worthington versicherte Homer, daß der Hausarzt, ein alter Kauz, älter als Dr. Larch, ganz sicher sei, daß Seniors Schwierigkeiten ausschließlich alkoholbedingt wären.

»Doc Perkins ist zu alt, um immer noch zu praktizieren, Mom«, sagte Wally.

»Doc Perkins hat dich auf die Welt geholt – ich glaube, er weiß, was er tut«, sagte Olive.

»Ich möchte wetten, ich war leicht auf die Welt zu holen«, sagte Wally fröhlich.

Darauf möcht' ich wetten, malte Homer sich aus, der fand, daß Wally alles auf der Welt wie selbstverständlich nahm – nicht auf selbstsüchtige oder verwöhnte Weise, sondern wie ein Prinz von Maine, wie ein König Neuenglands; Wally war einfach dazu geboren, die Führung zu übernehmen.

Dr. Larchs Brief an Homer war so eindrucksvoll, daß Homer ihn sogleich Mrs. Worthington zeigte.

»Was du mir geschildert hast, Homer, deutet auf eine Art progressiven Gehirnsyndroms«, schrieb Dr. Larch.

»Bei einem Mann dieses Alters stehen nicht viele Diagnosen zur Auswahl. Ich würde sagen, wir tippen am besten auf die Alzheimersche präsenile Demenz; sie ist ziemlich selten; ich habe sie nachgeschlagen – in einem meiner gebundenen Jahrgänge des *New England Journal of Medicine*.

»Das Abzupfen imaginärer Fusseln von der Kleidung bezeichnen die Neurologen als *Karphologie*. Im Verlauf des bei der Alzheimerschen Krankheit üblichen Verfalls wiederholt der Patient oft wie ein Echo, was zu ihm gesagt wird. Dies bezeichnet man als *Echolalie*. Die Unfähigkeit, selbst vertraute Gegenstände zu benennen, wie etwa eine Zigarette, ist bedingt durch eine Unfähigkeit, die Gegenstände zu erkennen. Dies bezeichnet man als *Anomie*. Und der Verlust der Fähigkeit, eingeübte oder erlernte Bewegungen auszuführen, wie etwa das Öffnen des Handschuhfachs, ist ebenfalls typisch. Man bezeichnet es als *Apraxie*.

Du solltest Mrs. Worthington überreden, daß sie ihren Mann von einem Neurologen untersuchen läßt. Ich weiß, es gibt wenigstens einen in Maine. Es ist nur eine Vermutung von mir, daß es Alzheimers Krankheit ist.«

»Alzheimers Krankheit?« fragte Olive Worthington.

»Ist es eine *Krankheit* – was ihm fehlt?« fragte Wally Homer.

Unterwegs zu dem Neurologen weinte Wally im Wagen. »Es tut mir leid, Pop«, sagte er. Aber Senior schien erfreut.

Als der Neurologe Dr. Larchs Diagnose bestätigte, geriet Senior Worthington außer sich.

»Ich habe eine Krankheit!« schrie er stolz – sogar glücklich. Es war beinah, als ob jemand verkündete, daß er geheilt sei; was er hatte, war völlig unheilbar. »Ich habe eine *Krankheit*!« Er wurde euphorisch dabei.

Welch eine Erleichterung mußte es für ihn gewesen sein zu hören, daß er nicht einfach ein Trunkenbold war. Solch eine gewaltige Erleichterung war es für Olive, daß sie an Wallys Schulter weinte; sie umarmte und küßte Homer mit solcher Inbrunst, wie Homer sie nicht mehr erfahren hatte, seit er den Armen Schwester Angelas und Schwester Ednas entflohen war. Mrs. Worthington dankte Homer immer wieder. Für Olive (auch wenn sie Senior schon seit langem nicht mehr liebte, falls sie ihn jemals wirklich geliebt hatte), bedeutete es sehr viel zu wissen, daß diese neue Information es ihr erlaubte, ihren Respekt vor Senior aufzufrischen. Sie war Homer und Dr. Larch überwältigend dankbar für die Wiederherstellung von Seniors Selbstachtung – und für die teilweise Wiederherstellung ihrer Achtung vor Senior.

All dies trug bei zur ungewöhnlichen Atmosphäre, die gegen Ende des Sommers, kurz vor der Ernte, Seniors Tod umgab; das Gefühl der Erleichterung war weitaus beherrschender als das Gefühl der Trauer. Daß Senior Worthington dem Tode zusteuerte, war schon seit einiger Zeit klar gewesen; daß er es im Handumdrehen geschafft hatte, in einigen Ehren zu sterben – »...an einer soliden Krankheit!« sagte Bert Sanborn – war eine willkommene Überraschung.

Natürlich hatten die Einwohner von Heart's Rock und Heart's Haven gewisse Schwierigkeiten mit dem Terminus – Alzheimer war damals, 194–, kein geläufiger Name an der Küste von Maine. Die Arbeiter auf Ocean View hatten besondere Schwierigkeiten damit; Ray Kendall machte es eines Tages für jedermann leichter verständlich. »Senior hatte die *Al's-Hammer-Krankheit*«, erklärte er.

Al sein Hammer! Nun, *das* war eine Krankheit, die jeder verstehen konnte.

»Ich hoffe nur, sie ist nicht ansteckend«, sagte die dicke Dot Taft.

»Vielleicht muß man reich sein, um sie zu kriegen«, fragte sich Meany Hyde.

»Nein, es ist neurologisch«, beharrte Homer, aber dies sagte – außer Homer – niemandem etwas.

Und so entwickelten die Männer und Frauen auf Ocean View, als sie sich dieses Jahr auf die Ernte vorbereiteten, eine neue Redensart. »Paß mal auf«, pflegte Herb Fowler zu sagen, »sonst kriegst du Al's Hammer.«

Und wenn Louise Tobey zu spät kam, pflegte Florence Hyde (oder Irene Titcomb oder die dicke Dot Taft) sie zu fragen: »Was ist los, hast du deine Periode gekriegt oder Al's Hammer?« Und wenn Grace Lynch humpelnd oder mit einem unübersehbaren blauen Fleck auftauchte, dachte ein jeder, sagte es aber niemals laut: »Sie hat gestern abend Al's ollen Hammer abgekriegt, klar.«

»Mir scheint«, sagte Wally zu Homer Wells, »du solltest Arzt werden – du hast offenbar das Gespür dafür.«

»Doktor Larch ist der Arzt«, gab Homer Wells zurück. »Ich bin der Beduine.«

Kurz vor der Ernte – als Olive Worthington frische Blumen in die Schlafsaalflügel des Ziderhauses gestellt und ein sauberes Blatt mit Spielregeln (beinah genau denselben Regeln wie letztes Jahr) getippt und sie neben den Lichtschalter an der Küchentür angezweckt hatte – bot sie dem Beduinen ein Zuhause an.

»Ich finde es immer schlimm, wenn Wally ans College zurückkehrt«, sagte Olive zu Homer. »Und dieses Jahr, wo Senior von uns gegangen ist, werde ich es noch schlimmer finden. Ich wäre froh, wenn du meintest, du könntest hier glücklich sein, Homer – du könntest in Wallys Zimmer wohnen. Ich wäre froh, über Nacht jemand im Hause zu haben und morgens jemand zum Reden.« Olive hatte Homer den Rücken zugewandt, während sie aus dem Erkerfenster in der Worthingtonschen Küche schaute. Die Luftmatratze, auf der Senior zu liegen pflegte, schaukelte vor ihren Augen im Wasser, doch Homer war sich nicht sicher, ob Olive die Matratze anschaute.

»Ich bin mir nicht sicher, was Dr. Larch davon halten würde«, sagte Homer.

»Dr. Larch wäre froh, wenn du eines Tages aufs College gehen würdest«, sagte Olive. »Und ich auch. Ich will mich gern einmal bei der High-School in Cape Kenneth erkundigen, ob sie es mit dir versuchen würden – ob sie abschätzen können, was du weißt, und was du noch lernen mußt. Du hattest eine sehr... ungewöhnliche Ausbildung. Ich weiß, Dr. Larch ist daran interessiert, daß du alle Naturwissenschaften studierst.« Homer ging auf, daß sie dies aus einem Brief von Dr. Larch haben mußte. »Und Latein«, sagte Olive Worthington.

»Latein«, sagte Homer Wells. Dies war *mit Sicherheit* Dr. Larchs Werk. *Cutaneus maximus*, dachte Homer Wells. *Dura Mater*, ganz zu schweigen vom guten alten *Umbilicus*. »Dr. Larch will, daß ich Arzt werde«, sagte Homer zu Mrs. Worthington. »Aber ich will nicht.«

»Ich glaube, er will, daß du immer noch Arzt werden kannst, solltest du einmal deine Meinung ändern«, sagte Olive. »Latein oder Griechisch, sagte er, glaube ich.«

Was müssen die beiden für einen Briefwechsel geführt haben, dachte Homer Wells, doch laut sagte er nur:

»Ich arbeite wirklich gerne auf der Farm.«

»Nun, natürlich will ich dich gerne hier arbeiten lassen«, sagte Olive zu ihm. »Ich brauche deine Hilfe – besonders während der Ernte. Ich kann mir nicht vorstellen, daß du ganztags studieren würdest. Ich muß mit der High-School sprechen, aber ich bin sicher, du wärst für sie etwas wie ein Experiment.«

»Ein Experiment«, sagte Homer Wells. War nicht für einen Beduinen alles ein Experiment?

Er dachte an das zerbrochene Messer, das er auf dem Dach des Ziderhauses gefunden hatte. War es dort gewesen, weil er es finden *sollte*? Und das zerbrochene Glas, von dem ein Stück ihm in seiner Schlaflosigkeit an Wallys Fenster ein Zeichen gegeben hatte: war das Glas dort auf dem Dach, *damit* ihm eine Botschaft übermittelt würde?

Er schrieb an Dr. Larch und bat um dessen Erlaubnis, in Ocean View zu bleiben. »Ich werde Biologie studieren«, schrieb Homer Wells, »und alle Naturwissenschaften. Aber muß ich Latein studieren? Niemand spricht es mehr heute.«

Wieso ist er solch ein Alleswisser? fragte sich Wilbur Larch, der gleichwohl gewisse Vorteile darin sah, wenn Homer Wells *kein* Latein oder Griechisch konnte, beide die Wurzel so vieler ärztlicher Fachausdrücke. Wie zum Beispiel *Coarctatio aortae*, dachte Dr. Larch. Diese kann eine relativ leichte Form eines angeborenen Herzfehlers sein, die sich zurückentwickeln kann, wenn der Patient älter wird; wenn der Patient so alt wird wie Homer, hat der Patient vielleicht überhaupt keine Herzgeräusche mehr, und nur ein geschultes Auge könnte auf einem Röntgenbild die leichte Erweiterung der Aorta erkennen.

Das einzige Symptom bei einem leichten Fall ist vielleicht ein erhöhter Blutdruck in den oberen Extremitäten. Lerne also nicht Latein, wenn du nicht willst, dachte Wilbur Larch.

Was den *besten* angeborenen Herzfehler für Homer Wells betraf, so tendierte Dr. Larch zu Pulmonalklappenstenose. »Vom Säuglingsalter an, und während seiner frühen Kindheit, hatte Homer Wells ein lautes Herzgeräusch«, schrieb Dr. Larch – in die Krankengeschichte, nur um zu hören, wie es sich anhörte. »Ab einundzwanzig«, notierte er an anderer Stelle, »ist Homers altes Herzgeräusch nur noch schwer zu erkennen; ich stelle jedoch fest, daß die Stenose der Pulmonalklappen auf dem Röntgenbild immer noch zu sehen ist.« Sie mußte kaum erkennbar sein; das wußte er. Homers Herzfehler war nicht für jeden ersichtlich – das war der springende Punkt. Nötig war nur, daß er eben da war.

»Lern weder Latein noch Griechisch, wenn du nicht willst«, schrieb Dr. Larch an Homer Wells. »Wir leben doch schließlich in einem freien Land.«

Homer Wells begann sich zu wundern. Im selben Couvert mit Dr. Larchs Brief lag ein Brief, den Dr. Larch ihm vom guten alten

Snowy Meadows nachgesandt hatte. Nach Larchs Meinung war Snowy ein Narr, »aber ein hartnäckiger.«

»Hallo, Homer, ich bin's – Snowy«, fing Snowy an. Er erklärte, sein Name sei jetzt Robert Marsh – »von den Marshes aus Bangor, wir sind die große Möbelfamilie«, schrieb Snowy.

Die Möbelfamilie? dachte Homer Wells.

Snowy verbreitete sich bis zum Geht-nicht-mehr darüber, wie er das Mädchen seiner Träume getroffen und geheiratet und wie er sich für das Möbelgeschäft und gegen das College entschieden hatte und wie glücklich er sei, aus St. Cloud's herausgekommen zu sein; er hoffe, fügte Snowy hinzu, daß auch Homer »herausgekommen« sei.

»Und was hört man von Fuzzy Stone?« wollte Snowy Meadows von Homer wissen. »Der alte Larch sagt, daß Fuzzy sich gut macht. Ich würde dem alten Fuzzy gern schreiben, falls du seine Adresse weißt.«

Fuzzy Stones *Adresse*! dachte Homer Wells. Und was meinte der »alte Larch« damit (daß »Fuzzy sich gut macht«)? Sich gut macht – *wobei*? fragte sich Homer Wells, doch an Snowy Meadows schrieb er, daß Fuzzy sich tatsächlich gut mache; daß er Fuzzys Adresse momentan verlegt habe; und daß er den Apfelanbau für eine gesunde und befriedigende Arbeit halte. Homer fügte hinzu, daß er keine unmittelbaren Absichten habe, einen Besuch in Bangor zu machen; gewiß werde er die »Möbel-Marshs« aufsuchen, sollte er einmal in die Stadt kommen. Und, nein, schloß er, er könnte Snowy nicht beipflichten, daß »eine Art Ehemaligen-Treffen in St. Cloud's« eine so tolle Idee sei; er sei sicher, schrieb er, daß Dr. Larch solch einen Plan niemals gutheißen würde; er gestand, daß er Schwester Angela und Schwester Edna wohl vermisse, und natürlich Dr. Larch, aber sei es nicht besser, diesen Ort hinter sich zu lassen? »Ist das nicht der Sinn der Sache?« fragte Homer Wells Snowy Meadows. »Ist ein Waisenhaus nicht dazu da, daß man es hinter sich läßt?« Dann schrieb Homer an Dr. Larch.

»Was soll das heißen, daß Fuzzy Stone ›sich gut macht‹ – sich gut macht – WOBEI? Ich weiß, Snowy Meadows ist ein Idiot, aber wenn Sie ihm schon irgendwelche Sachen über Fuzzy Stone erzählen, meinen Sie dann nicht, Sie sollten sie lieber auch mir erzählen?«

Kommt Zeit, kommt Rat, dachte Wilbur Larch müde; er fühlte sich gepeinigt. Dr. Gingrich und Mrs. Goodhall hatten den Treuhänderausschuß überredet; der Ausschuß hatte verlangt, Larch möge Dr. Gingrichs Empfehlung nachkommen und einen »Erfahrungsbericht« über den Stand der Erfolge (oder Mißerfolge) einer jeden Waise in einer jeden Pflegefamilie erstellen. Sollte diese zusätzliche Schreibarbeit zu beschwerlich sein für Dr. Larch, so empfahl der Ausschuß, Dr. Larch möge Mrs. Goodhalls Vorschlag aufgreifen und eine Verwaltungshilfe akzeptieren. Ist da nicht schon Geschichte genug, um die ich mich kümmern muß? fragte sich Dr. Larch. Er ruhte sich aus in der Apotheke; er schnüffelte ein bißchen Äther und sammelte sich. Gingrich und Goodhall, sagte er zu sich selbst. Ginghall und Goodrich, murmelte er. Richhall und Ginggood! Goodging und Hallrich! Kichernd erwachte er.

»Worüber sind Sie so fröhlich?« fragte Schwester Angela ihn spitz vom Flur draußen vor der Apotheke.

»Goodballs und Ding-Dong!« sagte Wilbur Larch zu ihr.

Mit Rachegedanken ging er in Schwester Angelas Büro. Er hatte Pläne für Fuzzy Stone. Er telephonierte mit dem Bowdoin-College (wo Fuzzy Stone seine Vorstudien erfolgreich abschließen sollte) und mit der Harvard Medical School (wo Fuzzy, so Larchs Absicht, sich sehr, sehr gut machen sollte). Dem Matrikelamt in Bowdoin erzählte er, daß dem Waisenhaus in St. Cloud's eine Summe Geldes gestiftet worden sei, zu dem ausdrücklichen Zweck, die Kosten des Medizinstudiums für einen hervorragenden jungen Mann oder eine junge Frau zu bezahlen, der oder die bereit – ja, mehr als bereit: opferbereit – wäre, in St. Cloud's zu wirken. Ob er, Dr. Larch, Einblick nehmen könnte in die Zeugnisabschriften von Absolventen, die in jüngster Zeit an die Medical-School gegangen seien? Der Harvard Medical-School erzählte er eine etwas andere Geschichte; er wünschte natürlich Einblick in die Zeugnisabschriften, aber in diesem Fall war die Geldsumme gestiftet worden, um ein Fortbildungsstipendium in Geburtshilfe einzurichten.

Es war die erste Reise, die Wilbur Larch unternahm, seit er hinter Clara hergejagt war, und das erste Mal seit dem ersten Weltkrieg, daß er anderswo schlief als in der Apotheke; aber er mußte sich mit den Formularen der Zeugnisabschriften von Bowdoin und Harvard vertraut machen. Nur auf diese Weise konnte er eine Zeugnisabschrift für F. Stone fabrizieren. Er bat, eine Schreibmaschine benutzen zu dürfen, sowie um ein Blatt Papier – »eines ihrer Blanko-Formulare wird mir die Sache erleichtern« – und tat so, als tippte er die Namen und Noten von ein paar interessanten Kandidaten ab. »Ich sehe so viele, die ideal wären«, sagte er denen in Bowdoin und Harvard, »doch man kann unmöglich wissen, ob einer von ihnen es aushalten wird in St. Cloud's. Wir liegen sehr abseits«, gestand er und dankte ihnen für ihre Hilfe, und reichte ihnen ihre Zeugnisabschriften zurück (am richtigen Platz, unter ›S‹ die von Fuzzy).

Nach St. Cloud's zurückgekehrt, schrieb Dr. Larch an Bowdoin und Harvard und erbat Kopien von den Zeugnisabschriften einiger hervorragender Absolventen; er habe die Auswahl auf diese wenigen eingegrenzt, teilte er ihnen mit. Eine Kopie von Fuzzys Zeugnis kam mit den anderen per Post.

Als Larch der Harvard Medical-School seinen Besuch abstattete, hatte er in Cambridge ein Postfach auf Fuzzys Namen eröffnet. Jetzt schrieb er dem Postmeister dort und bat, die Post für F. Stone nach St. Cloud's nachzusenden. Die Postfach-Adresse würde gegebenenfalls nützlich sein, sollte der junge Dr. Stone nämlich einmal seinem innigen Drang zur Mission in Übersee gehorchen. Dann schickte er ein leeres Couvert an die Adresse in Cambridge und wartete auf seine Wiederkehr.

Als der Brief zu ihm zurückkehrte – als er sicher war, daß das System funktionierte – verfaßte er den Rest der Geschichte von F. Stone und seiner Familie (namens Eames) und übersandte sie dem Treuhänderausschuß, zusammen mit Fuzzys Adresse. Nichts zu erfinden brauchte er über Curly Day; er zuckte zusammen beim Niederschreiben des Namens Roy Rinfret; und die Wahrheit erzählte er über Snowy Meadows und die meisten anderen, auch wenn es ihm schwer fiel, »die Möbel-Marshs« hinzutippen, ohne laut aufzulachen, und als er zum Fall Homer Wells gelangte, besann er sich sehr eingehend, wie die Sache mit Homers Herz in Worte zu fassen sei.

Unter den Mitgliedern des Ausschusses gab es keinen Herzspezialisten oder Radiologen, nicht einmal einen Chirurgen; es gab einen sehr alten praktischen Arzt, der – da war sich Larch sicher – nie etwas las. Dr. Gingrich zählte für Dr. Larch nicht als Arzt; Psychiater zählten für ihn überhaupt nicht, und Mrs. Goodhall, so glaubte er zuversichtlich, konnte er mit der dürftigsten Terminologie einschüchtern.

Er beichtete dem Ausschuß (fühlt sich nicht jedermann geschmeichelt durch Vertraulichkeit?), daß er es verabsäumt habe, die Sache mit Homers Herz diesem gegenüber zu erwähnen; er gestand, Ausflüchte gemacht zu haben, gab allerdings zu bedenken, daß eine Beunruhigung des Jungen sein Problem nur verschärfen könne, und daß er ihn draußen in der Welt erst einmal Selbstvertrauen gewinnen lassen wolle, bevor er ihn mit diesem gefährlichen Wissen belastete – wiewohl er die Absicht habe, Homer in Kürze damit zu belasten. Larch sagte, er *habe* die Worthingtons über den Herzfehler informiert; sie könnten daher fürsorglicher sein als üblich bei Homer; er habe es nicht für nötig gehalten, ihnen das Vorhandensein eines Herzgeräusches aufzuführen oder im einzelnen auf die genauen Merkmale der Pulmonalklappenstenose einzugehen. Er werde sich glücklich schätzen, dem Ausschuß diese Einzelheiten zu übermitteln, falls dieser sie verlange. Viel Spaß fand er daran, sich Mrs. Goodhall beim Durchmustern einer Röntgenaufnahme vorzustellen.

Abschließend meinte er, daß er das Ersuchen des Ausschusses um diese Erfahrungsberichte für eine gute Idee gehalten habe und daß er viel Freude gehabt habe bei deren Ausarbeitung; weit entfernt davon, eine Verwaltungshilfe zu benötigen, um solche Arbeiten zu erledigen, sagte Larch, er habe sich eindeutig gestärkt gefühlt durch die so »willkommene Aufgabe« – denn, so fügte er hinzu, etwas über das Leben seiner Waisen in der Adoption zu erfahren, das sei ihm schon immer am Herzen gelegen. Und manchmal auf den Geist gegangen, dachte er.

Er war erschöpft und vergaß, einen neugeborenen Knaben zu beschneiden, den Schwester Angela für die Operation vorbereitet hatte. Er verwechselte eine Frau, die auf eine Abtreibung wartete, mit einer Frau, die er tags zuvor entbunden hatte, und sagte ihr darum, daß ihr Baby ganz gesund sei und daß es ihm gut ginge. Er schüttete sich eine kleine Menge Äther über das Gesicht und mußte sein Auge spülen.

Er wurde ärgerlich, weil er zu viele Präservative bestellt hatte – er hatte viel zu viele Gummis herumliegen. Seit Melony fortgegangen war, klaute niemand mehr die Gummis. Als er an Melony dachte, begann er sich Sorgen zu machen, was ihn ebenfalls ärgerte.

Er ging zurück in Schwester Angelas Büro und schrieb einen Bericht, einen wahren, über David Copperfields Lispeln; er versäumte zu erwähnen, daß David Copperfield von Homer entbunden worden war und von ihm einen Namen bekommen hatte. Er schrieb einen leicht fiktiven Bericht über den Waisenjungen namens Steerforth und merkte an, daß dessen Entbindung so glatt verlaufen sei, daß Schwester Edna und Schwester Angela dabei ganz ohne Hilfe des Arztes ausgekommen waren. Er schrieb die Wahrheit über Smoky Fields: der Junge hamsterte Essen, ein Merkmal, das in der Mädchenabteilung weiter verbreitet war als in jener der Knaben, und Smoky zeigte allmählich eine Form von Schlaflosigkeit, wie Larch es in St. Cloud's nicht mehr erlebt hatte »seit den Tagen von Homer Wells«.

Die Erinnerung an diese Tage trieb ihm sofort Tränen in die Augen, doch er fing sich genügend, um niederzuschreiben, daß er selbst und auch Mrs. Grogan sich Sorgen machten über Mary Agnes Cork: seit Melonys Fortgehen habe sie häufig Depressionen gezeigt. Er sagte auch die Wahrheit über Melony, auch wenn er beschloß, keinerlei Zerstörungstaten aufzuzählen. Über Mary Agnes schrieb Larch: »Vielleicht sieht sie sich als Erbin von Melonys einstiger Position, aber sie hat nicht den dominierenden Charakter, der jeweils mit einer Macht- oder Führungsrolle ein-

hergeht.« Das wird dem Idioten Dr. Gingrich gefallen, stellte
Larch sich vor. »Rolle«, sagte Larch laut, verächtlich. Als ob
Waisen sich den Luxus leisten könnten, davon zu träumen, daß
sie *Rollen* spielten.

Einer Eingebung folgend, ging er in die Apotheke und pustete
zwei Präservative auf. Er mußte die Dinger irgendwie aufbrau-
chen, dachte er. Mit einem Wäschezeichner schrieb er den
Namen Gingrich auf das eine Präservativ und den Namen Goodhall auf das andere. Dann nahm er diese spaßigen Luftballons
und ging Schwester Angela und Schwester Edna suchen.

Sie waren in der Mädchenabteilung und tranken Tee mit Mrs.
Grogan, als Dr. Larch sie fand.

»Ah-ha!« sagte Larch und überraschte die Damen, die es nicht
gewöhnt waren, ihn in der Mädchenabteilung auftauchen zu
sehen, außer für die allabendliche Dosis *Jane Eyre* – und es noch
weniger gewöhnt waren, ihn mit bemalten Präservativen vor
ihren Gesichtern fuchteln zu sehen.

»Dr. Gingrich und Missus Goodhall, sehr angenehm!« sagte
Larch und verbeugte sich gegen jedermann. Worauf er ein Skal-
pell nahm und die Präservative platzen ließ. Im Stockwerk über
ihnen hörte Mary Agnes Cork den Knall und fuhr von ihrem
Bett hoch, auf dem sie in mürrischer Depression gelegen hatte.
Mrs. Grogan war zu verblüfft, um etwas zu sagen.

Als Dr. Larch die Damen wieder ihrem Tee überließ und ins
Spital zurückkehrte, war Schwester Edna die erste, die etwas
sagte. »Wilbur arbeitet so schwer«, sagte sie vorsichtig. »Ist es
nicht ein Wunder, daß er noch Zeit findet für Späße?«

Mrs. Grogan war immer noch sprachlos, doch Schwester
Angela sagte: »Ich glaube, der Alte hat nicht mehr alle Tassen im
Schrank.«

Schwester Edna schien persönlich gekränkt durch diese
Bemerkung; sehr ruhig stellte sie ihre Teetasse auf die
Untertasse, bevor sie sprach: »Ich glaube, es ist der Äther«, sagte
sie leise.

»Ja und nein«, sagte Schwester Angela.

»Sie meinen, es ist auch Homer Wells?« fragte Mrs. Grogan.

»Ja«, sagte Schwester Angela. »Es ist der Äther *und* es ist Homer Wells, *und* es ist das Alter, *und* es sind diese neuen Mitglieder im Ausschuß. Es ist einfach alles. Es ist Saint Cloud's.«

»Es ist das, was auch mit Melony passierte«, sagte Mrs. Grogan, doch als sie Melonys Namen aussprach, brach sie in Tränen aus. Oben hörte Mary Agnes Cork Melonys Namen und weinte.

»Homer Wells wird zurückkehren, ich weiß es einfach«, sagte Schwester Angela, doch dies löste sie so sehr in Tränen auf, daß Schwester Edna jetzt nicht nur sie, sondern auch Mrs. Grogan trösten mußte. »Na, na«, sagte Schwester Edna zu ihnen, aber sie fragte sich: Wo ist der junge Mann oder die junge Frau, der oder die eines Tages für uns alle sorgen wird?

»O Herr«, begann Mrs. Grogan. Oben senkte Mary Agnes Cork den Kopf und faltete ihre Hände; wenn sie ihre Handballen in einem gewissen Winkel gegeneinander drückte, gelang es ihr, ein wenig von dem Schmerz ihrer alten Schlüsselbeinverletzung wiederzubeleben. »O Herr«, betete Mrs. Grogan, »steh uns bei diesen Tag, bis die Schatten länger werden und der Abend kommt und die geschäftige Welt in Schweigen versinkt und das Fieber des Lebens vorbei ist und unsere Arbeit getan ist.«

In dieser Nacht, in der Dunkelheit und im Einklang mit dem Stöhnen einer Eule, flüsterte Schwester Edna still für sich: »Amen«, während sie auf Dr. Larch lauschte, der seine Runde machte und jeden der Jungen küßte – sogar Smoky Fields, der sein Essen hamsterte und es im Bett versteckte, das stank, und der nur so tat, als ob er schliefe.

Auf dem Riesenrad hoch über dem Lunapark und dem Stand von Cape Kenneth versuchte Homer, das Dach des Ziderhauses auszumachen, doch es war dunkel, und es gab keine Lichter im Ziderhaus – und auch wenn das Ziderhaus beleuchtet gewesen wäre, oder wenn das denkbar hellste Tageslicht geherrscht hätte, war das Haus doch zu weit entfernt. Nur die am hellsten funkelnden Lichter des Lunaparks, vor allem die deutlichen

Lichter des Riesenrades waren sichtbar vom Ziderhausdach; die Sichtbarkeit bestand nicht in umgekehrter Richtung.

»Ich möchte Pilot werden«, sagte Wally. »Ich möchte fliegen, ja wirklich, das möchte ich. Hätte ich meinen Pilotenschein und mein eigenes Flugzeug, dann könnte ich das ganze Spritzen in den Obstgärten übernehmen – ich würde ein Farm-Flugzeug kaufen, aber ich würde es anmalen wie ein Jagdflugzeug. Es ist so mühselig, diese doofen Sprinkler mit diesen doofen Traktoren über diese doofen Hügel hin und her zu schleppen.«

Dies war es, was Candys Vater Ray in diesem Augenblick tat; Meany Hyde war krank, und Everett Taft, der Vorarbeiter, hatte Ray gefragt, ob es ihm etwas ausmachte, eine Nachtspritzung zu fahren – Ray kannte sich so gut aus mit dem Gerät. Es war die letzte Spritzung vor der Ernte, und irgendwo im dunklen Grün des Hinterlands, das sich unter dem Riesenrad erstreckte, spritzten sich Raymond Kendall und Vernon Lynch ihre Bahn durch Ocean View.

Manchmal spritzte Wally; Homer lernte es gerade. Und manchmal spritzte Herb Fowler, doch Herb protestierte gegen das Nachtspritzen. (»In der Nacht habe ich Besseres zu tun«, pflegte er zu sagen.) In der Nacht war es besser zu spritzen, weil abends der Wind abflaute, vor allem entlang der Küste.

Wally spritzte nicht an diesem Abend, weil es seine letzte Nacht zu Hause war; am anderen Morgen sollte er ans College zurückkehren.

»Du kümmerst dich doch für mich um Candy, nicht wahr, Homer?« fragte Wally, als sie über der felsigen Küste und dem dichtbevölkerten Strand von Cape Kenneth schwebten; die vereinzelten Lagerfeuer der Sommerschluß-Strandfeste blinkten; das Rad kreiste abwärts.

Candy würde ihr Abschlußjahr an der Mädchen-Akademie in Camden beenden; die meisten Wochenenden würde sie nach Hause kommen, aber Wally würde in Orono bleiben, außer am Erntedankfest und an Weihnachten und in den längeren Ferien.

»Richtig«, sagte Homer Wells.

»Wenn ich fliegen würde – im Krieg«, sagte Wally. »*Wenn* ich einrücken würde, und *wenn* ich fliegen würde, ich meine, *wenn* ich in einem Bomber wäre, dann wäre ich lieber in der B-24 als in der B-25. Ich wäre lieber *strategisch* als *taktisch*; lieber Sachen bombardieren als Menschen. Und ich würde nicht gern ein Jagd-flugzeug fliegen im Krieg. Das bedeutet ebenfalls, auf Menschen zu schießen.«

Homer Wells wußte nicht, wovon Wally sprach; Homer ver-folgte den Krieg nicht – er wußte nichts von den Nachrichten. Eine B-24 war ein schwerer viermotoriger Bomber, der für stra-tegische Bombardements eingesetzt wurde – Brücken, Ölraf-finerien, Treibstoffdepots, Eisenbahnschienen. Er traf die In-dustrie, er warf seine Bomben nicht auf Armeen. Dies war die Aufgabe der B-25 – eines mittleren taktischen Bombers. Wally hatte den Krieg studiert – mit mehr Interesse, als er seinen Bota-nik-Kurs (oder seine anderen Kurse) an der University of Maine verfolgte. Doch der Krieg, der – zu jener Zeit in Maine – »der Krieg in Europa« genannt wurde, kam Homer gar nicht in den Sinn. Leute mit Familie sind Leute, die sich um Kriege kümmern.

Haben Beduinen Kriege? fragte sich Homer Wells. Und wenn ja, wie weit kümmern sie sich um sie?

Er wartete begierig darauf, daß die Ernte anfing; er war neu-gierig, die Wanderarbeiter kennenzulernen, die Neger zu sehen. Er wußte nicht, warum. Waren sie ähnlich wie Waisen? Gehör-ten sie nicht so recht dazu? Waren sie im Grunde nicht *nützlich* genug?

Weil er Wally liebte, beschloß er, nicht an Candy zu denken. Es war solch ein kühner Entschluß, noch gesteigert durch sein Hochgefühl auf dem Riesenrad. Und an diesem Abend gab es auch einen Plan; Homer Wells – eine auf Routine festgelegte Waise – liebte es, für jeden Abend einen Plan zu haben, auch wenn er über diesen hier nicht so sehr begeistert war.

Er fuhr Wally in Seniors Cadillac zu Kendalls Hummerbassin, wo Candy wartete. Dort ließ er Candy und Wally allein. Ray würde einige Stunden ausbleiben und spritzen, und Candy und Wally wünschten sich vor dem Nachhausefahren ein zärtliches Lebewohl. Homer wollte Debra Pettigrew abholen und sie ins

Autokino von Cape Kenneth ausführen; es würde ihr erstes Autokino sein ohne Candy und Wally, und Homer fragte sich, ob jene Hier-anfassen-dort-nicht-Spielregeln abgewandelt sein würden, wenn er und Debra allein waren. Während er sich einen wohlberechneten Weg zwischen den bösartigen Hunden der Pettigrews hindurch bahnte, war er über sich selber enttäuscht, weil er nicht darauf brannte, herauszufinden, ob Debra wollte oder ob sie nicht wollte. Ein besonders athletischer Hund schnappte sehr laut neben seinem Gesicht, aber die Kette um den Hals des Hundes schien das Tier mitten in der Luft zu strangulieren; es landete derb – mit einem deutlichen Ächzen – auf seinem Brustkasten und kam nur langsam wieder auf die Beine. Warum halten die Leute Hunde? fragte sich Homer.

Es war ein Wildwestfilm, aus dem Homer nur folgern konnte, daß die Durchquerung des Landes in einem Wagentreck eine Übung in Wahnsinn und Einsamkeit sei; wenigstens, so dachte er, sollte man vor dem Aufbruch ein paar Verabredungen mit den Indianern treffen. Dem Film fehlte es an allen Verabredungen, und Homer schaffte es nicht, den Gebrauch von Herb Fowlers Gummis zu verabreden, die er in der Tasche trug – »für alle Fälle«. Debra Pettigrew war entschieden freier, als sie es je gewesen war, aber zuletzt war ihre Hemmung nicht weniger entschieden.

»Nein!« kreischte sie einmal.

»Es ist nicht nötig zu schreien«, sagte Homer Wells und nahm seine Hand von der verbotenen Stelle.

»Nun, dies war das zweite Mal, daß du diese gewisse Sache gemacht hast«, warf Debra ihm vor – eine mathematische Gewißheit (und andere Gewißheiten) deutlich in ihrer Stimme. Damals, 194–, in Maine, mußte Homer sich damit abfinden, daß das, was man »Petting« nannte, erlaubt war; was man »Anmachen« nennt, lag im Bereich der Spielregeln; doch was er mit Melony gemacht hatte – was Grace Lynch ihm anzubieten schien und was Candy und Wally machten (oder wenigstens einmal gemacht hatten) – auf all dies lautete die Antwort: »Nein!«

Wie aber war Candy überhaupt schwanger geworden? fragte

sich Homer Wells, Debra Pettigrews feuchtes Gesichtchen an seine Brust gedrückt. Ihr Haar kitzelte ihn an der Nase, aber er konnte gerade noch über sie hinwegspähen – er konnte das Indianermassaker beobachten. Wo Herb Fowler seine Präservative doch schneller verteilte als Dr. Larch sie den Frauen in St. Cloud's aushändigte – wie konnte Wally es soweit kommen lassen, daß sie schwanger wurde. Wally war so wohlbehütet; Homer Wells konnte nicht verstehen, wieso Wally sich überhaupt für den Krieg interessierte. Ob es aber einer Waise etwas ausmachen würde, daß sie verwöhnt war und sich noch nicht bewährt hatte? Ob eine Waise jemals Langeweile oder Unruhe verspürte – oder waren dies luxuriöse Seelenzustände? Er erinnerte sich, daß Curly Day Langeweile empfunden hatte.

»Schläfst du, Homer?« frage ihn Debra Pettigrew.

»Nein«, sagte er. »Ich habe nur gedacht . . .«

»Was gedacht?« fragte Debra.

»Wie kommt es, daß Wally und Candy es tun, und wir nicht?« fragte Homer sie.

Debra Pettigrew schien vor dieser Frage auf der Hut, oder zumindest war sie überrascht durch ihre Unverblümtheit; vorsichtig legte sie sich eine Antwort zurecht.

»Nun«, begann sie diplomatisch. »Sie sind verliebt – Wally und Candy. Nicht wahr?«

»Richtig«, sagte Homer Wells.

»Nun, du hast nie gesagt, daß du verliebt bist – in mich«, fügte Debra hinzu. »Und ich habe nie gesagt, daß ich es bin – in dich.«

»Das ist richtig«, sagte Homer. »Also ist es gegen die Spielregeln, es zu machen, wenn man nicht verliebt ist?«

»Betrachte es einmal so«, sagte Debra Pettigrew; sie biß sich auf die Unterlippe. Es war absolut und genauso schwer, wie sie es sich immer vorgestellt hatte. »Falls du verliebt bist und es gibt ein Mißgeschick – wenn man schwanger wird, mein' ich; *wenn* man dann verliebt ist, heiratet man. Wally und Candy sind verliebt, und wenn es bei ihnen ein Mißgeschick gibt, werden sie heiraten.«

Vielleicht, dachte Homer Wells, vielleicht das *nächste* Mal.

Was er aber sagte, war: »Ich verstehe.« Was er dachte, war: *Das* sind also die Spielregeln! Sie drehen sich um Un- und um Zufälle, sie drehen sich ums Schwangerwerden und Kein-Baby-haben-wollen. Mein Gott, dreht sich alles nur darum?

Er erwog, den Gummi aus der Tasche zu holen und ihn Debra Pettigrew zu präsentieren. Wenn der Streit darum ging, daß eine zufällige Schwangerschaft wirklich der einzige Grund war, es nicht zu tun, was hielt sie dann ab von der Alternative, auf die Herb Fowler so unermüdlich verwies? Wenn er aber dieses Argument ins Treffen führte – deutete er damit nicht an, daß alle Zärtlichkeit grob abgetan werden könnte – oder an sich etwas Grobes sei? Oder war Zärtlichkeit nur für ihn etwas Grobes?

In dem Film baumelten mehrere menschliche Skalps an einem Speer; aus für Homer Wells unverständlichen Gründen machten die Indianer ein Riesentheater um diesen Speer, als ob solch ein Speer ein Schatz wäre. Plötzlich wurde einem Offizier der Kavallerie die Hand mit einem Pfeil an einen Baum genagelt; der Mann gab sich alle Mühe (die Zähne und seine andere Hand benutzend), den Pfeil aus dem Baum zu lösen, aber der Pfeil steckte noch ganz auffällig in seiner Hand. Ein Indianer mit einem Tomahawk näherte sich dem Kavallerie-Offizier; es schien, als wäre sein Ende gekommen, zumal er darauf beharrte, seine Pistole mit dem Daumen der Hand zu spannen, in der der Pfeil steckte.

Warum benutzt er nicht seine heile Hand? fragte sich Homer Wells. Aber der Daumen funktionierte; die Pistole war – endlich – gespannt. Homer Wells folgerte aus diesem Experiment, daß der Pfeil sich durch die Hand habe bohren können, ohne den Ast des Medianusnervs zu verletzen, der zu den Muskeln des Daumens verläuft. Glückskind, dachte Homer Wells, während der Kavallerie-Offizier den herankommenden Indianer ins Herz schoß – es mußte das Herz sein, dachte Homer Wells, weil der Indianer sofort starb. Es war drollig, daß er die Bilder der Hand in *Grays Anatomie* deutlicher vor sich sah als den Film.

Er brachte Debra nach Hause und bat sie um Entschuldigung dafür, daß er sich nicht erbot, sie vor ihre Haustür zu begleiten;

einer der Hunde war los, er hatte seine Kette zerrissen und kratzte wie rasend am Fenster der Fahrerseite (das Homer eben noch rechtzeitig hinaufgekurbelt hatte). Er keuchte und geiferte und klapperte mit seinen Zähnen gegen das Glas, das so beschlagen und verschmiert wurde, daß Homer Schwierigkeiten hatte, etwas zu sehen, als er den Cadillac wendete.

»Hör auf, Eddy!« kreischte Debra Pettigrew den Hund an, während Homer davonfuhr. »Hör doch endlich auf, Eddy, *bitte*!« Aber der Hund hetzte dem Cadillac fast eine Meile weit hinterher.

Eddy? dachte Homer Wells. Hatte nicht Schwester Angela einmal jemand Eddy genannt? Er glaubte wohl; aber es mußte jemand gewesen sein, der schnell adoptiert wurde – wie es auch sein sollte.

Als er zu Kendalls Hummerbassin kam, war Ray zu Hause. Er machte Tee und wärmte seine tief gefurchten, rissigen Hände an dem Topf. Unter seinen rissigen Nägeln war der ewige ölschwarze Dreck eines Mechanikers.

»Na, sieh mal an, wer hier das Autokino überlebt hat!« sagte Ray.

»Setz dich und trink Tee mit mir.« Homer sah, daß Candy und Wally aneinander geschmiegt draußen auf dem Dock waren. »Verliebte spüren nicht, wie kalt es ist, schätze ich«, sagte Ray zu Homer. »Scheint nicht so, als wären sie fertig mit dem Lebewohlsagen.«

Homer war froh, daß er Tee trinken und bei Ray sitzen konnte; er hatte Ray gerne und wußte, daß Ray ihn gerne hatte.

»Was hast du heute gelernt?« fragte ihn Ray. Homer wollte schon etwas über die Spielregeln im Autokino sagen, doch argwöhnte er, daß es nicht dies war, was Ray wissen wollte.

»Nichts«, sagte Homer Wells.

»Nein, ich möchte wetten, du hast etwas gelernt«, sagte Ray. »Du bist ein Lerner. Ich weiß es, weil ich selbst einer war. Kaum siehst du, wie etwas gemacht wird, kannst du es auch schon selbst machen; das ist's, was ich meine.«

Ray hatte Homer den Ölwechsel und das Abschmieren beigebracht, Stecker und Buchsen und Zündpunkteinstellung, Treibstoffzufuhr und Vorderachsfluchtung; er hatte dem Jungen gezeigt, wie man eine Kupplung nachstellt – und zu Rays Verwunderung hatte Homer es behalten. Er hatte ihm auch die Ventileinstellung gezeigt, und wie man das Kardangelenk austauscht. Im Lauf eines Sommers hatte Homer mehr über Mechanik gelernt, als Wally davon verstand. Aber es war nicht nur Homers handwerkliche Geschicklichkeit, die Ray schätzte.

Ray hatte Respekt vor der Einsamkeit, und eine Waise, so stellte er sich vor, hatte ein gut Teil davon mitbekommen.

»Pah«, sagte Ray, »ich möchte wetten, daß es nichts gibt, was du nicht lernen könntest – nichts, was deine Hände nicht behalten würden, sobald deine Hände es in den Griff bekommen haben, was es auch sein mag.«

»Richtig«, sagte Homer Wells und lächelte. Er erinnerte sich an das perfekte Gleichgewicht der Dilatatoren; wie man einen solchen ruhig zwischen Daumen und Zeigefinger halten konnte, indem man einfach den Griff an der Kuppe des Mittelfingers aufliegen ließ. Er bewegte sich nur genau in dem Moment und dorthin, wo man ihn bewegte. Und wie richtig es war, dachte Homer, daß das Spekulum in mehr als einer Größe geliefert wurde; daß es immer eine Größe gab, die genau die richtige war. Und welch genaue Regulierung man vornehmen konnte, mit nur einer halben Drehung der kleinen Flügelschraube; und daß das entenschnäbelige Spekulum die Lippen der Vagina *gerade* weit genug offen hielt.

Homer Wells, einundzwanzig, in den Dampf über seinem heißen Tee pustend, saß da und wartete darauf, daß sein Leben begann.

In dem Cadillac, auf der Rückfahrt mit Wally nach Ocean View – die Fels- und Wasser-Beschaulichkeit von Hart's Haven abgelöst durch die schmuddeligere, unordentlichere Landschaft von Heart's Rock –, sagte Homer: »Ich habe mich gefragt – aber sag es mir nicht, wenn du lieber nicht darüber sprechen magst – ich habe mich gefragt, wie es passieren konnte, daß Candy schwanger wurde. Ich meine, hast du nicht irgend etwas benützt?«

»Klar, habe ich«, sagte Wally. »Ich benützte einen von Herb Fowlers Gummis, aber er hatte ein Loch.«

»Er hatte ein Loch?« sagte Homer Wells.

»Kein großes«, sagte Wally, »aber ich merkte, daß er ein Loch hatte – weißt du, er leckte.«

»Jedes Loch ist groß genug«, sagte Homer.

»Klar ist es das«, sagte Wally. »So, wie er die Dinger mit sich herumträgt, wurde es wahrscheinlich durchbohrt von etwas in seiner Tasche.«

»Ich schätze, du benutzt die Gummis nicht mehr, die Herb Fowler dir zuwirft«, sagte Homer Wells.

»Das ist richtig«, sagte Wally.

Als Wally schlief – friedlich wie ein Prinz, weltentrückt wie ein König – glitt Homer aus dem Bett, fand seine Hose, fand die Gummis in seiner Tasche und nahm einen mit ins Badezimmer, wo er ihn mit Wasser aus dem Kaltwasserhahn füllte. Das Loch war winzig, aber präzise, ein feiner, aber ununterbrochener Nadelstrahl Wasser floß aus dem Ende des Gummis. Das Loch war größer als ein Nadelstich, doch längst nicht so groß, wie ein Nagel es machen würde; vielleicht benutzt Herb Fowler eine Reißzwecke oder den Dorn einer Zirkelspitze, dachte Homer Wells.

Es war ein absichtlich gemachtes Loch, perfekt plaziert, genau im Mittelpunkt. Der Gedanke, daß Herb Fowler diese Löcher machte, ließ Homer Wells schaudern. Er erinnerte sich an den ersten Fötus, den er gesehen hatte, auf seinem Rückweg vom Verbrennungsofen – wie er vom Himmel gefallen zu sein schien. Er erinnerte sich an die ausgestreckten Arme des ermordeten Fötus aus Three Mile Falls. Und an den blauen Fleck auf Grace Lynches Brust, der sich von grün nach gelb verfärbte. Hatte Graces Reise nach St. Cloud's mit einem von Herb Fowlers Präservativen angefangen?

In St. Cloud's hatte er den Schmerz gesehen und die schlichteren Formen des Unglücks – und Depression und Destruktivität. Er hatte Niedertracht und auch Ungerechtigkeit erfahren. Dies aber ist böse, nicht wahr? fragte sich Homer Wells. Habe ich schon einmal das Böse gesehen? Er dachte an die Frau mit dem Penis des Ponys im Mund. Was tut man, wenn man das Böse erkennt? fragte er sich.

Er schaute aus Wallys Fenster – doch in der Dunkelheit, vor seinem inneren Auge, sah er die zerklüftete, immer noch unbepflanzte Hügelflanke hinter dem Spital und der Knabenabteilung in St. Cloud's; er sah den dichten, aber beschädigten, alle Geräusche schluckenden Wald hinter dem Fluß, der seine Trauer um Fuzzy Stone davongetragen hatte. Hätte er das Gebet Mrs. Grogans gekannt, er hätte es ausprobiert, doch das Gebet, mit dem Homer sich zu beruhigen pflegte, war der Schluß des dreiundvierzigsten Kapitels von *David Copperfield*. Weil da noch weitere zwanzig Kapitel bevorstanden, waren diese Worte vielleicht zu unsicher für ein Gebet, und Homer sprach sie sich unsicher vor – als ob er nicht glaubte, daß die Worte wahr wären, als ob er sie aber zwingen wollte, wahr zu sein; indem er die Worte immer und immer wieder wiederholte, konnte er die Worte wahr machen für *sich*, für Homer Wells:

Ich bin stehengeblieben, um die Traumbilder jener Tage vorübereilen zu lassen. Sie sind vorüber, und ich trete die Reise meiner Geschichte von neuem an.

In dieser Nacht aber lag er wach, weil die Traumbilder jener Tage nicht vorübergeeilt waren. Wie die schrecklichen winzigen Löcher in den Präservativen, waren die Traumbilder jener Tage nicht leicht zu finden – und ihre Bedeutung war ungewiß –, aber sie waren da.

Am anderen Morgen fuhr Wally – halbherzig – zur Universität in Orono. Am nächsten Tag fuhr Candy zur Akademie in Camden. Am Tage, bevor die Pflückermannschaft auf Ocean View eintraf, besuchte Homer Wells – der größte und älteste Knabe an der High-School von Cape Kenneth – die erste Stunde in Fortgeschrittener Biologie. Seine Freundin Debra Pettigrew mußte ihn in das Labor führen; Homer verirrte sich en route und geriet in eine Klasse, die gerade Werkunterricht hatte.

Das Lehrbuch für Fortgeschrittene Biologie war B. A. Bensleys *Praktische Anatomie des Kaninchens*; der Text und die Illustrationen waren abschreckend für die anderen Studenten, aber Homer Wells erfüllte das Buch mit Sehnsucht. Es war ein Schock für ihn, zu erkennen, wie sehr er Dr. Larchs zerlesenes Exemplar des *Gray* vermißte. Auf den ersten Blick fand Homer Anlaß zur Kritik an Bensley; während der *Gray* mit dem Skelett begann, begann Bensley mit dem Zellgewebe. Aber der Biologielehrer war kein Narr; leichenblaß war er, dieser Mr. Hood, doch beglückte er Homer Wells, indem er verkündete, er habe nicht die Absicht, genau dem Lehrbuch zu folgen – man würde, wie *Gray*, mit den Knochen beginnen. Beruhigt durch etwas, das Routine war für ihn, vergnügte sich Homer bei seinem ersten Blick auf das vergilbte Skelett eines Kaninchens. Die Klasse verstummte; einige Schüler waren angewidert. Wartet nur, bis wir zum urogenitalen System kommen, dachte Homer Wells, der seine Augen über die perfekten Knochen gleiten ließ; aber dieser Gedanke erschreckte auch ihn. Er merkte, daß er sich darauf freute, zum urogenitalen System des armen Kaninchens zu kommen.

Er hatte den Schädel des Kaninchens seitlich im Blick; er fragte sich selbst die Namen der Teile ab – es war so leicht für ihn: cranialis, orbital, nasalis, frontal, mandibularis, maxillaris, prämaxillaris. Wie gut erinnerte er sich an Clara und die anderen, die ihn so vieles gelehrt hatten!

Was Clara betraf, so wurde sie endlich zur Ruhe gebettet an einem Ort, den sie sich selbst vielleicht nicht ausgesucht hätte – der Friedhof von St. Cloud's war im verlassenen Teil der Stadt. Vielleicht war dies passend, dachte Dr. Larch, der Claras Beisetzung überwachte, weil Clara selbst verlassen gewesen war – gewiß war sie mehr erforscht und untersucht worden, als sie geliebt worden war.

Schwester Edna erlitt beim Anblick des Sargs einen Schock, aber Schwester Angela versicherte sie, daß keine der Waisen über Nacht verstorben sei. Mrs. Grogan begleitete Dr. Larch auf den Friedhof; Larch hatte sie gebeten, mit ihm zu kommen, weil er wußte, daß Mrs. Grogan sich über jede Gelegenheit freute, ihr Gebet zu sagen. (Es gab keinen Pfarrer oder Priester oder Rabbi in St. Cloud's; wenn heilige Worte angebracht waren, kam jemand aus Three Mile Falls und sprach sie. Es war ein Zeugnis für Wilbur Larchs zunehmende Isolation, daß er sich weigerte, irgend etwas aus Three Mile Falls kommen zu lassen, und daß Mrs. Grogan ihm noch lieber war – wenn er schon gezwungen war, sich heilige Worte überhaupt anzuhören.)

Es war die erste Beerdigung, bei der Wilbur Larch weinte; Mrs. Grogan wußte, daß seine Tränen nicht Clara galten. Larch hätte Clara nicht beigesetzt, wenn er geglaubt hätte, daß Homer Wells je zurückkehren würde.

»Nun, er *irrt* sich«, sagte Schwester Angela. »Sogar ein Heiliger kann einen Irrtum begehen. Homer Wells *wird* zurückkehren. Er *gehört* hierher, ob es ihm gefällt oder nicht.«

Ist es der Äther? fragte sich Dr. Larch. Er meinte, ob es der Äther sei, der ihm zunehmend dieses Gefühl gab, als wisse er alles voraus, was passieren sollte? Zum Beispiel hatte er mit dem Brief gerechnet, der für F. Stone eintraf – nachgesandt von Fuzzys Postfach-Adresse. »Ist das ein trauriger Scherz?« fragte Schwester Angela, das Couvert hin und her wendend.

»Bitte, das ist für mich«, sagte Dr. Larch. Es kam vom Treuhänderausschuß, wie er erwartet hatte. Dies war der Grund, warum sie diese Erfahrungsberichte von ihm gewünscht hatten und warum sie die Adressen der Waisen verlangt hatten. Sie überprüften ihn, das wußte Larch.

Der Brief an Fuzzy begann mit herzlichen Glückwünschen; er besagte, daß der Ausschuß von Dr. Larch viel über Fuzzy erfahren habe, aber sie wollten auch alles andere wissen über Fuzzys »St. Cloud's-Erlebnis« – alles, natürlich, was er ihnen »mitteilen« wollte.

Das »St. Cloud's-Erlebnis«, das klang für Wilbur Larch nach

einem mystischen Geschehen. Der beigefügte Fragebogen machte ihn wütend, auch wenn es ihm Spaß machte, sich vorzustellen, welche von den Fragen der langweilige Dr. Gingrich sich ausgedacht haben mochte und welche davon dem eiskalten Kopf der Mrs. Goodhall entstammten. Dr. Larch fand auch Spaß dabei, sich vorzustellen, wie Homer Wells und Snowy Meadows und Curly Day – und all die anderen – diesen albernen Fragebogen beantworten würden, aber die unmittelbar bevorstehende Aufgabe nahm er sehr ernst. Er wollte, daß Fuzzy Stones Antworten auf diesen Fragebogen perfekt wären. Er wollte sichergehen, daß der Treuhänderausschuß Fuzzy Stone niemals vergessen würde.

Es waren fünf Fragen. Jede davon beruhte auf der falschen Annahme, daß jede Waise mindestens fünf oder sechs Jahre alt sein mußte, bevor sie – oder er – adoptiert wurde. Diese und andere Dummheiten überzeugten Wilbur Larch, daß Dr. Gingrich und Mrs. Goodhall leichte Gegner sein würden.

1. Wurdest du in St. Cloud's richtig beaufsichtigt? (Bitte berücksichtige in deiner Antwort, ob du glaubtest, daß deine Behandlung besonders liebevoll oder besonders lehrreich war; wir möchten gewiß auch erfahren, ob du glaubtest, daß deine Behandlung manchmal kränkend war.)
2. Empfingst du angemessene ärztliche Fürsorge in St. Cloud's?
3. Wurdest du angemessen vorbereitet auf dein neues Leben in einer Pflegefamilie, und glaubst du, daß deine Pflegefamilie sorgfältig und richtig ausgewählt wurde?
4. Würdest du irgendwelche möglichen Verbesserungen in den Methoden und in der Verwaltung von St. Cloud's vorschlagen? (Glaubst du, insbesondere, daß die Dinge einfacher gewesen wären für dich, wenn ein jugendlicheres, energischeres Personal im Hause gewesen wäre – oder vielleicht nur mehr Personal?)
5. Wurde ein Versuch unternommen, das tägliche Leben des Waisenhauses in das Leben der nachbarlichen Gemeinschaft zu integrieren?

»*Welche* Gemeinschaft?« schrie Wilbur Larch. Er stand am Fenster in Schwester Angelas Büro und starrte auf die kahle Hügelflanke, wo Wally hatte Apfelbäume pflanzen wollen. Warum waren sie nicht zurückgekehrt und hatten die blöden Apfelbäume gepflanzt, selbst wenn das ganze Getue nur war, um mir eine Freude zu machen? fragte sich Larch.

»*Welche* Gemeinschaft?« heulte er.

O ja, dachte er, ich hätte den Bahnhofsvorsteher bitten können, ihnen religiösen Unterricht zu erteilen – ihnen vom schrecklichen Chaos der heimatlosen Seelen zu erzählen, schwebend in jeder Nische des Himmels. Ich hätte diesen würdigen Gentleman bitten können, auch seine Kataloge für Unterwäsche zu zeigen.

Ich hätte diese Familie von Kinderquälern aus Three Mile Falls bitten können, einmal pro Woche zu kommen und Stunden zu geben. Ich hätte manche der Frauen, die Abtreibungen bekamen, hierbehalten und bitten können, uns allen zu verraten, warum sie zu diesem Zeitpunkt ihres Lebens keine Kinder haben wollten. Oder ich hätte manche der Mütter noch einmal einladen können – sie hätten den Kindern erklären können, warum sie hier zurückgelassen worden waren! *Das* wäre lehrreich gewesen! O Gott, dachte Wilbur Larch, welch eine *Gemeinschaft* hätten wir sein können – wäre ich nur jugendlicher gewesen, *energischer*!

O ja, ich habe Fehler gemacht, dachte er; und ein paar schwarze Stunden lang erinnerte er sich an einige davon. Hätte ich nur verstanden, einen Atemapparat zu bauen, dachte er – hätte ich nur eine andere Lunge erfunden für Fuzzy.

Und vielleicht wird Homer Wells ihnen sagen, daß er nicht »angemessen« vorbereitet war auf seinen ersten Anblick des Fötus dort auf dem Hügel. Und hätte es eine Möglichkeit gegeben, Homer auf Three Mile Falls vorzubereiten, auf die Drapers in Waterville oder darauf, daß die Winkles fortgespült wurden? Was war meine Alternative? fragte sich Wilbur Larch. Vermutlich hätte ich ihn *nicht* in die Lehre nehmen sollen.

»Wir sind auf diese Erde gestellt, um uns nützlich zu machen«, schrieb Wilbur Larch (als Fuzzy Stone) an den Treuhänderausschuß. »Es ist besser, etwas zu tun, als etwas zu kritisieren«, schrieb der junge Idealist Fuzzy Stone. »Es ist besser, überhaupt etwas zu tun, als müßig dabeizustehen.« Sage es ihnen, Fuzzy! dachte Dr. Larch.

Und so sagte Fuzzy dem Treuhänderausschuß, daß das Spital in St. Cloud's ein Musterbeispiel seiner Art gewesen sei. »Larch war es, der mich veranlaßte, Arzt zu werden«, schrieb Fuzzy. »Larch, der alte Knabe – der konnte einen begeistern. Da Sie von Energie sprechen: der Bursche hat Mumm wie ein Jugendlicher.

Seien Sie vorsichtig, wenn Sie junge Leute nach St. Cloud's schicken – der alte Larch wird sie so hart herannehmen, daß sie krank werden. Sie werden so erschöpft sein, daß sie nach einem Monat in Pension gehen werden!

Und glauben Sie, diese alten Schwestern wüßten nicht, was Arbeit ist? Lassen Sie sich gesagt sein, wenn Schwester Angela beim Schlagball als Werferin spielt, möchte man meinen, man stünde in einem olympischen Wettkampf. Sie sprechen von *liebevoll* – das sind sie, wahrhaftig. Immerzu umarmen und küssen sie einen, doch sie verstehen es auch, einem etwas Verstand einzubläuen.

Sie sprechen von *beaufsichtigen*«, schrieb Fuzzy Stone. »Haben Sie schon einmal das Gefühl gehabt, von Eulen beobachtet zu werden? Das sind Schwester Edna und Schwester Angela – sie sind *Eulen*, ihnen entgeht nichts. Und manche der Mädchen sagten, daß Mrs. Grogan immer wußte, was sie taten, bevor sie es taten – schon bevor sie selbst wußten, daß sie es tun würden!

Und Sie sprechen von *Gemeinschaft*«, schrieb Fuzzy Stone. »St. Cloud's war etwas Besonderes. Ach, ich erinnere mich, wie die Leute aus dem Zug stiegen und die Hügel hinauf marschierten, nur, um das Haus zu besichtigen – es kam wohl daher, weil wir in jener Gegend solch eine Mustergemeinschaft waren. Ich erinnere mich, wie diese Leute kamen und gingen, kamen und gingen – sie waren immer da, um uns zu besichtigen, als wären wir eines der Wunder von Maine.«

Eines der Wunder von Maine? dachte Wilbur Larch, bemüht,

sich wieder unter Kontrolle zu bringen. Ein verirrter Windstoß wehte durchs offene Fenster in Schwester Angelas Büro und trug ein wenig schwarzen Rauch vom Verbrennungsofen herein; der Rauch brachte Larch wieder ein wenig zur Besinnung. Ich sollte besser aufhören, dachte er. Ich möchte mich nicht davontragen lassen.

Nach seiner historischen Anstrengung ruhte er sich in der Apotheke aus. Einmal schaute Schwester Angela zu ihm herein; Wilbur Larch war für sie eines der Wunder von Maine, und sie machte sich Sorgen um ihn.

Larch machte sich selber ein wenig Sorgen, als er erwachte. Wo war die Zeit geblieben? Das Problem ist, ich muß *ausharren*, dachte er. Er konnte die Historie umschreiben, aber gegen die Zeit vermochte er nichts; die Daten standen fest; die Zeit marschierte in ihrem eigenen Schritt. Selbst wenn er Homer Wells überzeugen konnte, eine richtige Medical School zu besuchen, würde es Zeit brauchen. Es würde Jahre brauchen, bis Fuzzy Stone seine Ausbildung abgeschlossen hatte. Ich muß ausharren, bis Fuzzy qualifiziert genug ist, mich abzulösen, dachte Wilbur Larch.

Ihm war danach zumute, Mrs. Grogans Gebet noch einmal zu hören, und darum ging er in die Mädchenabteilung, etwas zu früh für seine übliche Fortsetzung von *Jane Eyre*. Vom Flur aus belauschte er Mrs. Grogans Gebet; ich muß sie fragen, ob es ihr etwas ausmacht, es auch für die Knaben zu sprechen, dachte er, und dann fragte er sich, ob es die Knaben nicht verwirren würde, so schnell im Anschluß an den Segenswunsch an die Prinzen von Maine, die Könige Neuenglands – oder vorneweg. Ich selber bin manchmal verwirrt, wußte Dr. Larch.

»Gewähre uns ein sicheres Obdach und eine heilige Ruhe«, sagte Mrs. Grogan, »und Frieden zuletzt.«

Amen, dachte Wilbur Larch, der Heilige von St. Cloud's, in den Siebzigern und ein Äthersüchtiger, der das Gefühl hatte, daß er einen weiten Weg gekommen war und noch einen weiten Weg vor sich hatte.

Als Homer Wells den Fragebogen las, den ihm der Treuhänderausschuß von St. Cloud's zugesandt hatte, wußte er nicht genau, was ihn ängstlich machte. Natürlich wurden Dr. Larch und die anderen älter, aber für ihn waren sie immer schon »älter« gewesen. Es fiel ihm ein, sich zu fragen, was aus St. Cloud's werden würde, wenn Dr. Larch einmal zu alt wäre, doch das war ein so beunruhigender Gedanke, daß er den Fragebogen und das Rückantwortcouvert an den Ausschuß in sein Exemplar der *Praktischen Anatomie des Kaninchens* steckte; außerdem war es der Tag, an dem die Wanderarbeiter eintrafen; es war Erntezeit in Ocean View, und Homer Wells hatte zu tun.

Mrs. Worthington und er holten die Pflückermannschaft im Apfelmarkt ab und führten sie in ihre Quartiere im Ziderhaus – mehr als die Hälfte der Mannschaft hatte schon früher auf Ocean View gepflückt und kannte den Weg, und der Mannschaftsboss war, wie Mrs. Worthington sagte, »ein alter Hase«. Er kam Homer sehr jung vor. Es war das erste Jahr, daß Mrs. Worthington direkt mit der Pflückermannschaft und ihrem Boss zu tun hatte; die Anwerbung – per Post – war in Senior Worthingtons Verantwortungsbereich gefallen, und Senior hatte immer behauptet, daß, wenn man Jahr für Jahr einen guten Mannschaftsboss hatte, das Geschäft der Anwerbung – und die notwendige Leitung der Mannschaft während der Ernte – von dem Boss übernommen wurde.

Sein Name war Arthur Rose, und er schien in Wallys Alter – kaum älter als Homer –, auch wenn er älter sein mußte; seit fünf oder sechs Jahren war er der Boss der Mannschaft. In einem Jahr hatte Senior Worthington dem alten Mann geschrieben, der, solange Olive denken konnte, sein Mannschaftsboss gewesen war, und Arthur Rose hatte Senior zurückgeschrieben und gesagt, daß jetzt er der Mannschaftsboss sein würde – »der alte Boss«, so hatte Arthur Rose geschrieben, »ist todmüde vom Reisen«. Der alte Boss war, wie sich herausstellte, schlicht tot, aber Arthur Rose hatte gute Arbeit geleistet. Er brachte die richtige Zahl von Pflückern, und sehr wenige von ihnen kündigten oder liefen weg oder verloren mehr als ein paar gute Arbeitstage wegen zu starken Trinkens. Anscheinend bestand eine feste Kontrolle über das Maß der Streitereien unter ihnen – auch wenn ein paar Frauen dabei waren –, und wenn manchmal ein Kind dabei war, benahm sich das Kind. Es gab immer Pflücker, die von Leitern fielen, aber es hatte keine ernsten Verletzungen gegeben. Es gab immer kleine Unfälle beim Ziderhaus – aber dann handelte es sich um eilige Arbeit, oft spät in der Nacht, wenn die Männer müde waren oder getrunken hatten. Und es gab jene sehr seltenen Unfälle, bedingt durch Unachtsamkeit oder Trunk im Zusammenhang mit den beinah rituellen Vorgängen auf dem Dach des Ziderhauses.

Die Leitung einer Farm hatte Olive Worthington eine leidenschaftliche Vorliebe für die Stunden des Tageslichts beschert und tiefen Argwohn gegen die Nacht; die meisten Schwierigkeiten, die die Leute sich zuzogen, waren – nach Olives Meinung – Schwierigkeiten, in die sie gerieten, weil sie zu lange aufblieben.

Olive hatte Arthur Rose von Seniors Tod geschrieben und ihm gesagt, daß die Verantwortung für Pflückmannschaften von Ocean View nunmehr auf sie übergegangen sei. Sie hatte ihm an die übliche Adresse geschrieben – eine Postfachnummer in einer Stadt namens Green, South Carolina – und Arthur Rose hatte prompt geantwortet, sowohl mit Beileidsbekundungen als auch mit der Versicherung, daß die Mannschaft eintreffen würde wie immer, rechtzeitig und in richtiger Zahl.

Er hatte Wort gehalten. Abgesehen vom Niederschreiben seines Vornamens auf ein Briefcouvert, oder wenn sie ihn alle Jahre auf seiner Weihnachtsgrußkarte erwähnte (»Frohe Festtage, Arthur!«), nannte Olive Worthington ihn niemals Arthur; auch sonst nannte ihn niemand Arthur. Aus Gründen, die Homer Wells niemals erklärt wurden, vielleicht aber aufgrund einer Autorität, die ein guter Mannschaftsboss aufrechterhalten mußte, war er für jedermann *Mister* Rose.

Als Olive ihn mit Homer Wells bekannt machte, zeigte sich dieses Maß an Respekt. »Homer«, sagte Olive, »dies ist Mister Rose. Und das ist Homer Wells«, fügte Olive hinzu.

»Freut mich, dich kennenzulernen«, sagte Mister Rose.

»Homer ist meine rechte Hand geworden«, sagte Olive liebevoll.

»Freut mich, das zu hören, Homer!« sagte Mr. Rose. Er schüttelte Homer kräftig die Hand, auch wenn er die Hand ungewöhnlich schnell wieder losließ. Er war nicht besser gekleidet als der Rest der Pflückermannschaft, und er war schlank wie die meisten von ihnen; dennoch gelang ihm bei aller Dürftigkeit ein gewisser Stil. Wenn sein Jackett auch schmutzig war und zerschlissen, so war es doch ein nadelgestreiftes Anzugjackett, ein Zweireihermodell, das einst jemandem eine gewisse Eleganz verliehen hatte, und Mr. Rose trug eine echte Seidenkrawatte als Gürtel. Auch seine Schuhe waren gut, und gute Schuhe waren lebenswichtig bei der Farmarbeit; sie waren alt, doch gut gefettet, neu besohlt, offensichtlich bequem und in gutem Zustand. Seine Socken paßten zueinander. Sein Anzugjackett hatte eine Uhrtasche, und darin steckte eine goldene Uhr, die ging; er sah wie selbstverständlich auf diese Uhr, und oft, als sei die Zeit sehr wichtig für ihn. Er war so sauber rasiert, daß er aussah, als brauchte er sich überhaupt nie zu rasieren. Sein Gesicht war ein glatter Block schwärzester, ungesüßter Bitterschokolade, und im Mund schob er geschickt ein kleines, leuchtendweißes Pfefferminz hin und her, das ihn stets mit einem frischen und wachen Duft umgab.

Er sprach und bewegte sich langsam – bescheiden, und doch aufmerksam; in Sprache und Gebärde machte er den Eindruck, als sei er demütig und zurückhaltend. Beobachtete man ihn aber, wenn er still stand und nicht sprach, dann wirkte er außerordentlich schnell und selbstsicher.

Es war ein heißer Tag im Indianersommer, und der Apfelmarkt lag weit genug im Hinterland, daß ihm auch die schwache Seebrise entging, die wehte. Mr. Rose und Mrs. Worthington standen und unterhielten sich zwischen den parkenden und rollenden Vehikeln der Farm auf dem Parkplatz des Apfelmarktes; der Rest der Pflückermannschaft wartete in ihren Autos – die Fenster heruntergekurbelt, ein Orchester schwarzer Finger, die auf den Flanken der Autos klimperten. Es waren siebzehn Pflükker und ein Koch – keine Frauen oder Kinder dies Jahr, zu Olives Erleichterung.

»Sehr schön«, sagte Mr. Rose über die Blumen im Ziderhaus.

Im Hinausgehen strich Mrs. Worthington über die Spielregeln, die sie an die Wand neben dem Küchenlichtschalter angenagelt hatte. »Und dies hier werden Sie allen einschärfen, bitte, nicht wahr?« bat Olive.

»O ja, ich verstehe etwas von Spielregeln«, sagte Mr. Rose lächelnd. »Komm nur einmal, die erste Pressung zu beobachten, Homer«, sagte Mr. Rose, während Homer die Tür des Lieferwagens für Olive aufhielt. »Ich bin sicher, du hast Besseres vor – Kino und so –, aber wenn du einmal Zeit hast, dann komm und schau zu, wie wir ein wenig Zider machen. Tausend Gallonen ungefähr«, fügte er verschmitzt hinzu; er scharrte mit den Füßen, als ob er sich etwa schämte zu prahlen. »Alles, was wir brauchen, sind acht Stunden und ungefähr dreihundert Bushel Äpfel«, sagte Mr. Rose. »Tausend Gallonen«, wiederholte er stolz.

Auf dem Rückweg zum Apfelmarkt sagte Olive Worthington zu Homer: »Mr. Rose ist ein richtiger Arbeiter. Wenn der Rest so wäre wie er, sie könnten ihre Lage verbessern.« Homer verstand ihren Ton nicht. Gewiß hatte er Bewunderung aus ihrer Stimme herausgehört, Sympathie – und sogar Zuneigung, aber in ihrer Stimme war auch das Eis, das einen althergebrachten und unverrückbaren Standpunkt starr umhüllt.

Zum Glück – für Melony – zählten zur Pflückermannschaft auf der York-Farm auch zwei Frauen und ein Kind; Melony fühlte sich sicher, im Ziderhaus zu wohnen. Eine der Frauen war eine Ehefrau, und die andere Frau war die Mutter der ersten Frau und die Köchin; die Ehefrau pflückte mit der Mannschaft zusammen, und die alte Dame kümmerte sich um das Essen und das Kind – das still war bis zum Punkt der Nicht-Existenz. Es gab nur eine Dusche, und sie war draußen – hinter dem Ziderhaus, auf einer Plattform aus Portland-Zementblöcken installiert, unter einer ehemaligen Weinlaube, deren Gitterwerk durch die Witterung verrostet war. Die Frauen duschten jeden Abend zuerst, und sie erlaubten kein Gucken. Der Mannschaftsboss der York-Farm war ein sanfter Mann – seine Frau war es, die mitgekommen war – und er hatte nichts dagegen, daß Melony das Ziderhaus mit ihnen teilte.

Sein Name war Rather; es war ein Spitzname, und er kam von der lakonischen Gewohnheit des Mannes, bei jeder Beschäftigung anzumerken, daß er »rather« – *lieber* – etwas anderes machen würde. Seine Autorität war offenbar weniger gewiß oder zumindest weniger elektrisierend als die Autorität, über die Mr. Rose gebot; niemand nannte ihn *Mister* Rather. Er war ein gleichmäßiger, aber nicht außerordentlich schneller Pflücker, und dennoch erzielte er stets über hundert Bushel pro Tag; Melony brauchte nur einen Tag, um zu beobachten, daß seine Pflückerkollegen eine Provision an Rather entrichteten. Sie gaben ihm jedes zwanzigste Bushel, das sie pflückten.

»Immerhin«, erklärte Rather Melony, »verschaffe ich ihnen die Arbeit.« Er sagte immer wieder, daß er unter den waltenden Umständen »lieber eine kleine Provision einsteckte« – aber niemals gab Rather zu verstehen, daß Melony ihm etwas schulde. »Immerhin habe ich dir nicht deine Arbeit verschafft«, sagte er fröhlich zu ihr.

An ihrem dritten Tag in diesem Beruf schaffte sie achtzig Bushel; sie half auch als Flaschenabfüllerin beim ersten Pressen des Ziders. Dennoch war Melony enttäuscht; sie hatte Zeit gefunden zu fragen, ob jemand von Ocean View gehört habe, und niemand hatte.

Vielleicht, weil er die Dinge nicht mit dem Zynismus betrachtete, den Melony an jede ihrer Erfahrungen herantrug, brauchte Homer Wells etliche Tage, um zu beobachten, welche Provision Mr. Rose von seiner Mannschaft einstrich. Er war der schnellste Pflücker von allen, ohne daß er jemals in Eile zu sein schien – und niemals ließ er eine Frucht fallen; niemals verursachte er Druckstellen auf den Äpfeln durch das Anstoßen seines leinernen Pflückerbeutels an die Sprossen der Leiter. Mr. Rose hätte allein hundertzehn Bushel pro Tag geschafft – aber auch bei seinem

Tempo erkannte Homer, daß seine regelmäßigen hundertfünfzig oder hundertsechzig Bushel pro Tag sehr viel waren. Er nahm nur jedes vierzigste gepflückte Bushel als Provision für sich selbst, doch er hatte eine Mannschaft von fünfzehn, und keiner pflückte weniger als achtzig Bushel pro Tag. Mr. Rose pflegte ein sehr schnelles Halbdutzend Bushel zu pflücken, dann pflegte er eine Weile zu rasten, oder er überwachte die Pflücktechniken seiner Mannschaft.

»Etwas langsamer, George«, pflegte er zu sagen. »Wenn du Druckstellen auf diese Früchte machst, wofür sind sie dann noch gut?«

»Nur für Zider«, pflegte George dann zu sagen.

»Das ist richtig«, pflegte Mr. Rose zu sagen. »Zideräpfel bringen nur einen Nickel pro Bushel.«

»In Ordnung«, pflegte George zu sagen.

»Klar«, pflegte Mr. Rose zu sagen, »geht alles in Ordnung.«

Am dritten Tag regnete es, und niemand pflückte; Äpfel und Pflücker rutschten beide im Regen, und die Früchte sind anfälliger für Druckstellen.

Homer ging hin und schaute zu, wie Meany Hyde und Mr. Rose das erste Pressen des Ziders vornahmen, das sie von außerhalb des Kreises befehligten, wo es spritzte. Sie stellten zwei Männer an die Presse und zwei zum Flaschenabfüllen, und sie wechselten sie beinah jede Stunde aus. Meany achtete nur auf eines: ob die Körbe schief gestapelt waren, oder ob sie gerade standen. Wenn die Preßbretter schief gestapelt sind, kann man die ganze Pressung verlieren – drei Bushel Äpfel als einzige Schweinerei, acht oder zehn Gallonen Zider und der Trester in alle Richtungen segelnd. Die Männer an der Presse trugen Gummischürzen; die Flaschenabfüller trugen Gummistiefel. Das Wimmern des Quetschwerks erinnerte Homer Wells an die Geräusche, die er sich nur in St. Cloud's vorstellen konnte – die Sägemühlen, ohrenbetäubend kreischend in seinen Träumen und in seiner Schlaflosigkeit. Die Pumpe saugte, der Spund erbrach eine Masse aus Samenkernen und Schalen und zerquetschten Äpfeln und sogar Würmern (wenn es Würmer gab). Es sah aus wie etwas, das Schwester Angela schlicht als Kotze bezeichnete. Aus der großen Wanne unter der Presse schnurrte der Zider durch ein rotierendes Gittersieb, das ihn in den Tausendgallonenbottich seihte, wo Grace Lynch sich erst kürzlich vor Homer entblößt hatte.

Nach acht Stunden ernster Arbeit hatten sie tausend Gallonen. Die Schienen des Förderbandes schoben klirrend die Flaschen vorwärts, direkt in das Kühllager. Ein Mann namens Branches wurde angewiesen, den Bottich auszuspritzen und das rotierende Gittersieb zu spülen; sein Name – *Äste* – kam von seiner Behendigkeit in den hohen Bäumen und seiner kategorischen Weigerung, eine Leiter zu gebrauchen. Ein Mann namens Hero wusch die Preßtücher; Meany Hyde erzählte Homer, daß der Mann früher einmal ein Held gewesen sei. »Das ist alles, was ich weiß. Er kommt seit Jahren hierher, aber früher einmal war er ein Held. Nur einmal«, fügte Meany hinzu, als sei das einmalige Heldentum des Mannes schändlicher, als sein kurzer Moment an der Sonne rühmenswert war.

»Ich möchte wetten, du hast dich gelangweilt«, sagte Mr. Rose zu Homer, der log – und der sagte, daß es interessant gewesen sei; acht Stunden des Herumlungerns in einer Zidermühle, das sind ein paar Stunden zuviel des Interessanten. »Du mußt in der Nacht kommen, um das wahre Gefühl dafür zu haben«, erklärte Mr. Rose. »Dies war nur ein Pressen an einem Regentag. Wenn man den ganzen Tag pflückt und die ganze Nacht preßt, bekommt man das wahre Gefühl dafür.« Er zwinkerte Homer zu, als glaubte er, daß es ihm gelungen sei, irgend etwas Geheimnisvolles unmittelbar deutlich zu machen; dann reichte er Homer einen Becher Zider. Homer hatte den ganzen Tag lang Zider geschlürft, aber der Becher wurde feierlich dargereicht – eine Verheißung über das Ziderpressen bei Nacht war damit gegeben – und deshalb nahm Homer den Becher und trank. Sogleich flossen ihm die Augen über; der Zider war so stark mit Rum versetzt, daß Homer spürte, wie ihm die Röte ins Gesicht stieg und seine Gedärme glühten. Ohne weitere Erklärung nahm Mr. Rose den Becher zurück und gab die restlichen Schlucke dem Mann namens Branches, der sie hinunterkippte, ohne einen Moment mit der Spritzdüse seines Schlauches zu zittern.

Während Homer Wells ein paar Ziderflaschen in den Lieferwagen lud, sah er, daß der Becher zwischen Meany und dem Mann namens Hero kreiste – all dies unter der stummen Aufsicht Mr. Roses, der niemandem die Herkunft des Rums verraten hatte. Das Wort »Schweigegabe« kam Homer Wells in bezug auf Mr. Rose in den Sinn. Homer hatte keine Ahnung, woher dieses Wort stammen mochte, wenn nicht aus Charles Dickens oder Charlotte Brontë – er bezweifelte, daß er es in *Grays Anatomie* gefunden hatte, oder in Bensleys *Praktischer Anatomie des Kaninchens*.

Es wurden keine überflüssigen Bewegungen gemacht, wenn Mr. Rose überhaupt einmal in Bewegung kam – eine Eigenschaft, die Homer Wells einst nur mit Dr. Larch in Verbindung gebracht hatte; gewiß hatte Dr. Larch andere, sehr unterschiedliche Eigenschaften als die, die Mr. Rose hatte.

Zurück im Apfelmarkt, schien die Ernte zeitweilig stillzustehen – aufgehalten durch den Regen, den die dicke Dot Taft und die Marktfrauen von ihren Fließbandplätzen an den Schienen des Förderbandes in der Packabteilung mürrisch beobachteten.

Niemand schien sehr begeistert über den Zider, den Homer brachte. Er war sehr milde, wie der erste Zider es meistens ist, und zu wäßrig – typischerweise zusammengesetzt aus frühen Macs und Gravensteinern. Guten Zider bekommt man erst im Oktober, hatte Meany Hyde zu Homer gesagt, und Mr. Rose hatte es mit feierlichem Kopfnicken bestätigt. Ein guter Zider braucht etliche von diesen zuletzt gepflückten Äpfeln – Golden Delicious und Winter Bananas und auch diese Baldwins oder Russets.

»Der Zider hat keinen Rauch vor Oktober«, sagte die dicke Dot Taft, lustlos an ihrer Zigarette ziehend.

Homer Wells, der Big Dot Tafts Worte hörte, fühlte sich genau wie ihre Stimme – stumpf. Wally war fort, Candy war fort, und die Anatomie des Kaninchens war keine Herausforderung mehr nach Clara; die Wanderarbeiter, die er so ungeduldig erwartet hatte, waren einfach tüchtige Arbeiter; das Leben war nichts als Arbeit. Er war erwachsen geworden, ohne zu merken, *wann.* War denn gar nichts Bemerkenswertes an dem Übergang?

Vier Tage lang hatten sie gutes Pflückwetter in Ocean View, bevor Meany Hyde sagte, daß man in der Nacht Zider pressen werde, und Mr. Rose abermals Homer aufforderte, zum Ziderhaus zu kommen, um das »wahre Gefühl dafür zu bekommen«. Homer nahm ein stummes Abendbrot mit Mrs. Worthington, und erst nachdem er ihr beim Geschirrwaschen geholfen hatte, sagte er, daß er wohl zum Ziderhaus gehen wolle und sehen, ob er beim Pressen helfen könne; er wisse doch, daß sie seit zwei oder drei Stunden tüchtig an der Arbeit waren.

»Was bist du für ein guter Arbeiter, Homer!« sagte Olive anerkennend zu ihm.

Homer Wells zuckte die Schultern. Es war eine kalte, klare Nacht, das allerbeste Wetter für die McIntosh-Äpfel – warme sonnige Tage und kalte Nächte. Es war nicht so kalt, daß Homer die Äpfel nicht mehr gerochen hätte, als er zum Ziderhaus schlenderte. Und es war nicht so dunkel, daß er auf der Schotterstraße hätte bleiben müssen. Er konnte querfeldein gehen. Weil er nicht auf der Straße war, konnte er sich unbemerkt dem Ziderhaus nähern.

Eine Weile stand er außerhalb des Kreises der Lichter, die im Mühlwerkraum strahlten, und lauschte auf die Geräusche der Männer, die an der Presse arbeiteten und redeten und lachten – und dem Gemurmel der Männer, die auf dem Dach des Ziderhauses redeten und lachten. Homer Wells lauschte lange, aber er merkte, daß er die Männer, wenn sie sich nicht bemühten, von einem Weißen verstanden zu werden, überhaupt nicht verstand – nicht einmal Mr. Rose, dessen klare Stimme die anderen Stimmen mit ruhigen, aber nachdrücklichen Zwischenbemerkungen zu interpunktieren schien.

Auch auf der York-Farm preßten sie Zider an diesem Abend, aber Melony hatte kein Interesse; sie versuchte nicht zu verstehen – weder den Vorgang, noch den Dialekt. Rather, der Mannschaftsboss, hatte ihr deutlich gesagt, daß die Männer es ihr verübelten, wenn sie an der Presse oder auch nur beim Flaschenabfüllen mittat; es kürzte ihren zusätzlichen Lohn. Ohnehin war Melony müde vom Pflücken. Sie lag auf ihrem Bett im Schlafraum des Ziderhauses und las *Jane Eyre*; ein Mann schlief am anderen Ende des Schlafraums, aber Melonys Leselicht störte ihn nicht – er hatte zuviel Bier getrunken, das einzige, was Rather den Männern zu trinken erlaubte. Das Bier wurde im Kühllagerraum aufbewahrt, gleich neben dem Mühlwerk, und die Männer tranken und redeten miteinander, während sie die Presse laufen ließen.

Die freundliche Frau namens Sandra, die Rathers Ehefrau war, saß auf einem Bett nicht weit von Melony und versuchte einen Reißverschluß an der Hose eines der Männer zu reparieren. Der Name des Mannes war Sammy, und er besaß nur eine Hose; immer wieder marschierte er aus dem Mühlwerksraum herein, um zu sehen, wie Sandra mit der Arbeit vorankam; eine übergroße, ballonweite Unterhose hing ihm beinah bis auf die knotigen Knie herab, seine Beine unter den Knien wie zähe kleine Weinranken.

Sandras Mutter, die alle Ma nannten, und die einfache, aber reichliche Mahlzeiten für die Mannschaft kochte, lag als ein großer Haufen auf dem Bett neben Sandra, mehr als ihr Teil an Decken über sie gebreitet – es war ihr immer kalt, aber das war das einzige, worüber sie klagte.

Sammy kam in den Schlafraum, ein Bier schlürfend und den Apfeltrestergeruch des Mühlwerkraumes hereintragend; die Spritzer der Presse sprenkelten seine nackten Beine.

»Mit solchen Beinen ist's kein Wunder, daß du deine Hose zurückhaben möchtest«, sagte Sandra.

»Wie stehen meine Chancen?« fragte Sammy.

»Erstens, dein Reißverschluß klemmt. Zweitens hast du ihn ausgerissen«, sagte Sandra.

»Was hattest du es so eilig mit deinem Reißverschluß?« fragte Ma, ohne sich aus ihrer Haufenstellung zu regen.

»Mist«, sagte Sammy. Er ging zurück an die Presse. Immer

418

wieder verhakte sich das Quetschwerk an irgend etwas – an einem dicken Stengel oder einer Stauung von Kernen – und es machte ein Geräusch wie eine Kreissäge, die an einem Ast würgt. Wenn dies passierte, pflegte Ma zu sagen: »Das war die Hand von jemand.« Oder: »Das war der ganze Kopf von jemand. Zuviel Bier getrunken und 'reingefallen.«

Trotz allem gelang es Melony zu lesen. Sie war nicht ungesellig, wie sie meinte. Die beiden Frauen waren freundlich zu ihr, nachdem sie erkannt hatten, daß sie es nicht auf einen der Männer abgesehen hatte. Die Männer hatten Achtung vor ihrer Arbeit und vor dem Mal, das der fehlende Freund auf ihr hinterließ. Sie hänselten sie zwar, aber sie meinten es nicht böse. Einen der Männer hatte sie mit Erfolg angelogen, und die Lüge hatte die Runde gemacht, wie sie es vorausgesehen hatte. Der Mann trug den Namen Wednesday – aus keinem Grund, der Melony je erklärt worden wäre – und sie hatte nicht genug Interesse gehabt zu fragen. Wednesday hatte ihr zu viele Fragen über dieses Ocean View gestellt, das sie suchte, und über den Freund, den sie zu finden trachtete.

Sie hatte ihre Leiter in einem schwerbeladenen Baum verhakt und wollte sie lösen, ohne Äpfel zu Boden zu schütteln; Wednesday half ihr, als Melony sagte: »Ganz schön eng, die Hose, die ich da trage, findest du nicht?«

Wednesday sah sie an und sagte: »Ja, finde ich.«

»Man sieht alles in den Taschen, richtig?« fragte Melony.

Wednesday sah abermals hin und sah die merkwürdige Sichelform der halb offenen horngeränderten Haarspange; straff und hart gegen den abgewetzten Kattun gedrückt, grub sie sich in Melonys Schenkel. Es war die Haarspange, die Mary Agnes von Candy gestohlen hatte und die Melony ihr ihrerseits gestohlen hatte. Eines Tages, so stellte sie sich vor, würde ihr Haar lang genug sein, damit die Haarspange ihr nützen könnte. Bis dahin trug sie sie wie ein Taschenmesser in ihrer rechten hinteren Tasche.

»Was ist das?« fragte Wednesday.

»Das ist ein Penismesser«, sagte Melony.

»*Was* für ein Messer?« sagte Wednesday.

»Du hast mich verstanden«, sagte Melony. »Es ist ganz klein, und es ist ganz scharf – es taugt nur für eines.«

»Und zwar für *was*?« fragte Wednesday.

»Es schneidet das Ende eines Penis ab«, sagte Melony. »Ganz schnell, ganz leicht – nur das Ende.«

Wäre die Pflückermannschaft auf der York-Farm eine Messer tragende Mannschaft gewesen, dann hätte jemand Melony bitten können, das Penismesser vorzuzeigen – nur als Gegenstand allgemeiner Bewunderung unter messertragenden Freunden. Aber niemand fragte; die Geschichte schien anzukommen. Im Verbund mit den anderen Geschichten, die Melony umgaben, festigte sie die allgemeine Befürchtung bei den Arbeitern auf der York-Farm: daß Melony keine war, mit der man herumschluderte.

Bei Melony benahmen sich sogar die Biertrinker. Die einzige schlimme Folge des Biertrinkens der Pflückermannschaft auf der York-Farm während des Ziderpressens war die Häufigkeit des Urinierens, was Melony nur beanstandete, wenn sie zu nah beim Ziderhaus pinkelten.

»He, das möchte ich nicht hören«, pflegte sie aus dem Fenster zu brüllen, wenn sie jemand pissen hörte. »Das möchte ich auch nicht riechen! Verschwinde vom Haus. Was ist los – hast du Angst vor der Dunkelheit?«

Sandra und Ma liebten Melony dafür, und sie fanden Gefallen an dem Refrain; wann immer sie jemand pinkeln hörten, versäumten sie nie, einstimmig zu brüllen: »Was ist los? Hast du Angst vor der Dunkelheit?«

Aber obwohl alle Melonys Härte duldeten oder sie deshalb sogar schätzten, fand niemand Gefallen an ihrem nächtlichen Lesen. Sie war die einzige, die las, und es dauerte eine Weile, bis sie merkte, wie unfreundlich die anderen das Lesen fanden, wie beleidigt sie sich fühlten, wenn sie das tat.

Als sie mit dem Pressen fertig waren in dieser Nacht und jedermann sich auf seinem Bett ausgestreckt hatte, fragte Melony, wie üblich, ob ihr Leselicht jemanden störe.

»Das Licht stört niemand«, sagte Wednesday.

Es gab zustimmendes Gemurmel, und Rather sagte: »Erinnert ihr euch an Cameron?« Es gab Gelächter, und Rather erklärte Melony, daß Cameron, der jahrelang auf der York-Farm gearbeitet hatte, solch ein Baby gewesen sei, daß er die ganze Nacht ein Licht brennen lassen mußte, nur um schlafen zu können.

»Er dachte, Tiere würden ihn auffressen, wenn er das Licht ausmachte!« sagte Sammy.

»Was für Tiere?« fragte Melony.

»Cameron wußte es nicht«, erklärte jemand.

Melony las weiter *Jane Eyre*, und nach einer Weile sagte Sandra: »Es ist nicht das Licht, das uns stört, Melony.«

»Jaaa«, sagte jemand. Melony begriff eine Weile nicht, aber allmählich merkte sie, daß alle auf ihren Betten sich zu ihr herumgedreht hatten und mürrisch zu ihr herüber schauten.

»In Ordnung«, sagte sie, »was stört euch?«

»Was liest du da überhaupt?« fragte Wednesday.

»Jaaa«, sagte Sammy. »Was ist Besonderes an diesem Buch?«

»Na, es ist ein Buch«, sagte Melony.

»Große Sache, daß du's lesen kannst, he?« fragte Wednesday.

»Was?« sagte Melony.

»Vielleicht, wenn es dir so sehr gefällt«, sagte Rather, »könnte es auch *uns* gefallen.«

»Wollt ihr, daß ich euch vorlese?« fragte Melony.

»Jemand hat mir 'mal vorgelesen«, sagte Sandra.

»Ich war es nicht«, sagte Ma. »Auch dein Vater war es nicht.«

»Ich hab nie gesagt, daß er's war«, sagte Sandra.

»Ich habe nie jemand jemandem vorlesen hören«, sagte Sammy.

»Jaaa«, sagte jemand.

Melony sah, daß etliche der Männer sich in ihren Betten auf ihre Ellbogen stützten und warteten. Sogar Ma wälzte ihren großen Haufen herum und schaute herüber zu Melonys Bett.

»Still, ihr alle«, sagte Rather.

Zum erstenmal in ihrem Leben hatte Melony Angst. Ungeachtet ihrer Anstrengungen und ihres leidvollen Umherreisens hatte sie das Gefühl, in die Mädchenabteilung zurückgekehrt zu sein, und zwar ohne es zu merken; doch es war nicht nur dies. Es war das erstemal, daß jemand etwas von ihr erwartete; sie wußte, was *Jane Eyre* für sie bedeutete – aber was mochte das Buch für die anderen bedeuten? Sie hatte es Kindern vorgelesen, zu klein, um auch nur die Hälfte der Wörter zu verstehen, zu klein, um bis ans Ende eines Satzes aufzupassen, doch es waren Waisen gewesen – Gefangene der Routine des Vorlesens; die Routine war es, was zählte.

Melony war mehr als halbwegs auf ihrer dritten oder vierten Reise durch *Jane Eyre*. Sie sagte: »Ich bin auf Seite Zweihundertundacht. Eine ganze Menge ist vorher passiert.«

»Lies nur vor«, sagte Sammy.

»Vielleicht sollte ich am Anfang beginnen«, schlug Melony vor.

»Lies nur vor, was du selbst liest«, sagte Rather sanft.

Noch nie hatte ihre Stimme gezittert, aber Melony fing an.

»›Der Wind brauste hoch in den großen Bäumen, welche das Tor überlaubten‹«, las sie vor.

»Was heißt ›überlauben‹?« fragte sie Mittwoch.

»Wie eine Laube«, sagte Melony. »Wie·etwas, das über einem hängt, zum Beispiel für Weintrauben oder Rosen.«

»Wo die Dusche ist, das ist so eine Art von Laube«, sagte Sandra.

»Oh«, sagte jemand.

»›Aber die Straße, so weit ich sehen konnte‹«, fuhr Melony fort, »›lag zur Rechten wie zur Linken immer noch ganz still und desolat...‹«

»Was's das?« fragte Sammy.

»Desolat heißt *allein*«, sagte Melony.

»So was wie isoliert, ihr wißt doch, isoliert«, sagte Rather, und es gab beifälliges Gemurmel.

»Hört auf mit eurem Unterbrechen«, sagte Sandra.

»Na, wir müssen doch verstehen«, sagte Wednesday.

»Hört bloß auf«, sagte Ma.

»Lies«, sagte Rather zu Melony, und sie versuchte fortzufahren.

»›...die Straße... ganz still und desolat: bis auf die Wolkenschatten, die sie in Abständen überquerten, wenn der Mond hervorlugte, war sie nichts als ein langes bleiches Band, unvariiert durch einen bewegten Fleck‹«, las Melony.

»Un-was?« fragte jemand.

»Unvariiert heißt unverändert, nicht verändert«, sagte Melony.

»Das weiß ich«, sagte Wednesday. »Das habe ich kapiert.«

»Hör auf«, sagte Sandra.

»›Eine puerile Träne‹«, begann Melony, aber sie hielt inne. »Ich weiß nicht, was ›pueril‹ heißt«, sagte sie. »Es ist nicht wichtig, daß ihr wißt, was jedes Wort heißt.«

»In Ordnung«, sagte jemand.

»›Eine puerile Träne verdüsterte mein Auge, indes ich schaute – eine Träne der Enttäuschung und Ungeduld: beschämt darüber, wischte ich sie ab...‹«

»Na, was das ist, wissen wir jedenfalls«, sagte Wednesday.

»›...ich verweilte‹«, las Melony.

»Du – was?« fragte Sammy.

»Hing herum; verweilen heißt herumhängen!« sagte Melony schneidend. Sie begann abermals: »›...der Mond schloß sich vollends ein in seine Kammer und zog seine dichten Wolkengardinen zu; die Nacht wurde finster...‹«

»Jetzt wird's unheimlich«, stellte Wednesday fest.

»›...Regen kam rasch vor dem Wind dahergefahren.‹« Melony hatte »Brise« gegen »Wind« vertauscht, ohne daß sie es merkte. »›Ich wünsche, er würde kommen! Ich wünsche, er würde kommen! rief ich, ergriffen von einer hypochondrischen Vorahnung.‹« Damit hörte Melony auf; Tränen füllten ihre Augen, und sie konnte die Wörter nicht sehen. Es gab ein langes Schweigen, bevor einer sprach.

»Von was wurde sie ergriffen?« fragte Sammy erschrocken.

»Ich weiß nicht!« sagte Melony schluchzend. »Irgend eine Art Furcht, glaube ich.«

Eine Weile respektierten sie Melonys Schluchzen, dann sagte Sammy: »Ich schätze, es ist eine Art Grusel-Geschichte.«

»Warum willst du so etwas lesen, bevor du einzuschlafen versuchst?« fragte Rather Melony mit freundlicher Anteilnahme, aber Melony streckte sich auf ihr Bett und knipste ihr Leselicht aus. Als alle Lichter aus waren, spürte Melony, wie Sandra sich neben sie auf ihr Bett setzte. Wäre es Ma gewesen, das wußte sie, dann wäre ihr Bett schwerer eingesunken. »Wenn du mich fragst, solltest du diesen Freund besser vergessen«, sagte Sandra. »Wenn er dir nicht gesagt hat, wie du ihn finden kannst, taugt er sowieso nichts.« Melony hatte, seit Mrs. Grogan in der Mädchenabteilung von St. Cloud's, nicht mehr gefühlt, wie jemand ihr über die Schläfen strich; sie merkte, daß sie Mrs. Grogan sehr vermißte, und für eine Weile lenkte dies ihre Gedanken von Homer Wells ab.

Als alle anderen schliefen, knipste Melony ihr Leselicht wieder an; welch ein Fehlschlag *Jane Eyre* für die anderen auch sein mochte, für Melony hatte sie stets ihren Zweck getan – sie hatte ihr stets geholfen – und jetzt brauchte sie ihre Hilfe. Sie las weiter etwa zwanzig Seiten, aber Homer Wells wollte ihr nicht aus dem Sinn. »Für mein ganzes Leben muß ich von dir scheiden«, las sie mit Entsetzen. »Eine neue Existenz muß ich beginnen zwischen fremden Gesichtern und fremden Schauplätzen.« Die Wahrheit dieser Worte schloß das Buch für sie, für immer. Sie ließ das Buch unter ihr Bett im Schlafraum des Ziderhauses auf der York-Farm gleiten, wo sie es zurücklassen sollte. Und hätte sie nur jenen Abschnitt aus *David Copperfield* gelesen, den Homer Wells so sehr liebte und sich immer wieder vorsagte, als sei es ein hoffnungsvolles Gebet, sie hätte auch *David Copperfield* beiseite gelegt. »Ich bin stehengeblieben, um die Traumbilder jener Tage vorübereilen zu lassen.« Aussichtslos! hätte Melony gedacht. Sie wußte, daß alle die Traumbilder jener Tage an Homer und ihr hafteten, fester als Schatten, und darum weinte sich Melony in den Schlaf – sie war nicht hoffnungsvoll, aber sie war entschlossen, und ihr inneres Auge suchte in der Dunkelheit nach Homer Wells.

Sie hätte ihn nicht gesehen in dieser Nacht – so gut war er verborgen außerhalb des Kreises der Lichter, die aus dem Mühlwerksraum auf Ocean View strahlten. Auch wenn er geniest hätte, oder wenn er hingefallen wäre, so hätte der Lärm des Quetschwerks und der Pumpe seine Anwesenheit verheimlicht. Er beobachtete das rotäugige Glimmen der Zigaretten, das über dem Dach des Ziderhauses emporschnellte und wieder stockte. Als ihm kalt wurde, ging er, um die anderen beim Pressen zu beobachten und um ein wenig Zider mit Rum zu trinken.

Mr. Rose schien erfreut, ihn zu sehen; er gab Homer einen Trunk mit sehr wenig Zider darin, und zusammen beobachteten sie das Orchester von Pumpe und Quetschwerk. Ein Mann namens Jack, der eine schreckliche Narbe quer über seiner Kehle – eine schwer-zu-überlebende-Narbe – hatte, zielte mit der Schütte. Ein Mann namens Orange klopfte die Körbe zurecht und fing die spritzende Masse mit wildem Stolz auf; sein Name war Orange, weil er einmal versucht hatte, sein Haar zu färben, und was herauskam, war Orange – jetzt gab es keine Spur von dieser Farbe mehr an ihm. Der Rum machte Jack und Orange ingrimmig bei ihrer Arbeit und unachtsam gegen die herumfliegende Schweinerei, und trotzdem spürte Homer, daß Mr. Rose, der nüchtern wirkte, immer noch die Kontrolle hatte – die Männer wie auch die Maschine beherrschend und beide mit Volldampf antreibend.

»Wir wollen versuchen, bis Mitternacht hier herauszukommen«, sagte Mr. Rose ruhig. Jack drosselte den Fluß des Tresters in den obersten Korb; Orange hebelte die Presse an Ort und Stelle.

In der anderen Ecke des Mühlwerksraumes waren zwei Männer, die Homer Wells nicht kannte, mit großer Geschwindigkeit beim Flaschenabfüllen. Einer der Männer fing an zu lachen, und sein Partner begann so laut mitzulachen, daß Mr. Rose zu ihnen hinüberrief: »Was ist da so spaßig?«

Einer der Männer erklärte, daß ihm seine Zigarette aus dem Mund und in den Bottich gefallen sei; bei dieser Erklärung begannen sogar Jack und Orange zu lachen, und Homer Wells lächelte, aber Mr. Rose sagte ruhig: »Dann fische sie besser wieder heraus; niemand wünscht solch eine Verschmutzung des Ziders.«

Die Männer waren ruhig jetzt; nur die Maschine fuhr fort mit ihrem Plätschern und Kreischen. »Geh schon«, wiederholte Mr. Rose. »Geh Fischen.«

Der Mann, der die Zigarette verloren hatte, starrte in den Tausendgallonenbottich; er war nur halb voll, und doch war es ein wahrer Swimmingpool. Er zog seine Gummistiefel aus, doch Mr. Rose sagte: »Nicht nur die Stiefel. Zieh *alle* deine Kleider aus, und dann geh unter die Dusche – und mach schnell. Wir haben Arbeit vor.«

»Was?« sagte der Mann. »Ich werde mich nicht nackt ausziehen und mich waschen, nur um dort drin schwimmen zu gehen!«

»Du bist dreckig von oben bis unten«, sagte Mr. Rose. »Mach schnell.«

»He, Sie können schnell machen«, sagte der Mann zu Mr. Rose. »Sie wollen den Stummel draußen haben, Sie können ihn selbst herausfischen.«

Orange war es, der jetzt zu dem Mann sprach.

»In welchem Geschäft bist du?« fragte ihn Orange.

»He, *was*?« fragte der Mann.

»In welchem Geschäft bist du, Mann?« fragte Orange.

»Sag doch, du bist im Apfelgeschäft«, empfahl Jack dem Mann.

»*Was* sagst du?« fragte der Mann.

»Sag nur einfach, du bist im Apfelgeschäft«, sagte Orange.

In diesem Moment geschah es, daß Mr. Rose Homer am Arm nahm und zu ihm sagte: »Du mußt die Aussicht vom Dach sehen, mein Freund.« Der Griff an seinem Ellbogen war fest, aber sanft. Sehr würdevoll führte Mr. Rose Homer aus dem Mühlwerksraum und hinaus durch die Küchentür.

»Weißt du, in welchem Geschäft Mistah Rose ist, Mann?« hörte Homer Orange fragen.

»Er ist im Messer-Geschäft, Mann«, hörte er Jack sagen.

»Du willst doch nicht ins Messergeschäft einsteigen mit Mistah Rose«, hörte Homer Orange sagen.

»Bleib du nur im Apfelgeschäft, und dir geht's gut, Mann«, sagte Jack.

Homer folgte Mr. Rose die Leiter hinauf auf das Dach, als er die Dusche angehen hörte; es war eine Innendusche – man war mehr für sich als in der Dusche auf der York-Farm. Abgesehen von ihren Zigaretten waren die Männer auf dem Dach schwer zu erkennen, doch Homer hielt Mr. Roses Hand und folgte ihm über die Planke auf dem Dachgiebel, bis sie zwei gute Sitzplätze fanden.

»Ihr alle kennt Homer«, sagte Mr. Rose zu den Männern auf dem Dach. Da war ein Gewirr von Begrüßungen. Der Mann namens Hero war da, und der Mann namens Branches; da war jemand namens Willy und zwei oder drei Leute, die Homer nicht kannte, und der alte Koch, dessen Name Black Pan war. Der Koch hatte die Gestalt eines Suppenkessels; es hatte ihn einige Mühe gekostet, seinen Hochsitz auf dem Dach zu erreichen.

Jemand reichte Homer eine Bierflasche, aber die Flasche war warm und voll Rum.

»Es ist wieder stehengeblieben«, sagte Branches, und alle starrten hinüber zum Meer.

Die Lichter des Nachtlebens von Cape Kenneth waren so niedrig am Horizont, daß manche der Lichter selbst gar nicht sichtbar waren – nur ihre Spiegelbilder, vor allem wenn das Licht hinaus auf den Ozean fiel – doch das hohe Riesenrad leuchtete strahlend. Es blieb stehen, um neue Fahrgäste aufzunehmen und alte aussteigen zu lassen.

»Vielleicht ist es stehengeblieben, um Luft zu holen«, sagte Branches, und alle lachten darüber.

Jemand vermutete, daß es stehengeblieben sei, um zu furzen, und alle lachten noch lauter.

Dann sagte Willy: »Wenn es zu nah an den Erdboden kommt, *muß* es stehenbleiben, glaube ich«, und alle schienen ernsthaft darüber nachzudenken.

Dann drehte sich das Riesenrad wieder, und die Männer auf dem Dach des Ziderhauses stießen einen ehrfürchtigen Seufzer aus.

»Da fährt es wieder!« sagte Hero.

»Es ist wie ein Stern«, sagte Black Pan, der alte Koch. »Es ist scheinbar ganz kalt, aber wenn du zu nah herangehst, verbrennt es dich – heißer als Feuer!«

»Es ist ein Riesenrad«, sagte Homer Wells.

»Es ist ein *was*?« sagte Willy.

»*Was* für ein Rad?« fragte Branches.

»Ein Riesenrad«, sagte Homer Wells. »Das ist der Lunapark von Cape Kenneth, und das ist das Riesenrad.« Mr. Rose stieß ihn in die Rippen, aber Homer verstand nicht. Lange sprach niemand, und als Homer Mr. Rose anschaute, schüttelte Mr. Rose sachte den Kopf.

»Ich habe so etwas gehört«, sagte Black Pan. »Ich glaube, sie hatten eines in Charleston.«

»Das Riesenrad ist wieder stehengeblieben«, stellte Hero fest.

»Es läßt Passagiere aussteigen – Fahrgäste«, sagte Homer Wells.

»Es nimmt neue Fahrgäste auf.«

»Die Leute *fahren* mit diesem verdammten Ding?« fragte Branches.

»Quatsch mich nicht an, Homer«, sagte Hero.

Wieder spürte Homer den Rippenstoß, und Mr. Rose sagte milde:

»Ihr seid so ungebildet, ihr alle – Homer macht ein bißchen Spaß mit euch.«

Als die Rumflasche von Mann zu Mann gereicht wurde, reichte Mr. Rose sie einfach weiter.

»Sagt der Name Homer euch nichts?« fragte Mr. Rose die Männer.

»Ich glaube, ich habe davon gehört«, sagte der Koch Black Pan.

»Homer war der erste Geschichtenerzähler der Welt«, verkündete Mr. Rose. Da war wieder der Rippenstoß in Homers Seite, und Mr. Rose sagte: »Auch *unser* Homer weiß ein paar gute Geschichten zu erzählen.«

»Mist«, sagte jemand nach einer Weile.

»Was für ein Rad, sagst du, Homer?« fragte Branches.

»Ein Riesenrad«, sagte Homer Wells.

»Jaaa!« sagte jemand. Alle lachten.

»Ein verdammtes *Riesenrad*«, sagte Hero. »Das ist nicht schlecht.« Einer der Männer, die Homer nicht kannte, rollte vom Dach.

Alle warteten, bis er am Boden war, bevor sie ihm nachriefen.

»Bist du in Ordnung, Arschloch?« fragte Black Pan.

»Jaaa«, sagte der Mann, und alle lachten.

Als Mr. Rose die Dusche wieder angehen hörte, wußte er, daß sein Flaschenabfüller die Zigarette gefunden hatte und sich den Zider abwusch.

»Willy und Hero, ihr werdet jetzt Flaschen abfüllen«, sagte Mr. Rose.

»Ich habe zuletzt Flaschen abgefüllt«, sagte Hero.

»Du machst dich wirklich gut dabei«, sagte Mr. Rose.

»Ich werde ein Weilchen pressen«, sagte jemand.

»Jack und Orange machen es gut«, sagte Mr. Rose. »Wir lassen sie nur noch ein Weilchen machen.«

Homer spürte, daß er zusammen mit Mr. Rose das Dach verlassen sollte. Sie halfen einander auf der Leiter; am Boden sprach Mr. Rose sehr ernst zu Homer.

»Du mußt verstehen«, flüsterte Mr. Rose. »Sie wollen nicht wissen, was das für ein Ding ist. Was könnte es ihnen nützen, es zu wissen?«

»In Ordnung«, sagte Homer Wells und blieb lange außerhalb des Kreises der Lichter stehen, die im Mühlwerkraum strahlten. Jetzt, da er vertrauter war mit ihrem Dialekt, konnte er manchmal die Stimmen vom Dach verstehen.

»Es ist wieder stehengeblieben«, hörte er Branches sagen.

»Ja, es nimmt *Fahrgäste* auf«, sagte jemand, und alle lachten.

»Wißt ihr, vielleicht ist es eine Anlage der Armee«, sagte Black Pan.

»Was für eine Armee?« fragte jemand.

»Wir sind beinah im Krieg«, sagte Black Pan. »Ich habe so was gehört.«

»Mist«, sagte jemand.

»Es ist etwas für die Flugzeuge, damit sie sehen«, sagte Black Pan.

»Wessen Flugzeuge?« fragte Hero.

»Da fährt es wieder«, sagte Branches.

Homer wanderte durch die Obstgärten zurück zum Hause der Worthingtons; er war gerührt, daß Mrs. Worthington das Licht über der Treppe für ihn angelassen hatte, und als er das Licht unter ihrer Schlafzimmertür sah, sagte er leise: »Gute Nacht, Missas Worthington, ich bin zurück.«

»Gute Nacht, Homer«, sagte sie.

Er sah eine Weile aus Wallys Fenster. Auf diese Weise war es unmöglich für ihn, die Reaktion auf dem Dach des Ziderhauses zu beobachten, als das Riesenrad in Cape Kenneth für die Nacht geschlossen wurde – als die Lichter mit einem Flimmern ausgingen: was mochten die Männer auf dem Dach *da*rüber sagen? fragte er sich. Vielleicht dachten sie, daß das Riesenrad von einem anderen Planeten gekommen war und daß es, als die Lichter ausgingen, dorthin zurückgekehrt war.

Und hätte nicht Fuzzy Stone sich gefreut, es zu sehen? dachte Homer Wells. Und Curly Day, und Klein-Copperfield! Und es wäre ein Spaß gewesen, mit Melony darin zu fahren – nur einmal, um zu sehen, was sie darüber gesagt hätte. Dr. Larch wäre nicht beeindruckt gewesen. Gab es denn etwas, das ein Rätsel war für Dr. Larch?

Am anderen Morgen beschloß Mr. Rose, seinen magischen Händen zwischen den Bäumen Ruhe zu gönnen; er kam herüber zu Homer, der als Prüfer in dem Obstgarten namens Frying-Pan arbeitete, Bushel-Kisten zählend, bevor sie auf den Pritschen-Anhänger geladen wurden, und jedem Pflücker jedes gepflückte Bushel anrechnend.

»Ich möchte, daß du mir dieses Rad zeigst«, sagte Mr. Rose lächelnd.

»Das Riesenrad?« sagte Homer Wells.

»Falls es dir nichts ausmacht, es mir zu zeigen«, sagte Mister Rose. »Es darf nur kein Gerede darüber geben.«

»Richtig«, sagte Homer. »Wir sollten lieber bald fahren, bevor es noch kälter wird und es für diese Saison geschlossen wird. Ich möchte wetten, es ist jetzt schon ziemlich kalt, um darauf zu fahren.«

»Ich weiß nicht, ob ich darauf fahren möchte, bevor ich es gesehen habe«, sagte Mr. Rose.

»Klar«, sagte Homer.

Mrs. Worthington ließ ihn den Lieferwagen nehmen, doch als er Mr. Rose beim Ziderhaus abholte, waren alle neugierig.

»Wir müssen etwas im anderen Obstgarten prüfen«, sagte Mr. Rose zu den Männern.

»Von welchem anderen Obstgarten redet er?« fragte Black Pan Hero, als Homer und Mr. Rose in den Lieferwagen stiegen.

Homer mußte an seine Fahrt mit Wally auf dem Riesenrad denken. Es war viel kälter jetzt, und Mr. Rose war bedrückt auf dem Weg nach Cape Kenneth, und – ganz untypisch für ihn – in sich gekehrt, als sie miteinander durch den Lunapark wanderten. Die Menschenmassen vom Sommer waren verschwunden; manche der Lunapark-Attraktionen waren bereits geschlossen.

»Sie brauchen sich nicht zu ängstigen«, sagte Homer zu Mr. Rose. »Das Riesenrad ist völlig ungefährlich.«

»Ich bin nicht ängstlich wegen irgend 'nem Rad«, sagte Mr. Rose. »Siehst du viele Leute von meiner Hautfarbe hier?«

Homer hatte nichts Feindseliges in den Blicken der Leute entdeckt – als Waise argwöhnte er stets, daß die Leute es auf ihn abgesehen hatten und ihn anstarrten – und darum hatte er sich nicht besonders isoliert gefühlt in Mr. Roses Gesellschaft. Jetzt aber bemerkte er mehr solcher Blicke und merkte, daß die Blicke, die eine Waise entdecken mochte, im Vergleich dazu nur Einbildung waren.

Als sie zu dem Riesenrad kamen, stand keine Schlange dort, aber sie mußten warten, bis die eben laufende Fahrt vorbei war. Als das Rad stehenblieb, stiegen Homer und Mr. Rose ein und setzten sich zusammen in eine Gondel.

»Wir könnten jeder in seiner eigenen Gondel sitzen, falls Sie das lieber möchten«, sagte Homer Wells.

»Laß nur, wie es ist«, sagte Mr. Rose. Als das Rad seinen Aufstieg begann, saß er sehr still und gerade und hielt den Atem an, bis sie beinah den höchsten Punkt des Anstiegs erreicht hatten.

»Dort drüben ist der Obstgarten«, deutete Homer Wells, doch Mr. Rose starrte geradeaus, als hinge die Stabilität des ganzen Riesenrades davon ab, daß jeder Fahrgast ein vollkommenes Gleichgewicht wahrte.

»Was ist Besonderes daran?« fragte Mr. Rose starr.

»Es ist nur wegen der Fahrt, und wegen der Aussicht, schätze ich«, sagte Homer Wells.

»Mir gefällt die Aussicht vom Dach«, sagte Mr. Rose. Als sie mit dem Abstieg des kreisenden Rades begannen, sagte Mr. Rose: »Es ist gut, daß ich heute nicht viel gegessen habe.«

Bis sie das Bodenniveau passierten und wieder mit ihrem Aufstieg begannen, hatte sich eine ansehnliche Menschenmenge gebildet – aber anscheinend standen sie nicht Schlange für die nächste Fahrt. Da waren nur zwei Pärchen und ein einzelner Junge, die sich das Riesenrad mit Homer und Mr. Rose teilten, und als sie abermals am höchsten Punkt des Rades waren, merkte Homer, daß die Menge dort unten zusammengelaufen war, um Mr. Rose anzustarren.

»Sie sind gekommen, um zu sehen, ob Nigger fliegen«, sagte Mr. Rose, »aber so etwas werde ich nicht tun – nicht zur Unterhaltung der andern. Sie sind gekommen, um zu sehen, ob die Maschine zusammenbricht, wenn sie versucht, 'nen Nigger zu tragen – oder vielleicht wollen sie mich erbrechen sehen.«

»Tun Sie einfach gar nichts«, sagte Homer Wells.

»Das ist der Ratschlag, den ich mein ganzes Leben lang gehört habe, Junge«, sagte Mr. Rose. Als sie mit ihrem Abstieg begannen, beugte sich Mr. Rose aus der Gondel – sehr gefährlich, viel weiter als nötig – und erbrach sich in einem prächtigen Bogen über die Menschenmenge unter ihnen. Die Menschenmenge wich zurück wie ein Mann, aber nicht alle wichen sie rechtzeitig zurück.

Als die Gondel wieder am tiefsten Punkt des Abstiegs angelangt war, wurde das Riesenrad angehalten, damit der Mann,

dem übel geworden war, aussteigen konnte. Die Menschenmenge hatte sich zurückgezogen, bis auf einen jungen Mann,
der besonders bekleckert war. Als Homer Wells und Mr. Rose
das Gelände des Riesenrades verließen, trat der junge Mann vor
und sagte zu Mr. Rose: »Sie sahen aus, als wollten Sie das
absichtlich tun.«

»Wem wollte absichtlich übel werden?« fragte Mr. Rose; er
ging weiter, und Homer ging mit ihm. Der junge Mann war etwa
in Homers Alter; er sollte seine Hausaufgaben machen, dachte
Homer Wells – falls er noch in die Schule geht, ist es der Abend
eines Schultags.

»Ich glaube, Sie wollten es absichtlich tun«, sagte der junge
Mann zu Mr. Rose, der jetzt stehenblieb.

»In welchem Geschäft bist du?« fragte Mr. Rose den Jungen.

»Was?« fragte der junge Mann, aber Homer Wells trat zwischen sie.

»Meinem Freund ist übel geworden«, sagte Homer Wells.
»Bitte, laß ihn in Ruhe.«

»Deinem *Freund*?« sagte der Junge.

»Frag mich, in welchem Geschäft ich bin«, sagte Mr. Rose zu
dem Jungen.

»In welchem Scheiß-Geschäft sind Sie, *Mister*?« brüllte der
junge Mann Mr. Rose an. Homer fühlte sich elegant aus dem
Weg geschoben; er sah, daß Mr. Rose ganz plötzlich Brust an
Brust vor dem Jungen stand. Da war aber kein saurer Geruch von
Erbrochenem in Mr. Roses Atem. Irgendwie hatte sich Mr. Rose
eines dieser Pfefferminz in den Mund gesteckt; die Wachsam-
keit, die gefehlt hatte, als Mr. Rose übel gewesen war, war jetzt
wieder in seinen Augen. Der Junge schien überrascht, daß er so
nah vor Mr. Rose stand, und so plötzlich; er war ein wenig größer und ein ganzes Stück schwerer als Mr. Rose, und doch schien
er unsicher. »Ich habe gesagt: ›In welchem Scheiß-Geschäft sind
Sie, Mister?‹« wiederholte der Junge, und Mr. Rose lächelte.

»Ich bin im Kotz-Geschäft!« sagte Mr. Rose demütig. Jemand
in der Menschenmenge lachte; Homer Wells verspürte eine
Woge der Erleichterung; Mr. Rose lächelte auf eine Weise, die es

auch dem Jungen erlaubte, zu lächeln. »Tut mir leid, wenn du etwas davon abgekriegt hast«, sagte Mr. Rose höflich.

»Kein Problem«, sagte der junge Mann und wandte sich zum Gehen. Nach ein paar Schritten drehte sich der Junge fragend in Mr. Roses Richtung, doch Mr. Rose hatte Homer Wells am Arm genommen und ging bereits weiter. Homer sah den Schock im Gesicht des Jungen. Die Flanelljacke des jungen Mannes, deren Reißverschluß immer noch geschlossen war, flatterte, weit offen – ein einziger kühner Schnitt hatte sie vom Kragen bis zur Taille aufgeschlitzt – und alle Knöpfe am Hemd des Jungen waren verschwunden. Der Junge starrte an sich hinunter und dann auf Mr. Rose, der sich nicht umsah, und dann ließ der Junge sich in die Geborgenheit der Menge ziehen.

»Wie haben Sie das gemacht?« fragte Homer Mr. Rose, als sie den Lieferwagen erreichten.

»Deine Hände müssen schnell sein«, sagte Mr. Rose. »Dein Messer muß scharf sein. Aber *machen* mußt du es mit den Augen. Deine Augen halten die Augen des anderen von deinen Händen fern.«

Das weit offene Jackett des Jungen zwang Homer, sich an Clara zu erinnern, und daran, wie ein Skalpell keinen Fehler machte. Nur eine Hand macht Fehler. Es war ihm kalt in der Brust, und er fuhr zu schnell.

Als Homer von der Drinkwater Road abbog und durch die Obstgärten zum Ziderhaus fuhr, sagte Mr. Rose: »Siehst du? Ich hatte recht, nicht wahr? Was nützt es – Apfelpflückern – etwas über dieses Rad zu wissen?« Es nützt nichts, etwas darüber zu wissen, dachte Homer Wells.

Und was würde es Melony guttun und nützen, etwas darüber zu wissen, oder Curly Day, oder Fuzzy – oder irgendwelchen Beduinen?

»Habe ich recht?« drängte Mr. Rose.

»Richtig«, sagte Homer Wells.

8

Die Chance klopft an

Nach der Ernte auf der York-Farm fragte der Vorarbeiter Melony, ob sie noch bleiben wolle, mithelfen beim Mäusefangen. »Wir müssen die Mäuse erwischen, bevor der Boden gefriert, sonst spazieren sie den ganzen Winter ein und aus im Obstgarten«, erklärte der Vorarbeiter. Die Männer verwendeten Gifthafer und Giftmais und streuten das Gift um die Bäume und schoben es in die Röhren der Fichtenmäuse.

Arme Mäuse, dachte Melony, aber sie versuchte es ein paar Tage mit dem Mäusefangen. Wenn sie eine Fichtenmäuseröhre sah, versuchte sie sie zu tarnen; niemals schob sie Gift hinein. Und sie tat nur so, als ob sie den Hafer und den Mais um die Bäume streute; es gefiel ihr nicht, wie das Gift roch. Sie pflegte es auf die Schotterstraße zu werfen und ihren Sack mit Sand und Kies zu füllen, den sie statt dessen verstreute.

»Sollt einen guten Winter haben, ihr Mäuse«, flüsterte sie ihnen zu.

Es wurde allmählich sehr kalt im Ziderhaus; man gab ihr einen Holzofen, dessen Rohr Melony durch ein Fenster im Schlafraum schob. Der Ofen bewahrte die Toilette vor dem Einfrieren. Der Morgen, an dem die Freiluftdusche eingefroren war, war der Morgen, an dem Melony weiterzuziehen beschloß. Nur kurz bedauerte sie es, daß sie nicht bleiben konnte, um noch mehr Mäuse zu retten.

»Falls du einen anderen Obstgarten suchst«, warnte sie der Vorarbeiter, »wirst du keinen finden, der im Winter Leute anheuert.«

»Ich wünsche mir für den Winter eine Arbeit in der Stadt«, sagte Melony zu ihm.

»Welche Stadt?« fragte der Vorarbeiter. Melony zuckte die Schultern. Sie hatte das kleine Bündel ihrer Habseligkeiten fest mit Charlys Gürtel zusammengeschnallt; die Ärmel von Mrs. Grogans Mantel reichten ihr nur halb über die Unterarme, und der Mantel paßte besonders knapp um die Schultern und Hüften – dennoch schaffte Melony es, darin behaglich auszusehen. »Es gibt keine wirklichen Städte in Maine«, sagte der Vorarbeiter zu ihr.

»Es braucht keine wirkliche Stadt zu sein, damit sie für mich eine Stadt ist«, sagte Melony. Er schaute ihr nach, wie sie zur selben Straßenstelle wanderte, wo er ihr schon einmal Lebewohl nachgerufen hatte. Es war die Jahreszeit, da die Bäume nackt sind und der Himmel wie Blei aussieht und die Erde sich unter den Füßen mit jedem Tag unnachgiebiger anfühlt – und doch ist es zu früh für den Schnee, oder aber es gibt launische Unwetter und der Schnee bleibt nicht liegen.

Aus irgendeinem Grund verspürte der Vorarbeiter einen starken Wunsch, mit Melony fortzuziehen; er war selbst überrascht, als er laut murmelte: »Ich hoffe, es schneit bald.«

»Was?« sagte eine der Apfelmarktfrauen.

»Bis dann!« rief der Vorarbeiter Melony nach, aber sie antwortete ihm nicht.

»Gott sei Dank ist sie weg«, sagte eine der Frauen im Markt.

»Die Nutte«, sagte eine andere.

»Was macht sie zur Nutte?« fragte der Vorarbeiter scharf. »Mit wem habt ihr sie schlafen sehen?«

»Sie ist nur eine Landstreicherin«, sagte eine von ihnen.

»Wenigstens ist sie *interessant*«, bellte der Vorarbeiter. Die Frauen musterten ihn einen Moment, bevor eine von ihnen sprach.

»Bist in sie verknallt, nicht wahr?« fragte sie.

»Ich möchte wetten, du wünschst dir, du wärest dieser Freund, den sie sucht«, sagte eine andere Frau, was bei den Marktfrauen ein hechelndes Gelächter auslöste.

»Das ist es nicht!« bellte der Vorarbeiter. »Ich hoffe, sie wird diesen Freund niemals finden – um seinetwillen!« sagte der Vorarbeiter. »Und um ihretwillen«, fügte er hinzu.

Die Frau, deren fetter Ehemann versucht hatte, Melony zu

vergewaltigen, wandte bei diesem Gespräch das Gesicht ab. Sie öffnete die große Gemeinschaftsthermoskanne auf dem Tisch neben der Registrierkasse; doch als sie versuchte, sich Kaffee einzuschenken, kam keiner heraus. Was statt dessen herauskam, war Gifthafer und Giftmais. Hätte Melony tatsächlich die anderen vergiften wollen, sie wäre zurückhaltender gewesen mit den Mengen. Es war eindeutig nur eine Botschaft, und die Apfelmarktfrauen betrachteten diese so stumm, als versuchten sie, aus den Gebeinen zu lesen.

»Seht ihr, was ich meine?« fragte der Vorarbeiter sie. Er suchte sich einen Apfel aus dem Schaukorb auf der Theke und tat einen herzhaften Biß; der Apfel hatte so lange in der Kälte draußen gelegen, daß er halb gefroren war und so mehlig im Munde des Vorarbeiters, daß er ihn sofort ausspuckte.

Es war sehr kalt auf der Straße zur Küste, aber durch das Wandern wurde Melony warm; außerdem blieb ihr, da kein Verkehr war, nichts anderes übrig als zu wandern. Als sie die Küstenschnellstraße erreichte, brauchte sie nicht lange auf eine Mitfahrgelegenheit zu warten. Ein bleicher, aber vergnügter Junge, der einen paneelierten Lastwagen steuerte, hielt vor ihr an.

»Yarmouth – Farben und Schellack, stets zu Diensten«, sagte der Junge zu Melony; er war etwas jünger als Homer Wells und – in Melonys Augen – längst nicht so weltlich-hübsch anzuschauen. Der Lastwagen roch nach Holzbeizdüften und nach Firniß und Karbolineum. »Ich bin ein Holzbehandlungsfachmann«, sagte der Junge stolz zu ihr.

Bestenfalls ein Handelsvertreter, dachte Melony; wahrscheinlich eher sogar ein Botenjunge. Sie lächelte schmal, um nicht ihre ausgeschlagenen Zähne zu zeigen. Der Junge zappelte nervös und erwartete so etwas wie eine Begrüßung, eine Art Gruß von ihr. Jeden kann ich binnen kaum einer Minute nervös machen, dachte Melony.

»Äh, wohin willst du?« fragte der Junge sie – während der paneelierte Lastwagen dahinschwankte.

»Die Stadt«, sagte Melony.

»Welche Stadt?« fragte der Junge.

Jetzt erlaubte Melony ihren Lippen, sich in einem Lächeln zu teilen – der erschrockene Junge starrte jetzt auf die betrübliche Geschichte ihres Mundes.

»Sag du's mir«, sagte Melony.

»Ich muß nach Bath fahren«, sagte der Junge nervös. Melony starrte ihn an, als ob er gesagt hätte, er müsse ein Bad *nehmen*.

»Bath«, wiederholte sie.

»Es ist eine Stadt, sozusagen«, sagte der Holzbehandlungsfachmann zu ihr.

Es war Claras Stadt! hätten Dr. Larch oder Homer Wells Melony sagen können – die gute alte Clara war aus Bath nach St. Cloud's gekommen! Doch das wußte Melony nicht, und sie hätte sich auch nicht darum gekümmert; ihre Beziehung zu Clara war eine von der unangenehm eifersüchtigen Art gewesen. Homer Wells kannte Clara intimer, als er Melony kannte. Vielleicht hätte es Melony interessiert, daß sie in Bath viel näher an Ocean View sein würde, als sie auf der York-Farm gewesen war – daß es vielleicht sogar Einwohner von Bath gab, die von einem Obstgarten namens Ocean View gehört hatten; gewiß gab es viele Einwohner von Bath, die sie nach Heart's Haven oder nach Heart's Rock hätten verweisen können.

»Willst du nach Bath?« fragte der Junge sie vorsichtig. Wieder zeigte Melony ihm ihre schadhaften Zähne; sie zeigte dabei weniger ein Lächeln als etwas von der Art, wie ein Hund es zeigen mag, dem sich die Nackenhaare sträuben. »Richtig«, sagte sie.

Wally kam zum Erntedankfest nach Hause; Candy war etliche Wochenenden im Frühherbst zu Hause gewesen, aber Homer hatte nicht gewußt, wie er es in die Wege leiten sollte, sie ohne Wally zu sehen. Wally war erstaunt, daß Homer und Candy sich nicht gesehen hatten; und aus Candys Verlegenheit über Wallys Erstaunen erkannte Homer, daß sie ebenfalls ratlos gewesen war, wie sie ein Treffen mit ihm in die Wege leiten sollte. Aber der Truthahn mußte alle fünfzehn Minuten begossen werden, der

Tisch mußte gedeckt werden, und Olive war zu offensichtlich erfreut, wieder das Haus voll zu haben – es gab keine Zeit, sich verlegen zu fühlen.

Raymond Kendall hatte früher schon an einem Erntedankschmaus bei den Worthingtons teilgenommen, doch nie ohne Seniors halbe Abwesenheit; Ray bemühte sich ein paar Minuten lang um übertriebene Höflichkeit, bis er sich entspannte und mit Olive übers Geschäft redete.

»Daddy benimmt sich, als hätte er ein Rendezvous«, sagte Candy in der Küche zu Olive.

»Ich fühle mich geschmeichelt«, sagte Olive und drückte lachend Candys Arm. Damit aber schob sie weiterem Geflachse einen Riegel vor.

Homer erbot sich, den Truthahn zu tranchieren. Er machte seine Sache so gut, daß Olive sagte: »Du solltest Chirurg werden, Homer!«

Wally lachte; Candy blickte auf ihren Teller oder auf ihre Hände auf ihrem Schoß, und Ray Kendall sagte: »Der Junge ist einfach gut mit den Händen. Wenn man gute Hände hat, werden die Hände, sobald man etwas gemacht hat, es nie vergessen.«

»Genau wie bei dir, Ray«, sagte Olive, was die Aufmerksamkeit von Homers Messerkunst ablenkte; er tranchierte so rasch wie möglich jedes Stückchen Fleisch von den Knochen.

Wally redete vom Krieg. Er habe daran gedacht, sagte er, vom College abzugehen, um den Pilotenkurs zu besuchen.

»Wenn es dann einen Krieg *gibt* – wenn wir hineingezogen werden, meine ich – kann ich bereits fliegen.«

»So etwas wirst du nicht tun«, sagte Olive zu ihm.

»Warum *möchtest* du so etwas tun?« fragte ihn Candy. »Ich finde, du bist selbstsüchtig.«

»Was meinst du mit *selbstsüchtig*?« fragte Wally. »Ein Krieg ist etwas fürs Vaterland, er ist Dienst am Vaterland!«

»Für dich ist's ein Abenteuer«, sagte Candy. »Dies ist das Selbstsüchtige daran.«

»So etwas wirst du jedenfalls nicht tun«, wiederholte Olive.

»Ich war zu jung, um in den letzten Krieg zu gehen«, sagte Ray, »und wenn es wieder einen gibt, werde ich zu alt sein.«

»Du Glücklicher«, sagte Olive.

»Das ist richtig«, sagte Candy.

Ray zuckte die Schultern. »Ich weiß nicht«, sagte er. »In den letzten wollte ich gehn. Ich versuchte zu lügen bei meinem Alter, aber irgend jemand hat mich verpetzt.«

»Jetzt weißt du es besser«, sagte Olive.

»Da bin ich mir nicht so sicher«, sagte Ray. »Wenn es wieder einen gibt, wird es eine Menge neuer Waffen geben – sie bauen Zeug, das kann man sich nicht einmal ausdenken.«

»Ich versuche es mir auszudenken«, sagte Wally. »Die ganze Zeit denke ich an den Krieg.«

»Abgesehen vom Sterben, Wally«, sagte Olive Worthington, die das Truthahnskelett in die Küche hinaustrug. »Ich glaube nicht, daß du an das Sterben gedacht hast.«

»Richtig«, sagte Homer Wells, der sich die ganze Zeit das Sterben vorstellte. Candy sah ihn an und lächelte.

»Du hättest mich an den Wochenenden besuchen sollen, Homer«, sagte sie.

»Jaaa, warum hast du das nicht?« fragte Wally. »Zu sehr beschäftigt mit Debra Pettigrew, das ist der Grund.«

Homer schüttelte den Kopf.

»Zu sehr beschäftigt mit der praktischen Anatomie des Kaninchens!« rief Olive aus der Küche.

»Der *was*?« fragte Wally.

Aber Olive irrte sich. Homer hatte nur drei Wochen Fortgeschrittener Biologie gebraucht, um zu erkennen, daß er mehr wußte über das betreffende Tier, das untersucht wurde, und über seine Beziehung zur menschlichen Anatomie, als sein leichenhafter Lehrer Mr. Hood.

Es war, wie Wilbur Larch erraten hätte, der urogenitale Trakt, der Mr. Hoods Unzulänglichkeiten im Vergleich zur Erfahrung des jungen Dr. Wells aufdeckte. Bei der Erörterung der drei Spezialisierungsstadien des Uterus verhaspelte sich Mr. Hood. Das intrauterine Leben des Kaninchen-Embryo dauert nur dreißig

Tage; fünf bis acht Junge werden geboren. Gemäß der primitiven Natur des kleinen Tierchens hat das Kaninchen zwei komplette Uteri – der Aufbau des Organs in diesem Stadium heißt *Uterus duplex*. Der Aufbau des Organs bei der Menschenfrau, den Homer Wells sehr genau kannte – wobei zwei uterine Kanüle in eine Uterushöhle münden – heißt *Uterus simplex*. Das dritte Stadium des uterinen Aufbaus fällt zwischen diese beiden – ein Zustand teilweiser Verschmelzung, der bei manchen Säugetieren (bei Schafen zum Beispiel) vorliegt; er heißt *Uterus bicornis*.

Der arme Mr. Hood verwechselte bei seinem Versuch, die Geheimnisse des Uterus auf der kreideverschmierten Tafel zu enträtseln, seinen *Duplex* mit seinem *Bicornis*; er bezeichnete ein Schaf als Kaninchen (und vice versa). Es war ein geringerer Irrtum, als wenn er sich die Menschenfrau mit zwei kompletten Uteri vorgestellt und diese Fehlinformation in der Klasse verbreitet hätte, aber es war ein Irrtum; Homer Wells deckte ihn auf. Es war das erste Mal, daß er in der Lage war, eine Autorität zu korrigieren.

»In solch einer Lage ist eine Waise besonders befangen und unsicher«, schrieb Dr. Wilbur Larch.

»Entschuldigen Sie, Sir?« sagte Homer Wells.

»Ja, Homer?« sagte Mr. Hood. Seine Hagerkeit ließ ihn, in einem gewissen Licht, ebenso nackt erscheinen als wie die vielen Kaninchenkadaver, die offen auf den Labortischen der Schüler lagen. Er wirkte abgehäutet, beinah bereit für die wissenschaftliche Rubrizierung. Eine freundliche, aber müde Geduld lag in seinen Augen; sie waren der einzige wache Zug im Gesicht des Mannes.

»Es ist umgekehrt«, sagte Homer Wells.

»Wie bitte?« sagte Mr. Hood.

»Das Kaninchen hat zwei komplette Uteri, das Kaninchen ist der *Uterus duplex* – nicht das Schaf, Sir«, sagte Homer. »Der Schafsuterus ist teilweise verschmolzen, er ist beinah einer – das Schaf ist der *Uterus bicornis*.«

Die Klasse wartete. Mr. Hood blinzelte; einen Moment sah er aus wie eine Eidechse, die eine Fliege beobachtet, doch plötzlich wich er zurück. »Ist es nicht das, was ich gesagt habe?« fragte er lächelnd.

»Nein«, murmelte die Klasse, »Sie sagten es umgekehrt.«

»Nun, dann habe ich es verwechselt«, sagte Mr. Hood beinah fröhlich. »Ich habe es genauso gemeint, wie du es gesagt hast, Homer«, sagte er.

»Vielleicht habe ich Sie mißverstanden, Sir«, sagte Homer, aber die Klasse murmelte: »Nein, du hast es richtig verstanden.«

Der untersetzte Junge namens Bucky, mit dem Homer seinen Kaninchenkadaver teilen mußte, stieß Homer in die Rippen. »Wie kommt's, daß du alles weißt über Mösen?« fragte er Homer.

»Durchsuche mich«, sagte Homer Wells. Diesen Spruch hatte er von Debra Pettigrew gelernt. Es war das einzige Spiel, das sie spielten. Er pflegte sie etwas zu fragen, das sie nicht beantworten konnte. Sie pflegte zu sagen: »Durchsuche mich.« Und Homer Wells sagte: »In Ordnung«, und fing an, sie zu durchsuchen. »Nicht *da*!« kreischte Debra Pettigrew, seine Hand wegschiebend, aber lachend. Immer lachend, doch immer seine Hand wegschiebend. Unmöglich für Homer Wells, zum *Uterus simplex* der Debra Pettigrew Zutritt zu finden.

»Nicht, solange ich sie nicht frage, ob sie mich heiraten will«, sagte er zu Wally, als sie am Abend des Erntedankfestes wieder zusammen in Wallys Zimmer waren.

»So weit würde ich nicht gehen, alter Junge«, sagte Wally.

Homer erzählte Wally nicht, wie er Mr. Hood in Verlegenheit gebracht hatte, oder wie der Mann verwandelt schien durch diesen Zwischenfall. Wenn Mr. Hood schon immer leichenhaft gewesen war, so lag jetzt auch Schlaflosigkeit in seiner Erscheinung – als sei er nicht nur tot, sondern auch schwer beschäftigt, weil er bis in die späte Nacht wachblieb und seine Anatomie des Kaninchens büffelte und sich mühte, alle die Uteri auseinanderzuhalten. Seine Müdigkeit machte ihn etwas weniger leichenhaft, aber nur, weil Erschöpfung ein Lebenszeichen ist; es ist wenigstens eine Art, menschlich zu sein. Mr. Hood sah allmählich aus, als wartete er auf seine Pensionierung und hoffte nur, es bis dorthin zu schaffen.

Wo habe ich diesen Gesichtsausdruck schon einmal gesehen? fragte sich Homer Wells.

Schwester Angela oder Schwester Edna, oder sogar Mrs. Grogan, hätten ihn erinnern können daran; sie alle waren vertraut mit diesem Ausdruck – dieser angestrengten Kombination von Erschöpfung und Ausdauer, diesem krassen Widerspruch zwischen grimmiger Angst und kindlichem Glauben. Seit Jahren hatte dieser Ausdruck sogar das unschuldigste Mienenspiel Wilbur Larchs erfüllt; neuerdings hatten Schwester Angela und Schwester Edna, und sogar Mrs. Grogan, den Ausdruck in ihrem eigenen Mienenspiel wiedererkannt.

»Worauf warten wir?« fragte Schwester Edna eines Morgens Schwester Angela. Da war diese Ahnung von etwas Bevorstehendem, irgendeiner Art unausweichlicher Veränderung. Die guten Frauen waren ebenso gekränkt durch den mittlerweile berühmten Goodhall/Gingrich-Fragebogen, wie sie mit Sicherheit annehmen konnten, daß Dr. Larch es gewesen war; Larch aber schien ungewöhnlich aufgeheitert durch die Bemerkungen des einstigen Snowy Meadows; der Ausschuß hatte Snowys Antwort so lobenswert gefunden, daß er sie Dr. Larch zur Ansicht übersandt hatte.

Auf die Frage nach der »richtigen Beaufsichtigung« sagte Snowy, daß Dr. Larch und die Schwestern ihn nie aus den Augen gelassen hätten. Auf die Frage, ob die ärztliche Fürsorge »angemessen« gewesen sei oder nicht, empfahl Snowy Meadows dem Ausschuß, »lediglich Fuzzy Stone zu fragen«. Nach Snowys Meinung hatte Dr. Larch *geatmet* für Fuzzy. »Nie haben Sie eine schlimmere Lunge gehört«, sagte Snowy Meadows, »aber der alte Larch hängte den Kleinen direkt an eine wahre Lebensrettungsmaschine.« Und auf die Frage, ob die Pflegefamilie »sorgfältig und richtig ausgewählt« worden sei, behauptete Snowy Meadows, Dr. Larch sei ein Genie im Erraten solch kniffliger Rätsel.

»Wie konnte der Bursche wissen, daß ich genau in eine Möbel-

Familie hineinpassen würde? Na, ich sage Ihnen, er wußte es«, schrieb Snowy Meadows (jetzt Robert Marsch) an den Ausschuß. »Wissen Sie, das Privateigentum, die Welt der persönlichen Besitztümer – nicht für jedermann bedeutet es die Welt. Aber lassen Sie sich von mir gesagt sein«, sagte Snowy Meadows, »für eine Waise bedeuten Möbel die Welt.«

»Eine von euch hat diesen Jungen wohl auf den Kopf fallen lassen«, sagte Wilbur Larch zu Schwester Edna und zu Schwester Angela, wiewohl sie sahen, daß er sehr erfreut war über Snowys Bemerkungen.

Doch nur der Gerechtigkeit halber übersandte der Ausschuß Larch auch Curly Days etwas weniger begeisterte Antwort auf den Fragebogen. Roy Rinfret aus Boothbay kochte vor Wut. »Ich war nicht besser darauf vorbereitet, von Apothekern adoptiert zu werden, als ich vorbereitet war auf das Abschneiden meiner Nabelschnur«, schrieb Roy »Curly« Rinfret. »Das schönste Paar der Welt lief davon mit jemand, der gar nicht adoptiert werden mußte oder wollte, und ich wurde von Apothekern fortgeschleppt!« klagte Curly. »Nennen Sie so etwas Beaufsichtigung, wenn kleine Kinder über tote Leichen stolpern?« fragte Curly Day den Ausschuß. »Stellen Sie sich vor: an dem Tag, als ich einen toten Mann im Gras finde, adoptiert das Paar meiner Träume jemand anderen, erzählt mir Dr. Larch, daß ein Waisenhaus kein Tierheim ist, und kurz darauf heuern mich zwei Apotheker dafür an, unentgeltlich in ihrer Apotheke zu arbeiten – und so etwas nennt man Adoptiertwerden!«

»Ach, dieser undankbare kleine Rotzbengel!« sagte Schwester Angela.

»Ach, Curly Day, schämst du dich nicht?« fragte Schwester Edna in die gleichgültige Luft.

»Wenn dieser Knabe hier wäre«, sagte Schwester Angela, »ich würde ihn übers Knie legen. Wahrhaftig, das würde ich!«

Und warum hat unser Homer den Fragebogen nicht ausgefüllt? fragten sich die Frauen.

Wie gesagt, »undankbar«, dachte Wilbur Larch, aber er hütete seine Zunge.

Schwester Angela hütete die ihre nicht. Sie schrieb direkt an Homer Wells, was Dr. Larch verärgert hätte, hätte er es gewußt. Schwester Angela kam sofort zur Sache. »Dieser Fragebogen ist das mindeste, was Du tun kannst«, schrieb sie an Homer. »Wir alle könnten ein wenig Unterstützung brauchen. Nur weil Du Dich königlich amüsierst (wie ich annehme), brauchst Du nicht zu vergessen, Dich nützlich zu machen – brauchst Du nicht zu vergessen, wohin Du gehörst. Und falls Du zufällig irgendwelche jungen Ärzte oder Krankenschwestern triffst, die Verständnis haben für unsere Lage, dann wirst Du wissen, glaube ich, daß Du uns ihnen empfehlen solltest – und sie uns. Wir werden auch nicht jünger, weißt Du.«

»Mein lieber Homer«, (schrieb Dr. Larch mit Poststempel vom nächsten Tag, »es ist mir zu Ohren gekommen, daß der Treuhänderausschuß versucht, sich mit einigen früheren Bewohnern von St. Cloud's in Verbindung zu setzen – in Form eines lächerlichen Fragebogens. Beantworte ihn, wie Du es für richtig hältst, aber bitte, beantworte ihn. Und Du mußt vorbereitet sein auf weiteren, noch lästigeren Briefverkehr mit ihnen. Ich hielt es für nötig, ihnen freimütig Auskunft zu geben über den Gesundheitszustand der Waisen. Wiewohl ich keinen Grund sah, ihnen mitzuteilen, daß ich Fuzzy Stone an ein Leiden der Atemwege »verloren« habe – was hätte dieses Eingeständnis Fuzzy nützen können – habe ich dem Ausschuß doch von Deinem Herzen berichtet. Falls mir einmal etwas zustoßen sollte, glaube ich, daß jemand da sein sollte, der es weiß. Ich entschuldige mich allerdings dafür, daß ich Dir nichts von Deinem Zustand gesagt habe. Ich sage es Dir jetzt, weil ich, wenn ich die Angelegenheit bedenke, niemals wünschen würde, daß Du zuerst von jemand anderem etwas über Dein Herz erfährst. Nun, SEI NICHT BEUNRUHIGT! Ich möchte nicht einmal von einem »Zustand« Deines Herzens sprechen, so harmlos ist der Zustand: Du hattest als kleines Kind ziemlich ausgeprägte Herzgeräusche, doch sie waren fast ganz verschwunden, als ich Dich zum letzten Mal – im Schlaf – untersuchte; Du wirst Dich nicht daran erinnern – und ich habe es stets hinausgeschoben, Dein Herz Dir gegenüber auch nur zu erwähnen, aus Angst, Dich unnötig zu beunruhigen. (Solche Beunruhigung könnte den Zustand verschlimmern.) Du hast (oder hattest) eine Pulmonalklappenstenose, aber BITTE BEUNRUHIGE DICH NICHT! Es ist nichts, oder beinah nichts. Solltest Du Dich für Einzelheiten interessieren, so kann ich sie liefern. Einstweilen wollte ich nur nicht, daß Du Dir Sorgen machst wegen Narrheiten, die Du möglicherweise von diesem närrischen Treuhänderausschuß zu hören bekommst. Abgesehen vom Vermeiden aller Situationen extremer Belastung oder extremer Anstrengung, kannst Du, das sollst Du wissen, beinah ganz bestimmt ein normales Leben führen.«

Ein normales Leben? dachte Homer Wells. Ich bin ein Beduine mit einem schadhaften Herzen, und Dr. Larch sagt mir, ich kann ein normales Leben führen? Ich bin verliebt in die Freundin meines besten – und einzigen – Freundes, doch ist es dies, was Dr. Larch eine »extreme Belastung« nennen würde? Und was war Melony für mich anderes als eine »extreme Anstrengung«?

Wann immer Homer Wells an Melony dachte (was nicht oft war), vermißte er sie; dann war er wütend auf sich selbst. Warum sollte ich sie vermissen? fragte er sich. Er versuchte nicht an St. Cloud's zu denken; je länger er fortblieb, desto extremer erschien das Leben ihm dort – doch wenn er daran dachte, vermißte er es ebenfalls. Und Schwester Angela und Schwester Edna und Mrs. Grogan und Dr. Larch – er vermißte sie alle. Deshalb war er ebenfalls wütend auf sich; da gab es absolut keine Zeichen von seinem Herzen, die ihm gesagt hätten, daß das Leben in St. Cloud's das Leben wäre, das er sich wünschte.

Er liebte das Leben in Ocean View. Er wünschte sich Candy, und irgend ein Leben mit ihr. Als sie wieder nach Camden ging, versuchte er nicht an sie zu denken; und da er nicht an Wally denken konnte, ohne an Candy zu denken, war er erleichtert, als Wally wieder nach Orono ging, auch wenn er Wally vermißt hatte in diesem ganzen Herbst.

»Wenn eine Waise deprimiert ist«, schrieb Wilbur Larch, »fühlt sie sich verleitet zu lügen. Eine Lüge ist wenigstens ein tatkräftiges Unterfangen, sie hält einen auf dem Sprung, indem sie einen plötzlich verantwortlich macht für das, was aufgrund ihrer geschieht. Man muß wachsam sein, um zu lügen, und wachsam bleiben, um seine Lüge geheimzuhalten. Waisen sind nicht Meister ihres Schicksals; sie sind die letzten, die einem glauben werden, wenn man ihnen erzählt, daß andere Menschen ebenfalls keine Macht über das ihre haben.

Wenn man lügt, gibt es einem das Gefühl, Macht über das eigene Leben zu haben. Lügen zu erzählen, ist sehr verführerisch für Waisen. Ich weiß es«, schrieb Dr. Larch. »Ich weiß es, weil ich ebenfalls welche erzähle. Ich liebe es zu lügen. Wenn man lügt, fühlt man sich, als hätte man das Schicksal beschwindelt – das eigene und das aller anderen.«

Und so beantwortete Homer Wells den Fragebogen; er sang eine Lobeshymne auf St. Cloud's. Er erwähnte die »Sanierung« der verlassenen Gebäude von St. Cloud's als einen der vielen Versuche, die unternommen wurden, um das Alltagsleben des Waisenhauses in das Leben der nachbarlichen Gemeinschaft zu integrieren. Er log Schwester Angela ebenfalls an, aber es war nur eine kleine Lüge – eine von jenen, die beabsichtigten, daß andere Menschen sich besser fühlen. Er schrieb ihr, daß er den ursprünglichen Fragebogen verloren habe – was der einzige Grund sei, warum er so säumig mit dessen Rücksendung gewesen sei. Ob der Ausschuß vielleicht so freundlich wäre, ihm einen neuen zu schicken? (Als er den zweiten Fragebogen vom Ausschuß erhielt, wußte er, daß es Zeit war, den einen abzusenden, den er so mühselig ausgefüllt hatte – auf diese Weise schien es, als habe er ihn spontan ausgefüllt, aus reinem Herzen.)

Mit geheuchelter Ruhe schrieb er an Dr. Larch. Er wäre dankbar für weitere Einzelheiten bezüglich seiner Pulmonalklappenstenose. Hielt Larch es zum Beispiel für nötig, daß Homer sich monatlich untersuchen ließ? (Dr. Larch hielt es natürlich für unnötig.) Und gab es Anzeichen einer Verschlimmerung, die Homer selbst feststellen konnte; war es möglich, daß er seine vielleicht wiederkehrenden Geräusche abhorchen konnte? (Beruhige dich, empfahl Dr. Larch; dies war das beste – ruhig zu bleiben.)

In dem Bemühen, sich zu beruhigen, heftete Homer den Extra-Fragebogen – den er nicht ausgefüllt hatte – an die Wand von Wallys Zimmer direkt neben den Lichtschalter, so daß die Fragen bezüglich des Lebens in St. Cloud's eine ähnliche Stellung unbeachteter Autorität einnahmen wie jenes Blatt Papier mit den Spielregeln, das jedes Jahr im Ziderhaus angebracht wurde. Wenn Homer kam und ging, sah er diese Fragen, die er mit so geschickten Lügen beantwortet hatte – zum Beispiel war es jedesmal, wenn er Wallys Zimmer betrat oder verließ, ein Kitzel für ihn, sich »irgendwelche möglichen Verbesserungen in der Methoden und in der Verwaltung von St. Cloud's« auszudenken.

In der Nacht marschierte Homers Schlaflosigkeit jetzt im Takt einer neuen Musik; die winterlichen Zweige der abgepflückten Apfelbäume, die im frühen Dezemberwind klapperten, machten ein sprödes *Klick-Klack*-Geräusch. Im Bett liegend – während ein knochenbleiches Mondlicht seine auf der Brust gefalteten Hände starr abzeichnete – dachte Homer daran, daß die Bäume womöglich versuchten, den Schnee aus ihren Zweigen zu schütteln – bevor der Schnee da war.

Vielleicht wußten die Bäume ebenfalls, daß es einen Krieg geben würde, aber Olive Worthington dachte nicht an ihn. Sie hatte das winterliche Geklapper des Obstgartens manche Jahre gehört; sie hatte die winterlichen Zweige nackt gesehen, dann spitzenverziert vom Schnee, dann wieder nackt. Die Küstenwinde rüttelten den spröden Obstgarten so kräftig, daß die klirrenden Bäume erstarrten Soldaten in allen Posen des Säbelrasselns glichen, doch Olive hatte diese Jahreszeit so oft gehört, daß sie nicht wußte, daß es einen Krieg geben würde. Wenn die Bäume ihr in diesem Dezember besonders nackt erschienen, so deshalb, dachte sie, weil sie ihrem ersten Winter ohne Senior entgegensahen.

»Erwachsene suchen nicht nach Zeichen im Vertrauten«, verzeichnete Dr. Wilbur Larch in *Eine kurze Geschichte von St. Cloud's*, »doch eine Waise sucht immer nach Zeichen.«

Homer Wells, an Wallys Fenster, suchte im skelettierten

Obstgarten nach der Zukunft – seiner eigenen vor allem, aber auch nach Candys und Wallys. Dr. Larchs Zukunft war gewiß dort draußen, in diesen winterlichen Zweigen – sogar Melonys Zukunft. Und welche Zukunft gab es für das Werk des Herrn? fragte sich Homer Wells.

Der Krieg, den es geben würde, kündigte sich in St. Cloud's nicht durch Zeichen an; das Vertraute wie das Unvertraute geschahen dort sprachlos durch Ritual und Gewohnheit. Eine Schwangerschaft *endete* dort mit einer Geburt oder mit einer Abtreibung; eine Waise wurde adoptiert oder wartete darauf, adoptiert zu werden. Wenn es eine trockene und schneelose Kälte gab, reizte der lockere Sägestaub die Augen und die Nasen und die Kehlen von St. Cloud's; nur kurz, wenn der Schnee frisch gefallen war, war der Sägestaub aus der Luft verschwunden. Wenn es Tauwetter gab, schmolz der Schnee weg, und der verfilzte Sägestaub roch wie nasses Fell; wenn es Frost gab, kam der Sägestaub – wieder trocken, und irgendwie über dem alten Schnee – wieder zum Vorschein, und wieder juckten die Augen, flossen die Nasen und konnten die Kehlen sich nie ganz davon freiräuspern.

»Freuen wir uns für Smoky Fields«, verkündete Dr. Larch in der Knabenabteilung. »Smoky Fields hat eine Familie gefunden. Gute Nacht, Smoky.«

»Gute Nacht, Fmoky!« sagte David Copperfield.

»G'nacht!« schrie Klein-Steerforth.

Gute Nacht, du kleiner Lebensmittelhamster, dachte Schwester Angela. Wer immer ihn zu sich genommen haben mochte, das wußte sie, würde bald lernen, den Kühlschrank abzuschließen.

Am nächsten Dezembermorgen, an dem Fenster, wo Melony einst – mit und ohne Kommentar – die Welt hatte vorbeiziehen lassen, sah Mary Agnes Cork die Frauen vom Bahnhof den Hügel heraufschreiten. Sie sehen nicht schwanger aus, dachte Mary Agnes.

Auf dem kahlen Hügel, wo Wally Worthington sich einst Apfelbäume vorgestellt hatte, versuchte Klein-Copperfield einen Pappkarton durch den ersten nassen Schnee zu lenken. Der Karton hatte einst vierhundert sterile Schambinden enthalten; Copperfield wußte dies, weil er den Karton ausgepackt hatte – und er hatte am Fuß des Hügels den kleinen Steerforth *in* den Karton gepackt. Nah beim Gipfel erkannte er langsam seinen Irrtum. Nicht nur war es schwierig gewesen, Steerforth bergauf zu schleppen, sondern das Gewicht des Jungen – zusätzlich zur Nässe des Schnees – hatte den Boden des Kartons aufweichen lassen. Copperfield fragte sich, ob sein Behelfsschlitten wohl gleiten würde – ob er es schaffen würde, die Schweinerei auf den Gipfel zu bringen.

»Gute Nacht, Smoky!« sang Steerforth.

»Halt die Fnauze, du Fimpel«, sagte David Copperfield.

Dr. Larch war sehr müde. Er ruhte sich in der Apotheke aus. Das graue Winterlicht machte die weißen Wände grau, und einen Moment fragte sich Larch, welche Tageszeit es sei – und welche Jahreszeit. Von nun an, dachte er, laß alles, was ich tu, aus einem Grund geschehen. Laß mich keine unnützen Schritte tun.

Vor seinem inneren Auge sah er den richtigen Winkel, in dem das Spekulum ihm einen perfekten Blick auf die Cervix gewährte. Wessen Cervix? fragte er sich. Sogar in seinem Ätherschlaf zogen der Daumen und Zeigefinger seiner rechten Hand die Schraube fest, welche die Backen des Spekulums hielt, und er sah die erstaunliche Blondheit des kleinen Schamhaarbüschels, das sich in den Haaren seines eigenen Unterarms verfangen hatte. Es war so blond, daß er es beinah auf seiner eigenen hellen Haut übersehen hätte. Als er seinen Unterarm schüttelte, war das kleine Büschel so leicht, daß es in der Luft schwebte. In seiner Ätherohnmacht griff seine linke Hand danach und verfehlte es knapp. O ja – *ihre* Cervix, dachte Wilbur Larch. Wie war ihr Name?

»Sie hat einen Puppennamen«, sagte Larch laut. »Candy!« erinnerte er sich. Dann lachte er. Schwester Edna, die an der Apotheke vorbeiging, hielt den Atem an und lauschte auf das Gelächter. Aber auch wenn sie nicht atmete, machten die Dämpfe ihre alten Augen tränen. Sie, und der Sägestaub. Sie, und die Waisen – manche von ihnen ließen ihre Augen ebenfalls tränen.

Sie öffnete die Tür am Eingang zum Spital, um frische Luft in den Flur zu lassen. Auf dem Hügel sah sie einen Pappkarton seine unstete Abfahrt machen; sie wußte, daß sterile Schambinden in dem Karton gewesen waren, doch war sie nicht sicher, was jetzt in dem Karton war. Etwas Schweres, denn die Abfahrt des Kartons war tolpatschig und unregelmäßig. Zuweilen gewann er Tempo und glitt beinah sanft dahin, dann aber warf ein Stein oder ein blanker Fleck im Schneematsch ihn immer wieder aus der Bahn und bremste ihn ab. Der erste kleine Körper, der aus dem Karton rollte und sich einen Weg den Berg hinab bahnte, gehörte Steerforth; sie erkannte seine übergroßen Handschuhe und die Skimütze, die stets seine Augen verdeckte. Ein Weilchen purzelte er fast ebenso schnell wie der Karton, aber ein großer Fleck blanker, gefrorener Erde brachte ihn plötzlich zum Halten. Schwester Edna sah ihn wieder bergauf, nach einem seiner Handschuhe klettern.

Der zweite, größere Körper, der aus dem Karton geschleudert wurde, gehörte offenbar David Copperfield; er rollte frei dahin, ein großes, aufgeweichtes Stück Karton in seinen beiden Händen. Der Karton schien sich im Fluge aufzulösen.

»Feiße!« schrie Copperfield. Wenigstens, so dachte Schwester Edna, wurden Klein-Copperfields Obszönitäten gemildert durch sein Lispeln.

»Schließen Sie diese Tür«, sagte Dr. Larch auf dem Flur hinter Schwester Edna.

»Ich wollte nur etwas frische Luft schnappen«, sagte Schwester Edna spitz.

»Da hätten Sie mich leicht hinters Licht führen können«, sagte Wilbur Larch. »Ich dachte, Sie wollten die Ungeborenen einfrieren.«

Womöglich wird dies das Mittel der Zukunft sein, dachte Schwester Edna – und fragte sich, welche zukünftigen Mittel es geben würde.

In dem dezemberlichen Schwimmbecken schwamm das Gummifloß, auf dem Senior Worthington zu ruhen pflegte, immer noch windgetrieben von einem Ende des Beckens zum anderen, die spitzenfeinen, spitzenverzierten Eiskanten aufbrechend, die sich um die Ränder bildeten und immer wieder bildeten. Olive und Homer hatten das Wasser zu einem Drittel aus dem Becken abgelassen, um Platz zu schaffen für Regen und Schneeschmelze.

Seniors kaltes Floß, nur teilweise erschlafft durch die fallende Temperatur, stürmte immer noch im Schwimmbecken umher wie ein reiterloses Pferd; es galoppierte, wohin immer der Wind es drängte. Jeden Tag beobachtete Olive das Floß aus dem Küchenfenster, und Homer fragte sich, wann sie vorschlagen würde, es loszuwerden.

Ein Wochenende kam Candy aus Camden nach Hause, und Homers Verwirrung bezüglich dessen, was er mit ihr machen sollte, nahm zu. Freitag war ein schlechter, unentschlossener Tag. Frühzeitig ging er zur Fortgeschrittenen Biologie, in der Hoffnung, Mr. Hood zu überreden, ihm entweder sein eigenes Kaninchen zum Sezieren zu überlassen oder ihm einen anderen Laborpartner zuzuweisen als diesen Knaben Bucky. Bucky schaffte es, die Innereien des Kaninchens zu zerfleischen, wann immer er sie in die Hände nahm, und Homer fand die unentwegte Fixierung des Flegels auf die Fortpflanzungssysteme aller Lebewesen albern und nervtötend. Bucky war neuerdings von der Tatsache fasziniert, daß Beuteltiere paarweise angeordnete Vaginae haben.

»Zwillingsmösen! Nicht zu fassen!« sagte Bucky Homer.

»Richtig«, sagte Homer Wells.

»Ist das alles, was du sagen kannst?« fragte Bucky. »Kapierst du nicht? Wenn du ein Hamster wärst, könntest du *zusammen mit deinem Kumpel* eine Hamsterin ficken!«

»Warum sollte ich so etwas tun wollen?« fragte Homer.

»Zwei Fotzen!« sagte Bucky begeistert. »Du hast keine Phantasie.«

»Ich bezweifle, ob sogar Hamster sich interessieren würden für deinen Vorschlag«, sagte Homer Wells.

»Das ist es ja, was ich meine, Blödmann«, sagte Bucky. »Welch eine Verschwendung – einem Hamster zwei Mösen zu geben! Hast du sie schon einmal rennen sehen in diesem kleinen Rad? Sie sind verrückt! Würdest du nicht verrückt werden, wenn du wüßtest, daß das Mädchen deiner Träume zwei Mösen hat, und doch kein Interesse?«

»Das Mädchen meiner Träume«, sagte Homer Wells.

Es war verrückt genug, fand Homer, daß das Mädchen seiner Träume zwei Menschen hatte, die sie liebten.

Und so ging er frühzeitig zur Fortgeschrittenen Biologie, um entweder ein frisches Kaninchen zu verlangen, oder Ersatz für diesen besessenen Knaben namens Bucky.

Die Klasse hatte eben Geographiestunde, als er dort ankam; und als die Klasse in die Pause entlassen wurde, sah Homer, daß die großen Weltkarten immer noch über die Tafel heruntergerollt waren. »Darf ich nur einen Moment, vor meiner nächsten Stunde, die Landkarten ansehen?« fragte Homer den Geographielehrer. »Ich will sie auch wieder für Sie zusammenrollen.«

Und so war er alleingelassen mit seinem ersten korrekten Bild der Welt – der ganzen Welt, wenngleich unwirklich flach vor einer Schultafel. Nach einer Weile entdeckte er Maine; er sah, wie klein es war. Nach einer Weile entdeckte er South Carolina; er spähte lange nach South Carolina, als solle der Aufenthalt Mr. Roses und der anderern Wanderarbeiter sichtbar werden. Er hatte viel reden hören von Deutschland, das leichter zu finden war als Maine; er war überrascht von der Größe Englands; Charles Dickens gab ihm den Eindruck von etwas viel Größerem.

Und der Ozean, der so unermeßlich schien, wenn man ihn von Ray Kendalls Dock betrachtete – ach, die Ozeane der Welt waren sogar noch unermeßlicher, als er sich vorgestellt hatte. Aber St. Cloud's, das so groß in Homers Leben aufragte, war nicht ausfindig zu machen auf der Karte von Maine. Er benutzte das Vergrößerungsglas des Geographielehrers, als er plötzlich erkannte, daß die ganze Fortgeschrittene Biologieklasse hinter ihm die Plätze eingenommen hatte. Mr. Hood musterte ihn befremdet.

»Auf der Suche nach deinem Kaninchen, Homer?« fragte Mr. Hood. Die Klasse fand den Witz sehr komisch, und Homer erkannte, daß er – zumindest für diesen Tag – die Chance verpaßt hatte, Bucky loszuwerden.

»Betrachte es mal so«, flüsterte Bucky ihm gegen Ende der Stunde zu. »Wenn Debra Pettigrew zwei Mösen hätte, könnte sie dich in eine davon reinlassen. Siehst du die Vorteile?«

Unglücklicherweise beunruhigte die Vorstellung von paarweise angeordneten Vaginen Homer für die ganze Dauer seines Freitagabendstelldicheins mit Debra Pettigrew. Es gab einen Fred Astaire-Film in Bath, aber dies war eine Fahrt von einer Stunde in jeder Richtung, und was wußte Homer Wells schon vom Tanzen, und was ging es ihn an? Er hatte mehrere Einladungen abgelehnt, Debras Tanzkurs zusammen mit ihr zu besuchen; wenn sie den Fred Astaire-Film sehen wollte, dachte Homer, so konnte sie mit jemand fahren, der in ihren Tanzkurs ging. Und es wurde allmählich zu kalt, um einfach zum Strand hinunterzufahren und dort zu parken. Olive war großzügig, wenn sie Homer den Lieferwagen benutzen ließ. Bald würde die Benzinrationierung kommen und damit, wie Homer glaubte, ein willkommenes Ende all dieses rastlosen Umherfahrens.

Er fuhr Debra Pettigrew hinaus zum Gelände des Lunaparks von Cape Kenneth. Im Mondlicht ragte das verlassene, unbeleuchtete Riesenrad auf, wie eine Abschußrampe für den ersten Raketenstart der Welt oder wie die Knochen einer Spezies aus Dinosaurierzeiten. Homer versuchte Debra von der Messerkunst Mr. Roses zu erzählen, doch sie hatte ihr Herz an Fred Astaire gehängt; er wußte sich etwas besseres, als eine gute Geschichte an sie zu verschwenden, während sie schmollte. Sie fuhren zum Autokino von Cape Kenneth, das »für die Saison geschlossen« war; es schien, als besuchten sie noch einmal die Schauplätze einer Romanze, die anderen Leuten widerfahren war – und nicht erst letzten Sommer, sondern in einer anderen Generation.

»Ich weiß nicht, was du gegen das Tanzen hast«, sagte Debra.

»Ich weiß auch nicht«, sagte Homer Wells.

Es war immer noch früh, als er Debra zu ihrem Winterhaus in Kenneth Corners fuhr; dieselben grimmigen Hunde vom Sommer waren da, ihr Fell dichter geworden, ihr heißer Atem an ihren Schnauzen vereisend. Es war zwischen Debra und Homer früher die Rede gewesen, das Sommerhaus am Drinkwater Lake für etwas wie eine Party zu nutzen; das Haus wäre ungeheizt gewesen, und sie hätten die Lichter ausgeschaltet lassen müssen, sonst hätte irgend jemand einen Einbruch und Einsteigdiebstahl angezeigt; doch trotz solcher Unannehmlichkeiten wäre es natürlich aufregend gewesen, ohne Anstandsbegleitung zu sein. Wieso? fragte sich Homer Wells. Er wußte, er würde trotzdem nicht an Debra Pettigrew herankommen – selbst wenn sie zwei Vaginae hätte. Nach dem langweiligen Freitagabend, den sie zusammen verbracht hatten, und nachdem der Atem der Hunde sich jetzt an der Fensterscheibe auf der Fahrerseite des Lieferwagens kristallisierte, war natürlich keine Rede mehr von solch einer verlockenden Party für diesen Abend.

»Also, was machen wir morgen abend?« fragte Debra seufzend.

Homer beobachtete einen Hund, der seinen Seitenrückspiegel benagte.

»Ach, ich werde Candy sehen – sie ist aus Camden zurück«, sagte Homer. »Ich habe sie kein einziges Wochenende gesehen in diesem Herbst, und Wally bat mich, auf sie aufzupassen.«

»Du wirst sie ohne Wally sehen?« fragte Debra.

»Richtig«, sagte Homer. Der Lieferwagen war so stumpfnasig, daß die Hunde sich direkt gegen die Windschutzscheibe werfen konnten, ohne über die Motorhaube klettern zu müssen. Die Pfoten eines großen Hundes harkten einen der Scheibenwischer von der Windschutzscheibe und ließen ihn krachend zurückschnellen; er schien verbogen; er würde die Oberfläche des Glases nicht mehr ganz berühren.

»Du wirst sie allein sehen«, sagte Debra.

»Oder mit ihrem Daddy«, sagte Homer.

»Klar«, sagte Debra Pettigrew und stieg aus dem Lieferwagen. Sie ließ die Tür ein bißchen zu lange offen. Ein Hund mit dem spatenförmigen Kopf eines Dobermanns stürzte sich in die offene Tür; er war halb im Lieferwagen, sein mächtiger Brustkasten gegen den Beifahrersitz wogend, seine vereiste Schnauze über dem Gangschaltungsgehäuse geifernd, als Debra ihn am Ohr packte und – kläffend – zurückzerrte aus dem Lieferwagen.

»Bis dann«, sagte Homer Wells leise – nachdem die Tür zugekallt war, nachdem er den schaumigen Geifer des Hundes vom Schaltknüppelknauf abgewischt hatte.

Er fuhr zweimal an Kendalls Hummerbassin vorbei, aber da war nichts, was ihm verraten hätte, ob Candy zu Hause war. An den Wochenenden, wenn sie nach Hause kam, nahm sie den Zug; dann fuhr Ray sie am Sonntag zurück. Ich werde sie morgen – am Sonnabend – anrufen, dachte Homer.

Als Candy sagte, daß sie den Fred-Astaire-Film sehen wolle, hatte Homer keine Einwände. »Ich wollte ihn immer schon sehen«, sagte er. Bath war immerhin doch eine knappe Stunde entfernt.

Auf der Brücke über den Kennebec River sahen sie ein paar große Schiffe im Wasser, und ein paar mehr auf dem Trockendock; die Schiffswerften von Bath lagen hingebreitet an der Küste – ein rhythmisches Hämmern und andere Eisengeräusche waren sogar am Samstag zu hören. Sie waren viel zu früh für den Film. Sie suchten ein italienisches Lokal, von dem Ray ihnen erzählt hatte – falls es noch da war; Raymond Kendall war seit Jahren nicht mehr in Bath gewesen.

Damals, 194–, schien die Stadt, besonders für einen Auswärtigen, beherrscht von den Schiffswerften und von den Schiffen, die höher aufragten als die Bauten der Schiffswerften, und von der Brücke, die den Kennebec River überspannte. Bath war eine Arbeiterstadt, wie Melony bald entdeckte.

Sie fand Arbeit in den Schiffswerften und begann ihre Winterbeschäftigung an einem Fließband, wo sie mit anderen Frauen – und manchmal einem behinderten Mann – im zweiten Stockwerk einer Fabrik stand, die auf bewegliche Teile spezialisiert war. Das bewegliche Teil, dem Melony im ersten Monat ihrer Beschäftigung ihre Kräfte widmen sollte, war ein sechseckig geformtes Zahnrad, das aussah wie eine der Länge nach aufgespaltene Schinkenhälfte; Melony wußte nichts über den Verbleib des Fließbandes, das mit der anderen Hälfte des Schinkens beschäftigt war. Das Zahnrad traf auf dem Fließband vor ihr ein, blieb dort genau fünfundvierzig Sekunden, bevor es weiterrückte und durch ein neues Zahnrad ersetzt wurde. Die Nabe des Zahnrads war vollgestopft mit Fett; man konnte seinen Finger in das Fett stecken, bis hinauf über das zweite Glied. Die Arbeit bestand darin, sechs Kugellagerkugeln in die fettverstopfte Nabe einzuführen; man stieß jede Kugel in das Fett, bis man sie gegen den Boden stoßen fühlte; alle sechs paßten perfekt. Der Trick bestand darin, sich nur eine Hand fettig zu machen; mit einer sauberen Hand war es leichter, die sauberen Kugellagerkugeln aufzusammeln, die die Größe von Murmeln hatten. Der andere Teil der Arbeit bestand darin, dafür zu sorgen, daß die sechs Kugeln perfekt waren – perfekt rund, perfekt glatt; keine Dellen, keine schartigen Metallspäne daran hängend. Aller Wahrscheinlichkeit nach stimmte mit jeder zweihundertsten Kugellagerkugel etwas nicht; am Ende des Tages gab man die schlechten Kugeln zurück. Wenn man einen Tag ohne schlechte Kugellagerkugeln hinter sich hatte, sagte der Vorarbeiter einem, daß man die einzelnen Kugeln nicht sorgfältig genug geprüft hatte.

Man konnte sitzen oder stehen, und Melony probierte im Laufe des Tages, abwechselnd, beide Stellungen aus. Das Band war zu hoch, um das Sitzen bequem zu machen, und zu niedrig, als daß das Stehen besser gewesen wäre. Der Rücken schmerzte einem an einer Stelle, wenn man stand, und an einer anderen Stelle, wenn man saß. Nicht nur wußte Melony nicht, wer was wo mit der anderen Hälfte des Zahnrades tat; sie wußte auch nicht, wozu das Zahnrad gut war. Mehr noch, es kümmerte sie nicht.

Nach zwei Wochen hatte sie die Routine raus; zwischen sechsundzwanzig und achtundzwanzig Sekunden, um die Kugellagerkugeln einzuführen, und niemals mehr als zehn Sekunden, um sechs perfekte Kugeln aufzusammeln. Sie lernte, ein Nest von Kugellagerkugeln in ihrem Schoß anzulegen (wenn sie saß), und in einem Aschenbecher (sie rauchte nicht), wenn sie stand. Auf diese Weise hatte sie immer eine Kugel zur Hand, wenn sie eine fallen ließ. Sie hatte eine zwölf-bis-vierzehnsekündige Pause zwischen den Zahnrädern, und während dieser Frist konnte sie die Person zu ihrer Linken und die Person zu ihrer Rechten ansehen und die Augen schließen und bis drei zählen und manchmal bis fünf. Sie beobachtete, daß es zwei Arten zu arbeiten gab am Band. Manche Arbeiter sammelten ihre sechs perfekten Kugellagerkugeln auf, unmittelbar nachdem sie ein Zahnrad fertig hatten; die anderen warteten erst darauf, daß das neue Zahnrad eintraf. Melony fand Mängel an beiden Arten.

Die Frau neben Melony sagte es so: »Manche sind Sammler, manche sind Säumer.«

»Ich bin keines von beiden, oder beides«, sagte Melony.

»Na, ich glaube, du wirst dich leichter tun, Schätzchen, wenn du dich entscheidest«, sagte die Frau. Ihr Name war Doris. Sie hatte drei Kinder; die eine Seite ihres Gesichts war noch hübsch, aber die andere war verunziert durch ein Muttermal mit Borsten darauf. In den zwölf bis vierzehn Sekunden, die Doris zwischen den Zahnrädern hatte, rauchte sie.

Zu Melonys anderer Seite war ein älterer Mann im Rollstuhl. Sein Problem war, daß er die Kugellagerkugeln nicht aufsammeln konnte, die er fallen ließ, und manche davon verfingen sich in seiner Fußdecke oder in der Rollstuhlmechanik, weshalb es klapperte, wenn er sich zur Kaffeepause oder zum Mittagessen rollte. Sein Name war Walter.

Drei oder viermal am Tag pflegte Walter zu rufen: »Scheiß-Kugellagerkugeln!«

Manche Tage, wenn jemand krank war, wurde das Fließband umbesetzt, und Melony war nicht zwischen Walter und Doris eingeklemmt. Manchmal kam sie neben Troy, der blind war. Er *befühlte* Kugellagerkugeln auf ihre Perfektion und stocherte sie mit spitzen Fingern in das dicke, unsichtbare Fett. Er war etwas älter als Melony, aber er hatte stets in den Schiffswerften gearbeitet; er war durch einen Unfall beim Schweißen erblindet, und die Schiffswerften schuldeten ihm eine Stellung fürs Leben.

»Wenigstens habe ich diese Sicherheit«, pflegte er zu sagen – drei oder viermal am Tag.

Manche Tage wurde Melony neben ein Mädchen ungefähr ihres Alters gestellt, ein lebhaftes kleines Ding namens Lorna.

»Es gibt schlimmere Arbeiten«, sagte Lorna eines Tages.

»Nenne mir eine«, sagte Melony.

»Bordkanonen schleifen«, sagte Lorna.

»Davon weiß ich nichts«, sagte Melony. »Ich möchte wetten, jede Kanone ist anders.«

»Wie kommt es also, daß alle Männer gleich sind?« fragte Lorna. Melony beschloß, daß Lorna ihr gefiel.

Lorna hatte geheiratet, als sie siebzehn war – »einen älteren Mann«, sagte sie – aber es hatte nicht geklappt. Er war Garagenmechaniker, »ungefähr einundzwanzig«, sagte Lorna. »Er heiratete mich nur, weil ich die erste war, mit der er geschlafen hatte«, erzählte Lorna Melony.

Melony erzählte Lorna, daß sie von ihrem Freund getrennt worden sei – »durch ein reiches Mädchen, das zwischen uns trat«; Lorna pflichtete bei, dies sei »das Schlimmste«.

»Aber ich habe herausgefunden, daß eines von zwei Dingen passiert sein muß«, sagte Melony. »Entweder hat er sie noch immer nicht gefickt, weil sie ihn nicht läßt, und dann hat er herausgefunden, was er versäumt. Oder aber, sie läßt ihn ficken mit ihr – in welchem Fall er herausgefunden hat, was er versäumt.«

»Ha! Das ist richtig«, sagte Lorna. Melony schien ihr zu gefallen.

»Ich habe ein paar Freundinnen«, erzählte sie Melony. »Wir essen Pizza und gehen ins Kino, weißt du.« Melony nickte; sie hatte keines dieser Dinge je getan. Lorna war so dünn, wie Melony dick war; sie hatte ebensoviel Knochen wie Melony Fleisch; Lorna war blaß und blond, während Melony dunkel war, und immer noch dunkler; Lorna wirkte zerbrechlich, und sie hustete viel, während Melony beinah so stark aussah, wie sie war, und ihre Lunge ein Motor war. Doch die Frauen fühlten, daß sie zueinander gehörten.

Als sie baten, am Fließband nebeneinander gesetzt zu werden, wurde ihre Bitte abgelehnt. Freundschaften, vor allem geschwätzige, galten als kontraproduktiv am Band. Melony durfte also nur neben Lorna arbeiten, wenn das Band an einem Krankentag umbesetzt wurde. Melony erduldete gezwungenermaßen die bescheuerten Moralpredigten von Doris und die verlorenen Kugellagerkugeln von Rollstuhl-Walter, wie alle ihn nannten. Doch die erzwungene Trennung von Lorna am Fließband ließ Melony ihre Bindung nur um so stärker empfinden; die Bindung war eine gegenseitige. Diesen Sonnabend beantragten sie gemeinsam Überstunden, und Seite an Seite arbeiteten sie den ganzen Nachmittag.

Ungefähr um die Zeit, als Candy und Homer Wells die Brücke über den Kennebec überquerten und in die Innenstadt von Bath rollten, ließ Lorna eine Kugellagerkugel in den Ausschnitt von Melonys Arbeitsbluse fallen. Das war die Art der beiden, die Aufmerksamkeit des anderen zu erlangen.

»Es läuft ein Fred-Astaire-Film in der Stadt«, sagte Lorna, ihren Kaugummi schmatzend. »Willst'n sehen?«

Auch wenn ihre Stimme der einstudierten Herzlichkeit eines Dr. Larch entbehrte, tat Mrs. Grogan ihr Bestes, um eine begeisterte Reaktion auf ihre Ankündigung in der Mädchenabteilung zu wecken. »Freuen wir uns für Mary Agnes Cork«, sagte sie; es gab allgemeines Schniefen, doch Mrs. Grogan ließ nicht locker. »Mary Agnes Cork hat eine Familie gefunden. Gute Nacht, Mary Agnes!«

Es gab erstickte Seufzer, ein Geräusch, als ob eine in ihr Kissen würgte, und einige der üblichen, niederschmetternden Schluchzer.

»*Freuen* wir uns für Mary Agnes Cork!« flehte Mrs. Grogan.

»Scheiß drauf«, sagte eine in der Dunkelheit.

»Es tut mir weh, dich so etwas sagen zu hören«, sagte Mrs.

Grogan. »Wie tut uns das allen weh. Gute Nacht, Mary Agnes!«
rief Mrs. Grogan.

»Gute Nacht, Mary Agnes«, sagte eine von den Kleineren.

»Sei vorsichtig, Mary Agnes!« greinte eine.

»Meine Güte, ja!« dachte Mrs. Grogan, und Tränen rannen ihr
über die Wangen. »Ja, sei bloß vorsichtig.«

Larch hatte Mrs. Grogan versichert, die Adoptivfamilie sei
besonders gut geeignet für ein älteres Mädchen wie Mary Agnes.
Sie waren ein junges Paar, das Antiquitäten kaufte und verkaufte
und restaurierte; sie waren zu aktiv in ihrem Geschäft, um für ein
kleines Kind zu sorgen, doch sie hatten viel Energie, die sie an
Wochenenden und an den Abenden einem älteren Kind widmen
konnten. Die junge Frau hatte einer kleinen Schwester sehr nahe
gestanden; sie war »hingerissen von Mädchengesprächen«, wie
sie Dr. Larch erzählte. (Anscheinend hatte die kleine Schwester
einen Ausländer geheiratet und lebte nun im Ausland.)

Und Wilbur Larch hatte ein gutes Gefühl wegen Bath; er hatte
mit dem Pathologen des Spitals von Bath stets einen freundlichen
Briefwechsel geführt; von dort war die gute alte Clara gekommen. Und darum schien es ihm völlig in Ordnung, daß Mary
Agnes Cork nach Bath gegangen war.

Mary Agnes hing an ihrem eigenen Namen, und darum
erlaubte man ihr, ihn zu behalten, nicht nur das Mary Agnes,
sondern auch das Cork. Immerhin waren sie doch Callahans;
Cork vertrug sich mit Callahan, nicht wahr? Es klang ein wenig
modern für Mrs. Grogans Geschmack, auch wenn sie sich
erlaubte, sich über die Vorstellung zu freuen, daß sie jemand
einen Namen für immer gegeben hatte.

Ted und Patty Callahan wollten, daß Mary Agnes Cork sie als
Freunde ansähe. Das erste Freundliche, was das junge Paar tat,
war, Mary Agnes in ihr erstes Kino mitzunehmen. Sie waren ein
sportliches Paar, und sie fanden, sie wohnten so nah beim Kino
von Bath, daß sie zu Fuß hingehen konnten; es war ein langer
Spaziergang, auf welchem Ted und Patty ein paar grundlegende
Unterschiede zwischen Foxtrott und Walzer demonstrierten.
Der dezemberliche Bürgersteig war matschig, aber Ted und

Patty wollten Mary Agnes ein wenig auf das Sinnbetörende an Fred Astaire vorbereiten.

Vom Kennebec wehte ein feuchter, schneidender Wind, und Mary Agnes spürte ihr Schlüsselbein schmerzen; wenn sie mit den Callahans mitzutanzen versuchte, fühlte die alte Verletzung sich locker an, dann pochte sie, dann wurde sie taub. Der Bürgersteig war so schlüpfrig, daß sie beinah stürzte – und sie fing ihr Gleichgewicht am Kotflügel eines schmutzigen grünen Lieferwagens. Patty bürstete ihr den Mantel ab. Leute standen vor dem Lichtspieltheater und kauften Billetts in dem schwindenden Licht. Auf der paneelierten Schiebetür des Lieferwagens erkannte Mary Agnes Cork das Apfelmonogramm wieder – das w. w. und das OCEAN VIEW. Zum erstenmal hatte sie dieses Emblem an einem Cadillac gesehen – da hatte es eine Art von Hungerschlange gegeben; sie erinnerte sich an dieses schöne Mädchen, das abseits stand, und diesen schönen Jungen, der die Speisen verteilte. Sie sind *hier!* dachte Mary Agnes, diese schönen Menschen, die Homer Wells mitgenommen hatten! Vielleicht war Homer noch immer bei ihnen. Mary Agnes begann sich umzuschauen.

Homer und Candy hatten kein Glück und fanden das italienische Lokal nicht, das Ray ihnen empfohlen hatte; sie fanden zwei oder drei italienische Lokale, die allesamt Pizza und Meeresfrüchte-Sandwiches und Bier servierten und die allesamt so überlaufen waren von den Arbeitern der Schiffswerften, daß es keine Sitzplätze mehr gab. Sie hatten im Lieferwagen Pizza gegessen und waren frühzeitig vor dem Kino eingetroffen.

Als Homer Wells vor dem Billettschalter seine Brieftasche öffnete, wurde ihm klar, daß er noch niemals im Freien – im Winterwind – seine Brieftasche geöffnet hatte. Er drehte den Rücken gegen den Wind, aber trotzdem flatterten die losen Banknoten; Candy wölbte ihre Hände seitlich um seine Brieftasche, als wollte sie ein bedrohtes Flämmchen vor dem Verlöschen bewahren, und auf diese Weise kam sie in die Lage, ihr eigenes, sorgsam gehütetes Schamhaar aufzufangen, als es aus Homers Brieftasche fortgeweht wurde und an der Ärmelstulpe ihres eigenen Mantels hängenblieb. Beide griffen sie danach (und Homer ließ die Brieftasche fallen), aber Candy war schneller. Vielleicht entflatterten einige der feinen blonden Haare im Wind, doch Candy hielt das Büschel fest umklammert – und Homers Hand schloß sich sofort um die ihre.

Sie traten zurück von dem Billettschalter; eine kleine Schlange rückte an ihnen vorbei in das Lichtspieltheater. Candy hielt weiter ihr Schamhaar fest, und Homer ließ ihre Hand nicht los – er wollte nicht, daß sie ihre Hand öffnete und nachschaute, was sie da umklammert hielt; das war auch nicht nötig. Candy wußte, was sie in der Hand hielt; sie wußte es durch Homers Gesichtsausdruck, wie durch das Schamhaarbüschel selbst.

»Ich würde gerne einen Spaziergang machen«, flüsterte sie.

»Richtig«, sagte Homer Wells, ohne ihre Hand loszulassen. Sie wandten sich ab vom Lichtspieltheater und wanderten hinunter zum Kennebec. Candy schaute über den Fluß und lehnte sich gegen Homer Wells.

»Womöglich bist du ein Sammler«, sagte sie so leise, wie sie nur sprechen konnte, ohne vom Fluß übertönt zu werden. »Womöglich bist du ein Schamhaarsammler«, sagte sie. »Du warst doch gewiß in der Lage, es zu sein.«

»Nein«, sagte er.

»Es *ist* Schamhaar«, sagte sie, ihre fest geschlossene Faust in seiner Hand windend. »Und es ist *meines*, richtig?«

»Richtig«, sagte Homer Wells.

»Nur meines?« fragte Candy. »Du bewahrtest nur meines auf?«

»Richtig«, sagte Homer.

»Warum?« fragte Candy. »Lüge nicht.«

Er hatte noch nie die Worte gesprochen: Ich liebe dich. Er war unvorbereitet auf den Kampf, der damit verbunden war, sie zu sprechen. Zweifellos mißverstand er das unvertraute Gewicht, das er auf seinem Herzen lasten fühlte – er mochte die Zusammenziehung dieses großen Muskels in seiner Brust mit Dr. Larchs neuester Nachricht in Verbindung bringen; was er fühlte, war Liebe, doch was er zu fühlen meinte, war seine Pulmonalklappenstenose. Er ließ Candys Hand los und legte beide Hände an seine Brust. Er hatte die Sternumschere am Werk gesehen – er kannte die Technik der Autopsie – aber noch nie war ihm das Atmen so schwer und so schmerzhaft gewesen.

Als Candy sich nach ihm umwandte und sein Gesicht sah, konnte sie nicht anders – ihre Hände öffneten sich beide und ergriffen seine Hände, und die blonde Schamhaarsträhne flog davon; eine rauhe Luftströmung trug sie über den Fluß hinaus, in die Dunkelheit.

»Ist es dein Herz?« fragte ihn Candy. »O Gott, du brauchst nichts zu sagen – bitte, denk überhaupt nicht daran.«

»Mein Herz«, sagte er. »Du weißt von meinem Herzen?«

»*Du* weißt?« fragte sie. »Beunruhige dich nicht«, fügte sie leidenschaftlich hinzu.

»Ich liebe dich«, krächzte Homer Wells, als spräche er seine letzten Worte.

»Ja, ich weiß – denk nicht daran«, sagte Candy. »Beunruhige dich überhaupt nicht. Ich liebe dich ebenfalls.«

»Du liebst?« fragte er.

»Ja, *ja*, und Wally ebenfalls«, sagte sie. »Ich liebe dich *und* ich liebe Wally – aber beunruhige dich nicht deswegen, denk überhaupt nicht daran.«

»Wieso weißt du von meinem Herz?« fragte Homer Wells.

»Wir alle wissen davon«, sagte Candy. »Olive weiß, und Wally weiß.«

Dies zu hören war noch überzeugender für Homer Wells als die beiläufigen Bemerkungen in Dr. Larchs Brief; abermals fühlte er sein Herz unkontrollierbar rasen.

»Denk nicht an dein Herz, Homer!« sagte Candy und umarmte ihn fest. »Beunruhige dich nicht wegen mir, oder Wally – oder wegen irgend etwas.«

»Woran soll ich denn denken?« fragte Homer Wells.

»Nur an gute Dinge«, sagte Candy zu ihm. Als sie ihm in die Augen sah, sagte sie plötzlich: »Ich kann nicht glauben, daß du mein Haar aufbewahrt hast!« Doch als sie sah, wie sehr er die Brauen zusammenzog, sagte sie: »Ich meine, es ist in Ordnung –

ich verstehe, glaube ich. Beunruhige dich auch deswegen nicht. Es mag seltsam sein, aber sicherlich ist es romantisch.«

»Romantisch«, sagte Homer Wells, das Mädchen seiner Träume fest umfangend – aber sie nur umfangend. Sie fester anzufassen, war gewiß – nach allen Spielregeln – verboten, und darum versuchte er den Schmerz in seinem Herzen als das hinzunehmen, was Dr. Larch als übliche Symptome eines normalen Lebens bezeichnen mochte. Dies ist ein normales Leben, versuchte er zu denken, Candy umfangend, während der nächtliche Abendnebel vom Fluß wie auch die Dunkelheit nach ihnen griff.

Es war nicht der Abend, der sie in Stimmung gebracht hätte für ein Musical.

»Wir können ein andermal Fred Astaire tanzen sehen«, sagte Candy gleichmütig.

Die Sicherheit des Vertrauten zog sie zu Raymond Kendalls Dock – sollte es ihnen zu kalt werden, während sie dort draußen saßen, dann konnten sie immer noch mit Ray Tee trinken. Sie fuhren im Lieferwagen zurück nach Heart's Haven; niemand, der sie kannte, hatte sie kommen und gehen sehen.

In dem Fred-Astaire-Film futterte Mary Agnes Cork zuviel Popcorn; ihre Pflegefamilie glaubte, das arme Mädchen sei lediglich übererregt durch ihren ersten Film; sie konnte nicht ruhig sitzen. Sie beobachtete mehr das Publikum als das Tanzen; sie erforschte jedes Gesicht im flimmernden Dunkel. Dies hübsche Mädchen und dieser hübsche Junge waren es, nach denen sie Ausschau hielt – und vielleicht auch Homer Wells. Und darum war sie unvorbereitet darauf, in der Menge das Gesicht jener einen Person zu entdecken, die sie am meisten vermißte in ihrer beschränkten Welt; der Anblick dieses dunklen, schweren Antlitzes schoß ihr einen so schmerzhaften Stich durch die alte Schlüsselbeinverletzung, daß ihr der Popcornbehälter aus den Händen fiel.

Melony thronte neben dem kecken jungen Mädchen namens Lorna, hochragend in ihrem Sitz mit der Autorität eines chronischen, zynischen Kinogängers, und dreinblickend wie ein säuerlicher Kritiker, darauf aus, Mißvergnügen zu finden, auch wenn dies ihr erstes Kino war. Sogar im grauen Licht des Projektors verfehlte Mary Agnes Cork es nicht, ihren alten Quälgeist wiederzuerkennen, die Ex-Königin und einstige Prügelfrau der Mädchenabteilung.

»Ich glaube, du hast genug von diesem Popcorn, Liebling?« sagte Patty Callahan zu Mary Agnes, der ein Körnchen von dem Zeug in der Kehle steckengeblieben zu sein schien. Und für den Rest der seichten Unterhaltung dieses Abends konnte Mary Agnes nicht mehr den Blick abwenden von diesem prominentesten Mitglied des Publikums; Melony hätte, fand Mary Agnes Cork, den Tanzboden aufwischen können mit Fred Astaire, sie hätte Fred alle Knochen brechen können in seinem schmächtigen Leib – sie hätte ihn lähmen können mit nur einem Walzer.

»Siehst du jemand, den du kennst, Liebling?« fragte Ted Callahan Mary Agnes. Er dachte, das arme Mädchen habe sich mit Popcorn so vollgestopft, daß es nicht sprechen konnte.

In der Vorhalle, im kränklichen Neonlicht, marschierte Mary Agnes auf Melony los, als ob ein Traum ihre Füße lenkte – als ob sie gefangen sei in jener alten, gewalttätigen Trance von Melonys Macht.

»Hallo«, sagte sie.

»Sprichst du mit mir, Kleine?« fragte Lorna, doch Mary Agnes lächelte nur Melony an.

»Hallo, *ich* bin es«, sagte Mary Agnes.

»Du bist also 'rausgekommen?« sagte Melony.

»Ich bin adoptiert worden«, sagte Mary Agnes Cork. Ted und Patty standen ein wenig nervös in ihrer Nähe, ohne sich einmischen zu wollen, aber auch ohne sie allzu weit aus den Augen zu lassen. »Das sind Ted und Patty«, sagte Mary Agnes. »Das ist meine Freundin Melony.«

Melony schien nicht zu wissen, was mit den Händen anzufangen, die ihr entgegengestreckt wurden. Die robuste kleine Trine namens Lorna klapperte mit den Augen – etwas von ihrer Wimperntusche verklebte das eine ihrer Augenlider in einer offenerstarrten Stellung.

»Das ist meine Freundin Lorna«, sagte Melony verlegen.

Alle sagten Hallo! und standen dann herum. Was will die kleine Kröte? dachte Melony.

Und das war der Moment, als Mary Agnes sagte: »Wo ist Homer?«

»Was?« sagte Melony.

»Homer Wells«, sagte Mary Agnes. »Ist er nicht bei dir?«

»Wieso?« fragte Melony.

»Diese hübschen Leute mit dem Auto...«, fing Mary Agnes an.

»*Welches* Auto?« fragte Melony.

»Na, es war nicht dasselbe Auto, es war nicht das hübsche Auto, aber da war ein Apfel an der Tür – nie werde ich diesen Apfel vergessen«, sagte Mary Agnes.

Melony legte ihre großen Hände schwer auf Mary Agnes' Schultern; Mary Agnes fühlte sich durch das Gewicht in den Fußboden gedrückt. »Was redest du da?« fragte Melony.

»Ich habe ein altes Auto gesehen, aber da war dieser Apfel daran«, sagte Mary Agnes. »Ich dachte, sie sind im Kino, diese hübschen Leute – und Homer auch. Und als ich dich sah, dachte ich, er wäre sicherlich da.«

»Wo war das Auto?« frage Melony, und ihre starken Daumen senkten sich auf Mary Agnes' beide Schlüsselbeine. »Zeig mir das Auto!«

»Stimmt etwas nicht?« fragte Ted Callahan.

»Kümmern Sie sich um Ihre eigenen Angelegenheiten«, sagte Melony.

Aber der Lieferwagen war verschwunden. In der feuchten Kälte, auf dem matschigen Bürgersteig, und den leeren Rinnstein anstarrend, sagte Melony: »Bist du sicher, daß es *dieser* Apfel war? Er hatte zwei Ws drauf und Ocean View.«

»Das ist er«, sagte Mary Agnes. »Es war nur nicht dasselbe Auto, es war ein alter Lieferwagen, aber diesen Apfel würde ich überall wiedererkennen. So etwas vergißt man nicht.«

»Oh, halt die Schnauze«, sagte Melony erschöpft. Sie stand auf dem Rinnstein, die Hände in die Hüften gestemmt, mit bebenden Nüstern; sie versuchte Witterung aufzunehmen, in der Art, wie ein Hund in der Luft die Geschichte von Übergriffen auf sein Territorium erkundet.

»Was ist los?« fragte Lorna Melony. »War dein Kerl hier, mit seiner reichen Fotze?«

Ted und Patty Callahan waren erpicht darauf, Mary Agnes nach Hause zu bringen, doch Melony hielt sie zurück, als sie gingen. Sie griff in ihre enge Hosentasche und zog eine horngeränderte Haarspange hervor, die Mary Agnes von Candy gestohlen hatte und die Melony ihr ihrerseits weggenommen hatte. Melony schenkte Mary Agnes die Haarspange.

»Behalte sie«, sagte Melony. »Du hast sie genommen, sie gehört dir.«

Mary Agnes umklammerte die Haarspange, als sei es eine Tapferkeitsmedaille für furchtloses Verhalten in der einzigen Arena, die Melony respektierte.

»Ich hoffe, ich seh dich wieder!« rief Mary Agnes Melony nach, die davonpirschte – der flüchtige Homer Wells konnte ja gleich hinter der nächsten Ecke sein.

»Welche Farbe hatte der Lieferwagen?« rief Melony.

»Grün«, sagte Mary Agnes. »Ich hoffe, ich seh dich wieder!« wiederholte sie.

»Habt ihr schon mal von einem Ocean View gehört?« schrie Melony den Callahans nach; sie hatten nicht. Was bedeuten Äpfel schon für Antiquitätenhändler?

»Darf ich dich irgendwann wiedersehen?« frage Mary Agnes Melony.

»Ich bin in den Schiffswerften«, sagte Melony zu dem Mädchen. »Falls du mal etwas von Ocean View hörst, darfst du mich wiedersehen.«

»Du weißt doch nicht, ob er es war«, sagte Lorna später zu Melony. Sie tranken Bier. Melony sagte nichts. »Und du weißt nicht, ob die reiche Fotze immer noch bei ihm ist.«

Sie standen am Ufer des nebligen Kennebec, in der Nähe der Fremdenpension, wo Lorna wohnte; wenn sie fertig waren mit einem Bier, warfen sie die Flasche in den Fluß. Melony war gut im Werfen von Dingen in Flüsse. Sie hatte ihr Gesicht nach oben gekehrt; sie schnupperte noch immer im Wind – als könne sogar diese Strähne von Candys Schamhaar ihren detektivischen Kräften nicht entgehen.

Homer Wells deponierte ebenfalls etwas ins Wasser. *Ploink!* machten die Schnecken, die er von Ray Kendalls Dock warf; das Meer machte nur das allerwinzigste Geräusch, wenn es die Schnecken verschluckte. *Ploink! Ploink!*

Candy und Homer saßen mit dem Rücken an gegenüberstehenden Eckpfeilern am Ende des Docks. Hätten sie beide ihre Beine zueinander ausgestreckt, dann hätten ihre Fußsohlen sich berührt, doch Candy saß mit leicht angewinkelten Knien – in einer Haltung, die Homer Wells vertraut war von den vielen Frauen, die er auf Beinstützen gesehen hatte.

»Ist es in Ordnung?« fragte Candy leise.

»Was in Ordnung?« fragte er.

»Dein Herz«, flüsterte sie.

Wie sollte er das wissen? »Ich schätze, ja«, sagte er.

»Es wird in Ordnung sein«, sagte sie.

»Was wird in Ordnung sein?« fragte Homer Wells.

»Alles«, sagte Candy schnell.

»Alles«, wiederholte Homer Wells. »Daß ich dich liebe – das ist in Ordnung. Und daß du mich *und* Wally liebst – das ist ebenfalls in Ordnung? Richtig«, sagte er.

»Kommt Zeit, kommt Rat«, sagte Candy. »Bei allem – muß man abwarten.«

»Richtig.«

»Ich weiß auch nicht, was ich tun soll«, sagte Candy hilflos.

»Wir müssen das Richtige tun«, sagte Homer Wells. Wally würde das Richtige tun wollen, und Dr. Larch tat ebenfalls immer, was er für das Richtige hielt. Wenn man die Geduld aufbrachte, um abzuwarten, mußte das Richtige sich doch zeigen – nicht wahr? Was könnte eine Waise auch anderes tun als abwarten?

»Ich kann geduldig sein«, sagte Homer Wells.

Auch Melony konnte geduldig sein. Und Ray Kendall, in seinem Fenster über dem Dock – er konnte ebenfalls geduldig sein. Auch ein Mechaniker ist geduldig; ein Mechaniker muß abwarten, bis etwas bricht, bevor er es reparieren kann. Ray sah den Abstand zwischen den Füßen seiner Tochter und den Füßen von Homer Wells; es war nicht viel Abstand, und er hatte seine Tochter viele Male auf diesem Dock in Wallys Armen gesehen, und vorher, wenn Candy und Wally ebenfalls auf diesem Dock saßen, ohne daß ihre Füße sich berührten.

Es sind drei gute Kinder, dachte Ray. Aber er war Mechaniker; er wußte sich etwas Besseres, als sich einzumischen. Wenn es brach, dann würde er es reparieren; sie taten ihm alle leid.

»Ich kann dich morgen in die Schule zurückfahren«, sagte Homer.

»Mein Daddy kann mich zurückfahren«, sagte Candy. »Ich glaube, er tut es gern.«

Olive Worthington sah auf die Uhr auf ihrem Nachttisch und knipste ihre Leselampe aus; mit Debra Pettigrew blieb Homer nie so lange aus, dachte sie. Olive fiel es nicht schwer, sich vorzustellen, wie faszinierend Homer Wells für Candy war. Olive hatte den größten Respekt vor Homers Geschicklichkeit. Sie hatte gesehen, daß er ein besserer Schüler – auch ausgerechnet was Kaninchen betraf – war als Wally es jemals gewesen war, und sie wußte, daß er ebenfalls ein zuverlässiger und freundlicher Kamerad war. Aber Olive kochte im Innern. Sie empfand jenen typischen Widerspruch, den Eltern so oft empfinden: völlig auf seiten ihres Sohnes – sie wollte ihn sogar warnen und seine Partei ergreifen – doch gleichzeitig konnte Wally es vertragen, eine Lektion erteilt zu bekommen. Nur womöglich nicht *diese* Lektion, dachte Olive.

»Nun, Gott sei Dank sind es drei gute Menschen!« sagte sie laut, und ihre eigene Stimme in dem leeren Haus überraschte sie und weckte sie gänzlich auf. Eine heiße Schokolade wird mich beruhigen, dachte sie; und wenn Homer nach Hause kommt, kann er mit mir eine trinken.

Doch in der Küche war Olive überrascht, wie der Nebel, von wolkigem Mondlicht durchdrungen, das Gummifloß im Swimmingpool so ganz geisterhaft erscheinen ließ. Das Floß hing am

Beckenrand in der Schwebe, halb im Wasser und halb draußen, wie eine sehr graue und schattige Photographie seiner selbst. Das Bild beunruhigte sie, und Olive beschloß, daß sie genug hatte von diesem Floß. Sie zog ein Paar Stiefel an und über ihr Nachthemd einen langen Wintermantel. Es ärgerte sie, daß das Licht draußen auf der Terrasse nicht funktionierte; nur die Unterwasserlichter gingen an, und sie sah überrascht, daß das Wasser im Becken endlich gefroren war. Dies war der Grund für die Ruhelage des Gummifloßes. Es lag statuenstarr gefangen, wie ein im Treibeis steckengebliebenes Schiff. Vorsichtig sich am Beckenrand haltend, hackte sie vorsichtig mit dem Absatz auf das Eis, doch als sie das Floß wendete, kam es nicht frei. Wenn ich dort hinausgehe, werde ich einbrechen, dachte sie.

Dies war der Moment, als Homer nach Hause kam. Sie hörte den Lieferwagen in der Einfahrt und rief ihn.

»Was meinst du, soll damit geschehen?« erkundigte sich Homer Wells wegen dem Floß.

»Hol es nur heraus«, sagte Olive zu ihm.

»Und was dann?« fragte er.

»Wirf es weg«, sagte sie. »Inzwischen will ich dir eine heiße Schokolade machen.«

Homer plagte sich mit dem Floß. Das Eis, das sein volles Gewicht nicht getragen hätte, war stark genug, um das Floß in festem Griff zu halten. Schlau ließ er sich auf das Floß hinunter und hoffte, daß es noch genug Luft enthielt, um nicht zu sinken, wenn das Eis darum herum es nicht mehr hielt. Er schaukelte auf den Knien das Floß hin und her, bis er das Eis brechen fühlte. Dann schaukelte er sich weiter eine Bahn durch das Eis und kletterte auf den Beckenrand und zog das Floß hinter sich aus dem Becken. Überall klebte Eis daran; es war so schwer, daß er es hinter sich her schleifen mußte. Als er zu den Mülltonnen kam, mußte er die Luft aus dem Floß lassen, um es in eine der Tonnen zu stopfen. Das Ventil war festgerostet und auch mit beiden Füßen darauf herumtrampelnd, konnte er die zähe Leinwandhaut nicht zum Platzen bringen.

Er ging in den Gartenschuppen und fand eine Heckenschere;

mit der dünneren Klinge stach er einen klaffenden Riß in das Floß und schnickerte drauflos; die schale Gummiluft schlug ihm ins Gesicht. Sie war feucht und stinkend, und als er das Loch weiter aufriß, wehte der Geruch über ihn hin – sonderbar warm in der kalten kühlen Nachtluft, und sonderbar faulig. Es war nicht nur der Geruch von alten, draußen im Regen stehengelassenen Turnschuhen; da war auch etwas Verwesendes, und unwillkürlich mußte er den aufgeschlitzten Gegenstand anschauen, wie er vielleicht aufgeschnittene Eingeweide angeschaut hätte. Er stopfte das Floß in eine Mülltonne, doch als er zu seiner Belohnung in Form heißer Schokolade ins Haus ging, blieb der Geruch noch an seinen Händen, auch nachdem er sie gewaschen hatte. Er schob seine Nase in seine hohle Hand; der Geruch war noch da. Dann erkannte er den Geruch wieder: es war das, was an seinen Händen zurückgeblieben war, nachdem er die Gummihandschuhe ausgezogen hatte.

»Wie geht's Candy?« fragte Olive.

»Gut«, sagte Homer Wells.

Sie schlürften ihre heiße Schokolade – wie Mutter und Sohn, dachten sie beide; und gleichzeitig *nicht* wie Mutter und Sohn, dachten sie beide.

»Und wie geht's dir?« fragte Olive nach einer Weile.

»Ganz gut«, sagte Homer Wells, aber was er dachte, war: Kommt Zeit, kommt Rat.

Wilbur Larch, der Äther inhalierte und die Sterne über die Decke der Apotheke sausen sah, wußte, welch ein Privileg dies war: abwarten und Tee trinken zu können. Auch wenn ich durchhalte, dachte er, könnte man mich erwischen; ein Abtreiber glaubt an die Chance der Wahrscheinlichkeit. Er war zu lange im Geschäft gewesen. Wie steht die Chance der Wahrscheinlichkeit, daß man mich verpfeifen wird, bevor ich alles hinter mir habe? fragte sich der alte Mann.

Erst gestern hatte er sich eine neue Feindin geschaffen – eine Frau im achten Monat, die gesagt hatte, sie sei erst im vierten. Er hatte sie ablehnen müssen. Wenn Frauen hysterisch wurden, konnte er für gewöhnlich länger warten als sie. Wenn sie eine feste Hand brauchten, übergab er sie Schwester Angela; Schwester Edna war besser im Händchenhalten. Mit der Zeit beruhigten sie sich. Wenn eine Frau, wie er meinte, einfach zu spät gekommen war – wenn er es ablehnen mußte, die Abtreibung auszuführen – konnte er für gewöhnlich die Frau überzeugen, daß sie in St. Cloud's sicher aufgehoben war; daß er das Baby entbinden und ihm ein Zuhause finden würde, und daß dies viel besser sei als das Risiko einer zu späten Abtreibung.

Nicht aber diese Frau. Da hatte es keine Hysterie gegeben. Die Ruhe lange gehegten Hasses machte die Frau beinah heiter.

»So ist es also – Sie wollen es nicht machen«, sagte sie.

»Tut mir leid«, sagte Dr. Larch.

»Wieviel wollen Sie haben?« fragte die Frau ihn. »Ich kann es auftreiben.«

»Was immer Sie aufbringen können, als Spende für das Waisenhaus, wird dankbar entgegengenommen«, sagte Dr. Larch. »Wenn Sie nichts aufbringen können, ist alles kostenlos. Eine Abtreibung ist kostenlos, die Entbindung ist kostenlos. Eine Spende wird dankbar entgegengenommen. Wenn Sie nicht wissen, wohin, sind Sie willkommen, hier zu bleiben. Sie brauchen nicht mehr lange zu warten.«

»Sagen Sie mir nur, was ich tun soll«, sagte die Frau. »Soll ich mit Ihnen ficken? In Ordnung, ich ficke mit Ihnen.«

»Ich möchte, daß Sie dieses Baby bekommen und mich ihm ein Zuhause finden lassen«, sagte Wilbur Larch. »Das ist alles, was ich möchte.«

Aber die Frau hatte direkt durch ihn hindurchgestarrt. Sie kämpfte sich aus dem zu dick gepolsterten Sessel in Schwester Angelas Büro. Sie betrachtete den Briefbeschwerer auf Larchs Schreibtisch. Es war ein gewichtiges Spekulum, aber es hielt auch eine Menge Papier fest, und die meisten der künftigen Pflegefamilien wußten nicht, was es war. Die Frau, die eine verspätete Abtreibung haben wollte, wußte natürlich, was es

473

war; sie starrte es an, als bereite der Anblick ihr Krämpfe. Dann schaute sie aus dem Fenster, wohin sie (wie Dr. Larch sich vorstellte) den Briefbeschwerer am liebsten schleudern wollte.

Sie hob das gewichtige Spekulum auf und zielte mit dem Schenkel wie mit einem Gewehr auf Larch.

»Das wird Ihnen noch leid tun«, sagte die Frau.

In seinem Äthernebel sah Wilbur Larch die Frau wieder mit dem Spekulum auf ihn zielen.

Inwiefern wird es mir leid tun? fragte er sich.

»Es tut mir leid«, sagte er laut. Schwester Angela, die auf dem Flur vorbeiging – immer nur vorbeiging – dachte: Dir sei verziehen; ich verzeihe dir.

Es war Sonntag und bewölkt – wie üblich. Der selbe Fred-Astaire-Film, der die Einwohner von Bath vergnügte, spielte auch in Orono, und die Studenten der University of Maine waren damals, 194–, nicht so zynisch, daß sie es versäumt hätten, sich an ihm zu ergötzen. Wally ging mit einigen seiner Freunde ins Kino. Während der Nachmittags-Vorstellung störte man die Vorstellung nicht mit der Nachricht, die den Rest der Welt aufstörte. Man ließ Fred Astaire immer weiter tanzen, und die Kinogänger hörten die Nachricht nach der Vorstellung, als sie aus dem beschwichtigenden Dunkel des Lichtspieltheaters ins späte Nachmittagslicht der Innenstadt von Orono hinaustraten.

Candy fuhr eben mit ihrem Vater zurück nach Camden. Raymond Kendall war besonders stolz auf den Rundfunkempfänger, den er für seinen Chevrolet konstruiert hatte. Es war ein viel klarerer Empfang, als er damals mit einem normalen Autoradio möglich war, und Ray hatte die Peitschenantenne selbst gebaut. Candy und ihr Vater hörten die Nachricht, sobald jedermann in Maine sie hörte, und sie hörten sie laut und deutlich.

Olive hatte immer das Radio an, und darum war sie eine von jenen Leuten, die etwas mehrmals hören müssen, bevor sie es überhaupt hören. Sie buk eine Apfelpastete und dünstete eben Apfelmus, und nur die ungewöhnliche Dringlichkeit in der

Stimme des Ansagers veranlaßte sie, dem Radio überhaupt Beachtung zu schenken.

Homer Wells war in Wallys Zimmer und las *David Copperfield* und dachte an den Himmel – »... an jenen Himmel über mir, wo ich sie in dem Geheimnisvollen, das dereinst kommen wird, mit einer auf Erden unbekannten Liebe lieben und ihr sagen werde, welch ein Widerstreit in mir herrschte, als ich sie hienieden liebte.« Ich glaube, ich würde es vorziehen, Candy hienieden zu lieben – »auf Erden«, dachte Homer – als Olive ihn störte.

»Homer!« rief Olive die Treppe hinaus. »Wo ist Pearl Harbor?«

Für diese Frage war er der falsche Mann; Homer Wells hatte nur einmal die ganze Welt gesehen, und nur kurz – und flach vor der Schultafel. Er hatte Mühe gehabt, South Carolina ausfindig zu machen; nicht nur wußte er nicht, wo Pearl Harbor war, er wußte auch nicht, *was* es war.

»Ich weiß nicht«, rief er die Treppe hinab.

»Nun, die Japaner haben es eben bombardiert«, rief Olive ihm zu.

»Du meinst, mit Flugzeugen?« rief Homer Wells. »Vom Himmel?«

»Natürlich vom Himmel!« rief Olive. »Komm lieber und hör dir das an.«

»Wo ist Pearl Harbor?« fragte Candy ihren Vater.

»Pssst!« sagte Raymond Kendall. »Wenn wir weiter hören, wird man es vielleicht sagen.«

»Wie konnten sie bei diesem Angriff davonkommen?« fragte Candy.

»Weil irgend jemand seine Arbeit nicht getan hat«, sagte Ray.

Die ersten Berichte waren verwirrend. Es war die Rede davon, daß Kalifornien angegriffen oder sogar besetzt worden sei. Viele Hörer waren von Anfang an verstört; sie glaubten, Pearl Harbor sei in Kalifornien.

»Wo ist Hawaii?« fragte Mrs. Grogan. Sie tranken Tee und aßen Plätzchen und hörten Musik aus dem Radio, als sie die Nachricht vernahmen.

»Hawaii ist im Pazifischen Ozean«, sagte Wilbur Larch.

»Oh, das ist aber sehr weit weg«, sagte Schwester Edna.

»Nicht weit genug«, sagte Dr. Larch.

»Es wird wieder einen Krieg geben, nicht wahr?« fragte Schwester Angela.

»Ich schätze, er hat bereits angefangen«, sagte Wilbur Larch, während Wally – dem dieser Krieg am meisten bedeutete – Fred Astaire zuschaute; Fred tanzte einfach immer weiter und Wally dachte, er könne stundenlang zuschauen bei einem solchen Schauspiel der Eleganz.

Melony und Lorna hörten Radio im Salon der Fremdenpension, wo Lorna wohnte. Es war eine Fremdenpension nur für Frauen; die Frauen waren entweder ganz alt oder, wie Lorna, erst kürzlich von ihren Männern geschieden. An diesem Sonntagnachmittag waren die meisten Frauen, die Radio hörten, alt.

»Wir sollten einfach Japan bombardieren«, sagte Melony. »Kein Herumfackeln, einfach das ganze Land in die Luft sprengen.«

»Weißt du, wieso die Japse Schlitzaugen haben?« fragte Lorna. Melony und alle die alten Frauen lauschten aufmerksam. »Weil sie die ganze Zeit masturbieren – beide, Männer und Frauen. Sie tun es einfach die ganze Zeit.«

Es herrschte entweder höfliches oder bestürztes Schweigen – oder beides. In Melonys Fall war ihr Schweigen höflich.

»Ist das ein Witz?« fragte sie ihre Freundin respektvoll.

»Natürlich ist es ein Witz!« schrie Lorna.

»Ich kapier's nicht, schätze ich«, gestand Melony.

»Wie es kommt, daß Japse Schlitzaugen haben?« fragte Lorna. »Weil sie die ganze Zeit masturbieren.« Sie machte eine Pause.

»Das hast du, glaube ich, schon gesagt«, sagte Melony.

»Weil sie jedesmal die Augen schließen, wenn sie kommen«, sagte Lorna. »Ihre Augen werden müde vom dauernden Auf- und Zumachen. Das ist der Grund, warum sie ihre Augen nicht mehr aufmachen können. Kapiert?« fragte Lorna triumphierend.

Immer noch verlegen wegen ihrer Zähne, brachte Melony ein

476

schmallippiges Lächeln zuwege. Jemand, der die alten Frauen im Salon der Fremdenpension gesehen hätte, hätte nicht genau gewußt, was sie mit Furcht und Zittern erfüllte: die Nachricht von dem Angriff auf Pearl Harbor, oder Lorna und Melony.

Und der junge Wally Worthington, den es so sehr juckte, ein Held zu sein, tanzte auf die Straßen von Orono hinaus, wo er die Nachricht vernahm. Präsident Roosevelt sollte später von einem »Tag der Schande« sprechen, aber dieser Tag bedeutete mehr als eine Schande für Wally, dessen edles und abenteuerlustiges Herz danach verlangte, eine B-24-Liberator zu fliegen: einen schweren Bomber, vier Motoren, eingesetzt für das Bombardement von Brücken, Ölraffinerien, Treibstofflagern, Eisenbahnschienen und so weiter. Irgendwo wartete an diesem Tag der Schande ein B-24-Liberator-Bomber darauf, daß der junge Wally Worthington lernte, ihn zu fliegen.

Die Leute in Heart's Haven und in Heart's Rock hatten immer gesagt, daß Wally alles habe: Geld, gutes Aussehen, Freundlichkeit, Charme, das Mädchen seiner Träume – aber er hatte auch Mut, und im Übermaß hatte er die gefährlichsten Eigenschaften der Jugend: Optimismus und Rastlosigkeit. Er würde alles, was er hatte, aufs Spiel setzen, um das Flugzeug zu fliegen, das die Bombe in ihm zu tragen vermochte.

Wally meldete sich vor Weihnachten freiwillig zum Luftwaffen-Corps der Armee, aber man erlaubte ihm, Weihnachten zu Hause zu verbringen. Das Luftwaffen-Corps der Armee sollte länger als ein Jahr brauchen, um Wally die grausamen Künste des Luftkrieges zu lehren.

»Bis dahin«, sagte er zu Olive und Candy in der Küche auf Ocean View, »werden alle Kämpfe wahrscheinlich vorbei sein. Das wäre ein Glück für mich.«

»Das wäre in der Tat ein Glück«, sagte Olive, und Candy nickte.

»Richtig«, sagte Homer Wells aus dem anderen Zimmer. Er dachte immer noch an seine Freistellung von der Musterung; Dr. Larchs Bericht über die Krankengeschichte von Homers Herz hatte ausgereicht. Zur körperlichen Musterung wurden nur Leute herangezogen, die Tauglichkeitsklasse 1 waren. Homer Wells war Klasse 4. Laut Auskunft seines Hausarztes hatte Homer eine angeborene Pulmonalstenose; Homers »Hausarzt« war Dr. Larch, dessen Brief an die örtliche Musterungskommission als ausreichendes Zeugnis für Homers Zurückstellung akzeptiert worden war – Larch war ebenfalls Mitglied der örtlichen Kommission.

»Ich bat sie, mich zu heiraten, aber sie wollte nicht«, sagte Wally zu Homer in ihrem gemeinsamen Schlafzimmer. »Sie sagte, sie wolle auf mich warten, aber nicht mich heiraten. Sie sagte, sie würde meine Frau werden, aber nicht meine Witwe.«

»Nennst du das Abwarten?« fragte Homer Candy am nächsten Tag.

»Ja«, sagte Candy. »Seit Jahren warte ich darauf, Wally zu heiraten. Du bist nachher gekommen. Bei dir muß ich abwarten und dann weitersehen. Und jetzt kommt der Krieg. Beim Krieg muß ich ebenfalls abwarten und Tee trinken.«

»Aber du hast ihm ein Versprechen gegeben«, sagte Homer Wells.

»Ja«, sagte Candy. »Ist ein Versprechen nicht wie abwarten? Hast du schon mal ein Versprechen gegeben, und es ehrlich gemeint – *und* es gebrochen?« Homer Wells' Reaktion war ein unwillkürliches Zusammenzucken, so plötzlich und unkontrollierbar, als hätte Candy ihn »Sonnenstrahl« genannt.

Während des Weihnachtsessens versuchte Raymond Kendall, das lastende Schweigen aufzulockern, und sagte: »Ich hätte mich für Unterseeboote entschieden.«

»Du würdest am Ende die Hummer nähren«, sagte Wally.

»Das ist in Ordnung«, sagte Ray. »Sie haben mich genährt.«

»In einem Flugzeug hat man bessere Chancen«, sagte Wally.

»Ja, eine *Chance*«, sagte Candy verächtlich. »Warum möchtest du irgendwo sein, wo du nicht mehr hast als eine *Chance*?«

»Gute Frage«, sagte Olive ärgerlich. Sie ließ eine silberne Serviergabel mit solcher Wucht auf die Fleischplatte fallen, daß es aussah, als zuckte die Gans zusammen.

»Eine Chance ist genug«, sagte Homer Wells, der den Tonfall in seiner eigenen Stimme nicht gleich erkannte. »Eine Chance ist alles, was wir haben, richtig? In der Luft oder unter Wasser oder hier – von dem Augenblick an, da wir geboren werden.« Oder von dem Augenblick an, da wir nicht geboren werden, dachte er; jetzt erst erkannte er den Tonfall in seiner Stimme – es war der Tonfall Dr. Larchs.

»Das ist eine ziemlich grimmige Philosophie«, sagte Olive.

»Ich dachte, du studiertest Anatomie«, sagte Wally zu Homer, der Candy anschaute, die wegschaute.

Man schickte Wally für den Monat Januar nach Fort Maede, Maryland. Er war ein treuer, aber schrecklicher Briefschreiber; er schrieb seiner Mutter, er schrieb Homer und Candy und sogar Ray, aber niemals erklärte er etwas; falls es einen Plan gab bei dem, was man ihm beibrachte, kannte ihn Wally entweder nicht, oder er konnte ihn nicht beschreiben. Er schrieb lediglich in ermüdender Ausführlichkeit über das letzte, was seine Gedanken beschäftigt hatte, bevor er den Brief anfing; hierzu gehörte der Beutel, den er erfinderisch von seinem Stockbett herabhängen ließ, um seine Schuhkrem von seiner Zahnpasta zu trennen, sowie der Wettbewerb um den besten Namen für ein Flugzeug, der das Phantasieleben der Kompanie A beherrschte. Auch war er begeistert darüber, daß ein Küchenfeldwebel ihm mehr Limericks beigebracht hatte, als Senior in seinen letzten Jahren hatte behalten können. Jeder Brief, den Wally an irgend jemand schrieb, enthielt einen Limerick; Ray gefielen sie und Homer auch, aber Candy machten sie wütend, und Olive war angewidert. Candy und Homer zeigten einander die Limericks, die Wally ihnen schickte, bis Homer merkte, daß es Candy noch wütender machte: die Limericks, die Wally an Candy zu schicken beliebte, waren sehr milde im Vergleich mit denen, die er an Homer schickte. An Candy schickte er zum Beispiel folgenden:

> Da war eine junge Dame aus Exeter
> So hübsch, die Männer reckten den Hals nach ihr
> Einer war so frech und klinkte

Den Hosenlatz auf und winkte
Mit dem Unterschied seines Geschlechts nach ihr.

Und den schickte er an Homer Wells:

Da war eine junge Dame namens Brent
Ihre Möse war so riesig ausgedehnt
Und so tief und so hoch,
Die Akustik in dem Loch
War so gut, daß du's hörst, wenn er flennt.

Die Limericks, die Wally an Ray schickte, waren nach ähnlichem
Muster gestrickt:

Da war 'ne intakte Jungfer aus Toronto
Bei der war es nicht das Gewohnte,
Aber war man erst drauf
Und ihre haarige Pforte war auf
Dann vögelte man, solange man konnte.

Weiß Gott, welche Limericks Wally an Olive schickte – wo
findet Wally welche, die anständig genug sind? fragte sich
Homer Wells, der an den Abenden, nachdem Wally fort und
Candy wieder auf die Schule zurückgekehrt war, dalag und auf
sein Herz hörte. Es würde vielleicht helfen, dachte er, wenn er
wüßte, worauf er hören sollte.

Wally wurde nach St. Louis geschickt – Jefferson-Kaserne,
Geschwader 17, 28. Schulstaffel. Es kam Homer Wells in den
Sinn, daß das Luftwaffen-Corps der Armee womöglich nach
dem Vorbild von *Grays Anatomie* aufgebaut war – im festen
Glauben an Kategorien, wobei alles seinen Namen hatte. Es war
beruhigend für Homer Wells; in seiner Vorstellung bedeuteten
diese endlosen Kategorien mehr Sicherheit für Wally, aber
Candy konnte Homer davon nicht überzeugen.

»Einen Moment ist er in Sicherheit, im nächsten Moment ist er
nicht in Sicherheit«, sagte sie schulterzuckend.

»Kümmere Dich um Homer, kümmere Dich um sein Herz«, hatte Wally ihr geschrieben.

»Und wer kümmert sich um *mein* Herz? Ja, ich bin immer noch wütend«, schrieb sie ihm, auch wenn er nicht gefragt hatte.

Doch wenn sie wütend war auf Wally, so war sie auch treu; sie hielt ihr Abwarte-Versprechen. Sie küßte Homer zur Begrüßung und zum Abschied, doch sie ermutigte ihn nicht.

»Wir sind nur gute Kumpel«, sagte sie zu ihrem Vater; Ray hatte nicht gefragt.

»Das sehe ich«, sagte Ray.

Die Arbeit in den Obstgärten war leicht in diesem Winter; das Beschneiden war die Hauptarbeit. Die Männer brachten Homer abwechselnd das Beschneiden bei. »Man macht die großen Schnitte bei einem Wetter unter dem Gefrierpunkt«, sagte Meany Hyde zu ihm.

»Ein Baum blutet nicht so sehr, wenn es kalt ist«, so drückte Vernon Lynch es aus, und hackte drauflos.

»Wenn es kalt ist, besteht weniger die Chance einer Infektion«, sagte Herb Fowler, der in den Wintermonaten nicht so freigebig war mit den Präservativen, vielleicht weil er seine Handschuhe hätte ausziehen müssen, um an sie heranzukommen; aber Homer war sicher, daß Herb mißtrauisch geworden war, seit Homer ihn wegen der Löcher gefragt hatte.

»Da sind Löcher?« hatte Herb geantwortet. »Fabrikationsfehler, vermute ich.«

Später aber war er an Homer herangetreten und hatte ihm zugeflüstert: »Nicht alle haben Löcher.«

»Hast du ein System?« fragte Homer. »Welche haben Löcher, und welche haben keine?«

»Es ist nicht mein System«, sagte Herb Fowler. »Manche haben Löcher, manche haben keine. Fabrikationsfehler.«

»Richtig«, sagte Homer Wells, aber die Gummis flogen jetzt seltener in seine Richtung.

Florence, Meany Hydes Frau, war wieder schwanger, und den ganzen Winter lang machten die dicke Dot Taft und Irene Titcomb ihre Witze über Meanys Potenz.

»Bleib mir vom Leibe, Meany«, pflegte Big Dot zu sagen. »Ich lasse dich nicht mal an meinem Kaffee nippen. Ich glaube, du brauchst eine nur anzuatmen, und schon ist sie schwanger.«

»Na, mehr hat er mit mir auch nicht gemacht«, pflegte Florence zu sagen, und Big Dot Taft brüllte vor Lachen.

»Gib nur den Männern keinen Atem-Unterricht, Meany«, sagte Irene Titcomb.

»Meany kann dich dick machen, wenn er dich nur aufs Ohr küßt«, sagte Florence Hyde stolz und sonnte sich in ihrer Schwangerschaft.

»Gebt mir ein Paar Ohrenschützer«, sagte Drück-mich-Louise Tobey. »Gebt mir eine Skimütze.«

»Gebt mir ein Dutzend von Herbs Gummis«, sagte Irene Titcomb.

Nein, nimm sie nicht, dachte Homer Wells. Das ist's wahrscheinlich, was es bei ihr gewesen ist. Homer starrte Florence Hyde an. Es war erholsam für ihn, eine zu sehen, die sich freute über ihre Schwangerschaft.

»Ehrlich, Homer«, sagte Big Dot Taft, »hast du noch niemals eine gesehen, die ein Baby erwartete?«

»Doch«, sagte Homer Wells und schaute weg. Grace Lynch starrte ihn an, und er schaute auch weg von ihr.

»Wäre ich in deinem Alter«, sagte Vernon Lynch zu Homer beim Beschneiden in einem Obstgarten namens Cock Hill, »würde ich mich freiwillig melden. Ich würde tun, was Wally getan hat.«

»Ich kann nicht«, sagte Homer Wells.

»Nimmt man keine Waisen?« fragte Vernon.

»Nein«, sagte Homer. »Ich habe einen Herzfehler. Etwas, das ich von Geburt an habe.«

Vernon Lynch war kein Klatschmaul, aber mehr brauchte Homer nicht zu sagen – die Arbeiter auf Ocean View verziehen Homer nicht nur, daß er sich nicht freiwillig gemeldet hatte, sie fingen sogar an, sich um ihn zu sorgen. Sie behandelten ihn auf die Weise, wie es Dr. Larch gefallen hätte, daß man ihn behandelte.

»Weißt du, ich hab's nicht so gemeint«, sagte Herb Fowler zu Homer. »Das mit dem Fabrikationsfehler. Das hätte ich nicht gesagt, hätte ich das mit deinem Herz gewußt.«

»Das ist in Ordnung«, sagte Homer.

Und im ersten Frühling, als es Zeit war, die Kästen für die Bienenstöcke herzurichten, beeilte sich Ira Titcomb, Homer zu helfen, der sich mit einer besonders schweren Planke plagte.

»Überanstrenge dich nicht, bei Gott«, sagte Ira.

»Ich schaffe es, Ira. Ich bin stärker als du«, sagte Homer, der Iras Sorge zuerst nicht verstand.

»Ich habe gehört, dein Herz ist nicht so stark wie der Rest von dir«, sagte Ira.

Am Muttertag brachte Vernon Lynch ihm bei, die Sprinkler allein zu bedienen. Er beharrte darauf, Homer abermals einen Vortrag über den Gebrauch der Atemmaske zu halten. »Du vor allem anderen«, sagte Vernon zu ihm, »solltest dies Ding lieber aufbehalten, und es sauber halten.«

»Ausgerechnet ich«, sagte Homer Wells.

Sogar Debra Pettigrew verzieh ihm seine anscheinend unerklärte Freundschaft mit Candy. Als das Wetter wärmer wurde, fuhren sie wieder parken, und eines Abends schafften sie ein paar längere Küsse im unbewohnten Sommerhaus der Pettigrews am Drinkwater Lake. Der kalt-abgestandene Geruch des Hauses erinnerte Homer an seine ersten Tage im Ziderhaus. Wenn seine Küsse ihr zu friedlich erschienen, wurde Debra unruhig; wenn seine Küsse ihr zu leidenschaftlich schienen, sagte Debra: »Vorsicht! Rege dich nicht zu sehr auf.« Er war ein junger Mann von ungewöhnlichem Zartgefühl, sonst hätte er Debra vielleicht zu verstehen gegeben, daß nichts von dem, was sie ihm erlaubte, jemals sein Herz gefährden konnte.

Es war Frühling. Wally wurde nach Kelly Field – San Antonio, Texas – geschickt, zur Kadettenausbildung des Luftwaffen-Corps der Armee (Staffel 2, Geschwader C), und Melony dachte, daß es die richtige Zeit wäre für sie, sich wieder auf den Weg zu machen.

»Du bist verrückt«, sagte Lorna zu ihr. »Je mehr Krieg es gibt, desto mehr gute Arbeit gibt es für uns. Das Land muß Sachen bauen – es braucht nicht mehr Äpfel zu essen.«

»Scheiß drauf, was das Land braucht«, sagte Melony. »Ich suche nach Homer Wells, und ich werde ihn finden.«

»Dann sehe ich dich also nächsten Winter wieder?« fragte Lorna ihre Freundin.

»Falls ich Ocean View oder Homer Wells nicht finde«, sagte Melony.

»Also dann sehe ich dich nächsten Winter wieder?« sagte Lorna. »Du läßt dich von einem Mann zur Schnecke machen.«

»Genau dies lasse ich ihn nicht mit mir machen«, sagte Melony.

Mrs. Grogans Mantel hatte bessere Tage gesehen, aber das Bündel von Habseligkeiten in der Umschlingung von Charleys Gürtel hatte beträchtlich zugenommen. Melony hatte in den Schiffswerften Geld verdient, und sie hatte sich ein paar derbe Arbeiterkleidungsstücke geleistet, darunter ein gutes Paar Stiefel. Lorna machte ihr ein Geschenk, als sie ging.

»Ich habe früher mal gestrickt«, erklärte Lorna. Es war ein wollener Kinderfäustling – nur der linke Fäustling – und zu klein für Melony, doch die Farben waren sehr hübsch. »Er sollte für ein Baby sein, das ich niemals bekam, weil ich nicht lange genug verheiratet blieb. Den rechten habe ich niemals fertig bekommen.« Melony starrte den Fäustling an, den sie in der Hand hielt – der Fäustling war sehr schwer; er war voller Kugellagerkugeln, die Lorna aus den Schiffswerften stibitzt hatte. »Es ist eine Super-Waffe«, erklärte Lorna. »Falls du jemand begegnest, der eine größere Schnecke ist als du.«

Das Geschenk trieb Melony Tränen in die Augen, und die Frauen umarmten einander zum Abschied. Melony verließ Bath, ohne der kleinen Mary Agnes Cork Lebewohl zu sagen, die alles getan hätte, ihr einen Gefallen zu tun, die alle ihre Schulfreundinnen – und jeden, der bei Ted und Patty Callahan auftauchte, um in den Antiquitäten zu stöbern – gefragt hatte, ob sie jemals von einem Apfel-Obstgarten namens Ocean View gehört hätten. Falls diese Kenntnis geeignet war, Melony zu ihrer Freundin zu machen, würde Mary Agnes Cork niemals aufhören zu fragen.

Nachdem Melony Bath verlassen hatte, merkte Lorna, wie sehr sie ihre Freundin vermißte; Lorna entdeckte, daß sie dauernd nach Ocean View fragte – als sei diese Frage ein ebenso notwendiges und legales Bestandteil ihrer Freundschaft zu Melony, wie das Geschenk jener wollenen Waffe.

Dies bedeutete, daß sie jetzt zu dritt waren; sie alle suchten nach Homer Wells.

Diesen Sommer verlegte man Wally von San Antonio nach Coleman, Texas. »Ich wünschte mir, jemand würde Texas den Krieg erklären«, schrieb er an Homer. »Das wäre eine Rechtfertigung dafür, hier zu sein.« Er behauptete, er fliege in Unterhosen und Socken – dies sei das einzige, was sie alle in solch erbarmungsloser Hitze am Leibe ertragen konnten.

»Was glaubt er denn, wohin er geht?« beschwerte sich Candy bei Homer. »Erwartet er ein perfektes Klima? Er geht in den *Krieg*!« Homer saß ihr gegenüber auf Ray Kendalls Dock, die Schneckenpopulation für immer beeinträchtigt durch ihr Gespräch.

In dem kühlen Klassenzimmer mit dem Betonfußboden in der High-School von Cape Kenneth pflegte Homer die Weltkarte zu entrollen; es pflegte selten jemand anwesend zu sein – außer dem Pförtner, der über Geographie nicht besser Bescheid wußte als Homer Wells. Homer nutzte die sommerliche Einsamkeit, um die Orte der Welt zu studieren, wohin Wally wahrscheinlich gehen würde.

Einmal überraschte ihn Mr. Hood bei seinen Studien. Vielleicht besuchte Mr. Hood aus Heimweh sein altes Klassenzimmer, oder vielleicht war es Zeit, einen Auftrag über die Kaninchen des nächsten Schuljahres zu ordern.

»Ich nehme an, du wirst dich freiwillig melden«, sagte Mr. Hood zu Homer.

»Nein, Sir«, sagte Homer. »Ich habe ein schwaches Herz – *Pulmonalklappenstenose*.«

Mr. Hood starrte auf Homers Brust; Homer wußte, daß der Mann nur für Kaninchen Augen hatte – und nicht sehr scharfe

Augen zumal. »Du hattest Herzgeräusche seit der Geburt?« fragte Mr. Hood.

»Ja, Sir«, sagte Homer.

»Und hast du immer noch Geräusche?« fragte Mr. Hood.

»Nicht viele, nicht mehr«, sagte Homer.

»Dann ist es kein schwaches Herz«, sagte Mr. Hood aufmunternd.

Aber warum sollte Homer Mr. Hood für eine Autorität halten? Er konnte ja seine *Uteri* nicht auseinanderhalten; er konnte Schafe nicht von Kaninchen unterscheiden.

Sogar die Wanderarbeiter waren anders bei dieser Ernte – sie waren älter und jünger zugleich; die Männer in der Blütezeit ihrer Jahre hatten sich freiwillig gemeldet – außer Mr. Rose.

»Nicht viel zu pflücken für Pflücker dies Jahr«, sagte er zu Olive. »Es gibt zu viele Narren, die glauben, der Krieg sei interessanter als Äpfelpflücken.«

»Ja, ich weiß«, sagte Olive. »Mir brauchen Sie nichts darüber zu sagen.«

Bei dieser Ernte gab es eine Frau, die Mr. Rose Mama nannte, auch wenn sie nicht alt genug war, um die Mutter von einem von ihnen zu sein. Ihre Treue schien ganz ausschließlich Mr. Rose zu gelten. Homer wußte dies, weil die Frau tat, was sie wollte – sie pflückte ein bißchen, wenn ihr danach zumute war, oder wenn Mr. Rose es vorschlug; sie kochte ein bißchen, aber sie war nicht jeden Abend die Köchin, und sie war nicht die Köchin für alle. Manche Abende saß sie sogar auf dem Dach, aber nur, wenn Mr. Rose dort bei ihr saß. Sie war eine große, massige, junge Frau, mit einer bedächtigen Langsamkeit, die bewirkte, daß ihre Bewegungen aussahen wie von Mr. Rose abkopiert, und sie trug ein ständiges Lächeln zur Schau, nicht ganz entspannt und nicht ganz schmunzelnd – ebenfalls von Mr. Rose abkopiert.

Es überraschte Homer, daß beim Schlafen keine besonderen Vorkehrungen getroffen wurden bezüglich dieser Frau; sie hatte ihr eigenes Bett neben Mr. Rose, aber es wurde kein Versuch gemacht, ihre Betten durch Vorhänge abzuteilen oder anderweitig ein wenig Privatsphäre zu schaffen. Nur folgendes: nämlich dann und wann, wenn Homer am Ziderhaus vorbeifuhr, stellte er fest, daß alle außer Mr. Rose und seiner Frau draußen vor dem Haus standen oder auf dem Dach saßen. Dies war wohl die Zeit ihrer Zusammenkünfte, und Mr. Rose hatte wohl diese Treffen ebenso willkürlich arrangiert, wie er anscheinand alles andere kommandierte.

Gegen Ende dieses Sommers durfte die Küste nicht mehr beleuchtet sein; es gab kein Riesenrad in der Nacht zu beobachten, keine magischen Lichter, die man mit anderen Namen benennen konnte, doch diese Verdunkelungsvorschriften hielten die Pflücker nicht vom Dach fern. Sie pflegten im Dunkeln zu sitzen und in das Dunkel zu starren, und Mr. Rose pflegte zu sagen: »Dort drüben war es – es war viel höher als dieses Dach, und heller als alle Sterne, hätte man alle Sterne zusammengebunden. Es drehte sich immer im Kreis«, pflegte Mr. Rose zu sagen, die große, massige Frau an ihn gelehnt, die dunklen Köpfe über dem Dachfirst nickend. »Jetzt sind Sachen dort draußen unter dem Ozean – Sachen mit Bomben, Unterwasserkanonen. Diese Sachen wissen, wenn ein Licht an ist, und die Bomben werden angezogen von den Lichtern – wie Metall von den Magneten. Es passiert automatisch.«

»Da sind keine Leute mit der Hand am Abzug?« fragte jemand.

»Da ist kein Abzug«, sagte Mr. Rose. »Alles automatisch. Aber da sind Leute. Sind nur da, um die Sachen instand zu halten und dafür zu sorgen, daß sie richtig funktionieren.«

»Da sind Leute, da draußen unter dem Ozean?« fragte jemand.

»Klar«, sagte Mr. Rose. »Jede Menge Leute. Wirklich schlau. Haben diese Sachen, so daß sie euch sehen können.«

»An Land?«

»Klar«, sagte Mr. Rose. »Sie sehen euch überall.«

Eine Art gemeinschaftlichen Seufzers ließ jene, die auf dem Dach saßen, aussehen wie ein Chor, der zwischen den Stücken pausiert. Homer in Wallys Zimmer wunderte sich, wie die Welt gleichzeitig erfunden und zerstört wurde.

Da ist nichts Verwunderliches dran, hätte Dr. Larch ihm versichert. In St. Cloud's wurde, abgesehen von dem Ärger mit den Zuckermarken und anderen Aspekten der Rationierung, sehr wenig durch den Krieg verändert. (Oder durch das, was andere Leute einmal die Depression genannt hatten, dachte Wilbur Larch.)

Wir sind ein Waisenhaus; wir leisten diesen Dienst; wir bleiben dieselben – wenn man uns dieselben bleiben läßt, dachte er. Wenn er beinah verzweifelte, wenn der Äther allzu überwältigend wurde, wenn sein Alter ihm als das letzte Hindernis erschien und die Anfälligkeit seines illegalen Treibens ihm so deutlich sichtbar wurde wie die Silhouetten der Fichten vor den harten Nachthimmeln im Herbst, pflegte Wilbur Larch sich in diesen einen Gedanken zu retten: Ich liebe Homer Wells, und ich habe ihn vor dem Krieg gerettet.

Homer Wells fühlte sich nicht gerettet. Hat denn jemals jemand, der liebte und unzufrieden war damit, wie er wiedergeliebt wurde, sich *gerettet* gefühlt? Im Gegenteil, Homer Wells fühlte, daß er für besondere Qualen ausersehen war. Welcher junge Mann – und sei er gar eine Waise – hat die Geduld, einfach abzuwarten, wenn er liebt? Und wenn Wilbur Larch Homer Wells schon vor dem Krieg gerettet hatte, so hatte Dr. Larch doch keine Macht, um gegen Melony vorzugehen.

Während der Ernte in diesem Jahr zog Wally abermals um – nach Perrin Field in Sherman, Texas (Grundausbildung, Kompanie D) – doch Melony zog fünfmal um. Sie hatte genug Geld; sie brauchte nicht zu arbeiten. Sie nahm Arbeit in einem Obstgarten nach dem anderen und ging fort, sobald sie herausgefunden hatte, daß niemand, der dort arbeitete, jemals von einem Ocean View gehört hatte. Sie arbeitete in einem Obstgarten in Harpswell und in einem anderen in Arrowsic. Sie arbeitete so hoch im Norden wie Rockfort und so tief im Hinterland wie Appleton und Lisbon. Sie machte einen Abstecher nach Wiscasset, weil jemand ihr erzählt hatte, daß es dort ein Ocean View gäbe; das gab es, aber es war eine Fremdenpension. Ein Eiskremverkäufer erzählte ihr, er habe in Friendship ein Ocean View gesehen; es war, wie sich zeigte, der Name eines dort beheimateten Segelboots. Melony geriet in einen Faustkampf mit einem Oberkellner in einem Lokal für Meeresfrüchte in South Thomaston, weil sie darauf beharrt hatte, jeden der Gäste nach Ocean View zu befragen; sie gewann den Kampf, aber sie bekam eine Buße wegen Störung der Ordnung; sie war etwas knapp bei Kasse, als sie Anfang November durch Boothbay Harbor kam. Das Meer war schiefergrau, mit weißen Kronen, die hübschen Boote des Sommers waren auf dem Trockendock, der Wind trug viel vom kommenden Winter in sich; Melonys Poren und die der Erde verschlossen sich so fest wie ihr enttäuschtes Herz.

Sie erkannte den mürrischen, blaßgesichtigen Jungen nicht, der den Kunden an der Bonbontheke in Rinfrets Apotheke Eiskremsoda verkaufte, doch der junge Roy Rinfret – der einstige (und tief enttäuschte) Curly Day – erkannte Melony sofort.

»Ich war einmal Curly Day! Erinnerst du dich an mich?« fragte Curly Melony aufgeregt. Er schob ihr eine Menge kostenloser Bonbons und Kaugummis zu und beharrte darauf, sie auf ein Eiskremsoda einzuladen. »Einen Doppelbecher, auf mich«, sagte Curly; seine Adoptiveltern hätten es mißbilligt.

»Junge, du hast es nicht so gut getroffen«, sagte Melony zu ihm. Sie wollte nichts Kränkendes sagen mit dieser Bemerkung; es war eine Anspielung auf seine Farbe, die teigig war, und auf seine Größe – er war nicht sehr viel gewachsen. Sie hatte nichts anderes sagen wollen, doch diese Bemerkung löste alles aus, was verbittert war in Curly Day und nur darauf wartete, abgefeuert zu werden.

»Du hast keinen Witz gemacht, ich hab's nicht so gut getroffen«, sagte er wütend. »Ich wurde hereingelegt. Homer Wells hat die Leute geklaut, für die *ich* bestimmt war.«

Melonys Zähne waren zu schwach, um Kaugummis zu kauen, aber sie sackte sie trotzdem ein; sie würden ein nettes Geschenk sein für Lorna. Melonys Zahnhöhlen heulten auf, als sie ein hartes Bonbon lutschte, aber sie mochte so etwas manchmal, trotz diesem Schmerz – oder vielleicht gerade darum – und sie hatte noch niemals ein Eiskremsoda gegessen.

Um seinen Abscheu vor seiner Umgebung zu demonstrieren, verspritzte Curly Day einen zähen Strahl Erdbeersirup über den Boden – allerdings erst, nachdem er sich vergewissert hatte, daß nur Melony ihn sehen konnte. Er tat es, als ob er die Düse probierte, bevor er das Zeug über Melonys Eiskrem spritzte. »Es zieht Ameisen an«, erklärte er; Melony bezweifelte, daß im November so viele Ameisen übrig waren. »Das ist's, was sie mir immer erklären«, sagte Curly. »Verschütte nichts, es zieht Ameisen an.« Er spritzte noch ein paarmal mehr auf den Boden. »Ich will die Ameisen dazu bringen, daß sie dies Haus wegtragen.«

»Bist immer noch sauer auf Homer Wells?« fragte Melony ihn hinterlistig.

Sie erklärte, daß Curly sich einfach – bei jedem Kunden – nach Ocean View erkundigen könne. Curly hatte niemals konkret darüber nachgedacht, was er zu Homer Wells sagen oder ihm antun wollte, falls er ihm jemals wieder begegnete; er war wütend, aber er war kein rachsüchtiger Junge, und er hatte eine so klare Erinnerung an Melonys Gewalttätigkeit. Er wurde mißtrauisch.

»Wozu willst du Homer finden?« fragte Curly.

»Wozu?« fragte Melony süßlich; es wurde nicht klar, ob sie es sich überlegt hatte. »Na, wozu würdest *du* ihn gerne finden, Curly?« fragte sie.

»Na«, sagte Curly widerstrebend. »Ich schätze, ich würde ihn gerne wiedersehen und ihm sagen, daß ich wirklich angeschissen war, als er davonging und mich zurückließ dort – während ich dachte, daß *ich* derjenige sei, der gehen sollte, und nicht er.« Während Curly darüber nachdachte, merkte er, daß er Homer einfach gern wiedersehen würde – vielleicht sein Freund werden, vielleicht Sachen zusammen machen. Er hatte Homer immer bewundert. Er fühlte sich ein wenig verraten von ihm, das war alles, was er fühlte. Er fing an zu weinen. Melony nahm die Papierserviette, die mit bei ihrem Eiskremsoda gelegen hatte, und wischte Curly die Tränen ab.

»He, ich weiß, wie dir ist«, sagte sie freundlich. »Ich weiß, was du fühlst. Auch ich bin verlassen worden, weißt du. Wirklich, ich vermisse den Kerl. Ich möchte ihn einfach wiedersehen.«

Curlys Weinen weckte die Aufmerksamkeit seines Adoptivvaters, Mr. Rinfrets, des Apothekers, der an jenem Ende des Ladens postiert war, wo die gefährlichen Medikamente verkauft wurden.

»Ich bin aus St. Cloud's«, erklärte Melony Mr. Rinfret. »Wir alle standen uns dort so nah – immer wenn wir uns über den Weg laufen, braucht es ein Weilchen, bis man sich gefaßt hat.« Sie umarmte Curly auf eine mütterliche, wenn auch etwas grobschlächtige Weise, und Mr. Rinfret gönnte ihnen ihre Vertraulichkeit.

»Versuche dich zu erinnern«, flüsterte Melony, den Jungen in den Armen wiegend, als erzählte sie ihm eine Gutenachtgeschichte.

»Ocean View, frage nur immer wieder nach Ocean View.« Nachdem sie ihn beruhigt hatte, gab sie ihm Lornas Adresse in Bath.

Auf dem Wege zurück dorthin hoffte Melony, daß die Schiffswerften sie wieder anheuern und die sogenannten Kriegsanstrengungen die Sachen auf dem Fließband immer wieder verändern würden – daß sie sich auf eine etwas andere Aufgabe freuen könnte als die Einführung dieser Kugellagerkugeln in dieses schinkenförmige Zahnrad. Bei diesem Gedanken zog sie Lornas Geschenk-Fäustling aus der Tasche von Mrs. Grogans Mantel; sie hatte ihn nicht als Waffe benutzt, aber manche Nacht hatte seine Gegenwart sie getröstet. Und es ist kein gänzlich vergeudetes Jahr gewesen, überlegte Melony ingrimmig und ließ den Handschuh mit einem schmerzhaften Klatschen auf ihre große Handfläche sausen. Jetzt sind unser vier, die nach dir suchen, Sonnenstrahl.

Man behielt Wally in Texas, aber man ließ ihn noch einmal umziehen – nach der Lubbock-Pilotenschule (Kaserne 12, D 3). Dort sollte er den November und den Dezember verbringen, aber das Luftwaffen-Corps der Armee hatte versprochen, ihn über Weihnachten nach Hause zu schicken.

»Bald wieder am Busen meiner Familie!« schrieb er an Candy und Homer und Olive – und sogar an Ray, der zu den Kriegsanstrengungen beigetragen hatte, indem er sich freiwillig zum Mechaniker-Corps beim Marinestützpunkt in Kittery meldete; Ray baute Torpedos. Er hatte ein paar Jungen am Ort angeheuert, die noch zur Schule gingen, damit sie ihm halfen, sein Hummergeschäft vor dem Versinken zu bewahren, und an den Wochenenden arbeitete er an den Vehikeln von Ocean View. Begeistert demonstrierte er Olive und Homer Wells das Gyroskop auf Olives Küchentisch.

»Bevor ein Kerl das Torpedo begreifen kann«, pflegte Ray jeweils zu sagen, »muß er das Gyroskop verstehen.« Homer war interessiert, Olive war höflich – und mehr noch, gänzlich abhängig von Ray; wenn er nicht alle Maschinen auf Ocean View reparierte, dann, davon war Olive überzeugt, würden die Äpfel aufhören zu wachsen.

Candy war meistens wütend – die Kriegsanstrengungen aller anderen schienen sie zu deprimieren, auch wenn sie sich freiwillig dienstverpflichtet hatte und ein paarmal als Hilfspflegerin im Spital von Cape Kenneth Überstunden gemacht hatte. Sie pflichtete bei, daß es »privilegiert« wäre, aufs College zu gehen, und es fiel ihr nicht schwer, Homer zu überzeugen, daß er sich ebenfalls dienstverpflichten solle – bei seiner Ausbildung konnte er ein nützlicherer Hilfspfleger sein als die meisten.

»Richtig«, hatte Homer gesagt.

Doch wenn Homer gegen seinen Willen in ein halbes Spitalleben zurückgekehrt war, so fand er es dort bald behaglich; es war aber manchmal schwierig, seine fachliche Meinung zu manchen Themen zurückzuhalten und den Anfänger zu spielen in einer Rolle, für die er auf so beunruhigende Weise geboren zu sein schien. Selbst die Schwestern waren herablassend zu den Hilfspflegern, und Homer sah voll Ärger, daß die Ärzte zu jedermann herablassend waren – am allermeisten zu ihren Patienten.

Candy und Homer war es nicht erlaubt, Spritzen oder Medikamente zu geben, doch sie hatten mehr zu tun, als Betten zu machen und Bettpfannen zu leeren, Rücken zu massieren und Bäder einzulassen und alle jene mildtätigen Besorgungen zu machen, die dem modernen Krankenhaus solch ein permanentes Füßegetrappel bescheren. Man trug ihnen beispielsweise Botengänge auf; Homer war von den geburtshilflichen Techniken, die er beobachtete, wenig beeindruckt. Sie konnten Dr. Larchs Arbeit nicht das Wasser reichen, und in manchen Fällen konnten sie nicht mal seiner eigenen Arbeit das Wasser reichen. Wenn Dr. Larch Homer oft getadelt hatte wegen seiner schweren Hand mit dem Äther, so konnte Homer sich nicht vorstellen, wie der Alte auf die Schwerfälligkeit reagieren würde, mit der in Cape Kenneth Narkosen verabreicht wurden. In St. Cloud's hatte Homer viele Patientinnen gesehen, die so leicht ätherisiert waren, daß sie sich während der ganzen Operation unterhalten konnten; im Erholungsraum von Cape Kenneth wirkten die Patientinnen, wenn sie aus ihrer Ätherbetäubung aufzutauchen versuchten, wie mit dem Knüppel geschlagen – sie schnarchten mit klaffendem Mund, die Hände wie tot herabhängend und die Muskeln in ihren Wangen so schlaff, daß ihre Augen manchmal halb aufgerissen waren.

Besonders ärgerte es Homer zu sehen, wie man die Kinder betäubte – als ob die Ärzte oder Anästhesisten so schlecht unterrichtet wären, daß sie sich nicht die Zeit nahmen, das Körpergewicht des Patienten in Betracht zu ziehen.

Eines Tages saßen er und Candy zu beiden Seiten eines fünfjährigen Jungen, der sich von einer Tonsillektomie erholte. Das war Hilfspflegerarbeit: man saß bei den Patienten, wenn sie aus der Narkose erwachten, besonders den Kindern, besonders den Tonsillektomien – sie waren oft verängstigt und litten an Schmerzen und Übelkeit, wenn sie erwachten. Homer behauptete, daß ihnen nicht annähernd so übel wäre, wenn man ihnen etwas weniger Äther gegeben hätte.

Eine der Schwestern war bei ihnen im Erholungsraum; es war eine, die sie gern hatten, ein junges Mädchen, etwa in ihrem Alter. Ihr Name war Caroline, und sie war freundlich mit den Patienten und barsch mit den Ärzten.

»Du verstehst eine Menge vom Äther, Homer«, sagte Schwester Caroline.

»Mir scheint, es wird in manchen Fällen zu stark dosiert«, murmelte Homer.

»Krankenhäuser sind nicht perfekt, man erwartet es nur von ihnen«, sagte Schwester Caroline. »Und Ärzte sind ebenfalls nicht perfekt; sie glauben nur, es zu sein.«

»Richtig«, sagte Homer Wells.

Der Fünfjährige hatte große Halsschmerzen, als er endlich erwachte, und er würgte einige Zeit drauflos, bevor er etwas Eiskrem durch seinen Hals gleiten lassen und behalten konnte. Eines der Dinge, welche die Hilfspfleger taten, war, dafür zu sorgen, daß die Kinder dann jeweils nicht an ihrem eigenen Erbrochenen erstickten. Homer erklärte Candy, es sei sehr wichtig, daß das Kind in halb ätherisiertem Zustand keinerlei Flüssigkeit, wie etwa Erbrochenes, in die Lunge aspiriere oder einatme.

»Aspirieren«, sagte Schwester Caroline. »War dein Vater Arzt, Homer?«

»Nicht direkt«, sagte Homer Wells.

Schwester Caroline stellte Homer dem jungen Dr. Harlow mit der angehenden Ponyfrisur vor; eine beharrliche Haartolle ließ dessen Stirn hager erscheinen; ein schlaffer Fries strohfarbener Haare verlieh Dr. Harlow den angespannten Blick von jemand, der dauernd unter einer Hutkrempe hervorlugt.

»O ja, Wells – unser Äther-Experte«, sagte Dr. Harlow abfällig.

»Ich bin in einem Waisenhaus aufgewachsen«, sagte Homer Wells. »Ich habe viel im Spital ausgeholfen.«

»Aber gewiß hast du niemals Narkosen verabreicht?« sagte Dr. Harlow.

»Gewiß nicht«, log Homer Wells. Wie Dr. Larch beim Treuhänderausschuß entdeckt hatte, war es besonders befriedigend, unsympathische Leute anzulügen.

»Gib nicht an«, sagte Candy zu Homer, als sie zusammen nach Heart's Haven zurückfuhren. »Es paßt nicht zu dir und es könnte deinen Dr. Larch in Schwierigkeiten bringen.«

»Wann habe ich angegeben?« fragte Homer.

»Du hast noch nicht, eigentlich«, sagte Candy. »Tu's nur nicht, okay?«

Homer schmollte.

»Und schmolle nicht«, sagte Candy zu ihm. »Es paßt auch nicht zu dir.«

»Ich betreibe nur die Politik des Abwartens«, sagte Homer Wells. »Du weißt schon.« Er ließ sie beim Hummerbassin aussteigen; gewöhnlich kam er mit ihr herein und schwatzte noch mit Ray. Doch Homer irrte sich, wenn er Candys Reizbarkeit mit Kälte ihm gegenüber oder mit etwas anderem verwechselte als ihrer eigenen, tiefsten Verwirrung.

Sie knallte die Tür zu und marschierte auf seine Seite des Lieferwagens, bevor er wegfahren konnte. Sie gab ihm ein Zeichen, sein Fenster herabzukurbeln. Dann beugte sie sich herein und küßte ihn auf den Mund, sie riß an seinem Haar, fest – mit beiden Händen, seinen Kopf zurückbiegend – und dann biß sie ihn ziemlich fest in den Hals. Sie schlug mit dem Kopf gegen den Fensterrahmen, als sie sich ihm wieder entzog; ihre Augen waren feucht, aber es kamen keine Tränen.

»Glaubst du, ich finde das lustig?« fragte sie ihn. »Glaubst du, daß ich mit dir spiele? *Weiß* ich denn, ob ich dich will oder Wally?«

Er fuhr zurück zum Spital von Cape Kenneth; er brauchte eine sinnvollere Arbeit als Mäusefangen. Es war wieder die gottverdammte Mäusefangsaison – er *haßte* es, mit dem Gift zu hantieren!

Er traf gleichzeitig ein mit einem Matrosen, der bei einem Messerkampf einen Schnitt abgekriegt hatte; es war dort passiert, wo Ray arbeitete – im Marinestützpunkt von Kittery – und die Kameraden des Matrosen hatten ihn mit einer improvisierten Aderpresse herumkutschiert, bis ihnen die Benzingutscheine ausgingen und sie sich auf dem Weg zu mehreren Krankenhäusern, die viel näher beim Schauplatz des Kampfes lagen als das von Cape Kenneth, verirrten. Der Schnitt in das fleischige Gewebe zwischen Daumen und Zeigefinger des Matrosen ging fast bis zum Handgelenk des Matrosen. Homer half Schwester Caroline, die Wunde mit gewöhnlicher weißer Seife und sterilem Wasser zu waschen. Homer konnte nicht anders – er war es gewöhnt, gegenüber Schwester Angela und Schwester Edna als Chef aufzutreten.

»Blutdruck messen, am andern Arm«, sagte er zu Schwester Caroline, »aber die Blutdruckmanschette über eine Binde anlegen – um die Haut zu schützen«, fügte er hinzu, weil Schwester Caroline ihn neugierig anstarrte. »Die Manschette muß vielleicht eine halbe Stunde oder länger angelegt bleiben«, sagte Homer Wells.

»Ich glaube, ich kann Schwester Caroline Anweisungen geben, falls du nichts dagegen hast«, sagte Dr. Harlow zu Homer; der Arzt und seine Schwester starrten Homer Wells beide an, als hätten sie ein ungewöhnliches, von göttlichen Kräften berührtes Wesen erschaut, als erwarteten sie halb, daß Homer dem reichlich blutenden Matrosen die Hand auflegte und den Blutstrom so rasch versiegen ließe, wie die Aderpresse ihn hatte versiegen lassen.

»Sehr ordentliche Arbeit, Wells«, sagte Dr. Harlow. Homer sah zu, wie Dr. Harlow 0,5prozentiges Prokain in die Wunde injizierte und sie anschließend sondierte. Das Messer war handflächenseitig eingedrungen, stellte Homer Wells fest. Er erinnerte sich an seinen *Gray*, und er erinnerte sich an den Film, den er mit Debra Pettigrew gesehen hatte: an den Kavallerieoffizier mit dem Pfeil in der Hand, dem Pfeil, der glücklicherweise den durch die Muskeln des Daumens führenden Zweig des Medianusnerven verfehlt hatte. Er beobachtete, wie der Matrose seinen Daumen bewegte.

Dr. Harlow guckte. »Dies ist ein sehr wichtiger Zweig des Medianusnervs«, sagte Dr. Harlow bedächtig zu dem verletzten Matrosen. »Sie haben Glück, daß er nicht zerschnitten ist.«

»Das Messer hat ihn verfehlt«, sagte Homer Wells.

»Ja, das hat es«, sagte Dr. Harlow, von der Wunde aufblickend. »Woher weißt *du* das?« fragte er Homer Wells, der den Daumen seiner rechten Hand emporhielt und damit wackelte.

»Nicht nur ein Narkose-Experte, wie ich sehe«, sagte Dr. Harlow, immer noch herablassend. »Weiß auch alles über Muskeln.«

»Nur über diesen«, sagte Homer Wells. »Ich habe mal – zum Spaß – *Grays Anatomie* gelesen«, fügte er hinzu.

»Zum *Spaß*?« sagte Dr. Harlow. »Ich nehme an, dann weißt du auch alles über Blutgefäße. Willst du mir nicht verraten, woher all dieses Blut kommt?«

Homer Wells spürte Schwester Caroline mit ihrer Hüfte seine Hand streifen; es war gewiß eine wohlmeinende Berührung – Schwester Caroline mochte Dr. Harlow auch nicht besonders. Trotz Candys sicherer Mißbilligung konnte Homer nicht anders. »Das Blutgefäß ist ein Zweig des Palmarbogens«, sagte er.

»Sehr gut«, sagte Dr. Harlow enttäuscht. »Und was würdest du mir jetzt empfehlen?«

»Es abbinden«, sagte Homer Wells. »Mit Dreier-Faden.«

»Genau«, sagte Dr. Harlow. »Das hast du nicht aus dem *Gray*.« Er wies Homer Wells darauf hin, daß das Messer auch die Sehne des *Flexor digitorum profundus* und des *Flexor digitorum sublimis* zerschnitten hatte. »Und wohin könnten die führen?« fragte er Homer Wells.

»Zum Zeigefinger«, sagte Homer.

»Ist es nötig, beide Sehnen zu reparieren?« fragte Dr. Harlow.

»Ich weiß nicht«, sagte Homer Wells. »Ich weiß nicht viel über Sehnen«, fügte er hinzu.

»Wie überraschend«, sagte Dr. Harlow. »Es ist nur nötig, den *Profundus* zu reparieren«, erklärte er. »Ich werde Zweier-Seide verwenden. Ich werde etwas Feineres brauchen, um die Ränder der Sehnen zusammenzufügen.«

»Vierer-Seide«, empfahl Homer Wells.

»Sehr gut«, sagte Dr. Harlow. »Und etwas, um die palmare *Fascie* zu schließen?«

»Dreier-Seide«, sagte Homer Wells.

»Der Junge versteht etwas von chirurgischen Nähten!« sagte Dr. Harlow zu Schwester Caroline, die Homer Wells unverwandt anblickte.

»Schließen Sie die Haut mit Vier-O-Seide«, sagte Homer, »und dann würde ich eine Druckkompresse auf die Handfläche empfehlen – Sie sollten den Finger ein wenig um die Kompresse beugen.«

»Das nennt man Funktionsstellung«, sagte Dr. Harlow.

»Ich weiß nicht, wie man es nennt«, sagte Homer.

»Warst du auf einer Medical School, Wells?« fragte ihn Dr. Harlow.

»Nicht direkt«, sagte Homer Wells.

»Hast du es vor?« fragte Dr. Harlow.

»Wahrscheinlich nicht«, sagte Homer. Er versuchte jetzt, den Operationssaal zu verlassen, aber Dr. Harlow rief ihm etwas hinterher.

»Wieso bist du nicht beim Militär?« rief er.

»Ich habe einen Herzfehler«, sagte Homer.

»Ich nehme an, du weißt nicht, wie man es nennt«, sagte Dr. Harlow.

»Richtig«, sagte Homer Wells.

Er hätte auf der Stelle etwas über seine Pulmonalklappenstenose erfahren können, hätte er nur gefragt; er hätte ein Röntgenbild haben können und eine Beurteilung durch den Spezialisten – er hätte die Wahrheit erfahren können. Aber wer sucht schon die Wahrheit aus unsympathischer Quelle?

Er ging den Tonsillektomie-Patienten Geschichten vorlesen. Es waren lauter blöde Geschichten – Kinderbücher beeindruckten Homer Wells nicht. Aber die Tonsillektomie-Patienten waren wahrscheinlich nicht lange genug da, um *David Copperfield* oder *Große Erwartungen* zu hören.

Schwester Caroline fragte ihn, ob er den dicken Mann, der sich von der Prostataoperation erholte, baden und ihm den Rücken massieren wolle.

»Unterschätze niemals die Lust am Pissen«, sagte der dicke Mann zu Homer Wells.

»Jawohl, Sir«, sagte Homer und massierte das Fleischgebirge, bis der dicke Mann in einem gesunden Rosa schimmerte.

Olive war nicht zu Hause, als Homer nach Ocean View

zurückkehrte; sie war an der Reihe beim Flugzeuge-Spähen. Sie benutzten den – wie sie es nannten – Yacht-Ausguckturm im Haven-Club, aber Homer glaubte nicht, daß irgendwelche Flugzeuge erspäht worden waren. Alle männlichen Späher – zumeist Seniors frühere Trinkkumpane – hatten die Silhouetten der feindlichen Flugzeuge an ihre Spinde geheftet; die Frauen brachten die Silhouetten mit nach Hause und klebten sie an Stellen wie die Kühlschranktür. Olive war jeden Tag zwei Stunden lang Flugzeugspäherin.

Homer studierte die Silhouetten, die Olive am Kühlschrank hatte.

Dies alles könnte ich lernen, dachte er. Ich kann alles lernen, was man wissen kann über den Apfelanbau. Doch was er bereits beherrschte, waren, wie er wußte, eine beinah perfekte geburtshilfliche Technik sowie jene viel einfachere Technik – die gegen die Spielregeln war.

Er dachte über die Spielregeln nach. Dieser Matrose mit der aufgeschlitzten Hand war nicht in einen Messerkampf verwickelt gewesen, der jemandes Regeln gehorcht hätte. Bei einem Kampf mit Mr. Rose hätten Mr. Roses eigene Spielregeln gegolten, wie immer sie lauten mochten. Ein Messerkampf mit Mr. Rose wäre, wie wenn man von einem kleinen Vogel totgepickt wird, dachte Homer Wells. Mr. Rose war ein Künstler – er würde nur eine Nasenspitze nehmen, nur einen Knopf oder eine Brustwarze. Die *wahren* Spielregeln im Ziderhaus waren die Spielregeln des Mr. Rose.

Und was waren die Spielregeln in St. Cloud's? Was waren Dr. Larchs Spielregeln? Welche Spielregeln befolgte Dr. Larch, welche übertrat er oder ersetzte er – und woher nahm er den Mut dazu? Candy hielt sich eindeutig an irgendwelche Spielregeln, doch wessen Spielregeln waren es? Und wußte Wally, wie diese Spielregeln lauteten? Und Melony – gehorchte Melony *irgendwelchen* Spielregeln? fragte sich Homer Wells.

»Schau«, sagte Lorna. »Es ist Krieg, hast du das schon bemerkt?«

»Na und?« sagte Melony.

»Weil er wahrscheinlich in ihm ist, deshalb«, sagte Lorna. »Weil er sich entweder freiwillig gemeldet hat oder eingezogen werden wird.«

Melony schüttelte den Kopf. »Ich kann ihn mir nicht in einem Krieg vorstellen, ihn nicht. Er gehört da einfach nicht hin.«

»Um Gottes willen«, sagte Lorna. »Glaubst du, daß jeder in einem Krieg *dorthin gehört*?«

»Falls er geht, wird er zurückkommen«, sagte Melony. Das Eis auf dem Kennebec im Dezember war nicht fest; er war ein Gezeitenfluß, er war brackig, und in der Mitte gab es offenes Wasser, grau und kabbelig. Nicht einmal Melony konnte eine Bierflasche bis in die Mitte dieses Flusses in Bath werfen. Ihre Flasche prallte vom knirschenden Eis ab und machte dabei ein hohles Geräusch; sie rollte zum offenen Wasser, das sie nicht erreichen konnte. Sie scheuchte eine Möwe auf, die sich erhob und ein Stückchen weit über das Eis spazierte – wie eine alte Frau, die eine Anzahl von hinderlichen Unterröcken über eine Pfütze hebt.

»Nicht jeder wird aus diesem Krieg zurückkommen – das ist alles, was ich sage«, erwiderte Lorna.

Wally hatte Mühe, aus Texas zurückzukommen. Es gab eine Reihe von Verzögerungen und schlechtes Wetter; das Flugfeld war gesperrt. Als Homer und Candy ihn in Boston abholten, war das erste, was er ihnen sagte, daß er nur achtundvierzig Stunden hatte. Er war aber immer noch fröhlich – »Er war immer noch Wally«, sollte Candy später sagen – und besonders erfreut, daß er sein Offizierspatent erhalten hatte.

»Leutnant Worthington!« stellte Wally sich Olive vor. Alle weinten, sogar Ray.

Bei der Benzinrationierung schafften sie das übliche Hin- und Herfahren nicht. Homer fragte sich, wann Wally mit Candy allein sein wollen würde und wie sie es schaffen würden. Gewiß will *er* es schaffen, dachte Homer. Will *sie* ebenfalls? fragte er sich.

Am Weihnachtsabend kamen alle zusammen. Und am Weihnachtstag konnte man nirgendwo hin; Olive war zu Hause, und Ray baute keine Torpedos und zog keine Hummerreusen auf. Und am zweiten Weihnachtstag mußten Candy und Homer Wally nach Boston zurückbringen.

Oh, Candy und Wally umarmten und küßten sich viel – das sah jeder. Am Weihnachtsabend in Wallys Schlafzimmer merkte Homer, daß er so froh gewesen war, Wally zu sehen, daß er gar nicht groß gemerkt hatte, daß dies bereits sein zweites Weihnachtsfest fort von St. Cloud's war. Er merkte auch, daß er vergessen hatte, Dr. Larch etwas zu schicken – nicht mal eine Weihnachtskarte.

»Ich muß noch mehr Flugstunden hinter mich bringen«, sagte Wally, »aber ich glaube, für mich wird das in Indien sein.«

»Indien«, sagte Homer Wells.

»Die Birma-Route«, sagte Wally. »Um von Indien nach China zu kommen, muß man über Birma fliegen. In Birma sind die Japse.«

Homer Wells hatte die Landkarten in der High-School von Cape Kenneth studiert. Er wußte, daß Birma aus Bergen und Dschungeln bestand. Wenn man im Flugzeug abgeschossen wurde, gab es viele Möglichkeiten, wo man landen konnte.

»Wie steht die Sache mit Candy?« fragte Homer.

»Großartig!« sagte Wally. »Na, ich werde es morgen sehen«, fügte er hinzu.

Ray brach früh auf, um Torpedos zu bauen, und Homer stellte fest, daß Wally ungefähr um die gleiche Zeit aus Ocean View aufbrach, wie Ray nach Kittery verschwand. Homer verbrachte den frühen Morgen damit, ein schwacher Trost für Olive zu sein. »Achtundvierzig Stunden, das nenne ich kein Nach-Hause-Kommen«, sagte sie. »Er ist ein Jahr lang nicht hier gewesen – nennt er das einen richtigen Besuch? Nennt die Armee das einen richtigen Besuch?«

Candy und Wally kamen Homer kurz vor Mittag abholen. Homer dachte sich, daß sie es »geschafft« hatten. Aber wie soll man solche Dinge wissen, ohne zu fragen?

»Soll ich fahren?« fragte Homer; er hatte den Platz am Fenster, und Candy saß zwischen ihnen.

»Warum?« fragte Wally.

»Vielleicht wollt ihr Händchen halten«, sagte Homer. Candy sah ihn an.

»Wir haben schon Händchen gehalten«, sagte Wally lachend. »Aber, jedenfalls, vielen Dank!«

Candy schien es gar nicht komisch zu finden, dachte Homer.

»Also habt ihr's getan, was?« fragte Homer sie beide.

Candy schaute geradeaus, und Wally lachte diesmal nicht.

»Was soll das, alter Junge?« fragte er.

»Ich sagte: ›Also habt ihr's getan?‹ – Sex gemacht, meine ich«, sagte Homer Wells.

»Gott, Homer«, sagte Wally. »Das ist eine nette Frage.«

»Ja, wir haben es getan – Sex gemacht«, sagte Candy, immer noch vor sich hin starrend.

»Ich hoffe, ihr wart vorsichtig«, sagte Homer zu den beiden. »Ich hoffe, ihr habt irgendwelche Vorsichtsmaßnahmen getroffen.«

»Gott, Homer!« sagte Wally.

»Ja, wir waren vorsichtig«, sagte Candy. Jetzt starrte sie ihn an, ihr Blick so unbeteiligt wie nur möglich.

»Na, ich bin froh, daß ihr vorsichtig wart«, sagte Homer direkt zu Candy. »Du solltest vorsichtig sein – beim Sexmachen mit jemand, der im Begriff steht, über Birma zu fliegen.«

»Birma?« Candy wandte sich zu Wally. »Du hast nicht gesagt, wohin du gehst«, sagte sie. »Ist es Birma?«

»Ich weiß nicht, wohin ich gehe«, sagte Wally gereizt. »Gott, Homer, was ist los mit dir?«

»Ich liebe euch beide«, sagte Homer Wells. »Ich liebe euch, ich habe ein Recht, alles zu fragen, was ich will – ich habe ein Recht, alles zu wissen, was ich wissen will.«

Es war, wie man in Maine sagt, ein wahrer Gesprächstöter. Sie schwiegen beinah den ganzen Weg nach Boston, nur daß Wally – der spaßig zu sein versuchte – sagte: »Homer, du wirst so philosophisch.«

Es war ein schroffes Lebewohl. »Ich liebe euch ebenfalls beide – das wißt ihr«, sagte Wally beim Abschied.

»Ich weiß«, sagte Homer.

Auf dem Weg nach Hause sagte Candy zu Homer Wells: »Ich würde nicht ›philosophisch‹ sagen; ich würde sagen: *exzentrisch*. Du wirst sehr exzentrisch, finde ich. Und du hast *kein* Recht, alles von mir zu wissen, ob du mich liebst oder nicht.«

»Alles, was du wissen mußt, ist: liebst du ihn wirklich?« sagte Homer. »Liebst du Wally?«

»Ich bin damit aufgewachsen, daß ich Wally liebe«, sagte Candy. »Ich habe Wally immer geliebt, und das werde ich immer tun.«

»Schön«, sagte Homer. »Das wär's dann also gewesen.«

»Aber ich kenne Wally überhaupt nicht mehr«, sagte Candy. »Ich kenne dich besser, und ich liebe dich ebenfalls.«

Homer seufzte. Also steht uns noch mehr ›Kommt Zeit, kommt Rat‹ bevor, dachte er. Er war verletzt: Wally hatte ihn kein einziges Mal nach seinem Herzen gefragt. Was hätte er aber auch antworten sollen?

Wilbur Larch, der wußte, daß Homers Herz absolut nichts fehlte, fragte sich, wo Homers Herz sei. Nicht in St. Cloud's, befürchtete er.

Und Wally ging nach Victorville, California – fortgeschrittene Fliegerschulung. u. s. army air forces, stand auf seinem Briefpapier. Wally verbrachte mehrere Monate in Victorville – die ganzen Monate des Beschneidens, wie Homer sich erinnern sollte. Kurz nach der Apfelblütezeit, als Ira Titcombs Bienen ihre geheimnisvollen Lebenskräfte über die Obstgärten von Ocean View verbreiteten, wurde Wally nach Indien geschickt.

Die Japaner hielten Mandalay besetzt. Wally warf seine ersten Bomben auf die Eisenbahnbrücke in Myitkyina. Schienenstränge und der Damm der südlichen Zufahrtlinie wurden arg zertrümmert, und der südliche Brückenbogen wurde zerstört. Alle Maschinen und Mannschaften kehrten unversehrt zurück. Wally warf seine Bomben auch auf das Industriegebiet von Myingyan, aber dichte Wolken verhinderten eine angemessene

Beobachtung der Zerstörung. In diesem Sommer, während Homer Wells abermals das Ziderhaus kalkte, bombardierte Wally die Pier in Akyab und die Brücke über dem Shweli im nördlichen Birma; später traf er die Rangierbahnhöfe in Prome. Er steuerte sein Teil bei zu den zehn Tonnen Bomben, die auf den Bahnhof in Shwebo geworfen wurden, und zu den Bränden, die in den Lagerhallen von Kawlin und Thanbyuzayat entfacht wurden. Die sensationellsten Treffer, an die er sich erinnern sollte, gelangen auf den Ölfeldern von Yenangyaung – der Anblick dieser lodernden Ölbohrtürme begleitete Wally auf seinem Rückflug über die Dschungel, über die Berge. Alle Maschinen und Mannschaften kehrten unversehrt zurück.

Man machte ihn zum Hauptmann und gab ihm, wie er sagte, »leichte Arbeit«.

»Sei immer mißtrauisch gegen leichte Arbeit«, hatte Wilbur Larch einmal zu Homer Wells gesagt.

Wally hatte in Fort Meade den Wettbewerb um den besten Namen für ein Flugzeug gewonnen; jetzt konnte er ihn endlich anbringen; er konnte seinem eigenen Flugzeug einen Namen geben. *Die Chance klopft an*, so nannte er es. Die gemalte Faust unter der Inschrift wirkte sehr beherrschend. Was Candy und Homer später verblüffen sollte, war, daß der Name nicht *klopft einmal* (oder *zweimal an*) lautete, sondern nur *klopft an*.

Er flog die Indien/China-Route über die Himalaya – über Birma. Er brachte Benzin und Bomben und Artillerie und Gewehre und Munition und Bekleidung und Flugzeugmotoren und Ersatzteile und Proviant nach China; er brachte Militärpersonen zurück nach Indien. Es war ein Siebenstundenflug Hin und Zurück – etwa fünfhundert Meilen. Sechs dieser Stunden trug er eine Sauerstoffmaske – so hoch mußte er fliegen. Über den Bergen flogen sie hoch – wegen der Berge. Über dem Dschungel flogen sie hoch, wegen der Japaner. Der Himalaya hat die heimtückischsten Luftströmungen der Welt.

Als er aus Assam aufbrach, war die Temperatur einhundertzehn Grad Fahrenheit – gut fünfunddreißig Grad im Schatten!

Es war wie in Texas, dachte Wally. Sie trugen nur Unterhosen und Socken am Leibe.

Die schwer beladenen Transportmaschinen mußten binnen fünfunddreißig Minuten auf fünfzehntausend Fuß Höhe klettern; dann errreichten sie bereits den ersten Bergpaß.

Auf neuntausend Fuß zog Wally seine Hose an. Auf vierzehntausend Fuß zog er den flauschgefütterten Anzug an. Es war beinah dreißig Grad unter Null dort oben. Bei Monsunwetter flogen sie meistens nach Instrumenten.

Diese Luftroute nannten sie »die Rettungsleine«; sie nannten sie den »Flug über den Buckel«.

Dies waren die Schlagzeilen vom Vierten Juli:

YANKEES ZERSTÖREN EISENBAHNBRÜCKE IN BIRMA
CHINESEN JAGEN JAPANER IN DER PROVINZ HUPEN

Hier folgt, was Wally an Candy und an Homer schrieb: Wally wurde faul; er schickte beiden denselben Limerick.

> Da war ein junger Mann aus Bombay
> Der steckte in den Lehm seine Plombe
> Doch die Hitze in seinem Striegel
> brannte ihn zu 'nem Ziegel
> Und der raspelte ihm die Vorhaut: au-weh!

Im Sommer 194– mußte im öffentlichen Interesse die Küstenbeleuchtung auf ein Minimum beschränkt wie auch das Autokino zeitweilig geschlossen werden, was Homer Wells nicht als tragischen Verlust empfand. Nachdem ihm nichts anderes übrig blieb, als mit Candy *und* mit Debra Pettigrew ins Kino zu fahren, war er dankbar dafür, daß die Kriegsanstrengungen ihm diese peinliche Lage ersparten.

Mr. Rose benachrichtigte Olive, daß er nicht in der Lage sei, eine brauchbare Pflückermannschaft für die Ernte zu stellen. »In Anbetracht der Männer, die fort sind«, schrieb er. »Und der Reise. Ich meine die Benzinrationierung.«

»Dann haben wir das Ziderhaus ganz umsonst herausgeputzt«, sagte Homer zu Olive.

»Nichts wird je ganz umsonst verbessert«, sagte sie. Die Yankee-typische Rechtfertigung für harte Arbeit in den Sommermonaten ist eine tollkühne Verzweiflungstat und wird gleichzeitig durch die seltenen Vergnügungen dieser vergänglichen Saison zunichte gemacht.

Homer Wells – Hilfspfleger und Obstgartenarbeiter – mähte die Reihen zwischen den Bäumen, als die Nachricht ihn erreichte. An einem schmachtenden Junitag lenkte er den International Harvester-Traktor, und er richtete seinen Blick auf die Schneideschar; er wollte nicht an einem Baumstumpf oder an einem herabgefallenen Ast hängenbleiben; aus diesem Grund sah er den grünen Lieferwagen nicht, der ihm den Weg abzuschneiden versuchte. Beinah hätte er ihn umgefahren.

Weil der Traktor noch lief – und die Klingen der Schneideschar ebenfalls – hörte er nicht, was Candy rief, als sie aus dem Lieferwagen sprang und zu ihm herübergelaufen kam. Olive saß am Steuer, ihr Gesicht wie Stein.

»Abgeschossen!« schrie Candy, als Homer endlich die Zündung abstellte. »Er wurde abgeschossen – über Birma!«

»Über Birma«, sagte Homer Wells. Er stieg ab von dem Traktor und hielt das schluchzende Mädchen in seinen Armen. Der Traktor war abgestellt, aber der Motor klopfte noch und rüttelte dann und pochte dann; seine Hitze ließ die Luft flimmern. Vielleicht, dachte Homer, flimmert die Luft immer über Birma.

9

Über Birma

Zwei Wochen nachdem Wallys Flugzeug abgeschossen wurde, waren Hauptmann Worthington und die Besatzung der *Die Chance klopft an* immer noch als vermißt gemeldet.

Ein Flugzeug, das dieselbe Strecke flog, hatte festgestellt, daß annähernd eine Quadratmeile des birmesischen Dschungels, etwa halbenwegs zwischen Indien und China, abgebrannt war – mutmaßlich wegen des explodierten Flugzeugs; die Ladung wurde mit Jeepmotoren, Ersatzteilen und Benzin angegeben. Von der Besatzung fehlte jede Spur; der Dschungel in jener Region war undurchdringlich und galt als menschenleer.

Ein Sprecher der U.S. Luftwaffe sprach persönlich bei Olive vor und teilte ihr mit, daß es guten Grund gebe, optimistisch zu sein. Daß das Flugzeug offenbar nicht in der Luft explodiert war, bedeutete, daß die Besatzung Zeit gehabt hatte »auszusteigen«. Was danach geschehen sein mochte, war reine Vermutung.

Dies wäre ein besserer Name für das Flugzeug gewesen, dachte Homer Wells: *Reine Vermutung.* Doch Homer unterstützte Olive und Candy in ihrer Ansicht, daß Wally nicht tot sei sondern »nur vermißt«. Insgeheim stimmten Homer und Ray Kendall überein, daß es nicht viel Hoffnung gab für Wally.

»Angenommen, er ist nicht abgestürzt mit dem Flugzeug«, sagte Ray zu Homer, während sie Hummerreusen aufzogen. »Dann ist er also mitten im Dschungel, und was macht er da? Er darf sich nicht von den Japsen erwischen lassen, und Japse müssen da sein – sie haben das Flugzeug abgeschossen, nicht wahr?«

»Da könnten Eingeborene sein«, sagte Homer Wells. »Freundliche birmesische Dorfbewohner«, schlug er vor.

»Oder überhaupt niemand«, sagte Ray Kendall. »Ein paar Tiger und jede Menge Schlangen«, fügte er hinzu. »Ah, Mist. Er hätte in einem Unterseeboot sein sollen.«

»Falls Dein Freund alles andere überlebt hat«, schrieb Wilbur Larch an Homer Wells, »muß er sich Sorgen machen wegen aller Krankheiten Asiens – jeder Menge Krankheiten.«

Es war schrecklich, sich Wallys Leiden vorzustellen, und nicht einmal Homers Verlangen nach Candy durfte ihm Trost bei der Vorstellung gewähren, daß Wally bereits tot sei; in diesem Fall würde Candy, das wußte Homer, sich immer vorstellen, daß sie Wally mehr geliebt hatte. Die Wirklichkeit wird für Waisen oft durch ihre Ideale überflügelt; wenn Homer sich Candy wünschte, so wünschte er sie sich *ideal*. Damit Candy Homer wählen konnte, mußte Wally am Leben sein; und weil Homer Wally liebte, wünschte er sich Wallys Segen dazu. Wäre nicht alles andere kompromittierend gewesen für alle?

Wilbur Larch war geschmeichelt, daß Homer ihn um Rat gefragt hatte – und ausgerechnet in einer romantischen Liebesangelegenheit! (»Wie soll ich mich zu Candy verhalten?« hatte Homer gefragt.) Der Alte war es so sehr gewöhnt, eine Autorität zu sein, daß er es ganz natürlich fand, als Autorität zu sprechen – »Sogar bei einem Thema, von dem er nichts versteht!« sagte Schwester Angela entrüstet zu Schwester Edna. Larch war so stolz auf das, was er Homer geschrieben hatte, daß er seinen Brief den alten Schwestern zeigte, bevor er ihn abschickte.

»Hast Du vergessen, wie das Leben ist in St. Cloud's?« fragte Dr. Larch Homer. »Hast Du Dich so weit fortbewegt von uns, daß Du ein Leben der Kompromisse für unannehmbar hältst? Ausgerechnet Du, eine Waise! Hast Du vergessen, Dich nützlich zu machen? Denke nicht so schlecht über Kompromisse; wir können nicht immer wählen, auf welche Weise wir uns nützlich machen. Du sagst, Du liebst sie – dann mache Dich nützlich für sie. Es ist vielleicht nicht die Art, die Du Dir vorgestellt hast, aber wenn Du sie liebst, mußt Du ihr geben, was sie braucht – wann sie es braucht und nicht unbedingt dann, wenn Du den Zeitpunkt für richtig hältst. Und was kann sie Dir von sich geben? Nur das, was ihr geblieben ist – und wenn das nicht alles ist, was Du Dir vorgestellt hast, wessen Schuld ist es dann? Wirst Du sie nicht nehmen, weil sie Dir nicht 100 Prozent von sich geben kann? Etwas von ihr ist über Birma – wirst du den Rest zurückweisen? Wirst Du es auf Alles oder Nichts ankommen lassen? Und nennst Du das, Dich nützlich machen?«

»Es ist nicht sehr romantisch«, sagte Schwester Angela zu Schwester Edna.

»Wann war Wilbur jemals romantisch?« fragte Schwester Edna.

»Ihr Ratschlag ist furchtbar utilitaristisch«, sagte Schwester Angela zu Dr. Larch.

»Na, das will ich hoffen!« sagte Dr. Larch und versiegelte den Brief.

Jetzt hatte Homer eine Gefährtin in seiner Schlaflosigkeit. Er und Candy bevorzugten die Nachtschicht im Spital von Cape Kenneth. Wenn es eine Flaute gab in ihrer Arbeit, durften sie auf den Betten in der Kinder-Isolierstation dösen. Homer fand, daß der Krach der ruhelosen Kinder ihn tröstete – ihre Nöte und Schmerzen waren vertraut, ihr Wimmern und Schreien und ihre nächtlichen Schrecken halfen ihm über seine eigene Angst hinweg. Und Candy fand, daß die zugezogenen schwarzen Gardinen im nächtlichen Krankenhaus der Trauer angemessen seien. Die herrschenden Verdunkelungsvorschriften – die sie und Homer beim Fahren zum und vom Spital beachten mußten, nachdem es dunkel geworden war – waren ebenfalls nach Candys Geschmack. Sie benutzten bei solchen Gelegenheiten Wallys Cadillac – sie durften nur mit Standlicht fahren, und die Cadillac-Standlichter waren die hellsten. Auch dann noch schienen die dunklen Küstenstraßen kaum beleuchtet; sie fuhren im Begräbnisschritt-Tempo. Hätte der Bahnhofsvorsteher in St. Cloud's (einstmals der Bahnhofsvorstehersgehilfe) sie vorbeifahren sehen, er hätte abermals geglaubt, sie führen in einem weißen Leichenwagen.

Meany Hyde, dessen Frau Florence in Erwartung war, sagte zu Homer, daß er sicher sei, sein neues Baby würde etwas von Wallys Seele haben (falls Wally wirklich tot war) – und falls Wally am Leben wäre, so sagte Meany, würde die Ankunft eines neuen Babys ein Sinnbild sein für Wallys Entrinnen aus Birma.

Everett Taft sagte zu Homer, daß seine Frau Big Dot von Träumen heimgesucht worden sei, die nur bedeuten konnten, daß Wally bemüht war, mit Ocean View Verbindung aufzunehmen. Sogar Ray Kendall, der seine Unterwasser-Interessen zwischen Torpedos und Hummer teilte, sagte, er »lese« in seinen Hummerreusen, womit er meinte, daß er den Inhalt der aus der Tiefe gezogenen Fallen einer Deutung für würdig hielt. Unberührte Köder waren ein besonderes Zeichen; wenn die Hummer (die wirklich Totes als Nahrung bevorzugen) den Köder nicht angenommen hatten, so mußte dies bedeuten, daß sich im Köder ein lebender Geist manifestierte.

»Und du weißt, ich bin nicht religiös«, sagte Ray zu Homer.

»Richtig«, sagte Homer.

Weil Homer Wells viele Jahre damit verbracht hatte, sich zu fragen, ob seine Mutter jemals wiederkehren und Anspruch auf ihn erheben würde, ob sie auch nur an ihn dachte, ob sie am Leben sei oder tot, konnte er sich besser mit Wallys ungeklärtem Status abfinden als der Rest von ihnen. Eine Waise versteht, was es bedeutet, wenn jemand Wichtiges »nur vermißt« ist. Olive und Candy, die Homers Gefaßtheit mit Gleichgültigkeit verwechselten, waren manchmal leicht ungehalten mit ihm.

»Ich tu nur, was wir alle tun müssen«, sagte er, besonderen Nachdruck für Candy vorbehaltend. »Ich warte nur ab.«

Es gab wenig Feuerwerk an diesem Vierten Juli; zum einen hätte es gegen die Verdunkelungsvorschriften verstoßen, und zum anderen wäre eine Simulation von Bomben und Gewehrfeuer eine Respektlosigkeit denjenigen unter »unseren Jungs« gegenüber gewesen, die der wahren Musik ausgesetzt waren. Im nächtlichen Spital von Cape Kenneth zelebrierten die Hilfspfleger und Schwesternhelferinnen eine stille Feier zum Unabhängigkeitstag, die nur gestört wurde durch die Hysterie einer Frau, die eine Abtreibung von dem jungen und herrschsüchtigen Dr. Harlow verlangte, der meinte, sich ans Gesetz halten zu müssen. »Aber es ist Krieg!« entgegnete die Frau. Ihr Mann war tot; er war im Pazifik gefallen; sie hatte das Telegramm vom Kriegsministerium dabei, um es zu beweisen. Sie war neunzehn, und noch nicht ganz im dritten Monat schwanger.

»Ich werde gerne wieder mit ihr sprechen, wenn sie wieder vernünftig sein will«, sagte Dr. Harlow zu Schwester Caroline.

»Wieso sollte sie sich vernünftig benehmen?« fragte Schwester Caroline ihn.

Homer mußte in bezug auf Schwester Caroline seinem Instinkt vertrauen; außerdem hatte sie ihm und Candy erzählt, daß sie Sozialistin sei. »Und ich bin nicht hübsch«, fügte sie wahrheitsgemäß hinzu. »Darum bin ich nicht auf eine Ehe aus. Wär ich jetzt so dran wie sie, würde man von mir erwarten, daß ich mich dankbar zeige – oder mich zumindest glücklich schätze.«

Die hysterische Frau wollte sich nicht beruhigen, vielleicht, weil Schwester Carolines Herz nicht bei der Sache war. »Ich verlange ja nichts *Heimliches*!« schrie die Frau. »Warum sollte ich dieses Baby bekommen müssen?«

Homer Wells fand einen Zettel Papier, mit Spalten für Laboranalysen. Er schrieb folgendes quer über die Spalten:

FAHREN SIE NACH ST. CLOUD'S, FRAGEN SIE NACH DEM WAISENHAUS.

Er gab den Zettel Candy, die ihn an Schwester Caroline weitergab, die ihn betrachtete, bevor sie ihn der Frau gab, die augenblicklich aufhörte, sich zu beschweren.

Als die Frau gegangen war, forderte Schwester Caroline Homer und Candy auf, sie zur Apotheke zu begleiten.

»Ich will euch sagen, was ich normalerweise mache«, sagte Schwester Caroline, als sei sie wütend auf sie. »Ich führe eine perfekt sichere Dilatation aus, ohne Curettage. Ich erweitere nur die Zervix. Ich mache das in meiner Küche, und ich bin sehr vorsichtig. Sie müssen natürlich zur Komplettierung ins Krankenhaus kommen. Man könnte glauben, sie hätten versucht, es selber zu machen, aber es gibt keine Infektion und keine Verletzung; sie haben einfach eine Fehlgeburt gehabt. Sie haben eine D gehabt, ohne die C. Alles, was sie noch brauchen, ist eine gute Ausschabung. Und die Mistkerle müssen mitmachen – da ist diese Blutung, und es ist klar, daß die Frau es bereits verloren hat.« Sie hielt inne und funkelte Homer Wells an. »Du bist auch darin ein Experte, nicht wahr?«

»Richtig«, sagte Homer.

»Und du weißt eine bessere Möglichkeit als meine Möglichkeit?« fragte sie.

»Nicht so viel besser«, sagte er. »Es ist eine vollständige D und C, und der Arzt ist ein Gentleman.«

»Ein Gentleman«, sagte Schwester Caroline zweifelnd. »Was kostet der Gentleman?«

»Er ist kostenlos«, sagte Homer.

»Ich bin ebenfalls kostenlos«, sagte Schwester Caroline.

»Er bittet einen, eine Spende für das Waisenhaus zu machen, wenn man es sich leisten kann«, sagte Homer Wells.

»Wieso ist er nicht erwischt worden?« fragte Schwester Caroline.

»Ich weiß nicht«, sagte Homer. »Vielleicht sind die Leute dankbar.«

»Menschen sind auch nur Menschen«, sagte Schwester Caroline mit ihrer sozialistischen Stimme. »Du bist ein blödes Risiko eingegangen, es mir zu sagen. Und ein noch blöderes Risiko, es dieser Frau zu sagen – du kennst sie nicht einmal.«

»Ja«, pflichtete Homer bei.

»Dein Doktor wird nicht lange durchhalten, wenn du so weitermachst«, sagte Schwester Caroline.

»Richtig«, sagte Homer.

Dr. Harlow fand sie alle in der Apotheke; nur Candy sah schuldbewußt drein, und darum starrte er sie an.

»Was wollten diese beiden Experten Ihnen erzählen?« fragte Dr. Harlow. Er schaute Candy lange an, während er dachte, daß niemand ihn sah, aber Homer Wells sah ihn, und Schwester Caroline war sehr empfänglich für die Sehnsüchte, die andere Frauen weckten. Candys Zunge blieb wie gelähmt, was sie noch schuldbewußter aussehen ließ, und Dr. Harlow wandte sich an

Schwester Caroline. »Sind Sie die Hysterikerin losgeworden?« fragte er sie.

»Kein Problem«, sagte Schwester Caroline.

»Ich weiß, daß Sie es mißbilligen«, sagte Dr. Harlow zu ihr, »aber Regeln gibt es aus guten Gründen.«

»Regeln gibt es aus guten Gründen«, wiederholte Homer Wells unwillkürlich; es war eine so blöde Redensart, daß er sich gezwungen fühlte, sie zu wiederholen. Dr. Harlow starrte ihn an.

»Zweifellos bist du auch ein Abtreibungsexperte, Wells«, sagte Dr. Harlow.

»Es ist nicht sehr schwer, ein Abtreibungsexperte zu sein«, sagte Homer Wells. »Es ist ziemlich einfach zu machen.«

»Findest du?« fragte Dr. Harlow aggressiv.

»Nun, was weiß ich?« sagte Homer Wells schulterzuckend.

»Ja, was weißt du?« sagte Dr. Harlow.

»Nicht viel«, sagte Schwester Caroline barsch; sogar Dr. Harlow fand Gefallen daran. Sogar Candy lächelte. Homer Wells lächelte ebenfalls blödsinnig. Siehst du? Ich werde klüger! Das war es, was er Schwester Caroline zulächelte, die ihn mit einem Ausdruck der Herablassung betrachtete, die zu zeigen sich für Krankenschwestern nur gegenüber Hilfspflegern schickte. Dr. Harlow schien zu finden, daß die Hackordnung, die er verehrte, mit der Ehrerbietung eingehalten wurde, die zwingend vorgeschrieben war für sie alle. Eine Art Zuckerguß schien sein Gesicht zu glasieren, ein Gewebe, zusammengesetzt aus Rechtschaffenheit und Adrenalin. Homer Wells gönnte sich ein kurzes Lustgefühl, indem er sich etwas ausdachte, was Dr. Harlow wachrütteln und ihn demütigen könnte. Mr. Roses Messerkunst könnte eine solche Wirkung haben auf Dr. Harlow –, Homer stellte sich vor, wie Mr. Rose Dr. Harlow mit seinem Messer entkleidete; alle Kleidungsstücke würden sich um die Knöchel des Arztes aufhäufen, in Fetzen und Streifen, und doch würde es auf dem nackten Körper des Doktors keinen Kratzer geben.

Einen Monat, nachdem Wallys Flugzeug abgeschossen wurde, hörten sie von der Besatzung der *Die Chance klopft an*.

»Wir waren auf halbem Weg nach China«, schrieb der Kopilot, »als die Nipponsöhne ein paar gemeine Treffer landeten. Hauptmann Worthington befahl der Besatzung auszusteigen.«

Der Bordkommandant und der Funker sprangen kurz hintereinander; der Kopilot sprang als dritter. Das Dschungeldach war so dicht, daß der erste Mann, als er hindurchkrachte, die anderen Fallschirme nicht sehen konnte. Der Dschungel selbst war so dicht, daß der Bordkommandant die anderen suchen mußte – er brauchte sieben Stunden, um den Funker zu finden. Der Regen war so stark – er machte ein solches Getöse auf den breiten Palmblättern – daß keiner der Männer das Flugzeug explodieren hörte. Die Atmosphäre war so reich an eigenen Düften, daß der Geruch des brennenden Benzins und der Qualm des Feuers sie niemals erreichten. Sie fragten sich, ob das Flugzeug sich nicht wie durch ein Wunder wieder gefangen habe und weitergeflogen sei. Wenn sie hinaufschauten, sahen sie nicht durch die Baumwipfel (die allenthalben von leuchtend grünen Tauben funkelten).

Binnen sieben Stunden zog sich der Bordkommandant dreizehn Blutegel verschiedener Größen zu – die der Funker umsichtig entfernte. Der Bordkommandant pflückte fünfzehn Egel von dem Funker ab. Wie sie herausfanden, war die beste Möglichkeit, Blutegel zu entfernen, wenn man das hintere Ende mit dem brennenden Ende einer Zigarette berührte; auf diese Weise lösten sie den Kontakt mit dem Fleisch. Wenn man nur an ihnen zog, rissen sie ab; ihre starken Saugmäuler blieben fest sitzen.

Der Funker und der Bordkommandant aßen fünf Tage lang nichts. Wenn es regnete – was es die meiste Zeit tat – tranken sie das Regenwasser, das sich in Pfützen in den großen Palmblättern sammelte. Sie fürchteten sich, das andere Wasser zu trinken, auf das sie stießen. In manchen der Wasserstellen glaubten sie Krokodile zu sehen. Weil der Funker sich vor Schlangen fürchtete, zeigte der Bordkommandant nicht auf die Schlangen, die er sah; der Bordkommandant fürchtete sich vor Tigern, und einmal glaubte er, einen gesehen zu haben, doch der Funker behauptete, sie hätten nur einen Tiger gehört, oder mehrere Tiger – oder denselben Tiger mehrere Male. Der Bordkommandant sagte, daß derselbe Tiger ihnen fünf Tage lang gefolgt sei.

Die Blutegel ermüdeten sie, wie sie sagten. Auch wenn das Dschungeldach den Regen lauter prasseln ließ, hielt es den Regen davon ab, direkt auf die zwei Männer herabzufallen; aber der Dschungel war so gesättigt von Regen, daß der Regen beinah ununterbrochen auf sie herabtropfte – und wenn der Regen einmal kurz aussetzte, ließ das Dschungeldach kein Sonnenlicht auf den Boden des Dschungels durchdringen, und die heiseren Vögel, die im Regen schwiegen, waren lauter als der Regen, wenn sie ihre Chance bekamen, gegen den Monsun zu protestieren.

Der Funker und der Bordkommandant hatten keine Ahnung, wo Wally und der Kopilot waren. Am fünften Tag holten sie den Kopiloten ein, der nur einen Tag vor ihnen ein Eingeborenendorf erreicht hatte. Er war fürchterlich ausgezehrt von den Blutegeln – weil er allein gewandert war, hatte er keinen, der ihm die Blutegel ausbrannte, die er nicht erreichen konnte. In der Mitte seines Rückens war eine ganze Anzahl von ihnen versammelt, die die Eingeborenen geschickt entfernten. Sie benutzten einen angezündeten Bambusstengel wie eine Zigarre. Die Eingeborenen waren Birmesen, und freundlich; auch wenn sie kein Englisch sprachen, machten sie doch klar, daß ihnen die japanische Invasion wenig Freude bereitete, und auch, daß sie den Weg nach China wußten.

Aber wo war Wally? Der Kopilot war in einem Eisenbaumgehölz gelandet; und die Bambusrohre, durch die er sich seinen Weg hacken mußte, waren stämmig wie Männerschenkel. Die Schneide seiner Machete war so stumpf und rund wie der Rücken der Klinge.

Die Birmesen ließen sie wissen, daß es dort, wo sie waren, zu unsicher sei für sie zu bleiben und auf Wally zu warten; einige der Dorfbewohner wollten den Kopiloten, den Bordkommandanten und den Funker nach China führen. Für diese Reise schwärzten sie ihre Haut mit zerstampften Bobaumfeigen und wanden sich Orchideen ins Haar; sie wollten nicht wie Weiße aussehen.

Die Reise dauerte zwanzig Tage, zu Fuß. Sie wanderten zweihundertfünfundzwanzig Meilen. Sie kochten kein Essen; am Ende der Reise war ihr Reis schimmelig – so viel Regen gab es. Der Bordkommandant behauptete, er sei bis ans Ende seiner Tage verstopft; der Kopilot behauptete, er leide an Durchfall. Der Funker schiß Hasenkugeln und schleppte fünfzehn der zwanzig Tage lang ein leichtes Fieber mit sich herum; er bekam einen wahren Helm von Flechtengrind. Jeder der Männer verlor ungefähr vierzig Pfund.

Als sie ihren Stützpunkt in China erreichten, kamen sie für eine Woche ins Spital. Dann wurden sie zurück nach Indien geflogen, wo der Kopilot im Spital behalten wurde, zur Diagnose und Therapie seiner Amöben – niemand konnte sagen, was für eine Art Amöben es war. Der Bordkommandant hatte Probleme mit seinem Dickdarm; er wurde ebenfalls dort behalten. Der Funker (und sein Grind) gingen wieder an die Arbeit. »Man nahm uns unsere ganze Ausrüstung weg, als man uns in China ins Krankenhaus steckte«, schrieb er an Olive. »Als man sie uns zurückgab, war alles auf einen Haufen geworfen. Da waren vier Kompasse. Wir waren nur drei, aber da waren vier Kompasse. Einer von uns war mit Hauptmann Worthingtons Kompaß aus dem Flugzeug gesprungen.« Nach Meinung des Funkers war es besser, man war mit dem Flugzeug zu Bruch gegangen, als daß man in diesem Teil Birmas ohne Kompaß gelandet war.

Im August 194– erklärte Birma Großbritannien und den Vereinigten Staaten offiziell den Krieg. Candy sagte zu Homer, daß sie einen neuen Platz brauche, um sich hinzusetzen, um in Ruhe gelassen zu werden. Das Dock machte, daß sie sich hinunterstürzen wollte; sie hatte zu viele Male mit Wally auf diesem Dock gesessen. Es half nicht, daß Homer jetzt mit ihr dort saß.

»Ich weiß einen Platz«, sagte Homer zu ihr.

Vielleicht hatte Olive recht, dachte er; vielleicht hatte er das Ziderhaus nicht umsonst aufgeputzt. Wenn es regnete, saß Candy drinnen und lauschte den Tropfen auf dem Blechdach. Sie fragte sich, ob es im Dschungel so laut tönte wie hier, oder lauter, und ob der süße Fäulnisgeruch der Zideräpfel auch nur annähernd dem erstickenden Geruch fortgeschrittener Verwesung am Boden des Dschungels glich. Wenn das Wetter schön war, saß Candy auf dem Dach. Manche Nächte erlaubte sie Homer Wells, ihr dort Geschichten zu erzählen. Vielleicht war es, weil das Riesenrad und Mr. Roses Deutungen der Dunkelheit fehlten, daß Homer Wells sich veranlaßt fühlte, Candy alles zu erzählen.

In diesem Sommer schrieb Wilbur Larch abermals an die Roosevelts. So oft hatte er ihnen beiden unter den Sternbildern des Äthers geschrieben, daß er sich nicht sicher war, ob er ihnen wirklich geschrieben hatte, oder sich nur vorgestellt hatte, er würde es tun. Er schrieb nie an den einen, ohne auch an den andern zu schreiben.

Meistens fing er an mit: »Sehr geehrter Mister President«, und »Sehr geehrte Mrs. Roosevelt«, aber manchmal war er jovialer aufgelegt und begann: »Lieber Franklin Delano Roosevelt«; einmal begann er: »Liebe Eleanor.«

In diesem Sommer sprach er den Präsidenten ganz schlicht an. »Mister Roosevelt«, schrieb er, sich den »Sehr geehrten« sparend. »Ich weiß, Sie sind sicher furchtbar beschäftigt mit dem Krieg. Trotzdem habe ich vollstes Vertrauen in Ihre humanitäre Gesinnung – und in ihr Engagement für die Armen, für die Vergessenen und besonders für die Kinder...« An Mrs. Roosevelt schrieb er: »Ich weiß, Ihr Mann muß furchtbar beschäftigt sein, aber vielleicht könnten Sie ihn auf eine Sache von höchster Dringlichkeit aufmerksam machen – denn sie betrifft die Rechte der Frauen und das Los des unerwünschten Kindes...«

Die verwirrenden Lichterkonstellationen, die an der Decke der Apotheke blinkten, trugen ihr Teil bei zu dem überspannten und unverständlichen Stil des Briefes.

»Dieselben Leute, die uns erzählen, wir müßten für das Leben der Ungeborenen eintreten – dieselben, die sich nicht bemüßigt fühlen, für etwas anderes einzutreten als für sich selbst, nachdem das Mißgeschick der Geburt komplett ist! – also genau die, die ihre Liebe zur Seele des Ungeborenen bekunden, scheren sich keinen Deut um die Wohlfahrt der Armen, scheren sich keinen Deut um die Unerwünschten und die Unterdrückten. Und wie rechtfertigen sie, daß sie sich so sehr um den Fötus und so wenig um unerwünschte oder mißhandelte Kinder sorgen? Sie verdammen andere für das Mißgeschick einer ungewollten Empfängnis; sie verdammen die Armen – als könnten die Armen etwas dafür, daß sie arm sind. Eine Möglichkeit, wie die Armen sich selbst helfen könnten, wäre, die Kontrolle über die Größe ihrer Familie zu erlangen. Ich dächte, diese Entscheidungsfreiheit wäre offensichtlich demokratisch – wäre offensichtlich amerikanisch!

Ihr Roosevelts seid Nationalhelden! Meine Helden seid Ihr jedenfalls! Wie könnt ihr die anti-amerikanischen, anti-demokratischen Abtreibungsgesetze dieses Landes dulden?«

Inzwischen hatte Dr. Larch aufgehört zu schreiben und tobte in der Apotheke herum. Schwester Edna kam an die Apothekentür und pochte an die Milchglasscheiben.

»Und das nennt sich eine demokratische Gesellschaft, wo Menschen zum Mißgeschick einer ungewollten Empfängnis verdammt sind?!« brüllte Wilbur Larch. »Was sind wir: Affen? Wenn ihr erwartet, daß Menschen verantwortlich sind für ihre Kinder, dann müßt ihr ihnen das Recht geben zu entscheiden, ob sie Kinder haben wollen oder nicht. Was denkt ihr Leute euch eigentlich? Ihr seid nicht nur verrückt! Ihr seid menschenfressende Ungeheuer!« kreischte Wilbur Larch so laut, daß Schwester Edna in die Apotheke lief und ihn schüttelte.

»Wilbur, die Kinder hören Sie!« sagte sie zu ihm. »Und die Mütter. Alle hören Sie!«

»Niemand hört mich«, sagte Dr. Larch. Schwester Edna erkannte das unwillkürliche Zucken in Wilbur Larchs Wangen und die Schlaffheit in seiner Unterlippe; der Doktor tauchte gerade aus dem Äther auf. »Der Präsident beantwortet meine Briefe nicht«, beklagte sich Larch bei Schwester Edna.

»Er ist sehr beschäftigt«, sagte Schwester Edna. »Vielleicht kommt er nicht einmal dazu, Ihre Briefe zu lesen.«

»Was ist mit Eleanor?« fragte Wilbur Larch.

»Was ist mit Eleanor?« fragte Schwester Edna.

»Kommt sie nicht dazu, ihre Briefe zu lesen?« Wilbur Larchs Ton war weinerlich wie der eines Kindes, und Schwester Edna tätschelte seinen Handrücken, der von braunen Flecken gesprenkelt war.

»Missus Roosevelt ist ebenfalls sehr beschäftigt«, sagte Schwester Edna. »Aber sie kommt sicher noch dazu, Ihnen zu antworten.«

»Das dauert nun schon Jahre«, sagte Dr. Larch leise und kehrte sein Gesicht zur Wand. Schwester Edna ließ ihn ein Weilchen in dieser Stellung dösen. Sie versagte es sich, ihn zu streicheln; es verlangte sie, ihm das Haar aus der Stirn zu streichen, auf dieselbe Art, wie sie oft unzählige der Kleinen getröstet hatte. Wurden sie denn alle wieder wie Kinder? Und wurden sie, wie Schwester Angela behauptete, alle gleich, alle einander ähnlich, sogar körperlich? Jemand, der St. Cloud's zum ersten Mal besuchte, mochte denken, sie wären allesamt Mitglieder derselben Familie.

Plötzlich überraschte Schwester Angela sie in der Apotheke.

»Na, ist es uns ausgegangen?« fragte sie Schwester Edna. »Was ist los? Ich war sicher, ich hätte einen ganzen Kasten bestellt.«

»Einen Kasten wovon?« fragte Schwester Edna.

»Merthiolat – rotes«, sagte Schwester Angela übellaunig. »Ich hatte Sie gebeten, mir rotes Merthiolat zu holen – im Entbindungssaal ist kein Tropfen mehr!«

»Oh, ich hab's vergessen!« sagte Schwester Edna und brach in Tränen aus.

Wilbur Larch erwachte.

»Ich weiß, wie beschäftigt ihr beide seid«, sagte er zu den Roosevelts, auch wenn er Schwester Edna und Schwester Angela allmählich erkannte – die ihm ihre müden Arme entgegenstreckten. »Meine treuen Freunde«, sagte er, als spräche er zu einer unermeßlichen Hörerschaft von Gönnern. »Meine Mitstreiterinnen«, sagte Wilbur Larch, als kandidiere er für eine Wiederwahl – ein wenig erschöpft, aber nicht minder ernsthaft bemüht um die Unterstützung seiner Mitstreiterinnen, die wie er Gottes Werk in Ehren hielten.

Olive Worthington saß bei ausgeschalteten Lichtern in Wallys Zimmer; auf diese Weise würde Homer, wenn er von draußen ins Haus schaute, sie nicht dort sitzen sehen. Sie wußte, daß Homer und Candy beim Ziderhaus waren, und sie versuchte sich zu sagen, daß sie den offenkundigen Trost nicht verübelte, den Homer Candy spenden konnte. (Er war außerstande, Olive im geringsten zu trösten; Homers Anwesenheit – bei Wallys Abwesenheit – machte Olive gereizt, und es zeugte wahrhaftig von Charakterstärke, daß sie sich für diese Gereiztheit zu tadeln vermochte; nur selten erlaubte sie sich, ihre Gereiztheit zu zeigen.) Und niemals hätte sie Candy für untreu gehalten – nicht einmal, wenn Candy allen verkündet hätte, sie werde Wally aufgeben und Homer Wells heiraten. Nur war es so, daß Olive Candy kannte: Olive erkannte, daß Candy Wally nicht aufgeben konnte, ohne ihn als tot aufzugeben, und das hätte Olive ihr verübelt. Er *fühlt* sich nicht tot *an*! dachte Olive. Doch es ist nicht Homers Schuld, daß er hier ist und Wally dort, rief sie sich ins Gedächtnis.

Ein Moskito war in dem Zimmer, und sein nadelfeines Sirren störte Olive so sehr, daß sie vergaß, warum sie Wallys Zimmer im Dunkel gelassen hatte; sie knipste das Licht an, um Jagd auf das Moskito zu machen. Gab es nicht schreckliche Moskitos, dort wo Wally war? Die birmesischen Moskitos waren gesprenkelt (und viel größer als die Sorte in Maine).

Ray Kendall war ebenfalls allein, aber er fühlte sich nur wenig durch die Moskitos belästigt. Es war eine stille Nacht, und Ray beobachtete das Wetterleuchten, das gegen die Verdunkelungsvorschriften entlang der Küste verstieß. Er machte sich Sorgen wegen Candy. Raymond Kendall wußte, wie der Tod eines anderen das eigene Leben zum Stillstand bringen konnte, und er bedauerte (im voraus), daß das Vorwärtsschreiten in ihrem Leben durch Wallys Verlust angehalten werden könnte. »Ich an ihrer Stelle«, sagte Ray laut, »würde den anderen Burschen nehmen.«

»Der andere Bursche«, das wußte Ray, war Ray eher ähnlich; es war nicht so, daß Ray Homer Wells lieber gehabt hätte als Wally – es war bloß, daß Ray Homer besser verstand. Aber Ray tat keiner einzigen Schnecke was zuleide, während er auf dem Dock saß; er wußte, daß eine Schnecke zu lange braucht, um dahin zu gelangen, wohin sie unterwegs ist.

»Jedesmal, wenn du eine Schnecke vom Dock wirfst«, stichelte Ray Homer Wells, »zwingst du jemand, sein ganzes Leben von vorn anzufangen.«

»Vielleicht tu ich ihm einen Gefallen«, sagte Homer Wells, die Waise. Ray mußte zugeben, daß er diesen Jungen mochte.

Das Wetterleuchten war weniger sensationell vom Dach des Ziderhauses aus – das Meer wurde selbst bei den hellsten Blitzen nicht sichtbar. Und doch war das Wetterleuchten unheimlicher dort; seine Ferne wie seine Lautlosigkeit erinnerten Candy und Homer Wells an einen Krieg, den sie weder spüren noch hören konnten. Für sie war der Krieg ein fernes Wetterleuchten.

»Ich glaube, er ist am Leben«, sagte Candy zu Homer. Wenn sie zusammen auf dem Dach saßen, hielten sie sich an den Händen.

»Ich glaube, er ist tot«, sagte Homer Wells. Das war der Moment, als sie beide die Lichter in Wallys Zimmer angehen sahen.

Diese Nacht im August waren die Bäume voll, die Zweige bogen sich schwer unter ihrer Last, und die Äpfel – alle bis auf die leuchtenden, wachsgrünen Gravensteiner – waren von einem blassen, ins Rosa schimmernden Grün. Das Gras in den Reihen zwischen den Bäumen war kniehoch; noch eine Mahd würde es geben vor der Ernte. Diese Nacht heulte eine Eule aus dem Obstgarten namens Cock Hill; im Obstgarten namens Frying-Pan hörten Candy und Homer auch einen Fuchs bellen.

»Füchse können auf Bäume klettern«, sagte Homer Wells.

»Nein, können sie nicht«, sagte Candy.

»Auf Apfelbäume jedenfalls«, sagte Homer. »Wally hat's mir erzählt.«

»Er lebt«, flüsterte Candy.

Im Wetterleuchten sah Homer Tränen in ihrem Gesicht funkeln; es war naß und salzig, als er sie küßte. Es war ein zitterndes,
linkisches Unterfangen – sich auf dem Dach des Ziderhauses zu
küssen.

»Ich liebe dich«, sagte Homer Wells.

»Ich liebe dich ebenfalls«, sagte Candy. »Aber er lebt.«

»Er lebt nicht«, sagte Homer.

»Ich liebe ihn«, sagte Candy.

»Ich weiß, daß du es tust«, sagte Homer Wells. »*Ich* liebe ihn
ebenfalls.«

Candy neigte sich seitwärts und legte ihren Kopf gegen
Homers Brust, so daß er sie nicht küssen konnte; er hielt sie mit
einem Arm, während seine andere Hand sich an ihre Brust verirrte, wo sie blieb.

»Es ist so schwer«, flüsterte sie, aber sie ließ seine Hand bleiben, wo sie war. Da waren jenes ferne Wetterleuchten, draußen
über dem Meer, und eine warme Brise, so schwach, daß sie kaum
die Apfelblätter regte noch Candys Haar.

Olive verfolgte in Wallys Zimmer das Moskito von einem
Lampenschirm (vor dem sie es nicht erschlagen konnte) zu einer
Stelle an der weißen Wand über Homers Bett. Als sie das Moskito mit ihrem Handballen zerquetschte, überraschte sie der nik-
kelgroße Blutfleck, der an der Wand zurückblieb – das lausige
kleine Geschöpf hatte sich vollgesoffen. Olive befeuchtete ihren
Zeigefinger und betupfte den Blutfleck, was die Schweinerei nur
schlimmer machte. Wütend auf sich selber, stand sie von Homers
Bett auf, unnötigerweise sein unberührtes Kopfkissen glättend;
sie glättete auch Wallys unberührtes Kopfkissen; dann knipste
sie die Nachttischlampe aus. Sie blieb in der Tür des leeren Zimmers stehen, ließ einen prüfenden Blick über alles gleiten und
knipste dann das Deckenlicht aus.

Homer Wells hielt Candy fest um die Hüften, als er ihr vom
Dach herunterhalf. Sie mußten gewußt haben, daß es riskant
war, sich auf dem Dach des Ziderhauses zu küssen; es war noch
gefährlicher für sie am Boden. Sie standen beisammen, einer die
Arme locker um die Taille des anderen geschlungen – sein Kinn

ihre Stirn reibend (sie schüttelte den Kopf: Nein, Nein, aber nur ein bißchen) – als sie beide merkten, daß die Lichter in Wallys Zimmer aus waren. Sie lehnten sich aneinander, während sie zum Ziderhaus gingen, und das hohe Gras griff gierig nach ihren Beinen.

Sie achteten vorsichtig darauf, daß die Fliegengittertür nicht schepperte. Wer hätte es hören können? Sie waren lieber im Dunkeln; weil sie nicht nach dem Lichtschalter in der Küche tasteten, kamen sie auch nicht mit den Spielregeln im Ziderhaus in Berührung, die daneben angeheftet waren. Nur schwaches Wetterleuchten zeigte ihnen den Weg zu den Schlafquartieren, wo die Doppelreihen der Eisenbetten mit ihren nackten, spitzen Sprungfedern standen – die alten Matratzen in militärischem Kasernenstil zusammengerollt am Fußende eines jeden Bettes. Sie entrollten eine.

Es war ein Bett, das viele Passanten beherbergt hatte. Die Geschichte der Träume, die auf diesem Bett geträumt worden waren, war äußerst vielfältig. Das kleine Stöhnen, das sich tief in Candys Kehle sammelte, war sanft und über dem Eisenknarren der rostigen Sprungfedern des Bettes kaum zu hören; das Stöhnen war so zart in dieser moderigen Luft wie das flatternde Streicheln von Candys Händen, die sich wie Schmetterlinge auf Homers Schultern niederließen, bevor er spürte, wie ihre Hände ihn kräftig packten – ihre Finger einsinkend, während sie ihn festhielten. Das Stöhnen, das ihr jetzt entschlüpfte, war schriller als die knirschenden Bettfedern und beinahe so laut wie Homers eigenes Tönen. Oh, dieser Junge, dessen Geschrei einst Legende gewesen war, oben am Fluß in Three Mile Falls – oh, wie konnte er tönen!

Olive Worthington saß aufrecht in ihrem Bett und lauschte, wie sie meinte, einer Eule auf dem Cock Hill. Warum heult sie nur? dachte sie. Sie dachte an alles, was sie ablenken konnte von ihrer Vision der Moskitos im Dschungel von Birma.

Mrs. Grogan lag hellwach, zeitweilig in Angst um ihre Seele; die gute Frau hatte absolut nichts zu fürchten. Es *war* eine Eule, die sie hörte – sie gab traurige Töne von sich.

Wilbur Larch, der immer hellwach zu sein schien, ließ seine geschickten, achtsamen Finger über die Tasten der Schreibmaschine in Schwester Angelas Büro huschen. »Bitte, bitte, Mister President«, schrieb er.

Klein Steerforth, der an Allergien gegen Staub und Schimmel litt, fand die Nacht bedrückend; es schien ihm, als könne er nicht atmen. Er war zu faul, aus dem Bett zu steigen, und darum schneuzte er seine Nase an seinem Kopfkissen. Beim Getön einer so mächtigen und gequälten Trompete eilte Schwester Edna zu ihm. Auch wenn Steerforths Allergien nicht schwer waren, war seit Fuzzy Stone keine Waise mehr allergisch gewesen gegen Staub und Moder.

»Sie haben bereits so viel Gutes getan«, schrieb Wilbur Larch an Franklin D. Roosevelt. »Und Ihre Stimme im Radio schenkt mir Hoffnung. Als Angehöriger des ärztlichen Berufsstandes weiß ich wohl, welch heimtückische Krankheit Sie selbst so bravourös besiegten. Nach Ihnen wird jeder, der Ihr Amt bekleidet, sich schämen, wenn er es versäumt, den Armen und den Vernachlässigten zu dienen – oder *müßte* sich schämen...«

Ray Kendall, hingestreckt auf seinem Dock, als hätte das Meer ihn dorthin geworfen, konnte sich nicht dazu aufraffen, aufzustehen, hinein und ins Bett zu gehen. Es war selten, daß die Küstenluft so träge war; die Luft war einfach Luft-wie-immer in St. Cloud's.

»Ich habe ein Bild gesehen von Ihnen und Ihrer Frau – Sie besuchten einen Gottesdienst. Ich glaube, es war ein episkopalischer«, schrieb Wilbur Larch an den Präsidenten. »Ich weiß nicht, was man Ihnen in dieser Kirche über die Abtreibung erzählt, aber da gibt es etwas, das Sie wissen sollten. Fünfunddreißig bis fünfundvierzig Prozent des Bevölkerungswachstums unseres Landes lassen sich zurückführen auf ungeplante, unerwünschte Geburten. Ehepaare, die wohlhabend sind, wünschen sich in der Regel ihre Babys. Nur siebzehn Prozent der wohlhabenden Eltern geborenen Babys sind unerwünscht. DOCH WAS IST MIT DEN ARMEN? Zweiundvierzig Prozent der Babys, die in Armut lebenden Eltern geboren werden, sind unerwünscht.

Mister President, das ist beinah die Hälfte. Und dies sind nicht die Zeiten eines Ben Franklin, der (wie Sie wahrscheinlich wissen), so erpicht darauf war, die Bevölkerung zu vermehren. Das Ziel Ihrer Regierung ist es, genügend Beschäftigung zu finden für die gegenwärtige Bevölkerung, und besser für die gegenwärtige Bevölkerung zu sorgen. Jene, die sich für das Leben der Ungeborenen einsetzen, sollten einmal über das Leben der Lebenden nachdenken. Mister Roosevelt – ausgerechnet Sie! – Sie sollten wissen, daß die Ungeborenen nicht so bedauernswert und Ihrer Hilfe so bedürftig sind wie die Geborenen! Bitte, erbarmen Sie sich der Geborenen!«

Olive Worthington warf und wälzte sich herum. Oh, erbarme dich meines Sohnes! betete sie immer wieder.

Auf mittlerer Höhe in einem Apfelbaum in dem Obstgarten namens Frying-Pan – wachsam hingekauert in die Gabelung zwischen den dicksten Ästen des Baumes – überblickte ein Rotfuchs, Ohren und Nase witternd, sein Schwanz leicht wie eine Feder schwebend, mit Raubtieraugen den Obstgarten. Für den Fuchs wimmelte der Boden dort unten von Nagern, auch wenn der Fuchs nicht wegen dieses Anblicks auf den Baum geklettert war – er war den Baum hinaufgesprungen, um einen Vogel zu fressen, von dem eine Feder sich durch die Schnurrhaare des Fuchses schob, und in den rostfarbenen Ziegenbart am spitzen Kinn des grausamen Tierchens.

Candy Kendall klammerte sich an Homer Wells – oh, wie sie sich anklammerte! – als der Atem aus ihnen herausfuhr und die ansonsten reglose Luft bewegte. Und die zitternden Mäuse unter dem Fußboden des Ziderhauses blieben zwischen den Wänden des Ziderhauses wie versteinert sitzen, um den Liebenden zu lauschen. Die Mäuse wußten, daß es eine Eule zu fürchten gab und den Fuchs. Aber welches Tier war das, dessen Schall sie versteinerte? Die Eule heult nicht, wenn sie jagt, und der Fuchs bellt nicht, wenn er stößt. Was aber ist das für ein neues Tier? fragten sich die Ziderhausmäuse – welches neue Tier ist zum Angriff übergegangen und hat die Luft bewegt?

Und, ist es ungefährlich?

Nach Wilbur Larchs Meinung war Liebe gewiß nicht ungefährlich – niemals. Wegen seiner eigenen fortschreitenden Gebrechlichkeit, seit Homer Wells St. Cloud's verlassen hatte, hätte er wohl gesagt, daß die Liebe zu tadeln sei; wie zaghaft war er geworden, was manche Dinge betraf, und unverhofft reizbar hinsichtlich anderer. Schwester Angela hätte ihn darauf aufmerksam machen können, daß seine neuerlichen Anfälle von Schwermut und Zorn ebensowohl die Folge seiner fünfzigjährigen Äthersucht und seines fortgeschrittenen Alters waren, wie sie die Folge seiner bänglichen Liebe zu Homer Wells waren. Mrs. Grogan, wäre sie gefragt worden, hätte ihm sagen können, daß er wohl eher an dem, wie sie es nannte, St. Cloud's-Syndrom litt, als an der Liebe; Schwester Edna hätte niemals die Liebe für irgend etwas verantwortlich gemacht.

Doch Wilbur Larch betrachtete die Liebe als eine Krankheit, noch heimtückischer als die Poliomyelitis, der Präsident Roosevelt so mutig standgehalten hatte. Und konnte man Larch tadeln, wenn er die sogenannten Produkte der Empfängnis als »Folgen der Liebe« bezeichnete? – auch wenn seine guten Schwestern bestürzt waren über ihn, wenn er so sprach. Hatte er nicht ein Recht, hart über die Liebe zu urteilen? Immerhin gab es viele Zeugnisse – sowohl in den Produkten der Empfängnis wie auch in den damit verbundenen Leiden und dem kaputten Leben so vieler von Dr. Larchs Waisen – um seine Auffassung zu rechtfertigen, daß die Liebe nicht gefahrloser war als ein Virus.

Hätte er die Macht der Kollision zwischen Candy Kendall und Homer Wells gespürt – hätte er ihren Schweiß geschmeckt und die Spannung in den Muskeln ihrer glänzenden Rücken erfühlt; hätte er die Qual gehört und die Befreiung von der Qual, die aus ihren Stimmen herauszuhören war: Wilbur Larch hätte seine Meinung nicht geändert. Ein flüchtiger Blick auf solche Leidenschaft hätte ihn bestätigt in seiner Auffassung von der Gefährlichkeit der Liebe; er wäre versteinert gewesen wie die Mäuse.

Nach Dr. Larchs Auffassung war die Liebe, selbst wenn er seine Patientinnen dazu bewegen konnte, irgendeine Methode der Geburtenkontrolle zu praktizieren, niemals gefahrlos.

»Man bedenke die sogenannte Zyklusmethode«, schrieb Wilbur Larch. »Hier in St. Cloud's sehen wir viele Folgen der Zyklusmethode.«

Er ließ eine Broschüre drucken, in schlichtesten Blockbuchstaben:

GEBRÄUCHLICHE ARTEN DES MISSBRAUCHS
VON PRÄSERVATIVEN

Er schrieb, als schriebe er für Kinder; was er in manchen Fällen auch tat.

1. MANCHE MÄNNER ZIEHEN DAS PRÄSERVATIV NUR ÜBER DIE SPITZE DES PENIS: DIES IST EIN FEHLER, WEIL DAS PRÄSERVATIV ABGLEITEN WIRD. ES MUSS ÜBER DEN GANZEN PENIS GEZOGEN WERDEN, UND ES MUSS ANGEZOGEN WERDEN, WENN DER PENIS ERIGIERT IST.

2. MANCHE MÄNNER VERSUCHEN DAS PRÄSERVATIV EIN ZWEITES MAL ZU GEBRAUCHEN: DIES IST EBENFALLS EIN FEHLER. SOBALD MAN EIN PRÄSERVATIV ABGEZOGEN HAT, WIRFT MAN ES WEG! UND MAN WASCHE SEINE GENITALREGION GRÜNDLICH, BEVOR MAN SICH WEITEREN KONTAKT MIT SEINER PARTNERIN ERLAUBT – SPERMIEN SIND LEBEWESEN (ZUMINDEST FÜR KURZE ZEIT), UND SIE KÖNNEN SCHWIMMEN!

3. MANCHE MÄNNER HOLEN DAS PRÄSERVATIV AUS SEINER VERPACKUNG UND SETZEN DEN GUMMI ZU LANGE DEM LICHT UND DER LUFT AUS, BEVOR SIE IHN GEBRAUCHEN; FOLGLICH TROCKNET DER GUMMI AUS UND BEKOMMT RISSE UND LÖCHER. DIES IST EIN FEHLER! SPERMIEN SIND GANZ WINZIG – SIE KÖNNEN DURCH RISSE UND LÖCHER SCHWIMMEN!

4. MANCHE MÄNNER BLEIBEN LANGE IN IHRER PARTNERIN DRIN, NACHDEM SIE EJAKULIERT HABEN; EIN KRASSER FEHLER! DER PENIS SCHRUMPFT! WENN DER PENIS NICHT MEHR ERIGIERT IST UND WENN DER MANN ENDLICH SEINEN PENIS AUS SEINER PARTNERIN ZIEHT, KANN DAS PRÄSERVATIV GANZ ABGLEITEN. DIE MEISTEN MÄNNER SPÜREN ES NICHT EINMAL,

WENN DIES GESCHIEHT, DOCH WELCH EINE SCHWEINEREI! IM INNERN DER FRAU HAT MAN SOMIT EIN GANZES PRÄSERVATIV HINTERLASSEN, UND ALL DIESE SPERMIEN!

Und manche Männer, hätte Homer Wells – an Herb Fowler denkend – hinzufügen können, verteilen an ihre Mitmenschen Präservative mit Löchern darin.

In dem Ziderhaus auf Ocean View, hingekauert mit den kauernden Mäusen, konnten Homer Wells und Candy Kendall sich nicht aus ihrer Umarmung lösen. Zum einen war die Matratze so schmal – es war nur möglich, sich die Matratze zu teilen, wenn sie vereint blieben – und zum anderen hatten sie so lange gewartet; sie hatten sich so viel erhofft. Und ihnen beiden bedeutete es so viel, daß sie es sich erlaubt hatten, gemeinsam zu kommen. Gemeinsam waren ihnen Liebe und Schmerz, und keiner von beiden hätte dem anderen diesen Moment erlaubt, wäre da nicht in ihnen beiden wenigstens ein Teil gewesen, der sich mit Wallys Tod abgefunden hatte. Und nach dem Liebemachen fühlten jene Teile in ihnen, die Wallys Verlust schmerzlich empfanden, sich gezwungen, den Augenblick ehrerbietig und feierlich zu würdigen. Darum waren ihre Mienen nicht so voll von Verzückung und so frei von Sorge, wie die Mienen der meisten Liebenden es nach dem Liebemachen sind.

Homer Wells, sein Gesicht in Candys Haar gedrückt, lag und träumte, er sei erst jetzt angekommen am ursprünglichen Ziel des weißen Cadillac; es war ihm, als fahre Wally noch immer Candy und ihn fort von St. Cloud's – als stünde er immer noch unter Wallys Schutz; gewiß war Wally ein wahrer Wohltäter, da er ihn sicher zu diesem Ort der Zuflucht gefahren hatte. Der Puls in Candys Schläfe, der seinen eigenen Puls leicht berührte, war so tröstlich für Homer wie das Summen der Reifen, als der große weiße Cadillac ihn aus dem Gefängnis gerettet hatte, in das er geboren war. Da war eine Träne auf Candys Gesicht; er hätte Wally gedankt, hätte er gekonnt.

Und hätte er im Dunkeln Candys Gesicht gesehen, so hätte er gewußt, daß ein Teil von ihr immer noch über Birma war.

So lange lagen sie reglos – die erste Maus, die kühn genug war, über ihre nackten Beine zu rennen, überraschte sie. Homer Wells fuhr in eine kniende Haltung hoch; es brauchte einen Moment, bis ihm klar wurde, daß er *ein ganzes Präservativ mit allen diesen Spermien* in Candy gelassen hatte. Es war Nummer 4 auf Wilbur Larchs Liste der GEBRÄUCHLICHEN ARTEN DES MISSBRAUCHS VON PRÄSERVATIVEN.

»Oh-oh«, sagte Homer Wells, dessen Finger flink und behutsam und geübt waren; er brauchte nur den Zeige- und Mittelfinger seiner rechten Hand, um den verlorenen Gummi herauszufischen; auch wenn er sehr schnell war, bezweifelte er, ob er schnell genug war.

Trotz der ausführlichen Umständlichkeit, mit der Homer Candy belehrte, schnitt sie ihm das Wort ab. »Ich glaube, ich weiß, wie ich mich duschen muß, Homer«, sagte sie.

Und darum endete ihre erste Nacht der Leidenschaft, die sich so langsam aufgebaut hatte zwischen ihnen, in der typischen Hast der Maßnahmen, die ergriffen werden, um eine unerwünschte Schwangerschaft zu vermeiden – deren mögliche Ursache ebenfalls ziemlich typisch war.

»Ich liebe dich«, wiederholte Homer, als er ihr einen Gutenachtkuß gab. Da war beides, Glut wie Verärgerung in Candys Gutenachtkuß, da war beides, Wildheit und Resignation in der Art, wie sie seine Hände umklammerte. Homer stand eine Weile auf dem Parkplatz hinter dem Hummerbassin; das einzige Geräusch war das der Luftpumpe, die frischen Sauerstoff durch den Wassertank kreisen ließ, der die Hummer am Leben erhielt. Die Luft auf dem Parkplatz war ein Teil Salzwasser und ein Teil Motoröl. Die Hitze der Nacht war gewichen. Ein kühler, feuchter Nebel wälzte sich heran vom Meer; kein Wetterleuchten mehr, das auch nur schwach den Atlantik erhellt hätte.

Es schien Homer, als habe es so viel abzuwarten gegeben in seinem Leben, und nun war da wieder etwas, das Zeit und Rat brauchte.

Wilbur Larch, der in den Siebzigern war und ein Großmeister von Maine auf dem Gebiet des Abwartens, starrte wieder einmal an die sternenfunkelnde Decke der Apotheke. Eine der Annehmlichkeiten des Äthers war, daß er den Schnüffler gelegentlich in eine Lage brachte, welche ihm den Blick aus der Vogelperspektive auf sich selbst gewährte; so kam es, daß Wilbur Larch von weitem auf ein Bild seiner selbst herablächeln durfte. Es war der Abend, an dem er die Adoption Klein-Copperfields, des Lisplers, gesegnet hatte.

»Freuen wir uns für Klein-Copperfield«, hatte Dr. Larch gesagt. »Klein-Copperfield hat eine Familie gefunden. Gute Nacht, Copperfield!«

Nur war es diesmal, in der Äther-Erinnerung, ein freudiger Anlaß. Es hatte sogar Einstimmigkeit in den Antworten gegeben, als dirigiere Larch einen Chor von Engeln – die allesamt Copperfield fröhlich singend Lebewohl wünschten. So war es nicht gewesen. Copperfield war bei den kleinsten der Waisen besonders beliebt gewesen; er war, wie Schwester Angela sagte, ein »Verbinder« – in seiner frohgelaunten, lispelnden Gegenwart hob sich die Stimmung der anderen Waisen und hielt an. An diesem Abend hatte niemand in Larchs Gutenachtwünsche und sein Lebewohl für Copperfield eingestimmt. Aber Copperfields Weggang war besonders hart gewesen für Dr. Larch, denn mit Copperfields Scheiden ging nicht nur die letzte Waise fort von St. Cloud's, der Homer Wells einen Namen gegeben hatte, sondern auch die letzte Waise, die Homer gekannt hatte. Mit Copperfields Verschwinden verschwand auch noch ein bißchen mehr von Homer Wells. Klein-Steerforth – nachgeboren und nachher mit einem Namen begabt – war zuerst adoptiert worden.

Doch dafür war der Äther da! Erlaubte er Dr. Larch doch, seine Historie zu revidieren. Vielleicht war es immer schon der Äther gewesen, der Dr. Larch dazu anstiftete, sich bei Fuzzy Stone als Revisionist zu betätigen. Und in Larchs Ätherträumen hatte er viele Male Wally Worthington gerettet – das explodierende Flugzeug hatte sich wieder zusammengesetzt und war an den Himmel zurückgekehrt; der Fallschirm hatte sich geöffnet,

und die sanften Strömungen der birmesischen Luft hatten Wally
bis nach China getragen. Sicher über die Japaner, die Tiger und
die Schlangen und die schrecklichen Krankheiten Asiens hinweg
– wie friedlich hatte Wilbur Larch Wally fliegen sehen. Und wie
beeindruckt waren die Chinesen von Wallys gutem Aussehen –
von diesem patrizierhaften Profil. Mit der Zeit würden die Chinesen Wally helfen, seinen Stützpunkt zu finden, und er würde
heimkehren zu seiner Freundin – und dies war es, was Larch sich
am meisten wünschte; er wünschte sich Wally daheim bei
Candy, denn nur dann gab es eine Hoffnung, daß Homer Wells
heimkehrte nach St. Cloud's.

Beinah drei Monate nachdem Wallys Flugzeug abgeschossen
worden war, begann die Ernte auf Ocean View und wußte
Candy Kendall, daß sie schwanger war. Immerhin war sie vertraut mit den Symptomen; das war auch Homer Wells.

Eine zusammengewürfelte Pflückermannschaft mißhandelte
die Obstgärten dieses Jahr; da waren Hausfrauen und Kriegs-
bräute, die aus den Bäumen fielen, und Schüler wurden aus den
örtlichen Schulen abbeordert, um ihr Teil zur Ernte beizutragen.
Sogar die Apfelernte von 194– galt als Bestandteil der Kriegsanstrengungen. Olive machte Homer zum Mannschafts-Boss der
High-School-Kinder, deren Methoden, das Obst zu prellen, so
vielfältig waren, daß Homer dauernd zu tun hatte.

Candy arbeitete im Markt; sie erzählte Olive, daß ihre häufigen Anfälle von Übelkeit wohl bedingt wären durch den
Geruch von Dieseltreibstoff und Auspuffgasen, der dauernd von
den Vehikeln der Farm hereinwehte. Olive gab zurück, sie
dächte, die Tochter eines Mechanikers und Hummerfischers
wäre doch wohl weniger empfindlich gegen starke Gerüche, und
als sie vorschlug, es könnte für Candy angenehmer sein, in den
Gärten zu arbeiten, gestand diese, daß auch das Bäumeklettern
ihr Unwohlsein bereite.

»Ich wußte nicht, daß du so zimperlich bist«, sagte Olive.
Olive war niemals aktiver gewesen bei einer Ernte, niemals dank-
barer dafür, daß es eine gab. Doch die Ernte dieses Jahr erinnerte

Homer Wells daran, wie er Wassertreten gelernt hatte; Candy und Olive hatten es ihm beide beigebracht. (»Auf der Stelle schwimmen«, hatte Olive es genannt.)

»Ich schwimme nur auf der Stelle«, sagte Homer zu Candy. »Wir können Olive nicht während der Ernte im Stich lassen.«

»Wenn ich so hart arbeite, wie ich nur kann«, sagte Candy zu ihm, »ist es möglich, daß ich eine Fehlgeburt habe.«

Es war nicht sehr möglich, wie Homer wußte.

»Was, wenn ich nicht will, daß du eine Fehlgeburt hast?« fragte Homer sie.

»Was wenn?« fragte Candy.

»Was, wenn ich möchte, daß du mich heiratest und das Baby bekommst?« fragte Homer.

Sie standen am einen Ende des Transportbandes in der Packhalle; Candy war an der Spitze der Kette von Frauen, die die Äpfel nach ihrer Größe sortierten – sie entweder verpackten oder sie zu Zider verdammten. Candy würgte, auch wenn sie sich die Spitze der Kette ausgesucht hatte, weil sie dies näher zur offenen Tür brachte.

»Wir müssen abwarten«, sagte Candy unter Würgen.

»Wir brauchen nicht lange zu warten«, sagte Homer Wells. »Wir haben nicht viel Zeit.«

»Ich könnte dich ein Jahr lang nicht heiraten, oder länger«, sagte Candy. »Ich *möchte* dich wirklich heiraten, aber was ist mit Olive? Wir müssen warten.«

»Das Baby wird nicht warten«, sagte Homer.

»Wir wissen beide, wohin wir gehen müssen – um das Baby nicht zu bekommen«, sagte Candy.

»Oder es zu bekommen«, sagte Homer Wells. »Es ist auch mein Baby.«

»Wie könnte ich ein Baby bekommen, ohne daß jemand erfährt, daß ich es bekommen habe?« fragte Candy; sie würgte wieder, und die dicke Dot Taft kam die Kette der Packerinnen herauf, um zu sehen, was los sei.

»Homer, was sind das für Manieren, einer jungen Dame beim Kotzen zuzuschauen?« fragte Big Dot ihn. Sie legte ihren mächtigen Arm um Candys Schulter. »Komm weg von der Tür, Schätzchen«, sagte Big Dot Taft zu Candy. »Komm und arbeite weiter unten in der Kette – da riecht man nur die Äpfel. Da bei der Tür kommt das Auspuffgas vom Traktor herein.«

»Bis später«, murmelte Homer – zu Candy und auch zu Big Dot.

»Niemand hat es gern, sich im Beisein des andren Geschlechts zu erbrechen, Homer«, klärte Big Dot ihn auf.

»Richtig«, sagte Homer Wells, Waise und künftiger Vater.

In Maine gilt es für klüger, etwas nur zu wissen, als darüber zu reden; daß niemand sagte, daß Candy Kendall schwanger sei, bedeutete nicht unbedingt, daß man nicht wußte, daß sie es war. In Maine geht man davon aus, daß jeder Junge jedes Mädchen in Schwierigkeiten bringen kann. Was die beiden dagegen tun, ist ihre Sache; wenn sie Rat wollen, sollen sie fragen.

»Wenn *Du* eine Waise wärst, was würdest Du lieber haben?« schrieb Wilbur Larch einmal in *Eine kurze Geschichte von St. Cloud's*. »Eine Waise oder eine Abtreibung?«

»Eine Abtreibung, ganz entschieden« hatte Melony einmal gesagt, als Homer Wells sie fragte. »Und du?«

»Ich würde lieber die Waise haben«, hatte Homer gesagt.

»Du bist einfach ein Träumer, Sonnenstrahl«, hatte Melony zu ihm gesagt.

Jetzt glaubte er, daß es stimmte; er war einfach ein Träumer. Er verwechselte die High-School-Kinder miteinander und schrieb manchen von ihnen Bushels gut, die andere Kinder gepflückt hatten. Er hinderte zwei Jungen daran, einander mit Äpfeln zu bewerfen, und fand, er müsse ein Exempel an ihnen statuieren – um das Obst zu schützen und um seine Autorität zu festigen. Aber während er die Jungen zurück zum Apfelmarkt fuhr, wo er sie zwang, zu warten, ohne Schwierigkeiten zu machen – und einen Vormittag des Äpfelpflückens zu versäumen –, brach zwischen den anderen High-School-Kindern eine allgemeine Apfelschlacht aus, und als Homer in den Garten zurückkehrte, mußte er einen Krieg schlichten. Die Kisten, die bereits auf den Anhänger verladen waren, waren von Apfelkernen verklebt, und das erhitzte Schutzblech des Traktors stank nach verbrannten Äpfeln (irgend jemand mußte versucht haben, den Traktor als »Deckung« zu nutzen). Vielleicht wäre Vernon Lynch ein besserer Vorarbeiter für die High-School-Kinder gewesen, dachte Homer. Das einzige, was Homer wollte, war, die Sache mit Candy richtig zu machen.

Wenn sie jetzt auf Ray Kendalls Dock saßen, saßen sie eng beieinander, und sie saßen nicht lange – es wurde allmählich kalt. Sie saßen zusammengekauert an einem der Pfosten am Ende des Docks, wo Ray Candy – so viele Male – mit Wally hatte sitzen sehen, und ungefähr in derselben Haltung (auch wenn Wally, wie Ray feststellte, stets aufrechter dagesessen hatte, als sei er bereits damals an einen Pilotensitz angeschnallt gewesen).

Ray Kendall verstand, warum sie notgedrungen über den Vorgang des Sichverliebens grübeln mußten, aber sie taten ihm leid; er wußte, daß das Verlieben niemals als ein so verdrießlicher Augenblick gedacht gewesen war. Und doch hatte Ray alle Achtung vor Olive, und Olives wegen war es, wie er wußte, daß Homer und Candy Trauernde sein mußten bei ihrem eigenen Liebesroman. »Ihr solltet einfach fortgehen«, sagte Ray aus dem Fenster zu Homer und Candy; er sprach sehr leise, und das Fenster war zu.

Homer fürchtete, daß er, wenn er darauf beharrte, daß Candy ihn heirate – darauf beharrte, daß sie ihrer beider Baby bekam – sie zwingen würde, ihn völlig abzuweisen. Er wußte auch, daß Candy sich vor Olive fürchtete; es war nicht so, daß Candy so sehr darauf erpicht gewesen wäre, eine zweite Abtreibung zu bekommen – Homer wußte, daß Candy ihn heiraten und noch am gleichen Tag ihr Baby bekommen wollte, wenn sie es hätte vermeiden können, Olive die Wahrheit zu sagen. Candy schämte sich nicht für Homer; sie schämte sich auch nicht dafür, schwanger zu sein. Candy schämte sich, weil Olive ihr dann vorwerfen würde, ihre Liebe zu Wally reiche offenbar nicht aus – Candys Zuversicht (daß Wally am Leben sei) wäre nicht so stark wie Olives eigene Zuversicht. Es ist nicht ungewöhnlich, daß die Mutter eines einzigen Sohnes und die junge Frau, die die Geliebte des Sohnes ist, sich als Rivalinnen sehen.

Schockierender (in Homers Augen) war, was er selbst offenbar fühlte. Er wußte bereits, daß er Candy liebte und sie wollte; jetzt entdeckte er, daß er – mehr sogar als *sie* – ihr Kind wollte.

Sie waren schlicht eines dieser Paare, das sich in etwas hineingeritten hat und dem es bei seinen Illusionen wohler ist als bei den nackten Tatsachen.

»Nach der Ernte«, sagte Homer zu Candy, »werden wir nach St. Cloud's fahren. Ich werde sagen, daß sie mich dort brauchen. Das ist sowieso wahrscheinlich der Fall. Und wegen dem Krieg kümmert sich sonst niemand um sie. Du könntest deinem Daddy sagen, es sei einfach eine andere Art von Kriegsanstrengungen. Wir beide könnten Olive sagen, daß wir uns verpflichtet fühlen, dort zu sein, wo wir wirklich gebraucht werden; um uns nützlicher zu machen.«

»Möchtest du, daß ich das Baby bekomme?« fragte Candy ihn.

»Ich möchte, daß du *unser* Baby bekommst«, sagte Homer Wells. »Und nachdem das Baby geboren ist und ihr beide euch erholt habt, werden wir hierher zurückkehren. Wir werden deinem Daddy und Olive sagen – oder wir werden ihnen schreiben – daß wir uns verliebt haben und daß wir geheiratet haben.«

»Und daß wir ein Kind gezeugt haben, bevor wir all dies taten?« fragte Candy.

Homer Wells, der die wirklichen Sterne – hell und kalt – über der verdunkelten Küste von Maine sah, malte sich die ganze Geschichte ganz deutlich aus. »Wir werden sagen, das Baby sei adoptiert«, sagte er. »Wir werden sagen, daß wir uns noch weitergehend verpflichtet gefühlt haben – dem Waisenhaus gegenüber. Das fühle ich mich ohnehin, irgendwie«, fügte er hinzu.

»Unser Baby ist adoptiert?« frage Candy. »Dann haben wir also ein Baby, das glaubt, es sei eine Waise?«

»Nein«, sagte Homer. »Wir haben unser eigenes Baby, und es weiß, daß es ganz das unsere ist. Wir *sagen* nur, es sei adoptiert – nur um Olives willen, und nur für eine Weile.«

»Das heißt lügen«, sagte Candy.

»Richtig«, sagte Homer Wells. »Das heißt lügen – für eine Weile.«

»Vielleicht – wenn wir zurückkehren mit dem Baby – vielleicht müssen wir dann gar nicht sagen, es sei adoptiert. Vielleicht können wir dann die Wahrheit sagen«, sagte Candy.

»Vielleicht«, sagte Homer. Vielleicht kommt Zeit, vielleicht kommt Rat, dachte er. Er drückte seinen Mund auf ihren Nakken; er schnoberte an ihrem Haar.

»Wenn wir dächten, daß Olive es akzeptieren könnte, wenn wir dächten, daß sie es akzeptieren könnte – das mit Wally«, fügte sie hinzu, »dann müßten wir nicht lügen wegen dem Baby, daß es adoptiert sei, nicht wahr?«

»Richtig«, sagte Homer Wells. Was sollen all diese Sorgen wegen dem Lügen, fragte er sich, Candy fest umfangend, während sie leise weinte. War es denn wahr, daß Wilbur Larch keine Erinnerung hatte an Homers Mutter? War es wahr, daß Schwester Angela und Schwester Edna ebenfalls keine Erinnerung an seine Mutter hatten? Möglich, daß es wahr war, aber Homer Wells hätte sie niemals dafür getadelt, wenn sie gelogen hätten; sie hätten nur gelogen, um ihn zu schützen. Und wenn sie sich doch nicht an seine Mutter erinnerten und seine Mutter ein Monstrum war, war es dann nicht besser gewesen, daß sie gelogen hatten? Für Waisen ist nicht jede Wahrheit erwünscht.

Und wenn Homer entdeckt hätte, daß Wally unter furchtbaren Schmerzen gestorben war, oder nach langem Leiden – wenn Wally gefoltert worden wäre oder verbrannt oder von einem Tier aufgefressen – dann hätte Homer sicherlich deswegen gelogen. Wenn Homer Wells ein Privatgelehrter gewesen wäre, so wäre er ebenso ein Revisionist gewesen wie Wilbur Larch – er hätte versucht, alles gut enden zu lassen am Schluß. Homer Wells, der immer zu Wilbur Larch gesagt hatte, daß *er* (Larch) der Arzt sei, war mehr Arzt, als er es sich eingestand.

Die erste Nacht des Zidermachens teilte er sich die Arbeit an der Presse mit Meany Hyde und Everett Taft; Big Dot und ihre kleine Schwester Debra Pettigrew waren die Flaschenabfüller.

Debra schmollte bei der Aussicht auf schmutzige Arbeit; sie klagte über das Schütten und Spritzen, und ihre Reizbarkeit wurde noch verstärkt durch die Anwesenheit von Homer Wells, mit dem sie nicht gesprochen hatte – Debras Verständnis dafür, daß Homer und Candy Verbündete in einem gewissen Schmerz geworden waren, war merklich gefärbt durch ihren Verdacht, daß Candy und Homer auch Verbündete in einer gewissen Lust geworden waren. Zumindest hatte Debra keineswegs großzügig auf Homers Vorschlag reagiert, sie sollten einfach Freunde bleiben. Homer war verwirrt durch Debras Feindseligkeit und vermutete, daß seine Jahre im Waisenhaus ihn hinderten, eine vernünftige Erklärung für ihr Verhalten zu finden. Es schien Homer, als habe Debra ihm immer den Zutritt zu allem anderen als ihrer Freundschaft verweigert. Warum war sie jetzt zornig darüber, daß er nicht mehr verlangt hatte als dies?

Meany Hyde verkündete Homer und Everett Taft, dies werde der erste und letzte Preßgang der Ernte sein, weil er zu Hause bleiben wolle bei Florence – »Jetzt, wo ihre Zeit nah ist«, sagte Meany.

Wenn Mr. Rose Zider preßte, war ein ganz anderes Gefühl in der moderigen Luft. Zum einen ging alles schneller; das Pressen war eine Art Wettlauf. Zum anderen war da eine Spannung, geschaffen durch Mr. Roses Autorität – und das Wissen um die erschöpften Männer, die im angrenzenden Raum schliefen oder zu schlafen versuchten, ließ sie die Arbeit am Quetschwerk und an der Presse mit einem Gespür für Eile (und Perfektion) vollbringen, wie man dies nur am Rande der Erschöpfung hat.

Debra Pettigrews künftige Fülligkeit wurde immer sichtbarer, je nasser sie wurde; da war die gleiche Neigung in ihren Schultern wie bei ihrer Schwester, und sogar die Schlaffheit in der Rückseite von Debras Armen, die eines Tages dem wuchtigen Wabbeln weichen würde, das Big Dot durchbebte. In schwesterlicher gegenseitiger Nachahmung wischten sie sich mit ihren Bizepsen den Schweiß von den Augen – da sie nicht ihre Gesichter mit ihren zidersüßen und klebrigen Händen berühren wollten.

Nach Mitternacht brachte Olive ihnen kaltes Bier und heißen Kaffee. Als sie gegangen war, sagte Meany Hyde: »Diese Missus Worthington ist eine aufmerksame Frau – da bringt sie uns nicht nur etwas, sondern läßt uns sogar die Wahl.«

»Und sogar jetzt, wo Wally fort ist«, sagte Everett Taft. »Es ist ein Wunder, daß sie überhaupt an uns gedacht hat.«

Was immer jemand mir bringen mag, was immer da kommen mag, dachte Homer Wells, ich werde ihm nicht aus dem Weg gehen. Endlich sollte das Leben ihm zustoßen – die Reise nach St. Cloud's, die er vorgeschlagen hatte, würde ihn sogar erlösen von St. Cloud's. Er würde ein Baby haben (wenn nicht sogar eine Frau); er würde eine Arbeit brauchen.

Natürlich werde ich die jungen Bäumchen mitnehmen und sie einpflanzen, dachte er – als entsprächen Apfelbäume St. Cloud's, als entsprächen Apfelbäume dem, was Wilbur Larch von ihm verlangte.

Gegen Ende der Ernte wurde das Licht grauer, und die Obstgärten waren tagsüber dunkler, auch wenn mehr Licht durch die leeren Bäume drang. Die Unerfahrenheit der Pflückermannschaft zeigte sich in den verschrumpelten Äpfeln, die immer noch an den schwer zu erreichenden Zweigen hingen. In St. Cloud's war die Erde nun schon gefroren. Homer würde eine Extra-Fahrt machen müssen wegen der jungen Bäumchen. Er würde sie im Frühling pflanzen; es würde ein Frühlingsbaby sein.

Homer und Candy arbeiteten jetzt nur Nachtschichten im Spital von Cape Kenneth. Die Tage, an denen Ray die Torpedos baute, waren die Tage, die Homer mit Candy verbringen konnte – in ihrem Zimmer über dem Hummerbassin.

Da war eine Freiheit in ihrem Liebemachen, jetzt, da Candy bereits schwanger war. Auch wenn sie es ihm nicht – noch nicht – sagen konnte, liebte Candy das Liebemachen mit Homer Wells; sie hatte viel mehr Spaß dabei als je mit Wally. Aber sie konnte es nicht über sich bringen, laut auszusprechen, daß irgend etwas *besser sei als mit Wally*; auch wenn das Liebemachen besser war mit Homer, bezweifelte sie, ob dies Wallys Schuld war. Sie und Wally hatten nie Zeit gehabt, sich wirklich frei zu fühlen.

»Ich komme mit dem Mädchen«, schrieb Homer an Dr. Larch. »Sie wird mein Baby bekommen – weder eine Abtreibung noch eine Waise.«

»Ein *erwünschtes* Kind!« sagte Schwester Angela. »Wir werden ein *erwünschtes* Kind bekommen!«

»Wenn nicht ein geplantes«, sagte Wilbur Larch, der aus dem Fenster von Schwester Angelas Büro starrte, als habe sich der Hügel, der draußen vor dem Fenster aufragte, gegen ihn persönlich erhoben. »Und ich vermute, er wird die verdammten Bäumchen pflanzen«, sagte Dr. Larch. »Wozu braucht er ein Baby? Wie kann er ein Baby haben und aufs College gehen – oder auf die Medical School?«

»Wann wollte er denn auf die Medical School, Wilbur?« fragte Schwester Edna.

»Ich wußte, er würde wiederkommen!« rief Schwester Angela. »Er gehört zu uns!«

»Ja, tut er«, sagte Wilbur Larch. Unwillkürlich, und etwas steif, spannte sich sein Rücken, seine Knie winkelten sich an, seine Arme streckten sich aus und die Finger seiner Hände öffneten sich halb – als bereite er sich vor, ein schweres Paket in Empfang zu nehmen. Schwester Edna schauderte, als sie ihn in einer solchen Pose sah, die sie an den Fötus aus Three Mile Falls erinnerte, dieses tote Baby, dessen so außerordentlich flehende Gebärde Homer Wells herbeigeführt hatte.

Homer sagte zu Olive Worthington: »Ich gehe nicht gerne fort, besonders wo Weihnachten vor der Tür steht, und all diese Erinnerungen – aber es gibt etwas, und jemanden, den ich vernachlässigt habe. Eigentlich das ganze St. Cloud's – dort ändert sich nichts. Sie brauchen immer die gleichen Dinge, und jetzt, da jedermann Kriegsanstrengungen macht, glaube ich, daß St. Cloud's vergessener ist denn je. Und Dr. Larch wird auch nicht jünger. Ich könnte nützlich sein. Da die Ernte vorbei ist, habe ich, glaube ich, nicht genug zu tun. In St. Cloud's gibt es immer zuviel zu tun.«

»Du bist ein braver junger Mann«, sagte Olive Worthington, aber Homer ließ den Kopf hängen. Er erinnerte sich daran, was Mr. Rochester zu Jane Eyre gesagt hatte:

»Fürchtet die Reue, wenn Ihr versucht seid, zu irren, Miss Eyre: Reue ist das Gift des Lebens.«

Es war ein früher Novembermorgen in der Küche in Ocean View; Olive war noch nicht frisiert und hatte ihr Make-up nicht aufgelegt. Das Grau in dem Tageslicht und in ihrem Gesicht und in ihrem Haar ließ Mrs. Worthington in Homers Augen älter erscheinen. Sie benutzte die Schnur ihres Teebeutels, um den letzten Tee aus dem Beutel zu wringen, und Homer konnte den Blick nicht von den knotigen, verschlungenen Adern auf ihren Handrücken wenden. Sie hatte seit jeher zuviel geraucht, und morgens hustete sie immer.

»Candy kommt mit mir«, sagte Homer Wells.

»Candy ist eine brave junge Frau«, sagte Olive. »Es ist höchst selbstlos von euch beiden – wo ihr euch vergnügen könntet – den unerwünschten Kindern Trost und Kameradschaft zu geben.« Die Schnur um den Bauch des Teebeutels war so straff, daß Homer dachte, sie würde den Beutel aufschlitzen. Olives Stimme war so förmlich, daß sie bei einer Preisverleihungsfeier hätte sprechen können, den preiswürdigen Heroismus schildernd. Sie versuchte mit aller Kraft, nicht zu husten. Als die Schnur des Teebeutels riß, blieben einige der nassen Teeblätter am Dotter ihres unaufgegessenen weichgekochten Eis kleben, das in einem Porzellaneierbecher thronte, den Homer Wells einmal mit einem Kerzenhalter verwechselt hatte.

»Ich könnte dir niemals genug danken für alles, was du für mich getan hast«, sagte Homer. Olive Worthington schüttelte nur den Kopf; ihre Schultern waren straff, ihr Kinn war gereckt. Die Geradheit ihres Rückens war fürchterlich. »Tut mir so leid, wegen Wally«, sagte Homer Wells. Da war die allergeringste Bewegung in Olives Kehle, doch ihre Halsmuskeln blieben starr.

»Er ist nur vermißt«, sagte Olive.

»Richtig«, sagte Homer Wells. Er legte Olive die Hand auf die Schulter. Sie ließ sich nicht anmerken, ob die Hand eine Last war oder ein Trost, aber nachdem sie beide eine Weile so verharrt hatten, neigte sie ihr Gesicht eben genug, um ihre Wange an seine Hand zu legen; so verharrten sie noch eine Weile länger, wie posierend für einen Maler der alten Schule – oder für einen Photographen, der auf das Unwahrscheinliche wartet: daß die Novembersonne hervorkäme.

Olive beharrte darauf, daß er den weißen Cadillac nahm.

»Na«, sagte Ray zu Candy und zu Homer. »Ich glaube, es ist gut für euch beide, daß ihr zusammenhaltet.« Ray war enttäuscht, daß weder Homer noch Candy diese Feststellung mit Enthusiasmus würdigten; als der Cadillac aus dem Parkplatz beim Hummerbassin hinausfuhr, rief Ray ihnen nach: »Und versucht, *Spaß* miteinander zu haben!« Irgendwie zweifelte er, ob sie ihn gehört hatten.

Wer fährt schon nach St. Cloud's, um Spaß zu haben?

Ich bin eigentlich nicht adoptiert worden, dachte Homer Wells. Ich hintergehe Mrs. Worthington nicht wirklich; sie hat niemals zu mir gesagt, sie sei meine Mutter. Trotz allem sprachen Homer und Candy auf der Fahrt nicht viel.

Je weiter sie auf ihrer Reise ins Hinterland nach Norden kamen, desto weniger Blätter waren noch an den Bäumen; es gab etwas Schnee in Skowhegan, wo die Erde dem Gesicht eines alten Mannes glich, der eine Rasur benötigt. Es gab mehr Schnee in Blanchard und in East Moxie und in Moxie Gore, und in Ten Thousand Acre Tract mußten sie eine Stunde warten, weil ein Baum über die Straße gestürzt war. Schneewehen waren über den Baum hinweggegangen, dessen zerschmetterte Silhouette einem gestrauchelten Dinosaurier glich. In Moose River und in Misery Gore und sogar in Tomhegan war der Schnee liegengeblieben. Die Verwehungen entlang der Straße waren so scharf geschoren vom Schneepflug – und sie standen so hoch – daß Candy und Homer das Vorhandensein eines Hauses nur am Rauch aus dem Schornstein erkennen konnten oder an den schmalen, durch die Verwehungen gehackten Pfade, die hie und da befleckt waren von der markierenden Pisse der Hunde.

Olive und Ray und Meany Hyde hatten ihnen Extra-Benzingutscheine geschenkt. Sie hatten beschlossen, das Auto zu nehmen, weil sie fanden, daß es gut sei, eine Möglichkeit zu haben, St. Cloud's – wenn auch nur für kurze Ausfahrten – zu verlassen, doch bis sie in Black Rapids angekommen waren und Homer die Schneeketten an die Hinterreifen montiert hatte, erkannten sie, daß die winterlichen Straßen (wobei dies erst der Anfang des Winters war) das Fahren weitgehend verunmöglichen würden.

Hätten sie Dr. Larch gefragt, er hätte ihnen die Mühe ersparen können, das Auto mitzubringen. Er hätte gesagt, daß niemand zu dem Zweck nach St. Cloud's kommt, um von dort aus kleine Ausflüge zu machen; er hätte spaßeshalber vorgeschlagen, sie könnten doch immer den Zug nehmen nach Three Mile Falls.

Bei den schlechten Straßen und dem schwindenden Licht und dem Schnee, der hinter Ellenville zu fallen begonnen hatte, war es bereits dunkel, als sie St. Cloud's erreichten. Die Scheinwerfer des weißen Cadillac, der den Hügel hinter der Mädchenabteilung hinaufkletterte, beleuchteten zwei Frauen, die den Hügel zum Bahnhof hinunterschritten – ihre Gesichter vom Licht abgewandt. Ihr Gang wirkte unsicher; eine von ihnen hatte kein Umschlagetuch; die andere hatte keinen Hut; der Schnee funkelte im Scheinwerferlicht, als ob die Frauen Diamanten in die Luft geworfen hätten.

Homer Wells hielt den Wagen an und kurbelte das Fenster herunter. »Kann ich Sie mitnehmen?« fragte er die Frauen.

»Sie fahren in die verkehrte Richtung«, sagte eine von ihnen.

»Ich könnte umkehren!« rief er ihnen zu. Als sie davongingen, ohne ihm zu antworten, fuhr er weiter zur Spitalpforte der Knabenabteilung und schaltete die Scheinwerfer aus. Der Schnee, der vor den Lichtern der Apotheke fiel, war die gleiche Art Schnee, die in jener Nacht gefallen war, als er nach seiner Flucht vor den Drapers in Waterville in St. Cloud's anlangte.

Es hatte ein kleines Hickhack zwischen Larch und seinen Krankenschwestern gegeben, um die Frage, wo Homer und Candy schlafen sollten. Larch ging davon aus, daß Candy in der

Mädchenabteilung schlafen sollte und daß Homer dort schlafen sollte, wo er immer geschlafen hatte, nämlich bei den anderen Jungen, aber die Frauen reagierten ungehalten auf diesen Vorschlag.

»Sie sind ein Liebespaar!« betonte Schwester Edna. »Sicherlich schlafen sie zusammen!«

»Nun, sicherlich *haben* sie«, sagte Larch. »Das bedeutet nicht, daß sie hier zusammen schlafen müssen.«

»Homer sagte, er würde sie heiraten«, betonte Schwester Edna.

»Würde«, brummelte Wilbur Larch.

»Ich finde, es wäre nett, jemanden hier zu haben, der mit jemand zusammen schläft«, sagte Schwester Angela.

»Mir scheint«, sagte Wilbur Larch, »daß wir im Geschäft sind, weil überhaupt zu viele zusammen schlafen.«

»Sie sind ein Liebespaar«, wiederholte Schwester Edna entrüstet.

Und so hatten die Frauen beschlossen, Candy und Homer sollten zusammen ein Zimmer mit zwei Betten im Parterre der Mädchenabteilung haben; wie sie die Betten stellten, war ihre Sache. Mrs. Grogan sagte, daß sie sehr von dem Gedanken angetan sei, einen Mann in der Mädchenabteilung zu haben; manchmal klagten die Mädchen über einen Spanner oder einen Seh-Mann; einen Mann des Nachts in der Nähe zu haben, das war eine gute Idee.

»Außerdem«, sagte Mrs. Grogan, »bin ich ganz allein dort drüben – ihr drei habt einander.«

»Wir alle schlafen allein, hier drüben«, sagte Dr. Larch.

»Na, Wilbur«, sagte Schwester Edna, »seien Sie nicht so stolz darauf.«

Olive Worthington, allein in Wallys Zimmer, betrachtete die beiden Betten, Homers und Wallys Bett – beide Betten waren frisch bezogen, beide Kopfkissen waren faltenlos. Auf dem Nachttisch zwischen ihren Betten stand eine Photographie von Candy, wie sie Homer schwimmen beibrachte. Weil es keinen

Aschenbecher gab in dem Zimmer der Jungen, hielt Olive ihre freie, hohle Hand unter den lang herabhängenden Aschekegel ihrer Zigarette.

Raymond Kendall, allein über dem Hummerbassin, betrachtete das Triptychon der Photographien, das wie ein Altarbild auf seinem Nachttisch stand, neben seinem Satz Steckschlüssel. Auf der Photographie in der Mitte war er selbst als junger Mann; er saß auf einem unbequem wirkenden Stuhl, seine Frau auf seinem Schoß; sie erwartete Candy; der Stuhl war in offensichtlicher Gefahr. Die Photographie links war Candys Abiturbild, auf der rechts waren Candy und Wally zu sehen – mit ihren Tennisschlägern aufeinander zielend, wie mit Gewehren. Ray hatte kein Bild von Homer Wells; er brauchte nur aus dem Fenster auf sein Dock zu schauen, um Homer deutlich vor sich zu sehen; Ray konnte nicht sein Dock anschauen und an Homer Wells denken, ohne die Schnecken ins Wasser regnen zu hören.

Schwester Edna hatte versucht, etwas vom Abendbrot für Homer und Candy warmzustellen; sie hatte das enttäuschende Schmorfleisch in den Instrumentensterilisator gesteckt, den sie von Zeit zu Zeit kontrollierte. Mrs. Grogan, die in der Mädchenabteilung das Gebet sprach, sah den Cadillac nicht den Hügel heraufkommen. Schwester Angela war im Entbindungssaal und rasierte eine Frau, bei der schon das Fruchtwasser abgegangen war.

Homer und Candy passierten die leere und hell erleuchtete Apotheke; sie spähten in Schwester Angelas leeres Büro. Homer wußte sich etwas besseres, als in den Entbindungssaal zu spähen, solange das Licht an war. Aus dem Schlafsaal hörten sie Dr. Larchs vorlesende Stimme. Auch wenn Candy ihn fest an der Hand hielt, hatte Homer doch große Lust, da hinüber zu hasten – um die Gutenachtgeschichte nicht zu verpassen.

Florence, Meany Hydes Frau, wurde eines gesunden Knäbleins entbunden – neun Pfund, zwei Unzen – und zwar kurz nach dem Erntedankfest, das Olive Worthington und Raymond Kendall auf eine recht förmliche und stille Art in Ocean View begingen. Olive hatte alle ihre Apfelarbeiter in ihr offenes Haus eingeladen;

sie bat Ray, bei diesem Anlaß als Gastgeber zu fungieren. Meany Hyde beteuerte gegenüber Olive, sein neues Baby sei entschieden ein Zeichen dafür, daß Wally am Leben war.

»Ja, ich weiß, daß er am Leben ist«, sagte Olive ruhig zu Meany.

Es war kein allzu beschwerlicher Tag für sie, aber sie fand Debra Pettigrew auf Homers Bett sitzend, die Photographie anstarrend, auf der Candy Homer schwimmen beibrachte. Und nicht lange, nachdem sie Debra aus dem Zimmer geleitet hatte, entdeckte Olive Grace Lynch in derselben Mulde sitzend, die Debra auf Homers Bett gemacht hatte. Grace aber starrte auf den Fragebogen vom Treuhänderausschuß von St. Cloud's, den einen, den Homer nie ausgefüllt hatte und an die Wand von Wallys Zimmer geheftet zurückgelassen hatte, als wären es ungeschriebene Regeln.

Und die dicke Dot Taft brach in der Küche in Tränen aus, während sie Olive von einem ihrer Träume erzählte. Everett habe sie im Schlaf gefunden, wie sie sich über den Boden des Schlafzimmers zur Toilette schleppte. »Ich hatte keine Beine«, erzählte Big Dot Olive. »Es war die Nacht, als Florences Junge geboren wurde, und ich wachte auf ohne Beine – nur wachte ich nicht wirklich auf, ich träumte nur, daß nichts von mir übrig war unter der Taille.«

»Nur daß du auf die Toilette mußtest«, betonte Everett Taft. »Warum wärst du sonst über den Boden gekrochen?«

»Das Entscheidende war, daß ich verletzt war«, sagte Big Dot ärgerlich zu ihrem Mann.

»Oh«, sagte Everett Taft.

»Der springende Punkt ist«, sagte Meany Hyde zu Olive, »mein Baby kam ganz normal zur Welt, aber Big Dot hat geträumt, daß sie nicht gehen konnte. Siehst du nicht, Olive?« fragte Meany. »Ich glaube, Gott will uns sagen, daß Wally in Ordnung ist – daß er am Leben ist, aber daß er verletzt ist.«

»Er ist verwundet, oder irgendwie«, sagte Big Dot, in Tränen ausbrechend.

»Natürlich«, sagte Olive kurz angebunden. »Das ist's, was ich immer dachte.« Ihre Worte erschreckten sie alle – sogar Ray Kendall. »Wäre er nicht verwundet, dann hätten wir inzwischen von ihm gehört. Und wäre er nicht am Leben, dann hätte ich es erfahren«, sagte Olive. Sie reichte Big Dot ihr Taschentuch und zündete sich am Stummel der Zigarette, die sie beinah aufgeraucht hatte, eine neue Zigarette an.

Erntedank in St. Cloud's war bei weitem nicht so mystisch, und das Essen war nicht so gut, aber alle amüsierten sich. Anstelle von Luftballons verteilte Dr. Larch Präservative an Schwester Angela und Schwester Edna, die – trotz ihrem Mißvergnügen an der Arbeit – die Gummis aufbliesen und sie in Schüsseln mit grüner und roter Lebensmittelfarbe tauchten. Als die Farben getrocknet waren, malte Mrs. Grogan die Namen der Waisen auf die Gummis, und Homer und Candy versteckten die leuchtend bunten Präservative überall im Waisenhaus.

»Wir spielen Gummi-Suchen«, sagte Wilbur Larch. »Wir hätten die Idee aufsparen sollen für Ostern. Eier sind teuer.«

»Wir werden doch nicht auf Ostereier verzichten, Wilbur«, sagte Schwester Edna empört.

»Ich glaube nicht«, sagte Dr. Larch erschöpft.

Olive Worthington hatte eine ganze Kiste Champagner geschickt. Wilbur Larch hatte noch nie einen Tropfen Champagner getrunken – er trank selten – aber die Art, wie die Bläschen seinen Gaumen zusammenzogen und seine Nasengänge öffneten und seinen Augen ein trockenes, aber klares Gefühl verschafften, erinnerte ihn an jenen leichtesten aller Dämpfe, an jenen berühmten Schnüffelstoff, auf den er süchtig war. Er trank und trank. Er sang sogar für die Kinder – etwas, das er die französischen Soldaten im Ersten Weltkrieg hatte singen hören. Dieses Lied war nicht besser für Kinder geeignet als diese Präservative, aber – wegen Unkenntnis des Französischen und in kindlicher Unschuld – wurde das französische Lied (das schmutziger war als jeder Limerick, den Wally Worthington je gehört hatte) mit einem heiteren Liedchen verwechselt, und die grünen und roten Gummis wurden verwechselt mit Luftballons.

Selbst Schwester Edna wurde ein wenig betrunken; Champagner war ihr ebenfalls neu, auch wenn sie sich manchmal Sherry in die heiße Brühe tat. Schwester Angela trank nicht, aber sie wurde rührselig – in dem Maß, daß sie ihre Arme um Homers Hals warf und ihn mächtig küßte, während sie ununterbrochen erklärte, daß die Stimmung von St. Cloud's merklich durchgesackt sei während Homers Abwesenheit, und daß Homer von einem wirklich barmherzigen Gott gesandt sei, um sie wiederzubeleben.

»Aber Homer bleibt nicht«, sagte Wilbur Larch, aufstoßend.

Sie waren alle beeindruckt von Candy, die sogar Dr. Larch als »unsere engelhafte Volontärin« bezeichnete und die Mrs. Grogan tagtäglich bemutterte, als wäre sie ihre Tochter. Schwester Edna kümmerte sich um die jungen Liebenden in der Art, wie eine Motte ein Licht umflattert.

Am Erntedankfest flirtete Dr. Larch sogar – ein wenig – mit Candy. »Ich habe niemals ein so hübsches Mädchen gesehen, das bereit gewesen wäre, Klistiere zu verabreichen«, sagte Larch und tätschelte Candys Knie.

»Ich bin nicht zimperlich«, sagte Candy zu ihm.

»Hier ist kein Platz für Zimperlichkeit«, sagte Larch rülpsend.

»Trotzdem gibt es Platz für ein wenig Zartgefühl, hoffe ich«, klagte Schwester Angela. Niemals hatte Larch sie *oder* Schwester Angela gelobt für ihre Bereitschaft, Klistiere zu verabreichen.

»Natürlich wollte ich, daß er auf die Medical School geht, daß er Arzt wird, zurückkehrt und mich hier ablöst«, erzählte Wilbur Larch Candy mit lauter Stimme – als ob Homer nicht direkt gegenüber am Tisch säße. Wieder tätschelte Larch Candys Knie. »Aber das ist in Ordnung«, sagte er. »Wer würde nicht lieber ein Mädel wie dich schwanger machen – und Äpfel züchten!« Er sagte etwas auf Französisch und trank noch ein Glas Champagner. »Natürlich«, flüsterte er Candy zu, »braucht er nicht auf die Medical School zu gehen, um *hier* Arzt zu sein. Es gibt nur noch ein paar weitere Techniken, mit denen er vertraut sein sollte. Teufel!« sagte Larch, auf die Waisen deutend, die ihren Truthahn aßen – jede einen bunten Gummi, wie ein Namensschild, vor ihrem oder seinem Teller postiert, »dies ist kein schlechter Platz, um eine Familie zu gründen. Und wenn Homer jemals dazu kommt, diese verdammte Hügelflanke zu bepflanzen, dann werdet ihr auch hier eure Äpfel haben.«

Als Dr. Larch bei Tisch einschlief, trug Homer Wells ihn in die Apotheke. War Dr. Larch in der Zeit seiner Abwesenheit von St. Cloud's, so fragte sich Homer Wells, gänzlich verrückt geworden? Da war niemand, den er fragen konnte. Wenn Mrs. Grogan, Schwester Edna und besonders Schwester Angela ihm auch beipflichten mochten, daß Larch in andere Gefilde entschwebt sei – daß er ein Ruder aus dem Wasser hatte, wie Ray Kendall sagen würde; daß sich bei ihm ein Reifen im Sand drehte, wie Wally zu sagen pflegte – hätten dieselben Mrs. Grogan und die Schwestern Dr. Larch doch höchst energisch verteidigt. Ihrer Meinung nach war, das merkte er, Homer zu lange weggeblieben und seine Fähigkeit zu urteilen eingerostet. Zum Glück hatte Homers geburtshilfliche Technik unter seiner Abwesenheit nicht gelitten.

Schwangere Frauen halten sich nicht an Feiertage. Die Züge fahren zu anderen Zeiten, aber sie fahren. Es war nach sechs Uhr abends, als die Frau in St. Cloud's eintraf. Auch wenn es nicht seine übliche Gepflogenheit war, begleitete der Bahnhofsvorsteher sie zur Spitalpforte, weil die Frau bereits ins zweite Stadium der Wehen eingetreten war – die Fruchtblase war geplatzt und ihre Preßwehen kamen in regelmäßigen Abständen. Homer Wells palpitierte den Kopf des Babys durch das Perineum, als Schwester Angela ihm mitteilte, daß Dr. Larch zu betrunken sei, um geweckt zu werden, und daß Schwester Edna ebenfalls eingeschlafen sei. Homer war besorgt, weil das Perineum Zeichen von Vorwölbung zeigte und weil die Frau auf eine ziemlich starke Äthernarkose nur langsam ansprach.

Homer mußte den Kopf des Säuglings zurückhalten, um das Perineum vor dem Einreißen zu bewahren; der mediolaterale Einschnitt, den Homer auszuführen beschloß, wurde an einer Stelle vorgenommen, die sieben Uhr auf dem Zifferblatt entsprach. Es war nach Homers Ansicht eine ungefährlichere Episiotomie, weil der Schnitt, falls nötig, erheblich weiter geführt werden konnte als die Mittelschnitt-Operation.

Unmittelbar nach der Geburt des Kopfes ließ Homer seinen Finger um den Hals des Kindes gleiten, um zu sehen, ob die Nabelschnur sich dort verknotet habe, doch es war eine leichte Geburt, und beide Schultern traten spontan aus. Er legte zwei Ligaturen an die Nabelschnur und durchtrennte die Schnur zwischen den beiden. Er hatte noch immer seinen Chirurgenkittel an, als er in die Apotheke ging, um zu sehen, wie Dr. Larch sich von seinem Erntedank-Champagner erholte. Wenn Dr. Larch auch mit den Übergangsstadien vertraut war, in die er beim Wechsel aus einer Ätherwelt in eine Welt ohne Narkotika geriet, war er doch nicht mit dem Übergang zwischen Trunkenheit und dem Kater vertraut. Wie er Homer Wells im blutbefleckten Gewand seiner Zunft erblickte, wähnte sich Dr. Larch gerettet.

»Ah, Doktor Stone«, sagte er und streckte Homer die Hand entgegen, mit jener selbstbeweihräuchernden Förmlichkeit, wie sie geläufig ist unter Kollegen des ärztlichen Standes.

»Doktor Wer?« sagte Homer Wells.

»Doktor Stone«, sagte Wilbur Larch, seine Hand zurückziehend, während der Kater ihn überkam – eine Staubschicht an seinem Gaumen, so dick, daß er sich nur wiederholen konnte. »Fuzzy Stone, Fuzzy Stone, Fuzzy Stone.«

»Homer?« fragte Candy, als sie zusammen in einem der Betten lagen, die ihnen in ihrem Zimmer in der Mädchenabteilung zugeteilt worden waren. »Wieso hat Dr. Larch gesagt, du brauchtest nicht auf die Medical School zu gehen, um hier Arzt zu sein?«

»Vielleicht meint er, daß die Hälfte der Arbeit ohnehin illegal ist«, sagte Homer Wells. »Was soll es also, ein legaler Arzt zu sein?«

»Aber niemand würde dir eine Stelle geben, wenn du kein legaler Arzt wärst, nicht wahr?« fragte Candy.

»Dr. Larch vielleicht schon«, sagte Homer Wells. »Ich weiß einiges.«

»Du *möchtest* doch ohnehin nicht Arzt sein hier, – oder?« fragte Candy.

»Das ist richtig, das möchte ich nicht«, sagte er. Was soll all dies Getue um Fuzzy Stone? fragte er sich im Einschlafen.

Homer schlief immer noch, als Dr. Larch sich über die Erntedank-Frau beugte und die Episiotomie untersuchte. Schwester Angela erzählte ihm – Stich für Stich – davon, aber wenn Larch die Schilderung auch zu würdigen wußte, war sie eigentlich unnötig; so wie das gesunde Gewebe der Frau aussah und sich anfühlte, das sagte ihm alles, was er wissen wollte. Homer Wells hatte seinen Glauben an die eigenen Fähigkeiten nicht verloren; er hatte immer noch die richtige Hand.

Er besaß auch die Selbstgerechtigkeit der Jugend und der Verletzten; Homer Wells kannte keine Selbstzweifel, die seine Verachtung für Leute gemildert hätten, die ihr Leben so arg verpfuschten, daß sie die Kinder nicht haben wollten, die sie empfingen. Wilbur Larch hätte ihm sagen können, daß er lediglich ein arroganter junger Arzt sei, der noch nie krank gewesen war – daß er sich der Junge-Ärzte-Krankheit schuldig machte, wenn er ein krankhaftes Überlegenheitsgefühl gegenüber *allen* Patienten an den Tag legte. Aber Homer schwang das Ideal von Ehe und Familie wie eine Keule; er war sich der Richtigkeit seines Zieles sicherer als ein Ehepaar bei der Feier seines fünfundsechzigsten Hochzeitstages.

Er mochte sich vorgestellt haben, daß die heilige Weihe, in deren Zeichen er seine Verbindung mit Candy sah, wie ein Heiligenschein über dem jungen Paar schweben und ein sichtbarlich verzeihendes Licht über sie und ihr Kind werfen würde, wenn sie zurückkehrten nach Heart's Haven und Heart's Rock. Er mochte sich gedacht haben, daß seine und Candys beste Absichten so hell erstrahlen würden, daß Olive und Ray und der ganze Rest dieser alles-wissenden, nichts-sagenden Gemeinschaft geblendet wären. Homer und Candy mochten sich ausgemalt haben, daß ihr Kind – empfangen in einem Augenblick der Liebe, der Wallys Verschwunden- oder Tot- oder »Nur-Vermißt«-Sein überstrahlte – begrüßt werden würde wie ein zur Erde herabgestiegener Engel.

Und darum genossen sie in diesem Winter in St. Cloud's das Leben eines jungvermählten Paares. Nie war Sich-Nützlichmachen so vergnüglich gewesen. Da gab es keine Aufgabe, für die

sich die liebliche und zunehmend schwangere junge Frau zu
erhaben befunden hätte; ihre Schönheit und ihre physische Energie wirkten ansteckend auf die Mädchen in der Mädchenabteilung. Dr. Larch unternahm es, Homer mehr über Pädiatrie
beizubringen – da er nichts auszusetzen fand an Homers
geburtshilflicher Technik und da Homer nachdrücklich bei seiner Weigerung blieb, an den Abtreibungen mitzuwirken. Seine
diesbezügliche Hartnäckigkeit verblüffte sogar Candy, die gerne
zu Homer sagte: »Erkläre es mir nur noch einmal – wieso du den
Eingriff nicht mißbilligst, aber nicht selber teilnehmen willst an
etwas, das, wie du glaubst, falsch ist.«

»Richtig«, sagte Homer Wells; er hatte keine Zweifel. »Du
hast es kapiert. Mehr gibt es nicht zu erklären. Ich glaube, eine
Abtreibung sollte für jede Frau zugänglich sein, die eine möchte,
aber *ich* möchte niemals eine durchführen. Was ist so schwer
daran zu verstehen?«

»Nichts«, sagte Candy, aber sie fragte ihn immer wieder
danach. »Du glaubst, es ist falsch, und doch glaubst du, daß es
legal sein sollte – richtig?«

»Richtig«, sagte Homer Wells. »Ich glaube, es ist falsch, aber
ich glaube auch, daß es die persönliche Entscheidung jedes einzelnen sein sollte. Was könnte einen persönlicher betreffen, als
zu entscheiden, ob man ein Kind will oder nicht?«

»Ich weiß nicht«, sagte Candy, auch wenn ihr in den Sinn kam,
daß sie und Homer »entschieden« hatten, daß Wally tot sei – was
sie selbst besonders betraf.

In ihrem fünften Monat begannen sie, in getrennten Betten zu
schlafen, aber sie rückten die Betten zusammen und versuchten
sie zu beziehen, als sei es ein großes Bett, was ein Problem war,
da es keine Doppelbettlaken gab in St. Cloud's.

Mrs. Grogan wollte Homer und Candy Doppelbettlaken zum
Geschenk machen, doch sie hatte kein eigenes Geld, um welche
zu kaufen, und fragte sich auch, ob es nicht merkwürdig aussehen würde, sie für das Waisenhaus einzukaufen. »Sehr merkwürdig«, sagte Larch, der sein Veto gegen die Idee einlegte.

»In anderen Teilen der Welt hat man Doppelbettlaken«,

schrieb Wilbur Larch in der *Kurzen Geschichte von St. Cloud's*.
»Hier in St. Cloud's behelfen wir uns ohne – wir behelfen uns
einfach ohne.«

Doch es war die schönste Weihnacht seit je in St. Cloud's.
Olive schickte so viele Geschenke, und Candys Beispiel – als die
erste glücklich schwangere Frau, so lange sie alle sich erinnern
konnten – war ein Geschenk für sie alle. Es gab einen Truthahn
und einen Schinken, und Dr. Larch und Homer trugen einen
Tranchierwettbewerb aus, den, wie alle sagten, Homer gewann.
Er war mit dem Tranchieren des Truthahns fertig, bevor Larch
mit dem Tranchieren des Schinkens fertig wurde.

»Na, Truthähne schneiden sich leichter als Schweine«, sagte
Larch. Insgeheim war er sehr erfreut über Homers Messerkunst.
Daß Homer seine Handfertigkeit im Schneiden unter anderen
Bedingungen gelernt hatte als Mr. Rose die seine, ging Homer
oft durch den Sinn. Gewisse Bildungsprivilegien vorausgesetzt,
hätte Mr. Rose ein hervorragender Chirurg werden können.

»Hätte werden können«, murmelte Homer vor sich hin. Er
war niemals glücklicher gewesen.

Er machte sich nützlich, er war verliebt – und wurde geliebt –
und er erwartete ein Kind. Was kann ich mir mehr wünschen?
dachte er, wenn er seine täglichen Runden machte. Andere Leute
streben vielleicht nach Unterbrechung der Routine, doch eine
Waise sehnt sich nach dem alltäglichen Leben.

Mitten im Winter, bei einem Schneesturm, während die Frauen
mit Mrs. Grogan Tee in der Mädchenabteilung tranken und Dr.
Larch am Eisenbahnhof war, den Bahnhofsvorsteher persönlich
beschuldigend, eine erwartete Sendung Sulfonamide verbummelt zu haben, traf eine Frau vor der Spitalpforte ein, zusammengekrümmt vor Krämpfen und Blutungen. Sie hatte eine D ohne
eine C bekommen, wie Schwester Caroline bemerkt haben
würde; wer immer die Dilatation bewerkstelligt haben mochte,
schien sie gefahrlos bewerkstelligt zu haben. Was jetzt erforderlich war, war eine abschließende Curettage, die Homer allein
ausführte. Nur ein sehr kleines Stück von den Produkten der

Empfängnis war im Ausgekratzten erkennbar, was Homer Wells nur einen einzigen kleinen Skrupel kostete. Ungefähr im vierten Monat, schätzte er nach einem kurzen Blick auf das Stück und warf es sogleich weg.

In der Nacht, als er Candy streichelte, ohne sie aufzuwecken, staunte er, wie friedlich sie schlief; und er bemerkte, wie das Leben in St. Cloud's doch ohne Ort und Zeit zu sein schien, unabänderlich, wie es hart erschien, aber liebevoll, wie es irgendwie gefahrloser zu sein schien als das Leben in Heart's Rock oder in Heart's Haven – sicherlich gefahrloser als das Leben über Birma. Das war die Nacht, als er aufstand und in die Knabenabteilung ging. Vielleicht suchte er seine Geschichte in dem großen Saal, wo all die Jungen schliefen, aber was er statt dessen fand, war Dr. Larch, der jedem der Jungen einen verspäteten Gutenachtkuß gab. Da stellte Homer Wells sich vor, wie Dr. Larch ihn auf diese Weise geküßt haben mochte, als er klein gewesen war; Homer Wells hätte sich nicht vorstellen können, daß diese Küsse, auch jetzt noch, immer noch ihm zugedachte Küsse waren. Es waren Küsse auf der Suche nach Homer Wells.

In derselben Nacht sah er den Luchs auf der kahlen, unbepflanzten Hügelflanke – glatt jetzt von Schnee, der getaut und dann wieder zu einer dicken Kruste gefroren war. Homer war nur für einen Moment hinausgegangen; nach dem Beobachten der Küsse brauchte er Luft zum Atmen. Es war ein kanadischer Luchs – ein dunkles Kanonenstahl-Grau vor dem helleren Grau des mondbeleuchteten Schnees, sein Wildkatzengestank so stark, daß es Homer den Atem verschlug, als er die Bestie roch. Deren Wildkatzeninstinkt war so wach, daß sie ihre Spur in nur Ein-Sprung-Distanz zur Sicherheit des Waldes zog. Der Luchs querte gerade den Rand des Abhangs, als er abzugleiten begann; seine Krallen griffen nicht auf der Schneekruste, und der Hügel war plötzlich steiler geworden. Die Katze rutschte vom düsteren Mondlicht in das grellere Licht vor dem Fenster von Schwester Angelas Büro; sie vermochte nichts gegen das seitliche Abgleiten. Sie wurde näher an das Waisenhaus herangetragen, als sie freiwillig gekommen wäre, ihr wilder Todesgeruch beißend vermischt mit der eisigen Kälte. Die Hilflosigkeit des Luchses auf dem Eis ließ seinen Ausdruck verängstigt und resigniert erscheinen. Wahnsinn und Fatalismus waren eingefangen in den glühenden gelben Augen der Katze und in ihrem unwillkürlichen geifernden Fauchen, während sie weiterglitt und tatsächlich gegen das Spital polterte, ehe ihre Krallen einen Halt fanden auf dem verkrusteten Schnee. Sie geiferte ihren Zorn gegen Homer Wells, als sei Homer die Ursache ihrer unfreiwilligen Abfahrt.

Ihr Atemhauch war in ihrem Kinnbart gefroren, und ihre Büschelohren glitzerten von Eisperlen. Die in Panik geratene Bestie versuchte den Hügel hinaufzurennen; sie war kaum halbwegs oben, als sie erneut abzugleiten begann, wider Willen hinabgezogen zum Waisenhaus. Der Luchs keuchte, als er zum zweitenmal am Fuß des Hügels losrannte; er lief diagonal bergauf, rutschend, sich wieder fangend und wieder rutschend, und schließlich auf den weicheren Schnee im Walde entkommend – ganz woanders als dort, wohin er gewollt hatte; doch dem Luchs wäre *jeder* Fluchtweg recht gewesen – nur fort von dem Spital.

Homer Wells, der dem verschwundenen Luchs in den Wald nachstarrte, konnte sich nicht vorstellen, daß er jemals so leicht fortkommen würde von St. Cloud's.

Es kam ein falscher Frühling, sehr früh diesen März; überall in Maine bog sich das Eis der Flüsse unter dem feuchten Schnee, die Teiche brachen auf mit Kanonenknall, scharf genug, um Vögel aufflattern zu lassen, und die größeren Seen im Hinterland stöhnten und sangen und krachten wie auf Rangierbahnhöfen kollidierende Güterwaggons.

In dem Apartment, das sie sich mit Lorna teilte, erwachte Melony vom Kennebec – sein Eis bog sich unter ein Fuß tiefem Matsch und barst mit einem tiefen, hallenden Gong, der einige der älteren Frauen in der Fremdenpension kreischend im Bett auffahren ließ. Melony erinnerte es an die Nächte in ihrem Bett in der Mädchenabteilung in St. Cloud's, wenn das März-Eis mahlend den Fluß herabkam von Three Mile Falls. Sie stieg aus dem Bett und ging in Lornas Zimmer, um sich zu unterhalten, aber Lorna war so schläfrig, daß sie nicht aufstehen wollte. Melony legte sich zu ihrer Freundin ins Bett. »Es ist nur das Eis«, flüsterte Lorna. So geschah es, daß sie und Melony ein Liebespaar wurden, als sie dem falschen Frühling lauschten.

»Nur eines«, sagte Lorna zu Melony. »Wenn wir zusammensein wollen, mußt du aufhören, nach diesem Typ Homer zu suchen. Entweder du willst mich, oder du willst ihn.«

»Ich will dich«, sagte Melony zu Lorna. »Nur, verlaß mich niemals.«

Eine feste Beziehung – das Ideal einer Waise; doch Melony fragte sich, was aus ihrem Zorn werden sollte. Wenn sie aufhörte, nach Homer Wells zu suchen, würde sie dann auch aufhören, an ihn zu denken?

Es gab zuviel Schnee; das kurze Tauwetter drang nie in die gefrorene Erde ein, und als die Temperaturen fielen und es abermals schneite, erstarrten die Flüsse schnell wieder. Ein alter Mühlenteich hinter dem Waisenhaus in St. Cloud's wurde zur Falle für die Wildgänse. Verwirrt durch das Tauwetter, waren die Gänse auf dem Matsch gelandet, den sie mit offenem Wasser verwechselten; der Matsch gefror wieder über Nacht, und die Schwimmfüße der Gänse waren darin gefangen. Als Homer Wells die Gänse fand, waren sie erfrorene Statuen ihres vormaligen Selbst – von frischem Schnee überpudert, waren sie steinerne Wächter des Tümpels. Es blieb nichts übrig, als sie aus dem Eis zu hacken und sie zu brühen; sie waren leichter zu rupfen, weil sie halb gefroren waren. Als Mrs. Grogan sie briet – dauernd sie mit der Nadel stechend, um ihr Fett zu durchbluten – wurde sie das Gefühl nicht los, als würde sie sie nur aufwärmen, bevor sie sie wieder weiterschickte auf ihre gefährliche Reise.

Es war bereits April, als das Eis in Three Mile Falls aufbrach und der Fluß in St. Cloud's über seine Ufer trat; Wasser füllte den Keller des einstigen Hurenhotels und übte solchen Druck auf die Tragbalken aus, daß die Salonbar mitsamt ihrer Messingfußleiste durch den Fußboden stürzte und durch ein Dammschott hinaus und davon schwamm. Der Bahnhofsvorsteher sah sie verschwinden; von düsteren Vorzeichen besessen, wie er war, schlief er zwei Nächte hintereinander in seinem Büro, aus Furcht, das Bahnhofsgebäude sei in Gefahr.

Candy war so füllig, daß sie überhaupt kaum noch schlief. An dem Morgen, als der Hügel aper war, prüfte Homer Wells die Erde; er konnte einen Spaten beinah einen Fuß tief hineintreiben, bevor er auf gefrorenen Grund stieß – es mußte noch sechs Zoll tiefer tauen, bevor er Apfelbäumchen pflanzen konnte, doch er wagte nicht länger zu warten, bevor er die Reise nach Heart's Rock unternahm, um die Bäumchen zu holen. Er wollte nicht fort sein, wenn Candy niederkam.

Olive war überrascht, ihn zu sehen, und auch über seine Bitte, den Cadillac gegen einen der Lieferwagen einzutauschen, um die jungen Bäumchen zu transportieren.

»Ich möchte einen Vierzig-mal-Vierzig-Standardgarten pflanzen«, sagte Homer zu Olive. »Die Hälfte Macs, ungefähr zehn Prozent Rote Delicious und je weitere zehn oder fünfzehn Prozent Cortlands und Baldwins.«

Olive ermahnte ihn, auch ein paar Northern Spies dazwischen zu setzen, und ein paar Gravensteiner – für Apfelpastete. Sie fragte ihn, wie es Candy ginge, und warum sie nicht mitgekommen sei; er erzählte ihr, daß Candy zu beschäftigt sei. (Alle liebten sie, und die Kleinen hingen einfach an ihr.) Es würde schwerfallen, wieder fortzugehen, wenn die Zeit gekommen wäre, gestand Homer Olive; sie beide machten sich so nützlich – sie würden so sehr gebraucht. Und die unentwegten Anforderungen – »Ach, selbst ein freier Tag, wie dieser, läßt sich schwer einschieben«, sagte Homer.

»Du meinst, du wirst nicht über Nacht bleiben?« fragte Olive.

»Zu beschäftigt«, sagte Homer, »aber wir beide werden rechtzeitig wieder hier sein, um die Bienen auszusetzen.«

»Das wird um den Muttertag sein«, stellte Olive fest.

»Richtig«, sagte Homer Wells; er küßte Olive, deren Haut kühl war und nach Zigarettenasche roch.

Meany Hyde und Herb Fowler halfen ihm, den Lieferwagen zu beladen.

»Du willst ganz allein einen Vierzig-mal-Vierzig anpflanzen?«

fragte ihn Meany. »Da kannst du nur hoffen, daß die Erde auf-taut.«

»Da kannst du nur hoffen, daß dein Rücken aushält«, sagte Herb Fowler. »Da kannst du nur hoffen, daß dir nicht der Schwanz abfällt.«

»Wie geht's Candy?« fragte die dicke Dot Taft. Beinah so dick wie du, dachte Homer.

»Ganz gut«, sagte er. »Aber sehr beschäftigt.«

»Möchte ich wetten«, sagte Debra Pettigrew.

In dem Heizkeller unter dem Hummerbassin baute Ray Kendall sein eigenes Torpedo.

»Wofür?« fragte Homer.

»Nur um zu sehen, ob ich es kann«, sagte Ray.

»Aber worauf wirst du es abfeuern?« fragte Homer. »Und von wo aus wirst du es abfeuern?«

»Der schwierige Teil ist das Gyroskop«, sagte Ray. »Es ist nicht schwierig, es abzufeuern – was schwierig ist, ist, es zu *steuern*.«

»Ich verstehe nicht«, sagte Homer Wells.

»Na, schau dich selbst an«, sagte Ray. »Du pflanzt einen Apfelgarten bei einem Waisenhaus. Du bist seit fünf Monaten dort, meine Tochter ist zu beschäftigt, um mich für einen Tag zu besuchen. Auch ich verstehe nicht alles.«

Auf der Fahrt zurück nach St. Cloud's fragte sich Homer, ob Rays kühles oder ausweichendes Verhalten Absicht gewesen sei. Er kam zu dem Schluß, daß Rays Botschaft klar war: wenn ihr mir Dinge verheimlicht, werde ich euch auch nichts erklären.

»Ein Torpedo!« sagte Candy zu Homer, als er mit den jungen Bäumchen eintraf. »Wofür?«

»Wart's ab«, sagte Homer Wells.

Dr. Larch half ihm, die Bäumchen abzuladen.

»Sie sind ein bißchen dürr, nicht wahr?« fragte Larch.

»Sie werden nicht viel Früchte tragen, acht bis zehn Jahre lang«, sagte Homer.

»Dann zweifle ich, ob ich davon welche essen werde«, sagte Wilbur Larch.

»Ach«, sagte Homer, »auch bevor es Äpfel gibt an den Bäumen – denken Sie doch, wie die Bäume aussehen werden auf dem Hügel.«

»Sie werden dürr aussehen«, sagte Wilbur Larch.

In der Nähe der Hügelkuppe war der Boden immer noch gefroren; Homer konnte seinen Spaten nicht weit genug hineintreiben. Und weiter unten füllten sich die Löcher, die er grub, mit Wasser, das von dem Schnee abfloß, der im Wald immer noch schmolz. Weil er warten mußte, bis er die Bäumchen pflanzen konnte, sorgte er sich, die Wurzeln könnten verschimmeln oder von Mäusen verwüstet werden – doch hauptsächlich war er gereizt, weil er den Kalender seines Lebens nicht genau kontrollieren konnte. Er hatte die Bäumchen pflanzen wollen, bevor Candy niederkam. Er wollte die ganze Hügelflanke bepflanzt haben, wenn das Baby geboren wurde.

»Was habe ich dir nur angetan, daß du so zwanghaft ordentlich geworden bist?« fragte Wilbur Larch.

»Chirurgie ist ordentlich«, sagte Homer Wells.

Es wurde Mitte April, bis Homer die Löcher graben und den Vierzig-mal-Vierzig-Obstgarten anpflanzen konnte – was er in drei Tagen tat – sein Rücken war so steif am Abend, daß er so unruhig und unbequem schlief wie Candy und sich herumwälzte und drehte wie sie. Es war die erste warme Frühlingsnacht; sie hatten es viel zu warm unter der schweren Winterbettdecke; als Candys Fruchtwasser abging, verwechselten sie beide die Pfütze für einen Moment mit ihrem Schweiß.

Homer half ihr zur Spitalpforte der Knabenabteilung. Schwester Edna bereitete Candy vor, während Homer lief, um mit Dr. Larch zu sprechen, der in Schwester Angelas Büro wartete.

»Dieses da werde *ich* entbinden«, sagte Larch. »Unparteilichkeit hat gewisse Vorteile. Väter sind eine Plage im Entbindungssaal. Wenn du dabei sein willst, kümmere dich nur um deine eigenen Angelegenheiten.«

»Richtig«, sagte Homer Wells. Er war ganz untypisch zappelig, und Dr. Larch lächelte über ihn.

Schwester Edna war bei Candy, während Schwester Angela

Dr. Larch schrubbte. Homer Wells hatte bereits seine Maske angelegt, als er einen Tumult aus dem Schlafsaal der Jungen hörte. Er ließ die Maske an, als er nachsehen ging. Einer der John Larchs oder der Wilbur Walshs war aufgestanden und hinausgelaufen, um gegen eine Mülltonne zu pinkeln – mit beträchtlichem Lärm. Dies wiederum hatte einen großen Waschbären gestört, der sich am Müll zu schaffen machte, und der Waschbär hatte den pinkelnden Waisenknaben so sehr erschreckt, daß er sich den Pyjama naß machte. Homer versuchte dies ruhig in Ordnung zu bringen; er wollte zurück in den Entbindungssaal.

»Drinnen pinkeln ist besser bei Nacht«, bemerkte er zu dem Schlafsaal insgesamt. »Candy bekommt jetzt ihr Baby.«

»Was wird sie bekommen?« fragte einer der Jungen.

»Entweder einen Jungen oder ein Mädchen«, sagte Homer Wells.

»Welchen Namen wirst du ihm geben?« fragte ein anderer.

»Schwester Angela hat mir einen Namen gegeben«, sagte Homer Wells.

»Mir auch«, sagten mehrere von ihnen.

»Wenn es ein Mädchen ist, will ich sie Angela nennen«, sagte Homer Wells.

»Und wenn es ein Junge ist?«

»Wenn es ein Junge ist, will ich ihn Angel nennen«, sagte Homer. »Das ist eigentlich genau wie Angela, ohne das letzte A.«

»Angel?« fragte irgendeiner.

»Richtig«, sagte Homer Wells und gab ihnen allen einen Gutenachtkuß.

Als er ging, fragte ihn einer: »Und wirst du es hier lassen?«

»Nein«, sagte Homer Wells murmelnd, da er seine Maske wieder heraufgezogen hatte.

»Was?« riefen die Waisen.

»Nein«, sagte Homer deutlicher, die Maske hinunterziehend.

Es war heiß im Entbindungssaal. Das warme Wetter war unverhofft gekommen; weil niemand die Fliegengitter angebracht hatte, weigerte sich Larch, ein Fenster zu öffnen.

Als sie erfuhr, daß das Kind – so oder anders - nach ihr benannt werden würde, weinte Schwester Angela so sehr, daß Larch darauf bestand, daß sie eine frische Maske anlegte. Schwester Edna war zu klein, um die Schweißperlen auf Larchs Stirn zu erreichen. Sie übersah einige davon. Als der Kopf des Babys austrat, taufte ein Tropfen von Larchs Schweiß das Kind mitten auf seine Schläfe – buchstäblich bevor es ganz geboren war – und Homer Wells dachte unwillkürlich, dies sei nicht unähnlich David Copperfields, der mit einem »Hautnetz«, einer Glückshaube, geboren worden war.

Als die Schultern nicht rasch genug folgten, um Larch zufriedenzustellen, nahm er das Kinn und das Nackengrübchen in beide Hände und zog den Säugling abwärts, bis er mit einer einzigen Aufwärtsbewegung die hintere Schulter zuerst auf die Welt holte. Homer Wells, der sich in die Lippe biß, nickte beifällig, als die vordere Schulter – und der Rest des Kindes – folgten.

»Es ist ein Angel!« verkündete Schwester Edna Candy, die immer noch ein Ätherlächeln lächelte. Schwester Angela, die eine frische Maske durchfeuchtet hatte, mußte sich abwenden.

Erst nachdem die Plazenta geboren war, sagte Dr. Larch, wie er es manchmal sagte: »Perfekt!« Dann, und das hatte er noch nie getan, küßte er Candy – wenn auch durch seine Maske – mitten zwischen ihre weit offenen ätherbefreiten Augen.

Am nächsten Tag schneite und schneite es – ein wütender Aprilschneesturm, verzweifelt bemüht, den Winter nicht fahrenzulassen – und Homer betrachtete seine neu gepflanzten Apfelbäume mit Sorge; die zerbrechlichen, schneebedeckten Bäumchen erinnerten ihn an die glücklosen Gänse, die auf dem Mühlenteich eine unzeitige Landung versucht hatten.

»Hör auf, dich um die Bäume zu sorgen«, sagte Wilbur Larch. »Sie sind jetzt auf sich selbst angewiesen.«

Das war auch Angel Wells – acht Pfund, sieben Unzen, und weder eine Waise noch eine Abtreibung.

Eine Woche vor Maibeginn gab es immer noch zuviel Schnee in St. Cloud's, als daß es schon ein Matschwetter gewesen wäre. Homer Wells hatte die einzelnen Zweige eines jeden seiner

Apfelbäumchen geschüttelt; und Mäusespuren um einen besonders verletzlich aussehenden Winter-Banana-Baum hatten ihn
veranlaßt, Gifthafer und Giftmais zu streuen. Jeder Baum hatte
eine Metallmanschette um seinen schlanken Stamm. Hirsche hatten bereits die Reihe der MacIntoshs angeknabbert, die nächst
dem Wald gepflanzt waren. Homer legte tiefer im Wald eine
Salzlecke für die Hirsche aus, in der Hoffnung, das Salz möge sie
dort zurückhalten.

Candy stillte Angel, dessen schorfiger Rest einer Nabelschnur
abgefallen war und dessen Beschneidung verheilt war. Homer
hatte seinen Sohn beschnitten.

»Du mußt in Übung bleiben«, hatte Dr. Larch zu ihm gesagt.

»Sie meinen, ich soll meinen Sohn beschneiden?« hatte Homer
gefragt.

»Möge es der einzige Schmerz sein, den du ihm jemals zufügen
wirst«, hatte Wilbur Larch erwidert.

Es gab immer noch Eis morgens, an der Innenseite der Fensterscheiben. Homer pflegte seinen Finger an die Scheibe zu halten, bis sein Finger leuchtend rot war, naß und kalt, und dann
pflegte er Candy mit dem Finger anzurühren – was sie auf-
weckte, wenn sie zu langsam auf sein sanftes Streicheln über ihre
Stoppeln reagierte. Homer und Candy waren entzückt, wie sie
zusammen wieder in das Bett paßten und wie Angel zwischen sie
hineinpaßte, wenn Candy ihn stillte, und wie Candys Milch sie
manchmal beide weckte, bevor Angels Geschrei sie weckte. Sie
waren sich einig: nie waren sie glücklicher gewesen. Was machte
es schon, wenn der Himmel, obschon fast Mai war, immer noch
von der Schieferfarbe des Februar war und immer noch gestreift
von Graupelschnee? Was machte es schon, wenn das Geheimnis,
das sie in St. Cloud's hüteten, nicht für immer gehütet werden
konnte – und bereits ein Geheimnis war, das halb Heart's Haven
und halb Heart's Rock selbst herauszufinden schlau genug gewesen waren? Die Leute von Maine bedrängen einen nicht; sie lassen einen von allein zu Verstand kommen, wenn es Zeit ist für
einen.

Alle zwei Tage gab es ein Wiegeritual mit Angel Wells, das

immer in der Apotheke stattfand – Schwester Angela die Tabellen führend, Dr. Larch und Homer abwechselnd Angels Bauch knuffend und in Angels Augen spähend und Angels Greifreflexe erprobend. »Gebt es nur zu«, sagte Schwester Edna zu Candy und Homer bei solch einer Wiege-Zeremonie: »Euch gefällt es hier.«

An diesem Tag, in St. Cloud's, hatte es dreiunddreißig Grad – knapp über dem Gefrierpunkt; der feuchte Schnee, mit dem der Vormittag angefangen hatte, verwandelte sich in gefrierenden Regen. An diesem Tag, in Heart's Rock, hatte Olive Worthington ihr eigenes Geheimnis. Vielleicht hätte Olive, wären Homer und Candy entgegenkommender gewesen zu ihr, ihr Geheimnis mit ihnen geteilt. Sie hätte zum Telephon gegriffen und sie angerufen. Aber die Leute in Maine lieben das Telephon nicht, eine taktlose Erfindung; besonders im Falle wichtiger Nachrichten trifft einen das Telefon unvorbereitet. Ein Telegramm bietet einem eine respektvolle Anstandsfrist, in der man seine Sinne zusammenraffen und antworten kann. Olive sandte ihnen ihr Geheimnis in einem Telegramm; dies gab allen noch ein wenig Zeit.

Candy sollte das Telegramm als erste sehen. Sie stillte gerade Angel in der Mädchenabteilung, vor einem ganz verständigen Publikum von Waisenmädchen, als Mrs. Grogan ihr das Telegramm brachte, das einer der für den Bahnhofsvorsteher schuftenden Lakaien endlich auszuliefern sich bequemt hatte. Das Telegramm war ein offenkundiger Schock für Candy, die Angel abrupt Mrs. Grogan in die Arme drückte, obwohl Angel noch nicht fertig getrunken hatte. Es verwunderte Mrs. Grogan, daß Candy sich nicht einmal die Zeit nahm, ihre Brust richtig in ihren Büstenhalter zurückzuschieben – sie knöpfte sich lediglich die Bluse zu und lief, trotz des Wetters, hinaus und hinüber zur Spitalpforte der Knabenabteilung.

Zu diesem Zeitpunkt fragte Homer gerade Dr. Larch, ob eine Röntgenaufnahme von seinem (Homers) Herz sich für ihn als aufschlußreich erweisen könnte. Wilbur Larch überlegte sich seine Antwort sehr sorgfältig, als Candy zu ihnen hereinplatzte.

Olive Worthington war eine Yankee-Frau, sie kannte Preis eines Telegramms, die Kosten für jedes Wort, aber ihre Begeisterung für die Sache hatte sie eindeutig mitgerissen; sie übertraf bei weitem ihr übliches wortkarges Selbst.

WALLY LEBEND GEFUNDEN/STOP/
GENESUNG VON ENZEPHALITIS CEYLON/STOP/
BEFREIT AUS RANGOON BIRMA/STOP/
TEMPERATUR ZWEIUNDNEUNZIG GRAD/STOP/
GEWICHT EINHUNDERTUNDFÜNF PFUND/STOP/
GELÄHMT/STOP/
IN LIEBE OLIVE

»Einhundertundfünf Pfund«, sagte Homer Wells.

»*Lebend*«, flüsterte Candy.

»Gelähmt«, sagte Schwester Angela.

»Enzephalitis«, sagte Wilbur Larch.

»Wie *konnte* er zweiundneunzig Grad Temperatur haben, Wilbur?« fragte Schwester Edna. »Das wären ja – zweiunddreißig Grad Fieber!«

Dr. Larch wußte es nicht; er wollte keine Vermutung wagen. Es war wieder eines jener Details, deren Klärung sehr lange Zeit zu brauchen pflegt. Für Hauptmann Worthington, der – vor etwa zehn Monaten – sein Flugzeug über Birma sich selbst überlassen hatte, würde die Klärung mancher solcher Details Jahre dauern.

Es regnete so stark, als er absprang, daß es Wally schien, als müsse der Fallschirm den Regen wegschieben, um sich zu öffnen. Aber das Dröhnen des Flugzeugs war so nah, daß Wally fürchtete, die Leine zu früh zu reißen. Er fürchtete auch den Bambus – er hatte Geschichten gehört von Fliegern, die von ihm gepfählt worden waren –, doch er verfehlte den Bambus und landete in einem Teakbaum, von dem ein Ast seine Schulter ausrenkte. Sein Kopf mochte gegen den Stamm geschlagen sein, oder aber der Schmerz in seiner Schulter bewirkte, daß er das Bewußtsein verlor. Es war dunkel, als er erwachte, und weil er nicht sehen konnte, wie tief unten der Boden war, wagte er es erst am Morgen, sich von den Fallschirmleinen zu befreien. Dann verabreichte er sich zuviel Morphium – für seine Schulter – und verlor die Spritze in der Dunkelheit.

In seiner Hast, das Flugzeug zu verlassen, hatte er keine Zeit gehabt, eine Machete ausfindig zu machen; am Morgen brauchte er eine ganze Weile, die Fallschirmleinen durchzuschneiden – nur das Bayonett aus seiner Stiefelscheide benutzend und mit nur einem einsatzfähigen gesunden Arm. Er ließ sich auf den Boden herab, als seine Hundemarke an einer Liane hängenblieb. Wegen seiner verletzten Schulter konnte er weder sein ganzes Gewicht mit einem Arm stützen, noch die Erkennungsmarke befreien, und so verlor er sie. Die Kette zerschnitt ihm den Nacken, als die Marke sich löste, und er landete auf einem alten Teakholzstamm, der unter den Farnen und unter den toten Palmwedeln verborgen war. Der Stamm rollte, und Wally verstauchte sich den Knöchel. Als ihm klar wurde, daß er bei dem Monsunwetter niemals Ost und West unterscheiden können würde, war dies auch der Moment, als er entdeckte, daß sein Kompaß verschwunden war. Er streute sich Sulfonamidpuder auf seinen zerschnittenen Nakken.

Wally hatte keine Ahnung, wo China war; er suchte sich einen Weg, sich hindurchschiebend, wo immer es am wenigsten dicht war. Auf diese Weise hatte er nach drei Tagen den Eindruck, daß der Dschungel entweder lichter wurde, oder daß er besser wurde darin, seinen Weg da hindurch zu suchen. China lag östlich von Wally, aber Wally ging nach Süden; China lag oben –, jenseits der Berge – aber Wally suchte die Täler. Wo Wally war, verliefen die Täler südwestlich. In einem hatte er recht: der Dschungel lichtete sich. Es wurde auch wärmer. Jede Nacht kletterte er auf einen Baum und schlief in der Astgabel. Die großen gewundenen Stämme des Bobaumes – knorrig wie riesige hölzerne Kabel – boten die besten Astgabeln zum Schlafen, aber Wally war nicht das erste Lebewesen, das dies herausgefunden hatte. Eines Nachts, auf Augenhöhe in der Astgabel eines Bobaumes neben ihm, untersuchte ein Leopard sich auf Zecken. Wally folgte dem

Beispiel des Leoparden und entdeckte einige. Er gab es auf, die Blutegel entfernen zu wollen.

Eines Tages sah er eine Python – eine kleine, etwa fünfzehn Fuß lang. Sie lag auf einem Stein und verschlang etwas, annähernd von der Größe und Gestalt eines Jagdhundes. Wally schätzte, daß es ein Affe war, auch wenn er sich nicht erinnern konnte, Affen gesehen zu haben. Er hatte natürlich Affen gesehen, aber er hatte sie vergessen; er hatte Fieber. Er versuchte seine Temperatur zu messen, aber das Thermometer in seinem Erste-Hilfe-Beutel war zerbrochen.

Der Tag, an dem er einen Tiger durch einen Fluß schwimmen sah, war der Tag, an dem er die Moskitos zu bemerken begann; das Klima änderte sich. Der Fluß mit dem Tiger darin hatte ein weiteres Tal geschaffen; auch der Wald wurde anders. Wally fing einen Fisch mit bloßen Händen und aß seine Leber roh; er kochte Frösche, groß wie Katzen, aber ihre Schenkel waren fischiger als die Froschschenkel, an die er sich erinnerte. Vielleicht lag es am fehlenden Knoblauch.

Er aß etwas, das von der Konsistenz einer Mango war und überhaupt keinen Geschmack hatte; die Frucht hinterließ einen moderigen Nachgeschmack, und einen ganzen Tag lang übergab er sich und hatte Fieberschauer. Dann wandelte sich der Fluß, in dem er den Tiger gesehen hatte, zu einem größeren Fluß; die Monsunwasser hatten eine mächtige Strömung; Wally fühlte sich ermutigt, ein Floß zu bauen. Er erinnerte sich an die Flöße, die er zum Befahren des Drinkwater Lake konstruiert hatte, und er heulte, als er feststellte, wie viel schwerer es war, ein Floß aus Bambus und Lianen zu bauen, als aus Pechkiefer und Seilen – und gefundenen Brettern und Nägeln. Und auch, wie viel schwerer der grüne Bambus war. Es machte nichts aus, daß das Floß leckte; es schwamm kaum über Wasser; und wenn er es über eine Portage schleppen mußte, dann konnte er es, wie er wußte, nicht heben.

Er bemerkte noch mehr Moskitos, besonders als der Fluß sich verbreiterte und die Strömung sich verlangsamte und er nur dahintrieb. Er hatte keine Ahnung, wie viele Tage er dahingetrieben war, oder wann er zum erstenmal mit Sicherheit wußte, daß er Fieber hatte. Etwa um die Zeit, als er die Reisfelder und die Wasserbüffel sah, sollte er später erzählen. Eines Tages sollte er sich daran erinnern, wie er den Frauen auf den Reisfeldern gewinkt hatte; sie schienen überrascht, ihn zu sehen.

Als Wally die Reisfelder sah, muß er gewußt haben, daß er die falsche Richtung eingeschlagen hatte. Er war in das Innere Birmas gelangt, das geformt ist wie ein Drachen mit langem Schwanz; er war viel näher an Mandalay als an China, und die Japaner hielten Mandalay. Doch Wally hatte einhundertvier Grad Fahrenheit – das sind vierzig Grad Fieber; er ließ sich nur treiben; manchmal konnte er den Fluß nicht von den Feldern unterscheiden. Es war sonderbar, daß Männer wie Frauen lange Röcke trugen, doch nur die Männer hatten ihr Haar bedeckt; sie trugen etwas auf dem Kopf, das wie ein Korb aussah, und die Körbe waren mit Bändern von leuchtend bunter Seide umwunden. Die Frauen gingen barhäuptig, aber viele von ihnen steckten sich Blumen ins Haar. Männer wie Frauen flochten ihr Haar zu Zöpfen. Sie schienen dauernd zu essen, aber sie kauten nur Betelnüsse. Ihre Zähne waren verfärbt; mit ihren Lippen sahen sie aus, als hätten sie Blut getrunken, aber das war nur der Betelsaft.

Die Behausungen, wohin sie Wally brachten, waren alle gleich – einstöckige, strohgedeckte Hütten auf Bambusstelzen; die Familien aßen draußen auf einer Veranda. Sie gaben ihm Reis und Tee und jede Menge Sachen mit Curry. Als sein Fieber fiel, aß Wally *Panthay Khowse* (Nudeln mit Huhn) und *Nga Sak Kin* (Fischbällchen mit Curry). Dies waren die ersten Wörter, die seine birmesischen Retter ihm beizubringen versuchten, aber Wally mißverstand es; er glaubte, *Nga Sak Kin* sei der Name des Mannes, der ihn von dem Floß getragen hatte und Wallys Kopf festhielt, während die Frau des Mannes Wally mit ihren Fingern fütterte. Sie war wunderbar klein und trug eine reinweiße Bluse; ihr Ehemann berührte die Bluse und nannte sie bei ihrem Namen, da er versuchte, Wally mehr von seiner Sprache beizubringen.

»*Aingyis*«, sagte der Mann, und Wally glaubte, dies sei der Name der Frau. Sie roch wie das Innere der strohgedeckten Hütten – sie roch nach Kaliko und Zitronenschale.

Sie waren ein so freundliches Paar, *Nga Sak Kin* und *Aingyis*; Wally wiederholte laut ihre Namen und lächelte. Sie lächelten zurück, der Herr Curryfischbällchen und seine Frau, die Frau Bluse. Sie rochen klebrigsüß wie Mandelgebäck. Sie rochen so zitrusherb wie bergamottensüß.

Mit dem Fieber war die Starre in seinem Hals und seinem Rücken gekommen, doch als das Fieber fiel und er aufhörte sich zu erbrechen – als die Kopfschmerzen vorbei und die Schüttelfröste verschwunden waren und ihm nicht einmal mehr übel war – das war der Moment, als er die Lähmung bemerkte. Damals war es eine starre Lähmung in seinen unteren und oberen Extremitäten. (»Spastizität«, hätte Wilbur Larch es genannt.) Wallys Arme und Beine standen starr ab, und er konnte sie nicht bewegen; er delirierte zwei bis drei Wochen lang, und wenn er zu sprechen versuchte, war seine Sprache schleppend und langsam. Er hatte Schwierigkeiten beim Essen, wegen dem Tremor in seinen Lippen und in seiner Zunge. Er konnte nicht seine Blase leeren, und die Eingeborenen mußten ihn mit einem rauhen dünnen Bambusstengel katheterisieren – damit er überhaupt urinieren konnte.

Sie transportierten ihn immer weiter. Sie transportierten ihn stets auf dem Wasser. Einmal sah er Elefanten; sie schleppten Baumstämme aus dem Wald. Die Wasseroberfläche wurde dauernd von Schildkröten und schwarzen Schlangen und Wasserhyazinthen und Betelsaft aufgestört, der von einem dunkleren Rot war als die Blutspuren in seinem Urin.

»*Nga Sak Kin*?« fragte Wally. »*Aingyis*?« fragte er. Wohin waren sie verschwunden? Auch wenn die Gesichter seiner Retter dauernd wechselten, schienen sie ihn zu verstehen. Mußten aus einer großen Familie stammen, dachte Wally. »Ich bin gelähmt, nicht wahr?« fragte er die hübschen kleinen Männer und Frauen, die immerzu lächelten. Eine der Frauen wusch und kämmte sein Haar; ihre ganze Familie schaute zu, wie Wallys Haar in der

Sonne trocknete – ein blonder Schimmer darin aufglühend, während es trocknete: wie beeindruckte sie das!

Sie gaben ihm eine lange, reinweiße Bluse anzuziehen. »*Aingyis*« sagten sie. Oh, es ist ein Geschenk von ihr! dachte er. Dann verdeckten sie sein blondes Haar mit einer schwarzen Perücke – es war ein wächserner Zopf, und sie türmten ihn hoch auf seinen Kopf und zierten ihn mit Blumen. Die Kinder kicherten. Sie rasierten sein Gesicht so scharf, daß seine Haut brannte; sie rasierten seine Beine – unter den Knien, wo seine Beine aus dem langen Rock herausragten, den sie ihn hatten anziehen lassen. Der Sinn des Spiels war, ihn in Sicherheit zu bringen, ihn untertauchen zu lassen. Weil sein Gesicht so hübsch war, war es leichter für sie, eine Frau aus ihm zu machen als einen Mann; die birmesische Idealfrau hat keine Brüste.

Schade, daß sie nicht sorgfältiger waren, wenn sie ihn katheterisierten – sie waren so sorgfältig bei allem anderen. Der Bambusstengel war nicht immer sauber; die Rauheit des Katheters verletzte ihn und machte ihn bluten, doch der Schmutz bescherte ihm die Infektion. Sie sollte ihn steril machen. Der Nebenhoden, so hätte Wilbur Larch ihn aufklären können, ist eine einzige geringelte Röhre, in welcher das Spermium heranreift, nachdem er das Testikel verlassen hat. Bei einer Nebenhodenentzündung wird das Spermium daran gehindert, den Samenleiter zu erreichen. In Wallys Fall versiegelte die Infektion seinen Leiter für immer.

Sie taten recht, ihn zu katheterisieren – das einzige, was falsch war, war das Wie. Er litt an Harnretention, seine Blase war überdehnt – sie hatten keine andere Wahl, als ihm Erleichterung zu verschaffen. Manchmal fragte sich Wally, ob es nicht einen leichteren Weg gäbe – oder ob der Bambus sauber sei – aber was konnte er ihnen sagen? »*Aingyis*«, pflegte er zu sagen. »*Nga Sak Kin*?« pflegte er sie zu fragen.

Monate später sollte er das Bombardement hören. »Irrawaddy«, sollten sie ihm erklären. Man bombardierte die Ölfelder am Irrawaddy. Wally wußte, wo er war. Er hatte ebenfalls diese Ölfelder bombardiert. Bevor er das Bombardement hörte (und als Frau verkleidet, wie immer) wurde er zu einem Arzt in Man-

dalay gebracht. Seine Augen schmerzten, weil sie ihm eine Currypaste ins Gesicht gerieben hatten, um ihn bräunlich aussehen
zu lassen. Doch aus der Nähe, mit diesen blauen Augen und
dieser patrizierhaften Nase, hätte er niemanden täuschen können. Er sah viele Japaner in Mandalay. Der Arzt hatte Schwierigkeiten, Wally zu erklären, was ihm fehle. Er sagte folgendes
auf Englisch: »Japanisches B-Moskito.«

»Ich wurde von einem japanischen Moskito gestochen?«
sagte Wally. Aber was ist ein B-Moskito? fragte er sich. Er
brauchte keinen Katheter mehr, um zu pinkeln, doch die Infektion hatte ihr Unheil angerichtet.

Zu der Zeit, als er das Bombardement am Irrawaddy hörte,
war die Lähmung aus seinen oberen Extremitäten gewichen – er
konnte seine Arme wieder voll gebrauchen – und die Spastizität
war aus seinen Beinen gewichen; auch wenn seine Beine immer
noch gelähmt waren, war es eine schlaffe Lähmung, und nicht
ganz symmetrisch (sein linkes Bein war lebloser als sein rech-
tes). Seine Blase war in Ordnung, und abgesehen von den
Nachwirkungen des Curry war auch sein Darm in Ordnung;
was er von seiner geschlechtlichen Funktion spürte, fühlte sich
normal an.

»Es gibt keine autonomen Folgen der Enzephalitis«, sollte
Wilbur Larch Candy und Homer Wells erklären.

»Was heißt das?« fragte Candy.

»Es heißt, daß Wally ein normales Geschlechtsleben haben
kann«, sagte Homer Wells, der nichts wußte von Wallys Epidi-
dymis. Wally würde ein normales Geschlechtsleben haben, aber
er würde keine ausreichende Spermienzahl haben. Er würde
immer noch einen Orgasmus und eine Ejakulation haben – weil
so viel von dem Ejakulat in der Prostata gemacht wird, die
etwas weiter unten liegt. Er würde nur niemals ein eigenes Baby
zeugen können.

Zu jener Zeit wußte keiner von ihnen, daß Wally steril
geworden war; sie wußten nur von der Enzephalitis.

Wally hatte sie sich von den Moskitos eingefangen. Sie hieß
Japanische B-Enzephalitis, und sie war während des Krieges in

Asien ziemlich verbreitet. »Es ist ein Zeckenvirus«, erklärte Wilbur Larch.

Eine residuelle schlaffe Lähmung der unteren Extremitäten war keine häufige Folge der Krankheit, doch sie war gut genug bekannt, um wissenschaftlich dokumentiert zu sein. Da gibt es zahlreiche Veränderungen, die im Gewebe des Gehirns stattfinden, aber die Veränderungen, die im Rückenmark stattfinden, ähneln sehr der Poliomyelitis. Die Inkubationszeit dauert ungefähr eine Woche, und der akute Krankheitsverlauf dauert nur eine Woche bis zehn Tage; die Genesung ist sehr langsam, mit Muskeltremor, der manchmal Monate anhält.

»Bedenkt man, daß sie von Vögeln kommt, so ist sie eine schwere Krankheit«, sagte Wilbur Larch zu Schwester Edna und zu Schwester Angela. Das Moskito holt sich das Virus von den Vögeln und überträgt es auf Menschen und andere große Säugetiere.

Wallys Gesicht war so hübsch, und er hatte so viel Gewicht verloren; das war der Grund, warum sie ihn als Frau verkleideten. Die Japaner fühlten sich angezogen wie auch eingeschüchtert von den birmesischen Frauen – besonders den Frauen von Padaung mit ihren hohen Messing-Colliers, die in Spiralen gewunden wurden, um den Hals zu strecken. Daß Wally ein Invalide *und* eine Frau war, machte ihn unberührbar. Daß sie ihm ein eurasisches Aussehen verpaßt hatten, machte ihn auch zum Kastenlosen.

Als die Monsunzeit endete, im Oktober, reisten sie entweder nachts auf dem Fluß, oder sie schützten ihn mit einem Regenschirm vor der Sonne – und wieder mit Currypaste. Er wurde der Curryfischbällchen überdrüssig, aber er fragte immer wieder danach – so jedenfalls meinten die Birmesen; sie waren das einzige, was sie ihm gaben. Und wenn er delirierte, sagte er Candys Namen. Einer der Bootsleute fragte ihn danach.

»Candy?« erkundigte er sich höflich. An diesem Tag waren sie auf einem Sampan. Wally lag unter einem Mattendach und beobachtete den Bootsmann beim Rudern.

»*Aingyis*«, sagte Wally. Er meinte, ähnlich wie sie – eine brave Frau, eine Ehefrau.

Der Bootsmann nickte. Im nächsten Hafen am Fluß – Wally wußte nicht wo: es mochte Yandoon gewesen sein – gaben sie ihm abermals eine reinweiße Bluse.

»Candy!« sagte der Bootsmann. Wally glaubte, er meine: gib sie Candy. Er lächelte; er ließ sich einfach treiben. Die spitze Nase des Sampan schien den Weg zu erschnuppern. Es war ein Land der Gerüche für Wally – es war ein duftender Traum.

Wilbur Larch konnte sich Wallys Reise vorstellen. Es war natürlich eine Ätherreise. Elefanten und Ölfelder, Reisterrassen und fallende Bomben, verkleidet als Frau und gelähmt von der Hüfte abwärts – Larch war dort gewesen; er war überall gewesen. Er hatte keine Mühe, sich Rangoon und Wasserbüffel vorzustellen. Jeder Äthertraum hatte sein Gegenstück an britischen Untergrundagenten, die amerikanische Piloten über den Golf von Bengalen schmuggelten. Wallys Reise durch Birma war ein Ausflug, wie ihn Wilbur Larch schon oft unternommen hatte. Der Johannisbeerduft von Petunien lag immer im Streit mit dem Gestank von Dung.

Man flog Wally über den Golf von Bengalen – in einem kleinen Flugzeug mit einem britischen Piloten und einer singhalesischen Besatzung. Wilbur Larch hatte viele solche Flüge unternommen.

»Sprichst du Singhala?« fragte der Engländer Wally, der auf dem Kopilotensitz saß. Der Pilot roch nach Knoblauch und Gilbwurz.

»Ich weiß nicht einmal, was Singhala ist«, sagte Wally. Wenn er seine Augen schloß, sah er immer noch die wächsernen weißen Blüten der wilden Limonellenbüsche; er sah immer noch den Dschungel.

»Hauptsprache von Ceylon, mein Junge«, sagte der Pilot. Der Pilot roch auch nach Tee.

»Wir fliegen nach Ceylon?« fragte Wally.

»Man kann keinen Blonden in Birma lassen, alter Knabe«, sagte der Engländer. »Weißt du nicht, daß Birma voller Nippon-söhne ist?« Doch Wally erinnerte sich lieber an seine eingeborenen Freunde. Sie hatten ihm beigebracht, Salaam zu sagen – eine tiefe Verbeugung, die rechte Hand an der Stirn (immer die rechte Hand, hatten sie erklärt); es war eine Verbeugung zum Gruß. Und wenn ihm übel war, hatte immer einer die Punkah für ihn bewegt – eine Punkah ist ein großer, schirmförmiger Fächer, der durch ein Seil bewegt wird (das von einem Diener gezogen wird).

»Punkah«, sagte Wally zu dem englischen Piloten.

»Was's das, alter Knabe?« fragte der Pilot.

»Es ist so heiß«, sagte Wally, der sich schläfrig fühlte; sie flogen auf sehr niedriger Höhe, und das kleine Flugzeug war ein Backofen. Ein kurzer Hauch von Sandelholz drang durch den stärkeren Knoblauch im Schweiß des Piloten.

»Zweiundneunzig Grad, amerikanisch, als wir in Rangoon starteten«, sagte der Pilot. Der Pilot fand es witzig, »amerikanisch« zu sagen statt »Fahrenheit«, aber Wally merkte es nicht.

»Zweiundneunzig Grad!« sagte Wally. Es war ihm, als sei dies die erste Tatsache, an die er den Hut hängen konnte, wie man in Maine zu sagen pflegt.

»Was ist mit deinen Beinen passiert?« fragte der Engländer beiläufig.

»Japanisches B-Moskito«, erklärte Wally. Der britische Pilot blickte ernst; er glaubte, Wally meine ein Flugzeug – als sei Japanisches B-Moskito der Name eines Jagdflugzeugs, das Wallys Flugzeug abgeschossen hätte.

»Dieses da kenn' ich nicht, alter Knabe«, gestand der Pilot Wally. »Dachte, ich hätte sie alle gesehen, aber den Nipponsöhnen ist nicht zu trauen.«

Die singhalesische Besatzung hatte sich mit Kokosnußöl eingeschmiert, und sie trugen Sarongs und lange kragenlose Hemden. Zwei von ihnen aßen etwas, und einer kreischte ins Funkgerät; der Pilot sagte in scharfem Ton etwas zu dem Funker, der augenblicklich seine Stimme senkte.

»Singhala ist eine schreckliche Sprache«, vertraute der Pilot Wally an. »Klingt wie Katzen beim Ficken.«

Als Wally nicht auf seinen Humor reagierte, fragte der Engländer, ob er schon einmal in Ceylon gewesen sei. Als Wally ihm nicht antwortete – Wally schien mit offenen Augen zu träumen – sagte der Engländer: »Wir haben nicht nur die ersten Gummibäume gepflanzt *und* ihre verdammten Gummiplantagen entwickelt – wir haben ihnen auch beigebracht, Tee zu brauen. Sie wußten, wie man ihn anbaut, das muß man ihnen lassen, aber es war keine anständige Tasse Tee zu kriegen auf dieser ganzen verdammten Insel. Und jetzt wollen die unabhängig werden«, sagte der Engländer.

»Zweiundneunzig Grad«, sagte Wally lächelnd.

»Ja, versuche nur, dich zu entspannen«, sagte der Pilot. Wenn Wally rülpste, schmeckte er Zimt; wenn er die Augen schloß, sah er afrikanische Ringelblumen aufgehen wie Sterne.

Plötzlich fingen die drei Singhalesen gleichzeitig zu sprechen an. Zuerst sagte das Funkgerät etwas, und dann sprachen die drei wie im Chor.

»Verdammte Buddhisten, sie alle«, erklärte der Pilot. »Sogar im verdammten Funk beten sie. Das ist Ceylon«, sagte der Engländer. »Zwei Drittel Tee und ein Drittel Gummi und Gebet.« Er schrie den Singhalesen etwas zu, und sie senkten ihre Stimmen.

Irgendwo über dem Indischen Ozean, kurz bevor sie Ceylon sahen, war der Pilot beunruhigt über ein Flugzeug in seiner Nachbarschaft. »Betet jetzt, verdammt nochmal, ihr«, sagte er zu den Singhalesen, die allesamt schliefen. »Dieses japanische B-Moskito«, sagte der Engländer zu Wally. »Wie sieht es aus?« fragte er. »Oder hat es dich von hinten erwischt?«

Doch alles, was Wally sagen konnte, war: »Zweiundneunzig Grad.«

Nach dem Krieg sollte Ceylon eine unabhängige Nation werden; vierundzwanzig Jahre später sollte das Land seinen Namen ändern in Sri Lanka. Doch alles, woran Wally sich erinnern sollte, war, wie heiß es gewesen war. In gewisser Weise war sein Fallschirm niemals gelandet. In gewisser Weise war er zehn Monate lang über Birma geblieben – einfach dort schwebend. Alles, was Wally von seiner eigenen Geschichte in der Erinnerung behalten sollte, machte nicht viel mehr Sinn als ein Ätherrausch. Und wie er den Krieg überleben sollte – steril, gelähmt, beide Beine schlaff – das war schon geträumt worden von der dicken Dot Taft.

Es war vierunddreißig Grad Fahrenheit in St. Cloud's, als Homer Wells zum Bahnhof ging und dem Bahnhofsvorsteher ein Telegramm an Olive diktierte. Homer hätte sie nicht einfach anrufen und *so* direkt anlügen können. Und hatte nicht Olive ihnen telegraphiert? Sie mochte ihre Gründe gehabt haben, nicht am Telephon sprechen zu wollen. Mit dem sicheren Gefühl, daß Ray und Olive alles wußten, was Homer und Candy machten, diktierte Homer sein Telegramm an Olive – eine höfliche Förmlichkeit wahrend, schwach wie ein Verdacht. Es war ein Verdacht, der nur auf unhöfliche Weise zu beweisen gewesen wäre, und Homer war höflich.

> GOTT SEGNE DICH UND WALLY/STOP/
> WANN SEHEN WIR IHN/STOP/
> CANDY UND ICH KEHREN BALD HEIM/STOP/
> HABE KLEINEN JUNGEN ADOPTIERT/STOP/
> ALLES LIEBE HOMER

»Du bist etwas jung, jemanden zu adoptieren, nicht wahr?« fragte der Bahnhofsvorsteher.

»Richtig«, sagte Homer.

Candy telephonierte mit ihrem Vater.

»Es wird Wochen dauern, vielleicht Monate, bis man ihn transportieren kann«, sagte Ray zu ihr. »Er muß etwas Gewicht zusetzen, bevor er so weit reisen kann, und wahrscheinlich müssen Untersuchungen vorgenommen werden – und es herrscht immer noch Krieg, vergiß das nicht.«

Candy, an ihrem Ende des Telephons, weinte nur.

»Sag mir, wie es dir geht, Schatz«, sagte Ray Kendall. Das war der Moment, da sie ihm hätte sagen können, daß sie Homers Baby bekommen hatte. Doch was sie sagte, war: »Homer hat eine der Waisen adoptiert.«

Nach einer Pause sagte Ray Kendall: »Nur eine?«

»Er hat einen kleinen Jungen adoptiert«, sagte Candy. »Natürlich werde ich ebenfalls mithelfen. Irgendwie haben wir zusammen ein Baby adoptiert.«

»So so«, sagte Ray.

»Sein Name ist Angel«, sagte Candy.

»Segen auf sein Haupt«, sagte Ray. »Segen auch für euch beide.«

Candy weinte noch ein bißchen mehr.

»Adoptiert, hm?« fragte Ray seine Tochter.

»Ja«, sagte Candy Kendall. »Einen der Waisenjungen.«

Sie hörte auf mit dem Stillen, und Schwester Edna machte sie bekannt mit dem Gerät zum Abpumpen ihrer Brüste. Angel mißbilligte seine Bekehrung zur Fläschchenmilch, und ein paar Tage war er sehr reizbar und launisch. Candy war ebenfalls reizbar und launisch. Als Homer bemerkte, daß ihr Schamhaar beinah wieder ganz nachgewachsen sein würde, bis sie nach Heart's Haven zurückkehrten, schnauzte sie ihn an.

»Um Gottes willen, wer wird schon sehen, ob ich Schamhaare habe oder nicht – außer dir?« fragte Candy.

Homer zeigte ebenfalls Anzeichen von Belastung.

Er war ungehalten über Dr. Larchs Vorschlag, daß Homers Zukunft im Arztberuf liegen könne. Larch beharrte weiter darauf, Homer ein nagelneues Exemplar von *Grays Anatomie* zu schenken; er schenkte ihm auch Greenhills Standardwerk über *Gynäkologische Praxis* und das britische Meisterwerk *Diseases of Women*.

»Jesus Christus«, sagte Homer Wells. »Ich bin Vater, und ich werde Apfelfarmer werden.«

»Du hast eine beinah perfekte geburtshilfliche Technik«, sagte Larch zu ihm. »Du brauchst nur noch ein wenig mehr vom Gynäkologischen – und das Pädiatrische, natürlich.«

»Vielleicht ende ich als Hummerfischer«, sagte Homer.

»Und ich abonniere dich auf das *New England Journal of Medicine*«, sagte Dr. Larch. »Und auf das *JAMA*, und das *S. G. and O*..«

»Sie sind der Arzt«, sagte Homer Wells erschöpft.

»Wie fühlst du dich?« fragte Candy Homer.

»Wie ein Waisenjunge«, sagte Homer. Sie hielten einander fest, aber sie machten nicht Liebe. »Wie fühlst *du* dich?« fragte Homer.

»Ich werd's nicht wissen, bevor ich ihn sehe«, sagte Candy aufrichtig.

»Was wirst du dann wissen?« fragte Homer.

»Ob ich ihn liebe, oder dich, oder euch beide«, sagte sie. »Oder ich werde nicht mehr wissen, als was ich jetzt weiß.«

»Es heißt immer noch ›kommt Zeit, kommt Rat‹, nicht wahr?« fragte Homer.

»Du erwartest doch nicht von mir, daß ich ihm etwas erzähle, während er immer noch dort drüben ist, oder?« fragte Candy.

»Nein, natürlich erwarte ich das nicht«, sagte er sanft. Sie hielt ihn noch fester; sie fing wieder an zu weinen.

»Oh, Homer«, sagte sie. »Wie kann er nur einhundertundfünf Pfund wiegen?«

»Ich bin sicher, er wird etwas Gewicht zusetzen«, sagte Homer, aber plötzlich zitterte er am ganzen Körper; Wallys Körper war so stark gewesen. Homer erinnerte sich an das erste Mal, als Wally ihn zum Ozean mitgenommen hatte; die Brandung war ungewöhnlich rauh gewesen, und Wally hatte ihn gewarnt vor der Unterströmung. Wally hatte ihn bei der Hand genommen und ihm gezeigt, wie man unter den Wellen hindurchtauchen kann und wie man auf ihnen reiten kann. Sie waren eine Stunde lang den Strand entlang gewandert, ohne Ablenkung durch Candy; sie hatte sich gebräunt.

»Ich versteh dieses blöde Herumliegen in der Sonne nicht«, hatte Wally zu Homer gesagt, der beipflichtete. »Entweder man tut etwas in der Sonne und bekommt ein wenig Farbe, oder man tut etwas anderes – aber man tut etwas. Das ist die Hauptsache.«

Sie sammelten Muscheln und Steine – die Strandläufersuche nach Exemplaren. Homer war augenblicklich beeindruckt von der Glätte der Steine und der zerbrochenen Muschelstücke – wie hatten das Wasser und der Sand sie doch geglättet.

»Dies ist ein Stück mit sehr viel Erfahrung«, hatte Wally gesagt und Homer ein besonders abgewetztes Muschelstück in die Hand gedrückt; es hatte keine Kanten.

»Viel Erfahrung«, hatte Homer gesagt.

Und danach hatte Wally gesagt: »Und das ist ein weltlicher Stein«, und einen alten, glatten, vorgezeigt.

Homer glaubte, daß sein Verlangen nach Candy alles verändert habe, sogar den Naturvorgang des Glattschleifens von Muscheln und Steinen. Wenn er und Wally noch einmal an den Strand gingen, würden sie dann immer noch Strandläufer sein, oder war es unvermeidlich, daß die Liebe zu einer Frau sogar ihre alltäglichsten gemeinsamen Erfahrungen verändern konnte? War er nur fünf Minuten lang mein Freund? fragte sich Homer Wells – und mein Rivale für den Rest meines Lebens?

Homer betraute Schwester Angela mit der Fürsorge für den Obstgarten am Hügel. Er erklärte, daß die Maschendrahtmanschetten rund um die Bäume nicht so straff gewickelt werden dürften, daß sie kein Wachstum der Bäume erlaubten – aber auch nicht so locker, daß Mäuse die Bäume ringeln konnten. Er zeigte ihr, wie man die Gänge der Fichtenmäuse entdecken konnte, die die Wurzeln fraßen.

Alle küßten Candy zum Abschied, sogar Wilbur Larch – der, als er den Arm ausstreckte, um Homers Hand zu schütteln, verlegen dreinschaute, weil Homer seine Hand beiseite schob und ihn umarmte und ihn auf seinen ledrigen Hals küßte. Schwester Edna schluchzte ganz ungehemmt. Und kaum war der Lieferwagen an der Mädchenabteilung vorbeigerollt, schloß Wilbur Larch sich in der Apotheke ein.

Es war ein Sonntag, und darum war Raymond Kendall mit seinem hausgebastelten Torpedo beschäftigt am Werk, als Homer Candy nach Hause brachte. Candy sagte zu Homer, daß sie nicht vor nächstem Morgen bereit wäre, Olive unter die Augen zu treten, doch wurde sie von unvorhergesehener Panik erfaßt, als Homer mit Angel davonfuhr. Obwohl ihre Milch versiegt war, wußte sie, daß sie immer noch nach der Uhr ihres Babys aufwachen würde – auch wenn nur Homer das Geschrei tatsächlich hören würde. Und wie viele Nächte war es her, seit sie allein geschlafen hatte?

Am nächsten Tag sollte sie zu Homer sagen: »Wir müssen eine Möglichkeit finden, ihn uns zu teilen. Ich meine, noch bevor wir es Olive sagen – von Wally ganz zu schweigen – müssen wir *beide* uns um ihn kümmern, wir müssen *beide* mit ihm zusammen sein. Ich vermisse ihn einfach zu sehr.«

»Ich vermisse dich«, sagte Homer Wells zu ihr.

Er war eine Waise, die weniger als einen Monat seines Lebens eine Familie gehabt hatte, und er war nicht darauf vorbereitet, abermals keine Familie zu haben.

Als er und Angel auf Ocean View eintrafen, begrüßte Olive Homer wie eine Mutter; sie schlang ihre Arme um ihn und küßte ihn und weinte. »Zeig mir das Baby – oh, er ist ein Schatz!« weinte sie. »Was ist überhaupt in dich gefahren? Du bist so jung, und du bist ganz allein.«

»Na, das Baby war ebenfalls ganz allein«, murmelte Homer. »Und Candy wird mir helfen mit ihm.«

»Natürlich«, sagte Olive. »Ich werde dir ebenfalls helfen.« Sie trug Angel in Wallys Zimmer, wo Homer überrascht war, eine Wiege zu sehen – und mehr Babysachen, für nur ein Baby, als man bei einer gründlichen Durchsuchung sowohl der Knaben- als auch der Mädchenabteilung von St. Cloud's hätte auftreiben können.

Ein Heer von Fläschchen für die Milch, erwartete Homer in der Küche. Olive hatte sogar einen besonderen Topf zum Sterilisieren der Schnuller gekauft. Im Wäscheschrank gab es mehr Windeln als Kopfkissen und Bettlaken und Handtücher. Zum ersten Mal in seinem Leben hatte Homer das Gefühl, er sei adoptiert worden. Zu seinem Schrecken sah er, daß Olive ihn liebte.

»Ich glaube, daß du und Angel Wallys Zimmer haben solltet«, sagte Olive; sie hatte offenbar emsig Pläne geschmiedet. »Wally wird keine Treppen steigen können, darum lasse ich das Speisezimmer zu einem Schlafzimmer umbauen – wir können immer in der Küche essen, und das Speisezimmer hat ja die Terrasse, wenn gutes Wetter ist. Ich lasse eine Rampe von der Terrasse zum Patio rund um den Swimmingpool bauen, für den Rollstuhl.«

Als Homer sie umfangen hielt, während sie weinte, beschlich ihn ein neues Schuldgefühl wie der Anbruch der Nacht, wie diese stets alte, stets neue Reue, die zu fürchten Mr. Rochester Jane Eyre gelehrt hatte, dieses »Gift des Lebens«.

In der zweiten Maiwoche arbeiteten Ira Titcomb und Homer nebeneinander, sie setzten die Bienen in den Obstgärten aus. Es war zu Anfang der Blütezeit, am Abend vor Muttertag, als sie die Stöcke ausbrachten. Alle erinnerten sich an den Muttertag dieses Jahr; niemand hatte Olive vergessen. Das Haus war voll von kleinen Geschenken und Mengen von Apfelblüten, und einige aus der Arbeitsbelegschaft machten sogar Homer ein Muttertagsgeschenk – so spaßig fanden sie es, daß er ein Baby adoptiert hatte.

»Stell dir nur vor, du mit deinem ganz eigenen Baby!« dies war die Art, wie Big Dot Taft es ausdrückte.

Im Apfelmarkt, wo man den Schau-Tischen einen neuen Farbanstrich gab, waren zwei Babys zur Schau gestellt – Angel Wells und Pete, der Junge von Florence und Meany Hyde. Pete Hyde sah aus wie eine Kartoffel, verglichen mit Angel Wells – was besagen soll, daß seine Miene völlig ausdruckslos war und daß er offenbar keine Knochen hatte in seinem Gesicht.

»Na, Homer, dein Angel ist ein Engel«, pflegte Florence Hyde zu sagen, »und mein Pete ist ein Pete.«

Die Apfelmarktfrauen hänselten ihn ohne Ende; Homer lächelte nur. Debra Pettigrew zeigte besonderes Interesse, mit Angel Wells zu hantieren; sie pflegte dem Baby die längste Zeit aufmerksam ins Gesicht zu schauen, bevor sie verkündete, daß sie sicher sei, das Baby werde einmal genauso aussehen wie Homer. »Nur aristokratischer« vermutete sie. Drück-mich-Louise sagte, das Baby sei »zu schön für große Worte«. Wenn Homer draußen im Garten war, kümmerten sich entweder Olive oder eine der Apfelmarktfrauen um Angel, doch die meiste Zeit kümmerte sich Candy um ihr Baby.

»Irgendwie haben wir ihn zusammen adoptiert«, pflegte sie zu erklären. Sie sagte es so oft, daß Olive sagte, Candy sei ebenso eine Mutter für dieses Kind wie Homer es sei, und darum machte Olive – als eine Art Scherz – Candy ebenfalls ein Muttertagsgeschenk. Alldieweil taten die Bienen ihre Arbeit, Pollen schleppend von der Frying Pan zum Cock Hill, und der Honig leckte zwischen den Schindeln hervor, die die Bienenstöcke bargen.

Eines Morgens, am Rand einer Zeitung, sah Homer Wells Olives Handschrift – eine bleistiftgekritzelte Anmerkung zu den Schlagzeilen des Tages, deren jede Olive zu ihrem Kommentar veranlaßt haben mochte. Aber irgendwie glaubte Homer, diese Anmerkung wäre für ihn geschrieben.

UNERTRÄGLICHE UNAUFRICHTIGKEIT

hatte Olive geschrieben.

Und eines Abends belauschte Candy Ray. Ihr Schlafzimmerlicht war aus; in der pechschwarzen Dunkelheit hörte sie ihren Vater sagen: »Es ist nicht falsch, aber es ist nicht richtig.« Zuerst dachte sie, er wäre am Telephon. Nachdem sie wieder in Schlaf gesunken war, weckte sie das Geräusch ihrer sich öffnenden und schließenden Tür noch einmal, und sie erkannte, daß Ray bei ihr in ihrem Zimmer gesessen hatte – sie ansprechend im Schlaf, in der Dunkelheit.

Und manche Nächte während der Blütezeit pflegte Candy zu Homer zu sagen: »Du bist ein geplagter Vater.«

»Das ist er, nicht wahr?« pflegte Olive bewundernd zu sagen.

»Ich werde dir den Kleinen über Nacht abnehmen«, pflegte Candy zu sagen, und Homer pflegte zu lächeln bei aller Gespanntheit solcher Wortwechsel. Er pflegte allein aufzuwachen in Wallys Zimmer, in der Erwartung, daß Angel nach seinem Fläschchen verlangte. Er konnte sich vorstellen, wie Raymond Kendall aufstand, um die Milch zu wärmen, und Candy, in ihrem Bett, das Milchfläschchen in einem annähernd so richtigen Winkel zu ihrer Brust, wie sie es nur bewerkstelligen konnte.

Rays Torpedoteile waren aus dem Marinestützpunkt von Kittery geklaut; Homer und Candy wußten beide, daß er sie auf diese Weise beschafft hatte, aber nur Candy tadelte Ray deswegen.

»Ich habe denen mehr Fehler beim Bau dieser Dinger nachgewiesen, als sie bisher solche Dinger gebaut haben«, sagte Ray. »Sehr unwahrscheinlich, daß sie mich ertappen.«

»Aber wofür überhaupt?« fragte Candy ihren Vater. »Es gefällt mir nicht, daß wir eine Bombe hier haben – besonders, wo wir ein Baby im Haus haben.«

»Na, als ich das Torpedo ins Haus holte«, erklärte Ray, »wußte ich nichts von dem Baby.«

»Na, jetzt weißt du es«, sagte Candy. »Feuere es doch ab, auf irgend etwas – irgend etwas weit Entferntes.«

»Wenn es fertig ist, werde ich es abfeuern«, sagte Ray.

»Auf was wirst du es abfeuern?« fragte Homer Raymond Kendall.

»Ich weiß nicht«, sagte Ray. »Vielleicht auf den Haven-Club – das nächste Mal, wenn sie mir sagen, daß ich ihre Aussicht verschandele.«

»Es gefällt mir gar nicht, daß ich nicht weiß, *wofür* du etwas machst«, sagte Candy zu ihrem Vater, als sie allein waren.

»Es ist so«, sagte Ray langsam. »Ich will dir sagen, wie es ist – ein Torpedo. Es ist wie Wally, der nach Hause kommt. Du weißt, er kommt, doch du kannst den Schaden nicht kalkulieren.«

Candy bat Homer um eine Deutung dessen, was Ray gesagt hatte.

»Er will dir überhaupt nichts sagen«, sagte Homer. »Er fischt im trüben – er möchte, daß du ihm etwas sagst.«

»Angenommen, es geht alles weiter, wie es ist?« fragte Candy Homer, nachdem sie Liebe gemacht hatten im Ziderhaus – das noch nicht für den Ernteeinsatz geputzt worden war.

»Wie es ist«, sagte Homer Wells.

»Ja«, sagte sie. »Nur einmal angenommen, wir warten und warten. Wie lange können wir warten?« fragte sie. »Ich meine, angenommen, nach einer Weile wird es leichter zu warten, als es zu sagen?«

»Wir werden es sagen müssen, irgendwann«, sagte Homer Wells.

»Wann?« fragte Candy.

»Wenn Wally nach Hause kommt«, sagte Homer.

»Wenn er nach Hause kommt, gelähmt und weniger wiegend, als ich wiege«, sagte Candy. »Ist das der Moment, ihn damit zu überfallen?« fragte sie.

Gibt es denn Dinge, in die man sich nicht hineinfinden könnte? fragte sich Homer Wells. Das Skalpell, so erinnerte er sich, hat ein gewisses Gewicht; man braucht nicht darauf zu drücken – es scheint von selber zu schneiden – aber man muß doch in gewisser Weise die Verantwortung dafür übernehmen. Wenn man es aufnimmt, muß man es bewegen. Ein Skalpell erfordert nicht die Autorität der Kraft, aber es verlangt von dem Benutzer die Autorität der Bewegung.

»Wir müssen wissen, wohin wir gehen«, sagte Homer Wells.

»Aber wie, wenn wir es nicht wissen?« fragte Candy. »Wie, wenn wir nur wissen, daß wir bleiben wollen? Wie, wenn wir einfach warten und weiter warten?«

»Du meinst, daß du niemals wissen wirst, ob du ihn liebst, oder mich?« fragte Homer sie.

»Zu alledem kommt vielleicht noch hinzu, wie sehr er mich brauchen wird«, sagte Candy. Homer legte seine Hand auf sie – dahin, wo ihr Schamhaar nachgewachsen war, beinah genauso, wie es gewesen war.

»Glaubst du nicht, daß ich dich ebenfalls brauchen werde?« fragte er sie.

Sie wälzte sich auf die andere Hüfte und wandte ihm den Rücken zu – gleichzeitig aber seine Hand wegziehend von dort, wo er sie berührt hatte und seine Hand gegen ihre Brust drückend.

»Wir müssen abwarten«, sagte sie.

»Über einen gewissen Punkt hinaus möchte ich nicht warten«, sagte Homer Wells.

»Welcher Punkt ist das?« fragte Candy. Weil seine Hand auf ihrer Brust war, spürte er, wie sie den Atem anhielt.

»Wenn Angel alt genug ist, um entweder zu wissen, daß er eine Waise ist, oder um zu wissen, wer seine Eltern sind«, sagte Homer. »Das ist der Punkt. Ich will nicht, daß Angel glaubt, er sei adoptiert. Ich möchte nicht, daß er nicht weiß, wer seine Mutter und sein Vater sind.«

»Ich mache mir keine Sorgen um Angel«, sagte Candy. »Angel wird jede Menge Liebe bekommen. Ich mache mir Sorgen um dich und mich.«

»Und um Wally«, sagte Homer.

»Wir werden verrückt werden«, sagte Candy.

»Wir werden nicht verrückt werden«, sagte Homer. »Wir werden uns um Angel kümmern müssen, und dafür sorgen, daß er sich geliebt fühlt.«

»Aber was, wenn *ich* mich nicht geliebt fühle, oder *du* nicht – was dann?« fragte Candy ihn.

»Wir werden warten bis dahin«, sagte Homer Wells. »Wir werden einfach abwarten«, sagte er, beinah überraschend heftig. Eine Frühlingsbrise wehte über sie hinweg und führte den ekligsüßen Gestank faulender Äpfel heran. Der Geruch hatte eine Schärfe, beinah wie Ammoniak, die Homer Wells so überwältigte, daß er Candys Brust losließ und seinen Mund und seine Nase mit der Hand bedeckte.

Erst im Sommer sollte Candy zum erstenmal direkt von Wally hören. Sie erhielt tatsächlich einen Brief – einen richtigen Brief – ihre erste Nachricht von ihm, seit er abgeschossen worden war, vor einem Jahr.

Wally hatte sechs Wochen im Mount-Lavinia-Spital in Ceylon verbracht. Man hatte ihn von dort nicht transportieren wollen, bevor er fünfzehn Pfund zugenommen hatte, sein Muskeltremor aufgehört hatte und die tagträumerische Geistesabwesenheit der Unterernährung aus seiner Sprache gewichen war. Er schrieb aus New Delhi; nach einem Monat dort hatte er weitere zehn Pfund zugenommen. Er sagte, daß er gelernt habe, Zimt in seinen Tee zu tun, und daß das Klatschen der Sandalen beinah nie aufhöre im Spital.

Man versprach ihm, daß man ihn die lange Heimreise antreten lassen werde, sobald er einhundertvierzig Pfund wog und sobald er ein paar Grundübungen beherrschte, die wesentlich waren für seine Rehabilitation. Er konnte die Route seiner in Aussicht genommenen Heimreise nicht schildern, wegen des Zensors. Wally hoffte, der Zensor werde – angesichts seiner Lähmung – Verständnis haben, daß es notwendig war für ihn, etwas über seine »perfekt normale« Geschlechtsfunktion zu sagen. Der Zensor hatte dies durchgehen lassen. Wally wußte immer noch nicht, daß er steril war; er wußte, daß er eine Harnleiterinfektion gehabt hatte und daß die Infektion verschwunden war.

»Und wie geht es Homer? Wie vermisse ich ihn!« schrieb Wally.

Dies aber war nicht die Stelle des Briefes, die Candy am Boden zerstörte. Candy war so niedergeschmettert durch den Anfang des Briefes, daß der Rest des Briefes nur noch eine fortgesetzte Vernichtung war.

»Ich habe solche Angst, du wirst keinen Krüppel heiraten wollen«, fing Wally an.

In ihrem Einzelbett, von den Gezeiten in den Schlaf gewiegt und wieder wachgerüttelt, starrte Candy auf das Bild ihrer Mutter auf dem Nachttisch. Sie hätte in diesem Moment gerne eine Mutter gehabt, mit der sie reden könnte, und vielleicht weil sie keine Erinnerung an ihre Mutter hatte, erinnerte sie sich an den ersten Abend, als sie im Waisenhaus angekommen waren. Dr. Larch hatte den Jungen aus *Große Erwartungen* vorgelesen. Candy sollte niemals die Zeile vergessen, bei der sie und Homer eingetreten waren.

»›Ich erwachte, ohne daß mich im Schlaf das Gefühl meiner Nichtswürdigkeit verlassen hätte‹«, hatte Wilbur Larch gerade vorgelesen. Entweder hatte Dr. Larch vorab beschlossen, die Abendlektüre mit dieser Zeile zu beenden, oder aber, er hatte Candy und Homer Wells erst jetzt in der offenen Tür bemerkt – das grelle Licht auf dem Flur, eine nackte Glühbirne, bildete eine Art von anstaltsmäßigem Heiligenschein über ihren Köpfen – und hatte seine Stelle im Buch verloren, was ihn aus der Eingebung des Augenblicks veranlaßte, das Vorlesen zu beenden. Aus welchem Grunde auch immer, dies Gefühl der Nichtswürdigkeit war Candys Einführung in St. Cloud's gewesen, und der Anfang und das Ende ihrer Gutenachtgeschichte.

10

Fünfzehn Jahre

Seit fünfzehn Jahren waren Lorna und Melony nun ein Paar. Sie waren gesetzt auf ihre Art. Einstmals die jungen Rebellinnen der Fremdenpension-nur-für-Frauen, bewohnten sie jetzt die erstklassigsten Zimmer – mit Blick auf den Fluß – und sie amteten als Oberaufseherinnen des Hauses, für ein Entgegenkommen hinsichtlich ihrer Miete. Melony war handfertig. Sie hatte Klempnerei und Elektrikerin gelernt auf der Schiffswerft, wo sie eine von drei Werkselektrikern war. (Die anderen zwei waren Männer, doch sie machten nie Quatsch mit Melony; das tat nie jemand.)

Lorna was häuslicher geworden. Ihr fehlte die Konzentration für die Fortbildung in der Schiffswerft, aber sie blieb beschäftigt – »Bleib, wegen der Rente«, hatte Melony ihr geraten. Lorna liebte sogar die Monotonie am Fließband, und sie war schlau genug, sich für die übertariflich bezahlten Schichten zu melden – sie war bereit, zu ungewöhnlichen Zeiten zu arbeiten, wenn sie weniger arbeiten konnte. Ihr spätes Ausbleiben beunruhigte Melony.

Lorna wurde zunehmend feminin. Nicht nur trug sie Kleider (sogar bei der Arbeit) und benutzte mehr Make-up und Parfüm (und achtete auf ihr Gewicht); ihr Gesicht, das einst hart gewesen war, wurde weicher, und sie gewöhnte sich ein Lächeln an (besonders wenn sie getadelt wurde). Melony fand sie zunehmend passiv.

Als Paar hatten sie selten gestritten, weil Lorna nicht mitstreiten wollte. In fünfzehn Jahren hatte sie entdeckt, daß Melony nachgab, wenn es keine Gegenwehr gab; angesichts eines Widerstandes pflegte Melony niemals aufzugeben.

»Du kämpfst nicht fair«, pflegte Melony manchmal zu klagen.

»Du bist viel größer als ich«, pflegte Lorna listig zu sagen.

Was eine Untertreibung war. Damals, 195–, als Melony in den

Vierzigern war (niemand wußte genau, wie alt sie war), wog sie einhundertfünfundsiebzig Pfund. Sie war fünf Fuß acht Zoll groß; sie maß beinah fünfzig Zoll um die Brust, was bedeutete, daß sie Männerhemden trug (große; alles unter Kragenweite 43 paßte ihr nicht; weil sie kurze Arme hatte, mußte sie immer die Ärmel aufrollen). Um die Taille brauchte sie Größe 44, im Schritt aber maß sie nur 28 Zoll, (was bedeutete, daß sie die Stulpen ihrer Hosen aufrollen oder sie von Lorna kürzen lassen mußte). Melonys Hosen waren immer so eng um ihre Schenkel, daß sie dort rasch ihre Bügelfalte verloren, aber sie hingen sehr sackförmig im Gesäß – Melony war nicht fett-ärschig, und sie hatte die unbetonten Hüften der meisten Männer. Sie hatte kleine Füße, die sie immer schmerzten.

In fünfzehn Jahren war sie nur einmal verhaftet worden – wegen Schlägerei. Tatsächlich lautete die Anklage auf Körperverletzung, doch am Ende hängte man ihr nichts Nachteiligeres an als Ruhestörung. Sie war auf der Damentoilette einer Pizza-Bar in Bath gewesen, als irgend ein College-Junge versucht hatte, Lorna in ein Gespräch zu verwickeln. Als er Melony ihren Platz neben Lorna an der Bar einnehmen sah, flüsterte er Lorna zu: »Ich glaube nicht, daß ich einen für deine Freundin finden könnte.« Er dachte wohl an eine Doppel-Stelldichein-Situation.

»Sprich laut!« sagte Melony. »Flüstern ist unhöflich.«

»Ich habe gesagt, ich glaube nicht, daß ich einen für dich finden könnte«, sagte der Junge frech.

Melony legte ihren Arm um Lorna und bedeckte ihre Brust.

»Ich könnte keinen Schäferhund finden, der stillhalten würde für dich«, sagte Melony zu dem College-Jungen.

»Blöde Tucke«, sagte er, als er ging. Er dachte, er hätte leise genug gesprochen – und ausschließlich, um die Schiffswerftarbeiter am anderen Ende der Bar zu beeindrucken; er konnte nicht wissen, daß die Männer Melonys Kollegen waren. Sie hielten den College-Jungen fest, während Melony ihm mit einem eisernen Serviettenhalter die Nase brach.

Die Art, wie Melony einzuschlafen liebte, war, mit ihrem breiten Gesicht auf Lornas straffem nackten Bauch; Lorna merkte immer, wann Melony eingeschlafen war, wegen dem Wechsel in Melonys Atem, den Lorna an ihrem Schamhaar spürte. In fünfzehn Jahren hatte es nur eine Nacht gegeben, wo Lorna ihre Freundin bitten mußte, ihren schweren Kopf beiseite zu rücken, bevor sie fest eingeschlafen war.

»Was ist los? Hast du Krämpfe?« fragte Melony.

»Nein, ich bin schwanger«, sagte Lorna. Melony glaubte, es sei ein Scherz, bis Lorna auf die Toilette ging, um sich zu übergeben.

Als Lorna ins Bett zurückkehrte, sagte Melony: »Ich möchte versuchen, es zu verstehen, ganz ruhig. Wir sind wie ein Ehepaar seit fünfzehn Jahren, und jetzt bist du schwanger.« Lorna ringelte sich wie eine Kugel um eines der Kopfkissen; sie bedeckte ihren Kopf mit dem anderen Kissen. Ihr Gesicht und ihr Bauch und ihre intimen Teile waren geschützt, aber trotzdem zitterte sie; sie fing an zu weinen. »Ich schätze, was du mir sagen willst«, fuhr Melony fort, »ist, daß es, wenn Frauen miteinander ficken, viel länger dauert, bis eine von ihnen schwanger wird, als wenn eine Frau mit einem Kerl fickt. Richtig?« Lorna antwortete ihr nicht; sie schniefte nur weiter. »Zum Beispiel fünfzehn Jahre – zum Beispiel *so* lange. Es dauert fünfzehn Jahre, bis Frauen schwanger werden, wenn sie mit anderen Frauen ficken. Junge, was 'ne Anstrengung«, sagte Melony.

Sie ging zum Fenster und betrachtete die Aussicht auf den Kennebec; im Sommer war das Laub an den Bäumen so dicht, daß der Fluß kaum zu sehen war. Sie ließ sich von einer Sommerbrise den Schweiß an ihrem Nacken und auf ihrer Brust trocknen, bevor sie zu packen anfing.

»Bitte geh nicht fort – verlaß mich nicht«, sagte Lorna; sie lag immer noch zusammengekugelt auf dem Bett.

»Ich packe *deine* Sachen«, sagte Melony. »Ich bin es nicht, die schwanger ist. Ich muß nirgendwo fortgehen.«

»Wirf mich nicht 'raus«, sagte Lorna jämmerlich. »Schlage mich, aber wirf mich nicht 'raus.«

»Du nimmst den Zug nach Saint Cloud's. Wenn du dort

ankommst, fragst du nach dem Waisenhaus«, sagte Melony zu ihrer Freundin.

»Es war nur ein Kerl – nur ein Kerl, und es war nur ein Mal!« schrie Lorna.

»Nein, war es nicht«, sagte Melony. »Ein Kerl macht dich *schnell* schwanger. Bei Frauen dauert es fünfzehn Jahre.«

Als sie Lornas Sachen gepackt hatte, stand Melony über das Bett gebeugt und schüttelte ihre Freundin, die sich unter den Bettdecken zu verstecken suchte. »Fünfzehn Jahre!« schrie Melony. Sie schüttelte Lorna und schüttelte sie, aber das war alles, was sie ihr tat. Sie brachte Lorna sogar zum Zug. Lorna sah ganz aufgelöst aus, und dies war erst der frühe Morgen dessen, was ein dörrender Sommertag zu werden versprach.

»Ich frag nach dem Waisenhaus?« fragte Lorna betäubt. Zusätzlich zu ihrem Koffer reichte Melony Lorna einen großen Karton.

»Und dies gibst du einer alten Frau namens Grogan – falls sie noch am Leben ist«, sagte Melony. »Sage nichts zu ihr, nur gib es ihr. Und falls sie tot ist, oder nicht mehr da«, begann Melony; dann unterbrach sie sich. »Vergiß es«, sagte sie. »Sie ist entweder da, oder sie ist tot, und falls sie tot ist, bringst du den Karton zurück. Du kannst ihn mir wiedergeben, wenn du den Rest deiner Sachen abholst.«

»Den Rest meiner Sachen?« fragte Lorna.

»Ich war dir treu. Ich war treu wie ein Hund«, sagte Melony, lauter, als sie hatte sprechen wollen, weil der Zugführer sie sonderbar anschaute – als sei sie ein Hund. »Siehste was, was dir gefällt, Arschgesicht?« fragte Melony den Zugführer.

»Der Zug fährt gleich«, murmelte er.

»Bitte, wirf mich nicht 'raus«, flüsterte Lorna Melony zu.

»Ich hoffe, du hast ein richtiges Ungeheuer in dir«, sagte Melony zu ihrer Freundin. »Ich hoffe, es reißt dich in Stücke, wenn man es dir aus dem Loch zieht.«

Lorna stürzte hin auf dem Gang im Waggon, als sei sie niedergeschlagen worden, und Melony ließ sie hingestreckt liegen. Der Zugführer half Lorna auf die Beine und auf ihren Sitz; aus dem

Fenster des rollenden Zuges sah er Melony fortgehen. Das war der Moment, als der Zugführer merkte, daß er beinah so heftig zitterte wie Lorna.

Melony dachte an Lorna, wie sie anlangte in St. Cloud's – an diesen Scheißhaufen von Bahnhofsvorsteher (ob er noch dort war?), diesen langen Marsch den Hügel hinauf, mit ihrem Koffer und dem großen Karton für Mrs. Grogan (ob Lorna es schaffte?), und war der Alte immer noch im Geschäft? Sie war seit fünfzehn Jahren nicht mehr wütend gewesen, aber dies hier war ein erneuter Betrug, und Melony grübelte nach, wie rasch ihre Wut zurückgekehrt war; sie machte alle ihre Sinne schärfer. Es juckte sie, wieder Äpfel zu pflücken.

Sie war überrascht, daß sie es fertigbrachte, ohne Heftigkeit an Homer Wells zu denken. Sie erinnerte sich, wie entzückt sie anfangs gewesen war, Lorna als Kumpel zu haben – zum Teil, weil sie Lorna klagen konnte, was Homer ihr angetan hatte. Jetzt stellte Melony sich vor, wie gern sie sich bei Homer über Lorna beklagen würde.

»Diese kleine Hure«, würde sie zu Homer sagen. »Wenn nur irgendeiner 'ne Beule in der Hose hatte, konnte sie nicht die Augen davon lassen.«

»Richtig«, würde Homer sagen, und gemeinsam würden sie ein Gebäude demolieren – nur um es in den Strom der Zeit zu stoßen. Wenn die Zeit verstreicht, sind es die Menschen, die einen einst kannten, die man wiedersehen möchte; sie sind es, mit denen man sprechen kann. Wenn genug Zeit verstrichen ist – was macht es dann schon, was sie einem angetan haben?

Melony entdeckte, daß sie einen Augenblick so denken konnte; doch im nächsten Augenblick, als sie an Homer Wells dachte, dachte sie, daß sie ihn am liebsten umbringen würde.

Als Lorna zurückkehrte von St. Clouds und in die Fremdenpension ging, um ihre Sachen zu holen, fand sie alles ordentlich zusammengepackt und in Kisten verstaut und zusammengestellt in einem Winkel des Zimmers; Melony war auf Arbeit, darum nahm Lorna ihre Sachen und ging.

Danach pflegten sie sich vielleicht einmal die Woche in der

Schiffswerft zu sehen, oder in der Pizza-Bar in Bath, wohin alle aus der Schiffswerft gingen; bei solchen Gelegenheiten waren sie höflich, aber stumm. Nur einmal sprach Melony mit ihr.

»Die alte Frau, die Grogan – war sie am Leben?« fragte Melony.

»Ich hab den Karton nicht wieder mitgebracht, oder?« fragte Lorna.

»Also hast du ihn ihr gegeben?« fragte Melony. »Und du hast nichts gesagt?«

»Ich fragte nur, ob sie am Leben sei, und eine der Krankenschwestern sagte, sie sei, also gab ich den Karton einer der Krankenschwestern – als ich ging«, sagte Lorna.

»Und der Arzt?« fragte Melony. »Der alte Larch – ist er am Leben?«

»Kaum noch«, sagte Lorna.

»Ich will verdammt sein«, sagte Melony. »Hat's weh getan?«

»Nicht sehr«, sagte Lorna vorsichtig.

»Wie schade«, sagte Melony. »Es hätte richtig weh tun sollen.«

In der Fremdenpension, wo sie jetzt die einzige Oberaufseherin war, riß sie aus einem sehr alten Elektrikerkatalog einen vergilbten Artikel und eine Photographie aus der Tageszeitung. Sie ging in den Antiquitätenladen, der von ihrer dusseligen alten Verehrerin Mary Agnes Cork geführt wurde, deren Adoptiveltern gut gewesen waren zu ihr; sie hatten ihr sogar die Verantwortung für den Familienbetrieb übertragen. Melony bat Mary Agnes um einen geeigneten Rahmen für den Zeitungsartikel und die Photographie, und Mary Agnes war entzückt, etwas Perfektes anbieten zu können. Es war ein echt viktorianischer Bilderrahmen, von einem Schiff, das in den Werften von Bath instand gesetzt worden war. Mary Agnes verkaufte Melony den Rahmen für viel weniger, als er wert war, auch wenn Melony reich war. Elektriker werden gut bezahlt, und Melony hatte seit fünfzehn Jahren Voll-Zeit für die Schiffswerft gearbeitet; weil sie die Oberaufseherin der Fremdenpension war, wohnte sie beinahe mietfrei. Sie besaß kein Auto, und sie kaufte alle ihre Kleidung aus Beständen der US-Marine.

Es paßte gut, daß der Rahmen aus Teak war – das Holz jenes Baumes, der Wally Worthington eine ganze Nacht lang in der Luft über Birma festgehalten hatte – denn der Zeitungsartikel handelte von Hauptmann Worthington, und das Bild – das Melony wiedererkannt hatte nach fünfzehn Jahren – zeigte ebenfalls Wally. Der Artikel handelte nur von der wunderbaren Rettung des abgeschossenen (und gelähmten) Piloten, der mit dem *Purple Heart*-Orden ausgezeichnet worden war. Was Melony betraf, so ähnelte die ganze Geschichte der Handlung eines billigen und unwahrscheinlichen Abenteuerfilms, aber das Bild gefiel ihr – und auch jener Teil des Artikels, der besagte, daß Wally ein Lokalheld sei, ein Worthington aus der Familie der Worthingtons, die seit vielen Jahren die Ocean-View-Obstgärten in Heart's Rock besaßen und verwalteten.

In ihrem Schlafzimmer in der Fremdenpension in Bath hängte Melony den antiken Bilderrahmen, der den Artikel und die Photographie enthielt, über ihr Bett. In der Dunkelheit war sie froh, zu wissen, daß er da war – über ihrem Kopf, wie die Geschichte. Sie war so froh wie beim Betrachten der Photographie bei Tageslicht. Und in der Dunkelheit verweilte sie bei den Silben des Namens dieses Helden.

»Worthington«, sagte sie laut. »Ocean View«, bei anderen Gelegenheiten; dies auszusprechen, war ihr vertrauter. »Heart's Rock«, pflegte sie zu sagen, rasch die kurzen Wörter ausspukkend.

In solchen Stunden vor Anbruch der Dämmerung, es sind für Schlaflose die schwersten, pflegte Melony zu flüstern: »Fünfzehn Jahre.« Und kurz bevor sie einschlief, pflegte sie das erste fahle Licht, das in ihr Schlafzimmer kroch, zu fragen: »Bist du noch dort, Sonnenstrahl?« Was am schwersten hinzunehmen ist am Verstreichen der Zeit, ist, daß die Menschen, die uns einstmals am meisten bedeuteten, eingehüllt sind in Gedankenstriche.

Seit fünfzehn Jahren hatte Homer Wells die Verantwortung für das Schreiben und Befestigen der Spielregeln im Ziderhaus übernommen. Jedes Jahr waren sie das letzte, was er an die Wand heftete, nachdem der frische Farbanstrich getrocknet war. Manches Jahr hatte er witzig zu sein versucht bei den Regeln; in anderen Jahren hatte er versucht, unbekümmert zu klingen; vielleicht war es Olives Ton gewesen, und nicht die Regeln selbst, der eine gewisse Kränkung bewirkte und es daher für die Wanderarbeiter zu einer Frage des Stolzes machte, die Regeln niemals zu befolgen.

Die Regeln selbst veränderten sich nicht sehr. Die rotierende Gitterscheibe mußte gereinigt werden. Ein warnendes Wort über das Trinken und Einschlafen im Kühllagerraum war geboten. Und lange, nachdem das Riesenrad in Cape Kenneth abgebaut worden war und es so viele Lichter gab an der Küste, daß der Ausblick vom Dach des Ziderhauses dem Blick auf eine ferne Großstadt glich, saßen die Wanderarbeiter immer noch auf dem Dach und tranken zuviel und fielen herunter, und Homer Wells pflegte sie zu bitten (oder ihnen zu befehlen), es nicht zu tun. Regeln, vermutete er, *baten* niemals; Regeln *befahlen*.

Doch er versuchte, die Regeln im Ziderhaus freundlich klingen zu lassen. Er formulierte die Regeln in einem vertraulichen Ton. »Es hat im Laufe der Jahre Unfälle auf dem Dach gegeben – besonders des Nachts, und besonders im Zusammenwirken mit viel Trinkbarem, während man auf dem Dach sitzt. Wir empfehlen daher, daß Ihr mit beiden Beinen auf der festen Erde trinkt«, pflegte Homer zu schreiben.

Aber jedes Jahr wurde das Stück Papier mürbe und rissig und für andere Zwecke benutzt – als eine Art Notbehelfs-Einkaufszettel zum Beispiel, immer geschrieben von jemand, der nicht buchstabieren konnte.

MAISMEEL
MITTELFEINER SCHROTT

war ein Jahr quer über Homers Regeln geschrieben.

Zuweilen sammelten sich auf dem einsamen Stück Papier kleine Schmähungen und Witzeleien halb-analphabetischer Art.

»Nix Fieken auf dem Dach!« oder »Wicksen nur im Kühlhaus!«

Wally erzählte Homer, daß nur Mr. Rose schreiben könne; daß die Späße und Schmähungen und Einkaufslisten alle von Mr. Rose verfaßt wären, doch Homer war sich niemals sicher.

Jeden Sommer pflegte Mr. Rose an Wally zu schreiben, und Wally pflegte Mr. Rose zu sagen, wie viele Pflücker er brauchte – und Mr. Rose pflegte zu sagen, wie viele er mitbringen würde und an welchem Tag (mehr oder minder) sie eintreffen würden. Niemals gab es einen Kontrakt – nur die kurzen, verläßlichen Zusicherungen von Mr. Rose.

Manchen Sommer kam er mit einer Frau – groß und sanft und ruhig, ein kleines Mädchen rittlings auf ihrer Hüfte. Um die Zeit, als das kleine Mädchen herumlaufen und in Schwierigkeiten geraten konnte (sie war ungefähr in Angels Alter), hörte Mr. Rose auf, sie oder die Frau mitzubringen.

Der einzige Arbeiter seit fünfzehn Jahren, der so beständig war wie Mr. Rose, war Black Pan, der Koch.

»Was macht Ihr kleines Mädchen«, pflegte Homer Wells Mr. Rose zu fragen – jedes Jahr, in dem die Frau und die Tochter sich nicht wieder einstellten.

»Sie wächst, wie dein Junge«, pflegte Mr. Rose zu sagen.

»Und was macht Ihre Frau Gemahlin?« pflegte Homer zu fragen.

»Sie kümmert sich um das kleine Mädchen«, pflegte Mr. Rose zu sagen.

Nur einmal in fünfzehn Jahren sprach Homer Wells allerdings Mr. Rose auf das Thema der Regeln im Ziderhaus an. »Ich hoffe, sie kränken niemand«, setzte Homer an. »Ich bin verantwortlich – ich schreibe sie, jedes Jahr – und falls jemand sich gekränkt fühlen sollte, hoffe ich, Sie werden es mir sagen.«

»Keine Kränkung«, sagte Mr. Rose lächelnd.

»Es sind nur kleine Spielregeln«, sagte Homer.

»Ja«, sagte Mr. Rose. »In der Tat.«

»Aber es macht mir Sorge, daß niemand ihnen Beachtung zu schenken scheint«, sagte Homer schließlich.

Mr. Rose, dessen höfliches Gesicht unverändert geblieben war durch all die Jahre, dessen Körper dünn und geschmeidig geblieben war, schaute Homer nachsichtig an. »Wir haben ebenfalls unsere eigenen Spielregeln, Homer«, sagte er.

»Ihre eigenen Spielregeln«, sagte Homer Wells.

»Über 'ne Menge Sachen«, sagte Mr. Rose. »Zum Beispiel, wie weit wir uns einlassen dürfen mit euch.«

»Mit mir?« sagte Homer.

»Mit Weißen«, sagte Mr. Rose. »Wir haben unsere eigenen Spielregeln darüber.«

»Ich verstehe«, sagte Homer, aber er verstand eigentlich nicht.

»Und über das Kämpfen«, sagte Mr. Rose.

»Das Kämpfen«, sagte Homer Wells.

»Untereinander«, sagte Mr. Rose. »Eine Regel ist, wir dürfen einander nicht schlimm verwunden. Nicht schlimm genug für kein Spital, nicht schlimm genug für keine Polizei. Wir dürfen einander verwunden, aber nicht schlimm.«

»Ich verstehe«, sagte Homer.

»Nein, tust du nicht«, sagte Mr. Rose. »Du verstehst *nicht* – das ist der springende Punkt. Wir dürfen einander nur so schlimm verwunden, daß ihr es nie seht – ihr wißt nie, daß wir verwundet sind. Verstehst du?«

»Richtig«, sagte Homer Wells.

»Wann wirst du 'mal was anderes sagen?« fragte Mr. Rose lächelnd.

»Seien Sie nur vorsichtig auf dem Dach«, empfahl Homer ihm.

»Nichts allzu Schlimmes kann da oben passieren«, sagte Mr. Rose zu ihm. »Schlimmere Dinge passieren am Boden.«

Homer Wells war schon wieder im Begriff, »Richtig« zu sagen, als er entdeckte, daß er nicht sprechen konnte; Mr. Rose hatte seine Zunge zwischen seinen stumpfen, kantig auslaufenden Zeigefinger und seinen Daumen genommen. Ein unbestimmter Geschmack, wie Staub, war in Homers Mund. Mr. Roses Hand war so schnell gewesen, daß Homer es gar nicht gesehen hatte – er hatte gar nicht gewußt, daß jemand tatsächlich die Zunge von jemand festhalten konnte.

»Hab ich dich erwischt«, sagte Mr. Rose lächelnd; er ließ Homers Zunge los.

Homer brachte heraus: »Sie sind aber sehr schnell.«

»Richtig«, sagte Mr. Rose munter. »Niemand ist schneller.«

Wally beklagte sich bei Homer über den alljährlichen Verschleiß auf dem Dach des Ziderhauses. Alle zwei bis drei Jahre mußte man das Dach neu mit Blech decken oder die Schutzschicht flicken oder neue Rinnen anbringen.

»Was haben seine eigenen Spielregeln damit zu tun, daß die unseren nicht beachtet werden?« fragte Wally Homer.

»Ich weiß nicht«, sagte Homer. »Schreib ihm einen Brief und frag ihn.«

Aber niemand wollte Mr. Rose kränken; er war ein zuverlässiger Mannschaftsboß. Er sorgte dafür, daß das Pflücken und Pressen bei jeder Ernte immer wieder so glatt verlief.

Candy, die das Geld verwaltete auf Ocean View, behauptete, daß alle Kosten, die für die Reparaturen des Ziderhausdaches draufgehen mochten, mehr als wettgemacht würden durch Mr. Roses Zuverlässigkeit.

»Da ist etwas Zwielichtiges in der Art des Kerls«, sagte Wally – sich nachgerade beschwerend. »Ich meine, ich möchte wirklich nicht wissen, wie er es schafft, daß alle die Pflücker sich benehmen.«

»Aber sie *benehmen* sich«, sagte Homer.

»Er macht seine Arbeit gut«, sagte Candy. »Laßt ihn seine eigenen Spielregeln haben.«

Homer Wells schaute weg; er wußte, daß Spielregeln für Candy so gut waren wie private Kontrakte.

Vor fünfzehn Jahren hatten sie ihre eigenen Spielregeln aufgestellt – oder eigentlich hatte Candy sie aufgestellt (bevor Wally nach Hause kam). Sie standen im Ziderhaus (nachdem Angel geboren war, in einer Nacht, als Olive sich um Angel kümmerte). Sie hatten eben Liebe gemacht, aber auf keine glückliche Art; irgend etwas stimmte nicht. Es sollte fünfzehn Jahre lang nicht stimmen, aber in dieser Nacht hatte Candy gesagt: »Laß uns etwas beschließen.«

»In Ordnung«, sagte Homer.

»Was immer passiert, Angel gehört uns gemeinsam.«

»Natürlich«, sagte Homer.

»Ich meine, du mußt sein Vater sein – du nimmst dir alle Vater-zeit, die du brauchst – und ich muß mir alle Mutterzeit nehmen, die ich brauche«, sagte Candy.

»Immer«, sagte Homer Wells, aber irgend etwas stimmte nicht.

»Ich meine, unabhängig davon, was passiert – ob ich bei dir bin oder bei Wally«, sagte Candy.

Homer blieb eine Weile stumm. »Also neigst du mehr zu Wally?« fragte er.

»Ich *neige* nirgendwohin«, sagte Candy. »Ich stehe hier auf-recht, und wir einigen uns auf gewisse Spielregeln.«

»Ich wußte nicht, daß es Spielregeln sind«, sagte Homer Wells.

»Angel gehört uns gemeinsam«, sagte Candy. »Wir beide wer-den mit ihm leben. Wir werden seine Familie sein. Keiner zieht jemals aus.«

»Auch wenn du bei Wally bist?« sagte Homer nach einer Weile.

»Erinnere dich, was du mir sagtest, als du wolltest, daß ich Angel bekomme?« fragte Candy ihn.

Homer Wells war vorsichtig jetzt. »Erinnere mich daran«, sagte er.

»Du sagtest, daß er auch dein Baby sei – daß er *unseres* sei. Daß ich nicht ganz allein entscheiden dürfe, ihn nicht zu bekommen – das war der springende Punkt«, sagte Candy.

»Ja«, sagte Homer. »Ich erinnere mich.«

»Nun, wenn er damals unser Kind war, ist er es auch jetzt – was immer passiert«, wiederholte Candy.

»Im selben Haus?« fragte Homer Wells. »Auch wenn du zu Wally gehst?«

»Wie eine Familie«, sagte Candy.

»Wie eine Familie«, sagte Homer Wells. Es war ein Wort, das eine starke Macht über ihn hatte. Eine Waise ist für immer ein

Kind; eine Waise verabscheut den Wechsel; eine Waise haßt es, umzuziehen; eine Waise liebt die Routine.

Seit fünfzehn Jahren wußte Homer Wells, daß es vielleicht so viele Regeln gab im Ziderhaus, wie es Menschen gab, die durch das Ziderhaus gegangen waren. Trotzdem befestigte er jedes Jahr eine neue Liste.

Seit fünfzehn Jahren hatte der Treuhänderausschuß versucht, und hatte es nicht geschafft, Dr. Larch abzulösen; sie konnten niemanden finden, der den Posten haben wollte. Es gab Leute, die darauf brannten, sich in den undankbaren Dienst an ihren Mitmenschen zu stürzen, aber es gab exotischere Orte als St. Cloud's, wo ihre Dienste benötigt wurden – und wo sie ebenfalls leiden konnten. Der Treuhänderausschuß schaffte es auch nicht, eine neue Krankenschwester dort zum Dienst zu verlocken; sie konnten nicht einmal eine neue Verwaltungshilfe anheuern.

Als Dr. Gingrich sich in den Ruhestand versetzen ließ – nicht aus dem Ausschuß; aus dem Ausschuß würde er niemals zurücktreten – erwog er, den Posten in St. Cloud's zu übernehmen, doch Mrs. Goodhall wies ihn darauf hin, daß er kein Gynäkologe sei. Seine psychiatrische Praxis hatte niemals geblüht in Maine, dennoch war Dr. Gingrich überrascht und ein wenig verletzt, zu hören, daß es Mrs. Goodhall Vergnügen bereitete, ihn darauf hinzuweisen. Mrs. Goodhall hatte selbst das Rentenalter erreicht, aber nichts hätte der fanatischen Gesinnung dieser Frau ferner liegen können, als in Rente zu gehen. Wilbur Larch war in den Neunzigern, und Mrs. Goodhall war besessen von der Idee, ihn in den Ruhestand zu schicken, bevor er starb; Larch im Dienst sterben zu lassen, das erkannte sie, würde als eine Art Niederlage für sie gewertet werden.

Vor kurzem – vielleicht im Bemühen, den Ausschuß zu beleben – hatte Dr. Gingrich vorgeschlagen, man solle eine Versammlung in einem Nachsaison-Hotel in Ogunquit abhalten, einfach um die Routine ihrer Versammlungen in ihren gewohnten Amtsräumen in Portland zu unterbrechen. »Machen wir eine Art Betriebsausflug«, schlug er vor. »Die Meeresluft, und das alles.«

Aber es regnete. Bei der kalten Witterung zog sich das Holz zusammen; der Sand kroch durch die Fenster und Türen und knirschte unter den Füßen; die Vorhänge und die Handtücher und die Bettlaken waren kratzig. Der Wind wehte vom Ozean herein; niemand konnte auf der Veranda sitzen, weil der Wind den Regen unter das Dach wehte. Das Hotel stellte ihnen einen langen, finsteren, leeren Speisesaal zur Verfügung; sie hielten ihre Versammlung unter einem Kandelaber ab, den niemand einschalten konnte – niemand fand den richtigen Schalter.

Es paßte zu ihrer Diskussion über St. Cloud's, daß sie ihrer Amtsgeschäfte in einem einstigen Ballsaal zu walten versuchten, der bessere Tage gesehen hatte, in einem Hotel, so tief in der Nachsaison, daß jeder, der sie dort sah, vermutet hätte, sie wären in Quarantäne. Dies war es tatsächlich, was Homer dachte, als er sie flüchtig erspähte; er und Candy waren die einzigen anderen Nachsaison-Gäste in dem Hotel. Sie hatten ein Zimmer genommen, für einen halben Tag; sie waren weit fort von Ocean View, aber sie waren so weit hergekommen, um sicher zu sein, daß niemand sie erkennen würde.

Es war Zeit für sie, aufzubrechen. Sie standen draußen auf der Veranda, Candy den Rücken an Homers Brust gelehnt, seine Arme um sie geschlungen; sie blickten beide hinaus auf das Meer. Anscheinend gefiel ihm die Art, wie der Wind ihm ihr Haar ins Gesicht peitschte, und anscheinend hatte keiner von beiden etwas gegen den Regen einzuwenden.

Drinnen im Hotel blickte Mrs. Goodhall durch die fleckigen Fensterscheiben und runzelte die Stirn über das Wetter und über das junge Paar, das den Elementen trotzte. Ihrer Meinung nach gab es nichts, was normal genug sein konnte. Das war's, was nicht stimmte mit Larch; nicht jeder, der in den Neunzigern ist, ist senil, das hätte sie zugegeben, aber Larch war nicht normal. Und auch wenn sie ein junges Ehepaar waren, war ein öffentliches Bekunden von Zuneigung nicht akzeptabel für Mrs. Goodhall – und sie zogen um so mehr Aufmerksamkeit auf sich, als sie dem Regen trotzten.

»Außerdem«, bemerkte sie zu Dr. Gingrich, der keine Vorwarnung erhalten hatte und keine Landkarte besaß, anhand derer er ihren Gedankensprüngen hätte folgen können, »wette ich, daß sie nicht verheiratet sind.«

Das junge Paar, dachte er, schaute ein wenig traurig drein. Vielleicht brauchten sie einen Psychiater; vielleicht war es das Wetter, und sie hatten vorgehabt zu segeln.

»Ich habe herausgefunden, was er ist«, sagte Mrs. Goodhall zu Dr. Gingrich, der glaubte, sie meine den jungen Mann, Homer Wells. »Er ist ein nicht aktiver Homosexueller«, verkündete Mrs. Goodhall. Sie meinte Dr. Larch, der ihr Tag und Nacht auf der Seele lag.

Dr. Gingrich war einigermaßen verblüfft über diese, wie er fand, ziemlich wilde Vermutung von Mrs. Goodhall, doch er musterte den jungen Mann mit neuem Interesse. Gewiß, er liebkoste die junge Frau nicht geradezu; er wirkte ein wenig zurückhaltend.

»Könnten wir ihn ertappen, dann hätten wir ihn im nächsten Moment draußen«, stellte Mrs. Goodhall fest. »Natürlich müßten wir immer noch jemanden finden, der bereit wäre, ihn abzulösen.«

Dr. Gingrich war verwirrt. Er erkannte, daß Mrs. Goodhall nicht daran interessiert sein konnte, den jungen Mann auf der Veranda abzulösen, und daß sie folglich immer noch an Dr. Larch dachte. Doch wenn Dr. Larch ein »nicht aktiver Homosexueller« war, wie konnten sie ihn dann jemals ertappen?

»Wir sollen ihn dabei ertappen, wie er ein Homosexueller *ist*, aber nicht richtig aktiv?« fragte Dr. Gingrich behutsam; es war nicht schwer, Mrs. Goodhall in Rage zu bringen.

»Er ist offenkundig schwul«, schnappte sie.

Dr. Gingrich hatte sich in all den Jahren seiner psychiatrischen Praxis in Maine niemals veranlaßt gesehen, jemandem die Bezeichnung »nicht aktiver Homosexueller« anzuheften, auch wenn er so etwas öfter gehört hatte; für gewöhnlich klagte jemand über die Wunderlichkeit von jemand anders. In Mrs. Goodhalls Fall verachtete sie Männer, die allein lebten. Es war nicht normal. Und sie verachtete junge Paare, die ihre Zuneigung bekundeten, oder nicht verheiratet waren, oder beides. Zu vieles von dem, was normal war, brachte sie ebenfalls in Rage. Auch wenn er Mrs. Goodhalls Wunsch teilte, Dr. Larch und seine Mitarbeiterinnen in St. Cloud's abzulösen, kam es Dr. Gingrich in den Sinn, daß er Mrs. Goodhall als Patientin haben sollte – sie hätte ihn noch ein paar weitere Jahre vor dem Ruhestand bewahrt.

Als das junge Paar in das Hotel kam, warf Mrs. Goodhall ihm solch einen Blick zu, daß die junge Frau sich abwandte.

»Haben Sie gesehen, wie sie sich schamvoll abwandte?« sollte Mrs. Goodhall Dr. Gingrich später fragen.

Doch der junge Mann hielt ihrem Blick stand. Er hat direkt durch sie hindurchgeblickt! wunderte sich Dr. Gingrich. Es war einer der besten Blicke von jener Art, die »töten könnten«, den Dr. Gingrich jemals gesehen hatte, und er ertappte sich dabei, wie er dem jungen Paar zulächelte.

»Hast du dieses Paar gesehen?« fragte Candy ihn später, auf der langen Fahrt zurück nach Ocean View.

»Ich glaube nicht, daß sie verheiratet sind«, sagte Homer Wells. »Oder, falls sie verheiratet sind, hassen sie sich.«

»Vielleicht ist das der Grund, warum ich dachte, daß sie verheiratet sind«, sagte Candy.

»Er sah ein bißchen blöde aus, und sie wirkte völlig verrückt«, sagte Homer.

»Und ich bin sicher, sie waren verheiratet«, sagte Candy.

In dem trostlosen schmuddeligen Speisesaal in Ogunquit, während der Regen niederprasselte, sagte Mrs. Goodhall: »Es ist einfach nicht normal. Doktor Larch, diese alten Krankenschwestern – die ganze Sache. Wenn nicht bald jemand Neues, egal von welchem Fach, eingestellt wird, würde ich sagen, wir schicken einen Hausmeister dort hinaus – einfach jemanden, der das Haus kontrollieren und uns sagen kann, wie arg es ist.«

»Vielleicht ist es nicht so arg, wie wir glauben«, sagte Dr. Gingrich erschöpft. Er hatte das junge Paar das Hotel verlassen sehen, und sie hatten ihn melancholisch gestimmt.

»Lassen wir jemand hinfahren und nachsehen«, sagte Mrs. Goodhall, den dunklen Kandelaber über ihrem kleinen grauen Kopf.

Dann kam – gerade rechtzeitig, wie alle fanden – eine neue Krankenschwester nach St. Cloud's. Erstaunlicherweise hatte sie sich anscheinend von sich aus über das Haus informiert: Schwester Caroline, so nannten sie sie; sie machte sich dauernd nützlich und war auch eine große Hilfe, als Melonys Geschenk für Mrs. Grogan eintraf.

»Was ist das?« fragte Mrs. Grogan. Der Karton war beinah zu schwer für sie, um ihn aufzuheben; Schwester Edna und Schwester Angela hatten ihn gemeinsam in die Mädchenabteilung herübergeschleppt. Es war ein schmachtender Sommernachmittag; dennoch hatte Schwester Edna, weil es ein vollkommen windstiller Tag war, die Apfelbäumchen gespritzt.

Dr. Larch kam in die Mädchenabteilung, um zu sehen, was in dem Paket sei.

»Na, kommen Sie, machen Sie's auf«, sagte er zu Mrs. Grogan. »Ich hab nicht den ganzen Tag Zeit.«

Mrs. Grogan war sich nicht sicher, wie sie den Karton aufmachen sollte, der mit Draht und Zwirn und Klebeband verschlossen war – als habe ein Wilder versucht, ein wildes Tier einzusperren. Schwester Caroline wurde zu Hilfe gerufen.

Was würden sie tun ohne Schwester Caroline? fragte sich Larch. Vor dem Paket für Mrs. Grogan war Schwester Caroline das einzige größere Geschenk gewesen, das jemals jemand nach St. Cloud's geschickt hatte. Homer Wells hatte sie vom Spital in Cape Kenneth geschickt. Homer Wells wußte, daß Schwester Caroline für das Werk des Herrn war, und er hatte sie überredet, dorthin zu gehen, wo ihre Hingabe willkommen sein würde. Doch Schwester Caroline hatte Schwierigkeiten, Melonys Geschenk zu öffnen.

»Wer hat es zurückgelassen?« fragte Mrs. Grogan.

»Jemand namens Lorna«, sagte Schwester Angela. »Ich habe sie noch nie gesehen.«

»Ich habe sie ebenfalls noch nie gesehen«, sagte Wilbur Larch.

Als das Paket geöffnet war, war da immer noch ein Geheimnis. Darinnen war ein riesiger Mantel, viel zu groß für Mrs. Grogan. Ein Mantel aus Armeebeständen, gefertigt für den Dienst in Alaska, und er hatte eine Kapuze und einen Pelzkragen und war so schwer, daß er, als Mrs. Grogan ihn anprobierte, sie beinah zu Boden zog – sie kam etwas aus dem Gleichgewicht und wankte umher wie ein Kreisel, der seinen Schwung verliert. Der Mantel hatte alle Arten von Geheimtaschen, die wahrscheinlich für Waffen oder Eßgeschirr da waren – »Oder für die abgeschnittenen Arme und Beine von Feinden«, sagte Dr. Larch.

Mrs. Grogan, verloren in ihrem Mantel, und schwitzend, sagte: »Ich kapier's nicht.« Dann fühlte sie das Geld in einer der Taschen. Sie zog einige lose Banknoten hervor und zählte sie, und in dem Moment erinnerte sie sich, daß es genau der Betrag des Geldes war, den Melony ihr gestohlen hatte, als Melony fortgegangen war aus St. Cloud's – und Mrs. Grogans Mantel mitgenommen hatte – vor mehr als fünfzehn Jahren.

»Oh, mein Gott!« weinte Mrs. Grogan und fiel in Ohnmacht.

Schwester Caroline rannte zum Bahnhof, doch Lornas Zug war bereits abgefahren. Als Mrs. Grogan wieder zu sich kam, weinte sie unentwegt.

»Oh, dieses liebe Mädchen!« schluchzte sie, während alle sie trösteten und keiner sprach; Larch und Schwester Angela und Schwester Edna hatten Melony alles andre als »lieb« in Erinnerung. Larch probierte den Mantel an, der auch für ihn beinah zu groß und zu schwer war; er taumelte ein Weilchen in ihm umher und erschreckte eines der kleineren Mädchen aus der Mädchenabteilung, die in die Vorhalle gekommen waren, um nachzusehen, warum Mrs. Grogan weinte.

Larch hatte in einer anderen Tasche etwas gefunden: die abgeschnittenen, verdrehten Enden von Kupferdraht und eine mit Gummihandgriffen isolierte Drahtschere.

Auf seinem Weg zurück in die Knabenabteilung flüsterte

Larch Schwester Angela zu: »Ich möchte wetten, sie hat einen Elektriker ausgeraubt.«

»Einen dicken Elektriker«, sagte Schwester Angela.

»Ihr beide«, schalt Schwester Edna. »Es ist jedenfalls ein warmer Mantel – wenigstens wird er sie warmhalten.«

»Er wird ihr einen Herzanfall bescheren, wenn sie sich mit ihm abschleppt«, sagte Dr. Larch.

»Ich kann ihn tragen«, warf Schwester Caroline ein. Es war das erste Mal, daß Larch und seine alten Schwestern merkten, daß Schwester Caroline nicht nur jung und energisch war; sie war auch groß und stark – und erinnerte auf eine viel weniger rohe und vulgäre Art an Melony (falls Melony eine Marxistin gewesen wäre, dachte Wilbur Larch – und ein Engel).

Larch hatte Schwierigkeiten mit dem Wort »Engel«, seit Homer Wells und Candy ihren Angel fortgebracht hatten aus St. Cloud's. Larch hatte Schwierigkeiten mit dieser ganzen Idee, wie Homer lebte. Seit fünfzehn Jahren hatte Larch sich gewundert darüber, wie die drei – Homer und Candy und Wally – es geschafft hatten; er war sich gar nicht so sicher, was sie geschafft hatten, oder um welchen Preis. Er wußte natürlich, daß Angel ein gewolltes Kind war und sehr geliebt wurde und alle Aufmerksamkeit hatte – sonst hätte Larch nicht Schweigen bewahren können. Es war schwierig für ihn, Schweigen zu wahren über alles andere. Wie hatten sie sich arrangiert?

Aber wer bin ich schon, um Ehrlichkeit in allen Beziehungen zu fordern? fragte er sich. Ich mit meinen fiktiven Geschichten, ich mit meinen fiktiven Herzfehlern – ich mit meinem Fuzzy Stone.

Und wer war er schon, um zu fragen, was die sexuelle Beziehung als solche sei? Mußte er sich denn ins Gedächtnis rufen, daß er mit der Mutter von jemand geschlafen hatte und sich im Licht der Zigarre der Tochter angekleidet hatte? Daß er eine Frau hatte sterben lassen, die sich für Geld den Penis eines Ponys in den Mund gesteckt hatte?

Larch sah aus dem Fenster auf den Apfelgarten auf dem Hügel. Diesen Sommer, 195–, gediehen die Bäume; die Äpfel waren meist blaßgrün und rosa, die Blätter waren von einem kraftvoll dunklen Grün. Die Bäume waren beinah zu hoch für Schwester Edna, um sie mit einer Aerosolspritze zu besprühen. Ich sollte Schwester Caroline bitten, ihre Pflege zu übernehmen, dachte Larch. Er schrieb eine Notiz für sich selbst und ließ sie in der Schreibmaschine. Die Hitze machte ihn schläfrig. Er ging in die Apotheke und streckte sich auf das Bett. Im Sommer, bei offenen Fenstern, konnte er eine etwas stärkere Dosis riskieren, dachte er.

Der letzte Sommer, den Mr. Rose das Kommando über die Pflückermannschaft auf Ocean View hatte, war der Sommer 195–, als Angel Wells fünfzehn war. Den ganzen Sommer lang hatte sich Angel auf den nächsten Sommer gefreut – wenn er sechzehn wäre, alt genug, um seinen Führerschein zu machen. Bis dahin, so stellte er sich vor, würde er genug Geld – aus seinen Sommerbeschäftigungen in den Obstgärten, aus seiner Mitwirkung bei den Ernten – gespart haben, um sich sein erstes Auto zu kaufen.

Sein Vater, Homer Wells, besaß kein Auto. Wenn Homer Einkaufen fuhr in die Stadt, oder wenn er freiwillig im Spital von Cape Kenneth arbeitete, benutzte er eines der Farmvehikel. Der alte Cadillac, der mit einer Handbremse und einem Handgashebel ausgerüstet worden war, damit Wally ihn fahren konnte, war oft frei, und Candy hatte ihr eigenes Auto – einen zitronengelben Jeep, auf dem sie Angel Auto fahren gelehrt hatte und der in den Obstgärten so zuverlässig war wie robust auf den öffentlichen Straßen.

»Ich habe deinen Vater schwimmen gelehrt«, sagte Candy stets zu Angel. »Ich schätze, ich kann dich Auto fahren lehren.«

Natürlich konnte Angel auch alle Vehikel der Farm fahren. Er konnte mähen und konnte spritzen und einen Gabelstapler bedienen. Der Führerschein war einfach notwendig, die offizielle Anerkennung für etwas, das Angel schon sehr gut machte auf der Farm.

Und für einen Fünfzehnjährigen wirkte er viel älter. Er hätte überall in Maine herumfahren können, und niemand hätte ihn gefragt. Er würde einmal größer sein als sein jungenhafter, rundgesichtiger Vater – sie waren genau gleich groß, als dieser Sommer anfing – und da war eine scharf gezeichnete Regelmäßigkeit in den Knochen seines Gesichts, die ihn bereits erwachsen aussehen ließ; sogar die Spur eines Bartes war da. Die Schatten unter seinen Augen wirkten nicht ungesund; sie dienten nur dazu, das lebhafte Dunkel seiner Augen zu unterstreichen. Es war ein Scherz zwischen Vater und Sohn: daß die Schatten unter Angels Augen »ererbt« wären. »Du hast deine Schlaflosigkeit von mir«, pflegte Homer Wells zu seinem Sohn zu sagen, der immer noch glaubte, er sei adoptiert. »Du hast keinen Grund, dich adoptiert zu *fühlen*«, hatte sein Vater zu ihm gesagt. »Du hast eigentlich drei Eltern. Das meiste, was die meisten Menschen haben, sind zwei.«

Candy war wie eine Mutter zu ihm gewesen, und Wally war ein zweiter Vater – oder doch der wunderliche Lieblingsonkel. Das einzige Leben, das Angel kannte, war ein Leben mit ihnen allen. Mit fünfzehn hatte er noch nicht einmal sein Zimmer wechseln müssen; alles war gleich geblieben, soweit er sich erinnern konnte.

Er hatte das Zimmer, das einmal Wallys Zimmer gewesen war, jenes, das Wally mit Homer geteilt hatte. Angel war in ein richtiges Jungenzimmer geboren: er war aufgewachsen, umgeben von Wallys Tennis- und Schwimmpokalen und den Bildern von Candy mit Wally (als Wallys Beine noch funktionierten) und auch dem Bild von Candy, wie sie Homer schwimmen lehrte. Wallys *Purple Heart* (das Wally Angel geschenkt hatte) war an der Wand über dem Bett des Jungen aufgehängt; es verdeckte einen sonderbar verschmierten Fingerabdruck – Olives Fingerabdruck aus der Nacht, als sie ein Moskito gegen diese Wand geklatscht hatte, die auch dieselbe Nacht war, in der Angel Wells im Ziderhaus empfangen worden war. Nach fünfzehn Jahren brauchte die Wand einen frischen Anstrich.

Homers Zimmer am anderen Ende des Korridors war das Eheschlafzimmer gewesen; es war Olives Zimmer gewesen, und das Zimmer, wo Senior starb. Olive selbst war im Spital von Cape Kenneth gestorben, bevor der Krieg zu Ende, noch bevor Wally nach Hause geschickt worden war. Es war inoperabler Krebs, der sich sehr schnell ausbreitete, nachdem man Proben entnommen hatte.

Homer und Candy und Ray hatten sie abwechselnd besucht; einer von ihnen war immer bei Angel, doch Olive war niemals allein. Homer und Candy hatten – insgeheim, nur zueinander – gesagt, daß die Dinge vielleicht anders gekommen wären, wenn Wally es heim in die Staaten geschafft hätte, bevor Olive starb. Wegen Wallys gefährdetem Zustand und wegen der zusätzlichen Schwierigkeit, ihn in Kriegszeiten zu transportieren, hatte man es für das Beste gehalten, Wally nichts von Olives Krebs zu sagen; so hatte es Olive auch gewollt.

Am Schluß glaubte Olive, Wally sei heimgekehrt. Sie war so vollgepumpt mit Schmerzmitteln, daß sie Homer bei ihren letzten Begegnungen mit Wally verwechselte. Homer hatte sich angewöhnt, ihr vorzulesen – aus *Jane Eyre*, aus *David Copperfield* und aus *Große Erwartungen* – aber dies gab er auf, als Olives Gedanken abzuschweifen begannen. Die ersten Male, als Olive Homer mit Wally verwechselte, war Homer nicht sicher, wen sie anzusprechen glaubte.

»Du mußt ihm verzeihen«, sagte Olive. Ihre Sprache war schleppend. Sie nahm Homers Hand, die sie eigentlich weniger festhielt, als auf ihrem Schoß barg.

»Ihm verzeihen?« sagte Homer Wells.

»Ja«, sagte Olive. »Er kann nichts dafür, wie sehr er sie liebt, oder wie sehr er sie braucht.«

Zu Candy war Olive deutlicher. »Er wird verkrüppelt sein. Und er wird mich verlieren. Wenn er auch dich verliert, wer sorgt dann für ihn?«

»Ich werde immer für ihn sorgen«, sagte Candy. »Homer und ich werden für ihn sorgen.«

Aber Olive war nicht so drogenbetäubt, daß sie versäumt hätte, die Zweideutigkeit in Candys Antwort zu entdecken und zu beanstanden. »Es ist nicht richtig, jemand zu verletzen oder zu täuschen, der bereits verletzt und getäuscht worden ist, Candy«, sagte sie. Bei all den Drogen, die sie nahm, empfand Olive eine absolute Freiheit. An ihr war es nicht, ihnen zu sagen, daß sie wußte, was sie wußte; an ihnen war es, ihr zu sagen, was sie vor ihr verheimlichten. Bis sie es ihr sagten, mochte sie sie rätseln lassen darüber, was sie wußte.

Zu Homer sagte Olive: »Er ist eine Waise.«

»Wer ist?« fragte Homer.

»*Er* ist«, sagte sie. »Vergiß nur nicht, wie bedürftig eine Waise ist. Er wird alles nehmen. Woher er kommt, dort hatte er nichts – wenn er sieht, was er haben kann, wird er alles nehmen, was er sieht. Mein Sohn«, sagte Olive, »tadele niemand. Tadel wird dich töten.«

»Ja«, sagte Homer Wells, der Olives Hand hielt. Als er sich über sie beugte, um zu lauschen, wie sie atmete, küßte sie ihn, als sei er Wally.

»Tadel wird dich töten«, wiederholte er Candy gegenüber, nachdem Olive gestorben war. »›Fürchte die Reue‹«, sagte Homer Wells, in ewiger Erinnerung an Mr. Rochesters Rat.

»Hör auf, mir zu *zitieren*«, sagte Candy zu ihm. »Er kommt nun einmal nach Hause. Und er weiß nicht einmal, daß seine Mutter tot ist. Ganz zu schweigen«, sagte Candy; dann verstummte sie.

»Ganz zu schweigen«, sagte Homer Wells.

Candy und Wally heirateten kaum einen Monat, nachdem Wally heimgekehrt war nach Ocean View; Wally wog einhundertsiebenundvierzig Pfund, und Homer Wells schob den Rollstuhl den Mittelgang in der Kirche hinab. Candy und Wally bewohnten das umgebaute Schlafzimmer im Erdgeschoß des großen Hauses.

Homer hatte an Wilbur Larch geschrieben, kurz nachdem Wally heimgekehrt war. Olives Tod (so schrieb Homer an Larch) hatte die Dinge für Homer und Candy endgültiger »geregelt« als Wallys Lähmung oder irgendwelche Gefühle der Schuld und der Niedertracht, die Candy geplagt haben mochten.

»Candy hat recht: sorge dich nicht um Angel«, hatte Wilbur

Larch an Homer Wells geschrieben. »Angel wird genug Liebe bekommen. Warum sollte er sich als Waise fühlen, wenn er doch keine ist? Du bist ein guter Vater für ihn, und Candy ist eine gute Mutter für ihn – und wenn er auch Wallys Liebe bekommt – glaubst du vielleicht, er wird sich an die Frage klammern, wer sein sogenannter *wahrer* Vater ist? Das wird nicht Angels Problem sein. Es wird dein Problem sein. Du wirst ihn wissen lassen wollen, daß du sein wahrer Vater bist, um *deinet*willen – nicht weil er es wissen wollen wird. Das Problem ist, daß ihr es sagen wollen werdet. Du und Candy. Ihr werdet stolz sein. Um euretwillen wird es sein, und nicht um Angels willen, daß ihr ihm sagen wollt, daß er keine Waise ist.«

Und für sich selbst, oder als Eintragung in *Eine kurze Geschichte von St. Cloud's*, schrieb Wilbur Larch: »Hier in St. Cloud's haben wir nur ein Problem. Sein Name ist Homer Wells. Er ist ein Problem, wohin er auch immer geht.«

Abgesehen von dem Dunkel in seinen Augen und seiner Fähigkeit, einen nachdenklichen, entrückten Blick anzunehmen, der beides war, wachsam und verträumt, ähnelte Angel Wells seinem Vater sehr wenig. Er sah sich selbst nie als Waise; er wußte, daß er adoptiert worden war, und er wußte, daß er von dort kam, woher sein Vater gekommen war. Und er wußte, daß er geliebt wurde; er hatte es immer gefühlt. Was machte es schon, daß er Candy »Candy« und Homer »Daddy« nannte – und Wally »Wally«?

Dies war der zweite Sommer, den Angel Wells kräftig genug war, um Wally zu tragen – ein paar Treppen hinauf, oder in die Brandung, oder hinaus zum flachen Ende des Swimmingpools und zurück in den Rollstuhl. Homer hatte Angel gelehrt, Wally in die Brandung zu tragen, wenn sie zum Strand gingen. Wally war ein besserer Schwimmer als sie alle, aber er mußte tief genug ins Wasser gelangen, so daß er entweder über eine Welle hinwegschwimmen oder unter ihr hinwegtauchen konnte.

»Du darfst nur nicht zulassen, daß er im seichten Wasser umhergeworfen wird«, hatte Homer seinem Sohn erklärt.

Es gab ein paar Regeln bezüglich Wallys (es gab immer Regeln, hatte Angel beobachtet). Ein so guter Schwimmer er auch war, durfte Wally niemals alleine schwimmen, und seit vielen Sommern jetzt war Angel Wells sein Rettungsschwimmer, wann immer Wally sich von den Wellen tragen ließ oder nur im Swimmingpool plätscherte. Beinah die Hälfte des physischen Kontakts zwischen Wally und Angel fand im Wasser statt, wo sie zwei Fischottern oder Robben glichen. Sie rangen miteinander und tunkten einander ein, so daß Candy manchmal nicht anders konnte, als Angst zu haben um beide.

Und Wally durfte nicht allein Auto fahren; auch wenn der Cadillac von Hand zu bedienende Kupplung und Bremsen hatte, mußte jemand anders den Rollstuhl zusammenklappen und ihn einladen oder aus dem Fond des Wagens herausheben. Die ersten faltbaren Rollstühle waren ziemlich schwer. Auch wenn sich Wally manchmal mit Hilfe eines dieser eisernen Laufgeräte durch das Erdgeschoß des Hauses schleppte, waren seine Beine nur Stützen; in unvertrautem Gelände brauchte er seinen Rollstuhl – und in unebenem Gelände brauchte er jemanden, der ihn schob.

Oft war es Angel, der ihn schob; und oft war Angel der Beifahrer im Cadillac. Auch wenn Homer und Candy vielleicht geschimpft hätten, wenn sie es gewußt hätten, hatte Wally Angel schon vor langer Zeit beigebracht, den Cadillac zu fahren.

»Die Handarmaturen machen es leicht, Jungchen«, pflegte Wally zu sagen. »Deine Beine brauchen nicht lang genug zu sein, um die Pedale zu erreichen.« Etwas ganz anderes hatte Candy zu Angel gesagt über das Fahrenlernen im Jeep. »Sobald deine Beine lang genug sind, um die Pedale zu erreichen«, hatte sie zu ihm gesagt und ihn geküßt (was sie tat, so oft sie einen Vorwand fand), »werde ich dich Auto fahren lehren.«

Als die Zeit gekommen war, kam es Candy niemals in den Sinn, daß Angel so leicht Auto fahren gelernt hatte, weil er seit Jahren den Cadillac gefahren hatte.

»Manche Regeln sind gute Regeln, Jungchen«, pflegte Wally zu dem Jungen zu sagen und ihn zu küssen (was Wally ausgiebig tat, besonders im Wasser). »Aber manche Regeln sind nichts als Regeln. Du mußt sie nur vorsichtig übertreten.«

»Es ist blöd, daß ich sechzehn sein muß, bevor ich den Führerschein bekomme«, sagte Angel zu seinem Vater.

»Richtig«, sagte Homer Wells. »Man sollte Ausnahmen machen für Kinder, die auf der Farm aufwachsen.«

Manchmal spielte Angel Tennis mit Candy, aber öfter schlug er Bälle übers Netz mit Wally, der sogar noch im Sitzen einen guten Schlag hatte. Die Clubmitglieder hatten ein wenig gejammert über die Rollstuhlspuren auf dem Platz – doch was wäre der Haven-Club gewesen, ohne daß er die eine oder andere Worthingtonsche Wunderlichkeit geduldet hätte? Wally pflegte im Rollstuhl auf der Stelle zu sitzen und fünfzig bis zwanzig Minuten lang nur Vorhände zu schlagen; Angels Aufgabe war, ihm die Bälle genau zuzuspielen. Dann pflegte Wally seinen Rollstuhl zu rücken und nur Rückhände zu schlagen.

»Eigentlich ist's ein besseres Training für dich als für mich, Jungchen«, pflegte Wally zu Angel zu sagen. »Zumindest werde ich nicht besser.« Angel wurde viel besser; er war so viel besser als Candy, daß es manchmal seine Mutter verletzte, wenn sie entdeckte, wie langweilig es für Angel war, mit ihr Tennis zu spielen.

Homer Wells spielte nicht Tennis. Er war nie ein Sportsmann gewesen, er hatte sich sogar dem Hallenfußball in St. Cloud's widersetzt – auch wenn er manchmal von Schlagball träumte, meist mit Schwester Angela als Werferin; bei ihr war's immer am schwersten, den Ball zu treffen. Und Homer Wells hatte keine Hobbys – nichts anderes, als Angel auf dem Fuß zu folgen, als sei Homer das Schoßtier seines Sohnes, ein Hund, der nur darauf wartet, daß man mit ihm spielt. Kopfkissenschlachten im Dunkeln; sie waren jahrelang beliebt. Einander einen Gutenachtkuß geben und dann Vorwände finden, das Ritual zu wiederholen – und neue Arten und Weisen finden, einander morgens aufzuwecken. Wenn Homer sich langweilte, so wußte er sich auch zu beschäftigen. Er hatte seine freiwillige Arbeit am Spital von Cape Kenneth beibehalten; in gewissem Sinne hatte er niemals aufgehört mit seinen Kriegsanstrengungen, seinem Dienst als Hilfspfleger. Und er war ein altgedienter Leser medizinischer Literatur. Das *Journal of the American Medical Association* und das *New England Journal of Medicine* waren auf Tischen und Bücherregalen im Hause von Ocean View zu sehr ansehnlichen Stapeln geschichtet. Candy beanstandete die Illustrationen im *American Journal of Obstetrics and Gynecology.*

»Ich brauche ein wenig geistige Anregung hier«, pflegte Homer Wells zu sagen, wann immer Candy sich über Anschaulichkeit dieser Lektüre beschwerte.

»Ich finde nur, Angel braucht es nicht zu sehen«, sagte Candy.

»Er weiß, ich habe in diesem Fach etwas an Ausbildung genossen«, sagte Homer.

»Ich beanstande nicht, was er weiß, ich beanstande die Bilder«, sagte Candy.

»Es gibt keinen Grund, das Thema vor dem Kind zu verschleiern«, sagte Wally, der Homers Partei ergriff.

»Es gibt auch keinen Grund, das Thema grotesk darzustellen für das Kind«, wandte Candy ein.

»Ich finde es weder schleierhaft noch grotesk«, sagte Angel in diesem Sommer, als er fünfzehn war. »Es ist einfach interessant.«

»Du gehst noch nicht einmal mit Mädchen«, sagte Candy lachend und die Gelegenheit nutzend, um ihn zu küssen. Doch als sie sich über ihn beugte, um ihn zu küssen, sah sie im Schoß ihres Sohnes die Illustration, die in einem Artikel über vaginale Chirurgie abgebildet war. Die Illustration zeigte die Schnittlinien für die Entfernung der Vulva und eines primären Tumors bei einer erweiterten Radikal-Vulvektomie.

»Homer!« schrie Candy. Homer war oben in seinem sehr kargen Schlafzimmer. Sein Leben war so karg, daß er nur zwei Dinge an seine Wände geheftet hatte – und eines davon war im Badezimmer. Neben seinem Bett hatte er ein Bild von Wally in seiner Fliegermontur und Schaffelljacke. Wally posierte mit der Besatzung der *Die Chance klopft an*; der Schatten vom Flügel des dunklen Flugzeugs machte das Gesicht des Funkers ganz schwarz, und das Funkeln der indischen Sonne machte das

Gesicht des Bordkommandanten (der schließlich an einer Dick-darmkomplikation gestorben war), ganz weiß; nur Wally und der Kopilot waren richtig belichtet, auch wenn Homer bessere Bilder von ihnen beiden gesehen hatte. Der Kopilot schickte Wally alle Weihnachten ein Bild von sich selbst und seiner wach-senden Familie; er hatte fünf oder sechs Kinder und eine mollige Frau; aber jedes Jahr wirkte der Kopilot dünner (die Amöben, die er sich in Birma geholt hatte, hatten ihn niemals ganz ver-lassen).

Und im Badezimmer hatte Homer den leeren Fragebogen angeheftet, das Extra-Exemplar – jenes, das er niemals zurückge-sandt hatte an den Treuhänderausschuß von St. Cloud's. Der Kontakt mit den Dämpfen aus der Dusche hatten das Papier des Fragebogens rauh wie Lampenschirmpergament gemacht; aber jede der Fragen blieb so leserlich wie idiotisch.

Das Ehebett war höher als die meisten (weil Senior Worthing-ton, zu seiner Zeit, es genossen hatte, im Liegen aus dem Fenster zu schauen); es war etwas, das auch Homer an dem Bett gefiel. Er konnte den Swimmingpool von dort oben überblicken, und er konnte das Dach des Ziderhauses sehen. Er liebte es, stundenlang auf diesem Bett zu liegen und nur aus dem Fenster zu sehen. »Homer!« rief Candy nach ihm. »Bitte komm und sieh, was dein Sohn liest.«

Das war die Art, wie sie alle miteinander sprachen. Candy sagte »dein Sohn« zu Homer, und es war die Art, wie auch Wally sprach, und Angel sagte immer »Daddy« oder »Pop«, wenn er mit seinem Vater sprach. Die ganzen fünfzehn Jahre lang hatte dieses Arrangement bestanden – Homer und Angel oben, Wally und Candy in dem früheren Speisezimmer unten. Die vier aßen ihre Mahlzeiten zusammen.

Manche Abende – besonders im Winter, wenn die nackten Bäume mehr Einblick in die erleuchteten Speisezimmer- und Küchenfenster der Häuser von Fremden gewährten – unternahm Homer gern eine kurze Autofahrt vor dem Essen. Er fragte sich, angesichts der Familien, die dort zusammen ihr Abendbrot aßen: wie mochte ihr wirkliches Leben sein? St. Cloud's war berechenbarer gewesen. Was wußte man schon wirklich über alle diese Familien, die sich dort zusammen hinsetzten, um Abendbrot zu essen?

»Wir *sind* eine Familie. Ist das nicht die Hauptsache?« fragte Candy Homer Wells, wann immer Homer seine Autofahrten vor dem Abendbrot zu lange auszudehnen schien.

»Angel hat eine Familie, eine wirklich wunderbare Familie. Ja, das ist die Hauptsache«, pflichtete Homer bei.

Und wenn Wally ihr erzählte, daß er so glücklich war, daß er sich für den glücklichsten Mann der Welt hielt, daß jeder seine Beine hergeben würde, um so glücklich zu sein, wie Wally es war – dann waren das die Nächte, in denen Candy nicht schlafen konnte; das waren die Nächte, in denen sie an Homer Wells dachte, der ebenfalls hellwach war. Manche Nächte pflegten sie sich in der Küche zu treffen – sie pflegten Milch zu trinken und Apfelpastete zu essen. Manche Nächte, wenn es warm war, pflegten sie am Swimmingpool zu sitzen, ohne einander zu berühren; für jeden Beobachter hätte der Abstand zwischen ihnen auf einen Streit hingedeutet (auch wenn sie selten stritten), oder aber auf Gleichgültigkeit (doch sie waren sich nie gleichgültig). Die Art, wie sie am Pool saßen, erinnerte sie beide daran, wie sie einst auf Ray Kendalls Dock gesessen hatten, bevor sie näher beieinander gesessen hatten. Wurde es ihnen einmal allzu bewußt, daß sie sich daran erinnerten oder daß sie dieses Dock vermißten oder Ray vermißten (der gestorben war, bevor Angel alt genug geworden war, um eine Erinnerung an ihn zu haben) – dann pflegte dies ihnen den Abend am Swimmingpool zu verderben, und es trieb sie zurück in ihre getrennten Schlafzimmer, wo sie dann noch ein wenig länger wachlagen.

Als Angel Wells älter (und beinah so schlaflos wie sein Vater) wurde, sah er oft Homer und Candy am Swimmingpool sitzen, den auch er aus dem Fenster seines Zimmers sehen konnte. Wenn Angel sich je etwas dachte dabei, daß die beiden dort draußen saßen, dann nur, warum so alte Freunde so weit auseinander saßen.

Raymond Kendall war gestorben, kurz nachdem Wally und

Candy heirateten. Er kam um, als das Hummerbassin in die Luft flog; sein ganzes Dock wurde in Stücke gerissen, und sein Hummerboot sank, und die zwei alten Schrotthaufen von Autos, an denen er arbeitete, wurden durch die Explosion gute fünfundzwanzig Meter über seinen Parkplatz und die Küstenstraße hinuntergestoßen – als rollten sie aus eigener Kraft. Sogar das Panoramafenster im Haven-Club wurde eingedrückt durch die Detonation, doch es geschah so spät in der Nacht, daß die Bar geschlossen und keiner der Stammtrinker des Haven-Club anwesend war, um mitanzusehen, wie dieser bevorzugte Dorn im Auge aus ihrem Blick über den Hafen von Heart's Haven getilgt wurde.

Ray hatte an seinem hausgebastelten Torpedo herumgemurkst; trotz all seiner legendären technischen Genialität mußte er etwas an dem Torpedo entdeckt haben, das er nicht kannte. Das Unglück eines geliebten andern kann die eigene Schuld an den Tag bringen; Candy bedauerte, daß sie ihrem Vater nichts von Homer und Angel Wells erzählt hatte. Es war kein Trost für sie, sich vorzustellen, daß Ray schon alles gewußt hatte; sie hatte aus seinem Schweigen heraushören können, daß er es von ihr hören wollte. Doch nicht einmal der Tod ihres Vaters konnte Candy Kendall veranlassen, irgend jemandem ihre Geschichte zu erzählen.

Südlich auf der Küstenstraße bis zu Powells Eisdiele hatten tote Hummer und Hummerteile auf dem Parkplatz und auf der Straße gelegen. Dies hatte Herb Fowler (der sich nie dabei ertappen ließ, einmal nichts Spaßiges zu sagen) veranlaßt, den alten Mr. Powell zu fragen, ob er ein neues Eiscreme-Aroma erfinden wolle.

Herb hatte den Sommer abgewartet, in dem Angel Wells fünfzehn wurde, bis er Angel seinen ersten Gummi zuschnickte. Angel war etwas beleidigt, weil Herb ihn nicht früher eingeweiht hatte. Angels Kumpel und Kollege, der pummelige Pete Hyde, war nur ein paar Monate älter als Angel (und nicht annähernd so erwachsen, in zahlloser Hinsicht), und Angel wußte, daß Herb Fowler Pete Hyde einen Gummi an den Kopf geknallt hatte, als Pete Hyde erst dreizehn war. Was Angel noch nicht herausgefunden hatte, war, daß Pete Hyde zur großen Familie der Arbeiterschaft von Ocean View gehörte, und Angel – auch wenn er mit den Arbeitern arbeitete – gehörte zur Familie des Boss.

Die Arbeiter wußten, daß Homer Wells Ocean View leitete. Er war derjenige, der die meiste Verantwortung übernahm. Dies hätte Olive nicht überrascht, und es war klar, daß Candy und Wally dankbar waren für Homers Autorität. Vielleicht weil die Arbeiter wußten, daß Homer aus St. Cloud's gekommen war, hatten sie das Gefühl, daß er ihnen näher stand; er wohnte in dem, wie Big Dot Taft sagte, »Puppenhaus«, aber er war einer von ihnen. Keiner der Arbeiter hatte etwas dagegen, daß Homer der Boss war, möglicherweise mit Ausnahme Vernon Lynchs, der alle und jede Autorität ablehnte – um so mehr, seit Grace Lynch gestorben war.

Candy, die sich um die Angelegenheiten der Arbeiterfrauen kümmerte, entdeckte, daß Grace schwanger gewesen war; sie starb an akuter Peritonitis, im Anschluß an einen fehlgeschlagenen Versuch, selbst abzutreiben. Homer, der sich oft fragte, warum sie sich nicht entschlossen hatte, eine zweite Reise nach St. Cloud's zu machen, stellte sich gerne vor, daß sie nicht umsonst gestorben sei. Ihr Tod (und Dr. Harlows besonders fühllose Reaktion darauf) war es gewesen, was Schwester Caroline veranlaßte, aus der Belegschaft des Spitals von Cape Kenneth auszuscheiden, wozu Homer Wells sie ermutigt hatte. Schwester Caroline griff endlich Homers Vorschlag auf und bot St. Cloud's ihre Dienste an.

»Homer Wells hat mich hergeschickt«, sagte Schwester Caroline, als sie sich Wilbur Larch vorstellte. Der alte Herr war nicht allzu sorglos geworden.

»Hergeschickt, wozu?« fragte Larch.

»Ich bin ausgebildete Krankenschwester«, sagte sie. »Ich bin hier, um Ihnen zu helfen.«

»Mir helfen, wobei?« fragte Larch, der nicht sehr überzeugend wirkte als Abbild der Unschuld.

»Ich bin für das Werk des Herrn«, sagte Schwester Caroline erzürnt.

»Nun, warum haben Sie das nicht gesagt?« fragte Wilbur Larch.

Also hat er mir doch etwas geschenkt, außer den Apfelbäumchen, sinnierte der alte Herr. Also gibt es noch Hoffnung für ihn.

Schwester Angela und Schwester Edna waren so erleichtert, Schwester Caroline zu haben, daß sie nicht einmal eifersüchtig waren. Hier war das neue Blut, das den Treuhänderausschuß vielleicht noch ein Weilchen länger auf Abstand halten konnte.

»Die neue Krankenschwester ist entschieden eine Verbesserung der Situation«, gestand Dr. Gingrich dem Ausschuß. »Ich möchte sagen, sie befreit uns von dem Druck, unmittelbare Entscheidungen treffen zu müssen.« (Als ob sie den alten Herrn jeden Augenblick ablösen wollten!)

»Mir wäre ein junger Arzt lieber als eine junge Krankenschwester«, erklärte Mrs. Goodhall. »Ein junger Arzt *und* ein junger Verwaltungsgehilfe. Sie wissen, was ich von Ordnung halte. Die Ordnung hier ist ein Witz. Aber es ist wenigstens eine zeitweilige Verbesserung; das kaufe ich Ihnen ab«, sagte sie.

Hätte Wilbur Larch sie hören können, er hätte gesagt: »Lassen Sie mir ein wenig Zeit, meine Dame, und Sie werden mir noch viel mehr abkaufen.«

Doch im Jahre 195– war Wilbur Larch in den Neunzigern. Manchmal blieb sein Gesicht so unbewegt unter dem Äthertrichter, daß dieser an Ort und Stelle blieb, auch nachdem seine Hand herabgesunken war; nur ein heftiger Atemzug konnte ihn von der Maske befreien. Er hatte einiges an Gewicht verloren. Im Spiegel oder auf seinen geliebten Ätherreisen hatte er den Eindruck, sich in einen Vogel zu verwandeln. Nur Schwester Caroline hatte den Mut, seine Drogensucht zu kritisieren. »Sie sollten es wissen, gerade Sie«, sagte Schwester Caroline grob zu ihm.

»Gerade ich?« fragte Dr. Larch unschuldig. Manchmal, fand er, war es spaßig, sie zu provozieren.

»Sie haben eine schlechte Meinung von der Religion«, bemerkte Schwester Caroline zu ihm.

»Will ich doch meinen«, sagte er vorsichtig. Sie war ein bißchen zu jung und zu rasch für ihn, das wußte er.

»Na, was glauben Sie wohl, ist eine Drogenabhängigkeit – wenn nicht eine Art Religion?« fragte Schwester Caroline.

»Ich habe nichts gegen jemand, der betet«, sagte Wilbur Larch. »Beten ist etwas Persönliches – Beten ist die Entscheidung jedes einzelnen. Beten Sie zu wem oder was Sie wollen! Erst wenn man anfängt, Regeln aufzustellen«, sagte Wilbur Larch, aber er fühlte sich auf verlorenem Posten. Er wußte, sie konnte ihn mit Worten umgarnen. Er bewunderte den Sozialismus, doch mit einer verdammten Sozialistin zu reden, das war, als redete man mit Glaubensfanatikern. Wie oft hatte er sie sagen hören, daß eine Gesellschaft, die es billigte, die Abtreibung illegal vorzunehmen, eine Gesellschaft sei, die Gewalt gegen Frauen billigte; daß die Illegalisierung der Abtreibung einfach eine scheinheilige, selbstgerechte Form der Gewalt gegen Frauen sei – sie sei nur eine Form der Legalisierung von Gewalt gegen Frauen, pflegte Schwester Caroline zu sagen. Wie oft hatte er sie sagen hören, daß Abtreibungen nicht nur das Recht auf freie Entscheidung des einzelnen wären, sondern auch eine Pflicht des Staates –, nämlich, sie zu ermöglichen. »Sobald der Staat anfängt etwas zu ermöglichen, fühlt er sich auch berechtigt, die Regeln vorzuschreiben«, sprudelte Larch hastig hervor. Es war ein typischer Yankee-Spruch – sehr typisch Maine. Doch Schwester Caroline lächelte. Und schon köderte sie ihn mit einem neuen Argument; sie konnte ihn jederzeit in eine Falle tappen lassen. Er war kein systematisch denkender Mann, sondern ein guter.

»In einer besseren Welt ...«, fing sie geduldig an. Ihre Geduld mit ihm konnte Larch rasend machen.

»Nein, *nicht* in einer besseren Welt!« schrie er. »In dieser – in *dieser* Welt. Ich nehme diese Welt als gegeben. Reden Sie zu mir über diese Welt!« Aber das alles machte ihn so müde. Es machte, daß er sich nach ein bißchen Äther sehnte. Je mehr er mit Schwester Caroline Schritt zu halten suchte, desto mehr brauchte er den Äther; und je stärker er das Bedürfnis danach empfand, desto mehr gab ihr dies recht.

»Oh, ich kann nicht immer recht haben«, sagte Larch müde.

»Ja, ich weiß«, sagte Schwester Caroline mitfühlend. »Gerade weil auch ein guter Mensch nicht immer recht haben kann, brauchen wir eine Gesellschaft, brauchen wir gewisse Regeln – nennen Sie sie Prioritäten, falls Ihnen das lieber ist«, sagte sie.

»Nennen Sie sie, wie immer Sie wollen«, sagte Wilbur Larch verdrießlich. »Ich habe keine Zeit für Philosophie oder für den Staat oder für die Religion. Ich habe nicht genug Zeit«, sagte Wilbur Larch.

Immer mußte er insgeheim an ein neugeborenes Baby denken, das schrie; auch wenn es so still war im Waisenhaus wie in den wenigen übriggebliebenen, verlassenen Gebäuden von St. Cloud's – auch wenn es geisterhaft still war –, hörte Wilbur Larch Babys schreien. Und sie schrien nicht, um geboren zu werden, das wußte er; sie schrien, weil sie geboren waren.

Diesen Sommer schrieb Mr. Rose, daß er »und die Tochter« womöglich vor der Pflückermannschaft eintreffen könnten; er hoffe, das Ziderhaus wäre bereit.

»Es ist eine Weile her, seit wir die Tochter gesehen haben«, bemerkte Wally im Büro des Apfelmarktes. Everett Taft war draußen und ölte Wallys Rollstuhl für ihn, und darum saß Wally auf der Schreibtischkante – seine schlaffen Beine herabbaumelnd, seine unbenutzten Füße in einem perfekt geputzten Paar Schuhe – die Schuhe waren mehr als fünfzehn Jahre alt.

Candy spielte mit der Rechenmaschine. »Ich glaube, die Tochter ist etwa in Angels Alter«, sagte sie.

»Richtig«, sagte Homer Wells, und Wally traf Homer mit einem sehr gut geschwungenen Haken – die einzige Art Faustschlag, die er im Sitzen wirklich schwingen konnte. Weil Homer am Schreibtisch gelehnt hatte und Wally aufrecht gesessen hatte, traf der Faustschlag Homer völlig überraschend, und sehr hart, gegen die Wange. Der Faustschlag überraschte Candy so sehr, daß sie die Rechenmaschine über die andere Kante des Schreibtisches stieß. Die Maschine krachte auf den Boden des Büros; als Homer zu Boden ging, landete er nicht ganz so krachend oder so leblos wie die Rechenmaschine, aber er landete hart. Er legte seine Hand an die Wange, wo er bald eine Schwellung haben würde und bald auch ein leicht blaues Auge.

»Wally!« sagte Candy.

»Ich habe es so *satt*!« brüllte Wally. »Es wird Zeit, daß du ein neues Wort lernst, Homer«, sagte Wally.

»Gott, Wally«, sagte Candy.

»Ich bin in Ordnung«, sagte Homer, doch er blieb auf dem Büroboden sitzen.

»Tut mir leid«, sagte Wally. »Es geht mir einfach auf die Nerven – daß du die ganze Zeit ›Richtig‹ sagst.« Und obwohl er diesen Fehler seit Jahren nicht mehr gemacht hatte, stieß er sich mit den Armen vom Schreibtisch ab – wahrscheinlich hatte er nur die Idee gehabt, aufzuspringen und Homer auf die Beine zu helfen; er hatte vergessen, daß er nicht gehen konnte. Hätte Candy ihm nicht unter die Arme gegriffen und ihn – Brust an Brust – umarmt, Wally wäre gestürzt. Homer stand auf und half Candy, Wally wieder auf den Schreibtisch zu setzen.

»Tut mir leid, Kumpel«, sagte Wally. Er legte seinen Kopf an Homers Schulter.

Homer sagte nicht »Richtig«. Candy ging ein Stück Eis in einem Handtuch für Homers Gesicht holen, und Homer sagte: »Ist in Ordnung, Wally. Alles ist in Ordnung.« Wally sackte ein wenig nach vorne, und Homer beugte sich zu ihm hin; ihre Stirnen berührten sich. In dieser Haltung blieben sie, bis Candy mit dem Eis wiederkam.

Die meisten Tage seit fünfzehn Jahren glaubten Candy und Homer, daß Wally alles wußte, daß er alles akzeptierte, daß er aber traurig war, weil sie ihm nichts sagten. Gleichzeitig stellten sich Homer und Candy vor, daß es eine Erleichterung sei für Wally – wenn er nicht eingestehen mußte, daß er alles wußte. In welche neue, unangenehme Lage würden sie ihn bringen, wenn sie es ihm jetzt sagten? War es nicht die Hauptsache, daß Angel es nicht wußte – nicht, solange Candy und Homer es ihm nicht sagten; die Hauptsache war, daß Angel es nicht von jemand anderem hören sollte. Was immer Wally wußte, er würde es Angel nicht sagen.

Wenn Homer überrascht war, so war er überrascht darüber, daß Wally ihn niemals zuvor geschlagen hatte.

»Um was ging es überhaupt?« fragte Candy Homer, als sie allein waren an diesem Abend am Swimmingpool. Ein großes, schwirrendes Insekt hatte sich im Laubgitter verfangen. Sie hörten seine Flügel gegen die aufgeweichten Blätter schlagen. Was immer es sein mochte, es wurde schwächer und schwächer.

»Ich schätze, es war seine Wut darüber, daß ich dauernd ›Richtig‹ sage«, sagte Homer.

»Wally weiß Bescheid«, sagte Candy.

»Das glaubst du seit fünfzehn Jahren«, sagte Homer Wells.

»Du glaubst, er weiß es nicht?« fragte Candy.

»Ich glaube, er liebt dich, und du liebst ihn«, sagte Homer. »Ich glaube, er weiß, daß wir Angel lieben. Ich glaube, Wally liebt Angel ebenfalls.«

»Aber glaubst du, er weiß, daß Angel *unser Kind* ist?« fragte Candy.

»Ich weiß nicht«, sagte Homer. »Ich weiß, daß Angel eines Tages wissen muß, daß er unser Kind ist. Ich glaube, daß Wally weiß, daß ich dich liebe«, sagte er.

»Und daß ich dich liebe?« fragte Candy. »Weiß er das?«

»Du liebst mich manchmal«, sagte Homer. »Nicht sehr oft.«

»Ich habe nicht Sex gemeint«, flüsterte Candy.

»Ich wohl«, sagte Homer Wells.

Sie waren vorsichtig gewesen und – wie sie glaubten – beinah erfolgreich. Seit Wally heimgekehrt war aus dem Kriege, hatten Homer und Candy nur zweihundertsiebzig Mal Liebe gemacht – im Durchschnitt nur achtzehn Mal im Jahr, nur anderthalb Male im Monat; sie waren einfach so äußerst vorsichtig, wie sie nur konnten. Da war noch etwas, dem beizupflichten Candy von Homer verlangt hatte: daß sie sich um Wallys willen und um Angels willen – um ihrer Familie willen, wie Candy es nannte – niemals ertappen lassen würden; niemals würden sie jemanden in diese Verlegenheit bringen. Sollte jemals jemand sie sehen, dann würden sie aufhören, für immer.

Das war der Grund, warum sie Wally nichts gesagt hatten. Warum sollte Wally nicht akzeptieren, daß sie geglaubt hatten, er sei tot – nicht nur vermißt – und daß sie einander gebraucht hatten und daß sie auch Angel gewollt hatten? Sie wußten, daß Wally dies akzeptiert hätte. Wer könnte nicht akzeptieren, was *einst* passiert ist? Was *jetzt* passierte, das war es, was Wally, wie sie wußten, wissen wollte und was sie ihm nicht sagen konnten.

Da war noch etwas, weshalb sie vorsichtig sein mußten. Weil Wally steril war, hätte es an ein unglaubliches Wunder gegrenzt, wenn Candy schwanger geworden wäre. Weil Wallys Sterilität nicht die Folge der Enzephalitis war, sollte es mehrere Jahre dauern, bis er entdeckte, daß er steril war. Er sollte sich an die unsaubere Behandlung seiner Urethra erinnern, aber er erinnerte sich nur allmählich daran – in der Art, wie er sich an den Rest von Birma erinnerte. Kaum hatte er erfahren, daß seine Nebenhoden fürs Leben versiegelt waren, kam ihm die Besonderheit der verschiedenen Bambusstengel wieder in den Sinn; manchmal schien es ihm, als könne er sich genau an jeden Katheter erinnern, der ihm Erleichterung verschafft hatte.

Da gibt es keinen Unterschied im Empfinden des Orgasmus; diesen Punkt betonte Wally gern gegenüber Homer Wells. Wally nannte es »Schießen«; Homer war der einzige, mit dem Wally über seinen Zustand witzeln konnte. »Ich kann immer noch zielen mit dem Gewehr, und das Gewehr geht immer noch los«, sagte Wally, »und es geht immer noch los mit 'nem Knall – für mich«, sagte er. »Nur, daß man die Kugel nie wieder findet.«

Wally erinnerte sich von Zeit zu Zeit, daß es, wenn einer der Birmesen auf dem Sampan ihn behandelt hatte – wofür er immer so dankbar gewesen war – niemals stark blutete, auch wenn der Bambusstengel nicht ganz gerade war; sein Blut wirkte blaß und minimal im Vergleich zu den viel blutigeren Flecken des Betelsaftes, den alle auf das Deck spuckten.

Falls Homer Wells Candy abermals schwanger machte, so hatte Candy ihn versprechen lassen, daß – diesmal – *er* ihr eine

Abtreibung machen würde. Sie konnte Wally nicht täuschen mit einer weiteren Reise nach St. Cloud's; sie *wollte* ihn nicht täuschen, sagte sie, und diese zusätzliche Rücksicht – daß Candy niemals schwanger werden durfte – war ein weiterer Grund für die Seltenheit ihrer Vereinigungen, die beinah immer unter Bedingungen bewerkstelligt wurden, die schwierig genug gewesen wären, um den Beifall der Gründerväter Neuenglands zu finden. Trotzdem hätten sie nicht Wilbur Larchs Beifall gefunden.

Sie entwickelten kein Verhaltensmuster, das andere hätte argwöhnisch machen können. (Als ob nicht jedermann bereits argwöhnisch gewesen wäre, unabhängig davon, wie sie sich verhielten!) Da gab es keinen bestimmten Ort, wo sie sich trafen, keinen bestimmten Tag, keine bestimmte Stunde. In den Wintermonaten, wenn Angel – nach der Schule – Wally zum Schwimmen im Hallenbad eines privaten Knabeninternats brachte, bewerkstelligten Homer und Candy mitunter einen Spätnachmittag miteinander. Doch Homers Bett, das Olives Bett gewesen war, das auch mit all jenen Ehebett-Assoziationen belastet war, war voll widerstreitender Gefühle für beide – und das Bett, das Candy mit Wally teilte, hatte seine eigenen Tabus. Selten machten sie Ausflüge. Das Ziderhaus war nur im Spätsommer geeignet, benutzt zu werden, nachdem es bereitgemacht worden war für die Pflückermannschaft; aber seit Angel Auto fahren gelernt hatte, konnte er sich in den Obstgärten frei bewegen – er durfte jedes der Farmvehikel fahren, wenn er nur den öffentlichen Straßen fernblieb, und sein pummeliger Kumpel Pete Hyde fuhr oft mit ihm spazieren. Homer argwöhnte, daß Pete und Angel das Ziderhaus nutzten, um heimlich Bier zu trinken, wann immer sie Herb Fowler überreden konnten, Bier für sie zu kaufen; oder daß sie dort dem Nervenkitzel der Fünfzehnjährigen frönten und rauchten. Und in der Nacht, gefangen in ihrer Schlaflosigkeit – wohin hätten Candy und Homer da noch verschwinden können, nun, da auch Angel ein Schlafloser war?

Homer Wells wußte, daß es keinen Grund gab, je einen Unfall zu haben – keinen Grund für Candy, je schwanger zu werden (gewiß nicht, wenn man wußte, was Homer wußte) – und auch keinen Grund für sie, sich jemals ertappen zu lassen. Aber da sie so vernünftig und so diskret waren, bedauerte Homer den Verlust der Leidenschaft, mit der er und Candy zum ersten Mal aufeinander geprallt waren.

Weil sie darauf beharrte (und er ihr beipflichtete, auch wenn er es für ganz unnötig hielt), schrieb er an Dr. Larch und verlangte die nötigen Instrumente, um für den Notfall gerüstet zu sein, den Candy befürchtete.

Seit fünfzehn Jahren hatte Homer ihr gesagt: »Du wirst nicht schwanger werden. Du kannst nicht.«

»Hast du alles, was du brauchst, falls du es brauchst?« fragte sie ihn immer.

»Ja«, sagte er.

Er hatte sich gebessert und sagte nicht mehr »Richtig«, seit Wally ihn geschlagen hatte. Und wenn ihm das Wort dennoch herausrutschte, war es häufig begleitet von einem ebenso unwillkürlichen Zusammenzucken – wie in Erwartung eines erneuten Faustschlags, wie wenn jemand, zu dem er das Wort vielleicht sagte, so peinlich dadurch berührt sein könnte wie Wally, und so schnell sein könnte wie Mr. Rose.

Wilbur Larch hatte es mißverstanden, das mit den Instrumenten, die Homer verlangt hatte. Seit fünfzehn Jahren hatte er mißverstanden. Larch hatte alles prompt geschickt. Da waren ein mittelgroßes und ein großes Spekulum; da waren die Dilatatoren mit den Douglas-Stiften – und eine Uterus-Sonde, eine Uterus-Biopsie-Curette, zwei Hakenpinzetten, ein Satz Simsche Uterus-Curetten und eine Rheinstatersche Uterus-Spülungscurette. Larch schickte genügend Dakin'sche Lösung und rotes Merthiolat (und genügend sterile Schambinden), daß Homer Wells bis ins nächste Jahrhundert hätte Abtreibungen vornehmen können.

»Ich gehe NICHT ins Geschäft!« schrieb Homer an Dr. Larch, aber Larch blieb dennoch zuversichtlich aufgrund der bloßen Tatsache, daß Homer die notwendige Ausrüstung besaß.

Homer wickelte die Instrumente in einen ganzen Ballen Watte und Mull; dann steckte er das Bündel in einen wasserdichten

Beutel, der einst Angels Windeln enthalten hatte. Er verstaute die Instrumente, zusammen mit dem Merthiolat, der Dakinschen Lösung und all den Schambinden, ganz hinten in einen Wäscheschrank im Obergeschoß. Homer verwahrte den Äther im Schuppen, bei den Rasen- und Gartengeräten. Äther war brennbar; er wollte ihn nicht im Haus haben.

Doch bei den anderthalb Malen pro Monat, die er mit Candy zusammensein durfte, kam ihm schlagartig die Erkenntnis, daß es in ihrer Vereinigung (auch noch nach fünfzehn Jahren) eine Raserei gab, mit der sie sich aneinander klammerten, die nicht verblaßt wäre neben ihrer ersten Begegnung dieser Art im Ziderhaus. Aber nachdem es Melony war, die Homer Wells erstmals mit Sex bekannt gemacht hatte – nur während jener kurzen Phase seines, wie es ihm schien, »Ehelebens« mit Candy in St. Cloud's, hatte er etwas erlebt von dem, was Sex idealerweise ist – war Homer der Meinung, daß Sex wenig zu tun habe mit Liebe; daß Liebe viel konzentrierter und fühlbarer sei in Momenten der Zärtlichkeit und der Fürsorge. Es war (zum Beispiel) Jahre her, daß er Candy im Schlaf gesehen hatte, oder daß er es gewesen war, der sie weckte; Jahre, seit er sie hatte einschlafen sehen und wachgeblieben war, um sie anzusehen.

Seine Zärtlichkeit reservierte er für Angel. Als Angel noch kleiner gewesen war, war Homer manchmal Candy im Dunkel von Angels Zimmer begegnet, und sie erlebten sogar ein paar Abende dieses stillen Staunens, wie Eltern sie erleben, wenn sie ihre Kinder im Schlaf beobachten. Doch Homer war viele Abende im Doppelbett neben Angels Bett eingeschlafen, nur dem Atem seines Sohnes lauschend; immerhin hatte Homer seine ganze Kindheit lang einzuschlafen versucht in einem Saal, wo eine ganze Schar kleiner Kinder lag und atmete.

Und gab es denn ein Gefühl, das stärker von Liebe erfüllt war, so fragte er sich, als ein Kind morgens zu wecken? Von Liebe erfüllt, und auch von Bangigkeit, so überlegte Homer. Bei Angel geschah es, daß er solche Liebe empfand; wenn Candy solche Augenblicke hatte, stellte Homer sich vor, mochte sie sie bei Wally haben. Die Freuden einer Waise sind nach Rubriken geteilt. In St. Cloud's war es am besten, frühmorgens hungrig zu sein; Pfannkuchen gingen nicht aus. Es gab Sex, was gutes Wetter (und natürlich Melony) voraussetzte; es gab Akte von Vandalismus und Landstreicherei (wiederum Melony, bei jedem Wetter), es gab einsame Akte und Augenblicke der Reflexion, die nur eintreten konnten, wenn es regnete (und nur ohne Melony). So sehr Homer sich eine Familie ersehnte, war er doch nicht geübt darin, die Vielseitigkeit einer Familie zu würdigen.

Diesen Juli – es war an einem heißen und trägen Sonnabend nachmittag – plätscherte Homer im Swimmingpool; er war den ganzen Morgen in den Obstgärten gewesen, die jungen Bäume mulchend. Angel hatte mit ihm gearbeitet, und jetzt war Angel schon aus dem Becken gesprungen, aber immer noch tropfend naß; er schleuderte mit Wally einen Baseball hin und her. Wally saß auf dem Rasen, auf einer kleinen Kuppe neben dem Swimmingpool, und Angel stand auf den Fliesen. Sie warfen den harten Ball hin und her, ohne zu sprechen, ganz konzentriert auf ihre Würfe. Wally feuerte den Ball mit beträchtlicher Wucht für jemanden in sitzender Haltung, doch Angel hatte mehr Saft hinter dem Ball. Der Ball klatschte satt in ihre dicken Handschuhe.

Candy kam vom Büro des Apfelmarktes zum Pool herüber. Sie trug ihre Arbeitskleidung – Bluejeans, ein Khaki-Militärhemd mit übergroßen Taschen und Epauletten; Arbeitsstiefel, eine Baseballkappe der Boston Red-Sox mit rückwärts gedrehtem Schirm. (Es war ihr wichtiger, ihr Haar vor der Sonne zu schützen als ihr Gesicht, weil im Sommer ihr Blondhaar weißer werden konnte, was, wie sie wußte, ihre Graussträhnen mehr hervorbrachte.)

»Ich weiß, die Männer sind Samstag mittag aus den Gärten verschwunden«, sagte sie, die Hände auf den Hüften, »aber die Frauen arbeiten im Markt bis drei.«

Homer hörte auf zu plätschern; er ließ seine Füße auf den Boden sinken und stand brusttief in dem Becken und schaute nach Candy. Wally schaute über die Schulter nach ihr und feuerte dann den Ball nach Angel, der ihn zurückschoß.

»Bitte haltet einmal den Ball, solange ich etwas zu sagen versuche«, sagte Candy.

Wally hielt den Ball. »Was versuchst du zu sagen?« fragte er.

»Ich glaube, am Sonnabend, solange noch Leute im Markt arbeiten, solltet ihr darauf verzichten, am Swimmingpool zu spielen – alle können euch hören, und ich glaube, es färbt irgendwie ab.«

»Was färbt wo ab?« fragte Angel.

»Daß ihr spielen und im Puppenhaus wohnen dürft, wie sie es nennen, und sie dürfen arbeiten«, sagte Candy.

»Pete arbeitet nicht«, sagte Angel. »Pete ist per Anhalter zum Strand gefahren.«

»Pete Hyde ist ein Kind«, sagte Candy. »Seine Mutter arbeitet noch.«

»Na, ich bin ein Kind, oder nicht?« fragte Angel schelmisch.

»Na, ich meine nicht ausgerechnet dich«, sagte Candy. »Was ist mit euch beiden?« fragte sie Homer und Wally.

»Na, ich bin auch ein Kind«, sagte Wally und warf den Ball zu Angel hinüber. »Ich spiele ohnehin nur den ganzen Tag.« Angel lachte und warf den Ball herüber, doch Homer Wells strahlte Candy aus seiner brusttiefen Lage im Swimmingpool an.

»Siehst *du*, was ich meine, Homer?« fragte ihn Candy. Homer ließ sich sinken; er hielt den Atem ein Weilchen an, und als er heraufkam, um Luft zu holen, ging Candy eben durch die Küchentür. Die Fliegengittertür knallte.

»Ach, geh schon!« rief Wally hinter ihr her. »Natürlich sehen wir, was du meinst!«

Und das war der Moment, als Homer es sagte. Homer spuckte etwas Wasser aus und sagte zu Angel: »Lauf und sag deiner Mutter, wenn sie etwas anderes anzieht, nehmen wir sie mit zum Strand.«

Angel war schon halbwegs beim Haus, bis Homer begriff, was er gesagt hatte, und Wally zu Angel sagte: »Sag ihr auch, sie soll eine andere Laune mitbringen.«

Während Angel in die Küche lief, sagte Wally: »Ich glaube, er hat nicht einmal gemerkt, was du gesagt hast, alter Junge.«

»Es ist nur, *weil* sie doch solch eine gute Mutter ist für ihn – ich kann nicht anders, ich sehe sie so«, sagte Homer.

»Ich bin sicher, es muß schwer sein«, sagte Wally, »sie nicht so zu sehen, wie man sie sehen möchte.«

»Was?« fragte Homer.

»Sie ist doch gewiß dominant, nicht wahr?« fragte Wally ihn. Homer zog wieder seinen Kopf unter Wasser – es war ein kühler Ort, um nachzudenken.

»Dominant?« sagte er, als er auftauchte.

»Na, jemand muß doch wissen, was man tut«, sagte Wally. »Jemand muß doch die Entscheidungen treffen.«

Homer Wells, der das Wort »Richtig« in sich aufsteigen fühlte wie ein unaufhaltsam vom Boden des Beckens aufsteigendes Bläschen, legte seine Hand auf den Mund und sah Wally an, der auf der Rasenkuppe saß, sein Rücken sehr gerade, den Baseballhandschuh auf dem Schoß, den Baseball in der Hand haltend (seinen Wurfarm erhoben). Homer Wells wußte, daß der Ball, wäre das Wort ihm entschlüpft, auf seiner sausenden Bahn zu ihm geflogen wäre, kaum daß das Wort in der Luft hing – und wahrscheinlich, bevor Homer wieder unter Wasser tauchen konnte.

»Sie weiß, was sie will«, sagte Homer Wells.

»Das weiß sie immer«, sagte Wally. »Und sie altert mit Anstand, findest du nicht?«

»Sehr anständig«, sagte Homer und kletterte aus dem Swimmingpool. Er vergrub sein nasses Gesicht in einem Handtuch. Mit geschlossenen Augen konnte er das feine Gitterwerk der Fältchen in Candys Augenwinkeln sehen, und die Sommersprossen auf ihrer Brust, wo sie sich im Laufe der Jahre zu viel Sonne gegönnt hatte. Da waren auch die wenigen, aber tieferen Falten, die sich quer über ihren sonst straffen Unterleib zogen; es waren Dehnungsstreifen, wie Homer wußte; er fragte sich, ob Wally wußte, woher sie kamen. Und da waren die Adern, die auf Candys schmalen Handrücken nun etwas stärker hervortraten, aber sie war noch immer eine schöne Frau.

Als Angel und Candy aus dem Haus kamen – bereit, zum

Strand zu fahren – beobachtete Homer seinen Sohn genau, um zu sehen, ob Angel gemerkt hatte, daß Homer Candy als »deine Mutter« bezeichnet hatte, doch Angel war, wie er immer war, und Homer konnte nicht sagen, ob Angel den Lapsus erfaßt hatte. Homer fragte sich, ob er Candy erzählen solle, daß Wally ihn erfaßt hatte.

Sie nahmen Candys zitronengelben Jeep. Candy fuhr; Wally saß vorne auf dem bequemen Sitz, und Homer und Angel teilten sich die Rückbank. Den ganzen Weg zum Strande schaute Wally nur angespannt aus dem Fenster, als sähe er die Straße zwischen Heart's Rock und Heart's Haven zum ersten Mal. Als hätte Wally, so dachte Homer Wells, soeben ein Flugzeug – über Birma – verlassen, als wäre sein Fallschirm eben aufgegangen und als suchte er einen Platz zum Landen.

Dies war das erste Mal, daß Homer mit Gewißheit wußte, daß Candy recht hatte.

Er weiß es, dachte Homer. Wally weiß es.

Der Apfelmarkt veränderte sich nie. Er war ebenfalls eine Familie. Nur Debra Pettigrew war fort; Big Dot Tafts kleine Schwester hatte einen Mann aus New Hampshire geheiratet, und sie kam nur an Weihnachten zurück nach Heart's Rock. Alle Weihnachten nahm Homer Wells Angel mit nach St. Cloud's. Sie aßen ein frühes Weihnachtsfrühstück mit Candy und Wally und packten eine Menge Geschenke aus; dann nahmen sie noch eine Menge mehr Geschenke mit nach St. Cloud's. Sie pflegten spätnachmittags einzutreffen, oder am frühen Abend, und feierten Weihnachten mit ihnen allen. Wie weinte doch Schwester Angela! Schwester Edna weinte, wenn sie wieder fuhren. Dr. Larch war freundlich, aber reserviert.

Der Apfelmarkt war beinah so unveränderlich wie St. Cloud's – in mancher Hinsicht war der Apfelmarkt noch unveränderlicher, weil die Leute nicht wechselten und die Waisen in St. Cloud's dauernd wechselten.

Herb Fowler ging immer noch mit Louise Tobey, die immer noch Drück-mich-Louise genannt wurde; sie war beinah fünfzig jetzt. Sie hatte Herb nie geheiratet (sie war nie darum gebeten worden), und doch hatte sie den matronenhaften Charme und die Gesten einer Ehefrau entwickelt. Herb Fowler war immer noch ein sehr plumper, sehr abgeschmackter Witzemacher (über die Gummis); er war einer von jenen hageren grauen Männern um sechzig, mit einem ungeheuerlichen Spitzbauch (für solch einen hageren Burschen); er trug seinen Wanst wie eine Diebesbeute und dürftig unter seinem Hemd versteckt. Und Meany Hyde war rundherum fett und kahl und freundlich wie immer; Florence, seine Frau, und die dicke Dot Taft regierten immer noch den Hühnerhof auf dem Apfelmarkt. Nur zeitweilig ernüchtert durch Grace Lynchs Tod, brachten die beiden Frauen (mit ihren schenkelstarken Oberarmen) immer noch Irene Titcomb zum Kichern (die immer noch ihre Gesichtshälfte mit dem Brandmal abwandte). Everett Taft, der ein sehr milder Vorarbeiter war, schien erleichtert, daß Homer jetzt das Anheuern übernommen hatte und daß die Bürde, zur Erntezeit Hilfskräfte anzuheuern, von ihm genommen war. Und Vernon Lynchs Verbitterung war so gewaltig, daß sie sich nicht auf bloße Einzelheiten beschränkte – auf Homers verantwortliche Stellung oder auf Graces Tod. Es war einfach eine Wut, die ihn beherrschte – brodelnd und stetig und ungemindert durch die Verheerungen von Vernons mehr als sechzig Jahren.

Homer Wells sagte, daß Vernon Lynch einen gleichbleibenden Hirntumor habe; er wachse nicht, er bewirke immer den gleichen Druck und den gleichen Konflikt. »Er ist einfach da, wie das Wetter, hm?« alberte Ira Titcomb, der Bienenhalter, mit Homer. Ira war fünfundsechzig, und er hatte wieder eine Zahl auf dem Anhänger notiert, den er zum Transportieren seiner Bienenstöcke benutzte: die Zahl der Male, die er von seinen Bienen gestochen worden war.

»Nur zweihunderteinundvierzig Mal«, sagte Ira. »Ich habe Bienen gehalten, seit ich neunzehn war. Also beläuft es sich nur auf fünf Komma zwei Stiche im Jahr. Ziemlich gut, hm?« fragte Ira Homer.

»Richtig«, murmelte Homer Wells und duckte sich vor dem

erwarteten Faustschlag, den Kopf einziehend in Erwartung des Baseballs, der ihm mit der Schnelligkeit von Mr. Roses Messerkunst ins Gesicht pfeifen würde.

Homer führte natürlich seine eigene Rechnung. Die Zahl der Male, die er Liebe gemacht hatte mit Candy, seit Wally heimgekehrt war aus dem Krieg, wurde mit Bleistift auf der Rückseite der Photographie von Wally mit der Besatzung der *Die Chance klopft an* notiert (und dann ausradiert und dann neu geschrieben). Zweihundertsiebzig – nur einige Male mehr als Ira Titcomb von Bienen gestochen worden war. Was Homer nicht wußte, war, daß auch Candy ein Konto führte – ebenfalls mit Bleistift geschrieben, schrieb sie »270« auf die Rückseite eines anderen Abzugs der Photographie von ihr, wie sie Homer schwimmen lehrte. Sie bewahrte die Photographie beinah nachlässig im Badezimmer auf, das sie sich mit Wally teilte, wo die Photographie immer halb verdeckt war von einer Schachtel Kleenex oder einer Flasche Shampoo. Es war ein unordentlich vollgestopftes Badezimmer, das Olive zweckdienlich eingerichtet hatte, bevor sie starb und bevor Wally heimkehrte; es hatte die bequemen Handgriffe, die Wally brauchte, um sich auf die und von der Toilette und in und aus der Badewanne zu helfen.

»Es ist das Standard-Krüppelbadezimmer«, pflegte Wally zu sagen. »Ein Affe würde sich gut amüsieren hier drinnen. Hier ist all das Zeug, an dem man sich hin und her schwingen kann.«

Und einmal diesen Sommer, auf dem Rückweg vom Strand, hatten sie das Auto auf dem Spielplatz der Grundschule in Heart's Haven geparkt. Wally und Angel wollten auf dem Dschungelturngerät spielen. Angel war sehr gewandt auf diesem Ding, und Wallys Arme waren so kräftig trainiert, daß er sich mit einer beunruhigend affenartigen Gewandtheit und Kraft hindurchbewegen konnte – beide wie Affen zu Homer und Candy herüberbrüllend, die im Auto warteten.

»Unsere beiden Kinder«, hatte Homer zu der Liebe seines Lebens gesagt.

»Ja, unsere Familie«, hatte Candy gesagt, lächelnd – und Wally und Angel beobachtend, wie sie kletterten und schwangen, kletterten und schwangen.

»Es ist besser für sie, als Fernsehen zu gucken«, sagte Homer Wells, der sich Wally und Angel stets als Kinder dachte. Homer und Candy waren sich einig, daß Wally zu viel Fernsehen guckte, was ein schlechter Einfluß auf Angel war, der gern mit ihm guckte.

Wally war so begeistert vom Fernsehen, daß er Homer sogar ein Fernsehgerät geschenkt hatte, das er nach St. Cloud's bringen sollte. Natürlich war der Empfang sehr schlecht dort oben, was womöglich die McCarthy-Hearings verbesserte, die Wilbur Larchs erste längere Erfahrung mit dem Fernsehen waren.

»Gott sei Dank kam es nicht klar durch«, schrieb er an Homer.

Schwester Caroline war schlechter Laune gewesen dies ganze Jahr. Wenn die U.S.-Armee tatsächlich »Kommunisten hätschelte«, wie Senator McCarthy behauptete, dann überlegte sich Schwester Caroline, wie sie sagte, sich freiwillig zu melden.

Wilbur Larch, der sich anstrengte, Senator McCarthy durch das Schneetreiben und die Zickzacklinien des Fernsehens zu erkennen, sagte: »Er sieht mir aus wie ein Trinker. Ich möchte wetten, er wird jung sterben.«

»Nicht jung genug für mich«, sagte Schwester Caroline.

Schließlich schenkten sie den Fernseher weg. Schwester Edna und Mrs. Grogan wurden süchtig darauf, und Larch kam auf die Idee, daß es für die Waisen schlimmer sei als organisierte Religion. »Es ist besser als Äther, Wilbur«, klagte Schwester Edna, aber Larch blieb fest. Er schenkte das Ding dem Bahnhofsvorsteher, der (nach Larchs Meinung) die perfekte Sorte von Schwachkopf war für diese Erfindung; es war genau das richtige, um die Gedanken von jemand zu beschäftigen, der den ganzen Tag auf Züge wartete. Wilbur Larch war es, der als erster in Maine das Fernsehen als das bezeichnete, was es war: »eine Idiotenkiste«. Maine natürlich – und insbesondere St. Cloud's – schien alles langsamer zu kapieren als der Rest des Landes.

Aber Wally guckte begeistert, und Angel guckte mit ihm,

wann immer Candy und Homer nichts dagegen einzuwenden hatten. Wally behauptete zum Beispiel, daß Fernseh-Ereignisse wie die McCarthy-Hearings erzieherisch gut wären für Angel. »Er sollte wissen«, sagte Wally, »daß das Land immer bedroht ist durch Irre vom rechten Flügel.«

Auch wenn Senator McCarthy infolge der Hearings die Unterstützung von Millionen Menschen verlor – und auch wenn der Senat ihn verurteilte für sein »geringschätziges« Betragen gegenüber einem Subkomitee, das seine Finanzen untersucht hatte, sowie für seine Beschimpfung eines Komitees, das empfohlen hatte, ihn der Zensur zu unterstellen, war der Treuhänderausschuß von St. Cloud's vorteilhaft beeindruckt von Senator McCarthy. Mrs. Goodhall und Dr. Gingrich vor allem fühlten sich ermutigt, Klage zu führen über Schwester Carolines sozialistische Ansichten und Neigungen, die, wie sie fanden, dem Waisenhaus einen Anflug von Rosa gaben.

Schwester Carolines Ankunft hatte dem Ausschuß ein wenig Wind aus den Segeln genommen. Wenn Mrs. Goodhall anfangs erleichtert vernahm, daß jemand »Neues« in St. Cloud's eingekehrt war, so entdeckte sie nachträglich irritiert, daß Schwester Caroline eine gute Meinung hatte von Dr. Larch. Dies veranlaßte Mrs. Goodhall zu einer Überprüfung Schwester Carolines, deren Schwesternzeugnisse perfekt waren, deren politische Aktivitäten aber Mrs. Goodhall einen Hoffnungsschimmer schenkten.

Viele Male hatte Mrs. Goodhall dem Ausschuß ihre These vorgetragen, daß Dr. Larch nicht nur in den Neunzigern, sondern daß er auch ein nicht aktiver, verkappter Homosexueller sei. Nun warnte sie den Ausschuß, daß Dr. Larch eine junge Rote angeheuert habe.

»Sie sind alle so alt, sie werden nur allzu leicht Opfer einer Gehirnwäsche«, sagte Mrs. Goodhall.

Dr. Gingrich, der zunehmend fasziniert war von Mrs. Goodhalls Gedankensprüngen, wunderte sich immer noch über die verwirrende Vorstellung von einem nicht aktiven Homosexuellen; es war, wie ihm schien, eine brillante Anschuldigung gegen jemanden, der leicht (oder erheblich) anders war. Es war das beste Gerücht, das man über jemanden in Umlauf setzen konnte, weil es niemals bewiesen oder widerlegt werden konnte. Dr. Gingrich wünschte sich, er wäre – nur als Provokation – auf die Idee einer solchen Anschuldigung gekommen, solange er noch Psychiatrie praktizierte.

Und jetzt war Dr. Larch nicht nur alt und homosexuell und nicht-aktiv – er war auch in Gefahr, von einer jungen Roten eine Gehirnwäsche verpaßt zu bekommen.

Dr. Gingrich brannte darauf, Dr. Larchs Reaktion auf die Anschuldigung zu erfahren, er sei ein nicht-aktiver Homosexueller, weil Dr. Larch betreffend Schwester Carolines politischen Standpunkts so entschieden war.

»Sie ist Sozialistin, nicht Kommunistin!« protestierte Dr. Larch gegenüber dem Ausschuß.

»Kommt aufs gleiche heraus«, wie man in Maine über so manche Dinge sagt.

»Als nächstes«, klagte Larch gegenüber seinen Schwestern, »werden sie uns auffordern, Sachen anzuprangern.«

»Was sollten wir anprangern?« fragte Schwester Edna beunruhigt.

»Machen wir eine Liste«, sagte Larch.

»Die Abtreibungsgesetze«, sagte Schwester Angela.

»Ganz oben auf der Liste!« pflichtete Larch bei.

»Oh, du meine!« sagte Schwester Edna.

»Die Republikanische Partei«, sagte Wilbur Larch. »Und den Treuhänderausschuß«, fügte er hinzu.

»Oh, du liebe«, sagte Schwester Edna.

»Den Kapitalismus«, sagte Schwester Caroline.

»Hier hat es niemals Kapital gegeben«, sagte Dr. Larch.

»Insekten und Schorf«, sagte Schwester Edna. Alle starrten sie an. »Und Maden«, fügte Schwester Edna hinzu. »Sie sind es, weswegen ich die Apfelbäume spritze. Insekten und Schorf und Maden.«

Infolgedessen grub Wilbur Larch aus einem Wandschrank die alte schwarze Ledertasche aus, die er an der Bostoner Entbindungsanstalt gehabt hatte; er brachte die Tasche zu einem Flick-schuster in Three Mile Falls, der auch Damenhandtaschen repa-rierte und goldene Initialen auf Sätteln anbrachte, und auf diese alte Tasche ließ er den Flickschuster die goldenen Initialen F.S. gravieren – für Fuzzy Stone.

Diesen August 195–, nur ein paar Tage bevor die Pflücker-mannschaft erwartet wurde auf Ocean View, schickte Wilbur Larch die Arzttasche an Homer Wells. Es war die Jahreszeit, da Melony jedes Jahr ihren Urlaub nahm.

Die meisten der Schiffswerftarbeiter, sogar die Elektriker, nahmen ein paar Wochen im Sommer und ein paar Wochen um Weihnachten, doch Melony nahm einen ganzen Monat während der Erntezeit; sie fühlte sich gut – oder vielleicht wieder jung – beim Äpfelpflücken. Dieses Jahr hatte sie beschlossen, sie würde sich auf Ocean View anheuern lassen.

Sie reiste immer noch per Anhalter, wohin und wann immer sie reiste, und weil sie nur Männerkleider trug, sah sie immer noch aus wie eine Landstreicherin; niemand hätte je gewußt, daß sie eine qualifizierte Schiffswerften-Elektrikerin war, mit genug Geld auf dem Sparkonto, um sich ein hübsches Haus und ein paar Autos zu kaufen.

Als Melony im Apfelmarkt eintraf, sah Big Dot Taft sie als erste. Die dicke Dot und Florence Hyde stellten eben einige Schautische auf, obwohl die einzigen neuen Äpfel, die sie vorrä-tig hatten, Gravensteiner waren. Sie hatten hauptsächlich Säfte und Marmelade und Honig. Irene Titcomb feuerte die Pasteten-öfen ein. Wally war im Büro; er war am Telephon und sah Melony nicht – und sie sah ihn nicht.

Candy war in der Küche des Puppenhauses und sprach über Immobilien mit Bucky Bean, Olives vulgärem Bruder. Bucky hatte aufgekauft, was von der Landzunge übrig war, die Ray Kendall im Hafen von Heart's Haven besessen hatte. Bucky hatte dort ein sehr billiges und schäbiges Meeresfrüchtelokal auf-gemacht – eines der ersten Auto-Restaurants von Maine, eines jener Lokale, wo junge Mädchen, angezogen wie Jubelchor-majoretten, einem ein hauptsächlich fritiertes und hauptsächlich lauwarmes Essen bringen, das man in seinem Auto verzehrt. Das Essen wird ans Auto serviert, und zwar auf wackeligen kleinen Tabletts, die an die Türen der Autos gehängt werden, nachdem dort die Fenster herabgekurbelt sind. Homer hätte Wilbur Larch gerne mal in solch ein Lokal mitgenommen – nur um zu hören, was der alte Herr sagen würde. Larchs Antwort, dessen war Homer sicher, wäre ähnlich ausgefallen wie seine Antwort auf das Fernsehen und auf Senator McCarthy.

Bucky Beans neue Idee war, jenen Teil des Obstgartens zu kaufen, der Cock Hill hieß, und ihn zu Ein-Acre-Parzellen als »Sommergrundstück« mit Blick auf den Ozean zu verkaufen.

Candy war gerade dabei, das Angebot abzulehnen, als Melony im Apfelmarkt eintraf. Candys Standpunkt war, daß die Ein-Acre-Parzellen zu klein wären und daß die ahnungslosen neuen Besitzer nicht vorbereitet wären auf die auf die Äpfel verspritzten Chemikalien, die regelmäßig herüberschweben und jeden Sommer auf ihre Grundstücke herabsinken würden. Auch würden die Familien, die Grundstücke kauften und Häuser bauten, zweifellos glauben, daß es ihr Recht sei, über die Zäune zu klettern und so viele Äpfel zu pflücken, wie sie wollten.

»Du bist genau wie Olive«, klagte Bucky Bean. »Du hast keine Phantasie hinsichtlich der Zukunft.«

Das war der Moment, in dem Melony sich Big Dot Taft näherte, nicht nur weil Big Dot die Verantwortliche zu sein schien, sondern auch, weil große fette Frauen auf Melony wohltuend wirkten. Big Dot lächelte, als sie sah, wie stämmig Melony war; die beiden Frauen schienen im voraus dazu bestimmt, einander sympathisch zu finden, als Melony sprach – und ihre Stimme hallte durch die beinah leeren Marktbuden und überraschte Meany Hyde und Vernon Lynch, die gerade Wasser in den Kühler des John Deere füllten. Wenn Melony normal zu sprechen versuchte, war ihre Stimme besonders tief; wenn sie ihre Stimme zu heben versuchte, glaubten die meisten, sie brülle.

»Arbeitet hier ein Kerl namens Homer Wells?« fragte Melony die dicke Dot.

»Klar tut er das«, sagte Big Dot fröhlich. »Bist du eine Freundin von Homer?«

»War ich mal«, sagte Melony. »Ich habe ihn ein Weilchen nicht gesehen«, fügte sie bescheiden hinzu – wenigstens bescheiden für Melony, die seit ihrer Liebesaffäre mit Lorna manchmal verlegen und schüchtern war bei anderen Frauen; ihr Selbstvertrauen gegenüber Männern war unerschütterlich wie immer.

»Wo ist Homer?« fragte Florency Hyde Meany. Er starrte Melony an.

»Er stellt Kisten auf in der Frying-Pan«, sagte Meany Hyde. Irgend etwas machte ihn frösteln.

»Willst du hier bloß vorbeischauen?« fragte Big Dot Melony, deren Finger – wie Dot bemerkte – sich instinktiv öffneten und schlossen, sich zu Fäusten ballten und sich wieder entspannten.

»Eigentlich bin ich um Arbeit gekommen«, sagte Melony. »Ich habe schon 'ne Menge gepflückt.«

»Homer heuert die Pflücker an«, sagte Big Dot. »Ich schätze, du wirst Glück haben – wo ihr alte Freunde seid.«

»Es ist zu früh, um Pflücker anzuheuern«, sagte Vernon Lynch. Irgend etwas in der Art, wie Melony ihn anschaute, ließ ihn nicht auf diesem Punkt beharren.

»Fahr doch und sage Homer, daß jemand da ist und ihn sehen will«, sagte Big Dot zu Vernon. »Homer ist der Boss.«

»Der Boss?« fragte Melony.

Irene Titcomb kicherte und wandte ihre Brandnarbe ab. »Es ist eigentlich eine Art Geheimnis – wer hier der Boss ist«, sagte Irene.

Vernon Lynch trat dem Traktor so hart aufs Gas, daß ein öliger schwarzer Rauch aus dem Auspuffrohr bellte und über die Frauen im Markt wehte.

»Wenn du hier arbeiten wirst«, sagte Big Dot zu Melony, »kannst du's auch gleich wissen: der Kerl, der den Traktor fährt, ist das Arschloch Nummer Eins.«

Melony zuckte die Schultern. »Gibt's hier nur eines?« fragte sie, und Big Dot lachte.

»Oh, meine Pasteten!« sagte Irene Titcomb, und rannte weg.

Florence Hyde musterte Melony freundlich und Big Dot legte Melony ihre fleischige Pranke auf die Schulter, als wären sie lebenslange Freundinnen. Irene Titcomb kam zu ihnen zurückgerannt und verkündete, die Pasteten seien gerettet.

»Erzähle uns doch, woher kennst du Homer Wells?« sagte Florence Hyde zu Melony.

»Von wo und seit wann?« fragte die dicke Dot Taft.

»Von Saint Cloud's, seit ewig«, erzählte Melony ihnen. »Er war mein Kerl«, erzählte sie den Frauen, und ihre lächelnden Lippen zeigten den Schaden, der ihren Zähnen angetan worden war.

»Was du nicht sagst?« sagte Big Dot Taft.

Homer Wells und sein Sohn Angel redeten über die Masturbation – oder vielmehr, Homer redete. Sie hatten ihre Mittagspause unter einem der alten Bäume in der Frying-Pan gemacht; sie hatten den ganzen Morgen Kisten aufgestellt – abwechselnd den Traktor fahrend und die Kisten ausladend. Sie hatten ihr Sandwich aufgegessen, und Angel hatte seine Limonade geschüttelt und seinen Vater damit bespritzt, und Homer hatte versucht, eine zwanglose Art zu finden, das Thema Masturbation anzuschneiden. Candy hatte Homer gegenüber erwähnt, daß das Zeugnis auf Angels Bettlaken den Schluß nahelege, es könnte die rechte Zeit sein für ein Vater-und-Sohn-Gespräch bezüglich Angels offenkundig erwachender Sexualität.

»Junge, als ich in deinem Alter war – in St. Cloud's – war es tatsächlich schwer, sich einigermaßen ungestört einen 'runterzuholen«, hatte Homer angefangen (zwanglos, wie er dachte).

Sie hatten auf dem Rücken im hohen Gras gelegen, unter dem vollsten Baum in der Frying-Pan – die Sonne konnte nicht durchdringen durch die saftigen, herabgebogenen Zweige und all die schweren Äpfel.

»Tatsächlich«, sagte Angel gleichgültig, nach einer Weile.

»Ja, hm«, sagte Homer. »Weißt du – ich war der älteste – etwa in deinem Alter – und ich war angeblich mehr oder minder verantwortlich für all die anderen Kinder. Ich wußte, sie waren nicht mal alt genug, um Schamhaar zu haben, oder sie wußten nicht mal, was sie anfangen sollten mit ihrem kleinen Steifen.«

Angel lachte. Homer lachte ebenfalls.

»Wie hast du's also geschafft?« fragte Angel seinen Vater nach einer Weile.

»Ich wartete, bis ich dachte, sie schliefen alle, und dann versuchte ich das Bett ruhig zu halten«, sagte Homer. »Aber du hast keine Ahnung, wie lange es dauern kann, bis zwölf oder fünfzehn Jungen einschlafen!«

Sie lachten beide noch ein bißchen mehr.

»Da war noch ein anderer Kleiner, der alt genug war, etwas davon zu wissen«, vertraute Homer ihm an. »Ich glaube, er fing eben an, das Spiel mit sich selber auszuprobieren – ich glaube, das erste Mal, daß er's tatsächlich machte, hatte er keine Ahnung, was da passieren würde. Und als er tatsächlich spritzte – als er ejakulierte, weißt du – glaubte er, er hätte sich verletzt. In der Dunkelheit glaubte er wahrscheinlich, daß er blutete!«

Die Geschichte war der reinste Roman, aber Angel Wells gefiel sie; er lachte ziemlich frühreif, was seinen Vater ermutigte, fortzufahren.

»Na, er war so besorgt – er bat mich immer wieder, das Licht anzuknipsen, er sagte, etwas in ihm sei gebrochen«, sagte Homer.

»Gebrochen?« sagte Angel, und beide heulten vor Lachen.

»Ja«, sagte Homer. »Und als ich das Licht anknipste und er sich betrachtete, da sagte er: ›O Gott, ich bin losgegangen‹ – als spräche er über ein Gewehr, und als hätte er sich ins Bein geschossen damit!«

Darüber lachten Vater und Sohn wieder ein Weilchen.

Dann sagte Homer, ernster: »Natürlich versuchte ich, ihm alles zu erklären. Es war schwierig, ihm begreiflich zu machen, daß er nichts Unrechtes getan hatte – weil es ganz natürlich ist; es ist völlig gesund und normal, aber diese Dinge werden irgendwie verzerrt dargestellt.«

Angel war jetzt still; vielleicht erkannte er den Grund für diese Geschichte.

»Aber stell dir nur vor, wie ich diesem Kleinen zu erklären versuchte – er war ein ganzes Stück jünger, als du jetzt bist – daß es nur natürlich sei, wenn er erregt war beim Gedanken an Mädchen, und an Sex, lange bevor er die Gelegenheit haben würde, etwas mit Mädchen zu machen. Oder tatsächlich Sex zu machen«, fügte Homer hinzu. Er hatte wahrhaftig sein Anliegen breitgeklopft, und er machte eine Pause, um zu sehen, wie sein Sohn es aufnahm; Angel, der einen langen Grashalm im Mund hatte, lag auf dem Rücken und starrte auf den ausladenden Stamm des riesigen Baumes.

Sie schwiegen eine Weile, und dann sagte Homer: »Gibt es etwas, was du mich fragen möchtest – über irgend etwas?«

Angel ließ ein kurzes Lachen hören; dann machte er eine Pause. »Ja«, sagte Angel zu seinem Vater. »Ich frage mich, wieso du keine Freundin hast – wieso du nicht mal interessiert zu sein scheinst.«

Dies war nicht die Frage, die Homer im Anschluß an seine Vögel-und-Bienen-Einleitung erwartet hatte, doch nach ein paar Sekunden wurde ihm klar, daß die Frage zu erwarten gewesen wäre und daß eine vernünftige Antwort darauf Angel zweifellos mehr am Herzen liegen mochte als alle Wahrheiten über die Masturbation.

»Ich hatte eine Freundin, in Saint Cloud's«, sagte Homer. »Sie war irgendwie grob zu mir. Sie war manchmal ein Tyrann. Älter als ich, und damals war sie stärker als ich!« sagte er lachend.

»Ohne Witze«, sagte Angel; er lachte nicht; er hatte sich auf seine Ellbogen herübergewälzt und beobachtete seinen Vater aufmerksam.

»Na, wir waren uns nicht sehr ähnlich«, sagte Homer. »Es war einer von diesen Fällen, wo Sex passiert, bevor eine Freundschaft da ist, oder wo eigentlich keine Freundschaft da ist – und nach einer kurzen Zeit war da auch kein Sex mehr. Danach bin ich mir nicht so sicher, was das für eine Beziehung war.«

»Es war irgendwie ein schlechter Start, willst du sagen?« fragte Angel.

»Richtig«, sagte sein Vater.

»Also, was passierte danach?« fragte Angel.

»Ich traf Wally und Candy«, sagte Homer vorsichtig. »Ich schätze, ich hätte Candy geheiratet – wenn sie nicht Wally geheiratet hätte. Sie war beinah meine Freundin, ungefähr fünf Minuten lang. Das war, als Wally im Krieg war, als wir uns fragten, ob er noch am Leben sei«, sagte Homer rasch. »Ich bin Wally und Candy immer so nah gewesen, und dann – nachdem ich dich hatte – fing ich an zu glauben, ich hätte schon alles, was ich mir wünschte.«

Angel Wells wälzte sich auf seinen Rücken und starrte den Stamm des Baumes hinauf. »Also, irgendwie hast du Candy immer noch gern?« fragte er. »Du interessierst dich für keine andere?«

»Irgendwie«, sagte Homer Wells. »Hast du schon eine getroffen, für die du dich interessierst?« fragte er, in der Hoffnung, das Thema zu wechseln.

»Keine, die sich für mich interessiert«, sagte sein Sohn. »Ich meine, die Mädchen, an die ich denke, sind alle zu alt, um mich auch nur anzusehen.«

»Das wird sich ändern«, sagte Homer und stieß Angel in die Rippen; der Junge zog die Knie an und rollte sich auf die Seite und stieß seinen Vater wieder. »Ziemlich bald«, sagte Homer, »werden die Mädchen Schlange stehen, um dich anzusehen.« Er packte Angel im Schwitzkasten, und sie fingen an zu ringen. Ringen mit Angel war eine Möglichkeit, wie Homer in engem physischen Kontakt bleiben konnte mit dem Jungen – lange nachdem es Angel peinlich geworden war, in der Öffentlichkeit umarmt und geküßt zu werden. Ein fünfzehnjähriger Junge hat nicht gern seinen Vater überall an sich hängen, aber Ringen war völlig respektabel; das war immer noch erlaubt. Sie rangen so hart und unter solchem Gelächter – und so hartem Keuchen – daß sie Vernon Lynch gar nicht kommen hörten.

»He, Homer!« sagte Vernon scharf und gab ihnen einen Tritt, während sie sich auf der Erde unter dem großen Baum wälzten – in der Art vielleicht, wie er versucht hätte, kämpfende Hunde zu trennen. Als sie ihn über sich stehen sahen, erstarrten sie in einer verlegenen Umarmung – als wären sie bei etwas ertappt worden, was sie nicht tun sollten. »Falls du aufhören kannst 'rumzublödeln«, sagte Vernon, »habe ich eine Neuigkeit für dich.«

»Für mich?« sagte Homer Wells.

»Da ist eine fette Frau, die sagt, daß sie dich kennt. Sie ist im Markt«, sagte Vernon. Homer lächelte. Er kannte mehrere fette Frauen im Markt; er vermutete, daß Vernon die dicke Dot Taft meinte, oder Florence Hyde. Sogar Drück-mich-Louise hatte Gewicht zugesetzt in den letzten Jahren.

»Ich meine, eine *neue* fette Frau«, sagte Vernon. Er setzte sich in Bewegung, zurück zu seinem Traktor. »Sie sagt, sie will als Pflückerin gehen, und sie fragt nach dir. Sie kennt dich.«

Homer kam langsam auf die Füße; er war über eine Wurzel des großen Baumes gerollt, und die Wurzel hatte ihm die Rippen gequetscht. Auch hatte Angel ihm Gras hinten ins Hemd gestopft. Angel sagte zu seinem Vater: »Oh, eine fette Frau, hm? Ich schätze, du hast mir nichts erzählt von der fetten Frau.« Als Homer sein Hemd aufknöpfte, um das Gras herauszuschütteln, knuffte Angel seinen Vater in den nackten Bauch. Das war der Moment, als Angel merkte, daß sein Vater gealtert war. Er war immer noch ein gut gebauter Mann, und kräftig von all der Arbeit in den Obstgärten, aber ein bißchen Bauch schob sich doch über den Gürtel seiner Jeans und sein Haar, vom Ringen zerzaust, war mehr von Grau gesprenkelt als von Gras. Da war etwas Hartes um Homers Augenwinkel, das Angel ebenfalls noch nicht bemerkt hatte.

»Pop?« fragte Angel ihn leise. »Wer ist die Frau?« Aber sein Vater sah ihn mit Panik in den Augen an; er war drauf und dran, sein Hemd verkehrt zuzuknöpfen, und Angel mußte ihm dabei helfen. »Es kann doch nicht die Tyrannin sein, oder?« versuchte Angel mit seinem Vater zu scherzen – ihr Umgangston war oft sehr scherzhaft; doch Homer sprach nicht, er lächelte nicht einmal. Ein halber Anhänger voll Apfelkisten mußte noch entladen werden, aber Homer fuhr zu schnell, ab und zu eine Kiste verlierend. Im Handumdrehen hatten sie einen leeren Anhänger, und auf dem Weg zurück zum Apfelmarkt nahm Homer die öffentliche Straße, statt sich durch die hinteren Obstgärten zu schlängeln. Die öffentliche Straße war schneller, auch wenn Homer allen Fahrern gesagt hatte, sich von ihr fernzuhalten, wann immer sie konnten – zur Vermeidung möglicher Unfälle mit dem Strandverkehr auf dieser Straße im Sommer.

Kindern bleibt die Bedeutung eines Augenblicks am besten haften, wenn sie miterleben, wie Vater oder Mutter die eigenen Spielregeln brechen.

»Glaubst du, sie ist es?« schrie Angel seinem Vater zu. Er stand über den Schultern seines Vaters, seine Hände auf dem Sitz des Traktors, seine Füße gegen die Anhängerkupplung gestemmt. »Du mußt zugeben, es ist ein wenig aufregend«, fügte der Junge hinzu, aber Homer blickte hart vor sich hin.

Homer parkte Traktor und Anhänger bei den Lagerschuppen neben dem Markt. »Du kannst anfangen, die nächste Fuhre aufzuladen«, sagte er zu Angel, aber so leicht wurde er Angel nicht los. Der Junge folgte ihm auf dem Fuß zum Apfelmarkt, wo Big Dot und Florence und Irene die unerbittliche und wuchtige Melony umringten.

»Sie *ist* es, nicht wahr?« flüsterte Angel seinem Vater zu.

»Hallo, Melony«, sagte Homer Wells. Da war kein Laut in der reglosen Sommerluft.

»Wie geht's dir, Sonnenstrahl?« fragte Melony ihn.

»Sonnenstrahl!« sagte die dicke Dot Taft.

Sogar Angel mußte es laut nachsprechen. Man stelle sich vor: sein Vater, ein »Sonnenstrahl«!

Aber auch wenn sie jahrelang darauf gewartet hatte, ihn wiederzusehen, hing Melonys Blick nicht an Homer Wells, sondern an Angel. Melony konnte ihren Blick nicht von dem Jungen wenden. Homer Wells, ein annehmbar gut aussehender Mann in den Vierzigern, erinnerte Melony nicht eben sehr an den Homer Wells, den sie gekannt hatte; Angel war es vielmehr, der Melony so über alle Maßen verblüffte. Sie hatte nicht damit gerechnet, fast umgeworfen zu werden von dieser wie aus dem Gesicht geschnittenen Ähnlichkeit mit dem Jungen, den sie einst gekannt hatte. Der arme Angel fühlte sich ein wenig schrumpfen unter dem wilden Blick, den Melony über ihn gleiten ließ, doch er war ein junger Gentleman und lächelte die Fremde gewinnend an.

»Da gibt's keinen Zweifel, wer *du* bist«, sagte Melony zu dem Jungen. »Du siehst deinem Vater ähnlicher als dein Vater.« Big Dot und die Damen vom Apfelmarkt hingen an ihren Lippen.

»Es ist nett, daß du eine Ähnlichkeit siehst«, sagte Homer Wells, »aber mein Sohn ist adoptiert.«

Hatte Homer Wells denn nichts gelernt? Nach all diesen Jahren harter Schläge, diesen Jahren von Muskeln und Fett und Verrat und deutlichem Älterwerden – sah er denn immer noch nicht in Melonys lodernden traurigen Augen, daß da etwas an ihr war, das sich nicht hinters Licht führen ließ?

»Adoptiert?« sagte Melony, ihre gelb-grauen Augen keinen Moment von Angel wendend. Sie war enttäuscht von ihrem ältesten Freund: daß er nach all diesen Jahren noch immer versuchte, sie zu täuschen.

Das war der Moment, als Candy – die Bucky Bean endlich losgeworden war – in den Apfelmarkt geschlendert kam, einen Gravensteiner aus einem Korb auf dem ersten Schautisch nahm, einen herzhaften Biß tat, feststellte, daß niemand zu arbeiten schien und zu dem kleinen Menschenauflauf herüberkam.

Weil die natürlichste Stelle, wo Candy in den Kreis eintreten konnte, zwischen Homer und Angel war, trat sie zwischen die beiden; und nachdem sie den Mund voll hatte von dem frischen Apfel, war sie ein wenig verlegen, die Fremde ansprechen zu müssen.

»Hallo!« brachte sie fertig, zu Melony zu sagen, die augenblicklich in Candys Gesicht jene wenigen Züge Angels wiederfand, die sie in ihrer Erinnerung an Homer Wells nicht hatte unterbringen können.

»Das ist Melony«, sagte Homer zu Candy, die an dem Apfel würgte – vor langer Zeit, auf dem Dach des Ziderhauses, hatte sie alles gehört über Melony. »Das ist Missus Worthington«, murmelte Homer zu Melony.

»Wie geht's?« brachte Candy hervor.

»Missus Worthington?« sagte Melony, ihre Luchsaugen hin

644

und her flitzend jetzt von Angel zu Candy, und von Angel zu Homer Wells.

Das war der Moment, als Wally sich aus dem Büro rollte und in den Apfelmarkt.

»Arbeitet denn niemand heute?« fragte er auf seine freundliche Art. Als er sah, daß eine Fremde da war, wurde er höflich. »Oh, hallo!« sagte er.

»Hallo«, sagte Melony.

»Das ist mein Mann«, sagte Candy, durch jede Menge Äpfel hindurch.

»Ihr Mann?« sagte Melony.

»Das ist Mister Worthington«, murmelte Homer Wells.

»Alle nennen mich Wally«, sagte Wally.

»Melony und ich waren im Waisenhaus zusammen«, erklärte Homer.

»Wirklich?« sagte Wally begeistert. »Das ist großartig«, sagte er. »Laß sie von jemand herumführen. Zeige ihr auch das Haus«, sagte Wally zu Homer. »Vielleicht möchten Sie gerne schwimmen?« fragte er Melony, die zum ersten Mal in ihrem Leben nicht wußte, was sie sagen sollte. »Dot?« sagte Wally zur dicken Dot Taft. »Stellen Sie mir die Zahl der Bushel Gravensteiner fest, die wir im Lager haben. Ich habe eine Bestellung am Telephon warten.« Er wendete den Rollstuhl sehr glatt und rollte wieder los ins Büro.

»Meany weiß, wieviele da sind«, sagte Florence Hyde. »Er war eben drinnen.«

»Dann soll jemand Meany holen, damit er's mir sagt«, sagte Wally. »Nett, Sie kennengelernt zu haben«, rief er Melony zu. »Bitte, bleiben Sie zum Abendbrot.«

»Danke!« rief Melony Wally nach.

Er brauchte keine Hilfe, um in das Büro und hinaus zu gelangen, weil Everett Taft (vor Jahren) die Schwelle herausgenommen und die Fliegengittertür so eingerichtet hatte, daß sie nach beiden Seiten schwang – wie eine Saloontür. Wally konnte ohne Unterstützung kommen und gehen.

Er ist hier der einzige Held, dachte Melony, als sie die Tür hinter dem Rollstuhl zuschwingen sah; sie konnte ihre Hände nicht beherrschen. Am liebsten wollte sie Angel anfassen und an ihm zupfen – seit Jahren hatte sie Homer Wells zwischen ihre Hände bekommen wollen, doch jetzt wußte sie nicht, was sie mit ihm machen wollte. Wäre sie plötzlich auf alle Viere gefallen, oder hätte sie sich geduckt in einer für den Kampf besser geeigneten Pose, dann wäre Homer Wells, das wußte sie, bereit gewesen; sie merkte, daß auch er keine Macht hatte über seine Hände; seine Finger spielten Tipp-Tapp auf seinen Schenkeln. Am schwersten war es für Melony, sich klarzumachen, daß da keine Liebe zu ihr war in seinen Augen; er schaute drein wie ein gefangenes Tier – da war keine Begeisterung oder Neugier, sie wiederzusehen, nirgends an ihm. Hätte sie den Mund aufgemacht und von dem Jungen angefangen – wie eindeutig er keine Waise war! – dann wäre Homer Wells ihr an die Kehle gefahren, bevor sie die Geschichte ausspucken konnte.

Niemand schien sich zu erinnern, daß Melony – unter anderen Gründen – wegen Arbeit gekommen war. Angel sagte: »Möchten Sie vielleicht zuerst den Swimmingpool sehen?«

»Na, ich kann nicht schwimmen«, sagte Melony, »aber es wäre nett, ihn zu sehen.« Sie lächelte Homer an, mit einer so untypischen Wärme – die alles über ihre schlechten Zähne verriet – daß Homer fröstelte. Der Apfel, von dem nur ein unbehaglicher Bissen abgebissen worden war, hing wie ein Bleigewicht am Ende von Candys schlaff herabhängendem Arm.

»Ich werde Ihnen das Haus zeigen«, sagte Candy. »Nachdem Angel Ihnen den Swimmingpool gezeigt hat.« Sie ließ den ungegessenen Apfel fallen, dann lachte sie über sich selbst.

»Ich werde dir die Obstgärten zeigen«, murmelte Homer.

»Du brauchst mir keine Obstgärten zu zeigen, Sonnenstrahl«, sagte Melony. »Ich habe schon jede Menge Obstgärten gesehen.«

»Oh«, sagte er.

»Sonnenstrahl«, sagte Candy ausdruckslos.

Angel knuffte seinen Vater in den Rücken, während sie zum Haus und zum Swimmingpool schritten; Angel fand immer noch, diese Überraschung sei ein großer und unerwarteter Spaß.

Homer drehte sich kurz um und runzelte die Stirn über seinen Sohn, was Angel noch spaßiger fand. Während der Junge Melony den Swimmingpool zeigte – unter besonderem Hinweis auf die Rampe für Wallys Rollstuhl – warteten Homer und Candy in der Küche auf sie.

»Sie weiß Bescheid«, sagte Homer zu Candy.

»Was?« sagte Candy. »Was weiß sie?«

»Melony weiß alles«, sagte Homer Wells – in einer Trance von beinah ätherischer Intensität.

»Wie könnte sie?« fragte Candy ihn. »Hast du es ihr erzählt?«

»Mach dich nicht lächerlich«, sagte Homer. »Sie weiß es einfach – sie weiß immer alles.«

»Mach du dich nicht lächerlich«, sagte Candy verdrießlich.

»Wally ist ein großartiger Schwimmer«, erklärte Angel Melony. »Im Ozean muß man ihn nur über die Brecher hinaustragen. Ich kann ihn tragen.«

»Du bist ein gutaussehender Bursche«, sagte Melony zu Angel. »Du siehst besser aus, als dein Daddy je ausgesehen hat.«

Angel wurde verlegen; er prüfte die Temperatur im Becken. »Es ist warm«, sagte er. »Wie schade, daß Sie nicht schwimmen können. Sie könnten am seichten Ende bleiben, oder ich könnte Sie lehren, wie man dahinplätschert. Candy hat meinen Daddy schwimmen gelehrt.«

»Unglaublich«, sagte Melony. Sie schritt auf das Sprungbrett hinaus und wippte ein wenig; sie brauchte nur sehr wenig zu wippen, damit das Brett sich weit auf das Wasser hinunterbog. »Falls ich 'reinfalle, möchte ich wetten, du kannst mich retten«, sagte sie zu Angel, der nicht wußte, ob die große Frau flirtete oder drohte – oder ob sie nur müßig herumalberte. Das war es, was so aufregend war an ihr, dachte Angel: sie machte den Eindruck, daß sie – von einem Moment zum nächsten – alles mögliche tun konnte.

»Ich könnte Sie wahrscheinlich retten, falls Sie ertrinken würden«, brachte Angel vorsichtig hervor. Aber Melony zog sich zurück vom Ende des Sprungbretts, das ihrem Schritt jene

Art federnder Kraft verlieh, die man bei den größeren Mitgliedern der Katzenfamilie beobachtet.

»Unglaublich«, wiederholte sie, und ihre Augen versuchten alles in sich aufzunehmen.

»Woll'n Sie das Haus jetzt sehen?« fragte Angel sie. Sie machte ihn nervös.

»Jemineh, das ist ein Haus, das ihr da habt«, sagte Melony zu Candy, die ihr das Erdgeschoß zeigte. Homer zeigte ihr das Obergeschoß. Auf dem Flur zwischen Homers und Angels Zimmer flüsterte Melony ihm zu: »Junge, du hast es wirklich gut getroffen. Wie hast du das geschafft, Sonnenstrahl?« Wie weidete sie sich an ihm mit ihren gelbbraunen Augen! »Du hast sogar einen großartigen Ausblick!« stellte sie fest, auf dem Ehebett sitzend und aus dem Fenster guckend.

Als sie bat, die Toilette benutzen zu dürfen, ging Homer hinunter, um ein Wort mit Candy zu wechseln, aber Angel trödelte immer noch herum, immer noch mit viel Vergnügen und immer noch neugierig. Der Eindruck, den das gewalttätige Wesen der ersten Freundin seines Vaters auf den Jungen gemacht hatte, war ganz beträchtlich; wenn es Angel beunruhigt hatte, sich vorzustellen, wieso sein Vater solch ein einsames Leben gewählt hatte, dann hatte die gewalttätige Erscheinung, die sich ihm heute dargeboten hatte, ihn wohl zu beruhigen vermocht. Wenn diese bedrohliche Frau das erste Erlebnis seines Vaters gewesen war, dann war es besser verständlich (für Angel), wieso Homer gezögert hatte, solch eine Beziehung zu wiederholen.

Melony schien viel Zeit zu brauchen auf der Toilette, und Homer war dankbar für diese Zeit; er brauchte sie, um Candy und Angel zu überzeugen, sie sollten wieder an die Arbeit gehen und ihn mit Melony allein lassen. »Sie sucht *Arbeit*«, sagte er eindringlich zu ihnen. »Ich brauche etwas Zeit mit ihr, *allein*.«

»Arbeit«, sagte Candy – und ein neuer Schreck überfiel sie; der bloße Gedanke daran ließ sie ihre hübschen Augen zusammenkneifen.

Spiegel waren niemals Melonys Freunde gewesen, doch der Spiegel in Homers Badezimmer war besonders grausam zu ihr.

Sie durchstöberte rasch das Apothekerschränkchen; ohne Grund warf sie einige von den Pillen in die Toilette. Sie fing an, Rasierklingen aus einem schlichten blechernen Spender auszuwerfen. Sie leerte den Spender, bevor sie es über sich brachte, damit aufzuhören. Sie schnitt sich in den Finger bei dem Versuch, eine der Klingen vom Boden aufzuheben. Sie hatte ihren Finger in den Mund gesteckt, als sie sich zum ersten Mal im Spiegel anschaute. Sie hielt die Rasierklinge in der anderen Hand, während sie die mehr als vierzig Jahre in ihrem Gesicht musterte. Oh, sie war niemals attraktiv gewesen, sie war niemals hübsch gewesen, aber einst war sie eine wirksame Waffe gewesen, dachte sie; jetzt war sie sich nicht so sicher. Sie hielt die Rasierklinge unter den Tränensack unter dem einen Auge; sie schloß dieses Auge, als könne das Auge selbst nicht mit ansehen, was sie tun würde. Dann tat sie nichts. Nach einer Weile legte sie die Rasierklinge auf den Rand des Waschbeckens und weinte.

Später fand sie ein Feuerzeug; Candy mußte es im Badezimmer liegenlassen haben; Homer rauchte nicht; Wally konnte keine Treppen steigen. Sie benutzte das Feuerzeug, um den Griff von Homers Zahnbürste zu schmelzen; sie versenkte die Rasierklinge in den weichsten Teil und wartete, bis der Griff hart wurde. Wenn sie das Borstenende mit der Hand umklammerte, hatte sie eine nette kleine Waffe, dachte sie.

Dann sah sie den fünfzehn Jahre alten Fragebogen des Treuhänderausschusses von St. Cloud's; das Papier war so alt, daß sie vorsichtig sein mußte, es nicht zu zerreißen. Wie diese alten Fragen doch ihre Seele aufwühlten! Sie warf die Zahnbürste mit der Rasierklinge in das Waschbecken, dann hob sie sie wieder auf, dann legte sie sie in das Apothekerschränkchen, dann nahm sie sie wieder heraus. Sie übergab sich einmal und spülte zweimal die Toilette.

Melony blieb lange Zeit oben im Badezimmer. Als sie herunter kam, fand sie Homer wartend in der Küche vor; sie hatte genug Zeit für sich alleine gehabt, daß mehrere Gemütsumschwünge bei ihr stattfinden konnten und sie sich über ihre wahren Gefühle klar wurde – darüber, daß sie Homer in dieser Umgebung vorgefunden hatte, und in einer, wie sie vermutete, erbärmlichen Situation. Möglich, daß sie sich ein paar Minuten an dem Unbehagen ergötzt hatte, das sie ihm bereitete, doch als sie herunter kam, war sie nicht mehr vergnügt, und ihre Enttäuschung über Homer Wells war noch größer als ihre beharrliche Wut – sie war beinah gleichbedeutend mit Trauer.

»Ich hatte geglaubt, irgendwie, du würdest am Ende was besseres machen, als einem armen Krüppel sein Weib pimpern und behaupten, dein eigenes Kind wäre nicht dein eignes«, sagte Melony zu Homer Wells. »Ausgerechnet du – du, eine Waise«, erinnerte sie ihn.

»Ganz so ist es nicht«, begann er, aber sie schüttelte ihren mächtigen Kopf und schaute in eine andere Richtung.

»Ich habe Augen«, sagte Melony. »Ich kann sehen, wie es ist – es ist *Scheiße*. Es ist ganz gewöhnliche Mittelschichtscheiße – untreu sein und die Kinder anlügen. Ausgerechnet du!« sagte Melony. Sie hatte ihre Hände in die Taschen gesteckt; sie zog sie heraus und verschränkte sie hinter dem Rücken; dann stieß sie sie wieder in die Taschen. Jedesmal wenn sie ihre Hände bewegte, zuckte Homer zusammen.

Homer Wells war auf einen Angriff von ihr gefaßt gewesen; Melony war eine Angreiferin; dies war nicht der Angriff, den er erwartet hatte. Er hatte sich vorgestellt, er würde ihr – eines Tages, wenn er sie wiedersähe – ebenbürtig sein, aber jetzt wußte er, daß er Melony niemals ebenbürtig sein würde.

»Glaubst du, ich reiß mir ein Bein aus, um dich in Verlegenheit zu bringen?« fragte Melony ihn. »Glaubst du, ich habe immer nach dir gesucht – nur um dir das Leben schwerzumachen?«

»Ich wußte nicht, daß du nach mir gesucht hast«, sagte Homer Wells.

»Ich hatte dich ganz falsch eingeschätzt«, sagte Melony. Wie er Melony anschaute, erkannte Homer, daß auch er Melony ganz falsch eingeschätzt hatte. »Ich glaubte immer, du würdest am Ende werden wie der alte Herr.«

»Wie Larch?« fragte Homer.

»Natürlich, wie Larch!« bellte Melony ihn an. »So hatte ich

dich eingeschätzt – weißt du, der Missionar. Der gute Mensch mit der Nase hoch in der Luft.«

»Ganz so sehe ich Larch nicht«, sagte Homer.

»Werde nicht rotzig zu mir!« schrie Melony, ihr grobes Gesicht fleckig von Tränen. »Du trägst die Nase hoch in der Luft – diesen Teil hab ich richtig verstanden. Aber du bist nicht eben ein Missionar. Du bist ein Kriecher. Du hast eine dick gemacht, die du von vornherein nicht hättest ficken sollen, und du hast das nicht mal bei deinem eigenen Kind klargekriegt. Schöner Missionar! Ist das nicht *tapfer*? Für meine Begriffe, Sonnenstrahl, ist das ein Kriecher«, sagte Melony zu ihm.

Dann ging sie; sie fragte ihn gar nicht wegen Arbeit; er kam gar nicht dazu, sie zu fragen, wie ihr Leben gewesen war.

Er ging hinauf in das Badezimmer und übergab sich; er füllte das Waschbecken mit kaltem Wasser und tauchte seinen Kopf ein, aber das Pochen endete nicht. Einhundertsiebenundfünfzig Pfund Wahrheit hatten ihn ins Gesicht geschlagen, und gegen Nacken und Brust – hatten ihm den Atem eingeschnürt und Kopfschmerzen gemacht. Ein Kotzgeschmack war in seinem Mund; er versuchte sich die Zähne zu putzen, aber er schnitt sich in die Hand, bevor er die Klinge sah. Er fühlte sich beinah so gelähmt über der Taille wie Wally, das wußte er, sich unterhalb fühlen mochte. Als er nach dem Handtuch neben der Duschkabine griff, sah er, was sonst noch nicht stimmte, er sah, was noch fehlte im Badezimmer: der leere Fragebogen, der eine, den er niemals zurückgesandt hatte an den Treuhänderausschuß von St. Cloud's, war verschwunden. Homer Wells brauchte nicht lange, um sich auszumalen, wie Melony manche der Fragen beantworten würde.

Diese neuerliche Panik erhob ihn für einen Augenblick über sein eigenes Selbstmitleid. Er rief sofort das Waisenhaus an und bekam Schwester Edna ans Telephon.

»Oh, Homer!« schrie sie, so froh, seine Stimme zu hören.

»Es ist wichtig«, sagte er ihr. »Ich habe Melony gesehen.«

»Oh, Melony!« schrie Schwester Edna fröhlich. »Missus Grogan wird entzückt sein!«

»Melony hat ein Exemplar des Fragebogens«, sagte Homer. »Bitte sagen Sie es Dr. Larch – ich glaube, das ist keine gute Nachricht. Dieser alte Fragebogen vom Treuhänderausschuß.«

»Oh, du liebe«, sagte Schwester Edna.

»Natürlich füllt sie ihn vielleicht gar nicht aus«, sagte Homer, »aber sie hat ihn – da steht, wohin man ihn schicken soll, direkt auf dem Ding. Und ich weiß nicht, wohin sie verschwunden ist; ich weiß nicht, woher sie gekommen ist.«

»War sie verheiratet?« fragte Schwester Edna. »War sie glücklich?«

Jesus Christus, dachte Homer Wells. Schwester Edna brüllte immer ins Telephon; sie war so alt, daß sie sich nur an die Tage der schlechten Verbindungen erinnerte.

»Sagen Sie Doktor Larch nur, daß Melony den Fragebogen hat. Ich dachte, er sollte es wissen«, sagte Homer Wells.

»Ja, ja!« brüllte Schwester Edna. »Aber, war sie glücklich?«

»Ich glaube nicht«, sagte Homer.

»Oh, du liebe.«

»Ich dachte, sie bliebe zum Abendbrot«, sagte Wally, den Schwertfisch zerteilend.

»Ich dachte, sie suchte Arbeit«, sagte Angel.

»Was ist aus ihr geworden?« fragte Wally.

»Wenn sie Äpfel pflücken wollte«, sagte Candy, »kann nicht viel aus ihr geworden sein.«

»Ich glaube nicht, daß sie Arbeit brauchte«, sagte Homer.

»Sie wollte dir nur einmal auf die Finger sehen, Pop«, sagte Angel, und Wally lachte. Angel hatte Wally erzählt, daß Melony Homers Freundin gewesen war, was Wally sehr spaßig fand.

»Ich möchte wetten, dein Daddy hat dir niemals von Debra Pettigrew erzählt, Jungchen«, sagte Wally zu Angel.

»Oh, hör auf, Wally«, sagte Candy. »Das war nichts Ernsthaftes.«

»Du hast etwas ausgelassen«, sagte Angel zu seinem Vater; Angel deutete mit dem Finger auf Homer.

»Ja«, gab Homer zu. »Aber Debra Pettigrew war nichts Bedeutsames.«

»Wir hatten doppelte Stelldicheins«, erzählte Wally Angel. »Dein alter Herr nahm meistens den Rücksitz.«

»Hör auf, Wally!« sagte Candy. Sie hatte Homer und Angel zu viel Spargel gegeben; sie mußte etwas zurücknehmen, sonst wäre keiner übrig geblieben für Wally und sie.

»Du hättest deinen alten Herrn bei seinem ersten Autokino sehen sollen«, sagte Wally zu Angel. »Er wußte nicht, wozu Autokinos da sind.«

»Vielleicht weiß Angel nicht, wozu sie da sind!« sagte Candy scharf zu ihrem Mann.«

»Natürlich weiß ich das!« sagte Angel lachend.

»Natürlich weiß er das!« sagte Wally, ebenfalls lachend.

»Nur Beduinen wissen es nicht«, sagte Homer Wells und versuchte in die Fröhlichkeit einzustimmen.

Nach dem Abendbrot half er Candy mit dem Geschirr, während Angel mit Pete Hyde in den Obstgärten herumfuhr; fast jeden Abend hatten die Jungen nach dem Abendbrot einen Zeitvertreib – sie versuchten durch alle Obstgärten zu fahren, bevor es dunkel wurde. Homer ließ sie nach dem Dunkelwerden dort nicht mehr herumfahren – nicht, nachdem die Apfelkisten für die Pflücker aufgestellt waren. Wally liebte das Zwielicht am Swimmingpool. Aus dem Küchenfenster sahen Homer und Candy ihn im Rollstuhl sitzen; er hatte den Kopf zurückgelegt, als ob er zum Himmel starrte, doch er beobachtete das spiralförmige Schweben eines Bussards über dem Obstgarten namens Cock Hill – ein paar kleinere Vögel belästigten den Bussard, gefährlich nah an ihn heranfliegend, versuchten sie ihn zu vertreiben.

»Es ist Zeit, es zu sagen«, sagte Homer zu Candy.

»Nein, bitte«, sagte Candy; sie griff an ihm vorbei, wo er am Waschbecken stand, und ließ den Grillrost, auf dem der Schwertfisch gebraten worden war, in das Seifenwasser fallen. Der Rost war fettig, und überall klebten verkohlte Stückchen Fisch, aber Homer zog ihn sofort aus dem Wasser – ohne ihn einweichen zu lassen – und fing an, ihn zu schrubben.

»Es ist Zeit, allen alles zu sagen«, sagte Homer Wells. »Kein Abwarten mehr.«

Sie stand hinter ihm und schlang die Arme um seine Hüften; sie drückte ihr Gesicht zwischen seine Schulterblätter, aber er erwiderte ihre Umarmung nicht – er drehte sich nicht einmal nach ihr um. Er schrubbte den Grillrost einfach weiter.

»Wir werden es durchstehen miteinander, egal wie du's machen willst«, sagte Homer. »Ob du bei mir sein willst, wenn ich es Angel sage – ob du willst, daß ich bei dir bin, wenn du es Wally sagst. Jede Art, die du willst, ist mir recht«, sagte er.

Sie umfing ihn so fest, wie sie nur konnte, aber er schrubbte einfach weiter. Sie vergrub ihr Gesicht zwischen seinen Schulterblättern und biß ihn in den Rücken. Er mußte sich umdrehen zu ihr. Er mußte sie fortschieben.

»Du wirst es dahin bringen, daß Angel mich haßt«, schrie Candy.

»Angel wird dich niemals hassen«, sagte Homer zu ihr. »Für Angel bist du immer gewesen, was du bist – eine gute Mutter.«

Sie hielt die Servierzange für den Spargel in der Hand, und Homer glaubte, sie würde auf ihn losgehen, aber sie zerrte dauernd die Zange – auf und zu – zwischen ihren Händen.

»Wally wird mich hassen!« schrie sie jämmerlich.

»Du sagst mir dauernd, daß Wally Bescheid weiß«, sagte Homer Wells. »Wally liebt dich.«

»Und du liebst mich *nicht* mehr, nicht wahr?« sagte Candy; sie fing an zu schluchzen; sie warf die Servierzange nach Homer, ballte ihre Fäuste über ihren Schenkeln. Sie biß sich auf die Unterlippe, so fest, daß es blutete; als Homer ihre Lippe mit einem sauberen Geschirrtuch abzutupfen versuchte, stieß sie ihn fort.

»Ich liebe dich, aber wir werden schlechte Menschen«, sagte er.

Sie stampfte mit dem Fuß. »Wir werden *keine* schlechten Menschen!« schrie sie. »Wir versuchen, das Richtige zu tun, aber wir versuchen, niemand zu verletzen!«

»Wir machen es falsch«, sagte Homer Wells. »Es ist Zeit, alles richtig zu machen.«

In Panik schaute Candy aus dem Fenster. Wally war von seinem Platz auf der gegenüberliegenden Seite vom tieferen Ende des Swimmingpools verschwunden. »Wir sprechen später«, flüsterte sie Homer zu. Sie schnappte sich einen Eiswürfel aus jemandes Trinkglas. Sie hielt sich den Würfel an die Unterlippe. »Wir sehen uns am Swimmingpool.«

»Darüber können wir nicht am Swimmingpool sprechen«, sagte er zu ihr.

»Wir treffen uns im Ziderhaus«, sagte sie; sie suchte überall nach Wally und fragte sich, zu welcher Tür er im nächsten Moment hereinkommen mochte.

»Das ist keine gute Idee, daß wir uns treffen«, sagte Homer.

»Dann mach einfach einen Spaziergang!« fauchte sie ihn an. »Du spazierst auf deinem Weg hin, ich spaziere auf meinem Weg hin – wir treffen uns, Gott verdammt«, schrie sie. Sie schaffte es ins Badezimmer, bevor Homer Wally an der Terrassentür hörte.

Candy war dankbar für die Sonderausstattung des Badezimmers, besonders für das Waschbecken auf Rollstuhlniveau, wie ein Waschbecken für Kinder in einem Kindergarten, wie die Waschbecken in St. Cloud's (wie sie sich erinnerte). Sie kniete sich auf den Badezimmerfußboden und hängte ihren Kopf ins Waschbecken; sie drehte ihr Gesicht unter einen Wasserhahn; das kalte Wasser lief unaufhörlich über ihre Lippe.

»Was macht das Geschirr?« fragte Wally Homer, der sich noch immer mit dem Grillrost plagte.

»Etwas dreckig heute abend«, sagte Homer.

»Tut mir leid«, sagte Wally aufrichtig. »Wo ist Candy?«

»Ich glaube, sie ist im Badezimmer.«

»Oh«, sagte Wally. Er rollte sich hinüber in die Ecke der Küche, wo die Serviergabel und ein paar abgebrochene Spargelstückchen auf dem Boden lagen. Er beugte sich hinunter und hob die Zange auf und reichte sie Homer am Waschbecken. »Kommst du, die letzten *Innings* des Spiels ansehen?« fragte er Homer. »Soll doch Candy das verdammte Geschirr machen.« Wally rollte sich aus der Küche; er wartete in der Einfahrt darauf, daß Homer den Wagen brachte.

Sie nahmen Candys Jeep und ließen das Verdeck unten. Es war nicht nötig, den Rollstuhl mitzunehmen; es war nur ein Spiel der Kinderliga, und Homer konnte den Jeep direkt an die *Foul*-Linie heranfahren, und sie konnten das Spiel von den Autositzen sehen. Die Stadt schätzte sich glücklich, ein beleuchtetes Spielfeld zu haben, auch wenn es blödsinnig war, die Spiele der Kinderliga nach Einbruch der Dunkelheit auszutragen; es hielt die Kleinen länger wach als notwendig, und das Feld war nicht so sehr gut beleuchtet – *Home*-Läufe und lange *Foul*-Bälle gingen immer ins Aus. Die winzigen Innenfeldspieler schienen die hohen *Pop-Ups* zu verpassen. Doch Wally schaute den Kleinen gern zu beim Spielen; als Angel gespielt hatte, hatte Wally niemals ein Spiel verpaßt. Angel war jetzt zu alt für die Kinderliga, und das Zuschauen bei den Spielen fand er den Tiefpunkt der Langeweile.

Das Spiel war beinah vorbei, als sie eintrafen, und dies beruhigte Homer Wells (der Baseball haßte). Ein ängstlicher dicker Junge war am Werfen; er nahm sich die längste Zeit zwischen den Würfen, als warte er darauf, bis es so dunkel würde (oder die Lichter so völlig versagten), daß der Schläger den Ball überhaupt nicht mehr sehen konnte.

»Weißt du, was ich vermisse?« fragte Wally Homer Wells.

»Na, was?« sagte Homer, der die Antwort fürchtete. Vielleicht laufen, dachte Homer – oder vielleicht wird er sagen: »Meine Frau lieben; das ist's, was ich vermisse.«

Doch Wally sagte: »Fliegen. Wirklich, ich vermisse das Fliegen. Ich vermisse es, dort oben zu sein.« Wally beobachtete nicht das Ballspiel, sondern blickte über die hohen Feldleuchten hinweg, auf einen Punkt irgendwo hoch in der Dunkelheit. »Über allem anderen«, sagte er. »So war es.«

»Ich bin nie geflogen«, sagte Homer Wells.

»Mein Gott, das ist wahr!« sagte Wally, aufrichtig schockiert. »Das ist richtig, du bist nie geflogen! Mein Gott, du wärst begeistert. Wir müssen das arrangierren, irgendwie. Und Angel würde es wirklich aufregend finden«, fügte Wally hinzu. »Das ist's, was ich am meisten vermisse.«

Als das Spiel vorbei war und sie nach Hause fuhren, langte Wally hinüber zum Schalthebel und schob den Leerlauf ein. »Stell' auch den Motor ab, nur eine Sekunde«, sagte er zu Homer. »Laß uns nur dahinrollen.« Homer drehte den Zündschlüssel um, und der Jeep schaukelte lautlos dahin. »Stell' auch die Scheinwerfer ab«, sagte Wally. »Nur eine Sekunde.« Und Homer Wells stellte die Scheinwerfer ab. Sie sahen die Lichter vom Haus Ocean View vor ihnen, und beide kannten die Straße so gut, daß sie sich einigermaßen sicher fühlten, einfach im Dunkeln so draufloszurollen, aber dann wurden die Bäume höher und verstellten ihnen die Sicht auf das erleuchtete Haus, und da war eine unvertraute Delle in der Straße. Einen kurzen Moment schienen sie völlig verloren, wären womöglich von der Straße geschleudert worden, in die dunklen Bäume; Homer Wells schaltete die Scheinwerfer wieder ein.

»So war fliegen«, sagte Wally, als sie in die Einfahrt einbogen – vor ihnen, schimmernd im Scheinwerferlicht, stand der wartende Rollstuhl. Als Homer Wally vom Jeep zum Rollstuhl trug, schlang Wally seine beiden Arme um Homers Hals. »Glaube niemals, ich wäre dir nicht dankbar für alles, was du getan hast, alter Junge«, sagte Wally zu Homer, der ihn sehr sachte in den Rollstuhl setzte.

»Ach, geh«, sagte Homer.

»Nein, ich meine es so. Ich weiß, wieviel du getan hast für mich, und ich habe normalerweise nicht die Gelegenheit, zu sagen, wie dankbar ich wirklich bin«, sagte Wally. Er küßte Homer direkt zwischen die Augen, und Homer richtete sich auf, deutlich verlegen.

»Du hast sicherlich alles getan für mich, Wally«, sagte Homer, doch Wally tat es mit einer Handbewegung ab; er war schon dabei, sich zum Haus zu rollen.

»Es ist nicht dasselbe, alter Junge«, sagte Wally, und Homer parkte den Jeep.

Diese Nacht, als Homer Angel zu Bett brachte, sagte Angel: »Weißt du, du mußt mich wirklich nicht mehr ins Bett bringen.«

»Ich tu's nicht, weil ich muß«, sagte Homer. »Ich tu's gern.«

»Weißt du, was ich glaube?« sagte Angel.

»Na, was?« fragte Homer, der die Antwort fürchtete.

»Ich glaube, du solltest versuchen, eine Freundin zu haben«, sagte Angel vorsichtig. Homer lachte.

»Vielleicht, wenn du versuchst eine zu haben, will ich es auch mit einer versuchen«, sagte Homer.

»Klar, wir können doppelte Stelldicheins haben«, sagte Angel.

»Ich nehme den Rücksitz«, sagte Homer.

»Klar, ich würde sowieso lieber am Steuer sitzen«, sagte Angel.

»Nicht lange, dann würdest du lieber nicht mehr am Steuer sitzen«, sagte sein Vater zu ihm.

»Klar!« sagte Angel lachend. Dann fragte er seinen Vater: »War Debra Pettigrew so dick wie Melony?«

»Nein!« sagte Homer. »Na, sie war auf dem Weg, dick zu werden, aber sie war nicht so dick – nicht, als ich sie kannte.«

»Unmöglich, daß die Schwester der dicken Dot Taft dünn gewesen sein soll«, sagte Angel.

»Na, ich habe nie gesagt, daß sie dünn war«, sagte Homer, und beide lachten. Es war ein Augenblick, der unbeschwert genug war, daß Homer sich über Angel beugte und den Jungen küßte – direkt zwischen die Augen, wo Wally eben Homer geküßt hatte. Es war eine gute Stelle, um Angel zu küssen, fand Homer, denn er roch so gern seines Sohnes Haar.

»Gute Nacht, ich hab dich lieb«, sagte Homer.

»Ich hab dich lieb. Gute Nacht, Pop«, sagte Angel, doch als Homer beinah aus der Tür war, fragte Angel ihn: »Was liebst du am meisten?«

»Dich«, sagte Homer zu seinem Sohn. »Dich lieb ich am meisten.«

»Nach mir«, sagte Angel Wells.

»Candy und Wally«, sagte Homer, sie so nah zusammenrückend, wie seine Zunge es schaffen konnte.

»Nach ihnen«, sagte Angel.

»Na, Doktor Larch – und sie alle in St. Cloud's, schätze ich«, sagte Homer Wells.

»Und was ist das Beste, was du je getan hast?« fragte Angel seinen Vater.

»Ich habe dich bekommen«, sagte Homer sanft.

»Das Nächstbeste«, sagte Angel.

»Na, ich schätze, es war, Candy und Wally zu begegnen«, sagte Homer.

»Du meinst, *als* du ihnen begegnetest?« fragte Angel.

»Ich schätze, ja«, sagte Homer Wells.

»Das *Nächst*beste«, beharrte Angel.

»Ich hab einer Frau das Leben gerettet, früher einmal«, sagte Homer. »Doktor Larch war fort. Die Frau hatte Krämpfe.«

»Hast du mir erzählt«, sagte Angel. Angel hatte sich niemals besonders dafür interessiert, daß sein Vater ein hochqualifizierter Assistent bei Dr. Larch geworden war; Homer hatte ihm nie erzählt von den Abtreibungen. »Was noch?« fragte Angel seinen Vater.

Sag es ihm jetzt, dachte Homer Wells, sage ihm alles. Doch was er zu seinem Sohn sagte, war: »Nichts sonst, wirklich. Ich bin kein Held. Ich habe keine besten Sachen getan, oder nicht einmal *eine* beste Sache.«

»Ist schon recht, Pop«, sagte Angel fröhlich. »Gute Nacht.«

»Gute Nacht«, sagte Homer Wells.

Im Erdgeschoß wußte er nicht, ob Wally und Candy zu Bett gegangen waren, oder ob Wally allein im Bett war; die Schlafzimmertür war geschlossen, und es kam kein Licht durch den Spalt unter der Tür. Aber irgend jemand hatte Licht in der Küche an gelassen, und die Außenlichter an den Masten am Ende der Einfahrt waren noch an. Er ging ins Apfelmarktbüro, um die Post durchzusehen; wenn Licht brannte im Büro, würde Candy wissen, wo er war. Und wenn sie schon losgegangen war zum Ziderhaus, konnte er vom Büro aus hingehen; es wäre klug, das Bürolicht dann brennen zu lassen und es erst auszumachen, wenn er vom Ziderhaus zurückkehrte. Auf diese Weise mochte Wally, wenn er erwachte und Licht sah, sich ausmalen, daß Homer oder Candy noch immer im Büro arbeiteten.

Das Paket aus St. Cloud's, das haarscharf am Tag von Melonys

Besuch eingetroffen war, erschreckte Homer. Er wollte es beinah nicht öffnen. Der Alte schickt mir wahrscheinlich Irrigatorbeutel! dachte Homer Wells. Er war schockiert, als er die schwarzlederne Arzttasche sah; das Leder war abgewetzt und weich, und das Messingschloß war so patiniert, daß es stumpf war wie die Gurtschnalle eines alten Sattels, doch alles Abgetragene und Gebrauchte an dem Aussehen der Tasche machte die goldenen Initialen nur um so strahlender:

F. S.

Homer Wells öffnete die Tasche und schnupperte hinein; er erwartete den herzhaften und männlichen Geruch alten Leders, doch vermischt mit dem Ledergeruch waren die femininen Spuren des scharfen Ätherparfüms. Das war der Moment, als Homer Wells – mit einem Atemzug – etwas entdeckte von der Identität, die Dr. Larch für Fuzzy Stone aufgebaut hatte.

»Doktor Stone«, sagte Homer laut, und erinnerte sich daran, wie Larch ihn angesprochen hatte, als sei er Fuzzy.

Er wollte nicht zurück ins Haus gehen, um die Arzttasche wegzustellen, aber er wollte die Tasche auch nicht im Büro lassen; wenn er zurückkehrte ins Büro, um das Licht auszumachen, könnte er, wie er glaubte, die Tasche vergessen. Und das Entscheidende an einer guten Arzttasche ist, daß sie bequem zu tragen ist. Das war der Grund, warum er sie mitnahm zum Ziderhaus. Die Tasche war natürlich leer – was sich für Homer nicht so ganz richtig anfühlte – und darum pflückte er ein paar Gravensteiner und einige frühe Macs auf dem Weg zum Ziderhaus und legte die Äpfel in die Tasche. Natürlich rollten die Äpfel hin und her; das fühlte sich nicht ganz echt an. »Doktor Stone«, murmelte er einmal, mit dem Kopf nickend, während er durchs hohe Gras stakste.

Candy hatte seit einer Weile auf ihn gewartet, lange genug, um mit den Nerven fertig zu sein. Er dachte, wenn es nun andersherum wäre – wenn sie es wäre, die alles abbrechen wollte – dann würde er so verwirrt sein, wie sie es war.

Es zerriß ihm das Herz, als er sah, daß sie eines der Betten bezogen hatte. Die sauberen Laken und die Decken waren bereits in das Ziderhaus gebracht worden, harrten der Pflükkermannschaft, die Matratzen am Fußende der Betten aufgerollt und bereit. Candy hatte das Bett bezogen, das am weitesten von der Küchentür entfernt stand. Sie hatte eine Kerze vom Haus mitgebracht, und sie hatte sie angezündet – sie gab der rauhen Baracke ein sanfteres Licht, auch wenn Kerzen gegen die Regeln waren. Erst kürzlich hatte Homer es für nötig befunden, die Kerzen auf seiner Liste aufzuführen; einer der Pflücker hatte mit einer vor ein paar Jahren einen kleinen Brand gelegt.

BITTE IM BETT NICHT ZU RAUCHEN – UND
BITTE KEINE KERZEN!

so hatte er die Regel formuliert.

Das Kerzenlicht war schwach; es war vom Puppenhaus nicht zu sehen.

Candy hatte sich nicht ausgezogen, aber sie saß auf dem Bett – und sie hatte ihr Haar ausgebürstet. Ihre Haarbürste lag auf der Apfelkiste, die als Nachttischchen diente, und dieser alltägliche Gegenstand von solcher Vertrautheit und Häuslichkeit bereitete Homer Wells (mit der schwarzen Arzttasche in der Hand) einen Schauder von solcher Größenordnung, daß er sich selbst erblickte – als hilfloser Arzt, auf Hausbesuch bei jemand, der nicht mehr lange zu leben hat.

»Tut mir leid«, sagte er leise zu ihr. »Wir haben es versucht – wir haben es wahrhaftig versucht – aber es geht nicht. Nur die Wahrheit wird gehen.« Seine Stimme krächzte bei seiner eigenen Schwülstigkeit.

Candy saß da, die Knie zusammengedrückt und die Hände im Schoß: sie zitterte. »Glaubst du wirklich, Angel ist alt genug, um dies alles zu wissen?« flüsterte sie, als sei der flackernde Raum voll von Apfelpflückern.

»Er ist alt genug, um sich einen 'runterzuholen, er ist alt

genug, um zu wissen, wozu Autokinos da sind – ich glaube, er ist alt genug dafür«, sagte Homer Wells.

»Werde nicht plump«, sagte Candy.

»Tut mir leid«, sagte er abermals.

»Es gibt immer so viel zu tun während der Ernte«, sagte Candy; sie zupfte an ihrem sommerlich weißen Kleid, als wären dort Fusseln (doch es war fleckenlos rein), und Homer Wells erinnerte sich, daß Senior Worthington diese Gewohnheit gehabt hatte – daß es in Seniors Fall ein Symptom seiner Alzheimerschen Krankheit gewesen war und daß Dr. Larch sogar den Namen gewußt hatte für das Symptom. Wie nannten die Neurologen es? versuchte Homer sich zu erinnern.

»Wir werden also warten und es ihnen nach der Ernte sagen«, sagte Homer. »Wir haben fünfzehn Jahre gewartet. Ich schätze, wir können noch weitere sechs Wochen warten.«

Sie streckte sich auf den Rücken, auf dem schmalen Bett, als sei sie ein kleines Mädchen und warte darauf, in einem fremden Land zu Bett gebracht zu werden und ihren Gutenachtkuß zu bekommen. Er ging zu dem Bett und setzte sich steif auf die Kante, neben ihre Hüfte, und sie legte ihre Hand auf sein Knie. Er barg ihre Hand unter seiner Hand.

»Oh, Homer«, sagte sie, doch er wollte sich nicht umdrehen und sie ansehen. Sie nahm seine Hand und zog sie unter ihr Kleid und ließ ihn sie anfassen; sie hatte nichts an unter dem Kleid. Er zog seine Hand nicht fort, aber er ließ seine Hand wie ein lebloses Gewicht auf ihr, mehr nicht. »Was, stellst du dir vor, wird passieren?« fragte sie ihn kühl – nachdem sie erkannt hatte, daß seine Hand nur leblos dalag.

»Ich kann mir gar nichts vorstellen«, sagte er.

»Wally wird mich hinauswerfen«, sagte Candy, sanft und ohne Selbstmitleid.

»Wird er nicht«, sagte Homer. »Und wenn er es täte, *ich* täte es nicht – dann wärst du bei mir. Das ist der Grund, warum er's nicht tun wird.«

»Was wird Angel tun?« fragte Candy.

»Was er will«, sagte Homer. »Ich stelle mir vor, er wird bei dir sein, wenn er will, und bei mir, wenn er will.« Dieser Teil war schwer zu sagen – und noch schwerer, sich vorzustellen.

»Er wird mich hassen«, sagte Candy.

»Wird er nicht«, sagte Homer Wells.

Sie stieß seine Hand fort, und er zog das leblose Ding zurück auf seinen eigenen Schoß; im nächsten Moment fand ihre Hand abermals sein Knie, und er hielt ihre Hand leicht dort fest – am Handgelenk, als fühle er ihren Puls. Zu seinen Füßen, von Äpfeln schwer, kauerte die schäbige Arzttasche, in sich zusammengezogen wie eine Katze und bereit; in dem flackernden Raum wirkte die Arzttasche wie der einzige natürliche Gegenstand – diese Tasche wirkte wie zu Hause, wohin immer man sie mitnahm; es war eine Tasche, die hingehörte, wo immer sie war.

»Wohin wirst du gehen?« fragte ihn Candy nach einer Weile.

»Werde ich irgendwohin gehen müssen?« fragte er sie.

»Ich stelle es mir vor«, sagte Candy.

Homer Wells versuchte sich dies alles vorzustellen, als er das Auto hörte. Candy mußte es im selben Moment gehört haben, denn sie setzte sich auf und blies die Kerze aus. Sie saßen und hielten einander umfangen auf dem Bett und lauschten dem Auto, das sich ihnen näherte.

Es war ein altes Auto, oder aber, es war nicht besonders gut gepflegt; die Ventile klopften, und anscheinend war das Auspuffrohr locker und klapperte. Das Auto war schwer und lag tief; sie hörten es über die hohe Krone der Schotterstraße durch den Obstgarten schrammen, der Fahrer mußte vertraut sein mit dem Weg durch den Obstgarten, denn die Scheinwerfer waren aus – das war's, wie es hatte so nah kommen können, ohne daß sie sein Kommen bemerkten.

Candy beeilte sich, das Bett abzuziehen; in der Dunkelheit faltete sie wahrscheinlich die Decken und das Laken nicht sehr ordentlich wieder zusammen, und Homer mußte ihr helfen, die Matratze aufzurollen.

»Es ist Wally!« flüsterte Candy, und wirklich hörte sich das Auto an wie der Cadillac, der (seit Raymond Kendalls Tod) eine verstellte Zündung hatte. Tatsächlich, so erinnerte sich Homer, war der Auspufftopf des Cadillac locker, und er hatte einen überholten Motor, dessen Ventile bereits wieder neu eingestellt werden mußten. Und er war ein zu schweres und zu tief liegendes Auto für den richtigen Einsatz auf den zerklüfteten Schotterstraßen, die sich durch die Obstgärten schlängelten.

Aber wie hatte Wally es bloß fertiggebracht? fragte sich Homer Wells. Wally hätte kriechen müssen zu dem Cadillac (Homer hatte ihn eigenhändig hinter einem der Lagerschuppen geparkt, wo die Straße zu steinig und löcherig war für den Rollstuhl).

»Vielleicht ist es ein Junge vom Ort«, flüsterte Homer Candy zu; das Ziderhaus war bei manchen Jugendlichen vom Ort nicht unbekannt; die Straßen im Obstgarten waren schon für mehr als ein Pärchen Liebesparkplatz gewesen.

Das schwere Auto rollte direkt vor die Ziderhauswand. Candy und Homer spürten den Stoß der vorderen Stoßstange gegen das Bauwerk.

»Es ist Wally!« flüsterte Candy; warum sollte sich ein Junge vom Ort die Mühe machen, so nah zu parken? Der Motor klopfte noch eine Weile, nachdem die Zündung abgestellt war. Und dann war da dieses Schwirren der Motorhitze aus dem schweren Auto, während es zur Ruhe kam.

Homer ließ Candy los; er stolperte über die Arzttasche, als er zur Tür springen wollte, und Candy fing ihn auf und zog ihn wieder zurück zu sich.

»Ich werde ihn nicht hier herein *kriechen* lassen«, sagte Homer zu ihr, aber Candy konnte sich nicht überwinden, aus der dunkelsten Ecke des Ziderhauses hervorzukommen.

Homer hob die Arzttasche auf und tastete sich den Weg in die dunkle Küche; seine Hand tappte nach dem Lichtschalter, seine Hand strich über seine neue Liste von Spielregeln. Er hatte die Autotür nicht aufgehen hören, aber plötzlich hörte er leise Stimmen; er hielt inne, die Hand auf dem Lichtschalter. Oh, Wally, das ist nicht fair! dachte er; wenn da Stimmen waren, dann wußte Homer, daß Wally Angel mitgebracht hatte. Das mochte es leichter gemacht haben für Wally, zum Cadillac zu gelangen –

664

Angel konnte das Auto herübergebracht haben für ihn. Aber ungeachtet der Qual, die auf Wally lastete, war Homer wütend auf seinen Freund, weil er Angel da hineingezogen hatte. Aber war Angel nicht ohnehin hineingezogen? fragte sich Homer. (Jetzt schalteten sie die Scheinwerfer ein – um ihnen den Weg zur Tür zu leuchten?)

Es war nicht die Art, wie Homer sich vorgestellt hatte, es ihnen beiden zu sagen, doch was bedeutete schon die Art? Homer Wells schaltete das Licht ein, das ihn zeitweilig blendete. Er dachte, er müsse beleuchtet dastehen wie ein Weihnachtsbaum in der Ziderhaustür. Und, dachte er, paßte es denn nicht, daß es der Cadillac gewesen war, der ihn gerettet hatte aus St. Cloud's, und da war er wieder, der Cadillac – irgendwie gekommen, um ihn abermals zu erretten? Denn hier stand er, die abgewetzte Arzttasche in der Hand, und endlich bereit, die Wahrheit zu sagen – bereit endlich, seine Arznei zu schlucken.

In dem strahlenden Licht zupfte er die imaginären Fusseln von seinen Kleidern. Er erinnerte sich, wie die Neurologen das nannten: *Karphologie.*

Er lockerte seinen Griff um Dr. Larchs Tasche und spähte in die Dunkelheit. Plötzlich war es ihm klar – wohin er gehen würde. Er war nur, was er immer gewesen war: eine Waise, die niemals adoptiert worden war. Es war ihm gelungen, sich ein wenig Zeit zu stehlen, fort vom Waisenhaus, aber St. Cloud's hatte den einzigen legitimen Anspruch auf ihn. Um die Vierzig sollte ein Mann wissen, wohin er gehört.

Dr. Larch begann wieder einen Brief an Harry Truman, bevor er sich erinnerte, daß Eisenhower nun seit ein paar Jahren Präsident war. Er hatte mehrere Briefe an Roosevelt geschrieben, nachdem Roosevelt gestorben war, und er hatte noch viele mehr an Eleanor geschrieben, aber die Roosevelts hatten niemals zurückgeschrieben. Auch Harry Truman hatte niemals zurückgeschrieben, und Larch konnte sich nicht erinnern, ob er an Mrs. Truman ebenfalls geschrieben hatte, oder an Trumans Tochter – wer immer es sein mochte, hatte ebenfalls nicht geantwortet.

Er versuchte nicht deprimiert zu werden bei der Idee, an Eisenhower zu schreiben; er versuchte sich zu erinnern, wie er den letzten begonnen hatte. »Verehrter Herr General«, hatte er begonnen, aber weiter konnte er sich nicht mehr erinnern; er hatte etwas darüber gesagt, daß er Arzt gewesen sei bei den »Truppen« im Ersten Weltkrieg – er hatte sich irgendwie herangeschlichen an sein eigentliches Thema, eine Art Flankenmanöver. Vielleicht war es an der Zeit, es mit Mrs. Eisenhower zu versuchen. Doch als Larch »Liebe Mamie« schrieb, kam er sich selbst lächerlich vor.

Ach, was hat es denn für einen Zweck? dachte Larch. Man muß verrückt sein, um Eisenhower wegen der Abtreibung zu schreiben. Er riß den Brief aus der Schreibmaschine; aus heiterem Himmel beschloß er, der Kopf des Präsidenten gliche dem eines Babys.

Dann erinnerte er sich daran, daß Melony den Fragebogen hatte. Da gab es keine Zeit zu vertrödeln. Er sagte Schwester Angela, daß es eine Versammlung geben werde nach dem Abendbrot, nachdem die Kinder ins Bett gebracht worden wären.

Schwester Angela konnte sich nicht erinnern, daß es jemals eine Versammlung gegeben hätte in St. Cloud's, außer jener höchst unangenehmen Versammlung mit dem Treuhänderausschuß; wenn es jetzt wieder eine Versammlung geben sollte, so nahm sie an, daß der Ausschuß im Spiel war.

»Oh, du liebe, eine Versammlung«, sagte Schwester Edna; sie war den ganzen Tag aufgeregt.

Mrs. Grogan war ebenfalls beunruhigt. Sie sorgte sich darüber, wo die Versammlung stattfinden würde – als sei es möglich, sie zu verpassen oder sie nicht zu finden.

»Ich glaube, wir können die Möglichkeiten einschränken«, versicherte Schwester Caroline sie.

Den ganzen Tag arbeitete Wilbur Larch in Schwester Angelas Büro. Es wurden keine Babys geboren an diesem Tag; und die eine Frau, die eine Abtreibung wünschte, wurde willkommen geheißen, man machte es ihr bequem und sagte ihr, sie könne ihre

666

Abtreibung morgen bekommen. Wilbur Larch wollte Schwester Angelas Büro nicht verlassen, auch nicht zu Mittag, auch nicht zum Tee, nicht einmal für die Werke des Herrn.

Er revidierte von letzter Hand die Geschichte Fuzzy Stones, dieses guten Doktors; Larch schrieb auch den Nachruf auf Homer Wells. Armer Homer, sein Herz: die Härten eines Farmerlebens und eine hoch cholesterinhaltige Diät – »Eine Waise ist ein Fleischesser, eine Waise ist immer hungrig«, schrieb Wilbur Larch.

Dr. Stone dagegen war keine typische Waise. Larch charakterisierte Fuzzy Stone als »hager und hart«. Wer immerhin unter all den Waisen hätte jemals gewagt, Dr. Larch herauszufordern? Und hier kam Fuzzy Stone und drohte, seinen alten Mentor ins Kittchen zu bringen! Nicht nur wagte er es, Dr. Larchs Ansichten über die Abtreibung anzugreifen, sondern Fuzzy Stone hatte so entschiedene Ansichten über das Thema, daß er wiederholt androhte, Dr. Larch beim Ausschuß anzuzeigen. Und nun erst wurde Fuzzy in seinem Eifer bestärkt durch die Selbstgerechtigkeit eines echten Missionars, denn Larch wußte, daß der sicherste Ort, wo Dr. Stone als Arzt praktizieren konnte, dort war, wo der Ausschuß ihn niemals aufspüren konnte. Fuzzy bekämpfte die Diarrhöe bei den hungernden Kindern Asiens. Larch hatte gerade in einem Artikel in *The Lancet* gelesen, daß Diarrhöe der Kindermörder Nummer Eins sei in jenem Teil der Welt. (Homer Wells, der nicht wußte, daß sein Herz schlappgemacht hatte, hatte denselben Artikel gelesen.) Die anderen kleinen Details über Birma und Indien – die Fuzzys zornigen Briefen an Wilbur Larch solch missionarische Echtheit verliehen – waren Sachen, die Larch über Wallys qualvolle Reisen dort gehört zu haben sich erinnern konnte.

Es war ein anstrengender Tag für Larch gewesen, der auch schon in anderen Rollen an den Treuhänderausschuß geschrieben hatte. Er hätte Äther dem Abendbrot vorgezogen, auch wenn das Abendbrot, wie er wußte, ihn standfester machen würde für diese Versammlung, die seine tyrannisierten Mitarbeiterinnen fürchteten. Larch las einen so kurzen Abschnitt vor aus *Jane Eyre*, daß alle Mädchen in der Mädchenabteilung noch wach waren, als er sie verließ, und er las einen so kurzen Teil von *David Copperfield*, daß zwei der Jungen sich beklagten.

»Tut mir leid, das ist alles, was David Copperfield heute passiert ist«, sagte Dr. Larch zu ihnen. »David hatte keinen so besonders guten Tag.«

Wilbur Larch hatte einen besonders guten Tag gehabt, das wußten Mrs. Grogan und seine Krankenschwestern. Er ließ sie alle in Schwester Angelas Büro zusammenkommen, als ziehe er Trost aus dem Papierwust und der düsteren, einengenden Gegenwart seiner umfangreichen *Kurzen Geschichte von St. Cloud's*, die sich um ihn her auftürmte. Er stützte sich auf seine überstrapazierte Schreibmaschine, als sei die Maschine ein Katheder.

»So!« sagte er, weil die Frauen schwatzten. »So!« wiederholte er, das Wort wie einen Hammer schwingend, um die Versammlung zur Ordnung zu rufen. »So, und jetzt werden wir ihnen auf der Paßhöhe den Weg abschneiden.«

Schwester Edna fragte sich, ob er sich zum Bahnhof hinuntergeschlichen habe, um sich Westernfilme mit dem Bahnhofsvorsteher im Fernsehen anzusehen; Schwester Edna tat dies ziemlich oft. Sie liebte Roy Rogers mehr als Hopalong Cassidy; sie wünschte sich, Roy möge nicht singen; sie gab Tom Mix den Vorzug vor allen. Auch wenn sie den Lone Ranger verabscheute, hatte sie eine Schwäche für Tonto – wie für alle Dunkelmänner der Welt.

»Und *wem* werden wir den Weg abschneiden?« fragte Schwester Caroline aggressiv.

»Und *Sie*!« sagte Dr. Larch zu Schwester Caroline, mit dem Finger auf sie zeigend. »Sie sind mein erster Colt. Sie werden den Finger am Abzug haben. Sie feuern den ersten Schuß.«

Mrs. Grogan, die um ihren eigenen Verstand fürchtete, fürchtete, Larch habe endgültig den seinen verloren. Schwester Angela glaubte, daß Larch schon seit langem aus der Balance war. Schwester Edna liebte ihn so sehr, daß sie ihn nicht beurteilen konnte. Schwester Caroline verlangte, die nackten Tatsachen zu sehen.

»Okay«, sagte Schwester Caroline. »Fangen wir am Anfang an. Auf *wen* werde ich schießen?«

»Sie werden mich ins Kittchen bringen«, sagte Larch zu ihr. »Sie werden mich verpfeifen – uns alle hier.«

»So etwas werde ich nicht tun!« sagte Schwester Caroline.

Sehr geduldig erklärte er es ihnen. Es war so einfach – für *ihn* war es einfach, weil er es sich seit Jahren ausgedacht hatte. Nicht so einfach war es für den Rest von ihnen, und er mußte sie sehr langsam hinführen – über die Stufen zu ihrem Heil.

Sie mußten annehmen, daß Melony den Fragebogen beantworten würde. Sie mußten glauben, daß ihre Antwort negativ sein würde – nicht weil Melony unbedingt negativ wäre, wie Larch Mrs. Grogan erläuterte (die sie verteidigen wollte), sondern weil Melony wütend war. »Sie wurde wütend geboren, sie wird immer wütend sein, und selbst wenn sie uns nichts Böses will, wird sie eines Tages – über irgend etwas, über *alles* – so wütend sein, daß sie den Fragebogen beantwortet. Und sie wird sagen, was sie weiß«, fügte Larch hinzu, »denn was immer Melony sein mag, sie ist keine Lügnerin.«

Darum, so führte er aus, wolle er, daß der Ausschuß von jemand anderem zuerst höre, daß er ein Abtreiber sei. Es sei die einzige Möglichkeit, wie sie alle zu retten wären. Schwester Caroline sei die logische Verräterin; sie sei jung, sie sei relativ neu, sie hätte eine annehmbar kurze Zeit mit ihrem Gewissen gekämpft, und sie habe beschlossen, daß sie nicht länger schweigen könne. Mrs. Grogan und die älteren Krankenschwestern seien tyrannisiert worden, die Autorität eines Arztes als absolut hinzunehmen; Schwester Caroline würde behaupten, daß sie nicht zu tadeln wären. Schwester Caroline aber stelle Autoritätsfiguren dieser (und jeder) Gesellschaft generell in Frage. Sie würde ihren Protest als eine Sache der Frauenrechte vortragen – nämlich, daß nicht einmal Krankenschwestern sich tyrannisieren lassen sollten von Ärzten; daß es, wenn ein Arzt das Gesetz übertrat, auch wenn es nicht die Aufgabe einer Schwester war, sich gegen ihn aufzulehnen, dennoch ihr Recht und ihre moralische Pflicht sei, ihn anzuzeigen. Larch war sich sicher, daß diese Sache mit der »moralischen Pflicht« Mrs. Goodhall gefallen würde – Mrs. Goodhall schlug sich zweifellos mit der Illusion herum, daß ihre eigenen moralischen Pflichten die Fixsterne ihres Lebens wären, und Dr. Larch glaubte, daß es die erdrückende Last dieser Pflichten sei, die sie zu so einer bitteren, freudlosen Frau gemacht hatte.

Schwester Edna und Schwester Angela lauschten Larch wie junge Vögelchen, die auf die Rückkehr der Eltern zum Nest warten; ihre Köpfe waren zwischen ihre Schultern eingezogen, ihre Gesichter waren emporgehoben, und ihre Münder formten lautlos die Worte nach, die sie Larch sprechen hörten – wie in Erwartung zu schluckender Würmer.

Mrs. Grogan wünschte, sie hätte ihr Strickzeug mitgebracht; wenn dies hier eine Versammlung war, so wollte sie nie wieder an einer teilnehmen. Doch Schwester Caroline begann zu verstehen: sie hatte im Grunde ein mutiges und ein grundsätzlich politisches Gewissen; und nachdem sie in dem Ausschuß einmal ihren Feind erkannt hatte, war sie ganz Ohr für ihren Kommandanten, der so eifrig die Niederlage selbigen Ausschusses ausgeheckt hatte. Es war eine Art Revolte, und Schwester Caroline war für die Revolution jederzeit zu haben.

»Auch«, klärte Larch sie auf, »müssen Sie ein paar Punkte beim rechten Flügel des Ausschusses wieder gutmachen; man hat Sie dort rosa gefärbt. Jetzt färben Sie sich christlich. Man wird Ihnen nicht nur am Ende verzeihen, man wird Ihnen sogar eine Beförderung antragen wollen. Man wird wollen, daß Sie die Verantwortung übernehmen.«

»Und *Sie*«, sagte Larch und deutete auf Schwester Angela.

»Ich?« sagte Schwester Angela; sie guckte erschreckt, doch Larch wußte, daß sie perfekt geeignet wäre, um Fuzzy Stone zu empfehlen. Hatte sie ihm nicht einen Namen gegeben? Und hatte sie es nicht all diese Zeit beinah gewagt, Fuzzy beizuspringen in seinem rechthaberischen Streit mit Dr. Larch? Weil Fuzzy sie alle kannte und sie alle liebte, wußte er auch, was sie brauchten, und seine Ansichten (in bezug auf die Abtreibung) waren so sehr in Übereinstimmung mit Schwester Angelas eigenen Ansichten.

»*Sind* sie das?« sagte Schwester Angela. »Aber ich bin für die Abtreibung!«

»Natürlich sind Sie das!« sagte Larch. »Und wenn Sie wollen, daß Saint Cloud's weiterhin Abtreibungen anbietet, dann tun Sie lieber so, als stünden Sie auf der anderen Seite. Ihr *alle* tut lieber so.«

»Wie soll *ich* denn tun, Wilbur?« fragte Schwester Edna.

»Als sei Ihnen eine große Last von Ihrem Gewissen genommen – dadurch, daß ich ertappt worden bin«, sagte Larch ihr. Vielleicht würde Schwester Ednas Gewissen, wenn Fuzzy Stone heimkehrte, sie endlich schlafen lassen. Und Mrs. Grogan könnte es leichter nehmen mit dem Gebet; vielleicht hätte sie weniger Anlaß zu beten, wenn dieser wunderbar anständige Dr. Stone da wäre.

Nicht, als ob wir alle Dr. Larch nicht *bewunderten!* sollte Schwester Angela dem Ausschuß sagen. Und nicht, als ob der arme alte Herr nicht an sich glaubte und an das, was er tat – und für wen er es tat. Er sei immer so hingebungsvoll gegenüber den Waisen. Nur eben, daß dieses soziale Problem ihn und seine Urteilskraft überfordert habe. Und wie diese Frage sie alle verwirrt habe! Welchen Tribut sie gefordert habe!

Ja, welchen, dachte Schwester Edna, ihr Mund immer noch offen, ihr Kopf zwischen den Schultern rollend – sie war verliebter denn je in ihn. Er *war* wirklich hingebungsvoll gegenüber seinen Waisen; er würde wirklich alles tun für sie.

»Aber was wird mit Ihnen passieren, Wilbur – wenn wir Sie anzeigen?« fragte Schwester Edna, und eine magere Träne suchte sich ihren schwierigen Weg über ihre faltige Wange.

»Ich bin beinah hundert Jahre alt, Edna«, sagte er sanft. »Ich nehme an, ich werde in den Ruhestand treten.«

»Sie werden nicht fortgehen, nicht wahr?« fragte ihn Mrs. Grogan.

»Ich würde nicht sehr weit kommen, wenn ich's versuchte«, sagte er.

Er war so überzeugend gewesen bezüglich Fuzzy Stones – er hatte ihnen so wunderbare Details vorgetragen – daß Schwester Caroline als einzige das Problem erkannte.

»Wie, wenn Homer Wells nicht kommen wird und so tun, als wäre er Fuzzy Stone?« fragte sie Dr. Larch.

»Homer gehört hierher«, sagte Schwester Angela, wie auswendig gelernt; daß Homer Wells nach St. Cloud's gehörte, war (für Schwester Angela) eine so offenkundige Tatsache wie das Wetter – selbst wenn diese Tatsache (für Homer) das Kreuz seines Lebens gewesen war.

»Aber er ist nicht für das Ausführen von Abtreibungen«, erinnerte Schwester Caroline all die alten Leutchen. »Wann sprachen Sie das letzte Mal mit ihm drüber?« fragte sie Larch. »*Ich* habe erst kürzlich mit ihm gesprochen, und er ist für *Ihr* Recht, sie auszuführen – er hat mich hierher geschickt, Ihnen zu helfen. Und er ist dafür, daß es legal sein sollte – eine zu bekommen. Er sagt aber auch, daß er persönlich es niemals tun könnte – es ist für ihn wie jemand umbringen. So sieht er es. Und so formuliert er es.«

»Er hat eine beinah perfekte Technik«, sagte Wilbur Larch erschöpft. Wenn Schwester Caroline sie alle so anschaute, dann erschienen sie ihr fast wie Dinosaurier – nicht nur prähistorisch, sondern beinah absichtlich zu groß für diese Welt. Wie könnte der Planet jemals genug Platz bieten für sie? Es war kein sehr sozialistischer Gedanke, doch davon war sie überzeugt, und das Herz sank ihr, während sie sie ansah.

»Homer Wells glaubt, er bringt jemand um«, wiederholte Schwester Caroline.

Während sie sprach, kam sie sich vor, als sei sie persönlich verantwortlich für das Verhungern der Dinosaurier; die alten Leutchen kamen ihr dürr und schwächlich vor – trotz ihrer Größe.

»Ist die Alternative nur Abwarten?« fragte Schwester Angela. Niemand antwortete ihr.

»›O Herr, steh uns bei diesen Tag, bis die Schatten länger werden und der Abend kommt‹«, begann Mrs. Grogan leise, aber Dr. Larch wollte sie nicht zu Ende anhören.

»Was immer die Alternative ist – falls da eine ist – ist sie nicht *Beten*«, sagte er.

»Für mich war es immer eine Alternative«, sagte Mrs. Grogan trotzig.

»Dann tun Sie es für sich allein«, sagte er.

Dr. Larch bewegte sich langsam durch den kleinen Raum. Er überreichte Schwester Angela den Brief an den Ausschuß, den er für sie geschrieben hatte. Er überreichte auch Schwester Caroline ihren Brief.

»Sie brauchen beide bloß zu unterschreiben«, sagte er. »Aber lesen Sie nur, wenn Sie wollen.«

»Sie können doch nicht mit Sicherheit sagen, daß Melony Sie anzeigen wird«, sagte Mrs. Grogan zu ihm.

»Spielt das wirklich eine Rolle?« fragte Larch. »Sehen Sie mich doch an. Habe ich noch so viel Zeit?« Sie schauten weg. »Ich möchte es nicht Melony überlassen. Oder dem Alter«, fügte er hinzu. »Oder dem Äther«, gestand er ein, was Schwester Edna veranlaßte, ihr Gesicht mit den Händen zu bedecken. »Ich ziehe es vor, das Risiko mit Homer Wells einzugehen.«

Schwester Angela und Schwester Caroline unterschrieben die Briefe. Etliche Proben des Briefwechsels zwischen Wilbur Larch und Fuzzy Stone wurden ebenfalls dem Treuhänderausschuß unterbreitet; Schwester Angela sollte sie ihrem Brief beilegen. Der Ausschuß sollte begreifen, daß alle Krankenschwestern und Mrs. Grogan die Angelegenheit miteinander besprochen hatten. Wilbur Larch sollte nicht die Hilfe des Äthers brauchen, um einzuschlafen – nicht diese Nacht.

Mrs. Grogan, die für gewöhnlich schlief wie ein Stein, sollte die ganze Nacht wachliegen; sie betete. Schwester Edna machte einen langen Spaziergang durch den Apfelgarten auf dem Hügel. Auch wenn sie alle zusammen halfen bei der Ernte, war es schwer, mit den Äpfeln Schritt zu halten, die Homer geliefert hatte. Schwester Caroline, die (wie alle übereinstimmend feststellten) die geistig regsamste war, bekam die Aufgabe übertragen, sich mit den Details aus Leben und Werdegang des fanatischen Missionars Dr. Stone vertraut zu machen; sollte der Ausschuß

Fragen stellen – und natürlich würde er das – dann mußte jemand die richtigen Antworten bereit haben. Trotz ihrer Jugend und Energie war Schwester Caroline gezwungen, Fuzzys Geschichte mit ins Bett zu nehmen, wo der Schlaf sie überkam, bevor sie zu der Stelle über die Diarrhöe der Kinder gelangte.

Schwester Angela hatte Dienst. Sie gab der Frau, die eine Abtreibung erwartete, noch ein Sedativ; sie gab einer Frau, die ein Baby erwartete, ein Glas Wasser; sie steckte einen der kleineren Jungen zurück in sein Bett – er mochte einen schlimmen Traum gehabt haben; er lag ganz oben auf seinen Decken, und seine Füße waren auf seinem Kopfkissen. Dr. Larch war so erschöpft gewesen, daß er zu Bett gegangen war, ohne einen der Jungen zu küssen, darum beschloß Schwester Angela, dies für ihn zu übernehmen – und vielleicht für sich selbst. Als sie den letzten Jungen geküßt hatte, schmerzte ihr Rücken, und sie setzte sich auf eines der unbenutzten Betten. Sie lauschte dem Atem der Jungen; sie versuchte sich an Homer Wells zu erinnern, als Junge, sich zu erinnern an das besondere Geräusch seines Atems; sie versuchte sich ein Bild zu machen von den Haltungen, die er im Schlaf einnahm. Es beruhigte sie, an ihn zu denken. Angesichts des Alters, angesichts des Äthers, angesichts Melonys wäre auch sie das Risiko eingegangen mit Homer Wells.

»Bitte, komm nach Hause, Homer«, flüsterte Schwester Angela. »Bitte, komm nach Hause.«

Es war eines der wenigen Male, daß Schwester Angela im Dienst eingeschlafen war, und das erste Mal überhaupt, daß sie im Schlafsaal der Jungen eingeschlafen war. Die Jungen waren erstaunt, sie am Morgen bei sich zu entdecken; sie erwachte davon, daß die Jungen auf ihr herumkletterten, und sie mußte sich beeilen, den jüngeren zu beteuern, daß es kein Vorzeichen großer Veränderungen in ihrem Leben bedeutete, wenn sie sie in der Knabenabteilung schlafend angetroffen hätten. Sie hoffte, daß sie die Wahrheit sagte. Ein besonders kleiner und abergläubischer Junge glaubte ihr nicht; er glaubte an Dinge, die er als »Waldwesen« bezeichnete, die zu beschreiben er sich weigerte, und er ließ sich nicht davon abbringen, daß einer dieser Dämonen Schwester Angela über Nacht in eine Waise verwandelt habe.

»Wenn du einschläfst, wächst die Baumrinde über deine Augen«, erklärte er ihr.

»Himmel, nein!« sagte sie.

»Doch!« sagte er. »Und dann wollen nur die Bäume dich adoptieren.«

»Unsinn«, sagte Schwester Angela zu ihm. »Die Bäume sind einfach Bäume. Und Baumrinde kann dir nichts antun.«

»Manche von den Bäumen waren früher einmal Menschen«, erzählte der kleine Junge ihr. »Sie waren früher einmal Waisen.«

»Nein, nein, Schatz. Nein, waren sie nicht«, sagte Schwester Angela. Sie ließ ihn auf ihrem Schoß sitzen.

Auch wenn es früh am Morgen war, hörte sie die Schreibmaschine; Dr. Larch hatte noch mehr zu sagen. Der kleine Junge auf ihrem Schoß zitterte; er horchte ebenfalls auf die Schreibmaschine.

»Hörst du das?« flüsterte er Schwester Angela zu.

»Die Schreibmaschine?« fragte sie ihn.

»Die was?« sagte er.

»Das ist eine Schreibmaschine«, sagte sie, doch er schüttelte den Kopf.

»Nein, es ist die Baumrinde«, sagte er. »Sie kommt herein in der Nacht, und am Morgen.«

Auch wenn ihr Rücken sie noch immer schmerzte, trug Schwester Angela den Jungen den ganzen Weg bis zu ihrem Büro; sie zeigte ihm das Geräusch, das er gehört hatte – Dr. Larch an der Schreibmaschine – aber sie fragte sich, ob Larch in dem Zustand, in dem er war, wenn er schrieb, nicht noch viel erschreckender war für den kleinen Jungen als seine eingebildeten Baummenschen.

»Siehst du?« fragte Schwester Angela den Jungen. »Es ist eine Schreibmaschine, und das ist Dr. Larch.« Dr. Larch blickte die beiden unmutig an; gereizt durch die Störung, brummelte er etwas, was sie nicht hörten. »Du kennst doch Doktor Larch, oder?« fragte Schwester Angela den kleinen Jungen.

Doch das Kind zweifelte nicht. Es warf seine Ärmchen um Schwester Angelas Hals; dann ließ es zögernd los mit der einen Hand und zeigte damit auf die Schreibmaschine und auf Dr. Larch. »Waldwesen«, flüsterte das Kind.

Diesmal war der Brief in Larchs höchst pädagogischem Ton gehalten; er schrieb an Homer Wells; er sagte Homer Wells alles. Er bettelte nicht. Er stellte die Sache nicht so dar, als hätte Fuzzy Stone wichtigere Aufgaben zu übernehmen als Homers gegenwärtige; er wies nicht darauf hin, daß Homer Wells und Fuzzy Stone beide Hochstapler waren. Larch sagte, er sei überzeugt, daß Angel das Opfer seines Vater akzeptieren werde – »Er wird Dein Bedürfnis achten, Dich nützlich zu machen«, so drückte Wilbur Larch es aus.

»Junge Menschen bewundern es, wenn jemand Risiken eingeht. Sie finden es heroisch«, argumentierte Larch. »Wäre die Abtreibung legal, dann könntest Du Dich weigern – tatsächlich, Du mit Deinen Ansichten *solltest* Dich weigern. Aber solange sie gegen das Gesetz verstößt, wie kannst Du Dich da weigern? Wie kannst Du Dir eine Entscheidung darüber anmaßen, wo es so viele Frauen gibt, die nicht frei entscheiden können? Die Frauen haben keine Wahl. Ich weiß, daß Du weißt, daß das nicht richtig ist, aber wie kannst Du – ausgerechnet Du, wo Du weißt, was Du weißt – WIE KANNST DU DIR DIE FREIHEIT HERAUSNEHMEN, ZU ENTSCHEIDEN, DASS DU LEUTEN NICHT HILFST, DIE NICHT SO FREI SIND, DASS SIE ANDERSWO HILFE BEKOMMEN? Du mußt helfen, weil Du weißt, wie. Denke einmal darüber nach, wer ihnen helfen soll, wenn Du Dich weigerst.« Wilbur Larch war so müde, daß, hätte er sich erlaubt einzuschlafen, die Baumrinde über seine Augen gewachsen wäre.

»Du steckst in einer Zwickmühle«, schrieb Dr. Larch an Homer. »Und in diese Zwickmühle habe nicht ich Dich gebracht – das ist nicht meine Art. Weil die Abtreibung illegal ist, haben Frauen, die eine brauchen und wollen, keine andere Wahl, und Du – weil Du sie auszuführen weißt – hast ebenfalls keine Wahl. Was hier verletzt wird, ist Deine Entscheidungsfreiheit, und auch die Entscheidungsfreiheit jeder Frau. Wäre die Abtreibung legal, dann hätte eine Frau die Wahl – und Du ebenfalls. Du könntest Dir die Freiheit herausnehmen, es nicht zu tun, weil jemand anders es tun würde. Doch so, wie es nun einmal steht, steckst Du in der Zwickmühle. Die Frauen stecken ebenfalls in der Zwickmühle. Die Frauen sind Opfer und Du ebenfalls.

Du bist mein Kunstwerk«, sagte Wilbur Larch zu Homer Wells. »Alles andere war nur Arbeit. Ich weiß nicht, ob Du ein Kunstwerk in Dir trägst«, schloß Larch seinen Brief an Homer, »aber ich weiß, welches Deine Arbeit ist, und das weißt Du genauso. Du bist der Arzt.«

Dieser Brief ging mit derselben Post hinaus wie die Briefe und die »Beweise« für den Treuhänderausschuß; Schwester Caroline trug nicht nur die Briefe auf den Bahnhof, sie sah auch zu, wie die Post auf den Zug gebracht wurde. Als der Zug abfuhr, beobachtete sie eine besonders verloren wirkende Frau, die auf der falschen Seite des Bahngleises aus dem Zug gestiegen war; der Bahnhofsvorsteher, der fernsah, war nicht verfügbar, um Auskünfte zu erteilen. Schwester Caroline fragte die hinfällige junge Frau, ob sie das Waisenhaus suche, was sie auch tat. Unfähig zu sprechen, oder nicht gewillt, es zu tun, nickte sie nur und begleitete Schwester Caroline den Hügel hinauf.

Dr. Larch wurde eben mit der Abtreibungspatientin fertig, die tags zuvor angekommen war und über Nacht geblieben war. »Tut mir leid, daß Sie warten mußten. Ich hoffe, Sie hatten es angenehm«, sagte er zu ihr.

»Ja, alle waren sehr nett«, sagte sie. »Sogar die Kinder scheinen nett zu sein – soviel ich von ihnen sah.« Dr. Larch war verblüfft über das »Sogar«; warum *sollten* die Kinder nicht nett zu sein scheinen? Dann fragte er sich, ob er denn eine Ahnung habe, wie alles in St. Cloud's anderen erscheinen mochte.

Er war auf dem Weg in die Apotheke, um sich ein Weilchen auszuruhen, als Schwester Caroline ihm die nächste Patientin vorstellte. Die junge Frau wollte immer noch nicht sprechen, was es schwierig machte für Larch, ihr zu vertrauen.

»Sie sind sicher, daß Sie schwanger sind?« fragte er sie. Sie nickte. »Zweiter Monat?« schätzte Larch. Die Frau schüttelte den Kopf; sie hielt drei Finger hoch. »Dritter Monat«, sagte Larch, aber die Frau zuckte die Schultern; sie hielt vier Finger hoch. »Vielleicht vierter?« fragte Larch. Sie hielt fünf Finger hoch. »Sie sind im fünften Monat schwanger?« fragte Larch. Jetzt hielt sie sechs Finger hoch. »Vielleicht im sechsten?« fragte Larch. Die Frau zuckte mit den Schultern.

»Sind Sie sicher, daß Sie schwanger sind?« begann Larch abermals. Ja, nickte sie. »Haben Sie eine Ahnung, wie lange Sie schwanger sind?« fragte Larch sie, während Schwester Caroline der Frau half, sich auszuziehen; sie war so unterernährt, daß Larch und Schwester Caroline beide sofort sahen, daß ihre Schwangerschaft fortgeschrittener war, als sie zuerst angenommen hatten. Nachdem Larch die Frau untersucht hatte, die äußerst empfindlich gegen seine Berührung war und fieberte, sagte er: »Sie könnten im siebten Monat sein. Sie könnten zu spät gekommen sein«, erläuterte Larch ihr. Die Frau schüttelte den Kopf.

Larch wollte genauer nachschauen, doch Schwester Caroline hatte ihre liebe Mühe, die Frau zu bewegen, daß sie die richtige Stellung einnahm. Und während Schwester Caroline die Temperatur der Frau maß, blieb Larch nichts anderes übrig, als seine Hand auf den Unterleib der Frau zu drücken, der äußerst angespannt war – wann immer Larch sie im entferntesten berührte, hielt sie den Atem an.

»Haben Sie versucht, etwas mit sich zu machen?« fragte er die Frau sanft. »Haben Sie sich verletzt?« Die Frau erstarrte. »Warum wollen Sie nicht sprechen?« fragte Larch; die Frau schüttelte den Kopf. »Sind Sie stumm?« Sie schüttelte den Kopf. »Sind Sie verletzt?« fragte Larch. Die Frau zuckte die Schultern.

Endlich machte Schwester Caroline es der Frau auf den Beinstützen bequem. »Ich werde jetzt in Sie hineinschauen«, erklärte Larch. »Dies ist ein Spekulum«, sagte er und hielt das Instrument empor. »Es fühlt sich vielleicht kühl an, aber es tut nicht weh.« Die Frau schüttelte den Kopf. »Nein, wirklich, ich werde Ihnen nicht wehtun – ich werde nur nachschauen.«

»Sie hat einhundertvier Grad Temperatur«, flüsterte Schwester Caroline Dr. Larch zu – vierzig Fieber!

»Dies wird angenehmer sein für Sie, wenn Sie sich entspannen«, sagte Larch; er spürte den Widerstand der Frau gegen das Spekulum. Als er sich hinunterbeugte, um nachzuschauen, sprach die Frau ihn an.

»Ich war es nicht«, sagte sie. »Ich hätte niemals all das in mich hineingesteckt.«

»All das?« sagte Larch. »Was alles?« Plötzlich wollte er nicht mehr schauen, bevor er nicht Bescheid wußte.

»Ich war es nicht«, wiederholte sie. »Ich hätte so etwas niemals getan.«

Dr. Larch beugte sich so nah an das Spekulum, daß er den Atem anhalten mußte. Der Geruch von Sepsis und Fäulnis war stark genug, um ihn zu würgen, wenn er einatmete oder schluckte, und die vertrauten feurigen Farben ihrer Entzündung (auch noch umwölkt von Ausfluß) waren leuchtend genug, um den Furchtlosen wie den Ungeschulten zu blenden. Wilbur Larch aber fing wieder an zu atmen, langsam und regelmäßig; es war das einzige Mittel, um eine ruhige Hand zu behalten. Er schaute nur unentwegt und staunte über das entzündete Gewebe der jungen Frau; es schien heiß genug, um die Welt zu verbrennen. Siehst du nun, Homer? fragte Larch sich selbst. Durch das Spekulum spürte er ihre Hitze an seinem Auge.

II

Die Regeln verletzen

Melony, die per Anhalter von Bath nach Ocean View gefahren war, fuhr am gleichen Tag per Anhalter zurück; sie hatte ihren Eifer für das Äpfelpflücken verloren. Sie floh zurück, um eine neue Urlaubsfahrt zu planen – oder um sich wieder um Arbeit zu bewerben. Melony ging in die Pizza-Bar, wo alle hingingen, und sie sah so verlassen aus, daß Lorna den Tölpel, mit dem sie an der Bar war, stehenließ und sich ihr gegenüber in die Nische setzte.

»Ich schätze, du hast ihn gefunden«, sagte Lorna.

»Er hat sich verändert«, sagte Melony; und sie erzählte Lorna die Geschichte. »Ich hab' mich nicht *meinet*wegen so schlecht gefühlt«, sagte Melony. »Ich meine, ich habe wirklich nicht erwartet, daß er mit mir davonläuft, oder so etwas. Es war nur wegen ihm – er war doch wirklich besser, dachte ich. Er war jemand, so dachte ich, der mal ein Held sein würde. Ich schätze, das ist blöde, aber so sah er aus – als hätte er das Zeug zum Helden in sich. Er schien um so viel besser als alle anderen, aber er war nur ein Schwindler.«

»Du weißt nicht alles, was ihm widerfahren ist«, sagte Lorna ruhig; sie kannte Homer Wells nicht, aber sie wußte um sexuelle Verwicklungen.

Ihre gegenwärtige sexuelle Verwicklung wurde ungeduldig an der Bar, wo er auf sie gewartet hatte; er war ein Suffkopf namens Bob, und er kam herüber zu Melonys Nische, wo die zwei Frauen sich an den Händen hielten.

»Ich schätze, was mit Homer los ist, ist, daß er ein Mann ist«, stellte Melony fest. »Ich hab nur einen kennengelernt, der nicht sein Leben von seinem Dingdong leiten ließ« – sie meinte Dr. Larch – »und der war ein Äthersüchtiger.«

»Bist du mit mir zusammen, oder bist du schon wieder mit ihr«, fragte Bob Lorna, aber er starrte Melony an.

»Wir haben nur geredet, sie ist nur eine alte Freundin«, sagte Melony.

»Ich dachte, du wärst in Urlaub«, sagte Bob zu Melony. »Wieso gehst du nicht dorthin, wo die Kannibalen sind?«

»Verschwinde und spritz ab in einen Eimer«, sagte Melony zu ihm. »Verschwinde und häng dich an einen Kübel, verschwinde und klecker in 'nen Teelöffel«, sagte sie zu ihm; Bob verdrehte ihr den Arm so hart, daß er ihn brach. Dann brach Bob ihr die Nase auf der Resopaltischplatte, bevor einige der Schiffswerftarbeiter ihn von ihr losrissen.

Lorna brachte ihre Freundin ins Krankenhaus, und als man ihren Arm in Gips gelegt und ihre Nase eingerichtet hatte – beinah gerade – brachte Lorna Melony heim in die Fremdenpension-nur-für Frauen, wo sie, wie sie sich beide einig waren, hingehörten: zusammen. Lorna räumte ihre Sachen wieder ein, während Melony sich erholte. Die Schwellung in ihrem Gesicht ging nach ein paar Tagen wieder zurück, und ihre Augen wechselten im Lauf der Woche von Schwarz über Lila-Grün zu Gelb.

»Die Sache ist die«, sagte Melony, ihr wundes Gesicht an Lornas Bauch gelegt, während Lornas Hand ihr übers Haar strich, »als er ein Junge war, da hatte er diese Art Tapferkeit, die wirklich 'was Besonderes war – niemand konnte ihn dazu bringen, einfach mitzumachen bei dem, was lief. Und jetzt, sieh ihn dir an: pimpert 'nem Krüppel seine Frau und lügt den eigenen Sohn an.«

»Es ist widerlich«, pflichtete Lorna bei. »Warum vergißt du's nicht?« Als Melony nicht antwortete, fragte Lorna: »Wie kommt es, daß du Bob nicht verklagen willst?«

»Angenommen, es klappt?« fragte Melony.

»Wie bitte?« sagte Lorna.

»Angenommen, man steckt Bob wirklich ins Gefängnis oder verschickt ihn irgendwohin?« fragte Melony. »Wenn es mir dann besser geht, könnte ich ihn nicht finden.«

»Oh«, sagte Lorna.

Homer Wells erkannte die Stimme nicht, die ihn aus dem Scheinwerferlicht ansprach.

»Was hast du in der Tasche, Homer?« fragte Mr. Rose. Es war eine lange Fahrt gewesen von den Carolinas, und Mr. Roses altes Auto knarrte und knackte vor Hitze und vor sichtlicher Pein. »Es ist nett von dir, daß du die ganze Nacht arbeitest, um mein Haus nett einzurichten für mich, Homer«, sagte er. Als er vor die Scheinwerfer trat, war sein schwarzes Gesicht immer noch schwer zu erkennen, aber Homer sah, wie er sich bewegte – sehr langsam, aber mit der latenten Möglichkeit, sehr schnell zu sein.

»Mister Rose!« sagte Homer.

»Mistah Wells«, sagte Mr. Rose lächelnd. Sie schüttelten sich die Hände, während Homers Herz sich beruhigte. Candy verbarg sich immer noch im Ziderhaus, und Mr. Rose spürte, daß Homer nicht allein war. Er spähte durch die erleuchtete Küche und schaute in den schattigen Schlafsaal, als Candy schuldbewußt ins Licht trat.

»Missus Worthington!« sagte Mr. Rose.

»Mister Rose!« sagte Candy und schüttelt ihm die Hand. »Wir sind gerade rechtzeitig gekommen«, sagte sie zu Homer und puffte ihn. »Wir haben in diesem Moment alle Bettlaken fertig«, sagte sie zu Mr. Rose, aber Mr. Rose bemerkte, daß da kein Auto und kein Lieferwagen war – daß sie zu Fuß zum Ziderhaus gegangen waren. Hatten sie alle Decken und Laken getragen?

»In diesem Moment haben wir alles zusammengefaltet, meine ich«, sagte Candy.

Homer Wells dachte, daß Mr. Rose vielleicht das Licht im Apfelmarktbüro gesehen hatte, als er vorbeigefahren war. »Wir machten Überstunden im Büro«, sagte Homer, »und uns fiel ein, daß das Bettzeug hier draußen war – alles auf einem Haufen.«

Mr. Rose nickte und lächelte. Dann schrie das Baby. Candy zuckte zusammen.

»Ich habe Wally geschrieben, daß ich die Tochter mitbring'«, erklärte Mr. Rose, während eine junge Frau, etwa in Angels Alter ins Licht trat – ein Baby in ihren Armen.

»Ich habe dich nicht mehr gesehen, seit du ein kleines Mäd-

chen warst«, sagte Homer Wells zu der jungen Frau, die ihn ausdruckslos anstarrte; es mußte eine ermüdende Fahrt gewesen
sein mit dem kleinen Kind.

»Meine Tochter«, stellte Mr. Rose vor. »Und *ihre* Tochter«,
fügte er hinzu. »Missus Worthington«, sagte Mr. Rose, sie vor-
stellend, »und Homer Wells.«

»Candy«, sagte Candy und schüttelte der jungen Frau die
Hand.

»Homer«, sagte Homer. Er konnte sich an den Namen der
Tochter nicht erinnern, und darum fragte er sie. Sie wirkte etwas
verschreckt und schaute ihren Vater an – wie um Klärung oder
um Rat.

»Rose«, sagte Mr. Rose.

Alle lachten – die Tochter ebenfalls. Das Baby hörte auf zu
schreien und guckte voll Verwunderung über das Lachen.
»Nein, ich meine deinen Vornamen!« sagte Homer Wells.

»Rose ist ihr Vorname«, sagte Mr. Rose. »Du hast ihn schon
gehört.«

»Rose Rose?« fragte Candy. Die Tochter lächelte; sie wirkte
nicht sehr sicher.

»Rose Rose«, sagte Mr. Rose stolz.

Wieder lachten alle; das Baby wurde fröhlich, und Candy
spielte mit den Fingern des kleinen Mädchens. »Und wie ist *ihr*
Name?« fragte Candy Rose Rose. Diesmal antwortete die junge
Frau selbst.

»Sie hat noch keinen Namen«, erwiderte Rose Rose.

»Wir denken uns noch einen aus«, sagte Mr. Rose.

»Welch eine gute Idee«, sagte Homer Wells, der wußte, daß
allzu viele Namen leichtsinnig gegeben wurden, oder nur zeitweilig – oder daß sie, wie in den Fällen von John Wilbur und Wilbur Walsh, ohne Phantasie wiederholt wurden.

»Das Ziderhaus ist eigentlich nicht eingerichtet für ein Baby«,
sagte Candy zu Rose Rose. »Wenn Sie wollen, kommen Sie herüber ins Haus, ich müßte ein paar Babysachen haben, die Sie
benutzen können – es gibt sogar ein Laufställchen in der Boden-
kammer, nicht wahr, Homer?«

»Wir brauchen nichts«, sagte Mr. Rose verbindlich. »Vielleicht wird sie einen anderen Tag hinüberkommen.«

»Ich könnte einen ganzen Tag schlafen, glaube ich«, sagte Rose Rose geziert.

»Wenn Sie möchten«, sagte Candy zu ihr, »könnte ich mich für Sie um das Baby kümmern – damit Sie schlafen können.«

»Wir brauchen nichts«, wiederholte Mr. Rose. »Nicht heute jedenfalls«, sagte er lächelnd.

»Brauchen Sie Hilfe beim Auspacken?« fragte Homer ihn.

»Heute nicht jedenfalls«, sagte Mr. Rose. »Was ist in der Tasche, Homer?« fragte er, als alle sich Gute Nacht gesagt hatten und Homer und Candy gehen wollten.

»Äpfel«, gestand Homer.

»Das ist doch sonderbar«, sagte Mr. Rose. Homer machte den Reißverschluß der Tasche auf und zeigte ihm die Äpfel.

»Bist du ein Apfel-Doktor?« fragte ihn Mr. Rose.

Beinahe hätte Homer gesagt: »Richtig.«

»Er weiß Bescheid«, sagte Homer zu Candy, während sie zurückgingen zum Büro.

»Natürlich weiß er Bescheid«, sagte Candy. »Aber was macht es, wo wir doch aufhören?«

»Ich schätze, es macht nichts«, sagte Homer.

»Nachdem du schon bereit warst, es Wally und Angel zu sagen«, sagte sie, »wird es, schätze ich, nicht so schwierig sein, es wirklich zu tun.«

»Nach der Ernte«, sagte er. Er nahm ihre Hand, doch wie sie in die Nähe des Apfelmarktes und des Büros kamen, ließen sie sich los und gingen jeder seinen Weg zurück.

»Wofür ist die Tasche?« fragte Candy ihn, bevor sie ihm einen Gutenachtkuß gab.

»Sie ist für mich«, sagte Homer Wells. »Glaube ich jedenfalls.«

Im Einschlafen staunte er über die, wie ihm schien, ungewöhnliche Kontrolle, die Mr. Rose über seine Welt hatte – er kontrollierte sogar das Tempo, mit dem die Tochter seiner Tochter einen Namen bekommen sollte (ganz zu schweigen, wahrscheinlich, von dem Namen selbst)! Homer erwachte kurz vor

dem Morgengrauen und nahm eine Füllfeder von seinem Nachttisch und überschrieb damit, mit wuchtiger Endgültigkeit, die
bleistiftgeschriebene Zahl auf der Rückseite der Photographie
von der Besatzung der *Die Chance klopft an*.

Mit schwarzer Tinte folgte er den Bleistiftlinien; diese Dauer-
haftigkeit war beruhigend – als sei Tinte, wie ein Kontrakt, bin-
dender als Bleistift. Er konnte nicht wissen, daß Candy ebenfalls
wach war; sie hatte einen verdorbenen Magen, und sie suchte
nach irgendeiner Medizin in ihrem und Wallys Badezimmer.
Auch sie fand es nötig, sich mit der Frage der zweihundertsiebzig
Male zu befassen, die sie und Homer Liebe gemacht hatten, seit
Wally heimgekehrt war aus dem Krieg, doch Candy ehrte die
Endgültigkeit dieser Zahl mit einer geringeren Bedeutung, als
Homer ihr verliehen hatte. Statt die Zahl mit Tinte zu über-
schreiben, nahm Candy ihren Radiergummi, um den Beweis von
der Rückseite der Photographie zu tilgen, auf der sie Homer
schwimmen lehrte. Dann beruhigte sich ihr Magen, und sie
konnte schlafen. Es erstaunte sie: wie völlig entspannt sie war bei
der Aussicht, daß nach der Ernte ihr Leben (wie sie es gewohnt
war) zu Ende sein würde.

Homer versuchte nicht wieder einzuschlafen; er kannte seine
Geschichte mit dem Schlaf; er wußte, daß es keinen Zweck hat,
gegen die Geschichte anzukämpfen. Er las einen Artikel im *New
England Journal of Medicine* über die Antibiotika-Therapie; er
hatte seit Jahren die Anwendung von Penicillin und Streptomycin
verfolgt. Weniger vertraut war er mit Aureomycin und Terramy-
cin, doch fand er, daß die Antibiotika leicht zu begreifen wären. Er
las über den beschränkten Nutzen von Neomycin; er registrierte,
daß Achromycin und Tetracyclin dasselbe waren; schrieb ›Ery-
thromycin‹ an den Rand des Artikels, mehrmals, bis er sich sicher
war, daß er es richtig buchstabieren konnte; Dr. Larch hatte ihm
diese Methode beigebracht, sich etwas einzuprägen.

»E-R-Y-T-H-R-O-M-Y-C-I-N«, schrieb Homer Wells – der
Apfel-Doktor, wie Mr. Rose ihn genannt hatte. Er schrieb auch
dies an den Rand. »Der Apfel-Doktor«, und kurz bevor er aufstand, schrieb er: »Abermals Beduine.«

Am anderen Morgen schickte Candy Angel zum Ziderhaus, um sich zu erkundigen, ob Rose Rose etwas brauchte für das Baby, und das war der Moment, als Angel sich verliebte. Er war schüchtern bei Mädchen seines eigenen Alters; Jungen seines Alters, und etwas ältere, hänselten ihn immer wegen seines Namens. Er glaubte, er sei der einzige Angel in Maine. Er war sogar im voraus schüchtern, wenn er Mädchen treffen sollte, und fürchtete den Moment, da er ihnen seinen Namen sagen sollte. In Heart's Rock und Heart's Haven übersahen ihn die selbstbewußteren Mädchen aus seiner Klasse; sie interessierten sich für die älteren Jungen. Die Mädchen, die ihn zu mögen schienen, waren schlichte, verdrießliche Plappertaschen, die am meisten Vergnügen fanden, mit anderen Mädchen ihrer Art zu reden, über sich selbst – oder darüber, was welcher Junge zu wem gesagt hatte. Jedesmal, wenn Angel mit einem Mädchen sprach, wußte er, daß seine Bemerkungen am gleichen Abend per Telephon an jedes andere vernachlässigte Mädchen aus seiner Klasse weitervermittelt wurden. Am nächsten Morgen würden sie alle grinsen über ihn – als hätte er die gleichen Albernheiten zu ihnen allen gesagt. Und so lernte er zu schweigen. Er beobachtete die älteren Mädchen in der Schule. Ihm gefielen die, die verhältnismäßig am wenigsten mit ihren Freundinnen redeten. Sie kamen ihm reifer vor, was, wie er meinte, bedeutete, daß sie tatsächlich Sachen machten, die sie ihre Freundinnen nicht wissen lassen wollten.

Damals, 195–, freuten sich die Mädchen in Angels Alter auf Stelldicheins; Jungen in Angels Alter freuten sich – wie zu allen Zeiten – darauf, Sachen zu machen.

Mr. Roses Tochter war nicht nur die allerexotischste junge Frau, die Angel je gesehen hatte; wenn sie eine Tochter hatte, mußte sie auch Sachen gemacht haben.

Es war kalt und feucht morgens im Ziderhaus; als Angel dort eintraf, war Rose Rose draußen in der Sonne und wusch Baby-Rose in einem Zuber. Das Baby planschte, und Rose Rose sprach mit ihrer Tochter; sie hörte nicht, daß Angel sich ihr genähert hatte. Vielleicht – weil Angel mehr von seinem Vater als von seiner Mutter aufgezogen worden war – war Angel anfällig dafür, sich zu einer Madonnen-Szene hingezogen zu fühlen. Rose Rose war nur wenige Jahre älter als Angel – sie war nicht so jung, daß ihre Mutterschaft überraschend gewesen wäre. Wenn sie mit ihrem Baby zusammen war, waren ihre Gebärden und ihr Gesichtsausdruck fraulich, und sie hatte eine volle, frauliche Figur. Sie war etwas größer als Angel. Sie hatte ein rundes, jungenhaftes Gesicht.

»Guten Morgen«, sagte Angel, was Baby-Rose in dem Zuber erschreckte. Rose Rose wickelte ihre Tochter in ein Handtuch und richtete sich auf.

»Du bist wohl Angel«, sagte sie schüchtern. Sie hatte eine feine Narbe an einem ihrer Nasenflügel, die sich bis zu ihrer Oberlippe hinunterzog; sie machte eine Kerbe in ihrem Zahnfleisch, die Angel sehen konnte, wenn sie ihre Lippen verzog. Später sah er, daß das Messer über dem Eckzahn angehalten und ihn ausgebrochen hatte, was ihr nur halbherziges Lächeln erklärte. Sie sollte ihm erklären, daß die Verletzung die Zahnwurzel abgetötet habe und daß der Zahn später ausgefallen sei. Er war so verknallt, als er sie zum ersten Mal sah, daß sogar die Narbe schön war für ihn; sie war ihr einzig sichtbarer Makel.

»Ich frage mich, ob ich dir helfen kann, etwas für das Baby zu besorgen«, fragte Angel.

»Sie zahnt offenbar«, verriet Rose Rose über ihre Tochter. »Sie ist heute irgendwie sonderbar.«

Mr. Rose kam aus dem Ziderhaus; als er Angel sah, winkte er und lächelte, und dann kam er herüber und legte dem Jungen seinen Arm um die Schultern. »Wie geht's?« fragte er. »Du wächst immer noch, glaube ich. Ich hab ihn früher einmal auf den Schultern getragen«, erzählte er Rose Rose. »Er grabschte die Äpfel, die ich nicht erreichen konnte« erklärte Mr. Rose und puffte Angel herzlich gegen den Arm.

»Ich werde wohl noch etwas weiter wachsen«, sagte Angel – um Rose Roses willen. Er wollte nicht, daß sie glaubte, er hätte aufgehört zu wachsen; er wollte, daß sie wußte, er würde eines Tages größer sein als sie.

Er wünschte sich, er hätte ein Hemd getragen; nicht, daß er

nicht muskulös gewesen wäre, doch irgendwie war es erwachsener, ein Hemd zu tragen. Dann stellte er sich vor, sie würde seine Sonnenbräune zu schätzen wissen, und darum beruhigte er sich darüber, kein Hemd zu haben; er schob die Hände in die Hüfttaschen seiner Jeans und wünschte sich, er hätte seine Baseballkappe getragen. Es war eine Boston Red Sox-Kappe, und morgens mußte er sie sich als erster schnappen, wenn er sie tragen wollte – sonst trug Candy sie. Seit zwei Sommern hatten sie nun vorgehabt, eine zweite Baseballkappe zu kaufen; Candy schuldete ihm eine, weil sie gestanden hatte, eines der Schweißlöcher in der Kappe eingerissen zu haben, als sie einen Bleistift hindurchbohrte.

Candy arbeitete als Prüferin während der Ernte, und sie brauchte ihren Bleistift. Dies sollte die zweite Ernte werden, bei der Angel als Prüfer arbeiten würde, und der zweite Sommer, in dem er einen der Traktoren fahren mußte, die die Äpfel aus den Obstgärten schleppten.

Als Angel seinem Vater erzählte, daß Rose Roses Baby zahnte, wußte Homer, was da zu machen sei. Er schickte Angel (mit Wally) in die Stadt, um ein paar Schnuller einzukaufen, dann schickte er Angel mit einem Päckchen Schnuller und einer Fünftelgallone Bourbon erneut zum Ziderhaus; Wally trank von Zeit zu Zeit etwas Whiskey, und die Flasche war zu Dreivierteln voll. Homer zeigte Angel, wie er den Whiskey auf Baby-Roses Zahnfleisch tupfen sollte.

»Es betäubt das Zahnfleisch«, erklärte Angel Rose Rose. Er tauchte seinen kleinen Finger in den Whiskey, dann schob er seinen Finger in Baby-Roses winzigen Mund. Zuerst fürchtete er, er könnte das kleine Mädchen ersticken, dessen Augen sofort groß und wäßrig wurden von den Bourbondämpfen; dann aber begann Baby-Rose, Angels Finger so heftig zu bearbeiten, daß das Baby, als er seinen Finger herauszog, um mehr Whiskey aufzubringen, greinte und den Finger zurück haben wollte.

»Du wirst sie betrunken machen«, warnte Rose Rose.

»Nein, werde ich nicht«, beteuerte Angel. »Ich schläfere nur ihr Zahnfleisch ein.«

Rose Rose untersuchte die Schnuller. Es waren Gumminippel, wie ein Sauger auf einem Babyfläschchen, doch ohne Loch, und an einem blauen Plastikring befestigt, der zu groß war, als daß das Baby ihn hätte verschlucken können. Schwierig bei einem normalen Flaschensauger sei, erklärte Angel Wells, daß das Baby durch das Loch dauernd Luft schlucke, was dem Baby Schluckauf oder Blähungen bescherte.

»Wie kommt es, daß du so viel weißt?« fragte Rose Rose Angel und lächelte. »Wie alt bist du?«

»Ich bin fast sechzehn«, sagte Angel. »Wie alt bist du?«

»Etwa in deinem Alter«, sagte sie zu ihm.

Am Nachmittag, als Angel wieder zum Ziderhaus kam, um zu sehen, was das Zahnen machte, war Baby-Rose nicht die einzige Rose mit einem Schnuller im Mund. Mr. Rose saß auf dem Ziderhausdach, und Angel sah – schon aus einiger Entfernung, wegen dem unwirklichen Himmelblau des Plastikringes – daß er einen Schnuller im Mund hatte.

»Zahnen Sie ebenfalls?« rief Angel zu ihm hinauf. Mr. Rose zog den Schnuller aus seinem Mund, langsam – wie er alles tat.

»Ich habe das Rauchen aufgegeben«, sagte Mr. Rose. »Hat man den ganzen Tag einen Schnuller im Mund, wer braucht da eine Zigarette?« Er steckte den Schnuller wieder in den Mund und grinste Angel breit an.

Im Ziderhaus war Baby-Rose mit einem Schnuller im Mund eingeschlafen, und Angel überraschte Rose Rose dabei, wie sie ihr Haar wusch. Sie stand über den Küchenausguß gebeugt und kehrte ihm den Rücken zu; er sah ihre Brüste nicht, auch wenn sie von der Hüfte aufwärts nackt war.

»Bist du es?« fragte sie unbestimmt, ihm weiter den Rücken zukehrend, aber sie schrak nicht auf, um sich zu bedecken.

»Tut mir leid«, sagte Angel und ging wieder hinaus. »Ich hätte anklopfen sollen.« Jetzt schrak sie auf und bedeckte sich, ihr Haar immer noch voll Seife; sie hatte wohl geglaubt, es sei ihr Vater.

»Ich wollte nachsehen, was die Zähnchen machen«, erklärte Angel.

»Sie machen sich gut«, sagte Rose Rose. »Du bist ein guter Doktor. Du bist mein Held, für heute.« Sie lächelte ihr halbes Lächeln.

Ein helles Schaumbächlein von dem Shampoo rann ihren Hals und ihre Brust hinab, über die Arme, die sie mit einen Handtuch über ihren unsichtbaren Brüsten verschränkt hielt. Angel Wells lächelte und trat so weit zurück vom Ziderhaus, daß er gegen das alte Auto stieß, das so nah bei dem Ziderhaus geparkt war, daß es das alte Bauwerk abzustützen schien. Er hörte einen kleinen Stein über das Dach des Ziderhauses rollen, doch als er ihn am Kopf traf – auch wenn er Zeit genug gehabt hatte, Candy die Baseballkappe wegzuschnappen und sie jetzt lässig schräge trug, der Schirm der Kappe seine Stirn beschattend – schmerzte der Stein. Er blickte hoch zu Mr. Rose, der den Stein in seine Richtung hatte rollen lassen – ein perfekter Schuß.

»Getroffen!« sagte Mr. Rose lächelnd.

Aber es war Rose Rose, die ihn in Wirklichkeit getroffen hatte; Angel taumelte zurück zum Apfelmarkt, und in das Puppenhaus, als wäre er von einem Fels getroffen.

Wer war der Vater des Babys? fragte sich Angel Wells. Und wo war er? Und wo war Mrs. Rose? Waren Mr. Rose und seine Tochter ganz allein?

Angel ging auf sein Zimmer und begann, eine Liste von Namen aufzustellen – Mädchennamen. Er suchte ein paar Namen, die ihm gefielen, aus dem Lexikon, und dann fügte er andere Namen hinzu, die das Lexikon ausgelassen hatte. Wie anders könnte man auch Eindruck machen auf ein Mädchen, das nicht imstande ist, sich einen Namen auszudenken für ihr Baby? Angel wäre ein Segen gewesen für St. Cloud's, wo der Brauch, den Babys Namen zu geben, etwas abgeschlafft war. Auch wenn Schwester Caroline ihre jugendliche Energie zu dem immer wiederkehrenden Anlaß beigesteuert hatte, waren ihre doch recht politischen Entscheidungen auf einigen Widerstand gestoßen. Sie liebte Karl (für Marx) und Eugene (für Debs), aber alle schreckten zurück vor Friedrich (für Engels), und darum hatte sie sich mit einem Fred begnügen müssen (was ihr nicht gefiel).

Schwester Angela beschwerte sich auch über Norman (für Thomas) – es war für sie ein Name wie Wilbur. Aber wer konnte wissen, ob Angel seine Leidenschaft für Namen auch behalten hätte, wenn diese Aufgabe sein beinah tägliches Geschäft gewesen wäre. Einen Namen für Rose Roses Tochter zu finden, war eine ziemlich ungewohnte Andachtsübung – doch sie war typisch für die erste Liebe eines Jungen.

Abby? dachte Angel Wells. Alberta? Alexandra? Amanda? Amelia? Antoinette? Audrey? Aurora? »Aurora Rose«, sagte Angel laut. »Gott, nein«, sagte er und stürzte sich in das Alphabet. Die Narbe im Gesicht der jungen Frau, die er liebte, war so äußerst fein, so besonders zart – Angel stellte sich vor, wenn er die Narbe küssen dürfte, dann könnte er sie zum Verschwinden bringen; und er begann sich durch die ›B's‹ hindurchzuarbeiten.

Bathseba? Beatrice? Bernice? Bianca? Blanche? Bridget?

Dr. Larch stand vor einer anderen Schwierigkeit. Die tote Patientin war ohne irgendwelche Ausweispapiere nach St. Cloud's gekommen – sie hatte nur ihre flammende Infektion mitgebracht, ihren überwältigenden Ausfluß, ihren toten, aber unausgetriebenen Fötus (und etliche der Instrumente, die sie – oder jemand anders – in sie hineingesteckt hatte, um den Fötus auszutreiben), ihren punktierten Uterus, ihr unsenkbares Fieber, ihre akute Peritonitis. Sie hatte Dr. Larch zu spät erreicht, als daß er sie hätte retten können, und doch machte Larch sich Vorwürfe.

»Sie war am Leben, als sie hierher kam«, sagte Larch zu Schwester Caroline. »Von mir nimmt man an, ich sei Arzt.«

»Dann *seien* Sie einer«, sagte Schwester Caroline, »und hören Sie auf, sentimental zu sein.«

»Ich bin zu alt«, sagte Larch. »Jemand, der jünger wäre, jemand, der schneller wäre, hätte sie vielleicht gerettet.«

»Wenn Sie das glauben, dann *sind* Sie zu alt«, sagte Schwester Caroline zu ihm. »Sie sehen die Dinge nicht, wie sie sind.«

»Wie sie sind«, sagte Wilbur Larch und schloß sich in der Apotheke ein. Er war niemals gut darin gewesen, Patientinnen zu verlieren, aber diese, das wußte Schwester Caroline, war schon verloren gewesen, als sie ankam.

»Wenn er sich verantwortlich machen kann für einen solchen Fall«, sagte Schwester Caroline zu Schwester Angela, »dann finde ich, daß er abgelöst werden sollte – dann ist er wirklich zu alt.«

Schwester Angela pflichtete ihr bei. »Nicht, daß er unfähig wäre, aber er fängt an zu glauben, daß er unfähig sei, er hat genug.«

Schwester Edna wollte nichts beitragen zu diesem Gespräch. Sie ging hinaus und blieb vor der Apothekentür stehen, wo sie ununterbrochen wiederholte: »Sie sind *nicht* zu alt, Sie sind *nicht* unfähig, Sie sind *nicht* zu alt«, aber Wilbur Larch konnte sie nicht hören; er stand unter Äther, und er war auf Reisen. Er war weit fort, in Birma – das er beinah so deutlich sah, wie Wally es je gesehen hatte, auch wenn Larch sich nie (auch nicht mit Hilfe des Äthers) eine solche Hitze hätte vorstellen können. Der Schatten, den er unter den Bobäumen sah, war täuschend; es war nicht wirklich kühl dort – nicht zu der Tageszeit, die bei den Birmesen »Wenn die Füße schweigen« heißt. Larch beobachtete den Missionar Dr. Stone auf seinen Runden. Selbst die Mittagshitze hielt Fuzzy Stone nicht davon ab, die diarrhoischen Kinder zu retten.

Wally hätte Larchs Traum mit treffenderen Einzelheiten versehen können. Zum Beispiel, daß die Bambusblätter schlüpfrig waren, wenn man bergauf zu gehen versuchte, daß die Schlafmatten immer feucht waren von Schweiß; daß es (für Wally) ein Land von Unterbeamten zu sein schien, korrumpiert von den Briten – um entweder zu werden wie die Briten, oder um verzehrt zu werden von Haß auf die Briten. Wally war einmal über ein Plateau getragen worden, gesprenkelt von sprießenden Kräutern und verdreckt von Schweinekot; dort war ein einstiger Tennisplatz, gebaut von irgendeinem Briten. Das Netz war jetzt die Hängematte eines Beamten. Der Platz selbst war, wegen des hohen Zauns, der ihn umschloß, ein guter Platz, um Schweine zu halten; der Zaun, der einst Tennisbälle daran gehindert hatte, sich im Dschungel zu verlieren, machte es nun den Leoparden schwer, die Schweine zu reißen. An dieser Wegstation, daran sollte Wally sich erinnern, hatte der Beamte selbst ihm seinen Harntrakt behandelt; ein freundlicher rundgesichtiger Mann mit geduldigen, ruhigen Händen, hatte er ein langes silbernes Cocktailstäbchen benutzt – auch etwas, das die Briten zurückgelassen hatten. Auch wenn das Englisch des Beamten schlecht war, hatte Wally ihm verständlich gemacht, wozu das Cocktailstäbchen da sei.

»Briten sein verrückt«, hatte der birmesische Gentleman zu Wally gesagt. »Ja?«

»Ja, ich glaube auch«, hatte Wally beigepflichtet. Er hatte nicht viele Briten kennengelernt, aber manche von ihnen erschienen ihm verrückt, und darum war es nicht weiter schwer, dem beizupflichten – und Wally dachte, daß es klug sei, jemandem beizupflichten, wer immer es sein mochte, der den Katheter in der Hand hielt.

Das silberne Cocktailstäbchen war zu unbiegsam für einen richtigen Katheter, und an der Spitze war das Ding mit einer Art heraldischem Schild verziert und darauf Königin Victorias ernstes Gesicht (in diesem einen Fall beobachtete sie eine Verwendung des von ihr verzierten Instruments, die sie vielleicht schockiert hätte).

»Nur Briten sein verrückt genug, Ding zu machen, damit Drink zu rühren«, sagte der Beamte kichernd. Er befeuchtete den Katheter mit seiner eigenen Spucke.

Durch seine Tränen hindurch versuchte Wally zu lachen.

Und bei den Runden, die Dr. Stone machte – litten denn nicht auch viele der diarrhoischen Kinder an Harnretention, mußte denn nicht Dr. Stone ihren kleinen, überdehnten Blasen Erleichterung verschaffen, und war denn nicht sein Katheter der richtige und seine Behandlungsmethode die gebotene? In Wilbur Larchs Augen, die über Birma waren, mußte Dr. Stone der perfekte Arzt sein – Fuzzy würde keine einzige Patientin verlieren.

Schwester Caroline, die begriff, daß der Zufall der namenlos gestorbenen Frau sich nicht gut ausnehmen würde neben den jüngst dem Treuhänderausschuß unterbreiteten »Beweisen«, wußte, daß es Zeit war, an Homer Wells zu schreiben. Während Dr. Larch in der Apotheke ausruhte, bearbeitete Schwester Caroline mit Eifer die Schreibmaschine in Schwester Angelas Büro.

»Sei kein Heuchler«, fing sie an. »Ich hoffe, Du erinnerst Dich, wie leidenschaftlich Du mir immer geraten hast, daß ich Cape Kenneth verlassen sollte, daß meine Dienste hier mehr gebraucht würden – und Du hattest recht. Glaubst Du eigentlich, daß Deine Dienste hier nicht gebraucht würden – oder daß sie nicht eben jetzt gebraucht werden? Glaubst Du, die Äpfel könnten nicht wachsen ohne Dich? Wen, glaubst Du denn, wird der Ausschuß an seine Stelle setzen, wenn Du Dich nicht meldest? Einen der üblichen Feiglinge, der tut, was man ihm sagt, einen dieser typisch vorsichtigen mausgrauen Mediziner – einen gesetzestreuen Kleinbürger, der absolut nicht NÜTZLICH sein wird!«

Sie brachte diesen Brief zur Post und gleichzeitig machte sie den Bahnhofsvorsteher darauf aufmerksam, daß es eine Leiche gebe im Waisenhaus; verschiedene Ämter müßten benachrichtigt werden. Es war lange Zeit her, seit der Bahnhofsvorsteher Leichen im Waisenhaus gesehen hatte, aber nie würde er die Leichen vergessen, die er gesehen hatte – nicht seinen Vorgänger, nachdem die Sternumschere ihn aufgeschlitzt hatte, und gewiß nicht jene Autopsie eines Fötus aus Three Mile Falls.

»Eine Leiche?« fragte der Bahnhofsvorsteher. Er umklammerte die Kanten des kleinen Tisches, wo das Fernsehgerät ihm unentwegt seine verwischten, überblendeten und unterblendeten Bilder zeigte – deren jedes dem Bahnhofsvorsteher bei weitem lieber war als das viel lebendigere Bild jener längst vergangenen Leichen.

»Eine, die ihr Baby nicht haben wollte«, sagte Schwester Caroline zu ihm. »Sie zerfleischte sich bei dem Versuch, das Baby herauszuholen. Sie kam zu spät zu uns, als daß wir noch etwas tun konnten.«

Ohne zu antworten, und den Blick keinen Moment von den verschneiten Zickzackfiguren auf dem Fernsehbildschirm wendend, klammerte sich der Bahnhofsvorsteher an den Tisch, als sei

694

es ein Altar und das Fernsehgerät sein Gott – zumindest, das wußte er, würde er auf diesem Fernsehgerät niemals etwas Ähnliches sehen wie das, was Schwester Caroline schilderte, und darum sah der Bahnhofsvorsteher lieber weiter fern, statt Schwester Caroline in die Augen zu sehen.

Carmen? Cecelia? Charity? Claudia? Constance? Cookie? Cordelia? Angel Wells setzte sich die Red Sox-Kappe im richtigen Winkel schräg auf; auch wenn es kühl war am frühen Morgen, beschloß er, kein Hemd zu tragen. Dagmar? dachte er. Daisy? Dolores? Dotty?

»Wohin gehst du mit meiner Kappe?« fragte Candy ihn; sie sammelte die Frühstücksteller ein.

»Es ist *meine* Kappe«, sagte Angel und verschwand zur Tür hinaus.

»Liebe macht blind«, sagte Wally und schob seinen Rollstuhl vom Tisch weg.

Meint er mich oder Angel? fragte sich Candy. Homer und Wally machten sich Sorgen über Angels hündische Vernarrtheit in Rose Rose, aber das war alles, was Candy darin zu erkennen schien: hündisch. Candy wußte, daß Rose Rose viel zu erfahren war, um Angel zu erlauben, sich hinreißen zu lassen. Das sei nicht der springende Punkt, hatte Homer gesagt. Candy stellte sich vor, daß Rose Rose mehr Erfahrung in ihrem kleinen Finger besaß als . . ., aber das sei nicht der springende Punkt, hatte Wally gesagt.

»Na, ich hoffe, der springende Punkt ist nicht, daß sie *farbig* ist«, hatte Candy gesagt.

»Der springende Punkt ist Mister Rose«, hatte Wally gesagt. Das Wort »Richtig!« war beinah sichtbar gewesen auf Homers Lippen. Die Männer wollen immer alles im Griff haben, dachte Candy.

Homer Wells war im Apfelmarktbüro. In der Post war ein Brief für ihn von Dr. Larch, aber Homer sah die Post nicht durch. Dies war Wallys Arbeit; außerdem war die Pflückermannschaft eingetroffen. Die Ernte sollte beginnen, sobald

Homer sie organisieren konnte. Er sah aus dem Bürofenster und sah seinen Sohn, ohne Hemd und im Gespräch mit der dicken Dot Taft. Er stieß die Fliegengittertür auf und rief Angel zu: »He, es ist kühl heute morgen – zieh ein Hemd an!« Angel marschierte bereits zu den Schuppen hinter dem Apfelmarkt.

»Ich muß den Traktor aufwärmen«, sagte er zu seinem Vater.

»Wärme zuerst dich selber auf!« sagte Homer zu ihm, aber dem Jungen war schon recht warm an diesem Morgen.

Edith? fragte Angel sich. Ernestine? Esmeralda? Eve! dachte er.

Er stieß gegen Vernon Lynch, der ihn über eine Tasse heißen Kaffee hinweg finster anfunkelte.

»Paß auf, wohin du trittst«, sagte Vernon zu Angel.

»Faith!« sagte Angel zu ihm. »Felicia! Francesca! Frederica!«

»Arschloch«, sagte Vernon Lynch.

»Nein, das bist du«, sagte die dicke Dot Taft zu ihm. »Das Arschloch bist du, Vernon.«

»Gott, ich liebe die Ernte!« sagte Wally, der um den Küchentisch kurvte, während Candy das Geschirr abwusch. »Es ist meine Lieblingszeit.«

»Meine ebenfalls«, sagte Candy lächelnd. Was sie dachte, war: Ich habe noch sechs Wochen zu leben.

Black Pan, der Koch, war wieder da. Candy mußte sich beeilen – sie mußte Black Pan zum Einkaufen fahren. Ein Mann namens Peaches hatte schon früher einmal gepflückt für sie, aber seit Jahren schon nicht mehr; er wurde Peaches genannt, weil sein Bart niemals wuchs. Auch ein Mann namens Muddy war wieder da; niemand hatte Muddy gesehen, seit Jahren. Er war eines Nachts im Ziderhaus schlimm mit dem Messer zugerichtet worden, und Homer hatte ihn zum Spital von Cape Kenneth gefahren. Muddy war genäht worden mit einhundertdreiundzwanzig Stichen; Homer Wells fand, er sah aus wie eine Art Experimentierwürstchen.

Der Mann, der ihn so zugerichtet hatte, war seit langem verschwunden. Das war eine von Mr. Roses Spielregeln. Homer schätzte, es war vielleicht die beherrschende Regel des Ziderhauses. Einander nicht zu verwunden. Man konnte die Leute schneiden, um sie zu erschrecken, um ihnen zu zeigen, wer hier der Boss war, aber man schickte die Leute nicht ins Krankenhaus. Dann kommt das Gesetz, und alle im Ziderhaus müssen sich kleinmachen. Der Mann, der Muddy geschnitten hatte, hatte nicht an die Gemeinschaft gedacht.

»Er hat wirklich versucht, mir den Arsch abzuschneiden, Mann«, hatte Muddy gesagt, als sei er erstaunt.

»Er war ein Stümper«, hatte Mr. Rose gesagt. »Er ist längst verschwunden, immerhin.«

Der Rest der Mannschaft, außer Mr. Roses Tochter, war noch nie in Ocean View gewesen. Mr. Rose vereinbarte mit Angel, wie Rose Rose und ihre Tochter den Tag verbringen sollten.

»Sie kann herumfahren mit dir und dir helfen«, sagte Mr. Rose zu Angel. »Sie kann auf der Stoßstange sitzen oder hinter dem Fahrersitz stehen. Sie kann auf dem Anhänger fahren, bevor er voll ist.«

»Klar!« sagte Angel.

»Wenn sie das Baby zurückbringen will zum Ziderhaus, kann sie laufen«, sagte Mr. Rose. »Sie braucht keine Vorzugsbehandlung.«

»Nein«, sagte Angel; es überraschte ihn, daß Mr. Rose in dieser Art über seine Tochter sprach, während sie neben ihm stand und etwas verlegen wirkte. Baby-Rose – den Schnuller im Mund – saß auf ihrer Hüfte.

»Manchmal kann Black Pan sich um das Baby kümmern«, sagte Mr. Rose, und Rose Rose nickte.

»Candy sagte, sie würde sich ebenfalls um die Kleine kümmern«, brachte Angel vor.

»Unnötig, Missas Worthington zu bemühen«, sagte Mr. Rose, und Rose Rose schüttelte den Kopf.

Wenn Angel den Traktor fuhr, tat er es immer im Stehen; wenn er sich setzte, ohne ein Kissen auf dem Sitz (und er fand, ein Kissen sei etwas für einen alten Mann mit Hämorrhoiden), konnte er kaum über die Kühlerhaube sehen. Er fürchtete, wenn er sich setzte, könnte der Motor sich überhitzen, und der Kühler würde überkochen, ohne daß er es merkte. Vor allem aber sah es besser aus, einen Traktor im Stehen zu fahren.

Er war froh, daß er den International Harvester fuhr; vor Jahren hatte Raymond Kendall eine Drehstütze für den Sitz gebaut. Er konnte Rose Rose sitzen lassen – mit oder ohne Baby auf dem Schoß – und er konnte eine Stückchen neben dem Drehsitz stehen und ungehindert den Traktor bedienen. Da gab es eine Fußkupplung, eine Fußbremse und ein Handgas. Die Notbremse war neben Rose Roses Hüfte; der Schalthebel war neben ihrem Knie.

»Warum trägst du diese alte Baseballkappe?« fragte sie ihn. »Du hast nette Augen, aber niemand sieht sie. Du hast nettes Haar, aber niemand sieht es. Und du hast eine bleiche Stirn, weil die Sonne dein Gesicht nicht finden kann. Würdest du nicht diese blöde Kappe tragen, dann wäre dein Gesicht so braun wie dein Körper.«

Für Angel hieß das natürlich, daß Rose Rose schön fand, wie braun sein Körper war, daß es ihr nicht gefiel, wie bleich seine Stirn war, und daß es ihr – trotz der Kappe – gelungen war, von seinen Augen und seinem Haar Notiz zu nehmen (und sie schön zu finden, natürlich).

Nachdem er den Anhänger mit seiner ersten Ladung Äpfel gefüllt hatte, trank Angel einen langen Schluck aus einem Wasserkrug in dem Obstgarten, die Baseballkappe auf seinem Kopf nach hinten drehend, während er trank. Jetzt trug er sie auf diese Art, die Art, wie ein Fänger eine Baseballkappe trägt – oder die Art, wie Candy sie trug, den Schirm über ihr Haar und über ihren Nacken gestülpt. Irgendwie sah diese Art an Candy besser aus. Als Rose Rose Angel die Kappe auf diese Art tragen sah, sagte sie: »Jetzt siehst du wirklich blöde aus, als hättest du einen Ball auf dem Kopf.«

Am nächsten Tag ließ Angel Candy die Kappe tragen.

Baby-Rose saugte an ihrem Schnuller, wie eine Drei-Pferde-stärken-Pumpe, und Rose Rose lächelte Angel an. »Wo ist diese hübsche Kappe?« frage sie ihn.

»Ich hab sie verloren«, log er.

»Wie schade«, sagte sie. »Sie war nett.«

»Ich dachte, sie gefiel dir nicht«, sagte er.

»Sie gefiel mir nicht an *dir*«, sagte Rose Rose.

Am nächsten Tag brachte er die Kappe mit und setzte sie ihr auf den Kopf, kaum daß sie sich auf dem Traktorsitz niedergelassen hatte. Rose Rose schien ungeheuer erfreut; sie trug die Kappe auf dieselbe Art, wie Angel sie getragen hatte – tief über ihren Augen. Baby-Rose lugte schielend nach dem Schirm.

»Du hast sie verloren, und dann hast du sie wiedergefunden, hm?« fragte Rose Rose Angel.

»Richtig«, sagte Angel.

»Sei lieber vorsichtig«, sagte sie zu ihm. »Du wirst dich doch nicht einlassen wollen mit mir.«

Aber Angel war geschmeichelt und ermutigt, daß sie sein Interesse sogar bemerkt hatte – vor allem weil er unsicher war, wie er sein Interesse zeigen sollte.

»Wie alt *bist* du?« fragte er sie beiläufig, später an diesem Tag.

»Ungefähr in deinem Alter, Angel«, war alles, was sie sagte. Baby-Rose war an ihre Brust gesunken; eine weichkrempige weiße Matrosenmütze schützte das Baby vor der Sonne, doch unter der Krempe dieser Mütze wirkte das kleine Mädchen glasäugig und erschöpft vom Herumkauen auf dem Schnuller den ganzen Tag. »Ich kann gar nicht glauben, daß du immer noch zahnst«, sagte Rose Rose zu ihrer Tochter. Sie griff nach dem himmelblauen Plastikring und zog dem kleinen Mädchen den Schnuller aus dem Mund; es machte *Plopp* wie ein Weinflaschenkorken, was Baby-Rose erschreckte. »Du wirst süchtig«, sagte Rose Rose, aber als Baby-Rose zu schreien anfing, steckte die Mutter den Sauger wieder hinein.

»Wie gefällt dir der Name Gabriella?« fragte Angel Rose Rose.

»Ich hab ihn noch nie gehört«, sagte sie.

»Wie wär's mit Ginger?« fragte Angel.

»Das ist etwas, was man essen kann«, sagte Rose Rose.

»Gloria?« fragte Angel.

»Das ist hübsch«, sagte Rose Rose. »Für wen?«

»Dein Baby!« sagte Angel. »Ich denke mir Namen aus für dein Baby.« Rose Rose schob den Schirm der Boston Red Sox-Kappe hoch und sah Angel in die Augen.

»Warum denkst du dir so etwas aus?« fragte sie ihn.

»Nur, um behilflich zu sein«, sagte er linkisch. »Nur, um dir zu helfen, dich zu entscheiden.«

»Entscheiden?« fragte Rose Rose.

»Um dir zu helfen, dich zu besinnen.«

Der Pflücker namens Peaches war beinah so schnell wie Mr. Rose. Er leerte seinen Leinwandsack in eine Bushelkiste, und er unterbrach Rose Rose und Angel.

»Zählst du mich, Angel?« fragte Peaches.

»Ich hab dich«, sagte Angel. Manchmal prüfte Angel das Obst, wenn er die Pflücker nicht sehr gut kannte – um sich zu vergewissern, daß sie es nicht prellten; wenn sie es prellten, oder wenn es andere Zeichen gab, daß sie zu schnell pflückten, gab Angel nicht den Spitzenpreis für ein Bushel. Doch Angel wußte, daß Peaches ein guter Pflücker war, also schrieb er nur eine Zahl auf die Liste, ohne vom Traktor zu steigen, um sich die Äpfel anzusehen.

»Bist du nicht Prüfer?« fragte Peaches jetzt Angel.

»Klar, ich hab dich!« sagte Angel zu ihm.

»Willst du mich also nicht prüfen? Vergewissere dich lieber, daß ich keine Birnen pflücke, oder sonst etwas«, sagte Peaches grinsend. Angel ging hin, um sich die Äpfel anzusehen, und das war der Moment, als Peaches zu ihm sagte: »Du willst doch nicht ins Messergeschäft einsteigen mit Mistah Rose.« Dann ging er weg, mit seinem Sack und mit seiner Leiter, bevor Angel etwas sagen konnte über seine Äpfel – die, natürlich, perfekt waren.

Zurück auf dem Traktor, raffte Angel seinen Mut zusammen. »Bist du immer noch verheiratet mit dem Vater des Babys?« fragte er Rose Rose.

»War nie verheiratet«, sagte sie.

»Seid ihr immer noch zusammen, du und der Vater?« fragte Angel.

»Baby hat keinen Vater«, sagte Rose Rose. »Ich war nie *zusammen*.«

»Mir gefällt Hazel und Heather«, sagte Angel nach einer Weile. »Es sind beides Pflanzennamen, sie passen irgendwie zu Rose.«

»Ich hab keine Pflanze, ich habe ein kleines Mädchen«, sagte Rose Rose lächelnd.

»Mir gefällt auch der Name Hope«, sagte Angel.

»Hoffnung ist kein Name«, sagte Rose Rose.

»Iris ist hübsch«, sagte Angel. »Aber es ist irgendwie nett, weil es ebenfalls eine Blume ist. Und dann gäbe es noch Isadora.«

»Uff!« sagte Rose Rose. »Kein Name ist besser als irgendein anderer Name.«

»Na, wie wär's mit der schlichten alten Jane?« fragte Angel Wells, der allmählich frustriert war. »Jennifer? Jessica? Jewel? Jill? Joyce? Julia? Justine?«

Sie berührte ihn. Sie legte nur ihre Hand an seine Hüfte, was ihn beinah veranlaßte, den Anhänger zu kippen und die Ladung zu verstreuen. »Hör nicht auf«, sagte sie zu ihm. »Ich wußte gar nicht, daß es so viele Namen gibt. Mach weiter«, sagte sie, und ihre Hand drängte ihn – es war nur ein kleiner Schubs, bevor sie ihre Hand auf ihren Schoß zurückzog, wo Baby-Rose hockte, hypnotisiert von der Bewegung des Traktors und vom Traktorengeräusch.

»Katherine? Kathleen? Kirsten? Kitty?« begann Angel Wells.

»Mach weiter«, sagte Rose Rose, und ihre Hand streifte wieder seine Hüfte.

»Laura? Laurie? Laverne? Lavinia? Leah? Das bedeutet ›langweilig‹«, erzählte er ihr. »Leslie? Libby? Loretta? Lucy? Mabel? Das bedeutet ›liebenswert‹«, erzählte er ihr. »Malvina? Das bedeutet ›weicher Schnee‹«, erklärte er ihr.

»Ich habe nie gelebt, wo es Schnee gibt«, sagte Rose Rose.

»Maria?« sagte Angel. »Marigold? Das ist wieder eine Blume. Mavis? Das bedeutet eine ›Drossel‹, es ist eine Vogelart«, sagte er.

»Sage mir nicht, was sie bedeuten«, belehrte ihn Rose Rose.

»Melissa? Mercedes?« sagte Angel.

»Ist das nicht ein Auto?« fragte Rose Rose ihn.

»Es ist ein gutes Auto«, sagte Angel. »Ein deutsches Auto. Sehr teuer.«

»Ich hab eins gesehen, glaub ich«, sagte Rose Rose. »Sie haben ein komisches Bullauge auf der Haube.«

»Ihr Emblem«, sagte Angel Wells.

»Ihr was?« fragte sie.

»Es ist eine Art Bullauge, du hast recht«, sagte Angel.

»Sag es noch einmal«, sagte Rose Rose.

»Mercedes«, sagte er.

»Es ist für reiche Leute, oder?« fragte Rose Rose.

»Das Auto?« fragte er.

»Der Name des Autos«, sagte sie.

»Na«, sagte Angel, »es ist ein teures Auto, aber der Name bedeutet: ›Unsere Liebe Frau von den Gnaden‹.«

»Ach, dann scheiß drauf«, sagte Rose Rose. »Habe ich dir nicht gesagt, du sollst mir nicht sagen, was die Namen bedeuten?«

»Tut mir leid«, sagte er.

»Wie kommt es, daß du nie ein Hemd trägst?« fragte sie ihn. »Wird dir nie kalt?«

Angel zuckte die Schultern.

»Du kannst weitermachen mit den Namen, jederzeit«, sagte sie zu ihm.

Nach den ersten vier oder fünf Tagen der Ernte schlug der Wind um; es kam eine kräftige Seebrise vom Atlantik, und die frühen Vormittage waren besonders kalt. Angel trug ein T-Shirt und einen Sweater darüber. Eines Morgens, als es so kalt war, daß Rose Rose Baby-Rose bei Candy gelassen hatte, sah Angel, daß sie zitterte, und er gab ihr seinen Sweater. Sie trug ihn den ganzen Tag. Sie trug ihn noch, als Angel diese Nacht beim Ziderpressen helfen ging, und eine Weile saßen sie auf dem Dach des Ziderhauses zusammen. Black Pan saß mit ihnen oben, und er erzählte ihnen von der Zeit, als eine militärische Anlage dort an der Küste gewesen war, die man des Nachts sehen konnte.

»Es war eine Geheimwaffe«, erzählte er ihnen. »Und dein Vater«, sagte Black Pan zu Angel, »er hat einen Namen dafür erfunden – wir haben uns in die Hosen geschissen, alle, solche Angst hatten wir. Es sei eine Art Rad, sagte er uns – es schickte Menschen auf den Mond, oder irgend so etwas.«

»Es war ein Riesenrad«, sagte Mr. Rose in der Dunkelheit. »Es war nur ein Riesenrad.«

»Jaaa, das war's, was es war«, sagte Black Pan. »Ich hab mal eines gesehen.«

»Aber es war etwas anderes, das, was da drüben war«, sagte Mr. Rose verträumt. »Es wurde im Krieg gebraucht.«

»Jaaa«, sagte Black Pan. »Sie haben es abgefeuert auf jemand.«

Rose Rose, die Lichter an der Küste betrachtend, sagte: »Ich zieh' in die Stadt.«

»Vielleicht, wenn du alt genug bist«, sagte Mr. Rose.

»Vielleicht Atlanta«, sagte sie. »Ich bin in Atlanta gewesen«, erzählte sie Angel – »in der Nacht sogar.«

»Das war Charleston«, sagte Mr. Rose. »Es sei denn, du warst ein anderes Mal in Atlanta.«

»Du sagtest, es war Atlanta«, sagte sie zu ihm.

»Vielleicht *sagte* ich, daß es Atlanta war«, sagte Mr. Rose, »aber es war Charleston.« Black Pan lachte.

Rose Rose vergaß, den Sweater zurückzugeben, aber am anderen Morgen, als es immer noch kalt war, trug sie einen von Mr. Roses alten Sweatern, und sie reichte Angel den Sweater zurück.

»Hab meine eigenen Kleider, irgendwie, heute morgen«, sagte sie zu Angel, die Baseballkappe tiefer als sonst über die Augen gezogen. Black Pan kümmerte sich um Baby-Rose, und Angel brauchte eine Weile, um zu sehen, daß Rose Rose ein blaues Auge hatte – ein Weißer entdeckt ein blaues Auge nicht gleich an einem Schwarzen, aber sie hatte ein tüchtiges.

»Er sagt, ist in Ordnung, wenn ich deine Kappe trage, aber du trag dein Hemd«, sagte Rose Rose zu Angel. »Ich habe es dir gesagt«, sagte sie. »Du wirst dich nicht einlassen wollen mit mir.«

Nach dem Pflücken an diesem Tag ging Angel in das Ziderhaus, um mit Mr. Rose zu reden. Angel sagte zu Mr. Rose, daß er nichts Unschickliches gemeint habe, als er Rose Rose seinen Sweater tragen ließ; Angel fügte hinzu, daß Mr. Roses Tochter ihm wirklich gefalle, und so weiter. Angel steigerte sich ziemlich hinein, auch wenn Mr. Rose absolut ruhig blieb. Natürlich hatte Angel (und alle andern) gesehen, wie Mr. Rose einen Apfel binnen drei oder vier Sekunden schälte und entkernte –; man nahm allgemein an, daß Mr. Rose einen Mann binnen einer halben Minute verbluten lassen konnte. Er hätte eine fertige Schweinerei anrichten können, und der Betreffende hätte ausgesehen wie nach einer Reihe von leichten Rasierschnitten.

»Wer hat dir gesagt, daß ich meine Tochter geschlagen habe, Angel?« fragte Mr. Rose freundlich. Rose Rose hatte es Angel natürlich gesagt, aber jetzt sah Angel die Falle; er würde ihr nur Schwierigkeiten machen. Mr. Rose würde sich niemals erlauben, sich mit Angel anzulegen. Mr. Rose kannte die Spielregeln; es waren die *wahren* Regeln im Ziderhaus: die Regeln der Pflücker.

»Ich dachte nur, Sie hätten sie geschlagen«, sagte Angel, den Rückzug antretend.

»Ich nicht«, sagte Mr. Rose.

Bevor er den Traktor wegbrachte, sprach Angel mit Rose Rose. Er sagte ihr, wenn sie Angst hätte, im Ziderhaus zu bleiben, könne sie immer bei ihm bleiben – er habe ein Extra-Bett in seinem Zimmer, oder er könne ausziehen aus seinem Zimmer und es in ein Gästezimmer verwandeln, für sie und ihr Baby.

»Ein Gästezimmer?« sagte Rose Rose; sie lachte. Sie sagte ihm, er sei der netteste Mann, den sie je gekannt habe. Sie hatte solch eine träge Art, wie jemand, der es gewöhnt ist, im Stehen zu schlafen – ihre kräftigen Glieder entspannt, als wäre sie unter Wasser. Sie hatte einen langsamen Körper, doch in ihrer Gegenwart spürte Angel die gleiche latent-blitzschnelle Bewegung, die ihrem Vater so unmittelbar anhaftete wie ein eigener Geruch. Rose Rose machte Angel frösteln.

Beim Abendbrot fragte ihn sein Vater: »Wie kommst du klar mit Mr. Rose?«

»Ich bin neugieriger, wie du mit Rose Rose klarkommst«, sagte Candy.

»Wie er mit dem Mädchen klarkommt, ist seine eigene Angelegenheit«, sagte Wally.

»Richtig«, sagte Homer Wells; Wally ließ es durchgehen.

»Wie du mit Mister Rose klarkommst, ist unsere Angelegenheit, Angel«, sagte Wally.

»Weil wir dich lieben«, sagte Homer.

»Mr. Rose wird mir nichts tun«, erzählte Angel ihnen.

»Natürlich nicht!« sagte Candy.

»Mr. Rose tut, was er will«, sagte Wally.

»Er hat seine eigenen Regeln«, sagte Homer Wells.

»Er schlägt seine Tochter«, erzählte Angel ihnen. »Er hat sie jedenfalls einmal geschlagen.«

»Laß das nicht deine Sache sein, Angel«, sagte Wally zu dem Jungen.

»Das ist richtig«, sagte Homer.

»Ich werde es *meine* Sache sein lassen!« sagte Candy zu ihnen. »Wenn er das Mädchen schlägt, wird er von mir etwas hören.«

»Nein, wird er nicht«, sagte Angel.

»Lieber nicht«, sagte Homer zu ihr.

»Sagt mir nicht, was ich tun soll«, sagte sie ihnen, und sie waren still; sie wußten etwas Besseres, als Candy Vorschriften zu machen.

»Bist du sicher, daß es wahr ist, Angel?« fragte Candy.

»Fast sicher«, sagte der Junge. »Neunundneunzig Prozent.«

»Laß es hundert Prozent werden, Angel, bevor du sagst, daß es wahr ist«, sagte sein Vater zu ihm.

»Richtig«, sagte Angel und stand vom Tisch auf und stellte seinen Teller weg.

»Wie gut, daß wir das alles geklärt haben«, sagte Wally, als Angel in der Küche war. »Wie gut, daß wir allesamt solche Experten sind für die Wahrheit«, sagte er, als Candy aufstand, um ihren Teller wegzustellen. Homer Wells blieb sitzen, wo er war.

Am nächsten Morgen erfuhr Angel, daß Rose Rose niemals im Ozean gebadet hatte – sie hatte Zitrusfrüchte gepflückt in Florida, und Pfirsiche in Georgia, und sie war die ganze Ostküste hinaufgefahren bis Maine, aber niemals hatte sie auch nur eine Zehe in den Atlantik gesteckt. Sie hatte nicht einmal den Sand gefühlt.

»Das ist verrückt!« sagte Angel Wells. »Am Sonntag fahren wir zum Strand.«

»Wozu?« sagte sie. »Glaubst du, ich sehe sonnenbraun besser aus? Wozu sollte ich an den Strand gehen?«

»Zum Schwimmen!« sagte Angel. »Der Ozean! Das Salzwasser!«

»Ich kann nicht schwimmen«, belehrte Rose Rose ihn.

»Oh«, sagte er. »Na, du brauchst nicht zu schwimmen, um dich zu vergnügen im Ozean. Du brauchst nicht bis über den Kopf hineinzugehen.«

»Ich habe keinen Badeanzug«, sagte sie.

»Oh«, sagte Angel. »Na, ich kann dir einen besorgen. Ich möchte wetten, daß einer von Candy dir passen würde.« Rose Rose blickte leicht überrascht. Ein Badeanzug von Candy würde ihr nur knapp passen.

Zur Mittagspause, nachdem Rose Rose gesehen hatte, wie Baby-Rose mit Black Pan zurechtkam, fuhr Angel sie zu dem Baby-Bäumchen-Obstgarten beim Cock Hill. Die Baby-Bäume wurden nicht gepflückt, darum war niemand dort. Man sah den Ozean so gut wie nicht. Man sah das unnatürliche Ende des Horizonts, wo sich der Himmel unerklärlicherweise abflachte – und wenn sie auf dem Traktor standen, konnten sie die unterschiedlichen Blau- und Grautöne unterscheiden, wo der Himmel sich mit dem Meer vermischte. Rose Rose blieb unbeeindruckt.

»Ach, geh«, sagte Angel zu ihr. »Du mußt dich von mir hinfahren lassen, damit du ihn siehst!« Er zog sie am Arm – nur herumalbernd, nur eine liebevolle Geste – aber sie schrie plötzlich auf; seine Hand streifte ihren Rücken, als sie sich abwandte von ihm, und als er seine Hand anschaute, sah er ihr Blut.

»Es ist meine Periode«, log sie. Auch ein fünfzehnjähriger Junge weiß, daß das Blut, wenn jemand Periode hat, sich normalerweise nicht am *Rücken* findet.

Nachdem sie sich ein Weilchen geküßt hatten, zeigte sie ihm einige der Wunden – nicht jene an ihren Schenkeln, nicht jene an ihrem Rumpf; bei denen mußte er ihr aufs Wort glauben. Sie zeigte ihm nur die Schnitte an ihrem Rücken – es waren feine, fadendünne, rasiermesserscharfe Schnitte; es waren äußerst wohlerwogene, sehr vorsichtige Schnitte, die in ein paar Tagen völlig abheilen würden. Sie waren kaum tiefer als Kratzer; sie bezweckten nicht, Narben zu hinterlassen.

»Ich hab's dir gesagt«, sagte sie zu Angel, aber trotzdem küßte sie ihn, fest. »Du hättest dich nicht einlassen sollen mit mir. Ich bin eigentlich nicht frei.«

Angel stimmte zu, die Sache mit den Schnitten bei Mr. Rose nicht zur Sprache zu bringen; das würde alles nur schlimmer machen – davon überzeugte ihn Rose Rose. Und wenn Angel sie zum Strand mitnehmen wollte – irgendwie, an einem Sonntag, dann sollten sie beide so nett wie nur möglich zu Mr. Rose sein.

Der Mann namens Muddy, der mit einhundert Stichen wieder zusammengeflickt worden war, hatte gesagt, so sei es am besten. Was er einmal gesagt hatte, war: »Wenn der alte Rose mich geschnitten hätte, dann hätte ich nicht *einen* Stich gebraucht. Ich wäre verblutet, 'nen halben Liter die Stunde, oder sogar noch langsamer, und wenn es endlich vorbei gewesen wäre, dann hätte ich ausgesehen, als hätte man mich mit nichts anderem bearbeitet als einer harten Zahnbürste.«

Als Angel am Sonnabend den Traktor wegbrachte, war es Muddy statt Peaches, der ihn ansprach: »Du solltest dich nicht mit Rose Rose einlassen, weißt du. Das Messergeschäft ist nicht dein Geschäft, Angel«, sagte Muddy und legte dem Jungen den Arm um die Schulter und drückte ihn. Muddy mochte Angel; dankbar erinnerte er sich daran, wie Angels Vater ihn – rechtzeitig – ins Spital von Cape Kenneth gebracht hatte.

Als es wieder ein nächtliches Pressen gab, saß Angel mit Rose Rose auf dem Dach des Ziderhauses und erzählte ihr alles über den Ozean: die sonderbare Müdigkeit, die man spürt am Rande des Meeres, das Gewicht in der Luft, der Dunst um die Mitte eines Sommertages, die Art, wie die Brandung scharfe Objekte glättet. Er erzählte ihr die ganze, vertraute Geschichte. Wie lieben wir es doch, die Dinge für andere Menschen zu lieben; wie lieben wir es, andere Menschen die Dinge lieben zu lassen durch unsere Augen.

Doch Angel konnte nicht als Geheimnis hüten, was, wie er sich vorstellte, die Ungeheuerlichkeit von Mr. Roses Untat war. Er erzählte die ganze Geschichte seinem Vater und Candy und Wally.

»Er hat sie geschnitten? Hat er sie absichtlich geschnitten?« fragte Wally Angel.

»Kein Zweifel daran«, sagte Angel. »Ich bin mir hundert Prozent sicher.«

»Ich kann mir nicht vorstellen, daß er das machen konnte, mit seiner eigenen Tochter«, sagte Homer Wells.

»Ich kann nicht glauben, daß wir immer sagen, wie wunderschön es ist: daß Mister Rose alles so schön *im Griff* hat«, sagte Candy schaudernd. »Wir müssen etwas tun dagegen.«

»Müssen wir wirklich?« frage Wally.

»Na, wir können nicht nichts tun!« sagte Candy zu ihm.

»Man kann«, sagte Wally.

»Wenn ihr mit ihm sprecht, wird er sie noch mehr verwunden«, sagte Angel zu ihnen. »Und sie wird wissen, daß ich es euch gesagt habe. Ich möchte euren Rat, ich möchte nicht, daß ihr etwas *tut*.«

»Ich dachte nicht daran, mit *ihm* zu sprechen«, sagte Candy ärgerlich. »Ich dachte daran, mit der Polizei zu sprechen. Man kann doch nicht die eigenen Kinder tranchieren!«

»Aber wird es ihr helfen – wenn sie Schwierigkeiten bekommt?« fragte Homer.

»Genau«, sagte Wally. »Wir helfen ihr nicht, wenn wir zur Polizei gehen.«

»Oder mit ihm sprechen«, sagte Angel.

»Es heißt immer abwarten«, sagte Homer Wells. In fünfzehn Jahren hatte Candy gelernt, dies zu überhören.

»Ich könnte sie bitten, bei uns zu bleiben«, schlug Angel vor. »Das würde sie von ihm wegbringen. Ich meine, sie könnte einfach hierbleiben, auch nach der Ernte.«

»Aber was sollte sie tun?« fragte Candy.

»Es gibt keine Arbeit hier«, sagte Homer Wells. »Nicht nach der Ernte.«

»Es ist in Ordnung, die Leute pflücken zu lassen«, sagte Wally vorsichtig. »Ich meine, jeder akzeptiert sie, aber sie sind nur Wanderarbeiter – sie sind Passanten. Sie sollen weiterziehen. Ich glaube nicht, daß eine farbige Frau mit einem unehelichen Kind allzu willkommen sein wird in Maine. Nicht, wenn sie *bleibt*.«

Candy war wütend. Sie sagte: »Wally, in all den Jahren, die ich hier bin, habe ich niemals gehört, daß jemand Nigger zu ihnen gesagt hat, oder überhaupt etwas Schlechtes gesagt hat über sie. Wir sind hier nicht im Süden«, fügte sie stolz hinzu.

»Ach, geh«, sagte Wally. »Wir sind nur deshalb nicht wie im Süden, weil sie hier nicht wohnen. Laß einen von ihnen tatsächlich hier wohnen, dann wirst du sehen, was man ihnen nachrufen wird.«

»Das glaube ich nicht«, sagte Candy.

»Dann bist du dumm«, sagte Wally. »Stimmt's, alter Junge?« fragte Wally Homer.

Aber Homer Wells beobachtete Angel. »Bist du verliebt in Rose Rose, Angel?« fragte Homer seinen Sohn.

»Ja«, sagte Angel. »Und ich glaube, sie mag mich – wenigstens ein bißchen.« Er stellte seinen Teller weg und ging hinauf in sein Zimmer.

»Er ist verliebt in das Mädchen«, sagte Homer zu Candy und Wally.

»Klar wie Kaffeesatz, alter Junge«, sagte Wally. »Wo kommst du denn her?« Er rollte sich hinaus auf die Terrasse und drehte ein paar Runden um den Swimmingpool.

»Was denkst du darüber?« fragte Homer Candy. »Angel ist verliebt.«

»Ich hoffe, es macht ihn nachsichtiger, uns gegenüber«, sagte Candy zu ihm. »Das ist's, was ich darüber denke.«

Aber Homer Wells dachte an Mr. Rose. Wie weit würde er gehen? Welches waren seine Spielregeln?

Als Wally sich zurückrollte ins Haus, sagte er ihm, daß es Post gäbe für ihn im Apfelmarktbüro. »Ich habe dauernd vor, sie ins

Haus zu bringen«, sagte Wally zu ihm, »aber ich vergesse es dauernd.«

»Vergiß es nur weiter«, empfahl Homer ihm. »Es ist Erntezeit. Nachdem ich keine Zeit habe, Post zu beantworten, brauche ich sie auch nicht zu lesen.«

Schwester Carolines Brief war ebenfalls angekommen; er erwartete ihn zusammen mit Dr. Larchs Brief, und mit einem Brief von Melony.

Melony hatte den Fragebogen an Homer zurückgeschickt. Sie hatte ihn nicht ausgefüllt; sie war nur neugierig gewesen, und sie hatte ihn sich genauer ansehen wollen. Nachdem sie ihn ein paarmal durchgelesen hatte, erkannte sie – aus der Art der Fragen – daß der Treuhänderausschuß ihrer Meinung nach eine Ansammlung der üblichen Arschlöcher sei. »Die Kerle im Anzug«, nannte sie sie. »Verabscheust du nicht Männer in Anzügen?« fragte sie Lorna.

»Ach, geh«, hatte Lorna zu ihr gesagt. »Du verabscheust einfach die Männer, alle Männer.«

»Männer in Anzügen ganz besonders«, hatte Melony gesagt.

Quer über den Fragebogen, der niemals ausgefüllt werden sollte, hatte Melony an Homer Wells eine kurze Nachricht geschrieben.

> LIEBER SONNENSTRAHL,
> ICH DACHTE, DU WÜRDEST EIN HELD
> WERDEN. IRRTUM. TUT MIR LEID
> WEGEN DEM LEBEN-SCHWERMACHEN.
>   ALLES LIEBE, MELONY

Dies sollte Homer Wells viel später in dieser Nacht lesen, als er nicht schlafen konnte, wie üblich, und sich entschlossen hatte, aufzustehen und seine Post zu lesen. Er sollte Dr. Larchs Brief lesen und den von Schwester Caroline ebenfalls, und alle Zweifel, die ihm bezüglich der Arzttasche mit den in Gold eingravierten Initialen F. S., verblieben waren, schwanden, genau wie das Dunkel der Nacht, vor Anbruch des Tages.

Homer sah keinen Grund, Ironie auf ihre Verzweiflung zu häufen; er beschloß, Melonys Antwort auf den Fragebogen nicht an Larch oder Schwester Caroline zu schicken – was hätte es ihnen geholfen, zu wissen, daß sie sich angezeigt hatten, während sie noch ein paar Jahre hätten weitermachen können? Er schickte eine einzige kurze Nachricht, addressiert an sie beide. Die Nachricht war einfach und bündig.

1. ICH BIN KEIN ARZT.
2. ICH GLAUBE, DER FÖTUS HAT EINE SEELE.
3. TUT MIR LEID.

»*Leid*?« sagte Wilbur Larch, als Schwester Caroline ihm die Nachricht vorlas. »Er sagt, es tut ihm *leid*?«

»Natürlich ist er kein Arzt«, gestand Schwester Angela. »Es würde immer etwas geben, von dem er glauben würde, er wüßte es nicht; er würde immer glauben, er könnte einen Anfängerfehler machen.«

»Genau darum wäre er ein guter Arzt«, sagte Dr. Larch. »Ärzte, die glauben, sie wüßten alles, sind diejenigen, die die meisten Anfängerfehler machen. Was ein guter Arzt immer im Hinterkopf haben sollte, ist, daß es immer etwas gibt, was er nicht weiß, daß er immer jemand töten kann.«

»Da haben wir's«, sagte Schwester Edna.

»Er glaubt, der Fötus hat eine Seele, nicht wahr?« fragte Larch. »Gut. Er glaubt, daß ein Geschöpf, das lebt wie ein Fisch, eine Seele hat – und was für eine Art von Seele, glaubt er, haben diejenigen von uns, die herumlaufen? Er sollte an das glauben, was er sieht! Wenn er Gott spielen und uns sagen will, wer eine Seele hat, sollte er sich um die Seelen derer kümmern, die ihm widersprechen können!« Larch tobte.

Da sagte Schwester Angela: »Also. Wir werden's abwarten.«

»Ich nicht«, sagte Wilbur Larch. »Homer kann abwarten«, sagte er, »ich nicht.« Er setzte sich an die Schreibmaschine in Schwester Angelas Büro; er schrieb folgende einfache, bündige Nachricht an Homer Wells.

1. DU WEISST ALLES, WAS ICH WEISS, PLUS WAS DU DIR SELBST BEIGEBRACHT HAST. DU BIST EIN BESSERER ARZT ALS ICH – UND DU WEISST ES.

2. DU GLAUBST, WAS ICH TU, WÄRE GOTT-SPIELEN. ABER DU NIMMST AN, DU WÜSSTEST, WAS GOTT WILL. GLAUBST DU, DAS IST NICHT GOTT-SPIELEN?

3. MIR TUT ES NICHT LEID – NICHTS VON DEM, WAS ICH GETAN HABE (DIE EINE ABTREIBUNG, DIE ICH NICHT AUSGEFÜHRT HABE, IST DIE EINZIGE, DIE MIR LEID TUT). MIR TUT ES NICHT EINMAL LEID, DASS ICH DICH LIEBE.

Dann wanderte Dr. Larch zum Bahnhof und wartete auf den Zug; er wollte sehen, wie die Nachricht auf den Weg kam. Später gestand der Bahnhofsvorsteher, den Larch selten beachtete, er sei überrascht gewesen, daß Larch ihn ansprach; aber weil Larch sprach, nachdem der Zug abgefahren war, glaubte der Bahnhofsvorsteher, Larch habe vielleicht zu dem abfahrenden Zug gesprochen.

»Leb wohl«, hatte Larch gesagt. Er wanderte wieder den Hügel zum Waisenhaus hinauf. Mrs. Grogan fragte ihn, ob er Tee wolle, doch Larch sagte ihr, daß er sich zu erschöpft fühle für Tee; er wolle sich hinlegen.

Schwester Caroline und Schwester Edna pflückten Äpfel, und Larch ging ein Stückchen den Hügel hinauf, um mit ihnen zu sprechen. »Sie sind zu alt, um Äpfel zu pflücken, Edna«, sagte Larch zu ihr. »Lassen Sie Caroline und die Kinder das tun.« Dann wanderte er ein kurzes Stück mit Schwester Caroline zurück zum Waisenhaus. »Müßte ich etwas sein«, sagte er zu ihr, »dann würde ich wahrscheinlich Sozialist sein, aber ich möchte nichts dergleichen sein.«

Dann ging er in die Apotheke und verschloß die Tür. Trotz des Herbstwetters war es immer noch warm genug, um während des Tages das Fenster offen zu lassen; er schloß auch das Fenster. Es war eine neue, volle Flasche Äther; vielleicht stieß er die Sicherheitsnadel zu hart in die Flasche, oder er schüttelte sie zu ungeduldig umher. Der Äther tropfte reichlicher auf die Gesichtsmaske als sonst; seine Hand glitt immer wieder ab von dem Trichter, bevor er genug bekam, um sich zufrieden zu geben. Er drehte sich etwas zur Wand, auf diese Weise hatte die Kante der Fensterbank Berührung mit der Maske über seinem Mund und seiner Nase, nachdem der Griff seiner Finger sich gelockert hatte. Da war gerade genug Druck von der Fensterbank, um den Trichter an Ort und Stelle zu halten.

Diesmal reiste er nach Paris; wie lebhaft ging es dort zu, am Ende des Ersten Weltkriegs. Der junge Doktor wurde dauernd von den Einheimischen umarmt. Er erinnerte sich, wie er mit einem amerikanischen Soldaten – einem Amputierten – in einem Café beisammen gesessen hatte; alle Gäste bestellten ihnen Cognac. Der Soldat drückte seine Zigarre in einen Cognac-schwenker, den er nicht austrinken konnte – nicht, wenn er gleichzeitig mit seinen Krücken aufstehen wollte, mit seinem einen Bein – und Wilbur Larch atmete dieses Aroma tief ein. So roch Paris – nach Cognac und Asche.

So, und nach Parfüm. Larch hatte den Soldaten nach Hause gebracht – er war ein guter Arzt gewesen, selbst damals, selbst dort. Er war eine dritte Krücke für den betrunkenen Mann, er war das fehlende Bein des Mannes. Das war der Moment, als die Frau sich an sie heranmachte. Sie war eine Hure, ganz klar, und sie war ziemlich jung und ziemlich schwanger; Larch, der nicht sehr gut Französisch verstand, nahm an, sie wolle eine Abtreibung. Er ver-suchte ihr eben zu sagen, daß sie zu spät dran sei, daß sie durchhal-ten und dieses Baby bekommen müsse, als er plötzlich verstand, daß sie nur das fragte, was eine Hure normalerweise fragte.

»*Plaisir d'amour*?« fragte sie die beiden. Der amputierte Soldat war in Larchs Armen ohnmächtig geworden; Larch allein war es, dem die Frau das »Liebesvergnügen« anbot.

»*Non, merci*«, murmelte Larch. Doch der Soldat brach zusam-men; Larch brauchte die Hilfe der schwangeren Prostituierten, um ihn zu tragen. Als sie den Soldaten auf seinem Zimmer hat-ten, erneuerte die Frau ihr Angebot an Wilbur Larch. Er mußte sie von sich wegschieben – und doch entwand sich die Frau sei-nem Griff und drückte ihren prallen Bauch gegen ihn.

»*Plaisir d'amour!*« sagte sie.

»*Non, non!*« sagte er zu ihr; er mußte mit seinen Armen fuchteln, um sie von sich fernzuhalten. Eine Hand, neben dem Bett hin und her fahrend, stieß die Ätherflasche mit der lockeren Nadel um. Langsam breitete sich die Pfütze auf dem Linoleumboden aus; sie breitete sich unter dem Bett aus und überall darum herum. Die Dämpfe überwältigten ihn – die Frau in Paris hatte ebenfalls sehr stark gerochen. Ihr Parfüm war stark, und stärker noch waren die Ausdünstungen ihres Berufs. Als Larch sein Gesicht von der Fensterbank abwandte und der Trichter fiel, würgte er bereits.

»Prinzen von Maine!« Er versuchte sie zu rufen, aber er brachte keinen Laut hervor. »Könige Neuenglands!« Er glaubte sie zu beschwören, aber niemand hörte ihn, und die französische Frau legte sich neben ihn und schmiegte ihren schweren Leib an ihn. Sie umarmte ihn so fest, daß er nicht atmen konnte, und ihr würziges, scharfes Aroma ließ ihm die Tränen über die Wangen rinnen. Er glaubte sich zu erbrechen, was auch der Fall war.

»*Plaisir d'amour*«, flüsterte sie.

»*Oui, merci*«, sagte er, ihr nachgebend. »*Oui, merci.*«

Die Todesursache sollte Atemversagen sein, bedingt durch Aspiration von Erbrochenem, was zu einem Stillstand des Herzens führte. Der Treuhänderausschuß – im Lichte der gegen Larch vorgelegten Beweise – sollte es insgeheim Selbstmord nennen; der Mann stand kurz davor, in Schande entlassen zu werden, sagten sie sich. Doch jene, die ihn kannten und von seiner Äthersucht wußten, sagten, es sei ein Unfall gewesen, von jener Art, die einem erschöpften Menschen zustoßen kann. Gewiß wußte Mrs. Grogan – und Schwester Angela und Schwester Edna und Schwester Caroline wußten es ebenfalls – daß er *nicht* ein Mensch war, der »kurz davor stand, in Schande entlassen zu werden«; vielmehr war er ein Mensch, der kurz davor stand, nicht mehr nützlich zu ein. Und ein *nützlicher* Mensch zu sein, so hatte Wilbur Larch gedacht, das war alles, wozu er geboren war.

Schwester Edna, die noch einige Zeit sprachlos bleiben sollte, fand seinen Leichnam. Die Tür zur Apotheke schloß nicht eben dicht, und Edna fand, daß die Dämpfe ganz besonders stark seien und daß Dr. Larch länger dort drinnen gewesen sei als üblich.

Mrs. Grogan, die hoffte, daß er in eine bessere Welt gegangen sei, las mit der Stimme einer verschreckten Drossel zitternd eine Passage aus *Jane Eyre* für die Mädchen der Mädchenabteilung.

Eine Waise liebt und braucht die Routine, ermahnten die Frauen einander.

Schwester Caroline, die hart war wie ein Hufnagel und die Dickens als sentimentalen Langweiler empfand, hatte ihre Sprache fest im Griff; sie las mit lauter Stimme beinah herzhaft eine Passage aus *David Copperfield* in der Knabenabteilung. Doch sie fürchtete zusammenzubrechen bei der Aussicht auf den von allen erwarteten Segen.

Schwester Angela war es, die alles sagte, genau nach den Regeln.

»Freuen wir uns für Doktor Larch«, sagte sie zu den aufmerksamen Kindern. »Doktor Larch hat eine Familie gefunden. Gute Nacht, Doktor Larch«, sagte Schwester Angela.

»Gute Nacht, Doktor Larch!« riefen die Kinder.

»Gute Nacht, Wilbur!« brachte Schwester Edna hervor, während Schwester Angela all ihre Kraft zusammennahm für den gewohnten Refrain und Schwester Caroline, in der Hoffnung, der Abendwind werde ihre Tränen trocknen, den Hügel zum Bahnhof hinunter marschierte – wieder einmal, um dem erschrockenen Bahnhofsvorsteher mitzuteilen, daß es eine Leiche gab in St. Cloud's.

Dieser Sonntag in Ocean View war ein Indianersommertag, und Homer Wells ging fischen. Nicht wirklich fischen: Homer Wells versuchte etwas mehr herauszufinden über die Beziehung zwischen Mr. Rose und seiner Tochter. Die beiden Männer saßen auf dem Dach des Ziderhauses – meistenteils redeten sie nicht. Nicht zuviel reden, so nahm Homer an, sei die einzige Möglichkeit, fischen zu gehen mit Mr. Rose.

Unter ihnen versuchte Angel, Rose das Radfahren beizubringen. Homer hatte sich erboten, Rose Rose und Angel zum Strand zu fahren (und zurückzufahren und sie zu einer bestimmten Stunde wieder abzuholen), aber Angel kam es darauf an, daß er und Rose Rose unabhängig blieben – an den Strand gefahren zu werden, das unterstrich nur die Tatsache, daß er immer noch darauf wartete, bis er alt genug war, um seinen Führerschein zu machen. Der Strand war zu weit, um zu Fuß hinzugehen, und Homer erlaubte Angel nicht, per Anhalter zu fahren; doch sie hatten nur knappe vier bis fünf Meilen mit dem Fahrrad zu fahren, und die Straße war meistens eben.

Mr. Rose schaute der Lektion gelassen zu, doch Homer wartete ungeduldig darauf, daß Rose Rose es auf dem Fahrrad endlich schaffte; er wußte, wie viel Vorbereitung draufgegangen war für den geplanten Ausflug – wie Angel gewerkelt hatte an seinem und Candys Fahrrad und wie Angel mit Candy diskutiert hatte, welcher von Candys Badeanzügen Rose Rose am besten passen würde. Gemeinsam hatten sie einen smaragdgrünen ausgewählt – mit einem pink-rosa Spiralstreifen, wie die Stange vor den Friseurläden, und Candy war sicher, daß dieser Anzug Rose Rose besser passen würde als ihr; er war Candy um Büste und Hüften stets zu locker gewesen.

»Es ist die Sorte von Sachen, die man lernen sollte, wenn man ein Kind ist«, bemerkte Homer zu der Fahrradlektion. Angel pflegte neben dem wackeligen Fahrrad her zu laufen, das Rose Rose sich zu fahren mühte. Wenn das Rad erst in einem gemächlichen Tempo dahinrollte, ließ Angel es los. Rose Rose trat entweder nicht die Pedale – dabei das Rad zäh festhaltend, bis es einfach an Tempo verlor und kippte – oder aber sie trat wie wild die Pedale, doch ohne das Rad zu steuern. Sie schien unfähig, das Fahrrad in der Balance zu halten und gleichzeitig die Pedale zu treten. Und ihre Hände schienen erstarrt an den Handgriffen; die Balance zu halten und die Pedale zu treten *und* zugleich zu steuern, erschien ihr zunehmend als ein unerreichbares Wunder.

»Kannst du fahren?« fragte Mr. Rose Homer.

»Ich hab's nie versucht«, sagte Homer Wells. »Ich hätte wahrscheinlich ein bißchen Schwierigkeiten«, gestand er; es schien ihm ganz leicht. Es gab keine Fahrräder im Waisenhaus; die Kinder hätten damit wegfahren können. Das einzige Fahrrad in St. Cloud's war das des Bahnhofsvorstehers, und er fuhr selten darauf.

»Ich hab's auch nie versucht«, sagte Mr. Rose. Er sah seine Tochter einen leichten Hügel hinunterkariolen; sie kreischte, das Fahrrad kippte, sie stürzte – und Angel Wells lief zu ihr, um ihr aufzuhelfen.

Einige Männer saßen in einer Reihe, den Rücken zur Wand, vor dem Ziderhaus; manche tranken Kaffee, manche Bier, aber alle beobachteten sie die Fahrradlektion. Manche feuerten an – lautstark wie Zuschauer, die eine Sportwettkampf bejubeln – und andere beobachteten den Vorgang gelassen wie Mr. Rose.

So ging es eine Weile, und der Applaus – soweit es welchen gab – wurde spärlicher und zufälliger.

»Gib nicht auf«, sagte Angel zu Rose Rose.

»Ich gebe nicht auf«, sagte Rose Rose. »Hab ich gesagt, ich würde aufgeben?«

»Erinnern Sie sich, was Sie einmal zu mir sagten, über die Regeln?« fragte Homer Mr. Rose.

»Welche Regeln?« fragte Mr. Rose.

»Sie wissen doch, diese Regeln, die ich jedes Jahr im Ziderhaus aufhänge«, sagte Homer. »Und Sie erwähnten, Sie hätten andere Regeln – Ihre eigenen Regeln für das Leben hier.«

»Jaaa, diese Regeln«, sagte Mr. Rose.

»Ich dachte, Sie wollten sagen, daß es bei Ihren Regeln darum ginge, einander nicht zu verwunden – ich dachte, es ginge darum, vorsichtig zu sein«, sagte Homer. »Genau wie bei meinen Regeln, irgendwie, schätze ich.«

»Sag, was du denkst, Homer«, sagte Mr. Rose.

»Ist jemand verwundet worden?« fragte Homer. »Ich meine, gab es Schwierigkeiten irgendwelcher Art – dieses Jahr?«

Rose Rose war wieder oben auf dem Fahrrad; ihr Blick war grimmig; sie und Angel schwitzten beide. Es schien Homer, als holperte Rose Rose zu hart auf dem Sitz, sich dabei beinah absichtlich verletzend; oder aber, als behandelte sie sich selbst so grausam, um sich die Härte zu geben, die sie brauchte, um die

Maschine zu meistern. Sie schwankte eine Kuppe hinunter, außer Sicht jetzt hinter ein paar Apfelbäumen, und Angel rannte hinter ihr her.

»Warum gehen sie nicht einfach zu Fuß?« fragte der Pflücker namens Peaches. »Sie könnten inzwischen da sein.«

»Warum bringt sie nicht jemand hin, in einem Auto?« fragte ein anderer Mann.

»Sie machen es lieber auf ihre Weise«, sagte Muddy. Darüber gab es etwas Gelächter.

»Mehr Respekt«, sagte Mr. Rose. Homer glaubte, Mr. Rose spräche zu ihm, aber er sprach zu den Männern, die aufhörten zu lachen. »Bald wird das Fahrrad kaputt sein«, sagte Mr. Rose zu Homer.

Rose Rose trug Bluejeans, schwere Arbeitsstiefel und ein weißes Unterhemd; weil sie schwitzte, waren die Umrisse und Farben des smaragdgrünen und pink-rosa Badeanzugs durch ihr Hemd zu sehen.

»Stell dir vor, wie sie schwimmen lernt«, sagte Mr. Rose.

Homer Wells tat Angel leid, doch ein anderes Thema lag ihm schwerer auf der Seele.

»Wegen der Möglichkeit, daß jemand verwundet wurde«, sagte Homer. »Wegen der Regeln.«

Mr. Rose griff in seine Tasche, langsam, und Homer erwartete halb, das Messer zu sehen, aber es war nicht das Messer, was Mr. Rose aus seiner Tasche zog und sehr sachte in Homers Hand legte – es war der heruntergebrannte Stummel einer Kerze. Es war das, was übriggeblieben war von der Kerze, die Candy entzündet hatte für ihr Liebemachen im Ziderhaus. In ihrer Panik – als sie glaubte, daß Wally es sei, der sie dort ertappt habe – hatte sie sie vergessen.

Homer schloß seine Finger um die Kerze, und Mr. Rose tätschelte seine Hand.

»Das ist gegen die Regeln, nicht wahr?« fragte Mr. Rose Homer.

Black Pan backte Maisbrot, und der Geruch stieg aus dem Ziderhaus und hing köstlich über dem Dach, das sich in der Spätmorgensonne erwärmte; bald würde es unangenehm heiß werden auf dem Dach.

»Ist das Brot noch nicht fertig zum Essen?« brüllte Peaches in die Küche.

»Nein«, sagte Black Pan aus dem Innern des Ziderhauses. »Und sei leise, sonst weckst du das Baby.«

»Mist«, sagte Peaches. Black Pan kam heraus und gab Peaches einen Tritt – nicht so furchtbar fest – dort, wo er an der Wand des Ziderhauses lehnte.

»Wenn das Brot fertig ist, wirst du's nicht ›Mist‹ nennen, klar?« fragte Black Pan ihn.

»Ich hab's doch nicht ›Mist‹ genannt, Mann – ich hab's nur gesagt«, sagte Peaches.

»Sei bloß leise«, sagte Black Pan. Er beobachtete die Fahrradlektion. »Wie geht's damit?« fragte er.

»Sie mühen sich hart«, sagte Muddy.

»Sie erfinden einen neuen Sport«, sagte Peaches, und alle lachten.

»Mehr Respekt«, sagte Mr. Rose, und alle wurden leise. Black Pan ging zurück in das Ziderhaus.

»Was wollt ihr wetten, daß er das Brot verbrennt?« fragte Peaches leise.

»Wenn er's verbrennt, dann ist's darum, weil er sich zuviel Zeit genommen hat, dich in den Arsch zu treten«, sagte Muddy zu ihm.

Das Fahrrad war kaputt; entweder wollte das Hinterrad sich nicht mehr drehen, oder die Kette war in den Speichen eingeklemmt.

»Es gibt noch ein anderes Fahrrad«, sagte Angel zu Rose Rose. »Versuch's damit, während ich dieses richte.« Aber während er Candys Fahrrad richtete, hatte Rose Rose auf einem Knabenfahrrad zu leiden, so daß sie, zusätzlich zu ihren Schwierigkeiten, ausrutschte und sich im Schritt an der Querstange verletzte. Homer war ernstlich besorgt über den harten Sturz, den sie getan hatte, und er fragte sich, ob sie in Ordnung sei.

»Es ist nur etwas wie ein Krampf«, rief sie ihm zu, aber sie blieb zusammengekrümmt, bis es Angel gelang, Candys Fahrrad wieder in Gang zu bringen.

»Es scheint hoffnungslos«, gestand Homer Mr. Rose.

»Was ist mit den Regeln?« fragte ihn Mr. Rose. Homer steckte die Kerze in seine Tasche. Er und Mr. Rose musterten einander – es war beinah eine Kraftprobe, diese Art, wie sie einander anschauten.

»Ich mache mir Sorgen um Ihre Tochter«, sagte Homer Wells nach einer Weile. Gemeinsam beobachteten sie Rose Rose, die wieder vom Fahrrad fiel.

»Mach dir keine Sorgen um sie«, sagte Mr. Rose.

»Sie sieht unglücklich aus, manchmal«, sagte Homer.

»Sie ist nicht unglücklich«, sagte Mr. Rose.

»Machen Sie sich Sorgen um sie?« fragte Homer ihn.

»Wenn man anfängt, sich Sorgen zu machen, dann kann man sich um jeden Sorgen machen, nicht wahr?« sagte Mr. Rose.

Es schien Homer Wells, als habe Rose Rose von ihrem Sturz gegen die Querstange noch immer Schmerzen, denn sie blieb ein Weilchen stehen – jedes Mal, wenn sie wieder vom Fahrrad gefallen war – die Hände auf ihren Knien und den Kopf gesenkt (als hätte sie Bauchschmerzen).

Homer und Mr. Rose verpaßten den Augenblick, als sie aufgab. Sie bemerkten nur, daß sie in Richtung des Obstgartens Frying-Pan davonlief, und daß Angel ihr nachlief; beide Fahrräder blieben zurück.

»Schade«, sagte Homer. »Sie hätten sich vergnügen können am Strand. Vielleicht kann ich sie überzeugen, sich von mir hinfahren zu lassen.«

»Laß sie in Ruhe«, sagte Mr. Rose. So wie Homer es verstand, war es mehr ein Befehl als eine Empfehlung. »Sie brauchen an keinen Strand zu fahren«, sagte Mr. Rose nachsichtiger. »Sie sind noch jung, sie sind noch nicht sicher, wie sie sich vergnügen sollen«, sagte er. »Denk nur, was passieren könnte am Strand. Sie könnten ertrinken. Oder es könnte gewissen Leuten nicht gefallen, einen weißen Jungen mit einem farbigen

Mädchen zusammen zu sehen – und beide in Badehosen. Ist besser, sie fahren nirgendwohin«, schloß Mr. Rose. Damit war das Thema beendet, denn Mr. Rose fragte jetzt: »Bist du glücklich, Homer?«

»Bin ich glücklich?« echote Homer.

»Warum wiederholst du immer alles?« fragte ihn Mr. Rose.

»Ich weiß nicht«, sagte Homer. »Ich bin glücklich, manchmal«, sagte er vorsichtig.

»Das ist gut«, sagte Mr. Rose. »Und Mistah und Missus Worthington – sind sie glücklich?«

»Ich glaube, sie sind ziemlich glücklich, meistenteils«, sagte Homer zu ihm.

»Das ist gut«, sagte Mr. Rose.

Peaches, der ein paar Bier getrunken hatte, näherte sich Angels Fahrrad, mißtrauisch, als ob die Maschine gefährlich sei, auch wenn sie am Boden lag.

»Vorsicht, damit's dich nicht beißt«, warnte Muddy ihn. Peaches stieg auf das Fahrrad und grinste die Männer an.

»Wie startet man das Ding?« fragte er, und alle lachten.

Muddy sprang von der Wand auf und ging hinüber zu Candys Fahrrad.

»Ich mache ein Wettrennen mit dir«, sagte er zu Peaches.

»Jaa«, sagte Black Pan in der Ziderhaustür. »Wir werden sehen, wer von euch als erster herunterfällt.«

»Meines hat keine Mittelstange«, beobachtete Muddy an Candys Fahrrad.

»Das macht es schneller«, sagte Peaches. Er versuchte Angels Fahrrad fortzubewegen, als ob seine Füße Paddel wären.

»Du fährst gar nicht auf dem Ding, du fickst es«, sagte einer der Männer, und alle lachten. Black Pan rannte hinter Peaches her und fing an, ihn schneller zu schieben.

»Hör auf mit dem Mist«, kreischte Peaches, aber Black Pan schob das Fahrrad so schnell, daß er nicht mehr damit Schritt halten konnte.

»Ich kann doch kein Wettrennen machen, wenn mich nicht auch jemand schiebt«, sagte Muddy, und zwei der Männer schoben ihn schneller als Peaches, der über einem Hügel verschwunden war – in den nächsten Garten, aus dem die Männer ihn kreischen hörten.

»Heiliger Mist!« sagte Muddy, als er in Fahrt kam. Er trat so hart in die Pedale, daß das Vorderrad vom Boden abhob, und dann rollte das Fahrrad ganz unter ihm heraus. Die Männer brüllten jetzt vor Lachen, und Black Pan hob Muddys hingefallenes Fahrrad auf; er wollte es als nächster versuchen.

»Willst du's auch versuchen?« fragte Mr. Rose Homer.

Solange Angel und Candy nicht in der Nähe waren und ihn beobachteten – warum nicht, dachte Homer. »Klar«, sagte Homer. »Ich will als nächster!« rief er Black Pan zu, der das Fahrrad im Stand balancierte, seine Füße immer wieder von den Pedalen abgleitend; er stürzte zur Seite, bevor er in Fahrt kam.

»Das war kein *echter* Versuch«, sagte Black Pan. »Ich habe noch einen frei.«

»Wollen Sie es versuchen?« fragte Homer Mr. Rose.

»Ich nicht«, sagte Mr. Rose.

»Das Baby schreit«, sagte einer.

»Geh und nimm es auf«, sagte ein anderer.

»Ich werde mich darum kümmern«, sagte Mr. Rose zu ihnen allen. »Ich werde auf das Baby aufpassen – während ihr spielen dürft.«

Peaches tauchte über dem Hügel auf; er schob das Fahrrad neben sich her; er hinkte.

»Es ist an einen Baum gekracht«, erklärte er. »Es ist direkt auf den Baum losgerast, als wär' der Baum sein Feind.«

»Du hättest es lenken sollen«, sagte Muddy zu ihm.

»Es lenkt sich selber«, sagte Peaches. »Es gehorcht mir nicht.«

Homer stützte Black Pan, während der Koch ein zweites Mal Candys Fahrrad bestieg. »Los geht's«, sagte Black Pan voll Entschlossenheit, aber er hielt einen Arm um Homers Hals geschlungen; er hatte nur eine Hand an der Lenkstange, und er trat die Pedale nicht.

»Du mußt die Pedale treten, damit es fährt«, sagte Homer zu ihm.

»Du mußt mich erst schieben«, sagte Black Pan.

»Etwas brennt an!« schrie jemand.

»Oh, Mist, mein Maisbrot«, sagte Black Pan.

Er stürzte nach der Seite, sein Arm immer noch um Homers Hals, so daß Homer mit ihm stürzte – oben auf das Fahrrad.

»Ich habe dir gesagt, er wird das Brot verbrennen«, sagte Peaches zu Muddy.

»Gib mir das Rad«, sagte Muddy und nahm Peaches Angels Fahrrad weg.

Zwei der Männer schoben Homer an.

»Ich hab's, ich hab's«, sagte Homer zu ihnen, darum ließen sie los. Aber das hatte er nicht. Er schwenkte scharf in die eine Richtung, dann schwenkte er zurück zu den Männern, die ihm aus dem Weg springen mußten; dann ließ er das Fahrrad kippen und purzelte in die eine Richtung – das Fahrrad in die andere.

Alle lachten jetzt. Peaches schaute Homer Wells an, der am Boden lag.

»Manchmal hilft es nicht, wenn man weiß ist«, sagte Peaches zu Homer, und alle heulten.

»Es hilft, wenn man weiß ist – meistenteils«, sagte Mr. Rose. Er stand in der Tür des Ziderhauses, der Qualm von dem verbrannten Maisbrot hinter ihm aufsteigend, seine Tochterstochter auf dem Arm – der Schnuller anscheinend eine Dauerinstallation in ihrem Mund. Und nachdem Mr. Rose gesprochen hatte, steckte er sich ebenfalls einen Schnuller in den Mund.

Im Herzen des Tales, das am Grund der Frying-Pan war, dort wo der Ozean einhundert Meilen weit weg zu sein schien und wohin kein Hauch vom Meer jemals gelangte, lag Rose Rose im dunklen Gras unter einem Northern Spy, den noch niemand abgepflückt hatte. Angel Wells lag neben ihr. Sie ließ ihren Arm über seine Hüfte hängen; er strich mit seinem Finger ganz leicht über ihr Gesicht, der Linie ihrer Narbe folgend, die Nase hinunter, bis zu ihrer Lippe. Als er zu ihrer Lippe gelangte, hielt sie seine Hand fest und küßte seinen Finger.

Sie hatte ihre Arbeitsstiefel ausgezogen und die Bluejeans,

aber Candys Badeanzug und das Unterhemd hatte sie anbehalten.

»Hätten ohnehin keinen Spaß gehabt am Strand«, sagte sie.

»Wir fahren an einem anderen Tag«, sagte Angel.

»Wir fahren nirgendwohin«, sagte sie. Sie küßten sich ein Weilchen. Dann sagte Rose Rose: »Erzähl mir noch einmal davon.« Angel begann den Ozean zu beschreiben, doch sie unterbrach ihn. »Nein, nicht diesen Teil«, sagte sie. »Was kümmert mich denn der Ozean. Erzähle mir diesen anderen Teil, wo wir alle zusammen wohnen, im gleichen Haus. Du und ich und mein Baby und dein Vater und Mistah und Missus Worthington«, sagte Rose Rose. »Das ist der Teil, der mir's angetan hat«, sagte sie lächelnd.

Und er fing abermals an: davon, daß es möglich sei. Er war sich sicher, daß sein Vater und Wally und Candy nichts dagegen haben würden.

»Ihr alle seid verrückt«, sagte sie zu Angel. »Aber mach weiter«, sagte sie.

Platz sei genug, beteuerte Angel ihr.

»Und niemand wird etwas gegen das Baby haben?« fragte sie ihn. Sie schloß die Augen; mit geschlossenen Augen konnte sie ein bißchen besser sehen, was Angel beschrieb.

Das war der Moment, als Angel Wells ein Romanschriftsteller wurde, ob er es wußte oder nicht. Das war der Moment, als er lernte, daß die Erfindung ihm mehr bedeuten konnte, als das wirkliche Leben ihm bedeutete; das war der Moment, als er lernte, ein Bild zu malen, das nicht wirklich war und nie wirklich werden würde, aber damit man es überhaupt glauben konnte – auch an einem sonnigen Indianersommertag – mußte es besser gemacht sein und wirklicher scheinen als wirklich; es mußte zumindest möglich klingen. Angel redete den ganzen Tag. Er machte einfach weiter und weiter und weiter; er sollte ein Dichter geworden sein, bevor es Abend wurde. In seiner Geschichte kamen Rose Rose und alle anderen sagenhaft miteinander aus. Niemand hatte etwas dagegen, was ein anderer tat. Alles lief klar, wie man in Maine sagt.

Manchmal weinte Rose Rose ein bißchen; öfter küßten sie sich. Nur einige Male unterbrach sie ihn, meist weil sie wollte, daß er etwas wiederhole, was ihr besonders unwahrscheinlich vorgekommen war. »Warte mal 'n Moment«, pflegte sie dann zu Angel zu sagen. »Das lieber noch einmal, ich hab wohl eine lange Leitung.«

Am späten Nachmittag begannen die Moskitos sie zu belästigen, und es kam Angel in den Sinn, daß Rose Rose eines Abends Wally bitten könnte, ihr zu erzählen, wie die Moskitos auf den Reisfeldern waren.

»Ein Moskito von Ocean View ist nichts im Vergleich zu einem japanischen B-Moskito«, hätte Wally ihr erzählen können, aber Angel kam nicht dazu, Rose Rose diesen Teil seiner Phantasie zu erzählen. Sie wollte eben aufstehen, als ein offenkundiger Krampf, oder der Schmerz von ihrem Sturz gegen die Fahrradquerstange sie auf die Knie fallen ließ, als habe sie einen Tritt bekommen, und Angel sie an den Schultern packen mußte.

»Du hast dich verletzt auf dem Fahrrad, nicht wahr?« fragte er sie.

»Ich hab's versucht«, sagte sie jetzt.

»Was?« fragte er sie.

»Ich habe versucht, mich zu verletzen«, sagte Rose Rose zu ihm, »aber ich glaube nicht, daß ich mich genug verletzt habe.«

»Genug – wozu?« fragte er sie.

»Um das Baby zu verlieren«, sagte sie ihm.

»Bist du schwanger?« fragte Angel sie.

»Wieder«, sagte sie. »Wieder und wieder, schätze ich«, sagte sie. »Irgend jemand muß wollen, daß ich dauernd Babys bekomme.«

»Wer?« fragte Angel sie.

»Vergiß es«, sagte sie zu ihm.

»Jemand, der nicht hier ist?« fragte er sie.

»Oh, er ist hier«, sagte Rose Rose. »Aber vergiß es.«

»Der Vater ist hier?« fragte Angel.

»Der Vater von *diesem* hier – jaaa, er hier«, sagte sie und klatschte sich auf den flachen Bauch.

»Wer ist es?« fragte Angel.

»Vergiß es, wer es ist«, sagte sie zu Angel. »Erzähl mir noch einmal diesen Teil – nur mach lieber *zwei* Babys daraus. Jetzt sind's ich und du und alle anderen und *zwei* Babys«, sagte sie. »Ob wir nicht alle zusammen Spaß haben werden?«

Angel schaute, als habe sie ihn geohrfeigt; Rose Rose küßte ihn und umarmte ihn – und sie änderte den Ton ihrer Stimme.

»Siehst du?« flüsterte sie ihm zu, ihn festhaltend. »Wir hätten keinen Spaß gehabt am Strand, Angel.«

»Willst du das Baby?« fragte er sie.

»Ich will das eine, das ich habe«, sagte sie zu ihm. »Ich will nicht dies andere!« Sie schlug sich, so fest sie konnte, während sie »das andere« sagte; sie ging wieder in die Knie, sie hatte sich die Luft aus den Lungen geschlagen. Sie lag im Gras, in einer – wie Angel unwillkürlich finden mußte – fötalen Haltung.

»Willst du mich lieben, oder mir helfen?« fragte sie ihn.

»Beides«, sagte er elend.

»So was gibt es nicht, *beides*«, sagte sie. »Bist du schlau, dann bleibst du dabei, mir zu helfen – das 's leichter.«

»Du kannst bei mir bleiben«, fing Angel wieder an.

»Erzähle mir nichts mehr davon!« sagte Rose Rose wütend. »Sag mir auch keine Namen mehr für mein Baby. Hilf mir nur einfach«, sagte sie.

»Wie?« fragte Angel. »Alles«, sagte er zu ihr.

»Besorge mir nur eine Abtreibung«, sagte Rose Rose. »Ich bin nicht aus der Gegend, ich kenne niemand, um ihn zu fragen, und ich habe kein Geld.«

Angel glaubte, daß das Geld, das er gespart hatte, um sich sein erstes Auto zu kaufen, wahrscheinlich genug Geld sein würde für eine Abtreibung – er hatte etwa fünfhundert Dollar gespart – aber die Schwierigkeit war, daß das Geld auf einem Sparkonto war und sein Vater und Candy verfügungsberechtigt waren; Angel konnte das Geld nicht abheben ohne ihre Unterschriften. Und als Angel Herb Fowler zu Hause aufsuchte, war die Nachricht hinsichtlich des Abtreibers typisch vage.

»Ein alter Knacker namens Hood, der macht es«, sagte Herb zu Angel. »Er ist ein Arzt im Ruhestand, aus Cape Kenneth. Aber er macht die Sache in seinem Sommerhaus drüben am Drinkwater. Glück für euch, daß es noch beinah Sommer ist. Ich habe gehört, er macht es im Sommerhaus, auch wenn es mitten im Winter ist.«

»Weißt du, was es kostet?« fragte Angel Herb.

»Eine Menge«, sagte Herb, »aber nicht so viel wie ein Baby.«

»Danke, Herb«, sagte Angel.

»Gratuliere«, sagte Herb Fowler zu dem Jungen. »Ich hätte nicht gedacht, daß dein Pimmel lang genug ist.«

»Er ist lang genug«, sagte Angel tapfer.

Doch als Angel im Telephonbuch nachschaute, gab es keinen Dr. Hood unter den vielen Hoods in diesem Teil von Maine, und Herb Fowler wußte den Vornamen des Mannes nicht. Angel wußte, daß er nicht jeden mit Namen Hood anrufen und jedesmal fragen konnte, ob er der Abtreiber sei. Angel wußte auch, daß er mit Candy und seinem Vater würde sprechen müssen, um das Geld zu bekommen, und darum zögerte er nicht und erzählte ihnen die ganze Geschichte.

»Gott, welch ein guter Junge Angel doch ist!« sollte Wally später sagen. »Er versucht nie, irgend etwas vor einem geheimzuhalten. Er rückt gleich heraus damit – ganz egal, was es ist.«

»Sie wollte dir nicht sagen, wer der Vater ist?« fragte Homer Wells Angel.

»Nein, wollte sie nicht«, sagte Angel.

»Vielleicht Muddy?« sagte Wally.

»Vielleicht Peaches?« sagte Candy.

»Was macht es schon, wenn sie nicht sagen will, wer der Vater ist? Die Hauptsache ist, daß sie das Baby nicht haben will«, sagte Homer Wells. »Die Hauptsache ist, ihr eine Abtreibung zu verschaffen.« Wally und Candy waren still. Sie bezweifelten nicht Homers Autorität in dieser Frage.

»Die Schwierigkeit ist, woher wissen wir, welchen Hood wir anrufen sollen, wenn das Telephonbuch nicht sagt, welcher von ihnen Arzt ist?« fragte Angel.

»Ich weiß, welcher es ist«, sagte Homer. »Und er ist kein Arzt.«

»Herb sagte, er ist ein Arzt im Ruhestand«, sagte Angel.

»Er ist ein Biologielehrer im Ruhestand«, sagte Homer Wells, der genau wußte, welcher Mr. Hood es war. Homer erinnerte sich auch, daß Mr. Hood einmal die Uteri von Kaninchen und Schaf verwechselt hatte. Er fragte sich, wie viele Uteri Mr. Hood wohl glaubte, daß Frauen hätten? Und ob er vorsichtiger sein würde, wenn er wüßte, daß Frauen nur einen haben?

»Ein Biologielehrer?« fragte Angel.

»Und kein sehr guter«, sagte Homer.

»Herb Fowler hat noch nie eine Ahnung gehabt«, sagte Wally.

Der bloße Gedanke daran, was Mr. Hood vielleicht nicht wußte, machte Homer Wells frösteln.

»Sie wird keinen Schritt tun zu Mr. Hood«, sagte Homer. »Du wirst sie nach St. Cloud's bringen müssen«, sagte er zu Angel.

»Aber ich glaube nicht, daß sie das Baby haben will«, sagte Angel. »Und daß sie es im Waisenhaus lassen will.«

»Angel«, sagte Homer, »sie braucht das Baby nicht zu haben in St. Cloud's. Sie kann eine Abtreibung haben dort.«

Wally rückte in seinem Rollstuhl hin und her.

Candy sagte: »*Ich* habe dort früher einmal eine Abtreibung gehabt, Angel.«

»Ja?«

»Damals«, erzählte Wally dem Jungen, »dachten wir, daß wir immer ein zweites Baby haben könnten.«

»Es war, bevor Wally verwundet wurde – vor dem Krieg«, fing Candy an.

»Doktor Larch macht es?« fragte Angel seinen Vater.

»Richtig«, sagte Homer Wells. Er wollte Angel und Rose Rose möglichst bald in den Zug nach St. Cloud's setzen; bei all den »Beweisen«, die dem Treuhänderausschuß unterbreitet worden waren, wußte Homer nicht, wieviel Zeit Dr. Larch noch zum Praktizieren bleiben würde.

»Ich werde Doktor Larch gleich anrufen«, sagte Homer. »Wir setzen dich und Rose Rose in den nächsten Zug.«

»Oder ich könnte sie in dem Cadillac fahren«, sagte Wally.

»Es ist viel zu weit für dich, um mit dem Auto zu fahren«, sagte Homer zu ihm.

»Baby-Rose kann hierbleiben, bei mir«, sagte Candy.

Sie beschlossen, daß es am besten wäre, wenn Candy zum Ziderhaus fuhr und Rose Rose und ihr Baby ins Haus holte. Mr. Rose könnte Streit anfangen mit Rose Rose, wenn Angel in der Nacht auftauchte und verlangte, Rose Rose und das Baby sollten mitkommen.

»Mit mir wird er nicht streiten«, sagte Candy. »Ich werde einfach sagen, ich hätte eine Menge alter Babysachen gefunden, und Rose Rose würde das Baby einkleiden mit allem, was ihr paßt.«

»In der Nacht?« sagte Wally. »Um Gottes willen, Mr. Rose ist kein Narr.«

»Ist mir egal, ob er mir glaubt«, sagte Candy. »Ich will nur das Mädchen und das Baby dort herausholen.«

»Ist es denn so eilig?« fragte Wally.

»Ja, ich fürchte schon«, sagte Homer Wells. Er hatte Candy oder Wally nichts erzählt von Larchs Wunsch, sich ablösen zu lassen, oder welche Erkenntnisse und Erfindungen dem Ausschuß übermittelt worden waren. Eine Waise lernt, Dinge für sich zu behalten; eine Waise hält sich zurück. Was aus Waisen herauskommt, kommt langsam aus ihnen heraus.

Als Homer St. Cloud's anrief, bekam er Schwester Caroline an den Apparat; in ihrem Schock, in ihrem Schmerz, in ihrer Trauer um Dr. Larch hatten sie beschlossen, daß Schwester Caroline die kräftigste Stimme am Telephon hätte. Und sie alle hatten versucht, sich Dr. Larchs Pläne für alles einzuprägen, und auch seine umfangreiche *Kurze Geschichte von St. Cloud's*. Jedesmal, wenn das Telephon klingelte, vermuteten sie, es sei jemand vom Treuhänderausschuß.

»Caroline?« sagte Homer Wells. »Hier ist Homer. Laß mich mit dem Alten sprechen.«

Schwester Angela und Schwester Edna und sogar Mrs. Grogan sollten Homer Wells in alle Ewigkeit lieben – trotz seines abschlägigen Bescheids – aber Schwester Caroline war jünger als sie alle; sie empfand nicht jene standhafte Milde gegen Homer Wells, die daher rührt, daß man jemanden schon als Baby kannte. Sie fand, daß er Larch verraten hatte. Und natürlich war es ein schlechter Zeitpunkt für ihn, nach dem »Alten« zu fragen. Als Larch gestorben war, hatten Schwester Angela und Schwester Edna und Mrs. Grogan gesagt, daß sie nicht imstande wären, Homer anzurufen. Schwester Caroline hatte ihn nicht anrufen wollen.

»Was willst du?« fragte Schwester Caroline ihn kalt. »Oder hast du deine Meinung geändert?«

»Hier ist eine Freundin von meinem Sohn«, sagte Homer Wells. »Sie gehört zu den Wanderarbeitern hier. Sie hat schon ein Baby, das keinen Vater hat, und jetzt bekommt sie ein zweites.«

»Dann wird sie zwei haben«, belehrte Schwester Caroline ihn.

»Caroline!« sagte Homer Wells. »Laß den Unsinn. Ich wollte mit dem Alten sprechen.«

»Ich wollte selbst gerne mit ihm sprechen«, sagte Schwester Caroline zu ihm, ihre Stimme hebend. »Larch ist tot, Homer«, sagte sie ruhiger.

»Laß den Mist«, sagte Homer Wells; er spürte, wie sein Herz raste.

»Zuviel Äther«, sagte sie. »Es gibt keine Werke des Herrn mehr in St. Cloud's. Falls du eine kennst, die's braucht, wirst du's selbst machen müssen.«

Dann hängte sie auf – sie knallte tatsächlich den Hörer auf die Gabel. Er hatte Ohrensausen; er hörte das Geräusch der Balken wieder, die in dem Wasser zusammenkrachten, welches die Winkles fortgespült hatte. Seine Augen hatten nicht mehr so scharf gebrannt seit jener Nacht im Heizungskeller der Drapers in Waterville, als er sich für seine Flucht ankleidete. Seine Kehle hatte nicht mehr so tief geschmerzt – die Qual in seine Lungen hinunterdrückend – seit jener Nacht, als er über den Fluß gebrüllt und versucht hatte, aus den Wäldern von Maine Antwort zu bekommen auf den Namen Fuzzy Stone.

Snowy Meadows hatte sein Glück bei der Möbelfamilie Marsh gefunden; gut für Snowy, dachte Homer Wells. Er stellte sich vor, daß die anderen Waisen Schwierigkeiten haben würden, im Möbelgeschäft ihr Glück zu finden. Manchmal gestand er sich ein, daß er sehr glücklich geworden sei im Apfelgeschäft. Er wußte, was Larch ihm gesagt haben würde: daß sein Glück nicht der springende Punkt sei, oder daß nichts so wichtig sei, als daß er sich nützlich machte.

Homer schloß die Augen und sah die Frauen aus dem Zug steigen. Sie wirkten immer ein wenig verloren. Er erinnerte sich an sie, in dem gasbeleuchteten Schlitten – ihre Gesichter waren besonders deutlich für ihn, wenn die Schlittenkufen sich in den Schnee gruben und Funken schlugen am Boden; wie waren die Frauen zusammengezuckt bei diesem knirschenden Geräusch. Und während der kurzen Zeit, als die Stadt freundlich genug gewesen war, eine Buslinie bereitzustellen, wie einsam hatten die Frauen da ausgesehen in dem abgeschlossenen Bus, ihre Gesichter verschwommen hinter dem beschlagenen Glas; durch die Fenster waren sie Homer Wells vorgekommen, wie die Welt ihnen vorkommen mochte, kurz bevor der Äther sie davontrug.

Und jetzt kamen sie zu Fuß vom Bahnhof. Homer sah sie den Hügel hinaufmarschieren; es waren mehr, als er sich erinnerte. Sie waren eine Armee, auf die Spitalpforte des Waisenhauses vorrückend, und alle mit ein- und derselben Wunde.

Schwester Caroline war zäh; aber wohin würden Schwester Edna und Schwester Angela gehen, und was würde aus Mrs. Grogan werden? sorgte sich Homer Wells. Er erinnerte sich an den Haß und die Verachtung in Melonys Augen. Wenn Melony schwanger wäre, ich würde ihr helfen, dachte er. Und mit diesem Gedanken wurde ihm klar, daß er bereit war, Gott zu spielen – ein wenig jedenfalls.

Wilbur Larch hätte ihm sagen können, daß es so etwas nicht geben kann: ein wenig Gott spielen; wenn man bereit war – überhaupt – Gott zu spielen, dann spielte man sehr viel.

Homer dachte scharf nach, als er in seine Tasche griff und den niedergebrannten Kerzenstummel fand, den Mr. Rose ihm zurückgegeben hatte – »Das ist gegen die Regeln, nicht wahr?« hatte Mr. Rose ihn gefragt.

Auf seinem Nachttisch, zwischen der Leselampe und dem Telephon, war sein zerlesenes Exemplar von *David Copperfield*. Homer brauchte das Buch nicht aufzuschlagen, um zu wissen, wie die Geschichte anfing: »›Ob ich mich in diesem Buche zum Helden meiner eigenen Leidensgeschichte entwickeln werde oder ob jemand anderer diese Stelle ausfüllen soll, wird sich zeigen‹«, rezitierte er aus dem Gedächtnis.

Sein Gedächtnis war außerordentlich scharf. Er konnte sich an die unterschiedlichen Größen der Äthermasken erinnern, die Larch selbst zu machen sich nicht hatte nehmen lassen. Die Vorrichtung war primitiv: Larch formte einen Trichter aus einem gewöhnlichen Drellhandtuch; zwischen den Tuchschichten waren Schichten von steifem Papier, um den Trichter vor dem Einsinken zu bewahren. An der offenen Spitze des Trichters war ein Wattebausch – um den Äther aufzusaugen. Primitiv, aber Larch konnte einen in drei Minuten herstellen; sie hatten unterschiedliche Größen für unterschiedliche Gesichter.

Homer hatte die fabrikfertige Yankauermaske vorgezogen – eine Maschendrahtmaske, geformt wie eine Seifenschale, umwickelt mit zehn oder zwölf Schichten Mull. In die alte Yankauermaske auf seinem Nachttisch legte Homer nun die Reste der Ziderhauskerze. In der Maske bewahrte er Kleingeld auf, und manchmal legte er seine Uhr hinein. Jetzt schaute er hinein; die Maske enthielt ein Stück Kaugummi in einem verblichenen grünen Einwickelpapier und den Schildpattknopf von seinem Tweedjackett. Der Mull in der Maske war gelb und staubig, aber alles, was die Maske brauchte, war frischer Mull. Homer Wells faßte einen Beschluß; er würde ein Held sein.

Er ging hinunter in die Küche, wo Angel Wally im Rollstuhl umherschob – es war ein Spiel, das sie spielten, wenn sie beide unruhig waren. Angel stand auf dem Rückenteil des Rollstuhls und schob ihn in der Art, wie man einen Roller anschiebt; er brachte den Rollstuhl immer schneller in Fahrt – viel schneller, als Wally ihn selbst bewegen konnte. Wally lenkte nur – er kurvte und kurvte dauernd im Kreis herum. Wally versuchte dauernd, die Möbel nicht zu streifen, aber trotz seiner Geschicklichkeit beim Steuern und der guten Fläche des Küchenfußbodens pflegte Angel den Rollstuhl schließlich zu schnell in Fahrt zu bringen, um ihn noch steuern zu können, und sie krachten in irgend etwas hinein. Candy war dann wütend auf sie, aber sie machten es trotzdem (besonders wenn sie außer Hauses war). Wally nannte es »Fliegen«; vor allem aber war es etwas, was sie machten, wenn sie sich langweilten. Candy war zum Ziderhaus gefahren, um Rose Rose und ihr Baby zu holen.

Angel und Wally waren sich selbst überlassen.

Als sie sahen, wie Homer schaute, hörten sie auf.

»Was ist los, alter Junge?« fragte Wally seinen Freund.

Homer kniete sich neben Wallys Rollstuhl und legte seinen Kopf auf Wallys Schoß.

»Doktor Larch ist tot«, sagte er zu Wally, und dieser hielt ihn fest, während er weinte. Homer weinte sehr kurz. In seiner Erinnerung war Curly Day die einzige Waise gewesen, die jemals längere Zeit geweint hatte. Als Homer aufhörte zu weinen, sagte er zu Angel: »Ich muß dir etwas erzählen – und ich werde deine Hilfe brauchen.«

Sie gingen hinaus zu dem Schuppen, wo die Gartensachen aufbewahrt wurden, und Homer öffnete eine der viertelpfündigen Ätherflaschen mit einer Sicherheitsnadel. Die Dämpfe ließen seine Augen ein wenig tränen; er hatte niemals verstanden, wie Larch das Zeug lieben konnte.

»Er wurde süchtig darauf«, sagte Homer zu seinem Sohn. »Aber er hatte die leichteste Hand. Ich habe Patientinnen gesehen, die ihm antworteten, während sie unter Narkose standen, und trotzdem spürten sie nichts.«

Sie brachten den Äther hinauf, und Homer befahl Angel, das zweite Bett in seinem Zimmer zu beziehen – erst mit dem Gummilaken, das sie benutzt hatten, als Angel noch Windeln trug; dann die gewöhnlichen Laken (aber saubere) darüber.

»Für Baby-Rose?« fragte Angel seinen Vater.

»Nein, nicht für Baby-Rose«, sagte Homer. Während er die Instrumente auspackte, saß Angel auf dem anderen Bett und schaute ihm zu.

»Das Wasser kocht!« rief Wally hinauf.

»Erinnerst du dich, wie ich dir immer sagte, daß ich Doktor Larchs *Helfer* war?« fragte Homer Angel.

»Richtig«, sagte Angel Wells.

»Na, ich wurde sehr gut darin – ihm zu helfen«, sagte Homer. »Sehr gut. Ich bin kein Anfänger«, sagte er zu seinem Sohn. »Das ist es eigentlich – das ist's, was ich dir erzählen wollte«, sagte Homer, während er alles, was er brauchte, in Sichtweite anordnete; alles schien außerhalb der Zeit stattzufinden, alles schien genau richtig.

»Mach weiter«, sagte Angel Wells zu seinem Vater. »Mach weiter mit der Geschichte.«

Unten in dem stillen Haus hörten sie Wally in seinem Rollstuhl von Zimmer zu Zimmer rollen. Er war immer noch am Fliegen.

Oben sprach Homer Wells zu seinem Sohn, während sie den Mull an der Yankauermaske erneuerten. Er begann mit jener alten Geschichte über Gottes Werk und Teufels Beitrag – und wie es für Wilbur Larch alles eins gewesen war: Gottes Werk.

Es erschreckte Candy, wie die Scheinwerfer ihres Jeeps die Silhouetten all dieser Männer ganz scharf gegen den Himmel warfen; wie sie in einer Reihe hockten, wie Riesenvögel, das Ziderhausdach entlang. Sie glaubte, alle müßten dort oben sein – aber das waren sie nicht. Mr. Rose und seine Tochter waren im Innern des Ziderhauses, und die Männer warteten dort, wo ihnen aufgetragen war zu warten.

Als Candy aus dem Jeep stieg, sprach niemand zu ihr. Es war kein Licht an im Ziderhaus; hätten ihr die Scheinwerfer nicht die Männer auf dem Dach gezeigt, Candy hätte geglaubt, daß alle zu Bett gegangen wären.

»Hallo!« rief Candy zum Dach hinauf. »Eines Tages bricht dieses Dach noch ein.« Plötzlich machte es ihr Angst: daß sie nicht mit ihr sprachen. Aber die Männer hatten mehr Angst als Candy; die Männer wußten nicht, was sie sagen sollten – sie wußten nur, daß das, was Mr. Rose mit seiner Tochter tat, nicht richtig war, und daß sie zu sehr Angst hatten, um etwas dagegen zu tun.

»Muddy?« fragte Candy ins Dunkel.

»Ja, Missus Worthington!« rief Muddy zu ihr herab. Sie ging hinüber zu der Ecke des Ziderhauses, wo das Dach sich am weitesten auf den Boden neigte; dort stiegen immer alle hinauf; eine alte Pflückerleiter lehnte dort an dem Dach, aber niemand auf dem Dach rührte sich, um die Leiter für sie festzuhalten.

»Peaches?« sagte Candy.

»Ja, Ma'am«, sagte Peaches.

»Bitte, halte doch einer die Leiter«, sagte sie. Muddy und Peaches hielten die Leiter, und Black Pan gab ihr die Hand, während sie auf das Dach kletterte. Dann machten die Männer Platz für sie, und sie setzte sich zu ihnen.

Sie konnte nicht sehr deutlich sehen, aber sie hätte es gespürt, wenn Rose Rose dagewesen wäre; und wäre Mr. Rose dagewesen, das wußte Candy, dann hätte er sie angesprochen.

Das erste Mal, als sie das Geräusch aus dem Ziderhaus hörte – es kam von direkt unter ihr – glaubte Candy, daß es das Baby sei, das einfach brabbelte oder zu weinen anfing.

»Als Ihr Wally ein Junge war, war es anders – dort draußen«, sagte Black Pan zu ihr. »Es sah aus wie ein anderes Land, damals.« Sein Blick war auf die blinkende Küste fixiert.

Das Geräusch unter dem Dach des Ziderhauses wurde eindeutiger, und Peaches sagte: »Ist es nicht 'ne schöne Nacht, Ma'am?« Es war entschieden keine schöne Nacht; es war eine dunklere Nacht als gewöhnlich, und das Geräusch aus dem Ziderhaus war jetzt unmißverständlich. Eine Sekunde lang glaubte sie, sie müsse sich übergeben.

»Vorsicht, wenn Sie aufstehen, Missus Worthington«, sagte Muddy zu ihr, aber Candy stampfte mit dem Fuß auf das Dach; dann kniete sie nieder und fing an, mit beiden Händen auf das Blech zu schlagen.

»Es ist ein so altes Dach, Missus Worthington«, sagte Black Pan zu ihr. »Seien Sie lieber vorsichtig, daß Sie nicht durchbrechen.«

»Laßt mich runter, laßt mich los«, sagte Candy zu ihnen. Muddy und Peaches faßten sie an den Armen, und Black Pan ging ihnen voraus zu der Leiter. Selbst während sie über das Dach hinabstieg, versuchte Candy weiter mit den Füßen aufzustampfen.

Als sie die Leiter hinunterstieg, rief sie: »Rose!« Sie konnte den albernen Namen »Rose Rose« nicht aussprechen, und sie konnte sich nicht überwinden, »Mister Rose« zu sagen. »Rose!« rief sie doppelsinnig. Sie war nicht einmal sicher, welchen von beiden sie anrief, doch Mr. Rose war es, der ihr entgegentrat an der Tür des Ziderhauses. Er war noch dabei, sich anzukleiden – sich das Hemd einzustopfen und sich die Hose zuzuknöpfen. Er sah hagerer und älter aus, als er in ihrer Erinnerung früher ausgesehen hatte, und wenn er sie auch anlächelte, so sah er ihr doch nicht mit dem gewohnten Selbstvertrauen in die Augen – mit der gewohnten höflichen Gleichgültigkeit.

»Sprechen Sie bloß nicht mit mir«, sagte Candy zu ihm, doch was hätte er sagen sollen? »Ihre Tochter und das Baby kommen mit mir.« Candy ging an ihm vorbei ins Ziderhaus. Sie spürte die zerfledderten Regeln unter ihren Fingern, als sie nach dem Licht tastete. Rose Rose saß aufrecht auf dem Bett. Sie hatte ihre Bluejeans angezogen, aber sie hatte sie nicht zugemacht, und sie hatte das Unterhemd angezogen, aber sie hielt Candys Badeanzug auf ihrem Schoß – sie war es nicht gewohnt, ihn zu tragen, und sie hatte ihn in der Eile nicht anziehen können. Sie hatte nur einen ihrer Arbeitsstiefel gefunden und hielt ihn in der Hand. Der andere war unter dem Bett. Candy fand ihn und zog ihn über den richtigen Fuß – Rose Rose trug keine Socken. Dann band Candy ihr sogar die Schnürsenkel. Rose Rose saß einfach auf dem Bett, während Candy ihr den anderen Schuh anzog und band.

»Du kommst mit mir, dein Baby ebenfalls«, sagte Candy zu dem Mädchen.

»Ja, Ma'am«, sagte Rose Rose.

Candy nahm ihr den Badeanzug ab und wischte mit dem Anzug Rose Rose die Tränen aus dem Gesicht.

»Alles ist gut. Alles ist gut, jetzt«, sagte Candy zu dem Mädchen. »Und gleich wirst du dich besser fühlen. Niemand wird dir weh tun.«

Baby-Rose schlief fest, und Candy paßte auf, sie nicht zu wecken, als sie sie aufnahm und sie ihrer Mutter reichte. Rose Rose bewegte sich unsicher, und Candy legte ihren Arm um sie, als sie zusammen aus dem Ziderhaus schritten. »Du wirst dich ganz gut fühlen«, sagte Candy zu Rose Rose; sie küßte die junge Frau auf den Hals, und Rose Rose, die schwitzte, lehnte sich gegen sie.

Mr. Rose stand in der Dunkelheit zwischen dem Jeep und dem Ziderhaus, aber der Rest der Männer saß noch auf dem Dach.

»Du kommst zurück«, sagte Mr. Rose – da war keine Hebung am Ende in seiner Stimme; es war keine Frage.

»Ich sagte Ihnen schon, sprechen Sie nicht mit mir«, sagte Candy zu ihm. Sie half Rose Rose und ihrem Baby in den Jeep.

»Ich habe mit meiner Tochter gesprochen«, sagte Mr. Rose voll Würde.

Aber Rose Rose antwortete ihrem Vater nicht. Sie saß da, einer Statue gleich, mit ihrem Baby in den Armen, während Candy den Jeep wendete und davonfuhr. Bevor sie zusammen ins Puppenhaus gingen, sank Rose Rose gegen Candy und sagte zu ihr: »Ich konnte nie etwas tun dagegen.«

»Natürlich konntest du nicht«, sagte Candy zu ihr.

»Er haßte den Vater des anderen«, sagte Rose Rose. »Seither ist er immer hinter mir her gewesen.«

»Jetzt wird alles gut werden«, sagte Candy zu dem Mädchen, bevor sie hineingingen. Durch die Fenster sahen sie Wally hin und her fliegen im Haus.

»Ich kenne meinen Vater, Missus Worthington«, flüsterte Rose Rose. »Er wird mich zurückhaben wollen.«

»Er kann dich nicht haben«, sagte Candy zu ihr. »Er kann dich nicht zwingen, zu ihm zurückzugehen.«

»Er macht seine eigenen Regeln«, sagte Rose Rose.

»Und der Vater deiner wunderschönen Tochter?« fragte

Candy, und hielt für Rose Rose und ihr kleines Mädchen die Tür auf. »Wo ist er?«

»Mein Vater hat ihn geschnitten. Er ist längst verschwunden«, sagte Rose Rose. »Er will nichts mehr zu tun haben mit mir.«

»Und deine Mutter?« fragte Candy, als sie in das Haus gingen.

»Ist tot«, sagte Rose Rose.

Das war der Moment, als Wally Candy sagte, daß Dr. Larch ebenfalls tot sei. Sie hätte es Homer nicht angemerkt, der gleich zur Sache kam; eine Waise lernt, sich zurückzuhalten, die Dinge für sich zu behalten.

»Bist du okay?« fragte Candy Homer, während Wally mit Baby-Rose im Erdgeschoß des Hauses herumtollte und Angel Rose Rose in sein Zimmer führte, das für sie vorbereitet worden war.

»Ich bin ein wenig nervös«, gestand Homer Candy. »Es ist gewiß keine Frage der Technik, und ich habe alles, was ich brauche – ich weiß, ich kann es. Es ist nur, daß es für mich eben ein lebendes Menschenwesen ist. Ich kann dir nicht beschreiben, wie es sich anfühlt – nur schon die Curette zu halten, zum Beispiel. Wenn lebendes Gewebe berührt wird, reagiert es – irgendwie«, sagte Homer, aber Candy fiel ihm ins Wort.

»Vielleicht hilft es dir, zu wissen, wer der Vater ist«, sagte sie. »Es ist Mister Rose. Ihr Vater ist der Vater – falls das es leichter macht.«

Das frisch bezogene Bett in Angels Kinderzimmer und die schimmernden Instrumente – die so ordentlich ausgelegt waren auf dem benachbarten Bett – machten Rose Rose gesprächig und starr zugleich.

»Das scheint kein Spaß zu werden«, sagte das Mädchen, die Fäuste in den Schoß drückend. »Das andere hat man oben herausgeholt – nicht auf die Art, wie es herauskommen sollte«, erklärte Rose Rose. Homer Wells sah, daß sie einen Kaiserschnitt gehabt hatte, wohl wegen ihres damaligen Alters und ihrer damaligen Körpergröße. Aber Homer konnte sie nicht ganz überzeugen, daß diesmal alles leichter sein würde. Er würde nichts »oben herausholen« müssen.

»Los, du bleibst bei Wally, Angel«, sagte Candy zu dem Jungen. »Los, fahrt Baby-Rose im Rollstuhl spazieren. Fahrt alle Möbel über den Haufen, wenn ihr wollt«, sagte sie zu ihm und küßte ihren Sohn.

»Ja, du geh fort«, sagte Rose Rose zu Angel.

»Hab keine Angst«, sagte Candy zu Rose Rose. »Homer weiß, was er tut. Du bist in sicheren Händen.« Sie betupfte Rose Rose mit dem roten Merthiolat, während Homer Rose Rose, eins nach dem andern, die Instrumente zeigte.

»Dies ist ein Spekulum«, sagte er zu ihr. »Es fühlt sich vielleicht kalt an, aber es tut nicht weh. Du wirst nichts davon spüren«, versicherte er sie. »Dies sind die Dilatatoren«, sagte Homer, aber Rose Rose schloß die Augen.

»Sie haben das schon mal gemacht, nicht wahr?« fragte Rose Rose ihn. Er hatte den Äther bereit.

»Atme einfach normal«, sagte er zu ihr. Beim ersten Hauch öffnete sie die Augen und wandte ihr Gesicht ab von der Maske, doch Candy legte ihre Hände an Rose Roses Schläfen und zog ihren Kopf ganz sachte in die richtige Lage. »Anfangs ist der Geruch am schärfsten«, sagte Homer Wells.

»Bitte, haben Sie das schon mal gemacht?« fragte Rose Rose ihn. Ihre Stimme klang gedämpft unter der Maske.

»Ich bin ein guter Arzt – bin ich wirklich«, sagte Homer Wells zu ihr. »Entspanne dich nur, und atme normal.«

»Hab keine Angst«, hörte Rose Rose Candy zu ihr sagen, kurz bevor der Äther sie aus ihrem Körper zu tragen begann.

»Ich kann fahren darauf«, sagte sie. Rose Rose meinte das Fahrrad. Homer sah sie mit den Zehen wackeln. Rose Rose fühlte zum ersten Mal den Sand. Die Flut rollte heran; sie spürte das Wasser um ihre Knöchel. »Keine große Sache«, murmelte sie. Rose Rose meinte den Ozean.

Homer Wells, der das Spekulum justierte, bis er einen perfekten Blick auf die Cervix hatte, führte den ersten Dilatator ein, bis der Muttermund sich öffnete wie ein Auge, das seinen Blick erwiderte. Die Cervix wirkte geschmeidig und leicht vergrößert, aber sie schwamm in einem gesunden, klaren Schleim – sie war von der atemberaubendsten Rosafarbe, die Homer jemals gesehen hatte. Unten hörte er den Rollstuhl durch das Haus poltern – da war ein wildes, unaufhörliches Kichern von Baby-Rose.

»Sag ihnen, sie sollen das Baby nicht überreizen«, sagte Homer zu Candy, als sei sie seine altgediente Krankenschwester und er sei gewohnt, ihr Anweisungen zu geben, und sie sei gewohnt, sie aufs genaueste zu befolgen. Er ließ sich nicht von dem Lärm (oder von Candy, die ihn zu dämpfen suchte) ablenken; er sah die Cervix sich öffnen, bis sie offen genug war. Er wählte die Curette von der richtigen Größe. Nach dem ersten Mal, dachte Homer Wells, könnte dies leichter gehen. Weil er jetzt wußte, daß er nicht Gott spielen konnte – im schlimmeren Sinn des Wortes; wenn er Rose Rose operieren konnte, wie konnte er sich dann weigern, einer Fremden zu helfen? Wie konnte er überhaupt jemand abweisen? Nur ein Gott trifft diese Art von Entscheidung. Ich werde ihnen nur geben, was sie haben wollen, dachte er. Eine Waise oder eine Abtreibung.

Homer Wells atmete langsam und gleichmäßig. Die Festigkeit seiner Hand überraschte ihn. Er blinzelte nicht einmal, als er die Curette Fühlung nehmen hörte; er wandte die Augen nicht ab von dem Zeugnis des Wunders.

Diese Nacht schlief Candy in dem zweiten Bett in Angels Zimmer – sie wollte in der Nähe sein, falls Rose Rose etwas brauchte, aber Rose Rose schlief wie ein Stein. Die Lücke, die ihr fehlender Zahn hinterlassen hatte, machte ein pfeifendes kleines Geräusch, wenn ihre Lippen sich öffneten; es war ganz und gar nicht störend, und Candy schlief ebenfalls ziemlich fest.

Angel schlief unten und teilte sich das große Bett mit Wally. Sie blieben ziemlich lang wach und redeten. Wally erzählte Angel von der Zeit, als er sich in Candy verliebte; auch wenn Angel diese Geschichte schon einmal gehört hatte, hörte er aufmerksamer hin – jetzt, da er glaubte in Rose Rose verliebt zu sein. Wally erzählte Angel auch, daß er niemals die dunkleren Zwänge jener Welt unterschätzen dürfe, in der sein Vater aufgewachsen sei.

»Es ist die alte Geschichte«, sagte Wally zu Angel. »Du kannst Homer aus Saint Cloud's herausholen, aber du kannst nicht Saint Cloud's aus Homer herausholen. Und die Sache mit dem Sich-Verlieben«, sagte Wally zu Angel, »ist die, daß du niemand zwingen kannst. Es ist ganz natürlich, daß du willst, daß jemand, den du liebst, tut, was du willst oder was, wie du glaubst, gut wäre für den andern; aber du mußt alles kommen lassen, wie's kommt beim anderen. Du darfst dich bei Leuten, die du liebst, genauso wenig einmischen, wie du dich bei Leuten einmischen darfst, die du nicht einmal kennst. Und das ist schwer«, fügte er hinzu, »denn oft ist dir danach zumute, dich einzumischen – du willst derjenige sein, der die Pläne macht.«

»Es ist schwer, jemand anders schützen zu wollen und es nicht zu können«, warf Angel ein.

»Du kannst Leute nicht schützen, Jungchen«, sagte Wally. »Alles, was du tun kannst, ist, sie lieben.«

Als er einschlief, spürte Wally die Bewegung des Floßes auf dem Irrawaddy. Einer seiner freundlichen birmesischen Retter erbot sich, ihn zu katheterisieren. Zuerst tauchte er den Bambusstengel in den braunen Fluß, dann wischte er ihn an einem Streifen Seide ab, mit dem sein Korbhut festgebunden war, dann spuckte er darauf. »Du jetzt wollen *piss*?« fragte der Birmese Wally.

»Nein, danke«, sagte Wally in seinem Schlaf. »Nicht pissen jetzt«, sagte er laut, was Angel zum Lächeln brachte, bevor er ebenfalls einschlief.

Oben im großen Schlafzimmer lag Homer Wells hellwach. Er hatte sich freiwillig erboten, Baby-Rose über Nacht zu sich zu nehmen. »Weil ich ohnehin die ganze Nacht auf sein werde«, sagte er. Er hatte vergessen, wieviel Vergnügen es ihm machte, sich um ein Baby kümmern zu dürfen. Babys erinnerten Homer an sich selbst; sie brauchten immer irgend etwas mitten in der Nacht. Aber nachdem er Baby-Rose ihr Fläschchen gegeben hatte, schlief das Kind wieder ein und ließ Homer Wells wieder allein; es war trotzdem ein Vergnügen, das kleine Mädchen anschauen zu dürfen. Ihr Gesicht in dem Bett neben ihm war nicht größer als seine Hand, und manchmal hob sie ihre Hand, und ihre Finger öffneten und schlossen sich und griffen nach irgend etwas, das sie im Schlafe sah. Die Gegenwart eines anderen atmenden Wesens in dem Zimmer erinnerte Homer Wells an die Schlafquartiere in St. Cloud's, wo er Schwierigkeiten hatte, sich die unvermeidliche Ankündigung vorzustellen.

»Freuen wir uns für Doktor Larch«, sagte Homer leise. »Doktor Larch hat eine Familie gefunden. Gute Nacht, Doktor Larch.« Er versuchte sich vorzustellen, wer von ihnen es gesagt haben mochte. Er stellte sich vor, daß es Schwester Angela gewesen sei, und darum war sie es, an die er den Brief schickte.

Nun, da Dr. Larch gestorben war, war Mrs. Goodhall weniger entzückt bei dem Gedanken, den alten nicht-aktiven Homosexuellen abzulösen. Wohl aber war die Vorstellung erregend, ihn durch diesen jungen Missionar zu ersetzen, der sich so standhaft gegen ihn aufgelehnt hatte. Dr. Gingrich sah eine schwache Gerechtigkeit am Horizont aufschimmern – bei dem Gedanken, Dr. Larch durch jemand zu ersetzen, der den Alten eindeutig in den Wahnsinn getrieben hatte, doch Dr. Gingrich war weniger interessiert am Ausgang der Situation in St. Cloud's, als vielmehr fasziniert von seiner geheimen Studie über Mrs. Goodhalls Geist, in welchem er solch eine komplizierte Mischung von selbstgerechtem Wahn und inspiriertem Haß erkannte.

Natürlich waren Dr. Gingrich und die anderen Ausschußmitglieder begierig, den jungen Dr. Stone kennenzulernen, aber Dr. Gingrich war besonders begierig, Mrs. Goodhall bei solch einer Begegnung zu beobachten. Mrs. Goodhall hatte einen Tic entwickelt – wann immer jemand ihr ein ungewöhnliches Vergnügen oder Mißvergnügen bereitete, verkrampfte sich ihre rechte Gesichtshälfte unwillkürlich. Dr. Gingrich malte sich aus, wie Mrs. Goodhall bei der Begegnung mit dem Missionsdoktor in eine Phase beinah ununterbrochener Spasmen geraten würde, und er konnte den Anblick kaum erwarten.

»Sie müssen den Ausschuß hinhalten«, schrieb Homer an Schwester Angela. »Sagen Sie ihnen, daß Ihre Bemühungen, Doktor Stone zu erreichen, erschwert worden sind dadurch, daß der Doktor zwischen zwei Missionskrankenhäusern in Indien hin und her pendelt. Sagen Sie, das eine ist in Assam, das andere in New Delhi. Sagen Sie, daß es eine Woche oder länger dauern wird, bis Sie wieder Verbindung mit ihm aufnehmen können, und daß er – falls er bereit ist, den Posten in St. Cloud's zu erwägen – sich unmöglich vor November freimachen kann.«

Dies, so hoffte Homer Wells, würde ihm Zeit lassen, Angel alles zu erzählen und die Ernte zu Ende zu bringen.

»Sie werden den Ausschuß überzeugen müssen, daß Sie nicht nur gute Krankenschwestern sind, sondern auch qualifizierte Hebammen, und daß sie in der Lage sind, den Patientinnen anzumerken, ob sie an einen Arzt überwiesen werden müssen«, schrieb Homer an Schwester Angela. »Sie müssen mir verzeihen, daß ich so viel Zeit brauche, aber vielleicht erscheine ich glaubwürdiger für den Treuhänderausschuß, wenn alle auf mich warten müssen. Es braucht Zeit, Asien zu verlassen.«

Er bat auch darum, ihm die Geschichte Fuzzy Stones, soweit vorhanden, zu übersenden und ihm alles zu berichten, was Larch ausgelassen haben könnte – auch wenn Homer sich nicht vorstellen konnte, daß Larch irgend etwas übergangen haben könnte. Dann teilte Homer Schwester Angela so kurz und bündig wie möglich mit, daß er Larch geliebt habe »wie einen Vater« und daß sie »von Melony nichts zu befürchten« hätten.

Der arme Bob, der ihr Nase und Arm gebrochen hatte, hatte allerdings viel zu befürchten von Melony, aber Bob war nicht klug genug, sich vor ihr zu fürchten. Als ihr der Gips vom Arm genommen wurde, und als auch ihre Nase wieder mehr oder minder verheilt war, sollten Melony und Lorna durch die altvertrauten Kneipen streifen – die Pizza-Bar in Bath, unter anderen – und Bob sollte den uncharmanten Instinkt beweisen, sie abermals zu belästigen. Melony sollte ihn mit ihrem schüchternen Lächeln entwaffnen, eben jenem, das ihm demütig ihre schlechten Zähne zeigte – und während Bob seine tölpelhafte Aufmerksamkeit Lorna zuwandte, knipste Melony ihm mit ihrer Drahtschere (dem üblichen und bewährten Werkzeug aller Elektriker) das halbe Ohr ab. Dann brach Melony Bob mehrere Rippen und seine Nase und schlug ihn mit einem Stuhl bewußtlos. Sie hatte das Herz am rechten Fleck, was St. Cloud's betraf, aber Melony war ein Mädchen, das Auge um Auge vergalt, wie du mir, so ich dir.

»Mein Held«, nannte Lorna sie. Es war ein rührendes Wort in bezug auf Melony, die lange geglaubt hatte, daß Homer das Zeug in sich hätte zum Helden.

Homer war ein Held in Rose Roses Augen; sie blieb den ganzen Montag in Angels Zimmer im Bett, während Candy ihr von Zeit zu Zeit ihr Baby brachte und Angel sie besuchte, wann immer er Gelegenheit dazu fand.

»Du wirst dieses Zimmer lieben«, sagte Angel zu ihr.

»Du bist komplett verrückt«, sagte Rose Rose zu ihm. »Aber ich liebe es jetzt schon.«

Es war ein Tag, der zum Nachteil der Ernte war; Mr. Rose sollte nicht pflücken, und die Hälfte der Männer hatten blaue Flecken, weil sie vom Fahrrad gestürzt waren. Homer Wells, der die Schreckensmaschine niemals meistern sollte, hatte ein geschwollenes Knie und eine Beule zwischen den Schulterblättern – von der Größe einer Melone. Peaches weigerte sich, eine Leiter hinaufzusteigen; er sollte den ganzen Tag lang die Anhänger beladen und Fallobst aufsammeln. Muddy stöhnte und klagte; er war der einzige von ihnen, der tatsächlich fahren gelernt hatte. Black Pan verkündete, daß es ein guter Tag sei, um zu fasten.

Mr. Rose, so schien es, fastete. Er saß draußen vor dem Ziderhaus in der schwachen Sonne, eingehüllt in eine Decke von seinem Bett; er saß im Indianersitz und sprach mit niemandem.

»Er sagt, er ist im Pflückstreik«, flüsterte Peaches Muddy zu, der Homer erzählte, er glaube, daß Mr. Rose auch im Hungerstreik sei – »und in jedem anderen Streik, den es gibt«.

»Wir müssen uns einfach ohne ihn behelfen«, sagte Homer zu den Männern, aber alle schlichen auf Katzenpfoten an Mr. Rose vorbei, der sich vor dem Ziderhaus auf den Thron gesetzt zu haben schien.

»Oder, er hat sich eingepflanzt wie ein Baum«, sagte Peaches.

Black Pan brachte ihm einen Becher Kaffee und frisches Maisbrot, aber Mr. Rose rührte nichts davon an. Manchmal schien er an einem der Schnuller zu nagen. Es war ein kühler Tag, und wenn die Sonne hinter die Wolken entschwebte, zog Mr. Rose sich die Decke über den Kopf; dann saß er in Kutte und Kapuze und völlig in sich gekehrt da.

»Er ist wie ein Indianer«, sagte Peaches. »Er verhandelt nicht.«

»Er will seine Tochter sehen«, belehrte Muddy Homer am Ende des Tages. »Das hat er gesagt zu mir – das war alles, was er sagte. Nur sie *sehen*. Er sagt, er will sie nicht anfassen.«

»Sag ihm, er kann in das Haus kommen und sie dort sehen«, sagte Homer Wells zu Muddy.

Doch zur Abendbrotzeit kam Muddy allein an die Küchentür. Candy bat ihn herein und bat ihn, mit ihnen zu essen – Rose Rose saß mit ihnen am Tisch – aber Muddy war zu nervös, um zu bleiben. »Er sagt, er will nicht hierher kommen«, sagte Muddy zu Homer. »Er sagt, sie soll zum Ziderhaus kommen. Er sagt, ich soll dir sagen, sie haben ihre eigenen Regeln. Er sagt, du hast die Regeln gebrochen, Homer.«

Rose Rose saß so mäuschenstill am Tisch, daß sie nicht einmal kaute; sie wollte sicher sein, daß sie ja alles hörte, was Muddy sagte. Angel versuchte ihre Hand zu fassen, die kalt war, aber sie entzog sie ihm und hielt ihre beiden Hände, mit einer Serviette umwickelt, auf ihrem Schoß.

»Muddy«, sagte Wally. »Du sagst ihm, daß Rose Rose in meinem Haus bleibt und daß wir in meinem Haus *meinen* Regeln gehorchen. Du sagst ihm, er ist hier willkommen, jederzeit.«

»Er wird's nicht tun«, sagte Muddy.

»Ich muß hingehen und ihn sehen«, sagte Rose Rose.

»Nein, mußt du nicht«, sagte Candy zu ihr. »Du sagst ihm, er kann sie hier sehen oder nirgendwo, Muddy«, sagte Candy.

»Ja, Ma'am. Ich hab die Fahrräder mitgebracht«, sagte Muddy zu Angel. »Sind ein bißchen angeschlagen.« Angel ging hinaus, um sich die Fahrräder anzusehen, und das war der Moment, als Muddy ihm das Messer gab.

»Du brauchst das nicht, Angel«, sagte Muddy zu dem Jungen, »aber gib es Rose Rose. Sage ihr, ich will, daß sie es hat. Nur damit sie eins hat.«

Angel betrachtete eingehend Muddys Messer; es war ein Klappmesser mit Horngriff, und ein Teil von dem Horn war abgesplittert. Es war eines dieser Klappmesser, bei denen die Klinge einrastet, wenn man es öffnet, so daß es nicht unversehens über den Fingern zuschnappt. Die Klinge war fast sechs Zoll lang, was sie auffällig sichtbar machte in jeder Tasche, und im Laufe der Jahre hatte sie oft den Wetzstein gesehen. Die Klinge war sehr dünn geschliffen, und die Schneide war sehr scharf.

»Brauchst du es nicht, Muddy?« fragte Angel ihn.

»Hab nie gewußt, was ich anfangen sollte damit«, gestand Muddy. »Ich bekomme nur Ärger damit.«

»Ich werd's ihr geben«, sagte Angel.

»Sage ihr, ihr Vater sagt, er liebt sie und er will sie nur sehen«, sagte Muddy. »Nur *sehen*«, wiederholte er.

Angel überlegte sich diese Botschaft; dann sagte er: »Ich liebe Rose Rose, weißt du, Muddy.«

»Klar, weiß ich«, sagte Muddy. »Ich liebe sie auch. Wir alle lieben sie. Alle lieben Rose Rose – das ist ja das Problem bei ihr.«

»Wenn Mister Rose sie nur sehen will«, sagte Angel, »warum gibst du ihr dann dein Messer?«

»Nur damit sie eins hat«, wiederholte Muddy.

Angel gab ihr das Messer, als sie nach dem Abendbrot in seinem Zimmer saßen.

»Es ist von Muddy«, erzählte er ihr.

»Ich weiß, von wem es ist«, sagte Rose Rose. »Ich weiß, was für Messer alle haben – ich weiß, wie sie alle aussehen.« Auch wenn es kein Springmesser war, zuckte Angel zusammen, als er sah, wie sie das Messer öffnete, nur eine Hand benutzend. »Schau, was Muddy gemacht hat«, sagte sie lachend. »Er hat es zu Tode gewetzt – er hat es halb abgeschliffen.« Sie schloß das Messer an ihrer Hüfte; ihre schmalen Finger wirbelten das Messer so schnell herum, daß Angel nicht merkte, wo sie es hinsteckte.

»Verstehst du gut mit Messern umzugehen?« fragte Angel sie.

»Von meinem Vater«, sagte sie. »Er hat mir alles gezeigt.«

Angel kam und setzte sich neben sie auf das Bett, doch Rose Rose betrachtete ihn unbeteiligt. »Ich habe dir gesagt«, fing sie geduldig an. »Du wirst nichts zu tun haben wollen mit mir – ich könnte dir niemals etwas erzählen von mir. Du wirst nichts wissen wollen von mir, glaube mir.«

»Aber ich liebe dich«, flehte Angel sie an.

Nachdem sie ihn geküßt hatte – und ihm erlaubt hatte, ihre Brüste anzufassen – sagte sie: »Angel. Jemand zu lieben, bedeutet nicht immer alles.«

Dann wachte Baby-Rose auf, und Rose Rose mußte sich um ihre Tochter kümmern. »Weißt du, wie ich sie nennen werde?« fragte sie Angel. »Candy«, sagte Rose Rose. »Das ist sie, sie ist ein Candy.«

Am anderen Morgen, auf der Talseite der Ernte, standen sie alle früh auf, aber niemand stand früher auf als Rose Rose. Angel, der mehr oder minder geglaubt hatte, er habe das Haus die ganze Nacht bewacht, merkte, daß Rose Rose und ihre Tochter verschwunden waren. Angel und Homer stiegen in den Jeep und fuhren vor dem Frühstück hinaus zum Ziderhaus – aber da gab es keinen Ort, wohin sie fahren konnten an diesem Morgen, wo Rose Rose nicht schon vor ihnen gewesen wäre. Die Männer waren auf und wirkten unruhig, und Mr. Rose hatte im Gras vor dem Ziderhaus bereits seine stoische Sitzhaltung eingenommen – die Decke vollständig über sich gebreitet, bis auf das Gesicht.

»Ihr kommt zu spät«, sagte Mr. Rose zu ihnen. »Sie ist längst verschwunden.«

Angel lief im Ziderhaus nachsehen, aber da war keine Spur von Rose Rose oder ihrer Tochter.

»Sie ist mit dem Daumen gefahren, sagt sie«, sagte Mr. Rose zu Homer und Angel. Er machte das Anhalter-Zeichen, wobei seine nackte Hand nur für eine Sekunde unter der Decke hervorkam, bevor sie in ihr Versteck zurückfuhr.

»Ich habe ihr nicht weh getan«, fuhr Mr. Rose fort. »Ich hab sie nicht angerührt, Homer«, sagte er. »Ich liebe sie einfach, das war alles. Ich will sie nur sehen – nur noch ein einziges Mal.«

»Sie bemühen sich umsonst«, sagte Homer Wells zu dem Mann, aber Angel war schon davongelaufen, um Muddy zu suchen.

»Sie sagt, ich soll dir sagen, du warst der netteste«, sagte Muddy zu dem Jungen. »Sie sagt, ich soll dir sagen, dein Daddy, er ist ein Held, und du warst der netteste.«

»Sagte sie nicht, wohin sie ging?«

»Sie weiß nicht, wohin sie geht, Angel«, sagte Muddy zu ihm. »Sie weiß nur, sie muß gehen.«

»Aber sie hätte bei uns bleiben können«, sagte Angel. »Bei mir«, fügte er hinzu.

»Ich weiß, sie hat darüber nachgedacht«, sagte Muddy. »Sie hat es sich überlegt. Du überlege es dir lieber auch.«

»Ich *habe* es mir überlegt – ich überlege es mir die ganze Zeit«, sagte Angel wütend.

»Ich glaube, du bist nicht alt genug, es dir zu überlegen, Angel«, sagte Muddy sanft.

»Ich habe sie geliebt!« sagte der Junge.

»Sie weiß das«, sagte Muddy. »Sie weiß sogar schon, wer sie ist, aber sie weiß auch, daß du noch nicht weißt, wer du bist.«

Dies sollte Angel, während sie nach ihr suchten und er über sie nachdachte, allmählich einsehen. Er und Candy fuhren eine Stunde lang auf der Küstenstraße nach Süden und zwei Stunden lang nach Norden. Sie wußten, daß sogar Rose Rose genug wußte über Maine, um nicht in das Hinterland zu fahren. Und sie wußten, daß eine schwarze junge Frau mit einem Baby auf dem Arm ziemlich exotisch aussehen mochte unter den Anhaltern von Maine; sie würde gewiß weniger Schwierigkeiten haben als Melony, eine Mitfahrgelegenheit zu finden – und Melony fand immer Mitfahrgelegenheiten.

Mr. Rose sollte seine beinah buddhistische Haltung beibehalten; er schaffte es bis über Mittag, ohne sich zu bewegen, aber am Nachmittag bat er Black Pan, ihm etwas Wasser zu bringen, und als die Männer für diesen Tag fertig waren mit Pflücken, rief er Muddy zu sich. Muddy war ganz verängstigt, aber er ging doch zu Mr. Rose hin und blieb in einem Abstand von etwa sechs Fuß vor ihm stehen.

»Wo ist dein Messer, Muddy?« fragte Mr. Rose ihn. »Hast du es verloren?«

»Ich hab's nicht verloren«, sagte Muddy zu ihm. »Aber ich kann's nicht finden«, fügte er hinzu.

»Es ist in der Nähe, meinst du«, fragte ihn Mr. Rose. »Es ist irgendwo in der Nähe, aber du weißt nicht wo.«

»Ich weiß nicht, wo es ist«, gestand Muddy.

»Hat dir ohnehin nichts genützt – was?« fragte Mr. Rose ihn.

»Ich habe nie etwas anfangen können damit«, gestand Muddy. Es war ein kalter Spätnachmittag, ohne Sonne, aber Muddy schwitzte; seine Hände baumelten an beiden Seiten herab wie tote Fische.

»Woher hatte sie das Messer, Muddy?« fragte Mr. Rose.

»Welches Messer?« fragte Muddy ihn.

»Es sah aus wie dein Messer – was ich gesehen habe«, sagte Mr. Rose.

»Ich habe es ihr gegeben«, gestand Muddy.

»Danke, daß du das getan hast, Muddy«, sagte Mr. Rose. »Wenn sie mit dem Daumen gefahren ist, bin ich froh, daß sie ein Messer bei sich hat.«

»Peaches!« kreischte Muddy. »Lauf, hole Homer!« Peaches kam aus dem Ziderhaus und starrte auf Mr. Rose, der keinen Muskel regte. Mr. Rose sah Peaches gar nicht an. »Black Pan!« kreischte Muddy, während Peaches davonrannte, um Homer zu holen. Black Pan kam aus dem Ziderhaus, und er und Muddy knieten sich nieder und spähten gemeinsam nach Mr. Rose.

»Bleibt ihr ganz ruhig«, empfahl Mr. Rose ihnen. »Ihr kommt zu spät«, sagte er zu ihnen. »Jetzt wird sie niemand mehr einholen. Sie hatte den ganzen Tag, um wegzukommen«, sagte Mr. Rose stolz.

»Wo hat sie Sie erwischt?« fragte Muddy Mr. Rose, aber weder er noch Black Pan wagten es, unter der Decke herumzutasten. Sie starrten nur auf Mr. Roses Augen und auf seine trockenen Lippen.

»Sie ist gut mit dem Messer – sie ist besser damit, als *du* jemals sein wirst!« sagte Mr. Rose zu Muddy.

»Ich weiß, daß sie gut ist«, sagte Muddy.

»Sie ist beinah die beste«, sagte Mr. Rose. »Und wer hat's ihr beigebracht?« fragte er die Männer.

»Das haben Sie getan«, sagten sie zu ihm.

»Das ist richtig«, sagte Mr. Rose. »Das ist der Grund, warum sie beinah so gut ist wie ich.« Ganz langsam, ohne sich irgendwo zu entblößen – und vollständig unter der Decke bleibend, bis auf sein Gesicht – rollte sich Mr. Rose zur Seite und zog seine Knie zur Brust hinauf. »Ich bin wirklich müde vom Aufrechtsitzen«, sagte er zu Muddy und Black Pan. »Ich werde langsam schläfrig.«

»Wo hat sie Sie erwischt?« fragte Muddy ihn abermals.

»Ich dachte nicht, daß es so lange dauern würde«, sagte Mr. Rose. »Es dauerte den ganzen Tag, aber es fühlte sich an, als würde es ziemlich schnell gehen.«

Alle Männer standen um ihn herum, als Homer Wells und Peaches im Jeep eintrafen. Mr. Rose konnte kaum noch sprechen, als Homer herzu trat.

»Auch du hast die Regeln gebrochen, Homer«, flüsterte Mr. Rose ihm zu. »Sag, daß du weißt, wie ich mich fühle.«

»Ich weiß, wie Sie sich fühlen«, sagte Homer Wells.

»Richtig«, sagte Mr. Rose – grinsend.

Das Messer war in den rechten oberen Quadranten eingedrungen, nahe beim Rippenbogen. Homer wußte, daß ein in Aufwärtsrichtung eingetriebenes Messer eine beträchtliche Leberverletzung bewirken mußte, die – in mäßigen Mengen – weiterbluten konnte, viele Stunden lang. Mr. Rose hatte vielleicht mehrmals aufgehört zu bluten, und wieder angefangen. In den meisten Fällen blutet eine Leberstichwunde sehr langsam.

Mr. Rose starb in Homers Armen, bevor Candy und Angel beim Ziderhaus eintrafen, aber lange nachdem seine Tochter ihre Flucht bewerkstelligt hatte. Mr. Rose hatte es geschafft, die

Klinge seines eigenen Messers in seine Wunde zu tauchen, und das letzte, was er zu Homer sagte, war, daß es den Behörden klar sein müsse, daß er sich selbst erstochen habe. Wenn er sich nicht hätte umbringen wollen, warum hätte er sich verbluten lassen an einer nicht unbedingt tödlichen Wunde?

»Meine Tochter ist weggelaufen«, sagte Mr. Rose zu ihnen allen. »Und ich bin so traurig, daß ich mich erstochen habe. Ihr sollt lieber sagen, so ist es passiert. Laßt mich hören, wie ihr es sagt!« sagte er mit erhobener Stimme zu ihnen.

»So ist es passiert«, sagte Muddy.

»Sie haben sich umgebracht«, sagte Peaches zu ihm.

»So ist es passiert«, sagte Black Pan.

»Hörst du es richtig, Homer?« fragte ihn Mr. Rose.

So gab es Homer zu Protokoll, und so wurde Mr. Roses Tod zu Protokoll genommen – so, wie er es gewollt hatte, gemäß den Regeln im Ziderhaus. Rose Rose hatte die Regeln gebrochen – klar –, aber alle in Ocean View wußten, welche Regeln Mr. Rose mit ihr gebrochen hatte.

Am Ende der Ernte, an einem grauen Morgen mit einer ungestümen Brise, die vom Ozean hereinkam, blinkte die Deckenbirne, die in der Ziderhausküche hing, zweimal und brannte aus; die verspritzte Apfelmaische an der gegenüberliegenden Wand, neben der Ziderpresse und dem Quetschwerk, war in so düstere Schatten gehüllt, daß die dunklen Tresterklumpen aussahen wie schwarze, in einem Unwetter hereingewehte und an die Wand geklebte Blätter.

Die Männer sammelten ihre wenigen Sachen zusammen. Homer Wells war da – mit den Prämien-Schecks –, und Angel war mit ihm gekommen, um Muddy und Peaches und Black Pan und all den andern Lebewohl zu sagen. Wally hatte Vereinbarungen getroffen mit Black Pan, der Mannschaftsboss werden sollte im nächsten Jahr. Wally hatte recht gehabt, daß Mr. Rose der einzige von ihnen gewesen war, der gut lesen und etwas schreiben konnte. Muddy erzählte Angel, daß er immer geglaubt habe, die Liste der an die Küchenwand gehefteten Regeln hätten etwas zu tun mit der Stromversorgung im Gebäude.

»Weil sie immer neben dem Lichtschalter war«, erklärte Muddy. »Ich dachte, es wären Anweisungen wegen dem Licht.«

Die anderen Männer, weil sie überhaupt nicht lesen konnten, hatten niemals bemerkt, daß die Liste da war.

»Muddy, falls du sie zufällig siehst...«, sagte Angel, als er Lebewohl sagte.

»Ich werd' sie nicht sehen, Angel«, sagte Muddy zu dem Jungen. »Sie ist längst verschwunden.«

Dann waren sie alle lange verschwunden. Angel sollte auch Muddy nie wiedersehen – oder Peaches oder irgend einen von den anderen, außer Black Pan. Es sollte nicht klappen mit Black Pan als Mannschaftsboss, wie Wally entdecken sollte; der Mann war ein Koch und kein Pflücker, und ein Boss mußte im Garten sein bei den Männern. Auch wenn Black Pan eine anständige Pflückermannschaft zusammenbringen konnte, hatte er niemals ganz die Kontrolle über sie – künftig sollte überhaupt niemand in Ocean View jemals die Kontrolle über eine Pflückermannschaft haben wie einstmals Mr. Rose. Für eine Weile sollte Wally es mit Frankokanadiern versuchen; sie waren immerhin näher bei Maine als die Carolinas. Aber die frankokanadischen Mannschaften waren oft reizbar und ständig betrunken, und Wally war andauernd damit beschäftigt, die Frankokanadier wieder aus dem Gefängnis zu holen.

Ein Jahr sollte Wally eine Kommune anheuern, aber diese Mannschaft kam mit zu vielen kleinen Kindern. Die schwangeren Frauen auf den Leitern machten jedermann nervös. Sie ließen den ganzen Tag etwas kochen und verursachten einen kleinen Brand in der Küche. Und wenn die Männer die Presse bedienten, erlaubten sie ihren Kindern, im Bottich herumzuplanschen.

Wally sollte sich schließlich auf Jamaikaner einstellen. Sie waren freundlich, gewaltlos und gute Arbeiter. Sie brachten eine interessante Musik mit, und eine ehrliche, aber mäßige Leidenschaft für das Bier (und für ein bißchen Marihuana). Sie verstanden es, mit dem Obst umzugehen, und niemals verwundeten sie einander.

Doch nach Mr. Roses letztem Sommer auf Ocean View würden die Pflücker – wer immer sie waren – nie wieder auf dem Ziderhausdach sitzen. Es kam ihnen einfach nie in den Sinn. Und niemand würde jemals wieder eine Liste von Spielregeln aufhängen.

Der einzige in künftigen Jahren, der je auf dem Dach des Ziderhauses saß, war Angel Wells, der es tat, weil er den Blick von dort auf den Ozean liebte und weil er sich an diesen Novembertag 195– erinnern wollte, nachdem Muddy und all die andern fortgegangen waren und sein Vater sich zu ihm umdrehte (sie waren allein beim Ziderhaus zurückgeblieben) und sagte: »Wie wär's, wenn wir ein Weilchen zusammen auf dem Dach sitzen würden? Es wird Zeit, daß du die ganze Geschichte erfährst.«

»Wieder eine kleine Geschichte?« fragte Angel.

»Die ganze Geschichte, habe ich gesagt«, sagte Homer Wells.

Und wenn es auch ein kalter Tag war in diesem November, und der Wind vom Meer salzig war und rauh, saßen Vater und Sohn lange auf diesem Dach. Es war immerhin eine lange Geschichte, und Angel sollte eine Menge Fragen stellen.

Candy, die am Ziderhaus vorbeifuhr und sie dort oben sitzen sah, machte sich Sorgen, ob ihnen auch nicht kalt wäre. Aber sie störte sie nicht. Sie fuhr einfach weiter. Sie hoffte, die Wahrheit würde sie warm halten. Sie fuhr zu dem Schuppen nächst dem Apfelmarkt und ließ sich von Everett Taft helfen, das Leinwandverdeck auf den Jeep zu legen. Dann ging sie und holte Wally aus dem Büro.

»Wohin fahren wir?« fragte Wally sie. Sie hüllte ihn in eine Decke, als wollte sie ihn zum Polarkreis mitnehmen. »Wir fahren wohl nach Norden«, sagte er, als sie ihm nicht antwortete.

»Das Dock meines Vaters«, sagte sie zu ihm. Wally wußte, daß Ray Kendalls Dock und alles andere, was Ray gehört hatte, über Land und Meer verweht worden war. Er blieb stumm. Das häßliche kleine Auto-Restaurant, das Bucky Bean fabriziert hatte, war für die Saison geschlossen; sie waren allein. Candy steuerte den Jeep über den leeren Parkplatz und hinaus auf einen steinigen Damm, der als Kaimauer gegen die Wellen im Hafen von Heart's Harbor diente. Sie hielt so nah am Rande des Ozeans, wie sie es nur wagen konnte, neben den alten Pfählen dessen, was einst ihres Vaters Dock gewesen war – wo sie und Wally so viele Abende verbracht hatten, vor so langer Zeit.

Dann, weil dies kein Rollstuhlgelände war, trug sie Wally etwa zehn Meter über die Steine und den Sand und setzte ihn auf einen relativ glatten und flachen Schelf der zerklüfteten Küstenlinie. Sie hüllte Wallys Beine in die Decke, und dann setzte sie sich hinter ihn und nahm ihn rittlings zwischen ihre Beine – ein Mittel, sie beide warm zu halten. Sie blieben in dieser Haltung sitzen, den Blick nach Europa gewandt, wie Fahrer auf einem Schlitten kurz vor dem Hinabsausen vom Berg.

»Das macht Spaß«, sagte Wally. Sie schob ihr Kinn über seine Schulter; ihre Wangen berührten sich; sie schlang ihre Arme um seine Arme und seine Brust, und sie drückte seine welken Hüften mit ihren Beinen.

»Ich liebe dich, Wally«, sagte Candy und fing an mit ihrer Geschichte.

Spät im November, in der Mäusevertilgungssaison, billigte der Treuhänderausschuß von St. Cloud's die Berufung Dr. F. Stones als praktizierendem Geburtshelfer und neuem Direktor des Waisenhauses. Die Begegnung mit dem fanatischen Missionar hatte in den Amtsräumen des Ausschusses in Portland, dem Geburtsort des verstorbenen Wilbur Larch, stattgefunden. Dr. Stone, der etwas erschöpft wirkte nach seinen Asienreisen und nach, wie er es bezeichnete, »einem Anflug von etwas wie Dysenterie«, machte den richtigen Eindruck auf den Ausschuß. Seine Art war düster, sein Haar war ergraut und wies einen beinah armeemäßigen Kurzhaarschnitt auf, (»Hindu-Frisöre«, entschuldigte er sich, einen milden Humor beweisend; tatsächlich hatte Candy ihm das Haar geschnitten). Homer war nachlässig rasiert, sauber, aber unordentlich in seiner Kleidung – ungezwungen und zugleich ungeduldig mit Fremden, in der Art (so dachte der Ausschuß) eines Mannes von dringenden Geschäften, der nicht im geringsten eitel war bezüglich seines Äußeren; er hatte keine Zeit dazu. Der Ausschuß billigte auch Dr. Stones medizinische und religiöse Referenzen – letztere sollten nach Meinung der frommen Mrs. Goodhall der Autorität Dr. Stones in St. Cloud's eine »Ausgewogenheit« verschaffen, die, wie sie feststellte, bei Dr. Larch gefehlt hatte.

Dr. Gingrich registrierte begeistert die Verzerrungen auf Mrs. Goodhalls Gesicht während der ganzen Begegnung mit dem jungen Dr. Stone, der Gingrich und Goodhall nach seinem kurzen Eindruck von ihnen in dem Nachsaison-Hotel in Ogunquit nicht wiedererkannte. Dr. Gingrich entdeckte eine tröstliche Vertrautheit in dem Gesicht des jungen Mannes, auch wenn er das Strahlen eines Missionars niemals in Verbindung gebracht hätte mit dem sorgenvoll sehnsüchtigen Blick, den er im Gesicht des Liebhabers gesehen hatte. Vielleicht beeinträchtigte Mrs. Goodhalls Tic ihren Scharfblick – auch sie erkannte den jungen Mann aus dem Hotel nicht wieder – oder aber, ihr Verstand erfaßte einfach nicht die Möglichkeit, daß ein Mann, der sich für Kinder aufopferte, auch ein Mann sein konnte mit aktivem Geschlechtsleben.

Für Homer Wells waren Mrs. Goodhall und Dr. Gingrich nicht außergewöhnlich genug, um sich an sie zu erinnern; das verdrießliche Elend, das in ihren Gesichtern versammelt war, war nicht so einmalig. Und die Art, wie Homer schaute, wenn er mit Candy zusammen war, war nicht die Art, wie er die meiste Zeit schaute.

In der Frage der Abtreibungen überraschte Dr. Stone den Ausschuß durch die unerschütterliche Überzeugung, die er vertrat: daß sie legalisiert werden sollten und daß er beabsichtige, über die geeigneten Kanäle auf dieses Ziel hinzuarbeiten. Allerdings, so versicherte Dr. Stone sie, solange die Abtreibungen illegal wären, würde er dieses Gesetz streng einhalten. Er glaube an Regeln und daran, sie zu befolgen, sagte er dem Ausschuß. Sie fanden Gefallen an der Härte und der Aufopferungsbereitschaft, die sie in den Furchen um seine dunklen Augen entdecken zu können glaubten – und wie die grimmige Sonne Asiens seine Nase und seine Wangen versengt hatte, während er sich plagte, die diarrhoischen Kinder zu retten. (Tatsächlich

hatte er absichtlich zu lange vor Candys Höhensonne gesessen.)
Und – aus religiösen Gründen, die dem Ausschuß und insbesondere Mrs. Goodhall um so angenehmer waren – sagte Dr. Stone,
daß er selbst niemals Abtreibungen ausführen würde, auch wenn
sie legal wären. »Ich kann es einfach nicht tun«, log er gelassen.
Falls sie natürlich legal wären, würde er die unglücklichen
Frauen einfach an einen »jener Doktoren« überweisen, die »es
tun konnten und wollten«. Es war klar, daß Dr. Stone diese Doktoren nicht nach seinem Geschmack fand – daß Dr. Stone, trotz
seiner Loyalität gegenüber Dr. Larch, diese gewisse Praxis
Larchs entschieden als Akt wider die Natur ansah.

Es war in hohem Maße bezeichnend für Dr. Stones »christ-
liche Toleranz«, daß der junge Missionar, trotz seiner anhalten-
den Meinungsverschiedenheiten mit Dr. Larch in dieser heiklen
Frage, versöhnlich war gegen Larch – viel versöhnlicher als der
Ausschuß, zu keinem geringen Teil. »Ich habe immer gebetet für
ihn«, sagte Dr. Stone über Dr. Larch, leuchtenden Auges. »Ich
bete immer noch für ihn.« Es war ein gefühlsbetonter Moment,
vielleicht beeinflußt durch den erwähnten »Anflug von etwas
wie Dysenterie« – und der Ausschuß war, wie vorhergesehen,
gerührt. Mrs. Goodhalls Tic spielte verrückt.

In der Frage von Schwester Carolines sozialistischen Ansichten, versicherte Dr. Stone dem Ausschuß, daß der Feuereifer der
jungen Frau, das Richtige zu tun, einfach – in ihrer Jugend – irre-
geleitet worden sei. Er würde ihr ein paar Dinge über die kom-
munistische Guerilla-Tätigkeit in Birma erzählen, die ihr die
Augen öffnen würden. Und Dr. Stone überzeugte den Ausschuß, daß die älteren Krankenschwestern und Mrs. Grogan
noch ein paar gute Dienstjahre vor sich hätten. »Es ist alles eine
Frage der Führung«, sagte Dr. Stone zu dem Ausschuß. Ach, das
war ein Wort, das Dr. Gingrich gern hörte!

Dr. Stone öffnete seine Hände; sie waren ziemlich grob-
schwielig für die Hände eines Doktors, sollte Mrs. Goodhall
feststellen – die es zauberhaft fand, wie dieser Heiler der Kinder
mitgeholfen haben mochte beim Bau der Hütten oder Anpflanzen der Gärten oder welcher Arbeit auch immer, die dort drüben

getan werden mußte. Als er »Führung« sagte, öffnete Homer Wells seine Hände in der Art, wie ein Geistlicher seine Gemeinde willkommen heißt, so dachte der Ausschuß, oder in der Art, wie ein guter Arzt den kostbaren Kopf eines neugeborenen Kindes empfängt.

Es war aufregend, wie er sie, nachdem sie ihn interviewt hatten, zum Abschied segnete. Und wie er Salaam zu ihnen sagte!

»*Nga sak kin*«, sagte der Missionsdoktor.

Oh, was hat er gesagt? wollten sie alle wissen. Wally natürlich hatte Homer die richtige Aussprache gelehrt – da es eines der wenigen birmesischen Dinge war, die Wally jemals richtig gehört hatte, auch wenn er niemals gelernt hatte, was es bedeutete.

Homer übersetzte den Satz für sie – Wally hatte immer geglaubt, es sei jemandes Name. »Es bedeutet«, sagte Homer zu dem hingerissenen Ausschuß: »Möge Gott über deiner Seele wachen, die kein Mensch mißbrauchen möge.«

Es gab lautes Beifallsgemurmel. Mrs. Goddhall sagte: »All dies, in einem so kurzen Satz!«

»Es ist eine bemerkenswerte Sprache«, erzählte Dr. Stone ihnen verträumt. »*Nga sak kin*«, sagte er noch einmal zu ihnen. Er ließ sie ihm nachsprechen. Es machte ihm Vergnügen, sich vorzustellen, wie sie einander später diesen sinnlosen Segen spenden sollten. Es hätte ihm noch viel mehr Vergnügen gemacht, hätte er gewußt, was der Satz tatsächlich bedeutete. Es war genau das richtige für einen Treuhänderausschuß, umherzulaufen und zueinander zu sagen: »Curry-Fischbällchen.«

»Ich glaube, ich bin noch mal davongekommen«, sagte Homer zu Wally und Candy und Angel, als sie ein spätes Abendbrot verzehrten im Hause auf Ocean View.

»Das überrascht mich nicht«, sagte Wally zu seinem Freund. »Ich habe allen Grund anzunehmen, daß du überall ungeschoren davonkommen kannst.«

Droben, nach dem Abendbrot, sah Angel seinem Vater zu, wie er die alte Arzttasche packte – und noch ein paar andere Taschen dazu.

»Keine Sorge, Pop«, sagte Angel zu seinem Vater. »Du wirst es schon richtig machen.«

»Du wirst es ebenfalls richtig machen«, sagte Homer zu seinem Sohn. »Da mache ich mir keine Sorgen.« Drunten hörten sie Candy Wally im Rollstuhl umherschieben. Sie spielten das Spiel, das Wally und Angel oft spielten – das Spiel, das Wally »Fliegen« nannte.

»Los«, sagte Wally eben. »Angel kann ihn viel schneller in Fahrt bringen.«

Candy lachte. »Ich fahre doch so schnell, wie ich kann«, sagte Candy.

»Bitte hör auf, an die Möbel zu denken«, sagte Wally zu ihr.

»Bitte kümmere dich um Wally«, sagte Homer zu Angel. »Und höre auf deine Mutter«, sagte er zu seinem Sohn.

»Richtig«, sagte Angel Wells.

Bei dem ständig wechselnden Wetter in Maine, besonders an bewölkten Tagen, machte sich die Gegenwart von St. Cloud's bemerkbar in Heart's Rock; mit einer drückenden Gewißheit war die Luft von St. Cloud's fühlbar in dieser Gefängnisstille, die über dem Wasser des Drinkwater Lake schwebte (wie diese Wasserflöhe, diese Wasserläufer, die fast ständig da waren). Und auch in dem Nebel, der sich über die heiteren Uferrasen der Wohlhabenden von Heart's Haven wälzte, gab es manchmal in der sturmverkündenden Luft jenes bleierne, herzbeschwerende Gefühl, das die Essenz der Luft von St. Cloud's war.

Candy und Wally und Angel sollten zu Weihnachten nach St. Cloud's fahren, und auch in Angels längeren Schulferien; und nachdem Angel seinen Führerschein hatte, stand es ihm frei, seinen Vater zu besuchen, sooft er wollte, und das war oft.

Doch als Homer nach St. Cloud's fuhr, nahm er – auch wenn Wally ihm ein Auto angeboten hatte – den Zug. Homer wußte, er würde kein Auto brauchen dort, und er wollte auf die Art und Weise eintreffen, wie die meisten seiner Patientinnen eintrafen; er wollte das Gefühl dafür bekommen.

Spät im November gab es schon Schnee, als sich der Zug nach

Norden und in das Hinterland bewegte, und bis der Zug St. Cloud's erreichte, lag tiefer blau-kalter Schnee auf der Erde und bog die Bäume schwer herab. Der Bahnhofsvorsteher, der es haßte, sein Fernsehgerät zu verlassen, schaufelte eben den Schnee vom Bahnsteig, als der Zug einrollte. Der Bahnhofsvorsteher glaubte Homer Wells zu erkennen, doch die ernste schwarze Arzttasche und der neue Bart führten ihn hinters Licht. Homer hatte sich einen Bart stehenlassen, weil es geschmerzt hatte beim Rasieren (nachdem er sein Gesicht mit der Höhensonne verbrannt hatte), und nachdem der Bart eine Weile gewachsen war, fand er die Veränderung angemessen. Paßte ein Bart nicht zu seinem neuen Namen?

»Doktor Stone«, sagte Homer zu dem Bahnhofsvorsteher und stellte sich vor. »Fuzzy Stone«, sagte er. »Ich war früher einmal eine Waise hier. Jetzt bin ich der neue Doktor.«

»Oh, Sie kamen mir bekannt vor!« sagte der Bahnhofsvorsteher und verbeugte sich, indem er Homers Hand schüttelte.

Nur eine weitere Reisende war aus dem Zug gestiegen in St. Cloud's, und Homer Wells hatte keine Schwierigkeiten, sich vorzustellen, was sie wollte. Es war eine magere junge Frau in einem langen Bisammantel mit Stola und einer fast ganz über die Augen gezogenen Skimütze, und sie trödelte etwas auf dem Bahnsteig, bis Homer den Bahnhofsvorsteher verließ. Die Arzttasche hatte ihre Aufmerksamkeit auf sich gezogen, und nachdem Homer mit den ortsüblichen Flegeln den Transport seines schwereren Gepäcks vereinbart hatte, machte er sich auf den Weg, den Hügel hinauf zum Waisenhaus, allein die Arzttasche unter den Arm geklemmt; die junge Frau folgte ihm.

Sie schritten bergan, die junge Frau absichtlich hinterhertrödelnd, bis sie beinah die Mädchenabteilung erreicht hatten. Dann blieb Homer stehen und wartete auf sie.

»Ist das der Weg zum Waisenhaus?« fragte ihn die junge Frau.

»Richtig«, sagte Homer Wells. Seit er sich den Bart hatte stehenlassen, neigte er dazu, die Leute übermäßig anzulächeln; er stellte sich vor, daß der Bart es den Leuten erschwerte, zu erkennen, ob er lächelte oder nicht.

»Sind Sie der Doktor?« fragte ihn die junge Frau, starrte dabei auf den Schnee auf ihren Stiefeln und mißtrauisch auf die Arzttasche.

»Ja, ich bin Doktor Stone«, sagte er und nahm die Frau am Arm und geleitete sie zur Spitalpforte der Knabenabteilung. »Kann ich Ihnen helfen?« fragte er sie.

Und so traf er ein, wie Schwester Edna sagen sollte, das Werk des Herrn gleich mitbringend. Schwester Angela schlang ihre Arme um seinen Hals und flüsterte ihm ins Ohr: »Oh, Homer!« flüsterte sie. »Ich wußte, du würdest wiederkommen!«

»Nennen Sie mich Fuzzy«, flüsterte er ihr zu, weil er wußte, daß Homer Wells (wie Rose Rose) längst verschwunden war.

Ein paar Tage lang sollte Schwester Caroline argwöhnisch bleiben ihm gegenüber, aber er sollte nicht mehr als ein paar Operationen und ein paar Entbindungen brauchen, um sie zu überzeugen, daß er der wahre Mann sei. Sogar dem Namen nach sollte Dr. Stone ein passender Nachfolger sein für Dr. Larch. Denn war Stone nicht ein guter, harter, mit-beiden-Beinen-auf-der-Erde-stehender, zuverlässig klingender Name für einen Arzt?

Und Mrs. Grogan sollte bemerken, daß ihr das Vorgelesenbekommen nicht mehr so viel Vergnügen gemacht hatte seit jenen kaum noch erinnerlichen Tagen des Homer Wells. Und es war zur Erleichterung aller, daß Fuzzy Stone so wenig Symptome seiner einstigen Atembeschwerden zeigte, wie Homer Wells dereinst Anzeichen eines schwachen und geschädigten Herzens gezeigt hatte.

Candy und Wally Worthington sollten sich mit vollem Schwung in die Apfelfarmerei stürzen. Wally sollte zwei Sitzungsperioden als Vorsitzender der Gartenbau-Gesellschaft von Maine amtieren; Candy sollte eine Sitzungsperiode als Direktorin des New York – New England Apple Institute amtieren. Und Angel Wells, den Rose Rose in die Liebe und in die Phantasie eingeführt hatte, sollte eines Tages Schriftsteller werden.

»Der Junge hat das Dichten im Blut«, sollte Wally zu Homer Wells sagen.

Ein Schriftsteller, das war auch Homer Wells für Candy geworden – denn ein Schriftsteller war nach Candys Meinung ebenfalls eine Art Hochstapler-Doktor, doch ein guter Doktor trotz allem.

Homer tat es nie leid, seinen Namen aufgegeben zu haben – es war von vornherein nicht sein richtiger Name – und es war ebenso leicht, ein Fuzzy zu sein, wie es leicht gewesen war, ein Homer zu sein – so leicht (oder so schwer), ein Stone zu sein, wie alles andere zu sein.

War er erschöpft oder von Schlaflosigkeit geplagt (oder beides), dann sollte er Angel vermissen, oder er sollte an Candy denken. Manchmal sehnte er sich danach, Wally in die Brandung hinauszutragen, oder mit ihm zu »fliegen«. Manche Nächte stellte Homer sich vor, daß er ertappt würde, oder er machte sich Sorgen, was er tun würde, wenn Schwester Angela und Schwester Edna zu alt wären für Gottes Werk und auch für all die anderen Arbeiten in St. Cloud's. Und wie sollte er jemals Mrs. Grogan ersetzen? Manchmal, wenn er besonders erschöpft war, träumte er, daß die Abtreibungen legal wären, daß sie gefahrlos und frei zugänglich wären und er daher aufhören könnte, sie auszuführen (weil jemand anders es tun würde) – aber *so* erschöpft war er nur selten.

Und nach einer Weile sollte er an Candy schreiben und sagen, daß er Sozialist geworden sei; oder zumindest, daß er Verständnis gewonnen habe für sozialistische Ansichten. Candy verstand aus diesem Geständnis, daß Homer mit Schwester Caroline schlief, was, wie sie ebenfalls verstand, gut sein würde für sie alle – das heißt, diese neue Entwicklung war gut für Homer und für Schwester Caroline, und sie war gut auch für Candy.

Homer Wells sah kein Ende der Einsichten, die er allabendlich hatte – bei seinem dauernden Vorlesen aus *Jane Eyre* und aus *David Copperfield* und *Große Erwartungen*. Er sollte lächeln, wenn er sich erinnerte, wie er einst gemeint hatte, daß Dickens besser sei als Brontë. Wenn sie doch beide so großartige Unterhaltung und Belehrung schenkten, was machte es da aus? dachte er – und woher kam diese kindische Sache von wegen »besser«?

Wenn nicht Unterhaltung, so doch Belehrung zog er aus seiner *Gray'schen Anatomie.*

Eines fehlte ihm, eine Weile – und er war schon dabei, es zu bestellen, als es unbestellt zu ihm kam. »Wie von Gott gesandt«, sollte Mrs. Grogan sagen.

Der Bahnhofsvorsteher sandte ihm die Nachricht: da war eine Leiche am Bahnhof, adressiert an Dr. Stone. Sie kam aus dem Spital in Bath, das Dr. Larchs alterprobte Quelle für Leichen gewesen war, in jenen Tagen, als er sie bestellt hatte. Es war ein Irrtum, dessen war Homer Wells sicher, aber trotzdem ging er zum Bahnhof, um die Leiche in Augenschein zu nehmen und um dem Bahnhofsvorsteher unnötige Aufregung zu ersparen.

Homer stand da und starrte auf den Leichnam (der korrekt balsamiert worden war) – so lange, daß der Bahnhofsvorsteher noch ängstlicher wurde. »Ich würde meinen, Sie nehmen sie entweder mit auf den Hügel oder schicken sie zurück«, sagte der Bahnhofsvorsteher, doch Homer Wells winkte dem Narren ab; er brauchte Frieden, um Melony anzusehen.

Sie habe sich diese Verwendung ihrer Leiche gewünscht, hatte Lorna dem Pathologen im Spital von Bath gesagt. Melony hatte eine Photographie in der Zeitung von Bath gesehen, zusammen mit einem Artikel, der Dr. Stones Berufung nach St. Cloud's bekanntmachte. Im Falle ihres Todes (der durch einen elektrischen Unfall verursacht war) hatte Melony Lorna aufgetragen, ihre Leiche an Dr. Stone in St. Cloud's zu senden. »Vielleicht könnte ich mich nützlich machen für ihn – endlich«, hatte sie zu ihrer Freundin gesagt. Natürlich erinnerte sich Homer daran, wie eifersüchtig Melony auf Clara gewesen war.

Er sollte an Lorna schreiben; sie sollten ein Weilchen korrespondieren. Lorna sollte ihm schreiben, daß Melony »eine relativ glückliche Frau zur Zeit ihres Unfalls« war; nach Lornas Meinung war etwas im Zusammenhang damit, wie ruhig Melony geworden war, verantwortlich dafür, daß sie sich selbst auf den elektrischen Stuhl gesetzt hatte. »Sie war eine Tagträumerin«, sollte Lorna schreiben. Homer wußte, daß alle Waisen

Tagträumer waren. »Sie waren ihr Held – endlich«, sollte Lorna ihm sagen.

Als er ihre Leiche in Augenschein nahm, wußte er, daß er sie niemals für einen Auffrischungskurs benutzen könnte; er würde nach Bath schreiben, um eine andere Leiche. Melony war genug benutzt worden.

»Soll ich sie zurückschicken, Doktor?« flüsterte der Bahnhofsvorsteher.

»Nein, sie gehört hierher«, sagte Homer Wells zu ihm, und so ließ er Melony den Hügel hinaufbringen. Es war wichtig, ihren Anblick, wie sie sich jetzt darbot, Mrs. Grogan vorzuenthalten. Was Homer ihnen allen erzählte, war, daß Melony sich gewünscht habe, in St. Cloud's begraben zu werden, und das wurde sie – auf dem Hügel unter den Apfelbäumen, wo es qualvoll schwer war, ein richtiges Loch zu graben (das Wurzelwerk der Bäume war überall). Endlich war ein Loch geschaffen, groß und tief genug, auch wenn es eine knochenbrechende Plackerei gewesen war, und Schwester Caroline sagte: »Ich weiß nicht, wer sie ist, aber sie ist wohl *schwierig*.«

»Das ist sie immer gewesen«, sagte Homer Wells.

(»Hier in St. Cloud's«, hatte Wilbur Larch geschrieben, »lernen wir, die Schwierigen zu lieben.«)

Mrs. Grogan sprach ihren Kardinal Newman über Melonys Grab, und Homer sprach sein eigenes Gebet (für sich) für sie. Er hatte immer viel erwartet von Melony, aber sie hatte ihm immer mehr gegeben, als er erwartet hatte – sie hatte ihn wahrhaft erzogen, sie hatte ihm das Licht gezeigt. Sie war mehr Sonnenstrahl, als er jemals gewesen war, dachte er. (»Freuen wir uns für Melony«, sagte er für sich selbst. »Melony hat eine Familie gefunden.«)

Hauptsächlich aber, was seine Erziehung betraf, studierte er (und verweilte bei jedem Wort von) *Eine kurze Geschichte von St. Cloud's*. In diesem Bestreben fand er sich von Schwester Angela und Schwester Edna und Mrs. Grogan und Schwester Caroline unermüdlich begleitet, denn in diesem Bestreben hielten sie Wilbur Larch am Leben.

Nicht, daß Homer alles klar geworden wäre: die späteren Eintragungen in *Eine kurze Geschichte von St. Cloud's* waren entstellt durch kürzelhafte Erleuchtungen und Grillen, die Larch durch den Äther zuteil wurden. Zum Beispiel, was meinte Larch mit »reimt sich auf *screams*!«? Und es schien eine ganz untypische Fühllosigkeit von Larch, wenn er geschrieben hatte: »*Ich habe ihr den Penis des Ponys in den Mund gesteckt! Ich habe dazu beigetragen!*« Wie konnte er das gedacht haben? fragte sich Homer, weil Homer niemals erfuhr, wie gut Dr. Larch Mrs. Eames' Tochter gekannt hatte.

Als er älter wurde, fand Homer Wells (alias Fuzzy Stone) besonderen Trost in einer weiter nicht erklärten Mitteilung, die er in den Schriften Wilbur Larchs entdeckt hatte.

»Sagen Sie Dr. Stone«, hatte Dr. Larch geschrieben – und dies war die allerletzte Eintragung; dies waren Wilbur Larchs letzte Worte: »Es gibt absolut nichts auszusetzen an Homers Herz.« Abgesehen vom Äther, das wußte Homer, gab es sehr wenig auszusetzen an Wilbur Larchs Herz.

Für Schwester Edna, die verliebt gewesen war, und für Schwester Angela, die es nicht gewesen war, (die aber in ihrer Weisheit und Güte beiden, Homer Wells wie Fuzzy Stone, einen Namen gegeben hatte), gab es gar nichts auszusetzen an den Herzen beider, Dr. Stones wie Dr. Larchs, die eines waren – falls es das jemals gegeben hat: Prinzen von Maine, Könige Neuenglands.

Anmerkungen des Autors

Seite 55 Anthony Throllope, der Portland, Maine, im Jahre 1861 besuchte und in seinem Buch *North America* darüber schrieb, irrte sich – in ähnlicher Weise wie Wilbur Larchs Vater – hinsichtlich der beabsichtigten Zukunft der *Great Eastern*.

Seite 60 Meinem Großvater, Dr. Frederick C. Irving, verdanke ich diese Information über Dr. Ernst, den Drall-Ball-Werfer – sowie den medizinischen Fachjargon in diesem Kapitel. Zu den Büchern meines Großvaters zählen *The Expectant Mother's Handbook, A Textbook of Obstetrics* und *Safe Deliverance*. Dr. Ernsts Untersuchungen über bakterielle Infektionen weckten die Aufmerksamkeit eines Dr. Richardson an der Bostoner Entbindungsklinik, jenem Wöchnerinnenspital, wo Wilbur Larch als Assistenzarzt wirkte und später Stationsarzt war. Dr. Richardsons Artikel »The Use of Antiseptics in Obstetric Practice« hätte gewiß die Aufmerksamkeit jenes eifrigen Studenten der Bakteriologie, des trippergeplagten Wilbur Larch gefunden.

Das Interesse der Geburtshelfer an den Antiseptika gründete auf deren Wirksamkeit bei der Vorbeugung der gefährlichsten Puerperalinfektion jener Zeit, des Kindbettfiebers. In den Jahren um 188– war die Sterblichkeitsziffer der Mütter in manchen Wöchnerinnenspitälern etwa eins zu acht. Damals, 189–, als Wilbur Larch noch an der Bostoner Entbindungsklinik war, standen die Chancen einer Mutter besser; die Ärzte und ihre Patientinnen wurden mit einer Lösung aus Quecksilberbichlorid gewaschen. Bevor Larch die Bostoner Entbindungsklinik verließ, sollte er noch den Fortschritt von der antiseptischen zur aseptischen Technik erleben – letzteres im Sinne von »bakterienfrei«, was bedeutete, daß alles sterilisiert wurde (die Laken, die Handtücher, die Nachthemden und Ärztekittel, die Mulltupfer); die Instrumente wurden ausgekocht.

Seite 61 Zum Gebrauch von Äther: die meisten Anästhesie-Historiker stimmen mit Dr. Sherwin B. Nuland überein, daß die chirurgische Anästhesie am 16. Oktober 1846 am Massachusetts General Hospital begann, als William Morton die Wirksamkeit des Äthers demonstrierte. Dr. Nuland schreibt: »Alles, was dazu hinführte, war Prolog, alles, was davon abwich, war Neben-handlung, und alles, was folgte, war weitere Ausführung.«

Laut Dr. Nuland ist Äther, in richtigen Händen, nach wie vor einer der sichersten Narkosewirkstoffe. Bei einer Konzentration von nur ein bis zwei Prozent ist er ein leichter, wohlriechender Dampf; bei leichter Konzentration wurden noch vor dreißig Jah-ren Hunderte von chirurgischen Eingriffen am Herzen durchge-führt: mit leichtem Äther und halbwachen (sogar sprechenden) Patienten.

Manche von Larchs Kollegen hätten zu damaliger Zeit Stick-oxydul (Lachgas) oder Chloroform bevorzugt, doch Larch ent-wickelte seine Vorliebe für Äther durch Selbstmedikation. Man mußte verrückt sein, sich selbst Chloroform zu geben. Es ist fünfundzwanzigmal toxischer für den Herzmuskel als Äther und hat eine extrem enge Sicherheitsmarge; eine minimale Überdosis kann zu unregelmäßigem Herzrhythmus und zum Tode führen.

Stickoxydul verlangt eine sehr hohe (mindestens 80prozen-tige) Konzentration, um wirksam zu sein, und geht immer einher mit sogenannter Hypoxie – ungenügender Sauerstoffzufuhr. Es erfordert sorgfältige Überwachung und eine hinderliche Appa-ratur, und der Patient riskiert groteske Phantasien oder Lach-anfälle. Die Einleitung erfolgt sehr schnell.

Äther ist die perfekte Drogensucht für einen Konservativen.

Seite 62 Die Quelle dieser Geschichte ist wiederum mein Groß-vater, der 1910 die Harvard Medical School absolvierte. Er wurde Chefarzt an der Bostoner Entbindungsklinik und war jahrelang William Lambert Richardson-Professor für Geburts-hilfe in Harvard. Ich habe ihn als guten Geschichtenerzähler in Erinnerung und manchmal als Tyrann – für die anderen Mitglie-der seiner Familie. Als junger Arzt machte er viele Erfahrungen bei der Entbindung von Babys in armen Bostoner Einwandererfamilien, und wenn man ihn liest, so versteht man, daß er so viele Überzeugungen und Vorurteile hatte, wie er Erfahrungen und Begabungen hatte.

Seite 62 Äther wurde erstmals 1540 von einem fünfundzwanzigjährigen preußischen Botaniker synthetisiert. Seither haben die Menschen immer Ätherräusche – und Lachgas-Partys – genossen. 1819 veröffentlichte John Dalton seine Studie über die physikalischen und chemischen Eigenschaften der Verbindung. Coleridge war ein Lachgas-Mann – ein Party-Schnüffler und ein Teilnehmer an den von Humphrey Davy unternommenen Experimenten mit Stickoxydul. Der Dichter war gewiß mit Äther vertraut; schade – für ihn – daß er offenbar Opium bevorzugte.

Seite 66 Ein Kaiserschnitt ist heute eine relativ harmlose Operation: der Einschnitt am Unterleib ist klein, weil der Uterus innerhalb der Bauchhöhle geöffnet wird. Doch zu Dr. Larchs Zeiten an der Bostoner Entbindungsklink, 188– und 189–, war der am Unterleib vorgenommene Einschnitt beinah einen Fuß lang; der Uterus wurde durch den Schnitt gehoben und auf den Bauch der Patientin gelegt. »Das Aufschlitzen dieses großen, pflaumenfarbenen Organs bewirkte einen dramatischen Sturzbach von Flüssigkeiten und Blut«, schrieb mein Großvater. Der Uterus wurde dann mit Seide vernäht und wieder in die Bauchhöhle gelegt; der Unterleib wurde auf dieselbe Weise geschlossen. Erheblich mehr Beschwerden folgten auf solch eine Operation als heute auf einen Kaiserschnitt. Die Operation brauchte zu Larchs Zeit – und ohne Komplikationen – beinah eine Stunde.

Seite 68 Dieser Tod durch Skorbut beruht auf einem tatsächlichen Fall: »The Strange Case of Ellen Bean«, wie berichtet von meinem Großvater. »Eine Jungfer von fünfunddreißig Jahren und von neuenglischem Geblüt«, so schrieb Großvater über Mrs. Bean, deren Verfassung (und Todesursache) die gleiche war wie das Schicksal, das ich der unglücklichen Mrs. Eames zugedacht habe. Wie mein Großvater schrieb: »Der Zustand der Schwangerschaft erzeugt nicht bei allen Frauen diese verzückte Freude, die wir traditionell mit einer solchen Verfassung in Verbindung bringen; ja, es gibt welche, die betrachten ihre Zukunft mit bitterem Gesicht und neidgetrübtem Blick. Dies dürfen wir annehmen im Fall der Ellen Bean.«

Seite 71 In Wilbur Larchs Heimatstaat, dem guten alten Maine, war die Vornahme einer Abtreibung strafbar mit einem Jahr Gefängnis oder einer Eintausend-Dollar-Buße, oder beidem – und wenn man Arzt war, konnte man seine Zulassung verlieren. Die Eastman-Everett Act von 1840 bezeichnet die versuchte Abtreibung an einer Frau, die ein Kind trägt, als eine Straftat, »gleichgültig, ob dieses Kind belebt sei oder nicht« – und ungeachtet der Methode.

Seite 72 Anstelle von rotem Merthiolat könnte Dr. Larch auch Dakin'sche Lösung benutzt haben, auch wenn es wahrscheinlich ist, daß er deren Anwendung bei seinem kurzen Frankreichaufenthalt im Ersten Weltkrieg kennenlernte. Dort lernte mein Großvater die vielen Anwendungsmöglichkeiten von Dakin'scher Lösung kennen und zu *débridieren* – das heißt, alles leblose Gewebe um eine Wunde wegzuschneiden; die Franzosen waren gute Lehrer darin, sagte er.

Seite 83 Damit Larch finden konnte, die Musik in dem Abtreibungspalast von 189– »erinnere an Mahlers *Kindertotenlieder*«, hätte er eine gewisse Gabe der Präkognition haben müssen; Mahlers Liederzyklus wurde 1902 geschrieben. Dies ist gemeint mit dem Satz: »Natürlich konnten sie nicht Mahlers *Kindertotenlieder* gesungen haben, doch dies waren die Lieder, die Wilbur Larch gehört hatte.«

Seite 84 Dies ist meines Großvaters Schilderung der Konstitution einer tatsächlichen Patientin, einer äußerst kleinen Frau namens Edith Flechter – an der ein Kaiserschnitt vorgenommen wurde (Boston Lying-In Hospital, 13. Juli 1894). Ein so kleines Becken ist selten.

Seite 85 Mrs. W. H. Maxwells Broschüre *A Female Physician to the Ladies of the United States: Being a Familiar and Practical Treatise of Matters of Utmost Importance Peculiar to Women* (»abgestimmt auf den privaten Gebrauch aller Frauen«) erschien 1860 in New York. Mrs. Maxwell behandelte »alle Krankheiten der Frauen, oder solche, die sie sich unglücklicherweise durch die Ausschweifungen oder leichtfertige Untreue der Ehemänner oder sonstwie zugezogen«. (Kurz, sie behandelte Geschlechtskrankheiten.) Mrs. Maxwell schrieb ferner, sie schenke ihre Aufmerksamkeit auch »Frauen... die durch die Fehlfunktion ihrer Geschlechtsorgane oder andere Ursache gezwungen sind, Zuflucht zu einer verfrühten Entbindung zu nehmen.« (Kurz, sie nahm Abtreibungen vor.)

Seite 86 Das New England Home for Little Wanderers war ursprünglich das Baldwin Place Home for Little Wanderers; die Gründungsurkunde wurde 1865 durch das Commonwealth of Massachussetts bestätigt. Der Name wurde zu The New England Home for Little Wanderers, seinem gegenwärtigen Namen, im Jahre 1889 umgeändert – mehr als ein Jahrzehnt bevor Wilbur Larch das Waisenhaus in St. Cloud's begründete.

Seite 94 In einem gynäkologischen Lehrbuch (von Howard Kelly – ein Standardwerk zu damaliger Zeit) wird der Ausdruck ›D and C‹ verwendet (Dilatation und Curettage). Ich glaube, wir können mit Sicherheit annehmen, daß der Ausdruck 192– gebräuchlich war.

Seite 146 Mein Großvater sagte, daß er seine *Gray's Anatomie* im Ersten Weltkrieg in Frankreich als »Navigationskarte« benutzte.

Seite 157 Dies ist die genaue Schilderung einer ›D und C‹ aus dem Blickwinkel von Dr. Richard Selzer (Yale School of Medicine), einem Chirurgen und Schriftsteller (*Mortal Lessons: Notes on the Art of Surgery* und *Rituals of Surgery* stammen unter anderen aus seiner Feder). Ich bin ihm dankbar für seine Durchsicht des Manuskripts zu diesem Roman und seine großzügigen Ratschläge – vor allem dafür, daß er mich mit Dr. Nuland bekanntmachte, der alle medizinischen Aspekte dieses Romans betreute.

Seite 167 Meine Informationsquelle hinsichtlich der physischen und psychischen Erscheinungsformen der Alzheimerschen Krankheit ist *The Journal of the History of Medicine and Allied Sciences*, Bd. XXXIV, No. 3, Juli 1979; dort der Artikel von Dr. Sherwin B. Nuland, »The Enigma of Semmelweis – An Interpretation.« Dr. Nuland hat sein Material zuerst in einer Vorlesung an der Yale School of Medicine (in der jährlichen History of

Science Series) vorgetragen. Seine These lautet, daß Ignaz Semmelweis, der geplagte Entdecker des Kindbettfiebers, an der Alzheimerschen Krankheit litt und nicht an einer Neurosyphilis; ferner glaubt Dr. Nuland, daß Semmelweis an den Verletzungen starb, die ihm in einer Irrenanstalt zugefügt wurden – d. h., er wurde von seinen Wärtern totgeschlagen. Die Akten aus Bedlam und anderen Anstalten für Geistesgestörte zeigen, daß dies noch zu Anfang dieses Jahrhunderts üblich war, und auch heute gibt es immer noch Berichte.

Seite 173 Die Quelle für die Schilderung von Homer Wells' erster Eklampsie-Patientin ist das Buch meines Großvaters: *Safe Deliverance* – dort das Kapitel über Puerperalkonvulsionen. Großvater untersucht den Fall einer Lucy Nickerson, die 1880 an einem eklamptischen Syndrom verstarb, kompliziert noch durch eine erzwungene Entbindung – die einzige Methode, die den Ärzten bekannt war zur Zeit der unglücklichen Mrs. Nickerson.

Seite 175 Die Quelle für diese Behandlungsmethode ist wiederum mein Großvater, Dr. Frederick C. Irving (man nannte ihn Fritz). Großvater schildert dies als die richtige und lebensrettende Behandlung, die bei einer Mrs. Mary O'Toole im Jahre 1937 angewandt wurde.

Seite 181 Für 1942 sind dies meines Großvaters Befunde. Die Syphilis – wiewohl Anlaß zu großer Aufregung bei den damaligen Gesundheitsbeamten – peinigte nur zwei Prozent der schwangeren Frauen Bostons. Das Vorkommen von eklamptischen Konvulsionen war wesentlich höher. Die Krankheit trat auf bei acht Prozent der schwangeren Frauen des Landes.

Seite 206 Im Frühling ist es wohl zu früh, an das Einwachsen der Preßbretter zu denken; die erste Pressung ist erst im September, wenn man die ersten McIntosh- und Gravensteiner Äpfel preßt. Die Preßbretter, oder Rahmen, sind hölzerne Latten, über welche die Zidertücher (oder Preßtücher) gebreitet werden. Die Preßbretter – man stapelt sie siebenfach übereinander – müssen allerhand aushalten, und das Wachs schützt sie. Die Maische, man nennt sie auch Trester, wird mit einem Druck von zweitausend Pfund zwischen diesen Brettern ausgedrückt. Es dauert

acht Stunden, um mit der Presse tausend Gallonen Zider auszu-
drücken – etwa drei Gallonen pro Bushel Äpfel.

Der Grund, weshalb man die Preßbretter vor der ersten Pressung einwachst, ist, daß man sich nicht mehr die Zeit dafür nehmen kann, sobald die Ernte angefangen hat. Und man betreibt
die Zidermühle während der Ernte beinah jede zweite Nacht und
jeden Regentag – wenn man keine Äpfel pflücken kann. In den
1940er und 1950er Jahren erfolgte die letzte gute Pressung im
Januar.

Diese und andere Informationen über den Apfelanbau verdanke ich meinen Freunden Ben und Peter Wagner und deren
Mutter Jean. Die Wagners betreiben die Applecrest Farm
Orchards in Hampton Falls, New Hampshire, wo ich als Junge
gearbeitet habe; Jean und ihr verstorbener Mann Bill waren
meine ersten Arbeitgeber.

Seite 207 Alle Obstgärten haben Namen; es ist bei den Farmern
auch allgemein üblich, ihren Gebäuden Namen zu geben. Dies
ist notwendig für die Kürzelsprache einfacher Anweisungen, wie
etwa: »Der John Deere in der Frying Pan hat einen Platten und
muß repariert werden«; oder: »Ich habe den Dodge in Nummer Zwei stehen lassen, weil Wally im Sanborn spritzt und er
eine Rückfahrgelegenheit brauchen wird.« In dem Obstgarten,
wo ich arbeitete, gab es ein Gebäude mit dem Namen Number
Two – auch wenn es keine Number Three gab und ich mich nicht
an eine Number One erinnere. Viele der Obstgärten waren nach
den Familien benannt, die die ersten Heimstättner auf dem
betreffenden Stück Land waren (Brown, Eaton, Coburn und
Curtis sind Ortsnamen, an die ich mich erinnere). Es gab einen
Obstgarten namens Twenty Acres und einen anderen namens
Nineteen, und es gab schlichtere Namen – einen Obstgarten
namens The Field, einen namens The Fountain, einen namens
The Spring und einen namens Old-New (weil er zur Hälfte aus
alten Bäumen bestand, und zur Hälfte aus neu gepflanzten). Die
Frying-Pan wird auch Frying-Pan genannt – ohne den Artikel.

Seite 217 Jeder, der in der Nähe des Ozeans aufwuchs, wie ich,
konnte in Iowa eine Seebrise spüren (falls eine wehte).

Seite 293 Das Gebet, das Mrs. Grogan aufsagt, wird John Henry (Kardinal) Newman zugeschrieben, dem englischen Theologen und Schriftsteller (1801–90); ich habe gehört, daß das Gebet ursprünglich Bestandteil einer von Kardinal Newmans Predigten war. Es diente auch in meiner Familie als Familiengebet und wurde am Grabe meiner Großmutter mütterlicherseits gesprochen – es war ihr Lieblingsgebet. Ihr Name war Helen Bates Winslow, und sie starb nur einen Monat vor ihrem hundertsten Geburtstag; die Festlichkeiten, die die Familie zu diesem Anlaß geplant hatte, hätten meine Großmutter zweifellos umgebracht, falls sie bis dahin gelebt hätte. Kardinal Newmans Gebet muß ein sehr gutes gewesen sein, oder zumindest wirkte es sehr gut – und sehr lange – für meine Großmutter, die ihm treu ergeben war. Ich war ihr treu ergeben.

Seite 315 Alzheimer schilderte die Krankheit, die er als präsenile Demenz bezeichnete, im Jahre 1907. »Verfall der geistigen Kräfte« tritt relativ früh im Verlauf der Krankheit auf und ist gekennzeichnet durch eine Störung des Kurzzeitgedächtnisses und einen Verlust der Fähigkeit, neue Dinge zu lernen. Dr. Nuland von der Yale Medical School stellt auch fest, daß manche Patienten eher mit charakterlichen Veränderungen beginnen und manche mit intellektuellen Veränderungen. Das Fortschreiten der Krankheit ist in beiden Fällen gekennzeichnet durch eine sinkende Schwelle der Frustrationstoleranz. Dr. Nuland merkt an, daß die Reihenfolge, in der gewisse geringfügige Aufgaben getan werden müssen, schwerer einzuhalten ist und daß komplizierte Gedanken schwer zu begreifen und unmöglich anderen zu erklären sind. Es ist ein rascher Verfall, der bei den Opfern der Alzheimerschen Krankheit fortschreitet: die durchschnittliche Lebenserwartung vom Zeitpunkt der Diagnose ist annähernd sieben Jahre; es gibt Patienten, die wesentlich länger leben, und viele, die binnen weniger Monate sterben. In neuerer Zeit hat man erkannt, daß die Alzheimersche Krankheit nicht nur eine seltene Krankheit ist, die Leute um die Lebensmitte befällt, sondern auch eine relativ häufige

Ursache geistigen und körperlichen Verfalls bei älteren Menschen – von denen bislang angenommen wurde, sie hätten einfach Arterienverkalkung (Arteriosklerose).

Seite 380 Die berühmte Pariser Ausgabe von 1957 (die als Privatdruck erschien) versammelte siebzehnhundert Beispiele von Limericks. Dieser Limerick, der als »Organ-Limerick« rubriziert ist, erschien 1937 im Druck; er könnte schon früher mündlich im Umlauf gewesen sein. Damals, 194–, als Senior und Wally ihn einander aufsagten, müßte er erst ein paar Jahre alt gewesen sein.

Seite 403 Benjamin Arthur Bensleys *Practical Anatomy of the Rabbit* ist ein wirklich vorliegendes Buch, erschienen 1918 in der University of Toronto Press. Bensley ist ein klarer, ernsthafter Schriftsteller; sein Buch, das er als »ein elementares Labor-Lehrbuch der Anatomie von Säugetieren« bezeichnet, benutzt die Anatomie des Kaninchens als Einführung in das Verständnis der menschlichen Anatomie. Bensley ist nicht *Gray*, aber die *Practical Anatomy of the Rabbit* ist auf seine Art ein gutes Buch. Als sehr »elementarer« Student der Anatomie habe ich eine Menge gelernt von Bensley – sein Buch erleichterte mir die Lektüre *Grays* entschieden.

Seite 417 Der McIntosh-Apfel wurde in Ontario entwickelt, wo das Klima ähnlich ist wie in Neuengland und in den Tälern des Hudson und Champlain im Staate New York (wo der Apfel gedieh).

Seite 441 In *Practical Anatomy of the Rabbit* beschreibt Bensley den Eierstock und die Eileiter des Kaninchens und vergleicht seine Befunde mit der ähnlichen Ausstattung anderer Säugetiere.

Seite 479 Der Exeter-Limerick datiert aus der Zeit 1927–41; die Stadt Exeter taucht in vielen Limericks auf, weil sie sich reimt auf »sex at her« – wie etwa: »It was then that Jones pointed his sex at her!« (Ein berühmter Schlußvers.) Ich habe stets eine Menge Exeter-Limericks gehört, denn ich bin geboren und aufgewachsen in Exeter, New Hampshire.

Der Brent-Limerick datiert aus dem Jahre 1941. Es ist ein klassischer »Organ-Limerick«, so bezeichnet, weil es eine besondere

Kategorie von Limericks gibt, die den Eigentümlichkeiten des männlichen und des weiblichen Organs gewidmet sind. Etwa in

> There was a young fellow named Cribbs
> Whose cock was so big it had ribs

(1944–51)

Und in dem berühmten Limerick aus dem Jahre 1938, der von einer der Abschlußklassen der Princeton University zum ›Best Limerick‹ erkoren wurde:

> There once was a Queen of Bulgaria
> Whose bush had grown hairier and hairier,
> Till a Prince from Peru
> Who came up for a screw
> Had to hunt for her cunt with a terrier.

Der Toronto-Limerick entstand um das Jahr 1941.

Seite 505 Der Bombay-Limerick datiert aus dem Jahr 1879 – ein alter.

Seite 524 Dr. Larch wäre überrascht gewesen zu erfahren, daß seine anklagende Statistik ungewollter Kinder im Jahre 1965 immer noch richtig war. Dr. Charles F. Westoff vom Princeton's Office of Population Research, einer der verantwortlichen Leiter der National Fertility Study von 1965, kam zu dem Schluß, daß 750 000 bis eine Million Kinder – zwischen 1960 und 1965 von verheirateten Frauen geboren – ungewollt waren. Diese Schätzung ist niedrig. Selbst bei einer Meinungsumfrage sind viele Eltern nicht bereit einzugestehen, daß eines ihrer Kinder ungewollt gewesen sei. Außerdem wurden unverheiratete oder im Stich gelassene Mütter bei der Befragung nicht berücksichtigt; ihre Ansichten darüber, wie viele ihrer Kinder ungewollt waren, wurden niemals gezählt. Für weitere Informationen zu diesem Thema, siehe James Trager, *The Bellybook* (1972).

Ben Franklin war das fünfzehnte von siebzehn Kindern; seinen Glauben an ein rasches Bevölkerungswachstum verkündete er in seinen *Observations Concerning the Increase of Mankind* (1755).

Seite 548 Meine Quelle für diese Entbindung ist das xv. Kapitel, »Conduct of Normal Labor«, *William Obstetrics*, Henricus J.

Stander – ca. 1936. Ich stütze mich bei dem geschilderten Eingriff auf solch eine datierte Quelle – in meiner Geschichte wird er 1943 vorgenommen – weil ich hervorheben möchte, daß Homers Eingriff, den er von Dr. Larch gelernt hat, ein wenig altmodisch ist, aber gleichwohl richtig.

Seite 560 »Ich kam mit einem Hautnetz zur Welt, das später um den niedrigen Preis von fünfzig Guineen in den Zeitungen zum Verkauf ausgeschrieben wurde.« Aus *David Copperfield*, 1. Kapitel (»Ich komme zur Welt.«). Das Hautnetz oder die Glückshaube, ist das Häutchen, das normalerweise mit dem Einsetzen der Preßwehen zerrissen und ausgetrieben wird, das aber in seltenen Fällen nicht reißt – das Kind kommt eingehüllt in das Häutchen zur Welt. In Dickens' Tagen wurde diese schützende Hülle als ein Zeichen dafür aufgefaßt, daß das Kind Glück haben werde im Leben – und insbesondere niemals ertrinken werde. In der Geschichte von *David Copperfield* ist dies ein erster Hinweis darauf, daß unser Held seinen Weg finden und kein Ende von der Art des armen Steerforth nehmen wird (Steerforth ertrinkt).

Homer Wells, mit *David Copperfield* bestens vertraut, deutet den Schweißtropfen, der sein zur Welt kommendes Kind vorzeitig tauft, als hätte das Kind ähnliche schützende Kräfte. Homers Kind wird Glück haben im Leben; Angel wird nicht ertrinken.

Seite 612 Die erste Auflage von Greenhills *Office Gynecology* erschien 1939; die achte Auflage von *Deseases of Women* (Roquist, Clayton und Lewis) erschien 1949.

Die medizinischen Zeitschriften, die Larch stets zur Hand gehabt hatte, sind – neben *The New England Journal of Medicine* – *The Journal of the American Medical Association* (in ärztlicher Kürzelsprache stets *JAMA* genannt), *The American Journal of Obstetrics and Gynecology* (hat die lebendigsten Illustrationen), *The Lancet* (eine britische Zeitschrift), und *Surgery, Gynecology and Obstetrics* (in ärztlicher Kürzelsprache stets *S, G and O* genannt; viele Chirurgen versahen auch die Gynäkologie).

Carol Hill
Amanda
The Eleven Million Mile High Dancer
Roman

Die spannungsgeladene Geschichte des Lebens, der Lieben und der intergalaktischen Abenteuer der Astronautin Amanda Jaworski. *Amanda – The Eleven Million Mile High Dancer* ist ein Werk großartiger Erzählkunst – reich, humorvoll und weise. Es zieht einen in seinen Bann wie ein Märchen, erleuchtet die wirkliche Welt mit all ihren Freuden und Schrecken und macht uns mit einer der originellsten und plausibelsten Heldinnen der zeitgenössischen Literatur bekannt.

»Mit dieser Mischung aus Funk, Phantasie, Physik und Feminismus ist *Amanda* auf dem besten Weg zum Kultbuch.« *Washington Post*

»Eine Verbindung von Barbarella, Pollyanna und Max Planck.« *The New York Times*

»Was für ein intelligentes, amüsantes Feuerwerk zwischen Hofstadters ›Gödel, Escher, Bach‹, Einsteins Relativitätstheorie, Lems und Asimows futurologischen Spekulationen und Woody Allens erzählerischem Stakkato!« *buch aktuell*

Doris Dörrie
Liebe, Schmerz und
das ganze verdammte Zeug
Vier Geschichten

Vier Geschichten von Doris Dörrie, großartige, liebevolle, traurige, grausame Geschichten: *Mitten ins*
Herz, Männer, Geld, Paradies. Es sind Geschichten,
aus denen Doris Dörrie ihre Filme entwickelt, von
denen *Männer* der weltweit erfolgreichste deutsche
Film seit Jahrzehnten wurde. Geschichten um eine
Kindfrau, um Liebe und Langeweile, um Eifer-
sucht, Geld und Erfolg. Geschichten von befreien-
der Frische.

»Ihre Filme entstehen aus ihren Geschichten.«
Village Voice, New York

»... ohne stilistische Bedenken, theoretische Skrupel
oder methodische Zweifel. Doch lesen wir sie mit
einer Begeisterung wie ein belletristisches Debüt
schon lange nicht mehr.«
Jens Jessen / Frankfurter Allgemeine Zeitung

Hans Werner Kettenbach
Schmatz
oder
Die Sackgasse
Roman

Uli Wehmeier, Texter in einer Werbeagentur, gerät –
scheinbar unaufhaltsam – in eine bedrohliche Lage,
seine Existenz ist in Frage gestellt. Zu der Krise
in seiner Ehe kommen Probleme bei der Arbeit:
durch die Schikanen des neuen Creative Directors
Nowakowski fühlt er sich immer stärker eingeengt
und abgewürgt. Wehmeier, dessen Phantasie sich in
der Werbung sowohl für Hundefutter wie für den
Spitzenkandidaten einer politischen Partei bewährt,
reagiert auf seine Art, er spielt mit dem Gedanken
an einen Mord.
In einer klaren, schnörkellosen Sprache wird erzählt, wie Wehmeier seinen Plan bis ins Detail
durchdenkt – und zu spät erkennt, daß er in eine
Sackgasse geraten ist.

»Schon lange hat niemand mehr – zumindest in der
deutschen Literatur – so erbarmungslos und so
unterhaltsam zugleich den Zustand unserer Welt
beschrieben. *Schmatz* – ein literarisches Ereignis.«
Die Zeit

»Näher sind Patricia Highsmith, der Meisterin des
Psychothrillers und der sanften Schrecken, noch
nicht viele deutsche Autoren gekommen.«
FAZ-Magazin

Andrzej Szczypiorski
Die schöne Frau Seidenman
Roman

Dieser Roman, eine kleine ›Comédie Humaine‹, handelt von der Rettung der schönen Polin Irma Seidenman und einer Vielfalt von Gestalten und Geschichten, die der Autor in einer großartigen Komposition um sie herum gruppiert: der junge Pawełek, der sie insgeheim verehrt, sein Schulfreund Henio Fichtelbaum, der ins brennende Ghetto zurückkehrt, der Eisenbahner Filipek, der Kläffer und Demagogen haßt, der reiche Schneider Kujawski, der heimlich Künstler und den Widerstand unterstützt, der Schöne Lolo, ein erfolgreicher Verräter, der Bandit Suchowiak, der Juden aus dem Ghetto schmuggelt, der Richter Romnicki, der das Halbdunkel mag, und die Hure ohne Namen, die am Mittelpunkt der Erde wohnt.

Ein Roman wie ein unvergleichliches Gemälde, voller Poesie und leisen Humors, scharf beobachtet, unsentimental, und gleichzeitig ein »sozio-politisches Buch, an dem auch Leser von Kriminalromanen Gefallen finden könnten« (Puls, London).

»Gut geschrieben, fesselnd und voller Spannung.«
World Literature Today, New York

»Ohne Illusionen und Lügen, all diesen hurra-patriotischen Kleister.« *Puls, London*

»Ein leises und sehr poetisches Buch, das ausspricht, was beim Namen genannt zu werden verdient – damit wir nicht vergessen, was niemand mehr hören und sehen und wissen mag.«
Franz Josef Görtz/Frankfurter Allgemeine Zeitung

Vitaliano Brancati
Don Giovanni in Sizilien
Roman

»Ein Roman über den *gallismo* des sizilianischen
Mannes, seine Art, als gackernder Hahn ständig auf
seine Potenz aufmerksam machen zu müssen. Mit
viel Sinn für Situationskomik und satirischen Witz,
in schnell wechselnden Szenen erzählt Brancati von
Don Giovanni, der sich und uns vorspielt, er dränge
zum Weibe, und der tatsächlich die Weiber panisch
flieht.« *Frankfurter Allgemeine Zeitung*

»Obwohl Brancati in Italien als ein Klassiker der
Moderne gilt, hat sein Werk im deutschen Sprach-
gebiet nie die ihm gebührende Beachtung gefunden.
Heute besteht die Chance einer Neuentdeckung, da
der Diogenes Verlag das Werk des Sizilianers neu
herausgibt.« *Neue Zürcher Zeitung*

Philippe Djian
Betty Blue · 37,2° am Morgen
Roman

Die Geschichte einer buchstäblich wahnsinnigen Liebe.

»Betty Blue ist ein aggressives, sinnliches Biest, das den Gelegenheitsarbeiter und verhinderten Schriftsteller Zorg total aus der Fassung bringt.«
Der Spiegel, Hamburg

»Djians Sprache hat Rhythmus, ist farbig und voll Sprengkraft, ein echter Schriftsteller, ein großer Schriftsteller.« *Le Monde, Paris*

»Betty Blue als Film in den Kinos: auch wenn Beineix die Regie führt, kein Bild kann dieses Buch ersetzen.« *Szene, Hamburg*

»So wie die ägyptischen Fellachen in qualvoller Ungeduld auf das lebensspendende Hochwasser des Nils warten, leben Philippe Djians Helden in Erwartung der Überschwemmung: das Eindringen der Frau in ihr ausgepolstertes Universum: der Frau schlechthin, großartig, hinreißend, zerstörerisch, jener Frau, die nicht eher ruht, bis die brüchigen Schutzwälle auseinanderbrechen, die die unglücklichen Helden zwischen sich und dem Leben aufgerichtet haben.« *Pflasterstrand, Frankfurt*

Philippe Djian
Erogene Zone
Roman

Niemand kann eine Frau lieben und gleichzeitig einen Roman schreiben. Soll heißen: einen *wirklichen* Roman schreiben, eine Frau *wirklich* lieben. Philippe Djian hat es versucht. Und ist um ein paar Illusionen ärmer geworden. Dafür ist er einem leicht perversen, ziemlich intelligenten Mädchen begegnet. Er hat (wenig) gegessen. Er hat (viel, vor allem Bier) getrunken. Sich Joints gedreht. Musik gehört. Gelesen und gelesen. Er hat Blut und Wasser geschwitzt. Er hat den Kopf zwischen den Händen vergraben, unter einem Kopfkissen und in heller Verzweiflung zwischen den Beinen junger rätselhafter Frauen.
Er ist dem Geld nachgerannt, den Frauen, den Wörtern. Er hat sein Bestes gegeben. Er hat ein Buch geschrieben. Ungekünstelt, unprätentiös hat er das Unbeschreibliche beschrieben. Das Leben. In all seiner Derbheit, Schlichtheit und Hoffnungslosigkeit. Einfach großartig.

»Djian schreibt glasklar und in einem Tempo, dem ältere Herren wie Grass und Walser schon längst durch Herzinfarkt erlegen wären.«
Plärrer, Nürnberg

Luciano De Crescenzo
Also sprach Bellavista
Neapel, Liebe und Freiheit

»Dem Neapolitaner De Crescenzo ist mit seinem Buch ein neapolitanisches Kunststück gelungen: einen Unterhaltungsroman und ein philosophisches Lehrbuch in einem zu schreiben.«
Frankfurter Allgemeine Zeitung

»Der Mann ist eine Wundertüte, die sich, verblüfft über den eigenen Inhalt, unablässig und mit diebischer Freude selbst über die Umwelt ergießt. Je nach Anlaß und Laune präsentiert sich Luciano De Crescenzo als Schriftsteller, Journalist, Filmemacher, Manager oder Spaßvogel.« *Die Weltwoche, Zürich*

Seine »zum Greifen dicht geschriebenen Alltagsgeschichten, denen Bellavista immer eine philosophische Quintessenz zu entlocken weiß« *(Die Zeit)*, hat De Crescenzo erfolgreich verfilmt: beim ›Festival international du film de comédie‹ in Vevey gewann er den 1. Preis, ebenso beim Festival in Annecy.
»Liebenswert, gescheit, mit viel Menschlichkeit und Charaktervielfalt angefüllt, rundum dank seiner exzellenten Machart, seines Tempos und seines lebensklugen Witzes der beste Film des Festivals.«
Neue Zürcher Zeitung